商务印书馆同仁日记丛书

张元济日记

上

张元济 著

商务印书馆
The Commercial Press
始于1897

商务印书馆同仁日记丛书
出 版 说 明

　　在我国近百余年的思想文化和学术史上,作为中国近代以来影响最大的出版机构,商务印书馆与北京大学并称中国 20 世纪学术文化的双子星,南北并峙,相互辉映。这一切均肇端于张元济。端赖张元济进入商务印书馆,大批文人学者纷至沓来,先后加盟商务印书馆,如蔡元培、高梦旦、孟森、蒋维乔、叶圣陶、沈雁冰、郑振铎、胡愈之……旋伸商务印书馆在西学名著的译介、教科书的编撰、杂志的创办、文献的整理出版等诸多方面取得举世瞩目的成就。至抗日战争全面爆发前夕,商务印书馆已发展成为世界一流的大型文化出版企业,成为我国艰难岁月里的一道亮丽的文化风景,在我国近代文化启蒙事业上,厥功甚伟。

　　这些文人学者是那个时代精英文化的代表,他们以自己对中国和世界的理解来规划和经营商务印书馆,使她的出版物不断提升和影响着大众文化,反过来又促进精英文化的进一步升华,这在很大程度上塑造了那个时代中国读书人的思维方式、精神面貌和文化素养,同时也在一定程度上影响了中国的未来。从某种意义上说,商务印书馆的文化精神就是现代中国的文化精神。

　　他们中的不少人留下了卷帙不一的日记,这些日记是对那个时代独特的记录,是反映那个时代的第一手材料。对这些日记的解读,有助于加深对商务印书馆的了解，同时有助于进一步全面理解那个时代的精神文化。鉴于是，我们策划了《商务印书馆同仁日记丛书》，不论是工作日记、生活日记，抑或是对历时较长事件的专门记录，只要是日记体形式，都是收入本丛书的对象。我们组织人员将这些日记整理、编辑、排印出版，以飨读者。

由于编辑水平有限，丛书中难免会有一些不足甚至失误之处，希望同行和读者提出宝贵意见。

商务印书馆编辑部

2017 年 10 月

整理说明

　　张元济先生的日记由三个部分组成：1912 年至 1923 年商务印书馆馆事日记，1937 年生活日记残本和 1949 年 9 月至 10 月的赴会日记。

　　商务印书馆馆事日记共存 35 册，日记纸印制成表格式，每天一页，每页除月、日、星期外，尚有"收信""发信""总公司事""用人""分馆分局""关于发行事件""财政""同业""关于编译事件""关于职员事件""关于制造事件""关于印刷事件""关于进货事件""西书""应酬""杂记"等项。记录时按事件类别填入相关方格内。本书编辑时，将其中"总公司事""分馆分局""关于发行事件""关于编译事件""关于职员事件""关于制造事件""关于印刷事件""关于进货事件"等项目分别简写为"公司""分馆""发行""编译""职员""制造""印刷""进货"。表格外上、下方空白处所记内容，另由编者分别添加"天头""地边"项。原件各册并不按年份或月份分订，而是记完一册，顺次接用下一册，但现存原件中间有缺失。

　　张先生逝世后，陈叔通先生建议整理这批日记。"文革"发生，整理工作被迫中止。原件经商务印书馆同人悉心保护，藏匿于不被人注意的废纸堆中，才躲过了被销毁的厄运。"文革"结束，商务印书馆老领导陈原先生即指示继续从事整理，经陆廷珏、汪家熔、金云峰、朱蔚伯先生校点，于 1981 年出版。

　　1926 年张先生辞去商务印书馆监理职，任董事会主席。编辑校勘古籍成为他退休生活中的主要内容。他每年记有一册生活日记,采用商务印书馆印制的精装日记本,每天一页,直到1949年底患中风为止。张先生逝世后,这20多册日记由家属保存。1966年"造反派"抄家时,将它们撕为碎片,直到"造反派"离去之后,家属才从纸屑中找出1937年日记的一些残页。这就是编入本书的《1937年日记残本》。

1949年9月至10月,张先生应邀出席中国人民政治协商会议第一次全国代表大会。会议期间,记有《赴会日记》两册,用荣宝斋印制的毛边纸竖条记事本,毛笔书写。

本书编辑时,商务印书馆馆事日记直接按年月日顺序编排,不再按原件分册。原件中无法辨识之字,以空格表示。

编者　张人凤
2017年6月

目　　录

一九一二年

五月廿二日　四月初七　星期四

编译　请步云编英文教授书，系伊所条陈，即如所议。试办字典暂停。

托闰全请李质斋改订《翻译金针》，并询报酬之数。时质斋过沪，将入京。

职员　吴步云要求增月薪二十两。到馆时已与闰全说过。允于暑假后加送。

五月廿五日　四月初九　星期六

编译　送伍昭扆英日成语辞林四种，请其察看。

昭扆来谈，言日本翻邝其照一种，但亦有不合用者，亦有宜补者。又言，成语与故事是否须兼备，若故事求备，则卷帙甚繁，挂一漏万，必不满人意。余谓专取成语何如。昭扆又言，有故事而不专属于故事者，亦可采取，邝书亦有此例。渠允回寓看过再商。

五月廿八日　四月十二　星期二

收信　孙伯恒来信。

发信　孙伯恒信、蒋竹庄快信。

职员　樊少泉允来。

五月廿九日　四月十三　星期三

职员　补习生张瑛、周盛福要求调发行所。复函仍留本所，留稿在同人事件函内。

亚泉为杜山初、许善斋二人自阳历七月起多担任杂志编辑事，伊自己抽出时间编理科教科书，故请加杜、许二人薪水每月十元。七月十二日又来说，骆绍先办事颇勤，亦要求加十元。又言庄君不甚得力，拟暂留试看。

杂记　唐山路矿学堂西教习某君著有化学教科书西文，由邝君介绍，索价五百元。退回不购。

伍秩庸有《议和本末》一书，属本馆发行。索全稿阅过再定。

六月一日　四月十六　星期六

发信　孙伯恒信,昨日发去电。"三档钞费太昂,速停,函详"。

职员　瞿世兄愿来学习。与颂谷兄商定,归出版部,月贴车资。

杂记　初笔算一、二、三,高女修身三,高理科二、三、四,高地理三、四,均速抽订。本日有清单交张廷翁速办。

高女修身一、二速印,高理科一已印,高地理一、二已印。

本日有信说,四川分馆寄书太迟,并涉及沈芝芳。信寄夏、高二人。

六月三日　四月十八　星期一

编译　五月十八日奚伯翁陆续取去增补《英华大辞典》应用各书。

杂记　本日约印、夏、高、俞志贤诸人到编译所,议定新编教科廉价发售、照定价永远对折。

六月五日　四月廿　星期三

编译　昭宸编成语辞典。拟先问每日能编几钟,再定薪水。每日四钟,约送二百元。

奚伯绥增补大辞典,每礼拜五日,每日三钟,拟月送一百元。粹翁、梦翁商定。

六月七日　四月廿二　星期五

编译　致奚伯绥信,告知每月送薪一百元。渠告粹翁,每星期可抽十五点钟办辞典事。

职员　张叔良议编英文读本。合文法、读本为一。似可用。与邝君议,拟令半日办辞典、半日办读本事。又要求月增薪廿元,允自七月为始。昭宸回信,云现在医院教书,每日编书至少二钟,至多三钟。

查日本《英和双解熟语大辞汇》,五百廿面,每面平均计算约十个名词。约删去一成。每日约译四十名词,约三个月可完。再以三个月办添补之事,约半年可毕。月送一百五十元。约计全书告成一千元。

六月十一日　四月廿六　星期二

编译　致昭宸信,每月送修一百五十元。约以六个月左右完毕。不必过求善备,总期迅速成书。

六月十二日　四月廿七　星期三

发信　孙伯恒信。附复中国教育会信。

杂记　常用洋装六开纸六号、七号、九十二号、一五七号、一八四号、二四三号,又四开二五一号、一一二号、一七八号、一八三号,现在均已用罄,以他种代。本日告懋翁,务须预先斟酌,免致印成后不合,无法补救。《英汉大辞林》不必改动,约一千面,用活字先印二千。或做纸版,或做铜版,请鲍、张二人定夺。

六月十四日　四月廿九　星期五

职员　许志毅约定来所。

凌文之由亚泉介绍,亦招请到馆。并约能即来最好。月薪各六十元。

杂记　湖南教育司介绍教育用品制造工场长刘号鼎元来所参观。

六月十五日　五月初一　星期六

编译　将备编成语辞典稿纸并日录一册送与昭宸。伊今晨来访,言六个月却难有把握。计算当无不可。余告以前所预算,每日译订四十名词之意。渠云可以照办,自本日起。又云如有事故应扣算。

职员　许篆翁本日起在家办事二钟。

六月十八日　五月初四　星期二

职员　王雷夏约到馆,薪水月五六十元。梦翁经手。

六月廿一日　五月初七　星期五

发信　孙伯恒、邵伯䌹、傅沅叔。

六月廿六日　五月十二　星期三

杂记　有教会《故事图》一卷,向张廷桂兄借来,备教会用,国文、修身、图画之用。本日交许彻翁收存。图系三色版,甚长。

六月廿八日　五月十四　星期五

发信　蔡鹤顷。

职员　昨日蒋竹庄介绍谭廉逊,曾编地理历史详解。现在民立,月薪四十五元,不愿再就。月薪四十元当可来。即与梦、惺两公商定。去函请即定局。

七月初二日　五月十八　星期二

发信　伯恒信。副笺托划五百元,交竹庄。又托为天津、太原聘特派员一人,月薪由卅至五十,详章续寄。未留稿。

职员　竹庄函属,俸给未颁以前,请改给半薪。允照办。

伯俞赴临时教育会议。援从前咨议局、资政院议员例,送半薪。又伯俞编高小地理四册,拟酬百廿元。得回信,言只成一半,可从缓。

包朗生因蛀夏,请在外撰述,论字受酬,至秋凉时仍返馆。查前撰小说,千字四元。此次未问欲得之数,亦未与声明。将当照前数千字四元送。

七月初三日　五月十九　星期三

发信　复储馨远君。

杂记　长尾论陈列图书之事,共五页。于今日送夏、高二君。

七月初六日　五月廿二　星期六

编译　王芸阁交《新化学》稿。

请樊少泉编高小理科第五、六册。

七月十六日　六月初三　星期二

杂记　北京寄来印刷器一包。交许彻翁转存,候邝君到馆时交去。

七月廿九日　六月十六　星期一

杂记　拟印《元秘史》估价。每石四叶。照相、落石一元半。印五百部,六角。如印一千,一元。钉印三角。全书共六百十页。共一百五十二石半。再加题跋、封面,至多十页,配成一百五十五石。需落石、照相、印装共三百七十二元。连史纸每杠十五刀,每刀九十五张。每杠实得纸一千四百二十五张。一开八,需三十杠纸。

天头　又江苏教育总会送来江苏教育会两本,送与本馆印行。该会拟自购五百部。拟用五号字排,上下两层,廿五字十八行,瑞典纸洋装,纸面。据文德言,每页稿一元六角。

八月初三日　六月廿一　星期六

发信　庄百俞。快信。

杂记 致百俞信,言云南、贵州有妥善公所,批售《教育杂志》无不格外通融。不独杂志,即其他书籍,苟于发行规则无所牵掣,亦无不欢迎也。如晤云、贵诸议员,可转告之。

八月初十日 六月廿八 星期六

杂记 检查订正各书一册交汪仲翁收。广东教育司检订商业教科书三册、农业四册。稿本交季臣收。

八月十二日 六月三十 星期一

职员 许善斋、骆绍先薪水原拟每月加十元,嗣因与朱赤萌相校原三十二,现加四元,恐有牵掣,只得一律。若以朱就许、骆,又恐牵动他人。此中实有为难也。

徐闰全自阴历七月起,月增薪廿元。

赵毅臣加六元。邝代请。

杂记 林重甫校过学部《初小国文》八册,又表两张附。本日交季臣收。

八月廿日 七月初八 星期二

杂记 明本《资治通鉴纲目》廿一本,在精本内,本日提修。交沈厚翁手。

八月廿一日 七月初九 星期三

职员 告樊少泉,请问王静涵能否来沪,愿办何事,欲得若何报酬。此间大局如此,不能出厚薪也。

又荐董懋堂,现在京都高等师范,月修百金。从前在学部月得百卅金。拟从缓。

杂记 又交《涉园丛刻》四十部,连前一百卅部。廿二日又交来一百六十部。七月初九日厚收。厚共收二百九十部。

廿一日带回十部,未列账。

八月廿四日 七月十二 星期六

编译 购入朱树蒸《英文成语辞典》一部,四百五十元。又送书二十部。将来排印末样,请伊复阅。去信声明留稿。

八月廿七日 七月十五 星期二

编译 学校日记,四百七十八面。

国民日记,四百四十二面。

袖珍日记,八十四面。

杂记 教育部审定改正本于本日交出版部张季臣收。《手工教科书》二册。《订正初小最新国文教科》十册,又《简明国文教科》八册,又《简明国文教授》二册,《订正高小最新国文教科》八册,《高小女子国文教科》四册,另初小、高小《毛笔画》各八册,又《初小教授》一册,前存汪仲谷先生处,本日取还。

八月卅日 七月十八

杂记 丁少安查《新字典》洋六〇〇三华七四八〇分馆五二二七六九二五共一一二三〇一四四〇五,分馆数系符干臣所交。

九月初四日 七月廿三 星期三

职员 函告赵毅臣,同时并知张振声、王君武,帮同办理西文图书事。

九月初六日 七月廿五 星期五

发信 夏穗卿。

职员 告赤萌,如仲钧可来,拟月酬二十元。

九月初九日 七月廿八 星期一

编译 吴丹初来。告以拟请将已译之小说编为浅文或白话。试撰若干再定局。报酬一层亦请酌示。伊云请我处酌定。答以彼此谐议。

吴丹初于十一月廿二日晚来寓。言演译小说不定约亦无妨。但如需停止,应先期知照。余问如何办法。渠云如于将停止之时,最好于交末次演译之书时,即告以此书译完即行停止。否则于译至一半时告知。余云此恐为难,俟将《蛇女士》译毕后再行商议。壬/11/23日菊生记。

杂记 收安庆分馆来调查旅行须知,交徐仲可君收。

九月十日 七月廿九 星期二

杂记 丁少安查,五六五六号止,共定出《新字典》洋装六七〇五部,华装八二四二部。

符干臣查,本日止,分馆共定出洋装五六三〇,华装七三四七部。与前数不符。 红字系复查之数。

九月十一日　八月初一　星期三

杂记　津浦铁路头、二、三等货物运价表三张、华英里数表两纸、行车时刻并价目表一张、运盐专价表一张,共七张,本日交徐仲可君收。

九月十八日　星期三

杂记　梦翁交来昨晚在发行所查得总分馆共销华装《新字典》一六六六九部。洋装《新字典》二二二五四部。两共二八九二三部。

北京分馆寄来指南材料十二张,装一封套。详目在封套上。本日交徐仲可君查收。

九月二十日　八月初十　星期五

杂记　北京分馆寄来指南材料,内商会众号一览表一册,又他种五张,装一封套。详目在封套上。本日交徐仲可君查收。

九月廿一日　八月十一　星期六

职员　许篆卿本日停上夜课。

杂记　借印《褚临兰亭》,酬书五十部。已告梦翁。或抽版税十分之一。

九月廿三日　八月十三　星期一

发信　孙伯恒、王亮畴、徐季隆。汪衮父、汤觉顿信。

九月廿七日　八月十七

杂记　代云南教育总会选印《教育杂志》插图四四三二、二八五四、三一一八、三五九一、三五三二、四八五九。

本日由京馆寄到北京指南材料共八种,装一封套。详目在套上。交徐仲可君查收。

九月廿八日　八月十八　星期六

发信　蔡鹤颀信,附幼渔公信,托高世兄转。

杂记　选举票估价:净本,用十一号新闻纸印,每万张七元半。

十月四日　八月廿四　星期五

编译　托蔡松如往恳杨补塘编《国法学》。可允。云无书。惟报酬终不肯说。今日先请开单购书。

十月十一日　九月一　星期五

发信　复竹庄信。

杂记　京馆寄来津浦铁路头、二、三等货物运价表三张。本日交徐仲可君收。

十月十四日　九月初五　星期一

杂记　教授数学发问牌,用二百号纸,另做纸盒,每分合洋八分。计纸四分半、印三厘、切三厘、纸盒三分。张廷翁估来。

京馆寄来津浦里数表。由徐州至浦口,由津至济南,由济至徐州,共三张。又行车时刻价目表一张。本日交徐仲可先生收。

陈重民以《革命蓝皮书》译稿见赠。允出书送五十部。

十月十六日　九月初七　星期三

发信　梁卓如信,附汤觉顿。

十月十八日　九月初九　星期五

杂记　丁少安查,十月十七日止,《新字典》洋装,自九月初七后,见初十日日记加 $\frac{-九〇〇}{二八二〇}$ 部,总共 $\frac{洋装八六〇五}{华装一〇六二〇}$ 部。

查分馆十月廿一日止, $\frac{洋装八一九七}{华装一二六一一}$ 部。

十月廿一日　九月十二　星期一

职员　亚泉来言,凌文之称,有人邀任教习,月薪八十元。为家累计,不能不弃少就多。亚泉来问如何。且言,因去迻加薪水,殊不好看,或允俟明年加增,论其能力亦尚值得,云云。与梦翁商。允之。

杂记　邝先生来言,祁天锡为编《植物学》,需添购西文书籍。复以至多百两,少则五十两。

孟甘末利编《英文文法》自请改抽版税十分之一,照定价。邝先生言,前允付编费五百元。

十月廿二日　九月十三　星期二

职员　包朗生在外编译,欲得千字四元。与梦翁商,拟如所欲,但以速为要。

十一月十三日　十月初五　星期三

编译　徐凤石开始编《矿物学》。

十一月十四日　十月初六　星期四

杂记　《书牍》已印归、陈二种。二十二行,三十一字,满页六八二字。前两种均六、七十页,各定价四角,未免太昂。每页平均六百字。

十一月廿日　十月十二　星期三

编译　请丁文江在君编《动物学》。全书计润四百元。住西门外斜桥公兴里卅号。

秦衡茫编《代数》《几何》,七百元。由景阳校阅,列名合编。　景阳编《三角》,四百元。又校阅凤石所编《数学》及衡茫之《代数》《几何》,酬一百元。西门外大吉里廿一号。

本日长信订定五个月成书。信稿在订撰册内。

职员　钱铭伯荐陈泽群号少苏充编译生。每月津贴四元。已令其来馆,试办二三月。

十二月五日　十月廿七　星期四

杂记　王长信寄来名戳一个,交许彻斋收。

十二月　　日

编译　《袖珍英华成语辞典》,可少改。《商务书馆英华新字典》包人修改,增减相抵,不可加多。

职员　十二月廿三日徐闰全来云,有湖州人邵家麟叔嘉,亦约翰毕业生,现充荷领事翻译,汉文颇好,办事亦精细。拟将《商务书馆英华新字典》包与修改。每夕有三点钟可做,平均约四叶,约六个月余可完。再将校对,约须一个多月,合共八个月。约须洋五百余元。其后邵君不愿办,改由吴步云介绍郁德基校勘,亦五百元。期约七八月。拟请缩短。2/1/17。

杂记 《英汉大辞林》,大部暂停。《袖珍英汉辞林》,七号字,加快。《重订袖珍华英字典》,赶快。

地角(在"职员"栏下面) 旋送修改样张四页来,索增报酬为一千元。还七百五十元。有复吴步云信。2/1/24。

十二月廿三日　八月十六　星期一

职员 张子贞、周衡甫、李心莲均二十四元,半年后得力再增加。仲谷原拟。复遵办。

徐凤石介绍杨仲达,可来。前已复月薪一百六十元,如满意,即请来馆。但须阳历二月方能来馆,凤石云。

十二月廿六日　十一月十八　星期四

编译 邝君约张士一编英文读本。按照新部令,包括拼法、读法、译解、翻译、会话在内。计五册,共五百元。六个月完功。

十二月廿八日　十一月廿　星期六

编译 粹公寄伯恒,托请虞和钦改订《化学新教科书》,或新撰《化学教科书》,只改十成之二。作为自编,不出名亦可。酌送一百元,或加五十元。又拟请谢慎冰仍编宣讲书,月送五十元。信稿存要件筒内。

十二月廿一日　十一月廿三日　星期二

职员 陈蕴山荐孔姓修书人。允月给八元,饭食三元六角,自备膳宿。

一九一三年

一月十八日　十二月十二　星期六

编译　李质斋在家无事,函询有无编译之事可办,有信致徐闰翁。第一为编英文《商业文件举隅》,约三个月竣事。第二为英文地理详亚略欧读本。第三为《汉英大字典》,以《新字典》为准,就《哀尔士大字典》删繁增补。现与先商第一件,问需若干报酬,有若干页数。

编英文地理读本及《汉英大字典》均拟从缓。复徐闰翁,因质斋有信属问也。2/2/25。

职员　沈贻孙介绍陈孝周君来谈,名继善,浙嵊县人。

一月廿日　十二月十四　星期一

杂记　交张影翁校阅《黄山谷书牍》一册。

一月廿一日　十二月十五　星期二

编译　霍金丝无暇校李质斋所编《中国历史》专备欧美人所阅者。现改请White Side,在苏州。由邝先生经手,说定校订费四百元,一切在内。

一月廿五日　十二月十九　星期六

编译　与郁少华订定,请修订《英华新字典》,连校对在内。渠约一年完功。去信请缩减时间,共七百五十元,分五期付。

先付一百五十元,

交 G 字付如前,

交 N 字付如前,

交 S 字付如前,

排校毕付清。

本日去信订定。信稿存。

一月廿七日　十二月廿一　星期一

杂记　善斋经手《津逮秘书》还一百元,《学津讨原》还一百四十元。

一月廿九日　十二月廿三　星期三

杂记　《宁寿鉴古》十六册,两套,送还印刷所,交谢先生查收。用出版部 _{元年十二月}_{初四日起}回单簿送。

全书八百零三页,计二百零一石。印过一百七十五石,尚存廿七石未印。谢燕翁查。

一月卅日　十二月廿四　星期四

编译　收吴丹初译稿《侠女郎》《学生捉鬼记》《拊髀记》三种。共四十六页,交许彻翁收。　徐凤石交《民国新教科书算术》稿本一册,交彻翁收存。

王芸阁《物理学》稿本一册,同时交彻翁收。

职员　何颖闇来信谋事。约来面谈。据称曾在铁路局及沪道署就馆。居停为蔡伯浩,均办函牍。曾在宁波中学堂,未毕业。年卅余。当告以本所办事并不专认一事,有闲均当兼办。

去信约来试办数月,月薪廿元,办文牍缮写、校勘等事,并请人介绍。2/1/31。

后以不足告辞。复询其意见。来言月须四、五十元,惟试办可不拘。又来信催问。复招来试办,并言商业局面究浅隘,一切祈鉴谅。2/2/11。

二月一日　十二月廿六　星期六

编译　邝先生介绍周寄梅君编英文书。周在美国卫士康沁大学卒业,专习教育学,现充北京清华学校副校长。渠允担任。住方浜桥华成路寿康里五号。

邝又与胡厚甫,湖南高等学校英文教员,愿代编高等小学英文课本,愿收版税。

二月十三日　正月初七　星期四

编译　诸元征号蓝舫、虞俊卿,均法文公书馆学生。诸曾在北京大学校任法文教习。两人均在江西路五十一号英比实业银行。来发行所言,愿编法文书,能否发行。余告以须全书脱稿方能定夺。版权大约定价百分之十,让售则彼此协议。书以高等小学二三年程度之读本、文法、会话等为宜。

职员 告仲钧约肯堂来任图书馆事。薪水前系十四元。惟离馆年余，一切生疏，且振声能兼管英文，亦只有十四元。且俟来馆，如能一切接洽，且得力，即照前数亦无不可。

二月十五日 正月初十 星期六

职员 叶揆初荐黄松丞，托仲谷来说。云，曾应考取列，因不能专办，故未就。今欲来，并问月薪几何等语。复询渠欲得若干，但恐不能如其在兴业之数（月卅六元），且索取所拟信稿一阅。

二月十八日 正月十三 星期二

杂记 致包文德君启：

"凡外来印刷书籍、图画及其他各物欲托本馆代售者，务请送编译所陶惺存先生或鄙人阅定签字，方能作准，以免忙中有错，致后来多所纠葛。务祈查照办理。2/2/18。"

二月廿四日 正月十九 星期一

杂记 "五彩方字厚薄夹杂一种，请属向排方字人将五彩各字抽出，另印单色各字，配成仍可发卖。至厚纸单色各字，只可暂行存起，俟五彩印刷稍闲之时，再用薄纸印五彩图。厚纸彩印字裱在一起，即与厚纸单色无甚甚区别。另制洋铁盒子，俟临时再行酌定。专此奉达，并承鉴察。鲍咸昌谢燕堂先生台照。二年二月廿四日。"

三月一日 正月廿四日 星期六

杂记 严观韶凤成来访。曾在美国学商务毕业。住北四川路聚贤里一六六三号。广东香山人。

三月十五日 二月初八 星期六

发信 梦旦。

职员 篆卿悼亡，来借丧费。贷与壹百元。又在公司移借百元。

臧博纶荐谢砺恒，愿在外兼办馆事。与惺翁商，拟请来馆，专办担任地理事。即交博纶转达，薪水照前数。今日得复，渠可来，约一二礼拜后到馆。

三月卅一日　二月廿四　星期一

职员　汪仲谷介绍陆秋心编译小说。告以最高等千字三元、次二元五角、次二元,以短篇小说为最合用。今日见告,已晤见。据云可以照办,再来面谈,云云。

四月二日　二月廿六　星期三

编译　中学编辑部成立。

职员　托李拔可约诸真长,请任编辑,月薪八十元。

四月五日　二月廿九　星期六

编译　星如前约定每月成《少年杂志》一册,约一万七千字;《少年丛书》一册,约二万至二万五千字;《童话》一册,约八千字。于二月一日要求《童话》每月再多加一、二册。现因托人来求加薪,因与梦翁商定,仍如所拟,每月于杂志、丛书、童话各出一册,约五千字,每千字约二元。如能再多撰童话,另酬报每千字三元。

四月十二日　三月初六　星期六

杂记　陶子麟来。知伊名籀,住武昌芝麻岭第六号。商刻活字事。示以二、三、四、五号。据云,如用黄杨,较难刻,且只能刻横纹。木由我处备。问曾刻过否,云刻过。示以黄杨图章,云不错,武昌须在梳店买来。有人曾托刻图章。又云,梨木每字三分,此须加半,四分五连写、连刻。如二、三、四、五均刻,可不加价。余云,现只先刻一种。

五月七日　四月初二日　星期三

发信　寄竹庄电。催秋季书,伯恒转。又致伯恒信。

五月廿四日　四月十九　星期六

发信　孙伯恒信,附李馨甫书十五册收条。

五月廿八日　四月廿三　星期三

杂记　广告杂志收条一张,起一九一三年四月,讫一九一四年三月。交朱仲翁收存。

六月十一日　星期三

发信　寄伯恒信,附补呈、版式事、美国奖牌事。又附竹庄信、粹方信。

六月十四日　星期六

发信　孙伯恒信,附夏衍堂、粹方信。

编译　请蔡松如译《工业常识》,晚间从事。

职员　庄伯翁到发行所,言已与徐永清说妥,学生另招,由印刷所延聘。伊均谓然。惟石印一事,虽不专学,亦须略知大概,方于作画时有裨益。月薪八十元,每日三时。

六月十六日　五月十二　星期一

发信　寄孙伯恒信,附粹三号快信。

职员　沈冶生告知,奚伯绥处渠已询问。据云,此时由青年会出,断不欲多得薪水,免受辞少受多之诮。但比徐闰全之数略高已可。徐现约二百元,渠愿得二百廿元之谱。但从前青年会曾借伊二千元,须还清方能出来。公司如能借给,渠愿每月扣薪百元,并贴息等语。

六月十七日　五月十三　星期二

发信　寄粹第四号信。

职员　李右之,名味青,住上海城内虹桥南首,南张家弄四十五号。通信处在第二师范学校。言在上校及兵工、务本任国文教授。余请编《初等小学作文》。据云甚难着手。因以伯俞所拟大概示之,并告以或自第三年起。渠又言,初小教授只担任二年,近七、八年均任高小及中学教授。余云,即编《高小文法》亦可,请将全书编辑方法、规划见示。

六月廿日　五月十六　星期五

发信　伯恒信,附粹。五号。

六月廿一日　五月十七　星期六

发信　粹。六号。

六月廿三日　五月十九　星期一

编译　胡君复要求《高等小学新唱歌》,每首给资二元。伯俞来言,请转遵照允。

六月廿四日　五月廿　星期二

发信　伯恒信,粹。七号。

六月廿八日　五月廿四　星期六

发信　粹。八号。

六月廿九日　五月廿五　星期日

发信　孙伯恒、傅沅叔。十八号,附莫楚生收条。交来宝送邮。

杂记　本日又寄卓如信,留稿。明日附号信寄津。

七月三日　星期四

发信　孙伯恒。又英文小说四本。

七月五日　星期六

发信　孙伯恒。

七月七日　六月初三　星期日

发信　程润之、沃子敬、蒋竹庄。

七月八日　六月初四　星期一

发信　王觐侯、万亮卿。

七月十一日　六月初八　星期五

发信　孙伯恒,附竹庄、希白。

七月十三日　六月初十　星期日

发信　王觐侯。

杂记　胡子笏荐江陵张廷海。曾著《武汉第一次劝业奖进会一览》。中有
"铁匠赛会"一节,于白话文字颇好。其书在经武公司出售,价二元。

七月廿一日　六月十八　星期一

发信　孙伯恒。

编译　级单级教案。诸人姓名。

郑际唐、孙惠卿、王相冈、钱士青。又代表者,曹致垚名振勋,新城人。

一九一六年

二月廿三日　星期三

发信　张廷桂、周少勋、翰、三号。王仙华。

公司　王莲翁言,红账事恐未核实,向章均照原结作准。当约张蟾、钟、顾、陈培、符、谢商定。今年宜从严复核。

培初言,粤馆照阴历结账。议定驳回。

远省各馆电催红账及旧账,近省由培初发快信。

发行　昨晚范静生交来纸价书价比较表,仍以连合为言。与梦旦详细讨论,恐无实际。拟复以连合事大,难速成。加价事,陆病,高出门,难遽决。请叔通转达。

编译　收琴南译小说三种,《畅所欲言》拟改《卫国谈》《香钩情眼》《红笺记》。

印刷　闻中华揽得京中某公司印刷月份牌,为数卅万张,正月底交货。

纸件　元亨董益生来信,德记毛边开六两三四,黄泰昌六两五。另有德记新闻纸及道林。告以新闻纸四两二三,道林每磅钱七分。

曹显裕允送连史样来。

汪问冰送来连史样三种。

小平君告知,昨日已与加斯接洽,定购瑞典纸一百五十吨,先发电去问。

前日向怡大盛庆棠购入湖南毛边四百件,每件四两二钱。

杂记　王莲翁云,印名片及函授课卷无轧销。同孚洋行加斯于前日来访小平君,言伊可代定瑞典纸三百吨,每磅一钱零五厘,另加关税,伊得二厘回佣,可由公司直接向厂家交接。嗣约咸昌、梦旦来此晚饭,详商。查得同孚代公司所定之瑞典纸尚有一万二千余令未到。自欧洲战后只过一次。彼此推敲,恐即是我公司所定之纸。因查同孚最后来信,允于今年正月起到货。昨日午饭约丁榕在一家春谈。丁谓此合同虽同孚转与英人,加斯为奥人,即离开之后亦不能注消合同。可以写信去追问到货之事。余思同孚既可到货,则无论何时将来总须照原价交货,此时加斯所售者我如不买,无论是否我处之货,伊总须售与他人。按之市价,究属便宜。我处不妨与订定。丁君以为可行。旋至编译所约高、鲍二君商议。决定订购一百五十吨。

二月廿四日　星期四

收信　王仙华、孙伯恒、高翰卿。

发信　孙伯恒。

公司　包书用纸太费。已告志贤及进良、小亭诸君,改用白丹纸。每件一百六十六张,价二元五角,每张合一分半。较之现用禅十四号纸五张(亦每张一分半),可省四倍,但里面须衬旧新闻纸。

用人　叔通言,邵长光愿离政界,张君劢未必来,不如以之为代。月薪由百六十元至二百元。

张君劢须十月方能返国。

发行　王仙华来信,属速分订单级讲义,有销路。

又云共和中学书拟即日先加一折,已商京馆。

分馆　广东催派副账。

编译　王莲翁经手购入《最新无线电学》一本,价壹百元,送书五十部。

与梦翁商定,发《古今文钞简编》预约。

印刷　郁厚培云,北京影照古画等宜用乾片。

王仙华信,属推广二色明信片及美女画。

交通票,本日止已交二百八十六万。

文具　交到今年需用理化、博物、文具清单。

纸件　向祥泰经手人俞云卿购进毛边纸二百五十件。

瑞兴福、慎记、仁记均开六两四钱。万聚码头大德账房陈杏桂来。

张荣记、德顺兴均开六两三钱。

每种五十件,统扯六两三钱。包送到。

杂记　黄任之来。

二月廿五日　星期五

发信　陶惺存、高翰卿、四号。王仙华。

用人　郑苏戡介绍吴君，由拔可接洽，允月薪二十元。

发行　与梦旦约俞志贤在会议室谈。询以老书以后出版能否用实价。俞云亦无不可。惟同行稍有不愿，但亦可注明照路程之远近加邮费之多寡。至多加三成，云云。

余问地图、英文字典可否抬高折扣。俞云，凡中华所无之书都可以加。由彼就书目选出送来酌定。

分馆　致翰翁信，拟裁撤衡、宝两馆。许祖谦改充随总稽查盘查货账，切勿留湘馆。湘馆营业今年必退。常书未开市。不如以毛契农兼湘馆，留沈办纸。

周柳庭归，告假回杭。先有信致翰翁，不愿赴宝庆。信于本日附去。

西书　邝先生告余，伊往访伊文思君。伊告邝，金恩公司拟与伊合办，已派人来。伊意俟与商议再与本馆接洽。邝云，其意以为与本公司合办其有裨益。但恐其有金恩为援，要求较奢耳。

编译　欧洲名画梦旦意可分集出版。

文具　仪器部交来各种清单，本日面交鲍先生。

纸件　陈杏桂昨日谈，福建毛边德记、黄泰昌、全懋铭、仁记、德顺兴、美吉、慎记、富兴茂价约相等，而前三家货少优。据云，福建开盘每刀八钱，运至上海每件加费一两。

杂记　发货处加做木阁，由曹森泰估三百九十两。属谢宾来再行核减。后减九折。据称洋松距估价时已涨，要求酌增。

范静生催回信。叔通往访戴劫哉，告以事体重大，高出门，陆又病，一时难定见。戴言，陆虽病不能到，却无妨。并仍以教科书一部分之联合及公司合并为言。

二月廿六日　星期六

公司　函授杂志名片每日交账，均应将存根送账房核对。面告王莲翁，亦以为然。嗣查，杂志部定各种杂志预约已用三单，一存根、一收据、一送中柜台。惟间有预约找款仍用草簿。

用人 王莲翁云,有一人可以收账,有保人,有押柜,候翰翁来再订定。余属其即日定局,三月一日到馆。

分馆 沈仲芳来言,定廿八日返汕。

编译 《欧洲名画集》昨晚选定八十四幅。拟先出两集,每集十幅。

印刷 木本君言,本馆彩印石版凡五种,23×33、24×18、27×39、23×27$\frac{1}{2}$、20×30。前两种最通用。

文具 王莲翁言,童制药事恐得不偿失。如欲制药,不如专聘一人,认真从事。

纸件 电话问丁榕,同孚曾否去信催正、二月到货之事。允下礼拜办。

鲍咸翁来商,拟向东洋定印书纸,约二百余吨,共九千令。约银九万余两,每磅价约钱八分。已属小平与纸客晤商。

杂记 源盛赎回印锡翁押款,交郭梅生与之接洽。源盛有一凭单来,声明前押之物。即由梅生点交来人。梦翁交来住宅过契等,交梅翁点交。

二月廿九日　星期二

收信 王仙华、孙伯恒、周少勋、夏剑丞。

发信 孙伯恒、为印债票事。梁燕孙。催样张事。

用人 昨鲍子刚言,苟龄多办私事,于公事极为敷衍。

发行 王仙华来信,以乘此时机应先加价,中华定价本比我贵,不必联合,可以单独进禀。且谓各处买书,只论折扣。意似谓宜加价,以便折扣上易于伸缩。

分馆 章讱斋报告黑龙江分馆情形,腐败已极。

纸件 瑙威 Oversoeiske 公司回电,大有光每令五先令九便士,合三两一钱七分,合小有光二两一钱四分。五月、七月装船,共一百五十吨。又新闻纸三、四两月装船,七千令,十先令六便士,合四两三钱。晚间鲍咸翁来,决定电购,并拟加倍定购。小平君意,照前途加价,不如先照原数电订,随后另商。许照此行。

次日小平来告,已电商可否加定有光纸,照前定加倍。

杂记 送瞿子良祖母奠分二元。

开头 廿七日因私事赴杭州,告假一日。

三月一日　星期三

发信 周少勋。

用人 鲍咸昌、郭秉文来商。周厚堃,无锡人,新从美国习工业回国,曾发[明]中国打字机器,又习飞机,得有会中金牌。南京师范学校拟设工业讲习所,拟聘充主任,但开办总在七月。张季直曾约伊至通州,给月薪百六十元。渠意愿在沪,且云本馆可造伊之打字机器,且可为监造仪器及机器。鲍君颇赞成,因定议,每月送月薪百六十元,可任伊监造打字机。到南京后仍充顾问,每年办事三个月,送六百元。

编译 《英语周刊》征文,梦翁意来卷必须贴印花。已托知照英文部。又言,征文奖书券,在后者不如送书,但难得相当之物云。

纸张 美国新闻纸已得回电,称每百磅为美金三元七角半。所定纸为一万令,每令一切在内合二两八钱。

三月二日　星期四

发信 王仙华。

用人 吴梁臣来言,二月阴历初七八可出门。略告以赴天津或北京。

西书 致李博士信,问伊文思何日可续商前议。

编译 卓如交来《曾文正嘉言钞》,附胡、左嘉言,稿卅九页,又封面一叶。均已送梦翁。卓又言不取版税,但送书三百部。

印刷 兴华本日签字。

南洋烟草公司烟牌加价单面交简照南。简云所加太多,又交飞马牌样一张。归即告秦拜言详查。

纸件 由祥泰昌俞云卿手购入赛连纸 24×44 共一百件。每件约有碎破三十张。

美国巴纯贸易纸公司称,该厂印书纸每磅约价美金四分半。加上一切运费等,照本馆所定纸每令约合一钱二分。已令电询确实,再行定局。

杂记 巴纯贸易纸公司派来代表,系容闳之子。约王病山、朱古微、俞恪士、寿丞、刘聚卿、徐积余、郑稚星、刘翰怡、张石铭、李梅庵、郑苏龛在一家春晚饭。

三月三日　星期五

收信　王仙华。

公司　晚访卓如。言行后津门眷属仍寓彼处,我当尽我之力。君此行未知如何,断难再顾及家计。如有缓急,自当相助。可请放怀。卓谓此时尚可,不须。将来如有不济,再来接济。并言久受虚惠,极为惭愧,只能日后图报。

台湾银行有存银结单来。交钟景翁查核无误。签字交陈迪民送还。

告景莘,交通存款可逐渐支取。

用人　郭鸿声介绍周君厚坤号朋西,于今日到厂任事。柜台上程士安年事已老,精力不及。

编译　拟请罗楼东编《清代人名词典》。拔翁亦赞成。

文具　告俞蔼生转知文信,已请定周君监造仪器,前造各件应请检验。

纸件　定购雪之部名片六百张、樱之部名片四千张,交小平代定。托一琴拟致瑞典领事函,乞其介绍纸厂事。

高颖生来信,福建毛边每刀开盘九钱,轮运费每篓八钱。

寄平贡样纸与翰翁,交分庄号信转。

杂记　午后三时访丁律师,询问同孚纸事。据云,已往晤该行总理,告以闻将有收歇售纸部事。该总理称一时难以遂答。复问本馆定纸,同孚已有回信,云一二三月可到。现尚未到,并闻有同唛之纸售与他人。该总理云,此系加斯之事。复告以加斯言,一月后将离同孚,且云可代本馆定纸,于三四五月可到,云云。该总理称其名或有弊端,可以代为查究。复告以此系秘密之谈,不可宣布。伊亦承认,并请详细去信,以便据查。

丁律师交还巡捕追查江苏铁路证券报告一分。问小平君。丁云,曾闻有购到本馆唛纸之说,确否。小平曰然。余属即检出。

三月四日　星期六

收信　高翰翁。

发信　高颖生电、又信。王仙华。

公司　告符干臣,查明津浦铁路转运确期,必须与订明约,若干日可以到济,不能听便。又属张文彬与干臣接洽。

5/3/29 又告干翁与栈房接洽,如无改换他家之意,即与定约。查明后再商敷处。

人事　陈叔通介绍张笃生。决意延用,请其预为接洽。到馆不见志贤,询知昨日赴杭。午饭后归,来见。

王莲溪介绍某君专司收账,已到馆。在保荐,有押柜二千元,稍缓即交。

鲍咸翁言,夏小芳闻知李彰生、吴炳铨在印刷所告假二十余日贩纸至津,获利甚厚。

编译　邝君言,薛思培君有《英语锐进》初、二集,向系代售,拟改为版权共有。并拟另编二种与之相配。当属查销数。后知销路甚微。适邝君已散,当告闻全转达,恐难承印。

印刷　约咸昌至发行,商议印纸币事。俞达夫来,托其转商《廿四史》,加价十两,系贴纸价,均归我有。否则只可照约暂停,俟乱事平定再印。并允如能说成,将来每部酬劳加给五钱。

文具　偕文信往访鲍君。前单只注明已成几件。当属许司务详细照单估计应需工数。标本由毛君管理。当托鲍君转致,请其照办。

纸件　电托高颖生定购双茂隆三吉祥毛边一千件。如能预定分次交,再添一千件。价能减更妙。需款示汇。乞办妥再来沪。梦旦核计,每件运税等八钱,均台银,合规银六两三钱八四六。

杂记　告沈挹清,寄报与翰翁,改交日本邮局。

三月六日　星期一

收信　高翰卿、张廷桂。

发信　孙伯恒五日发,翰卿五号,五日发 张廷桂、孙伯恒。

公司　告周承杰、陈炳泉,邮局来取包件、凭单应用回单簿。送邮处领到后,均送收发处编号,并属拟章送总务处。

用人　宣少桥,合肥人,由王丹墀介绍。其人能作小楷,据称向在温台防营充书记,月薪四五十元。已婉辞之。

发行 中华通告各售书处,如曾用他书者改用伊新式书,一律照换。伯俞言,恐伊串通同行,将我原书退回。当约志贤与谈,令筹抵制之策。

西书 郭洪声言,欧美人将来中国经营书籍仪器营业。我处须先行扩张,与外国各家接洽,代为推广,以本公司之资格可办得到。否则彼伸我绌,以后难与竞争。

编译 催编师范讲义。

伯俞商,《实用史地》与新令不合,拟另编史地各一部,加新编等字以别之。

印刷 昨发伯恒信,言公债券俟发行期近再往接洽,微露不能过速之意。

廷桂来信,言新华储蓄及五年公债俱不印,实业公债亦停。

俞达夫来言,尚未晤孙问清,将每部酬劳二两凭证交付。

文具 洪声又言,美国来设大医学,需用显微镜甚多。伊文思已往兜生意,我处货物不备,宜力求进步。

纸件 璐威 Oversoeiske 回电。再定有光纸百五十吨,每令需八先令六本士,大有光每令约合二两七钱五分。七八九月装船。

日本印书纸亦有回电,每磅合一钱八分。

杂记 巴纯贸易公司代理容君言,得伊公司电,我政府有向伊买纸之说。又云,中华亦到伊处定购新闻纸。津浦铁道转运为汇通公司经理,为周序初。

寄津济货物每包五十斤,交行李房运去甚快。至济南每包一元六角半,至天津每包二元二角半。

三月七日 星期二

收信 高翰卿。

发信 高翰翁。六号,去信漏编。发翰翁电:"速归沪,勿北行"。

公司 招许允彰谈,杂志部人多事少,拟抽出两三人。告以查收发簿,二月廿八至三月六日共收信片三百廿七件,复出二百零四件,平均计算每日不过三十件。现在共有七人,未免太多。许君力言,万来不及。属令切宜筹画。又招冯蕴辉来谈,其人系洋广货出身,无甚知识。又招左启元来谈,其人满腹牢骚,理路不清。

用人 致汪友箕函,约其五月到馆。

分馆 得顾赓吾信,言整顿湘馆事,万某仍留用。

西书 邝君来,托再询伊文思。据云,约三星期后,美国金恩专人可到。

印刷 简照南招饮别有天。面交历次估价总单。

纸件 四年用有光纸自用大四三九三〇令、小一一〇八三令。鲍咸昌抄来。

瑙威 Oversoeiske 有光纸续定一百五十吨。内七十五吨定十六磅半。小有光不定,因存货尚多,市价亦跌之故。

杂记 时事报馆商拔翁代定纸若干令。嗣以此事为难,允让与一千令。今日致殷铸夫一信,言明将来无论如何增涨,总以现在市价每令四两五钱为率,不能增加。但彼以为贵,可以不买,我可另售。信稿及原议办法一纸交叔翁收存。

三月八日　星期三

发信 张廷梾。寄纸币纸样。

公司 到杂志部查看,见有数事不妥:

一、同一收信之人发两信,仍系分寄。

二、汉口何栾来信,三月四日收,并附来洋十九元,定购《说部丛书》,并未答复。

三、李玉英君寄来邮票一元四角,系还《英语周刊》七分,另定《英汉合解字汇》及邮费,照九五折计算,尚欠一角一分。发信簿摘由只云尚欠英刊七分。

四、定据及预约券均系空白,并不编号,又不盖章,极易滋弊。

谢秉来言,昨日黄镜寰取《妇女杂志》,全部送某校。

用人 沈柏甫病,不能办事。吴步云荐郁少华。已告邝君,属步云取其英文改本,送邝君阅看。

分馆 董立基来信,陈汇泉已进中华广东分局。

编译 梦旦言《师范讲义》托北京、江苏师范分编,比用旧本改较有声价。

纸件 祥泰昌俞云卿来,云有乾元松赛连纸六十件,又济昌松记赛连四十件。索价六两八钱。

电致高颖生,货与双茂隆等,再定千件。初九发。颖生来信,言已定双裕隆千件,旧四月交齐。

杂记 闻谢宾来言,商务报馆向邮政局声明,伊兼用商务报馆、商务书馆两名。即属梅生拟信声明,本馆略称为商务书馆,外间有相似之名称,请勿误送。

三月九日　星期四

收信 翰翁信、王仙华。二件。

发信 周少勋、孙伯恒。

公司 昨晚约范静生、戴懋哉昆仲在一品香晚饭。叔通亦在座。先于午后已将我处送与阅看。到后开谈。谓时间匆促,尚未能决。我言,内中加减一表,为我处本欲办者。后附甲、乙、丙办法,系彼此协商之件。彼言,加价易办,但加后如何。余言,此实无办法。因出志贤所交山东教育图书社三折发票及该局总局之四折发票与看。彼言,此等事彼此均有,不胜枚举。静生言,总非根本解决不可。余言,此事只能渐进,至于加价之事,联合之后彼此仍系自由竞争。彼言,无实在办法,故彼处营业部亦不赞成。余问是否将加价之事缓办。懋哉言,中华提出,断无又撤回之理,容细商再复。惟根本解决事,仍望筹思。又谈及运动会停止赠品事,彼甚赞成。议由彼此联名通告。余允拟稿送阅。

用人 约朱瑛来谈,剀切劝告。渠言,同行往来及门市、定购各处复信,伊可担任,但须一学生帮忙。

编译 二月廿九日王仙华来信,据问李浚泉画润及交件期限

尺寸	润格	期限
	十六元	十五日
小四分之一	十三元	十二日
小四分之二	十元	九日
小四分之三	七元	七日
倘一幅画二人	廿二元	廿日
小四分之一	十八元	十五日
小四分之二	十五元	十二日

小四分之三　　　　十二元　　　　十日

月份牌等另议。花卉、翎毛均能画。

纸件　瑞典领事回信,连纸公司及造纸原料公司名单两纸。交小平君,属其去信并寄与本馆历史一本。

向俞云卿购进乾元松赛连纸六十件,每件六两七钱。

三月十日　星期五

收信　张廷桂、孙伯恒、公信。

发信　伯恒、廷桂、仙华。

公司　范静生来谈,现在彼此凡可以协商之事彼此均宜预先讨论。今年中华新屋落成,论理必有举动,商务必踵行。可否一律停止。余云,商务本无争先之意,如中华不办,我虽不能全然代表,可以有七八成把握,一定不办。

与张蟾芬谈,外洋定货到埠提出后,应有栈房收清凭单及鲍先生签字,方能付款。

编译　孙星如来信,言《宋元人题跋津逮》有二十种、寄晋斋二种、适园四种,可汇刻。复以可做,但不必先出。请即选《唐宋人说部》一、二十种发排。

印刷　伯恒、廷桂来信,元年公债决议发行。余意暂不招揽,候其自来。

纸件　小平来言,浦东可做还魂纸。即刻电达鲍先生。小平来言,美国巴纯灰么公司定新闻纸万令,改用 B form。于 5/3/24 日取消。

杂记　寄廷桂、仙华信,请探纸价。新闻纸用"新"字,小有光用"旧"字,如来电报以此为号,磅数用第几。邮政局回信,复商务书馆如另有此一家,其信不能送交本馆,云云。即属梅生起稿驳复。

三月十一日　星期六

收信　高翰翁。六号。

发信　王君九。

用人　沈柏甫住苏州滚绣坊四十三号,有肺疾,常常乞假。当托谢鸿赉与商请其休息。本日沈来信照办。常与拔翁商议送去两个半月薪水,计洋二百元,请其宽心调养,至少以半年为期。托苏州文怡福汇去。收条存同人事件二函内。

金馨堂留用,改派衡州账房。乃兄金少安,湘馆账房,以本股票十七股代抵押柜。细思参差不妥。不如代押二千元,将股息收足三百元,利息彼此抵过。叔通交省三办理。

分馆 杜仲枢来,交到杨小圃字一张,言当尽力维持滇馆。

事件 梦翁交来旧书估价赢亏清单一张。当交志贤。5/3/21 问志贤,云已交还梦翁。

编译 沈子培送还来《四部举要》目录一本,附注意见。本日面交孙星如。

编医学书事,据汤尔和第二次估算,可与定议。

印刷 属杨公亮寄月份牌样本一分与港馆。因前已寄陈少露一分。若不寄去,港馆转难兜揽。港馆可与粤馆公用。

问秦拜言,知各种小种彩印样张已估就四分之三。

文具 仪器预算单,计照二月廿四日单,仪器一类需用。

纸件 翰卿来信,湖南毛边购进二百余件,每件二十刀,每刀一百张,连运费关税,约合鹰洋八元。龙章纸厂孙楚臣来,言洋连史元字每件七两九,头字每件七两半。前日李守仁往购,已代留八十件。又问有光纸脚一百担换纸五十件。余问,字号不同,究指何种。渠言随便挑选。

杂记 本日将精本书橱钥匙一盒交朱仲钧,又精本书目一本。

访丁榕,与商邮政局复商务书馆略名事,请其核阅梅生信稿。

三月十三日　星期一

收信 高颖生、张廷桂、孙伯恒、周少勋。

发信 高颖生。买纸及照帖画事。

公司 前日戴劫哉来,交来加价应商条件。本日抄交俞志贤。

用人 蒋竹庄介绍伊侄代沈柏甫。梦翁言月薪约六十元。可定议。

分馆 贵州黄鲁连来,又述杨晓圃言。如杜仲枢所言,黄取道云南,故晤杨也。

编译 托范云麓编《春季单级国文》十二册教科、教授,并编《学生自习字典》一本。合二千四百元。即与定约。约今年十一月交一、三、五、七并教授法。

梦旦意,教科书必须以次编辑,断不能抽编若干本。后告伯俞。伯俞谓,材料必须全备。即由伯俞拟稿。本日约梦、竹、伯三公商定多编尺牍,应从浅近上着想。又广辑日用书,资料以多为贵。拟请王仲丹主任,并调张雄飞兼办。

文具 鲍先生说,童弼臣造药料恐不合算。须问包文信成绩如何。

纸件 小平来言,前托裕昌洋行定英国印书纸一百吨。先已辞绝。今来电言,每磅四本士仍可接受。已允之。原价三本士八,今为四本士。

杂记 丁榕交来代拟复邮局信稿,似未提及汇票一层。属梅生明日再与丁君接洽。

黄韧之来,言《时报》将不支。狄楚卿往商史良材,言欠债十四万,有机器房屋租地,可值六万。史估营业岁可赢一万。现已招新股五万还旧债。狄仍任四至五千,尚有四万五千,约有二万可改股本。每年盈余不付股息,尽先还债。问本馆可否附股。余言本馆近来对于报事甚淡,恐难附股。至该报估值十四万,殊不值。余意机器房屋,至多不过三万。招牌十　万,未免太昂。请告良材。又与谈设立普及教育研究会事。

三月十四日　星期二

收信 廷桂来电。

发信 复廷桂电,又信。为印债票事。复顾赓吾电。陈筱庄、经子渊两信。为《师范讲义》事。

公司 俞、陈二君交到加价办法。并言加价各书均须盖印,必须精制。否则人可仿制,加盖于贱价购入之书,照贵价退还。余言此甚可虑,惟有多制精细之印。至加价后再版之书,一律加印记号。

用人 告叔通,约邵培芝到馆,月薪百八十元。

梦旦言竹庄侄已说定,月薪五十元。

分馆 发顾赓吾电,文曰:"电悉,改派未便,请据实盘查函报。翰未返,拔病,弟必力为主持,诸仗鼎力。济。"

印刷 复廷桂信,详述债票印刷手续及挽救去年合同之缺点。

文具 包文信言,童弼翁制药如此重修,实不犯着。所冀教出一二学生耳。

余言,如欲办,必须延聘专家。

纸件 容君来言,巴纯仍无回电。属小平发电径询。张文彬言,瑙威有船到,有同样唛头之纸约二千令到埠。已告小平。

小平言,同孚加斯君言,欠本馆瑞典纸一万余令,有四千令在手。又言,前到货,问本馆每磅加一本土,我用电话复以不要,故售去。此货应划抵。意欲偿还我处溢出之价。余告小平,未便答应。属其告丁君。余又用电话告丁君,勿遽允。

杂记 致朱仲钧信,言精本书目及钥匙已交尊处,无论何人来借书或参观,均请拒绝。仍由我一人开单。

十六日收到回信。存图书馆馆致函内。

托谢宾来持吾处来商务书馆之汇票与丁君商。据谢君复言,邮局仍凭我处印记付款。言丁君谓,如此无从与邮局理论。又言,邮局说,商务报馆登有小说《霸王》告白,称商务报馆内商务书馆云云,本馆何以不说话。

翰翁午后返,未来馆。

三月十五日　星期三

发信 孙伯恒、傅沅叔。

用人 叔通来言,有吴君者,石门人,为吴滔之子,能画山水花卉,已保举县知事而不欲往。吴昌硕邀伊来沪售画。亦有意来沪。如本馆需用人,主张绘事,可托吴昌硕函商。仍任其售画,大约所费无多也。

沈柏甫收到二百元,有谢信。存同人事件二函内。

三月十六日　星期四

公司 与中华约定运动会停止应酬事,静生送来合约及连名通告,盖章送还。

发行 小说拟预约,半年为期。晚间梦旦来言,谓利息甚好,恐稿不能继续。

分馆 徐积余约在万家春晚饭。少周、开福和报关行,亦本馆股东,力言章进之之无能,旧人多离散,店面街道不相宜,招呼又不好,宜亟整顿。

西书 李博士有回信,云伊文思事现尚未商定,如有确音,即来通知。

编译 托范云麓编《春季单级国文》教科、教授及《学生自习字典》一部,共二千四百元。由庄百俞拟定约稿及编辑大要。当盖章交还。

印刷 仿宋体字已刻好,铸出铅字颇可用。

纸件 翰卿约丁斐章榕及余至一家春午饭。丁榕告知,已与小平君往晤同孚大班。大要谓,我处所定瑞典纸系由威堡某行转向英人所设纸厂转定,后因开战,后货不能前。本馆购入之二……唛纸,系同一定单而非本馆之货。现在无法能来。丁君驳以何以同号之货能来。渠云,此系伊公司内部之事,不能说明。余言,此时应追求伊行定单共有若干,何以他处所定者可到,我处不到。丁云,诉讼时伊不能不说出,此时尚须考究。余言,我处此时要纸,不能遽允以战事止后再行交货。

午后四时加斯来言,前电询之百五十吨瑞典纸已有回电,问此时是否要定。余与丁榕、小平两君同见,问以是否可以直与厂家直接。云定议时可写出厂家之名。问该电复何人。云璐威领事。问银行付款须用 C form。云尽力去办,并可觅保。问何人具保。云伊代表,有奥领事及汇丰银行可为证。余问丁君,船期不至误否。丁云此有通例。小平问,英伦汇款至璐威汇水须申加,常相差至百分之九。云用美国金洋可无甚涨落,可付纽约汇票。遂代拟一信稿,言如要定货可于明日照稿缮好交去。此稿交小平君。

三月十七日 星期五

收信 仙华、廷桂。

发信 王仙华。发去纸五十件,能照七元之价售去最。并请函知廷兄,京价七元五,有二千令可售出。

公司 与翰翁谈联合加价事。翰意以为若仍自由竞争,何必多此一举。若酌量增加,我处办法不免稍滞,恐又为彼所利用。即单独加价,亦恐彼乘机统加,我亦牵制。不如延缓。遂复静生,后日不往戴氏处商议。缘今晨静来,以此见商也。

分馆 李伯仁自兰馆来。

王莲翁查各分馆滚存账。阳历年终收大批账者,必是预借阴历账目之故。其不借者甚属寥寥。

编译 《香港国文读本》第三、四册,改正交韦傅卿寄港馆面呈,核正签字发还。

王仲丹交到尺牍编辑条例。余略述所见,于十八日送还。

印刷 中华承印政府月份牌二十万,系袁像及命令,共二十万张。约两万印价。来沪监发者为狄观沧。

纸件 午后二点半电告丁君,加斯之纸可购。请到奥领事馆一查,再偕往瑙威领事。余又问,此项纸必为我托同孚所定之物无疑。将来同孚查悉该纸厂,纸厂告知由加斯售与本馆。加斯系该行经手之人,此时我正与理论定货不到之事,同孚可以责备我处。此时应否于订约时与加斯说明,如何防范,并请筹画。丁答此系法律问题,非彼所能与。余云,此事专以奉托矣。

杂记 周少之云,中华去年有盈者,北京六千、奉天五千、南昌四千、山西山东皆二千。亏者,广馆九千、汉六千、湘五千、宁二千。相抵尚亏三千余。杭州分馆甚为败坏,故收回自办。又云连总局在内,一年半约得一分二厘息。

天头 杭州白单纸价每件二元四角,货与沪等。

地边 运日本新到新闻纸五十件至津发售。

翰翁酌定,由本馆认水脚、车力,每令合七元。售后津馆得九五回用。5/3/20。

三月十八日　星期六

收信 张廷桂。

公司 本日与翰翁复对红账。地基似可打至八折为止。

广告公司新旧欠约三万,应折去若干。

函授学校应开去若干分,或俟毕业时再开去。

中外舆图局应查。

用人 李彰生赴津售纸,归后又不到馆,仍拟续往。昨晚与高、鲍商定,决议辞退,并催还欠款。余历举自营私业之非宜。并言前在京华买铅之事,初犯已不计,今屡犯,实难宽恕。翰卿亦言外人多知此事。并言机器、铅字等无利者,则归于公司,有利者,则归于己。公司办事人实有为难,不得已始约面谈,请自筹处。李言,欠款两礼拜,至多一月必归还,余拟离去公司。翰问余如何。余云,李君自辞,亦无痕迹,予以照办。

分馆 高颖生自福州来。

李伯仁言,杭馆与兰馆区划不清,彼此常有冲突。余言此不独杭、兰两处为然,应妥筹办法。伯仁又言,杭馆发与兰馆货二二折者加一厘五,余均加二厘五。翰翁即属韦傅卿发信至各馆调查。

拔可言,汕馆与曹万丰订约,应由翰函止沈仲芳。翰意,彼此竞争亦非全不是。余云,须有界限,太过则有流弊。

编译 与汤尔和订约,编译医书,本日签押。

本日邵咏可来信,惠尔士编《香港读本》有加价之说。王仲丹交到《日用大全》编辑条例。

印刷 梁燕孙回电,债票已与财部印刷局订约承印。

纸件 怡大送来湖南毛边纸样。索价每件五刀四两二钱。余只还四两一钱。又索连史纸样,允明日送来。小平来言,得丁榕电话,加斯办纸事可拟约稿。颖生言福州买纸事。客户向槽户买出,再售与纸栈。或纸行自在产纸处开一杂货店,以货与槽户易纸。如自己开行,必须放款与纸客,且必有内行人方可办。

杂记 午后七时约陈劭吾、陈少周、李兰舟、高颖生、李伯仁在一家春晚饭。黄齐生、朱雄甫、周樵舲未到。

三月廿日　星期一

收信 孙伯恒。

发信 沈畹山信。十三日缮,未即发。廷桂、伯恒信。快,十九发。本日又发一信。

公司 农商部批准,本公司声明"商务书馆"及"商务馆"为本馆之略称。本日接到批回。

用人 昨日在发行所与高翰翁、梦翁、李拔翁、鲍咸翁谈，吴炳铨近来在外嗜赌、吃花酒，举动阔绰。既可私自营业，恐其借图书公司名义在外定货。余言，应登两报通告，如有该公司定货，尽若干日内先向其律师处接洽。既到期，即改为本馆第二工场。梦旦言，或即布告该公司并入本馆，现为第二工场。翰、咸二君之意以为过于激烈，拟先派一精明账房，并婉劝吴君。余言，凡人既有私弊，且有嗜好，断难悛改。维持该公司现状，亦仅目前之计而非久远之图。

印刷 昨致廷桂、伯恒信，言失去债票千号，只能由公司买入。在京能买收据作抵最好，否则电知上海"代购债票万元"。对朱国祯须查有无弊病。如有可疑之点，应否交警或交侦探请卓裁。本日又致廷、伯信，言买收条恐不易。如公债局并无余额，将无办法。最好能买四年无论何号之票作抵。其次买收条。又其次交现款。一面援三年例，注失登报，用丁榕代敦谊堂出名。无论如何总以速了为是。

纸件 致畹山信，毛边改造连史尺寸，一年三千件总可用。

与加斯约定瑞典纸一百五十吨。至二十吨以三月廿七日为限。后改卅日。由余签字。丁榕君有信来，其信交还小平君。

杂记 翰翁闻华章纸厂发行人李君言，本公司已定华章机器一架，共六个月。昨日所言。本日翰翁往大秦商会询问，据云并无其事。惟探明沈芝芳用文明名义，定有光七万五千令，又洋连史一万五千令。

本日偕一琴往访王显臣，略谈汉口纸厂：一、锅炉不禁用。二、机器不敷。三、水池已裂，且无盖，故水不净。如欲承办，非五十万元不易入手。

天头 昨日接廷桂、伯恒信，为债票失去千号事。

本日又接得外间来信，力言吴君之不妥。翰意拟将此信交与阅看。余言，吾辈须将一切布置妥帖方能动手。此时大局多事，且暂勿举，恐馆中人心摇摇，反有不便。后商定请鲍君前往稽查，以本年营业不佳，筹画缩省为名。旋约咸昌来馆决定办法。鲍允担任。

三月廿一日　星期二

发信 孙伯恒，为《德华字典》事。

公司 本日董事会议,决定阳历五月六日开股东会。

分馆 顾赓吾来信,言衡州同盟罢工。余言,此等人必须尽数斥退,否则总馆以后如何用人。

商定蚌埠归南京节制,盈余由安庆、南京两馆平分。哈尔滨馆拟裁撤,然恐不易。拟先行缩小范围。江馆经理就奉、津两馆设法调人。

杭州加兰折扣,又贴息。兰馆言负担太重,应划分区域。此事非能仓促商定,须详细斟酌。

印刷 与翰翁商,决定将孙问清之《廿四史》印行。

杂记 午刻约一琴、王显臣在一家春便饭。显臣历言用人之难。稍得力者即易脱去自营,与我竞争。又言,欧美用人凡登报招人应募者,多难得力。由于其人不知足之故。凡不知足之人最难用。做事不肯用心,稍满又思他去。故欧美用人亦以友人介绍为宜。又办事曾不几时,即历多处者,其人必不可用云。其言甚有经验。

三月廿二日　星期三

收信 周少勋。

发信 周少勋。叔翁主稿。

公司 函梦翁,共和书应于已动各省多登广告,用实用作陪。又共和书稿本应即还原。

周逸民、吴立起有款寄函授学社,账房收账查无着落,未能与该部接洽,致一面仍去信云未收到。约钟景莘来商,嗣后遇有此等一时查不出根据,另立一簿,责成一人于到时即向各部一查。并以后每礼拜一查,如各部有接信云已付款而未收到者,亦可向该簿一查。已请景莘拟具办法。

奉农商部批,本馆略称"商务馆""商务书馆",准备案。

分馆 分馆用人漫无限制。拟乘各省变动、本届结账之际,按营业之大小、赢亏之情形酌量裁减。与加薪之事同时发布,可即援据湘馆裁人为言。少勋来信,颇对王莲翁属其撙节之信有所不惬。已去信解说。亦有信致莲溪。莲溪复信,似太硬,已请酌改。

发行 告傅卿,知照南方各馆,《模范军人》可停售。

编译 函梦翁,时局变动,拔翁意可预备法律书,请与慎侯商定办法,选定后可即交崧生。

三月廿三日　星期四

收信 廷桂。

编译 蔡鹤庼来信,言《石头记索隐》作为版权共有,应与谷庼商议。顷得复信,谓非预先接洽不能认诺。须来沪时再行面商。

谷庼信,又云鹤庼有信与彼,言当续成《文字源流》及短篇文字。并称自三月起,将法文工课减少,每日限定编书时间,使寄稿不至间断。本日将鹤庼二月八日来及谷庼三月廿二日信均送蒋竹翁。

印刷 廷桂信,实业债券事已了结,并详陈办法,已抄交鲍咸翁矣。

金士铎公司定印保证书一百万。本日签字。

纸件 福豫安曹显裕来言,毛边元和贞五两四每件。连史日内可到。　文盛本号十两、盖加九两六。　永泰加检九两二。

同茂盖加、太隆加料均九两。

张苞龄来信,详述造纸事。

杂记 叔通拟稿,致商务报馆信。

三月廿四日　星期五

收信 顾赓吾。

发信 施敬康。

公司 买进金磅一千枚二先令九本土半,三月至六月。又美金二千元六角六分二厘五。又

翰翁有客,系我签字。

纸件 施敬康来信言官堆纸可照小有光尺寸改造,每刀合价洋三角、八角,每月出二百篓(每篓廿刀)。第一个月四十日交,余每月一次。照加杂费。每五百张约合二元二角。今日去信,属定五千篓、每月交五百篓。如居奇,则照原议二百篓。

本日定福井洋行新闻纸一万五千令,上海交货,四十三磅,每令银四两。自四月起,每月三千令。

杂记 商务报馆复信,语多无赖。

天头 前翰翁在湘购官堆三百件,计:

绳索、下力十两零八钱八分,

保水渍险七两九钱八分,

关税、码捐一百廿两零八钱一分,

报费九两。

以上均湘银。每鹰洋一百元合湘银一百卅二两七钱。又运费规银一百廿五两二钱。

三月廿五日　星期六

收信 张廷桂,附来龚镜清信。

用人 谢砺恒出示博纶信,有愿回本馆办事之意。属即复信,甚盼其能重来。

发行 告傅卿,通告各馆,帝制取消,应推广共和书。并将普通书速即销去,勿退回。

电洛阳张,告同业,现非共和书不适用,勿再误会。

将《廿四史》预约券办法送俞志贤。请与发书处接洽,不妥即改,并签字交还。

印刷 催包文德,赶补印儿童教育话及童话。据云,童话礼拜可有。余云,至多十日,必须全。鲍先生廿七日来信云,儿童教育画两礼拜可完,童话廿九日可完。

纸件 向福裕安买进毛边、元和隆、元和升四十件,每件十两曹显裕手。

裕源长贝宝良来,允礼拜一送元素纸样来。

与翰、咸商定,在东洋定购印书纸约二百吨。适小平午后告假,未能与言。

杂记 今日往吊戴懋哉母丧。未见。

叔通复商务报馆。即夕又有回信,用律师出名。

三月廿七日　星期一

收信　伯恒、廷桂、少勋、王叔均信。

发信　廷桂、二。仙华、兼复伯恒,附京局去。王叔均信。

公司　昨约翰卿、咸昌、莲溪、拔可、叔通来寓午餐。所商各事如下:

一、推广印刷。调俞志清到营业部,一面派杨公亮在本埠招接新生意。与吴炳铨、叶润元先行接洽,勿互冲突。俞志清又会同办理。稍有端绪,即派杨赴南洋。

二、图书印刷所将铸字、照相、锌版、铜版等零件一律停止,并包伊石印架及画图人。又由总务处去信,勿得自行定货。翰言最好由伊招徕印件,由公司支配。

三、将各分馆可裁并者裁并,否则缩小范围。并将用人经费等事一同规定。

四、储备人材。刘永龄可用。

五、发配仪器事。责成干臣缺货即时答复。

六、童弼臣有人约伊帮同制化学药品。本馆决不自造。由鲍君与接洽。

七、南昌、梧州均拟换人。但未决定何人。

又,请鲍君允木本、秦君夜间将样本估价,另给报酬。鲍允照办。

分馆　衡馆来电,言万、罗不照章移交。当发湘、衡两馆各一电。本日致吴炳铨信,以后不得自行定货。

印刷　致廷桂信,言如须缴现,尚有两法:一、公债尚有余额,可照法定折扣买入,即作为购入已失之千号。将来尚有收回若干之希望。一、照合同赔偿,如该局责令照办,亦属无法。朱国桢须详加侦探。此间装箱人亦严加侦视。该号票箱请寄回。

廷桂信,实业公债票印废纸,须全交。

纸件　向福井洋行定新闻纸一万五千令。每令四两,上海交货,自四月至八月,每月交三千令。

告小平,向日本定印书纸,约二百吨。至巴纯公司价约一磅八分二,嫌昂。姑去细单,候电告实价再说。告小平,再向日本王子问新闻纸价。

小平言,华章买纸脚,可出四元。但在八月之后。每令大有光四两四钱。

鲍先生与小平商定,照小有光二两六钱比例,不得抬高,可以定议。

杂记 鲍先生来,磺强水一年约用千磅,硝强约用六百磅。

复商务报馆信,叔通、元嵩主稿。

三月廿八日　星期二

收信 张廷桂。

发信 廷桂。

发行 江西益智顾云卿云,某次发书,历史多装三百本。伊来信告知俞志贤。后顾云卿来,装箱人与之理论,责以多装何必多说。故以后只能报告少装。此系二十九日事,误记于此。

分馆 约杨公亮谈,王莲溪亦在座。拟令在本埠招集生意,约二三月再往南洋一行。杨言估价事未有端绪,不敢轻易出门,须考究明白,方敢出去。

玉山文信堂莫敬敷皮气不好,尚有资本,欠总馆四百,余兰溪。杭州河口太和烟纸店无资本,欠总馆。江西沈琬翁云。

分馆云,印刷及其他交涉之事,分庄事务处多不复,至总务处又恐结怨。

印刷 告鲍君,速备有奖实业债券。

剑丞回,谈前事现又将定印。

文具 约文信,谈美国教育器械行号既有清单即洪生交来者,可即发一信,索取章程。并寄本馆历史,并询可否允作代理。翰翁亦在座。并言印刷所记念室落成,可即用为陈列场。

纸件 与高翰卿商定,再购平市票纸,无水印五百令。另备暗码,临时添配,可发电。已购过五百令,故不再定。沈琬翁报告调查江西纸事。

麻线难买,每一两价钱一百七十文。交还支单一本,还与谢宾来。收条十五张,还与俞志贤。均用菊记回单。又交来书柬图章一个,瑞昌义、成庄各一个。存我铁柜内。如不用要寄还。

杂记 竹简斋稿售与中华。将发行。定价四十两,预约廿两。

本馆批与广信益智四折,另回用十七元。中华批三三折,回佣十二元。均蜿山云。

天头 吴炳铨来,告以印刷将有竞争,总馆亦拟派人外出张罗。须预筹免去冲突之法,最好划分行。吴有难免,辩论多时。余言,总馆注重彩色,其彩色石印架及工人由总馆包入如何。吴亦未允,语甚强硬。后云,容再筹思。

三月廿九日　星期三

分馆 顾赓吾自长沙回,言罗利臣及万评两人万不能再用。又言施敬康甚好。又言长沙房屋有人要买。当嘱即代拟致湘、衡两馆信稿。

编译 黄镜寰交到拟编体育书,即送蒋、庄。得复,已往办理。所未及者,属送书选阅。当交黄备书。

纸件 沈畹山调查江西纸事回,下午与华章纸厂论理。

杂记 发邮局信,告知本馆略称"商务馆""商务书馆",已经农商部批准。丁榕拟稿、由我签字发。

三月卅日　星期四

收信 杭馆、张廷桂。

公司 谈话会议定由志贤、培初、莲溪、绍庭筹议划分区域,并免被同行跨欠各馆之事。

用人 知照钟景莘,本月陶悌翁薪水停送(因悌翁告梦翁,此项薪水决不领取)。四月份章行严薪水临时再与敝处接洽。再,并将此意函达梦旦、竹庄。查张融西薪水仅送至正月底止。

发行 谈话会商议,拟将小学书加与中华相等。彼局所无者酌加。折扣,门市十足,同行九折加回佣。

西书 查收发处报告,信有未复者。吊阅原信,除12619可暂不复。12618已于接信前月余已复一信,可不赘复。其余5355、8207、3660三片、12617、11222、11233、9143、10078五信均不能不复。

纸件 查三年销数,春季共和初小共七百五十九万余本。四年销路共七百二十六万余。尚有数分馆未到,大约相等。均专教科言。如用湖南毛边,每月五百篓,合二千令。每本以二十张计,只能印六十万本。是全年只能印七百二十万本。勉敷春季共和初小教科之用。

三月三十一日　星期五

收信　张廷桂。为收束津馆事。

发信　张廷桂、鲍子刚、何伯良。

用人　面告裘公勃,得赣馆迭次报告,朱同斋仍不能与中华断绝。似乎彼此均有不便,尔我同事不能不直言。现在时局不佳,拟下月止送薪。请去信不必说破。裘言,朱与中华沪局实已断绝,惟在彼与伊父为郎舅,或有所委托,不能拒却,亦所难免。当即去函知照。余即发信通知何伯良。

发行　告梦翁,将英、法文《辞源》评语,连《辞源》样本送往欧美各国,并送书与各国大报馆。

纸件　何伯良寄到名片样纸。已交鲍先生。石塘张纯夫寄来毛边纸。

向福豫安买进德顺本庄四十件,九两四。乾泰茂提庄四十件,九两五。建兴红同茂七十件,八两九。海永昌加魁四十件,九两一。人山厚庄三十五件,九两二。文盛盖加二十一件,九两三。

向怡大买进太和加乾六十件,八两九。向日本明治贸易公司定印书纸二百吨,每磅日金二角〇八,上海交货。自四月起至七月止。我签字。来信言六十余件。

杂记　同丰庄系葛稚威、咏梧、徐秀孙股开。咏莪昨日来访,欲与我馆往来。今日经手吴毓峰来交折一个,即交翰翁。古以均系亲戚,所开其人,皆本馆股东,且欲本馆在伊庄上用款。

四月一日　星期六

收信　张廷桂。

发信　张廷桂。

公司　查西书部复信有积压者。用拟办法八条,知照各部。

用人　翰翁赴湘时交下各人薪水杂记一册,本日交还翰翁。又公司书柬章一个,又英文橡皮公司经理章一个,又翰翁名章一个,均交还翰翁。

又公司方印一个交叔通。

印刷 复张廷桂信,言有奖债券全印加七千五百元,合成二万八千五百元。必全付方可承印。

杂记 前沈冶生送来津浦铁路文件一函,内十四件。因有关系,均存我处。本日送交王莲翁查收。

四月十日 星期一

收信 王仙华二件、廷桂。

公司 午饭后与翰翁商:一、进货拟暂停。二、到货暂存栈。三、印刷所席棚内存货设法移入。

分馆 蒋鹤企在外私自营业。廷桂函述,斥退。

编译 印四史拟用三行并二行式。

印刷 雕印地图稿,成后即寄东京办理,勿交印刷所。已函告梦翁。

纸件 颖生今夕回闽。问购纸事。告以现时停购,随后通信。又托问赤赛纸价。

天头 二日至杭州,九日回。

付添菜三月份三元,交文祥手。

四月十一日 星期二

发信 仙华、廷桂。

用人 傅沅叔介绍旧书伙丁隽臣,直隶束鹿人,年四十二,向在琉璃厂翰文斋、肆雅堂。已商翰翁,订定月薪廿四元,住宿自觅。并与说,须有荐保。渠称京中可有。约定两月后可来。返津前来此,给信往见伯恒。 又号俊丞。

分馆 王仙华本月七号来信,拟在石家庄设支店。云月底月初到申面商。

编译 王仙华寄来《慧观室谈乘》两册。不购。由编译所直接寄还。周越然之学生夏奇峰交来《汉英合璧方字》,有样。邝先生交来。

美人精琦有稿欲托本馆译印,并合办。郭秉文来言,渠即欲返宁,不及往谈。属转托邝君接洽。

印刷 寄廷桂信,如购四年公债,请电示。大票千元以上者,曰"旧本"。百元以下者,曰"精本"。折扣直书数目字,用大写。相去无多,即在京买。临时总馆当电复系十二日事,误记于此。

纸件 翰翁交来浦东华栈新闻纸六十二件提单一纸,编入第一号小平处进货簿。余已签字。

天头 石印小条,幅长廿六寸,阔八寸。

四月十二日　星期三

收信 张廷桂。

发信 施敬康、留底。廷桂、伯恒。

印刷 寄公债票五百元,每张一百元,共五张,与廷桂、伯恒。请其收存,备偿失票之用。票号系 51744 至 51748。

十三日午前交宾来兄亲携至邮局。买保险信封,由宾来套入,余当面封寄。收条存余铁柜抽屉内。

纸件 加斯送来瑞典纸样一张。言每磅计银一钱○五厘。经与翰翁商,议价仍太昂,不购。

沈琬山交颜色纸提单八张,又铜版纸提单十三张。由余签字。

杂记 持叶揆初信赴证券交易所访梁望秋。询知四年公债大票六八折,零票为六六或六七。往后尚须跌落云。

天津

四月十三日　星期四

收信 何伯良。

发信 鲍子刚、附邵仲威、徐子静。夏地三、王君九。

用人 邵培之来见。寓眉寿里五十二号。

与翰翁商,拟留沈琬山在总务处,专司采办纸张。

分馆 午饭与翰、拔商定,弼臣派往南昌,何伯良调回总馆。裘公勃派往南京,庄筱瀛调安庆,赵鸿声回总馆。程雪门派往梧州。

陆汇泉辞退。

四点三刻约弼臣至会议室。告以赣馆数年来营业无成效,放账太滥、存货太多,不能不大加整顿。拟借重大才。且投闲置散,公司亦甚觉不安。又受薪不轻,而所办之事殊觉恒泛,同人亦有怀疑。公司甚欲以相当之位置相处。惟有须预为声明者,既可担任,总须有一始终其事之心,不可半途而废。凡事不能求速效。且该馆积习已深,事不易办。初下手时,必有为难。弼云,决不操切,自当尽力为之。但如有为难,仍望公司相助。

李文石《燃犀录》,每千字三元,可购入。

印刷 剑丞来言,有奖债券,部款允二万七千五百元。我处要求尚缺一千元。允赔,有信与剑。剑持函来商,即由叔通函达廷、伯两君,不必收之,作为两讫。

纸件 何伯良寄来裱好全张名片纸一。每百张四元六角。定购千张,须时一月。

第十号至廿二号铜版纸提单十三张,交瞇民往提。

杂记 刘柏生来问,武昌前购集成图书公司之机器、铅字、石版愿照十九万购入之价半价售出。问本馆可买否,愿出何价。余云,亦可购买,但闻铅字等偷漏不少。容商定即复。

章一山来信,为蒲伯英说,代收印件事,已将做单交许允彰拟办法。

四月十四日　星期五

发信 赵仲宣。

印刷 梦旦估四史五千页,一百本,用七两毛边,成本五元。定价十元,八折发售,预约七元,利息二分。如用湖南官堆纸,每令两元一角,成本三元六角。定价八元,八折发售,预约五元五角,利息三分。

杂记 柏生来告,以昨谈之事并未留账,但可先拟一价,仍将货物清账寄来。如大致不差,即可定局。据称有玻璃四万片,铜十吨或十担之谱。答以却未闻鲍君提及。柏言,如本馆有意,渠或附股二三成。余告以时局太不定,只拟三万元。合股之说恐将来难于清结。本馆拟酬劳一成。余问交货之法。柏言,由卖主送至汉口,点清后付价。或将款兑付某银行,托其代收、代付。并问用何名义,是否即说本馆。余允之。柏又言,此事须经赵丹之手,必须酬。余允加一二千元,请其酌办。　柏生之友马崇德,号润生。住柏生宝兴长号内,在如意里三弄。

四月十五日　星期六

发信　张苞龄。言造纸事。

公司　与翰、拔、叔诸人筹议推广营业。翰言，一为钱庄、二为汇兑、三为押款。一、二两项难用人，三项较有把握。余言，保险亦有把握。先可从同人、股东入手。但须确定章程。

次日又谈及此事在余寓晚饭。梦言，押款资本不够。公司宜利用招牌之信用，押款匪所宜。叔通言，汇兑可办，但须通银行。至于用人一节，固关紧要，然凡事总须在人，如托宋汉章辈荐人、当可靠托。余意先办保险。

翰翁前有信致鲍、高、李及余，言将辞退总理，改任他职。迭次磋商，万难答应。因约翰及鲍、高、李。陈伯训适自粤来，亦邀之，在余家晚饭。沥陈一切。翰允对外不辞，对内由余出名。众不允。梦、叔二人言，余改任经理，翰仍不允。余云，此却可行。

发行　查退回杂志清单，只到杭、潮、闽、厦、浔、广、芜、汉、京。

分馆　京华红账到，共盈余三万元。实盈三万五千余元，多折去四千元。提出开销一千元。

印刷　礼拜日杨公亮来，言本国人制造厂有数家，如固本、德成、爱华皮皂公司，迈罗、丽辉饼干公司，华生果子露厂。其印刷物均归中央、开新、作新等家印刷。询其何故，盖有三因：一、估价人太呆板。二、价昂。三、交货迟。其意第一项，谓秦君不善应酬。又言，泰丰印件近亦分与商文印刷云。

纸件　致张苞龄信，允伊往台湾调查造纸事。可送川资二百余元。均留稿。

四月十七日　星期一

分馆　奖励金事。与王莲翁谈，拟将账款一层，亦作比较。又历年赢余如有增减，亦应比较。已告干臣。又已有奖励金，凡新开无赢各馆，第二年即可不贴。

四月十八日　星期二

用人　石献琛来见。拔翁接晤。王莲溪之戚,翰翁拟招入公司办事。

分馆　转运南洋各埠之事,误记在印刷格内。

西书　邝君云,已晤伊文思,其答语甚含糊。言其子已偕金恩公司人来沪。

编译　约精琦在卡尔登午餐。其所办商业函校,拟与本馆合办,或将编辑印刷之事归我承办。渠问,两法孰便。又云,彼初办时,为二万五千美金,后二年推广营业,将版权购回,费十万元。又添卅万,余系外招,合成五十万美金。现有学生三万人之谱。全部书售美金九十六元。现拟改小本,分廿四册,售百二十元。注重在随时答问及指示一切,尤要在销行方法,派人招徕。余言合办之事一时不能答复,编译印刷极愿承办。渠意欲余以个人确实意见答复,以便通知本国筹备办法。在座者为张桂华、周锡三、邝富灼。

印刷　晚约鲍、高翰、梦,筹商五彩印刷包办之法,未能决定。南洋转运之事,先函香港,问新加坡、爪哇转运情形。并约张文彬来,告以先运至香港,再转新加坡,至爪哇者亦同。张文彬云,运荷属货由好时洋行装运,但船无定期,现改由 Far Eastern Tourist Co. Agency 运至新加坡,再转爪哇。

杂记　仲可交还前三年送吴怀堂绸缎票二百元。属改送书券十余元。仲可意改送书券三四十元。该绸缎票已交陈培初,有回单簿用我处回单簿,韦傅卿签字。

天头　晚与梦、翰、咸昌诸人商议答复精琦。决议此事似可合办,但必改浅程度,节省费用,拟复如下:一、现成之书程度似太高,因中国人从事新商业者尚少旧商人不读此书。现在甚为幼稚。故拟将原书范围缩小,程度改浅,以备初级之用。其原书则作为进级之用。二、初级、进级两种,均兼备英汉文两种,因购读此书者,其营业大都在通商口岸。即在内地,亦必与外国商场往来。其兼备汉文者,恐其人英文尚浅,借此以为补助,且以备未习英文而有志于新商业者之用也。三、一切事务,以极简省而廉贱之方法行之。以上情形于十九日午前偕邝、周两君至汇中访精琦君面谈。

四月十九日　星期三

收信　廷桂、伯恒。

编译　江伯翁述,邵咏科云,宋某在香港学界甚为有力。所要求续编香港五、六册,并修订一、二册,另送酬劳至多六个月,每月三十元,如可允,即电达云云。已商翰翁,允照办。本日发电,文曰:"宋事照办。江。"

本日往访精琦君,答复伊昨日所询之事,并偕往印刷所参观。午后五点钟,精琦来发行所,与翰、叔两公谈数理化可仿此办法。翰并云医学亦可办。

文具　翰云金港堂来信,东京某仪器店停,拟将店底售与本馆。已令开细账来。发电去。

天头　与精琦谈编译费,约每千字十元。该公司出版商业书十二种,约计百九十余万字,译成汉文约三百万字,约需三万元。据云与美国编费约相等。余云,可先编初级,字可减少一半,约二千页,分二十册,约成本五元。渠问,拟售若干。余云,可售四十元。渠云正想如此。余又问,现成之书可售若干。渠云,并不贵,可售百二十元,但恐购阅者少。又问如何发售。余云,趸售,价不昂,恐不易,预先取书,按月付价,恐难办。或分馆所在地方,就近查确,知其为人可靠,或有举办,但不能一律。余又与周君商,拟请将现成之书改浅缩小,先出英文一种,附注汉文释义,不全译,则成本较轻。视销路渐广,需用汉文再译印。渠甚赞成。余又言,此系浅近之书,答问之人,伊可不必派来,可答者由本馆径答,如此开销更可省。其艰难者寄美作答。渠云,恐耽阁时候。周云,或先派一、二人专习此科,将两种情形先为研习,了解一切,则作答更易。渠亦赞成。　　又初谈之时,渠问需备股本若干。余云,举办初级,约需四五万元。

四月二十日　星期四

收信　施敬康。左房七号。

发信　伯恒、廷桂、叔通拟稿。精琦。附书三本。

编译　前月卓如寄来《国民浅训》一本,云托本馆代印十万册,余归本馆抽版税。　　童季通来信,制图成绩:《高等小学世界简要新地图》尚未印、《袖珍中华新地图》现印,又《制图便览》尚未印。以上雕成尚未印在日本印。《东三省明细全图《云南》,以上将付雕刻。《广东明细全图》已付印,尚未出样,《历代疆域挂图》十二幅。已成南北朝、隋、唐、元、明、清初、清末六幅。修正八版《中国形势一览图》,又三版《中华民国新区域图》,以上两种正在雕改。

寄精琦估价单,又书三本。

杂记 查中外舆图局已否登入书目及杂志告白。图书公司各书已否照办。复已照办。

天头 午前王庆道号吉绅来谈编译德文读本事。据云,前送去之书,其入门似太繁,故另参考一书重编。至读本,余意拟照原书不改动,但原课太多,第一册共一三四课,拟减为八十课。其说日本事者及诗歌可删去。又商定发音不必注。入门、成句各课注单字义,用汉文。其成段之课,则译汉文。第一册则先释生字、次练习、再译全文为汉文,仿《华英初阶》例。至第二本以下,暂从缓。又谈及将来排印用拉丁体,抑用德国体,尚难决。

李经彝来言,伊所编子书节本,已录出数种。告以可先送来,余请赶办,无书者即请将原稿交下,以便发抄。

四月廿一日　星期五

收信 伯恒、万亮卿。

发信 伯恒、周少勋、鞠思敏、经子渊、以上伯俞主稿。亮卿叔通主稿。

公司 函梦翁,出版拟停印。今晨仲谷来言,现各处多不靖,恐寄去无益也。

用人 汪友箕言,如不能包定夜课五十元,拟不来。即请拔翁答复道歉。

印刷 函鲍咸昌兄,五彩印件大者多留五十张,小者百张,以备各处陈列及作样之用。为平市领款事,用翰翁名发电与张荟甄。

天头 约陈培初、顾赉吾,告以赣分馆何伯良拟调回总馆任查账,在王莲翁处。王良暂留,俟童弼臣到后再看。程雪门暂代梧馆经理,毛仲稚调回。闻汇泉将回,即发电止之。

分馆 拔可谈及分馆经理住店中,是否可行。余言不妥。翰言亦不无裨益,但看人何如。如其家眷同住,必能格外照料店务。余言恐利不敌害。

告培初请函告伯恒、仙华,股东会时如时局不佳,可勿来。

翰翁言韶馆吴绍和恐不胜任。且兼管银钱,不放心。伯翁言,开销省,宜严监督。余谓且俟满一年再看情形,定继续与否。

四月廿二日　星期六

公司　四川重庆烧酒坎邮局寄卖处有信来,言不能汇款,拟将款交与渝馆。招刘廷枚来,告以与志贤商一办法,将此寄卖处划与渝馆。

分馆　江伯翁今日启程赴粤。

封芸如信殊荒唐,陈祝三尚顾大局。约裘公勃面谈派任宁馆经理事。渠允半月内将经手事布置妥帖,即可行。又言对外不可寒碜,对内总宜节省。余谓际此时局,即对外亦宜撙节。

编译　送《永乐大典》一册与梦翁,内有忠传可影印。

文具　属仪器部诸君,将日本寄来理化博物清册核对。

杂记　交《易道入门》四册与朱仲钧,托发修。

天头　与翰、拔两公言,吉馆可兼管长春。哈馆可兼管黑龙江。

四月廿四日　星期一

公司　拟保险部及招徕广告办法,共四纸。函送翰、拔两公。

用人　翰翁谈石献琛君拟在沪给月薪五十元,出门加十元。王巧生前曾在西书仪器部办事,后入东吴大学,今夏毕业,欲复来。拟俟到时酌看情形。面告翰翁。

分馆　函翰翁催弼臣赴赣。龙江分馆速派人,徐谋龙,哈并管之局。吉、长并管拟即施行。

纸件　翰翁买入德记小有光纸,十六磅半,一百〇三件。每件卅令,每令价一两八钱,计五千五百六十二两。

天头　腹疾未能到公司。

四月廿五日　星期二

发信　伯恒。

收信　周少勋。

分馆　王子良来言,归绥道议定全区用本馆书。即函告伯恒接洽。

纸件　厦馆寄来调查纸样,有连泗及潮庄大手本两种可用。其原样及价单已交琬山,由彼拟复稿。函告鲍咸翁,嗣后华洋纸张无论何种,无论来自何处,无论何人经手,一律用三联单知照。无单者请尊处勿收。同日并知照小平、陈迪民,用通告以传。

杂记　交八二四号快信收条寄清华学校之件与陈炳泉代查。该信系四月十日所发。

天头　镇日等顾晓舟,亦未来。

地脚　收栈单一纸,一百〇三件,编入廿九号存。

四月廿六日　星期三

发信　周少勋信。

用人　与翰、拔谈,拟派范济臣至成都。

分馆　翰翁谈,拟禁止分馆代售同业图书。即嘱陈元翁拟通告稿。

杂记　约锡三谈保险事。并邀明日至发行所与翰翁一谈。

四月廿七日　星期四

收信　张廷桂、孙伯恒。

公司　谈话会再请同人预筹时局不稳对于公司之办法。

发行　《廿四史》给与同行每部五两,面告志贤。属罗品洁查寄售分馆之书。

财政　告钟景莘,请查台湾银行存洋款有息否。可存至两万元。

分馆　庄筱瀛先行调回,再与商改调他馆之事。杨小圃请调赵连城至贵阳。翰翁拟留赵在渝。暂令小圃管理,徐另选人。

陈元翁拟通告分馆,不必寄外馆书稿来。

编译　印明信片等及名胜五彩图画等,请梦翁专派一人管理,最好属张雄飞。

印刷　复王子展信,为在印《于晦若代李文忠书》启。允照原估作九五折。

Otte 交印《中国文体举例》。邝君误告再版抽版税实价百分之廿,三版以后百分之卅。即复信,指净利,非实价,速去信更正。

《饮冰室文集》经梦翁估就,约一百八十万字,洋装分四本,用四号字。

纸件 小平言,台湾造纸厂已停,去年曾有纸样来,质较白,价略廉。属再探问。如尚未售去,可送样来看。

应酬 许静仁、龚梦张、曾载帱、秦亮工来。

杂记 翰翁言,梓方夫人欲取回所押馥生名下股分四十五股,并另借二千元与馥生了结讼事。翰翁意甚为难。余意股票允其取回,款则不借。并告梦、拔,均同意。

四月廿八日　星期五

收信 伯恒、廷桂。

发信 伯恒、梁燕孙电。

分馆 黑龙江分馆经理需换人。与翰、拔商议良久,竟无可用之人。拟就各分馆调充,属培初核送。

印刷 致伯恒信,京中四年公债如须购买,请照已付息者示价。彼此均一律,免致误会。

邝先生来信,言前函欠清晰,惟与 Otte 君说时伊当明白。特再备一函,寄与 Otte 君。

纸件 华章纸厂买办李庆扬约翰翁及余至一家春便饭。高桥及秦振甫,又一翻译俞姓者亦在座,撮合交易之事。先是高桥、秦两人未来。李君告知,沈芝芳用文明书局名义定纸,有光纸四万令,每令二两,本年九月起,十二月清。迨二人既来,谈交易之事。余问九月以后每月五千令,预定一年,需价几何。答言煤及原料均必加价,故不能廉。又问,我在外洋定购者最高何价。翰答,约二两四钱。渠言,总可比西洋略贱。翰言,须比在沪定出最廉之价更加核减。渠有难色。李言,文明所定之价已知说过。渠乃言,彼与连史同定,扯算之故。余与翰言,请给一实价再商议。渠等言可定为一两九钱五,共二万五千令。但合同须写二两一钱,俟货付清后再给还每令一钱五分。余等云,甚感盛意,容商酌再复。

文具 午后高翰翁约包文信、瞿子良、徐宝琛、朱文奎、赵国梁诸人商量该部办事方法。一、调查存货。先定簿册格式。二、调查进货。英、美两国先函请该国商务委员开示店厂。东洋仍托金君及各方面调查挤轧,冀得真相。仿造有数事。甲、幼稚恩物。乙、幻灯。丙、添冲床。三、调查同行价。并托分馆,上海随机行事。四、批发折扣须将前条。

应酬 往答许静仁于孟澜[渊]旅社。未晤。

四月廿九日 星期六

收信 张海山。

用人 知照钟景莘,本月分起章行严、温钦甫两君薪水均不送。昨日知照。

分馆 告范济臣,拟令往成都帮龚镜清,能否担任。伊云,须函询老父。余又问,何人可继其后。

编译 梦旦来信,言炜士意可编《中国医学大辞典》。用《本草》《医宗金鉴》数书剪贴,工省利重,云云。已复梦旦,可即动手。

我想此书宜稍有编辑工夫。名医及医书目似可附。又版式宜小,便于医生携带,用作夹带本。

印刷 《饮冰室丛书》用六开式。梦旦来信,言有现成材料,约两个月可完。

文具 昨日仪器部诸君谈及物理、理科、手工诸书所举器械与本肆所有或自制者不能尽符。宜谋联络。现正拟印目录。如仪器部所定名目不妥,即依书改目。但未备之器总宜不用。将所有者列入为是。本日函告梦旦、亚泉、伯俞,约其定期与该部同人接洽。

五月一日 星期一

收信 周少勋、施敬康、高颖生。

用人 许乾甫顾问薪水本年停止。托叔翁去信。

分馆 晋分馆同人来信,讦告程润之劣迹。

约程雪门,告以详阅梧馆来信及去年盘货账。此去系代理经理,首宜核减存货,节省开支。对同人宜谦和,尤宜恪守定章,一切格外谨慎。渠又提及毛仲雅皮气怪僻。

发行 《英华合解辞汇》第一版五千部照章十分之一减半版税,已于本日付与杨士熙。并与约明,现在总、分馆全数定出预约七千有零。以七千部,总馆售出三千,第一版付出以千五百算,分馆以三千五为算。至五月底,照合同结账,除去千五百部,余均照十分之一计算。分馆预约之数,付去三千五百部,余均照十分之一计算,于八月底再付。已与杨君当面声明。尚有卅部送书,应扣三元七角五。

编译 另开支单,付陈慎侯四月分薪水二百四十元。介绍邵裴子与邝君相见。告以宜将英文部关涉汉文之事分与办理,或修订译本及释义,或编纂函授四年级课本。

印刷 昨接公债局艳电,允以债票作抵。发电至京馆,问四年债票价。

纸件 查现存及预定(除同孚外)大小有光纸。托陈迪民查。

大有光存三万九千三百五十八令。

小有光存一六四五七令,加五一三令。

应酬 偕拔翁赴广东银行,贺开张之喜。晤李煜堂及黄朝章。昨午约英文部同人及邵裴子、周朋西、童弼臣在青年会午餐。邵未到。 晚约范秋帆、林子忱、王中丹、刘铁卿、陈乐书、董季通、邵裴子、庄伯俞、李拔可、杜亚泉、高梦旦在家晚饭。

杂记 证券交易所郑定滋来,言四年公债票已付息者六折。余还五二折。

地边(在发行栏下) 去信声明,复信承认,交许笃斋。5/5/5。

此系误算。后去信,总馆改二千,分馆作三千。

五月二日 星期二

收信 张廷桂。

发信 张海山、高颖生、钦甫、西林。十九日伯训来沪,云已收到,寄与西林。

公司 伍秩翁昨日来信,辞董事。以示同人,拟挽留。今晨往访,告以公司同人均愿借重,如嫌繁碎,董事会可不常到,有要事当趋前面商。伍云,公司既以为有益,伊亦无不可留,但不必推为会长。

用人 崔磐石来荐徐识耡丹甫,安徽歙县人。

财政 购进金镑一千五百镑、美金四千元。均至本年十二月底。每月递减。

分馆 湖南分馆来信,力言店屋当买同人。决议,时局太坏,拟不买。

纸件 大秦商会秦振甫来,与翰翁同见。拟定购有光纸四万令。照小有光算,每令一百九十五,再打九五折。可至明年二三月交齐。

杂记 鲍咸亨君交来岑西林(上署集益堂 Jih Yih Tong)橡皮股票息单银七百四十五两一纸。余出与收据,即转寄西林。附入钦甫信中,寄与江伯训,托其设法转递。

次日瑶阶有信来,问款已取未。即复信,请其来馆将单取去。至四日来,属由馆代取。遂代签集益堂,将票交与鲍咸亨君。翌日取到,由鲍将钱交下。遂送与岑瑶阶,取得收条,寄与西林。

五月三日　星期三

发信 廷桂,四日发。

公司 约于瑾怀、李守仁至总务处,商清理各馆退书之事。决定在梦旧居开箱,分类陈列,再查版次。由发行所、出版部两处派人帮忙。次日瑾怀交来办法。

发行 吴明浚者英国人,Rev. E. W. Wallace,在四川传教,充华西教育会总干事。来言,川馆书多缺,拟将偶缺之书直向此间采购。余允以在成都者,有添单来,仍寄分馆转交,账付分馆。外县各校,直寄书与该校,账直付总馆。折扣照川馆旧例,另加邮费。请伊将各校开一英汉清单,以便核对。请梅生备一英文信,并知照俞、张桂华、陈培初接洽一切。

用人 仙华言,天津新华公司经理张杰三,东光人,极有能力,又正派,与学界感情。拟罗致之。

分馆 王仙华来。

范济臣来。伊父已有回信,语意殊未决。伊已去信,言愿往,并荐唐思济继其任。

印刷 得京馆复电,债票已付息六一五。即托证券交易所梁望秋购入九千五百元。计六折合价五千七百元。又加用五厘,合廿八元五角。

纸件 翰翁买入小有光纸四千二百五十令。栈单四纸存余处。由许振辕处购入。

文具 瞿子良、徐宝琛拟赴东京考察仪器文具。余为介绍与刘子楷。

杂记 《英华合解辞汇》无价目。

对商务报馆总经理声明两告白。告仲翁，前件应改，后件应多登。

买入《海山仙馆丛书》一百廿本，计廿八元。同文《廿四史》，一百五十元。先付一百廿元。

五月四日　星期四

收信 伯恒。

发信 傅沅叔、梁燕孙。附廷桂信中。

公司 与高翰翁、梦翁、咸翁商定，新购梦之住屋与洋人调换、画地分售之事。

用人 昨仙华来，言张杰三拟罗致之，派充晋馆。

分馆 议定请顾赓吾赴太原分馆查办。

文具 函复施敬康，再询笔价。多买能否再减。运费、关税如何。查明并示。

纸件 翰翁又买入小有光纸一千零二十令。栈单二纸存我处。由许振辕处买入。

应酬 陈安生约在一家春晚饭。晤邹子东、陈兰薰，住爱文义路八四三号。

五月五日　星期五

收信 伯恒。

发行 缩本四史赛连纸印，定价六元四角。预约。

编译 伯恒寄来韩定生《教育学讲义》九页。即寄与庄伯俞。

印刷 金巩伯寄到翎毛画幅四帧。与叔通商，拟酬影宋《韩集》一部。

纸件 英纸商 Edward Lloyd 代表人 S. W. Cart Wright 来沪。约至卡尔登便饭，小平、陈迪民在座。余要求为伊作代理。伊云，完全代理因有旧主顾不便拒却，只可作代理。且须俟战事毕后再议。小平要求代理售墨事。伊云，亦只可在中国北部。均容函告公司总理。余等又要求以后购货不付现款。伊云，三厘折扣即须停止。余等又请银行放宽期限。伊云，伊无不可，但我等推论银行未必肯先交提单，后若干日再付钱。如此仍无实际。余等又请伊改为五厘。伊云，伊之售价已较他家便宜二厘五，实难再减。如要加折扣，只有将底价抬高，于事无益。余等请他函达公司，代为筹划有何可以给与利益之事。伊首肯。

应酬 往访叶揆初、陈兰薰、张君劢。

五月六日 星期六

发信 寄张廷桂信。

用人 告仙华，前日所谈张杰三拟留为某馆之用，现暂勿宣布。六月十五日来信，酬报暂与李雨农。

仙华又荐陈谦甫，前充宁波中学校，曾习钱业，英文亦过得去，汉文甚好，在宁波甚有名誉，人亦极有能力。拟介绍至本馆。余允。问现时所入，月不过八十元。

印刷 寄廷桂东省票纸样。

天头 本日开股东会。

五月八日 星期一

收信 赵仲宣。

印刷 夏剑丞定明日起程入京，来取公债票九千五百元。当请在账房当面检点。顾赓吾有山西之行，至浦口同车。并请会同点验，在车上帮同照料。

纸件 向大秦商会定购华章大有光纸三万令。先造廿二磅半五百令。如不合用，再改廿四磅。

廿二磅半实价二两五钱八五。

廿四磅半 又 二两八钱。

以十六磅半计，实价为一两八钱八五。交货期五年九月起，每月五千令，六年三月止。

定单正本另有合同，声明实价。有誊本，于本日交小平君。用会议室张回单簿。合同正本交陈叔翁。另有誊本及定单誊本，亦交陈叔翁。

查存纸。本栈。据5/4/22结单，到货算至四月底。除同孚未到货外，凡存本栈、外栈及预订出：

大有光计六万九千二百五十八令。

小有光计二万二千二百四十令。

文具 瞿子良、徐宝琛启程赴东。

亚泉来信，拟编理化、博物器械说明书，并须另行制图。午后到编译所，与之面谈。

五月九日 星期二

收信 伯恒。

用人 徐维荣约周锡三往中原公司，酬以薪水三百元，另给住宅。与翰翁商挽留之法。翰谓，于薪水之外，包以花红六百元，如保险有赢余尚有酌分。午后至编译所，告以无论保险办否，拟将花红定为六百元。将来办理保险，赢余项下当可酌量分派。告白事现无可办，将来办理亦可稍资津贴。锡未有可否。余请其酌定见复。

财政 告仲谷，拟核减告白。

查外埠告白，每月额定者七百三十元有奇。又以年计者，约一百二十元。

本埠杂志全年七百七十元，以期计者两种。

编译 与炜士商、拟约谢利恒编《医药词典》。

纸件 查月份牌纸现存者：

单张者可印五万三千张。

对开者可印卅二万张。

预订者到齐。

单张可加印五万张。

对开可印 廿万张。

应酬 请郑亮存、曾劭先、俞寿丞、吴昌硕、诸贞壮诸人在一品香晚膳。

五月十日 星期三

收信 廷桂。

印刷 聂云台欲印《曾文正嘉言钞》千部，分送亲友。复以如用稍次之纸，可照定价四折。

十二日又来信,索纸样。复以不改纸,仍四折,有现成书可即付。

纸件 告小平君,将五月五日与 Mr. Cart Wright 所谈各节,直接致信与 Edward Lloyd。

又交彩图纸、铜版纸等去年销数及现存预定表,交小平君。与鲍君商定,应再预定若干。

右系十一日事,误记于此。

五月十一日 星期四

发信 廷桂。

公司 谈话会商定,主顾不甚可靠者,减少放账,其来面购者,如付现款,可以廉价。

分馆 与章切斋谈调查东三省事。知黑馆最为腐败。吉馆牌风亦盛,而秩序尚佳。长馆朱君才力有限,不能驭下。哈馆顾君精力已差,王咏春年少老成,可资升任。奉馆秩序亦佳,二王亦称融洽。又云,哈馆朱峻安应辞。

印刷 南洋兄弟烟草公司美术部归潘影吾主政。在香港,凡该公司印刷事,潘颇有力。金游生以胡文忠与乃兄逸亭手札。复以如以石印,印原本可办,但幕僚代缮者不印。

纸件 巴纯贸易公司开来纸价,印书纸每磅一切在内(运、险费),照现在时价,每磅合银一钱五分。

五月十二日 星期五

收信 施敬康。

用人 请仲翁酌定各省顾问应裁之人。

分馆 与翰翁商定,奖王咏春,辞朱峻安,均哈馆友。长春分馆拟停。托同行经理。派一友驻彼监视,兼办转运。已函商顾怀仁。

王咏春曾赔哈馆失窃之款。铁柜又系寻常钥匙。切斋言,窃者确系吴吟秋之戚韩君,但无实据。我意拟免其赔偿。翰、拔均不以为然。陈培初言,渠有愿付保证金援例待遇。允其照办,并可酌加薪水。

纸件 与颍生往来定纸函稿五张,又翰翁在长沙 5/3/9 为买纸事信抄件两张,本日交沈琬翁。

湘馆来信,附致黄文谟二贡纸并发票提单一纸,交沈琬翁。

五月十三日 星期六

收信 京电。中、交纸币止付现。农部券半数缓印,价未领到。

发信 廷桂、伯恒、颍生。

发行 拟取消对折。如付现款,仍照向章。并声明不退书。

财政 中、交停止兑现。约鲍、高来总馆筹议办法。一、通告各分馆,能否加邮汇费,或采办土货。二、暂停进货。

印刷 函孙、张告剑丞,平市印价最好乞得国库证券,至万不得已时,即中、交纸币亦无不可。

纸件 寄高颍生信,前定双茂隆纸,原定四月内交清。现在只到一百六十件,且有别牌。可否借此退去。如所收书价有中、交两行纸币可付,则请照购。若彼于四月内付清,则亦无法。统祈相机办理。

西书 邝君来,言已晤伊文思。其子已归自美国。前我所答办法,伊不能允认。邝照我前议,请其开出意见。渠要求各以五千附股作为保证。余谓本馆不收外股,然可作为存款,利息照股利。

应酬 明日葛荫梧约一枝香晚饭。因事未去。

五月十五日 星期一

收信 伯恒、剑丞。

分馆 邹履信来函告退。

编译 本日会议,有书数种暂缓印。

印刷 陶子石述张苍甄信,云平市票将改为独立性质,所有印价总可设法。属勿焦急。

文具 鲍咸翁有留周厚坤之意,并代发行打字机。与郭洪声相商,拟有条款:

一、周索加薪为二百元。允明年起。

二、先赠股分二千元,从酬劳上拨还。允可办贴八厘息。

三、打字机酬劳成数照允。但以实价算,期改十年。

西书 伊文思复邝君,约于明日午后三点往见。改约早十钟。

应酬 李煜堂约晚饭。未到。

五月十六日　星期二

发信 伯恒、剑丞、廷桂。

用人 丁隽丞来,言即日北上,约一月后来沪。

发行 志贤送甘肃合兴续订合同稿来。着即交还。

财政 闻邮局发汇票之款均用交通票。告钟景莘暂缓支领。

分馆 属钱志青将图书公司每周造收付表翰翁与闻。与翰、咸二公力言,图书公司不可自己买货,更不宜做贩卖之事。照相部既已裁撤,铸字部亦宜停止,专做印刷之事。不能因吴君不愿,遽为迁就。龚伯英、李彰生不为前鉴,与其追悔于后,毋宁决裂于先。翰默然。

纸件 与鲍商定,印书纸英、美来无期,决定在日本采购。惟夫士纸、彩图纸、地图纸、铜版纸仍向西洋定。

文具 聂云台云,山西留学纽约纪君制有打字机,虽未见其仪器,而所打之字则甚明晰,似比周厚坤所制为优。

杂记 新购梦地鲍君意可售与一半与西人,伊割小栈房西首地一小方(非全条)及编译所后面地十尺与我。高意可允。余意必欲割小栈房西首地全条,方可答应。

五月十七日　星期三

收信 施敬康、许祖谦。

用人 翰翁言吴光臣、石　　均已不来。

周锡三致邝君信,要求三事:

一、花红包年六百元,从本届起。不允。允借三四百元,明年按月还,不起息。

二、兼办他事另给花红。允照章分别,逾六百之数应补给。

三、留股若干,候交款给票。允照办,声明拟留廿股。

财政 中、交两行票蚌埠照兑。

杭不兑,而通用汇水涨。济南本已不兑,现更无市。

分馆 与培初谈,拟将东昌、湖州、袁州、九江、韶州、湖州收歇。属培初筹议办法。晚告翰翁,亦以为然。昨与叔、拔谈,拟派钱才甫至黑龙江。今晚与翰谈。翰亦同意。

昨日吴葆仁自西安归,来谈。其人笃实少文,办事有分寸。

同业 少之言,彼局发行所有内讧之象。张厚斋本拟派副干事,现改充人丹部长。

分息一分六厘,尚未定。

编译 李经彝偕同胡棣华来,交到《孔子家语》《荀子》《晏子》稿两本,即《诸子文粹》。又照录本三种。即日送交编译所。

印刷 陶子石来,云平市官钱局将以曲卓新为局长。又出张荟甄电,黑龙江票未印之数均改印京兆。当代陶拟稿电复,由翰卿与之接洽。

西书 偕鲍济川往访伊文思晤谈。其子及李博士均在座。其意必欲全售,售价廿万。另有纪录存案。当约苏龛来谈。未到。与拔、叔两公谈,均以为无可与商。晚告翰翁,拟作罢。即复去一信。

苏龛十八日来。已告之。

五月十八日　星期四

收信 剑丞。

发信 剑丞、燕孙有稿。又有电致剑丞。

公司 与翰翁、拔翁商,拟将本届花红划出一分,归总务处。

财政 复剑丞信,预订通知中、交两行纸币市价密语。上海交通,"洋装书"。

外埠交通,"本装书"。

外省中国,"旧书"。

分馆 王企堂来。

印刷 复剑丞信,谓来信所拟三项。一、领上海中国银行纸币,前未发行,此时发出,沪行不认不能领。二、领国库证券,此时情事不同,亦不能行。三、领纸币,当是指北京之币,虽在上海可折售,然多数难兑。已函托燕孙设法兑沪拨现,但恐无效。此时执定上海付款之语,与之交涉。如彼说出付纸币,有由一二成搭用,渐加若干,相机办理。并拟定互报纸币折价密码,记入财政格内。

纸件 美国有平市票相同之纸,价较前廉十分之四。鲍咸翁商定,拟购五百令。

西书 约邝来,告以与伊文思所商情形,并托转询李博士如有他法见商,甚为所愿。

应酬 简玉阶约在小有天晚餐。李煜堂、欧彬、姚钜源同座。

莫伯衡来访。

五月十九日　星期五

发信 瞿子良。

用人 丁俊臣来,交与致孙伯恒信一件。

仙华回言,已晤陈谦甫,古以本馆之意。渠一时难脱身,云下半年拟辞退效实中学校长。现每月约八十元。杭州官场拟邀充军署秘书。先托拔可、叔通留之。本日又面谈,言无去意。

分馆 宋木林来谈许久。言吉隆坡时平书局与广馆来往,怡保、祥德与汕馆来往,似太纷起。应有一处归总方便。

江伯训归自粤东。

应酬 至礼查与 Cartwright 送行。又访姚钜源、黄朝章。

答拜莫伯衡。晚宴之于一家春。王仙华、企堂、俞凤宾、范济臣均在座。江伯训甫归自粤,亦来饮。

杂记 蒋竹翁来信,朱蕴初续附三股。告以俟有旧股售出,再为留下。

张叔良托邝要求优待股。复以先交一半,股息六厘,票以一半存公司,给与五股。次日来信,允照办。原信交顾晓舟,抄稿存用人事件二。廿五日复叔良,允照办。由邝君转交。

五月二十日　星期六

收信　伯恒。

发信　伯恒电。"张君购三、四十股,可允。"

公司　梦旦发现政府公报教部批中华禀,有妨碍本馆之处。

发行　通告寄售事。经编译所核准寄售,仍送总务处复,方能作准。

用人　接周锡三回信。一、求借五百元。二、问保险部花红如何摊派。三、遵照我去信办法。本月廿四日邝先生有信来,言周锡三欲即日借用,且全数领去。复以照办,即写一收据来。

印刷　闻浙省将发行纸币债票。属公亮往访莫伯衡、俞寰澄。未遇。

应酬　答拜宋木林。

五月廿二日　星期一

收信　廷桂。

发信　发两电至京。一为允张君购股暂缓达事,一为以国库证券抵实业券印价事。

公司　叔通拟上教部禀。为声明校勘及复用共和民国书名事。

叔通又与戴劫哉面谈,如伊以将部批分印传单,我处亦将抵制。戴允将批中指本馆一段摘去勿登。

财政　廷桂来信,京华书局收进纸币两万元。

编译　香港威尔士来信索款。约邝君来,属其驳复,并将往来信件交其阅看。廿四日由徐闻全交还。廿五日约丁榕在一家春午餐。面告一切,请其核办。并交邝拟复信及文件交阅。

印刷　浙江纸币债票印刷为某局招去。属公亮往访莫、俞两君。知尚未订约。余与叔通公致一函与吕公望。

西书　伊文思来信,索还所交伊公司章程。即复去一信,如有他良策,甚愿闻。

应酬　昨日约宋木林、姚巨源、黄朝章、李煜堂、简玉阶、王秋湄、温钦甫、翰卿、拔可、公亮在家午饭。

五月廿三日　星期二

发信　伯恒。发伯恒电,为实业债券价以证券作抵事。

发行　通告杂志由分馆定出者,到期前应通知原分馆。

分馆　王仙华返津,与谈石家庄支店事。并对翰言,不能执定减缩主义。支店应收者固可收,可立者仍应设立。石家庄可用最节减办法,一面推广畿南销路,一面为晋省办转运。仙华言,当自往一商。招张杰三,现有机关先行接收。

印刷　约莫、俞、殷在卡尔登午饭,谈印纸币事。俞言,先已与中华接洽,现渠印刷既差,纸张又非美制,一定不能如我处之佳,即可借此拒彼就我,但印价亦宜格外迁就等语。后俞君到馆又言,可将草约稿先行送阅。先订草约,到杭州再订正约。

王子展印《于晦若手书李文忠函》要求照估价八折。余往面商,要求减让半折,改为八五折。已照允,并允先付三分之一。

复伯恒信,详指以国库证券抵实业券印价办法。留稿。

西书　复伊文思信,问十七日所谈二层尚能再采用否。此外如有良策,亦甚愿闻。缘伊有回信,反问我处有何意见。

应酬　约俞寰澄、莫伯衡、殷铁夫在卡尔登午饭。谈印纸币事。

五月廿四日　星期三

公司　酬恤事,与翰翁商,必须速行改章。

发行　张少塘来信,言《白路文律》。意既无销路,即作罢论,不必送还。

用人　与翰、拔两公商议午节裁人事。并属仲谷、志贤就本部开单。

分馆　于瑾翁问发书事。答拟稍缓,俟各馆复信到后再定。

宋木林来辞行。言新加坡分馆房屋太窄。邻屋会丰商店屋可让,月租百廿元,亦三层,可并租入,以二层或三层楼转租他人。

西书　伊文思电告邝君,伊索价廿万,并不执定此说。如愿再谈,属余往,或伊来。廿五日复邝,如有他项办法,余可往。又有信来,约廿六日面谈。

应酬　广东银行为开张,设席答谢(在春江楼),余往赴之。

宋木林来辞行。云即日南返,并言南洋一带派人调查,费多且难遍,渠暑假时可乘便代办云。

杂记 与翰、拔两公商议,送宋木林股分五股。

王曦隅赴湖南买旧书,以两花瓶向余押七十元。押据及书目存购旧书函内。

从冯克澄处购到《洪武正韵》八册,六元。《杭氏七种》,三元。又谭献校本《意林》四册,十六元。送叔通,因有伊叔手迹也。

王君住法租界荫余里廿号。

王曦隅于本年八月九日又来言,书主因病,现在汉口就医调理,须八、九月方能将书运来。又言,往来用费甚多,要求再借十元。当面交付,押据上未写。后又来借十元,为轮船事赴湘。

五月廿五日 星期四

收信 剑丞廿日、廿一日信、伯恒。

发信 剑丞。

公司 本日谈话会拟将可停之分馆包与原办人。王莲溪亦主张不停。

余提议,制笔事应大加推广。湖南笔虽稍贵,实可用。可就地定购,即发各馆,省却一道运税等费。属陈、包二君商办。又言本馆礼券可改为兑现。如虑干涉,则言购书无论多少,可找现款。所虑者各馆均可兑现,一时麇至一馆,应付为难。廿六日商梦翁,以为利少害多。叔通亦不谓然。

财政 酬恤公积。查四年底存三五五八六元,四年支出五七〇三元有零。

闻交通票市面不佳,属钟景莘兑去。

分馆 告钱才甫,公司有派改充龙江馆经理之意。伊言愿试办云。

编译 闻五号字排版甚闲,拟多发旧小说。已告梦翁廿六日。

威尔士索加编辑费事,全卷本日交丁榕。

纸件 有相似美国平市票纸十令,属小平购入。

文具 推广制笔事,已记入总公司事格内。属培初函蚌埠分馆至庐州买笔,连仿单寄来。

应酬 黄齐生丁母艰,偕朱雄甫挈其子及甥王若飞返黔。雄甫来索香港介绍信。余亲自送去,并唁齐生,送奠敬四元。

五月廿六日　星期五

发信　鲍子刚。

用人　一琴昨日来信,愿将校勘字典事让与伍昭扆,薪水自下月起转送。复函借重不在此事,移薪之说至难遵命。廿七日得回信,允认。

印刷　浙省军用票每张一分五厘,本日定议。共印价二万元。

文具　告包文信,墨合、砚台、铜笔套、铜尺、仿圈等可试办。翰云,能制中国墨水尤便。属文信设法。

金港堂来信,言瞿、徐调查教育品制造会社底货事。原信在小平处,译本于5/5/27日交翰翁。

西书　午前偕鲍、徐同往访伊文思,晤其子及李博士。李言,前日所谈廿万之说太昂,可改为十五万。先付现款五万,二三年内再付五万,余五万付本馆股票,保七厘息。余答云此事责任甚重,除此有何策。伊转问余,余言前此两层未允办,现亦未筹得别法。

应酬　往送宋木林,当将股票五股交付。渠始谦逊,继言将股款汇还。余云,业已付讫。宋云,如在南洋分设印刷,并分馆,另设公司,招股四五万元可行。

杂记　本日交小照一帧与沈冶生,托其转寄美国放大摹画,价墨金六元。并嘱代觅沪妓小影数幅,并寄去托画五彩,备作月份牌之用。

定七月一日开英文函授第四级。告白由锡三拟来,已交仲谷。

五月廿七日　星期六

收信　鲍子刚。

发信　鲍子刚、剑丞信。拔可发。

发行　告翰、拔,《廿四史》《饮冰室丛著》可函送样本等与有购买力之股东。但两书性质不同,须因人而施。

印刷　托邝、徐查军用票英文作何语。复称用 military Notes 最为赅括。

浙省印票约已定,收五千元。

杂记　顾复生去年丁忧时借余百元。昨日函询何时可还。今日有回信,约阴历五月底。

赵仲宣子借洋四十元。系仲宣来信属咐。拔可代交,取有收条,即寄与仲宣。

翰翁电询,中西女塾来捐款,问余可允否。余答照翰翁所捐之数,照捐五元。

天头　因胃疼未到馆,在寓校函授会话十课。

五月廿九日　星期一

收信　夏剑丞。

分馆　裁撤顾问员。汉口段君实,月卅元。广州邓少牧,月四十元。朱介如,月三十元。巫兰亭,年百元。南昌张北法,月卅元。余均未允,属再商。

奉,魏麟阁,月五十元。宁,凌卓之,月卅元。湖,梁仲恺,年百元。

赣,黄福颐,月卅元。均允暂缓。

印刷　遗失公债票事,廷桂来沪商量对京馆结束办法。

纸件　小平查复,中、交两行票纸相同者查不出。由巴纯贸易公司送来相似者,选出两种,一系　　号。一系　　号。

其前一种较近,每磅到沪合墨银一元弱。如备印纸币,用 $21\frac{1}{2} \times 27\frac{1}{2}$。卅五磅合一令,需墨银卅五元。可印交通式一元币,每一大张成廿四枚。如不裁切分印,则卅张亦可。

文具　瞿、徐来信报告,教育品制造会社所存之物不值得买。即属小平拟电复金港堂。

应酬　汪穰卿夫人开吊。送礼四元。昨日往吊。又往唁卓如。渠丁父忧,于昨日始发丧也。访叶作舟。

五月三十日　星期二

发信　夏剑丞、伯恒。复廿一、廿三日来信。

公司　检查股票存根。

最旧第一次股票第八册,余存卅二张,已剪角填至八百八十七号。据顾晓舟面称,向系钟景莘所管。此外无空白票。

第二次股票第十七册,填至二四四五号,余存卅五张,已剪角。据晓舟报告,原印廿一本。余存四本又六十一张(即填坏者),已于4/5/6交郭梅生手销毁。有回单簿,系梅生签字。查明无误。

第三次股票共印卅一本又八十张。据晓舟报告,4/5/6交郭梅生手销毁八十张(即填坏者)。有回单簿。与前项相并查明无误。又填过十二本尚未完。又预备填坏一本。存未用十八本。

财政 正金押库券,佣金为八百分之一。翰翁昨偕小平往与商定。函伯恒,纸币如外国银行九五折,可售去。亏耗照粤、赣、川例,由分馆认。时势所迫,无可如何,想能见谅。

编译 丁榕交还威尔士编读本案卷,并代拟复威尔士一信。交郭梅生缮发。

印刷 谭组庵来信,言长沙宏文印刷公司愿与本馆合并,但取股分。先是翰卿亦得曹子献介绍信,与尹晤及,告以为难。余复组庵信,言事难谐。

西书 托鲍济川往告伊文思,五月廿六日所谈一节,当此情形大局不定,本馆甚有为难。又事大而责任甚重,最好有别策。彼此能分担者,仍愿商量。

五月卅一日　星期二

用人 与翰翁、拔翁商定总发行所去留人数。

至编译所商定应裁人数。梦言,竹庄建议拟裁寄宿舍。即与各部长一商,均赞成。

分馆 宝庆来信,报告危险情形。余拟责成邱文卿裁人至多连伊留三人。现存之款留下三四月之用,余数尽汇长沙。货止发。房屋存货责邱保管。面告翰,迟迟不决。

顾赓吾来信,言程吃鸦片及不能振作、以身作则。又放账太滥。余意用张杰三。翰又不决。

印刷 杨公亮回言,公债票事沈、俞均帮忙。

六月一日　星期四

用人　核定总馆裁撤人数及编译所应裁人数。

财政　请仲翁将《古今文钞》《说部丛书》三集预约告白大加酌减。

汪仲翁交到各分馆节减告白费节略。

纸件　沈琬翁云,六月裱信封,须买连泗五十件、矾纸二百令。矾纸每令二两,洋连泗节后减价再买。

杂记　得吕载之信。

六月二日　星期五

收信　仙华。

发信　仙华、伯恒。

公司　简玉阶至印刷厂参观。告余南洋纸牌(印刷所正在代印)及卷烟纸销路甚旺。

财政　函仙华,将京中寄存纸币或九五折,或九折,设法售去汇下。

分馆　与翰翁商定宝庆分馆办法。翰允照行。即属叔通发信。

太原分馆以张杰三代,翰意不然,欲以刘永龄代。嗣告叔通。叔言其在杭有失信用事,不可用。

各分馆有可裁者,拟将其最无关系者即裁。余觅可接手之人。以免多所耗失。翰云。

印刷　江西纸币事已定约。

纸件　托小平探问巴纯贸易公司,与中、交两行最似之纸,每磅一元,约二百令。

六月三日　星期六

发信　复严又陵信。

公司　分派花红,余意鲍咸亨、赵廉臣、许允彰、王德峰、吴桐轩诸人必须核减。嗣翰再三研究,鲍仍不减。余意鲍既不减,夏东曙不减无以对朱暎。

余意加韦辅卿、朱暎。

嗣翰必不肯减许允彰。余请将余议一律撤销。即属顾晓舟来,将花红单交还,并告以故。此系四日之事,附记于此。

翰翁告知莲溪,拟特别致送二百元。叔通同。5/6/26 交。

叔通坚不肯收,已交还翰翁。5/6/26。

竹庄、伯俞原约以五十股之股息,凑足作花红。如一分息凑足五百,二分息凑足一千元。三年分误多二百五十元,四年分已声明照原议送七百五十元。5/6/28。

发行 改定代售图书章程。交许允彰。

印刷 京分馆遗失债票事,原拟将该馆所得九五利益偿还总馆。朱国桢令赔百分之五。廷桂以京局亦有责任,不过托京馆代办。拟由京局与京馆各分任一千。遂允之。翰在座。此系五日事,误记于此。

纸件 询苞龄前所示桑皮纸,可作原纸者能否订造。又加厚、加硬另作别用能造否。每日可出若干。乞示。

六月五日 星期一

发信 傅沅叔。附还大生纱厂两折。

用人 何伯良归自南昌,令帮王莲溪办事。请莲溪注重营业部事。

分馆 与廷兄商酌定,天津印刷局收歇。归还施炳之款项分三次付清。第一次即付计洋四千八百余,连欠款在内。第二次九月底、三次十二月底,各三千五百元。

陆汇泉自梧馆回。

告符干臣,陕西发货极宜停箱运,免蹈辛亥年之覆辙。属并告志贤,留心甘肃同行事。

发行 甘肃发货宜留意,属干臣告志贤。

编译 送旧小说《南北宋志》《东西汉演义》《梼杌闲评》三种与编译所,请梦翁酌定可否付排。

应酬 约胡子靖、汪颂年、汪旬侯、谭组庵、汤绍武在一家春晚餐。范静生、尹骘庵未到。

六月六日　星期二

收信　仙华。

发信　仙华信。

公司　函致拔翁,托即致信张海山,调查纸牌及卷烟纸事。

发行　志贤言,同行还账,有许多地方汇水太大,要求公司贴还一半。余言似应通融。约明日晤商翰翁。

用人　为伯训事致函与翰翁。并代拟一信道歉。又言,伯训去岁花红应给足四百元。后仍未照办。

函仙华,言张杰三既为我兄所信,无论如何必须罗致。或专任直省联络之用,或现在津馆协理不得力即以改充协理。

分馆　致仙华信,催少勋回济南。

约廷桂到馆,告以袁事。劝其早日北还,以资坐镇。吴渔荃归自新加坡,言转运事可由潮、汕转,水脚较廉。又言杂志销路极佳,而递寄太缓。本版英文书销路平平,小说销路好。

应酬　朱樾亭来访。

杂记　本日由梦翁核定编译所花红。

天头　有事未到馆,午后五点钟到馆。闻袁世凯病毙。

六月七日　星期三

收信　仙华、苞龄。

发信　仙华。

发行　代售《船山学报》,告傅卿函询湘馆,总馆代印价已收足否。不登报无销路,催交报费方可代登。

用人　复阅与俞志贤续订合同事。

分馆　新加坡需用作文簿、习字簿,已催干臣。

兰溪顾问王胜武、陕西孟益民均有信来,言与各该都督甚好,拟缓辞。已复仲翁暂缓。

廷兄交来京华印书局租屋草合同。即交梅生。

编译 函致任公,索其所著之《袁世凯之解剖》。

印刷 催印《国民浅训》二万部。

又催鲍印黎元洪小像。

知照包文德,《廿四史》缓印。

夏剑翁回,领到府、部印价国库证券八万九千○十元。

纸件 嘱小平定 36684 号代中、交两行钞票用纸三百令。$21\frac{1}{2}×27\frac{1}{2}$廿五磅 F.O.B.。每磅美金四角二分半,运费每磅三分五,加关税等每磅合墨银一元○六。巴纯贸易公司定。

第一次装船在七月十号。

第二次后一个月。

文具 渔荃云,中国自来墨水笔新加坡极旺销。告文信,一面批发,一面仿造。

催文信办墨盒各处多采样、墨水。

应酬 晚约朱樾亭、夏玉峰、陶子石、夏剑丞、张廷桂在汇中晚餐。

杂记 李柳溪寄来息单一纸,计洋七百五十元。当即送交钟景莘,请代暂存。用我回单簿。

六月八日　星期四

发信 伯恒、张苞龄、复俞揆丞。

用人 改定俞志贤续订合同。

财政 湘馆汇四千元,由交通来。向索不还,托汤济武函达,乃弟关照。

同业 中华开股东会。

编译 梦翁拟属星如更选《名人尺牍》十数种。查已出数种,多者万余,少者亦四五千。答称照办。

印刷 杭州纸币制版已成。漏去地纹元数。

电莫伯衡、俞揆丞,请派员来申看票样。

月份牌尺寸:

大号 25×37，

二号 21 半×31，

三号 21 半×15。

杂记 托韦傅卿寄傅沅叔李鼎和橡笔十枝。

六月九日 星期五

收信 伯恒。

发信 仙华、沅叔。

用人 张蟾芬为方国香说项。翰已允暂派往牯岭，不给薪，至事毕为止。余告翰，应留底，否则将来恐忘记。

分馆 仙华寄来与京、津中华商议加价条件。

伯恒来信，甚不以不贴李、齐二人花红为然。语气甚不平。十一日复信，有存稿，大略记于十二日本格内。

编译 到编译所，商定秋季备货照去年秋季打八折。

共和十之八，实用十之二。

又与鲍咸昌兄商定，纸棚造成即移纸货，腾出地方预备检查。

预备秋季传单。

普通书一切改订，但将底稿及纸版留存。

共和书速备新版送部存案。

与杜亚翁、庄博翁、梦翁商议法领事馆书记来商杂志记载欧洲战事一节。拟来稿如专表扬法国者。

印刷 托仙华属李浚泉画美女两幅，$21\frac{1}{2}\times31$、$15\times21\frac{1}{2}$。大张者画两人，妆饰神情须与南方相合，布景亦宜雅致，不可过于简单。落款切忌匠气，字太不佳，最好不写。

应酬 答拜裘新甫。

广东银行邀晚餐，晤陈捷谦、谭海秋、谭焕堂联泰保险总理、周国贤、郭乐。永安保险。

六月十日　星期六

收信　伯恒。

发信　伯恒。十一日寄。

公司　代表赴泰丰公司股东会。晤经理王拔如、协理邓瑞人、查账刘鉴明、苏凤笙及股东冯桥福、崔磐石,到者约二十人。议定旧股分派每股七元。新旧股以三千股为限,不再加。其管厂为单乐生。

保险事如小办甚危险,不如不办。翰甚迟疑。

拔言中华必办赠品,应预备。商议多时不决。

发行　告小平元君,托金港堂代售《廿四史》,照同行例,每部提酬五两。并交去样二十分。

李煜堂索《廿四史》样本。

谭组庵索《廿四史》样本。

应寄股东问办法。

用人　章初斋告辞,以多病不能远出为言。拟邀其来沪面谈。十一晚商定添聘美国石印二人。

调周锡三到发行所,帮广告事。

财政　拟将去年结彩账另印,再加说明。排日,约在沪股东与之一说。

分馆　议定决裁蚌埠、洛阳两馆。长春亦裁,以年终为限。

桂林分馆账房系本地人,应照章押柜、取保。

津、京分馆与中华联合加折事,约志贤、培初商。均称难办。

奉馆复信,言谢演苍外面无所偏重,暗中甚为出力。由仲谷抄示。

同业　中华来信询京、津联议加折扣事。约陆伯鸿后日再谈。

编译　即向军务院递禀,请推行共和书。再约时人介绍,分送各校。

印刷　议定添派学生,专习估价及支配制版事。

制造笺纸,除旧更新。由拔可担任。

慎防他局向印刷所挖人。

文具　拟与旧笔店商量包售之法。

应酬　十一晚约翰、拔、咸、莲、梦在寓晚饭。

午前访李煜堂、吴子修父子、邵仲威、汪颂年、谭组庵。

六月十二日　星期一

收信　伯恒。昨又到。

发信　仙华、伯恒公信为京津联合加折扣事。又严范老信为分红事。

用人　知照钟景莘，月终送贾季英薪水时，先到敝处一商。孟莼荪、李右之、侯保三、郭洪生同。

分馆　昨日复孙伯恒信，谓李斋贴花红事，公司实有为难。因人数日增，而花红并不增。故不能不为出纳之吝，借资弥补。今年尊处已经派定难改，无由经理私贴之理。今年即由总馆拨给二百元（虽无明年不给之明文，而意自在言外。）。至组织中央办事机关，无此办法。津贴伯恒三百元，尤不足言报，更无停止之理。

告廷桂，伯恒拟加年二百元。并嘱其勿与前事并谈。十三日复告翰卿，请为加薪，每月廿元。

同业　添范静生来谈。伯鸿来言，静生无处寻觅。与谈京津联合事。略谓事难实行，由分馆就地相机酌办。加价事前我处所拟之法可办。容再详议。又纪念赠品最好不办。即办，亦预商定同一办法。

编译　昨访卓如，言将编滇黔起事文牍函件，汇印一集。托问叔通先将《时事新报》所载者汇集一处，并行补足。

索书目两种，《二十二子》《说苑》《新序》。又云拟编《中国格言大全》。又言《袁世凯之解剖》稿存天津，已往索。

法领事署书记韩君来言杂志事。

印刷　杭州财政厅派员来看定票样。

告廷兄，实业券尚有廿五万，如部能押中行纸币万元付我，固甚愿。即短一、二千亦无不可。

应酬　杨赤玉来。往送汤济武行。

天头　催月份牌稿交李煜堂香新介绍堂。

查四月初十傅沅叔杭州借二百八十元。

告知顾晓舟,只有今年,明年不为例。(此行在分馆栏上)

六月十三日　星期二

发信　仙华、少勋、廷桂。

用人　仙华昨日来信,言张君杰三决定聘定。

章礽斋已来,渠有去意。拟加月薪廿元,仍任稽查,远近不拘。翰翁允先加十元,以后逐增。余托叔通与谈,现增十元,明年再增十元。

分馆　孙伯恒加薪,改为每月廿元。本日发快信与廷桂,更正昨说。

应酬　往访杨赤玉。

天头　潘丕言说,四年春,施南颇开通。

汉口至岳口有小轮。

由岳口到襄阳约七百里。由岳口到沙洋五十里,再起早赴襄阳,五日可到。

老河口离樊城九十里。

六月十四日　星期三

收信　仙华、伯恒。

发信　伯恒、万施、仙华。

公司　筹议推广方法。

发行　前存东洋地图、博物图等甚多。罗品洁来问,应否并入廉价部。告以应并入。

编译　贾季英来信,言因学校经费事奔走,致稿甚缺乏。余复信,言奉教日长,不敢计较多寡云。因本有辞退意,尚未通告,而外间已有所闻。梦旦、伯俞均言宜留。故去此信,以弥痕迹也。

《国语》《国策》选本可印。伯俞条陈。

印刷　叔通拟致张荟甄信。即发。

陶子石亦有回信,黑龙江票全印京兆四十枚票。以二十万改印京兆云。

湖南银行纸币有信来,可照印。

应酬　请叶作舟、张竹笙、冯季铭、林季平、林亮奇、杨赤玉在一家春晚餐。

林季平为正太铁路车务段长,曾谈及运教育品有减价办法。

六月十五日　星期四

发信　杭馆。

公司　得津电,曰严允办。为介绍事也。

发行　告俞善庆,广长天可售《中国秘密社会史》,从缓。

用人　翰托拔可来信,陆即辞去有为难。因前曾劝伊勿赴中华之故。又俞亦不肯允合同增加一条,声明大局变动不受本合同约束之事。余复翰翁一纸,请公主持,我决不坚持己见。

傍晚翰翁约梦、拔及余商志贤事。言培初又来说合,谓志贤欲加一条,不拘何时可去。翰意游移,谓留则人人均可要求,去则虽其事并非无人接办,而时势多艰,总虑牵动多人。梦谓身处局外,不便主张。如身在局中,宜任其去。余以利弊比较为言,谓去后亦无甚不了之事。留则害深而渐,去则害浅而骤。梦言不与订合同,但一切照旧。翰亦以为然,言已约定志贤晚餐,顺便谈论此事。余言素恶其对于公司不热心,恐措词不免欠妥。遂邀培初、桂华来谈。余言翰素不以粹订此约为然,惟既订未便不续,故加此条,以免难对他同人。现将如何办法方妥。桂言,志方告以行,当分手。其意可不必订约,但待遇一切照约为宜。培初语游移,谓不订亦无不可。翰约二人同到一家春晤志贤。

财政　国库证券抵押,商丁律师。云托正金代收不妥,可作抵押。如政府不肯找付,则届时向正金找绝。抵押利息不妨增加,作八九厘。已告翰翁。

编译　伯俞拟另编《女子高等修身》。又令学生试编数书。其原案交梦旦。
《历代名媛尺牍》《近世名媛尺牍》《中国豪杰记》《中国女杰记》《休假日记》《旅行日记》。

印刷　午前十钟张竹笙来,言浙省军用票恐有变动。拟请暂停,候今日回杭明日来电知照。如果停止,照合同赔偿损失。

屠坤华来信,托印《博览会游记》。将所拟办法并原信两张、印刷方法一张交王德峰。

杂记　买《芥子园画传》一部。计八元,廿四本。

六月十六日　星期五

发行　梁任公《国民浅训》要求版税从丰。允以照定价二成。知照俞、陈以八折出售。通知柜友及各馆。有回单。

用人　郭洪声来,言许志敏约满拟不续订,仍愿回本馆。余告以近方裁人,难于罗致。又言张士一拟去中华,荐周越然为代。渠意周能往高等师范任教授,则于后来营业亦可预植基础。余言中华增一人,我处减一人,目前已失势力,日后何能顾及。只有请尽力留张在校。我处照中华津贴,月一百元。如有暇时即移为中华办事之力为我办事,我亦不计较多寡。先是,郭言张必须到中华数月,布置妥贴,并回校。郭以为不便。故余代画此策。郭云,当试与商之。又问,周厚坤能否允其赴宁。余云,此事须问鲍二先生。余意此周似不如彼周之紧要。余又言时局太不好,前信停送津贴实有为难,营业恢复仍当照旧。并已告翰卿矣。午后邝君来信,力言周万不可去。如每月加薪廿五两,则与高师月薪相埒,当可挽留。已商翰翁,允为照办。查张叔良月薪亦一百两。今独加周叔良处,无碍否。邝云,可无碍。余言,公司新借与股本若干,或可无碍。嗣思现正裁人,忽然加薪,总有不便。因函知邝君,自下月起每月加送廿五两,合三个月一送,另行开单。不必开入本所薪水单内。

应酬　俞寰澄约在卡尔登午饭。

杂记　本日八点钟有演说,在膳堂内。

六月十七日　星期六

收信　伯恒、仙华。

用人　与俞志贤续订合同,由翰翁主政。莲溪、桂华均赞成。

郭洪声与咸昌谈,对于本公司停止伊之津贴一事甚不满意。

同业　中华送加价清单来。即送梦旦复核。

二十日复到。

廿二日覆伯鸿信。言时局未定,暂从缓议。

六月十九日　星期一

发信　伯恒。

用人 托邝先生约张士一。每月薪水二百元,订三年合同,送股分三千元,存公司作证。如多订合同一年,加送一千元。邝返言,伊恐难脱中华之关系。

同业 戴劫哉来访叔通,询本馆对该局结账事。

印刷 泰丰公司刘鉴明言,本馆可备印刷铅片机。

应酬 昨访王亮畴、沈衡山、赵竹君、林季良正太铁道车务段长。

约王拔如、苏凤笙、刘鉴明、卓乐生、欧灵生、秦拜言在一家春晚饭。谭海秋、邓瑞人未到。巴士第夫人约往谈蒙台梭利教授法传习事。

杂记 昨剑丞借《公是集》《彭城集》《景文集》各一部。均聚珍版。又《荆公诗注》末一册。已收还。

在巴士第夫人处晤黄韧之,允介绍与名。

六月二十日 星期二

收信 仙华、廷桂。咏科十七到津,十八入京。

公司 本日董事会议,因论酬恤事。聂、郑二君仍欲送董事会核定。余以为不必,并举公司用人有费至数千元者,亦未尝报告董事会。聂谓,如用数千元似应报告董事会。余谓,此事甚难。因有即时定局,不能延阁者。聂谓,此可作为特别。余云,此系行政之事,公司支出经费项目甚多,即如特别秘密支出者,若经宣布,便有窒碍。聂谓秘密使用如国家之外交等事,固当秘密,至于大员,似亦不能由政府专擅。余谓本公司章程只有总经理、经理归董事会选任。聂谓既系定章,如此可无庸议。

编译 伯恒六月十七日来信,谓教科与教授因改动,不能符合,甚困难,应筹妥善办法。又中教授法,有教科全文,甚便利。

王渔洋兄手稿《然脂集》甚工整,可借印。去信请索原稿寄阅。

邵咏科来信,详述商议香港读本事。已送伯俞。5/6/21。

印刷 鲍咸昌来,言浙省纸币事须下礼拜二日交。余请加快。允于礼拜一日交若干,仍三日方能交齐。又商添购铅片印机,须洋八千元。再加铅片,约须二千元。翰翁亦主张采办。将前议添购 photographerure 机停办,先办此机。

纸件 大文洋行经理人大仓君、佐佐木君来访,送来洋纸样本一册。小平称系五金银行经理介绍。据言已在大陆报馆隔壁租屋开店,并拟托本馆为之零售。

文具 苞龄询制面纸事,已嘱文信径复。

六月廿一日　星期三

发信 鲍子刚、少勋。

公司 晚间梦旦来。余与言,四年分花红余多于翰卿。已屡与翰说,不允改动。托其转达。梦与翰商,仍不允。余云,今年余建议总务处应另计花红,故由编译所划出,即是此意。且余提议将发行所改动办法,故亦不能不身为之先。翰谓本年并不改动。余谓,今年即不改动,明年余仍是如此主张等语。

用人 询送章行严薪水不表明月份。

翰约志贤、拔可及余在一家春午饭。解释前数日商议续订合同事,彼此不免稍有误会,以后当可涣释。 余略谓俞在发行所最久,公司方仗维持,断无他意。以后并望鼎力,不专在发行,并望统筹全局。至所加 一款,实因袁在位时,时局太紧张,不能不虑及。

陈元嵩辞职。挽留不允。

分馆 告志贤,拟请伊弟志清赴新加坡任经理。月薪一百元。所招徕之印刷生意,提百分之二零五以充津贴。渔苓另有津贴三百元。以此作抵,包定五百元。如过二万元之印刷生意,仍照加。翰翁询钱志青宕欠甚多,且滚存账款不少。据钱云,铁柜存二千余元。余告翰翁,营业事须请咸昌常往稽查,银钱事由王莲溪月约两次会同炳铨检查。

编译 周少勋来信 5/6/16 言马良号子贞编有《中华新武术》一书,专讲拳术。已经自印,拟送与本馆,由我发行,不要版权。由马自登报,全至本馆购买等语。当复信,言书未见过,不能说定,亦不能拒,只可说得空灵,请相机应付。

图书公司送来《小说海》及小说销数表。即送竹庄。销路尚可。

应酬 陈劭吾招饮。未到,辞。

杂记 何文彬来,与谈约半点钟。似有心思。对于簿记一事,力言旧式不合,宜改新。

六月廿二日　星期四

公司　翰翁谈调查科并入交通总有不妥。仍恳拔翁主持，预备出发。陆汇泉亦拟往外省调查。

用人　钱才甫因移家来沪，现至龙江分馆，又须移回杭州。筹款无着。告叔通，我可以私人通假。遂假以壹佰元。当面约定，本年十一月还五十，余于明年五月还清。6/5/6日收回三十元，才甫还。

俞揆承荐郑素伯。鲍允给月薪廿元。余告翰，难启齿。

分馆　调查费总分馆各认一半。如由总馆派出者，其往来川资，除在本境外，余均归公司。

同业　加价事，复中华，拟从缓。并问纪念赠品事。如伊不举行，我处亦不办。请示。

编译　查郑君《蚕学教科书》。

催询《日用大全》目录。

印刷　叔通言，任公拟办一杂志。去信愿代印、代售。

纸件　用膳手纸五分一打，多买一角三打。送文信。属小平索取大文洋行纸价表。

应酬　晚约籍亮侪、谢霖甫、卞白眉、吴莲伯、胡石青、蔡谷廎、叶揆初诸君在一家春晚饭。

吴莲伯住打铁浜民德里卅一号。

天头　翰约咸昌、拔可及余在汇中晚饭。商定各事：俞志青听其辞职。

郑素伯俞揆承荐，先行试办一二月。鲍云，月薪五十元，尚可办。

有奖债券赔偿损失之款，京华与京馆及总馆各得其一。

日人吉田仍邀归本馆，令其包办。

六月廿三日　星期五

公司　顾晓舟拟有教育界储蓄章程，用意颇是。叔通改正。5/6/27。

用人　李彰生欠款事，欲以五百元了结。余意必须交律师办理。翰翁坚欲通融。

又平市票第二次回佣已付五千元。张荟甄对剑丞说,此处付款本拟扣五千元。

同业 陆伯鸿来信,言加价事遵缓议。又言纪念之事,彼此取同一之举动。"承示敝处如不举行纪念赠品,尊处亦不举行廿年纪念。会商同人,佥以为然。彼此同行。停办可也。"

文具 告文信,文具定货不到,可向香港收买存货。

于谨翁交到调查制扇报告。

天头 分庄事务处与仪器装箱房互易。

总账房划清。钟专管营业及三所之账,谢管分馆及复核总馆之账。如能办到,寄售处移至以前协理室,而以寄售处归谢、王办事。

各部长、各分馆应制预算。

总公司各部办事章程、各分馆经理办事章程应速定。分馆添单不开明六个月销数及存数者,拟加倍贴息。

六月廿四日　星期六

发信 伯恒、俞揆丞。

用人 致邝先生信,约周锡三来发行办事。午后二时至六时办保险及招揽广告之事。杂志广告现已有三千。自四千零一元起,满五千元,提百分之十。每加一千加百分之二。至百分之二十为止。翰翁言,俞志清已告辞,拟延王巧生为代。其人在东吴大学毕业,人甚灵敏。拟令学习印刷估价。

何文彬拟约到馆,先约半年。

财政 查广告杂志,四年分收二千四百六十元六角三分。

本年已收一千五百九十八元四角,未收者尚有一千四百六十八元。

函伯恒转商廷桂,中、交纸币如市价尚好,即可兑去。

分馆 鲁云奇拟来赠品章程。余意以为不妥。

印刷 鲍咸昌兄来信,拟购雕刻铜模机器。将来即归鲍君庆甲办理。约需美金二千元,并附来订货信一件。

纸件 告小平,伦敦 E.R.所定深绿色纸色泽既不同,价又太贵,可电退。

西书 查西书三年盈余。计每年除开销外,所赢不过七千元。谢省三有报告。交翰翁阅看。

天头 复俞揆丞信,郑君拟先请试办一二月。

六月廿六日　星期一

收信 伯恒。三次。

发信 廷桂。

公司 梅生拟同人寿险章程。

财政 京馆六月十七日来信,存交通纸币太多,梁众异经手,以通海垦牧股票一万两押五千元,即付交通纸币。可由我处转押,按月六厘。当日允可,旋知该票声价平平。当发电止办。今日得伯恒来信,言先已办妥。并寄到通海垦牧公司一二四四至一三四三号股票一纸,又息折一扣。均用刘德记作户名。又借据一纸,系刘遽六签字,梁众异作证。一并交与郭梅生。用我会议室回单簿,请其签字。

印刷 托仙华嘱李浚泉再画美人单身"人面桃花相映红"一张。补景须合法,先寄来草稿一看。尺寸 $21\frac{1}{2}\times31$。

纸件 裕昌代订印书纸,既加价且三百吨只有一半。告翰翁,拟退去。

六月廿七日　星期二

发信 伯恒。

财政 傅沅叔来信,允借款于下半年还一竿。旧历五月廿五日信。

编译 王仲丹交到《日用大全》目。

印刷 屠坤华有信来,言印刷博览会游记事已抄稿,交与德峰,请其自行校对。

杭州中国银行派人来领军用票。

文具 苞龄寄来新制原纸,并信。已交包文信。

杂记 竹庄来信,编译所同人为借床铺事小有周折。并来信辞,不管此事。复信慰留。

天头 本日因预备赴大同学院毕业演。题为"大同为共和真理"。以礼运为干,附以时事。

六月廿八日 星期三

公司 庄伯俞、蒋竹庄花红照五十股之股息之数。四年分应配足七百五十元。但三年分误多二百五十元。今日当面与二君声明。均无异议。

用人 钟景翁来问送薪事。复以贾季美、胡女士、汤尔和、夏剑丞、黄轫之送。孟莼生、李右之停。

荐何友钦与印刷所写字。鲍允用。

分馆 吴渔荃建议两事:一、设印刷厂。余谓无人材。二、泗水设支店。余谓可办特约所。

编译 告杜亚泉,拟将数理化书修订,不编新书。亚翁亦以为然。于右任介绍陈君,有会计学译稿求售。由李拔翁收下。经编译所阅过,退还不购。

印刷 接张竹笙来信,军用票照数全印。

纸件 小平君言,夫士纸后定者每磅须六本士外,太贵。日本可仿制。拟退去。

杂记 顾复生还余一百元,系去年伊丁母忧时所借。并附来息金八元。还之。

六月廿九日 星期四

发信 仙华。

编译 伍秩庸借我《Letters from a living deadman》一册。交伯俞。俟梦翁归后决定。孟宪承太忙,有叶达前者,在时报馆,每千字三元,可译。

王庆道译《德文读本》首册允送三十元。索再加。拟送四十元。该稿交梅翁送编译所。请开支单。

又《德华会话》允给版税,照七折实价一成五。归王君校对。

印刷 商鲍咸翁拟派学生四、五人到印刷所习估计印刷事。鲍已允俟新屋落成再派人。拟留王君武,托仲钧转达。派赴印刷所学估价。鲍允浙江军用票七月十日始交,三日齐。

应酬 杭州中国银行吴厚卿来领军用票。住威海卫路三百廿八号半。今晨往访。

杂记 孙星如交黄莘阁田手抄《销夏录》。约百余页,允每页四角。星如言,且俟伊回信来开价否,再说。

六月卅日　星期五

发信 咏可,附欧惠两西文信。

公司 门市推广法:

购儿童教育画、童话,赠影戏券。

购《妇女杂志》者,用某药房化装品券。

函授四级卒业者,如能考入约翰,助学费。

能搜集英文字典发票至少在　　张以上,以　　名为限。

在上海各英文学校肄业者,助学费。

在本馆印刷者,若干以上,可送铁路广告若干。

分馆 图书公司赠品办法已交郭梅翁。并告翰翁:一、赠品太陈腐。二、即赠亦不宜用金戒、绸缎。三、外版书(暗即指本馆)不可赠。

纸件 E.R.夫士纸太贵,均退去。该公司代表意甚怫然。

杂记 储馨远有稿托售。交赵廉臣,问各报馆。

七月一日　星期六

收信 廷桂、仙华、吴渔荃。

发信 王仙华、俞揆丞。

用人 郑素伯来。

周锡三本日午后到总馆办理。

财政 黄齐生借三百元,南京拨一百元、北京拨二百。即属分庄事务处备信照借。该信交朱雄甫。齐生原信用回单簿送交陈培初。

编译 竹庄来信,拟托陈宿荒代编国文教科。

印刷 江西电催票样。

天头 赴民立中学演说。题为"新国家当以旧道德相维持"。借袁氏之不道德立论。

七月三日　星期一

印刷　屠坤华托印之件又有信来。言如不过二百元,即印一千部。据叶仁文言,印一千部亦须三百元之谱。余属叶君,即致信与屠君夫人,告以此故。并索电复,并函。告屠君,以图版至今未到。此书经竹庄托胡敦复修改,费洋六十元。

应酬　昨约臧博纶在寓午饭,并约炜士、纬平、梦旦、叔远、松如、拔可、伯训、瑾怀。惟伯俞、竹庄未到。

杂记　付马夫在编译所正月至六月饭食四元五角五。交通宝。

七月四日　星期二

收信　仙华。

分馆　谢演苍辞职。奉馆来问,五月份以后如何(向例四个月一送)。属培初,属以且看其回奉与否。如仍担任官场事务,示下再定。续又来一信,言谢已自辞。即拟送五、六两月薪水。告培初,可以照办。此系五日事。

印刷　浙江财政厅莫君来信,又属停印军用票。即查明已将印齐,惟图章号码可缓,候到明晚无电到,即续印。

七月五日　星期三

收信　伯恒。

发信　伯恒。

发行　廉价部事,告翰翁不宜遽办。并函知志贤。

用人　周锡三因翰翁于保单不即签字,疑有不信任之意。余意,翰亦过于郑重,且另派其所部张君前往调查,亦似欠妥。翰翁意仍不平,商量无结果。

财政　伯恒寄来刘遽六押据一纸。由叔通交郭梅翁。

分馆　京华结账。去岁赢余翰翁必欲令其酌提若干,以备建筑局厂之用。梦、咸二君均以为从宽,可以不必。余亦同意。翰翁不得已,亦允行。

仙华与莲溪因查账事冲突,来信颇不平。商由我致信仙华,为之解释。

印刷　兴华银行有大宗印刷生意。

七月六日　星期四

发信　廷桂、苞龄。七日发。

用人　复周锡三信。声明翰翁无不信任意，请勿误会。

分馆　致廷桂信。取消前请有奖债券赔偿损失之款总馆与京局、京馆匀分三股之说。廷桂来信要求专归京局、京馆，昨日所商定也。又有信言纸币折汇，要求贴补。复以分馆情形相类者多，不允。

印刷　拔可电话告知，有奖债券廿五万全数误印。

天头　本日脑弱头晕，未到馆。

七月七日　星期五

编译　朱企云送来校订《袖珍英华成语辞典》及清册一本。已去徐闰全阅看。闰全复称，可用。企云又云，拟增补四分之一。闰全以为重排编入，最好不加价。已复企云，可照编。另复闰、企，补编另排，钉在书后，加价发售。

企云来书及清册一本，交编译所茶房带去。

文具　安徽刘立斋、罗文轩笔样交俞蔼生。

七月八日　星期六

发信　王仙华。

公司　闻伊文思与中华书局定约。与邝君商，如彼系全数买进，我则无法，若代为贩卖，何以舍我。万一中华与彼定约，有何妨碍。邝云，美国某书店有信致伊文思，以后不售书与我，一切交与伊文思代付。若推广至各家，皆如此，则于西书一方面大有障碍。当托邝君至莫干山访伊文思，与之商议。当此盛暑亦可借以休息。邝谓，伊不能担任。且云，西书部总须改良，若张君办理，必致失败。午后到馆，示翰翁。翁谓，外国书店当不及此。余云固所甚愿。梦在座。

发行　告周锡三，前日翰翁派人复查一事，不必介意。翰翁办事过于谨慎，素性如此也。英文商业书托其代选，觅人翻译。

编译　王仲丹来条，议编商业丛书或函授。有甲、乙、丙三种办法。

又拟编《乙种商业教科书》（昨日交来）。顷往问，据云，甲种书不能尽行致用，因深浅之关系故。

西书 伊文思事,误记入总公司事格内。

七月十日　星期一

收信 王仙华。

编译 朱企云来信,允三个月将补遗编成。

函询曾孟朴小说林各书、张铁民《华生包探案》版权有无让售之意。张铁民回信,言书久未印,版权为己所有。

印刷 昨晚约高、翰、梦、鲍、王、包、陈在寓晚饭。所谈印刷事如下:

一、估价单须附开真实成本。定议,由包、王两君先开出各项底价,再约齐关系各人,集议办法。

二、重要印件篇幅少而印数多者,由校对房多派数人,详细校阅,再送编译所及总务处过目。

三、五彩印件总须推广,求速。或招人来厂包画,或论件包工。

应酬 木本请假回国,约往汇中钱行。未到。

昨,陈仲瑀开吊。送呢幛,并往吊。

徐植甫五旬生日。往视,未见。

杂记 谢利恒来言,丁甘仁等发起中医学校,邀余充名誉赞成员。余言,向主西医,如无妨碍亦可附骥。

七月十一日　星期二

收信 孙伯恒。

编译 梦翁估计,译印《实务全书》十二册,预约对折九元。成本八千四百元。须售去一千部方能收回成本。余意尚早,不如选译《大英百科全书》。其原稿存入估价函内。

《实务丛书》选定三种。

印刷 鲍先生估计均净本:

钞票,钢版,单面一百五十元。

凸版,单面二百五十元。以上系工价。

凹版,一张纸,开五元票十二张。

印价每千张即五元票一万二千张。

一套色,六元,每张五毫。

凸版,一张纸,开五元票四张。

印价每千张即五元票四千张。

一套色,廿元每张五厘。

图章号码每票一张,印价二厘。即据以函告廷桂。此营口有欲印票者,廷桂函询,故以复之。

纸件 小平、鲍咸昌商定。

印书纸

二四三,定一千令。

一八四,定二百令。

二八四,定一千五百令。

均向日本定。

招帖纸

二三八,美国不做,向日本定三百令。

月份牌纸 ⎫
铜版纸   ⎬ 均太贵 ⎫
二七六   ⎪   ⎬ 均退
二七六 a ⎭ 均太贵 ⎭

加斯代定瑞典,如照原议用美金,可收,否则退。查存货尚足用。

应酬 周金箴七旬大庆。今晨往祝。

七月十二日　星期三

公司 告翰翁,拟造两层塔,在屋顶花园上。用白铁皮,以免过重。三面用金字作招牌。

分馆 张海山回。

编译 寄精琦信。催问前次商办之事。

纸件 托小平君查日本皮纸价。印珂罗版用。梦旦函属。

西书 邝君来言,伊见伊文思长子。渠意,前议彼做进口,我处发行,此办法若期满后,我处解约,所有主顾均归于我,伊处损失太大,故为难。又言,颇望我处附股,籍可保证。当约翰翁来商。翰言,合同限若五年,似无妨。过长,恐不便。可于合同满后,将伊之主顾一律交还。即托邝转询伊文思,欲订合同几年。

七月十三日 星期四

收信 廷桂。

西书 邝来信,云已向伊文思君言,五年合同未能满足,否则须有的确保证。

七月十四日 星期五

分馆 戴云章来。

编译 李一琴交还《汉英辞典》末集一册。交景星,用回单簿送编译所。

甘作霖译《商业丛书》第七册,论广告方法。系前年十一月与甘订定。约五万字,译费一百元。据云,已成三分之一。

文具 与包文信、俞蔼生商定订办铜仿圈、笔套、墨合等件。

天头 李一琴代沈心工求售唱歌书版权。复不要。

七月十五日 星期六

用人 童季通退回加薪廿元,言不必拘于时日之多寡之语。此事颇有关系,当将来信与梦翁商办。

分馆 戴云章言,童弼臣嘱伊来问,中华辞出调查员数人,我处省城无人,可否利用。余告以不宜。

告符干臣,退书必须声明原由。

同业 伯俞言,晤沈朵山,约定彼此编书均勿涉及近事。中华新式历史亦已编成,并照办。

编译 中华又登《饮冰室丛著》竞争之告白。叔通先去信任公,请其交涉。任不允,余再致一信。

昨日,普新亦登一告白,大致相同。叔通拟去一信,与普新交涉。任即复信照办。

纸件 东洋购纸事，颜色、尺寸与小平君商定。告翰卿，请与定价。

七月十七日 星期一

收信 王仙华、少勋。

发信 少勋并蔡志赓。复汪怡卿信答询中华事。

用人 翰翁来说，俞志贤告彼，订约之事，闻人言公司甚不谓然。伊意，仍可取消云云。翰已力为剖白。余问，伊闻诸何人。翰云，已问之，伊亦说不出。余云，志贤未免多疑，大约又中旁人之计。

分馆 戴云章言，宋某为我处推广销路，欲得酬报。童已允言，有信到我处。余言未见。

编译 托汪筱颂译《American office》第一篇一、二、三、七、八、九章。黄添福前来访未遇，今日往拜。得见唐蔚芝介绍信，将售其所著英文作文书于我。约定约一个月后可脱稿，再送来看。并告以购稿或版税办法。渠意最好能照第一办法。答以须看稿再定。归后即复蔚函。

印刷 廷桂来信，知有奖债券误印处加盖银粉重印，已商妥。

周少朴托印木版《石庄集》一部。云刻字店每部开价一元，我处一元一角之谱，大约系纸贵之故。余答云，容再饬核。

应酬 汤济武送其夫人灵柩回籍。晨往送行。

访周少朴霞飞路三〇三号、黄天福霞飞路二八九号。

杂记 附买书一百六十元。

七月十八日 星期二

发信 万亮卿、施敬康、仙华。

用人 拔可来谈。余言，戴云章人恐不可靠。拔亦谓然。

分馆 复王仙华信，允以直省中学会议，如京馆不愿与会，所有费用即由总馆认半。

编译 托津馆再属李俊泉，再画单半身美人一幅，补景用帘卷西风、人比黄花瘦。

杂记 复万、施信。 托索王礼培书目，并问价。

七月十九日 星期三

收信 伯恒。

七月二十日 星期四

编译 与梦旦谈编译《国文》事。前四册可用语体。廿二日事。

西书 偕邝君访伊文思。

应酬 晚约伯利和、沈子培、叶菊裳、张石铭、缪小山、蒋孟苹在寓晚饭。刘翰怡丁本生母忧未到。廿一日事。

杂记 法人伯利和到涵芬楼看旧书。

七月廿一日 星期五

收信 少勋。

发信 少勋。

编译 前托胡梓芳译英文小说四种，久未来，托伯恒查示。如不译，即退还，交傅卿。廿二日事。已寄回，交还图书馆。

印刷 莫伯恒来信，派张苒庄来监毁废票。告以既毁之后将来如有应补之票，即不能再补。张不敢担任，属函达伯恒，候复再办。廿二日事。

西书 昨偕邝君访伊文思。所谈办法已开交翰翁。告翰翁，到莫干山，晤伊文思。两家用甲法，允牌号保证，不允附股。

应酬 彭云伯来商量，以后各书可否送京师图书馆一部。允照办。并属仲谷送廉价书一纸。廿二日事。

七月廿二日 星期六

编译 竹庄来信言，伍君交来《鬼话》已由伯俞交孟宪承译，约一个月后告竣。

养生之书，竹庄来信商量，已有多种，恐销路不佳，且勿多出。复允。

杂记 翰翁赴莫干山。

七月廿四日 星期一

收信 廷桂。

发行 科学会编译部出版各书均寄存本馆。每月贴我用人二十元、栈租三十元,保险由伊定当。本日告知许笃斋。

用人　昨至发行所,与鲍咸昌商俞君事。鲍无异言。

财政　汇 E.L.三千磅,E.L.有电来催。

应酬　在汇中请北上新官及议员。到者范静生、吴莲伯、殷铸夫、蓝志先、马君武、徐佛苏、欧阳俊明。

七月廿五日　星期二

发信　廷桂。

用人　告梦翁,托炜士商俞君事。

编译　黄少希编《历史演议[义]》。与梦翁商,拟请其注重社会方面,又多采野史,注明出处。

印刷　复廷桂信,告知山东银行已来接洽。营口印票,需用美纸明日再寄。

应酬　孙文偕其友廖仲恺、胡汉民、张溥泉、朱丁五人来观厂。又,唐少川、温钦甫同来作陪。

杂记　买进钱氏书目(也是园牧斋)二本,十八元。

七月廿六日　星期三

发信　廷桂。

用人　梦旦来谈,已与陆炜士谈过俞君事。炜意尚有连带二人,并推荐吴君,可以照行。

吴稚晖住茄勒路顺元里六十号。

分馆　裘公勃来。

印刷　寄美国纸样与廷桂。据鲍氏云,本馆向印凹版均用日本、英国纸,美纸未曾印过。须先湿水,现用之墨易褪,已函请美国墨商,改送佳墨来。

纸件　36684 号美钞纸已定三百令。5/6/8 日去信。尺寸为 $21\frac{1}{2}×27\frac{1}{2}$,价约廿六元。

56350 号美钞纸同日定五百令。尺寸为 $21\frac{3}{4}×27\frac{3}{4}$,四十磅,价约十二元四角。

通商钞票纸定五十五令,尺寸为22×30,大约卅六磅,价约卅六元。

七月廿七日　星期四

收信　敬康。

发信　翰卿。

发行　与小平协定,金港堂代售《廿四史》,日币价值合七钱二分。第一次五十两,合七十元。第二、三次各三十两,合四十一元。末次酬劳费七元,合五两。邮费在外。已通告发行事务处及会计部。

用人　伯恒来信,卢鉴泉荐沈德鸿。复以试办,月薪廿四元,无寄宿。试办后彼此允洽,再设法。

分馆　致翰翁信,为湘馆事。留稿。

编译　发见《共和国文》"平等""自由"两课未恢复原稿。

梦旦来言,《历史演义》以意匠经营,更加以参考,每日约二千字,每千字三元。拟令先作"前汉"一部,不过三四十万字,作为试办。另有全部估单,已送还梦翁。

纸件　公亮来言,南洋印纸牌纸,近适有人来揽,每吨约八千张,每张二分四厘(美金定三吨价)。每一万副约须用纸三千七百五十张。属告小平,定二吨。分馆事务处去信新加坡分馆,多购纸牌及卷烟纸样来。

应酬　请浙省议员。到者为褚慧僧、张霞雷、张申之、杜杰峰、韩溪僧、许达夫、陈演九、傅　　。

杂记　向李子东买进《元百种曲》残本六十种,又四卷本《石林避暑录》,共五十元。

七月廿八日　星期五

财政　约蟾芬、亨统二人到会议室,托以查核银钱之事。因我不便遽行查账也。

鲍三先生交来美国银行送来、翰翁签字支票八千元。另有收单一纸。由余签字交还。

分馆 汕分馆索函授学费加汇费。又课卷每分售二元。告傅卿,函知汕馆,不能如此办理。

同业 访丁榕,询中华种种反对,如何抵制。属须多觅证据。

编译 傍晚,有严庸潘宣来,寓马立师永年里二〇九。言章太炎托伊来问,前在文社印《章太炎全集》,现已售尽再版。太炎禁其再版,欲略加订正,托本馆印行。问如何办法。余告以有代印、租版、购稿三项,以中一项为宜。但须先将全稿送来一看,以便会议。又著作权亟须取得,否则他人有三十年翻印之权利。

印刷 莫伯恒来信,付浙省军用票,找清一万元。

廷桂来商印营口钞票事。约五百万张。必须两面凹版。惟角子票只用两套凹版。每张统扯二分一,须回佣一成。据云,必须美纸,质料种类似不拘。36684号当可用。惟期限必须从速,且须运机至营口印刷,彼不认费。

新疆印票,用日本绵料纸,约七百令。鲍允代定,不照售价。

应酬 约凭守愚、陈津门、孙子松、张月楼、温子荣、程养泉(前四人为绍兴学界,温系广西银行人,程系东阳县中学校长)、彭云伯在一家春晚餐。午后四时半访吴稚晖。不遇。

杂记 丁榕面告,商务报须俟伊暑假归沪后再办。

天头 沈畹山赴江西买纸。在河口瑞昌庄,又在广信义成庄立有用款折。两折向存我处,因铁箱潮湿太甚,本日交与梅生代存。有回单。

七月廿九日 星期六

收信 仙华。

发信 仙华、伯恒。为抵制事。

财政 向正金买一千五百镑。二仙,十本,四之一。又日币一万元。七钱四分半。又美币六钱七分八之五。均七月至十二月。

分馆 告廷兄,前托转致伯恒加薪事,尚未转告,请即告知。

津分馆臧子彬经手印审判书事,结欠七百余元,拟以四百元了结。廷兄拟令再增五十元。余允之。

印刷 在家用电话告鲍咸昌,商部次长恐有更动,有奖债券宜速印。最好将前批运出。否则万一换人,竟不承,恐受大损失。

文具 顾复生言,黄某有组织仪器店之传闻。

杂记 廷言,卢似欲索酬,且将来财部印刷事尚可招呼,公司应加点缀,似可赠股千元。余云再商。

德律风太劣,属宾来另装一个。

七月卅一日 星期一

收信 敬康。

发行 刘廷枚交三、四年比较寄卖盈亏表。徐孟霖报告,伊弟在外见有人窃得《英华袖珍字典》三、四十部,向小书摊兜售。已告志贤、畹山。

用人 晤吴稚晖。探其意,略言拟将有所编辑,并将从事制造。余言,图书公司略可为基础,且注意于培植人才,不专在谋利。约后再谈。

分馆 广东分馆又不肯收函授学费。据云,至少须三个月一交。告培初,属锡三,摘印分馆代理函授须知若干条,分寄各馆。

编译 沈若仙来译稿两种。交景星送编译所。

收汪小颂译稿。

陶乐勤有银行译稿。又小说短篇两种。均退交景星送还编译径复。

裘公勃来告,范静生将行开谈话会,小学教科拟用白话。

纸件 交卅六、卅七号栈单两张与迪民,托其提出。

应酬 访吴稚晖。

裘新甫来辞行。

朱剑凡来访,即晚回湘。赴惠中送行,未见,嘱赵廉臣到船新丰送行。

王振之来。

杂记 黄韧之来,商押款事。婉辞。

徐子云以元版《老子》《列子》、明初本《傅与砺集》来售。还价一百元。

天头 吴住茄勒路顺元里六十号。(在用人栏上)。

八月一日 星期二

收信 伯恒。

发信 仙华。

公司 鲍咸翁告,法兴主人来言,外国月份牌等进口均免税,可由商务发起禀税务处。

用人 总发行所调出学生五人至印刷所学估价。复生来言,各部缺人,各人纷纷荐学生。余言此风万不可开。万不得已,将编译所之补习生调来帮助。

范静生约竹庄入教育部。初意拟阻之,梦窥其意似欲行。告梦勿阻,但津贴只能一半。

编译 前日接精琦来信。本日复去一信。均留稿。

拟编译金工木工教科书。已告竹庄。

《初等国文》用白话编。亚泉以为难。谓内地读官话与文言无异,且官话亦不准,将来文理必不好,而官话又不适用。梦旦谓,教授甚难。

印刷 告鲁云奇,先招徕印名片生意,如旺,再设印机。

应酬 送裘新甫行,未遇。

杂记 向杨耀松买进《翰海》一部,八元四角。《宋诗钞》一部,廿一元。又《岁华纪丽》,一元六角。自用。

八月二日　星期三

发信 伯恒。

用人 伯训有去志。前托梦翁转致每月加薪五十元,于年终补送。今日又催梦翁转告。

财政 正金送来七月底结账单。已签字,交小平。计买存日币二八,二四一元,又美金一九,七五七.九九元,又英金五,八九三.一二元。

分馆 致伯恒信,寄托廷兄转致之语。因京中近来停止兑现,日用昂贵,稍为杯水之助,幸勿却。姚伯纲来言,同是一货,由客人自购者,甚快,由分馆转,标明邮寄者,总迟一二礼拜。甚难对付顾客。又仪器亦比中华为慢。余告以此系该局并非自造之故。又言,安庆分馆拒绝师范学校买钟,后该校径托总馆,仍旧代办,仍由分馆转交。甚伤感情。当招傅卿来谈,告以各节,与符君接洽妥定办法。

编译 告梦翁,拟印《元百种曲》。因王君九劝印传奇也。

印刷 鲁士新永清,震昌成丝线店经理,来言孙问清《廿四史》尚有存书,属允补来。告以太迟,不能补印。另有记载,存本卷内。

应酬 托赵廉臣往名利栈访问杨承曾号叔玫。复称,十年前来沪与余相识。

杂记 函询大马路地事,致公平洋行信。得复,知系朱艺余公司包租。商租,因价值太昂,作罢。其记载交梅生,留送翰卿阅看。

八月三日 星期四

发信 童弼臣、毛契农。

公司 鲍咸亨君云,杂志部所有英文各信均可归伊处办理。初四日出通告。

用人 郑素伯力言在厂办事与体气不相宜,只可告退。余竭力挽留,不肯再来,即致书俞揆丞。

发行 寄卖处太滥。有一地两家者,有已有同行仍旧并立者,有两年无往来者。刘廷枚开账来看。即嘱交通科复查,另开清册。与分馆同行多犯复,即交志贤妥筹追欠、取消、结束、改良之法。又告廷枚。

刘廷枚来信。交梅生代呈翰翁。

财政 昨日买进英镑一千镑。

八月至十二月,二仙十本十六之七。

十一月至十二月,二仙十本八之三。

又日币五千元。

八月至十二月,七钱四分八之一。

十一月至十二月,七钱四分四之一。

分馆 王莲翁出示仙华七月廿九复信,前嫌已消释矣。函中言有许多款不能不用。最妥能有一妥法,略予规定,云云。余告莲翁,我前此本有规定每年经常费用之议。请其调查各馆三年用款,分别项目,何者入经常,何者为特别。按照营业,取一中数,预为规定。此即每年之预算。莲翁亦然余言。

告陈培初,哈馆顾仲甫身体不佳,且存货太多,放账太滥,宕账增加。拟令回南休养,送三个月薪水。暂命账房代理,即派史久芸前往接办账房。

编译 函告贾秀英,已收八月《教育杂志》二篇,以后请径寄庄伯俞。并知照伯俞。松江城内姚家弄善导报社徐宗德养田交来校正乐典稿两张、成君和德信一封。成君,号理阶,襄郧传教司铎。

印刷 孙钟濂号绍周,山东登州人,住西藏路长安旅馆,来言,有右军太白朱文公手书,及李龙眠画,及宋拓阁帖圣教序。

先施印月份牌,让至一角三分。四日公亮告知该公司,再三商恳,改为一角二分。

应酬 约孙慕韩、谭组庵、汪颂年、徐蔚如、李一琴、高子益在汇中晚饭。高子勋、吴绡斋、金伯屏未到。

杂记 顾宝琛号冰生、辛干柏森来属题顾端文手迹及辛克羽先生遗像。

姚伯纲交来宋本《广韵》一部。上平五十七页,中缺第五、卅一、五六至六三。下平五十三页,缺第一、二、五十六以下。上声六十页,缺第卅九。去声六十七页,缺第一。入声四十六页,缺四、七以下。共二百八十二页。还价四百元。

天头 张雄飞建议办学生文艺竞争会,或暑假学生会。惜时已稍迟。梦翁意年假再办。

八月四日 星期五

公司 栈房存书收有账而无发出之账。与拔翁谈,拟将价昂之书分存一室,兼记收付,余则仍旧。否则事忙之时必须多用人,闲时又无用。

用人 何颖阎,住静安寺路一百二十四号蔡宅。月薪一百卅元。据张景星云,如事了,能得月七十元亦可来云。

叔通将赴国会,来书辞职。约言甚盼会毕即来,改为告假。并告前陶惺翁赴资政院曾有半薪之例。叔辞不可。余言,在京之日,公司亦有事相托,万不必却。叔仍未允。余云,即此可作定局。

财政 买进日币五千元,七钱三分五。

又美币三千元,六钱八分四之三。

均八月至十二月。均五日事,误记于此。

天头 前月底送章行严薪水。去人来告,行严大人使人告知,四、五两月未送,告知以免中途有无错误,云云。昨商梦翁,作为账房漏开,即行补送,可以较免痕迹。梦甚然之。

编译 谢砺恒开来可印之医书:

《医学心悟》《医宗必读》《内经知要》《素灵类纂》《疡科心得集》《外科正宗》徐评《临证指南》徐评《汤头歌诀》《温病条辨》《本草从新》《本草备要》。以上小种。《内经三家合注》《张氏医通》《六科准绳》《徐灵胎全书》《喻嘉言全书》《王孟英全书》。以上大部。

印刷 杨公亮昨以某牌仙女牌商标两种,先在本厂估价,后赴中华书局及中华图书馆再估计比较。

张数	一万	五万
本馆	一百六十	三百五十
中华	四十四〇五	一百〇八
中华图书馆	六十	一百三十

5/8/14 拔告知,德大纱厂商本馆开账,每千张四元。中华以三元揽去。电告咸昌,石印机不可售出。

纸件 沈畹山持来卅一磅可染色书面纸,每令二两零。因教科书不适用,只可购二三百令。

西书 中美图书公司总经理白蓝恩来。张桂华招待,余接见。言甚愿与本馆联络。

应酬 在一家春请客。孙家声、葛宗楚、许玉农湖州学董、彭梦九、许祖谦、姚伯纲。

八月五日 星期六

发信 翰卿信。

分馆 彭梦九辞行。明早行。

编译 南昌分馆寄来《玉梅香传奇》两本。交景星送编译所。张景星收。

印刷 湖南矿业银行陈幼钧来。云将来尚须印股票及矿山用小票。

电告咸昌,添用日本制钢版人一名。

纸件 告陈培初,王德峰洋表古纸勿售与分馆。

文具 叔通言,可请名人演说,用蓄音器留声,制片发售。问包文信,云须在密室方可,做成后可送往日本制蜡片。

应酬 约马应标、欧彬、黄泽生,又永安公司郭乐、杨辉庭、郭八铭,又南洋烟草公司郭健霄、广东银行黄朝章,又联保公司刘石荪在一品香晚酌。不到者有六人。姚巨源、王秋湄、岑　　、冯　　、李　。

杂记 景德镇总商会来信。云收到三宝珑商会信,言托买瓷器,可由本馆转递。附带英邮票二百元。该会特函托本馆代收汇票,但本馆拆阅后,仍将原信原票交还,并未复信该会。因函商本馆,能否为伊将瓷器代递。复信可以代递,但装置不坚,中途损失,不能负责。又查前退还原信原票事,系俞志贤所为。

八月七日　星期一

发信 伯恒。

发行 告志贤、蓉生,旧书用中国纸印,订者售八折。前作七折,现拟改为八折。

用人 平海澜愿任编译。邝君拟约至英文部,月薪一百元。

学生吴　　办事未能合式。邝不欲用。徐闰全荐其戚某君为代,在南洋中学毕业,能打字,月薪不过十余元。已告梦翁照办,函达竹翁。

丁隽承如本月廿日不能到馆,可解约,另觅一人。

编译 告蒋竹翁,凡外来稿件不收购应退还者,请交许彻斋,一律登册径行寄还本人,勿再送发行所,以免纷失。八月又去信声明。

印刷 奉天兴业银行纸币已商议甚久。廷桂昨偕卢湛臣、金子声、刘誉振来沪。今日已与晤谈。必欲照财部印刷局一样。答以不敢说能够一律,只能以广西银行,系本馆制成者为据。纸决用三六六八四号。现印四百万张一元票。价只能二分一厘。廷桂开二分三厘。须运机派人至营口办理。尚有五元、十元票约百万张、角子票数百万张,随后再定。

应酬 陈振霞,寓鑫益里一弄506。王伟辰,高照里一弄第一家。曹毓卿,寓嵩山路长安里二百八十三号。

八月八日　星期二

收信　翰翁来电。

发信　少勋、伯纲、沅叔。

用人　顾晓舟拟来补办事规则。有文采。

分馆　程闰之来见，云明日回常州。

许祖谦来，云今晚启程。又云《本国历史》下，需用四百余本，由上海转长沙，再转衡，再转郴。

编译　赵瑞侯函致竹庄，拟编《续纲鉴易知》，约分四册，三十二万字。俟编成一册再协定办法。拟版权公有。原定办法留存，放在订编套内。竹庄意编至清末为止。

吴步云有英文杂志进行新志办法：一、订合本，售完分印单行本。二、整顿排印时期。三、添聘社员。平君已聘定来馆，裘君剑丞译资若干，已查明。四、另出英文半月报。答不办。改由现有两报出名，招教员投稿。

印刷　告鲍咸昌，有奖债券其可危，应格外从速。鲍允开夜工。

营口印票事，商量良久不决。鲍君不允提早交票。拟挽回湖南银行印铜元票事。致谭组庵信，并附营业部说帖。交杨公亮面呈。

纸件　小平来，说加斯代定瑞典纸到，计六十五吨。并言高翰翁与丁榕约定，初次归加斯自用。但我处不能不为之报关。

该纸价共六十五吨零六百磅，应得一万零四百四十二元八角六分美金。应扣保险三百五十三元。又额外加汇水五百零四元七角九分。

天头　本日将原稿批注寄梦翁。（在编译栏英文杂志事上）

八月九日　星期三

收信　吴渔荃、范得[济]臣，均致翰信。

发信　翰卿、伯恒。

用人　竹庄割痔，两月余未到馆。扣去薪水，援伯俞前数年因病扣薪，后仍补还例。已允照办。因候其开账来，故未致送。今日来信催问，已复函道歉，乞开示日期，望梦旦转达。得复言，竹以为无单可开。后与梦旦商定，送三百元。

5/8/14 日送去。

分馆 范信言,成都分馆有书廿四箱存渝馆,不能运去。

编译 梦旦来信,言朱汲民条议。征集批评甚难,即征集教材亦不适用。竹庄、伯俞意见相同。余复以可否编教授细目,送部核阅。再请人按目编撰。

印刷 营口印票事大约可以商定。须将机器运至奉天。惟价格已让至二分一,尚未确认。明日午后拟合同。

纸件 琬生来,言矾纸拖色,每令约三两零六分。我意不甚合算。东洋有仿造洋表古纸,上等四两七,次等四两。似可用。

梦言二百四十三号纸已缺,《饮冰室丛著》不能印。

文具 铁曲颈甑架,外间估每具九角,本厂原估一元四角,再估一元零六分。系净本。

告文信,查问日本蓄音器白蜡片何价。又翻钢片印制,每片若干。

应酬 在汇中请张公权、黄旭初、王搏沙晚饭。张榕西、袁树五、张君劢未到。

访张榕西、袁树五。均赴杭未回。访黄溯初,不遇。

八月十日　星期四

公司 告俞志贤,沪校将开学,应派人赴各校、私塾及西文学校接洽。

编译 梦旦查告,琴南小说今年自正月至八月收稿十一种。共五十七万二千四百九十六字,计资三千二百零九元零八分。梦意似太多。余意只得照收。已复梦翁。

印刷 奉天印票午后续来商议,并阅定合同稿。官厅干涉赔偿一层不允,照原文。又印价磋议良久,又减五毫。每张二分零五毫。

纸件 小平言,新定美国钞票纸三六六八四号三百令,分两次装。第一次约下月底可到。约一半,又迟一月可到。

绿色纸样不符,系 E.L.公司所造。去信退回。

天头 催美国纸。加定,已告小平。　购上等墨。已电告鲍君。　拟湖南印钞合同。已办。　向王莲翁查核估价回信办法。　添账房事。

八月十一日　星期五

分馆　王觐侯又来信告辞。并与拔翁联名去信慰留。原信不留。

财政　童季通要求预支利钱五百元。允通融。

印刷　童弼臣寄到江西银行一元钞票签字正样一纸。又初样签字一张。即面交鲍先生。其信云，正面底色太淡，应加深。背面第字稍低。与角上西文相平。正面下边可印本公司代印。大小、切时务与中国银行票相同。

托俞寿丞设法挽回湖南银行及湖南实业银行印票事。闻实业银行已托日本雕板。

本日送交卢湛臣合同清稿。

纸件　告小平添订三六六八四号钞票纸，三四百令，即与容君商定。

应酬　晚约陈幼钧、俞寿丞在一家春晚饭。杨叔玫未到。

杂记　交朱仲钧《广韵》宋本二本。

天头　北四川路顺大里七十号罗孝高来，言将办国事报，在交通路。拟托图书公司印刷，属介绍。即备函，并托梅生电告炳铨自酌。

八月十二日　星期六

发信　子刚。

用人　钱念劬介绍吴念兹祖荫来，湖北蒲圻人。曾习兵学，在日本毕业，又在两湖书院。曾习英文八年。其人温恭，虚文多而真意。告以添人现甚难。渠言愿在外译书。答以如有专办之事，此间遇有需译之书，甚愿求教。寓苏台旅馆十九号。

编译　陈叔通代借到《雁荡名胜》一册，系蒋叔南之物。蒋住时事新报。翌日又托叔翁转商版权如何酬报。十四日送与梦翁，并将叔翁原信附去。后商定，以一百元购入版权，另送书五十部。

印刷　与卢湛臣、金子声等面谈，奉天票"永远通用"四字不必译英文。号码于一百万以外加 ABC 字为记。十四日去信声明。十五日发出。文牍科回单簿。

应酬　约卢湛臣、金子声、王鹤年、刘誉振在一家春晚饭。并有曹振寰、郭、沈三人,均与卢、金等同乡,柬邀未到。

天头 翰翁自莫干山归。

八月十四日　星期一

发信 伯恒。

公司 张叔良来信,言两事:一、窗饰陈旧不更改。一、仪器部卖物,专管人出门,他人不知价。又言打字机告白不详,致人疑为机器甚大。

同业 陆伯鸿来询,有对折书售二五折,他书对折之说,有无其事。余云,丝毫无影响。余又提及伊处新屋落成,传言将赠品。我处亦不信有此事。陆云此必无,或为推广印刷之事,赠送广告物品。

编译 函托陈澜生代发颜骏人电,催三月廿四日所托买之德文医书。

印刷 致卢湛臣信,声明票面"永远通用"四字不译,又号码于一百万以外另加 ABC 等字为号。留稿,并抄送咸昌矣。

纸件 小平来商,续订三六六八四号钞票纸三百令。分两次装船,明年正月、二月。余意能改十二月、二月最好。否则改十二月、正月亦可。

一百九十号明信片纸,如切大号片,可得四六五〇〇纸。中号片,七二〇〇〇纸。小号片,九七五〇〇纸。

每令进价以四十元计。大片(每百张)约九分。中片(每百张)约七分。小片(每百张)约五分。

西书 翰翁言,西书派陈焕堂至庐山售书,事未完毕径自归。因陈自有私事之故。

应酬 访陈幼钧。送谭组庵行。

八月十五日　星期二

收信 伯恒。

发信 伯恒。剑稿。

公司 梦旦来信,言儿童图书馆可办。来信已交谢宾来、郭梅生核议。

拔翁电,送梦旦。本馆廿年成绩速出版,以为抵制。

用人 鲍庆甲在印刷所办事,商定月薪一百元。惟郁厚培现在月薪只七十元,恐相形见绌。已请咸昌兄留意。

分馆 伯恒辞加薪。去信劝勿再辞。

编译 英文论公司办事书,交汪小颂续译。译费并未说定。仲翁渭不必丰。

印刷 湖南矿业银行印钞票合同分馆已允交湘洋。后议改上海交洋。共一万一千元,贴汇费五百元,已照允。

八月十六日 星期三

用人 学生在谢燕堂习估价事,宜求速成。告咸昌,此时需才甚急,恐不能深造。

竹庄言,范慎初有去志。于瑾翁亦不欲强留,拟任其去馆,招杨伯平为代。

伯俞言,编辑事应否进,宜留意人才。余言,如有教育编辑之经验、学界之资格者,总宜收罗。伯俞言,如范云麓者,似可罗致。问月薪几何。伯言,在校四十元。有吴某,已为中华约去,月六十元。

余告伯翁,可先留一张本。竹庄又言,本馆须得一能通音乐、体操、手工者。此项人才甚不易,尤难于兼能动笔者。前有孙揆者,曾托介绍,现有事在南京。余云,请明日与梦翁接洽。

分馆 张海山研究估价事。已告咸昌。

同业 新中外登告白,募人评指国文教科书。翰翁虑为他人利用,因思得约中华会同出名,请人评指。另请学界名人评定给奖。已告蒋、庄。晚间复商梦翁。候明日决定后由伯俞与沈朵山接洽。复信云可办。

印刷 江西钞票下角数目字,向外应改向内。已告鲍咸翁。

八月十七日 星期四

发信 季直。为通州用书事。

编译 朱经农托伊女弟朱微交来《绝命医生》小说译稿一本,系伯恒所介绍。通信处在宝兴里启秀女学校。翌日连原信两封并译稿交景星送编译所。

又汤尔和译稿《组织学》三本、附图一函、第一卷书一册。

杂记 小芳将赴美国留学。余与梦旦商,前公司董事会议定酌送学费,不如照官费数目岁给九百廿元美金,限定四年。翰意官费最高,亦有最省者,岁不过五百元。今取中数,岁赠七百五十元,限定四年恐太短,不如六年。余谓,每年七百五十元,以六年计,须约四千五百元。以四年九百廿元,不过三千六百八十元。余谓,川资可以不送。翰有难色。余谓,即加上往来川资,至多不过六百元,每次以三百元计,亦不过四千二百八十元。翰谓如此较妥。

八月十八日　星期五

发信　杨广川、张思葆、十七发。沅叔、仙华。亲启。

公司　永安公司郭八铭、马兰芳,又一马君同来。系公亮介绍。其意欲与本馆往来,问如何批发。马君并问笺封、邮片、画片、小说等,在港最低是何折扣。最好开示公盘,以便酌办。当即告知韦傅卿,函询港馆,详细开示,并分别种类,以洋为贵。

财政　梁望亭函复。三年百元以上票,五六折;十元以下票,五五折;四年百元以上,五六五折;十元以下,五五五折。

湘馆有款,无从汇出。拟令购公债来沪销去。告莲溪,约五折可买进。

分馆　与翰翁商,约伯训于到梧馆查阅后即行回沪,仍在总务处办事。

同业　同人闻中华开张将赠送印刷品,甚为疑惧,因再去信询问。此系十七日事。本日有回信,当交梅生传阅。

回信云,拟送月份牌。并不随买物之数而定,均送特别之机关。以一万分为定。

纸件　定三六六八四号钞票纸,四百令。本年十二月、明年二月到,分两批。本月签字发信与巴纯贸易公司。

八月十九日　星期六

发信　鲍子刚、弼臣。

分馆　告弼臣,对裘新甫宜常往访,问以情谊联络。吴葆仁来,言不愿再往陕省分馆。因孟姓翻版,久羁狱中,竟被枪毙,恐来纠缠,甚以为惧。意甚决。

同业　戴劼哉前来,谈及各处设立图书馆事。告以我处有优待券,今日并将章程随废券一张送去。

杂记 朱崇德,字冠三,朱筱岚之侄,住南成都路一百五十六号,来言,贵州有款托分馆汇来,共四百元。内三百交黄齐生,一百即交朱。属问到未。

八月廿一日　星期一

发信 叔通。

分馆 臧博纶来,愿任太原馆。拔翁意,太原尚可勿动,不如将臧调湘。遂与翰商定。翰恐其于营业不甚在行,始有难色。继再三与商,谓全才难得,始允照行。遂与面谈。并请顾赓吾与谈详情。

编译 周厚坤有多数麻省理工大学同学。因中华实业界将停办,彼等拟担任编辑,已拟定合同。周拉与本馆商办。来信备述其事。交梦翁酌定。

印刷 廷桂北行,交来应付奉兴业印票办法一纸。又往来用费一纸,交翰翁照拨。

并言,王君欲得酬报,约不及千元。不必交到,直交王。

卢、金来,言已得总行复信,合同可照订。

又拟定小票一角、二角、五角三种尺寸。交鲍君作价,并言银行有余屋可以借用。

纸件 小平交来日本模造纸一令,系备印辞典之用。问价,知每令五两五钱。

应酬 伯恒母今年六旬大庆,在六月廿七日,改于本月廿七日补祝。送银斝一事,计值十元。托廷桂带京。

八月廿二日　星期二

发信 契农。

用人 翰翁商沈冶生事。沈为私事将赴美。查合同,如不续订,伊所经手招徕广告须给二成回用。现在月薪百元。在解去合同,恐所得二成更不止此。余云,如此自然不必解约。但广告事,可令锡三亦任招徕。

分馆 臧博纶来,约定过中秋节后前往。但需带轧销一人。又伊弟须随身管束,拟带至湘,暂寓馆中。一面为伊谋事,并不位置于馆内。当含糊答之。约定过中秋节后行,下月初先来沪接洽一切。

编译 广东阮紫阳名鉴光偕陈秩元号逊仪来访。阮君有数书欲交本馆发行，办法未定。其文笔似不甚条达。通信处阮君在神户市中山乡通同文学校。

锡三言，函授积压改卷甚多。

吴讷士来信，约明日谈。余复允，并言承以钟鼎拓本版权见赠，极感。出书后拟送五十部为酬。

印刷 康心如来访，住南成都路 566 号，言代表右文社来。闻章太炎将以《章氏丛书》委托本馆，右文社与章氏交涉未了，特来声明。如章氏委托本馆另行排印，右文社不能过问。余言此却不错。如本馆有资本在内，当然不允。并请康君备一信来，免得后来遗忘。康君不允。余云，今日所谈，不能认为有效。康云可。

奉天小票估。刘誉振关照，可开一分九。遂照开去。合同已写好，交杨公亮送去。

应酬 在一家春请华侨十余人。

又赴醉和春，应奉天兴业银行王、卢、金诸人之约。

杂记 代徐植甫购礼券三十元。告景莘，记入余账。

天头 刘誉振来信，言王意欲得约二千元。余适往访，遂面闻。告以如能办到九折，即每张一八五，可以照办。否则不能。

八月廿三日　星期三

收信 伯恒。

发信 伯恒、叔通、柳溪汇息金七百五十元，与津馆转交王刚。

公司 翰言，闻人言，各部长言干涉太过，不能办事。余答言，甚不愿干涉，但不干涉则办事与否从何而知。

用人 与翰翁商定，约江伯翁回沪，在总务处办事。当即发出一信。任公荐任发，曾在广智书局为印刷督工，人极忠实。又闻在任公处月得廿五元。当告以有机会再为位置。

分馆 吴葆仁如何处置。商量良久。翰谓与庄进之对调，约一年后各回本职。余谓彼此均是新手，且系暂局，于两分馆极无益。不如另派一人往陕西，待有相当之事再处吴。拔谓,必不得已与毛契农对调。余谓,毛已在常与本地渐渐相习。既播种,望其收成。或以李守仁对调,则吴距家近。此专为吴计。翰、拔均不谓然。遂未决定。

编译 周厚坤介绍麻省理工学校学生会合办实业杂志事。经梦与商,附入《东方杂志》。渠等不满意,仍与中华合。细思,恐若辈难于有始有终。决意听其与中华合办。

吴讷士来,言钟鼎拓本可照办。余稿容十月后送来。问何时可以出版。余云,恐须在半年后。

印刷 奉天兴业合同签定,并付第一期款。当面交付收条。

又谈小票开一分九,未免太贵。余云,我意亦然。卢意改正面凹版、背面凸版,当可减价。余云然,容明日与鲍君商定。并云,出货愈速愈妙。一角尤亟。

电告廷桂,曰兴业签约,款照收。

应酬 往送金子声,刘誉振行。刘未遇。公司备沪至津头等票,并卧车。

杂记 任公属代汇京二百元,交叔通转送曾刚父。又拨五十元,赙林亮奇。函知钟景莘,于版税项下登记。

印刷所失去邮票四百元。

八月廿四日　星期四

收信 弼臣、伯恒、叔通。

发信 仙华。有要件附去。廿六发。

财政 本日买定,均明年六月底为期:

金币一万元,七钱二分四分之一。

美金五千元,七钱零八分之一。

英金一千五百镑,二仙令十一本士八之三。

分馆 江西李仲禾来信,言欠款一时不能交还。原信交培初兄收。

编译 西人 Hayes,为四川成都青年会教育部书记。编有《新辑英文会话》一书,已印过,欲售与本馆。邝君言颇好,酌送廿五元至卅元。查本馆英语会话无多,邝君意谓可购,已允之。

吴步云来谈,英文杂志附录拟不另册,仍附入正册之内。余问当时分册系何因由。吴亦不能言。余言,并入亦无不可。

张叔良问,《英语周刊》将满一年,卷数应否改为第二。余云,号数拟直贯下去,卷数似无用,不如删去。叔良以为然。

印刷 弼臣寄回一元票正面签字样。

奉天小票与鲍先生详估:

纸一百十令、三千元。

凸版印工,每令六元,六百六十元。

凹版印工,每令四十元,四千四百元。

图章号码,每张一厘,二千五百元。

切票二百元。

制版二千元。 开销二千元。

共一万三千七百六十元。

每张开一分六厘。并有信致卢湛臣。留稿。

应酬 徐忠愍夫人八旬正寿。清晨往祝。

天头 阮紫阳交来《世界统一》译稿一本。言向售译稿每千字三元至二元半。告以俟下月会议后再通信。稿交景星送去。

汪小颂交《美国营业要览》译稿二十一张。

八月廿五日 星期五

发信 叔通。

公司 饭后与翰翁谈,图书印刷所吴君终不可靠,甚为危险,将来恐终须出乱子。翰谓营业尚称得力。此时与中华竞争,恐有更动必被中华吸去。拟仍用监察之法,派得力账房,并派叶仁元以为之副。

俞、胡二人办法。翰谓目前恐非宜。且闻俞在中华几成赘疣,我若用之,中华正得其所。不妨从缓,云云。

拟调王仙华任营业部长。

编译 汤志莹名国梨女士来,称为章太炎之妻。言《章氏丛书》先归右文社印行,现已解约。曾属严君来问,本馆可以承印。康君介绍中华书局。已商量数次。太炎意见收三千部之报酬,每部一元,于定约之日付清。中华只允陆续支付,以半年为期。太炎赴粤,特属来本馆商问。余言,前数日有康君心如来言,如本馆承印此书,用右文纸版,右文须干涉。汤言如用伊纸版,须与康君接洽。伊处三千元,只系著作权之报酬。余问,康君欲得几何。汤云,有千二百元之说。余问,三千部售完之后,能否续印。汤云,续印利益当较优,报酬能略加亦可应允。汤又言,杭州已在写仿宋大本,二三年后亦可成书,但定价甚昂。余云,不妨并行。余问,杭印大本有无报酬。汤云,公家所办,现未有何条件。又问,应否有期限。余云,如允续印,此可包括在内。如不续印,应定期限。汤云,期限应由我处斟。余请赐书一部。汤允送来。余云,须与同人商议,迟至下礼拜一回音。住孟纳拉路永幸里一一〇一号。

应酬 请仇亮卿、郑雨三、陆宝云、王诚璋在一品香晚酌。未去陪,由拔翁招待。

天头 顾君校《德华字典》太慢。本日将清单寄京,托催,须于一星期内校好寄还。记得原订每面两角,现已校成百六十余面,请先酌送四五十元。

张渔珊来,言徐宗泽君曾往英国研习哲学,现校订《辞源》,将来拟送至本馆。余问如何报酬。张云,酌送书券可矣。

八月廿六日　星期六

收信 伯恒。

发信 章行严、梁宝田。

公司 与梦谈,拟约伯俞到总务处,筹办营业科事。

用人 告拔可,拟约张君劢担任杂志论说、德文书之校阅。又代撰紧要广告。月薪一百元。　5/8/29 拔可已访公权,与之商议。

编译 梦翁估《太炎丛书》价:

纸、印、订,二元三角。面子、套子、四角。全部二元七角。全书一千七百六十五页。

版税三千元。纸版千二百元。

计每部六元九角。

定价十二元,平均六折,七元二角。

初版一千部,每部余三角。再版每部余四元五角。

如改排三十字一行,每部成本可省五角。

小有光纸每令三元五,成本二元弱。

文录共五百五十二页。排工一百四十六元。

纸、印、订,每部七角二分五。

详细研究,恐无如此销路。且右文社尚有书七八百部。不印为宜。遂复谢之。

应酬　往惠中,访王诚璋、仇亮卿、郑雨三、陆宝云,均晤。

印刷　本日知有奖债券印成十五万。

八月廿八日　星期一

发信　弼臣、仙华。问病。

公司　昨晚与翰卿、桂华、莲溪、梦旦、拔可在汇中晚饭。商移店大马路事。梦、拔不甚赞成。桂、莲意在移西。翰拟将采芝之地先行租下,以备将来之用。因推究,万一不用,转租与人恐不容易。自己建造,须费银两万两。加上保险、地租、小费等,每月须收房租千四百两方不吃亏。余意此且暂搁,再就西面访求。莲举广西、贵州两路间最为相宜。

李一琴来言,将就大冶厂事,《汉英辞典》自应一手校完,但不免耽阁,薪水必须停送。余言,此系小事,不必在意。一琴再四言。余云,后来再说。

发行　午刻在梦旦家与炜士、稚晖谈。炜士言,可备博物船,游行内地。稚晖谓,可包车站卖书,并可备书船入内地。

用人　告邝,函授部开办十一个月,有学生八百余,实收一万五千元。应加推广。约锡三同商,拟添改稿一人。邝言,周越然之兄有就意。又添写信一人。(嗣与梦翁商,拟调马翔九充任。)邝言,蒋君改稿不甚着意,当谆戒之。余云,应否告乃叔。邝云可缓。余言,学生多是请免费或减费者。可即定一代募生徒奖励法,或每代招一人给奖二元。周出示万国函授学堂奖券,亦拟仿制。取书作四元用,交费作二元用。并将一、二级讲义速行修改,以励初学。

同业 昨晚闻桂华言,中华新招译西文者约十人之谱,赶编辞典。

编译 昨交《盾鼻集》稿与卓如。

稚晖之意不以用俗语入教科。如"这么"、"那吗"等字,总不宜,仍用之乎者也。将来新语言中,亦须用此字。又言,凡初学及普通用,每字旁均用注音字母。

托邝催徐闰全速译《新字典》样张。

印刷 有地图四种,久未出。由符干臣开单,面交鲍君再查。

江西纸币五元、十元票,背面样张签回。护照亦到,限九月十二日为止。一面赶印,约九月十日可完,一面向关督处请展限,以防不及。

鲍来信,英人别克登不听调度,已强硬指挥,并属人告知荐主窦乐克。

纸件 得纽约电,46685号纸屡电催,于阳八月三十日由纽约运出。属小平复电再催,万勿误期。

西书 翰翁在莫干山与伊文思商议,其意总欲将该公司全数卖出。此甚难办。托邝先生去信声明,彼此意见相距过远,如有他项办法,甚愿商办。于本月三十一日有回信。存案。

杂记 托邝问中国营造公司,广西、贵州路之地,或租或购。

八月廿九日　星期二

用人 余日章极活动于社会上,甚有势力。拟托任之与之联络。月出五十元,请其撰论说,或阅定所编英文书,或有演说稿交与本馆承印。嗣又商,拟邀来馆。

黄任之、郭洪声来商,蒋君梦麟有博士学位,提出论文,欲托本馆印刷。印价约千元,由本馆代垫,由介绍人立约担保,云云。本日晤洪声,询知蒋君汉文甚好,英文不甚高,译书最相宜。余云,拟由本馆聘用,帮邝君办事。洪云,此却甚相宜。余问,薪水若干。洪云,每月二百元至二百五十元之谱。如能应允,则此印书之款,将来每月送薪二百元,即扣四十元。约六年半可还讫。

编译 印医学书,砺恒均自己圈点、校阅,不免太忙。告以熟人精医者,可请其校阅,酌送报酬。如此可以从速。

马翔九调英文部,办半日事。因不能完全离去辞典部也。

闰全拟译《The Concise Oxford Dictionary》。曾语邵裴子,云有新式办法。容催取,如两星期不来,即开手试译。

八月卅日　星期三

收信　叔通。

发信　伯训、伯纲、廷桂。与翰翁联名,为买砚事,稿存任心白处。

用人　致洪声信,为延聘蒋梦麟事。即将昨日所谈详述办法。信留稿,存入延聘要人案内。

与邝谈余日章事。邝云,渠欲致身社会,恐难脱离。余云,彼在青年会得薪几何。邝云二百五十元。余云,本馆可加至三百五十元,或酌加多至如邝薪。不必即时到馆,迟半年一年亦无不可。如必不能,或在沪时来此半日。邝君谓,恐亦不易。

分馆　与翰翁商定,京华及京馆所存纸币,宜早为计,免致再跌,愈形吃亏。前四川、广东、哈尔滨等处均由各该馆自行承认。即将此意函达廷桂。

编译　拟约英文研究社人共修订《英华大辞典》。嗣商邝君,谓诸人多有中华有关,只可选其社中数人,另行委任。

印刷　顾晓舟知照,哈同处之印件已往招揽,尚有意。

应酬　往访简照南、王秋湄、吴剑秋。

八月卅一日　星期四

发信　叔通。直寄。

发行　顾晓舟来,言哈同仓圣学校拟悬赏征集习字若干名后(一年四次)送书报,由本馆各分馆替伊代发。与梦翁商最好劝用书券。

用人　张君劢来,言拔可所言,深恐无事受禄,于心不安。余言,不必拘定论说若干文字,可以随便撰述。故又预备他事,一为校阅德文稿,一为核正广告文字。则随便做一门,即不至一无所事。张言,广告文字极难,此层断不敢允。

财政　告吴桐轩探公债票价。

三年大票,五六折。小票,五五五折。四年大,五七七五折。小,五六五折。佣金百分之一。前向梁望秋处买入时只付千分之五。

分馆 告培翁,分馆有存款不便汇出者,可买公债票寄沪。但以对折为限。

万施来信,金少安赴常德,为自己私事,电催不返,反辞职。商调封芸如前往,暂时协理,由顾赓吾同去。嗣与顾商。顾谓,金不愿与万共事。如去万,金或可留。伊即日动身,到汉时再电金返湘,密告调万,庶臧去不至。金是生手,大局或不碍。商翰翁,亦以为然。即电金慰留,一面仍电封速回。

纸件 E.L.公司来纸甚多,约银三四万。只可暂做押款。

九月一日　星期五

收信 廷桂。

发信 伯恒、仙华、伯利和寄还释文印样。廷桂。

用人 陶惺翁回信,俟身体稍健,可仍来担任相宜之事。

同业 中华登报,普新书馆交涉已有效,禁止他人翻印论说,云云。

编译 邝持成都教会陶又新来信,云拟编《英汉簿记学》,归本馆承印。余云,如不甚大,可印。

与邝、徐商,拟编《汉英分类词典》。属徐于校阅《汉英辞典》时,随时摘出,交学生剪贴。徐言,现校到午集,前此均未想及。余云,此可由学生办理。徐言,地图部有一席姓学生,颇合宜,不知能抽用否。竹庄云,可以抽用。

谢燕堂约定下礼拜《饮冰室丛著》必可打出样张。

西书 邝交伊文思回信一封。

应酬 访王亮畴,不遇。

杂记 复廷桂信,允与印局人酌量报酬。请廷酌定,示知。原信上有翰翁批注。

九月二日　星期六

发信 伯恒、叔通、梁集生。

用人 伯俞谈,蒋季和已辞江苏省教育会,现无事。前在会充坐办,月薪八十元。

邝言,已晤余。渠云,酬报甚优,容再筹思,恐一时难脱身。

邝言,周越然之兄要求一百二十元。太贵,答以月薪八十元,助移居费一百元。并言,留学生谋事者,多费亦不及二百元。后邝又来,言改为月薪一百元,移居费不送。

编译 郑紫卿寄来《桑树栽培书》一本。交景星收。

函告梦翁,将《八家文钞》缓出版。

印刷 与丁榕细商,中华与普新交涉,意似指我。据丁云,任公将大中华文字选入,实系违背著作权。《庸言报》既已抵押,亦不能用。须办理清楚方好,否则本馆恐须吃亏。

杂记 托葛词蔚代购西宁府、通渭、淳安、桐庐等县志。计价三十一元五角。已交图书馆。

九月四日 星期一

收信 少勋、伯恒。

发信 沈仲芳、仙华、叔通。

公司 昨日午后往访任公,示以中华广告。任言,《大中华》有契约,可以自己编纂文集。《庸言》亦无抵押之事。余问,中华出款几何。任云,三千元,欠账归伊接收。余问,《庸言》为一团体所办,何以债务归尔独担。任云,后已并归伊处。余问,有无年限。任云,无,并有契约在津寓。当属寄来。余云,如无他纠葛,可由我处代赎。任又言,中华必不敢出面为难。余云,决不直接,但可控诉商务。任言,"手定"二字实不能用,殊属胡闹。临行时,余已行至门,任又言,拟函达静生。余云,既拟赎回,可以不必。请电告津寓,即将《庸言》契约寄来,何如。任允之。

用人 昨访黄任之,谈及蒋梦麟事。云已将前信寄去,并出蒋君来信三封。文字颇修洁。黄言,蒋急思归,故款到可早回。余问是否需在美国印刷。黄云是。余言,可再去一信。如能照前信所说一一承允,可约定电复数字,即可拨款。黄允照办。余又问,顾惟精人如何。黄云,其人年已三十外,曾任教员,似约翰毕业生。人甚老成,习电机,毕业于哈佛。余请介绍来观厂,黄允之。

分馆 昨日翰翁来,谈及江伯训到总务处办事,颇有为难。外间言论尔未必知,此事尚须斟酌。余云,总务处实在人不够。至于外间言论,可以不管。说时,翰已至门外,故未多及。

编译 昨访一琴。一琴劝本馆宜编英文书,开新路。所编之书,如本国物产,或有关商务之书,或纪述风俗之书。又如袁世凯事迹,当亦为外人所乐买。在哲学书,亦可,但销路恐不大。物产如桐油、皮油、芝麻、大豆、八角油等,能详纪其原料为何种值物,产于何地,如何制造,岁产几何,必为欧美人所欢迎,云云。

余问赴大冶后,汉口纸厂事能否兼办。李言不能。或托王显臣似可。

印刷 昨日访任公。告以中华屡登广告,声明《庸言》为伊借款收来,债未清前,版权为伊所有。并以广告示之。任谓胡闹。余问《庸言》共借中华款若干,抵押有无年限。任谓并无抵押之说,借款系三千元,旧账归伊接收,此时当不过千数百元。余问有无合同。任言在天津。余请电索,任允办。任又言,《大中华》撰述曾声明自己编集,仍可用。余言,《庸言》事如无另外纠葛,本馆愿代赎还。又告任,已商律师,将来中华决不与任为难,但可控告商务。彼时未必请任出为辩护。

纸张 得纽约电。46685 号纸须九月底在太平洋口岸上船,已有船名。即译出,属公亮告知卢湛臣。

告知小平君,查明该船是否须绕道孟尼拉。如绕道该处,应由横滨转船,免又耽阁。

天头 发叔通电:"《庸言》约在津寓,任已电索。乞催寄。《大中华》如另有约,乞赴津借抄,速寄。仲仁月薪,如来示,乞代订。"

张仲仁有谋事之意。系叔通来信所说。与翰翁面商,决定延请,每月薪二百元。

任公昨荐蒋百里。欲在沪伴蔡松坡疗养,不能不兼谋生计。欲月得二百元,在外译书。已允之。

九月五日　星期二

发信 伯恒。又丛著两部。

公司 午饭前,将拔翁所开关于用人各节,逐一附注意见。第一条,即臧博纶事,送交翰翁。饭罢。拔翁屡屡提及,翰无言。久之,拔又催问。余言,博纶如预为宣布,湘馆内部必哄,总以秘密为是。翰亦不定。遂各散。先是,余曾言(礼拜日翰翁来寓所谈推广营业部一事),即以分庄事务处移至三层楼仪器装箱处,装箱处移至二号客室。另以查账处划分为二,以一半与装箱处,以一半充客室。以西账房及查账处并入现在分庄事务处。问翰翁是否可行。翰亦不言。 约咸昌、梦旦来,告以一切情形。咸、梦约翰细谈。渠甚有为难情形,以为改用新人,亦未必有效。而旧人多怨望,必起风潮。其胆甚怯。余以为如此办事,于公司前途大有障碍,甚为纳闷。

编译 《德华字典》据邢志香云,至快尚须五个月。尚须校阅人一不耽阁。

甘竹霖有编辑字典意见。5/9/6 事。

《饮冰室丛著》删去各篇有细目,夹本页内。

纸件 杨公亮往访卢湛臣,告知纽约纸行往来电报,实系纸行耽误。并备信声明。

文具 聂云台谈,有日本高工科毕业生,直隶人,能耐苦。下月才给薪,七十元。现在伊厂中办工业学校。

杂记 顾惟精,号心一,美国毕业生,无锡人,专习电学,得有 MA 学位。其人年已三十余,人尚朴诚,欠活泼。

九月六日 星期三

公司 晚间约咸昌、梦旦、拔可在会议室。余言,博纶调湘一事,余等意见翰翁不能相同,知其中甚有为难。余等亦无非为公司大局,惟彼此见解思想根本不同,故难强合。余等以为本馆营业,非用新人、知识较优者断难与学界、政界接洽。翰意宜用旧人,少更动,自是一种政策。用新人不免多费薪水,且手笔亦较宽,或者收入未必增,而支出。故我辈以为有益者,未必果利,翰翁所主张者,未必果害。若彼此相持,不能解决,于公司大局有害。博纶已与说定,此时能去固佳,如实有为难,我等尽可舍弃己见,请翰主持。翰默然良久,谓此事两方均有为难。如中止,难对我与拔翁;如实行,不知将来有何风潮。或甚或否,均不可止。

故于此事直无从主张。余谓,我等已商量弥久,拔可意见亦同,我等实为大局,并非敷衍。我等实愿捐弃己见相从。梦言翰初意并无不可之意,故允许菊、拔之意。后殆有所感欤,故有为难。翰言,此事并非商之于人,只从各事探讨而出,已有影兆。前礼拜日到我寓中,亦拟略谈此事,将来不知作何究竟。余云,在翰,郑重将事,自当如此。但余意以为直须看明事理,此等浮言,殆可不问。翰云,袁世凯专任己意,故尔致败,有时亦不能不采舆论。我云,彼此见解根本不同,但彼此均为公司,此事尽可从翰意。翰云,若改办法,将来令拔与我办事为难。余言,近翰尝言彼此当划分所管事务。以后总馆及分馆用人行政,对内诸事,由翰主政。我等如有所见,随时奉告利弊,无不直陈。至于行否,仍由翰决。若对外诸事,则由我等办理,翰亦可随事指示。如此则政策可以贯彻,比之现在彼此迁就,功用相消,总稍有益。翰言,所言去题愈远,我实毫无争权夺利之心。现在精力已差,前在莫干山时,本有辞退之意。我言,我等所以为此,正非为争夺权利。翰尚有言,现在各处来信,危词恐吓。苟一设想,即馆中亦不能来。(此语不知对余何语,此时已追忆不及。)余答云,此非指个人危险,实指大局而言。(此语根源何在,亦追忆不得。)梦云,菊于编译所事,亦须多分些时刻招呼。余言,博绅之事,我辈仍可与言,请其回至编译所。梦云,至于湘馆之事,亦不必与之说断。翰意以为可行。梦又言,分任之事不能一时解决,不妨从容细谈。以后彼此闲谈,无非表明各有所见,并非私见之语。

编译 谢燕堂允九版《上海指南》如明后日交齐稿子,本月二十四可以出版。原条交于瑾翁。并属告知周锡三招徕告白,每版以五千为限。交《德华字典》顾君校样,另,初校样与拔翁,托向张君劢,商请其接校。君劢不愿办,仍交还于瑾翁。据邢子香云,《德华字典》至快五个月方能完毕。

天头 (在编译栏《德华字典》上)并于稿包上注明"速寄京馆,如十日不寄还,每隔两日,函催一次。5/9/7"。

九月七日 星期四

收信 仙华、叔通。

发信 叔通八日发、沅叔。

用人 仙华来信,拟调账房臧子彬。言实在太懒,可否仍请吴葆仁,以副经理名义回津司账。余具意见书,言臧只可调,吴以调图书公司为宜。翰云可以照办。其后知吴目力已伤,不能写字。翰意拟调长沙。余云,惟口音稍差,余无不可。全材难得,只可决定。翰又言,拟调庄筱瀛至陕,已告拔。余云,已问之,自然不行。

分馆 致张苞龄信,造纸难附股,拟二年内送半薪,请其专心从事造纸。遇有便,仍为本馆嘘拂。将来造纸可销,尽先采购。此信留稿在杭馆筒内。

印刷 以美纸改装坎拿大丸事,告卢湛臣。

纸件 小平君告,已电纽约提早装船,改装坎拿大丸。九月二十八日在同阿脱尔开,十月二十四日到沪。复电照改。

应酬 访陈抚辰。午刻请陈抚辰、蒋台南在汇中午饭。

九月八日 星期五

收信 叔通电。

发信 叔通、伯恒、仙华。

用人 叔通来信,言仲仁编辑不宜。复信问是否专指教科,抑泛论各书。如法政、掌故、古书皆拟逐渐举办,请再询之。如有为难,再作计较。若在京办事,殊形隔膜,且费亦太大。

分馆 仙华调账房信,张廷桂为山东银行印票张君事,均交翰翁饬复。

四川罗佩金处托叔通设法,能否去电,托其维持。

编译 约梦旦、伯俞、竹庄商编教案事。拟参考加详,预照《国语》对照材料,并选日本教授案成书,以备参考,又拟年前先出四册。拟编《初小教员教授用词书》。尽现行诸书采集。

印刷 任公寄示中华复信,请勿赎《庸言》。 事已留稿。

九月九日 星期六

公司 翰属余告金坡,部长等自由出门,均不记册,无从扣算。应严正办理,云云。余云甚难。

发行 寄售书加一折,大概六折收进,门市卖七折。恐不敷开支,属罗品洁转商志贤。

有报失。

用人 闻姜昌镤亏空甚巨,闻有数千之多。

仪器部谢锦堂冶游声名甚大。本日告知包文信,请其请翰翁示。并告跑街之事应格外留意。

江伯训来信,仍辞馆。已将原信送翰翁。

锡三来,言英美烟公司来定印历本事,已由冶生接洽,意似不便与争。余约莲溪谈,知该公司来一信,为冶生所得。莲亦不以冶为然。余属莲,告冶勿尔。

分馆 告翰卿,余在河南路见伊行路甚颓唐,请再视察。

编译 收颂翁所译《美国新营业》。第七十二页至九十九页。5/9/11 交梅生,转交仲翁,请注洋文。

印刷 5/9/10 午后五时访任公,与商赎《庸言》事。本馆甚愿再出数千元赎回该报,以免后来纠葛。任言不必,已尚有款。余云,本馆可以备款。但如何办法,应请裁酌。因出代拟复信示之。余言,万一中华起诉,本馆殊不愿呈出契约,致公参与讼事。故甚愿早日了结。临行时又告任,请其斟酌。任云,信稿尚须酌改数句。

九月十一日　星期一

收信 廷桂、伯恒二。

发信 伯恒。

用人 顾　　投考账房,系函授学生。锡三介绍,已来见翰。翰谓其人诚实,不识洋钱,尚无大碍,不妨来考。如合格,甚盼早来,不得已,迟至明年亦无不可。云云。已告锡三。

沈冶生与锡三有争广告事,即英美烟公司定印历本一节可见。已告翰。

印刷 卢湛臣来,言小票事续商,惟总行欲再减价。约定后日午后来商。余告以须商同人。又与言明,纸于十月底可到。已误半月之期,原定十月半开印。该造纸公司原定九月底运到上海。请再将往来电报及该公司原信详阅,报告总行。

应酬 任公昨约晚饭,未赴。 今午约沧州旅馆,同座有唐少川、黄克强、罗梓卿名纶、刘希陶刘显世之弟。李登辉约在大观楼晚饭。

杂记 昨叔通来信,寄到印刷局总结表一张,又本年四月份报告册一本。

九月十二日 星期二

收信 伯恒、张苞龄。十三到。

发信 叔通、伯恒。

用人 复叔通信,言张仲仁月薪三百,甚为难。信将发,送翰阅看。翰谓,渠与各省长等均相识,倘能觅得大宗生意一二次,即所费不难收回。云云。故将信抽出未寄。次日复叔通信,仍主张二百元。

鲍咸翁来信,言奥耳脱墨厂介绍格达壳君,可做照相石印,每年需美金三千六百元。一年期满,须酬以千四百元,另给盘费。但鲍疑其长于印刷而不宜于照相制版。拟寄件至美,请其试做,看过再定。又拟与英美烟公司合请。

财政 翰云,张桂华现任签字诸务须常常接洽。拟请其至总务处,坐在梅生所在地方。且一切办事亦可使其知悉,俾知为难情形。余云甚好。

印刷 任公来信,《盾鼻集》拟收版税二角。信交心白。奉天兴业角子票,派杨公亮往商。据复,王鹤年处说明,刘君曾说过一千,王已承认,后又提及二千之说。杨问卢君是否知悉。据云未便告知。杨未之许。继又往访卢君,探其口气,似有意。杨因告以本馆实收每张一分五厘,至报告总行若干,由伊酌定,其数即用为酬劳。王首肯,云明日不再来面议。即由杨前往接洽。

纸件 问小平,知36684纸三百令一次装船,于十月廿四日到沪。

文具 墨盒、笔套、铜尺、仿圈等,告文信,宜专做门市。后文信言,各分馆有时来添,亦不能不与。翰谓,宜从小办起,不必多寄。属与符、陈妥议办法。

应酬 黄克强约午刻在伊寓中午饭。同座者为任公、子楷、林赞侯住南成都路德福里三六八号,温州人,在日本、德国习军学,张龙湖南人,住宝昌路二七七号,亦在日本、德国习军学。

访吴伯琴同年。

天头 与鲍咸翁谈,奉天兴业银行拟印角子票,询问期限。鲍言,现有机器十架,先运四架赴奉,余六架俟印完通商五元票后,约在十月底再运去两架。余四架印通商十元票,今年底赶完,再行运奉。计期明年一月可以到奉。至角子票版,约明年正月亦可做成一种。每架每日可印凹版六百张,印六千小张。共有机四架,每日共可印二万四千张。即从二月初起算。是月只二十八日,只可印成六十七万二千。姑以五十万张计,当可办到。鲍又言,拟多制印凹机四架备用。

九月十三日 星期三

发信 廷桂、为印局事。伯恒、仙华。

分馆 河南分馆收存北界交通纸币五千元。告莲溪,最好不收。否则将书价抬高。翰卿来言,拟派人往查有无弊病。

编译 伯恒寄来北京大学胡千之介绍西文小说《侏儒国》《磁石靴》两篇。并云以后能按月供给。询能酬几何。已交铁樵。铁樵交还,云可用,每千字二元。月须五六千字,以短篇为宜。交竹庄饬复。

印刷 与鲍咸昌商议奉天兴业小票。拟用四机。二月底出五十万,尚有一百九十万张,三个月至四个月交完。至票版则一角者于六年正月(阳历)制成。二角、五角者于二月制成。已交杨公亮与卢君接洽。并留稿。

杨公亮交到卢湛臣交还纸币上所用汉文图章、洋文签字样章,又地名一纸。当即抄送鲍君。

应酬 访刘希陶、蔡衡武于群明社,均未遇。

杂记 东亚同文会出版《支那省别地志》,共十八册。本年十一月起出版,每月一册。豫约价每部廿八元。交小平君定两部。

九月十四日 星期四

用人 前于本月九日将伯训来信交与翰翁,并注"江伯翁辞退之意如何答复请翰翁酌定遵办。"翰于今日交还。云伯翁来总务处甚为赞成。余云,前既说有为难,此时不必迁就。余又续致一函,略云前示伯翁来总务处,外间啧有烦言,甚有为难。当时我力主不理。今政策既改,前议应取消。否则彼此迁就主义,不能贯彻于大局,甚有碍。且张桂华来总务处,除签字外尚有余暇办事,不患无人。伯翁既有此意,不妨顺水推舟。云云。

编译 黄肇成来寓,谈一时许。知由王振之介绍至中华,已审查合格。然用否尚未决也。交来《实用立体几何》一本,欲得润资百元。即送编译所。

蔡松如昨日交到《新式贩卖术》,五十四页。本日交张景星送高梦翁。

印刷 催山东银行票。

致卢湛臣信,送去一角票样张。

陆伯鸿午后约五、六句钟来。出示任公复催赎《庸言》信,又示《庸言》及《大中华》两契约。言《大中华》文字,任公自刻文集,可以编入之说,契约上并未载明。当时系口头声说,王仰先含糊应允,将来总可商量,云云,此时在法律上不能有效。为彼此尊重版权起见,最好彼此商妥。商务必须采用《大中华》文字,须有相当办法。可作为中华特别允许。余云,此却不办。商务并无于犯中华版权之意,任公自行编辑,与商务无关。还请径与任公直接。陆又言,当初与普新交涉曾向新衙门探。云,以前各书皆经人翻印,不能版权,故以《庸言》《大中华》为名控告,此时不能放弃,且普新登告白后,商务即来说话。余云,中华同日登出《饮冰室文集》告白,前此叔通与静生交涉后,中华即已不登。以为不至再登,其后又见登出。知与任公必有交涉。故普新之事,商务不能再办。陆云,从前任公允许,已将诗集交付。又经其女公子将许多未曾刻过之文字交与中华,故静生即与交涉,责任公一女两字。任公当时亦彷徨无主,云云。余问有无契约。陆云有信为凭。余云,此事本已不问,因见中华登有此项声明,故向任公一问。陆言,此时只能论交情,亦断无控诉任公及控诉商务之理。但为尊重版权起见,故来商议。余云,任公既经声明在先,当然占有著作权之一部分。

杂记 近日觉消化甚滞,访都易医生。开一方,属每日饭前服一匙。

九月十五日 星期五

发信 廷桂信、附总表及六月收支册各一。郭复初。附分馆。

用人 翰翁告知,阎崑圃已来。

印刷 致梁任公信,为陆伯鸿昨日来访事。留稿。

杂记 寄廷桂信,附去财部印局总表及六月收支计算书。请察核。贵州黄氏书。　明版乙百零六种,一六七五本。抄本八十一种,五八三本。元版十五种,三五六本。宋版十种,一七六本。

全数共四万六千五百六十七本。柜七十八号,第二册缺去末页。 箱一百五十三号、五十五、一百四十七号。 明本、抄本每本一元,合二千二百五十八元。 元本每本五元,合一千七百八十元。 宋本每本十元,合一千七百六十元。 余书除残伤以四万本计,每本一角五,合六千元。 5/9/18 往见瞿师,云黄氏索价贰万元。

九月十六日 星期六

发信 罗佩金电、川馆转曾奂如电。

发行 阎崑圃来。顷告志贤古书部应隶发行事务处,归伊节制。一切簿册请分配完全,以备开市。

伯恒已付阳历九月一日起薪水廿元。如无寄宿舍,改为廿四元。

用人 十七日赵竹君来,言伊侄在中国公学毕业。出一汉文信,似尚清顺,欲得一位置,薪水不计,云。

又欲添购股分,告以有收入之股,加十五元,利息本年份全归新主得。渠先定十股。

印刷 报载四川将印储蓄票。先去两电,一致罗督军,一致分馆转曾奂如。又发分馆信,寄去四年公债票及实业价券样各两份。开价每张四分五厘,三个月交货。如专印洋码,尚可缩短。

文具 教科书实物材料清单,托包文信查考制造方法及价目。

应酬 托鲍咸昌兄代送谢洪赉奠分四元。5/9/19 到印刷所交还。严范孙、王少泉自杭州观潮回。约在一家春晚酌。吴伯琴、剑秋、昭宸作陪。伯琴未到。范孙、少泉明晨即行。

杂记 十七日复邱绍周信。宋本《柳集》如的是前见之本,四百元外可加五十元。但请勿预付价,须带来沪看过,的确不误方能付款。该书无特别记号,恐为日已久,记忆不真,他人以别本冒充,彼时转多争执也。

九月十八日 星期一

收信 廷桂、叔通。

用人　前日范秋帆来告假三月。且云拟挈眷来沪。请梦旦与之接洽,告以时局未定,接眷事尚须斟酌。云云。

昨日晤童季通,谈及陈骏声频频修改中国、世界两种新舆图,其实无甚用处。其事只须二、三十元月薪者便可担任,不妨另派他事,免多糜费。余答以前梦翁已令专编《地名辞典》。童云亦不难了结。年终调动时须注意。

分馆　张苞龄来,谈次纸厂之事。甚愿余与翰翁出名提倡,并赞助一半。已婉却之。

印刷　昨至宝威药行访柯尔。言有多数印件愿交我处承印。但所估之价,比伦敦更贵。属设法改良。

纸件　沈琬山来,言前在湖南所定官堆纸比赛连为贵。且前已允展限一月,现又要求展限三月。已令复湘馆,令其取消合同,并候翰翁核定。

九月十九日　星期二

发信　叔通、沅叔。附伯恒。

用人　翰翁言,姜昌镁父来,拟交款三百元又房契一纸。如不妥,可由叶九如陆续交五百。余言,姜事尚蔓延无已,不必争,与了结。

编译　童季通向吴怀疚借得《上海市乡实测图》一幅。并云附近尚有若干幅。欲得版税净利各半。当复以除去折扣、雕刻、印刷、纸张外作为净利,折扣照定价对折。抄交童季通转商。

致任公书,抄去《国民浅训》送书账,请免版税。

郭梅翁条陈编辑画报。

印刷　《广仓学演说》估价单,三千、四千各一纸。交顾贞炎。

杨公亮来,告卢湛臣来言,欲得前定兴业一元、五元、十元等票回佣。公亮告以未能,因原价太低之故。公亮告以加印地名、签字,尚须代办,或可津补。

应酬　访刘希陶、蔡衡武于群明社。

九月廿日　星期三

发信　伯恒、咏科。附欧文信。

用人　何颖阉致景星信,有复来意。请翰翁核示。翰来告谓可先在总务处办事,如潘否言不来,即调营业,以承其乏。月薪五十元。由拔可面告景星,请其代复。

翰告拔可,拟派许允彰至安庆,询余能否赞成。余拟函复,嗣思不妥,仍由拔可转达。余于许君素不谓然,故不赞成。但用否仍请翰自酌。

编译 邝先生交来致欧文信,催问《香港读本》第五册及六月廿九日去信之复音。

黄添福律师售英文教科书稿,已送邝君阅看。邝来信谓可购,给价百五十元至二百元之谱。嗣问邝君,云书不算甚好,属退还不购。

印刷 任公托抄《蔡松坡军事文牍》,已代照出。共十册,今日送还。致卢湛臣信,估去加印地名、签字价,每小张一厘二毫。

纸件 梦属小平访购东洋棉料纸。今日交来六种,即送梦翁。

应酬 约刘希陶刘显世之弟、蔡衡武在一家春晚餐。未到者李登辉、夏地山、熊季贞、程韦度。

九月廿一日　星期四

收信 伯恒。

用人 颐叔、何颖阄复来函,请调归编译所。复以向来不专办总务处事,回编译所亦有不便。好在在此亦可兼办校改之事。

同业 王仰先来,力言彼此宜亲善,遇有不合之事,尽可面谈。余答以甚善。又言《大中华》版权拟由中华特别承认。余云,此事商务不能答应。当初中华登报声明,末数语对于商务太不留余地,此间众议甚为不平。王问我如何办理。余云,只可以不了了之。王云,普新来诘责如何。余云,中华律师当自有办法。

余又言中华遇事模仿,于感情亦大有伤。其实道路甚宽,何必如此。

编译 于谨翁复:

《中华分道》,已印千五百份。

《新撰瀛寰全图》,本日送样。

《世界形势一览图》,三礼拜后出版。

《中国形势一览图》，一礼拜印出。

《中华民国新区域图》，十五日装印好，月内到齐。现赶印附件，到后即装。

《历代疆域图》十二幅，月内印好。

九月廿二日　星期五

收信　伯恒、叔通、廷桂。

发信　伯恒。附郭复永信。

编译　顾复生交来李仲试编《共和新体国文》样本。交伯俞阅看。不能全用，复信送还。谓，教案不能出，中华新式范围可不必进行。他日有可以在外编撰之事，再行借重。原信留稿，存伯俞处。同编者赵霭英、曹昌言、王砥平。

告竹庄、伯俞，拟速着手赶编《初小国文》。目前应办之事：一求才、二选字、三拟编辑草案。并请竹庄清厘他事。告骏声，请专编《地名词典》。修改地图事移交章君。

印刷　叔通九月十三日来信，平市余纸已商陈寅生，可以详部请添印。廷桂十九日来信，张荟甄亦有此语。已复叔通，如能办到，印价即付交通票亦无不可。且可借此见得以前印价更不能不付现。此信系廿三日写。

杂记　江伯训交到沈仲芳代买丁氏残书　　种，已交图书馆。另有收条。

天头　告蒋，拟约伯训来编译所担任庶务。竹庄属最好早日到馆。

九月廿三日　星期六

收信　叔通。

发信　叔通、廷桂。

用人　复叔通：一、中华因丛著交涉事。二、平市事（注明在前所写不作凭）。三、勿辞半薪事。四、问京中有易销之货可以纸币买进，不致损失否。

分馆　告鲁云奇，嵊县袁兴产言图书公司书尚有销路，应设法推广维持。

编译　周少勋来信。言鞠思敏告，有张华年君，可编辑《师范讲义教育史》一种，年底出书。请伯俞作复。由三万五千字至四万字，每千字酬洋四元。原信存伯俞处。

四史《后汉》《三国》已印成。《史》《汉》改二千。

昨日吴步云估计《英文杂志》。编辑每月合二百八十元,九个月共用外稿四百零九元。幼华查印刷费,印数一万,每本七分一厘。

张叔良估计《英语周刊》。每期编辑合八十元。印刷每本约一分。

印刷 齐鲁银行续定合同。

九月廿五日 星期一

收信 昨收伯恒信,附来京汉信,交剑翁复。廷桂信。为蒋鹤企事,交翰翁。

发信 仙华。挹清稿。

用人 熊秉三介绍画者朱子明来。索成绩,无有。今日由伯俞开去题目,请试绘。

编译 商印《四部举要》事。预计约二百五十万页,分订三千本。连纸、印、订及照相落石,每页一厘。另加封面等,共二百六十余元。拟每部售四百五十元。分三期交。如预约足五百部,即行开印。三百部即印三分之一之书,再不足则还钱,并付息。

先出草目,再借版本,然后再出预约。

匡君有数学书五种。来信言不索重价。原书已送编译所。卅日晚来信商定价格。

印刷 昨日访梁任公。任出示与中华所订《饮冰室文集》合同。问余如何。余答以无所不妥。又言,中华复信,允承认任公自编文集,又采用《大中华》之文字,云云。续得北京分馆寄来丛著注册部批执照。当即函送任公一阅。并约傍晚再谈。(此信留稿)。旋约梦公商议,请其于中华契约上声明,系自行编纂,交商务馆发行,中华丝毫不得有所侵犯。嗣访任公,告以如此。任允照办。又谈《庸言》事。如果赎回,由我处交款。任言不必。余言或将该报归与我处。任言未必有用,为公司计,亦不宜。余云,当详细检阅,看有无用处再定。

九月廿六日 星期二

发信 伯恒、廷桂、公勃。

用人 复廷兄信,代翰翁达知,复用蒋鹤企事。

编译 致曾孟朴信,欲购小说林著作权事,托公勃转交。

匡君算学书五种,还价四百元。得复可允,但要求加送三、五十元送李梅庵,酬其题拔[跋]。又要求送书若干部。又要求送《廿四史》一部。复允加三十元,送书十部,第三项不允。

邵咏科回,交到《香港读本》五册改正稿,又六册底稿。云补送威尔士四百五十元,已与欧文君接洽,可以照办。咏科要求版权。欧文谓理应归我,但渠未便出面,须由我处与接洽。又宋某要求津贴一百八十元。欧文谓须问之政府。宋君惧,辞以无暇,不愿办此事。余属咏科,将各书面交伯俞。又属将与欧文商议各节开一报告。

印刷 叔通回信,言《国民浅训》版税当时并未说定。

九月廿七日　星期三

收信 伯恒、仙华。

发信 叔通、仙华。编译所寄。

用人 复陈叔通信,告知臧不到湘,调吴葆仁去。又范、俞已到川,罗无人相识,可不托。

翰翁言,营业部亟须整顿。余前拟调仙华回沪总理斯事,翰意以为可行。商诸咸昌,亦云可办。属持此意,函达仙华。并云天津拟调博纶往接。余云,似不如张某。翰云亦可。

编译 顾树森交来《德国教育之状况》译稿,约八万字。伯俞拟酬千字两元。

印刷 邵咏科带到香港各种印刷品甚多,汇贴一册,交杨公亮转交鲍先生。鲍允试制三种。

西书 买到柯南达利小说七种。由西书部交来,系前托购者。尚有五种未到,仍托采买。

应酬 蒋叔南偕其弟,名冶,号季哲,又一刘姓友人,来参观本厂。

九月廿八日　星期四

收信 王君九。

印刷 商复湖南银行印铜元票电,同时发湘分馆信。

九月廿九日　星期五

发信　仙华信、附君九信。伯恒。

公司　郭梅翁查：三年分，外来印刷共卅九万零零十四元五角二分二。四年分，六十一万六千二百四十七元零九分。

与翰翁商定，中华开市，我处不如乘国庆行祝日送价之法。拟十月三日起，十七日止。

用人　蒋百里来信，言月薪可径寄福冈大学病院转蒋方震。

编译　裘公勃回信，曾孟朴约十日后来沪。据曾云，其中情节甚多，须先商狄楚青，一切面谈。

印刷　仙华来信，五彩美人不宜用压印，致像麻子。

应酬　刘澄如约晚饭，辞未赴。

杂记　《现代式经营》第三次四十六页交梅生。《新式贩卖术》末册交景星送梦翁。

九月三十日　星期六

收信　叔通、宝田。

公司　拟祝日送价告白、简章。

用人　蒋竹翁函知，通晓德文之瞿凤书允就。月薪五十元，并附来译稿一件。

分馆　弼臣来沪。

编译　匡文涛又有信来，争索《廿四史》为伊数学五种之价。原还价四百元，后又加三十元，每书送二十分。商议数日，迄未定局，约来面商。告以种种为难。遂议定改为现款三百五十元，又《廿四史》一部，连书橱，又每书出版送二十部。遂定议。

印刷　拟湖南银行合同稿。交杨公亮带湘。

文具　许乾甫来信，托代售手工用具。约咸昌、文信会商。拟复以本馆亦逐渐制造，然尚未完备。代售甚愿效劳，惟批发九折利无可图。可否照定价加二成，七折批与我，三节归账，未售作寄存。又商本馆仿制价太昂，应设法减轻。

应酬 项松茂约晚饭,辞。

十月二日　星期一

收信 京电。

公司 与翰卿、志贤、文信、桂华商议,停止送品竞争事。志贤等亦以为然。

发行 翰与志贤诸人商,拟请少之专任柜台招待事。

财政 京馆、京局来电,拟以纸币购国库券。六年五月期,无利,五五折。属即复。当与揆初商议。揆谓可约吴代收,贴与折扣,总可办。遂托渠到京面商。即电询该票记名为准,明年预算已否列入。

编译 杨曼云女士来信,有小说稿两本交来。送编译所。

印刷 与翰卿商定,湖南银行票如用次纸,最低价为每张五厘,连回佣在内。

卢湛臣来,面索回佣。

十月九日　星期一

分馆 王仙华来,言营业部事非不愿担任,惟数年专用心于销售书籍。一又,张杰三不能来,竟无替人。二又,廷桂有南归意,曾与谈京华一席伊可接替。看来对外可以交接,对内与杨、张诸君感情尚好,不必另有报酬。但须给与来往车费,仍可兼管津馆。余约高、李两君到场晤商。余言此事甚有关系,余昨夕未睡,今日未能筹思,容明日商酌。高默无一言。

天头 十月二日,因为树源侄完姻,告假。偶然到馆,无事可记。

十月十一日　星期三

用人 徐毓臣介绍伊外甥胡步曾,江西人,今年廿三岁。十二岁入学,毕业于京师大学。赴美,在加利福尼亚大学农林科习植物学。

天头 十日为国庆日,放假。

十月十二日　星期四

编译 梦翁交来贾士毅《中国财政史》,六十万字,七百页。用瑞典纸布面二册,每部工料八角、面子三角,加版税一元,计一元二角、再加排校六百元。

印千部每部二元七角。定价六元,零售八折,预约四元。平均实收三元六角。

印一千部,售七百部,收回成本。余售完,赢九百元。

印二千部,售千八十部,收回成本。余售完赢二千四百元。以后赢利每部一元五角。

杂记 买入抄本《剡源文集》一部,六册,洋十七元。

十月十三日　星期五

用人 到编译所,与梦旦邀鲍咸昌晤谈营业部事。余询,仙华荐廷桂事,已否知悉。鲍云已知,廷桂实欲南来,如何位置。余言,廷桂性情与翰翁不同,恐发行所一方面不易对付。然翰言总可相处。惟与印刷所交接太多,不知将来于印刷所办有无为难。鲍云,近来彼此交接均甚融洽,廷桂办事自有主张,旁人不易干涉,我处总可融通。余问包文德与廷桂如何。鲍云无所妨碍。又言如廷桂必欲回南,除此却别无位置。余云,既意见相同,即与翰翁一谈。

编译 收到郑紫卿《蚕体生理教科书》一本,交景星送编译所。张景星收。

印刷 交正金汇票,奉银一千零三十八元有零与卢湛臣。约明此系预借小票之回佣。如小票定议以后,应将此款扣还。如小票作罢,则此款毋庸议。

十月十四日　星期六

用人 姚玉孙来见,子梁之侄也。章一山所介绍。允以商定后再复。

翰翁商营业事。余告以昨日鲍君之言,并问鲍君今日如何云云。翰言相同,并问如何处置。余请翰决定。翰意先定营业部章,即日施行。又言,仙华在北兼京华事,渠以为甚妥。余云,恐伯恒一方面尚须顾及。翰意年底(阳历)约廷桂回南商议。余云,廷桂如允担任营业部事,则京华书局对于孙、王二人如何位置,即可取决于廷桂。翰然之。

印刷 答复长沙来电,由剑翁复信。均存稿。

杂记 将去年四月至本年九月所购旧书汇送图书馆。计价一千七百六十一元。

另有宋本《名臣言行录》《广韵》《续文章正宗》三种、《永乐大典》四册,共一千七百六十三元。因价甚昂。然将来必长。有信问翰翁,应否归馆。

十月十六日　星期一

用人　前约周锡三来发行所办事,往来信件,并酬报方法,本日交与翰、拔两君。

又交迁移议案。又交配办教科书、教授用实物清册。

又交梁任公信两张,一要《廿四史》及《大清会典》,一为蒋百里事。又蒋百里信一封。

编译　徐闰全交来拟译《恶斯福字典》意见,并邵、甘诸人意见。已阅过,附注数条,送交梦旦。请转交。并拟包译,每一丕治两元。

又交梦翁《极小英德字典》一本。长一寸七、阔一寸三厘四分,请仿制。

致曾孟朴信,声明将出游。如来沪,请与拔、剑两公接洽。

应酬　昨午往送卢湛臣行。晤该行代理王树屏,又晤东三省银号董钧儒。云拟购足踏印字机及七字号码机。属明日径商鲍君。

天头　是日午后告假赴雁荡、天台,约一月可返。

十一月四日　星期六

杂记　得汪仲翁信,告知茶房得罪营业部主顾事。5/11/9日送交翰翁阅看。

天头　是日由天台归沪,午后到馆。

十一月六日　星期一

发信　孙伯恒。昨晚亲自付邮。

用人　昨晚与翰、咸两君约木本在卡尔登晚饭。询以辞职之事,并力为挽留。木本言,年已四十有七,不过再作十年耳。现在有人愿意帮助自营生理。旋与讨论,知系在上海开印刷所。告以如未成议,最好打消。如已着手,如机器等已经购买,我馆可以承受。如事已组织成就,彼此亦可互商办法,不愿彼此竞争。鲍君并言,本馆与订合同十年,毕后可不必再做事,公司以后仍行给与。余与言,新创不如旧贯,且本馆招徕较易。若系自办,责任亦复甚重,故劝仍留本馆,请再四思维,并函告小平。木本云,小平即日归沪,容再与商,并先表谢意。

印刷　奉天兴业银行驻沪代表王君来,持该总行电,属令将制版等事停止。

当由剑丞拟复该总行信,并致廷桂信。是日廷桂亦有电来。

一元票版于是日始行报关运奉,翰接廷电,并属勿寄。余甚不谓然。

天头 午后到发行所。

十一月七日 星期二

公司 致董事会函,为发行所迁移事。我意注重在西而不在东。

又请假三个月。 并致翰翁信。均留稿。

用人 姚玉孙事请翰翁核。

分馆 邵咏科辞职事,请翰翁解决。 又周少勋保荐高连槐充副经理。拔意主加薪,不改名。已告翰翁。钱才甫意在加薪,亦告翰。

编译 伯俞来信,为改定《香港读本》第一册事。交梅生办理。

杂记 复江确生信香港路五号,锡利洋行,言来信所指之地不甚适用。如南京路西段有朝南之地二三亩者,较合用。望留意。

天头 午后到发行所。

十一月八日 星期三

发信 杨定甫信。

财政 告翰翁,拟函托澜生设法速付国库券。本月底到。

印刷 告翰翁函知鲍先生,兴业雕版事仍旧进行。因本馆去信不承认废约之故。

杂记 得郑苏盦来信。

天头 午前到发行所。

十一月九日 星期四

发信 孙伯恒、陈澜生、伍昭扆、谢金垣。

公司 公司印股票图章本日交与郭梅翁。

新股票自第三五二二号由梅翁复核。第三五一二号亦托梅翁核对。旧股票自第三六五二号起由梅翁复核。第三六三七号即托梅翁核对。

十一月十日 星期五

用人 傅沅叔荐徐贵甫办旧书事。问翰翁,属约来一谈。

杂记 沈仲芳来,谈及买旧书事。告以能寄样本最好,否则将首页照相寄来。

十一月十一日 星期六

编译 《香港读本》第一重改订,由伯俞寄来,并附有致欧文信。交梅翁转属咏可办理。

后又托拟致威尔士索版权让与信。因续付四百五十元收条尚未交来,仍将原稿交还,候到后再商定。5/11/16。

十一月十三日 星期一

用人 昨晚在卡尔登商议待遇木本办法。余与梦旦主张,按照外来本馆五彩印刷营业之数,给与几分之几,庶可鼓励。翰、咸皆然之,允先查三年来总数。

财政 属许笃斋查任公欠款。开来二单,将应开去各项标明,交翰翁饬查、核销。

应酬 叶焕彬来谈,云现住苏州曹家巷泰仁里六号。在沪住三洋泾桥临江里同孚栈。

杂记 是日始租马房,预备停放马车之用。月租三元。任公来电,属汇千五百元至津寓。

天头 午后三钟到馆。

十一月十四日 星期二

发信 任公。

分馆 致廷兄信。翰必欲联名,允之。

编译 梦翁交来小说林小说估价单两纸。十五送还。

杂记 访江确生,不遇。

天头 午前来馆。

十一月十五日 星期三

用人 黄任之前数日交来蒋梦麟信,是日又交来银一百八十元。遂交郭梅翁照寄公司。馆前约借与一千元,同日汇去。

分馆 皖省学界组织中华分局。剑翁来言,须设法消弭。余以分馆经埋无此能力,无法可想。

编译 潘介子来《梅花碑》小说稿。

蒋百里来《职分论》译稿。均交张景星,送梦翁。梦云尚欠三分之二。

穆藕初之《日本纱业》稿,翰意不购。退回编译所。

又朱企云送来《英华成语辞典》补编,稿十册。一并送梦。

应酬 谭组庵太夫人作古,于昨日成服。是日往吊。答拜章味三、马惕吾。

访高竹如、赵纶士于全安栈,不遇。

杂记 江确生来,与谈租地事。托问全租或割租,租价如何。

天头 午前到馆。

十一月十六日　星期四

编译 复蒋百里,问《职分论》何时可脱稿。

纸件 有张某,由南仲处家人交来说帖,劝办制笔学堂。交梅翁,转翰翁。并催前善连某君同事条议,可以速行。

应酬 伯俞约一家春晚饭。

杂记 天台张少眉寄来照片玻璃二十二方,又照片二十张,又私用七张。均送交竹庄。

邱少周来。汪文盛《后汉书》有补版配页。顾霖据宋本校,又录元人批,共二十册。索五百六十元。还一百五十元。

天头 午后到馆。

十一月十七日　星期五

用人 告梅生,托转致鸿生,胡彬夏年终解约,改用投稿报酬,临时协议。

印刷 发电催杨公亮回沪。

应酬 伯俞约在一家春晚饭。

杂记 收回黄远庸借款三千元。原据面交叔通。

天头 午后到馆。

十一月十八日　星期六

用人 托叔通代留廷桂,照前去信致词。并请催京局、京馆、津馆拨款接洽。

胡彬夏事面告鸿声。

分馆 与翰翁在一枝香。拟派邵咏科至安庆。翰意欲调施敬康。余与拔可均以为非宜。翰允姑商邵。

编译 约鸿声谈编译《新英华辞典》事。梦翁亦在座。拟用韦白士德本。

约一千丕治弱。用分类剪贴法,一字有数科者,即贴数条,仅译本科之义。其不涉本科者,由译者画去。先释若干条作标准,再由各人译四、五十条,由郭君看定,分印送各人互作定式。并由郭延请一人作为书记,兼任复阅之事,另送薪水。郭君拟就朱达善、刘伯明二人中择其一。至酬报拟以条计。先就额译一部估拟,再行规定告郭。

应酬 饯叔通于一枝香。

天头 复曾孟朴信,由编译所具稿。稿及来信均存编译所。

午后到馆。

十一月二十日 星期一

发信 伯恒、仙华、傅沅叔快。

用人 宣叔云,拟给薪二十元,膳宿自备。试办两个月。告王丹如。

编译 与徐闰全约定,编小本英汉字典两种,又《分类汉英字典》。

又商《英汉人地名对照表》,速查好,与广学会接洽决定国文征集材料。

与杜、凌诸君商定,《动植物字典》发预约券。

纸件 告鲍咸昌,问美国照相用具店代表某君各种新法用具。

应酬 地山约在一品香晚饭。

天头 午前到馆,又到编译所。

十一月廿一日 星期二

发信 叔通、陈润生。

公司 在寓缮发分馆经理要信。催汇款事。

财政 致澜生信。催库券发款,又问印刷事。托叔通代交,另致叔通信。

编译 潘介子交来《梅花碑》小说,请剑翁复看。

印刷　汪汉溪来,言徐仁陔托伊来,商孙问清《廿四史》事,愿即为结清,盈亏不问。余答伊,须转商同人。

应酬　康长素约在伊家晚饭。遇龙伯驯、邝善甫及徐君勉之子。

杂记　还孙、顾校《说文解字》五十元。黄祉安经手。

本年代付党人捐款,托梦翁告翰卿。又告知翰翁,不推却代售善本事。

天头　午后到馆。

十一月二十二日　星期三

发信　孙伯恒、仙华、鹤虔。

编译　陈筱翁欲编《通俗教育杂志》。伯恒来问。复以甲、乙办法:甲、彼此分利。乙、送编辑费,并请估计印价及发行开支。

问鹤虔,《红楼梦疏证》可否照租赁版权法办理,照定价抽版税十分之一。如可办,拟将《董小宛考》附入后幅,定价除出计算。并将该稿寄阅,乞阅后寄还。

应酬　奉天工业专门学校校长孙其昌号钟舞、教育会会长李钱珊来沪。午刻约在一家春午餐。又华侨参议员沈智夫雪兰莪埠,在英国留学。李煜堂均在座。

杂记　寄伯恒,仙华事,均告以请假三个月。

天头　午前到馆,午后到编译所。

《梅花碑》稿本两册,交张景星寄编译所。

十一月廿三日　星期四

发信　孙伯恒、廷桂为印刷局事,又寄谢送寿礼信八馆。

公司　山东路对门之地,东起成德丰洋货店,西至联生金银器公司里内石库。三间、四所。

工部局二百廿九号,四亩七二八。

现收租,常年一万八千零五两,开租价每月二千五百两。约可让去三百两。

先施对面之地,店面三开间、四所。石库,三开间、八所。两开间、四所。

工部局六百廿六号,五亩三三。

现收租,常年约二万七千两。开价全年四万二千两。

汇通每月现租三百六十两。三开间石库门,每月六十五两。

发行　查《廿四史》预约售数,分馆共五十五部,总馆共五十部。黑、哈、长、东昌、陕、济、湘、常、赣、浔、皖、芜、袁、潮、广、新、桂、梧各馆未售一部。

分馆　告翰翁,太原分馆营业如此退步,必须赶紧整顿。此为培初分内之事,应向责问。

各分馆经理调回总馆者,应组织一会,令其专筹划推销滞销之书。

西书　告翰翁,西书部必须大整顿。在一家春。

应酬　约江确生、赵丹昆仲在一家春晚饭。谈地产及湖北集成印刷品事。赵丹住牯岭路四弄一百五十五号。往惠中访孙其昌、李铁珊,均未遇。

天头　午后到馆。

十一月廿四日　星期五

编译　告梅生,函告洪生,译字典事仍拟以页数分派,不分科。

天头　午后到馆。

十一月廿五日　星期六

公司　在编译所与翰翁谈,营业部必须决定。实在无人,莫如以拔翁兼领,以杨公亮充副之。翰云,拔公对于分馆甚忙,如不移下去,伊亦无不赞成。

发行　告罗品洁,预备廉价部事。应交梅生商办。

用人　约小平、木本在卡尔登晚饭。先于午前翰卿、咸昌、梦旦、文德在编译所商议待遇二人之法。拟定薪水、存息不加、花红照去年加倍。将三年五彩印刷平均(连本馆外来)计算,取一中数,在中数以上者,过十成之一,此一成送花红百分之十。过十成之五,花红送百分之十五。过十成,花红送百分之廿。又十年合同分为两期,各五年。如满十年后回国,不在中国办事,送半薪十年。至晚与谈。两人去志甚坚,不允留。谓平常人辞馆,酌加薪水便可留。彼等非此意云。再回婉商,无可挽回。

分馆　余与翰、咸言,图书公司如目前办法,我终以为不妥。原议图书公司印刷不过为本馆之第二工场,以补助印刷力之不足。不意反加竞争之力,且吴君为人既存营私之意(鲍言,昨日吴自言,有某人来购某物,伊代经手,因赚得数十两。云云。)。余言将来必无限制,公司终受其累。余意,照此办法,终以收去为是。翰言不可。余言,余亦知断无此事。故言须将总机关挡住,不可任其定货。然终不能禁止。翰属余常往察看。余告以现在办法,余不赞成,不愿过问。

印刷 拔可撰成节略,为财部指定印刷场所事,分寄京友,托为设法。

应酬 晨起至车站送伍秩庸行。

天头 午前到编译所,午后到馆。

十一月廿七日　星期一

用人 小平、木本既不能留,可仍延作顾问,以资联络。告翰翁。

财政 告翰翁,须留意正金押款事。

编译 得蔡鹤颀信,允发行《红楼梦索隐》。已将信送竹庄阅看。

印刷 往江华船送谭组庵。面谈财部干涉系因承招印刷未与答应之故。其实此案已经咨部有案矣。余又告以另有百枚往日本印。我处必可做到,特别注意不负委托。随交节略一扣。

应酬 简照南约在卡尔登晚饭。晤胡仲逊、陈锡周烟酒专卖局员。往送谭组庵。又答拜胡子靖,并送李铁珊、孙钟舞行。

天头 邝君开单,周越然加薪后七日内加班,应加廿二日半补薪九两一钱六分。

午后到馆。

十一月廿八日　星期二

发信 伯恒、叔通。

公司 俞志贤出示,九月底止,发行所一百十一万有零。六月底止,分馆八十八万有零。

用人 缪诗赓,民立中学毕业。邝意欲用。

财政 告翰翁,将农商部万三千余库券、保险寄京。

编译 《通俗教育杂志》事。筱庄不受酬报,但须请一编辑人。仍用该社名义出版。

伯俞来信,送到杨卫玉编《女子国文》编辑大意。并言比例范云麓单级教科教授例,平均每册百元。

应酬 邀胡子靖、曾农髯名熙、陶惺存、黄溯初等晚酌。在一家春。

十一月廿九日 星期三

编译 与蒋、庄、高商定募集国文材料办法。一、用简明国文生字,请增减。二、拟定若干难做题目,募人撰稿。三、请人各将本地风俗物产撰稿寄示,给与报酬。顷又思得可征集各种应酬商业文件。5/11/30。

应酬 访胡仲逊于海宁路尤宅。

天头 午前到编译所,傍晚到馆。

十一月卅日 星期四

发信 伯恒、叔通。剑拟复。

天头 午后到馆。

十二月一日 星期五

收信 叔通电、财部电。

公司 以营业部章交拔翁。

印刷 约丁榕、剑丞至一家(春),商议兴业索赔事。丁云,只须将未开销各款除去,余均应索赔。此为英、美通例。

得财政电,即复。由叔通转。

天头 午前到馆。

十二月二日 星期六

发信 叔通信。

印刷 托叔通转托秉三介绍湖南印刷事。

应酬 孔希白来。

十二月四日 星期一

收信 叔通、伯恒。

公司 与仲翁商定,《英语周刊》每期登《申报》《时报》各二日。试办一月,看有无成效。并印传单。依叔良条陈,即答复叔良。

用人 告翰翁,言仙华所荐某君既任教习有年,又通英文,不必吝一二十元。现在人才最为缺乏。譬如山东,如得少勋早往,何至如是。从前姚、尹、沃三人已至不可收拾,此可为证矣。时翰正告剑丞,谓得仙华信,某君现得月薪八十元,公司不能再加云。

编译 拔云,《公文程式举例》可托褚贞壮修改。已告梦。又告知尺牍可多撰。

西书 翰翁约英文部邝、徐、张、周诸君至发行,商量联络英文教员事。

应酬 访杨杏城、狄楚卿、任湝汀、张溥泉。均未遇。

杂记 挽蔡松坡联。"为争人格,不得已而用兵。败勿亡命,济亦引退。砥柱中流,先生庶无愧矣。　　既负民望,宜知所以爱国。首轻权利,更重道德。良药苦口,后死者其听诸。"

天头 午后至馆。

十二月五日　星期二

收信 财政部电,即复。

用人 寿孝天办嘤鸣学算馆,屡商取消,终未解决。最近拟一合同,不过停止进行,其自来者仍旧照收。且先数日,又有信,谓希望极大,将来岁可入数千百元等语。乃约亚泉谈,决定请其在外办事,编一《数学辞典》,分数学、代数、几何、三角为四部。一部编完,再编一部。每月约交五万字,送一百元。限一年编完,约六十万字。全书完后,每万字补送廿元。合成每万字四十元。继思六十万字。须二千四百元。未免太重。电告梦翁,拟减为四十万字。5/12/6。

财政 财部电,实业债券印价今明可拨到。余仍商缓。

编译 竹翁昨日交征集国文材料简章。

拟请将各种国文汇齐分类,再定题目。

与亚翁商请孝天在外编《算学辞典》。记入用人格内。

应酬 请广东教育科科长吴在民、周(美国毕业生,现在申报馆)、黄麻明(现在海军部,来沪考海军学生)。

天头 午前至编译所。

十二月六日　星期三

发信　伯恒、叔通。

用人　询翰翁,知已与曹君晤谈。渠亦有意,但翰尚怀疑虑。

编译　函叔通,催贾君士毅财政书。

应酬　约熊纯如及其四子、学生周君,在一家春晚饭。梦、拔同约。林鼎华,号云藩,南洋考察学务专员,亦在座,福州人。

杂记　买入孙星衍、顾千里校宋本《说文解字》,计十二本,洋五十元。由黄祉安买入。

天头　午后到发行所。

十二月七日　星期四

印刷　与鲍、叶商定,奉天兴业银行赔偿账。

应酬　访林云藩,谈良久。力言南洋分馆营业不能专恃书籍,宜注重文具及印刷。并开示通信住址。交景星登记。

杂记　接陈乐书信,知已抵杭州。有信可寄杭州祖庙巷廿七号虞公馆转交。

马涯民,住天潼路桃源坊总弄第二家,马北塘家。

天头　午前到编译所。

十二月八日　星期五

收信　叔通。本月四日、五日。

公司　翰约鲍、高、李及余在发行商议图书公司事。拔最后至。余与梦均主牌号不让。翰意无妨。辩论良久,坚执如故,且言胆子过小,如嘉纶房子之事,现在甚不好等语。梦怫然谓,人皆言涉中华我有偏袒,以后公司事不敢与闻,云云。后商议无甚结果。由鲍先与接洽后,彼所争者并不在此。又数日来告作罢。

应酬　送林云藩丁种《辞源》《十七矿厂调查记》、民国六年国民日记、名胜九种各一分。

十二月九日　星期六

发信　叔通。计惺记、黄祉安。

用人　闰全函来辞职。言家用实不敷,薪水亦不应再加。以阳历一月底为止。约伊面复。谓如无别故,为公司计,应留。为友谊,不便留。但未觅他事以前,数个月或半年,仍可留馆办事。免致目前即有为难。闰坚不允。余最后告以如在得他事之前或在外代办些事,借顾目前日用。

张仲仁月薪托叔通转达,毛诗之数。

编译　朱企云增补《袖珍英华成语辞典》,酌比原书多三分之一。现在发排,排完亦不必即印。俟伍昭扆《成语双解辞典》出版一年后,或初版销完,再发行。免两书自相竞争。已告瑾怀。有信,并示索片。函叔通,催贾士毅财政书。

十二月十一日　星期一

应酬　昨日晤蒋百里,知寓北四川路十一号洋房。

天头　礼券可登广告,并可寄各大分馆。

十二月十二日　星期二

用人　留信辞去吴步云、许彻斋二人。与梦公联名。吴办事太迂缓,且兼外事。许疲玩。

又辞杨耀孙。因文章不佳。

孙星如功课太少,应每月督催。｝此二人因有用,未辞去。由梦翁面达。
樊少泉不踊跃,且太自由。｝孙每日限交若干功课。

樊请编《国文》,畀以专办。亦应督催。

杂记　接万迥如来信,意甚拳拳。现在中华编辑部,总事务所文案。住西门外富子弄第三家江苏省教育会对面。即答复。

天头　十四日赴杭州,绕道海盐扫墓。

十二月廿三日　星期六

编译　拟印《戊戌六君子集》。函询长素,伊弟及杨深秀有无遗著。

纸件　在杭州看定连史数种,与翰商,照购文盛盖加本庄、本号。即函达鲍子刚。

应酬　小谷重,住日本东京本所区表町二十五番地。

杂记　告何颍翁,请将报上有关印刷各件剪存。

天头　昨晚自杭州归。

十二月廿五日　星期一

发信　吴任之、内附复地三信。伯恒、任公、附剑信内。剑丞。

公司　与翰翁商,移动营业两账房、分庄事务处、仪器装箱处,彼此意见不合。

又商查究汲绠斋汇记之事。翰意以为必须调动。

余请任调查定货之事。翰翁允告小平。

应酬　曾孟朴住寓蔓盘路三德里内京北里六四三号。

杂记　汪仲翁每日赴编译所接洽一次。要求贴车资十元。请翰翁照允。

十二月廿六日　星期二

发信　仙华、伯恒、叔通复十四、十九信。

用人　任之介绍张伯初,谓可送月薪七八十元。现无事可办,且正在裁人。嗣与梦商,拟婉辞。5/12/29 托伯俞转达。伯俞复来,说任意甚殷,极不愿其入中华。现在仍不令往,且将修志事办完再谈。

分馆　京馆协理梁君攻讦彦明允,被人反对。伯恒拟辞退,仍暗请为顾问,送月薪廿元。复请留意,勿漏泄。

编译　黄任之《新大陆之教育》上下两编,共十三万余字。伯俞与梦旦商,拟送八百元。请照送。

印刷　平市第四次合同,得廷桂信,知已签字。

纸件　张苞龄交制棉料纸。请印刷压光,色泽颇好。但鲍君来信,尺寸不符。又余意似嫌太薄,应加厚。已函知张君。

应酬　李煜堂、谭焕堂约往一品香晚餐。晤陈炯明号竞存、杨永泰。

十二月廿七日　星期三

发信　廷桂、兴业赔价事。润之。

公司　闻翰翁说,林文潮冒取邮票,将有十个月,约亏六七百元。汪永康伪添栈单,冒取画图纸两件,约亏二百余。两事,为之惘然。

本日发见营业部有伪栈单,系冒王德峰名。被李守和看破。

用人 地图部丁某病故。有母、妻、子女,无兄弟。情甚可悯,给薪水两个月。

财政 发电致叔通,催平市第三次印价。

编译 编译所加薪事,经竹、梦、伯诸君核准,请照行。鹤公约竹庄至京师大学任学监。竹允不支薪水、不立名目,暂帮两月即回。

彻斋被辞,言景况甚难。援关至南例,去时曾送二百元。有所要求。商诸翰翁,畀以百元。

应酬 请张云雷、徐寄顽、秦诚孚李根源之幕友、张公权在一家春晚饭。

十二月廿八日　星期四

公司 请小平开示已定货,尚未到齐者之各户。小平开来四纸,与迪民对勘一过。凡编号之纸,簿册较详,眉目清楚。其定不编号之纸,如湖南钞票纸等,及墨、布、机器等项之簿册,不过一流水,以日期分先后,殊不清楚。原单四纸,即小平所交者,已交翰翁。翁仍交回。

印刷 贾君《财政史》事,详复叔通。存稿交梦翁。廿七事。

欧阳棠丞以乾隆重刊《淳化阁帖》借印,允首千部送书七十部,照本买卅部。以后每千部送五十部。

杂记 小平经手在日本办货。金港堂、原田书店。

十二月廿九日　星期五

发信 伯恒。

公司 小平交来西洋及日本往来各店号清单,内附有伊经手之事。

用人 告翰翁,徐新六可任用事。

财政 京电,正金不肯交回证券,而中国银行已将四万元送来。当由翰翁托小平往商,并将收到之款送去,始允电京交付。

同业 中华有无数书售六折、五折,大登告白。本馆拟不理。

印刷 江西开智局有乾隆翻刻《淳化阁帖》,租与本馆印。第一次一千部,送书七十部,可照成本买三十部。有租约,并收到该帖底稿,交与梅生收存。此租约已抄送编译所矣。

应酬 约唐少川、胡汉民、薛仙舟、杨畅卿永泰、卢信恭在一品香晚餐。惟钮惕生、廖仲恺未到。

十二月三十日 星期六

用人 王仙华来信,荐李玉文。

庄叔迁加送一年一百元。四年末所允,却未说定数目。由梦翁面交。

印刷 叶揆初来谈,孙问清《廿四史》早日结账事。告以结清于本馆无利,惟为兴业计。预约不能再售若干,则目前约有万数千元可收。再迟,恐孙贴本,计利息愈重,所得益少。但本馆既以结清为无利,孙氏恐亦反对。揆言,终听本馆办法。

杂记 将钮惕生收条五千元交与翰翁,并附一纸,声明此中情节,梦旦当已声明。后翰翁拟告支单只开五千元。余谓翰翁经手,由我账上拨付者,系五千元,我经手者,系五千元。翰翁云,不甚记忆。当将彼此支根查对。翰翁却未付出此款。余支根上,五年元月十五日,付出三千元汇丰支票。十七日又二千元。余支单五千元,亦系十七日。翰翁谓归入明年付账何如。余云,此无不可。因翰翁前数日有属结清之说。翰翁属即转余账。余意未妥。越两日到馆,告翰翁,即系归入六年,似可不必急急。且待余须用时再行拨还。翰翁云,利息总是一样,亦无不可。

天头 六年三月廿日,支取四千两,合洋五千五百四十元零一角六分六厘。代柯师付陈渭泉。

五月十五日又支取庄票三千元、二千元各一张。收现款利息七厘,共八百七十四元六角二分。于 6/5/22 收讫。

(均在杂记栏上。——编注)

一九一七年

六年一月二日　星期二

收信　叔通、廷桂三、沅叔。

发信　叔通、沅叔、一日寄。伯恒。附鹤宸、味三。

公司　告顾晓舟，股东应发贺年片。

发行　温州维新书局要求过奢。拟仍照向章，与日新并售，不与订特约，而暗中略为放宽。盖与订特约，则恐日新继绝，维新不足相抵。若专就日新，又恐维新关闭，日新又将把持也。

用人　与翰、咸商定营业部。

汪永康伪造取纸栈单事，与翰翁商定，从严办理。李玉汶自荐，以所译稿示。钦甫云，功夫尚浅，不可恃。

梦旦来言，稚晖允来编译所。但不专办本馆事，拟竟读音统一之事。与梦商，送薪如炜士。如伊不受，再看。

编译　叔通寄回贾君《财政史》办法。决用丁项。

应酬　范秋帆来，送漆器两件，又建莲两罐。

杂记　童季通代汤济沧送来旧书两摺，共书一百六十二种，计三千五百五十二本。索价洋一千二百四十五元。尚有残缺数百本不在内。本日退还。告以平均每册三角，未免太昂。作为寄售。甘省教育会副会长水楚琴 名梓来，谈颇久。言购书甚难，合兴、正本两家所备仅教科书。望本馆设分馆。因告以设分馆尚早，如能设一图书馆，当赠用廉价券。可存款若干在此，遇书出，即以一本相寄。并赠与章程一纸。

天头　追江西分馆同人欠宕事。由拔翁主办。

一月三日　星期三

收信　廷桂。十二月卅一日。

发信　廷桂、企堂。又电。

公司 营业部改定办法。由拔翁兼任部长,杨公亮任副长,兼收发股长。王德峰任核算股长。叶润元任承揽股长。杨加薪为一百元,叶八十元。本日午后,由翰、咸与余告杨。翰、咸告叶。叶意王德峰应并加薪,否则宁自己减让,或改为暗加。翰云再商。

发行 查《韩昌黎集》,影宋本。壬子年出,印五百部。至丙辰年底,存四十五部。

又《百衲本史记》,四年九月出版,销五十三部,五年销七十四部。印一千部。

分馆 图书公司事。余告翰、咸,应改为第二工场,专做本馆印刷,勿任独立。如门市生意,亦应转营业部。可移谢燕堂往充主任,调吴回厂,由咸昌派令任事。咸意拟补木本。翰意不能不防。咸又拟调管中西文批印事。

印刷 电企堂,十二月卅日告卢之信,缓谈。

应酬 请水楚琴甘肃省教育会副会长。乃弟名枬,号季梅,在北京工业专门学校。在一家春晚宴。并为蒋竹庄、黄任之两人饯行。时有斐利滨之行也。

杂记 水楚琴甘肃人来商该省设分馆事。告以难行。因该省同业不过专购教科书。劝其设一图书馆,可送廉价券。遂赠与章程一纸。并拟通融办法。交伊带甘商议。稿交通科,并属仲谷酌送通俗教育书。

天头 水楚琴谈:

狄道县。杨斋沐号明堂捐产兴学,办有小学、女学及其他学校。

伏羌县。杨杰一号特轩热心办学。

又何鸿吉号豫甫,在北京高等师范毕业。在籍兴办实业。

宁远县。李骏业号 。

靖远县。王成德号允如。

又。西安盐店街移俗社新戏园,并附设小学,有剧本,经部审定。

一月四日 星期四

发信 叔通、伯恒。

用人 叔良要求加薪廿两。允十两。自本年正月起。

印刷 付俞达夫《廿四史》回佣二百五十两。

莼孙来,言中华怂恿哈同出资印《四库全书》。向政府借出。因政府欲令捐书一百部,故未定议。即函托叔通探问。

天头 许乾甫荐画石版人,有无回信。

元旦在宝威药行科尔处遇卜内门立德尔君。

一月五日 星期五

公司 瞿玖相介绍黄氏藏书。计所谓宋版十种,一百廿六本。元版三五六本,十五种。明版一〇六种,一六七五本。 抄本八十一种,五三八本。其余四三八二〇本。残本不计。 与翰、拔商。原索价二万元。拟除去宋、元共五百三十二本,净存四万六千零卅三本,残本在外,拟还五千元。翰属我定。

编译 香港分馆来信,言续付威尔士编《香港读本》费四百五十元,已付与威君代表裨君,取有收条。即属梅生与邵咏可接洽,致信威君,索取让与版权凭据。6/1/8 号将信寄去。

杂记 剑丞归自京师。言吴荩臣、卢鉴泉均须点缀。复瞿玖师,还黄氏书价五千元。见总公司事格内。

一月六日 星期六

发信 叔通、廷桂。

用人 翰翁谈及西书部,拟令张管他事。问余可否令任发行所长。余云此人喜静,不善应付,非所宜。不如令专司银钱。但须与王所管事无妨,否则难免启王之疑。

编译 寄贾果伯《财政史》合同与叔通。稿存梦旦处。与郭洪生谈编译《英文字典》事。照伊来信所拟办法,顾问由伊所请。郭云,是由伊请,将来酬书,视顾问之繁简而言。

印刷 呈教部,假图书馆《四库全书》及其他各本影印。托叔通代递。复廷桂,问奉天华富银行印票事。

一月八日 星期一

收信 廷桂。剑复。

发信 任公。

公司 昨日往访瞿师,告以黄氏旧书事。拟除去宋、元本,其余明本、抄本、清版、其他一切在内,出价五千元。瞿问能再增否。余云,时局不佳,转售殊无把握,故难再加。又问,运送如何。余云,原议上海交货。如有不便,可以通融。瞿云,决意由我处运。又晤李君观森于邝富灼寓所。言商务可与 Wells Fargo 转运公司往来。渠公司到处有经理人,又与轮船、铁路均相熟。生意亦大。并云运费亦廉。伊牌号为美国厂家所悉,必能相信。本日已告翰翁。又访小平,谈购印机。本日午后告翰翁。

用人 周少之来言,沈某可得消息,来商量。告翰翁。

编译 托杨鄂联代编《女子初等国文》教科、教授。共一千六百元,订有契约。本日将契约签字。正稿交梅生收存。

寓济南 Timpker 来信,言编有德文书,愿与本馆商办。请邝复以甚欢迎,请详示情形并办法。

文具 李观森言,本馆可自设纸厂。又制铁笔头及别针机器,甚简单,极易仿制。当告包文信。

应酬 昨闻陈筱庄及韩诵裳南来。往孟渊旅社访问。遇张君渲号绥青。

今日十时到码头送前三君及黄任之、郭洪生、蒋竹庄赴日本。

杂记 汤济沧来,言愿任编辑参考书,并代搜旧书。即出门亦可。前来旧书,如全售,可打七折。就五十种样本,则七折。

胡厚庵在博物院菊池律师处介绍明板崇古书院本《锦绣万花谷》。索价千五百元。又宋本大字眉山《苏氏心传家学文集》(按,书名似为《苏氏家传心学文集大全》,参见 1 月 13 日杂记栏。——编者),三十六册,衬订,索价五百元。还三百元,连回佣。

瞿玖师介绍购书事,在总公司事格内。

一月九日　星期二

用人 周厚坤来,言鲍咸翁属将来商,拟往美监造打字机。旅费由伊自筹,造机费由公司备,约万金之谱。余云,我意公司费巨金造此新器,殊无把握,恐有为难。我意不如将旧约撤消,由尔自办。但不知高、鲍两公意见如何。周云,公司不照约,责伊赔偿,即由伊自行设法。将来造成之后,由商务代售。余云,由商务独家经理。高云如此亦无不可。次日鲍来,翰翁已以此意告知。

印刷 湖南来催运机至湘印票。当由剑拟复。

天头 午后到公司。

元月十日 星期三

收信 叔通、伯恒、廷桂。

发信 地山。为周君事。

用人 伯俞告知,蒋铁卿任教会东部教育会查学。伯俞谓,与用书甚有关系。余云,应与联络。即聘为调查员,薪水至多不得过二十元。十一日伯俞来信,延定每月二十元。无论教会,非教会所设学校,均托调查。

应酬 粹翁三周纪,在伊宅内午后四时举行。届时赴会,五时半散。

天头 到编译所。

元月十一日 星期四

收信 廷桂。为京局建筑事。

发信 廷桂电。料可预备,造价到沪面商。

公司 业务科事,拟即成立。翰翁意亦以为然。

用人 翰意拟将鲍调编译所英文,以其所管事并归张管。

童君加班,仅照半日算。渠意原约本只有半日,半日应作全班。故将加薪退还,言可不加不扣。梦、训互商,拟仍照给全班,以免后来不加不扣,漫无限制。即复伯训信。

编译 周少勋寄到《中华大地志》十一册。又《实用植物》一册。交景星送伯训。

一月十二日 星期五

收信 叔通、廷桂。

发信 叔通、谷贞、廷桂寄四百十八号纸。

分馆 中华,杂志停去六种。告傅卿,通告分馆,尽力推销,勿失机会。又通告,共和教案已出,勿滥配。并速销教授法,恐以后将专用教案也。

同业 俞志贤来,告中华《妇女界》《学生界》已停。《实业界》再办半年,加价一角。《大中华》《小说界》拟改办法。《教育界》《童子界》《儿童画报》均仍出。但梦旦则闻只出《教育界》《童子界》两种云。

纸件 告迪民,索米纸样张。因前来样子已失去。又托容君问量纸、试纸机。并索样本一看再行定购。如两种总数在墨银数十元者,可即托其代买各一具。

应酬 赴赵竹君处,庆贺其娶媳之喜。

杂记 买入《陈眉公秘笈》零种。《长松茹退》《辟寒部》《三事溯真》《慎言》《阴符经》《后山谈丛》《罗湖野录》,七种共十本,衬订,价六元。公司付讫。

一月十三日　星期六

公司 英领事来信,责本馆前已签字,允不与德、奥等国贸易,列名白表。今售铅字与北方某德字报馆,应请见复等语。与翰翁商,本馆在英定货甚多,不能不迁就。只可去信道歉,声明此系误会,以后不再办,云云。即托邝君拟稿,交翰翁。

发行 符干翁询问寄云南书报办法。属速查各报销数。

分馆 裘公勃来,力言南京分馆不照前议布置,恐难进步。告以须俟五年分总账结出再定。

应酬 访吴怀疚、王君九。

杂记 买入大字眉山《苏氏家传心学文集大全》,三十六本。自购,胡厚安介绍。

天头 到编译所。

元月十五日　星期一

收信 廷桂信。因即归未复。

发行 拟使用预约券章程。

分馆 闻港馆管账侯君卷逃,共三千余元。

同业 闻沈芝芳已离中华书局,取回发起人权利证,给与两万元。裘公勃云。

印刷 请剑丞拟稿,致孙问清代表,告知转托办法,并结欠总数。收支结至新历十二月廿六止。

元月十六日 星期二

天头 腹疾,在寓未出门。

元月十七日 星期三

发信 沅叔。

发行 梦翁抄到法文书籍销数清单。复核使用预约券章程。

编译 寄《香港读本》第六册。我出名,寄欧文。又伯俞致许允彰信。此间均未留稿,交韦傅卿附号信内去。

英文信稿,后由伯俞处取到,存入《香港读本》案第三筒。

杂记 汤济沧旧书除钱抄《史斑》及《大清会典》不要外,余照单四折。复季通。

元月十八日 星期四

收信 叔通、廷桂。

发信 叔通、范静生、许俊人。

编译 借印京师图书馆《四库全书》呈被教部批驳。当顶一呈,并致范静生信。

印刷 致许俊人、陈叔通电,揽到交通部债券事。午后又有快信去。

元月十九日 星期五

收信 伯恒。

发信 伯恒、钦甫。

发行 稽核预约券规程。送俞志贤、陈培初、谢宾来、邵咏可、汪仲谷、谢省三诸人看过。均签字。遂发印。

用人 曹锡赓不能来,因荐徐新六。高不允,谓此间人多不识,且留学生多靠不住。余请高勿见责,谓公罕与外接,此间人尤不悉外事,故取材之路甚狭。

分馆 致伯恒信,告以部中如无妥人联络,或已停止,应设法联络。

编译 因越南及新加坡两处禁制本馆《东方杂志》,牵及他书,并扣查各货。当约杜亚泉及朱赤萌、屏农、铁樵诸人细商。总以不登战事为是。《东方》除去外国大事记及欧战综记,其余译件愈少愈妙,战图亦不登。

杂记 买入宗文书院刊《新五代史》八本。价廿元。

天头 到编译所。

鲍宝琳来账房大闹。

元月廿日　星期六

发信 梁任公、为蒋百里事。沉叔。

公司 翰约志贤来,告以拟请任业务科科长,以邵咏可继其后。又调来朱景纯,至分庄事务处。

用人 仲谷密告,黄秉修系发起三育公司之人。已告翰卿,两颂在内,言必非虚。

财政 存款改动存息。面告省三,有去年一年未来领款者,必未见摺标明。应即查明,设法知照。并告以如以后有人责问,归伊负责。

分馆 香港来电,言侯惕吾在外用公司图章借钱。

编译 致梁任公信,为蒋百里事。加入政界,即停止译事。否则拟延至馆。信留稿,入延用要人筒内。

印刷 承印贾果伯《民国财政史》,并代发行。叔通经手。合同一纸,本日交郭梅生收,存编译所。已录副。

元月廿一日　星期日

收信 仙华、伯恒。

发信 仙华、伯恒。

公司 邵咏可来,告志贤拟于明日移交,渠于事多,未接洽。属请商缓。翰翁于四时已出。当约志贤来,谈告以业务科并非急急开办,诸事亦不能同时并举。移交可以暂缓。昨翰翁亦以一、二月随时带同办理为言。志言,移交之后,俾可格外留心,仍可随时指示。已告翰翁,翰翁已允许。余云,请仍照常督责,仍在原处一两月,指点一切。志言可以照办。

分馆 翰邀同鲍咸昌、拔可及余，约叶润元来谈。告以中国图书公司印刷公所拟改办法，只留铅印、石印、五彩印，其余概停。作为第二工场，一切均照总厂办法，转总公司账。所有总馆旧主顾，由叶经手者仍由伊接洽。所有营业，仍由营业部支配。吴君炳铨仍回印刷所办事。并告以账房拟添派一人帮同办理。

编译 伯俞交来征集国文办法。知《论说精华》一集销四万五千。二至四，均三万八千。《作文入门》一集，八万五千。二集，四万五千。三集，未出。5/10/30日查。

天头 因年末，仍办事。

调查科归并。

业务科、财用科成立之通告。

本馆之布告。　　营业之进行。　　退货、放账、订约。

同业之通告。　　教授学生习账务。

元月廿二日　星期一

发信 地山，附周厚坤及沈叔逵信。吴绚斋，寄《尚书释义》影片。

公司 通告总馆同人，俞调业务科，邵咏可接管。门柜事由万亮卿稽查督率，重要事仍会商邵办理。张调财用科，西书部暂行兼任。

用人 余告翰翁，昨言许允彰只允担任四月。现在亦可再商，请其继续担[任]。余意不如另派他人。刘人龙尚有思想。翰翁言，年纪太轻。

财政 本年旧历年底收账比去年年底为佳。

分馆 廷桂回，谈及京华书局购地事。又言建筑费前拟一万八千两，现在恐须增加。又言京分馆拟于购入之地改建门面，约亦须万元。

杂记 梦翁交来谢砺恒开出拟配医书目录一册，本日送交博古斋柳蓉村代配。

买入《初白庵诗评》一部、《王荆公诗笺注》一部，价卅六元。在博古斋购。自留。

元月廿六日　星期五

收信 叔通十九、廿二同信伯恒。

发信 叔通。昨日发。

分馆 翰翁昨日午后三钟到发行所,谈图书公司事。拔可早到,而咸昌赴南京未回。叶润元亦到。翰因咸昌未到,甚有为难。又言吴炳铨已知办法。余谓,终须发表。翰仍不决,言此等事真为难,今年总须告退。吴适来馆,翰遂约伊入座,又令余与说。余言此应汝说。翰仍推余。乃述高、鲍两君与我等议定,今年图书公司印刷所拟改办法,将范围缩小。由叶润元接办,吴君仍回印刷所。吴言究因何过。先言之再三,遂言总馆并不给与生活。余言,公司生活,汝嫌太剳,且新添租房一事,高先生具知其详。吴言,高先生但令从缓,并未阻止。余言,高先生却未允许。高遂言,调动事所常有,不必多言。吴问调印刷所办何事。余言,咸昌适未来,此应归伊主政。吴言,如系宕空,或将来仍旧辞退,此却于名誉有关,难以就事。翰言,咸昌必有位置,可试观如何。

印刷 《廿四史》以后决印五百部。因沈琬山回报告,纸甚缺乏,本年上半年难以跌价也。

天头 旧历年假休息三日。元月廿三为旧历元旦。

昨告翰翁,许允彰既知侯惕吾不甚妥当,何以到粤省竟自留六日。此次亦不能不分任其咎。

元月廿七日　星期六

公司 为移动装修,与翰翁颇有争论。告剑翁发通告,为财用科、业务科成立,调查科由交通科兼任事。

发行 约志贤商议《说部丛书》第三集继续出版事。因彼局有《新小说界》出版。又文明十五年大纪念赠品。志贤以为可以不理。

分馆 太原分馆华恂如来信,指洪洞县印县志疏误及历年账款增加事,为程润之办理失当之证。此两事皆系实事。余以为不能不从速整顿。

伯恒寄来考勤表并假期表,均交翰翁。

天头 午后到馆。

元月廿九日　星期一

公司 翰翁致余及拔翁一信,言拟辞职。余复信如下:"诵览手教,惶悚之至。彼此政见不同,弟不能不直贡其愚,冀于大局稍有裨益。我公为全公司所信赖之人,示中云云,断断不敢承认。惟望我公能俯择刍荛,使公司有进步日新之气象,此则弟所祷企不置者耳。"此信送拔翁阅后,拔翁加注同意字,送与翰翁。

发行 《大英百科全书》经理人自日本来信,托本馆代售并收款。已复信允办,并拟去条款。邝君送到复信,即经翰翁签发。原稿交梅生收存。

分馆 廷桂交到京馆新购地图一纸。交郭梅翁收存。

印刷 湖南财政厅来信,为停印湖南矿业银行纸币事。

应酬 刘聚卿招饮。未到。托拔翁代辞。

杂记 黄湘枬来,告知西林住址。黄号幼崖,湖南安化人。并还铜版七个。

天头 午后到馆,傍晚头痛甚。

元月卅日　星期二

发信 岑西林。日本别府流川中妻馆。

元月卅一日　星期三

收信 叔通。

发信 沅叔。为印《衲鉴》事。

编译 徐闰全来信告辞。

印刷 叔通寄来与财部钱币司问答,关于禁印未经核准纸币之事。

应酬 朱晓岚约晚饭。函谢。

杂记 徐闰全住址,在北四川路横浜桥克明路顺大里四十七号。

天头 胃病未痊,未到馆。

二月一日　星期四

收信 仙华、悝存。

发行 仙华回信,论销实用书事。

同业 中华董事电各省推销新式书。拔可与梦旦、伯俞商,悉照原电,借以相销。

印刷 晨起至拔可处。言财政干涉印刷纸币事,系正当办法,难以抵抗。莫如顺水推舟,声明遵办,但机械材料存积甚多,要求部中许以有以承印官准各项纸币。并要求以后赴英、美定印,改给本馆。

俞寿丞交来长沙电一封,为印票事。

杂记 蒋松筠,住城内西唐家弄一百零九号。本日往访,看古钱甚多。

天头 在家未到馆。

二月二日 星期五

用人 翰翁出示廷桂介绍徐秋澄信。信中又言徐并介绍某人。余留致数行与翰,略谓曾在本馆之人出去即至中华者,其人与本馆感情已断。今欲复,不过饭碗问题,并无忠于公司之意。若以公司之机关为彼报之利器,尤不正当。又有许多人挟制公司,以中华为护符。今若任去者复归,则此辈势焰愈长,于公司有不利。

印刷 到发行所,商量对付财政部取缔私印纸币事。

应酬 至徐闰全寓送行,并为致一函与夏地山,为之推毂。

天头 午后到馆,又至编译所。

二月三日 星期六

发行 见中华告白,告拔可请志贤筹划应付之法。尔后到馆,问如何办理,未有以对。

用人 邝君荐美人哈格罗夫,在开封教授多年,今夏期满,愿来本馆编书。余言专编英文,不解汉文,恐用处太少。

分馆 太原股东来电,参与用人事。即发分馆驳斥。

同业 中华有告白,五种杂志《大中华》《妇女界》《学生界》《实业界》《小说界》均改丛书。

印刷 到发行所讨论对付财政部干涉印刷纸币事。决定从缓。先将各人意见函询叔通,就现在情形察夺。

二月五日 星期一

发信 叔通。

公司 告翰翁,赵廉臣何以在业务科坐,此人不宜与闻秘密之事。

发行 昨约同人便饭。问志贤已见过历年书籍销数表否。云未见。当告培初,可交与志贤阅看。

张叔良云,杂志中可夹传单。周锡三云,西文书新到者,可送传单。

《廿四史》已售出三百余部。

用人 邝君云,有陈汉明者,在总青年会,专司售书及招徕广告之事。曾在伊文思处办事。公司似有用。余即函达翰翁。

编译 昨晚谈编辑新教科书事。《国文》主张先编言文一致者若干。又句法宜顺不宜拗。又选字宜先习见者,不拘单体复体,例如先见"狗"、后见"犬"。又稍深之字宜先有解释之课,然后再见。例如"牧童"之字,宜先有"牧"字一课,不能先用"牧童"。又每隔若干,宜有练习课,用俗译。又编纂时,每成一课,即译一句。又随将所以如此编纂之故录出,以备后来编教授书,即对付外人之用。

《修身》主张前数册不标德目,专于教授书上言之。专重作法,宜将儿童恶癖一一矫正。专举最寻常之事,少载嘉言懿行之难于少年模仿者。专举本国最可为标准之人物,举其易知易能之事,最好幼时之事,作为教材。其次及世界之有名人物。次日余告梦翁,拟均不用文字,或前四册均不用文字,后仍图多而文字少。

昨日席上谈,不叙时代,仿外国演剧体。本日梦翁言,能将歌诀等加入亦可。

《地理》余主张仿德国教法,注重绘图及以沙土堆砌,使确知山川道路之所在,不必涉及历史之事。又风景之事亦非宜此宜着意于教授书。

应酬 昨午约高翰卿、张廷桂、张蟾芬、王莲溪、俞志贤、陈培初、包文信、鲍咸昌、顾晓舟、李拔可、夏剑丞十一人在家便饭。

昨晚约高梦旦、庄伯俞、叔迁、王中丹、刘铁卿、范云麓、谭廉逊、朱赤萌、费凯声在寓晚饭,商酌编辑一部教科书之事。

天头 到编译所。

长尾桢太郎送《乙卯寿苏集》一册,由蒋竹庄侄交来。长尾现住京都室町通出水北。

地边 邝君约在伊家中晚饭。晤美人哈格罗夫夫妇二人。

二月六日 星期二

收信 仙华。

发信 伯纲。

公司 本日董事会。余到会陈述南京路租地建筑之事不宜举办,应从缓。理由如下:一、去年虽营业稍增而开支亦增,只算退步。二、京局、京分馆均购地建筑,均须六七万元,支出过多。三、中华力主收缩,且颇有人责其建筑之非计。四、美、德将决裂,进货必为难,市面恐受大影响。应请从缓。众赞成全议。

用人 翰至,拟约陈汉明来管广告及西书之事。余云,广告事周君亦担任,似一事分两人不甚妥,不如一人管两事。下午翰又云,即以周锡三兼管此两事,省得添人,何如。余云,周君才可用,然总须有人监督。陈君从未共事,或较周为优,或不如周,均未可知。周自可用,然一切任伊专办,余不敢赞成。翰云,广告事由王稽查。余云可。翰云,西书事与张会商。余云未妥,不如立西书研究会。以英文部人为主体,再约与馆有关系人,如曹、郭亦在会,研究采贩西书之事。翰云,各校教习亦可邀入。

财政 商议皖馆事时,翰翁云,总馆向钱庄往来,仅凭账房开单支取,亦欠郑重。并云,此事应归张君一并管理。

分馆 皖馆账房卷逃,亏空四千余。余阅电,即到馆询陈、王、张及翰、拔诸人会谈。余言,此为公司甚重大之事。一月之内两见此事,一即香港。余问陈、王,二者有无补救之策。似香港事出之后,对于此事均未有何筹画者。陈言,此事均由经理疏忽。张亦言,如五洲、中英经理,常常查察现款及账房之事。陈君又言,分馆人少地窄,如账房稍有不规,则甚易觉察。余云,总由经理不关痛痒所致。如港馆许君,既知侯君不妥,何以竟离港赴省有六日之久。赵君又不如何疏忽,应即派人前往严查。王君云,拟先拟出章程若干条,再商如何实行。拔云,如总稽查到某馆查账,见有存款,立即提汇总馆。余云,此自可办,如有钱庄往来,亦宜逐一向钱庄查对。陈云,以后银行经理亦宜常常查对,银钱图章宜归经理管理。余云,宜严定章程,经理事前宜如何防范,事后宜如何处分,应速定章通告。并议定,请拔翁前去,一面催章礽斋回来同往。后翰告余,拟派陈谦甫往皖馆,令赵解职,帮同清理。

编译 余商杜、恽、王诸君,杂志拟提早一个月。亚云,欧洲战事似不能载,只好偏重英、法一面。

就田云,日本出版着色《本草》似可翻印。

亚泉又云,标本不如模型。

文具 凌文之之仪器大有进步。陈庆棠调往发行管轧销,似可惜。

应酬 谢宾来母病逝,本日在闸北教堂行追思礼。余往参与,并送奠敬四元。

晚约杜山次、亚泉、就田、寿孝天、芝孙、章锡珊、凌文之、骆绍先、江伯训、恽铁樵、王屏农在寓晚饭。

天头 通告中国图书公司外来印件列本馆代售名者,须送总务处核准。应另列一册。

查《植物名实图考》英文方字笺,应移至西书仪器部发货。

补习生添推广营业功课,已告复生。

二月七日　星期三

发信 仙华。

公司 苏盦因用伊名电各省采用书籍,来函辞董事。

发行 梦翁拟改书目,送来复核。拔翁交志贤。志贤云,拟派赵蓉生至编译所与梦翁接洽。云柜事甚忙,且此事亦非赵之事,可谓奇矣。

用人 翰翁问,周锡三管西书及广告事是否合宜。余答以已详昨言,请伊决夺。

分馆 复仙华信,翰翁意仍属伊赴晋调查。去信交翰翁阅过。推广实用书,仙华有办法。函属竭力进行,并由总务处函告伯恒、少勋核办。

同业 昨日得仙华二月三日来信,言彼局在杨柳青扬言,改用彼书,全班赠送。余复仙华,即推广实用书,以作抵制。原信已交剑翁。

编译 《东坡、介甫尺牍》,目录排版太费。《介甫尺牍》且有"有著作权"字样。已告梦翁、瑾翁注意。又《鬼董狐》排次不合格,无书价及出版处所。均令退回重装。

亚泉云,章太炎托严潝宣来南印伊文集事。检出前复章夫人,送梦翁核办。

杂记 电致任公,阻与美联合事。

二月八日　星期四

用人 翰翁拟请周君兼任西书广告两部事,仍管函授事。商诸邝君,似嫌太重。

邝君拟添用佐手一人,姓江,能打字及速写。月薪廿五元,已允之。

哈格罗夫事,告邝难以专请。邝云,告以公司拟请其投稿,或校改用书,按件估送,不能延聘到馆。余允之。

分馆 皖分馆来信,报账房褚君亏逃。实系明白交代,任其自去。赵君可谓荒唐已极。翰意拟派韦傅卿至皖馆接赵手。

杭馆来信,添聘人一时不能得,经子渊荐张佐时君。其人每礼拜任教科有卅点钟之多,又每月所入有百七八十元。鲍拟月送十余元,请其帮忙,岂不太奇。另去信略加诘责。

章识斋回,云杭城小学用书彼局占十之八。亦已告知鲍君矣。

印刷 《国文》存书不多,到编译,约同鲍、谢、李、唐、于、高诸人接洽速印、速钉、速发、速查、速开印单。

二月九日　星期五

发信 杭馆鲍子刚、梁宝田、任公。

分馆 致梁宝田信,请其安心办事,并加慰勉之词,允商翰翁加薪。其信送翰阅看,鲍信亦请翰阅看。

印刷 商定《植物名实图考》用排印,图制锌板。

应酬 晚约谢省三、符干臣、钟景莘、许笃斋、万亮卿、鲍济川、顾复生、陈迪民、陆汇泉、瞿子良在寓晚饭。周少之未到。

天头 查英文《中国革命记》销过七百七十部,现存一百五十四部。托邝君致函,告以将售廉价,照售出之价结与一成。

已有回信,允照办。照郭梅生处。

二月十日　星期六

发信　傅沅叔。

用人　翰翁昨晚来信，拟不聘用陈汉明。今日复去一信畅论用人政见之不同。留稿。前信未发，仅复以遵办。又去信请加拔翁及陈叔翁薪水。

编译　秦拜言言，编译所五彩印件宜于印刷空间之时填空发印，免致与外来印件抵触。杨公亮主张亦同。

印刷　孙文派邓家彦号孟硕来商《会议通则》，拟交本馆印一万部，用连史纸二号字。得书三千部，版权送与本馆。未遇，留片所云如此。6/2/14去信询问，可否交全稿一阅。

应酬　晚约杨公亮、李拔可、秦拜言、鲍庆甲、王德峰、叶润元、王巧生、郑炎佐、张海山、郁厚培晚饭。叶联仁未到。

杂记　本日致翰翁，言三个月假未能实行，现已满，只可续假，自本月起领半薪。并请加拔可及叔通薪水。十二日翰属拔翁来言，劝余不必辞薪。余言，此言已出，断难收回。拔固言，翰意似诚，分办各事不妨暂仍照常，俟五月节将进退人及一切规画提出，看能否实行。余言，半薪必须实行，但将来果能办事，亦未尝不可恢复，姑俟诸一年半年之后，且看五月节时如何。晚来拔可复言已以此意实告翰卿。余嫌其说破。拔谓，不说破翰不能领会也。翰亦有信复余，谓辞半薪事可不必。十四日复去一信，言不能食言，公司事务尽其力之所能为。另致信与王莲溪、钟景莘，告知本月改致半薪。

二月十二日　星期一

公司　昨谈整理账务：一、经理管图章，出门时稍有不便，可仍归账房。但收发信应编号，由外账收信，交经理开拆。银钱由外账开收条送账房盖章，无外账以头柜兼之。二、月结单由经理逐笔核对。

发行　告志贤，预约特价之书应加记号，防退书之弊也。

又言，有美女士史天逊来演飞机。本馆有飞行书若干种，宜乘机出传单推销。

又德、美决裂，牵及中国，凡关涉战事图书亦应设法。改定致各分馆信，为推广《廿四史》销路事。信稿交干臣。

炜士言可备书船,酌带仪器文具之类,出外兜揽,兼招揽、寄卖、收账等事。所难者盗卖及寄货两事。

分馆 拔公今日赴安庆,查看该馆情形。

韦傅卿调任皖馆经理,今日起程。

告廷桂,去年伯恒因交通票吃亏,购买铜器。曾言盈则归公,亏则归己。已有复信,另定办法(商定,如盈由总馆提送若干,或全给。惟未与伯恒明说,有信存稿剑丞检出。)。托廷翁探问盈亏如何。如亏应告知,毋令伯恒受亏。

京馆建筑事,亦托廷桂告伯恒,将详细地图及布置开示,在京可先作价。翰云,如在五千两之谱,可不必迟疑云。

编译 张杏生自巴黎寄来《美国比较政府与议院之权限》译一册。本日交景星寄交高、江二君。

十日电复巴黎,还二百五十元。

纸件 告琬山,改良赛连即杭州来样可买。琬云,此纸上海颇有,无人喜用,故存货不少云。

应酬 昨午约吴稚晖、陆炜士、傅纬平、马涯民、臧博纶、蔡松如、胡君复、谢砺恒、钱经宇、高梦旦午餐。方叔远、樊少泉未到。

昨晚约陈炳泉、武兰谷、陈铭勋、韦傅卿、邵咏可、朱景张、朱诵盘、黄镜寰、汪子然、张屏翰、刘人龙晚饭。

天头 昨谈各节:

一、可多编德文书。

二、发行事务处不敷用。余意可租后面地。

三、办书船。

四、设考试课,即悬赏征文。

五、将本公司制活动影片。

问培初港、坡两地币价跌落,已否全长价。培云早已函知。

二月十三日　星期二

收信　京馆电。

发信　梁星海、许溯伊电。又信。

用人　与梦翁商，英文部人少，近中华出书多。拟即约邝君所荐之美人哈格罗夫来馆，半日办事，月薪二百元，订期一年。梦以为然，即告邝君。

编译　告邝君，应编《名家英文选》。并印最通行可作作文之征引资料之书。

李一琴来，言已商昭宸代校《汉英辞典》，每日一句钟，薪一百，二句钟加倍。如包办，现时未能预计，云云。当告一琴，即请定局，能每日两点钟最好，每月二百元。

印刷　告翰翁，应即派人至厦、汕、港、坡招徕印刷。

纸件　杭州分馆有连史纸样寄来，已交琬山，属照购。午后见翰，又以为价贵，属缓购。余告以价逐日涨，将来恐更贵。翰不答。

西书　英文部人言，英文书有养鸡及做橡皮者，不知何用。又言，廉价部售英文书，有多种甚可惜。又言，新书陈列不得法。

应酬　晚约邝、周由廑、锡三、越然、翔九、黄访书、平海澜、甘作霖、张叔良、蒋君毅在寓晚饭。

天头　周锡三谈，本馆收信应汇总，以西文字母切姓名、编号，再分省分。又收信应盖年月日。

又言杂志部应有一总贯一切之机关。

二月十四日　星期三

发信　鹤顾电。为延汪事。

杂记　孙星如介绍元本《圣朝混一方舆胜览》，六册，索价一百廿元。还一百元。

沅叔代购明抄《文苑英华》，二百四十元。又吴印臣刻《宋元刊本词》，卅元。已收书，属景星送图书馆。

天头　教育部通行推广教育公文，应作资料。

协和饼干公司免税案,本馆制作物品可援例。递呈,应贴印花尚未定。均见本日《申报》。

孙文著述应去信询问。

苏州振新书社寄售《王烟客集》。

二月十五日　星期四

收信　西林回信。

用人　与翰翁商定,仍请周锡三兼理西书部事。

杂记　吴稚晖住界路善庆里西二八三号楼上。

天头　招考账房。考信与前次似一样。

　　原拟正取。

曹韶章　宁波,25。△

周性初　丹阳,慢,30。△

戴佩根　平湖,慢,39。○

陆沁泉　上海,慢,38。○

成禹川　上虞,30,不快。×

高剑鸥　上海,30,大小数错一,不快。○

李亮臣　镇江,26。○

苏蛰卢　镇海,34,快。△

荆鉴湖　丹阳,29。△　内有小错,无信,快。

傅逸民　绍兴,39,快。○○

王复兴　嘉定,26,快。△　交卷快。

冯翔生　苏州,39,○○　　息账重抄。

王渭臣　上虞,33,大小数错一,信太略。

朱舜臣　杭州,38,△

　　原拟备取。

罗祥圭　镇海,28,△

汪介眉　歙县,29,○　账未结。

吴季荪　杭州,29,△　账重抄,来信怕繁,恐有嗜好。

陈石滋　吴县,28,　未完卷。

杨颂岭　嘉兴,24,△　算不熟,信太略。

朱桂庭　丹徒,43,△　年岁较大。

邹纪中　上海,40,△　可正取,人品较次,账事未了。

马季白　绍兴,32。○○

褚敬修　靖江,41。△

　原拟补习。

孙学文　余姚,24,△　年轻,算不熟,算亦不佳。

洪英荪　吴县,28,○　识英文,簿记未完卷。

李思元　吴县,30,○　算大错。

庄景廷　上海,26,○　通英语,笔算,珠算熟。

富叔鸣　海盐,25,○　虽有错,尚能算。

潘肇齐　宝山,26,○○　钱业出身。

冯际尧　绍兴,25,○　练习则可。

　备补习四人。

王崧生　当涂,26,△　算不熟。

杨鼎华　石门,25,○　甲种南校,笔算,可取。

周荫谷　上海,26,○　民立中校,笔算重抄。

蒋振扬　江宁,30,△　算不熟。

二月十六日　星期五

用人　午后告周锡三,拟请办理西书部事。并言翰翁初意拟请办理广告公司。继以西书部事更为紧要,故请先办此事。将来如能一切布置妥贴,可以有人担任,则不妨专处监察地位。事情既简,仍可兼办他事。至保险之事,前日既谈及,以停止为妙。翰翁亦以为然,但转与他家,须斟酌妥当,等语。锡言,函授之事再过几时可以减少。广告之事似少一人帮忙。至西书部之事,想来可以兼办,容即筹商,云云。

编译 致函稚晖，托致意精卫。先往访之。未遇。

二月十七日　星期六

收信 叔通。

用人 赵竹君荐黄君名异，字伯樵，可充制造厂技师。余与梦翁商，德文书宜着手，即字典亦难专恃瞿君一人办理。黄君汉文尚可，拟由本所延用。闻竹君云，月薪六十元亦可就。梦谓可行。黄君年廿七岁，太仓人，去年在同济工科毕业。十九日致竹君信，约至编译所，专司编译及校改德文书之事，并备机械电工之顾问。先试办数月，月薪六十元，不供宿膳。

编译 伍昭扆来，谈校《汉英字典》，尚须借书数书，并代运京。已允之。派人往取，并交清单来。

汪精卫来谈。余重申前年编书之约，告以现既来沪，如能留此，甚至延聘到馆。汪云尚拟赴法。

到馆后又得吴稚晖复信，言此甚详。当约梦翁晚间来寓面商，拟如稚晖之意，由馆拨资若干，请稚与精专办此事。梦谓恐理想太高，于营业隔膜，不妨表示此意。十八日晨又往访稚晖，仍不遇。午后又寄去一信。留稿存延聘要人筒内。

应酬 晚约陈慎侯、瞿凤书、范秋帆、陈俊生、梦旦、剑丞在寓晚饭。黄幼希、孙星如、任省壬、郑耀华、朱仲钧、徐仲可不至。

天头 午前偶一到馆。

二月十九日　星期一

收信 蔡鹤庼、叔通。

用人 王仙华荐制博物标本李君，履历交鲍君。劝其延用，尚未能答应也。

财政 翰翁交阅符干臣拟分馆稽查账务规则。阅过于廿七日交还翰翁。

编译 谈及杂志编、排、印、钉、寄各事宜提早赶快。由于、谢、李诸君各部接洽，再定办法。

排告白亦慢。谢谓排手不佳。张雄飞亦言不能胜任，且不听调度。包言可换。

印刷 持岑西林信往访哈同,为承印《四库全书》事。哈同茫然。告以此系大宗印刷,将来必须比较印价。哈云自然,遂招其管事姬君,佛陀,号觉弥者来与谈。知其已在彼局牢笼,高言我处相距太远,校印人不愿。彼又言拟印《道藏》,又言拟印《四库》未收书,缪小山已辑有一部等语。

纸件 昨告包、吴转告鲍,又告沈琬山转告高,宜宽收外国西洋来纸。

应酬 昨午约包文德、吴炳铨、谢燕堂、李守仁、沈琬山、于瑾怀、姚宗舜、张雄飞、季臣在寓午饭。张绍庭、汪仲谷、陈剑青均不至。补约翰卿、咸昌,亦不至。昨午访精卫,未遇。晤亮畴。又访君劢。

杂记 十八日发任公电。文曰:"抗议成事,但断不可加入协约,最后至绝交而止,千万坚持。"

天头 十八日午饭所谈。

余属宗舜,将女工每点钟能包某物若干件作一比较表。并请李守仁对于发杂志亦照办。以备可包工。又问宗舜,能否将事归并。据云甚忙,因仲谷处尝有杂事交办。余云,此可辞绝。宗又云,现校签条。余云,此可交陈剑翁一手办理。又云陈剑青签条甚乱,譬如师范均并在一起。余问,学校种类签条上是否标明。宗云标明。余云此则甚易,只要再分一分,将各类分储,临时便易检取。余云,公司不能格外撙节,大材小用。将来尚有他要事相烦,现办之事终须设法归并。

二月二十日　星期二

收信 王仙华。

发信 陈润生、蔡鹤顾。

公司 周锡三拟具答复托售《英国百科全书》之经理人信,交翰翁签字。

发行 特价预约书拟加记号。梦公详细核算,无甚损害,可以作罢。

用人 稚晖来谈,已晤精卫。云尚须返法,将来如有意见,可寄公司发表。稚又云,精卫极愿帮李石曾做事。石曾即日回华。可约石曾再谈,由石曾再劝精卫。可由伊等自招若干资本,附在一起,便生关系。晚约精卫、亮畴在卡尔登晚饭。精卫言,晤稚晖,甚感。己不久即返法。可俟石曾回再商谈。次言石曾已译成俄人克鲁巴金之《互助论》。

稚晖又言,石曾对于出版事颇有计画:一、法华对照书。一、欧人哲学名著。一、欧洲各种器物图说。

又言中华去岁即电约精卫办杂志,连约鹤顷。又言精卫尚思多读数年书。

傅铜,河南人,现在伯明罕,深于哲学,汉文优美。稚晖云。

编译 梦旦送来《和译熟语本位英和中辞典》,斋藤所著。慎侯原估每面四角。梦旦以为不足,余意亦同。可以翻译。

杂记 告王莲溪,退回按日所增之薪。

二月廿一日 星期三

编译 昭扆交来《汉英大辞典》稿本四册,交景星用双挂号寄京馆转交。

杂记 还山有天账十元,交文祥。取到收条。

天头 暗射图似可制。抵制彼局。

章太炎寓爱多亚路也是庐。贝勒路西孟纳拉路头上洋房。

二月廿二日 星期四

用人 翰翁交来与陈才堂在伊文思所立延雇契约一纸。问周锡三意见。廿四日周锡三来言,西书部事现时不欲走进去,免起恐慌。又闻伊文思内部有风潮,恐出来者不止一人。陈君人平平。即告翰翁。翰翁已婉谢矣。

分馆 李伯仁交兰馆五年红账、说略。已交翰翁。又闻李言,杭馆折扣甚低。

告符干臣、顾赓吾,分馆退货,图增盈余,此实有弊。请查去年清数,并开单见示。又请研究利弊。

同业 中华翻印信笺、信封,查出七种送去。今日得回信,称虽无版权关系,究属不宜,已毁板,送来取信。复信谓,此实有著作权,并称其顾全公益。

编译 与梦旦、伯俞、铁卿商议编《修身》方法:一、每课必须表演。二、有消极之图列入教授书内。三、前四册全用图画。四、专用具体料,不用抽象。铁云,每日约可编一课。

黄幼希出示日本《英文法字典》,拟译。

印刷 翰翁在印刷所约鲍咸翁面谈已售之石印机。鲍意甚决,无可挽回。力言非印机之缺乏,实绘图落石人不敷。商议结果如下:

一、做工稍惰者,提出包工,令在外面做。

二、学生移往图书公司,或另借地方,腾出地方备添雇画工人之用。

三、托英美烟公司代雇需用之人。

四、用徐永清,给坐薪若干外,论件包工。

天头 昨夜印刷所订书房楼上烟囱漏火。半夜发觉,即救灭。损失约二千余两。

二月廿三日　星期五

用人 宋承之,住朱家石桥东有恒路尚明里一百八十号半,来信托谋事。

编译 与梦翁商定编《常识小丛书》事。每册新闻纸半张,约四十八面,定价五分。

印刷 钱绶甫送来校本三史页数。

《史记》廿七本,二七二三页,内有宋本《史记存式》影写本十三页。

《前汉书》廿本,二〇四〇页。

《后汉书》十六本,一六八五页,内有宋椠残本《考异》一一五页。

总共六四四八张。其账簿已交杨公亮。

文具 与包文信商定,仪器目录暂不印价目。据云各同行现在亦不列价,惟科学仪器馆有之,亦云不作准。

天头 昨晚三点钟,廿四号厨房失火,逼近编译所,甚为危迫。幸即扑灭,并无损失。

二月廿四日　星期六

发信 沅叔。

应酬 钟紫垣约在伊家北四川路一五六号晚饭。同席者为孙文、唐少川、廖仲恺、陆伯鸿、陈焕之住东有恒路廿五号、潘澄波嵩山路二号、赵灼臣靶子路赵园、黄文澜鸿兴坊余数人未交谈。

天头 潜水艇。不应作潜航艇。

拔可昨晚回沪。

梦旦开来印《四库全书》。一石制版费,每石一元五角。一石纸百部纸价五角,每令五元。合计二元。

全书一万六千本,每本五十页,计八百万页。

三开,二六六万石,五三二万元。

四开,二百万石,四百万元。

六开,一三三万石,二六六万元。

二月廿六日　星期一

发信　仙华。交陈炳泉。

公司　鲍咸昌来发行所,言翰翁有信托彼来与余及拔可说,以后拟退居闲职,馆事由余与拔可办理。余言此断不能承认,但望余等意见翰翁采用。拔翁言,翰翁前言将分任各事,将来当再听翰翁之议论。

用人　复仙华信,言陈谦甫一时不能脱家乡之公益事务,或虚与委蛇,稍迟俾冷亦未可知。请婉商。又制造博物标本李君履历已交鲍君,候复再达。

纸件　催鲍咸翁购两色印机。云已函询价值。

应酬　康南海六十寿辰,送泥金对一副,又天台藤杖一枝。

昨晚俞寿丞、曾农髯、张子武、李梅庵公宴熊秉三于小有天,约予往陪。

二月廿七日　星期二

发信　伯恒。

用人　赵灼臣介绍刘耀卿,住新闸(路)仁济里,能作画。已介绍与杨公亮矣。

纸件　告翰翁,英船恐不能东来。如有必须之货待用者,可否酌量在沪收买。翰云无甚关系,惟彩图纸缺少而已。

应酬　约熊秉三、曾农髯、张子武、李梅庵、俞寿丞、夏地山、高子益在小有天晚饭。

天头　日本出版《中国地质图》,托金君购买。

《申报》告白调错。

二月廿八日　星期三

编译　章太炎因本馆印《八家文钞》有伊文字在内,不以为然,来信诘责。今日面往道歉(先已去信)。渠言选择不妥。余云均由各家刻本摘出,允再版时再送鉴定。又言伊文集在文明书局发售,并非伊所委托,曾经往问,云非重印。余言,去年严潆宣来问及可否代为发行,后有康君来言纸板有纠葛,适君又南行,故未有办法。前二十日之谱严又晤杜亚泉,亦谈此事。正思商议而文明书局登出告白,以为已由彼局出版,故未谈论。章言彼系代康心如售旧书,且有回信,另是一事。又言前在南洋有人劝伊发卖,吴渔荃曾允为伊代售预约,后来亦未通讯。余云,可写信去问。鄙意将来如欲在本国内发售预约,甚愿效劳。但宜先售预约,俟售出若干再定印数。章云先函询渔荃。

天头　即托培初先生函询渔荃,究竟如何。如已售,售至何地步。如未售,亦应说明所以未售情形。来函务必婉转,并盖分馆印记,以便出示章君。

王亮畴交还《英美文汇》等书九种,计十本。又稿一包,送邝先生,用总务处六十七号回单簿。

三月一日　星期四

发信　任公。问蒋百里事,并劝勿轻出,五日发。

用人　陈、钟建议,新考账房至少学习半年再派出。告翰翁,此难呆定。

谢、郭拟请设采办科。余拟驳。与仲谷商,交通科人加薪,裁去长假、例假。仲有为难。余言不能专顾同人一面。仲前言绍庭将告退,与仲商,任其辞退,将各事并办,勿必添人。仲言须添一写生。

西书　周锡三接办西书部事。

应酬　公司约三井、正金、台湾两银行、华章纸厂及大秦商会经理等在汇中晚饭。仅到正金副经理岛君、华章高桥君、大秦秦君三人。宋汉章、陈光甫亦到。苏盦为主人。此昨日事,误记于此。约林子有、诒书、陈　　、徐积余在一家春晚饭。

三月二日　星期五

公司　本日为加薪事与翰卿商议,不甚融洽。拔可为章诒斋事略有冲突。

翰来信,言心绪不宁,休息数日。

发行 托志贤编定书目简名、代名。

用人 童季通来条,言拟添附资本五千元,否则无处投资,难免分心他事。

编译 与伯训、伯俞、慎侯商定国文函授事。注重实用,分甲乙两种。甲种备养成书记及补助中学以上之学生。乙种备养成普通国文及补助小学学生。先编定程序,再编讲义。于暑假前发表。

文具 签定扇骨单。共三家:陈天和、孙裕兴、徐润昌各四百余元,限闰二月底交清。

天头 三井经理 藤村,名义郎,Fujimura, 住金神父路 304 公司住宅左近,问宅中人便知。

正金经理 儿玉谦次,Kodama, 同孚路十九号。

鸣芳藏 Shima, 住北四川路一百八十号。

台湾银行经理 黑葛原,名兼温,Tsudzurbara,住霞飞[路]五○二号。

华章纸厂经理 高桥,名练逸,Takakchi,住闵行路五号。

大秦商会经理 秦长三郎,Hada, 住行内。

三月三日 星期六

收信 廷桂。

发信 廷桂。

公司 发表本年加薪事,与拔翁商定,并征各部长意见。

编译 叔通代托孙君编《宪法笺释》,千字五元。

纸件 沈琬山交来布样数种。每匹三元。似可购,已送鲍阅。七日鲍来言,价甚廉,已告沈照购矣。

三月五日

收信 叔通。

发信 梁宝田、叔通、廷桂。

公司 翰翁来信,言数日即返馆。又言余等已允其退居闲职。八日问鲍君,声明并未允。

并增送拔翁薪水五十元,拔翁自辞。

用人 王莲翁来,告翰属加迪民月薪拾元。

编译 前数日伯俞交下编《国文》教材细目,虚字用序表,文法次序表。余略有参酌,共写六页。本日交还伯俞。

又第一册《国文》已看过,略有意见。斜字及摇橹字,均不合。

请伯俞将可仿印之图画交印。缘印刷所来索彩印也。

商定编《医学丛书》事。先由利恒开单,并请朱仲钧帮忙。另派学生至图书馆。

印刷 向葛稚威处借来楹联十付:陈曼、张叔来、金冬心、伊墨卿、包慎伯、何子贞、王梦楼、翁叔平、曾文正、刘文清。交于瑾翁收存。与鲍、吴、秦商定影照对联。

又告鲍、包,理科挂图有未留底者,应速补绘。请鲍印扑克牌。

应酬 昨偕拔可往拜藤村。谈甚久,欲参观本厂。请其定期。又拜儿玉、黑葛原,均未遇。

杂记 葛咏莪托寄乃弟芃吉书一包,本日送李守仁装箱寄京。并属示知装何号箱、何日运出。

三月六日 星期二

收信 仙华、昨日来。竹庄。

公司 周锡三来言,美华书馆代售西文书,批与中华八五折,本馆九折。已去信诘问。又言美国侦探小说出版极多,华人喜阅。每本美金五分。拟购千种,于暑假前赶到,藉推销路。

鲍先生送来石印房添造房样。

用人 告谢省三、陈培初、钟景莘,新来账房有不能看洋钞者,令速学。由账房每晨拨洋数百与看。由谢监督练习者用。至各项已谙练者,应即将本馆特别方法交与速习,庶可从早派出。因现正需才,不能久候也。又告以前日六个月后再派之说不能赞同。又练习各员算、信两事由顾晓舟担任。并约王莲溪在座。

分馆 陆汇泉归自杭州,交调查表均非自写。前数日许缄甫有信,言陆交表属填,久不往取,故寄余处。因去信告以所查不能无疑,信尚未发,即交陆。七日交。

同业 王仰先来谈:一、谈宝山县优待券请明年勿发。二、教科书封面洋表古将完,拟改用他纸。又说加价、联合两事,允与要人先密商。

印刷 奉天兴业银行来信,争辩甚烈。

西书 购美国侦探小说事,记在第一格内。

周君言,美国有书籍捐客,拟设法查出,与之联络,借以抵制伊文思。

杂记 退还二月份半个月薪水。

天头 本日董事会议。鲍谈欧战了后货必大贵,此时有货可购,但经济为难。叶言,本公司信用素著,如实有必须之货,即借款亦应买。郑亦云然。斐利滨用扇甚多,每月进口二十余万。有正、文明可合斐人嗜好。竹庄允带归研究。

查童世亨合同。　　白铅、铅皮应多备。

印人得士住址 Mr. Taraknath Das Box 233 Berkeley Cal.

三月七日　星期三

发行 《大英百科全书》回信已交梅翁译汉,即交锡三。与俞、符谈分馆退书跌价事。　俞言重庆特约二七折、长沙三二折,售价比总馆为贱,太不妥。拟令先开新折及特约折扣,再定办法。余云,似可加折扣改为二五。符云,去年退书二十万,除四万转账,余十六万。运费去万六千元。

用人 王莲溪来,云学生不敷用,可否添招。余示以营业部招生章程,云既拟添招,候蒋、高归后再酌定。

分馆 朱国桢回,带到地图一纸。云约估须造价八千两。已交梅生。

赵鸿声来见。言褚少仙保人陈将往宁波约褚某亲戚出来理直。伊偕陆汇泉赴宁。余不允,属速告陈君,褚某亲戚应自来上海,本馆不能派人往就。预限十日,过期即起诉。八日由拔翁与培初接洽。属梅生,拟致图书公司房东信,问租期。

印刷 告润元,前有人私做书籍,在图书公司印刷,价极廉,以后可不印。又营业部章程已交印刷所,可往看,实行后作为第二工场,与总厂一律看待。又装订部应收缩,画线、烫金等太耗费,应停止。如有闲暇,即向总厂索印件。　　又余房设法租出。　　又润自言,周琴舫等决改回佣,不给薪。　　又属每日来营业部,有印件即可携去。

仲谷知照,已与梦翁商定,出版界改半张,两月一寄。如有要件,仍一月一寄。

纸件　云南电购道林纸一百五十令。在市收买,并属电滇,先收现款。

文具　签通顺洋行定单三张,又笔杆刻字单三张。

修笔张君已有信来。图书公司房屋不合用。包文信云即属另租。

西书　签出介绍周锡三信,致外国书店,共三十八封。昨日约不及十封,均在上海者。

应酬　拜朱鼎青。

杂记　拔翁令伯于昨日作古,今日午前即回寓。

天头　查唐思得杂志存数表。　　问图书公司印刷所租期能否继续。又拨地与第二笔作。添请谭海秋。　　函致陶子石,平市票两月即期。

问吴稚晖,李石曾何时可到。有《互助论》已译成,可索印。　　催蒙文教科书。

李嘉谷,字笑如,婺源人。现住北京西河沿五斗斋大饵胡同婺源会馆。此人前住南林里等处。曾来谋事,已拒绝之。陆炜翁云。

三月八日　星期四

用人　童季通来,言将往开封、洛阳,循长江而上,沿陇海津浦路,归将察看可否自营电灯、电话之事。属发分馆介绍信。查原约只不能营同等之事业,与公司营业无关者不在限。故只可听之也。

同业　复王仲先信,允书面可以照改。转示同人,均赞成,并将书二册送还。

编译　告伯俞,征集地理教材,缺去理科、历史,他局踵行,甚为讨厌。伯谓历史无甚关系,理科可以补征。余谓不必亟亟,但于告白上加数语,言理科稍迟再发表。伯以为然。

印刷　与鲍君声明,翰翁来信,言余等已允其退居闲职,当时实无此语。鲍亦言重言申明。又言图书公司为第二工厂,记账不应有买卖性质,即付货须加价,代印我扣成是也。鲍言须四面接洽,再行改动。余云,候翰翁回面商。

纸件 鲍言两色印机,前法兴来问价者,系四张一印。据罗白君言,此系现成货,可以即有。如另定尺寸,必须增价费时。该机系美金八千元。后商定,现已发数信至美,俟得复信再决。

文具 包文信来,言新到洋行司达福行,有墨水出售,较前购者为廉。拟定购五百余元美金。已允之。

应酬 部视学虞铭新、张君颐、名远荫,四川绵阳人,到云贵。王念伦直隶文安人,到闽赣到印刷所参观,并看宋元版书。

金伯平请会宾楼晚饭。沈冕士、陈介庵同席。又有余鲁卿。安徽人,在冠昌当执事。

徐桂堂三子徐恩曾完姻。送缎幛。

杂记 稚晖来信,告石曾昨已到沪,前谈一节已略告,甚欣然,愿细讨论。约半月后再来沪云。即往栈相访,未遇。随至中华新报馆访稚晖,并遇石曾,云半月后再来沪。余云,甚愿畅谈。并遇张静江,知寓蒲石路,即淮河路廿二号。

三月九日 星期五

用人 王莲溪来,言拟派学生吴树馨账房帮庶务,并习看洋银。其保人甚妥,系绸庄经理,有该庄图章。允即照调。

纸件 属梅生函告宝源,纸质与原样不符。后查合同,附纸样两种,一美一劣,不知何故。须候翰翁回方知。

湖南印票纸已到。

文具 查轧销簿、进货簿,均不清楚。

西书 周锡三来,言韦士发歌转运公司来信。言书籍转运事极便。即送鲍咸昌阅看,定购他货可否一律托办。

应酬 晚约朱鼎青、简照南、王秋湄、谭海秋、刘石荪、欧灵仙、卢信公、黄泽生、郑昭斌、郭八铭、黄焕南、黄朝章在小有天晚饭。梁望秋、张平吉、易次乾。

杂记 还童季通贫儿院捐款十元,交张景星送,连同介绍信六封。往码头接蒋竹翁,等五点半钟始到。

天头 查日本同业通告在张藩处。

致陶子石信由剑拟稿。 送李经羲《诸子文粹》找款。 告王莲溪停用乘车证已告王莲翁。 国语研究会由剑拟稿。

三月十日 星期六

收信 孙伯恒、廷桂。

发信 伯恒。

公司 谢省三交五年分红账草底。

用人 汪仲谷介绍陈聘丞可译化学书,每千字三元。如系易译之书,亦可减。在英国毕业,有《论化学与实业之关系》一篇,登在本月或下月《东方杂志》。余作信介绍,往见鹤顼。

同业 伯恒来信,言中华宣言,自秋季始,私立学校凡用伊书者,教授均送。

编译 张杏生复电,前政治书可售。来去电已交江伯训。

编译《英汉大字典》合同,已交郭洪声。

印刷 第三批平市找款已允发。伯恒来信,并附列李君信,云即发支付命令,已询中行,知该款已到。

致陶子石信,问前有未印票,属候两个月现已到期,请即示复。

文具 告包文信,百代公司西人来沪制戏片时,来关照。 日本东京日本桥新右卫门町东京蓄音器株式会社亦可制。

应酬 孙鼎烜、号君夔,来见。宇晴之堂兄也。

晚约陈小庄、张绥青、韩诵裳、郭鸿声、黄任之、蒋竹庄、虞和钦、张君顼、刘子厚、王念伦、杨莘耜、孙君夔、陈乐书、经子渊在一家春晚饭。贾季英、沈信卿未到。

天头 到编译所。

十一日午,叶揆初约午饭。晚六时,在振华旅馆。

经子渊约一枝香。

又七时,黄任之、郭鸿声、蒋竹庄、沈信卿、贾季英、庄伯俞约一品香。

三月十二日　　星期一

收信　昨孙伯恒来两信。

发信　叔通信、伯恒、廷桂。

发行　催张藩致日本同业章程及信稿。十三晚收到,仍交还,令改清浅。

用人　昨仲谷来谈,拟辞职。余挽留。又商定今年夏季拟辞退绍庭,先讽其辞职。绍去后,即以陈剑青代。剑及宗舜所办之事均并与司弼生。

编译　与郭洪生商定编译《英汉大辞典》合约。

纸件　鲍君来,言禅臣有第二年印刷机等,似可购。余怂恿之。

文具　郭洪生来,谈日本有"日本活动写真会社",能制活动影片。伊晤其社长横田永之助,甚愿与中国联络,推广营业。且可制造发电机,不必假助电厂云。余言,极应联络,本馆亦可做。郭允将调查所得者开示。

应酬　访杨莘耜,并送行。遇孙君夔于杨处,声明不再往拜。陆伯鸿、沈朵山、王仰先、戴懋哉、吴和士约沧州旅馆午饭。陪陈筱庄、黄任之、郭洪生诸人也。

前午叶揆初约。晚经子渊约一枝香。沈信卿、贾季英、黄任之、郭洪生、蒋竹庄、庄伯俞约一品香。均到。

天头　阅筱庄信,斐利滨有一种比幻灯为胜,价甚昂。已托洪生设法代购两张。

高翰翁回。

三月十三日　　星期二

公司　翰翁来信,谓用人之事以后归我与拔翁主任,伊不与闻。十五日余复一信留稿。

用人　章弼臣又保留何五良。余批注来信:"此风不可长。"

编译　商定征集理科教材事。　　校阅《中国寓言》两册,交梦翁。注太略。　　致郭洪声信,附去《英汉大字典》合约稿。　　昨托筱庄访能编白话书人材。又托访能编译德文书人材。

印刷　张海山出示所备印刷品及机器铅字样本,又估价单、定单。预备赴南路各埠招徕生意。

文具 商定博物品制造事。亚泉已选定目录。仪器部包文信、陈炳臣、朱文奎,制造部毛文吟均到。

应酬 晨赴车站送陈筱庄、韩诵裳行。晚访鞠思敏。

杂记 还清在天台山中余与傅、蒋、白四人私照价款,计六元。与公司开支单拨付。

天头 《雷锭》《补人肉》《地震》《微生物》《催眠术》。拟小丛书目。

三月十四日　星期三

发信 蔡鹤庼、赵仲宣、吉人、谭组庵。

公司 通告喉症盛行,传染最烈,患者急速离馆,两个月后方能回馆。由庶务部及各部长严加稽察。

又纸张缺乏,包书纸改用旧新闻纸。另编各项书目。于瑾怀条议,翰翁核准。

发行 刘廷枚言代办。邮政局愿代售书者已不少,拟来稽查表一通。当约志贤来与商。配书照定章,如寄不足廿元者,以每二元配书五元为比例。又有同行处、无同行处、边远处,宜各有分别。由志贤酌核。

用人 仲谷来,问张绍庭丁艰。编译所假一月,发行所十日,应何从。余答三月三日改章,应扣至三月十二日正,十三日起应扣算。

财政 告梅生,前受王博谦抵押之浙江公债票,现有告白,云将还款。应查据复。该债票存杭分馆。

同业 王仰先前日来信,问书面改用染纸何日起,并索样本。答以前已用过,现亦有时仍用洋表古,并不画一。此小事,无关系,不必计较。

编译 《学生》三、《东方》三、《小说》二,插图多不合,且耗料。致函杜、朱、恽,望其改良。

函劝陈乐书回馆。渠来言不能到馆,因须料理家务之故。如在外编译,可办。余又问及,前有《数学》《代数》两书,如何闻翻印甚多,有无注册。云未注册。近亦久不得钱。如本馆愿要,伊可修改,交与本馆,随便计算。

应酬 张仲仁到沪,往惠中旅馆访问。

函托伯恒代送谷九峰尊翁葬礼。

杂记 朴亭叔次子仲华持吉人信来谋事。送盘费四元,令其回去。

余日章介绍沈绍期名祖荣,四川忠州人来见。在美国专考图书馆事,现拟赴各处演说。调查本馆每年某类书出若干种。允代查。

天头 自由、国体、民主、社会主义、虚无党。催二集《秘笈》。 查谭廉逊地图。 日本报有制纸匣公司,大发达。已属将所记载译出。

三月十五日 星期四

发信 弼臣。

公司 告翰翁,屋顶花园已漏,不如仍照去年之议,加一层木房。五年红账欠账作三折,四年三五折。存书作一六折,四年一五六折。拟明年不再折。与翰翁商定。

发行 九版《上海指南》印成已久,因八版未售尽,故捺住。余以为不妥,属出版部即发。告志贤照办,所余八版归入廉价部。

用人 周锡三托邝来说,前到发行所广告、保险均有分红。今广告无暇多招,保险停止。欲别筹抵补之道。余告以必为注意,明岁花红必与从前不同,此时不提为宜。

分馆 得杭馆张全忠信,力攻鲍子刚。

同业 王仰先来谈各节,并均叙告翰翁。旋得信约叙谈。复以先两日见示尤妙。并告以京馆来信,言伊秋季私立学校用书,教科教授本期均送等语,请查明禁遏。十六日发。

文具 拟仪器收付存表,交送文信。

应酬 晚约张仲仁、桂东原、姬觉弥、鞠思敏、沈冕士、韫石、徐振飞在小有天晚饭。徐荣先、谭大武、俞寿丞、应季申未到。

杂记 汪精卫偕其戚梁宇皋文科,理科英伦毕业,又林祝三四川路亚细亚照相店主人来厂参观。

莲溪、蟾芬来信,又补送二月份半薪,仍退还。复信留稿。

天头 到编译所。

三月十六日　星期五

收信　伯恒。

发信　沅叔。

发行　符干翁报告,《二十四史》总馆定出一百二十二部,分馆定出二百五十部。南昌最多,共二十四部。

用人　亚泉拟午后在家办事,恐他人援例不便,仍作欠班,由总务处补送。

江伯训函告,商定周越然加薪,每月二十五两,仍于六[月]后发表。至六月以前,由发行于六月底统送。

财政　徐荣先来,询以京中行纸币时价。云由本行汇兑,照付汇费,在沪可付沪行纸或现款。并无低抑。并云数百以上即可汇。十七日即告分庄事务处,知照京馆、京局,并附致徐荣先信一件。

分馆　江馆有人寄信与邹履信,攻讦钱才甫甚至。

同业　王仲先来信,京馆报告伊局送书事,允招该经理来沪详询。信插入同业往来信筒内。伯恒来信亦附入。又约十九日午刻在卡尔登饭,并续谈前事。

编译　北京分馆寄来《葛毕氏应用武学问答各稿》一册。交景星送编译。

寄香港学务委员欧文信催六册,交分馆事务处寄去。

与梦翁商定,询陈乐书能否代编《化学》。又《数学》《代数》两书可改好,由本馆出版,给版税。

另聘理化专科人帮亚泉。

印刷　史振鹏来,言伊之所长在理论,鲍君以其技术不如学生,仅允给二十元。来告余。余允转告鲍,并劝其稍为忍耐。

十七晚鲍来。谈及此事,言细川拟给此数。余言二十元实太少。余言学校出身,以一技言,断难如学生之专习一技者。然果曾于高工制版科毕业,必能于印刷术知悉一切概要,将来即用以帮助管理亦未始无益,此时总以养成为宜。又现有之人,必伺隙察瑕,竭力排挤,必使其去而后已。尤宜善为扶持。此时宜先索阅文凭,再由总公司酌贴。

文具　陈筱庄托买木马,仪器部交转运公司,费至二十余元。太贵。属瞿转询,不宜附快车,只能付慢车费,应由该公司赔还。十七日瞿来云,该公司已允偿还。

西书 锡三言,拟发九折券与购阅《英语周刊》《英文杂志》并英文函授学生。又特别买书合同,伊文思与民立中学所订系七五折,我处亦应仿办。又言已告翰翁。翰翁属开陈条议详商。余属其照开,并属其查明应添货数,与美国各书店接洽。一面与东京丸善商议将来购书方法。布置妥贴再与伊文思竞争。此时书少,恐难与争也。

天头 写李根源、胡子笏信。汪桂青信。

石印甚忙,应分与图书公司。已告叶润元。

三月十七日　星期六

收信 少勋。

发信 徐荣先、为京馆汇款事。廷桂。附王芸阁信。

公司 通告店堂、柜台、橱窗、及陈列所之图书馆、本版西书仪器成绩所之一切陈列,由发行事务处会同仪器、西书两部及陈列室管理主任研究办理。

用人 陈谦甫昨来,言现在公司略有头绪,应派何事。最好在本埠及浙省,然仍当听公司之命令。余函告翰翁。今来,言无成见,属余决定。余言翰前拟派至香港,即与说香港何如。翰允诺。盛桐孙来谋事,与梦翁商,拟缓至夏季再商。

竹庄来,言鹤庼又来约,拟不往,但部有事,如何措置。余言,鹤处公私皆不宜,部事却有关系,似不宜却。竹言下月拟偕任之同入京报告,顺便面复蔡君。缘写信回绝,殊难措词也。

编译 昨晚访陈乐书不遇,致函询能否编《化学》,如何酬报。又《数学》《代数学》可用版税。

拟定国文函授办法及预科门类,送江伯翁。

印刷 财政部印刷局王芸阁来信,借用工人装胶版机。当约鲍来商,借与朱培根,月薪六十元,来往川资一百元,以三个月为期。即复信,托廷桂代交。并请廷桂声明三个月必须返沪,然勿著痕迹。来信及复稿送鲍收存。

鲍言拟属丁在外开设学堂,教授学生。本馆亦可多得人才,余甚赞成。

与鲍商史君事。余言由总发行所贴。彼此意见稍左。

纸件 广学会向图书公司定印报纸,每日出两万张,订合同一年。翰言纸最为缺。余告以昨日叶润元来说,纸拟定半年合同。

应酬 金星公司卢、易、张约大观楼晚餐,到。

贵州黄干夫来,宣统三年中央教育会会员也。

杂记 从福建晋江购入抄本《丁鹤年集》一册、徐氏《五代史注补》四册,计卅元。送图书馆。

天头 亚泉拟下午在家办事,与梦商定,仍作欠班,由总务处补送。张仲仁苏州通讯处:城内平江路混堂巷中费仲深转交。

三月十九日 星期一

收信 伯恒、廷桂。

发信 仲宣、昨发。伯恒。

公司 王莲溪前云考学生事如何。

发行 告志贤,俄德关系之书速查明,乘机脱售。

马君伟条议,注重现批各户。颇可采。

用人 函托伯恒,访求在日本大学或高等师范毕业理化科者,兼通英文者一人,月薪一百五十元。刘人龙函称事多,薪水自鸣不平。约伊来,告以此时已发表,难改变,将来当为设法。

财政 问张蟾芬,陈筱庄所代买钱箱如何支付,以后应有定式。

同业 王仲仙约翰卿、拔可及余至卡尔登午饭,谈合并事甚久。其意商务可以加增成数,彼处亦不还价,将来实估财产、负债、营业。资本之比例,先定一界限,过限核减。又言说总机关。又伊处发起创办人之特别权利应删除。余言可摊入负债内。翰言账款最难核估。翰言将来发起人之权利。拔云不可。故云新团体无创办发起之特别权利。余云印刷管理极为难。仰云特别个人契约当更改。

编译 国文函授如举办,似须觅一能古文者。

济馆寄来《高小国文教授法》六册,送庄伯俞收。

叶揆初交来《应用算术简捷法》一本,交景星送编译所。

蒋竹庄来信,蚕业学校用书尚有《养蚕》及《蚕病理学》两种未来。

印刷 廷桂寄来有平市局往来信,已交翰翁。由梅生转。

应酬 昨往送张仲仁行。又访鞠思敏。又访黄干夫,并晤蔡衡武。蔡意颇轻彼局额外营业。

天头 查俄、德两国图书存数、销路,乘机登报。已告志贤。 查寄郭立实书定小说千种事,又复《英百科全书》,又致各书店信。已告梅生。又中华翻印《韦氏字典》。告刘人龙查。请于告吴,选配各省三色明信片,交与我处一看再发。

抄冯鹏展论英文书事与邝。已告沈挹清。

拟请哈格罗夫改订《迈尔通史》。已告邝。查柳少怀现办何事。

英文部拟添一学生帮函授事,又拟留马办全日事。

查征集理科教材事。 又《植物名实图考》事。

催邝君英文研究会事。邝有难色。《仙脱利英字典》应购,告周并与丸善接洽。已告周锡三。

查伯恒前日来信,有两稿出售事。江伯翁已径复。国语研究会索还陆颂平信。十九日收还。催领代温税契。已领出。交三纸与莲溪。

三月二十日　星期二

收信 周少勋昨到,交伯俞。

用人 拟约宋承之。

编译 告张叔良,请将前编定《英文法名词表》送江苏教育会研究审定。又伯俞言,《地理名词》亦可照办。与梦翁,不如先出书。

邝君交阅福州邮政局西人寄来《英译唐诗》一册。又参杂俚俗歌谣,另有译诗稿未印者若干页。与商,拟专印唐诗,未印者请辜鸿铭一看。拟付版税。冯鹏展山东尚实英文学社论英文编辑事,甚有见地。已复谢,并告邝。催发制《植物名实图考》图。

印刷 《韦白司德 Academic 字典》可翻印。查销路甚微不办。

收到贾士毅汇来《民国财政史》印刷费一千八百元。交梅翁代收。派朱培根至财部印刷所,备信至王芸阁。所有往来信稿,于今日交鲍咸翁。

鲍君言拟给史振鹏三十元。

纸件 闻林祝三云,相片卡纸上海岁销四十余万只。用旧纸作里,雕铜版印花,利息极厚。伊在亚细亚照相公司,设在青年会隔壁。

西书 《大英百科全书》事,让至八七五折。本日复信。

应酬 约蔡衡武、黄干夫、林祝三、李道衡、沈绍期、陈渭泉在一家春晚酌。张海山今日行,并与送行。

杂记 收翰翁交还银四千两,代柯师付陈渭泉,合洋。

天头 金巩伯画要补,由于瑾翁直寄。陈渭泉有大批字画、扇面、楹联可借。

俄、德有关书,应查图书公司有无可用告白。应分段,不宜混合。

三月二十一日　星期三

收信 伯恒、仙华为晋馆事。

发信 仙华、伯恒、李根源。胡子笏、周少勋。

公司 收发处要求添人帮忙。

竹庄来信,补习生午前上课,鲍先生不见,如何办法。应商翰翁。

发行 托伯恒商京书店,能否与之联络,先开一书目,注明实价,即可代售。

分馆 拟派陈谦夫先至天津,约半月再赴港。

仙华报告晋馆事甚详,并拟办法。已示翰翁,并允此次调查费全由总馆认。但不必即行转账,恐著痕迹。

编译 王巧生来,说往见沪宁路局副理洋人,交来铁路管理洋文稿,已依余昨日所说各节告之。允以汉文译稿见示。迟一礼拜可交来,但愿全让版权,不用版税法。

印刷 王巧生言,中孚银行印件有七八种,须阴历三月初旬交出若干,为开幕时之用,深恐误事。已函告鲍君。

纸件 汕头分馆寄来纸样一捆,已交翰翁。

文具 赵传璧寄来余杭出白石粉一包,问可否做石笔。交包文信。文信云,做粉笔可用,每担一元一角。

西书 周锡三偕邝君来谈西书部进行事。约翰翁共谈,决定方针:一、不必赚钱,但求不亏本。二、派黄秉修充招揽员。三、通信全国习英文各校,调查所用西书。 翰又言应与学校联络,一面择最反对我者,翻印伊最通行之书。 锡又言,柜上学生鲍士杰不可用。已告翰。

杂记 函稚晖,询李石曾来沪未。

托伯恒买《学海类编》四百元、《墨海金壶》五百元、《学津讨原》三百元。如三部同购,可加二三百元。

天头 陈叔翁自北京归。

三月廿二日 星期四

收信 张廷桂。一答复兴业事,一京局不换地事。

发信 寄郭立实信。西书部代发。

用人 甘竹霖有神经病,来告假,已允之。并先送医药费一百五十两前已允与之,由梦翁转交。

分馆 剑翁来,谈及杭馆同人意见事。翰翁亦言前到杭时彼此互讦。穆等说鲍好饮、晚到、不与学堂往来。鲍说穆办事迟慢、陈字迹草率。余言总以杭馆营业利益为断。翰言,虽分与兰馆若干,然实有减退之势。虽有赢余而划与兰馆若干,故有赢余实是虚名。已切属鲍戒酒、早到、备车出与学堂接洽。并请切斋往杭帮同照料。余不以切赴杭州为然,话未说完,又有他事。

同业 致仰先信,言报告京馆所言,该局送私立学校教科、教授事。

印刷 告公亮拟在营业部添请绘图人。公亮出示与南洋烟草兄弟公司所订合同。

闻排字房有人结会,鲍辞人来挟制事。余主坚持,翰亦同意。并告鲍设法暗中解散。余言,上海有二党,为韩恢主持,恐此后多事。

史斐骞来,言鲍定月给薪水三十元。余允由总馆给十元,姑做几个月再看。

应酬 永安公司招饮,谢未到。

约叔通、翰卿、咸昌、拔可在寓晚饭,谈中华事。

杂记 为旧书部买入《资治通鉴》《佩文》《书画谱》《段说文》《许说文》《隶辨》,又一种,共八十二元。

天头 剑翁归自杭州。约宋承之。

营业部请绘图人。已告杨公亮。

查借军务院记实已还否。已还。

补习学生事。商图书公司事。

寄伍昭扆信,问伦敦大旧书店。

京馆来商,应酬费向归总馆,与新章不符,应如何办理。与翰、拔商,属其分别性质,如为总馆用者,归总馆,为分馆用者,照新章。

三月廿三日　星期五

收信 廷桂、伯恒。

发信 伍昭扆、郭鸿声、寄柯医生。

公司 与梦、竹两公商,拟补习生功课停止,将服务年限减短,以作了结。

用人 伯恒来信,极言蒋鹤企在京举动之非。已告鲍君。

分馆 翰昨言,京馆、京局去岁盈余甚多,拟援总公司建筑时预提若干,充建筑之用。余言于花红有关,恐同人不愿意。不如切实折减,以固坚础。建筑后不能仅作公款,付五厘息,应按时价取租。

编译 函伍昭扆,询《汉英大辞典》校稿。函鸿声,催译《汉英辞典》约稿,并告知省教育有多数团体审定名词,望自取,我处不取送。朱有傲女士来,面付乃兄朱有昀《绝命医生》译费一百元。并请于契约上签名盖印,写"收到"字样。契约交剑翁,朱君及朱女士来信送还江伯训。

印刷 复梦旦昨日来信,铜模改良可即商办,先就字书所用各号改正。

杨公亮在南洋烟草公司遇见日本大阪市日印画公司中安见。上海在江西路七号。月份牌每包二元半,平常商标三元至四元。去年来三个月已揽去五万元之印刷。

折扇久阁未印,时已急。于托催鲍,即于廿四日面交。有三分馆待添发矣。

纸件 昨告梦、翰翁,拟用改良赛连印《四部举要》。据琬山言,比毛边贱十分之三。函商梦翁能用否,再与纸商接洽。

王奎余寄来麻线三种:一、九分。一、八分五。一、七分五。

文具 告瞿子良,往访张贡九,接洽画图纸事。

应酬 往访欧阳少白、杨子毅于长发栈。均未遇。又访林祝三于亚细亚照相公司,亦未见。

天头 请志贤查前、去年小学、中学本版总销数。

致汪彝青信。

向邝索介绍信,往见欧阳庚,查伊所款购股数。催楹联纸及制扇。琬云已定。

印刷所装订房、华文排字房,因鲍先生令张增保不服命令,令养息一月,于是即起风潮。装订房亦停止一人,故同声相应。鲍、包皆坚持。均有信致余及翰卿。联名答复,稿存工人要求筒内。

三月廿四日　星期六

收信 弼臣。言宋公威事。

公司 与翰翁商,第三届补习生拟一律停止功课,减短服务年限。属复生拟办法通告。余又言,前日王莲翁来,商拟另招补习生。余亦有另募专习估价学生之议。翰谓学生甚为难弄,既常常要求加薪,公司又受章程约束。且打包、装箱均不会做。余言学生须取程度高者,本公司与寻常营业不同,粗事宜另用出店。屡屡申说,意见大相左。后余言,如不用出店名目,则立一名亦可。日本军制军曹不能荐升,吾国委任官升阶亦极难,惟荐任官可以递升至最高之级。不妨采用此制。适有他事,遂辍议。

伯俞将往日本游历,除薪水照送外,拟另送旅费。伯俞意欲约叔良同往。梦旦以为若照优待,其资格尚浅,否则于伊亦吃亏,似不相宜。6/3/25 伯俞与余面谈,亦以此意答之。

财政 培初来言,京馆已有回信,中国银行汇款每百汇费一元,但须一个月方交云云。

编译 交美国商业组织书三种与伯训,请发外译。

杨曼云女士来信允售"二千万"稿。二十六日伊婢女来顺,挈同幼童刘莲生,云是杨女士之外甥,来,填写契约。当将稿价四十四元面交带去,并附复信。伯俞持孟莼生信交阅,内言编联书事甚详。拟即请主任。余言并应问需酬报若干。

印刷 告鲍先生及庆甲,速印扇面,因时期已到。鲍允速办。二十六日又去信。

致奉天兴业银行信,又另致王觐侯信,令托金锡侯调停了张该行印票事。

西书 周锡三属发通告致各分馆,西书折扣可通融,要在推广,方可竞争。

礼拜日,即三月廿五午饭时告锡三,德、日有小丛书五千余种,每本五分。并访英、美有无同类之书,拟采购。

应酬 访陈乐书,未遇。

杂记 杜亚翁介绍陈俊生来售旧书。选定《寓圃杂记》《拾遗记》《全唐诗逸》三种。函告亚泉,请问价。又书目一纸,选出数种,请其带来一看。

天头 厂中华字房工人有信致董事会,又复余与翰翁函。余拟复信两通,稿存工人要求筒内。

三月廿六日 星期一

发信 昭扆。询《韦氏字典》。

公司 今日罢工如常。情愿退让,不索补停工期内薪工,但容四人回厂。鲍君未允。

发行 《上海指南》九版增加页数而售价如故。告志贤筹画。

用人 函约宋承之来馆编函授国文,月薪四十元。稍缓,候仲仁到。

分馆 杭馆杨竹樵、陈瑞尧昨日来信,攻鲍子刚甚力。送拔翁阅看,转交翰卿阅看,默然无言。

同业 昨翰往访伯鸿,为厂中罢工事。伯鸿允不收罢工之人,并属坚持。午后仰先又来,言必帮忙,如有要件并可代做。又言当戒政权。又提起本月十九日所议之事。余答云,现正筹商。

应酬 昨日午约欧阳少白、杨子毅,均香山人,又秦丰公司王拔如未到、卓乐生在小有天午饭。

杂记 张蟾芬来信,述夏粹翁夫人意,筱方在美用度不足,拟请公司添给每岁制衣资用美金六十元。余请翰翁照允,另致筱方,劝其节俭。翰翁不肯,余仍用单名照发。

天头 问发行所屋后地。　　问国货调查录。要九版《上海指南》存样。

催黄兴印件尾欠。昨日早鲍君约余至印厂,商议罢工事。翰翁、梦翁均到。商定即发通告,张挂门首,并另外招募工人,在发行所报名。

翰翁往访本区警察署薛君。薛君旋来本馆。拟致一信请其保护本厂并鲍、包个人家宅及地方安宁。该信稿先送薛君阅看,旋即缮正送去,并开四人名字:吴信昌、陈琴生、黄嘉兴、徐俊甫。

余归寓后用电话告知鲍君,请其镇静。

本日商务报馆来信询问此事,由余拟复,稿存鲍君处。

中华工党总部来信,云拟派代表来厂调查。迄未来。五钟时东石印房共四部,有公信至鲍君求情。

地脚 本日傍晚七点半钟,陆伯鸿、徐仲远来言,彼厂排字房工人亦定于明日停工。并问本馆究何情形。因以实告。陆谓此时断难通[融],只可听之,终难过下月五号。又谓彼此当随时接洽,以期一致。临行时至梯口,余又声明,彼此取同一步调,云云。

三月廿七日　星期二

公司 午前在寓得鲍君电话,知昨晚有各部部长及李守仁于昨晚访鲍君,力求通融。鲍已允四人先在账房等候,董事命令余人先行到工。至开工时刻,仍旧要求先允准四人做工,方能开工。

余请坚持勿允。即用电话告知伯鸿。伯鸿来余处,言彼局华文排字房全停,要求停工时中华之损失由商务赔偿,援黄包车车夫停工之例。伯鸿告以无此办法,区区小数无损于商务,而中华亦不能收。工人又拟全体赴本馆,求鲍通融。伯鸿谓亦不阻止,但不如举代表为宜,云云。并约定午后再行晤谈。余即电话告鲍。鲍云,翰卿到厂,经各部长要求,允三人回厂,一人赴图书公司。午后可照常等语。　午后余到发行所。鲍君来云,彼等要求须鲍君亲笔作字,允以后不用别法辞退四人。鲍不允,仍停工如故。既而铅印部及墨色石印房亦相率停罢。未几即开董事会。经鲍、高报告,众谓四人万不能通融。余再三询问有无退让之别法。众皆不许。　陆伯鸿、王仰先来访。翰翁言,彼局铅印房亦停去小部分。彼此拟定对主顾声明告白,又互拟送各报新闻稿。不久辞去。请拔翁访巡警厅长。归来知未晤,已见沈县令,请其转达,并添派警察保厂。又交四人名字,请注意,但不必拘拿。与鲍君商定明日通告取消四人回馆之事,仍劝各房工人回厂开工。余又函达鲍君注意火政,并派妥当职员驻厂照料。

分馆　湖南衡州广德学校西人 Crolb 来信,备言该馆腐败。信致邝君,译汉送来。6/3/28 交翰翁阅看。去信道歉。交培初查办。鲍子刚来。

同业　余将联合关系各事缮成五件,先示高、李、鲍,再示张、王。开会时送公阅,多不赞成,主张再忍。余言余偏重联合,因数年来所受痛苦太甚,实办不下去。末后作为悬案。余对众声明,不可宣布商议情形。众复商定,言因罢工事故未议决。余言须预备十余万现款,备彼局搁浅,影响于我存款时之应付,此为要著。

编译　俞志贤言,本馆可编新楹联,必畅销。此事已先与伯俞商定,请孟莼生担任。缘胡君复先已有信与商,复信颇有办法也。

西书　锡三拟抵制伊文思,招各学校订书办法。

应酬　招山西学界六人在一家春晚饭。余未到,拔翁、瑾怀、百俞作陪。

三月廿八日　星期三

公司　伯鸿来电,彼局华、洋文排字部均停,铅印房来去自由,墨色石印房未停。　本馆洋文排字房不停,而墨石印房停如故。余无变动。　午后三点余钟,鲍君来信,送来五彩石印部及石印部要求三:一、四人仍旧进馆。二、停工期内薪工照给。三、不得干涉会事。限三时答复,否则有举动。翰谓三点已过。有难色。余云,不必着急,仍旧复信。一二万不能允,第三条可以承认。由余拟稿。

晚拟通知招募新工办法,由谢燕堂等选定廿七人,派人送信。仰先来,约往谈。伊处已定办法,令其自由回厂。又言四人能否通融。一、或留一半。二、或由中华收用。余言盛意可感，第一层万不能办，第二条颇有利害，返告同人详细研究。仰先谓必须得我处允许。余言此无非为商务计，决无误会。

同业 仰先告余，我处同人急力运动，反对联合之事颇有谣言。余对以董事已有诘问，故昨日开董事会，以罢工事无暇细商，未能解决。仰先属速定。余云方面歧异，不能求速。

应酬 访林惠亭，未遇。

三月廿九日　星期四

收信 伯恒。

发信 廷桂。

公司 罢工事风潮稍缓，各部工人有渐归者。晨起赴梦旦处，商定昨晚所拟办法，通告暂勿出。但警区区长信仍送去。　昨日警署已有告示。　告谢燕堂，拟整顿排字规则。又印刷所与编译所交接处做栅栏。夜告鲍，稍缓。　中华午后四点钟全开工。　昨日石印部所来两信，系王兰馨所交。鲍君云，本日招募新工，取定十五名，余暂记名。发通告令明日到公司。　本日考验时声明四条：一、遵守规则。二、如查出现在他家执业者，立即辞退。三、常存工资十日。四、明日通告取否。

用人 范秋帆因省议会开会，告假三个月。

分馆 奉馆来信，拟约郑子麟作顾问。余与拔可意均以为不可用。卅日又有信来。翰意游移。余力持不可。

同业 伯鸿来信，言联合事颇漏泄，疑本馆有意破坏。属于一、二日决定可否。经翰翁往与说明。

编译 昭宬来信，言《汉英大辞典》后数册多系动植名，颇不易校。与梦翁商定，拟请空出，先校其余，俟《动植辞典》出版再补校。6/3/31 去信声明。又托购《历代诗余》，开化纸，无蛀损残缺、未动笔。价百五十元至二百元。并托代购家藏旧籍。并附去印记。

西书 锡三出示英国《奈尔逊小丛书》目，约有一百种，每册六本士。问可购否。余属购一分。锡云，售三角必有销路。

应酬 拔可招饮。晤林惠亭，又林薇阁。惠亭即晚返闽，送《涵芬楼秘笈》一集一部。

三月三十日　星期五

收信　伯恒、蔡慰挺。又还一百元。

发信　昭宬。

公司　朱鼎青言,美国政府印刷局有价票自一、二起码,发与主顾,随时可向该局买书。商务似可仿行。

发行　查现批事,尚有抄单。汪云自去年即云事忙,不抄。余告汪仲翁,以后不能听其自便。后以告翰,翰招符干臣来与商。余云此事应归营业部督责,与交通科会办。

梦旦来信,言各书约于一年半销一千部。特价如能三个月销一千、后三个月销三百,即不吃亏。惟虑同行、分馆不甚愿意,又恐退书受亏,又恐习见无效。余意择书稍有用者为之,末页印定特价。少发各馆,防积阁。再版即除去特价字样。惟同行收现款,恐发行所不肯守章程。

同业　访伯鸿于其家。言谣言太甚,恐于营业及经济有影响,不能不宣布。余言最好不宣,如不得已,最好畀我一阅,恐将来不能不应。陆又言,伊局历指我近年账欠日增,折旧亦有出入。又伊处教科书每册成本一分五,我处二分二,主张减至二折。劼哉出外调查,力主减折贱售等语。余云,如此终非两家之福。午后又来,约余往谈。余问翰翁将上午所谈约略告知。尚敢与商议否。翰云此事实可商议,但恐提出条件彼不能行。我云,此须研究,但终须决定方针。翰云不妨从容讨论。余往访陆。伊言仰先甚受挤,云须辞职,不能不宣布。余云未便阻止,但望慎重。

编译　伯恒来信,介绍理科及德文人才。已送梦翁。

志贤条议,历本可早印,如无底本,不妨先出一样张。并云历本可附邮费购书章程。

纸件　孙荫庭言,有友人造墨,托试用。

应酬　沈蕴石、景毓华约午饭。晤徐鹤仙住协平里四号、朱寿丞爱文义路七〇六号、陆君略鑫益里六一〇号。

出拜徐辅洲,谢其罢工时之保护。　　晚谭海秋、潘澄波约在嵩山路二号晚饭。遇沈联芳大马路集贤里、张知笙江苏银行。

孙荫庭来访,寓沧洲别墅十六号。

天头　买《丛书汇编》,寄四川。　　伦敦旧书展,一为太姆士书会,一为Southeron & Co. Piccadilly。

告郭梅生,查招考规则。须留存。　　教科书改订,能否于甫改两三版内不动原版,但加插页。

三日三十一日　星期六

收信　仙华。

发信　财政部。催第三次尾款,四次各款。

公司　本厂罢工事渐就范围,惟仍要求四人仍到厂一日,次日即行告退。鲍颇踌躇,余竭力阻止。下午卒允其本日到厂,仍给本日工资,四人作为自行告退。由梦翁前往招呼回厂。事遂了结。未几鲍来公司,言已允礼拜日(停工期内)工资仍照旧给。　余告高、鲍,此次虽经解决,然败固不佳,胜亦非福,善后之事甚属为难。昨日之事误记于此。本日工人照常上事,惟工人登一广告,词颇巧妙。鲍、高梦意听其占面子,不必与争。新募工人均系上手,欲另自搭班、自招下手。鲍不允,改为按月。四人即为首者来厂告辞,要求给薪。鲍不与,仅给与三日。

闻排字房学生于本礼拜一日全数来厂。

用人　谢燕堂来信请假四个月。鲍君言,已劝其缓行,当稍迟偕往河南。

财政　昨日查知正金欠款已一律完清,且多存万数千两矣。

分馆　张苞龄来信,又力攻鲍子刚。

同业　陆、王二君来寓。言熟商之下,拟用口头宣布。余言,其余所拟各条亦不举行。王力言联合之利,不之害。余言现实为一好机会,但我处不能从速,亦事实所限。

编译　谢砺恒交来医书目录,即送梦翁请酌定,应否再托人一看。

印刷　湘馆来电,问前定票已印若干,拟领护照。由剑丞拟复。

天头　宝昌路二百十七号中华高等国文函授学校商业国文免费科。见昨日

《申报》第四张。已告梦。

送伯俞赆仪。查光绪三十二年六月初十日杜亚泉赴日本，送洋二百元，后又交还五十元。与梦翁商定，伯俞照送。

四月二日　星期一

收信　伯恒。附来沅叔信。

发信　仙华。

公司　昨日在卡尔登午饭，翰、拔、咸、梦、叔及余六人。商议去年红账，又筹工厂善后各事。一、联络分轻重。二、修改章程。三、预备甲、储蓄用有奖法。乙、演说。丙、造屋备后来罢工时不停工者休宿。四、订合同加入罢工字样。

鲍咸翁送来印刷所章程，请叔通核改。

用人　仙华荐李君，可制标本样型。今日拟定办法，另留稿存津馆信筒内。

亚泉因头痛，拟半日到所，半日在寓办事，仍写课单。其原信由梦翁拟复，余亦签名，允其照办。并言可勿过拘。来往信稿均存编译所。

盛桐孙来，拟请到各部研究。半日到发行所。

新考书记曹丽生来试验，人尚安详。

同业　昨日在卡尔登午饭后，余力陈两家联合之宜办。翰虑联合后两家重要合处不能融洽之为难。后商定将一切办法、种种研究列成条件再与讨论。

编译　郑紫卿寄来《蚕体病理》教科书稿。交景星送编译所。印金巩伯画片，拟印三千。

印刷　用拔翁名电廷桂，转呈殷俊夫，询湘省百枚票事。

纸件　梦旦交来拟买米纸计算清单，连样纸共七种。交梅生，请翰翁酌复。

天头　沈子培托买沙漏。　查分馆整顿收付款目章程。　催郭洪生编字典契约。已告梅生。查孙星如《童话》《少年丛书》。已交梦翁。《资治通鉴》印得如何，有无长宽式者。已问梦，云有二石。蒋鹤企应速斥退。　托京馆觅明年日历本。叔通去信。再函催印扇面。

四月三日　星期二

公司　本日董事会商定，五年发息一分二厘。又议定将结账款目略改。

编译 杨曼云女士寄来《盘丝洞》小说稿一册,交张景星送编译所。孙星如功课,本年计有:《童话》第一集,《睡王》《勇王子》《风波亭》《救季布》《万年灶》。 第二集《审狐狸》。《少年丛书》,《格兰斯顿》《黄梨洲》。未完。

印刷 第三批平市印价尾价已收到。

应酬 孙荫廷约午餐,遇陈焕之,又李木公。合肥人,李仲轩之子,寓重庆路四号威海卫路口。

王秋湄约晚饭。皆粤人。遇陈炳谦。

孔希伯,住南成都路重庆里一○九号。

杂记 朱少吾同年之子爽斋名英来见。云在米兰习蚕桑七年,现在农商部任农事试验场主任。查运送事。已问周锡三,亦约鲍商定办法。日本同业联络信及章程。已问邵咏可,云已印。西书预定合同。已问周锡三,云已寄出。

复廷桂买地。问郭梅生。

四月四日　星期三

发信 沅叔、伯恒。七日发。

编译 聂云台介绍,由鲍济川交来《飞机述略》稿一本,又图一本。送编译所。

印刷 寄沅叔影印《百衲通鉴》合同。

应酬 陈焕之。住朱家木桥后东有恒路廿五号,其营业系福安五金号,在百老汇路一一一号本夕招饮。因钱庄别,辞。

杂记 伯俞赴日本调查,援杜亚泉光绪卅二年赴日之例,送二百元。

天头 商杭、晋两馆事。

四月五日　星期四

收信 伯恒。

公司 午后约张桂华、王莲溪详谈与中华联合之事。余谓惟彼局危险空虚,乃可议联合。若既已揭破,必有人出为担任继续营业,则竞争愈出轨道,愈见艰难。倘或政府出为维持,则我处更受逼迫。从前小局面易于消灭,此时彼局只有搁浅而无破产,故彼愈危险,愈当乘机联合,实为一大机会。王谓,彼局即亏百万，数十万，并不要紧，但最难者为联合后办事如何。余言此事极须详细讨论，请诸君商酌开出详细研究。张说不出所以然，是问有无期限，进步是否在内。此系三日之事。

编译 伯恒介绍毛君，可译德文书。略拟办法，复伯恒。另留稿。

纸件 翰谓米纸恐终太贵，已属迪民详细比拟。

应酬 约庄伯俞、刘铁卿、王维忱原号伟人、彭云伯、蒋竹庄诸人在小有天晚餐。为诸人饯行也，与梦旦合请。

四月六日　星期五

收信 伯恒、才甫。

发信 才甫。

公司 余将昨日与张、王所谈大概告翰卿，请其决定可否再与两君研究。翰言此事实在可行。但条件如何开出，开出之后彼不承认，利害如何。余言第一步须先定方针，次方研究条件。至所开条件，应均有理由，不能一味苛求。如彼无理而拒驳，则亦无法，只可罢议。似无实之可言。　此系五日之事。

分馆 廷桂来信，拟购股送谢霖甫。又言前标买之地有转机。　将张苞龄来信送翰翁阅看。翰谓鲍不能用人，杭馆事当再商。

编译 梦翁送来《国民小丛书》缘起。

郭洪生来，言陈主素将来总可列名，但英文似尚不足。又颜惠庆所编《英华大辞典》亦应备人，却又言有人言颜君编前书时每面约四五元。此书字数较多，应增加。郭已告以先行着手试看，须费工夫几何，如实在费时较多，当再议办法。余言颜君原议却是每面二元，后来另送颜君若干，系粹翁经手之事，未能查出。但此时参考之书较富，比前似易着手。如《动植物辞典》本馆不久即可出版，此于编译上大有帮助。合同原稿交还。云后两礼拜来再行酌定。均系五日之事。此系五日之事。

印刷 函告鲍、包，赶补《四史》及速印聚洋行印件。

应酬 与高、夏、李公送孔希白夫人奠分，派一元八角有奇。即付讫。葛有收条。

约杨杏城、沈冕士、韫石、徐辅洲、景毓华、徐仲可在小有天晚酌。孙荫庭未到。

天头 催送英文字典稿纸，又《英华大辞典》一部，与郭洪生。 催《动植物辞典》。

四月七日 星期六

发行 梦旦拟来《辞源》添印新闻纸一种余利比较表，6/4/9 交志贤复看。

编译 梦旦寄来《斋藤英和中辞典》，属托编译办法一纸，编费两千元。可照办。

香港教育司来信，云第六册《国文读本》已寄还，但写绘以后仍须送阅。以上六日之事。

张伯岩介绍江建霞之子，在东京美术学校专习图画科。送来油画一幅，未完全。即送还，复信请给水彩画来看。

印刷 湖南分馆来信，似百枚尚有可望。

杂记 本日到江苏省教育会，会议翻译地名、人名词典办法。到会者华人黄任之、余日章、沈信卿、吴和士、俞凤宾、叶上之、邝富灼。洋人潘慎文、来会理。俞凤宾提出简法、繁法。在座均似以为可行。但余有疑义，提出两条。旋议定另推起草委员会。洋人即潘、来两君。华人为余及吴和士、俞凤宾两君。并推余为主席。余不允。后众相强，以俞未在场，姑允之。嗣约定下礼拜六日午后四时续议。

天头 伦敦定纸可即交威士法哥转运。已告翰翁。到编译查问《地名词典》进行情形。知南美疆域与从前所出《世界新舆图》大不相同，即外国图亦不同。陈俊生现就一九一六年《世界年鉴》参改。与梦翁商，请其进行，并就上海各店采访新图，以便参阅。

四月九日 星期一

收信 仙华。

公司 拔可往与苏盦谈联合事。苏大反对。昨晚约伯鸿、仰先来寓晚饭。谈事如下：一、总机关我处得多数，伊处应拣何人商务可以挑选。二、分馆裁汰事,如仅裁第三等,伊处极易。如裁二等,亦不难。但将总局派去诸人调回养赡,余酌量遣散(伊处分局自办者十二处、支局九处,余均包办)。三、联合后于若干期间内,所有成数应付之存款、押款,由两方各自担任。伯鸿又言,伊处用人裁汰并不难。又言,沈芝芳关系已断开,股东会时即所持股分亦必解决。唐敬权无股分,纯居客位。昨午在发行所与翰翁谈,约伊晚间来寓晚饭。翰云有事,不克来。余与翰讨论良久,知翰于今晚约苏盦晤商。余云,现在尚早,现须自行商定办法。余又言,如仅为维持现状,只算无目的。无目的之事。余实不欲办。

发行 梦翁拟来拟以新闻纸印《辞源》与旧印比较利益表。交志贤酌核。

用人 仲谷昨日来信,欲预支五百元。本日交翰翁。后翰翁属告,整数归还,不必按月扣五十元。仲谷面允于本年年终归清。

编译 前礼拜六日寄信与威尔士及其在港代表人,催问版权事。并问前寄威信已否收到。

印刷 湖南有回电来,知百枚票印刷事尚可望。拟请剑翁赴湘一行。

应酬 昨苏盦开赏樱宴。遇陈容民,询知寓鸿兴坊二弄十四号。

杂记 昨日访瞿玖师,询前谈黄氏之书。有二酉堂愿出六千元,但不管运。我处曾还五千元,并担任运沪。此时能否仍收。余云可照前议。

嗣又拟加为六千元。托希马来说,如并入宋元本仅在张仲怡处所看者,另要增二千元。加入北京带来各种,又另加三千余元。余还加入宋元本共加一千,连前为六千元。否则仍照原议,五千元,我认运费。希马来说,黄夫人以价贱不允。当将书目六册交还。6/5/21 记。

天头 中孚银行。

小平、木本新厂开张,应贺。　　三庄欠账,查有无未了。见前昨报。已告高、鲍,云已了。问屋顶加建一层。

问后面地。　　问米纸事。　　问分馆账房收支账款章程。已发寄,甚草率。

应还前礼拜四日合钱庄、刘、彭、王席价与梦翁,共六元,6/4/16。又修铁灶价。　改良赛连,拟用以印《四部举要》,请梦翁核示。

四月十日　星期二

公司　午前翰卿、咸昌、叔通、拔可来寓谈联合事。余力言不联合则不能再有精力及财力为推广及进步之用。彼局必出事,而断不能停闭。以后竞争必更烈,不知何所底止。翰言联合后必另有困难。余言,现为甲之困难,将来为乙之困难。甲无已时,乙犹有逐渐融解之望。翰言,有人云甲之困难亦将了结。余言此须问中华是否能倒。如中华能倒,此说可成立。然中华不能倒之理余均有实证,并非空想。翰言,联合后必有人盼本馆受亏,恐提存款,恐受摇动。又彼局如有大宗应付之款即时要付,必须筹备大宗款项。此甚为难。余言此事极有研究之价值。翰有条件若干条,多有关系。但余意有可并入赢亏比例计算者。翰言此时应提出之条件或宽或严。余言,此时尚早,应再谈若干问题,试探再定宽严之条件。因商定先筹出办法。余并将前晚与陆、王所谈各事告知。又言将来粹翁押款,应另筹办法。又最先发起诸人,应得利益。

发行　谢宾来告假赴杭州归来,条陈西湖游览指南销售及编辑方法。即送出版部酌办。6/4/14送还,云已抄存。同日送交俞志贤。6/4/17又交还志贤,面交无回单。

编译　《国民小丛书》拟名为:《万宝新书》《学海丛刊》《世界知识》《知识海》。

西书　锡三来言,《大陆报》拟托我处代售。又言美国函授学堂有许多书要买,愿送本馆学生若干名,即以其学费在本馆杂志上登广告。其广告并用本馆名,专售各书,并不述函授事。

《英国百科全书》贩卖处有回信来。

应酬　访杨杏城、俞夔丞。均不遇。赴木本、小平处道贺。而伊处并未开张。

天头　《民国财政史》预约报告已告陈少荪催查。

四月十一日　星期三

用人　谢燕堂告假信,前月杪来信。余约与面谈,究问何因。始不肯言,继言包君对于此次罢工辞去四人,内有两人系伊亲戚,不无迁怒他人之意,故觉为难,等语。余对其安心,不必告假。

编译 邝君言苏州某君曾编《高小英文读本》者,现又续编中学第一册。注重职业教育,深浅适宜。索前二年每册二百元,后二册每三百元。余言,书既适用,可买。但须酌减,八百元似可。邝云,前二共三百元、后二共五百元。余云请伊酌定。

文具 进出统计表已改定,交还赵国梁。

杂记 裨德本来信,约余往英领署面谈。午后三时往见总领事。据言,刘永龄尝寄印件,皆诋毁英政府。由日本邮局寄至印度、新加坡等处。此人必须斥去,否则将本馆列入黑表。声色俱厉,无可与言。余即往访鲍咸昌。商定由刘自行请假二三个月,仍由本馆致送薪水,属伊一面觅事。余复裨君一信,言已令刘于明日不到公司,并代为道歉。

天头 告于瑾翁,开出拟印石印之书。 速发通俗教育画。 催梦翁估计《四部举要》用改良赛连。

四月十二日 星期四

用人 仲谷交来关于交通科用人之意见,拟缩减后添学生一人。

同业 史量才约余至卡尔登晚饭,言伯鸿告退,专管编印,举伊为代。已承认,尚未就职。又言,已查过账目,诸人私亏约十万,须现筹卅万,以为目前活动之用。并拟请股东停息三年。又云,以财产与债项相比足以相抵。又云,愿继续讨论彼局有退让磋商之地。商务增加,似不能过百万。

印刷 梦旦开《四部举要》,约十七万页。除《廿四史》外,约十万页。用连史,可省出《廿四史》。连纸印订等共约十五万元。决定用连史,不另印《廿四史》。已请翰翁探问纸价。

杂记 裨德本又来,托查礼和、波弥文、天伦三家布匹牌纸,有无贴本馆印刷。允代查。又谈及刘君事。余言伊虽不甚承认,然亦并不抗辩,想此必曾做过,故即令其退职。

天头 剑丞本日赴湘。

四月十三日　星期五

发行　蒋叔南来信言《雁宕》六十册已收到，款拟下月来沪面交。该信已交许笃斋。

用人　盛桐孙请至总务处办事。

同业　余以昨日史君所说各事告翰卿。翰卿意，此时较前易办，伯鸿人自可用，以接受为宜。但须问其实情。属余约仰先来谈。　仰先不肯说实情，但言伯鸿退，史代，全为整理内政起见。又言全局财产共浮数约三百万元有奇，股本一百五十七万，负债约一百余万，财产八折，并相抵。

仰云，房地约四十万。机器同。铅字及铅约十万。原料图版约廿万。分馆货账八十万。未折。存书作二折。

应酬　午刻请俞夔丞、黄旭初、叶揆初在卡尔登便饭。

晚约沈信卿、俞凤宾、吴和士在一家春便酌。商议地、人名译音事。余日章、黄任之、叶上之未到。

杂记　杨公亮查礼和等三家无印件。即复以并无此项印件。允以后查明来历，格外注意。裨亦复信称谢。交郭梅翁。

四月十四日　星期六

收信　伯恒。

发信　廷、仙、伯三人公信，又伯恒。

公司　美国粉笔公司代表威廉君条议三纸交鲍济川译汉。6/4/23送梦翁。6/4/16译就交下。致函鲍咸昌君，劝其切勿出门。

梦旦出示代鲍拟通告，工人不得强迫入会稿。嗣遇樊君于账房门外，略言此事。樊言新来排字十五人，颇被排斥。余言我必用全力保护。适包亦来，闻余与樊言，即言此十五人当两样看待，决不任其侵扰云。

编译　孙星如开来楹联挂屏等销路及适用方法。

西书　邝先生来，言锡三言，办事太迟钝，甚为纳闷。与翰商。余言，凡属伊职分内者，可径行，不必多商。

应酬　俞夔丞约一品香午饭。

杂记 托伯恒购唐人写经,每方价二元。常品勿购,如有年月则常品亦可。

天头 本日午后四时应往昆山路十九号会商地名、人名词典事。议定先据声母音母表,再选辑节音,再选回音汉文填注。再选具地名,依据两表试译一二百名,再送会讨论。下次会议定于五月十二日午后五时仍在昆山路十九号潘宅。

四月十六日　星期一

收信 昨收伯恒信。

发信 葆仁、敬康、弼臣。

发行 瑾怀开来预备秋季教课书事。交符干翁办。6/4/17 拟有办法甚妥。即转于瑾翁。

分馆 廷桂寄示龚镜清信,大发牢骚。　梁宝田来,要求留董立基。翰已允。　在家复看各馆考勤表。

同业 史量才昨访叔通,云彼局无开价之资格。叔通告以目前恐只能核减。史亦无言。本日又约翰卿往谈,商定先索阅账目。

编译 子培言,宋人《说部》凡与《津逮》《稗海》《学津》本有异同者,皆可印。我处影抄《挥麈录》即不全亦可印。又小山处有宋本一册。

印刷 姬觉弥言,顾晓舟经手印件久不出。又言有字课等大宗印刷,将托本馆。余允即派人趋前接洽。即缮函,属郑炎佐往。鲍咸昌已出门。告翰翁,印刷所西文信应提至总馆阅看。

西书 美国函授学校允在本馆各种杂志登告白,即以其费充本馆学生函授学费。

应酬 岑西林约在哈同园内午饭。　访曾刚甫于东棋盘街郑德成。

诸青来、陈惠农约一品香晚饭。未到。　偕拔可约南京第一师范国文教员刘辑之、学监谭静渊、书记熊厚山、又章陶严于一家春晚饭。宝田、小坡作陪。

四月十七日　星期二

公司 本日董事会议谈及与中华联合事。苏盦力主不办。余历陈所以主张之理由,苏意亦稍软。曹以余言为有理,聂亦认为可商,王谓不妨再等。余言彼急我须缓,但机会到时宜立即攫取,不可失去。

编译 实用平、立《几何》《三角》《代数》已排好。告梦翁停止勿印。

印刷 郑炎佐往晤姬君,并晤邹景叔。云《四库全书》可分一半与我处承印。

天头 索去年红账,补各馆信,告知去年派息事。 印《元人百种曲》《石林燕语》《东观余论》。 子培处有影宋本《却扫编》,又有《冯柳东斗检封》稿本。 查张苞龄信。 寄新选医书目,问汤君有无善本。

四月十八日　星期三

同业 伯鸿约余至卡尔登午饭,言翰与我均推诚相与,总宜早办。谓余对史所言三事,第一用人,彼处只有五人即陆伯鸿、王仲先、戴劫哉、陈协恭、史量才。其余均无关系。余言,尚有办事之程序关系。余问第二。陆言,押款约五万,债款约十万,存款似不致动,等语。又第三事。伊谓或我虚伸,彼实缩而名不缩。以我所伸,彼所缩者,作为虚略。且有约缩五十万之语。余归后即报告翰、拔、叔诸人。语未完而电话至,约余往谈。晤仲先及伯鸿。言先所谈伸缩办法多周折,即竟作折减。由余处先拟成数,即定草约,再各推二人查验即可实折之数,等语。

编译 《香港读本》第六册由港馆寄到。原信系三月廿一日发出,两旬始到,未免太迟。朱锦章谓信封遗失。余属以嗣后注意。原稿已交景星送梦旦。

杂记 岑西林派黄君来代存款项。又要求前七厘二减为六厘者,作为七厘。商翰翁,已允照办。

天头 催编《学生字典》,学务局有训令。已告梦翁。

四月十九日　星期四

收信 渔荃。叔复。

公司 余约将中华四年账,照我处折算,须减去七十四万二千元。晚间约翰、拔、梦、叔四人至卡尔登讨论。翰意宜急办勿迟延。余言,联合现在应握全权。欲握全权,须负责任,故必须查明究有急须付出之款。如我力不及,亦不能办。如不握全权,亦不能办。故总机关只能邀陆、王二人。余问陈协恭如何。翰云,舆论称其人颇好。余谓史、戴总不能进机关。余言能否虚填欠据,伪造收付。翰云故宜从速,如有意为此,欲私吞三四万元亦属难防。余言,仅数万元,尚不为巨。余又言,定货底据可不交出,将来陆续到货,岂不受累。梦云,并可空买金磅,将来价贱,则售去归己,价贵则推归公司。翰言,此可请律师登报。梦言,迹近破产,恐牵动存款。翰言,买金恐须有信用,不易办。定货亦须有银行保单,恐不易办。余又言,万一联合既成,伯鸿脱身而去,此甚不妥。翰云,必须订明,兼有保证。余又言,万一我处股东通过,彼处后我一月,事已着手,彼处反对或别有要求,如何着手。因此一个月中彼处如需支出,我须担任。若不担任,则彼处又添有新债权者,将来办事上必有为难。可否先令以机器作抵,另立押款合同。如到期不还,可以将机器移去。梦云,渠一时渡过难关,彼时竟能筹还,我处何必为彼效此无益之劳。可否先派一人为债权监督,此人权柄极大,不能退出,则将来可以钤制彼。翰云何人可为。余云梦、叔均可。翰云究有难处。余言可否将本馆股东会展缓。梦云恐有误会,不如令彼局提早。未通过前不能着手。翰云,我处多有反对之人,总恐难办。若彼局折减。照我所估计,彼断不允。若照我拟,允彼作对折,恐本馆同人不愿。因张、王诸人但愿稳守,不求进取,能岁得一分之息,业已满足。万一联合之后,事权渐渐入于彼手,岂不反累公司。三四年尚或可拿得住,再久实难。余云无人可以包定后来之事,故我必欲握全权,限制彼局人入总机关办事。因将两家销书事估计,小学书每年约四百万码洋,加一折即多四十万。中学书约可多二十万。再多收欠账,少给回佣,尚可加增。又加以节省费用,为数亦当不少。如年得六十万,我处不必多计,姑以四十万算,即准彼作对折所差不过廿五万,尚余十五万。第二年即完全可多四十万矣。余言此事能如我等所拟,总以办为是。若利不敌害,自不宜迁就。因将所议各节结束如下:

一、向索五年红账。

二、查彼局存款、押款、借款、定货四种实数及期限。

三、问急付之款若干。

四、问有无有浦东定纸。翰云已自问。

五、问有无预买金镑及他项营业。

六、问彼局合办分局,折扣能否增加,所定合同有无限制。

七、问彼局股东会后我处一月,恐有变动,如何救济。

八、发起创办人特别权利应取消,此外有无关系。

九、将来所有权利义务之契约应一律开示。

十、陆伯鸿应订明不能离去,须有保证。王、陈同。

余又言,前次谈及本馆最先创办人及粹翁应另得酬报。此实当办,并非戏言。因问共有几人。翰云,两鲍各五百、郁五百、夏五百,另西人某五百,后让与桂华,翰自己二百五十,又沈伯曾一千云。翰云,此应推及办事之人。梦云无界限。余云公司条例亦只有发起人。翰云此事不便措词。后商拟,联合如成,由本年未联合前所得之盈余酌提。

编译 西人某君有《广东省地图》,愿与本馆合作。送童季通复看。梦翁拟翻印《历代小史》。余意不如选各家好本另印,不必专翻一种。

应酬 李子川住南成都路辅德里六三六号。

天头 到编译所。 剑有电来已到湘。

四月廿日 星期五

发行 俞志贤拟来书目符号,交梦翁。后由盛同孙思得一种,较为适用。

分馆 吴渔荃昨日有信来,催仪器及《东方杂志》。又告营业部发货宜慎。由叔通复。

同业 致陆、王信,索五年分清账。午后交去本馆五年分红账底本。告伯鸿,请勿示人。伯示余以彼局略账,云照伊计算略有盈余,如照本馆折算,约四折。余言,两方股东会相距期远,殊不便,最好提早。

纸件 包文德交来洋纱线。每支约长一百码,七支为一中绞,五中绞为一大绞,合卅二大绞为一包,约长十一万二千码。照现价约价八元,约可订书十万本。海盐寄来麻线三种:

最细每两洋九分,约长一百八十码。

次 每两洋八分五,约长一百廿七码。

最粗　洋七分五,约长一百廿码。

已请包先生持最细者一种,发人漂白。最细麻线八元,约一万六千码。

应酬　李煜堂约往大观楼晚饭。晤陈仲篯医生,亦本公司股东也。

四月廿一日　星期六

公司　翰约拔可、梦旦、叔通及余到卡尔登商议中华账略事。照本馆结算法,约不足四折。地基因本馆元年前亦不折。又共和、彩文机器,翰主从宽,六折。余又拟组织大概,拟办事董事五人,后改七人,本馆五、彼局二。翰意似太少,不如改用六人,我四彼二。又商议,如另立公司名目,诸多不便。仍各用本公司名目出股票,票上声明彼此联合,利害相共。并约定明日邀丁榕及张桂华、王莲溪晤商一切。

用人　周锡三致邝先生,要求加薪。

同业　午后伯鸿交来彼局红账略底,计四纸。并言如在下礼拜定议,伊可将股东会提早。又言,姚作霖等反对,如实说不通,伊拟收买其股票。

印刷　闻公亮言湖南印票事,机器上印不好。已催鲍带朱培根回来。

应酬　赵灼臣约在赵园午饭。误记时刻,未能去,函谢。

四月廿三日　星期一

收信　伯恒、仙华。

发信　伯恒、仙华。伯恒信托仙转。未发。

公司　昨晚在卡尔登由翰卿约张桂华、王莲溪、丁斐章、拔可及余商议联合事。由余备稿,计共五号。先谈折扣,众皆无言。余谓,照我处折算,其财产约有五十九万。如联合之后,将中小学教科书岁约增六十万,我馆现在吃亏若干,将来几时可以收还。姑令彼局股本作为对折计算,须浮去十七万。(翰先言此种折扣是照最稳当之办法,寻常公司折减断无如此低小者。)将来所赢,我处约可分四分之三弱,即是四十余万。吃亏十七万,尚余二十余万。众亦无言。又谈总办事处,我处五人、彼二人。桂言,应令彼一人、我六人。余云,此似太过。又商量注册等事。一时不及详议。本日抄昨日商议件第一、三、四、五号与丁榕,并问注册事。

拟请丁律师再为研究三四两件。桂华谓,沈芝芳特别权利须有取消之凭证。拔可谓,公积除还收回日股欠款外,应分与本馆股东。又中华今年如仍发官利,应再打折扣。余无甚讨论。至第五件,陆君订明若干年,丁谓须与个人另订合同。保证无效。不如订明若干年不为同等之营业。后订定合同五年,禁营同业十年。

同业 伯鸿约往谈,言合并办法日本均有成例。余言不能藉散之名换股票,亦有为难。陆云伊处折减票面,不能不换。只可另立一新公司。余云此却甚难。余所谈各事另记。

编译 昭宸来信,言截至本月廿日止,《汉英辞典》译资二百元。送伊家中。廿四日函告伯训开支单。

四月廿四日　星期二

公司 午约丁榕、翰卿、叔通、拔可在一家春午饭。讨论组织注册方案。丁亦言不注册不可,注册不能不依法律。结果拟用中华商务印书馆。散后即将应商各件摘出。

分馆 潮馆宋少轩来。

同业 伯鸿、仰先来寓。言合并之事不能另立新公司。余言甚为难。伯鸿亦以为然,继言不如收买。余言实事上办不到。陆言将来用人上总有为难,不如卖却较易措手。王云,万通不过。至用人一事可由总机关做主,如不服从只可开除。

印刷 电催鲍咸翁返沪。

四月廿五日　星期三

收信 伯恒。

公司 午后与翰翁商定,拟先复中华以组织及折扣两层。翰翁允行。即函告伯鸿、仰先在一家春四时晤。翰翁先往,余后到。所谈各节另记。

印刷 剑丞来信,述百枚票事。由叔通电复。

应酬 与拔可、梦旦公钱陈仲恕。　　往贺顾振炎完姻。

天头 陈容民住鸿兴坊西二弄末家宙字十四号。

四月廿六日　　星期四

发信　复伯恒、彭梦九、庄筱瀛。介绍往见于右任。

用人　伯恒介绍译理科书蔡君,能兼译英日两国文书。月薪百五十元亦可就,但须暑假后方能到馆。复以缓议。

分馆　朱国桢返京。告以馆地如与市政公所商定划让尺寸后,即行示知,以便绘图。

印刷　寄影印《衲鉴》尺寸与伯恒。缘沅叔昨日来信,已允照所拟合同定议。本日亦复去一信矣。

纸件　孙荫庭送来墨样,已由包文德寄来试印样张两份。一份函寄荫,一份存何颖阁处。

四月廿七日　　星期五

公司　午刻偕翰翁至一家春,晤陆伯鸿、王仰先。两君言商量两日,拟两股合一百元,折半再找五十元,得新公司一股。余言前日所谈本有此说,但言有必不多。如载入契约,则难免有投资者愿附多金,恐本馆股东不允。再四辩论,翰翁谓似无不可。姑作问题。所谈另纸记录。

归后四时半与翰翁约张桂华、王亨统、鲍济川、谢省三、陈培初、俞志贤、顾晓舟、钟景莘、符干臣、包文信、谢宾来、郭梅生会商此事。余详述利害,并将拟定条件逐项讨论。俱称允洽。末后翰翁声言,所拟条件如折扣银钱、采办归我处管理,不能通融,其余各条容或于彼局稍有为难,略有退让亦未可定。

应问中华,用文明名义定纸,闻有十余万,实有若干。公积派去。　　分股票。　　花红公积分与同人。

公益、酬恤留。　　应与中华约,今年收入新股如作存款,应改定期,息不得过　厘。我意照官利。

四月廿八日　　星期六

公司　午后约伯鸿、仰先在一家春晤商。仰先未到,翰翁后至。余略睡,翰在别室与伯鸿先谈。本日并交阅第一信、第二信及第一次意见书、第三信及第二次意见书。所谈另记。

天头 鲍咸昌回。

四月卅日　星期一

公司 午后伯鸿、仰先约翰卿及余至一家春晤谈。所谈另记。

用人 邝先生昨言英文部太忙,译《英汉全璧小说》需添人。有杭人张君,英文颇佳,汉文亦顺,月薪七十元。已允之。今日得伯训信,言宜稍缓。邝亦谓然。

编译 蒙高麦利拟用罗马切音附注土音、官音、文言、俗语印《初小国文教科》,致信邝君。余附意见送梦翁,请商稚翁。

又福州西人某君,译有唐诗,拟出版。税十分之一,定期十年在中国国内专销。惟须请辜鸿铭校阅。

应酬 昨晚约寿孝天、杜亚泉、童季通、江伯训、邝富灼、方叔远、陈慎侯、张叔良、朱赤萌在寓便饭。蒋竹庄略到即去。陆炜士、徐仲可、于瑾怀、高梦旦未到。访陈春生未遇。亦昨午事。

五月一日　星期二

公司 本日董事会前,余约翰卿、咸昌、拔可、叔通商议。余意担负太重,本馆力量非不可筹集如此巨款,但股东会万一诘责,以为过于冒险,我将何辞。余意拟停议。翰卿亦以为危险,只可谢绝。同人亦无异言。遂商完彼此不为宣布。于董事会后即告陆、王。董事会议。苏盦谓将来须另开股东会,此事须印出意见书,送交股东研究。余言此中第一理由,即本馆经济力太受束缚,此事未便宣扬,然不说明恐股东亦认为理由不足。苏盦言可由董事会设法说明。又言须先盘查一切,并将草约送交董事会。余言此事当然如此,但此时商议尚不能算有眉目,故一时不能提出。

五点钟后偕翰卿往一家春晤陆、王。所谈另记。

顾复生有意见书,反对合并。本日二钟时史良才来谈。言昨日所谈折扣事,业已解决。又谈及担负事。　　　所谈均另记。

印刷 华富银行托由美国人出面,来本馆订印纸币。余以为事究不妥,且湖南百枚票尚有希望,若果成,恐无以应付。华富未经部准,不如湘馆之已奉部准,较为稳当。拟拒绝。

五月二日 星期三

发信 廷桂、仙华、伯恒公信。

公司 翰翁约拔可、叔通及余商议答复中华事。翰意能令中华担任招股若干，事非不可办。叔通言，彼局招股，仍借我局名义，何如自招。余言此究是后来之事。事前一无把握，且同人多数反对，万一自己造为一种恐慌之议论，恐于本体反有不利，不如不办为是。遂商定答复之法，面谈不便，去信亦不妥，不如约史良才来谈。

应酬 翰翁与余约张仲仁及编译所同人江伯训、邝富灼、高梦旦、蒋竹庄、童季通、杜亚泉、徐仲可、于瑾怀、陈叔通、李拔可在一家春晚饭。陆炜士未到。

五月三日 星期四

发信 寄伯恒。托多取股东代表证书。

公司 午前与翰、拔、叔详商办法。谓担负果有方法，则股东会前不签草约，一面筹备现款。正金能得三十万，其他银行钱庄得十万，我辈个人合筹十万（我约可筹二三万），则目前应付已足。后来将伊缺股补收，能得二十万，便可逐渐归还。至不签草约，将来股东会亦有伸缩。叔谓股东会恐不通过，只能对彼局，若对内则不可存此意。设竟如此，经理人信用全失，于公司关系太大。如翰卿与我果有决心，股东会方面必有把握。翰云此事责任全在我二人身上矣。余云此事能办总以办为是。因与翰翁商定应付史良才之语。另纸记录。　三点钟时良才来。余邀翰翁与晤。翰言我二人意见相同，即由我单见。　所谈亦别记。即示翰翁，翰翁告余，彼意以为我非诚意，有意刺探，此亦难怪。我处可将草约条款一一拟具，送与阅看。

印刷 用新仿宋铅字排《张文襄奏议》，极精美。四日寄许溯伊，并商由本馆领到万元，余由我垫，准卖预约。

傅沅叔寄回《百衲宋本通鉴》印售契约。请梦翁核定发缮。

应酬 赵灼臣约七点钟在伊园晚饭。因雹后路难行，且急须回寓，故辞。

天头 傍晚大雨雹，发行所前后天窗玻璃尽毁。

五月四日　星期五

收信　伯恒电。

发信　伯恒。

公司　午前陆伯鸿来寓。所谈另记。　　示翰翁后,属将草约条件一一拟出以免彼局再疑我处之无诚意。

发行　干臣言,如两家合并,总须加价,否则预计增进六十万元之数恐不能足。余言,刻明五折之书,未便改折。只能将折扣抬至最高之数,另加邮运费。即托培、干两将对同行、分馆加折之办法及时期,又其他一切之办法。两日来志贤有事告假,故未与议。

分馆　傍晚与培和干臣商议分馆置产,或归入分馆令其贴息,或归总馆由总馆征租。查京馆现在房租,与预算购地所费,合五厘息,并历年折旧计算,相差无多。因托两君详细估计,定一办法。

编译　偕张仲仁到编译所,并参观印刷所。

印刷　晤包文德,言今年印刷加忙,实来不及。余言总须设法添加夜工,并多招画石、打样工手。

电教育部,要求承印部编书。

五月五日　星期六

收信　伯恒。

发信　伯恒。抄送致教育部电。

公司　与叔翁商拟与中华续议各条件。

用人　三届补习生要求照职员待遇。答以作为期满,非真期满也。今年年终再议,明春当有办法。原信上批注,已交顾复生。

分馆　电京馆,言冬函想达,速推定一人南下。

印刷　伯恒昨日来电,言教育部将以部编书租与中华。即用翰翁名,电询教部,言候示具呈。本日伯恒来信,详述其事。

应酬　哈同约在伊园中晚饭。晤上海道尹王芝扬,己丑同年。

五月七日　星期一

收信　俞凤冈、范俊臣、昨收。童弼臣。

发信　伯恒信。昨晚发。

公司　伯鸿电话约余至伊寓面谈。所谈另记。

分馆　范、俞来信，言龚镜清举动，并附有龚君自供信。

编译　张仲仁到编译所办事。

纸件　海盐麻线漂白一绞交鲍咸昌，属代定五十元。6/5/21致三妹信，定五百两，价四十五元。

　　范秋帆寄来连史纸样三种，交翰翁。　　八日与沈琬山商定买中记一种。每刀价五钱四分，定五百篓。一切办法由琬翁商定。函复秋帆，并致高颖生。函稿已属琬山录存。

应酬　往江苏教育会，应职业教育会之请也。捐特别费银二十元。山东财政厅秘书吴友石名鹗来参观。苏州人。

　　王亮畴来访，寓北四路一四二号C字朱公馆。

杂记　昨晤瞿，言黄宅有宋元版十一种在京，交京馆转寄，不允。并言拟要求再加一千，连宋元本在内，要求再加二千元。余言当函京馆催寄，一面亦请直达黄君，如未交京馆，即行寄来。其中或有最佳之本，则取值亦不昂，俟看过后再定。瞿师允之。余并请将书目再行掷下一看。归后即发伯恒信，询此事。昭宸来信，言有殿本开化纸《历代诗余》一部，开价二百四十元。如无损缺，印刷精美，可出二百元。即复。

天头　征集理科事。已催，知已发表。《动植物辞典》事。已催杜。《资治通鉴》大版、《童话》《少年丛书》告梦。查重出志书。已告阿宝。　催地名、人名词典事，已查。

　　查衡州来信，言分馆招待不周事。应给回信。已覆过。许祖谦亦有回信。已告梅生。令复邝君。

五月八日　星期二

收信　伯恒。

公司　约丁榕在一家春讨论合并条件：一、分馆必须公告。二、彼局必须用洋文广告。翰、拔、叔均在座。翰翁调查，文明定纸尚未出清。

编译　恽铁樵言，拟办《聊斋》译俗。即函达伯训催办。

印刷　刘翰怡交来《台学统》一部，属估价。已交公亮。

应酬　黄旭初、范季美安徽人，通易公司经理。约在一品香晚饭。张东荪亦约，同时同地，后并局。

杂记　竹庄来发行所，商余为伊子担保，并云另出笔据与我。答以向不为人担保，并为道歉忱。

五月九日　星期三

发信　任公。介绍葛咏莪。

公司　午后约伯鸿、仰先在一家春，谈论并交第一、二号信稿，又第一次意见书四纸、副书二纸，又应询各件二纸。所谈另记。　午后先约张桂华、王亨统详阅以上各件，均无异议。鲍咸昌亦来，亦看过。陈春生来信，为合并。经余与面谈，似已明了。　张叔良亦有意见书，为推广事。

用人　王君峰荐蔡君，英日两国文字均能译，月薪一百五十元可就，曾在日本留学。托慎侯探听，成绩尚优，惟汉文不佳。

纸件　胡石青言，南阳可作印石之石版，出在南阳内乡县，由戴君发现。曾在南阳筹有公款四千余，开采有年。并在汉口开有小石印局，自行印刷。既与本馆订约后，戴君拟往开采，而内乡县人以其为镇平县人，不允开办。遂将戴君排挤，令其不得开。现戴已至焦作福中公司办事，而石矿亦停办矣。余即托石青函托南阳属议员、现充省议员者往为开导，俾得开采，我愿任销售之役。石青允之。又言戴君现在新乡县又发见此石，但未知石层厚薄耳。

应酬　晚约任之、洪生、胡石青、孟莼生、徐仁陔在寓晚饭。王亮畴、温钦甫、姬觉弥、应季中、葛词蔚未到。

杂记　泉州寄来抄本《滏水集》《叶水心别集》各四册。为公司购入。价廿五元。

陈迪民交来汇法洋行承办转运情节。6/5/10 交翰翁，由梅翁转。

莫干山避暑章程已阅过,附注意见,交还梅生。

五月十日　星期四

公司　午后五点钟伯鸿、仰先约至一家春晤谈。所谈另记。　　本日致陆、王信,请先裁人,撤分局。

用人　黄任之、郭洪生来荐薛敏洛,愿为中国办事。人极活泼,而又诚实,于华侨极能联络。如合并事成,能约伊来沪办事最好,月薪每月二三百元即可。任之又言不能令其专办一事,只能习练。余云恐声价过高,不能常在本馆。

编译　请梦翁、瑾翁赶备通俗教育画及西人贺年片。因五彩石印画近甚闲也。

五月十一日　星期五

收信　伯恒。

公司　访蒋孟蘋,顺便谈及合并事,告以查账之事中华须自动。　　朱赤萌来信,论合并事。交叔翁。　　本日致伯鸿、仰先第一信,告以京中每日新报不便声明,并请交阅各件。又索三年本版、外版、西书、仪器文具、印刷营业比较表。第二信送去答复昨日各件,计四纸。又索阅分局三年盈亏比较表。　　本日午后约张桂华、王亨统、顾晓舟、钟景莘、陈培初讨论答复中华昨来意见书。并请顾、陈、钟商定后来盘查之法。　开议时张外出,候良久始归。

同业　王君来谈广东银行抵押事。

编译　李石曾《农学什志》由稚晖、精卫、孑民介绍,由本馆代为出版。梦翁估计有两法,甲为买稿,乙为分利。乙法如销二千,可有薄利。已复拟用乙法。

纸件　鲍先生来,商定北京买机器两架,先将已所用者售去两部。如合并不成,即问信托买两架充补。已定局。

西书　美国某书店来电,允将《韦白司德大字典》贱售与本馆,照原价四折,但限制本馆售价不得过美金九元五。锡三来商,允其照办。即电复,一面发告白。

十二日与翰翁约锡三商定,先定三百部。

应酬　至惠中旅馆访严范孙,时方游富春、兰亭归也。遇章君毓兰,号馥亭,富阳人。

五月十二日　星期六

公司　本日中华送来五年贷借对照表、文明贷借对照表,又合办包办分局合同十八分,又中兴、民立、彩文、文明、右文盘受合同,并存款、押款借款账本两册。

又意见书三件。即与同人商定答复。午后偕翰翁往商谈。所谈另记。

用人　金月石来见,山东益都人,曾在南洋公学,后入商船学校。其人年不过廿余岁,云家有父母、有兄弟,因家贫,故极欲谋生。

编译　邝先生告知,吴献书为编英文中学用,注重职业,教科书四本。允以八百元购入,前二册各一百元、后二册各三百元。已允照办。

五月十四日　星期一

公司　中华又送来股东名簿。昨日先送来三年分本版中小学销数表等。仙华、伯恒来,对合并事大加反对。仙华言甚激烈。余逐层剖析。仙华言如此并无不可。　又带来傅沅叔、王君九等信,均不赞成。午后开特别董事会,以中央政局变动,不如停议。余与翰属伯鸿、仰先至一家春晤谈,告以停议。所谈另记。

五月十五日　星期二

发行　据符干臣调查书籍本版销数:

	四年千位止	五年
共和两等	一三五五	一三二三
最新两等	一四七	一〇六
共和中学	一三九	一六三
其余中学	一七六	一六九
杂书	一一九三	一三三四
总	三〇一〇	三〇九五

用人　翰约拔可与余商酌调动分馆。　陈谦甫赴晋。程润之给假三个月,戒烟。　华恂如斥退。　邱培梅赴港。　郭梅生赴宁。杭馆亦须调动。余意拟调李伯仁,兰馆改为支店,由杭馆节。翰犹豫不决。　总馆拟设发行所长。翰意拟任谢宾来。余谓不能甚满意。论资格当无不妥。

印刷 廷桂出示王觐侯信,言兴业银行代理行长某君言,已付定洋,恐未必能再找。至于赔偿一层,亦难再付等语。当由叔通函致觐侯,持函向银行催其正式答复。

应酬 与拔可、梦旦公宴张廷桂、王仙华、孙伯恒、施敬康、庄伯俞诸人于小有天。严范孙、汤尔和、章馥庭、谭大武、俞寿丞、于瑾怀、金伯年亦在座。蒋叔南未来。

杂记 张叔良借股五百元,除扣薪及股息外,作为整欠二百元。以后不停薪,以股息还清,仍付息不扣薪。已告伯训,转致叔良。

五月十六日　星期三

公司 访史量才,告以并合之事遽行中止,甚为怅惜。所谈另记。

发行 约仙华、伯恒、干臣、培初诸人商加折扣事。拟将共和中学加足七折,英文字典、地图升为八折。干臣、培初均以共和小学亦宜照加为言。翰翁与余谓中华只有此书。再忍一年,与之抵制。

用人 与翰翁商谢任发行所,不过五六成,于营业上终欠阅历。如添此席,万一不妥,再换人,甚不宜。此时似不能不慎。翰云本未与说。余又问李伯仁调杭馆如何。翰有为难。余云鲍君总须调动,同事彼此不和,总非正当办法。昨云分手,亦似太过,不妨调至总馆。翰云谦夫如何。余云杭州排外思想甚重,非本地人不宜。翰云然则以切斋以为副,何如。余云与学界不能接洽。翰又举周柳亭,余未答。翰旋言恐亦接洽不上。余因言陈谦夫是否决令赴晋。翰属余与言,又问邱培枚如何。余云可决派。翰云当托拔翁转达。

余语谦夫,告以晋馆地方甚要,且有可为。从前营业盛旺,近来跌落,拟借重前往整顿。谦言容筹思,尚欲与其母一商。前拟派香港,亦非不欲往,亦为母所阻云。

周锡三因停办保险,前包红利六百元恐无着,屡托邝君来商。言每日原定六时办事,现如不加薪拟仍办六时。又要求添派助手,给权办事。曾与翰商言,拟令兼广告公司事,函授另易他人,则广告上当有生发等。余旋与锡言。锡谓函授事不多,广告须添两人,招徕西书,再添一人。有朱杏生,曾在美华书馆、青年会管售书事,似可用(现在美丰洋行月四十元)。如照此办理,则函授事仍可兼理。余属姑拟广告办法,再行商议。

编译 匡芝章文涛交来《球面三角法讲义》原书、译稿各一册。交编译所。景手送。

到编译所,知类书已编成。

西书 伊文思登告白,《韦氏大字典》售十五元,比我处低一元。锡山拟改为十四元。余与仲谷谓似不必,亦改为十五元。

杂记 汤阶平送来校宋本《笠泽丛》五本,还四十元。影宋抄《蠹斋铅刀编》六本,还二十四元。校宋本《顾千里示儿编》四本,还卅元。元刊《集千家注杜诗》十七本,八十元。景泰本《谢叠山集》二本,还二十元。尚有顾抱冲过宋校曹刊《集韵》十本,看全书再还价。后当面加足二百元。

应酬 罗叔蕴住打铁浜吉益廿六号。

五月廿一日　星期一

邝君介绍李君,杭州人,见[现]在邮局,愿来英文部办事、月薪七十五元。照给,已允延聘。

编译 英文《外国地理》前为霍金丝所编。现有乌尔喀脱君,在苏州教会学校教授,愿代修改。霍氏亦已承认,待欧战既毕再行着手。酬报尚未商定。

又前付霍氏编英文《中国史》稿费八百元。因革命,稿尚未交。现已编成,但讫于明末。邝君以为未妥,余与同意,应请补至清末方为完书。收到后再付四百元。原约千二百元也。

杂记 鹤顾交来张海画索还各件。本日交景星代存,候张君来交还。

天头 蔡鹤顾寄来任传砚所编《电学》一稿。连信交景星寄翻译所。(书于封三——抄录者)委托代表。

施诵苏　　　十一股

章厥生　　　十五股

于德懋　　　二股

王书衡　　　七十三股

以上证书 6/5/7 交股务处。

黄洲记	即任之	十股
伍昭宸		卅股
全锡侯		廿股
章东泉		四股
李柳溪		卅股
王琴希		十股

以上 6/5/12 交。

冯昇记五户	五十二
许余记	四十四
陈仙钧	廿股
熊崇煦	十股
林传甲	廿股
祝宗梁	六股
林德育	一股
吴渔川	十二股
严复	四百股

以上 6/5/15 交。

熊季贞	五	
徐尚之	十五	
邵仲威	十	
温子振	十	
温钦甫	百	温钦甫新电话西一三七一。
吴怀疚	二十股	
魏麟阁	三	
刘鹗书		

五月廿八日 星期一

用人 仙华荐伯恒幼弟,年卅外,曾在簿记传习所毕业,略谙英文。前在汉口中国银行及浙省官产清理处办事,现在月薪约希望五六十元。已告翰翁。翰翁意再商廷桂。

卡尔登席散后,约仲仁至别座详谈。谓公司必须屈留,前在杭州得叔通信,即托致意尽可休养,不必拘定日期时刻。如事有不宜,尽可自择,即到发行所亦可。伊言甚感,俟体少健即来。

财政 吴步云欠款准其以本年股息还一半,六年分再还一半,未还清前股分不过户。已分别知照谢、许及股务课。 往来信稿共九叶,于6/12/20吊齐送晓舟。用回单簿,天陆。

分馆 在一家春与翰翁、拔翁商定,韦傅卿调发行事务处,邵调印刷所帮营业事。施敬康调安庆。郭梅生赴江宁。太原拟臧博纶,先探其口气。

同业 中华廉价。余意置不理,与同人所见同。

编译 王仙华述君九意,问《百科全书》医、工两科可有人担任,前拟定简章已拟出否。本日询亚翁。

应酬 晚赴先施公司大观楼之约,晤陆露澄、黄焕南、刘雪舟、马应标等。又赴左一琴卡尔登之约,晤张仲仁。

天头 廿二日赴杭州,廿七日午前返。

五月廿九日 星期二

发信 蔡鹤卿、得士、子刚。

公司 本日有复香港教育司信一封,托鲍三先生翻英文。自言英文不够,情节太纠葛,送还不肯译。

用人 伯训言甘作霖已来过,人尚未复元。前允假期已满,只可展假,不再送薪。

分馆 面告梅生,劝其往宁。允明日商之母。

托蔡松如探博纶意,能否赴晋馆。6/5/31松如来言,博纶意:一、从未经商,恐无把握。二、今秋嫁妹。又伟士亦劝其勿往,云云。

同业 陆伯鸿昨晚来访未遇,约余往谈。询现在尚有继续谈判之意否。余答以此时甚难。

编译 《各国战后之准备》译稿两纸,交亚翁。请据作材料撰论,劝我国政府及人民作未雨之绸缪。

纸件 托三妹代定奎余最细麻线。最细的每两九分,先定五百两,即价四十五元。照伊开价,要更细些,期限两个月交齐。

应酬 与拔可、梦旦公宴仙华、伯恒、廷桂,在小有天。应摊四元三角,本日送拔可。

晨赴车站送伯恒、仙华行。

天津学界华、王、戴、柴、马、陈六人由日本来沪。本夕在一家[春]招饮。

五月三十日　星期三

发信 北京分馆私电。"债票缓购,菊。"

用人 翰告余,已晤廷桂,力荐伯恒乃弟可用。属余定局,先来总馆试办。6/6/1致仙华信,允送月薪五十元,来总馆练习若干时。并声明近章必须保单,并非有所不信任等语。又信旁附注,将来出外即照此数支给。

财政 樊少泉借股款五百元还讫。息全免。

分馆 翰翁来信,与拔及余言鲍子刚无调斥之必要。

翰云梅生不愿往宁。余言理由不足,宜再劝告。

编译 改定通俗教育画十余页。

应酬 中孚银行孙景西约晚饭。谢未赴。

天津分馆介绍王孟尘、时　　两人。由日本来沪。

杂记 博古斋送来旧医书五种。《医说》不要。《易简方》十册,还陆元。《药品辨疑》还六元。《名医类案》还十六元。《医学纲目》还四十元。

仲可还前三年代寄香港付伊子旅费洋九十元。尚欠发巴黎电费,约五十元。已请查示。

五月三十一日　星期四

发信 钱才甫。

用人 黄伯熊托赵竹君来,要求加薪。已告伯训,请酌。

编译 通俗教育画题改定,交还瑾怀。

六月一日 星期五

发信 梦旦、伯恒、仙华。

编译 三所会议,拟定酬乌尔加修订霍金丝《世界地理》五百元、内以一百元买书。邝君又来说,此恐不能餍乌君之意。拟添付以一百元。已允之。

天头 到编译所会议。

六月二日 星期六

发信 李伯仁。

发行 符干臣查地图销数。

四年九月至十二月,共一万七千二百九十五元〇五分。

五年全年,共五万四千七百七十六元二角五分。

两共七万二千零六十一元三角。

用人 鲍咸昌来信,言联保、永安两公司月份牌美女有发行所友人在图书公司托印,已将该画版权购得,应查究等语。当约公亮查问。据称曾到营业部,已回绝,故到图书公司。即约叶润元来,言系赵蓉生关系,黄秉修购来。当告以此等同人印件,以后勿轻接。余与拔可商,此时已印数包,只可印完。但通告分馆,切勿代售。余意赵可于端节时停去。翰云黄亦不妥。余云有巡捕房交接事。翰云亦无甚要紧,可于届时商议。惟拔翁以为兄弟同去,未免太严。

分馆 告翰翁,杭馆鲍如翰翁意不动,切属振作。如无进步,难再容忍。穆必调开,拟以李伯仁调晋馆,以穆继伯仁之后。穆在浙多年,当可接洽宁馆。如翰翁意以谢暂代,但仍望梅生能往。宁馆须换账房,谢能即能往,稍缓亦可。杭账房必须派人。翰翁云可照办。属余函商伯仁。

印刷 博文印刷公司有铅印机一大一小,石印机三部,足踏印机四部。资本两万元,每股百元。周琴舫主任。系杨公亮探问所告。

杂记 丁榕托编译所校勘上海公共公廨办事章程民事九十条。本日交还。即送丁榕。

六月四日　星期一

发信　伯恒、梦旦。

公司　昨晚约翰卿、咸昌、叔通、拔可、莲溪、剑丞在寓晚饭。余言时局纷扰，中华失败，我处可以乘机收缩。方针宜早定，其程度、其方法可俟中华股东会后再行详议。此专指发行、编译两所言。至于印刷所，仍宜进行，但新建石印房拟稍缓。

用人　昨晚约同人在寓论用人之事如何。伯言邹履信等之不能忘情赣、黑两处，常与该馆旧友通信，故意挤排，令后人办事为难，甚为不妥。既经不相宜，不能仍留总馆。在公司以为不轻弃故旧，而彼辈则满腹牢骚，于公司又有何益。本日午后复与翰翁切言，谓以后用人不可不确定方针。　论及宁馆须换人事。翰翁谓如举三人：一、万亮卿，二、何伯良，三、似是谢宾来。余言万只能应酬外面，不能整理内政。何于江西败坏，已极断难再用。谢宾来虽不肯去，仍应强之使去。同人意不如令其久任，不必暂代。当请咸翁转商。

分馆　翰告拔，谢宾来仍不肯赴宁，愿去杭州。拟即调杭，以鲍调宁。属拔询余，余以为无此办法。鲍留杭已勉强，且须观后效，若调宁，是全为人谋事，大不妥。谢调杭不相宜，且任人自择，此风如何可开。如万无人，只有将宁馆账房先调。

同时又论总稽查用人极难，无资格者同人均不信任，有资格者又有几人。又论谢省三必须更调，先拟许笃斋。翰谓其办事甚多，不便移动。余举章礽斋。翰不肯，谓不得已仍用许或孙振声。

印刷　闻南洋烟草公司将自办印刷厂。与翰翁商，拟令伊附股（系拔翁建议）。翰谓现在印刷情形恐难令伊满意，即令附，将来亦仍可脱离。余谓此说亦是，应剀切与说，全年共有若干印刷，某种若干，我处预为计划，示以切实办法，再行约伊附股。

许溯伊来，托将《文襄全集》另打样张，重行估价。

纸件　托冯宅代定麻线，寄去漂白样线一条，要再细些。前信已定五百两，价洋四十五元，以后每一百两或二百两一寄。

应酬 往访黄朝章、陈少霞、马应标、李煜堂、刘石荪。

杂记 印刷所建筑图交梅生手收。

天头 剑丞昨晚由京返沪。

廷桂来,余询及酬应谢霖甫事。廷谓渠曾借四千元。拟即送伊股分廿股,四千元仍作借款。

又谈乐平馆租屋之事,即现在京华书局所用者。约翰翁同讨论。廷桂谓董屡来催,要改租约为五年。查原租每年二百四十两,预付五年。现租四千五百元,亦预付,但期限为廿五年。改造事,合同内并未限定。现决计另建,拟即准其改定合同,或展减为十五年,至少亦十二年。翰可余意,请廷酌办。

六月五日 星期二

收信 伯恒。

用人 童季通要求预支花红,有信致翰翁。余言不可允。

汪仲翁来函告辞,余去信挽留。后来并将此事与翰阅看。

编译 函告伯训,收稿事宜从严。杂志投稿从前价昂,现在亦应按市计值。

天头 本日董事会,余因腹疾未到。

六月六日 星期三

公司 秋季销书事,虽时局变动,各馆仍应属切实进行。加价事亦应预备,由符干臣办理。

用人 章讱斋如保单确实可恃,拟派充宁馆经理。谢宾来调充总稽查。有单,托拔翁交翰翁。旋得信,知谢允赴宁代办两个月。

分馆 施敬康赴皖,应催速行,并函告吴葆仁。又询应否添人帮忙。

鲍子刚既留,应去信劝戒酒,竭力图进步。裁人、添人,准其办理。但调查员不宜用外府人,以半年为限,姓名须先报告。如无进步,不能再留。有单,托拔翁交翰翁。

编译 请瑾怀托待秋选借山水、花卉、人物、草虫,每种四幅,印画片。尺寸按石头及纸幅而定,以横式为宜。6/6/7 日又声明色彩须要鲜明。

天头 腹疾未痊,仍未到馆。

六月七日　星期四

发信　仙华。

发行　托叔通查历年各书销数表五年分已否填就。

分馆　托叔通查各分馆有无报告中华分局廉价事。

编译　函伯俞,托催《学生字典》。又请选仿印之教育用图画,发印刷所画石。

文具　致伯俞信,询问中华全国模型母模能否留存数日。又省教育会制成后,本馆拟买数具。

天头　仍未到馆。

六月八日　星期五

收信　伯恒。

发信　伯恒。叔代复。

公司　与高、鲍商量图书公司印刷所办法。翰意盈亏让伊独立,工事应由我处供给,伊处不得跌价竞争。自收印件,知照营业部补开印单。三百元以下自收印件,可自定。如不合营业,应即劝告。过三百元者,或向印刷所先行核商,由鲍君给与核准证,否则须到营业部接洽认可。惟公亮言,估价一层最难免参差。能定一标准为上策,否则只可彼此常常接洽。告梅生,查同人住址。

发行　告符干臣,催各书五年分销数表。又函李守仁速办。告复生派补习生做夜班,给津贴。

用人　伯恒来信,谓伊母不欲乃弟遽南,拟令伊缓来。仍去信敦劝。

分馆　伯恒来信,报警厅干涉京华印票事。即约廷桂来,告知一切。廷拟复电,并允礼拜夜行。

编译　马林来医书小种,稿本廿六册。交景星送伯训。

纸件　两色机美国回信,定价美金一万零三百元。余主可购。翰翁意且俟中华如何揭晓,缓一月半月再议。

文具　托伯俞向省教育会定中华全国模型十具,每具价一元五角。

西书　周锡三来商,谓伊文思常借我翻印之名在外国书肆诋我,用揽归伊处。我谓我可停止翻印。周谓既可决定,必须换回若干利益。伊先发一空洞之信,略露口气,看各处如何回复。余令照办。

天头 查粉笔公司经理某君来信。已交抄本来。 又周锡三花红事。又美华书馆蔡君事。 又周锡三加薪事。 查《支那年鉴》。已查。

六月九日 星期六

发信 梦旦、仙华、宝田。

公司 本日访苏盦,言公司甚欲挽留,劝勿辞董事。如有事与官场交接,不欲出名,亦无不可。苏盦已允。

用人 伯俞来信,荐彼局三人:一为吴研蘅,与范云六相熟,可编国文,月薪八十元。即请伯俞与之接洽。二为顾荫亭,三为吴和士。月薪均百元。拟暂缓。并约竹庄、伯训会商,本所拟裁减冗员。候去者既去,再行添请。并托预筹裁减事宜。

李伯仁回信,愿赴太原。即发信催穆来沪。

刘永龄运动广学会西人,来信仍欲回馆。余不允。

分馆 龚镜清擅盘进某仪器公司。去电令废约。余意必须电撤,而翰已行,约明日会商。

商定图书公司印刷交接事。由叔翁拟稿知照各部,候拔翁由宁返沪再实行。十一日托叔翁将应用单件拟定发印。

印刷 竹庄言晤部员沈商耆,来商承印部编教科书事。约明后日再与细商。

杂记 本日有启知照图书馆:凡日本送来见本会则,均送我处阅看。

六月十一日 星期一

发信 伯恒、仙华、严又陵。

用人 廷桂明日返京,告以伯恒令弟本馆拟延用,仍盼南来。

财政 商定京馆代付股息,每百取一元汇费。

分馆 昨约翰商川馆事。叔通以电撤恐有不妥。余细阅来信,货已收进若干,恐难废约。先致电范、俞。询其是否预闻,何以不照总务处去信办理。令速电复。又商易人之事。翰意主升范,叔通主调杨晓圃。议未定。

编译 林有壬送来《南洋实地调查录》稿。连信送江伯训。

印刷 亚细亚照相公司林祝三来访,言我处幻灯影晒设色稍有欠缺。伊可指授,至多约两星期,每日一种。余问如何酬报。林言彼此熟人,可勿论。 又荐画手义人。鲍先生谓其人品不佳,本馆不便延用。

纸件 劳敬修言,伊等数人在汉口设大展造纸公司。问本馆如有需用之纸,可以送样令造。已告翰翁。

应酬 昨约先施马、黄、郑三人,又保险欧、黄二人,劳敬修在卡尔登中饭。南洋烟草公司简、玉二人未到。 劳敬修约余在家晚饭。赴。昨日沈冕士太夫人出殡,前日设奠,余往行礼。

天头 拔翁昨晚赴宁馆,为调裘事。

公亮今晨入京,为湘省印票事。廷桂晚起程返京。

六月十二日 星期二

发信 博沅叔、昭宸。

分馆 童弼臣来信,言戴云章乘彼出时尽打牌,输去洋三百余元。余劝翰翁属童即行撤退。翰径函弼。滇馆账房 致王亨统信,力言杨晓圃不管事,多宕欠。

孙振声来信,言宁馆账房并不按日写账,且有银钱不符之事。

编译 竹庄昨日来信,言琴南近来小说译稿多草率,又多错误,且来稿太多。余复言稿多只可收受,惟草率错误应令改良。候梦归商办法。致昭宸信,催《汉英辞典》校稿。并附去出版部一信。

印刷 竹庄昨日交来沈商者与中华商定承印部编教科书事种种办法。不必指定两家承印,而明定资格合格者即可承印。余酌加意见,于今日送还竹庄,并与伯俞、伯训、瑾怀商酌。

西书 《韦氏大字典》门市销去一百七十余部,分馆报到三百余部。又长沙索预约券,言五十张不敷用,拟再添。余属电添三百部。

应酬 董西麓自西安来购仪器书籍。 津分馆介绍参观人李倬章、李培元、刘经邦、刘　　，皆直省中学校长。又王渐恒、江亢虎，在一家春晚饭。有刘　。徐敬青未到。

六月十三日　星期三

收信　林传甲。

发信　林传甲、并寄还《易县志》稿。子刚。

用人　童季通来信，为地图部花红事，一致翰、一致余，甚为无理。　　十四日拟复一信，与丁榕商定，改用简单平和之语，看其下文如何。即缮发，留稿。十五日童季通又来信纠缠，并退还花红。又地图部四人要求分给花红。

财政　告白接到，应于账簿上注明经手人，免致将来收账为难时无可追究。告莲溪、笃斋。

编译　编译所送来青年会柯乐克交来《生殖与体育之关系》一书，谓为可译。余复江伯翁，须先问译费，如不昂贵可办。但须印行后由青年会，免致人误会。　竹庄、伯俞交到整理编译所意见。

印刷　往访王秋湄，告以本馆承印各件不免误期，甚为抱歉。现拟另行规画，添购机器，建筑房舍，增加工人，以便专办。惟欲请示某项印件每年需用若干约数，我处可以估计办法。王言，如每年十万，只能说定五万，或竟用到廿万，亦未可知。惟价格一层，总须与日本比较，如稍稍增加到十之一，总愿在此办理。若再贵，恐难办。余韪其言。王又言容与简君商定，订期到伊家晤商。

文具　伯俞交来制造玩具意见书。

杂记　英领事署裨君约往晤总领事。大约为刘永龄之事。十四日午前往晤，问余有一零件名为 Japan's Greatest Mistake，系约翰教员 Soong Tsung Faung，是否本馆所印。余答曾代印度人印一书，名目忘记。不知即此否，容归去一查。伊问何以不用本馆名字。余云本馆代印零件，多不印名字。且书非本版，亦不尽印馆名。伊问来印书籍岂无人看过。余云汉文书多看过，洋文书则识洋文者不多，不能看。伊托代查见复，余允之。余又言刘君托人向尔处运动亦来向本馆说。我处不允。伊亦云未答应。

天头　奉天兴业银行来电，属派代表商议前合同事及另订交易之事。当由叔通复信,商议前合同事,派王觐侯,余请开单见示。

六月十四日　星期四

公司　编译所花红,四年派八三三二元,五年派七六四一元。余告翰翁,印锡翁及日人所得花红必须移归总务处。翰翁游移。余不从,招顾晓舟来,告以即行提出。并声言,非总务处自行分取,实因近来公司之分派花红事太无伸缩,不能不另筹伸缩。余告翰翁,稽查员非得关系甚深、道德甚著、信任甚坚、肯负责任之人不易胜任。照现在办法,实难得人。其事本为众人所不喜,故为造谣。当局者一为所动,此人即不能办事。且在沪稽察,不过呆账。去年如诸少仙、侯慧吾等事,无从稽查。不如请莲溪任总稽查。第一账房出外,别人既不敢撼摇,我辈亦可放心。最好再添觅一二人专任此事。翰谓王未必肯多出外。

发行　孙颂瑜来商,拟将伊所著书交本馆代售。拟定价三角,六折归账。

用人　翰翁来,商端节拟辞退之人:谢省三、鲍士杰、杨晓亭、吴鼎臣、杨蔚如、黄秉修、何颖阍。

拟以许笃斋接谢、孙振声代许。

章讱斋拟调南京。

翰翁谓交通科人太多,事闲。余谓事颇不少,但张绍庭拟辞去。

函何颖翁。如阴历本月内不能到馆,作为退职。再两个月内准其随时到馆。

分馆　贵州分馆拟以杨任经理,废去督理,畀以总稽查之名。此为一办法。不用杨,调回,以徐孟霖充贵阳经理。此又为一办法。候拔翁归再定。

翰言四川拟令范济臣接手。余云须俟有复电再定。

应酬　朱茗笙夫人七旬大庆,由应季中出名邀客。晨赴庆祝,傍晚赴戏筵。

杂记　王渐恒来辞行。云归家不久,仍须出门就事,颇思自荐。余问专研何科。据云偏于物理,实习时多,并未在校得有文凭。余问生计若何,收入若何方可足用。伊云只要足以自给。余问通信处。伊开示在泗阳北门内葛家巷葛宜庭转交。

天头　同人戒约一分,交梅生转呈翰翁。　　查从前拟定分馆图章收发规则。

告周锡三,已接伊辞广告信。稍停,过端节再答复前此各信。又属西书部上下如何调动,乞酌示。

六月十五日　星期五

收信　伯恒、梦旦。

公司　告葛广远,速将悬挂柜上、声明"职员均用襟章"做成。

翰翁推求保单,指明某部事调动,宜知照本人。如有遗漏,彼可不认。属任心白以后查问时宜注意。余言以后调人,均宜发一凭据,由梅生担任。并告梅生,宜印一通告单。又告叔通,酌换印保单。

发行　李伟侯派代表毕仁菴来,商定代寄售《文忠尺牍》。定价三十元,以十九元归账。

用人　函告汪仲翁,托讽张绍庭自辞。

财政　同业造谣,谓我处活期存款不妥,怂恿存户来提。

分馆　保定、厦门、黑龙、汕头、开封、石家庄、贵阳、西安彼局均系包办。

告培初,将仙华来信论总分馆画一折扣回佣事详加核议。又分馆收汇款恐有不妥,宜另筹办法。宁馆账房陈某又舞弊,拔可来电交警。

编译　告符干臣通告各馆,将本馆用图书公司名出版各书速做销数表。

锡三来言,本馆可做一《中国行名簿》,将《上海指南》修改。约到所商量。

知照编译所,《然犀录》应由本馆出版。

印刷　告叶润元,同人经手私自交来印件可不必接。

杂记　复英领事信,告以属查之书非本馆所印。并送与印度人所印两书,乞其阅过掷还。十八日接到回信,将两书送还。查该印件系黄秉修介绍与图书公司所印。与翰翁商,只能不认。　十六日午后,翰翁意拟乘此辞退黄某。但英领事处须先与接洽,由余转告,认为查出。　十八日早访英领事,告以前件系中国图书公司所印。伊问是否宋某。答以是约翰教员,特来道歉。因该公司我处有资本在内。伊问何人经理。告以系一叶姓者,业已警戒。伊言现在时局危险,凡印件均须加印本公司名字为宜。余漫应之。

天头　本日开月份牌成绩展览会。

六月十六日　星期六

收信　梦旦。

发信　伯恒。

公司　翰翁商询活动影戏片,系洪声介绍。当时付二千五百元,系由田洪声经手,彼处同志要求附股。余意本馆以不办为是。

用人　地图部四人来信,要求童季通契约内之花红。翰翁谓宜一律开除。余亦有此意,但须先与律师一商。

黄秉修拟乘机转荐与人。

分馆　翰翁商定派邵咏可至湖南任协理。

贵州拟派徐孟霖。拔可谓亦不甚满意,但银钱并无不妥。俟收账回来再说。　杨小圃调回充总稽查。川馆范、俞已有信来。盘益新事,彼等亦赞成。因去电告以实系看错,问废约事现在办到如何情形,速电复。

同业　中华开股东会。陈谦夫自往赴会,指为同业代表,大被攻讦。渠竟自退出。

编译　瑾怀来商定:

《愙斋集古录》拟请叔蕴作序,王胜之撰缘起。

《通行小说》用上下层,五号字,十七行加直线。

《清稗类钞》拟分前、后、续、别四集。分期出书,分别定价。

印刷　在上海印刷公司席上与鲍先生商定,今年历本拟加价,且少印。又余意《上海指南》等应加价。

纸件　高颖生来信询购纸事。已交翰翁。

西书　锡三交阅《大英百科全书》经理人又有信来,论寄售办法。言十七日起程来沪,亦未定。属即复信,约到后面谈。

应酬　上海印刷公司邀往晚饭,到同座多本公司人。

六月十八日　星期一

发信　伯恒、颖生。琬山代拟。

公司　分馆花红事,告翰翁尚须一看。　电催梦翁回。廿一日得子益复电,云再留旬日。

发行 中华摇动,竞争已减。我处送书、告白、传单等可核减。面告仲谷。昨晨事。

用人 昨晨访仲谷,告以绍庭事只可直说。

童季通来信,言地图部花红彼已垫付,由翰翁前往与某君接洽。礼拜二日复信,不能承认。甘作霖在新闻报登广告,谓与本馆脱离关系。即去信声明,本馆并未辞彼。十九日有回信,仍有风语。托梅生函询,刁信德云病尚未痊。各信全送江伯训。6/6/20。

印刷 奉天兴业银行沪行经理王君来,将该行号信,属催派代表,并寄一元票样去看。由叔通拟稿。

纸件 复高颖生信,买连史纸事。由沈琬山主政,沈把清起稿。

应酬 沧县中学校校长刘、永年中学校校长刘来辞行。即付介绍宁馆信一件。

六月十九日　星期二

发信 仙华。

公司 花红账阅过后,余开定三纸,将应加未及数,或所加过多者开出,指明缘由,送交翰翁。其余中并无一照原数核减少者。内中任心白、张景星余意不能少于沈把清。余谓把清文笔平庸,办事全不用心。如沈可辞退,则任、张可如尊拟。翰翁复余信,谓沈每日代伊办信有五六封之多,非全不办事。至因其不善逢迎,须辞退,则另为一问题等语。董事会散,余乘鲍、李均在座,与翰翁谈。谓余非欲辞退沈某,以为沈在此,则任、沈数少,不能以平其心。至谓不善逢迎,则余实不能受。翰云沈为总经理书记,自嫌太少,且系旧人。又谓余拟加王亨统与陈培初、钟景莘一律,此实不能,断不能允,等语。余谓公司欲求进步,不能专论资格。彼此争辩,辞气甚激。余谓去年余既取消我之意见,不妨再行取消。　礼拜三日,翰托拔翁与余商量,谓并无成见。余与拔商,不必再动,即如翰翁所拟。礼拜四日晨,余告拔翁,谓不再告翰翁,不妨由总务处积存款内提若干,酌给有勤劳者。面给本人,不必经由账房。并声此系特别加给,不能岁以为例。等语。

用人　仙华来信谓,伯恒弟亦愿来,但担任何事须预先约略告知。过于南段分馆似不愿往,等语。以来信示翰,谓我意中段、北段为宜。伊意亦同,最好能往东三省。　本日将此意复仙华:一、(试办三个月)甚善。二、(担任事务先为说明)拟派充分馆经理。三、(摊派何方)断不过于偏南,致失人地相宜之用。翰翁意吉、黑两省颇需人,拟借重。

同业　闻中华承租将成,股本已得廿万,有唐少川、周扶九、史良才、王仰先、蒋孟屏、冯华甫、贝润生均在内。

纸件　复劳敬修,言大展造纸厂所制纸不适用。并送去新闻纸样三种、洋表古两种、有光纸一种,请其仿造。如品质价格相宜,甚愿购买。　稿交盛同孙,并属抄送沈琬山。其纸样于礼拜六日,即 6/6/23 在总务处面交琬山。

天头　(在公司栏上边)沈前数日代余致聂云台,送伊夫人奠敬,末用"敬颂时绥"字样。

六月二十日　星期三

发信　伯恒。

用人　童季通有回信,言不能承认,是何理由。

约黄秉修与翰翁同谈,告以英领事干涉"日本大错"的一书,系尔经手。今本馆拟介绍与先施,俾两无痕迹。黄意犹不平,再三慰之。

分馆　告培初,分馆年终退货作盈余,去年既允退在先,此时难再核减。即汕头未经允许自行硬退者,亦只得一律办理。但今年须另定章,即减作九折,亦尚太轻。奖励金亦须修改,对于以退货为盈余者,应分别办理。但对于顾面子及愿得盈余者之分馆,尚可以此激励。其甘自亏蚀者,此法仍不足以禁遏。应如何妥筹良法,属培初细筹。并属转达翰翁。

编译　王荫乔偕林原真来,言《南洋调查》一书,每千字二元,可以照让。但要求加送书二百部。余谓太多,不能。又四、五编字数须减少。著作事不便干涉,惟为营业计,不得不然。又指斥英、荷两国事宜慎重,防干涉。林云,此可修改。余属径复编译所。

六月廿一日　星期四

收信　子益电。留梦旬日。

发信　伯恒。

用人　到编译所,将童季通往来信件示伯训、竹庄。即约洪懋熙来谈,示以伊等四人所来公函。问以此信是何原因。洪言不必说。始终不肯宣布。即令其退去。又约赵圭如来。伊言此信系童先生拿来,叫我等签名者。余令其照录各节。略有踌躇,即缮一纸。又约钟景莘来。伊言此信是童君起稿,叫我照写。我在童君部下,不能不照办,今见问我,不能不实说。余请录示。伊言于名誉有碍。余言前写此信是服从,今直说是正直,于名誉丝毫无损。伊终不愿。余即将伊所述记录一纸,示之。问其是否如此。伊首肯。余请其署名,钟稍有迟疑,遂照签。谈时蒋竹翁在座。

编译　竹庄来信,并赤萌所约殷君信,又殷君字样一纸。问能否收用。余云可用,俟梦翁归后,于裁减之后再定。

杂记　交季臣,元本《王荆公诗注》第五册付印。

天头　到编译所。

告锡三,花红六百元包定,去年公司营业比例不及此数,今仍照送。另广告津贴,过四千元以上在五千元内,提百分之十。今半年共收二千三百卅三元二角,应提三十三元三角二分。周无异言。后周见余,言尚定十股,现已无股。余云我名下可以让,照票面算。　次日翰翁交余面交。

六月廿二日　星期五

发信　伯恒、梦旦。

用人　往访甘作霖。见其神经病尚未退。语以安心静养,勿以馆事为念。

仲仁致叔通,言已就河间秘书一席,不能兼顾。复信仍望抽闲惠临指示。

杭州张稚鹤来信,言愿辞退教育科事,专就本馆之事。余即去信阻之。

访陆炜士,劝其静养。渠辞薪,余未允。

同业　唐驼来访翰翁二次,有要我处承租意。翰翁婉谢之。

编译　伯俞前告吴和士可来,薪水月百元,须酌加,且曾任部长,商如何待遇。伯言薪水难再加,待遇只能如陈乐书例。此系与凌文之言者。又顾荫亭月薪亦百元,甚有用,亦已约以来馆。谓甚愿入职业教育社,如不入,彼可来我处。余谓伯,可暂缓。今日余到编,伯俞又以为言。余意如前。伯似有难色,谓已说到如此地步,将来终须招来,且彼局现有留用之意。余云既然如此,即可定局,但到所可稍迟。 吴研蘅前已定局,自可照前议办理。伯俞又言,彼二人颇疑本馆有手段,拟约到本馆后一二年后即辞退。伯告以诚意相待,决无此意。

印刷 刘誉振来电,思插身干与奉天兴业事。已函复婉谢,并知照廷桂。

纸件 翰翁交美国寄到纸样,为南洋烟草公司所买。交余与该公司一看。6/6/24午后往访简照南于邓脱路,未遇。

天头 到编译所。

六月廿三日　星期六

公司 余查总公司救火事。据邹金坡云,近一节内久不演。从前派定若干人,今节谢宾来不肯加给劳金,故人亦不踊跃。余属葛广远去函,问何故废弛。且责邹不应旁观。属即拟办法,并派定出店重新练习。翰翁亦当面告之。

用人 叔通屡言本年所派花红千元过多,与同人比较不称,只收一半,语意甚为恳挚。余力言不可,但允将此意告知翰翁。廿四日午前来余寓,留下五百元。再三伸说,终不肯收回。

同业 晚在康南海处晤蒋梦屏,问中华近情。据言租事尚未大定,旧人既不可用,新手又外行,如何能办。尚能和商务联合并办否。余言此时殊难。余转问,唐某所言曾知之否。蒋云不知,但闻商务有加价之意,条件亦从宽,谣传甚多。余云,唐大约亦闻此言,故来问我。

编译 函瑾怀,请查估印《元曲选》。

伍昭扆来言,《汉英字典》均已校完。专候《动植物辞典》补校有关各字。又言高尔士所译本,杜撰甚多。晚晤康南海,催伊检付乃弟诗文稿。允即检查,并属长催。

函告伯俞。吴、顾二人如未接洽,请从缓。因情事又有变动之故。次日电询伯俞,云未接洽。

文具 伯俞交来制造玩具意见书。昨日交鲍二先生阅看。

应酬 康南海约在寓晚饭,并看烟火。

六月廿五日 星期一

用人 黄荣栽昨日来余寓,言鲍先生令伊来见。言从前曾约伊回本公司,许伊全年八百元,后又不要。现在招伊回馆,并问我何时可来。余云此系鲍君与尔接洽,应请询鲍。 本日已电告鲍君。翰翁来言,德人某在中华者,可引为我用。余言须防英领干涉,必须无痕迹。翰云须令在外办事。

编译 张渔珊来言,《辞源》所改各条,均不偏于一面。天主、耶稣两教均可公用。至酬报一层,随后再说,等语。当即知照伯训,并托转知词典部。

索福州某西人所译诗稿与伍昭扆阅看。6/6/26。

访昭扆,云不能胜任,仍请辜鸿铭为宜。可送伊酬劳,并限时日。王雅南持陈小庄介绍来访。云有图画教科书、教授共十三册求售。已交蒋竹庄,并索价千三百元。

杂记 英领事署裨德本来言,印人德士,余与通信,有提及黄炎培及伊使馆之馆,伊总领事甚不谓然。余云记得似有此事,德士君在本馆印书相识,通信亦有其事。信中何事,一时查不出,容查明再告。

天头 辜寓北京东城椿树胡同中间路南晋江别墅。

六月廿六日 星期二

用人 王莲翁云,由分馆调回总馆之人,应即减薪。应早定办法。汪仲谷因本科事忙,不及赴编译所,辞前所加车费十元。翰翁云,仍照送。另派陈少苏往代,另贴车资四元。翰允照给。

分馆 穆伯训来,准明日赴兰溪。派章切斋前往监同交替。翰翁云,程润之已携眷回常就医,拟即乘此告知调李伯仁前往接手。约润之,于伊及其夫人病愈来沪,另予位置。并告培初,将来伊到馆时,拟请劝伊戒烟。 告培初、莲溪,晋馆华恂如即开除,应派一熟手偕伯仁同往。总馆无人可派,拟从分馆就近遴选。培初云,津馆人少,拟商济馆。

编译 江伯训来信,王雅南图画教科、教授书甚好,拟购。估价五百元。候下次会议。《谷华轩杂志》十二册,湘馆来。交景星送编译所。

印刷 刘誉振来电,称奉天兴业行派伊代表赴京,与廷桂商议结束前约,并续印票事。 当电达觐侯缓议,并电询奉行。

纸件 告琬山,速将由江西带来纸浆交人试造。

文具 伯俞交玩具调查记要及刍议各一通。鲍先生复信。又前次所交感想、计划、目录三件,一并交梅生呈翰翁。

杂记 广东开教育大会,应往陈列。抄来函三纸,照章送庶务部。本日致裨德本一信,另留稿。

六月廿七日 星期三

收信 伯恒。

发信 颖生、鲍子刚、子益。

编译 伯俞来,言吴、顾二人颇愿来,究能定否。余言公司终当裁减,若新人甫进,又裁旧人,恐有不妥,不如婉却。伯俞颇有难色。因商如何答复。决定告知梦旦现不在沪,难于决定。伯训有信,亦说此事。

复伯训信,编译所得力学生应酌加薪水。

印刷 刘誉振来电,述奉行电话。属伊代复。

湖南电催人赴湘,揽印票件事。当电公亮,令直赴湘。又电湖南银行。

六月廿八日 星期四

收信 伯恒、梦旦。

公司 杜亚翁对于戒约有所指摘。

用人 许彻斋要求补给花红。函复拒绝。

编译 《学生风月鉴》,本日面交蒋竹翁。

文具 地理示教模型,每具约一二元间。约五百具。在印刷所遇翰翁,我意玩具事发行归宾来。翰意全归伊主持,惟关于意匠及著作方面,与编译所接洽。

杂记 昨得先施公司来信并关书,推余为参事。即函达翰卿,请其照戒约认许。

六月廿九日　星期五

发信　伯恒、仙华。

公司　韦傅卿来,翰昨已晤见。谓某君事并无大错,颇有为难。余思一斡旋之法,仍属傅卿入分庄事务处,担任筹画分馆改组事宜,翰意亦相同。

用人　伯恒令棣乾三来。所有仙华往来信,存入津馆二筒内。

应酬　华章造纸厂高桥炼逸约在六三亭晚饭。晤三菱公司上海支店长原田芳四郎,又大秦商会下间 Shimatsnma 四郎通华语,又造纸厂总发行所李霭东。

六月三十日　星期六

公司　约傅卿告以调沪本意,欲担任发行事务,与分馆可以连,不至有所冲突。今分馆事更要,邵事拟不动,可专任筹画分馆如何缩减,如何与总馆接洽,如何能处置常亏之分馆,如何严核分馆红账、无任取巧。培初事太多,故请帮忙。即约培初,告以如此如此,因新事日增,而人手太少,又值中华变动,故约傅卿回沪帮助。至向来办理之事,应由景、张办理,与傅卿无涉。

编译　无锡某校长言,初小四年需用尺牍教本。可速编。

又某君言,教科书需用实物教授,应配齐。

印刷　公亮昨日归。因湘馆电催,即赴湘接洽。

纸件　定制烟草公司需用绿纸及色纸,共二十吨。约银五千余两。

应酬　先施招饮未赴。

杂记　赴先施公司参事会。又赴聂云台追悼会,已散。

天头　拔翁自通州归。

七月二日　星期一

收信　孙伯恒。

公司　商定预备用书情形,共和勿过多印。

赶出七年历本。

昨晚翰、咸、叔、剑在我寓晚饭。谈及刘厚生以中华租约,托叔翁转交。问我有无愿租之意。鲍主缓,余云亦可。翰言如能不直接由承租人转租与我,不如早办为是。但押租勿预,须俟签正约方交。因商定分局收歇,将来如何交还。财产破坏损伤,不能混云修理完好。并其他不妥各条,一律签出,再行起草。一面由叔翁先行答复,我处只要有利益,非不可以承租。一、先问彼承租诸人意见,是否相宜。二、通过股东会,即取消不租同业之言。三、不与中华直接租。看其如何答复。 今晨往访拔翁,以所签定中华租约交阅。拔翁谓,时局可变,应暂缓。余谓叔翁答复厚生,可仍如昨日所言,并无不可。

发行 今日开暑假廉价部。

用人 昨晚谈制造玩具。决定以谢宾来管理。翰谓俟讱斋归来,即令赴宁接手。余谓闻拔翁言,王诚璋似尚可用,不妨即令接手。留讱斋在总馆,备莲溪出巡时之代理。翰谓外用诸人,总宜令到总馆练习若干时,不妨令讱斋先往代理。余谓常常更调,似非所宜。

伯训昨言,亚泉言暑假后拟仍办全日事。谓在外总觉松散,等语。本日三所会议既散,余告亚泉,谓伯训昨日见告各节,似可不必。因下午在家既觉有效,自可继续。公司对于旧人及倚重之人,不能以常例相绳。他人亦不得滥援。只要精神上愉快,公司自能获益。暑假后,仍请半日在寓可也。

编译 翰翁谓,图书馆精本每年应查点一次。

余告仲钧,图书馆钥匙应格外留意,切不可放在抽屉之内。

杂记 昨日电催梦翁,馆事须小暑节前解决。盼速回。

天头 到编译所。

今日见报,宣统复辟。

亚泉谓钟宪鬯已回沪,自己于东方担任,实觉不能兼顾理化部事,如能约宪鬯来,即以理化事专托之于彼。余告以公司计划须俟梦翁归后商议再定。

七月三日 星期二

收信 伯恒。三信。

发信 伯恒信。

用人 鲍先生来信,谓王预人不合用。当复函婉谢。又言史振鹏告假多,津贴应停给。余约史来面谈。周锡三来言,曾晤聂云台,言有通化学某君,在伊处曾发明浆粉一种,本馆有无用处。

印刷 曹雪赓告知,印《青年会报》多误期。6/7/4 函告鲍先生。

告叶润元,《国是报》不可代印。翰翁尚游移。叶谓俟有人来诘责,再与交涉。余不可,强叶前往。适该报社中人亦自欲停止,遂即将合同取回了结。

应酬 欧彬约在伊寓晚饭。晤韦禄泉,住北四川路宜乐里八十一号。

七月四日　星期三

收信 伯恒、二。仙华、赣馆电。

发信 伯恒、仙华。

用人 翰翁言,有王舜卿,上海人,年约四旬,约翰毕业生,曾在孤儿院办事两年,甚得力,因病辞出。现在转运公司,月约八十元,嫌太劳。翰曾与谈及,亦愿就,月薪只给五十元。拟令来谈。

许笃斋接谢省三手。众人推举骆幼堂、何伯良。余谓骆宜否,余不知,至何在赣,则不肯负责,且不肯做难人,似不宜。翰云,然则仍用骆。

印刷 曹锡赓告,《青年会报》送货误期。当函告鲍先生,次日得复,谓只一次迟一日,一次迟两点钟。以后当注意。即将原信转曹。

文具 编译所交还画图器绘图。当交包文信,连画图器一分。

应酬 孔希白续娶。与翰、拔、叔合送缎幛。

天头 史振鹏,据印刷所报告,假期过多。三月四天半、四月廿五天、五月四天、六月五天。约伊来面告,如此荒废,恐在外兼做他家之事。伊言断无。余言六月分津贴不能照给,以后看成绩如何再说。

七月五日　星期四

收信 伯恒、廷桂、仙华。

发信 伯恒、廷桂、叔稿。仙华。顾晓舟稿。

用人 翰翁言,玩具设部,拟即调谢宾来回沪主任,以章㓜斋充宁馆总理。余言章薪太重,不如用王诚璋。翰言陈君之亏空,王亦应知,竟不举发,不可用。余言王君为人如何,余亦不知,但闻拔可言,其人办事尚有斟酌。所以欲留章之故,则以总稽查一职必资望、道德、信用三者俱备,方能胜任。除王莲溪外,现在可谓绝无其人。余意莲必须出外,则必有人代理,章似尚可胜任。此与宁馆事无涉,完全是总稽查问题。此事极有关系,还请考虑。翰谓莲之地位甚高且重。章代理亦尚嫌过骤,别无他意。余云是亦一道。但将来若以何伯良代理,则断断不可。何曾致信九江分馆,为伊弟弥缝。此信曾为公司所得,翰翁想亦见过。为此类人,断不可用。

余致伯恒信,劝其裁撤保定、张家口两馆。此信并与翰翁看过。翰谓恐彼未必肯。余谓分馆总须裁撤,莫若乘机逐渐下手。

编译 与梦翁商,拟将编译所改为在外编译。先筹预备办法。

伍昭扆来信,属送六月分校《汉英辞典》薪水二百元。连前共六百元矣。

印刷 奉天兴业印票,廷桂来信,不妨暂予通融,允其运机赴奉。余与叔翁意均属不妥,不可办。翰谓印价先行付清,亦无甚险。余云张作霖倘发起强盗皮气来,我处在彼权力之下,如何得了,断不可办。即由叔翁函复,说明不可运机赴奉。

纸件 卢信公介绍李某来见。云有大有光纸数千令,未知时价几何。属迪民估价,似是廿四磅,价约每令二两四钱。然仅一张,不能确定磅数。李君问售与本馆,可否收入。余答公司存货甚多,且在华章定货亦不少,现不欲购,云云。大约系中华之抵押品也。

文具 仿造画图器,又有改动。约文信来谈。据称,前交一分用牙象柄,价昂。故后改用铁,不得已只可重画。

天头 徐仲可见告:自来墨水笔宜改良,毛宜硬而小。因初写尚可作小字,稍久则墨水濡染,笔画太粗,不适于旅行随身之用。

顾复生令其子乘暑假之暇,来英文部学习,云不必有给。由蒋竹翁介绍。邝谓原不需此短期雇员,但未便推却,只可通融。 伯恒令棣有恙,须稍缓方能来。复函允之。

七月六日 星期五

发行 瑾怀于前月卅日抄来滞销存多之书八种一单,本日交翰翁设法。

编译 送《长江风景》一本与瑾怀,托伯俞转交,选出若干页可复照。并声明照相时须将上下或左右截去少许,免起翻印之纠葛。

纸件　颍生寄到定纸合同,即发抄,一交沈琬山,一交郭梅生。

西书　约王莲溪、周锡三来,告知以后编译所购书,凡属于丸善书店,可一律交西书部,可得一同行之折扣。

杂记　告王莲溪,此后凡向日本购书,有属于丸善者,一律请交西书部。因可得同行之折扣也。

七月七日　星期六

公司　午饭时约翰翁晤谈中华承租事。余问翰翁之意。翰谓此时总以租入为宜,且宜从速。前日与傅卿谈及分馆事,有许多事都为所牵掣,不能办。余云看大局去,不致有许久之乱事。所冒之险,不过岁出十余万之租金。而契约上有十分之四分局,营业因乱停止,可以停付租金,则虽冒险亦不至过重。翰谓恐承租之人临时或有变卦,前日所谈拟酌加租数,使其获有利益,即是为此。余言每年加五千或一万并不算什么。翰云然。余言此意却不可出诸我口。如彼以为我意在必要,恐反有为难。必不得已,我处不过多忍一年半载之苦痛而已。翰云最好请叔翁商量,稍有头绪,再行直商。余云叔言有所不便,大约恐蹈嫌疑。不妨告叔翁转达厚生,约定时地,直接晤谈。

用人　请翰翁开补送周越然半年加薪一百五十两。又去年下半年例假加班比例补加之数,又二十二两零八分。该款交伯训转交。6/7/9 开就支单,送交梦翁。

编译　谢砺恒来信,报告编《医学字典》原约定自去年暑假时起,至满一年告成。今只成三分之二,尚有三分之一,约年底可以竣事。又言翻印医书,本年暑假内可发出四十种。又已经用去馆外编抄费约二百六七十元,校订旧医书之费约三四十元云。原信交还梦翁。

西书　黄秉修入中美图书馆。周锡三言,本馆西书无出外招揽之人,恐吃亏。

天头　俞霭生、徐宝深各有所制造,售与仪器部。翰翁言与戒约有冲突。余意照旧确有不便,果系彼等自行发明,可由公司购买其发明,在馆内制造。若任其在外兼自营业,则甚不妥。因请叔翁拟一办法。

七月九日　星期一

发信　仙华信。

公司　梦旦来言,康心如往访。彼问本馆有无承租之意,或售或租均可。约翰翁在会议室晤谈,拟不拒绝,但告以与新旧公司均有为难,探其口气如何再谈。

用人　童季通有言,愿改契约为三年,加薪水。与翰翁商定,先诱其定约,即略加花红,为舆图售价千分之七五,亦无不可。由梦翁与之接。

闻柜上有人私售私货。告翰翁必须严查,否则自爱者亦必同化。且此风一开,将来本版亦可舞弊,不堪设想。6/7/10 午后在会议室。

财政　函告仙华,京馆存中钞甚多,如三、四年公债大票跌价,可以。

分馆　告翰翁,昨日在拔翁处遇培初,言翰意调杨晓圃为总稽,留在云南,兼管贵州,云云。余意两人相倾轧,同在一处,有损无益。如用郭,则去杨,用杨,则去郭。若利其相争,借以牵制,实于公司有损无益。又培初言,翰拟留何嵩生在黔,云云。余言我们前已商过,拟令徐孟霖去,现在何以忽改。看来徐当比何稍高,但去否,不可知耳。翰默然。

同业　康心如往访梦旦,谓中华京股东愿租与商务。如愿商议,伊与俞仲还可出面。与翰翁商定,复以游移难决,即由梦面达。

应酬　简照南约一品香晚饭,到。　答拜章行严。

七月十日　星期二

收信　伯恒。

公司　翰翁告知,巡捕房派包探来问,粹方遇害时马夫何在,欲令到堂与被获之周楼云质证。问余如何。余言千万不可告知,只言现在不知去处。此事于粹无益,于粹夫人有损,于公司亦有损。千万不可游移。翰似不谓然。少顷又告余,谓万一被捕房查出本馆实用此人(现在济馆),可以责本馆为犯法。余云恐无此理,马夫并未犯罪。翰仍默然。后不知如何,余不便再问矣。

用人　翰、拔商定(余与参预)滇馆之事。翰谓郭任经理,才具颇好,身家亦好。已决定,可无疑。余云然则调杨回沪。翰云将来总稽查如何。余云须另派人。总馆果能得人,如京津两馆稽查,本可缓。如不能得人,则亦无法。

财政 午饭后告翰翁,总馆同人宕账必须禁止。应急办。翰有难色。

分馆 拟再通告,分馆账房亏空,经查出经理不照六年二月廿三日通告办理者,经理应赔偿一半。先交拔翁阅过,拔赞同,再交翰翁。6/7/12与翰翁商,允照办。

同业 梦旦来告,昨伯鸿往见,问本馆有无愿接中华之意。复以一时不能即决。

印刷 与鲍商定,湖南十枚票可开印。但每百万一印。商议湘省印票。百枚事。即复杨公亮电。

七月十一日　星期三

发信 伯恒。

用人 童季通原议自愿改为三年,又翻悔。因商定,如仍原议三年,可照办,否则预备决裂。

周锡三拟赴莫干山查看西书销售情形。声明自费。余告以应由公司开支,并告翰。

编译 寄《香港读本》第六册两份与港馆,请其送教育司审定。

请梦翁与亚翁商议,可否译《实验化学工业》。

印刷 奉天印凹版事,翰翁谓苟有可为,总以通融为是。鲍先生谓,天气太冷,实无把握印。由叔翁函复廷桂,拒绝运机赴奉,只能在上海印。昨与翰翁商,湘票如运机往印,房屋由伊供给,另贴费四万元。

应酬 往访张榕西、谷九章、丁佛言。仅晤张。

七月十二日　星期四

收信 伯恒。

公司 午刻由叔通约刘厚生、揆初在卡尔登午饭。与谈中华书局事。另纸记录。

用人 童季通事又翻悔,声明三年之说本系试探本馆意思。今简直说明,已抱定驽马恋栈豆之意。梦、叔诸人再四讨论,拟约王培孙来,与商解约之方法。

余意不如竟辞,听其起诉。翰意甚惧败诉,踌躇。余又拟请其在外编辑,合同不改。梦、翰均以为可行。

同业 伯鸿又索回话,由梦旦答。约谓已与新华公司签约,未便另议等语。

纸件 告沈琬山,改良赛连极有用,应速订造。沈言无人肯做。余言即向山户订造。

杂记 陈俊生经手代印人地名译音表,又地名表各一百张。已告翰翁,共价洋五元二角,作赠品。当函达吴炳铨、陈俊生、于瑾怀。南洋烟草公司需用洋铁罐盖金色涂料,甚急。告知即系 Coating Varnish, 本馆有存货,可以借用。鲍先生允借数打。余即复王秋湄,如不敷,可再示。因将往来信转告鲍先生。

七月十三日 星期五

收信 伯恒。二。

发信 伯恒。

公司 今日见《新闻报》中华书局存户告白,在第二张中缝。

邵咏可拟整顿发货、收账事宜十六款,颇关紧要。已逐项批定办法,交还翰翁。

用人 中华书局轮转机印刷主任丁乃刚持陈乐书介绍信来见。即函致咸昌,请其往见。并另将陈乐书介绍信及蒋竹庄信一并送去。

赵蓉生私售美女画一事,翰翁告余,已经查出。有画数十张及账簿一册。账已抄出,又留出画一纸。余谓必须斥退。翰谓不宜过激。余谓只去赵一人,余人暂不问。俟彼辈自行倾轧,交出凭据,再行辞退。翰又谓已成习惯,若辈视为当然之事。余谓业已告诫,仍敢如此,此等人不可与为善。余又告拔可与翰,重申前说,力言种种流弊。翰谓专就一方面看法。余再三询问。翰言前编译所有私编稿子售与公司,或售与他家者。余不禁动怒,谓此专系与我为难。前陆兰兹私抄名簿与图书公司,我系总角旧交,尚立时斥退。除非我不知,知则决不袒护也。余怒不可遏。复向梦翁申说一遍。翰默然。

分馆 复伯恒信,言较小分馆大局少定,亦须从速收束。因竞争逐渐消除,我不能不力求安全也。伯恒来信,谓保、张两馆不便裁撤,恐为他局借口,云云。

故复之如此。

印刷 王君武来言,肥皂厂定印纸画太劣,(共一百万印,价约一千六百元。)现原主要退。

西书 《韦氏大字典》据周锡三报告已定出六百余部。属再买一百五十部,连前共购七百五十部矣。

应酬 至泰来洋行访劳敬修,并晤其侄泽生。

与拔可、叔通公约汪精卫、张榕西、谷九峰、章行严,在卡尔登晚饭。丁佛言未到,王儒堂稍坐即行。

七月十四日　星期六

公司 编译所五年分花红清册,交翰翁核定。交还无异议,即交顾晓舟。连清册交去。

姚荫鹏来谈,问本馆现在有无收并中华之意。余答以果有机会,于本公司有利无害,或利多而害少,亦可以收并。因劝其转告存户,自结团体,与该局交涉,由存户酌定办法。果属妥贴,我处亦可商量。

荫鹏住马立师小菜场,松生里廿五号。

用人 本日致翰翁信,请即辞退赵某。信留稿。

鲍咸昌复信丁品青,拟聘用,月薪四十元。

编译 电告梦翁,托催《德华字典》。据复,尚有五百面。合两人之力,至多每月一百五十面,约三个多月可以毕事。

七月十六日　星期一

用人 张叔良要求加薪。致邝信。告以决定拟自本月起加十五两。与周越然一律。

颜景煓(英文部学生)拟加六元,合成二十元。定一年半合同。告梦翁。翁云已照办。

天头 到编译所。

七月十七日　星期二

公司 本日开董事会。

七月十八日　星期三

收信　伯恒、仙华。

发行　《潜水艇》有英文序,经郭梅翁看过,无碍,可以运往南洋。

分馆　复钱才甫信,劝其不必接眷,亦不必来沪。来信交任心白。

七月十九日　星期四

收信　伯恒。

发信　仙华、伯恒。

公司　总馆　五年六月止,七十七万余。　　本年六月止,七十二万。减五万。

　　分馆　五年五月止,八十万。　　本年五月止,一百十万。增卅万。翰约叔、拔、梦及余在会议室商转租中华事。午后厚生交到对方交来七款。翰意失去终觉可惜。叔言,据厚生意,至少须月租两千。彼此讨论押租,月租仍不还价。但告以对方不让,甚有为难。至第四款,新公司垫款,应开示条目。第五款,中途停租,须付全租,断难照办。先以此意答复。梦筹得一策,谓俞仲还既来访翰,要我与我直接。将来事成之后,与旧公司大伤感情,且可以为我之害。不如改散为整,即告新公司,筹以巨资,先订一约,请其向旧公司退租。再介绍本馆。事成之后,即行照付。即十万或八万,均值得。如此,则事既秘密,新公司不必永久作一经手,旧公司与我直接,亦可免生恶感。翰稍迟疑。余与叔、拔均谓可行。但作为叔之私意。翰又言,将来事成之后,伯鸿总须留用。余甚赞成,拟延充顾问。

用人　翰翁言,拟约杭州协和书局友李德恩来馆办广告公司。月薪廿元,广告付二成回佣,包定连月薪三十五元,如有增加,尽数给与。

杂记　代叶焕卿取还存折,并收到息金廿三元。交景星购邮汇票。

七月廿日　星期五

收信　伯恒。

发信　朱志侯。

公司　叔翁告知,昨晤厚生,言此系午后之语"蒋孟蘋说,月租非年加三万不可,押租不必拘定四万。"但恐旧公司执原约为难,或改为包办。余谓包办不妥,范围不如租之广阔,且自由。叔又言,彼等知伯鸿意在破产,最好再向旧公司一探,直接向租,租价若何。翰言昨晚细思梦旦所拟办法,事理虽是,而事成之后必有人责备。谓新华公司不过半月有余,所费不过一万余元,而竟得如许巨款。以我辈为不免上当者。虽每年加租,不免吃亏。而浅人看法不同,此不能不虑。余亦以为此势所必有。叔翁谓彼等欲壑甚大,此事恐不成问题。翰谓此局我处志在必得。余云不过迟早及损益比较之关系。最后讨论终局,不利其破产,押租两万,月租每月加二千。翰意尚多,最好千五百。余谓必不得已,月租千五百、押租加足四万。翰又言,梦拟办法,如在五六万之数,亦可允。本午厚生约史良才、叔翁在卡尔登午饭。即由叔翁接洽。叔翁既归,约翰、拔与余谈。谓梦策彼等亦以为行。包办之说,叔亦已撤去。史谓月租年减为三万,押租必须四万,云云。叔又探得新公司拟将印刷所租与外人。又地租须垫付三年,至十一年后始收还,在租金上扣,不付息。又定货约十万两,归新公司担认。又有编辑法政书,定约八千余元,只付过一千。彼此讨论。翰意定货十万,恐必不止。到后即须付款,不能耽搁,此却一重要问题。余谓今年秋季已赶不及,则租后我处本年半年之内须付出四十万,未免过重。因暂不答复,由叔翁告以为难。但将改定合同送交厚生,俾新公司采用。将来无论何时,转租于我亦有利益。

晚间晤徐积余,告知晤周扶九,不甚愿出资。晤徐静仁、蒋孟蘋,均言难办。

用人 童季通事由梦翁调处。童来向余谢过。梦与翰商,既有契约,尚有留用三年余,只得敷衍。与其多给学生,不如优给童,尚可鼓舞。拟仍送童六百元,余尽数分派陈俊生、金佑之及学生二人。童约得全数十分之七六有零。余分给该部同人,尽数派完。已将此事本末记明,夹入原合同内。

竹庄来信,伊侄将他就,定九月一日离馆。

同业 方叔远来言,有汪幼安,为沈朵山之戚,拟来见商中华事。允其来商。

编译 梦来信,黄幼希检出《西洋全史》,共四册,拟译。约五十万宇。复可译。

又章行严拟译有用之书。梦翁拟一代印之法,先还印刷费,余利由译述者得多数。定甲、乙两法。余拟用甲法。

印刷 公亮来电，可免运机赴湘。

应酬 与拔可约吴寄尘、沈涛园、周寀臣、徐积余、李道衡、盛竹书、叶揆初、徐寄顽在一枝香晚餐。项兰生、徐凤石未到。

杂记 东京《日日新闻》6/7/11 载，日本爱泉家在该社三阶楼上开古泉展览会。有三上花林塔、本山松阴堂、林治绍堂、藤井深薮庵、鹫田宝泉、田中邦泉诸人。

七月廿一日　星期六

公司 翰言已晤俞仲还，甚愿中华归入本馆，最好一刀两断。

叔言晤厚生，渠晤及徐静仁、蒋孟蘋，颇以梦策为然。但言决不多所要索。又探地租一项，中华还账表内已经列入。昨史良才谓，须另垫。系从中舞弊。

用人 邝言，郭洪生又来约周越然至两江师范。周已辞职。邝甚不以郭为然，谓对公司不应如此，恐不能再留，云云。　又蒋正毅亦须离馆，须添一人云。李一琴介绍章文雄。邝谓英文甚佳，但须看汉文如何程度。伊在约翰教授四年。馆谷月九十元云。与翰翁商定，周越然听其自去，另定办法。

七月廿三日　星期一

收信 伯恒。

发信 严又陵。

公司 叔翁昨来一函，言前途愿照梦策，索八万、十万为酬。已交翰翁。翰约俞仲还到一品香晤谈。余亦往晤，所谈另记。

分馆 翰翁告九江分馆拟停办。

印刷 廷先昨日来寓，谈及奉天兴业印票，前途甚急，允加价，并加宽期限。介绍人并云可全付印价。允本日约鲍君来商。午后二时鲍、张二君同到。鲍谓天气太冷，只要银行能预备适宜房屋，亦可办。当由廷先复信。

七月廿四日　星期二

公司 沈季芳夫人约鲍君往晤陆伯鸿。伯鸿甚劝本馆收买。但认伊股票为有效，照本公司一律给息。先清债务，债务清后股东可取股票，得商务本馆股东一律待遇。沈夫人则云商务以股票一张换中华股票三张或四张,所有债务即移转于商务等语。我等研究,如能以中华股百元,换我廿五元,则不过四十万元。

所有债务仍由中华与各债主交涉清楚,照原表办法,分十年摊还。再由我处承认。则比转租办法便宜许多,且免后来纠葛。议定由鲍君与沈夫人再约伯鸿一谈,股票则每百元换廿元。

晚由叔通出名,约史良才、徐静仁至卡尔登晤谈。余与拔可同往。所谈另记。

编译 复张季直,为鹤聘臣谋事,答以拟请编《民国几何》《三角译草》。致章行严信,为代发行名著事。

杂记 英总领事约十点半钟前往晤。后问中华书局唐绍仪是否总办。余云但知其为董事。又问副经理 T.F.Song 是否前在约翰学校印反对英政府之件。余云此系沈芝芳,非彼人。伊又云商务与中华屡屡代印度人印反对英政府之件。前此虽经说明,然不能常常查考,应由商务、中华自负责。余云本公司决无此意。前此不过误印,经贵总领事见告之后,即已知照各印刷所,一律拒绝。伊沉思良久,又言,请商务备一信与我,声明以后不再代印此项反对英政府之文件。如经查出仍有代印,必须罚钱。至罚钱若干,临时由领事馆定夺,该款即充红十字会之用。此信由总经理签名,并盖公司印章。并属转告中华书局,亦应照办。余云本馆本无反对英国之意,此信自可写。但中华系我反对之同业,殊有未便。伊云我并不认识,同业即可转达。余云代为转达,请其来见贵总领事。伊云甚好。又云中国图书公司亦应照办。余允之。

七月廿五日 星期三

公司 午后鲍君来,言已晤伯鸿,告知一切。伊言须得对新债务由伊经手。鲍问二五折可否。渠不允。鲍问有无磋商之余地。伊言可商。后又用电话减为四五折。众议拒绝。

又议答复史、徐。拟先声明事前讨论者二事:一、债务必须办妥。二、合同必须改订。如可照行,则请将定货细账交阅。又将抵押清单及有秘密契约者开示。又将编辑契约价格开示,然后再议租价。仍由叔通转达。

纸件 葛广远交来陆万兴麻线一种。计长四百六十七尺,重十七格兰姆。每磅合五百格兰姆,应长一二八四八尺。每磅一元。

西书 锡三来商批发、分馆减价。翰谓可允。余从之。

杂记 丁榕寄来拟致英总领事信。余将下半段删去,再送丁复阅。得复,不妨如删。

七月廿六日　星期四

编译 童季通拟编《袖珍全国铁路详细分图》。答以南北尚未接连,旅行风气亦未大开,偶有用者,不过约一二路。令其买各路全图,似不相宜。宜缓制。

寄章文雄英文书一本,托其译汉。

送还赵竹君令侄画件。并附儿童教育画题目一纸、教育画两册,请其仿绘。

杂记 翰翁将丁榕所拟致英领事署信缮就寄去。

七月廿七日　星期五

编译 与郭洪生商定,编译《英汉大字典》每面加洋两元,合成六元。新增之字照旧六元,不加。

与翰翁商定,即照此定议,并停止干修。

应酬 约朱鼎馨、张廷桂、周锡三及先施同人在一枝香晚饭。

七月廿八日　星期六

分馆 廷先还京。近与中华商议之事,由翰翁告知。

应酬 谭海秋、劳敬修约午餐。未到。

七月卅日　星期一

发信 梁任公。为剑丞介绍。

用人 翰翁属告章切斋,调充宁馆经理。章自称才力不及,杭寓无人照料,每两个月须回家一次,约一星期。并言忙时自应留馆。

分馆 李伯仁自兰溪回。询称,兰馆顾问,一系实在帮忙,一系解散中华助力。穆君新到,宜少缓。

编译 克拉克女士来,商改订《香港读本》事。郭梅生、伯俞及余同见。余先离席,梅生有记录。

应酬　陈炳谦约在寓晚饭。晤其兄黼辰及律师卢　　。在南京路设事务所,在美国毕业。

七月卅一日　星期二

公司　午后七时余偕拔翁同赴卡尔登,约俞仲还、陆伯鸿晤谈。未几康心如亦到。所谈另记。决定拒绝转租之说。由叔翁转达,另有记录。

编译　致郭洪生信,告知编译字典每面加两元。即日缮具正约,送签字。又告知公司搏节,停支干修。

八月一日　星期三

公司　今晨将昨晚在卡尔登所谈各节记录共七纸。即到高易公馆。翰翁已到,晤翻译朱君。告以本馆拟盘中华,签草约后须垫款。抵押之物只有版权。但已有两层抵押,一为一万一千两,一为二万七千元。此两户拟全将押据交出,多押数万元。依其所押之数,将该款存在银行,或律师处,作为保证。律师问,该两押户允否回来律师处声明。答以如不允,我处即不做。问钱由我出,可否由高易出面。律师云可办。律师问应否在约内声明此款在买价内扣除。答可不必。问应否登报。律师云可不必。

晚间翰翁偕余赴卡尔登。康、俞、陆均到。所谈另记。

编译　行严来谈,拟编一文典,备中学及高等之用。余言近出各种均系强已就人,殊不适用。逆料我国文法与西洋文法必有增损之处。行严亦以为然。索阅本馆出版各种。向发行柜上索取十余种,送之。余问译书处得有同志否。

纸件　翰翁言,利达洋行可代定印香烟盒绿色纸,不合用,上海可退。拟定二三百令。余赞成。

杂记　英领事署来信,系吴度均西账房签字。云其中系一退还英文发单。查原信封已不见,发单亦系补抄。余问单已毁去,如何能补抄。郭梅翁称,闻系照账簿抄出。余意必已遗失,故将此账单搪塞,此实西账房不照四年十二月卅一日通告第八条办理。因再发通告,并责成收发处及邹金坡切实照办。又知照庶务处,转饬店堂及问事处账房,凡有外来送信人,一概拦阻,勿得再将信件直送各部。

英领署来信，要求另改。并代拟信稿一件。翰翁谓罚款无限制，不妥。

天头 瑾怀来，《鲍氏英文读本》第一册稽查太疏忽，并拟出以后清查之法。

八月二日 星期四

发信 伯恒。

分馆 汉分馆账房有信来，云馆事不妥。商定派孙振声往查，拔翁同往。

编译 编译所拟定致英香港视学 Cavelier 信，为改订《香港读本》事。又寄还《简明读本》第六册，改正两页。托邱培枚转寄港教育司。

应酬 韦禄泉约七时晚饭。未去，函谢。

杂记 英领署来信，余持示钦甫。云甚被束缚，不妥。应请律师与辩。余告翰翁。由翰翁偕梅生往晤高易律师 Right。据云，原信难改，如不照办，必致决裂。据伊，即有罚款亦不能重，不过一二十元。如判罚过重，律师可以出面辩护。余请翰翁再商美国律师。翰翁云可以不必，又云已托高易前往疏通。余属梅生，将翰翁与律师问答记录，以备异日查考。

英领署神君又送来前遗失之信，云系误寄北京使馆。

八月三日 星期五

发信 富敏安。

分馆 韦傅卿拟定实亏、虚亏各分馆维持、改组办法。先决定将桂林改坐庄。电顾赓吾督饬办理。翰翁意，成都乱事一时不能平靖，拟暂停。将货物装箱，寄稳妥处。本地伙友遣散，余人赴渝暂避。即电达渝馆转告。如电不通，即发快信。

编译 《清稗类钞》梦旦意售预约。余言仲可须稍与酬报。

印刷 中国图书公司仍印《协和报》。经翰翁查出，勒令停止。

西书 锡三言，伊文思售书与各校办人，转售与学生。办事人从中渔利。拟开学前五日突登报减价以破之。余允照办。

应酬 葛荫梧约在一品香晚饭。

杂记 先施公司索本馆办事章程。选可以公布者数十分寄去。

伯俞接洽无锡万安市送书,有清单。交汪仲翁办理。据仲翁估计,照定价抄,计一百九十三元四角二分。

八月四日　星期六

发信　仙华。

发行　志贤交《书名简称》第三、四、五册。连前共五册。送梦翁阅看。

财政　前年周少之介绍裘公勃等来馆。当时定约须付洋若干。翰翁交余二千元。后事不成,该款存余铁柜中。本月结算清楚,共用去一千五百五十二元,有清账,已交翰。并余洋四百四十八元,亦当面交还。此本日下午五点三刻之事。

印刷　拔翁临行交营业部近事记略一纸。

翰言,中国图书公司单色、五彩石印一概移归总厂。

天头　查《秘笈》三集。　发铅版书与图书公司。　　商业行名簿收据要看。须说明廉价一层。分传单时备好信封,贴好邮票。

八月六日　星期一

收信　颖生、仙华。

发信　仙华、寄中华交涉始末。仲宣。

用人　平海澜要求加薪。与邝商,展至明年,言此时有所不便。

同业　该局股东匿名信一封。

印刷　翰翁言唐均权愿购我图书公司。余意不妥。一、恐外人造我谣言。一、助加竞争。翰翁谓一半年后,中华总当收回我有,则图书未免过赘。

拔翁交下印刷纪略,交剑丞稽察。

纸件　江西山内购纸事,翰告略有成议。

杂记　本月收钱才甫还洋三十元,已收活存甲折。

八月七日　星期二

用人　蒋竹庄、庄伯俞约定每年花红凑足五十股之股息。去年一分五厘息,应得七百五十元。除照章致送三百六十元外,补送三百九十元。本日去信关照。

分馆 约翰、梦、叔、培初、傅卿讨论亏蚀各馆办法。梦主张奖励金先分等差,免略进与多进者毫无分别。再将亏蚀各馆酌加特别奖励。傅卿原拟免息停折办法,拟不用。仍属傅卿核准。 并讨论因奖励金事,分馆结账往往候至阴历年终后再结,或预收若干,实系舞弊。议奖励金等差确定后,再将查账之事注重此点,无任上下其手。

同业 姚荫鹏来谈,知彼局存户于债务发表后,尚有举动。

印刷 翰、咸、梦商定,图书公司彩印机器移至总厂,留单色石印。并加购澄衷两机以应工事。

纸件 改定江西办纸合同。琬山拟派人察看纸色,打探价格。余以为无效,否则该办纸人全不负责。谓本馆派员看过在先,如何能再与。争论再四,改为派员到彼学习。

应酬 晚与邝君公请《密勒评论报》经理抛尔、美国商务随员安诺尔在邝宅晚餐。

八月八日 星期三

用人 伯训来信,赤萌处须添一人。有朱毓魁,浙第一师范毕业,月薪廿元。复既认为必要,遵办。

编译 俞志贤请编《新官场尺牍》。已转知梦翁。

印刷 廷桂来电,言兴业赔偿,加价总共两万,廷意退至三万。拟照允。但加价仍凑足二分四厘,系一万六千二百七十五元,余作赔偿。

公亮来电,湘票六千千万,商减价。复电。

应酬 章行严约在一品香晚饭,到。

八月九日 星期四

收信 伯恒。

公司 余告翰翁,拟另招学生,以中学毕业者为及格。拟往京、津、湘、汴、广东等处分头招考,冀可得各省人材。翰意不谓然,以人太多为言。余谓须旧人之无用者裁去,用推陈出新办法。翰谓除旧恐有流弊,易启人有预知若干年公司薄待之意。余谓得力之人自无裁退之理。其无能者,及不忠于公司者,可以裁撤。

而前曾出力者全不能做事之时,公司或予优待,或用其子弟,或给予年金若干年。但不能著为定章。翰以为然,又言前数届规定待遇甚有障碍。余云程度低,故多需教育,因之服务期限长。故彼此束缚。现招中学毕业程度,可将服务期限缩令极短。或将进馆初期所得款,以后量能给与。翰以为然。余云明日将旧章参订。

用人　宋谈借洋百元。未允。又来信告翰翁,允预支花红百元。

周锡三屡请加薪,又辞广告事。与翰商,加薪实难,拟改广告酬报为自五千元以内,连旧有者,一律给与酬劳百分之十。翰意不愿。余谓恐难留,最好有他法。翰谓亦非不可,但恐周办西书,实无余暇。最要为广告,不知周能多办广告,不办西书否。余谓西书实最要,断难改他人。翰无言。余告锡三。锡言西书部须逐一改组,人多而不能做事,故无余暇。余言知入不敷出,而公司又难加薪,故用此策,借以津贴。现在虽少忙,然改组之后,一有轨道,便易遵行。锡谓秋凉之后俟方谷香回,另添一人。前已告翰。余问须薪几何。锡言四五十元。余云却亦不多。锡云秋凉时可以办理,因有人可以帮办。余云兼理则可,专为广告添人,则恐为难。此时天热出门较不便,但勿令继先行断续。锡允许。余即告翰。

平海澜前四日要求加薪。已托邝达,以缓至明年。今日又来信要求,邝云可否暗加。与梦翁商定,每月加二十元。今年五月,共送一百元,作为津贴,无加班、补薪等事。何时需付,即照付。至明年始照加,列入薪水单。

分馆　重庆来电,言前电已到川馆,安电不通,已函达云。

同业　方叔远来,传汪幼安语,谓前谈盘受中止,系因版权押款一事。今廉惠卿、公记均已说妥,可将押款商议。余谓押款本系附带之事,即盘受事,今亦不便谈。并将原拟作第三抵押之意告知,请其转达。

编译　胡敦复荐乃弟宪生,可任编译英文。请梦翁酌复,将英汉对译小说交与试办。

邱培枚来信,言港视学官加勿利改赴法,读本事改交索尔德办理。

八月十日　星期五

收信　拔可。

分馆　正太铁路已通,拟属伯仁速行派朱国桢监视交替。

拔可自汉口来信,即送叔通,请转交翰翁。

编译　前议译东洋出版《西洋通史》,共四册。樊少泉病已愈,拟包译。译费每千字两元半,或三元。　　又商辞典部,炜士久不来,拟商炜士,以博纶或叔远代为照料。即由炜士转托,以资接洽。与瑾怀商,拟添排可以常销之华装书。

致索尔德信,并附去致加勿利信稿。由邱培枚转致。

印刷　石印书已预备出版,尚未印者约有一万页。约鲍、谢两君来编译所晤商。决定将《明史》发外印刷。

纸件　催鲍速做仿宋铜模。

八月十一日　星期六

收信　拔可。

用人　翰翁为锡三请添买打字机,致余一信。言多偏僻,余仍书一字,请翰准其添购。

编译　津馆寄到《美国工商业之发达》稿本,送编译所。昨在编译所见英汉合璧小说,系铁樵所译,与原文不能对照。余告叔良,此办法不妥。

八月十三日　星期一

收信　伯恒。

发行　业务科开来各馆半年营业增减表。增者奖勉,减者诘责,未到者催。已交志贤办理。京馆来信,对于寄售书籍有所建议。交业务科及代售处核议。

农商部来信,核定购《中国新区域图》千分。由梦翁估价。

用人　锡三本日来信,言下半年已约定教授夜学,月修约百元。告白事勿再相强。

招考第四届学生,由翰翁拟具大纲四条。余谓第一条"注重办事才干",考试时无从知悉,不能列入。章程交复生起稿,余于6/8/14晨改定。

财政　岑云偕存款四指,要求三个月取息一次。已允通融,并知照会计部。

编译　京分馆寄回《汉英大辞典》申、酉、戌、亥及首册五本。即送交伍昭扆。

余开具编译英汉合璧小说意见五项送交梦翁。

纸件　与翰翁商改良赛连,每件十二刀,每刀一百九十五张,全件共一千三百四十张,合二令半。算本年买价,或七两八钱,或七两九钱五。可定造五百件或一千件。即函达琬山。稿交郭梅生。

天头　告琬山定造改良赛连。

八月十四日　星期二

发信　卢润泉信。

发行　交去年由分馆调回各种杂志清单,共　　张与干臣。请其汇查一次,装订成套。

用人　拟定招考第四届补习生。由翰翁阅过,交复生预备一切。

鲍云,翰意欲招待中华书局所用德人。余意以为必须慎重,防英领借口。

蒋梦麟来信,云乘支那船七月卅一日起程回国,本月廿六日可到。

分馆　李伯仁以移眷离兰溪赴晋,所费不少,要求加薪为言。我主张津贴。商之翰翁,翰翁意给与二百元,加薪事俟一年后办理有成效再议。

新加坡分馆无人。叔谓钱才甫或可用,但不知肯去否。翰翁谓无不可赞成之处。

编译　林琴南译稿《学生风月鉴》,不妥,拟不印。《风流孽冤》拟请改名。《玫瑰花》字多不识,由余校注,寄与复看。

印刷　鲍言英文印件送邝看过,邝云意见不同,不肯负责。余谓莫若由印刷人请一英人,作为雇用之人,请其看过。鲍谓来舍利最为相宜。

杂记　接骆文耀、邹悟寄信,为周栖云事。信中作恐吓之语。

八月十五日　星期三

收信　伯恒、仙华。

发信　伯恒、仙华。告知即日北上。

同业　叔翁言,须通告各分馆,对彼局不可大意。

编译　访昭扆,言《汉英辞典》比斋尔司所著已较高,将来能更编一种,必大有销路。

印刷　观象台来信,并寄到稿本。由剑翁拟复。

纸件　葛广远交到麻线,甚好。定五十磅,连漂白,每磅一元三角三。

文具　先施公司托我处将文具书籍一部分之情形为之指示,并开示门市价目。已告翰翁。

应酬　孙子文来辞行,即往送行。未遇,留刺。

八月十六日　星期四

用人　周锡三言广告事实难兼顾。余询以教授夜课未免过劳,余固为公司计,亦不能不为友人私计。周言每星期四夕,尚不甚苦,广告事决作罢,薪水之事,有所补贴,亦可勿提。余云暂行如此结束,日后如有意见,再行见告。6/8/17晨告知翰翁,知照莲溪,归其专办。

分馆　李伯仁要求津贴,已允给二百元矣。犹未餍,要求加薪及兰馆贴花红。翰约培初、梦旦与余晤商。余意不能通融,必不得已另换人。梦谓章程之外,如已有奖励金,不能再给花红。翰谓只可少为通融。余谓津贴加给五十元,此外不管。翰谓川资可照给,沪旅费,因铁路不通,可以付给。遂定议给与津贴二百五十元,上海旅费及赴晋川资均照章给与。由梦与说,并声明加薪须于七年底看成绩再议。

编译　《小学文法进阶》多不妥。由叔通看出,交梦翁带回,另想办法。

《详注化学词典》来售版权,存书六百部。梦翁拟以六百元全数购入。余谓,版权前未印时还过四百元,今渠售预约,自应减。惟存书应照印价,即图书公司代印价,每本约八角弱也。

印刷　湖南印票事,杨公亮有电来,已定议。

八月十七日　星期五

用人　致章行严信,托聘留东理科大学或专门学校卒业学生,汉文优长,兼通英文,品行笃实者,理、化、博物三者须擅有一长,而其余亦能兼顾。月薪由一百五十元至一百八十元,请其酌之。

分馆　致钱才甫信,问其愿否往新加坡,加月薪为百元,但不能再兼他事。信留稿存叔翁处。

编译 《东方杂志》第八期有叛逆民国之徒党插画一幅,甚碍目。梦翁意不如连目录扯去。王汉强有已经调查商业名单,愿让与本馆。价二百元。姑属送来一看。后又不交来。

八月十八日 星期六

收信 伯恒。

用人 锡三告梦翁,在此办事不见信于翰翁。即打字机一事,翰翁甚有为难,且派人往查,太下不去。甚为灰心,故欲他去。梦告翰翁。余亦在座。翰言西书不甚要紧。余云欧战止后,中国人无不学英文,西书必大发达,不能不算紧要。余问,锡三若去,何人可以接手。翰云实无其人。余云锡三人有材,然不能不加以敷衍。翰云,余生性不会巴结人。余云,用人须不一其道,不能专用一法。翰问余如何。余请翰翁斟酌。翰云现在总须留他。遂请梦翁转致,姑问其意见如何。

应酬 与翰翁约黄焕南、刘锡基、简照南、王秋湄在一家春晚饭。

刘、简、王均未到。由翰翁与文信谈定,将来先施公司开办文具书籍一部分之事,由文信前往接洽。

杂记 伯俞交到应代付江苏省教育会会费一单,计七人。6/8/20 交翰翁。

八月廿日 星期一

公司 招考第四次学生,竹庄拟来功课单。本日交顾复翁。又改定补习章程补习、实习、服务三项。面告翰翁,请其核定。由复翁向翰翁面领。

用人 梦告,锡三事尚未定局,可以转圜。余托邝君转商。邝午后来言,锡三对于翰翁诸事不肯放心,不能办事。金山香水公司约伊出去,却尚未定。如我必欲留之,且缓半年再定。邝云,伊教书月约可得八十五元,因为欠公司钱,故不能不兼办他事,以资补助。余云,锡如为难,公司欠款余可借他与彼先行还清。但余不便直说,请遇便时与之一谈。

余约锡三在第三客室面谈。告以闻梦翁言,知有去志。余甚愿挽留,翰翁亦言无人可以接替,与表同情。锡言,前数日商议加薪,以广告津贴为代,余意不妥,故仍推辞。后知翰翁派人查我打字机,未免太下不去。余生平不善弄钱,以致今日潦倒如此,无非自爱。今蒙此名,实为灰心。余云翰翁决非有意,余代表公司道歉。至于以后遇有事件,有为难者,尽可向我处商量,我总尽力想法。如实办不到,亦望原谅。

财政 杭馆来信,请公司捐助教育会场建筑费。余请翰翁酌定。翰拟捐一百元。　　余个人又捐五十元。

印刷 改定《四部举要》书目,带至总务处,交剑翁复核。　　傍晚梦旦来谈,又拟改用九开黄纸。

八月廿一日　星期二

收信 伯恒、仙华。

发信 伯恒。

公司 翰言,宋跃如又来言,中华有若干股东愿本馆接办,屡次来说。拟告以股东须有正式代表来商,并交财产目录。

拔翁报告调查汉、武、汴、洛四馆情形。谓顾水澄守正不阿,可以信任。进之于同人感情欠洽,因住屋、伙食全不贴还之故。应商办法。汴、洛均甚稳。余言现发见分馆结账之弊,有应付不付者,有未收先收者,有系欠款而姑作暂记者。此均宜杜绝。

用人 邝来言,锡三要求划定权限,将伊可以自行处理,明白开列。又要求每月给足三百元。余问是否包括花红。邝言却未说实,伊意并非除包花红另得此数。将来花红可照普通给与,云云。余请转告,将前一件自行拟出,后一件再商,缓一二日回话。

财政 晤股东俞诚伯,执业于汉口台湾银行。据言,汉口汇银至沪,每千两只须交银九百六十五至七十五两。又湘汇申,交中日银行,每千元须加汇费六元。当告培初。俞住乍浦路共和里二百〇八号。

纸件 余告鲍,湖南票事已定,胶版机力恐不足,应预备。鲍主添购。翰意同。余意另添他机,或如两色铳版机,或他如雕制钢版机。而对于胶版机,则另添全夜工。梦谓必须添管理人。鲍谓不难。后请鲍将现有机力细算,再行决定。

西书 锡三来言,《韦白司德大字典》再定二百部。已允之。

杂记 叔通介绍沈谷臣子,有旧书颇多,愿出售。有目录四册,交邹履信汇算。计 宋本二册、元本二册、旧抄四十六册、明抄十三册、抄本一百廿五册、明本三百五十一册、内府本二百廿四本、殿板一百十二册、局板一万五千二百五十一册、不全本二百五十九册。总共一万六千二百八十五册。索价万元余。拟还三千元。叔通谓未必肯售云。 与贵州黄氏之书见六年元月四日日记比较,相去太远。

八月廿二日 星期三

发信 仙华。

用人 余告梦翁,锡三拟给与花红千二百元,薪水照旧不加。定合同三年。梦意亦无不可。旋告邝。邝谓已转达,锡满意,但合同只定一年,按年继续。余谓总以三年为宜。

廿四日邝来言,锡三不愿订合同,仍要花红千二百元,加入薪水。虑年终或随时告辞,不能得所应得之花红也。余言发行所系年终告辞,明年分派花红时仍可得也。 锡三亦告梦旦,不愿订合同。

编译 《东方杂志》八号有插画一张,梦意拟扯去。亚泉不平,来信辞去杂志主任事。梦已复信慰留,余亦去信。6/8/24 送去。

印刷 鲍、包预计,胶版机开夜工,分两班,日班仍加夜工。计一架平常可印二万大张者,此可加出三万。鲍君前估每月可交四百万小张者,如此可增至一千万张。仍以八百万张计,是湖南定印印五千八百余万,约七月有零可完。以八个月当可竣工。

杂记 揆初自京归来,言财政部仍愿以汉口造纸厂租与本馆,问有无承租之意。翰意不添机器,先维持现状,再图进行。可不必多集巨资,但管理人不易得。梦意亦同。

八月廿三日 星期四

公司 业务科于前日交来条陈一道,请印《随园全集》《士礼居丛书》《医本合刻》。此等书皆无甚价值。翰翁来字,属略为采用,以资鼓舞。余因拟业务科应办事务十数条,交翰翁转交并将预约总结一本及报告七张交翰翁转交。 此件留稿,存在业务科事件筒内。

分馆 程雪门函请调回总馆。余意不允。

姚葆宜亦来信,请回总馆。6/8/24 翰翁告知,驳斥不准。

编译 《小学论说精华》,广益书局有同名。查本版系民国三年冬季出版,伊书系四年十一月出版。当属志贤往商,告以著作权律,翻印仿制均为侵犯著作权。本馆是书当年即已注册,彼此同业,应互相尊重等语。渠复来一信,谓伊先编有《初学论说精华》,于三年一月出版。并拟于书目及广告中刊明此书,嗣因出版未定,故未列入,等语。

印刷 翰翁言两色铳版机约一万两。顷得鲍君电话,拟即购。其意似不甚谓然。余云,应请鲍君将从前拟购各种机器开列出来,然后定局。即如电镀锌版机似甚忙,可否添购一部。

西书 锡三言,《英百科全书》经理人欲抄本馆《英文杂志》《英语周刊》姓名。余未允。锡不谓然。

又交来麦克密伦托本馆代理合同一件。交梅生译汉。

应酬 岑西林第三子娶妇。晨往贺未见,晚设喜筵在一品香,到稍坐即行。

八月廿四日 星期五

公司 查送礼并无核定单,仅凭口说,殊不妥。当拟定一纸,交挹清照排。

编译 广益书局《初学论说精华》由图书馆查《时报》《时事新报》《申报》《新闻报》《神洲日报》民国三年一、二两月,均未见广告。当再属志贤往问,究竟何时登报。复称无从追查,但交出《高等共和论说指南》,末页刊有《初学高等论说精华》之名。然此末页是否后来进印,无从确证。姑与了结,复去一信。往来信稿交盛同翁,归入版权案内。

印刷 致谭组庵信,谢印票定约事。并催提矿业银行事。

西书 麦克密伦合同译汉已交翰翁。翰翁转交桂华复。

应酬 往哈同处祝寿。

八月廿五日　星期六

公司　翰言,纸厂事将来拟请伯平办理。

纸件　今日致巴纯造纸公司,定湘省百枚以上票纸。由迪民拟定电稿,余阅定。迪民所拟尺寸较大,咸昌所拟稍小,余属迪民照咸所拟。

西书　麦克密伦代理合同向翰翁索还,交锡三。

杂记　陈谦夫交来旧书目录一册。廿九日选出若干种,由同孙缮信送去,请取样本来看。

天头　翰翁腹疾,午刻离馆。

八月廿七日　星期一

发行　贾果伯《财政史》账目,许笃斋与瑾怀久争不决。余约许与谈。许谓此账不能结。余问如书十年不销,是否十年不结。余云不妥,照我办法,从前一律结清,按现存书若干部。将来贾来取书时,或代售出时,每部扣还印价一元三角有零。此甚简净。许谓只有此法可通。余请照办。廿九日余提贾君往来账册,注明一切。

用人　吴吟秋已回。仲谷谓,费时甚久,办事无多,用钱甚大。以后不能派伊调查,请另任他事。余主饬退。

编译　邱培枚来信,寄还读本。读第六册,并审定凭信。凭信留该案筒。定样本送编译所。

纸件　梅生出示福建人来纸。余不甚能辨,属留呈翰翁。先催琬山速回。

应酬　访金伯平。不知其寓所,遍觅不得。

杂记　今日修牙。

八月廿八日　星期二

发信　复傅沅叔、伯恒。

公司　林祝三愿代我处招徕告白。

黄任之询及中华事。余历告最先合并,及后议转租,又议全盘、中止之始末。任之谓甚为可惜,问仍有办法否。其意似在劝租。余言,为本馆计,为该局股东计,终以盘受为宜,此时不愿再谈租事。任问如何办法。余言,彼局称即日开股东会。最好俟伊开过股东会再说。任谓不先谈定办法,凭空开股东会亦难。余云股东能集合至十分之一以上,举出正式代表,并约同董事亦可开谈,云云。后知洪生告伊兄,系史良才托伊来说。然任之未明言也。万国函授学堂总经理海格言,甚愿与我联合。容商办法,俟邝君归自天台再谈。

用人 蒋梦麟来。 任之来言,职业教育社要蒋兼办社事。需分时间三分之一。廿九日到编译所与梦谈,仍作为告假,过限扣薪。卅日致任之信,交梦阅过缮发。稿存梦处。 任又荐徐甘棠,广东人,在欧海欧大学毕业者。现住仁智里二五四号。在美得有博士、学士,专习算学。廿九晚晤谈,知本充岭南学校汉文教习,后习英文,年近四旬,时属颇雅。任之言,其翻译最长,或不虚也。

财政 复鲍子刚信,谓教育会用分馆名捐款,有不便。即用私人名义,作为续捐。

分馆 黄任之言,新加坡分馆渔荃对外名誉甚好,人亦敏捷,对内稍刻,下有怨言。李和卿与吴不对,然看去不象兼办外事。外账恐不妥,自愿办他事。海山意最好调一人去,先随同学习,后再调,免骤易人于事不便。

又言渔荃志在加薪,拟挈眷去。爪哇用书本部、西部绝无,东部仅得半。又言书缺,故失去生意。又言教科不适用。

编译 张渔珊面告,前校改《辞源》某君,欲得甲种一部。可送交新北天主堂转。

即徐宗泽,号润农,青浦人。6/8/31 又交来订正数条。即送编译所。

黄任之说,三宝珑中华学校校长石鸣球,福建人,现主持教育研究会事,调查教材。又有许克城者,广西人,充大喜马拉雅中华学校校长。拟编算术书,为南洋专用,本馆有何办法。卅日函达梦翁,请伯俞办。

文具 林祝三来,言幻灯黑白不分明,伊甚愿即为指示。又言有玩具数百种,方可见告。

应酬 约《英国百科全书》经理锡克尔夫妇及万国函授学校海格及其副理拉梯尔晚餐。在邝君宅内,谈至十点半钟始散。

天头 仪器部 来信告假,交文信核办。

八月廿九日　星期三

收信　仙华来信。

公司　管门李永福病故,贫无以殓。余批由公司给恤二十元,余自给四元。

发行　锡三言,拟在《大陆报》上每星期登广告一次,约十方寸,价约三元之谱。卅日告仲谷,请与接洽。

用人　前数日屡约锡三谈,终不得其便。本日午后约伊在三号客室。告以既不愿订合同,可以不订,仍望久还在此。花红订定岁千二百元,加入薪水实有为难,务望原亮[谅]。各事易于解决者,可告翰。其难者,可先商我,我必尽力。但实在办不到者,不妨稍缓,不必过于性急,等语。锡亦首肯,言事多扰我,甚不安。余言此系分所应为,但有做不到者,亦望见谅。有信致锡三,订明包送花红,全年千二百元。

分馆　津馆请调内账。

编译　余与梦谈:一、国文函授事仍拟举办。二、《家用百科全书》事,速出版。三、《汉英分类字表》可请陈慎侯或黄幼希主,派学生二三人抄录。

印刷　告鲍咸昌,德人做事须间接。复信不得要领。

应酬　约徐甘棠、蒋梦麟、黄任之、陈主素在一枝香晚饭。到者为蒋、杜、寿。余与梦同作主人。邝、郭洪生、张叔良、庄伯俞均未到。

杂记　黄氏旧书前议价五千元,由我处自运。后又续加一千元,议而未决。记得黄氏后来又不允,即作罢。近有人托买大批旧书,复询瞿师,马世兄可否续议。复言甚愿。因于廿八日往访面谈。据称连宋、元本,索价八千元。今日去信,称连宋、元本一切在内,还价七千元,运费由我认。并请如可见允,即速将书目寄下,等语。

送还南洋公学托募图书馆捐册一本,又十七元。内邝先生捐五元,不留名二元,自捐十元。

邝先生收条卅日取到,系二百廿一号。交景星送邝。

天头　到编译所。

八月卅日　星期四

公司　昨晚在一枝香商定恢复晚餐会。每月两举,约在三所会议一、二日之前。即借一枝香举行。

发行　告莲溪,广告公司两路招徕广告,应登告白,英文报亦应登。　咏可言,现批处人减少二名未添。夜工前系两作一,现改三作一,故人多不愿。

用人　致黄任之信,为蒋梦麟事。

洪季棠能造打印墨水、洋糊,从前售与公司。据文信言,年可得利益二百余元。同人戒约实行后停止。前日有信告退。由文信与之接洽。现在厂中做不好,即调伊至厂。每月给与薪水廿四元,自吃饭。每年递加二元,加至卅元为额。本月一日到厂办。本日函告鲍咸翁。信稿存梅生处。

财政　告莲溪,郭洪生津贴本月停,黄任之本月仍送下月停,贾季英按月交功课,仍照送。　周锡三去年借洋五百元,约定今年自　月起按月还五十元。现已还过一百五十元。惟近来甚窘,拟请展缓,俟明年五月全数归还。已允,并知照莲溪、笃斋、景莘。

同业　洪生在小有天谈中华事。言已偕任之访史良才,劝其联合。意似仍可转租,但彼(下缺——编者)。

印刷　鲍来信,为南洋烟草公司退回印件,因颜色不符之故。

西书　《美国百科全书》经理来信,言分馆过远者,不必将姓名交来。已交培初核办,并告锡三转复。

应酬　郭洪生、陈主素、陆观亮约在小有天晚饭。到。

天头　催《学生小字典》。　加夜班。　又仿宋字模。　翰翁告叔翁,黄如未停,可暂缓,郭拟另设他法。晚间伯俞来言,黄每月仍有文字交来,与完全干修不同,应再酌。

八月卅一日　星期五

公司　通告宋、周、吴、郑注意招待事。由邵、万转致,未留稿。

用人　告翰翁,洪季棠已定留用调厂办法。又谈及黄任之事,昨晚庄伯俞亦来言不宜停止。翰翁谓可再商。

新来画图人徐云骞来见,由张景星接待。要求加薪。景星告以此非其时,候至十一、二月再说。

分馆 钱才甫来信,不愿就新馆事。

编译 徐宗泽交来《辞源》校正若干条。张渔珊转到,即送编译所。

纸件 定购印号码机两打。正金担保信、美金五百元,本日签发。鲍先生言英美烟公司有纸两种,可代地图纸及信纸用。约价洋一万二千余元。价甚廉,可购入。

西书 交通科代拟代定西书新章,与锡三商定,明日见报。 周锡三言,俞武衍一礼拜内病假四日。

天头 往访翰翁,知已就痊。

九月一日 星期六

发信 仙华。

编译 与慎侯、幼希谈编辑《汉英类辑字表》如下:

一、以汉文为主。二、以中学用为宗旨。三、科学名词不出中学程度。四、日本词典可备选,但名词非通用者不采。五、先就《汉英大词典》已印成子至未八集抄辑,并从本版《英汉词典》内再择抄。随抄随分类。

纸件 美国来电,言颜色暗点可以试造,即电达湘馆。并声明如必须用者,将来须延期。

九月三日 星期一

公司 偕金伯平至华章发行所访俞君。又晤李君钦扬、王子霭,末遂乘汽船渡江,至华章造纸厂。晤高桥君,询知每日用煤约五十吨,出货约十五吨。造新闻纸与洋毛边纸机可以通用。造有光纸者,则不可通用。据李君云,去年约共营业约一百五十万云。周览一过,约五钟归。

发行 先施郑昭斌、缪若樵来催将来经售书籍、仪器事,速往接洽。已告文信。

编译 从前《英语周刊》每期编辑费八十元。现改办法,据叔良核计,每期五十元。

纸件 定新闻三千令。由法兴代订。上海交货,每磅九分,卅七磅重。由翰翁指定。在前,余签字电美巴纯公司,定湘省小票用纸一千七十令。原议美金现改规元九分。6/9/6。

九月四日　星期二

收信 伯恒。

发信 伯恒电。

公司 电达伯恒。文曰:"东函悉,盘受事近较难,勿进行,函详。"

用人 邝偕周锡三来,言李登辉荐闽人某君,在福州某高等学校毕业,曾任教务数年。拟荐与周君。周君拟任为招揽员,不知能否合用。余请邝先招来见周,如合用,再议薪。周又言欲得新学生二人,办理西书部事务。余令候新生。6/9/8 日又来说,不及等候,拟先添程度较高者一人,月薪约四十元。已允之。

应酬 姚荫鹏约在春江楼晚饭。晤贵州人鲁孔公。又郑义卿,新任潮海关监督。

九月五日　星期三

收信 伯恒、仙华。

公司 致伯恒信。言盘受情势可变,近更难办。请告陈小庄,谓彼局债务纠葛,新公司债负加重,今年秋季营业退步,西南问题不知何日解决。此时无论盘、租,均甚难办。本馆为自顾计,不敢鹜广。云云。大意如此。

发行 巴城上海公司订续约,有所要求。告咏可,今年此营业大减,拟拒绝,移归新加坡分馆。候渔荃来决定。

用人 周祥欣暂调栈房搬书。知照单已发。拟调曹庚三至津馆。王莲翁不谓然,谓王仙华恐管不住,不如吴葆仁。余谓吴有眼疾,恐难稽核,精密不如仙华。仍以调为是。另以石序东调港。

财政 捐浙江教育会建筑费。由公司捐一百元,亦由我出名。本日将鲍子刚往来信抄送张桂华,并将收条交去。　　陈铭勋来言,公司应贴学费半年,五十元。又伊向高光生借一百元。开单致张,请照给,俟翰翁到馆,问明出账。

印刷 致陈仲恕、赵仲宣电,招徕四川军用票及直隶公债票印刷事。

纸件 湘票纸一千零三十令,本日定单签字。

又恒丰定墨水及复写纸。定单两纸,本日签字。

九月六日 星期四

公司 金价日跌,余请同人详细研究,有无直接、间接之关系。

用人 知照石序东,调港馆内账。

编译 邝先生介绍德人额尔德,可编译书籍。本日来发行所,出示拟稿一份,释一全课,用官话,似可用。余问如何酬报。据称,六开书,洋文约五十盂治,华文约一百二三十盂治,约费六百点钟。惟未有经验,不能确定。酬应不计较,云云。约后日午后六时再谈。

印刷 东洋棉料纸,每令需廿五元。比昨估加十元。即函达仙华,每张加价五厘。

纸件 迪民来商,法兴代定新闻纸,每磅美金九分,现改规元九分。据迪民云,比市价仍廉。余属照定。致原田信,问高砂制学生习字纸能否改造有光,尺寸、价若干。越二日有回信来,云即函问。存梅生处。

杂记 张文彬经手送海关某君手表一具,价卅六元。云已商之翰翁,余即签字。

九月七日 星期五

发信 仙华。八月事。

公司 鲍君谓添置钢板印机必须另行建屋。并须专请管理之人。八日,鲍言已约估建筑费,须三百之谱。

用人 杨守仁告假,余不允。鲍三来说情,谓不必派人代。余允之。又来预支一个月薪水。余批有为难,未允。

南京王诚章有信来,言王君二十元月薪可就。即由叔通拟复。

分馆 告干臣,哈馆得奖殊不妥。所存差帖有假借,应彻查。又潮馆营业减,系汕头分去之故。第一年应另拟办法。

编译 津师范学校李慰农指出《民国代数》错误廿五处,并寄书来。由仙华转寄。本日送交梦翁。

应酬 约拔可、叔通、剑丞、咸昌、文德、梦旦、伯训、公亮在一枝香晚饭。谈购印机事。

九月八日 星期六

收信 廷桂。

发行 业务科交来推广杂志议案,无非折价贱售。后与梦商,驳不办。

用人 周锡三言,前拟添一高等学校毕业学生。现由李登辉荐一谢姓者,在福州英华书院毕业,曾在上海住过四五年,可以说上海话,月四十元亦可就。余令后日来见翰翁,再到馆。

刘人龙求往青年会补习英语半年,约十元。已允之。马世桢病一月,今其来见。据胯骨痛,牵及胸背。医云系骨痨,须休养,难速痊。余告以不必勉强来馆,馆亦难另待。并告桂华,一面缮退职单。

分馆 偶至分庄事务处,见梧州分馆配群益书局《新译英汉辞典》六十部。全取与本版《袖珍英汉辞林》校阅四面,本版已多十字。当告培初,令其退回。即由总务处函询程雪门,并属干臣拟通告。

编译 德人额尔德六时来馆,邝亦到。余与梦翁同见。先商版税,渠谓不便,又云决不计较。余言,我处为销路计,不能不打算。拟照前日所议,出资三百元,甚惭菲薄。渠云可允,并言不必定立契约。余辞往一家春。由梦翁告知通讯办法,往来姓名住址,俱由林君出面。并将王君撰曾寄售之德文书六种,各取去一册。

印刷 兴业印钞票草约本日寄到。

文具 定画图器若干打,价约百余两。余签字。

应酬 在一品香请鲁孔公,贵州人,姚荫鹏之同学,在广西任知事。又中孚银行许叔娱,乃静山之三子。又赵　　。又茶叶公司唐、卓二君。又先施公司缪若樵、郑昭斌。鲍、王同到。惟林祝三未到。

九月十日 星期一

收信 仙华、伯恒。

用人 介绍谢君与翰翁相见。　　并属梅生拟信函周君拟请伊归,再令到馆。

同业 孔庸之来信,系本馆股东,亦中华股东,力劝盘受。并言股东股票停息若干年,将此息加入股价之内。余谓此恐办不到,如办,必须开股东会。并告以种种为难。

印刷 卢湛臣来,不允加改版费,煤电亦不允代洽。只允声明票交总行。当将所改英文字与阅。请其转请友人一阅,明日签字交还。

应酬 午约张云搏、叶揆初、徐寄庼、陈光甫在卡尔登便饭。

叶揆初、项兰生、徐寄庼晚约在一枝香。晤杨介眉。萨福懋约一品香晚饭。辞。

天头 大风。

九月十一日　星期二

发信 仙华、告知调账房事。伯恒。

发行 余告志贤,督催每年销数比较册。如栈房不肯添人,即告翰翁速添。

用人 谢君辞绝不用。

财政 许笃斋查,九月六日。

股东 定期一四一八七九元。

　　　活期　九四八七三元。

外 　定期二八六一八九元。

　　　活期三六三四四〇元。

同人共

复伯恒信,谓外人存款不过六十余万元。押借全无。如一时调拨,可得二三十万。常存约十万。每月营业可收二十万。

印刷 湛臣来,交来所改译文。谓光换二字,有转让之意。又谓无现字之意。余请其另行托人。渠谓无可托者。余允另请人一看。

陈叔通即将前纸托陈光甫核阅。

九月十二日　星期三

公司 通告陈邵三、邹履信事。问可帮助可以携至旧书部办理之事。又告邵、万转诸招待,为礼拜日招待无人事。

用人 吴渔荃来言,每年必须回家一次。又约束只限两年。告以国外分馆,每年内渡,殊属不便,容商翰翁。翰翁是日早出,即代拟一复信,送交翰翁,请核发。

翰言秦嘉宝有愿就意,属余接见。据云到荷属三年,能说马来话。翰翁复告以现可定局,暂勿发表。

印刷 卢湛臣来,言轧孔须小。告以太小恐不能轧,必须成圆孔形,方可○。若系点形,恐轧不出。又票隔数年,行用既久,恐印码子不能收墨。卢谓此事却须研究。 洋文兑现字样,已请友人复核,尚未送还。卢遂去。未久得陈光甫复信,加入 into cash 二字。即送厂排印。

应酬 先施公司约晚饭。到。

九月十三日 星期四

收信 竹庄。

发信 拔可信。

发行 业务科查《英语周刊》最近各期销路。此系十四日查,误记于此。九六期,3451。 九七期,3692。九八期,3721。 九九期,3292。 百期,3241。 一○一期,3861。

用人 翰意,曹耕三到津恐与王仙华易生冲突。拟调往汉口,借以监察章进之。而以顾水澄调京局,津馆另行易人。仍候顾复信如何。如顾允留,即调曹入京局。 翰谓顾律己严,而御人之才不足。以充经理,恐不胜任,任总稽似相当云。 余谓朱颂盘可移任账房,预备银钱账房之用。翰谓收钱之事亦甚重要。余谓五钟结账,至关门后仍派账房结算。收入账房则换用他人,亦可无弊。叔通提及贵州前拟派徐梦霖事。翰谓何允留,拟不动。

财政 富敏安代伊婿吴顺伯存款一千元。账房送存折来,余不收。复富敏安信中提明,该折存本馆账房。

分馆 九江分馆余意主收,翰谓可惜。拟调张又赓往代胡秀生。仍责成璧臣每礼拜到九江一次,完全负责。即行函告,如以为然,即令张费一半月功夫研习发行事务。

同业 孔庸之在一枝香,散后邀余同车,送余归寓。又至我家晤谈,均为中华事。另记。

印刷 卢湛臣来,告以票上商务印书馆制字样拟除去。因财部有公事,属令呈报之故。卢谓不能呈报,除去亦可。又谓绿色尚淡,应改,照交通银行五元票重打。又云黑色可用。

某颜料公司,劳敬修等所开,有多数商标,在一百数十万外。印刷所现为价廉不愿做,谓事甚忙,更不愿赶。杨公亮来商。余属速定。后杨来先到一点钟,而木本处亦续到。我处已先签字。

纸件 致高桥炼逸信。问高砂学生习字纸能否造,小有光尺寸、价几何。

日本禁印书纸出口。与翰商,可托三菱电询。

函告编译所,印刷所节用印书纸。同时发叶润元、张廷桂。

余前日告翰翁,此次湘省定纸,转运万一延期,甚有不妙。余意不如交汇发公司。翰意恐用钱太费。今日迪民持汇发复信,言用钱必须百分之一,不能包定行期。而运费又说无定,意似甚不愿者。翰无言,余亦不悦。

应酬 高尔勋约晚饭一家春。辞。

约卢湛臣、王鹤年、孔庸之、王佩初、周干庭、齐璧亭、徐砚良、王觐侯、钱新之在一枝香晚饭。全到。

九月十四日　星期五

收信 宝田、伯恒。

发信 宝田。

用人 昨告翰,王仙华介绍伊戚夏宪谟君,自称曾习簿记甚久,亦兼习速记,并通法文,人甚灵敏,自言愿办账务事。

余又告翰,新招学生拟派一二十人专习账房。

闻瑾怀有回常办事意。由梦转托伯俞挽留。

分馆 复梁宝田信,柜友如不听调度、舞弊把持,请即来信,即撤换,断不掣肘。就地有人,得确实铺保者,可逐渐添用,以备抽换。总馆柜友亦无妥人,恐难派。云云。此信交翰阅看。翰又怕牵动多人。余不允改,谓信中说明逐渐,并非一时完全更换。

同业 余以与孔君问答交翰。翰恐彼局牵动本馆。余与梦、叔均谓不过存款,此事于内政有关,须减存货、精密统计。至彼局事,此时只可先由债主、股东两面决定办法,来与我商,甚为愿意。但召集债主,于彼局有无不便,将来商量是否悉能妥协,此时不能决定。请其自酌等语。由余明日面复孔君。

印刷 电告鲍,谓有某颜料公司印商标,请速设法赶印。本馆印件,可发与木本。鲍言并不忙,且不做夜工云。

卢来看定三种票背面所改洋文地位。又一元、十元正文(周年四厘债券)四周所改花纹,已先送,亦交还。以上均盖印。至五元票则昨日所交,并未盖印。

纸件 三菱公司售纸部人来,言购纸已来不及。但纸商已奉请政府通融,将来或有希望。

定湘票交汇发公司代运事。翰谓余,既不肯包定期限,又不能说定运费,公司徒多费数百金。意似不悦。余谓此事将来必无反证,现当战时,实难确定。设交汇发,届时不到,必悔多费,且必言交他家或转快。此等事全凭理想、眼光及自己信心。彼此意见不同,甚难办理。我既有所见,不能不说。请翰完全决定办理,余遂不问。

杂记 《册府元龟》索价一百四十元。俞志贤经手还一百元,云有十余叶损坏,减为一百廿元。

还博古斋《百家唐诗》(缺六家:张籍八卷、李群玉八卷、李德裕、张蠙、翁承赞、曹松各一卷。)价一百廿元,《王临川集》八十元。

天头 查周孝怀寄售《四书今译》事。罗品洁云,中华均未移交。余查各处来信,均系坐待,何以不妥催。属发通告,令其向取。

九月十五日　星期六

用人 吴渔荃要求再赴新加坡交替。余告翰不可允。

同业 往访孔庸之,如昨议告之。甚不满意,谓不如令其另行设法。

编译 亚泉选《东方杂志文编》,已成一册。卷帙既多,又不分类,甚不合。与梦商,只可废去,请其另编分类。定名为《东方杂志时论类编》。

告伯训、伯俞编纂《国文函授讲义》。注重指示方法,如令其句读、分别段落、浅深递进、文俗互译,即附题目于讲义中。均谓可行。

印刷 符干臣谓,印书纸既不能进口,日本金价又贱,不如将书寄往日本代印。鲍不谓然。翰谓可行。已请瑾怀选书数种估价。

纸件 翰翁欲余赴汉口调查造纸事,余允之。

九月十七日 星期一

用人 函约宋承之到编译所,编《国文函授讲义》,月薪五十元。尚未得复。

分馆 翰意,杨晓圃即辞去,面子太难看。拟留至阳历年底再辞退。余谓亦无不可。叔谓将来提,转觉无因,不如此时提出,说明缓至年底,姑留面子。

编译 拟编《国文讲义》方法数纸,交梦翁。

印刷 卢湛臣偕王鹤亭来。余告以用纸太薄,此时尚未开印,应先声明。如实嫌,尚可改定。但须延期四五月。此中有作用,已告公亮。

纸件 张苞龄来,谈及造纸事。告以照小有光尺寸,略加棉料,颜色不妨带,但要洁坚。伊云加棉料稍难,可以试办。每日每人可造千数百张云。

九月十八日 星期二

发信 仙华、伯恒。

公司 告翰,拟注重轧销。翰谓一并归与干臣。余谓可办,但志贤未免难为情。其办事地方可移至文牍科东半室。

用人 告翰翁,夏宪谟可用。翰游移不决。

竹庄入京任教部参事,公司拟酬给津贴。余意今昔不同,拟送六百元。梦谓不如送花红。翰意宜稍优,不如径送半薪。6/9/19 由余去信。信稿入公司同人事件第二筒内。

分馆 湘馆购屋事,翰主买进,余亦赞成,梦谓不宜。董事会多数亦不主张,遂作罢。

纸件 余告翰,二色印机仍可购进。

杂记 赴职业教育会议事会。

天头 约谢,告与林接洽。 兴业纸太薄,应去信声明。

九月十九日　星期三

发行　志贤告各杂志汇订事,已派人至栈房清查。

用人　杨晓圃事,余于接见后告翰翁,谓宜预先告知,免至后来又蹈鲍宝琳之覆辙。翰以告培初。培谓杨似有神经病。余亦言所问非所答。翰谓最好令其自行告退。多送一二月薪。余谓薪水终送至年底。请培告以,伊在滇有不应为之事,公司知之颇确。已告疏通,允留伊面子,至年底再辞。作为培意密告,使其知觉,另谋他事。

分馆　约翰、培、叔商定。京馆、京局购地造屋,归总公司出钱。以五厘息及每年半折之折旧,作为房租。陕、杭两馆亦应改为总馆所有,将从前折旧之数贴还该馆。

同业　中华被控,见各报。

编译　伍昭扆《西洋史要》第二册原稿、清稿全数交景星退还伯训,请其派人检阅。如有须商询伍君之处,详细开下。

《香港读本》卷三交郭梅生。

九月二十日　星期四

发信　仙华信、问陈唐庄可否通马车。沅叔、竹庄。

用人　孙乾三到沪。

编译　杜亚翁言,正编《欧洲大战》前编。告以和局不久即定,既定再出后编,前编必不合用,必须修改。且此等销路无多,不如从缓。告以可否续编理化数等辞典。亚泉谓矿物学须编,可俟植、动两种销路如何再动手。

将有关编译各事记录三纸,交伯训。　撤回胡淡恩、王梅溪尺牍两种。以太冷僻之故。告星如,以后不可如此。

纸件　与翰、叔、剑商定租纸厂条件。

西书　《英国百科全书》交来公启。改过发还,交梅生。并属催锡三归办。

天头　廷桂到沪,未到馆。

十月一日　星期一

收信　伯恒、李佐才。

发信 伯恒、沅叔。

用人 稽查处添进四人，内有中学未毕业者，且有此次投考者。余告翰，此与招考第四届补习生有关。如薪水过于四元，则补习津贴难办。

中华编译员严君投函自荐，汉文甚优。邝云英文不弱。拟用。

分馆 知湘分馆退回预约《四史》一百部。告陈、符俟查明后，应定章示罚。又记得汕分馆去年退回预约《辞源》若干，请查明。 又议退书折扣一层，培谓拟照上年盘存折扣照算。梦谓分馆太受亏。

纸件 美纸商某君定印书纸，每磅美金九分余，纽约交货。余劝翰翁可定。

文具 将分馆取回抄簿大小各一种交文信查核。据谓有华生印刷局可照制，每打三角四分。又交与墨水三瓶，洋糊一瓶。

西书 周锡三来，言蒋正毅招徕镇中学许多生意，拟托本馆代定打字机三架，价可便宜许多。但须用本馆发票。恐有嫌疑，特来商问。余告以取五分用如何。周云待商。

杂记 向古书流通处购进《册府元龟》一部，缺二十余页，价一百元。

天头 九月廿一日赴汉口调查纸厂造纸情形。九月卅日返沪。

十月二日　星期二

发信 顾水澄。

用人 英文部添聘严君，伯俞意不谓然。以为前此拒绝多人，说未解决人一概中华人不用。余谓，前此三人有联带关系。又吴君必须带同伊兄，且有预先要求，不能随便辞退，故甚为难。严君系小脚色，与前此三人不同，不妨延用。如三人提及，只说此系助手，无甚关系，敷衍数句可也。

分馆 致顾水澄信。留稿由叔翁收存。

编译 章行严来，谈及日本翻译欧美新书进步甚猛。黑目书店出有《新著梗概》一种，于欧美新书均有提要。已出至第十二集。

印刷 廷桂来言，刘誉振介绍兴业之外，尚有数家，将来亦可承揽，要求一律酬报。廷已答以，如系一手经理，自可照办，但他人经手，则有为难。伊坚求。廷谓未便完全拒绝，只得含糊。伊又言如能照允，伊可分二成即十分之二。按刘所约，系百分之十与廷。廷谓如此则将来至多亦不过百分之八。并言最好能另派他人接洽。余谓办理此事本系两边受挤,但公司断无不信任之理。至派他人接洽,如奉馆王君能办固好,但恐不能。只有仍旧偏劳。

西书 周锡三来告,蒋正毅不愿出五分用购打字机。谓从伊文思处拉回许多生意,意颇不悦。余谓既然如此,只得照允。

十月三日 星期三

发信 王百雷。

分馆 商议派孙乾三赴厦门暂代。余意派渔荃。翰谓不肯去。四日余又告翰,渔荃究竟如何,须问一着实,不能任其延宕。

印刷 北京观象台印历书,被钉作切短,有电来诘责。约吴炳铨来。吴认初样不错,后得一样本稍短,未留心。余问应照印单尺寸开与订作。吴云未开,现尚有一半未切,已全停切。余言印件何多有疏忽。然公司受亏,不能不责备办事人。但一人耳目有限,总应定一办法,由各人分担。但章程不定,办法不画一,难于稽查。吴亦以为然。

奉兴业致卢电,云票纸薄,要改,可加价。由公亮前往交涉。

纸件 致王百雷信,询问四事:

一、高砂似棉料纸,能造否。

二、木质纸料,能在机器造华纸否。竹料、龙须草料能仿造。

三、现有制稻草机能移造竹料否。小办,不另造屋,但添必备之机,需款若干。前稿存叔通处。

四、道林纸造本若干。

又拟定新闻纸三四千令。稿存梅生处。

应酬 约刘治琴、温镜江、周公才、王倬夫、章行严在一家春晚饭。

杂记 瞿希马来,说黄氏书愿售。但有吴姓者,愿出七千四百元。须略加,可售。

十月四日 星期四

收信 仙华。

发信 仙华、李拱辰。即佐才。

公司 加折事,商梦、翰两公。拟于七年一月起,于本年十二月初通告。至禁止退书一事,先行通告。梦意谓退书可限一期,过此不能再退。

用人 颜景焞荐向君。据锡三云,英文尚好,能打字,月薪不过十数元至廿元。已令用入西书部。将原来自荐信交翰翁。

告翰,江西分馆印票回用事,应加追究。

同业 访刘治琴。伊系本馆股东,亦中华股东。有存款千五百两。翰言,版权及总店房屋须留意。

编译 行严来谈翻译欧美名著事,意在希望本馆垫款。为数甚巨。梦、叔均在座。答以细商再复。

纸件 美国定纸事,每磅实只美金八分五。翰意定二百吨。余劝加定二百吨。

杂记 购黄氏书事,告翰翁,拟加五百元。翰允之。

天头 分馆自己进货事。　　节用纸张事。

从前出版各书改价事。

通告分馆填送售价表事。

赚机事。已告翰,主张购普通用者。　　包皮纸事。　　福建所定连史纸事。

采彼局存户事。　　承印部应定办事程序事。裁九江分馆事。

告印刷所,改良赛连不可用作打样。

伯俞赴杭,应否提案。

十月五日　星期五

公司 翰约符、陈、俞、邵商加退书事:一、即发通告。二、如有必不得已者,临时通融。三、原约定准其退书者,俟发通告后,其来单准其照约。四、切属同行勿允用户退书。

又商分馆自己进货事:一、奉、津准其就地采买,但须寄发票来。二、本地有特产较廉者,先报告后,令寄样核定再办。三、主顾急用,存数不敷,可在本埠零拆。但不得预购积存。　　至常、宝、衡三馆贩卖广益下等小说,令其详细报告,再定办法。

编译 章行严介绍谈善吾,能编改小说,住贝勒路礼和里五号。请梦翁将《聊斋》演义本送去,请试办。

梦言宋承之愿在外编辑。已允之。

印刷 湖南刘艾唐来,言湘票甚为欢迎。且言湘有军务,非独不能减印,且甚急需。

杂记 致瞿希马信,开去拟购黄氏旧书办法。除前还七千元外,可加五百元。 后为他人购去,作罢。

十月六日　星期六

发信 熊秉三、李柳溪、赵仲宣、王君九。慰问信。

公司 请免津、汉广告费。由叔通具稿。

用人 锡三介绍一姓向者入西书部,月薪十五元。翰言,近来西书部谋事者甚多。

翰自访戴云章归。余问之,据云不肯承认,且赌咒。但其词色总虚,且言得此者现在尚有许多办事之人。意似不欲追究。 八日余致莲溪信,谓何伯良即不得钱,伊弟及戴私吞至千五百余元,伊之昏聩可想。翰不欲辞伊,系保留。应负监督之责,故特告知。

印刷 致卢湛臣信,声明不能承认纸样不符事。 致刘艾唐信,告知十月廿四日美纸厂可交湘票用纸,约一个半月可运到。稿交任心白存案。

文具 查明抄簿定价太昂,弊在印刷所据售价表定价。

应酬 送刘艾唐、伯庚大本《资治通鉴》各一部。

杂记 托邝代拟复万国函授学校海格尔信。 本日海格尔来,未见。又约后日来。去信另订期。往来各信均交梅生。

十月八日　星期一

收信 仙华。

发信 仙华。九日发。

公司 知照王莲溪,停收美国函授学校告白。十一号专单。

万国函授学校力胜来,强欲我处取消美国函授学校告白。我不允,但允此外不登,可专登美校告白。伊又出英文论说一件,属译汉文,汇登各种杂志。余云俟译汉文看过如何说法,再通信。

发行 昨晚与翰约干、高、鲍、吴、谢、陈迪、包诸人在一家春,报告抄簿估价太昂,已查出真本。应筹补救之策。翰甚不悦,不知何故。嗣议定已成者,由包酌减。另制一种抵制合记,售价照彼。又进货,以真价通知印刷所及出版部。

用人 致王莲溪信,为何伯良事。

编译 送还《工厂管理法》原书一册、译稿一册与江伯翁。请送鲍咸翁阅看。

纸件 以租纸厂事商苏盫,甚赞成。

文具 知照包文信再查各种抄簿及凡用纸料所造之货。十三号知照专单。

应酬 昨晚约刘艾唐、伯庚昆仲在一枝香晚饭。先施公司约在别有天便饭。遇安东李　　、烟台孙文山及香港商业银行林。

天头 令包再查他种纸货估价事。

陆、宋赴杭招待事。　　询符,前礼拜五议定各件。

查宋公威送股事。　　查韦傅卿前查分馆盈亏说帖。　　告周锡三,约各大校教员选定英文书,抵制伊文思事。已面告。

广告公司免费事,托京、津两馆面商。交廷桂带去。催郭,知照新进人事。已告。复赵竹君荐画者事。已去信。

十月九日　星期二

发信 沅叔。

用人 莲溪来谈,亦不以何伯良为然。又谓翰前拟派代青年会售书处事,竭力阻止始挽回。又云何与陈、符似在奉天有私营之业,大约系买铅。当婉告翰。

财政 告翰翁,广东银行欲与我往来,往来存款二厘,用款周息七厘。

编译 邝言,周越然言,南京事恐不久。因经费支绌之故。甚盼其回馆。余云总须待一年后。余意一年后情形恐又变,此时不能预定也。并告邝改订函授讲义,可请蒋梦麟为之。

邝又言,周越然编有《英文切音》一书,拟给与五十元。余言要合用可办。

印刷 廷云,如天津有奉天兴业适用之纸可买,即代办。我告以先寄样张来。

纸件 纸厂事,面告廷桂。并开去吃亏四条、不易办三条、危险四条,共四纸交廷桂,备将来谈判。 先告翰翁,余亲往与部商有不便。

西书 周锡三来言,英文小说三千种已售尽,拟再定三千。

天头 到中华基督教会演说。遇朱子乔、陈维屏硕卿,《兴华报》主笔。

十月十一日 星期四

发信 伯恒、附竹庄。揆初、寄津馆。王百雷。

分馆 港馆同人联名来电,告邱君不能称职,自行辞退。当电托宝田赴港督办。 十二日姚葆宜又有电来。

编译 周锡三交来天津李启所著英语教科、授各四册。稿交景星送编译所。

印刷 函鲍咸昌,速运机十二架至奉,并票板。勿交邮局。

纸件 致王百雷信,所问各事均留稿。

天头 十月十日休息。 玩具事归三所会议。查已做各件。 通告各馆防警干涉历本。除西南各省,剑办。查《百衲通鉴》样本。明日送样。 告亚泉《博物甲种》百元太贵。函告编译所,剑办。 函编所小说变通事。同上。 查周孝怀寄售《四书今译》事。已告罗。 托庄与张士一联络事。已电告,云系叔良接洽。即属转达。 查合记售纸事。云明晚送样来。 催共和书改订复审事。函编所,剑办。问周锡三,温镜仁介绍西书事。已电。 请各校长、教员选西书事,告邝、周速办,可并托各分馆。

卢涧泉赠股。 学部租官书局。

十月十二日 星期五

发信 子刚等。

公司 致翰翁一函,论收减分馆事。

用人 收账吴君私收账款不交。翰翁今日来告,约千数百元。余言账房应检查收条。翰言有洋行款在内。余言洋行应知此规矩,更不应付款不取收条。账房亦应负责。翰言伊父有活存款八百余元,存折亦交伊手,逐渐领去。

温景棠愿交押柜二千元,学习账房。余谓其人才识不够,不可许。

编译 函梦翁:一、改共和书送复审。二、《小说月报》不适宜,应变通。三《博物甲等[种]》,每册百元太贵,应缩减。

余告梦翁,速编新类书。

湖南提议各省编书。托伯俞函达黄、蒋二君设法。

纸件 造纸厂须添卷纸机,交翰翁寄美访价。

杂记 旧书部送来陈仲鱼校宋《法言》两册,还三十元。

十月十三日 星期六

编译 查《商业名簿》现在办理情形。面告仲可,随到随编,随分类。仲可言人手不敷。请伯训另行短雇。梦翁亦在座。

杂记 赴译音统一会。来会理、吴和士均主张按表除最通用外另译地名。余力驳,谓通用地名不能划清界限,只能以现在通行地图为准。又旧名不妥,不外三事:一、译音不正确。二、取书字,笔画太繁。三、译名过长。现在之表所谓译音正确者,不过我等数人。移之他人、他省,恐仍不能确合。至选用之字,笔画繁者亦多。则前两弊已不能去。至第三弊惟有删减音节。既删减,即不能确,不删减又何能不长。既三病均不能除,何如仍旧之为便。至所定之表后来译音必应一律通用。吴驳,既用现成地图之名,将来此表必无见用之日。余谓应补地名甚多,且不专供译地名之用。来君谓,可否旧名列入表中,后附新译之名。至将来逐渐可以改用新名。余谓如此则以新名为主,要求部中审定。至所以要改之故,并说不出理由。俞君则谓旧名专以中学书为准。余谓彼此见解不同,可将各人意见汇齐,报告大会。

天头 午后黄朝章约定到厂参观。 催印对联。 查《西洋各国惨酷刑具图》,印入《东方》。据云书已遗失。仪器部至先施陈列。已办。 商业名部。已查。 《日用百科全书》有无历史、地理。已查。 复邓君信。 再问仪器部纸。已买。催《四部举要》目。

十月十五日　星期一

用人　昨日访叶伯皋，告以邓之诚号　　一时不能延聘，愿索观著作。伯皋言，其人学行俱优，且通法文。本日送来《西南征实》数章，事极纷纠，而记载颇为清晰。固美才也。以示梦翁，亦云可用。

编译　告梦翁，《日用百科全书》可发排。

应酬　晚约高叔钦及王　　、葛词蔚、章味三在一枝香晚饭。

杂记　本日午后三时，万国函授学校海格尔、力胜到编译所。余与邝、周接见。力请取消美函授广告。余答以不能。询及如何登法。余即电询王君莲溪。答称《英文杂志》一年、《英语周刊》每月登一次，共十二次。又询问签名者为何人。王答系 Lohman。余即转告海、力二君。海称伊为德人，中国已与开战，当然可废。余言不能，签字者虽为德人，而该校系美人所设。海又谈及彼此联络办法。拟托本馆有能通英文办事者之处（余言容细查，大约可有半。）代为招收学生。余要求本馆毕业函授生入伊校特别优待，可否免费若干。伊言拟减九元五角。（伊校章，习完一级入上级者，给还前有之学费十分之一。我处四年，共收九十五元，故免九元五角。）余言太少，要求照伊处学费减二成。海有难色，允再商。又言我处代伊招收学生，各馆将来由力胜君亲往巡视，指授一切。择其最优者一人，作为伊校免费优待生。余拜谢。

天头　到编译所会议。

十月十六日　星期二

发行　属符追查预定书报逐日清单。次日余又面属元章照旧填具，不准各人躲懒。

分馆　拔可来电，问奉、吉用大洋改折事。属径复奉馆。当约培初、干臣、咏可交与阅看。并令筹商邻近各馆，如何照应总馆，该馆区城内同行如何限制。

同业　宋跃如访翰翁，又说中华事。翰约梦旦、叔通与谈。余云可定后日中午。

纸件　奉天兴业要改纸，已议定照旧合同粘附纸样比例照加，改为三十二磅。已面与卢说妥。翰意必欲改为三十五磅，宁可自己吃亏。余言该行全系外行,将来磅数不符,必又疑余处改换他纸。翰言道德上应当如此。余言即请做主。饭后告叔通,叔通亦不以为然。谓将来兴业执磅数不符,疑我改纸。余谓翰意坚执,我辈只可不管。

文具 余告翰,包文信于先施寄售地球仪、人体模型等,为该公司所必无者,竟未一往,太不留意。翰云文屡已接洽,归咎于先施之不来取。意甚怪。

西书 南洋中学吴振麟来信,谓张蟾芬有书数百元账未清。交西书部查,只有庚戌年一笔账,寄售何书、种数、车数、书名均不载。亦无底簿。刘人龙言往问,蟾推言不管。余请翰翁阅看。

十月十七日 星期三

收信 伯恒。

发信 拔可、竹庄、弼臣、百雷。

公司 梦旦与翰谈分馆存货宜大减。余又告翰,分馆总须裁。若欲候其账款减轻后再收,恐愈陷愈深,无希望。且私人亏欠,大局影响,皆受亏之事。翰仍不以为然。

用人 东汤李生上书求事,文字甚佳。告梦翁,拟罗致。

财政 余问蟾芬,存款陆续付进者,向凭账房收账。钟固可靠,万一告假,派人代,收进巨数,仅登折而不收账,无可稽查。甚危。蟾言亦可开一凭单,由伊签字。余言如此自妥,但须看机会,不宜骤说,恐钟君起疑。可先商翰。蟾又言,吴元顺近支伊父存款,并无折来。因系父子,不好推却。又言方同记订作,有一次伊子来领三百元,图章不差,后竟系冒领。又言,账房押柜,往往两三月即支利,许笃斋竟开单,伊甚为难。余言只有拒绝。又有可疑者亦可缓签字。

分馆 符干臣来言,奉、吉改大洋改折,东省各馆可一律,津馆可不动。拟电来,照发。余言须通知津馆,对东省不可放账,总馆亦如是。属符拟信并拟说明备将来参考。符有各馆售价比较表。

编译 告梦,拟请吴和士任《理科杂志》,在外编辑。并复章行严信。谈善吾交来译稿,颇冗沓。送编译所,又发现铁樵所定体例,以天及良知代观音、城隍等名。余以为不妥。附注谈君来信上。十八日铁樵来信,仍坚己见。余以为新小说可辟迷信,旧小说不必。请伯训转达。

西书 锡三告美国纽约亚细亚协会来信,属代售会报,并代募会员。

杂记 万国函校海格尔来,问美函校签名契约可否给与一看。余向莲溪处取来交阅。伊照抄去。但《英语周刊》只登三月,并非如前王莲溪所言,订明一年、每月一次之说。海君转而请余约王莲翁来。谓前何以如此告我。莲语塞,谓未看清楚。海君又言,当与伊律师商量,可否废约。余云我国并无禁止国民与德民停止交易之事。又彼系代表美商,断不能办。只能在报上鼓吹,尔校不涉该校,以为补救。云云。海防某君,洋文姓 Young 来信,要登函授告白。余与邝、周商,恐其不可靠,请王莲翁拒绝。一面仍告海格尔。

十月十八日　星期四

收信 王百雷、仙华。

发信 百雷。

用人 伯训送到阅定补习生卷。

财政 昨询蟾芬言,有某女士近来提万元,系六月到期,满期后三个月息扣去。余告以须酌看。际此时候,宜宽待。满期后三个月后来提者,应给,照活存息给与,不宜全扣。再商翰翁。

同业 本日中午翰约咸昌与余至一家春与宋跃如晤谈。另记。

傍晚宋又来约翰,伯鸿亦在座,兼约余往。余谓太骤,未去。杨翁往谈。

纸件 黄朝章交来纸样两种。又郑炎佐交来丁衡甫托询纸价一纸,均告翰翁。

天头 查分馆能解英文者共几处。已告培、朱景张。催万函学校交来译件。已告周。　商翰翁,定期存款中途提取者,满三月后照活存给息。其权操之总务处。　催章仲和查学生事。夏已办。　津馆存小学书较多,可就近拨京馆。查陈迪民通知纸价三联单。　查玩具估价单。已办。　查万函授交来译件如何登载。已办。　查改定抄簿价通告。已定。　问抄簿已否另印价。廉者已印。

十月十九日　星期五

发信 伯恒。

公司 致翰翁信，为蟾芬账务不甚精明，所有账务仍请翰格外注意。（此意昨日午前十一时翰及咸在会议室商应付中华事后，余即申明。翰言此尚不甚紧要，最可虑者为进货之账。鲍问某两人之账。翰言此系梅生不好。云云。）副笺言督收账款事，蟾不能主任。均留稿。

分馆 翰翁复余一信，言九江分馆仍拟不收，拟派朱暎去。

同业 殷侣樵来如意里源和庄，宋跃如亦至。余与翰同见。另有记载。

编译 赤萌交来《教育杂志》改办法。拟加价，减送。原稿交还梦翁，请照行。并将其他杂志一律估计，另定办法。

十月二十日　星期六

收信 仙华、伯恒、王百雷。

财政 翰言吴国秀子亏空事，共千五百元。由吴还一千，本馆免三百，余二百由吴自来办事，按月扣薪拨还。

分馆 翰翁又谈及分馆事。余仍以裁撤为言。

同业 余请翰勿见伯鸿。如直接与谈，将来必生枝节。再三言，翰始允。即函致殷、宋。并代翰函伯鸿。

编译 梦旦来言，吴和士本办《博物杂志》，归中华印，现已停数期。如令移归我处亦可。每期八万余字，定价二角五分，二千余份可归本（但售十足尚可增）。如送编译费，则每期送百二十元，须五千余；每期送二百四十元，须八千余方能归本。余意能减为六万字，月送一百卅元亦可。

宋承之来谈编函授国文事。

印刷 公亮言，现有月份牌数宗，无人画石，甚不了。

杂记 看旧书，在霞飞路仁和里一五九号。吴栖云经手。

十月廿二日　星期一

发信 仙华。

公司 商会来信，为中华书局事。

午刻翰约丁榕在一家春，商议应付中华事。丁言。

用人 昨在家阅补习生试卷。

财政 广东银行往来事,翰翁已照办。

分馆 梁宝田回信,言以港馆信,全系姚宝宜之鬼蜮,请总馆调回。

编译 宋承之交来拟编国文函授办法。

恽铁樵来信,颇辨《聊斋演义》宜去迷之理,意甚坚执。余请梦翁转致。

瑾怀来,与梦翁商定,《元曲选》印一千,白纸六成,黄纸四成。

《石渠宝笈》印五百。

印刷 湖南银行来电,催印百枚票。由叔通拟复。

奉天兴业改纸事,由叔通与公亮商定电稿,托廷桂转奉。

纸件 翰翁言,有光纸可用至明年底。洋表古纸,刘柏森处亦可造。故广东银行及丁衡甫所介绍之纸均不购。广东银行由翰翁复,丁账交还郑炎佐。

十月廿三日　星期二

收信 伯恒。

发信 伯恒、拔可。

公司 拟复商会信,余持示苏盦。谓由商会交涉,变为公事,故先奉达。苏亦以所拟稿为是。由叔通略加删改,由翰翁阅定。晚复由叔通与梦翁商定缮发。

分馆 闻图书公司有印刷品为捕房追究。　廿四日翰翁电告,系奥人某来印诋毁英领之件,系吴炳铨任内之事。又私印假照会事,图书公司亦有牵涉。已托丁榕办理。

编译 南昌分馆寄来《中学国文读本评注》四册。第二册注有"美以美会南昌中学教员用本"字样。

应酬 陈重远来募孔教会捐。余婉却之。

十月廿六日　星期五

收信 王百雷。

发信 王百雷。附丁朔庚未发。

公司 商会来信,约明日午后二钟至会与陆、俞两君晤谈。约翰、叔至会议室一谈。翰属余前往接洽。拟定答复词意:一、我处愿意商。二、我并不贪便宜,将来可以公平估计。三、不便与中华直接,须由商会与股东、债户及新公司以法律解决后再谈。余即往商会,候一点余钟之久,晤沈联芳。另有记载。

用人 与梦商,吴和士仍由编译所借用,但拒绝其随带乃兄一层。又《博物学》殊枯燥无味,无销路,津贴恐受亏,比延聘到馆更甚。此亚泉之意。前日与梦翁由电话商定。

分馆 程润之拟在太原度岁,翰属培初去函不允。余加二句:"再,闻总务处甚不以此举为然,望即速启程。"

编译 昨日复宋承之信,留稿存叔通处。复章行严信,告以译书事。就东文译出,每千字二三十元,发行可由我担任一切。如用西文译出,则我只任印售事,可预垫数百部之版税。又每种若干字,拟译若干种,请先开示。稿存订译筒内。

天头 廿四、廿五因感冒在家,未到馆。

十月廿七日　星期六

公司 午后二时过,偕翰翁至商会,晤闻兰亭,谈中华书局事。傍晚王一亭亦来,至上灯始归。另有记载。

同业 翰翁告,彼局将各种原料纸陆续运出。又闻将各书纸版做成两付,以一付备私印之用。

印刷 某颜料公司来印商标者,有信来,极诋本馆印件之劣。告翰翁后,即交公亮对付。

十月廿九日　星期一

公司 翰约丁榕、鲍、陈、鲍、梦及余至一家春,商议应付商会来商中华事。以往来信件交丁阅看。商定如再有信来,可将余所拟稿答复,一面再口述。告以既代任清算,应查明负债及财产,索其详细财产目录,交来我处,亦可还一价。中华交来意见七条及余拟答稿交丁带去。

商会来信,谓双方谈判,中华办法七条已认可。云云。由叔翁拟稿驳复,并将附来办法七条缴回。

发行 在后门见有温州维新书局退回书籍十余包。即告咏可,不得收退。又出通告,谆属以后照新定不准退书通告办法,如万不得已,声明缘由,须向总务处请许方可。

编译 蒋梦麟来谈,学界需要高等书。谓一面提高营业,一面联络学界。所言颇有理。余请其开单见示,以便酌定延请。

胡适,号适之,与梦麟甚熟。

印刷 鲍云有斐利浜两人,一落石,一画石者,来自荐。索月薪一百廿元。鲍云太贵。余告鲍,或八九十元可用。现在月份牌颇忙。鲍谓来得及,不愿添人。 告鲍,德某画件,应将付款交由伊之引荐人。高亦切属。

应酬 访福建林、王。 北京岑履信。

十月三十日 星期二

收信 竹庄、伯恒。

发信 拔可、廿九发。伍昭宸。

发行 发行杂志决定八折,无回用。 英文三种各加价。

用人 到编译所与伯训复核补习学生课卷。

分馆 长沙来信,要求湘票印价得九五回用。余批可酌允。

编译 在寓拟读音统一会报告书。

交还《汉英大辞典》甲、酉、戌三册与江伯训。

章行严来信,商量《太平洋杂志》由本馆代印发行。或将其编辑招为本馆杂志撰稿。与梦商,拟照后层办法。

印刷 卢湛臣来信,问印票改用纸事。由叔翁与翰商定拟复。

文具 送来抄簿定价,殊不合。问培初,云已通告各分馆。 伯俞交来李某演说,关于教育玩具稿一篇。已交谢宾来阅过,本日送还伯俞。

应酬 往访魏麟阁、范 、梁载之、熊季贞、屠敬山父子、钱士青。翰翁嫁女后设席于太和园谢客。到。

十月卅一日 星期三

编译 《香港国文读本》案卷三筒本日全交郭梅翁。 又有订正新读本卷一筒,亦并交去。

杂记 午后赴译音统一会议,将初稿又改正。

十一月一日　星期四

发行　本日三所会议,议定各种杂志批发同行改十足无回佣。

用人　补习生可以面试者取定　　名。交复生分别知照广、京、汉三馆复。京托蒋办,并即取定。汉、广试卷寄沪定。

编译　蒋梦麟有编译高等书籍条议。二日交梦翁。

文具　午后杜亚翁约余及翰卿、梦旦、文之、孝天、包文、毛文吟、许司务及仪器部诸人,议定制造博物标本、模型及搜集、保存、发售之事。仪器部另有记载。

应酬　本夕七时在东亚旅社宴各省教育联合会代表,并直隶赴日本,又甘省在北京高师范毕业教育视察团。到三十余人。

杂记　蟫隐庐送来《淮海集》一部,明刻,有芷斋公印记。还卅元。

十一月二日　星期五

发行　告谢宾来,通俗教育画事应归玩具部帮助推广。又告于瑾怀、符干臣,应订本,每五十张为一本,作为样本,分送各同行及分馆。

用人　唐崇礼来信,请派人赴东习石印。余以为应办,鲍谓太费。余不谓然,已告翰。

分馆　任之托,泗水熊君,名理,字恒心,愿与本馆定特约。适厦门特约取消,持有书若干,存彼处。即用知照单知照培初,请告秦乐钧。一面与请厦馆详达秦君。

编译　李经彝《诸子精粹》全卷交任心白。前月卅一日续付李经彝一千元。连前共付二千五百元,全数清讫。

应酬　与剑、叔公请俞恪士、谭组安昆仲,又吕抒生在古渝轩午餐。鲍咸翁为伊侄完娶,约在东亚旅社饮宴。

杂记　访黄任之,告以译音统一之事。余与来、潘、吴、俞诸君不能一律。并告以种种理由。任之问能否由商务担任编纂辞典之事。余云如容我主张,可以担任。

致财部信,为造纸厂事。由叔通拟稿。

十一月三日　星期六

收信　鹤顾。

发信　丁朔庚信。为定纸事。

公司　售书助赈自本日起至七日止。

商会又来信,为中华事。

用人　寄汉口、广州分馆补习生试题。由复生办。

分馆　范得臣、俞凤冈来信,言龚镜清亏空太多。余意撤龚,暂停营业,移往重庆。

编译　文明书局出版《中西对纂验方新编》,与本馆《中西验方新编》定名相近。经杜亚泉查对我处原书,该局系从原本译出,并非窜改,不能与之交涉。已知照业务科。

查孙星如本年编成《童话》七种、《少年丛书》三种。适每月成一种。

与郭洪生谈《英华字典》译法未妥处。

杂记　刘慧之来,谈黄氏旧书,各书店中人措资不齐,可转交我处办理。余云,如有为难,我处可以承受。但如何办法,临时再商。

天头　查梧馆《英汉辞典》之事。　　三井托代售打字机。衢州笔铅矿如何办。　　通俗教育画,告符干须做样本,封面印目录,内面印出版主旨。

十一月五日　星期一

用人　伯俞言,前在中华编《国文》吴研衡又来问,极有愿来之意。伯俞答以如无条件,可以商量。问余意如何。余答以既系有用之材,可以延请。月修八十元。又言有刘传厚,亦在中华,于编教授法等亦有经验,不过稍旧。问能延用否。余云本所尚拟更动,最好在外面担任事务,只可稍缓再议。又有画图者韩某已来。伯俞另荐一人。余问如何。伯言其人非二十六元不可,不妨稍缓,候其自来转圜时再说。

发行　请梦翁速估各书造本。

文具　亚泉言,与文德谈,现在任采集之二人,系自在宁波开厂,制成售与本馆,且其自秘。文德亦甚恶之。只可另招学生,为自造计。

应酬 约卢涧泉、罗伯沧、陆子明、刘慧之在一枝香晚餐。因病未能到,托剑丞代作主人。

天头 是日午后发寒热,四钟即回家。

查改定奖励金章程。 分馆自己进货,应查明特许。分馆售外版,应有限制。 加折加价事,应催。

十一月六日 星期二

发信 伯恒。

发行 杂志加价通告,阅过交还俞志贤。并拟再《英文》《少年》两杂志价。此系七日事。

分馆 函叔通,言处置四川省垣分馆事。

印刷 伯恒信来说,曾叔度来言,国务院所属国际研究会拟出《国际杂志》,拟托本馆或由我个人出面,等语。覆以牵涉亦多,不克办。信请剑丞饬录底存查。

天头 因病未到馆。

十一月七日 星期三

发信 蔡鹤庼。

编译 蔡鹤庼来信,为陈介石后嗣代请,如伊所编《历史》不出版,可否发还。与梦翁商,拟将原稿发还,属其另抄一份。并立凭证声明,自己不能出版,并交他人出版。信稿由剑丞饬录留存。其稿于八日交剑丞,饬寄京。

鹤庼又言,华法教育会编有《法文读本》《法文文法》等书,拟与本馆合办。亦复去办法,与前事同一稿。

印刷 鹤庼来信,言大学设研究会,拟出杂志,与本馆合办。复以每季一册或两月一册。二千归成本后,余利彼得十之六,我得十之四,订一年契约。尚有多条与上事同一稿。 由剑丞发抄收存。鹤庼又托翻印英文文学书。复以用数少,不值得,此外无销路。先请寄样估价。

天头 因病未到馆。

十一月八日　星期四

收信　昭宸。

发信　伯恒。

公司　售书助赈于昨日止，共得洋二千。

三所同所募集，共一千，余捐五十元。

用人　沈琬山于昨日病故。

西书部刘人龙不别而行，临行时并取书数十元而去。函托伯训考试补习学生。并告复生前往接洽。

财政　翰翁云买进美金一万元，存入利达洋行，利息尚未定。

分馆　山西分馆账房顾仲甫自缢死。

印刷　闻　　　印刷商标已寄出，昨日寄回，忘印牌号。

西书　告锡三，北京大学拟托我编印西书，复以为难，不如代买。请寄目录去。

杂记　译音统一会本日开会，托陈俊生代表。

托伯恒代访直隶府、县志书。并托转保、张、津。

天头　午后到公司。

十一月九日　星期五

分馆　与翰、叔商定，成都分馆托华西教育会代为保管，货物暂停贸易，移至重庆去。龚给回沪川资四百元。范、俞能回即回，不能回暂寓华西教育会。

编译　宋承之交《评点古文》两册。

江建霞子，号颖年，名新，能画。前日由谭组庵介绍来见，未遇。函索画样。

印刷　北四川路某君不具名来信，言毛浩记私留《辞源》十一部，后拔回页抵补，云云。已将原信寄鲍密查。

杂记　陈谦夫介绍宁波某氏旧书。十种可购，已函复。稿存同孙处。

十一月十日　星期六

收信　拔。

用人　考补习生。江伯训、庄伯俞、邝富灼、周锡三均到。

分馆 与翰、叔商定成都分馆事。决定暂停撤。龚给与返沪川资四百元,另给薪水两个月。赁租屋堆起,托华西教育会教士代管。范、俞相机赴渝。由叔通拟稿。此系昨日事。

编译 与梦旦、蒋梦麟、张叔良、陈俊生商定统一译名事。蒋、张、陈均被举为会员也。

天头 至编译所。

十一月十二日　星期一

公司 中华事,商定先查实产,如与负债之数尚属相近,即据前该局所开乙法(估价购入)办理,继续与商会接洽。如相距过远,亦只可作罢。

发行 昨约翰、王莲溪、张桂华、鲍、包、梦旦、伯训、叔通、拔可在寓午饭,商定加折加价之事。现在一面办理中华盘买之事,一面预备加折。批发五折,分馆三三。中华事未解决前,暂作二七。如到应办之时至迟在阴历年杪中华事仍无办法,亦应实行。

编译 布面改纸面布面书,门市加价,批发照旧。　如改纸面后仍旧吃亏者,只得加价。

质问太多,同人费时日过甚。拟收费。

以通俗教育画制幻灯,并编讲义书。

编童子军教练及参考书。

旧书,如《四书》《三国》等用新闻纸者,减印,用有光纸,照常有版权。销路较滞之书,再版时减少或停。

纸件 与鲍、包商定,可改字模。做声字及改笔画字。又日本有新字可买者,买来仿造铜模。

文具 笔店可与老店订约,包买伊货。　杜就田云,可造照像器。张、杜、庄均云可仿照童子军斥候器械及徽章。

杂记 节用纸张事。书目。包书用改用旧报。本日查,每担五六元。每廿四张为一斤。是一担应有二千四百张。然新闻纸每令约五十磅。

十一月十三日　星期二

公司　俞仲还来访翰卿,又要求先给价目。翰约梦、叔及余商定,版权、机器、地产令开细账,余给与标准。

印刷　将大展及财部两厂纸样交巧生,往先施招徕印刷。

文具　知照包文信,可仿造童子军斥候必携。

西书　锡三言西书拟照金价给与折扣,余请拟通告稿。

应酬　《美百科全书》锡克尔约在家晚饭。

天头　查毛浩记订书舞弊事。问鲍,云事难,但不如此之甚。

十一月十四日　星期三

公司　拟定令中华版权、机器细账条目。

用人　本日又考学生。

分馆　金少安来见,言今年九月底止,共做二万六千账,欠二万一千。去年九月底止,共做二万四千账,欠一万九千。又言门市不过四千,营业事务费去年几共七千。　　少安本日返厦。

印刷　公亮言,南洋烟草,印刷略有挽回。

十一月十五日　星期四

用人　翰言,拟调仙华至总馆办事。

分馆　商定翰、拔、梦、叔均在成都分馆决定去。龚直接去信撤回,派范接管。给龚川资四百元,月薪两个月。告范,决绝不可通融。另拟该馆办法两层:一、停止,交教会保管,或退回,或不退回。一、继续营业,紧收账,以现款为宗旨。又商定收黑、吉、长三馆,并入哈、奉两馆,以顾调哈。派王觐侯、顾怀仁办理收束事。又商裁撤可省之分馆。余举厦门为言。翰仍多所推托。

同业　闻中华新公司本日退租,由陆伯鸿接收。　叔通闻蒋孟蘋言,装出书六百箱,西文书、纸张等亦装出。伯俞闻装出四百廿箱,有一百廿箱已出口,售价甚廉云。

编译　商定答问收费。每条收一角。订正本版者不收。不能答者缴还。催十二月杂志发表。

纸件 告鲍先生,马口铁太厚,不如售厚买薄。

应酬 新加坡华侨林义顺招饮于东亚旅馆。到。午前先往访一次。并访邝明觉。

杂记 退还九、十两月半薪,有信致王莲溪。存稿。

天头 到编译所。

十一月十六日　星期五

发信 伯恒。

编译 伍昭扆来信,言每日可腾出二三句钟编译。本日去信,问尊意以何事为宜,见示与同人商议。

《汉英辞典》拟请英、美两使撰序。问昭扆如何办法。

印刷 五洲药房美女每张五分。又中法药房美女每张六分。送鲍先生阅看,皆上海印刷公司所印。鲍云纸系印书纸之一种,本公司亦可印云。6/7/11。

杂记 寄伍昭扆信,托觅东雅堂《韩集》、济美堂《柳集》白纸最初印本。询实价见示。

十一月十七日　星期六

公司 仲谷意,春季告白前与中华有约,现在如此,我可以单独行动,且可大加搏节。复以甚善,可照行。约鲍、李及翰翁,谈中华现又有变动,可以再加研究,以备应付之策。翰大不悦,谓众人词色以为伊上中华之当,以后总少说话等语。余谓彼此同事,如此存意见,则甚为难。

用人 伯训送到面试补习生课卷。

编译 郑紫卿交来《养蚕法》教科书两册。云六种已齐,约礼拜一日来此付款。交景星送编译所。

亚泉介绍余君译《药物学》,约每千字三元。全书约三四十万字,需千元余。梦来信,以费重为虑。然已与谈数次,似难停止。复果精审,非不可办。但交稿不宜迟,或先付二元,俟交齐再付一元云。

印刷 财政部袁文薮电致叔通,属湖南钞票缓运。

催鲍速做奉天兴业十元票板,寄奉,可再收价。鲍允赶做。

杂记 黄氏旧书事,刘晦之来信,称书估不能缴价,愿以归我。复以可以,原价接收,运费亦可照给。嗣晤玖师,知书估业已缴价。

十一月十九日　星期一

收信 伯恒。

发信 傅沅叔。催摹写《衲鉴》中缝。

公司 邵仲威来,谈中华事甚愿由我处接收,最好先定一办法。答以无从还价,必先见财产目录方能着手。

用人 补习生在汉口复试者三人,取两人。决定上海、汉口两处取三十五人。

分馆 顾怀仁来信,主留长春,再试办一年。

京华书局书记王秋圃君致拔可信,言该局积弊甚深,杨广川及账房更靠不住。人人有自私自利之心,不易革除。

同业 扬州某印书局寄来同业攻讦不准退书传单。我意置之不理。翰意亦主坚持,但以缓裁分馆为言。

编译 郑紫卿来。付与蚕学教科书六种编辑费,计洋一千元。又还定印费二十元收条,当交与钟景莘。其彼此合同,均已注明"付清"字样。

应酬 昨晚请慕韩、揆初、钱铭伯、徐筱霞、夏地山、坚仲、南仲在东亚旅馆晚饭。地山、揆初未到。

十一月廿日　星期二

收信 宝田。

发信 宝田。

用人 补习学校面托伯俞担任。晚告翰翁,亦以为然。顾复生与江伯训因补习学校事大加冲突。面告复生,以后校事须与我商。

分馆 告培初。朱景张笔墨太劣,不能抵傅卿之任。乾三在此,可令写信。

纸件 复部纸厂丁朔庚,新闻纸每令四两四钱太贵,不要。前尚欠二千零廿令,请速交。

应酬 午前往祝沈涛园夫人六十寿。

晚约蔡谷颐、邵仲威、罗伯沧、张筱蓬、邓某(广东通雅书局)在东亚旅馆晚饭。陈伯严未到。

十一月廿一日 星期三

发信 竹庄、伯恒、昭宸、沉叔。

发行 陈谦夫及丹阳某店要求退货。陈事不允,丹阳酌退一半。后陈来要求,允退《画学临本》一种。

用人 竹庄寄来在京面试学生试卷。七人取四人,备取二人,不取一人。即函复谢。又函伯恒,令垫付学生川资。

财政 函告伯恒,前于价高时收入之纸币,既可附中行股,且看政局变至何度,届十二月底再定。稿交任心白录存。

分馆 衡馆来信,言派军饷千二百元,减到六百元。来问总馆意见。余告翰翁,只可令许苦恳核减,如必不能,只可照准。令许相机因应。

编译 昭宸校《汉英辞典》用红粉笔,易磨擦,他人难校,请其代校。酬报候示遵。

文具 于右任为三原二校购仪器事来信纠缠。本日答复。原信及信稿均交盛同孙。

十一月廿二日 星期四

发信 仙华信。

公司 傍晚与翰谈中华事。言搁起终非办法。所拟之表,或仍可送去。但我辈之所应研究者,在还价之种种办法。翰意似解。梦、拔、张、盛均在座。

发行 批答岳州特约所退书事,只可应允,但作价必须折扣。

用人 调王回沪任店长,西书、仪器、现批、装箱及招待、出店均管理。盈亏不分计。即以乾三继任津馆。鲍咸翁谈,包文德近甚衰,仙华、公亮两人中可否以一人相宜帮印厂事。余等以为公亮较宜,最好有半日在厂练习。

分馆 廷桂要求奖励,不允又要求免息。另要求奉天兴业银行印件赔款三分之一,又印价十分之一。翰意甚不为然,约拔、叔、梦、咸及余讨论良久。梦意谓奉兴银利益可照允,同时拒绝免息,以为交换条件。翰意印价仅给五厘。余意去年通告,分馆代接印件给与回佣一五,大宗另行酌定。今京局给与一成六,不为多。翰虑援分馆例再争。余言可答以大宗本可酌定,或且不及一成。翰意将拔翁调查京局所得腐败情形同时警戒。余意稍缓致信。众意皆同。遂决。

编译　《汉英分类字典》仍拟速办。请陈慎侯、黄幼希主办。词典部赶编类书。又《人名词典》事可速了结。

德文校勘拟先去。孙雨苍拟裁,或在外校阅。　　刘铁卿改在外编纂《修身》书毕即停。　交通科拟稿发行所,拟裁范秋崖、赵少芬、冯克俭。

西书　《英百科全书》事,陈培初来言,伊处多不接洽。余约锡三来商,仍令发书事由锡三指挥记账。晚商翰翁,拟派夏　　至西书部。翰意《英百科书》事极忙,应告锡三请并添人帮办。

十一月廿三日　星期五

收信　伯恒、弼臣、葆仁。

发信　仙华、弼臣。

发行　商定《廿四史》即行停止预约。以后定价百五十两。门市九折,可通融。同行批六折,十两回佣。分馆批九折,廿两回佣。

用人　与仲谷谈,欲将陈剑青辞退,移交通部至总馆。仲于辞剑青有难色。告以即裁别人亦可。

分馆　致仙华信,言中华一时必难与我竞争,本馆有许多计划须逐渐进行。翰翁欲其来沪一商,属为转恳等语。并属莲溪寄二等免票去。

余代翰拟复廷桂信。

印刷　弼臣来信,有《教育状况视察录》系戚升准托印。

已复戚,并知照营业部。

文具　于右任属姚君持范君三原校长来信,云即付三百与陕馆。余允即函汴馆转运陕馆。一面函知陕馆,如三百元尚未交到,速催。

十一月廿四日　星期六

发信　伯恒。

公司　交通部在编译所者,拟并入交通科,移至发行所,并酌量人数。面告仲谷。仲复照行,拟裁许恒甫、朱雨春二人。

发行 濮阳某店要退实用书。余未允,交邵复查。

用人 锡三来告,拟派方谷香出外招徕。余告翰。翰云不相宜,已派吴渔荃。余谓渔、锡二人地位关系,甚难相处。与翰意见又相左。 余请翰派夏辅臣入西书部。

访赵竹君,告以现通德文者一人,拟裁一。黄伯樵乞加薪,现拟留,但不能加薪。竹言究是长局,劝其仍就。余言时局如此,亦不能必其久长。

分馆 闻湖北分馆汉口外账收款不交,即去信责成章、顾严查,报告。翰出名,拔拟稿。顾信存拔处。

顾赓吾回沪,查看桂、梧等馆事毕。

编译 致宋承之信,告以《评点文法》圈点太多,符号尚少。宜分句读,每篇各为起讫。问译件已成若干。又课文可以随选。

印刷 函鹤庼,问翻印西文书及发行杂志事。

杨公亮出示丁乃刚所拟稽查印刷表式,又现在缺点条目。甚妥。闻借影孔宙碑,印刷所漏照末页。

应酬 葛稚威约一枝香晚饭。钟紫恒娶媳,到春江楼道喜。

杂记 午后偕梦、叔、剑赴莳花会观菊。

十一月廿六日　星期一

收信 宝田。

发信 葆仁、李佐才。

公司 今日问翰翁,查中华财产表式。翰云尚未交去。云因彼局现又活动,恐有碍彼处需要之意。好在股东会期尚远。余云,股东会前我处应还一价,庶有着落。否则恐其又生出别种办法。似以送去为是。

发行 查练习簿。算学售八分,成本二分八,尚可售。 图画练习簿售五分,成本二分六,再加销耗,同行批六折,实无利。拟减页数或加价。查市上有无同货再定。 图书算学练习簿售五分,成本二分六三,只可停止。

用人 翰又不欲派夏辅臣至西书部。余谓总宜派一高级之人。编译所明年更动。

王子均　卅元。　李澹吾　十六元。　瞿凤书　五十元。巢干卿　卅元。　冯光臣　卅元。　赵少芬　卅四元。李宸黼　十六元。　　杨丹揆　十二元。均辞。共三百十二元。范秋帆五十元，声明暑假时自辞。　孙雨苍五十元、刘铁卿六十元改在外编辑，预备半年后辞。

樊少泉、孙星如功课疲玩，拟改在外编辑。

分馆　顾赓吾言，汕馆沈仲茹自买字画古董，常在账房预支。汕馆账房所告。

编译　港馆寄到宋学鹏条，来商飞百索。一条已送伯俞阅看。

复夏穗卿信，为刘召南为伊父辩诬，请勿录清代野记记刘传桢事入《清稗类钞》。并问能否续成《中国历史》。

梦查孙星如本年十一月止，只成《童话》初集九编四万五千字、二集一编一万、《少年丛书》三编四万八千字、另编《中国寓言》一册、校订《秦汉演义》及衣、食、住两。又撰《秘笈》跋语、又编排《四部举要》目录。

天头　臧博纶言，秋帆编纂《人名词典》，尚称得力。去信再留半年，以本年年底为止。稿存同人事二簏内。

十一月廿七日　星期二

收信　伯恒。

发信　宝田。

用人　丁羹尧荐中华学生潘某，翰翁意可用，余亦赞成。

伯恒来信，代乃弟辞职。

财政　与翰商定，京馆存中、交票代总馆收者即买中国银行股票，探市价可售得八折云。由叔通复信，梦意以为未妥，故未决。

编译　午前在家拟国文函授办法。

宋承之来谈。请其预备翻译、修润、引伸各类文字。渠辞十月薪，余劝其不必。

买入《穆勒名学》甲、乙、丙版片及版权，共八百元。又书三百部，共四百元。

徐积余经手。

洪生译《英汉大辞典》,寄来译例数条。又本馆拟数条,一并寄洪生。梅生代寄。稿存《英汉辞典》筒内。

应酬 葛咏裟约在一品香午饭。遇罗叔蕴。

杂记 闻宁波独立。

十一月廿八日 星期三

发信 伯恒。

用人 伯恒为乃弟告辞。复请再留一二月。如届时仍无信息,可暂时返北。信稿存京馆筒内。并面告乾三。

财政 宋跃如提存款二万元。又未到期者有万八千元,亦来提。翰言须照存入时之洋厘,并改活期息。

分馆 章讱斋来。

编译 以所拟《国文函授高级讲义》编纂及门类示梦旦、伯俞。

梦翁拟寄售书折扣画一办法。交符干臣。

应酬 访罗叔蕴。 王敬庵,寓大通路吴兴里三九二号。 晚约张佩仁、刘翰怡、葛咏裟、书征在家晚饭。罗叔蕴昆仲、金篯孙、葛词蔚未到。

刘晦之约在其家午饭。到。

杂记 催邝速商定万函授校与我英文函授彼此联络办法。我已拒绝他人告白,伊应报我,否则我无为彼出力之义。

十一月廿九日 星期四

收信 竹庄、仙华、沅叔。

发信 竹庄。

公司 翰翁告知,午约俞仲还便饭,将所拟财产目录表交去。察其情形,不迎亦不拒。

用人 学生张维单。补考均可取单。英汉文均好。

郑方珩、吴雨霖来见。均劝其到校。

单灌章来考账房。告以须取保,如交押柜,可望出外。先来试办三个月。

分馆 章切斋建议,拟设扬州支店。

编译 梦翁送来《地方财政学》,云书甚好,问可印否。与叔通商,拟不印。退还。

文具 邝先生交来青年会西人斯汪君来信,为运动器,分馆不善办理事。交梅翁转呈翰。

西书 《英百科》代表锡克尔来,商发售百科书事。约明日午后三时面谈。

应酬 与拔可公宴林敦民、李振唐、徐积余、宋跃如、刘雅樵、陈佩纯、鲁在东亚旅馆午饭。到者十三人。

杂记 催锡三速与万函校商定联络办法。锡允三两日与谈。

十一月卅日　星期五

收信 伯恒。

公司 午后答拜孔庸之。谈及中华事,我处采用乙法,但彼处无财产目录交来,故无从续议。孔言无论甲乙,大致总差不多。债固须还清,股东亦须收回若干。余言最好若能留沪,于股东会主张,便易商办。孔言因有私事,恐难。然亦未决言不留。又言,股东决不肯议决将公司交付债权者。就令破产,亦决不肯议决,等语。时宋君跃如亦在座。晚约翰翁,在会议室告之。

用人 赵竹君来信,言黄伯樵允留。信送伯训。

财政 甘肃教育视察团董、何、汉、裴四人来言,即日返甘,甘款允汇二百,尚未到。余言前允代筹二百,此二百亦可代垫,只要预备一信,要托我处代领。约定明日午后四五时来取。约翰、拔至会议室,告以允许之理由。

分馆 闻宝庆分馆被劫,常德分馆又勒捐六千。

翰言拟将宝庆、衡州两分馆停歇,照成都分馆办法。

由叔翁备信。

顾水澄来信,章进之买南票,确有其事。但非借公款。沈子顾来信亦同。

编译 图画部徐　　来信,言各人多为童办私事,且懒惰异常。将原信交梦翁,并请伯训严察。6/12/4梦翁来言,童亦言其成绩佳,应加薪。但不宜骤加太多,分两次加,与钟一律。

西书　《英百科》代理锡克尔来,商定即登告白、发传单、寄样本。样本由我处代寄。现已印成二万,王巧生允每日出四千。截止售书约三个月,但不预定明,俟过一两月后再定截止期。告以我处预约办法,渠亦谓然。又约定应付四角,每月一结。

杂记　某律师函约翰翁往谈,大约亦为美函校登报之事。翰意以为论营业,我不必专收一家。我言因万函授校约张士一编英文函授书,我处拟与联络,冀暗中打消,故约定彼此提携,因允不登他家广告。后既接美函校告白,伊来争论,我已允登完之后不再接登。故此时只能严拒。翰、莲二人似不谓然也。

十二月一日　星期六

发信　王振之。

发行　志贤交《东方杂志》历年存数清单。属速查纸版存数,以何年停制纸。

用人　寄王振之信,为辞退乃弟事。信稿送江伯训收,托伯俞转交。

财政　甘肃教育视察团董、何、汉、裴四君商借四百元,允到甘汇还。又甘省署有二百元汇给,如到可代领拨还。商明翰翁,于本日拨付。收条及代领据各一纸 6/12/4 送交许笃斋,有回单。

分馆　余意拟将总分馆互相告之事,可以发表者,每月印一册,分寄各馆。翰、拔均赞成。

通告业务科,出版部发分馆新书,除卷帙过多者外,应提两三成交邮寄。

顾水澄致拔可信,言新智识及武昌同行改约事,进之均未照办。

编译　函伯训、梦旦,拟加徐薪水,令教学生,帮办图画部事。　又孙星如功课太懈,如在外编辑,办不到。拟明年限定每月以三日办杂事,不能逾此限。应明定程限,以备稽查。且杂事如难办,不能如期,彼可拒绝。拟明年全年编:

《少年丛书》,十二册,每册万六千字。

《童话》初集,二十四册,每册五千字。

又,二集,十二册,每册一万字。

或减初集为十二册。如不减,约千字三元。减则千字三元五。又请编《清史演义》之某某,在外编辑。又催编《汉英分类词汇》,宜速编。

文具 告文信,拟一推广运动器办法。

西书 催邝告周,速与万函校商联络事。

天头 周锡翁言,为推广函授销路,应编一劝人勤读之书。

《少年丛书》拟明年出十二集:范蠡、苏秦、张骞、苏武、陶渊明、玄奘、李白、司马光、王安石、苏东坡、朱子、杨椒山。

又请补辑《辞源》,并搜辑类书新材料。

送《国文函授高等讲义》编纂意见,又门类及编次,共七纸与承之。6/12/2日又有信去。

十二月三日　星期一

收信 弼臣、行严、昭宸。托代取四百元,已取到,即由账房送伊家,有收条,于6/12/4寄昭宸。

发信 沅叔。

公司 晚约翰、拔、梦、叔谈中华事。察其情形,恐成昔年之中国图书公司,应筹应付之策。

分馆 锡三请明年起,函授给与分馆两成。允照办。

编译 章行严来,请以其所著文字由本馆印行。与梦翁商,可以照办,版税照任公《饮冰室文集》例,定价十分之一。复信稿及原信交任心白。

《国文函授初级讲义》编纂意见本日拟就,送梦旦。请伯俞编次。

印刷 《留美学生季报》封面式样不合。经美领署约鲍三往谈。已将一切办法面告瑾怀。与简照南、王秋湄谈印刷事。翰先言先此疏忽,并言以后当竭力注意,并专备机器,画出地段,工人承印此项印刷。并请开示日本实价,设法减价,格外克己。

文具 新昌黄振标送萤石三块,云产于新昌县西区六都马峦明角巷山。已交包文信,函商购买二三担。据云每吨十八元。

应酬 翰约简照南、王秋湄在卡尔登晚饭,谈印刷事。翰与余同作主人。温钦甫、鲍作陪。

杂记 托甘省教育视察团董、何、汉、裴四人代购甘省府、县志。内有二部者,系词蔚托办。并知照发行事务处备信与正本社,请其付款。

昨日借宋本《广韵》与王敬庵。第一册已收回。

天头 礼拜日午前九点四十分,电话屡摇不接。

致廷桂信,整理内政事。 函吴葆仁,查汉馆拨款事。

十二月四日 星期二

发信 昭宸。

公司 约俞、陈、符、邵、王、梦、拔、叔商议营业方针。多主张加折不加价。

财政 各省分寄来公债票者,有渝、晋、汴、兰、赣、宁六馆。王莲翁云,各馆有无存留,看不出。常时俱作暂记。

分馆 雪门电来,因母病告假,派人替代。翰意派陈祝三。

编译 复行严信,印行伊文集取版税事,可办,照《饮冰室文集》例,定价十分之一。

《涵芬楼秘笈》初集去年十一月出版,共已销约七百五十部。二集本年四月出版,约四百部。

洪生来信,商《英汉辞典》译例。送编译所。6/12/8日据叔良等意见函复。

纸件 《四部举要》除正经、正史外,约十九万页。用改良赛连纸约七千件,用毛边约一万三千件。总之约三万三千令。

应酬 印锡璋枢返葬于家。送奠敬四元。今晨往平江公所行礼。访王幼山于振华旅馆。 午刻与李拔可约王幼山、黄振标、黄梅韵、沈彦侯昆三、施伯家、王仙华诸人于一家春。

十二月五日 星期三

公司 访仙华于惠中旅馆。告以公司营业方针须有改动,翰翁因有与同行之关系、总馆与分馆之关系,必须有经验、胆识之人在此主持。且现在发行事务、中书、西书、仪器各不统属,亦甚不妥。将来拟借重来沪担任发行事务。比较天津与总馆,则似总馆更为重要。但津馆须预备替人。少勋、乾三均相宜。但少勋在济已熟,以乾三接津馆,伯恒在京就近亦可照料。故翰意注重乾三,尚须酌定。仙华谦言,恐办不好,云再详度。　　到馆以所言录示翰翁,请其与谈。

午后晤鲍咸昌,云仙华来,谈及此事,问名义及利益。鲍云总不能少于在津,云云。仙托其转达。晚到公司。余以鲍言告翰,翰谓在津薪水二百、花红包定一千。如来此,恐陈培初、张桂华、钟景莘均不及此数,恐有难处。余云俞尚包三千,且仙华在津亦得此数,人亦知之。但在津尚有奖励金之希望,有时或可超出所包之数,此却甚费斟酌。现在三千四百之数总不动。至将来总馆应得花红如在此数之内,自无庸议。如溢出此数之外,再加给。翰有难色。谓分馆薪水本比总馆增加,给与二百元一月,与拔翁、叔翁一例已算优待。余言包定之数断难减少,且总馆事繁,又何乐而来沪。必不得已,宜开诚布公,与之说明。包定之数决无减理,但总馆同等之人薪数、花红等均远不及。将来公司及个人均不免有所为难。应如何筹一妥善之法。翰属余与言。余云可以代达,但翰亦应自剀切与言。

发行　约邵咏可与董、何、汉、裴四君晤谈。并面托代催正本书社及英华书馆欠款。交两函,请其转交。

编译　宋承之交来《国文讲义驳论》。

与陈慎侯、黄幼希、梦翁商定编辑《汉英分类字汇》。用《汉英辞典》为准,参考他书。门类宜备,所采名辞以普通眼光选用。

文具　瞿子良交到推广体育器具条议六纸。6/12/7 交翰阅看。

应酬　晚约甘肃董、何、汉、裴四君在一家春便饭,与之饯行。邵咏可陪坐。

天头　查前赠地图辞典储蓄票。　　查杭馆下半年营业。　　问《当代人名录》。选可印《秘笈》书。　　告培初检查三、四、五、六年号信、各分馆购入公债票数。

十二月六日　星期四

收信　伯恒。

发信　伯恒。谢惠花盆、茶叶。

公司　翰与仙华谈,待遇上略有为难,属余再详细与说。余约与谈。告以月薪开支一百五十元。花红照比例开支外,补足一千元。月薪补足每月二百元。仙言,近两年花红奖励均未令总馆贴补。余问前二年几何。仙言四年分千二百余,五年分千三百余。余言,翰言三千四百不令减少,则此增出二、三百元之数亦系应得之数。余意即将此二、三百元之数增入。何如但系余一人意见,当告翰翁。仙又言,比在津馆似吃亏。余问如何,仙云不必谈。余问不妨尽言。仙言津馆有包车一辆,且眷属寓栈房,然一半系管理栈房。余无所答。告以名义拟用发行事务处处长。仙言,事务二字似可不用。余云此亦可。仙言,将来遇同行、学校有须酬应之处,请许其自由。但仍有签单,断无滥费。余云此小事,无问题。又云,可否另备一室。余云总须在下层,将来可以另行布置。即陈列室两间亦觉费多利少,可以更动。又云,出入之时若一一登记,殊有不便,但往何处自必留语。余云此自当然事。又云将来用人事,应多与些权方能办事。余云,理当如此,现在用人进退亦多采各部长意见。部长所可、所否,多采用。此层当告翰翁。余又言,此次奉约来沪主持,本系加重责任。但彼此休戚相关,稍带义务性质。余辈日就衰朽,不久恐不能再在此办事。将来恐尚须将责任再为加重,等语。余约翰翁,将与仙华所述之言一一转告。翰言我辈决非吝此数百元。欲其在此办事,自应令其满意。六年津馆花红、奖励自仍为所得,当可不论。至七年分营业,无论何处,即天津亦然,恐必须大减。若照四、五年分所得作为定额,恐人人皆减而仙独仍旧,恐公司对同人甚为难。同人对伊如有不平,恐仙亦不安。从前粹翁花红最多之时,曾得八千元。后因人多,遂暂减少。即君(指我说)现在所得亦少于从前。以事情论,从前事少而逸,现在事繁而劳,但为公司计,亦只得如此。仙华为局中人,一切可与透切说明。三千四百元之数必定补足,此外最好以营业之进退为衡,不必说定。在伊个人不免吃亏,而于公司却有无形之益。且仙能以身作则,于办事上亦便利。此皆为公司设想,务望请其屈就。至用人一层,余向来必采众论。至发行事务处所属各友,将来全托伊考察,断无掣肘之理。但有许多旧人,可以宽容之处,总宜宽容,格外客气。仪器部瞿君,洁身自爱,在此多年,办事尚好。此人稍有不易对付处,亦望转达。且各部分甚多,将来如有进退,必多采仙意见,但决定发布仍由总务办理等语。

分馆 程润之请另给十二月薪水及川资。培初意,薪水不能由晋给,川资可不给亦不给,总劝其挈眷同归。

廷桂来信,言将迁居、葬弟,本月廿日起告假一月,并举杨广川代理。甚不妥。即去信告以此人多病,不胜任,请其另举他人。与翰商定,以少勋赴津,乾三往济南。如不愿,以傅卿代。

纸件 四明银行钞票,杨公亮来商,究用何纸。当电询咸昌,答系照利达纸加糯,照中国银行浙江一元票纸加厚,两种均可。即告杨,决用中国银行票纸。候翰归决定。6/12/7 余再告翰。

杂记 本日第四届补习学校开学。余与翰翁同到演说。演说者尚有周锡三、张叔良、庄伯俞。

十二月七日　星期五

发信 伯恒、沅叔、王百雷。

公司 晨赴惠中访仙华,将翰昨晚所谈转达。仙意似未尽谓然。余云,亦不必再告翰,我当为设法。仙问拔翁酬报如何。余举以告。仙又问花红比例若何。余云可查明,俟礼拜一归自杭州再谈。

发行 先施缪若樵来商合同事。余言第一项杂志折扣不能改,第二项阳历年底结清。缪言亦无甚关系。第三项不退货,缪甚争。余谓当商同人。余又要求可否专售我一家之货,如能办到,可以另商。缪云归去商议。余将各节告翰,并将所留合同两纸交郡。

分馆 湘馆因兵祸退货,要求免折。培初以为破例难免。翰意未决。余与叔通以为事有不同,如留在分馆,万一被焚,其损失仍在总馆。且同人处此险境,必甚烦苦,若过于计较,令其灰心,于公司亦有不利。仍以照免为宜。但既开此端,将来即可援以为例,宜格外注意,勿厚彼薄此可也。

编译 函托又陵,续译《穆勒名学》,照版税办法。

印刷 通告印刷所,中国图书公司以后德人印件概不承印。稿存梅生处。　　查本年阳历七月,图书公司代德文学堂印德文会话书一册。既载明年月,又用本公司之名。约叶润元来,示以该书。渠亦不知何以使用本公司之名。余约翰,切属以不能再印。叶称现有德国威海卫路德文学堂报告,亦正在印刷。余云恐有违碍,千万勿印本公司及图书公司之名。

纸件 翰言美国新闻纸已订二百吨,约美金三万元。一半尺寸照瑞典,一半照普通新闻纸。

应酬 兴业银行约先施同人在一枝香晚饭,招余往陪。

十二月八日 星期六

公司 晚约补习学校各教员在一家春。翰翁亦到。谈及公司组织应改良事。如下。(原件未注内容——整理者)

发行 业务科来信:一、单级洋装不销,拟改与华装同价,售尽不再印。二、《新体地理》存书甚多,拟入廉价。 答。一件可办。 二件可试办,不宜陈列过多。

同业 闻丁榕,新华公司已由彼起诉。侠远交礼明律师起诉,然尚未谈。交通银行亦交礼明。

闻广东银行与中华亦有无抵押之欠款。

文具 文信交到有四足架之地球仪估价单。6/12/11 告文信,问鲍先生可否试造。文信云请余决定。余云此制造事,应由鲍作主。

西书 本日起,由交通科派人代《英百科全书》包寄样本、传单。共十万,拟二十日办完。

应酬 约补习学校诸教员在一家春晚餐。

陈仲勉来访未见,往一品香答拜,亦未遇。

杂记 万函校海格尔、勒丁姆约邝、周及余到伊处谈商联络事。伊出所拟条件,系托本馆代理之事。渠并言,愿派人来教授补习学生售卖方法。余称谢。渠问余对条件意见何如。余云互有利益之事。渠问下礼拜能否决定。余云未能预定,总当先期通知。余请其示知何省学生最多或最少,全年共有学生若干。渠允查明见告。又问,渠之旧生修习现科、续习他科如何计算。渠云照新生例。周言,我处所要求,此稿未载,我处另行提出。6/12/26 又接商此事。

十二月十日 星期一

公司 中华送到地产一览表、机械一览表、出版各书清册、未出版各稿,共四本。有无纸版等,未注明。

与陈炳泉、周锡三谈收邮汇票事。知前有学生窃取邮汇票事。故现在邮汇票必须经手人盖印签字。 又收发处,收到现款或汇票,如定杂志者,即出收条交杂志部。杂志部即出定据,连收条交收钱柜。收钱柜晚间凭收条向收发处调回现钱或邮汇票交账。若系现批,则将款或票收下,于信上批明,将信送查验处。查验处登簿,将此信送交发行事务处。晚间将此簿向收发处查对,同交账房验收。惟分庄事务处、营业部、西书部均将该款用回单簿送交各该部。至各该部收此款后是否交账,收发处不问,账房亦无从知悉矣。

发行 英文函授社。四年七月至六年十一月底,共收三万二千五百十一元。付出四百两正。 改卷周、王、李、程四人。兼办《英文杂志》《英语周刊》均不计。月薪共二百七十五元。办事马、顾二人薪水共六十二元。邮费约共廿三元。周锡三半月薪水一百元。此外杂费约四十元。每月共五百元。

分馆 章讱斋来,要求将陈润椿亏空移至总馆。余云须问分庄事务处,向来如何办法。6/12/11 拔可见告,培云,只能由该馆自认,向不能转至总馆。

编译 蒋梦麟、黄幼希寄还代拟复郭鸿声信。6/12/11 缮发。 昨与丁榕商议编纂《上海商业名簿》。丁云并无不合,但能稍改避最好。余告以拟改用部号编次,另编索引。

杂记 昨午前往访丁榕,翰亦至。询以美函授强我登伊广告,不允,有无于法律不合之处。丁云无有。

十二月十一日 星期二

公司 与翰、拔、梦、咸、叔商议应付中华之事。此时财产目录未交齐,难以估实,只能略约酌一价。大约八年之内付出百十万元,按月摊给。九年再付股东股本二成。

约陈抱初来,告以财产目录并未全交,难于估计。请其转告,应照补开明。并将文明财产见示。抱初去后,将版权、机械、文明各项,为我处所未明者,开一草单答复。我告抱初,请其照来单所开,答复一信。并将文明版权开明交来。抱初去后又持来文明清账一册。云旧文明书不全,已并中华,后出版各书,已经在内。余告抱初,此册即须归还,不能作据。仍请开示。抱初又请其友人某君前往转商,仍不允开。余告抱初,姑将该册留此一看。

用人 仙华自杭州回。傍晚与谈营业部事应划出。仙问,西书部周君现管之事如何。余云将来周专管批发、分馆及进货。即仪器部亦然。仙问,调查招待如何。余云招待在店堂,自应归君节制。调查现归交通科,将来可以斟酌。

杂记 买入《禅寄笔谈》,价四元;《三朝要典》,十五元。

又自买《带经堂诗话》八元,《王荆公诗注》二十一元。

十二月十二日　星期三

发信 伯恒。

公司 午前十点三刻往访陈抱初,以昨日所商定之语告之。渠云押款、存款免息必不能办。我先不允,周扶九亦不肯。余问押款、存款各若干。陈云约一百万,押款约四十余。姑以五十万计,息八厘;存款五十万,息四厘,分八年还清。前五年还押,后三年还存。非此不能过去。至于股款,余言我处出二成。陈云前已还过二成半,难以再减。惟八年以前官红利可免。余云时局不同,且秋季营业已断,不能援前例。陈云此尚可理,可与说。我云现在财产目录既未交全,将来终须点估。既送余出门,余又问明股款是否于八年前官红不计。陈云然。到发行所,约翰、叔、拔、梦告以上情形。余言股本八年不起息一层,恐陈翻悔。余故一再声明此层,将来亦必纠葛。但此层必须拿定。至翰言股东未必允,余云只要债主肯出力,就令股东仍不承认,将来债主仍可出场。照陈所言,押存一百万,八年还清,与昨日所拟,最后翰翁所定之数相去不远。拟即告陈,请其转属,将货、账、存款、图版等从速开来,一面决定办法,即开董事会。翰踌躇良久,允为照办。余晚间访抱初,交去应开各项,请其转交。余又声明文明包括在内。陈云当然在内。陈云股本八年停息一层,我自己可允,但恐大众通不过。余云此却甚难。

用人 告翰翁,仙华、少勋、乾三各事似不能不宣布,不能不与各关系人一谈。翰以为然。

又催与杨公亮说定。

仙华言花红包定千元,亦不为少。单内拔翁所开亦只如此。余云拔翁将来须加。又言,津贴五十元另行开支,勿公布,渠意可否即作为薪水二百元,渠于面子上亦较为好看,且免他人言薪水之外又有津贴。又言川资与寻常不同,可否酌贴。包车可否由公司贴。余云此事我以尚无所不可,惟设法与翰谈。

分馆 致伯恒信,告知派乾三接替济南分馆。

编译 王君述绍辉、交来《法文读本》三册,实系一册。又法文原书一本。交景星送编译所。有鹤顾介绍信,交任心白。

杂记 万函授校代理条款已由编译所译就送来,交周锡三核对,并拟我处要求条款。翰翁致余一信,论万函校广告及《上海商业名簿》事,劝余通融。

十二月十三日　星期四

公司 午后陈抱初将中华存书、存料、存账抄一草账交来。当与翰翁商议,即约张桂华、王莲溪、鲍咸亨、谢宾来、包文信、陈培初、钟景莘、俞志贤、顾晓舟、郭梅生、王仙华、杨公亮在会议室,将盘受事由翰翁摘要说明。王莲溪颇多诘问。仙华亦云此事总有利弊,不能谓一无他弊,但亦非不可办。公亮谓,价愈减愈好。咸亨谓,由同人仔细筹商,再行答复。翰言,断难众论佥同,我辈总当妥为应付。遂决定明日开董事会。

发行 同时先商增加折扣事。有仙华、培初、志贤、咏可、梦旦在座。翰意踌躇。仙华言且俟中华股东会开后一二礼拜内必见分晓,再行决定。遂散。

杂记 复翰翁信,谓《上海商业名簿》可改《名录》。函校广告事决不成讼。又告翰,汕馆沈君,人带浮滑,不可靠。待战事平定,即行收歇。十四日交。

天头 查京馆代刘翰怡买书。以通信录稿示咸、仙。查名簿调查稿。　问先施专卖如何。

十二月十四日　星期五

公司 是日开特别董事会议,讨论盘受中华事。苏盦反对。云台、揆初均赞成。海秋、畹九亦附和。议论至三点钟之久。决定由总经理相机应付,以陈抱初开来价格为范围。翰声明必竭力省费、免害。

约宋跃如、孔庸之、殷侣樵、陈抱初、俞仲还在东亚旅馆晚饭。谈中华盘价事。所谈另记。

用人 翰约陈培初、万亮卿、邵咏可、瞿子良、周锡三、谢宾来在会议室,宣布请仙华来沪,任发行部长事。略谓从前三柜分立,不相统一,于办事上不免障碍,故请王君来此。以后可望统一,一切事务可以随时互商接洽,不必频至总务处。余并略言将来之权限。又告培初,津馆改任周少勋,济馆以孙乾三接任。培亦赞成。遂请函达两馆。

编译 到编译所会议。

小说《妻乎财乎》拟改名。

《胡淡恩尺牍》余以为太冷僻。以后应改选著名者。《南洋调查录》难销。余请以后多退外稿,即总务处答应,亦应驳回。

应酬 王君九来。　　约君九、仙华、剑丞、叔通至小有天便饭。约费五元,独自付讫。此系十三日事,误记于此。是日在东亚旅馆约俞仲还、殷侣樵、孔庸之、宋跃如晚饭。

十二月十五日　星期六

收信 章行严。

公司 午后翰约拔及余至会议室,言孔庸之又来,要求还一确价。当达以押款息亦太多,尚须核减。又股东二成息,推迟一年亦太少,可再展缓三年。余问是否给股票。翰云未说明。余等甚知公意,并未宽滥。但余等意见,股东方面无论如何总难满意,将来恐仍须由债主方面解决。但既允展缓三年,并未说明息数。余意可允以四厘一年,为一万二千八百。孔等允展一年,现再展三年,距原议十年后付本,是应加六年之息,合共为七万六千八百元。按陈抱初开价总数之内,减去押款四厘、存款二厘,约可省十二三万。加此七万六千八百,是尚范围之内并未与董事会所议相违。翰殊不满意。余再三婉陈,翰亦无语。属孔来,由余接见,伊有事出门,届期恐不能归。六时孔庸之来,余与拔翁同见。所谈另记。

用人 余告仙华,十二日所谈薪津并为一起开支一层,余无机可与翰言,容再设法。至川资及车二事,不过二三百元,且只系一次,余拟不与翰说,即由余承应。仙华无言,但言将来车资或在年终酌给。

编译 昨日有王君述交来《法文读本》一册,系用华法学会名义出版。属景星与定契约。6/12/17 交景星,送还编译所。

西书　锡二交来西书批与分馆定价办法。6/12/7 交培初核议。

应酬　兴业银行约在一枝香晚饭。

十二月十七日　星期一

发信　沅叔。忘发,十九交寄。

公司　约翰、拔、叔至会议室一谈。谓中华股东会事已见报,我等当另谋进行。翰谓亦可办,但未必有效。

用人　仙华与宾来谈,稍有芥蒂。因问翰翁,权限如何,仙颇不悦,谓翰迟疑不决。余告仙,翰性向来迟缓,不必芥蒂。午后约翰、仙、宾三人同至会议室。翰默无一言。余言收发处(后来送信处归收发处管理)、进货处系总务处所辖,借用下层。仙言须遵我规则,如不能吐痰之类。余云然。至工程之事,由仙定夺,可告知庶务处照办。至出店,可划出若干人,归仙节制。翰谓有某,代金法送钱者,有时须归银钱账房。余云,可派定替工,再借至楼上。至于下层工程,须有改动者,应由谢先商仙。后仙又问及名称。余言本系上海分馆,但在总店一处,故不能画出。至发行所,向来为最上机关,现虽有总务处,然仍易混淆,故现不便用。只能称发行部长,与营业部、西书部、仪器部同一位置。仙言最好店长之名,但似不便袭用。

分馆　沈仲芳因汕头有战事,来信告退。余告翰翁,前十三日信言事平定后再办,不能于此时调动。翰亦谓然。由叔翁拟复,并不挽留。但谓此时不能退。

应酬　先施公司约在东亚旅馆晚饭。

杂记　约锡三改定复万函校问告白价信。次日电。莲溪交回,余签字后仍交莲溪封送。所有来信及存稿亦交莲收在银钱账房。午饭桌上交。

十二月十八日

发信　沅叔。

公司　翰昨日语余,成都、汕头、湖南如此扰攘,大局甚为可忧。须预为筹画。余即言明日董事会散后可以讨论。约翰、拔、梦、咸在会议室谈。余问翰翁有何意见。翰默然。余言今年阴历年内收账必艰。翰约计今年应付出之纸账,约须十二万两。余提出,开源为加折,节流为裁分馆、辞顾问。梦言可否先紧收、严放。余言可分为两节。今年先通告,年底必须清账。如不清,明春减发货。如午节,再停止发货。翰意不决。余云裁顾问可先决。梦谓可酌裁。余告翰,姑以一半为准。至加折、裁分馆两事,乞再筹思。

用人 鲍前谈欲约杨公亮至印刷所事,余请翰与鲍商定。翰言拟令其上半日到印刷所。鲍允之。

财政 以存京馆中行钞票向叶揆初购入中国银行股票一百股,计一万元。股票息折交梅生收存。用回单签字。

编译 告瑾怀,普通书退回,暂勿拆订。访林洞省介绍之西人,交付读本一册,编费三百元。收条即寄伯训。6/12/20 伯训送来林洞省转让与契约并洋文原收条,共两纸。交任心白归案。编入八四四号。

与梦翁商定,拟酬吴讷士《愙斋集古录》三十部。

应酬 晚约黄溯初、范季美、胡新之、张云雷、蒋叔南、叶揆初、林衡芳、王彦强、王幼扶在一枝春晚饭。

杂记 午后十二点四十五分钟偕拔可赴车站,送仙华、乾三行。

十二月十九日　星期三

发信 仙华、少勋、穗卿、行严、李拱辰。

用人 翰言,王莲溪荐董景安,欲离沪江大学,月薪七十五元,且有房屋可住。如有相等待遇,愿入公司。余告翰,既能相信,可以延用。但宜用于何处,勿令湮没。且公司进用有思想、活泼之人,极为赞同。但滥竽、不能办事之人,可裁汰。令帮办仪器何如。

分馆 拔言,江馆有八百元交章东明汇沪,被倒去。

编译 本月七日致整理译名会信稿及陈俊生来信。交任心白收存。另抄致该会信稿一份,与陈俊生备查。昭扆来信,言穗卿允续编《中国历史》。今日备函致谢。　托伯恒商穗卿抄四库书,能否免纳费。

印刷 复章行严,印伊文集,拟送书二十部,俾送人。

杂记 将万函校彼此联络条件交翰阅看。

十二月二十日　星期四

用人 与拔可、仲谷商定顾问、干事去留清单。交剑丞收存。并由剑拟稿。

奉、晋、广备两信,由分馆或去或减。由伊自酌。

奉,李振明暂不辞。由培初办。济,张吟、祝兰孙　　。闽,廖德均、李培庭、丁玉铭均暂留。湘,俞秩华亦暂留。奉,魏麟改为每节一百元。晋,孙殿枫改每节四十元。杭,朱汲民改每节四十元。苏,王昕东改每节廿元。广,徐俊甫改每节四十元。闽,林友竹改每节十元。绍,两人去一,尚未定。津,邓澄波由仙华婉商,明年自辞。沪,黄任之、贾季英拟停,蒋佩卿未定。干事定奉、鲁、宁、湘、闽、广六处尚有成绩,总分馆各认半薪。余均辞。如分馆愿留,薪自给。

财政　吴步云于本年五月下旬来信,约明欠本馆款以六年分股息作抵。本日股务课交来吴君股票转股单,悉数售去。因追查吴君原信,往来共有九纸,悉数送交股务课。并令去信索取欠款。否则不允转股。

分馆　致翰翁信,催裁分馆(九江、湖州、厦门。又潮、汕战事了后亦可酌去其一)。

编译　林洞省转让《德文读本》契约,又原收据(系英文)各一纸,由伯训交到。交任心白编号。《德文读本》拟仅令编辑,勿译。可省费。

十二月廿一日　星期五

公司　揆初持乃弟信,言部局纸厂此时尚可谈。遂约翰、拔、梦、叔讨论良久。皆以人才为最难,筹款尚非难事。后叔通言,林子有甚为相宜。梦旦与余赞成。翰意廷桂管理兼对外,炳管工务,皆受辖于林。并属余一行。余允之。

分馆　翰翁函属预备酌裁分馆,须拟定办法,以便着手。余拟具若干,交翰翁。

纸件　劳敬修来商,大展因资本不足,拟停办,问本馆有无接办之意。余言,拟请抄示合同及原计画书,方能酌定。劳允抄示。

6/12/22去信,谓机件太旧,难竞争,且时局太坏,拟作罢。乞婉达。

应酬　美领事约午饭。

杂记　美领事为汤姆生君拟办高等商业学校事约朱葆三、朱志尧、陈光甫、王阁臣、曹雪赓、余日章、宋汉章、穆藕初。此外尚有美国人数人。

十二月廿二日　星期六

发信　讱斋。

公司　翰谈中华事,谓前途仍未接洽。押款息八厘、存款息四厘。股款二成,前四年照存款起息,后六年则照官余利,当可就范。并言此事即多吃亏些,总可收回。梦谓,八厘、四厘,十年仅差十二三万,并不甚多。余言我亦同意,但股息如计官余利,以一分五计,六年即二十余万,为数太巨。现在我如就彼,彼又居奇。且再待几时,看外力有无逼迫。如有所外来之逼迫,则彼或转而就我亦未可定。翰亦首肯。

用人　周越然来信,愿回本馆,要求如下:一、拟自编英文教授。不受酬,在馆外编辑,消过千分拟分利益。答以仍在馆编,并入《英文杂志》。酌减现在材料,每期留十余面,不给资。　二、每年须给特假十二日,不扣薪。答以每月已有例假四日,不能再加。　三、月薪一百六十两,每两年加一次,加至二百四十两为止。答以一百六十两可允,但五年后方能增加,增加之数为四十两,合成每月二百两。

分馆　约梦、拔、翰详商裁撤顾问事。又将裁撤之人改留数人,其减送者亦不减。

十二月廿四日　星期一

公司　鲍咸翁来约翰、拔至会议室晤谈。部局营业约百万左右,开支约三十万,纸墨约三十万,拟包定每年十万盈利,四六分派,不足十万由我贴出。

公司收回股分,共结十二股,立一商记,作为公股,预备售出。

用人　孙振声要求出外双俸。翰意不允,云缓商。余告翰翁,许笃斋月薪四十五元,明年总当酌加。孙次于许,亦应加。不如明年加至四十五元,出门一律全年酌给津贴,可否。总宜早说,延宕非计云。

分馆　孙振声回,知仙华即日返津。

十二月廿五日　星期二

发信　仙华。

用人　翰言,四明银行经理言,此次印票事系童子钦介绍。童亦言非欲得回佣,不过表示好意。旋荐伊子宽裕,从前曾在本馆,无甚大过。既有要求,拟准其返馆。余云可决定。

编译 宋承之来,将修润文稿一本面交还。渠问约何叶须告成。余云与同人商定再复。与梦商,约以明年五六月完毕。

谢镜虚交来《实用害虫全书》。交张景星,送编译所。

应酬 张东荪、云雷约至小有天便饭。

杂记 三年分营业会议各件交任心白收存。

本日取银二百元,交钦甫。并将存根与拔翁一看。

十二月廿六日　星期三

公司 翰又谈中华事,拟酌与通融。余仍请审,姑再守候。

用人 翰言已与鲍商定,请杨公亮于七年一月二日到印刷所半日,薪水仍由总发行所开支。

分馆 翰翁约余及拔可晤谈,言中国图书公司印刷所明年决计收歇,单留办事室。　又发行所亦于阴历年终收歇。

西书 翰言西书定货过百元以上者,须经总务处复核。属余转达。

杂记 万国函授学校海格尔、勒丁姆午后四时来馆,商议前于6/12/8所谈各事。余等要求者:(一)回佣加百分之十,为二十。(二)告白佣酬金取消。彼意不欲改办,言初办付六个月告白费。如所派酬金不足,仍由伊处贴抵。(三)须登五杂志告白。伊允照登。余问他种尚要登否。因美函校甚欲登载,故先声明。伊云所有杂志均要登。又谈及美函校告白价廉云云。(四)万函授须勿办与我处相同之英文函授。伊言伊处决不能办此廉值之函授,但不能代总公司承认。后翰翁约余往谈。余请邝、周两君续商,第　条贴还学生礼券之事,不能承认。又询问旧学生之学费是否由我处代收。伊未允。

十二月廿七日　星期四

公司 余致翰翁一信,力劝与中华接洽万不宜急。并将各种办法、估计数目另开一表。又力请决定加折之事勿迟疑失机。信留稿。

用人 周锡三要求方谷庸、蔡日荣明年加薪。信交翰翁。

编译 告邝,请转达额尔德,续编读本第二、三册可勿译汉文,但摘出难解之词句,标明应加解释即可,由我处译汉。如此办法当可稍省费。

印刷 鲍言中华有日人画五彩者,现已被辞,愿来本馆。因事少婉辞。余劝留用。

西书 告锡三,西书定货,明年拟请将大宗者送核,各部定货皆如此。余云再开送办法。锡允之。

应酬 叔良患脑病。余往候之,见其卧未起,劝静养。

十二月廿八日　星期五

公司 廷桂自京来沪。余略告以赴京之事。

发行 《德国实业发达史》一种,法领署某人来,郭梅生接见。言英领属伊来言,劝本馆不必发售。余即知照发行事务处。

编译 邝来信,云已晤额君。云二、三册本少译文,且无全篇译文,即不用汉译。渠意时日亦不能有所节省。邝意,谓不如照原议办理。

廷桂带到《几何挂图》一卷,已送编译所。

应酬 梦约余及拔、叔至同兴楼晚饭。

十二月廿九日　星期六

公司 约翰至会议室,谈中华事,力劝从缓。翰云,然则只可拒绝。余云亦不必,前在东亚旅馆所允各节,我总承余。又请决定加折之事,翰无言。余告翰,京行拟缓。因阴历岁暮必须回来,明春再去,徒多往返。拟先将应考查各节,先行函托叶叔衡代为调查。如果决办,再行就道。

财政 翰告发现伪存折一通,系喻立三押出之物。已扣留。

应酬 与拔可在小有天公宴曾雾生、李石芝、胡子清、林鲁生、沈爱苍、郑稚星等。午刻。

杂记 沈仲礼送来《集碑俪言》二十八册,求售。已退还。6/12/28 事。汉口分馆寄来《医述》一部,要求印行。由叔翁去信退还。

请王莲翁查来万函、美函两校告白价。

十二月卅一日　星期一

发信　沅叔、昨发。仙华。

公司　仲谷交来《新申报》接到匿名信一件,无非摇动本馆之语。当约翰、拔、梦、叔在会议室讨论。余言中华如此讹诈,恐盘并之事更难商议。因筹画预备提存款支付之法,约有四五十万元可付。而活期存款预备提卅万,定期存款预备提十万,当可无虑。余言此时不过一匿名信,再迟必有印刷品散送。或竟通告存户,言有此等印刷品,如有不甚明晰,有所怀疑者,请随时来馆提取,云云。翰意不赞成,同人亦言此时尚嫌过早。　　余又言教育部已将所编教科书发各省试教,稍迟必将印行。莫若乘部书未行之时,赶紧加折。　　又中华之事,恐无可望,亦不能长此守候。又欧战将了,过此恐无机会。劝翰连将此事决定。翰默然不答。

发行　前与陈炳泉谈,现在收款办法颇有歧异。夹在本页内。应另筹办法。

用人　翰言,西书部挤轧日甚,若不及早整理,于馆章有碍,云云。余问究在楼上,抑柜上。翰言柜上,陈、张二人不睦,且有侵吞之事。余言,周到此未久,屡言柜上之人不妥,要求撤换。而渠因无权,屡来商我,我亦无权。且随时派人进去,渠竟无所知。如何能责其办理不善。翰言西书部我都不与闻。我云用人之事均汝主张。翰又横插他事,言周不常在此,且部中人常不做事。余云周来时本约明半日。翰云亦须有人负责。又言补习学校陈庆棠,本不应给与津贴。顾知我不允,串出庄伯俞来信要求。余云,此事系我嘱咐。因顾自来说,余不能信,令其与庄商。余闻陈办事甚好,故亦赞成。翰言,给钱与人,人谁不愿。不过此等学生不给亦可。一到彼处,即须多费钱。余云,我之意见与君不同。遂散。

后临散时,余告翰,陈、张二人是否即斥去,余可告周。周本是盼翰言,一面查货,俟查清再发表。余云当先告周,派蔡到柜上,先行接洽。

印刷　湘省百枚票一百万,P误作R。翰主刮改,余主重印。杨公亮甚赞成,同人亦多赞余说。翰亦首肯。叔翁代翰致鲍信,余加数语,以后必须按照营业部原定章程,须经三人签字,共同负责。7/1/2去信。

天头 知照业务科,《德国实业发达史》勿批与香港、新加坡等分馆。广、汕同。 函要美人高等商业教育议案数张,送美领。已办。拟西书定货送核办法。 改良教育画,可用《三国志》《说唐》《岳传》中事实之可信者,编若干张为一套。已告梦翁,并于7/1/3日三所会议时与伯俞谈过。

一九一八年

七年一月二日　星期三

收信　伯恒。

发信　叶叔衡、留稿存部印刷局事筒内，附伯恒信内。施敬康、章切斋、梁宝田。

发行　伯俞来信，言加折事。交翰阁。屠敬山来信，为寄书与其子，并托登告白事。信交罗品洁，交收发处登账编号。

用人　告周锡三，翰意陈焕堂、张廷贵均主斥退，请赶速盘查，盘查清楚再行发表。一面先派蔡君下去接手。

分馆　李伯云来信，言今年拟以退为进，紧收紧放，不求面子好看。其信系致拔翁，余阅后交翰翁阅。

应酬　昨约陈叔通、志贤、培初、晓舟、莲溪、咸昌、公亮、干臣在寓午饭。翰卿、廷桂、桂华、梦旦、剑丞、拔可未到。晚约范秉钧、项渭臣、邵裴子、徐积余、刓授臣在一枝香晚饭。行严、组庵、蒋梅生、罗伯沧均未到。

杂记　山海关路同仁济善堂有赈券寄交函授学生，由学生寄还。由锡三交到一百十一号。

天头　催查体操器械推销事。查各分馆欠账。七年分日历可登广告，以二万为一版，以天地元黄等字分别版数。五日起码，指定日期加价。至多每版登——日。催商业名簿。笔杆加烫字，俾先制者先售。

一月三日　星期四

编译　向沈子培处借到《朱子论语集注》手稿。本日由叔通送编译所。

印刷　本日到厂，询鲍先生，知误印湘省百枚票已在焚毁。有赵志清、丁乃刚两人监视。不过须费数日工夫方能完毕。杨公亮甚以为虑。余请鲍先行切断，再付焚毁。鲍允照行。午后拔可到厂，帮同督看，追切完乃行。

告谢燕堂，请速印对联。

西书　约周锡三、符干臣、许笃斋商定发售《大英百科全书》收付账款办法。

明日即发通告。

一月四日　星期五

收信　仙华。

发信　仙华、伯恒、切斋。

公司　仙华寄到《天津大公报》一纸，载有本馆股东一分子来函。与翰翁阅看，彼此商定拟置之不理。当详复仙华一信，请翰翁阅过再发。拔可另拟通告。　五日伯恒又寄来一信，主张亦不理。但请预备分馆遇人来问，答复之词。已商翰翁同意，交顾晓舟拟稿。

用人　庄叔迁年终津贴一百元。又朱紫翔津贴一百元。查明五年一月六日确有此案，已请翰翁开单致送。由梦翁转交。　王子均来信，攻讦朱紫翔。交梦翁转送伯俞阅看。7/1/9 叔迁来信，谓无特别劳绩，不应额外受酬，云云。梦翁告以今年能加薪则加，否则年底亦不送。信存同人事筒内。

编译　徐仲可以《清稗类钞》初稿送与本馆，声明不受酬。但销路已有千余，拟酌赠若干。与梦、拔商，拟送五百元。约每部四角之谱。只送一次。翰允照行，即备函交翰，于明日致送。

印刷　陈邃生送来伊友某君一信，言有字画拟托本馆用珂罗版印行。由叔通答复，请其携来。如本馆以为可印者即为代印，但酬报只能送书。

西书　接到报告一件。

应酬　徐积余、蒯授臣约一品香午饭。到。偕拔可到廷桂新居，贺其迁居。在大南门外大佛厂对门。

杂记　《学津讨原》连《客座赘语》《绿窗女史》两书，共还三百五十元。李子东只允售他两书，共卅元。其《学津讨原》尚要三百八十元。余未允。

一月五日　星期六

收信　仙华、伯恒。

公司　邵声涛买吴步云股票，前经晓舟送来销号。余记得吴君曾约以六年股息归还旧欠。详记在 6/12/20 日财政格内。今日顾晓舟来，言邵君颇有烦言，谓曾经照股本，公司未经指出，云云。所言具有理由。吴君亦置之不理，并未答复。当与翰翁商,面告晓舟,准其转股。

用人 函告伯训,六年八月十日允许自六年八月起每月加送二十元,至年终汇送一百元,作为津贴。自七年一月起,即将此每月所加之二十元列入薪水单。

分馆 衡馆来信,要求免裁。余就信上注:"已经决定,不能改动。但许君事毕后,可调回总馆任用。"

请王莲溪查各馆六年分营至十一月底止,及五年、六年账欠比较。

编译 告梦翁,《日用百科大全》可招登广告。梦意四月底排完,同时售预约,并招广告。余言预约期宜短。

纸件 翰翁交鲍先生交来滚筒机与道生机器之比较,一年可省万数千元。

杂记 万函授事,余约翰、莲商定:(一)回佣仍照九折。(二)广告花红仍不删。(三)该校认登各杂志广告,伊允包认半年,拟给与七折。要求一年。(四)伊不允声明不办同等之函授。恐万一有竞争之事,于我有损,应声明。均为有裨益于我之事。(五)拟要求无论介绍学生多少,我处概不贴还礼券费用。(六)本馆函授学生入伊校者,伊校照八折收费,我亦不取回佣。

一月七日　旧十一月廿五日　星期一

财政 前有人持本馆存折,系伪造者,已扣留。今日翰翁查出,曾登《新闻报》。余甚诧异,疑中华所做圈套,当将详细情形查究。

持折来取者宋宝基,系宋志仁之侄。

折主为陆氏妇,与宋志仁之妇相识,亦即喻立三之妇之戚。樊春霖往查,则云折主为刘孟璞之妻。但据张文炳云,则与刘某无夫妇之关系。

以上详情,郭梅生与余有详细记录,存梅生处。

杂记 《明四十家小说》二十本,还六十元。《明诗钞》还十元。《祝子罪知录》见全书再说。

六年一月十日,王罗洲住山海关路一百十一号,持斐利滨杨君来信,向说杨君托交李家骥之慈善彩票,洋若干元。当时本馆已接有数信,或云本馆推荐,或托本馆转交,正在疑惑查究,故当时即行拒绝。曾有记载交郭梅生收存。同时各地来信,亦托梅生办理,内有三件,已了一件,无回信。近日由周锡三发见,函授学生又接到王某之彩券,即交捕房追查,已将其人拿获。余将以前四案,及去年一月十日余见王某时之纪事,一并交锡三与捕房接洽。旋捕房来约余去,余偕梅生同往,见包探吉文司,询明一切,招王罗洲来令余认识。余一见即能认识其人。亦云曾见余,但余并未将钱给伊。吉文司问余,能否到堂。余询其可否放宽此人(因其年太老迈),另行追究李家骥等人。吉文司云,已经详细搜查,有一寄彩券号簿,并无与他人来往之凭证,必系伊一人为首。余又问,伊从何处抄得。吉文司云,伊子前在邮局办事,抄出。今其子已死,曾抄出丧簿一册。余云,既然如此,则以后亦必无可为害,拟不追究。吉文司亦允照办,但属余勿将以前四案告人。余归后告锡三,锡三不谓然。余解说再四,亦允照办。

一月八日　星期二

公司　叔通拟定预备他人看见《大公报》所登来函,有所询问之答稿。胡海门来信(致叔通)云,现拟改变办法,约余入都,双方并进云云。语未明晰,属叔再函询。

用人　邝代李培恩要求加薪月十五元,又代张叔良要求疗养费。当函高梦翁酌夺。

同业　《中华实状之调查》,见《新闻报》。

文具　朱某托乃兄朱润生,由陆子明介绍,由爪哇锡朗地方(在彼处任教员)送来蛇标本,又热带植物标本,共二十种。7/1/7日事。

应酬　往招商局内河码头祭王子展,其灵柩本日登舟回里安葬。午后二时至青年会,贺孙仲瑜嫁女、龚景张娶媳喜。

与拔可公请施仲鲁、罗伯沧、戴昆尧、朱润生、张海山、张子新在一枝香午饭。陶兰泉未到。

杂记　万函授校各事,已将办法告知锡三,并于锡三所拟办法上逐一注明。后邝君来,余又与商,不如仍要求该校勿为竞争之举,令其函商总公司。7/1/9日又电达锡三。据云已告该校,令其评拟条文矣。

一月九日　星期三

发行　叔通送来拟加折扣表三张,当发电话托符、陈调查各分馆邮运费及汇费,并造清表,拟整理分馆售价。

用人　梦旦来信言,李培恩拟不加薪,叔良疗养费亦难办。7/1/10复邝信李拟不加送。又张叔良事,邝今日又有信来,为伊说项,复容再查。

同业　《中华现状之调查》本日登完。

编译　电告梦旦,查东文《教育玩具制法》,如已购到可译。《元曲选》告白,应将现价百数十元一层加入。伯俞送出《天地现象图》十张,付印。余拟去温泉一张,加日月蚀一张,并将尺寸缩小。

西书　去年六年营业,共八○五七八元。比前年五年增二一三○一元。

杂记　旧书部查徐氏旧书,经部二○一六册、史部三九一六册、子部一八四○册、集部二六四一册、丛书一三○五册,共一一七一八册。邹履信抄来有目录一册,存旧书部。

7/1/19还价二千元,并声明,须与前来样本一律干净,并无残缺及蛀损过甚之处。再,定议前,尚须派人前往一看。有手稿交邹履信。

一月十日　星期四

发信　仙华电。

发行　问翰翁加折事是否决定。翰云,可决定,但分馆比例尚须略商。余云,能否待仙华再定。至此次办法,余意总馆批同行、分馆批同行,宜酌定一比例,免致彼此冲突。此事须仙华来,较有经验。翰翁亦以为然。

梦翁谓共和外教科书,均八折,恐不妥。又其他各书,恐不能一律八折,因属干臣复查。

用人　图书公司印刷所账房钱子青要求加薪,有信致张桂华。翰云,办事尚勤,亦无宕欠。余云,应并归年终甄别,一并办理。

同业　中华临时股东会会议纪事中,述合并盘租等事,皆系我所要求,语气犹甚强硬。

编译　告邝先生,与额君订定续编《德文读本》二、三册,价如第一册。但请其觅一汉文较优之人,帮同修订汉文。

杂记 万国函授学校来索广告清单。余告莲溪,重开一单,一律七折,即交锡三,并声明须包定全年。所收花红数,如不敷,由伊贴。又须速定,过阴历年恐加价。有知照单,存稿。

一月十一日 星期五

收信 伯恒。

发信 伯恒、仙华。

公司 顾晓舟交阅伊售与范兆忻股票被焚登报挂失一案系申,时两报及范君笔据,又收领补给新股票证书及致翰翁声明信。各件手续清楚,即交还。

发行 与梦翁、干臣商议,共和中学英文书七折,其他英文书、地图八折,小说仍六折,门市亦六折,小本停印新书仍七折。定价过廉者,俟再版加价。

编译 复郭洪生,言《英汉词典》遇有直译实在困难之处,不用直译,应于本页稿纸右旁上边用红笔标出"某字注第×义,不用直译"字样,以便敝处可加商榷。总期愈少愈妙。

一月十二日 星期六

收信 伯恒。

发信 伯恒。

发行 干臣来商,《清稗类钞》有外埠来信,欲照预约购买。余云,柜上任意通融,殊多未妥。至有可以通融之处,即请与志贤酌定可也。

编译 昭宸寄还《汉英词典》亥集及首册校稿,连信送伯训一阅。即晚交还,译资已开支票,于礼拜一日送去。

杂记 买入《广四十家小说》,七十元。又《祝子罪知录》,八元。自购朱笠亭《明诗钞》一部,十二元。

一月十四日 旧十二月初二 星期一

公司 拔可、叔通、梦旦来寓晚饭,商定发行部试行规则。

纸件 鲍函告,订购大折书机价五千元。余言绝对赞成。此外有可省工缩地者,亦应随时采办。

西书　锡三拟与美国琴恩公司商定条。余答复如下：一、不翻印该公司之书。可办。二、已翻印者停。可办。三、翻译该公司之书，停止不能办，应允我随时翻译。四、该公司欲翻译各书。甲法，我可代译、代印、代售，由该公司出费。又乙法，以版权售于我，因与第三条相触，不能办。五、与他家经理者，立于同等之地位，最关紧要。

天头　本日感冒未到馆。

一月十五日　星期二

发信　汤顺甫、章逖之、彭梦九。

公司　本日董事会，将《大公报》所登来函送各人一看，连预备分馆答复稿。余又报告，广东银行推任参事事。

发行　发行部试行规则及施行法已交仙华。咏可拟致兰州合兴书社电。为之改定，催再汇六千元。

用人　赵志清介绍包罗，通东、英文，习法政，曾办报馆。已婉辞。

分馆　翰约廷桂谈，余与拔可同在。先言建筑京分局厂屋事。廷言已绘图样，约需银五万两，连装修等恐尚不止加一成。翰言，厂准建，但杨广川精神不济，且不肯任劳怨，当建厂时廷事必大忙，应觅一得力人帮助。廷言工务尚有君管理。余云，此系下级，在上级者，本系广川之事。广既不能为助，诸事集于廷一人，甚非所宜。翰问廷，有无相识之人可举荐，再商量。廷问公司有无人。余言，当询鲍。余又言，汴省印公债票事，前总务处函，非争利益，因为责任信用起见，故当面声明。翰又为奖金贴息一事甚有为难。彼此都为公事，望谅总馆为难。余言，此等事既经说出，徒令同人与公司增一恶感，故甚望留意。后又言，七年公债票印刷事，应设法招徕。廷言，下礼拜将返京。

编译　行严来商《章太炎文集》能否印行事。余检出五年八月下旬日记所记各节。因在文社尚存书八百余部，现康心如又在中华，必有纠葛。甚难办。

印刷　周锡三来告，香亚公司已移至上海，将来有大宗印刷件。余即托其介绍。

余问叔鲁，七年公债票事能否分与我一处印刷。叔言，将来由刷局分出。

应酬 访杨杏城,未遇。访王叔鲁,谈刷局纸厂事。

天头 仙华到沪。到编译所。

一月十六日　星期三

收信 乾三。

发信 毛契农、托购湘缺志书,又托贵州志书。吴葆仁、孙乾三。

公司 翰云公司事往往不照章程办理,须有一班人督察是否遵守章程。叔通云,应先定如不遵守如何惩儆。

奖励金章程中,拟加"减分"一项,分别延误、废弛,各减若干分。某项为延误、某项为废弛,另定章程。

发行 晚约俞、符、陈、王、邵、梦、翰在会议室商定加折事。总馆门市五折,批发五折,加回佣;分馆分四级,门市加邮汇费,自五二五至六折。以一级为伸缩,如限售五二五者,可仍酌量情形,照旧五折。

用人 告翰翁,可派任孟霖收账。翰云,即日赴镇、扬一带。

分馆 复乾三,收入财政厅四个月期,随收随兑,切勿阁存。并知照分庄。

编译 向沈子培借印《朱子论语集注》手稿一册。本日当面交还。

宋承之交来国文函授程式文,记述类八首,诵读文、征引、譬喻、写景、状物类共廿九首。

杂记 胡振玉有旧书万一千七百十八册。住山海关路积沿里二五一号门牌。

J.C.S.送来改订合同,仍不能照我办法。已属锡三速译汉文。

天头 催交通科去年报告加折事,应速定,发通告。

一月十七日　星期四

收信 伯恒。

发信 伯恒、昭宸、穗卿、竹庄。

发行 志贤、咏可均以同行将乘加折之前来买贱货。讨论良久,(符、仙、培、志、咏、梦均在)决定将各路略分先后,均于期前寄出。宁可让同行得些便宜,以防中华乘此又肆勾结。

用人 王莲溪言,胡秀生宕欠千元。函告翰翁,此人不能用,应如何追偿。又何某私用印件回佣,年终须斥。宕欠千元外,应早筹画。

何欠一千零数十元,有公司股票五股作抵,不计息,以每年官余利拨还。翰复信拟留用。

分馆 致信翰卿,请决裁厦门、九江。回信语多不合。留存。7/1/19 另有复信。

编译 托伯恒询穗卿,续编《中国历史》如何酬报,约几时可完。7/1/26 得回信,言先编唐史,清旧欠。以后尚有三册,或按月薪,或计字数,均可。但京师图书馆事已脱,仍拟来沪,盼从优云云。

文具 见有运动袜在柜上寄售,与普通者无异。函告翰翁,应禁。

应酬 梁海山约在大雅楼晚饭。到。

一月十八日　星期五

发信 伯恒,寄府县志清单。陕、甘、浙、湘、东三省未开。

发行 锡三拟发售西书部廉价广告。请仙华与锡商定。看定加折通告、初样及传单。

用人 与翰商定,陈焕堂本拟年终辞退,但因仙华任事,将各主任发表,不如将陈从早辞退。翰允即告。桂华辞后,锡三又来言,拟调陈他往。

编译 《集古录》照相渐见缩小。瑾怀来信,属余转告印刷所。7/1/19 电告鲍、谢两君。

应酬 请张榕西、章行严、吴海若、仙华诸君在一家春晚饭。

天头 代李登辉为孙仲瑜嫁次女做媒。男宅为香山林氏,开发记公司。新郎林彪,在外交部,号礼垣,乃翁林理藻。男宅媒人为欧锡卿,华纶呢绒号主。

一月十九日　星期六

收信 少勋。

发信 沅叔、竹庄。

公司 约发行部各主任及仙华将发行部设立之原因及以后办事之规则,在会议室宣布。又约有关系各部部长将划分办事之权限及彼此之交接,亦于同时在会议面达。翰已先行,余与拔翁到。余告仙华:翰托面达,伊近来不能住馆,以至发行所同人到迟去早,事多废弛,故特借重,请来整顿。

用人 为何伯良事复翰翁一信,留稿。7/1/21 翰翁有复信,仍拟留。

分馆 为九江、厦门两馆事复翰翁一信。留稿。叔通言,翰已决裁九江分馆,由伊函达弼臣。7/1/21。

编译 竹庄函,劝译印《佛学词典》。函复销路不多,为时尚早。

杂记 胡振玉经手之书,还二千元。有手稿一纸,交邹履信。电粤馆,请与孔氏接洽,为旧书事。

一月廿一日　旧十二月初九　星期一

收信 伯恒。

发信 梁宝田、李拱辰昨发、伯恒。

用人 问廷桂,已否与鲍商,有无可荐之人派至京局,以为杨广川之预备。

调补习生第四届三人至西书部。

财政 王敬庵为陈枚叔商请,将其担保乃侄少渠欠款缓追。准其将所有股票转售他人。与翰翁商,未便通融。由余拟复,稿存务科。7/1/19 又有信来,允让一百元。

分馆 函授学生董某,住京奉路香各庄南宣庄,有信来,欲谋事。周锡三言,英文尚好,函告伯恒,令其招致京馆察看,可否即招至京馆办事。

编译 朱企云交《成语辞典》样张若干页,愿译出售与本馆。

黄幼希先已译至一百七十页,至 Boa。7/1/24 午后约朱君来,面示以已译之书,询其如能续译,约需几时。渠云约一年,至报酬一层,渠属本馆开示。

印刷 致廷桂函,告知伯恒来信,谓财部印局归日人,京中印刷首受影响,宜亟整顿。请其开示早见。又告知,河南公债印件争者甚多,应注意。

杂记 本日向翰领到四百元,面交仙华,由津至沪川资及津贴买车之用。本日栈房发见货车中途串窃之事。在外有奚祥福,在内有奚祥寿(栈友之一),又车夫三人(有根金在内)均系通同。

一月廿二日　星期二

发信　毛契农、何嵩生、傅沅叔、严又陵。

公司　通告股东出售股票，来馆照票时，股务课应先送会计部查明有无欠款。如无欠款，由会计部部长签字盖章为凭。

翰在会议室又言，活动影片已费去若干资本，宜决定如何进行。余意首要得人，次须取得版权。前郭洪生到日本，曾与日本电影公司谈过。余意拟派人前往考查，一面并与日人商议合办之法。翰又言，美兴表销路平平，拟调仲芳回沪，仿先施、永安办法，约添办货物若干门，与吾馆较相近者，预备可以推广生意。余云，此事恐不易办，进货尤难，就令熟于一门，未必兼熟他们。此事尚须参详，本馆所办之事门绪已多，鄙意就现有范围之内，已不易办妥。翰云，仅就美兴表及体操器具着手。余云，体操器具本已在办。

发行　查礼券销数及收付清账，编成一表，约有二成不来取货。告仙华，可设法在门市柜上销售。

用人　翰言陈焕堂调奉馆，要求加薪。翰告以公司对于彼在西书部办事颇不满意，调奉已属格外，加薪恐难。已告以迟至阴历正月初十前必须动身。余言，现已廿九元，至多加三元。如伊不满意，不如令其另谋生计。翰言，伊亦自知已无异。且此时谋事亦甚难，目前不必加薪，且令做半年再说。

翰又言，鲁云奇在外私设进出口洋行，亏空至七千余元。自去年七月起，即未交货款。余问桂华查账所司何事。且约一月前因寄售外货事，余约鲁君来，即告翰翁鲁君久不见面。店事，翰言，有桂华常稽查。翰言滚存账却无错误。翰又言，伊家尚有田产，但不能由伊母手取得，仅取到方单五十亩，预备抵押。又伊之进出口洋行尚有样货约二三千元。又私办《中国黑幕大观》，又售出预约三千部。某店为伊经手，有洋三千元，已交二千至图书公司，为伊代印，将来此书亦可有希望可以归还。伊又拟招股，已将所得股款五百元交与公司，如能招得，亦可归还。翰意不欲揭破，俾其自行弥缝。再四属余守秘密。余云，自不宣布，但总宜就伊产业设法。时适有聂云台、陆伯鸿等来访翰。余言，且筹思办法，明日再谈。

分馆 翰约拔、叔及余至会议室谈。浔馆决停。厦门拟先派一人前往查账，为收歇之预备。如来不及，俟红账到后，实无可办，即行收歇。汕馆拟仍留，调宋兼办，缩小开支。余谓，仍做门市，开支恐不能省。翰言，或均包与梁海山。余言，潮馆素有盈余，不宜包出。且本馆牌号亦不能假与他人，或仅以汕头与订特约，只要总馆与汕馆两边利益足以相抵，亦无不可。一面先查五六两年盈亏再定。翰又言，分馆非不可开，只要有人，学生中如施、邱等人，能觅得，亦可令办。

翰言京局建筑添机费太大，拟令缩小至约二万金。否则设临时工厂，收吕祖阁厂，仍留虎坊桥。

编译 伯恒前日来信，言中华高小国文有教案。问本馆何时可出。余电告梦翁，《共和高小国文》再编教案，殊不值得，可以不理。但新编一种，应否如此编辑，与伯俞商办。昨日伯俞来信，亦言共和不再编，新编一种可以仿办，并有他种参考书。

天头 顾水澄有信来言，章进之一味敷衍。信系致拔可者，已交翰翁阅看。

地边 7/1/23 为此事致翰翁一信。7/1/24 交，留稿。（均在用人栏鲁云奇事项下。）

一月廿三日　星期三

用人 蒋竹庄代范静生荐刘少少。言已荐数人，均未应酬，可否稍为敷衍。令其在外投稿。

分馆		本日查	营业	开销	账欠
厦馆	五年十一月止		二八〇〇〇	五九〇〇	二〇二〇〇
	六年	又	三一〇〇〇	六〇〇〇	二一六〇〇
潮馆	五年十一月止		三三四〇〇	六九〇〇	二〇〇〇〇
	六年	又	五二七〇〇	八六〇〇	三〇六〇〇
汕馆	五年十月止		六〇三〇〇	一〇六〇〇	二五九〇〇
	六年	又	五〇二〇〇	一一六〇〇	二九〇〇〇

印刷 在印刷所见印成洋铁月份牌。鲍云后面无法焊铁丝架，因焊则印墨受热，颜色即变。余旋思得一法，在上边卷口做成圆筒，将铁丝插入。

文具 本日见造成有架地球仪，颇好。7/1/24 将余所有小地球交文信送制造部，将仿造各缺点补足。

西书 锡三交来为《英百科》收款事拟致分馆通稿。余面交培初,告以如无暇,可仍交西书部代印。锡三固愿代办也。

杂记 本日将栈房货车串窃事具呈在审廨起诉。

天头 到编译所。

一月廿四日　星期四

发信 李伯仁、童弼臣、范得臣、俞凤冈。

发行 面告仙华、宾来,玩具发行事一时恐未能接洽,拟仍请宾来暂行帮同照料。

用人 晚约翰翁到会议室面谈。余问,鲁君之事何时发觉。翰言,约一月前,伊自来告。余问,发觉之后,款事如何。翰云,不归伊管。余问,前日言粹芳夫人告知鲁君欠钱之事,在何时。翰云,约在数月之前。余又问,鲁君私办洋行,何时知悉。翰云,约在六、七月间。余言,桂华专司出入,何以一无觉察。翰云,桂华对于公司出入之事,不过在浮面上办事,至于底里之事,恐未必在意。余因详述函中所言各节。陈述既毕,翰言代印《黑幕大观》之事。言中华图书集成公司不过托名,并无此店。代售预约者为海左书局,约售出千五百部,每部收足二元。已交二千元与图书印刷公司,由该局女主同来面交。约定将来须取书二千部。再交一千部,但须扣去经手约一成。又鲁自售约千部,各处同行代售者约有千部。鲁君之书,可以责成交钱取书。余云,将来纠葛甚多。翰又言,认赔一层,将来公司事甚多,如何赔得了。余云,要负责任,不能不如此。翰言,可再待至阴历正月,总有着落。鲁又允年内再交五百元。余云,为公司威信计,无此办法。翰意甚踌躇。余将信面交,请其三思。

编译 慎侯估计,朱企云所交《成语辞典》每面汉字约得百四十字,合之假名应改汉字,应加增,然原译可仍在,尽相抵日文。译费每面至少一角半,至多三角。从前已译之百七十页,约费半月,尚兼办他事。午后朱企云来,将伊所交者交还,并将幼希所译者交与阅看。如时间能短,酬报相宜,亦可请代译。朱云大约一年,虽报酬不肯说,属余代拟。余允与同人商定再复。

黄幼希又云,本年新出《韦白司忒大字典》收熟注颇备,最好收补。

印刷 代印泰丰罐头贴纸、冷食、热食等说明竟至配搭错误。泰丰忍而不言,仍令本馆代印。

西书 余问锡三,前见《英百科》代理人来汉文信,欲本馆负责,已否去信驳诘。锡云,已去信,且面告该代理。代理云,汉文信系误译。故去信请其另畀一英文信。

杂记 余见电机运载茶房及水壶甚多,即令停止。招宾来至,告以违章,与商定罚司机人半元。

天头 午前服泻油,未到公司。

直销数。《英汉成语辞林》四年、七五二;五年、六四一;六年、五八四。

《袖珍英华成语辞典》四年、一五八五;五年、九七九;六年、九七七。

《英汉双解英文成语辞典》六年三月出,五〇八五。

一月廿五日　星期五

收信 沅叔。

发信 竹庄。

公司 与仙华略谈发行部事务。

用人 为鲁君事,又致翰翁一信,托拔翁转交。留稿。 竹庄代范静生介绍刘少少,有《隋书笔记》两册。本日仍送还江伯训,请交郑耀华寄与竹庄。一面函复竹庄,告以可请投稿于《东方杂志》,每千字四元,他种千字三元,月先以一万字为率。竹庄来信,并送还伯训。

致伯训信,自本年一月起,加送每月薪水三十元。何伯良来信,自辩印票回佣事。

分馆 孙道修来信,拟告辞。拔翁意拟留为成都分馆之预备,现时仍留渝馆。

顾赓吾今日启程赴汉口查办,并到湖南帮同收歇衡、宝两馆。

西书 锡三送来,拟致欧美各同业,并附寄伊文思减价出售发单影片译述。告余允其照发。

一月廿六日　星期六

收信　伯恒。

发信　沅叔。

用人　昨日翰约拔,言鲁事伊甚为难。且言伊可独负责任。我等之意,拟与限一星期。如不能措缴,只可以法律办理。本日当约翰谈,略言所以不能宽宥之故。翰言,原拟消弭,但此时知者已多,未便消弭,可即照余意办理。余言拟一礼拜之期限否。翰唯唯。余又言,汝言独负责,固是自厚薄责人之意。但同办一事,功则同受,过则不任,于良心上说不去。二、同为董事会所委托,而委过于人,于法律上说不过去。三、外来股分,与我等有关系者亦极多,此时亦不能不负责,否则于人情上说不去。但公司赏罚不明,以致事多废弛,人多舞弊,以后幸勿专此仁恕为怀。翰言,此等人,容或亦因不能令其满意,以致不肯出力。

余云,容或有此等人,但如此存心,本非好人,理应淘汰。余旋约拔至,告以翰拟照我等之意办理。因又问翰,是否予一星期之限。翰云,如此则恐必致逃逸。余云,然则可即商律师。因又谈及图书公司应即收束,并须清查。拟派俞志贤前往,并带一账房。翰言,伊于鲁君之事,先令其筹缴千五百元。现又改换办法,似于心上不安。故此事由我与拔翁办理。至于图书公司清查之事,伊可办理。余等请将详细账目开出。翰于午后交出一单,计共七千六百○二元。又于一月廿一日收洋一千五百元,尚欠六千一百○二元。

余又告翰,认一层,汝虑以后若常常如此,如何能胜。余意,以后必须大加整顿,不能如从前之含糊。如诸事能整顿,以后此等事当可减少。翰言,代印《中国黑幕大观》既有不当,亦即停止。但来款二千可暂留。

邝君来言,同时接周越然两信,第一信要求每年递加月薪十两,加至二百四十两为止。第二信忽言取消前说。因闻张叔良言,伊急欲回馆,甚为不愿。郭洪生又亟亟挽回,故已允郭留宁。余言,递加月薪一层,亦办不到。且已允郭留宁,只可去信惋惜,并言以后仍盼有机会可以回馆。

分馆　孙乾三来信,因教育会会长许名世强荐协理,拟辞职。余与叔商去信慰留,荐人婉却。仍请少勋抽暇前往联络。

电太原辞程润之。

发行 知照分庄事务处,通知各分庄,以后关涉杂志及定书事,均径达发行部。

西书 周锡三声明,西书因轮运缺乏,定久不到。又,催照金价批给分馆之事。

应酬 在品香楼请熊述之、刘辑五(贵州学界)、熊季贞、罗介夫、李于桂午餐。张士升未到。

杂记 万国函授学校送来代售该校西书过五百元,额外酬劳五厘。交与锡三,锡三又送还。此于一九一五年张君任内与该校商,曾分与西书部同人一次。一九一六年以不足额未送。余问桂华,确有其事,业已分与同人。余告翰翁,此事第一次办错,此时殊有为难,若分与该部同人,如日后此事独多,则不免偏枯。且此事于该校有利,于本馆无益。7/1/29与锡三商,亦以为不妥。但今年拟由伊出名,作为私自酬给该部同人,以后即停。商之翰翁,亦以为然。即将此款送交账房,请收入杂费。另由翰翁开支单取四十元,交由锡三另给。7/1/30面交锡三四十元,由翰翁交到。

天头 催甘肃合兴电款。知照伯训加薪。

一月廿八日　旧十二月十六日　星期一

收信 伯恒。

发信 昨发梁宝田、为志书事,并介绍见伍廷芳。穆伯勒、郭丽中、陶惺存、均为志书事。沅叔。

公司 知照杂志部,收稿事移归收发处代收,由寄售部转编译所。

发行 在编译所商定,自七年起,各书销数应于一月底结账。告符干臣,查六年分北九省共和书销数。东三省、直、鲁、晋、豫、陕、皖。

用人 高翰翁谓,鲁君可照刑事,然亦可办民事,究竟如何。翰言民事可取保,可耽阁甚久。旋商拔翁,以刑事为宜。

晤丁榕,力主刑事,但须将欠数及舞弊之数查清。已告翰。

分馆 批复李伯仁,拟暂留华恂如接洽账目事。信谓能阴历年内最好,否则事毕即停。宁可送薪至年节止,勿令久留馆中。

同业 蒋孟蘋因他事来访,谈及中华甚愿归并。余言,本馆亦甚愿。因告以陈、宋谈判情形,并云后来又复决裂,以后当再看机会。

编译 北京华林、又林书林或系其名来信,附来俭学会教员王绍辉《法文读本》序文一通。已交伯训。伯训即将蒋梦麟。言制图毕即排印。

印刷 到编译所商定,六年销数共和突进,六年冬预备春销之数,照五年全年销数存七成。此七成中分馆约存三成,总栈约备四成。现查六年销数比五年加两成有半,则前拟为五年全年销数之七成者,不过为六年全年销数之五成,应再加两成。因时局与共和二字恐有不宜,改加一成半。

实用六年销数比五年减半,商定存数除过额者外,其余均存八成。

西书 锡三来告,欧美船少,所定春销书仍未到,恐碍销路。7/1/30复令提前采办。

应酬 甘肃牛厚泽来。林理藻晚在大观楼会亲,约余往陪。

一月廿九日　星期二

公司 翰翁约午前至印刷,与鲍、高、杜、庄商议:一、舒君制打字机事。舒君有预算数纸。翰翁撮要建屋、添机、人工、材料年需可成一百二十架,每架值

元售价。议定,先购日本印机一架,比较后,再参详销路。

一、电灯影片事。议定,先请杜就田到厂与郁君等研究,再赴日本考察。目前先就教育、实业、风景三项酌制。如成二三万尺,即可出租于人。余意,能与日本合资,可得人才,可得版权。同人多不赞成。且俟到日考察后,如何情形再定。

用人 翰翁交到图书公司账簿四册。交丁榕看过,次日交还翰翁。7/3/31与翰翁商处置。未决。程润之到。告培初,前日电晋辞退,勿提。问伊宕欠如何。章行严荐陈德秉,东文太浅。梦翁代复一信。托剑翁。留稿。

分馆 港口与海口某同行订特约,跌价与粤馆竞争。余意,应责成取消,由叔翁办。

发行 符干臣拟,同仁分馆代保险。余批可行照办。

财政 王敬庵复7/1/21信,为陈枚叔欠款事来信恳商。与翰翁议,拟让一百元。由剑翁主稿,复稿存股务科。

编译 朱企云来访,言《熟语辞典》已经看过,亦已试译。

应酬 孙仲瑜晚在一品香会亲,约余往陪。晤王仰之,文勤之孙也。

天头 交通科交到去年报告。

一月三十日 星期三

收信 伯恒。

发信 沅叔。附李宝泉、文元堂收条两张。

公司 函告仙华,发寄杂志事。先施寄售事。日本推广事。西书柜主任事。跑街事。调查招待事。仪器进价昂贵事。本版西书并西书柜事。退货清册备查事。

发行 符干臣交到调查六年分东三省、直、鲁、晋、豫、陕、皖共和两等书销数清册。已令径交于瑾怀。

用人 辞退编译所严畹滋。鲁云奇晨至余寓,恳宽限。余答以甚难。并出欠单一纸。到馆后,即告翰翁所谈大概。访丁榕,告以鲁君交余欠单,可否作准。丁云,如伊不认,汝可否到堂。余云,自可到堂。丁又言,昨日粹方夫人到伊寓,甚不以待鲁如此为然。言接高先生电话。丁又云,我从未告他人。并告粹夫人,我不能自主,须听人委托。余又交阅账簿四册,当面查指扬州广益、天津新华、无锡文华三家账款。午后复查图书公司解本馆款。滚存及送银簿所还之数同,而月日次数略有差异。

财政 蒋梦麟来信,自本年一月,每月由薪水项下拨一百元,还去年所借之千元。即复一信,原信送交会计室许笃斋,有知照单。

分馆 北京京华书局来匿名信,攻击廷桂。

西书 致锡三函,为定书过百元者送复核,余不必,但均备副单,以备预备付款。6/12/27已面谈,信留稿。答复锡三,拟批发分馆照金价涨落计算。余改一折中办法,交符干臣与锡三商量。锡三续有信来。7/2/7交符。

应酬 龚怀初约小有天晚饭。到,晤曾霁生、孙仲瑜昆仲、甘翰臣。识李叔云。

午刻与仙华共约牛厚泽、高、陶惺存、宋　　于一家春午饭。谷九峰、田未到。

一月卅一日　星期四

公司　复阅保险单,将应增减者注出,其余分析不明者,无从断定。已交还翰翁,须送鲍先生复看,并拟通告,以后每月十五日,即将下月到期各单,开单送总务处。

发行　存书处周淮清窃书案发,即逃避。周未有保人。

用人　伯俞送到,拟给四届补习生调西书部三人薪,并分等级表。午后访丁律师,将余昨日所复欠解总馆各次清表及鲁君手交一账,交付丁君。

上灯后,翰翁来告,云奇偕伊本姓叔祖庄纶叔、桂清来说情。翰不欲措词,请余与拔接见。余出见后,告以为难。二人恳至明年二三月。余云,姑与同事商量,明日答复。桂清住南市第五码头太字十九号。

财政　代傅沅翁在公司借洋五百五十元,买宋元版四种。本日由账房送去。

本日汇到六百元。余告账房,先收还三百,其余三百收我账。

分馆　钱才甫来沪。与翰商定收歇厦馆,派渔荃去。伯恒来信,略争佣,与津馆一律,并展期至三月一日。去电仍照原定行。余告,来电仍拟减半折,去电请勉行。

廷桂来告,以京局建筑将事务所及工厂分别估价。最好将饰观之处减少。又时局将有战事,总宜再观望。廷亦谓然。

告以财部印局竞争烈,宜多费精神招徕。又将前日匿名付与阅看。渠言随时贴补,总有不足,江账房尤不满意。因从前收入尚有未折之钞票,故不能不用去。如价再跌,自应酌加,但不能过速。余与翰翁均言,此等匿名本不足信,但同办一事,不能不使闻知。余言,以后收款,均须折按时价收入。廷云,现已如此。廷今晚行。

西书　锡三来信言,定书先行报告,有不能尽照去信办法。7/2/7 晚与面谈,亦解释清楚。

应酬 午后访陆谦夫。

杂记 万函授第二次信已阅过。附注意见,交锡三。

二月一日　星期五

发信 伯恒。

公司 与鲍商定,总栈送货货箱加盖、用锁。鲍允即办。

财用科来言,有通告,将旧戳取消。"总发行所书束"直戳不能取消。因查明此戳向存财用科,为支取银钱之用。同时又发见,"商务印书馆书束"一戳不知在何处。翰言伊处有一枚,因出以相示比对,又长半寸,与通告簿所粘者又不同。叔言系谢宾来所印。因属宾来复查。

发行 以梅生所拟防范存书处作弊意见,抄送仙华参考。因昨日发见周准清窃书事也。

用人 复伯恒,董骏声如合用,月薪给十二元,何如。孙景沂无来沪补习之必要。如董生不合用,即令留京。否则仍令来沪。董生月薪请酌量,此间悬拟,总难适当。访丁榕,告以昨日庄君等来商。丁云禀已备好,令其明日往见再说。午后由我出名,复去一信,请明晨往访丁律师,且看其意见如何。弟等此时殊难答复也。云云。信稿与翰、拔均看过,并告翰,丁已进禀。

分馆 京馆来电,有"加折事,均未接洽,迫于严令,敢不实行"之语。去信慰解。

编译 函复伯恒,请告夏穗卿勿辞京事。《中国历史》续编与否,究难确定。因近来销数大减。季臣查穗编历史:

第一册　十二万二千余,印过二万四千五百。

第二册　九万五千余,　　　二万三千。

第三册　七万九千,　　　　一万四千。

约三十万字弱。

印刷 告鲍、谢,印刷所校对人才不够,可加薪另聘较佳者。

查湘票印数。鲍云,五百枚四十万张。已印齐。

重印二百枚一百万张。又。

又三百万张。正印。又前合同余存十枚票一百万张,存厂未运。

天头 栈房失货善后,已告鲍书箱加盖做锁。廉价售杂志,应查。已告符。存书处失货防范。已将郭条议交王。到编译所会议。

信知叶润元,《中国黑幕大观》不能代鲁云奇印。

二月二日　星期六

收信 沅叔、竹庄。

发信 沅叔、三日付邮。竹庄、陈邃生。

公司 昨日查书柬直戳,宾来来言,翰翁处存有两个。

发行 告仙华,柜友对于加折恐不满意,应请与解释。

用人 吴渔荃将出门,来辞补校教授事。并告余,仙华曾告翰翁,愿对学生有所演讲。余询仙华,华谓却曾谈及。因商定三星期,每星期二点钟。即告伯俞。仙华言,拟招高小毕业生数人做杂事。余言翰翁欲费补习,余竭力阻止,恐以后相率荐人,诸多室。今公来办此,自可行,只管定一办法,告知翰翁可也。本日借与吴雨霖二十元,交顾复生,令其于补定薪水后还我。

分馆 昨日弼臣来信(致翰),问年给津贴比在广少二百,何意。翰告余,从前在粤却有三百元,后回沪停止。到赣后,因未满一年,即五年,故给一百。余问薪水几何。翰云到赣后薪水已加十元。余云,如此则仅短八十元。因路较近,可不再送。翰意拟再给,未说明,余亦未再说。

财政 财用科复到,议整顿存折事。

编译 胡适之寄来《东方》投稿一篇,约不及万字。前寄行严信,允千字六元。此连空行在内。与梦翁商送五十元。7/2/5 复信留稿。7/2/15 有回信,谢收到润资五十元。存。

印刷 湘票事,余不主交。拔翁亦同意。剑丞与罗君商,乃与通融,并允为之觅人私运。翰乃访王一亭,王允运至汉口。余急阻。剑辩论许久。剑云不便再往告罗,只可托杨公亮去。到馆后以告翰。翰勃然谓,商业终须冒险。若如此过虑,天亦可坠,何事能办。余言,凡事须审利害。余旋约翰、拔至会议室。翰至,余言,拟将顷所言者详细一说。翰言汝无一事不与余反对,可以不必再说。余云,反对事却不少,因见解太不相同。至谓无一事不反对,未免误。余婉问,是否可许余再说,再可听。翰允余再说。余历述利害,谓南方虽能借以联络,然北方知悉,与我为难,我目前即吃不住。翰谓,此未来之事,如确有把握看得到,我亦可允。但因此致受合同之亏,如何。余与拔翁言,此亦无法。我系按轨道行,即受亏亦对得股东住。翰又言,汝言中华年内必关门,至今何尝关门。余言,此不算什么,究令不关门,亦不能有何为害。翰言,总须有些。翰起欲行,余留之谓,此事并非赌东道,须解决此事之办否。翰无言,拂袖竟出。晚约剑丞、公亮至会议室,拔亦在座,告以罗君处只可婉商,交票目前决不能允。翰又有信至,剑丞谓,人有急难,我不助,将来如何能望人助我,云云。余谓只可请系铃解铃。

文具 鲍来信问,舒君打字机应否进行试造二十架。余批答,恐与日本机有抵触。又实不如日本机之便,恐不能与日本争。进行一事,余未敢轻允等语。交翰阅。翰请余照复,即交盛同翁起稿。

应酬 访熊述之、刘辑五、张士叔。仅晤熊。又访牛厚泽及高君,均未遇。

杂记 托沇叔代访《学津讨原》,完善初印者,四百元亦可出。又托访《墨海金壶》《学海类编》,可得否。京市约值几何。

本日致信与翰,于本月一日起,领全薪。

二月四日 旧十二月廿三日 星期一

用人 余至丁榕处,签字于诉状上。

约叶润元来,询知《中国黑幕大观》业已停止,稿由云奇取去。润元言,前交二千元,拟即交还海左。余令问翰翁。

分馆 胡秀生亏空,据弼臣报,实亏千三百有奇(除还四百元外)。余批弼臣信上:"即行起诉。"

发行 仙华言,账务在楼上,又收账处种种不接洽事,难办。

财政 余批改财用科所交"改订存款折子条件",交翰翁阅过。交还谓,可行。余又交与张桂华一阅。

印刷 湘票事,昨与梦、叔、拔、剑商,因翰于礼拜六晚又有一信致剑,词极坚执。梦、叔主张通融,在上海交货交价,不能代运,并令将一切手续办妥。先由长沙湖南银行来信,委托上海该银行代领,并致本馆。由上海湖南银行出具收据,并由谭督另具证明书。本日午后,与拔翁约翰翁、剑丞在会议室,说明如此办法危险之处或可减少。即由剑翁与公亮往商前途。

应酬 午后七钟,宴浙省寒假旅行日本教育视察团于东亚旅馆,共三十二人,因任之、信卿、梦麟同时在教育会宴会,故只到一半。

杂记 孔季修之侄惺庵来。

二月五日 星期二

发信 沅叔、伯恒、胡适之。

用人 鲁云奇知已被捕。午后余至丁榕处,知明晨须过堂,余须到堂作见证。归后即令图书公司翰翁先交来清账一纸、谓均已查过,此外别无宕欠。吴君偕同账房查账人叶君哲,又同至丁榕处,将各有关账簿携去,逐一检出,备明日到堂传问。余与拔翁约翰翁至第一客室,告以本日董事会应将比事报告。翰始推延,强之始可。余又云,应请张桂华、王莲溪来,略为伊说。到后,翰翁告以此事于公司甚不好看。前事不说,以后请大家格外留心。余言,公司范围日广,不能不照章程办事。此系无心之过,然有时比有心之过尤甚。近来公司账房屡有作弊,如皖、宁两馆之事。王君于查账甚精细,何以不能查出。改日再行讨论。 至图书公司之账,并非十分奥妙,只要将各账簿一对,便可查出。总理如此疏忽,何能管理。分馆前朱国桢遗失公债票,曾罚赔若干。此次之事,余议应由负责之人认赔。鲁某现已被捕,故将此事宣布。并请告粹方夫人,伊向丁榕处讨情,余未能允,此系顾全公司,即为粹翁帮忙。桂言签字事,实在太忙,竟来不及,三个月亦有所觉,已屡次查察。又言,余建屋用钱不肯向公司借贷,恐欲做一榜样。余言,鲁既被捕,恐难弥缝,所有欠款恐无希望。余前建议认赔,现已预备十五股股票,交由公司作抵。如鲁某处追索无着,即行售去归还。因将股票两张——十股、一五股交与翰翁。翁属余收回。余不允。桂言,伊有万元股分应缴出,不能累及我。余云,此系公共负责之事,不能责备一人。

分馆 翰开示,厦馆派吴渔荃往,即收歇。 浔馆胡秀生欠款,即控追。收歇之事交弼臣办理。　汕馆沈仲芳调回汕馆,或并或让与同业。　弼臣邀求补足津贴事,翰意欲与。余云,可请翰自决。

发行　仙华问,先施之事可否归伊做主。余云,本系发行部,可以完全做主。

编译　鹤屏来信言,　君有《心理学》一书,愿售稿,或代发行。

杂记　津浦、京汉两路广告,包费部不肯通融,预备节略,托傅沅叔向曹润田说项。

天头　程润之来,翰意派至分庄事务处。余云,薪水由外调沪应照沪例。拔云,得力者不在此例。

二月六日　星期三

用人　午前到公廨,候作证人。不及审,鲁仍还押。展后两礼拜。

财政　仙华言,交通副行长钱省之盼我与往来。翰愿过阴历新年照办。翰言,阴历新年停收活期。余言,全停亦不便,但以少为妙。

分馆　顾赓吾来信,伊留住汉口,不得前进。因战事断绝交通之故。

西书　周锡三来言,中美图书公司代理之本店经理某君来言,愿托我专家代理。拟于礼拜六午约该经理午饭讨论,请其与邝、王两君酌定。翰亦在座。　又来信拟买保险信箱,西书部函授社均用,约一百十数元。批照办。

应酬　访山本条太郎于三井洋行。

天头　查运钞机。　书束图章。

二月七日　星期四

发信　梁宝田。为孔氏书事。留稿。

发行　介绍王仙华往访先施公司。

用人　致丁榕信,鲁君案请以民事起诉,追索债欠。仙华来言,拟邀吴渔荃办理西书柜事。翰以为可,但欲令先往厦门,收来了后再接手。余恐失时,与拔翁商。拔意可令何伯良前往,责其将功补过。余告翰翁,翰翁赞成,即告莲溪。

财政　向张桂华索还改订存款折章程。张谓,收进存款盖章,责任较重。余言,财用本是公司第一重任,此条甚紧要。张又言,已交钟、许阅过,均无甚说。

余因定稿,改为稽核收支存款规则,并拟定应用各单表。

编译 新加坡分馆刘蓉初带到邱菽园介绍,张凤屏所译《手相学》四十五页。交汪仲翁转编译所,因邱信并致仲翁也。编译所复信,拟送一百元,托汪仲翁代复。

西书 锡三来,与谈定书先行报告办法。渠亦无异言。

杂记 查景祐《汉书》,经尧圃鉴定,景祐原刻者,除五行志七下卷、上下艺文志二卷、列传卅七至四十二、五十七、五十八两卷未计外,共得一千四百廿九页。全书亦除以上十卷未计外,共二千二百〇四页。

二月八日　星期五

收信 伯恒。

公司 山本劝公司技术必须求精,须价廉而物美。　须培植人才。须打低折扣。须将印刷所及各项营业分作若干公司,商务自留股分四分之三,余售与他人。　鲍君问,中华究可买收否。山本言,不可买。一、书业归我独占,招忌愈。二、办事人无外患必骄,骄为最大之病。又言,伊必自毙亦不必摧残。

用人 夏粹翁夫人来,为鲁云奇说情。余言,如能全数缴清,当与同事李君商量。夏太太言,鲁君夫人偕其戚钱幼石来,交出田单五十亩作保,余由伊担保。余不允。旋夏太太又约钱幼石至,招余往见。余亦以告夏者告之。夏旋去。拔翁归后,余告以前事,并云必须缴清现款,我可不催办。至于能否释放,须由律师办理。拔谓,款不清,断无通融之理。钱君犹在客室,余令先去,告以即有信致夏。余拟就信稿,持以示丁。丁云可办。余还馆,知鲍先生已来,伊代夏将鲁君之田单出押三千五百元。余以致夏太太信示翰。旋桂华有字来言,夏太太拟以夏氏小学校所有本馆股分三十五股股票交来,抵其余之三千元。鲍君来后,亦以为言。余谓,夏氏股票不过寄存铁箱中,到期不还,岂能售去。鲍甚不悦。余约伊至三号客室一谈。先是夏太太有电话来言,以三十五股作抵。余未允。余与鲍甫开谈,而山本君来访,遂导观发行所。山本去后,鲍言鲁云奇夫人已以三千现款来,其余三千五百元,伊明晨可以交到,问余如何。余云,如此自可照收。鲍即向鲁君夫人取出庄票三千元一纸。余偕至账房,令收中国图书公司账。余即致丁榕信,告以鲁君欠款已收清。并致副笺夏太太,告以款已收清,已函致丁律师为之设法。

张桂华来信言,历年所入比较在电局受损甚多,要求加薪。

应酬 午后七时,约山本、小平、木本在一品香晚饭。余与拔可、梦旦、咸昌同作主人。翰未到。所请三井经理藤村亦未到。

二月九日　星期六

发信 少勋。

公司 山西米子美优待股五股,已经二年。除去六厘息,又扣回七十余元。米君作古,孙殿枫即以四百二十余元买去。顾晓舟邀程润之来证明此事。余谓孙得此便宜,我处未便向伊追索。但米姓方面转股,并无图章,虽当时亦未盖有图章,而进出两面均由润之作证。殊不妥。米姓方面应另觅妥人,由润之函达殿枫照办。

用人 派何伯良至厦门,定初三日即行动身。约至三号客室,告以前为戴云章事一信,亦已看过,我事亦已查明。但在王莲翁处尚称得力,现派往厦门,甚不易办,必须破除情面,切实查考。金君人似不妥,对外各方面务宜留意。此事如能办妥,则前戴云章之事,既往不咎。人谁无过,有功即可相抵,以后公司仍可借重等语。

吴渔荃,由仙华告以主任西书柜。渠要求加薪,余谓不妥。请仙华拒绝。余约渔荃来,告以王、周二人同保主官西书发行事,故前日出门之事,业已另行派人。

程润之留总公司,派在分庄事务处。翰翁不欲减薪,余谓不可不减十元。

编译 北京分馆寄来《自治外蒙古》稿二册,又《济南学校参观记》一册,信未到。前一种系托代印,已由叔通代复。后一种已送编译所。仲谷函告,调查上海商号,共费洋一百七十四元,已知照。

西书 与中美图书公司主要数人在卡尔登谈代理该公司事。

应酬 午后请中美图书公司美国经理赫沙尔,又上海经理珊克尔、及其伙友〇〇,在卡尔登午饭。陪者为周锡三、王仙华、邝先生。

杂记 潘菊轩托何溶唐来,欲买景祐本《汉书》。余交样书与看,言本拟八千元,让为六千元。本日交还样本,还二千元。余云,可不谈。

二月十日 戊午十二月廿九日 星期日

收信 少勋。

发信 沅叔、附去邱绍周百元收条一纸。伯恒。

公司 《汉英辞典》应速出版。《植物学大辞典》应速出书。《动物学大辞典》亦宜速出。《植物名实图考》同。《物理化学辞典》应速编。《英语分类辞典》应速编。《日用百科全书》宜速排。 伯恒代借《名人小像》已否寄到。 楹联宜速印,多印色纸。《商业名录》速编、速排,迟则旧。

以上各事7/2/13日去信知照伯训。

发行 昭宸告,京师东安市场青云阁各书摊,无本馆贺年明信片。又上海去日历甚多,本馆到在后。

用人 孙景沂去留未决。伯俞来信言,伊在本地充教员,可得月三十元,应如何处置。告以劝其插班,将来派往京馆,约可得廿元,加之花红,所差亦无多。

分馆 何伯良来辞行,定十三日起程赴厦。告以春销宜格外收紧,一切与高颖生接洽,并属如昨日所言。

杂记 买进王本《史记》一部,价一百元。陈香泉《金石遗文录》稿本一部,一百元。由广东孔季修处买入。

天头 因系阴历年终,照常办事。

二月十五日 星期五

收信 颖生。

发信 孙伯恒、昨日发。沅叔、契农、志书事。颖生。

用人 黄伯樵告辞。赵竹君来信代述。余请其校完《德华词典》。与赵往来信共四纸,7/2/13送伯训。杨公亮作古。营业部副部长,与拔翁商,拟以叶润元充任,并告翰翁。

编译 昨函伯恒,拟编《北京指南》,托其请人调查,一切费用均由总馆支出,请预估示下,以便定夺。

潘榘甫送来《职业教育设施法》稿本一册,连信交景星送编译所。不适用已退还。7/2/15。

印刷 岑西林处黄幼崖来言,有密电本在本馆印,西林属伊来说,如在漏泄于外,惟本馆是问。余云,并无填定号码,即漏泄亦无甚紧要。但本馆决无多印之理,如有遗漏于外,我处实不能负责。倘如尔处送人,他人又遗失在外,即从咎我,何从分辨。请回告西林,所云不克承认。

杂记 又私购狼皮褥子,阔廿四寸、长四十八寸,英尺,托问价。中国垫椅,横十四、直十七。

沅叔托付邱绍周《太平御览》《文苑英华》两书价一百元。余俟书到京后再给,未说明若干。又托付《唐六典》价廿四元,印谱价八元。

天头 杨公亮于昨日午刻染喉痧病殁于医院。可惨之至。

二月十六日　星期六

收信 少勋。

用人 周越然荐杜逢一至英文部。邝说,英文可用,月薪六十元。告以先行试用二、三月。谈时梦旦、伯训均在座。

曹寅恭在廉价部,令整理各件,抗不欲遵。告仙华。仙令罚三元。

分馆 知照培初及莲溪、笃斋,各馆红账到,速复,有错应驳者,留底再退。

编译 与杜亚泉谈,拟接编《理化辞典》。杜云,不如矿物、药物为要。余云,即可编矿物。至药物,不如纳入化学为宜。杜云,凌文之现编《实用高小理科》因共和一种不能适,系原备阳历四月开学所用之故。吴和士现修改《矿物学》,完后可编。余又请告就田,将《动物辞典》速行了结。

《商业名录》改直行,梦翁所拟甚合式,可以照排。少勋介绍胡玉孙撰稿。信交亚泉,请其直接通信。复朱企云信,允加二百元,连前数,合成一千一百元。信留稿。

印刷 本日借杨妃出浴图一卷,与公司临印,交于瑾怀。　昨晤曾雾生云,外国印刷品进口可列入税则,属备节略。

纸件 翰翁将调查制造黄板纸情形及中国第一制造板纸厂章程。余复称,附股愈少愈妙。稿存紧要信筒内。

应酬 先施公司约晚饭。辞。群明社蔡衡武约晚饭,在本社。

夏地山约晚饭,在小有天。 在群明社晤慎昌洋行买办郁钧侯、商业储蓄洋行杨敦甫及刘显世之子刘刚吾。在小有天晤孙慎卿、住爱文义路祥福里 105。张鋆云住北四川路宜乐里 79。

杂记 来青阁有《学津》残本一部,全书一百九十二种,内残十种,缺四十四种。

二月十八日 戊午正月初八日 星期一

收信 伯恒。

发信 王亮畴、陈兰生、傅沅叔、吴葆仁。留稿在买旧书筒内。

公司 昨晚约翰、仙、文德、晓志、培、莲、梅在寓晚饭。咸、蟾未到,所谈如下:

一、同行装箱事移栈房。 二、仪器装箱事,我意在厂另建房屋,并作栈房。翰反对。 三、推广礼券事。 四、预约杂志,应加须听公司意,随时增加。 五、营业部添粤人。 六、图书公司可并账,对同行不必有此名目。

用人 仙华有去志,余约在寓晤谈。仙言,实无要求之意,不过有此种机会到来,又有所感激,不觉心动。余言,究为何事。仙言,翰翁恐难久处,不如及早抽身。一、翰翁曾对伊言,非为义务而来,其实为利益计来沪,不如在津。二、庶务处传翰翁命,自旧历新正起,除○○等车夫,余均一律自备饭食,公司不再供给。仙意,适伊初来,忽有是举。桂华甚不愿意面与翰争。翰又面告仙,谓桂有时须赴银行,故伊车夫亦由公司给饭,云云。此事甚小,并非有所不愿,不过觉得如此办事,甚有为难。余言,此等事可以不论,余等必尽力疏解。翰赋性如此,只可认为一种病像,可以不理。为公司计,不能不竭力挽留。我辈精力已颓,决难久任公司,后来希望,全在阁下。且发行部甫经组织,若竟辞去,外人必有许多谣言,于公司有大危险。此次由津馆来沪,因为发行之事,然实有代表公司一种性质,如竟不能留,余对于公司觉得无甚希望。仙谓,我意实无要求,不过比较上,自彼逸此劳。余言,我知公意,亦决不以小人之腹,度君子之心。仙又言,我在公司所得实为不少。余言,此亦实话。但公司营业日广,重要人薪水实属不称,此后亦应议加。我辈为友朋计,亦必须对得朋友住,将来亦必另订办法。仙云,此断不可,余断不为此。余云,我意必须留公。仙甚踌躇,言可否预备一人,俟有头绪,再行交卸。余云,我再回想过,实无相当之人。仙言,已略有允许,但言不能即行。此时只能去信,暂为从缓。余云暂字终觉不妥,好在允许不过口头,且亦无时期,时期未定,可以延长甚久。亦可将今夕所谈之话,略为告知,索性说断,免致两边延宕。仙终未允。余请三思,遂辞去。此 7/2/17 夜事,稍记于此。

本日傍晚又续申前请。仙言,其来谈之人已经赴汉,业经久识,此时殊难反汗。余言,可先去一电,言一时不能来,再复一信,此为第一步。后再去一信,即与决绝。仙言仍系福中公司,来说者即徐维荣,甚难为情。余云,我亦可函达徐君。仙言,此次若不能离,则此身则卖与公司。余云,亦可说公司卖与你。后再三陈说,请拟电稿。仙拟就,由余亲译寄发。

电文:"汉口福中公司,徐文耀君鉴,弟事恐一时难离,拟请缓议。函详。王〇〇。"

编译 三所会议商定,排印《商业名录》,速排《植物名实图考》及《汉英词典》各书事。

印刷 前日晤孙慎卿言,礼拜五日交来汉口中孚制药公司印件,愿格外从廉,将来印件甚多云。

西书 致锡三信,为办书先送预估及副本事。留稿。

杂记 夏地山来商,汉冶萍及伊个人被宝丰公司控告,须觅保人专保到案,不及其他。余云公司向不为人作保,此事与他种担保不同,须商定再复。当电询丁榕,答称一无关系。后告翰,由电询丁君。翰意可由该公司出具正式函件,丁亦以为然。余遂往告地山,七时送到该公司一信,申明一切。原信于7/2/19 交郭梅翁。

二月十九日　星期二

收信 顾水澄。

发信 葛词蔚。

公司 鲍先生来谈,拟将厂后订书作收回,作为仪器文具玩具栈房,将材料原料亦并归彼处。前面小栈房,预备图书公司收歇后机器可以存放。如印刷甚忙可以改作印厂。翰言,仪器并归不必全数迁去,然总可减少若干,或将交通路两所退租。至交通科,或仍并归编译所。余云,交通路两间退去,下层恐不敷用。或将仪器西书移归第二层。至交通科总以留此为便。梦言,能否出外吃饭。翰言,总有不便。余谓,先决定收回栈房,预备迁移。至交通路退租移动各部,容再详细筹画。众以为然,遂定议。

用人 余与拔翁约翰翁谈,谓叶润元为维持图书公司主顾,无暇旁及,拟以陈迪民为代。陈能通英文,熟于纸墨,人亦和气,不满意于薪水,若全兼时,营业部可以加薪,以继杨公亮,似亦相宜。翰谓,迪民此数者确相宜,惟应酬尚差。吴渔荃有信自荐,其人尚活泼,能通粤语,惟多所要求,可严定条件,与王巧生等同一位置。余谓,无特别名义,则进退较为裕如,亦无不可。拔亦赞成。遂将此意转商仙华。仙谓,亦无不可。余属,姑勿与言。

余拟致徐文耀信,示仙华。仙华嘱暂可勿发,谓已有信去。

分馆 致信顾赓吾,请其切实调查,直言无讳。由拔翁拟稿。 汕馆来信谓,地震,房裂损未倒,人无恙。

同业 昨日中华登报有疑及本馆倾轧之言。因去信询问,未盖图记。今日复信,以此为辞,因再去一信。7/2/21送来回信,附到照相一纸。由叔通拟复。

编译 函告梦旦,可多编尺牍数种,从仙华所请也。

朱企云回信言,翻译及增补《英和熟语辞典》一千一百元,可允。

索送书一百部。余与梦商,不妨送五十部。查朱前编《袖珍英华成语辞典》,送书二十部,此加倍送,应得四十部。

印刷 邝来问,圣书会邦费尔问,本馆愿印阿拉伯文华文《可兰经》否。余云,如无抨击回教之文字,可以出版,商同人再复。

又邦费尔托代觅人译《圣经》。

纸件 翰谈中国第一制纸公司附股事。余谓,可以略为提倡,如能特别便宜,照市价贱若干,作我处附股之酬报则可,否则于我无甚益。翰谓,该公司有人来商,姑与一谈。余允之。

西书 锡三交到六年分七月至十二西书轧销多出、缩少清单各一份。

应酬 高子勋约在一家春晚饭,遇李孟鲁,云住京都东单三条。

二月二十日　星期三

收信 沅叔。

用人 补习第四届将毕业,仙华拟调八人。翰意过多。我看尚嫌少。函令伯俞,将成绩表送来再配置。

分馆 乾三又来信辞职。再去信挽留。许君事,请其酌量转圜,并托少勋作合。由叔通分别函达。

奉馆所催派西文伙友,与仙、锡商,拟调向广靖去。告翰,拟加六元,令其前往。7/2/25 改派华惠[吉]去。

纸件 中国第一造纸公司冯少山、何德初约在一家春午饭,并晤李顺楚(新华纸嘴厂)。问及我处宗旨若何,翰无言。余言必须足与外人竞争,若专以国货提倡,恐难持久。又问股东及发起人有无特别利益,在用货上。冯言,可以提议。

应酬 晚约国文部同人在寓便饭。

二月廿一日　星期四

收信 沅叔。

发信 伯恒、沅叔。

用人 告吴渔荃,拟调至营业部办事,但非接杨手。并将昨与翰翁拟定薪红之数告知。吴答云,尚须筹思再复。

告翰翁,贵阳分馆拟派陈祝三。四川分馆范如必告假回沪,拟令孙道修代理。但须先令来沪,彼此晤谈。翰以为然。

分馆 汕馆来电言:"地复震,房屋甚危,难修。请示办法。"复电"停止营业,货设法运回,如不能运,设法保全。"培初来商善后,告以无需留用之人,给薪两个月。留用之人,事毕遣散,亦给薪两月。营业转与潮馆。

同业 中华有复信到,即由叔通拟复。

编译 杨子勤交来《端忠愍奏议》十六册,又《壬寅消夏录》廿二册,连前交共廿四册,又清稿一册。

印刷 劳敬修来,为代印广泰祥颜料招纸事。约定两种于去年阴历年底交货,至今未交。当属吴承藩彻查。跑马一种,于下礼拜五交齐。五万。又猎狗一种,今日始交还样张,亦即赶印。当复去一信,稿交营业部。

纸件 鲍电告,沈季芳夫人来商,中华印书石,整售四千两,已还三千五百两。与翰商,函复请鲍做主。

西书 锡三来告,美国 Dodd Mned 书店又托我发售百科全书。

应酬 晚约盛竹书、叶揆初、徐寄顽、钱新之、杨敦甫等在一枝春晚饭。

杂记 有詹佑时来见,自言民党,须赊玩具数十元营生,无担保。由郑炎佐接见后告仙华,设法遣去,或给洋一二元。

万函授事,催锡三,云已改定,交邝。

二月廿二日　星期五

发信 梁宝田。

用人 渔荃回信,对于薪红事尚有要求,并拟减为三年。又要求包车。与翰翁商榷,薪红事可商。

问各部需用补习生。与复生商定分配人数,并请翰翁复阅。

翰翁谈,有云南　君,前在青年会相识,后赴美,曾资助学费,现在成都办青年会,月薪铜钱五十千文。拟辞,愿入本公司。拟令济臣就近察看,将来调沪试用,或可备滇馆之用。

分馆 汕馆来电后,复令停办遣散同人,给薪两月,号信不甚明了,告景张再声明。

印刷 圣教书会文君问,可否印《可兰经》。告翰,余意不加评论,可印行,并函梦转告邝,亚剌伯文我处拟托人一看。邝云,由伊排版做好交我,我处只印汉文。拟去信问版权。

纸件 中华印书石,沈季芳夫人来商,愿整数售我,索价四千两。鲍还三千五百两。电话来询,与翰商,函复请鲍做主。

后仍分起拍卖,本馆购得两起,计十余块。

应酬 晚在一家春请宋汉章、胡桂莘、孙慎卿、夏地山、李一琴、张知笙、许叔隅、孙衡甫晚饭。余多未到者。袁伯夔、夏剑丞午刻约古渝轩便饭。

杂记 议定孔氏旧书《资治通鉴》《周易》《纪事本末》三种,均宋本,价共一千一百五十元。电告粤馆,"书到点明本数,拨毫七百元云云。余俟书到沪无误,再行拨付。"此电系昨日所发。

二月廿三日　星期六

公司 闻蚌埠有疫,或需停车。

发行 康长素要求代售《不忍》杂志及其所著书,已婉复。来信及复信稿存代售处。

用人 锡三介绍冯庚神,可充营业部跑街,现在东兴印刷公司办。属令来见。

派华惠吉至奉天分馆,给薪水月十六元,面告速行。　编译所因黄伯樵已去,改延余君,半日办事,月薪六十元。　通告第四届补习生分部实习。

分馆 见汕头号信,分庄号信,令另租屋,余租搭住,或住栈。

编译 朱企云来,商定译补《英和熟语大辞典》办法。遂拟合同稿,连原书送梦翁。

纸件 翰又问及中国制造板纸公司附股事。余复数行,仍主前说,以少为妙。

翰问梦及余,福建毛边约五两略多一件,包定五千件,下半年交货,本年交齐,可否定约。余与梦均赞成。

杂记 本日函告孔惺庵谓,令叔来信,《资治通鉴》闻有补钞,先未提及,究不知有多少,甚望其不多也,云云。

二月廿五日　正月十五日　星期一

收信 伯恒。

公司 昨鲍咸亨谈保险事,谓三井太多。又谓,保数不足,应加保。又谓,栈房造桥及印刷房伸出太近门窗,又向栈,均应加保费。

用人 丁乃刚来信,颇不满于印刷上事。已交翰翁。

财政 昨与钟、许诸君谈,拟将存款簿折改办。均认为可行,但于簿子写法,尚有疑义。查该款簿。

编译 李经彝让与《诸子文粹》,来索书。谓已允三十部。查稿,未有此语。请其得便带原信来。渠又要增送十部。余未允。渠又言,今日已买两部,加送八部。余以其再四相商,即允照送。由交通科登记,有条存交通科。

印刷 告鲍,德人画图必须留。催于瑾怀发图画。告王君武,催郑曼陀画。又各家月份牌可作美女画者,购入版权。

纸件 锡三言,美国有造纸厂六家,组织联号,托恒丰公司愿改本公司经理。7/2/26 告翰。

文具 杜亚泉言,凌文之监造标本颇妥协。惟检查仪器之人与制造者不相问,故于检查时多所挑剔,而制造人亦不愿意。

杜就田交来制造影戏片进行条议三纸。7/2/26 交翰翁。

应酬 约理化部同人在寓晚饭。 昨日午刻在拔可寓午饭。昨晚约符、钟、郑、鲍、包、许、万、瞿、陆、陈十人在寓晚饭。 陈焕之、谭海秋约晚饭。谢。

杂记 汪仲翁查,《新闻报》销二万六千余、《申报》一万九千余、《新申报》一万三千余、《时报》九千余、《时事新报》八千余。

天头 向翰索丁乃刚信。又下月存款支出预告,陈焕堂应改六厘息。

二月廿六日　星期二

收信 伯恒。

发信 孙伯恒。

公司 余约拔可、翰卿在会议室谈事:

一、粹翁押款,前鲍先生提议,拟将股票转押。现在兴业银行彼此相熟,拟即押与该行。夏宅本出息五厘,若将所押出之银作为常期两年存款,或可得息七厘。我做押款,如常年八厘,则我可收为四厘。如息九厘,则我可收回三厘。于夏宅无损,而于公司减轻押款,似属有益。前日已商鲍君,鲍甚赞成。翰言,恐兴业催赎,则公司现在减轻,将来忽又加重,殊为不好看。余云,只能展期,万不得已,再行转押。翰云,最好能多押。余云,余不愿全数押出,且欠数有十一万余两,断押不足,亦须留些与公司作抵。翰谓可行,属即与兴业商办。

二、粹押项下,前年共十万〇七千余,去年年底增出五千有余,内有付通商银五千余两,分两次付。曾问笃斋,云系桂华先生所拨。前记得粹翁有中美、五洲利息,亦归还公司,今六年全未收,如此恐无还清之期。本馆送粹翁薪水,全年二千四百元、又花红三千元,彼可敷用。我知粹夫人曾借与鲁云奇七千元购买田地,则公司之款不能谓无钱可还。翰谓,去年未查粹翁之账,容向桂华查明。现在共有产业若干、负债若干,再行代为规画。余又言,每年代付杂用,并入押款账内,甚不好看。拔言,不如提出款若干,作为存款,以便代为支付。

三、各户该款,分别难收、可收者,开列清册并交翰翁复阅一过。内同人该股旧欠,共有五户,为俞志贤、顾晓舟、符干臣、钟景莘、赵廉,经久不归还,即还亦甚微。翰谓,历年均属顾晓舟于股息项下照扣。余谓,今年只可由总务处办。

四、为账务事。鲁君宕欠发见以后,余觉桂华道德虽好,而思想才具均不足。我辈不能不自为留意,但实无余力。我固外行,即翰亦太劳,不能不添人帮忙。仲可之子,年少老成,曾荐继小平元之任,今拟招至总馆办理此事。虽多费些薪水,而于公司大有裨益。翰云,如何位置,令办何事。余云,令兼司会计之事。翰云,新学识固全,而于公司之事,不知能否相宜。或将大略情形告知,令其代为酌量,是否可办。余云,此恐无济,即令到馆,亦必半年数月方能觅出头绪。至于桂华,仍不动,但办法不能不改。又发行部账务在楼上,总有不便。现批处现有余地,可以拨出数人,移至发行部,则楼上地位较宽,将来办事上亦便。翰无言。余云,此事本甚重大,姑请筹度,随后再议。

用人 仙华欲留吴渔荃在西书部。余意可允。翰不愿。余言,可与定约,仍暂时在西书部帮忙。果数月之后,西部实在得力,彼时再看。如不得力,或伊不愿,可即令到营业部。翰允之。又商定月薪,照伊下层所要求,花红不动。

财政 午后到财用科访桂华,不遇。见学生孙树荪用书柬图章盖庄票。余复往问孙生,是否张先生委托。云是。又问是否兼委托二人连王用顺在内。答云,有时如此,亦不定。又问孙生是否将钥匙交出。云无钥,存图章之小箱内本无钥,随手可以启用。即告翰翁。

同业 伯恒寄来中华收回纪念券中,有诋毁本馆之言,打样存留。

纸件 叶　君来言,又购进某掮客在鲁意师摩拍进之印书石三十方,计银七百七十两。翰翁出门,余电询鲍先生。答云,不错。嗣又加回佣三厘,计二十三两一钱。又电询鲍,答可照付。均由余签字。

文具 昨日制造厂交到地球仪一具,余请伯俞与童季通商定名称。

西书 有人来询,《韦氏大字典》何以仍售十三元五角。翰欲借此与周锡三为难。余令锡三拟一复信。余为改定,设法斡旋,并交翰翁一阅。又告锡三,以后登告白事,请先交下一阅。

应酬 晚在先施大菜馆请广帮友人春酒,到者三十人。

二月廿七日　星期三

发行 查定书处复信共廿六封,内有十封均不妥洽,或含糊,或遗漏。有问书价者多不复。当面问许允彰。渠未看。

用人 仙华言,程雪门愿留总馆。翰拒之,谓须商我,故托王来说。余谓,前调出外,实于彼有益,盖本意欲成全之也。

分馆 陈凤荒来信言,湖南纸币跌价,属本馆照纸币价发。与翰、梦诸人熟商,只可驳复。

印刷 翰言已晤鲍,并交阅丁乃刚信。鲍言极愿,包文德稍隔膜,宜疏通。

文具 周厚坤来辞行,托代觅大冶各种矿质。

应酬 午徐积余约至古渝轩便饭,晤翁发夫、方玉山。晚与拔约沈韫石、曹履冰、高子勋、林仲立、关绚之、李萼仙、陆权在一枝香邀晚饭。王芷飏、陈安生、徐辅洲、张昶云、王崧生未到。

二月廿八日　星期四

收信 孙伯恒、梁宝田。

发行 查定书处复信,多含糊草率,计廿七日共收信廿七封,内有十封不妥。

用人 午后,翰约拔可及余议加同人薪水事。

黄任之自辞月薪。伯俞言,不如乘机应允。即照应。7/3/1 知照王莲溪。

应酬 午约翁弢夫、周少朴、曾霁生、沈霭苍、李石芝、陈介庵、袁伯葵在小有天便饭。沈冕士未到。

三月一日 星期五

用人 续议增薪事。鲍先生拟加五十元,合成二百廿元。

夏东曙应客不周,余面斥之。

财政 粹方押款:

三年结欠 十二万六千九百八十二两。

四年结欠 十一万八千七百四十七两。

五年结欠 十万七千四百十一两。

六年结欠 十一万二千三百七十二两。

7/3/2 翰告,去年粹款增加,因桂华有子出洋,向夏氏借钱,即由公司支出,故致有增无减。

分馆 孙乾三又辞职,由总务处去信慰留。

翰告,顾复生弟在京与李长生、蒋鹤企租法轮印刷局。来言,愿停止竞争。翰意,拟将该房屋收归我有,免得竞争,亦可免建筑。余谓,能将该房(在京华印书局对面)归我,长租,未始不可。

编译 胡适之寄来《庄子哲学浅释》一首。

印刷 催瑾怀发五彩画。云已备七幅。

纸件 翰云,制造板纸公司附股事,拟全归我馆一手经理发卖,得伊回佣,并得董事或监察一人,并派人查账。余问拟附股若干。翰云,拟万两。余谓,后两层可不必,且派人查账,亦无用,我自己人已不敷。最要在实利,即第一层。余问,可得几何。翰云,岁出五千吨,吨七十两,合三十五万两,若五厘佣,可得一万七千五百两。余云,如此则一年收回万两有余,固无不可。

应酬 晚在先施菜馆请周金箴、沈联芳、朱鉴堂、闻兰亭、傅小庵、钱达三、冯少山、董裕珍、蔡衡武、王一亭晚饭。未到者尚有十余人。

杂记 每年三千元,岁息一分五厘,十六年连本利共约一九、二二二五元二八一。

三月二日　星期六

公司　翰言,账务事改动不易,恐费钱。余谓,桂华决难靠其专办,我辈不能不自己管理,但必须添人,否则事多废弛。总之,账务组织不能不改。

用人　第四届补习生已拟定薪水。翰闻人言,第三届学生不平,将起抗。余谓,果有此事,必解散。再四与争,翰谓第四届俟过三月再定。余谓,四届生年岁较长,有家室,恐四元津贴太少。翰谓,一律给六元,可每月酌借四元,到三月定薪水后扣算。余谓,如此亦可。即招复生,告以办法,令转告各生。

顾晓舟月薪七十五元、符干臣八十五元。余谓,符办事甚得力,可加十五。顾能办事,拟令多担任事务,亦加十五元。翰问,拟派何事。余谓,令专司存款事。由翰告知,渠亦欣允。但翰尚未告知确派何事。符则翰意名加五元,与顾一律。但将来由总务处加给花红。由余面告,并劝其节减酬应。至总务处加拨花红,亦未告以实数。

张桂华要求加薪。翰谓,可加廿元。余意可增其权利,轻其责任。鲍咸昌加薪五十元。

分馆　顾赓吾报告,章进之嗜酒,纵容不问事。顾性情躁激,常与人竞争,有一次欲与彭梦九动刀。余拟二人并去。拔谓于馆事不便,且顾无私过。言甚有理,遂拟去章留顾,以韦傅卿任郎经理,察看。翰欲并去顾。谓顾前与章甚好,后因分派花红致成参商,遂肆攻讦。责其不应常常写信讦告。余谓,顾信致拔及余。系我两人曾到汉馆,与之相熟。若改分庄处,则易漏泄。翰又谓,顾讦发章之短处何以不早说。系有心挟制,亦应去。余谓,为公事计只能留顾,由韦察看。翰又言,许允彰在粤亦无不好。其实梁宝田去年在广成绩亦不过时会使然。并当时亦未必无此(如此议论只可不答)。余谓,既提到许君,实在不能办事,杂志之事许实办不了。汝既欲优待。不妨调以闲散之事,以示养老尊贤之意。

编译　寄朱企云信,商酌增补《英和熟语辞典》事。

应酬　与拔可、仙华公约学界在一家春晚饭。到者仅贾叔香、苏颖杰、胡敦复、朱葆元、曹锡赓、杨聘渔诸人。

三月四日 正月廿二日 星期一

收信 伯恒。二月廿八、廿九。

发信 宝田、伯恒。

发行 告仙华两事：一、小说须设法陈列。一、大同行须寄样书，准退。

用人 致伯恒信，劝其慰留乾三。谓得罪许君系总馆之事，与乾三无涉。

汉口分馆章、顾事，翰意必欲去顾，有答词存要信筒内。

与吴渔荃订定五年契约，由翰翁阅定签字。

财政 查阅滚存账。 与莲溪谈粹方押款事。

分馆 答伯恒信，解说预约券事。由仲谷留稿。

编译 宋承之交到第八册程式文、论说类、引伸门。

印刷 鲍约翰、拔、巧及承印部诸人在伊宅中晚餐。谈管理五彩印刷：一、请丁君管理五彩印房画石落石事。 二、请添聘上等华洋校对，专看印数多而样子少之印件。 鲍君等无甚确实办法。

应酬 昨午晚陈炳泉、武兰谷、邵咏可、叶幼显、朱颂盘、黄镜寰、韦傅卿、程雪门、罗品洁、张屏翰、朱景张在寓便饭。

天头 答复中华广告。 查两路广告。 大同行仍寄样本。 退还《梧州府志》。

三月五日 星期二

用人 汉口分馆章、顾事，约翰与谈，仍坚辞非并去顾不可。彼此言词甚激烈。

分馆 仙华出示伯恒信，言总馆责备日深，监督日严。

又廷桂信，言去年余致信伯恒，劝其格外联络。伯恒转告廷桂，以为督查。又怨公司不肯造屋。

与翰、拔商，拟留哈馆，裁吉、黑。后干臣又言，哈馆运费贵，开支巨。且留两馆，与留一馆比，必营业较多，似不如裁哈留吉、黑。属与培初详商，并告翰。改定长春特约，寄云。由叔通主稿。

编译 汤尔和愿再译书。梦意以为译笔颇佳，应稍敷衍。

印刷 广西银行白君来,拟印票。告翰,谓可做,属巧生详询印数,能否加至千万。奉天彼时当可完,亦接得上。遂属问明印法、印数、纸色、版样再定。

纸件 翰翁出示定购毛边四千六百件之合同,十个月交齐,照订定价值付价,不合可退。

三月六日　星期三

收信 沅叔。

发信 沅叔。

分馆 翰询,潮、汕裁一孰为便。余与拔均主留潮去汕。翰又言,仲芳调回可用,与渔荃、巧生相埒,可令在营业部。余云,西书较宜。

编译 北京分馆寄来《济南学校参观记》,前已送编译所,顷又在橱中检得,不知合用与否。仍送江伯翁,请其径商伯恒。

朱企云来言,《英和熟语词典》加补《韦氏辞典》,确比前估之数为增,拟改为按条计算,大约每百条二元。余答以与编译所同人商议再复,查原估就原书比例估计,约须增五千四百条。

7/3/9 来信声明,前译实每百条三元五角。

纸件 锡三之友蔡介绍美国纸公司者来谈。约翰与见。知恒丰经理契约定否未详,但可设法。因渠恐我大宗生意不向伊定也。

西书 中美图书公司《银行实用丛书》托我代售。锡要求专卖廉价,彼允对折可专卖,但包销四五十部。告翰,可包四十部,但询以前曾否售过。如未售过,可行。

三月七日　星期四

收信 廷桂。

用人 汉口分馆事,翰无举动,意似延宕。毛契农至自常德,云过汉见顾赓吾,催速解决。余与拔约翰至会议室谈,谓如此相持,于公事有碍。我等本为公事起见,今舍去我等意见,愿从汝意,请即催傅卿前往,并派账房同去,章、顾同时辞退。

财政 《大英百科全书》经理交到回佣二千余元。余交笃斋,令给洋文收据。嗣见乃吴度均签字,账房亦不盖戳。余谓吴君不应签字。又询知,该款收到由西账房用回单簿送账房收账。

分馆 廷桂来信,力言建厂不可缓。余与拔翁均以为宜允之。并告翰,廷先致仙华信说不造厂,事难办,有退志。如不允,必求退,彼时再允,甚为难。翰言,恐反有要求,属余于股东会后入京,乘便察看。余云,可以不必。后商定,俟图样寄到,再考究有无可省之款。即复信允办。

印刷 益兴保险公司续印古画月份牌,应于后日交货。昨日始做木边,恐来不及。余函告咸昌,谓请客菜已烧好始打酒,衣服缝纫已完再买钮扣,必误事。菜酒并点可以省事省工。

纸件 约美国六纸厂公司代表麦金托士及蔡君在纽门午饭。翰、梅、锡三均到。麦言,初到本馆,本拟托本公司,因陈君无意,且虑本馆为垄断印刷计,不欲以同样之纸售与他人,故托恒丰。今已定约,难改议。但本馆如直接订购,可照恒丰之折扣,给每百两得七钱五分。告以每年购纸到若干数,应给以若干回佣。麦谓,须问总公司。又询知,日本全国在伊公司订定之纸,岁约一百廿五万云。

三月八日　星期五

用人 翰开许允彰、张志宏、夏东曙三人接韦傅卿稽查进货事。谓许为最宜。余答以,公意以为如此办理,甚好。

财政 招钟景莘、许笃斋询西账房收账情形。据称,仅凭西账房回单送来,各客户账上每月查两次。但西账房收进多少,仅交到,并不查对。翰亦在座。午饭时,余约吴度均至会议室,询知渠至西账房后,收账签字事即归伊办理。

分馆 翰开示裁并分馆办法。吴兴俟春销后并归杭馆。衡州闻毛言有生意,裁去可惜。

印刷 金子才来信,托估印粮税契券,已交郑炎佐。

三月九日　星期六

发信 沅叔。

发行 约毛契农、陈培初、韦傅卿至会议室,与谈加折减回佣之事。契农之意,宁可再多折而不减回佣。告以恐于用户有碍,大于邻近同行,向汉口援例。

用人 翰令账房华冕之赴汉口分馆。自称只办三个月,三个月后调汕头分馆账房朱梅生前往继任。余约翰、傅至会议室谈。告以如此不妥,复约许笃斋来商,易之。又举王谓臣、一周,二人。王有押柜五百元,保证为嘉善〇〇木行。周云,可交足押柜。许谓,人才周胜于王,令催周速觅保交押柜。

分馆 当翰告傅卿,裁不妥职员,但勿急急。一面先在总馆选一二人同去。章及他人宕欠,照章追缴。并察看彭梦九之举动。京局建筑事,翰意尚须斟酌,不妨含混答应,推归董事会。叔谓董事会业已议决,如决意不造,则不如不为含混,免至时局少定,又来催促,再与延宕,更为不好。 梦翁亦以造屋为可缓。

应酬 午约章行严、张榕西、谷九峰、丁佛言、谭大武在古渝轩便饭。但庵因喉病未来。

晚赴南市商会倚虹楼、文彦生都益处之约。晤刘希陶。

三月十一日 正月廿九日 星期一

收信 伯恒。

发信 沅叔、为印《道藏》事。伯恒、钱才甫。

发行 告李守仁、朱皎如,稽核定新志方法及印寄签事。

用人 翰言,汉馆账房,傅卿保举俞 ,即俞凤冈之弟。翰拟准派。余及拔翁均赞成。

财政 看滚存簿三月九号止。

分馆 胡秀生来信,言宕欠千三百五十元,已还千元,余要求俟有力时再还。复令出具期票,限十八个月清还。

同业 中华倩古沅律师登还债办理,反对者本月十八日函复。

编译 孙慎卿交来《银行与经济》稿本九册、目录两册,送本馆印,并备洋二百元,作为预约之价。本日将稿本送伯训。

北京松某寄来《卫生要义》《女三字经》《思室诗》。即送江伯训,请其寄还。

印刷 昨告吴炳铨、秦拜言,最好添一华洋校对人,须力劝鲍君办理。吴言,纱厂牌亦可招印。闻大阪池田印局招揽甚力。月份牌每张九分,画稿在内。 告郑炎佐向南洋烟草公司再招揽。 锡三来言,中美图书公司有数种书销路颇畅,愿在我处印刷。 沅叔来商印《道藏》。去信留稿,在翻印旧书筒内。

西书 锡三言,各校向不来我处买书者,今年亦来买。伊文思托中美图书公司来约锡三饮宴,商议齐行。锡拟拒绝。若非全数将生意平摊,断不可允。当告翰。

应酬 昨日午约吴炳铨、秦拜言、王德峰、丁乃刚、郑炎佐、汪仲谷、姚玉孙、陈剑青、王君武、王余堂午饭。童星六、谢燕堂、叶润元、邢芝香、王巧生、鲍咸昌未到。晚约毛契农、李守仁、任心白、吴渔荃、张诏甫、文彬、奚忠信、吴云生、朱皎如、王廉伯在寓便饭。盛同孙未到。

三月十二日　星期二

收信 宝田、伯恒。

发行 翰约梁海山在一家春谈,与订汕头分馆收歇后特约事。即交干臣起稿。

财政 同乡王君来,要求酌减卢少逸欠款,共八十四元有零。卢君现尚被押,余允减至六十元。已告翰。

分馆 复廷桂信,系叔翁所拟。余又酌加修改,意较切实,谓须俟大局稍定,营业较有把握,再行建筑。经翰翁看定盖章印发。并托仙华去信疏通。

编译 郭洪生交字典译稿廿一面,付译资一百二十六元。以后要求一个月或两个月结算一次。又按合同六个月应送酬。该社主任五百元,有收条一纸,交郭梅翁收存,附该合同内。即函达江伯训补开支单。7/3/13 又去知照单第　号知照,以后每届两月结算一次。

钟宪鬯赴闽、广、云、贵采集博物标本,本馆拟托其附采一分,伯俞建议。晚约伯俞、亚泉与宪鬯在一家春商议,宪亦允办。

印刷 周伯生来言,南洋事甚难办。伊尚有一年合同,不能脱身,满后亦拟辞出。余问,可否于时间外为我处画数张。周云,恐有不便。余云,不具名何如。周云,亦可办。又言,池田在外招徕甚力。鲍先生交来月份牌稿二纸,已交营业部阅看,如果合用,即发印。

西书 郭洪生来言,伊文思书店内勃来思君与谈,老伊文思急欲收歇、售去,而其子及勃来思并在馆同人欲推广另招股。此二策现尚未定,问商务有无愿接之意。并言前谈判多时。余言,前来索价二十万。郭云,现似可商减,却未说过多少。余又言,前曾谈过,彼此分做出口进口。郭云,亦未谈及。余云,容商同人。

应酬 晚约钟宪鬯在一家春便饭。

三月十三日　星期三

发信 宝田。

公司 核定翰翁交阅保险事件。另附意见书数事。保险公司在我处印刷多者,应酬给保数。承保在前,而未来印刷者,应向招印件,否则停止。新增应保之数,宜用以招徕印刷。　告翰,宜令鲍三与营业部会商办法。

发行 商定梁海山特约稿件,交俞志贤会同培初与商。

用人 锡三言,有陈姓者,生长澳洲,曾在伊文思,不合脱出,曾荐至公司。锡意,其人可尽罗致西人西书生意,但需月薪水百数十元。

编译 与翰谈保险事,藏纸版在一室,终觉不妥。后决定,请印刷所,重要书宜制纸版或铜版两份,分储别室。即函达鲍二,并用知照单　号知照出版部。

次日,与咸昌、梦旦商,纸版做两分太伤字。后又商拟将纸版、铜版、图样移贮小栈房。

印刷 致函简照南、玉阶,介绍渔荃、炎佐往见,接洽印件。又致穆藕初、聂云台信,介绍王巧生往见,招徕纱牌。

纸件 问翰翁,知已定价廉月份牌纸。每令约美金币十三元,约每张(加上运费关税等)洋二分,已定三百五十令。

西书 询锡三,对于伊文思来商售并意见。锡谓不宜办,不值出价收买。我尽可自为,再相持一二年,当可收效。

应酬 晚欧彬及刘澂如招饮于东亚旅馆。均到。

三月十四日　星期四

发信 傅沅叔。代葛托事,告买《通鉴》。

用人 锡三请派四届补习生到青年会习打字半年,学费十五元。余函告桂华,照发。

编译 王宠佑佐臣来言,将编英文《地质学》教科书。问本馆可印否,如何办法。余言,版税至多定价百分之十五,少者卖价百之十,卖七折。平常皆定价百之十,须先交会议,然后彼此商定。大著甚欢迎。然英文销路必少,宜译汉并行。王言,由我处代译,译就由我阅看一过。余云,可办,书成乞畀一读。

印刷 广泰祥董君来言,有金粉四十二箱,高下不等,一律售与本馆,否则所有印件概不交易。

三月十五日　星期五

发信 少勋。

公司 商定存书以一六折为止。所增出二万,连今年比去年溢出之数,一并清还收回日股贴费。议定下届存书,拟将滞销者另行盘开,不能与行销并在一起。又每年售去之廉价滞销书,亦应查明,不能以意为之。

发行 商定与梁海山订特约往来,常久各二千,不能退货,照上海批发,运费汇水照加。第一年万五千、第二年二万、第三年二万五千。

分馆 高颖生来信,言厦门无同行可订特约,或改坐庄。余言,特约之事本为与中华竞争而设,今竞争已减,且彼订约之人亦不能不卖他家之书,何必自失利益。因是之故,余主张普通往来。翰无言,由拔拟复。

应酬 午约在沪股东龚怀希、张淡如、陈葆初、魏季子、刘襄孙、季萼楼在一枝香饭。别蔡谷顽一人,则临时所约也。未到者尚有数人。此系十六日事。

杂记 失去金边眼镜。

三月十六日　星期六

收信 卓如来信。

公司 令庶务部绘成总馆各层分部图。

财政 财用科送到前半月付出收进存款表。又四月应付出存款表,其中定期存款有七厘八厘者数户。余商翰翁,改为六厘。后桂华声明,将王记一户不改,余均照改。

编译 朱企云来商,要求补译《熟语辞典》,每百条四元。令具信来。

应酬 利达洋行主人请吃晚饭。未到。

三月十八日　星期一

收信　沅叔、昨日。廷桂。同。

发行　吴桐轩匿名报万亮卿售美女画，为友人代买减价，语侵仙华。翰将此信交仙华。仙大怒，谓必须辞退。经余调解，谓辞退原所不惜，但能宽恕，则令其负荆。并通告声明，以后关涉发行事务，均与发行部长直接。仙气稍平。谓此等事，固所乐闻，如必将吴辞去，则以后人皆不言，亦非所宜。

用人　姜佐禹来见，询知在苏州教读，现薪不过十元，人颇漂亮。周锡三介绍陈汉明来见。前邝先生亦曾介绍，曾在伊文思、青年会、续行会办事。余问邝先生，谓月薪须百元方可罗致。

梦旦来信，拟留范秋帆。

编译　梦翁函复：《商业名录》已催，非两个月不能出版；《德华字典》恐尚须一二月，方能出版；《日用大全》尚未发完，排成不过三分之一。

西书　《时事新报》登有关涉西书之事，谓本馆多在伊文思贩进。

应酬　昨晚发行所同人钟、王、莲、符、包、谢、王仙、陈、顾、俞、郭、张继约在别克登晚饭。

杂记　万函校经理二人又来商议如下：一、该校在指定五种杂志登广告。其他杂志，伊处花红如登五种外尚有盈余，则移登其他各种杂志。未登时，他英文函授校可短期登。勿定约。如余登后，亦停止。　二、汉文函授，一概勿登。

天头　通知江伯训，送《植物学辞典》一部与郭洪生，为编字典参考之用。留范秋帆如何措词，与梦商。

三月十九日　星期二

公司　发行礼券改式条议及印编两所代售法，与顾晓翁。

用人　去信留范秋帆至本年年底为止。信由江伯训转交。

财政　整顿西账房收款事：一、必须主任签字。　二、所有收条应由银钱编号发交，主任必须自己收存。如有收条作废者，应缴还银钱账房，不能随便弃去。　三、签字收条，再连根送账房盖印，或送财用科。　四、账房每晚须将存根核对。

整顿财用科：一、各部账目须兜底查对。 二、盖章必须亲办。 三、图章必须锁起。 7/3/27 告翰。

分馆 陈少舟谈及汉口分馆事：一、店必须移至四官殿等地方。 二、武昌支店可收，每日派人过江。 三、特约所可收回。 四、须请培初赴汉布置。五、汇款须要打探市面，不可专与一家往来。

应酬 晚在东亚旅馆请吴麟书、郑声涛、杨仰山、缙卿、俞福谦、陈少舟诸人晚餐。

天头 再查保险，并招徕月份牌印刷事。

三月廿日　星期三

发信 沅叔。为《道藏》事，留稿。

公司 见骆辅棠看小报，对于收进货物甚不注意。时收进国旗一百廿面，渠读发票谓廿两。许允章告知，系一百廿面。渠亦不复点，但将回单簿登上，即送交仪器栈房。至梯头，余问伊送至何处，并请将所办之事带至总务处一看，随查知所进之货，由许允章点验，伊只管登草簿，兼过清簿。又支银开单，则归鲍锦文。又见有在汇司公司购进之泅水衣服。查知定价之事现归徐宝琛。添货之事，由各部开单，包文信自查轧销（并无凭证），即签字，送进货点验处采办。从前余所定每货销数比较单，并不送翰复验。

用人 王巧生拟派赴梧州接洽印票事。即派吴渔荃至营业部。

财政 看滚存账，十八日止。

问蟾翁，知今年阳历底，久未结账，俟阴历新年后方能结出。据许笃斋云，系待阴历年终收账拨入之故。又知，各种清簿与滚存簿每日均由财用科账房核对。

分馆 汕头特约事，梁海山要求甚琐。余言，如此可以作罢。

印刷 广泰祥印颜料商标事，必欲将所存金粉四十三箱售与我处，不允，势将决裂。乃商翰，谓告以每印一万元之印件，可以扣金粉价千元。如此只算打一九折。翰问，有无回佣。吴承藩云无。翰谓，可以答应，只算拨付回佣，但每箱万两，能磋商减少更好。由吴往办。

应酬 邹紫东约在一品香晚饭。 康长素约在家晚饭。均到。

天头 钮、朱二君于四月三十日合同届满,应先期决定去留。

三月廿一日 二月初九日 星期四

收信 钱才甫。

发行 陈春生谈,教员代学生买书,无好处,甚不利。故教员多反对用本版。用书之权,全在教员,故必须令教从中有利益,方能推广。余谓,只能将零售者抬高折扣,赶买者给与较优之折扣。

用人 应募书件,魏拜云来见。

应酬 晚约股东史悠凤、陈春生谦夫、吴锡赓、李恒春、奚松龄在一家春晚饭。翰亦到。

午与拔翁约何诗孙、缪小山、王雪丞、朱古微、李梅庵、章一山、刘翰贻、郑苏龛在古渝轩午饭。

三月廿二日 星期五

收信 廷桂。

发信 廷桂。

公司 与叔通、拔可商定移并发行所各部分之事。旋告翰。翰不甚明了,属葛光远再绘图。又言,如此移动,恐须多费钱。余谓,交通路屋能退终以退为是。则可以所省之钱若干作为移并之用,亦值得。午后交与意见书若干页。

发行 知照发行部,《廿四史》非万不得已,一百廿两不能减少。

又查出去年十一月廿一日通知孙问清代表,言书已出全,后又照预约通融售出十部。符干臣言,安庆分馆亦售出两部。告许笃斋,此须补报。并声明此系远处分馆售出,此时才报到。并稍宽留部数。

用人 张海山回。

财政 夏氏押款事,余有意见书两纸交翰。翰复称已询桂华,云外债全清,以后每年中英、五洲两药房约可收五千。又本馆股分、又公司所给花红均可还欠。但月薪二百仍须照付。又转押股票一事,翰云,告粹夫人恐为难。余云,不能不说,因须签押及过户,可由我辈出一凭证。

分馆 廷桂来信,仍主张建筑京华印刷所。由叔翁拟后,梦翁商定。

编译 鹤顾来信,允认托钟宪叕附收集博物标本事。信送江、杜两君查收。

文具 寄售日本打字机,翰问自己是否要做。余甚反对自做,谓做不过人,即做好亦销路有限。

应酬 梁海山约在一家春午饭。

徐冠南、朱榜生约在一品香晚饭。李一琴约在一枝香晚饭。均到。

杂记 万国函授学校,梦翁谓利息甚薄,且各馆英文人员恐不能胜任,难办好。不如婉却,专订登告之约。

三月廿三日　星期六

发信 廷桂。叔通主稿。

公司 翰交还余昨交移并意见书。拔言翰谓牵动,且费钱亦巨。余复注数字,问尊旨若何,是否不办。翰复谓,俟详图绘成,再磋商。复字留。

发行 昨日梁海山特约,经翰又私允一条,在潮州取书千五百元,亦照上海算,仅贴还水脚。符、俞诸人言,此甚纠葛。

余必言,在此只可签草约。梁固争,余不允。后又签草约。

用人 锡三谓,陈汉明来询消息。余言,函授事既有为难,拟不办。此刻甚为难,只可婉辞,再设法。

郭梅生来告,谓见周写一信,不允添两人,一打字能作信者,一能出外招徕生意者,如不允,伊即辞职云。　7/3/24锡三来晚饭,饭后余约与谈,告以昨陈君事,因翰故,甚为难。余现有一布置,俟再过一个月后,如有机会,彼时当可顺手。此时姑缓一个月。锡言,公司现方将西书挽回,失机可惜,所以急不及待者,亦无非为公司计。余言,余知君意无非公司,且甚有好机会。所以留此者,无非留朋友交情。我亦亟欲尽公之长,极力帮助,即为公司之益。但望见谅。　同日午饭时,余并托邝先生致意。

同业 沈固伦诉追中华欠款,已胜诉。

编译 催仲可发《中国名录》,云再经廿日可发完。

印刷 催瑾怀赶印《娄寿碑》及其他可印之陶斋所照之碑版。

三月廿五日　二月十三日　星期一

发信　任公、葆仁。查翻印美国教科书事。

公司　翰翁交来一信,辞加薪不受。属转告苏盦。7/3/27 午前告翰,与拔商难告郑收回,公可当仁不让。我辈晤郑时,必将尊意告知。余又告莲溪,届时照支。

财政　粹方夫人来寓,由家人接见,言转押股票不愿,宁可售去,但须问伊子。又言,五洲、中英药房亦有银数万,须留充伊女学费。

分馆　廷桂又告假来沪,云廿五、六启程,未知是阴历抑阳历。

编译　昨日谈编辑《人名辞典》事:

一、正史人名太多,无重要者拟删。

二、排列拟先单姓、次双姓、次非姓。同姓者先单名、后双名。非姓中为方外、别号,及辽、金、元、满及外国人。

三、别号择重要者列入,连姓者列入双名内,无姓者列入非姓内。

四、女子须加。

印刷　王巧生今日赴梧州。

文具　查玩具存销数。

应酬　昨约编译所辞典部、英文部同人在家便饭。分午晚两次。曾霁生、李石芸约在都益处晚饭。

三月廿六日　星期二

收信　宝田信。

发信　伯恒、沅叔,又程雪门、乾三、敬康。均托购志书。

发行　康长素函询能否代售《不忍》杂志《共和平议》。作函却之。

用人　沈幼轩作古,查出亏空二百余元。据仙华查,谓现批之款概归收发处,但遇有定杂志者,仍提出现款交现批处自付定书处。沈即将此款移用。由去年十二月,至今约二百余元。

仲果又告,均系远省所定杂志,故一时不易稽查。7/3/27 符干臣来,代沈告帮。余谓此等舞弊之人,余最恨恶,一钱不能出。

分馆 潮馆来信,拟将汕馆改坐庄,否则将潮移汕。余批注:"坐庄所省无几。如移汕,则坐失潮馆之利,又承汕馆之弊,不宜行。"

编译 致伯恒信,附去伯训所拟,调查北京指南,调查费二三百元够否。

拟请张季直写《朱柏庐家训》,林长民写《耶稣十诫》,写《程子四箴》。

宋承之交到《国文函授》第九册。

印刷 代姬觉弥估印《西域同文志》价。

广泰祥印件及买金粉事已定。

应酬 晚约邹紫东、陈小石、周湘舲、姚慕莲、张石铭、朱榜生、蒋孟蘋、瞿希马、梦旦在一枝香晚饭。徐冠南、晓霞未到。

潘澄波、谭海秋、韦漾泉招饮。辞。

杂记 午后二时半偕邝君往万国函授学校,晤海格尔及勒提姆二君。谈及我处通英文伙友工夫甚浅,恐彼此通信,用英文往来,不能明白。如遇分馆对函校有未办妥之事,经函校学生达知函校,以英文信告知分馆,分馆友未必尽能通。如回信亦用英文,所持之理由,英文又达不出,必至两边争论,有伤感情。我处如添一人,必须百元至百五十元之薪水。此事断办不到。如函校而用汉文信往来,于尔亦大不便。余再三申说,邝君翻译,海君均谓无关紧要。在能售书及招徕学生,伊可以派人来我处训练。后说定伊处去信用浅白之文字,分馆英文复信,如有不明白,或错误之处,应原谅。又遇有纠葛之事,分馆不能以英文达其意者,可用汉文信。海君均承认。

同时又商合同各款:

一、花红尽登广告。渠不允,谓滥登无益,但此款用途,届时彼此再商。

二、香港除去洋人不妥,海谓能招徕固好,但恐洋人未必肯往我馆。

三、收学生不及四成,贴还奖金五元,虽系一年后再商,过于纠葛。海允删去。

四、解约只十日前通知。我谓过促。海谓不妨,并云一切议妥,愿与翰一谈。归告梦、翰,即交锡三将英文稿改正再送律师。

三月廿七日　星期三

发信　宝田、孔季修、惺庵。未留稿。

发行　仙华来言，烟台诚文信跌价贱售五折书，只售三八五。余谓，合同内必有不得贱售之语，如得有凭据，可即废约。

用人　夏君仙华所荐告辞。翰言，西账房本无事，不能展布，故彼不允留。翰亦无言。

财政　为张桂华、鲍咸亨二人办事不合，请翰翁转达。参看7/3/19日本栏。

余先告以粹方夫人到我处所说各节。　翰言，粹方夫人今日到伊处，所说相同。伊告以此为公司中不得不办之事。今年五洲、中英两处余利所余无几，仍应拨归公司。此后此两处余利应付公司押款之息。所有股息，应全数还本云。又言，当再约桂华与查粹方夫人每月家用实需之数，为之酌留。余当尽数归还公司。

编译　朱企云将翻译《英和熟语词典》契约盖章送来。本馆亦即盖章交换。渠问初版共印若干，能否预定一期印再版。余云，再版不能定期，但初版必无滥印之理。如售预约，则必按售出之数略多。

印刷　函送《西域同文志》印价估单两张与姬觉弥，告以至多可打一九五折。　7/3/28事。

函孔惺庵招徕影印碑帖事。又送孔季修珂罗版印《夏承碑》等四种，又《集古录》样本一册。

应酬　陈小石约在寓午饭。晤陈瑶圃住萨坡赛路六号、冯梦华。

天头　陈少文托汇常德陈崧山二百元、重庆月约二百元。

三月廿八日　星期四

公司　看六年分红账，略有签注。　又看六年分报告。

用人　问培初，程润之欠款如何。培云，渠拟由公司每月扣廿元，俟伊眷属到后，可将股票售去。

告培之，润之坐处可为之装一电灯，否则实难办事，难免瞌睡。锡三告假赴杭，云礼拜一日回。

财政　看滚存账。　　看红账,略有签注。　　属许笃斋,将凡有欠公司账款,可于花红中扣抵者,速开一账交下。

印刷　美国人某君来印书,须我处声明不翻印。本日请丁榕午饭谈事,并托其代拟一信,即交渔荃照复。

应酬　午约丁榕在一家春午饭,有所谈论。

杂记　代沅叔付陈立炎、邱绍周一百元。前十、后九十。收条 7/3/29 去。

天头　查保险行招徕印刷事。

三月廿九日　星期五

发信　沅叔。

公司　翰翁以移并各部事相商,谓分庄事务处在下,有许多便利之处,并谓我亦并无一定主见。余言,请翰做主。至谓举办一事,有利无弊,断乎不能。

用人　王莲溪来言夏　　又有舞弊之事。系日本邮汇之款,由伊暂支若干,交夏亲赴日本邮局算给者。夏竟私改邮汇兑换之数,约查出可得二三千元。余言,公司现在范围愈广,头绪愈繁,组织太不完密,故每每出事。以余所见,实不能不有所改革。王又言,总务处现分两派,一新一旧。对于旧派从严,对于新派从宽。又言,李伯仁现兼盐务事。余云,新旧之见,就外面一看,却是有的。旧人当然日少,新人当然日多。至于旧人有能力者,仍然重用。如符干臣、陈培初均是。至于李伯仁兼外馆,却应查究。

后告拔翁。拔谓,可以直接函问。余即约培初至会议室,告以程润之告王莲溪云,李伯仁兼盐务馆,即去函询问,请其从实答复。

财政　翰来言粹方欠款事。又商桂华。桂华云现在只有八百两,此后可将公司股息及中英、五洲药房股息,尽数并还公司。翰又言,仍将转押一事与商,以便日后退让。

编译　函告瑾怀:一、楹联速出。二、扇子速催。三、《张子祥册页》发画。

梦言,拟多就日本出版德文书译汉,多备数种,俟欧战一停,即刻出版。余言,最好仍请日本留学生翻译。

印刷　湘省督军已任张敬尧。印票事恐有更动,拟请剑丞赴京接洽。

三月三十日　星期六

收信　沅叔、伯恒。

用人　培初来总务处,余又告昨日王莲溪云,李和卿也兼办他事,应去信与秦乐钧问个明白。培言,曾问张海山,海山云,常在馆中并无他事。

分馆　湘馆来信,属派一人至宝庆监查翻板。后商定薪水总分各半,川资全由总馆开支。7/3/29 事。

应酬　翰怡约在家晚饭。到。

杂记　代沅叔付来青阁一百五十元。7/4/1 收条寄去。

四月一日　二月二十日　星期一

发信　伯恒、沅叔。附印《道藏》契约条件。

公司　王莲溪来言,翰翁不肯受加薪,须梦、拔、咸昌及余并加方可受。余谓,无此办法,请王径收翰账可也。

用人　赵竹君荐两人,见下编译栏内。

方叔远来言,姜佐禹接试办信,适教读甫开馆。拟迟一月再来。余允之,并告以试办期内,最好请人代庖。

编译　昨日赵竹君送来《重臣倾国记》小说一种,伊子所译,求售。又荐伊侄,交来信一纸、诗一首。又提及伊侄孙,能画图者。

匡文涛寄来译稿四册。连原书送交梦旦及伯训。

应酬　昨午约王玫伯、金谔轩、夏剑丞、梦旦在寓便饭。

杂记　寄还金佑之《许国公案议》两册、沅叔《西域同文志》八册,均交景星办。购孔氏书六种,千六百元。问翰,书甚便宜,可否由公司购入。翰复,请我定夺。7/4/2 又去信,谓余不便做主。仍请明白批示。翰复谓,容面谈。

天头　赵竹君来商,今届廉价部有三通考辑要寄售,作价听我自酌。惟下届仍拟自售,属转吉承管诸君。用菊记九十九号知照发行部。

四月二日　星期二

印刷　廷桂来信,言政府不拟印公债票。即致信恳孙托其介绍。又致信涧泉。

剑丞明日启程赴京。

应酬 仙华约在都益处晚饭。因腹疾未到。

天头 腹疾在寓,董事会未到。

四月三日　星期三

收信 伯恒、乾三。

分馆 顾怀仁来信,言不愿就黑馆。余意留顾在吉,彼此无益。哈亏蚀,且地方不靖,不能不裁,宜筹接替黑馆之人。

编译 选出精本内《续世说》一种,可用仿宋活字排印。已告梦翁。又《西溪丛语》已印连史毛边二千部。余意难销,且将好版埋没,不如毁去。函梦翁酌夺。

应酬 聂云台约艾迪博士在卡尔登演说,招饮于彼。因腹疾未痊,未到。

杜逢一招饮东亚旅馆。以疾辞。

杂记 裨德本函查我处出版关涉德国书籍八种,销数多少。前数日,裨君以德人某君所著《未来之共和》一书,劝本馆译印。余复以此等政治书销路无多,拟不印等语。

天头 腹疾未痊愈,仍未到馆。

四月四日　星期四

发信 伯恒、乾三。

用人 锡三欲添助手,托云台来说。余云,已允其稍缓设法。7/4/5 日云台又来信致翰及余。余告翰,锡三要求已久,且邝荐一人陈子明,月薪在百元以外,余知难邀允,故已拒绝,且亦不言。今外人既言及,我亦不能不说,想梅生亦略已告尔矣。翰言,锡亦须谅我们办事难处,免得各部分有闲话。余云,此本在主持之人。翰云,果有能力,薪水稍多亦不妨。

财政 翰言公司存钱过多,前日董事会提出,拟存放。聂云台言,伊欲以纱厂地屋抵押,当时言可商量等语。余谓熟人甚难办,万一要展期,不能不允,如有意外,太无办法。翰属叔通拟致聂信,问以何品抵押并时期。余批,颇费斟酌,或系过虑,请翰裁酌。余请翰翁查,同人活存额内额外存息若干,拟酌减。又外来旧折,无论定活,增加过若干者,均须报告候核。

文具 仙华催英汉文仪器目录,拟两种办法:甲、英汉文各编。乙、用插图英汉文合编,须收费。又言,须请一人曾任理化教员、身分较高、有经验、又活泼者为陈列试验室主任。已告翰翁。

天头 午后到公司。

四月五日 星期五

用人 翰言,黄秉修来言,锡三有信致中美图书公司,与我为难。并言,锡此事为公司固不错,但未免稍过分。

邝言,有夏某在昆山教英文,有信自荐。英文部拟添一人修改函授课卷,以便周、李二人可以修订讲义。余告以译件可交外译,有某君与蒋相熟,可翻译。问余可译费几何。商定千字二元五角。邝又代程承祖要求加薪,免得夜间兼外事。

财政 翰信言,云台借款不允,有碍渠面子。且做生意终须冒险云云。余言,尔既如此云,我亦无不可。

编译 赵竹君子译小说《重臣倾国记》购进,拟价一百元,因须重加修改之故。

又英文初学实习一种尚未定名,邝言二百元可购。会议未定。余问,邝言书甚好。余告伯训,汉文有别字,书可买。

《商业名录》每本须加明信片一张,备人改正送还。

四月六日 星期六

发信 又陵。

公司 与翰言迁移事。仪器陈列试验,翰谓可在四层楼上。余言,我意终不妥,最好在二层楼,即今之仪器部。

用人 致邝信,言英文部最好不添人,修改函授讲义能请人在外修改否。

财政 看滚存,四月五号止。告桂华,交通路夏季捕房捐应收回。

分馆 封芸如来信,言陶襄忱不可用。

同业 兴业银行胜诉,见本日《新闻报》。寄各馆。

编译 在家校《春渚记闻》,又校《孙公谈圃》毕。

西书 告锡三,言添助手事已商翰,翰言只要有能力,薪重亦不妨云。请即行物色。

应酬 陈抱初约倚虹楼晚饭。到晤朱少鸿。

四月八日 二月廿七日 星期一

收信 伯恒。四月五日。

用人 谢骐告,顾复生自称可造墨水、印色等项,凡十种。已面交鲍咸翁。

分馆 李伯仁来信,言兼盐务乾修。余就信上注:"此端不可开,请翰翁派人接替。"翰复称,派人再查,如仅系乾修尚可用。余谓不必周旋,径派人可也。

编译 昨日在家校毕《春渚记闻》。 赵竹君昨日又送来伊子所译小说《玄扃录》,云不受酬。又《壮士余生》短篇小说,亦不受酬,请代修改,以作程式。又《重臣倾国记》拟取回自改。

印刷 闻翰翁言,代印通商银行钞票十元者,墨色相去太远,不能用,只可毁。

弼臣来电,言赣省地方银行拟印角子票五百万张。

杂记 向刘翰怡借《宋人说部》书十种。

丁榕交来 J.C.S. 合同稿,并有信,已交锡三。锡三要求公司余股若干。余允三股现存七股,照收进价。

四月九日 星期二

公司 翰约在会议谈收发处收到各处来款交接办法。

天头 昨夕头痛,午前未到馆。

四月十日 星期三

分馆 廷先带来伯恒所交京馆新购地图,并所拟办法。与翰翁商定,最好将清古斋一间取到。去信稿及来图交梅生收存。

编译 郭洪生寄到《英文字典》译稿第一页至第十二页,即复请以后径寄总编译部。又函伯训,请连前次各出正式收条一纸。收条宜印好,编号存根。信稿存。 送还赵竹君子译小说《玄扃录》《重臣倾国记》。仍退交编译所送去。致竹君信，请伯训留稿。

应酬 徐秀孙约在振华旅馆晚饭。到。前日事。

四月十一日　星期四

发信 伯恒、沅叔。

公司 翰约到会议室，商议各部分移并事。余未到。昨日事。

用人 有匿名信，言有数部长到馆甚迟，饭后均出门游玩。

分馆 王觐侯主张吉林分馆仍留。余意必改。叔通谓，先裁哈馆，派孙振声去。昨日事。

编译 《衲本资治通鉴》样本已出，寄沅叔百分。　拟登告白，不说价钱。

纸件 瑾怀请翰翁购买夹贡纸，余将信及纸样交翰翁。昨日事。

应酬 金谔轩约一枝香晚饭。到。昨日事。

四月十二日　星期五

发信 伯恒、剑丞、又陵。存折新旧各一扣。

公司 拟选举董事，余未提一词。

用人 仙华昨言，陈谦夫已辞去协和书业公司，再延用。余谓，平日相熟，可收指臂之助，余甚赞成，但须请翰翁决定。

锡三交来邝先生一信，谓陈君如能给月薪一百廿元，可以来馆云云。7/4/12 余致信翰翁，请其裁决。

财政 请桂华将严又陵定期、活期存款归并清算。诸未可，可约来面谈。后由许笃斋再来接洽改正。昨日事。

编译 开封府城内　后街　号门牌，寄来小说稿一本，交景星送编译所。

选定《宋人说部》两种：　一、《茅亭客话》、一、《春渚记闻》。　告瑾怀可影出排印。昨日事。

应酬 午约范静生、钱念劬在一枝香午饭。黄齐生未到。时静生将有美洲之行。昨日事。

晚地山约在家便饭。晤吴和甫、吴雷川。

四月十三日　星期六

收信　伯恒。

公司　开股东会。

西书　锡三交到西书部三个月报告。7/4/15 交翰翁。

应酬　晚约吴雷川、吴和甫、陈安生在一家春便酌。沈冕士、黄齐生、林子忱未到。

赴名利栈及八幡丸送黄齐生。均未见。

四月十五日　三月初五日　星期一

发信　沅叔。为葛世兄芄吉，名昌朴，谋事。

公司　今日将辞职信交翰翁，另开单有八事交代：

一、万国函授学校约稿，交周，令打清样。

二、邝荐陈君到西书部事，请与周及邝接洽。

三、印《道藏》事，请核定，全案附。

四、陈谦夫事，请径告仙华。

五、黑馆用邹履信，请主持，原信附。

六、存款改折、改单事，排样附。

七、押款，该款备发股息花红时按单扣抵。应否，乞裁。原单五纸附。

八、西书部一、二、三月报告，原件附。

九、粹翁股票转押未定，兴业转押单据交还，有附件。又交还经理橡皮印一个。面交翰翁，在会议室。嗣未及交，至十二句钟时，在总务处交翰翁桌上。又交孙伯恒来问捐送铁路协会图书馆事。又交周锡三交来麦美伦合同一纸，并信。

天头　今日交景星还图书馆《钱志新编》六册、《归田录》一册、《涑水记闻》三册。借条由景代存，归后再收。

四月十六日　星期二

天头　请假赴杭州。

四月廿六日　星期五

公司　翰卿早来寓，劝勿辞，并言张桂华、王亨统与余意见相去更远，伊犹在中立云云。余力言，此次实为大局起见，未允其要求也。

印刷 廷桂谈财部印刷局所商事。余云，已转达翰。适翰至，请径与商。

天头 昨日午车自杭州回。本日午后。

四月廿七日　星期六

发信 伯恒信，并交通京钞一千七百元，托廷桂带交。

公司 仲谷有商件三，转翰。

应酬 午后六时约廷桂及编译所庄、江、杜、杜、寿、张叔良、吴和士、蒋、于诸人在寓赏牡丹。

天头 午后到馆。

四月廿九日　星期一

公司 翰昨日托拔可来商，属余拟出办法，无不可商。余云，有所未便。本日复翰信，留稿。

用人 仲谷来信，乞酌加花红。将原信送翰复核。

编译 昨日午前赵竹君来，交到厄姆腾《海上纵横记》译稿两册、原书一册。余意，似不能登。又，伊子重改《重臣倾国记》译稿二册、原书一册。本日交景星送伯训。

应酬 昨日午刻约高翰、鲍、邝、周锡、王仙、盛、包、李、陈在寓便饭，看牡丹。

四月卅日　星期二

天头 通知朱、钮两君，本月底合同届满，不续订。

五月一日　星期三

五月二日　星期四

公司 翰来信，拟分任办事。

五月三日　星期五

公司 余约翰面谈，谓昨日信所拟分任之事恐系误会。余非不能彼此、不能共办一事，且事分连系，亦无可分之理。彼此均年逾五十，断难久任公司之事。即公亦宜早谋替人。前梦翁传述尊意，谓拟同退居于监察地位，我极赞成。但对于根本之计划，仅维持现状，固不能，即分任亦非计。余尚拟赴杭，归沪尚拟赴京,拟详细筹拟根本办法,再请察阅。翰谓,出外休息,固无不可,但能知尔意如何,我心亦稍安云云。

五月四日　星期六

天头　赴杭州。

五月十五日　星期三

公司　翰翁以本届花红清单托拔翁交余一阅。

天头　自杭州归,本日午后到公司。

五月十六日　星期四

公司　本日将发行所花红清单送还翰卿,并请一切可由公决定。翰言,诸重要人均稍有增加,惟鲍咸亨办事多图舒服,且责任亦不重要,加似无多,然不加必有争论,此最为难。余言,为咸昌面上,一切请酌定。

财政　翰言,广西银行又有款项若干欲存于公司,不能拒却,只可分存各银行,公司尚可稍有沾润,拟另列一账。余谓,分存各银行,请公主持。至另列一账作为特项,似可不必。开董事会,将不妨说明不能不收之故。

五月十七日　星期五

五月十八日　星期六

杂记　往白云观,拜京观陈毓坤方丈,并晤本观方丈阎雪筠,及京观知客张玉祺。偕往观《道藏》。商定由我处即日派人来数叶。阎意似稍阻,陈谓可行。阎谓须与本观董事接洽。余问知常与视事者,一为陈润夫、一为葛　　　。余谓,派定人后,即通知。陈、阎允照办。并交出沅叔介绍康长素、郑苏盦、沈子培、杨杏城四信,属为转致,并约往访。

五月十九日　星期日

五月廿一日　星期二

发信　沅叔、伯恒、子刚。

公司　鲍先生送来迁移总务处条议。翰言,理由不甚足,且银钱账目恐有不便之处。今日似不能遽行提交董事会。余言,此议余极赞成,中华房屋恐不易收为我用,此间亦实觉拥挤。但收付账款之事,及尚有他事,恐发行部组织亦须改动,须详细拟具办法,方能提交董事会。

用人 周锡三来言,蔡国荣办事甚勤,高谷香担任较多,今年花红应请从优。余函告翰,谓此二人是否应派、抑如何分派,余均不知。惟周既来言,故转达。翰面告一切比例,蔡来迟本不应得,已特别照给,余亦唯唯。

杂记 函告陈、阎,明日派人到观数经。　　此系二十日事。

天头 五月二十一日漏记。

李恒春、包传贤来见。为沪南长老会建教堂募捐事。欲得本公司公益费十之三。余言,董事恐不易通过。且能否提出,亦须与翰商酌。遂告翰,请其出见。本日到编译所。

五月廿二日　星期三

公司 本日到编译所。

万函授校送来签字契约,余交与翰翁。

用人 日本留学理科郑君贞文,汉文极佳。与梦商,拟俟伊来沪时约与面谈,再定聘用否。

编译 与伯训、梦旦商,与奥尔德编辑德文读本之事,由伯训与伊友接洽,不另复。

天头 奥氏北带河。

五月廿三日　星期四

公司 翰交到分配花红单,余得三四七五元、翰二七八二元、咸二八七六元、梦二四八〇元、拔一六〇〇元。　　又言,沪南长老会捐款事请余酌定。　　又言,于瑾翁事繁,花红应否另增。　　翰将万函约并经理橡皮印章置余桌上,请余签字。余送还,谓当初商议,一切均与君商定,声明由君签字。

用人 Westend。

五月廿四日　星期五

公司 复翰翁信,花红余只领二千七百元,余退回。长老会募捐事,请伊酌定。

用人 平海澜要求加薪,谓民立中学欲与订三年合同,月薪百五十元。邝为转达。余商梦旦,俟到编译所再谈。

印刷 湖南改印钞票事,有电来。翰意主与争。叔通不以为然,剑亦赞成,余未直与翰说。后拔来,余与拔、剑、叔互商定办法,拟复电稿,代湖南银行,并约鲍来商。

应酬 午后七时约陈毓坤、阎雪筠在一品香便饭。陈带来,知张玉祺未到,蒋叔南、蓝公武亦未到。

杂记 威海卫长官骆君函编译所观古书,伴谈半日。

五月廿五日　星期六

公司 翰复信谓,沪南长老会募捐事请我酌定数目。又言,花红事劝余勿再辞。

又告万函授校约已签字。

财政 许笃斋来,问汪筱颂转股应扣留否。余属请翰示。

分馆 李伯仁来信,拟再留华恂如。拔商翰,翰仍拟去。余告拔,伯仁既竭力挽留,应稍予经理以权。余与翰意见又不同,但不愿与争。

五月廿七日　四月十八日　星期一

收信 昨收伯恒信、王芸阁信。

公司 复翰翁信,言长老会募事仍请酌定。湘馆目前只可暂停发货,过数日仍无希望,再从消极上着想。赣粤尚不至有甚变动,只能于发货、放账上格外注意。

又介绍广告公司往先施唔缪若樵,接洽广告事。花红事,余另有副笺留稿。

编译 金锡侯来信,谓《清初秘史》稿一百数十册,索价五千金。　午后书到。不能印行,即交颐叔代复,寄还。

梦旦交来张栩侯《国学分类辞典》,似颇有用,请约来面谈。问已成若干,并何时可完,相机迎距。

应酬 甘翰臣约大观楼晚饭。到。

五月廿八日　星期二

用人 翰翁函告,四次补习生定薪水,请余酌定。余函复谓,尊议展缓三月,察看再定。之后,我于此事即未过问,仍乞主持。

邝来商数事:

周越然仍有意回本馆。前定每四年月加薪四十两,现拟改每二年月加二十两。

平海澜被民立中学约往充教授,月薪百五十元,三年合同。余言,本馆断难合同,但现在合之例假加薪及花红,相去无几。拟加十元。现薪一百二十元。李培恩以不敷用,颇得力,拟加十五元。现薪七十五元。

程　　身弱,兼在外夜课,甚劳,极可惜。拟加二十元。现薪四十元。

江伯训郎亦要求加薪。梦谓必无此事。

告伯训,姜佐禹写字未必合格,而文字尚佳,薪亦不重,拟留。伯训亦谓然,拟令助国文函授。

杂记　道人陈毓坤来言,上海白云观方丈阁雪筠听董事陈、葛二君所指使,已避去,托言请假。陈甚懊丧,谓将来京观必可办。

余将万函校契约分别标注属何部分,交翰。请分送各部详阅。翰约诸人后日集议。

五月廿九日　四月二十日　星期三

用人　邝君代英文部同人要求各节,与梦商,均允照办,但均以阳历七月为始。　周越然如来,一切照馆章。平海澜如不肯留,则拟令周越然兼《英文杂志》,另给一助手。

锡三来信,谓不能兼办万函授事。告以必须帮忙一时,领导一切,又谓,身弱事繁,不能兼顾英文函授社。告以西书部时间可略减,仍须兼顾。来信不示他人。锡三已允。

编译　叶润元来言,闻诸某西人在广学会者言,英领事署有英商多人,反对本馆翻印该国书籍,将与本馆不往来,云云。语焉不详。当托郭梅生偕叶往见。梅归云,伊亦不知所翻何书,容探得并告等语。

7/5/31 梅问周锡三。云,翻英国书只有两种:一《格致读本》、一《国学文编》。

天头 翰翁为其母夫人八十岁称庆,余往祝贺。

五月三十日　星期四

发信 伯恒。

公司 致翰翁信,允留试半年,并开出意见三大端。一用人、二财政、三移总务处至宝山路。均留稿。

用人 翰约陈培初、王莲溪、许笃斋、周锡三至会议室谈,担万函授契约关系各事。许颇多指摘,意似表其能。翰意另设一部。余谓必须归培初监督,因他人不能节制分馆也。许推举吴度均,翰意恐不足。余谓,不妨先行试办。

余先告翰,拟令迪民兼管。翰谓伊事忙,且尝自言昔有小平同办,故不愿令兼。余允之。

杂记 退回花红八百元,受二千七百元,示亚于翰卿也。

五月卅一日　星期五

公司 午后约翰在会议室谈,告以昨呈一信,想已阅。余略言,屡接来信,甚怀歉。恐君误会,现拟留试半年,但恐终不能久。翰云,本拟明日复数言,为此甚好。余云,所举各节未必合。当然我之意见自成一线,总望采用。翰云,均于公司有益。

余续言购买英国公债事。翰然,可办,已告梅生矣。余又言,今日在编译所会议,鲍言得君电话,催定捐助沪南长老会之数。当时咸、梦均在座,我等问咸,咸意尚有女学校,恐亦须援例要请,不如同时并助。拟各助五百元,何如。(梦云,余初意亦主五百。)余意,捐一千元,将来他处援例,恐难遽停,若少捐些,似有辞可措。翰意似不谓然。谓彼所希望者甚大。余云,恐难遂其希望。

用人 余又言,第四届补习生定薪,应约各部主任会同,与本部他项人员及前两届各生参酌拟出数目。此次学生有学力较优者,总望于此中多得些人才。若给薪已优而将来办事上不值者,宁可将其斥退。

财政 与梅生谈,英国政府在沪募公债,英领与本馆感情甚恶,公司可买若干,有常年五厘息,且镑价甚廉,借此与英领事稍与敷衍,亦一种将来解释之资料。7/6/1 叔通言,有不便。

六月一日　星期六

公司　约王君仙华入中国广告公会为会员。仙华已允。

用人　午后偕翰翁至会议室,约各部长及鲍、顾、庄、叔通、拔可诸人,拟定第四届补习生薪水。

邝君来信,言周越然已愿回本馆办事。

分馆　吴葆仁回,谈湘馆因战事营业大坏,即能从速调停,秋季已来不及。拟请总馆准其将应用必不可缺之货酌留。余允其退回。翰迟疑。余谓退货自是正办,但退至若干,如何退法,此应商。翰亦无言。

余告翰,凡有战事诸馆,如川、如陕、如湘,即不退货,亦须免息。

与其年终退免,不如早为宣布,免使各省分馆视总馆与彼为痛痒不关。翰亦无言。

六月三日　星期一

收信　伯恒。

用人　翰言,吴葆仁与账房鲍君不对,不愿共事,可允其易人。

财政　翰约梅生往访广学会西人,谈翻印事。归告余谓,本馆翻印在先,如能有相当利益,彼此约定办法,亦可停止。

分馆　王觐侯归。

六月四日　星期二

发信　伯恒、沅叔。

公司　本日董事会,翰翁提出移总务处于宝山路一案。苏盦谓租界外有危险。余驳之。翰无他言。

财政　广学会西人来信,言翻版事能互约办法甚好。又言,英领闻购债票事,甚慰。此信翰置余案上。余告翰,此两事并谈,甚不好。

分馆　约觐侯谈,吉林留顾,彼此开销太大,故调任黑馆,俾顾可减私用。既收哈馆,则黑生意当可加。觐谓,哈馆生意黑难截,将来必仍至奉。余谓,吉、黑全设支店,归奉节制,可省开支,亦可免竞争,于奉亦有益,于总馆亦有益。觐谓精力不及,断难兼顾。余问,此系人的问题,但问为公司计,是否应当如此。觐言,此却是正办。余谓,企堂可以顾内,则君年可数巡两支店,交通亦便,于事亦不难。觐仍力辞。余言,此意亦未告翰,暂勿宣布。

应酬 晨赴车站,送陈道人行。

晚约胡仲逊、沈商耆、孙仲屿、章味三、王觐侯、吴葆三在一枝香晚饭。陈谓泉、孙莲孙、赵燧山、梁孟亭、沈稚沂、幼沂、夏地山、袁履登、谢衡窗均未到。

杂记 锡来言,万函校拟派人往京津陈列,愿借分馆地位一用,为期不过三四日。余即告翰、培。又与力丁君面谈。渠言愿偕本馆办理此事之人同往。余言,此人尚兼他事,恐不能出门,明日商复。又约仙华与见。仙言,津馆有一间,暂用可借。

六月五日　星期三

用人 叔通言,四届补习生不如一律作为实习期满。复生谓,有年幼者似不相宜。继拟以未满二十岁者提出,仍令实习。但章程实习期满与否,以办事成绩为衡。在二十岁外者,薪水有不及在二十岁内者,薪水多少必以办事成绩高下为定。今乃专以年岁论,而置办事成绩于不顾,恐于章程有违。此叔通所提议。余乃议就年龄未满二十者,及所定薪水在此人之下者,一律仍留实习。

财政 翰来言,英国公债事,只可购买。余言,前日余请取消前说,实因将来各报登出,恐有纠葛。翰言不登报,总有法想。问应购几何,三五百镑恐难再少。余言不妨少些,请君酌定。

分馆 前日晤包文信,言汕头退来仪器甚糟蹋。余告翰,并言沈仲芳人太务外,于实事上不甚注意。翰默然。

沈仲芳及朱梅森自汕头回。

印刷 云南来电问印票事。印数只有三十万。

杂记 见分馆信,翰翁母八旬寿辰,分庄事务处通知各馆、赣馆合送三十元。

六月六日　星期四

公司 翰有复信,谓所举三事诚为根本计划。但己性柔懦畏葸,不能任,仍属在分担上研究云云。信留存。余托梦转问究是何意。

杂记 陈培初来言,万函校已派吴去。吴回言,该校言,我处何以如此耽阁。又言,须派人往学。又言,应用单件,须派人学习后再发。余言,此恐有误。

余于灯后至培处,招吴度均来。吴言该校派人来教,其所用单件预备停妥再送来。

六月七日　星期五

公司 前数日沈季芳夫人约来谈,拒未见。鲍先生续告,沈劝公司仍买中华。余谓,此时时局如此,彼局声价愈落,我处不能不认真查考。彼又造为许多谣言,愈伤感情。本日将此事面告翰,在会议室,拔亦到。

用人 余告翰,武昌彭梦九必须斥退。拟即收湖馆,以汤继彭。翰谓汤于人地不甚相宜。余言,我意武昌现在对外责任较轻,汤又无位置,故有此拟。另有相宜之人更好。

分馆 汕头账房裁辙回来,昨到家送衣料两件。本日备信璧还。询知翰翁、拔翁两处均有。面告翰翁,宜留意,此风一开,流弊甚大。

前三日与觐侯所谈各事,告翰。翰问,吉、黑拟用何人。余谓,吉馆前君拟派石家庄之车某,黑馆未有人,或即派沈仲芳。翰谓,沈派出外,总不甚宜。又商沈如何位置。翰言,其人英汉文均佳,但看事太易,好用钱、喜好胜,是其所短。余谓,其人确有能力,但其人太浮。余怀疑派在西书柜何如。翰谓不然。余言,恐是地位关系。翰又言广告。余言,此却可。翰言,似尚不足。余言如另设名目,开一部分位置,非所宜。

杂记 付来宝马夫饭钱,二十九顿,共一元五角小洋。元月三号,五月三十一日止。

六月八日　四月卅日　星期六

六月十日　五月初二日　星期一

杂记 约吴度均至总务处,告以万函校事虽较增,然多练习,总有益。翰既相托,应格外加意筹办,按照合同逐条进行。先问培初,何馆先行着手。又广告亦应催样。又各种章程应随时催讨。又该校派人来演讲,君应往听演。总之此事既已相托,即应引为己任。吴一一承诺。　此系 7/6/8 事,误记于此。

六月十一日　星期二

收信　伯恒。

公司　余到公司,翰约至会议室。先谈湖南、广西印票事,次言湖州、哈尔滨两分馆。哈斥退王咏春,令樊暂代。湖即派志贤去。又言,沈仲芳令任招徕广告及推广玩具表之销路事。余言,武昌彭梦九不可不斥。余到京后,当告蒋。翰又言,前信所举各节,俟余归后筹议进行。余言信已悉,君言与平日性情不甚合宜。但为公司现在计,吾辈年已老大,应急筹及后来久远之计。先不能不求才,才不能必得,故不能不立法。此中改革事不少,即尔我十分同意协力进行,恐尚不免有所障碍,利未至不免稍有弊害。今君既意见不同,此事甚难。我意合之两伤,不如离之两美。翰言,余在京,可以将详细办法开出。余云,函中已将主要说明,此外亦无可再说。且须临事方能酌定。翰云,我信或辞不达意,总之我甚尔办事顺手,毋因我有所障碍。余云,彼此见解不同,终恐甚难,随后再说。翰云,尔不在此,余诸事当与拔、梦、叔诸公商办。余遂散。

同业　沈季芳夫人昨日来访,未遇。今日复来,问关绀之处运动事,可否直接往见。余云,恐不妥,万一伊打官话,事反僵。又言,无可托之人,属余留意。余云,友人中无能办此事者,不敢应允认。又问,能否令其破产。余云,恐不易,且与尔无益,关亦恐不愿,不如软做为宜。且尔之债权,在总数中究系少数。又问余有方法。余云,只有去请律师,先行声明,每月百元之堂谕不能承认。暂不必催审,一面仍托律师向关处设法,即领事处亦可托其主持。此系7/6/10事。

六月十二日　星期三

公司　翰翁昨交到周锡三信一封,来信大约谓账房派人收账,不知轻重,致营业甚为有碍。请申斥,否则告退。翰翁谓,账房亦未越范围,西书部事归余接洽,故将信送余阅看。余复一信,尚未交,叔通言仙华出为调停,由总务处出一知照,作为了结。余告翰,此事各有是,亦各有不是,容面谈。翰谓此是意见甚为难,词意又相挑剔。余因约至会议室,告以此事根本由于尔我意见太相歧异之故,致成党派,甲乙互相挤排。公司有人告我,总务处分党,此言敢对我说,目中无人,我故辞职。今君既主张分任,又令沈抱清写信西书部事归我接洽,事甚不好。翰谓,锡三之事,我不过问,久已宣布。许笃斋对于锡三实并无成见。又谓,凡事久久敷衍,终不得了。余言,锡三为人恃才傲物,且不受羁,余故屡请派人帮忙。至许对于我前日议论函授学校之事,系何种样子。此事君及有他人均不欲办。因我对外有信用,故坚持。笃斋对我前日敢于如此,如何能受。翰言,函授事我实不愿办,因其束缚太甚之故。但只对王莲溪或梅生说过。余云,尔固不告人,他人必有说者。翰云,此则难说。余云,公司如此情形,甚为危险。翰云,我亦觉得危险,甚盼有人接替。余云,我已声明在前,我在公司,公司终无安静之日,遂散。

天头 与梦商定,聘用郑贞文,月薪百五十元。

六月十三日　五月初五日　星期四

杂记 付至南京车价,连卧车十元〇八角。

天头 是晚动身赴南京。

六月十四日　星期五

天头 晨七钟到南,章切斋来站招呼。天大雨,即偕至下关支店。旋入城买志书数种。

午后渡江,三点半开车,八时到蚌埠,十一时到徐州。遇程听彝、潘金士,寓苏州花桥巷。

杂记 付下关分馆车行李及出入城车价共一元。付由浦口至天津车价交通京钞三十八元〇五分,又卧车五元。

六月十五日　星期六

天头 早起八钟半到济南。午后四钟半到天津新车站,即总站。少勋及店友一人在车站相接,即在公司楼上下榻。　晤邓澄波。少勋约至明湖春晚饭。

六月十六日　星期日

发信 叔通、梦旦、拔可、家信、切斋、伯恒。

公司 吴公棠来访。李道衡来访。贾　来访。　往访李柳溪、梁卓如。卓如偕往某饭馆西餐,谈及所编历史,拟恃以为生、由伊自印,我处代售。可办。访张熔西、许俊仁,住德租界李善人花园对门,静仁里。在俊仁处晤劳之常,号逊平,前在浙路办事。又访梁燕孙。燕孙言昔年印公债,既不误期,失去又赔钱,实有信用。劝余处勿专印小说,多出科学书。访朱经田,法租五号路三十号,朱桂莘,均未遇。桂莘寓英界杏花村。

吴少棠、贾羽熙与少棠同校、邓澄波邀至大庆楼晚饭。少棠坚约,不能辞。饭后大泻。次日问少勋、澄波,均同病。嗣问少棠、羽熙亦然。惟刘兰甫饮烧酒,未病。

编译 卓如交阅所编史稿《战国》一卷。又《文字语言》及《礼教志略》两卷。 十八日晨送还。

六月十七日 星期一

公司 马拱宸来访。 寓河北狮子林小盐店摆渡口,李思逊律师事务所大院内。

访少勋、邓澄波各于其家,华芷舲、柴子厚于劝学所,李琴湘于社会教育办事处。 晤李体乾,文昌宫学校校长也。 又访林墨青,谈甚久。送书数种,人极诚恳。论改良戏剧事极详。 访王孟臣,不遇。 访庞星海,未遇。

华芷舲、林墨青、李琴湘来访。李道衡来访。许俊人来访。午后出门访王君九、左子铼、子衡、子文,均未遇。访张筱良,省教育会会长也。又访师范校长刘郁周,均未遇。

至博物院展览会参观。晤严慈约、李莆田,工商陈列品所长也。

又晤通艺同学华石斧,名学舲。

访王叔均,晤谈片刻。

赵仲宣约午饭,辞。 华芷舲、柴子厚、邓澄波、李寰生、刘兰甫约真素楼晚饭,辞不获。偕少勋同往。赵仲宣来、王叔均来、王君九来。

杂记 发电至南京,速锡三来津。得复电。已赴济。本日,万函校力胜运陈列品至本馆,预备明日陈列。

六月十八日 星期二

发信 伯恒。

公司 午前左子文来访、王孟臣来访。子文约晚饭,辞。

出门拜方药雨,出示《墓志类叙》稿,于史传校正颇多,劝其速印。又出示宋画钦宗授玺图,极精。余劝其影。方云友人处尚有一幅,可相连,亦可劝其印行也。又云有四司马墓志,其二久佚,亦可印行。所画铜器、陶器、宋画极精。有周及六朝金块,各有印文,然余未敢信。云今年夏秋之际拟赴沪,并携带拟印之件而去。余约其八九月往,并约自京还津,再来畅观所藏。

访陈澜生于宝华里五号。遇张熔西。

王君九约在寓午饭,出其远祖文恪公遗像及五同会图,又文恪遗墨,及同时人所与书札。又惕甫先生遗墨。又出示黄荛圃题跋姚广孝《道余录》一册。余借归拟印入《涵芬楼秘笈》。君九并云,伊祖文恪遗墨及同时人赠书,均可借印。

午后访马拱宸、熊秉三,均不遇。买书仅得《南皮县志》一部。代葛词蔚买也。

访梁任公,谈所编史稿事。又知《清史稿》已全抄得一份,约六月可到。

庞星海来约晚饭,辞。

杂记 购入《南皮县志》一部,为词蔚所购,价小洋八角。

六月十九日　星期三

发信 叔通、叶联仁总馆联仁电。

公司 严慈约约晚饭,辞。访严慈约于其家,晤谈片刻。访华石斧,未遇。

用人 廷桂谈及李彰生事。余言,翰无可否,鲍言恐有不便。廷言,鲍复信言与余商,且言实出鲍意。余言,我看实不妥。廷云,已与彰谈。余仍拒之。

余问少勋,前石家庄支店经理车君何如,拟派吉馆。少勋言,人亦可用,但资格不如赵梅舫。赵在此多年,毫无错处,惟笔下少差。如能先用赵,则更足以鼓励。至车之赴石,非以资格,因其为冀州人,于该地情形较熟悉耳。

分馆 少勋询及奖励金改章事。以为济馆贴息甚多,距及格之点甚近,而竟不及格。言外意似不平。余言,旧章于多少之际,无甚区别,却不妥。现已改定分数,至指定何点及格,若距点甚近,仍未便认为及格,因数目字总有相近者,此实无法之事。少勋又言,阴历年终,人人均有支出,可否加给一月薪水。明年分派花红时,足数者扣还,不足或全无者,由馆认亏。

又言,上海发表花红及奖励金太迟,同人悬望。余即函沪。午后约少勋至楼上,询以子彬近来办事。据云,亦尚迟慢,幸总馆常常催促,亦可借以督责。余言,仙华本有斥调之意,如不能振作,可否易人。少勋言,我初来一切总待同人帮助,不合处亦随劝戒,现可勿动。余言,店中存货灰土太甚,可用遮盖。少勋颇自惭。又言,柜上李佩斋,人甚老成办事。仙华总未加薪,因其不漂亮之故。然笃实亦有好处。随偕往栈房,看见房屋颇空,存货不及店中之拥挤。当告少勋,可以将各货多存栈中。

西书 少勋言,总馆发西书,现有者亦须一个月方到,甚误主顾。锡三在座,谓装箱太迟,已函陈翰翁。余亦去信。

晚饭后,锡三在馆演讲西书推行事。少勋、梅舫、兰甫、鸣九均在座。余请将所演记出,可以省在京、汉及他处演讲之劳。

杂记 锡三昨日到。午刻少勋约力胜、锡三、廷桂、刘兰甫及余在青年会午饭。

六月二十日 星期四

收信 梦旦、家信。

发信 梦旦、叔通信、家信、庞星海、贾羽熙、少勋、子彬、兰甫。

公司 本日午前七时廿分,在天津总站乘京奉通车入京。庞星海、贾羽熙均莅站见送。同人送者有周锡三、刘兰甫、臧子彬,意甚可感。羽熙并以《君宪纪实》第一册见遗。十点半抵京。伯恒昆仲在站相接。廷桂同车入京,遂偕至北京饭店,拣定十九号房。留廷桂、伯恒昆仲在寓午餐。遇张君劢,住总捕胡同二十九号,畅谈片刻。

午后四时陈筱庄来访。六时至京馆。竹庄、沅叔先后来谈。八时半返寓。

分馆 昨与伯恒、乾三谈济南分馆,力留乾三。略谓三月之说必须取消。如有为难,公司必尽力相助。若必欲退,公司另派人去,许君等气焰必更张大,以后将无可办,分馆即可停闭。乾三尚力辞。余再三陈说,遂亦无言。傍晚复到京馆,又谈馆内之事。乾言,高廷槐人可靠,仅能了自己事,离馆早,到亦迟。江伯寅甚为熟悉,但人颇随便,故虽学生等亦戏侮之。头柜张拱辰不能振作,致柜上甚形涣散。乾自言,往往因事出外,七八钟时,店人只剩学生一二人。后经查出劝戒,稍好。余谓,不妨于秋节时,去太甚者一二人。头柜亦可相机掉换。乾又言,旧账三万余,恐不过一半可收。又言,东昌支店拟收,但尚未觅得切实可靠之同行可以交托。余谓,东支店本系济南自办,可以自行酌夺。

天头 问本店经理西人云,一礼拜无区别,半月九五折,一月收一百卅五元云。

交洗汗衫一件,袜一双。

六月廿一日　星期五

发信 左祉铭苏州庙堂巷二十七号.叔、拔、剑信、仙华信、燕堂。

公司 早餐遇尹邨夫,名鹏。郭次珊,名增复。皆自上海来,在沪警厅办卫生科事。

冯公度午后来访。

寄叔、拔、剑信:一、京馆购地事。　二、乾三事。　三、津馆内容。四、章礽斋闻多外出,清查察。　五、京津招徕广告事。　六、印《道藏》,沅叔亦主给与庙中利益。

分馆 伯恒来信,言万丰门面到底一时办不结,拟在房价内扣出千元之谱,与顾姓先办结。俟万丰店东出面,再与办理。此时暂收其房租,作为利息,亦不吃亏。已腾空之房屋,先行建筑楼房,亦可应用等语。复以提出房价千元后,再办结,倒价之事甚妥,请即照办。本日将图亦伯恒附来寄至总馆,并告知乾三允留事。

应酬 送孙伯恒湖绵二斤、夏布长衫料一端。

天头 书衡与杨仪曾约在畿辅先哲祠午饭。辞。终日雨,未出门。

六月二十二日　星期六

收信 礽斋、叔通、剑丞。

发信 家信、索青纱、黔绸长衫各一件。叔通。

公司 晨起访昭扆、仲恕、子益、鹤顾、亮畴、琴南、书衡。惟仲恕、书衡未遇。午后访陈筱庄、王峄山、郑际唐,惟韩诵裳不遇。马幼渔、章厥生亦未遇。

遇袁兴彦,高等师范教育专修科学生,嵊县人。午后七时来访。

六月二十三日　星期日

收信　叔通。

发信　梦旦、叔通、傅卿、培初。

公司　早前访丁澄如、汪伯唐、朱小汀见、金筱孙、孙慕韩见、夏坚仲、董绥金见、宝瑞臣见、力胜见、陆子颀、张君劢、公权。　午后访卢涧泉、孙荫亭见、夏穗卿见、邵伯绸见、傅雨农、蒋竹庄见、王搏沙、胡壁城与竹庄同寓、熊秉三、谢霖甫见、严又陵见、汪蔚如见、钱干臣、蒋性甫、冯公度、史康侯。周锡三到,寓本店三十二号。

用人　叔通信,知武昌分馆王道熔亏空三千。

符、陈、俞诸人拟令进三赴湖州办特约。已被仙华取消。

编译　廷桂寄示王云阁信,言修改《民国化学》,愿减报酬为二百五十元。复信遵办。并将原信复稿寄梦翁。

杂记　力胜拟往汉口陈列。函告傅卿并培初。

天头　雇马车一日。　交洗纺绸短衫一件。

六月廿四日　星期一

收信　梦旦、叶联仁、少勋。

公司　早八时出门拜傅沅叔见、谷九峰见、王云阁、张仲仁、徐子璋、张仲苏、方惟一见。此系廿五日事。午后到分馆借车,拜汤尔和见、林朗溪、汪建斋、沈子封见、方甘士见、陈仲骞、陈吉士、杰士见、曾芸圃、顾亚遽、张展云、祝荫庭、曾刚甫。

用人　与伯恒谈去年鲁云奇事。

杂记　送沈子封《秘笈》四集。

天头　购入《缙云县志》,二元。美。　《泾州志》,四角。涵。　《西儒耳目》,资三十五元。

六月廿五日　星期二

发信　少勋、吴召棠、联仁、剑丞、叔通、梦旦直寄。

公司 午后拜张效彬、张岱杉、伍连德、叶浩吾见、清漪。

用人 廷桂来信请假。复函劝其休养,或赴近郊。但派替甚难,将原信及复信稿寄沪。

编译 梦信,言亚泉拟办《理科杂志》。余意可缓,因无利,又呆占一人也。

印刷 叔通来信,谓与翰、咸商,叶联仁不妨至七月十号行。觊候彼时必返奉,如有未清之事,可请廷桂一行。本日将此意复叶,并属将加印图章号码之事一手清理,从速了结云云。并送廷先阅看,请其录副。并将叶信附寄总务处。

天头 给张奎两元。

六月廿六日　星期三

收信 词蔚。

发信 叔通、廷桂请假信、复叶联仁均附去。家信、唐蔚芝信。

公司 晨起天雨。访叶叔衡、章行严、蔡鹤顷、屠敬山、夏浮笋未见、秦景阳未见、冯千里未见。回寓午饭。杨千里来访,锡三留午饭。

午后赴琉璃厂,偕伯恒买书。

用人 京馆西书董君英文不够。力胜与锡三均以为言。锡意拟调方谷香来。方约廿余元月薪。商之伯恒,似董君汉文优,兼做杂事,弃之可惜。余谓方亦可兼办他事。并函授将来须写英文信(其难者可写英文)。伯恒意,似以西书年销不过数千元,多费薪水,有难色。余令其再筹划。

印刷 与锡三商量翻印西书三种事。

西书 大学校定立订购西书合同。已由京馆与消费公社议定初稿,由锡三本日复与酌定。锡谓本年已来不及,电购邮寄约吃亏二三百元。余允照做。

杂记 力胜决定七月一日赴汉口。已告伯恒函达。锡三欲在京馆添支四十元。告朱国桢转达伯恒。

天头 洗汗衫一、绸裤一、袜一。

六月廿七日　星期四

收信 少勋、梦旦、叔通、葛词蔚。

发信 梦旦。翻印西书事。

公司 午前八时出门拜李木斋、沈东绿、沈 　　、姚石泉、金巩伯、沈尹默见、刘子楷见、李石曾见、温善甫见、庄思缄见、陈独秀、俞阶青见、袁珏生、吴菊农、萨鼎铭、王长信。

午后汪伯唐、沈衡山、马拱宸来谈。丁佩玉亦来,未见。六时再出门拜王幼山、夏爽夫见,晤张孟劬,朱旭人、杨千里见、毛艾孙见、王书衡、冯心兰。

晚杨千里来谈,云有《棉业丛书》,愿托本馆出版。

发行 李石曾谈,法国书业公共团体愿与中国出版书籍交换。余言,我寡彼众,且我书在彼无用。石云,此却不然。在彼亦愿。余言,彼有公共机关,我处只能就我一家,恐不相当。石云,中国不过商务、中华两家,且闻中华将归并于我。余告,近亦未谈,恐未能办。余云,除无价值之书外,我处可以自送,并代表他家由我购送。彼送来之书,即为我一家所有。石云,最好每种两部。我云,此事大约过半数可办。请将详细办法记出,以便返沪商定一切。

编译 李石曾《互助论》约数月后可出版。又言,最好能编浅近普通知识之书,预备赴法侨工阅看。余云,此亦可供我国一般失学者之用,可以办得。石曾云,容即将需用之书开出。余云,如能每种有数百部可销,更便。石云,从前办一留法杂志,销数极微,近亦销到千份。此能阅报之人,必能购阅云云。

沈尹默论小学国文,主张全用白话。又修身材料不合儿童心理。又数学画实物不宜,有近于骨牌或者又算式有不易明者。

应酬 琴南赠画扇一柄。

天头 《景州志》涵。《台湾府志》退。《宁远县志》《昌黎志》葛。

六月廿八日　星期五

收信 梦旦、叔通、傅卿。

发信 梦旦、叔通。

公司 午前出门拜林宗孟见、吴尚之、梁载之、林子有、汪子健、袁观澜、曾霁生、卓芝南、见,并晤其子,号君庸,名定谋。钱念劬、王叔鲁、刘仲鲁见。

回寓午饭。晤冯执正,号子正,锡三之戚也,在交通部。坚仲、浮筼均来谈。

午后出门,拜陈伯潜、玉苍。均见。在玉苍处,正大雨,坐谈较久,雨止始行。

六月廿九日　星期六

收信　叔通。廿六、廿七信。鲍子刚信。

发信　叔通、子刚、燕堂。

公司　午前出门拜戴螺舲、董懋堂见、沈衡山、柯世五见、邵仲威见、马彝初见、林斐成、陈蔗青、吴雷川、刘龙伯、贾果伯。

归寓午饭,约裨德本君同膳。二钟偕裨君、锡三及锡三之戚冯子正同赴文华殿。

旋拜张彦云见、徐新六、翟溟南、许溯伊、吴和甫、王少侯见。

天头　《畿辅通志》,三十八元。《元城县志》。《新城县志》。《唐山县志》。《德兴县志》。《鹤峰州志》。

六月卅日　星期日

收信　叔通。廿七信。

发信　叔通。

公司　午前曾刚甫、汪伯唐、林长民、贾果伯、朱小汀来谈。戴螺舲来。十钟沅叔来,偕往方家胡同图书馆看书。晤邓孝先、叶玉虎、江天铎号竞盦、徐建侯、钱念劬。午后三钟散。

拜徐荣光、张君立见、鼎节庵、徐菊人、周赞尧见、蒋百里见、陈仲恕见、张蔚西、在大学堂,留刺。朱逖先、郭小麓、陈彻宇。

晚饭后到京华书局晤廷先。旋偕至伊寓,将公司来信,并代公司劝勿告假,不妨在寓多休养,或同出郊外游览。公司确无人可派,即有人来,一生手亦可。

编译　陈仲恕谈,有俞涤烦能临画,甚佳。月薪约八十元,或一百元,可请其代临应用之画。并出示其所临之鱼艾图及水村图等。余意,拟聘用三个月,与伯恒商量再定。

天头　交洗衫一件、夏短衫一件。

七月一日　星期一

公司　出门至车站,送锡三、力胜行。旋至西城拜曾孟海叔度、魏冲叔、高阆仙、郭春榆。

午后往访邓孝先子益、约定明日游玉泉山。旋出城拜金仍珠、孙宇晴、雷缦卿、钱阶平见、钱伯愚、许季履、陶厚载、陈哲甫、方甘士见。

外家女仆崔媪来见,给与十元。在分馆晤宝瑞清、伦贝子。

天头 购入《黔阳县志》《分宜县志》。　平远自。　在分馆借票洋五十元。付饭店沪币五十元以须贴水,退还。

七月二日　星期二

发信 晚致叔通、家信。

公司 晨起王峄山、朱志侯来访。

出门拜许吕肖见、钱家治、熊秉三、林万里、丁佛言、严伯玉、陈颂平、蒋竹庄、胡石城见、王搏沙见、沈朵山、王揖唐、王琴希、江天铎、萧秋恕见、赵剑秋、林宰平、刘崧生。

归寓午饭,金仍珠、郭春榆、陈仲骞、吴雷川先后来。午后出门拜胡文甫、汪伯唐、伍昭扆、陈仲恕见、曹润田、陆闰生、关伯振、胡适之见。

晚饭后冒鹤亭来谈,知龚景纯同年昆仲为龚芝麓后人,亦三百年前之故交也。

寄叔通信:一、叶联仁事。二、致廷桂事。三、改良印刷事。四、广告包费事。五、仿宋铅字事。六、派方谷香事。

用人 访仲恕,托代约俞涤烦君临画,试办三个月,月薪八十元至一百元。另有办法留稿。仲谓已询俞君。俞谓上海如能常用,则月薪六十元。此间旅费较昂。仲告以商务拟出八十元。俞亦可允云云。

天头 在分馆借票洋六十元。付饭店一百元。截至一日午前止,余卅六元。有存据。7/7/29 交账房。以前洗衣共十件,计五角。

七月三日　星期三

公司 子益约伯唐、宗孟及余乘汽车出城。先至玉泉旅馆,复乘车至新路尽处,雇椅轿,每二元五角,轿夫各四人。先至秘魔崖,即证果寺。余即步行。又至狮子窝,有法妇二人寓彼,与子益相识,晤谈片刻。又至宝珠洞,有法人寓彼,但见其子女二人。又至香界寺,规模颇宏巨,然颇敝甚矣。在彼午膳。复乘轿至龙泉庵,俗称龙王堂,有泉。英公使朱尔典寓焉。又至大悲寺,颇整饬。宗孟议租屋避夏,租金百元。又至灵光寺,购石版一片,给银一元,似可做习字石版之用。又至三山庵、长安寺,均颇废无甚可观。复归至新路尽处,乘车至碧云寺,相距寺门尚约里许,复步行往游。规制亦宏壮,然殿宇倾颓朽敝特甚。寺后最高处有泉,汲而饮之,味极清冽,略带酸滷。连饮数杯,复步行至停车处,回至玉泉旅馆。相度卧房在西苑。余居东偏上房。子益、宗孟宿西偏上房。伯唐宿西厢房。每人日五元。如不用膳,可核减。浴罢在庭中晚饭乘凉,至十钟半就寝。

七月四日　星期四

公司　晨起,偕子益、伯唐、宗孟乘汽车至卧佛寺墙外,雇驴至寺。庙尚完整,寺名普觉。有学生寄寓甚众,女学生亦有支帐睡廊者。余等至时,尚未起。又出至香山游静宜园。英敛之未在。园址甚广,太半芜废,有泉循道流出,然皆系人力所致。又出至玉泉山,游静明园,买票始得入。有汽水公司在。专寻玉泉源头就饮,水味颇清冽,然无味。园亦废,然不如静宜之甚。归寓午饭。饭时王阁臣、亮畴偕至,尚有一人,询知为牧元甫,办铁煤矿务,寓瑞金大楼。畅谈片刻,余等先行。余与宗孟往游颐和园。子益、伯唐则先赴清华学校。

入园须买票,有导游人,即当年之园户。至排云殿,又须买票。循山而行,登降甚劳。直至佛香阁门外,与又一苏拉,在彼处卖茶者,坐谈一时许。不胜禾黍故宫之感。又至石船,雇舟回至玉澜堂。船资一元。又导游者一元。遂出乘车至清华学校,晤张敞云。又副校长赵月潭导睹浴室,见有六人扛一木箱甚累。询知系由美国购入之衣柜,皆铁制者。入门见累累者数十具,尚未启箱。浴室用土耳其蒸气法,四周皆文石为之。颐和园竭天下之养,无此奢丽。又至体操室。又至中学课堂斋舍。又至高等膳堂。余入观厨房,水沟及庭院殊欠精洁。天将雨,不及遍览,遂辞出,直趋汤山。途中遇雨,至汤时雨渐止。路上约行一点一刻。余宿十七号房,布置后即就浴。

饭后晤孙慕韩。又晤王阁臣昆仲及牧元甫,畅谈至十钟半就寝。

编译　晤王阁臣、牧元甫于玉泉旅馆。王云,拟供给材料,编辑《煤铁杂志》,由我处出版。我云,只可先出季报。王问如何办法。我云,或包买若干份,或代招广告。王云,可代招广告二三十家。又云伊弟佐臣可任义务编辑。余云此却不妥,但薪水亦可说定。

七月五日 星期五

收信 叔通、六月廿九、七月一、二日。瑾怀、六月廿九。叔良、六月廿八。家信、七月二日。翰卿、六月廿八。剑丞、七月一日。

公司 午后三时十分,由汤山乘汽车回京。约行两点钟到寓,仍投宿北京饭店十九号。

是日晨起就浴朝餐后,偕子益、宗孟、伯唐赴行宫内游览。在龙王阁下纳松荫,荷香令人悠然意远。至十二钟始归寓。午餐后睡片时,又就浴,至三时十分乘汽车回京。

七月六日 星期六

收信 家信、七月三日。梦旦。七月三日。

公司 致梦公信:一、徐振飞托询英法战事照片《东方》可否采用。二、俞君涤烦临画事。三、周锡三之友照相事。四、编西人初学用之方字。正抄、已印及已照对联姓名。

晨起约昭宸同往游中央公园。顺道至武英殿古物陈列所,可叹观止。十一点半钟归。五点钟又访昭宸,同至隆福寺。带经堂经理为王寿山,又文奎堂经理为崔。

用人 伯恒交来陈筱庄介绍名条:一、黄敬思,欲充馆外英文编辑。曾由沈步舟介绍,见过邝先生。现充安徽师范教员。前北京师范学生。一、曹振勋,愿充国文编辑。7/7/7 日附叔通信内,交梦翁。

天头 洗夏衫一件、纺绸长衫一件、绸裤一条、袜一双。

七月七日 星期日

收信 叔通、七月四日。梦旦。同上。

发信 梦旦、叔通、剑丞、翰卿。

公司 复翰翁信,寄还张叔良信,言当求其在我。复叔通信,附去伯恒来信,并与顾巨六交涉报告。谓利息除拨抵倒价外,仅得六百元,不免吃亏。然相持不下,以后顾氏亦断不能于已收之一万元呕出若干还我。

李律阁同寓北京饭店,今晨过谈。

用人 午后至陈仲恕寓,晤俞君涤烦,名明,字镜人。仲恕出示所藏字画,选定陈老莲着色人物一幅。又禹之鼎群儿展看钟馗图一幅。又蓝田叔山水四幅。又柳艺一幅。又俞君自临唐皇品笛图一幅。拟令临写。又北斋校书图一幅,画极精,然以尺寸较大。7/7/8去信,令从缓。

俞君交来受聘条件,已交伯恒。

天头 在隆福寺带经堂购入志书六种。茂名八本,葛。庆元,十。霸州,八。曲阳,十。怀仁,二。祈州正续,六。均本馆。

七月八日 星期一

收信 乾三、七月五日。叔通、七月五日。梦旦、七月六日。

发信 梦旦、瑾怀、仙华、少勋。

公司 得叔通、梦旦信及三等电,知拔可病危。慌甚。即复一电直士:"今晨行,拔稍痊即电示。"

午后访王秋湄、简玉阶于南洋烟草公司。遇吴君少芹,该公司香港主任也。人甚殷殷,晤谈半小时。

分馆 复乾三信,告以"东昌支店无希望,不如乘尚未大乱之时先行收束,可少吃些亏。收后不必有接办之特约,只须有普通往来之同行,派一妥人驻较大之同行处。一面稽查,一面催收账款。有无障碍,乞酌裁。"

致少勋书,告以派车君赴江馆之理由。

编译 鹤顾来谈,大学教员及兼任外边教授者,拟就现有教科书先行改良。问本馆能否接受照改。余云,极所欣盼,即酬报一层,将来亦应致送,虽不能丰,亦应尽所当为。鹤谓,此可后来再说。此时可否各送书一份,以便着手。余云可以照送。

印刷 叔通来信,谓奉天印票尾价恐有纠葛。请廷桂往办。午后往访廷,谓已发信与联仁,问其究竟如何,不必着急,恐是一种恫喝之计。从前改约时,亦曾如此。余谓改约时权在我,今付款权在彼,宜趁交涉未破裂前先发,免为所制。

廷谓,此时票未交还,亦难领款。将来如实有纠葛,当能一行。余谓俟联仁回信如何再说。

杂记 寄还《王荆公诗》校样卷四五二、三页、卷四四十、十一、十二、十三页,可印。又卷四五四、五、六、七页、卷四六一、二、十二、十三页修工太劣,退还重修。

鹤庼交来李莼客书目,约计八五三三册,其手校或有跋语者一五一八册。

七月九日　星期二

发信 叔、梦、拔信。附乾三来信,又附注复信。乾三。

公司 早起出门访吴荩忱见、傅柏锐、张仲仁见、杨祇庵、彦明允、冒鹤亭见、卢涧泉、冯公度。

午后保定经理李雨农来访。二点三刻赴北京大学晤鹤庼、陈独秀、马幼渔、胡适之、陈仲骞、沈尹默、朱逖先、李石曾、钱念劬之弟,号秣陵。又管图书馆某君,谈三事:一、世界图书馆事, 二、编辑教育书事, 三、改订本版教科书事。详记于下。次为编译会茶话,到者为夏浮筼、陈独秀、王长信、胡适之、章行严。及王亮畴因事未到。问排印能否迅速。余言,如无图表可速成。蔡云,惟石曾所编生物学有图若干,余均甚少。因出示已成稿三种,一为《人类学》、一为《心理学大纲》、一为《欧洲文学史》。胡适之言,拟用四号字横行,书照"科学"式,用五号。问校对样张如何办法。余谓,制成纸版,打样后送校,少则挖改,多则附勘误表。众谓可办。陈独秀问,合同所限字数,每册不得过十五万字,恐难免逾越。余谓合同本有彼此协商之语,此不过希望出书价格稍廉,易于推销,免阻编译诸君之兴。余又谓,最好通用纸面。胡君言,德法之书,本多用纸面。余语鹤庼,请其酌定书面,并由某人专写,以归一律。鹤谓可行。鹤又言,大学须办月刊,将来拟归本馆印刷。余允之。遂散。陈君又问,每书另订契约一节,不甚明白。是否谓本约已满,而每书之专约仍有效。余谓,甚是。又问每种若干。余言,约五百部。胡谓似太少。余谓,有纸版随时可以补印。

往拜文伯英、高叔钦、梁节庵、金巩伯叔初、朱小汀见、金筬孙、汪小尹、胡文甫,即归寓。

分馆 晚饭后,仍未得沪复电,拟明日南返。遂赴京馆告伯恒,并将京平市票悉换现币。又另借现币廿元,后以均系现洋,不便携带,退回十元。

将鹤庼所交送修订各教科书单交伯恒。请其照送。

编译 鹤庼约谈三事:

一、世界图书馆事。余谓目前他家出版书无多,由本馆价送亦可。至陈列,如在公众机关,本馆不便派人前往照料。胡适之谓,外国出版书店,含有广告之意,愿得大书店与之往来。惟众意谓陈设在京馆有不便,可设在北京大学。但每书内封面可贴一广告,声明购书由商务经手。余谓此可办。至上海,众谓南洋公学及松坡两馆地均太偏,可暂设本馆。余谓,此事我以为可行,但须将办法报告总馆。候通过再决定。

二、编通俗教育书事。余言,最好京中有能编此书之人,先成一二十种。本馆甚愿出版。因问版权一层。鹤谓,或购入或租入均可。胡谓,此等书销路无把握可定。余谓,可拟定门类字数及欲得报酬之数,由本馆估计。如能购入,亦可办。此等事本馆不以营利为目的也。鹤庼谓,先由同人集合酌拟办法,再告。

三、改订本版教科书。鹤庼出示请本馆送书单一纸。又华法教育会通告一纸。已将允给酬报一层叙入,请本馆按各人担任门类,将本类书籍各送一份。余允照办。并致谢在座担任诸人。又请同座未曾担任诸人,亦随时指教。

天头 向京馆取现洋拾元。   交洗洋布衫一、布裤一、白纱长衫一、袜子一。   付张奎钱二十吊。

七月十日　星期三

公司 晨起夏穗卿来,谈续编《中国历史》事。早餐后,即离寓赴车栈。伯恒、廷桂、国桢、赓三、许君请送到津,即过车。十二钟开行。

途中相遇者有邵仲威、秦景阳、秦君之友朱锡龄,号继庵,法科大学教员,江浦人。陈　　,嘉定人,工科大学教员。又林仲枢,宰平之兄。又刘经,号菊兴,湖南益阳人,系军人。在津登车时,遇津浦路车务管理周君。余已不相识,由秦景阳介绍。即由周君属令车务员给与一房,共四榻,人甚少,余独居一面。晚间为臭虫所困,终夜未睡。由京至上海,往返车票共七十七元五角整。均用交通票。又卧车票五元。

天头 津浦车规定时刻,天津开十一点三十分,次日午后一点到浦口。上海早七点五十五分开,午后二点十分到江边。浦口开三点三十分。

七月十一日　星期四

公司 午后一时到浦口,即渡江。补特别车价四角。登车后二时半开行,九时到上海。下车在车站遇伯训,知拔可病有转机。又赴叔通寓中,询知详情,谈片刻。归家已十时半矣。

七月十二日　星期五

发信 伯恒。

公司 晨起访拔可,知睡尚未醒。晤直士,言醒时忽明忽昧。到总务处。午后复往。王觐侯来谈吉馆事。要求三事:一、顾怀仁之位置。二、旧亏划开,不能由奉馆填[垫]。三、吉改支店,经理应预先商定。余约翰、叔至会议室讨论。翰谓,顾调总馆,如不肯来如何。余谓,亦不能另去一经理以位置之。旧亏可划开,新经理姑令就奉馆或总馆内推举。余因言,吉、黑本拟合并,嗣因顾不愿赴黑,故又有吉、黑均改支店,并隶奉馆。觐既兼任吉支店,何妨令并兼黑支店。且车君初办,即改支店无甚为难。若办之既久,再改支店,则又有纠葛。翰虑觐侯精力不及,且权势过重。又恐他馆援例。余言,奉有协理,觐专对外,且交通便利,于事不甚劳。叔言,他馆兼两支店者,已有长沙,除广东外,亦无可要求。余言,此事权在公司,不能任人要求。翰又言,或仍并吉、黑为一分馆。另调毛契农充经理。惟已与觐侯说过,又改办法,亦有未便。后议定,先商觐,令其兼管吉、黑。如实不允,则照第二层办法。遂招觐至,告以吉馆旧亏可以划开。翰言,存货欠账等,将来须有斟酌,临时商议。余言,怀仁位置,公司拟调至总馆。总馆本令至黑,伊既不愿,亦只能调回总馆,势难另去一分馆经理,特与位置。如顾仍不肯来,可请说明,并劝驾。觐有难色。叔言,吉林改作支店,本系公司原议,似不致有何嫌疑。余言,公司亦必去信致顾。又言吉支店经理可以推举。觐因荐其弟觐远,现充黔馆账房。并言举亲似有不便,不知有无窒碍。翰无言。余言,此层却有关系,应再斟酌。余又言,黑馆并改支店,归奉节制。觐推辞,谓才力不及。余与叔申言,吉改支店,哈、长取消,一切营业均属于奉。黑馆无独立之必要,且交通甚便。翰意,每年至少各到两次,约以四个月在外,亦属无难。觐又言,不如仍以吉、黑并为一分馆,任其独立,另行派人经理。翰言,所言亦系实情,但不妨先行试办一年。如彼时实有为难,再令吉、黑分离。觐亦允许。并言旧亏须照吉馆办法划开,另行结账。如有盈余,尽以补还旧亏。翰云,亦须酌量分派同人。至旧亏划开一层,如何办法,容与培初诸君商议再定。(意似大致可允,而办法须斟酌。)觐遂兴辞。余告翰,觐举其弟如何办法。翰云,此事恐有窒碍,故未允许。余云,明日须与说明。

七月十三日　星期六

收信　伯恒、少勋。

公司　到编译所与梦旦谈数事:

一、华法教育会修订教科书事。

二、编辑通俗教育书事。

三、世界图书馆事。

四、报告编译会成绩事。并说明纸版制成打样,总送校阅。

五、王阁臣拟编《矿煤杂志》事。

梦旦、叔通告知,翰决移总务处。并遇事公议,多数取决。

编译　与邝言,叔良建议修改《汉英辞典》。可以照所议先行着手。

七月十五日　星期一

发信　伯恒、少勋、切斋。

用人　仙华告再荐陈谦夫事。略谓现时事忙、卧病,瞿辞实来不及。余谓亟应添人,因举郭梅生以告。仙谓梅不肯做难人,遂说出谦夫。谓翰云,无所不可,容与余商云云。并言拟令办咏可之事。余言,翰尚未提出,当与翰接洽。

分馆　吴葆仁谈湘馆现时办法,拟缩小开支,退货免息,并酌贴开支。又购买湘馆房屋事。

印刷　函告伯恒石版尺寸。

最大者27×40、其次23×33、小者18×23。又铅皮版32×45,均以英尺计。图画四周应留余地。

七月十六日　星期二

公司　本日董事会议。翰先谈及拟移总务处,并印刷所添造房层事。会议时,余略述迁移之原因。翰于董事会议毕后,约梦、叔及余在会议室续商迁移事。谓发行部如何。余谓,应改发行所,当然由王仙华充任。余因询陈谦夫之事。翰谓,仙词意甚坚,只可应允。余谓,昨已提及梅生,如迁移后应设副长,可否即以梅任。翰赞成。因为时已晚,约明午续议一切。

七月十七日　星期三

发信　讱斋。

公司　翰约梦旦、叔通与余至卡尔登晤商一切。

迁移总务处应办各事:一、向隶总务处者,均迁。　二、分庄事务处、西书部、寄售处、进货处均迁。　三、收发处改隶发行所。　四、庶务处缩小。五、谢宾来调印刷所。　六、会计部,将总公司与发行所划开,属前者应迁。叔通并言,应将业务科及莲溪现办之事,又会计之事并作一机关,再分数股。现先由王、盛与会计部筹议划分办法。翰拟添符、顾会商,并请叔通酌拟改组办法。　七、银钱账房不搬,留桂华监督所有支款。除付存款本利外,余款均经总务处一种手续,再向桂华签字。总务处应留房屋若干在三层,即请桂华及银钱账房迁入。　八、营业部主任,梦先述翰拟以莲溪充任。余谓,分馆账目稽核一事甚重要,不能不留资熟手。翰问可否兼任。余言恐兼不了。翰亦为然。梦举张叔良。翰言,资格尚浅。余举于瑾怀。梦谓编译所难离,且于印刷估计。

分馆　湘馆事。余建议缩小范围,用人减至十人以内,余各给薪水二三月,回家候信,事定后如未有事,仍可再来。至免息一层,目前仅允俟事定后核算。辛亥、癸丑似均有成案。又贴开支一层,亦只能笼统说,事定后再看。又衡馆终难久支,应请吴葆仁前往,依原议实行。

七月十八日　星期四

七月十九日　星期五

公司　晨起,七点五十五分钟由上海北站启程。午后两点半到南京,即上船渡江,每人渡资两角。到浦口站买票,头等由浦口至北京共两张、半票一张,共京钞一百八元〇角。又三等一张,共十四元〇角。遇宁馆馆友到站照料。即登车,已代定卧车两室,每室两榻,晚间并无臭虫。天气甚凉,夜半有风,且微雨。

七月二十日　星期六

公司　午后四点半到天津。　途中遇沈步洲及子益之子。　车中饭食共十四元四角(中饭每客一元二角、晚饭一元五角)、酒资一元、给卧车茶房四元。在天津车站遇徐润全。登车后又遇徐左泉,住西堂子胡同十八号。又刘以钟,住西单二条十一号。

晚八点一刻到京。廷桂、伯恒均到站照料,已代雇马车,即至北京饭店,寓四层三十八、九号房。

七月二十一日　星期日

发信　叔、梦、剑丞信。源侄。

公司　早餐后偕家人到中央公园。遇昭宸及陈飞卿。游资每人铜元十枚。又入西华门,每人票价铜元四十枚。武英殿古物陈列所,每人交钞一元。午刻十二点半归寓。

午后访伯恒、廷桂。

印刷　廷桂言,吉林印票事似与前东三省所谈者同是一事。当告以须函知总馆,免致参差。又告以总馆因来人不甚可靠,故未与开谈。

天头　付张奎一元,买点心水果,令勿入账。洗衣十三件。

七月廿二日　星期一

发信　梦旦、叔通、剑丞。

公司　天雨未出门。

辜鸿铭遇于膳室,约至客厅晤谈。言文集已寄费家禄转交。邝拟先支百元。告以有会议,须通过。如可印,当可商。又言,选有英美诗歌及英文正雅。问可印否。答以容与邝商。又言,《春秋大义》愿减价二元。余问是否要收此数。问本馆是否收八折。余云无一定,可以协商。答称只要收回成本。如何结账,由我处酌定。详见致梦翁信。

天头　《北京日报》《顺天时报》起。　洗衣五件,廿三早交。又加纺绸长衫一件。

七月廿三日　星期二

收信　伯训、梦旦。十九、廿。

公司　午后至分馆看书。

偕伯恒、沉叔至公园茗谈片刻，即归寓。

七月廿四日　星期三

发信　伯训、梦旦合。快信。

公司　早偕家人至东安市场。拜昭宸、子益。午后至分馆。先拜王伯荃。

用人　伯恒谈及车秉钧，人不甚行，只能做中下等事。对于学界全不接洽。且放账极滥。告以拟归王觐侯节制。

分馆　伯恒言，得孙道修信，言范济臣又拟告假。又因成都小学书不长价，故渝亦不能长。

杂记　叶公绰约买敦煌石室写经事。每分七卷，二百十元。本月廿八日前交新华银行方冠青收。

七月廿五日　星期四

收信　源侄。廿一。

发信　叔通、梦旦。快。

公司　致叔通信，详述伯恒昨日所谈车君及成馆事。又再启，言廷桂廿九日赴奉，并托代查吉林印票事。又请致正式公函与平市局长催，允将余票运京，否则不负责任。

致梦信。　　午前到琉璃厂访书。

编译　廷桂持示王芸阁信，拟先领修改《民国化学》费二百五十元。即请廷桂拨。将原信寄梦翁，并报告款已允拨。

禅德本言《英译唐诗》英文不见佳。函梦翁将后两册婉复缓印。并告邝、江二君。

天头　托伯恒送二百十元至新华银行，付股购何氏唐写经经费。　　交洗衣四件。

七月廿六日　星期五

发信　梦旦、星如合。附。

公司　致梦、星信,请将《四部举要》未有各书标出寄来,以便采购。午前访杨赤玉、许汲侯,均未遇。午后访福开森见。住喜鹊胡同任伯棠。

约伯恒同出访书。文在堂有残本《墨海金壶》,索价四百元,跌至三百元,还至二百七十元。

七月廿七日　星期六

收信　剑丞。廿四。

发信　源侄、叔通、剑丞。

公司　致鹤顾信,还越缦书目。并开去清单,皆评校之书,请转商每种各选首尾二册,于一个月后寄沪。余返沪可同观。

早出门,拜史康侯、蒋性甫、朱旭人、刘以钟、丁问槎、王叔鲁见。叔鲁出所藏古帖两箱见示,允需印可借影。　又拜卢世兄宗谦。归寓得阅剑丞廿四信,知拔可病危。致叔通信,附去王叔鲁所藏帖目一纸。

天头　交洗衣六件。

七月廿八日　星期日

公司　午前偕家人赴商品陈列所。

午后往拜宝鼎臣、瑞臣、那中堂、徐中堂,均未遇。至外交部拜客,适星期无一人在。并未留刺。

到隆福寺敬古堂,见一宋补版《通鉴纲目》,存廿九册,索价四百元。

杂记　张仲仁赠明刻《管》《韩》二子。函谢。

天头　向京馆支现钞票三百八十元。　交洗衣二件。

七月廿九日　星期一

收信　叔、梦。廿六。

发信　叔、梦、剑信。平。叔、梦。快。

公司　叔信,言西书拟与股务对调。总务处东南角上可否设一螺旋铁梯。　吉林印票事开议。廷已南下,可约其讨论。如确系两事,可勿误会总馆竟争。　　梦信,《矿业杂志》所怀不同,容到沪面谈。寄货事可先复数言,谓主任者出外,归后方能决定可否。又催问清华论文议类书事。又编英文方字事。

天头　交洗衣服六件。交张奎交通京钞五元。付客寓账房一百四十元,连前共一百七十六元,未结,收条夹在本页内。　　中国饭付十五千八百文,讫。

七月三十日　星期二

公司　晨七时半早餐毕后,乘汽车至西直门,共坐六人价三元。到车站后,候至八点三十五分登车开行。车价头等票每人一元八角。车中遇林宗孟,到沙河别去。十点二分到南口,即投宿南口饭店。饭时大雨,饭后少睡,雨止即乘藤轿赴明陵。余先乘驴,中坠于道,幸未伤,遂改乘轿至长陵。归至旅舍,已是日落。往计四十里,归计三十里。

天头　今日赴南口。

七月三十一日　星期三

公司　晨起,十时二分乘通车赴青龙桥。车价头等每人九角。到后,先由南口饭店备轿两乘在车站相候。入站晤站长唐少良香山人。随至八达岭。余步行并登岭,上长城至最高处。午后二时回至青龙桥车站。三时半又乘通车回至南口。

房饭每人每日五元,共用房两间。仆人每日每人一元。游明陵轿三乘、每乘四元五角。驴三头、每乘一元。游八达岭轿二乘、每乘四元。共付栈房七十元。　　南口饭店经理为郑朝雄,号达泉,广东香山人。

八月一日　星期四

公司　午前八钟半乘康庄来车赴沙河。在车上晤京师法政专门学校校长吴家驹号子昂、教员葛隶华号松乔,均湖南湘潭人。车行约一钟许,到沙河汤山饭店,已有汽车来接,即乘之至汤山,宿廿七、廿八、廿九三号室。先一日函托林宗孟代定,室内有浴池,厕室亦洁净。

八月二日　星期五

发信　伯恒、交张奎带去。叔、梦、剑信。问拔病。

公司　住汤山,无事可记。

天头 付张奎京交钞票五元。

八月三日 星期六

收信 剑丞、廿九信。叔通、廿九信。仲可、瑾怀。廿九。

公司 早雨。已雇定汽车,九钟半离汤山。

汤山饭店每人每日六元,幼童均半价。仆人每日一元。汽车至沙河接至汤山十元,送至玉泉旅馆廿元。 仆人由沙河雇东洋车至汤山,每辆八角。到玉泉旅馆宿正房二号。终日大雨,不能出门。

八月五日 星期一

收信 叔通、一日。伯训。一日。

发信 叔信、剑信、伯训信、家信。托廷桂带,又点心两匣。

公司 昨晨天霁放晴,游万寿山。午后三钟回寓。 本日午前九时乘汽车游三贝子花园,遂入城,回宿北京饭店。

八月六日 星期二

收信 锡三、二日信。谢燕堂。一日。

公司 午前偕廷先往印刷局,访胡海门、王云阁,均未到。拜褚聘三,观过钢板机,极为灵便。廷云,不过美金四千元,本馆可以购买一架。余请到沪商高、鲍。 拜夏润枝见、聂献廷见、沈子封见、方甘士见、林青生见、张雨楼未见、林宰平见、汪建斋见。午后偕沅叔往访白云观陈道人。谈《道藏》事。拟告以沪观一部,拟抽给津贴,亦无允意。陈甚难商。京观一部可否商一变通办法,运至上海可以向两部立案,沿途饬官保护,作为官事办理。或由观派人同往监看,均无不可。道人云,已于廿日前去信与陈。再候十日,如有回信不允,拟再追一信去。余言,如有办法,可再函商。如系空言,似不必再渎,不如就在此商定办。道人亦无言。

印刷 燕堂来信,知修《王荆公诗》。

落石之李国宝于七月廿五日病故。黄海清亦病重。现为朱仁照,修手较好。 余有方锦鑫、卢学富、顾炳生,均系学生。

杂记 昭宸来信,属送《汉英辞典》一部与英国医生 Gatrell,住东城煤渣胡同,华名称葛大夫。

天头 洗衣七件。用马车一日,购定《通鉴纲目》廿八册,三百六十元,镜古堂物。

八月七日　阴历七月初一日　星期三

发信 锡三、附叔通信中。叔通、快信。翰卿、仙华、均附号信。仲可、梦旦。

公司 寄叔通信,论改组事。

锡三信,寄与叔通,并复以回沪后妥商办法。

翰卿信,赞成廷桂购过钢板机之事。又告以欧战将终,战后原料大缺乏。本馆纸、墨及锌、钢、铜、铝各种版片及照相材料,应预备。想已筹及。

寄梦旦信,请寄《四部举要》书目五六分与鹤顽。午前拜徐飞、高子益、蔡子民、庄思缄。遇董季友,云住天津法租界秦。

午后在分馆晤见京商会会长安迪生,号厚斋,寓护法寺宝华楼。

又见金剑花、丁佛言。剑花寓贾家胡同公寓。

杂记 庄思缄处见有张皋文手批《前汉列传》缺本纪及志表。　　董季友言,伊家有归有光手批《史记》,现在福建。思缄尚有张皋文手批《青囊奥语》及《　　照胆经》,均唐人所著,说堪舆者。

天头 交洗衣五件。

八月八日　星期四

公司 早往吊冯心兰。并访林琴南、胡玉孙,均未遇。午后拜刘芝孙、章茝生、林敦民,均未遇。又到外交部拜唐宝恒见,即恒文、号学友、佟国桢即存格、号志孚、林礼源见、吴和甫、翟溟南、许溯伊。

王希尹,名亮系王弢夫之子,昔年通艺同学。今晨过访,谈及伊父有外交档案,起道光卅年,迄光绪廿八年。询问可否印行。留两册在此阅看,后又送三册来看。

用人 王亮畴来谈,介绍虞叔昭,名锡晋,广东番禺人,寓西长安街七十七号。曾官教育部及司法部,在英习理工科。　7/8/11 来见,谈及想得有汉字字典分部法。余告以《清华学报》有林玉堂拟议一篇,用五种笔墨一　丨　、　丿　乀　为次序,但先后最为难分。又本馆筹拟已久,亦无办法。并将分上下左右、及上左上右各法告之。

杂记 叶公绰赠《民国四年国有铁道统计》一册。

天头 在修绠堂买定唐寅《唐诗画谱》十二册,合洋十五元。

八月九日 七月初三日 星期五

收信 叔通、五日又一,又一无日。梦旦。五日、六日,又一无日。

发信 梦、叔信、快信。翰、叔信。附入前信。

公司 晨起出门,拜魏麟阁、梁伯祥、冯公度、史康侯、蒋性甫未见、蹇季裳未见、钱干臣未见、李孟符未见、黄溯初、燕赐希。至分馆,午饭后伯恒看书。致翰卿、叔通信。请商移玻璃版印机及扶手来京。又催询吉林支店经理武兰谷已否启程。告知魏麟阁云,东三省无变动,有希望。

八月十日 七月初四日 星期六

公司 晨起往拜孙慕韩、夏坚仲见、董绥经、陈仲恕见、陈钧侯、陈征宇。旋往隆福寺带经堂、镜古堂看书。 午后又往带经堂、镜古堂、修绠堂、聚珍堂看书。

文奎堂有残书可配。留书目一册在彼,约七月初七日午前往看。王希尹来,出示伊父羧夫所藏《秋灯课子图》。尚有一图已忘其名。清季名人题咏甚多。欲印行,属估价一二千,欲买预约。余告以恐难多销。渠言印价,自己可印。

八月十二日 星期一

收信 昨日剑丞七日信。

公司 昨日晨往沇叔处看书。见宋版《周礼》《张于湖集》,皆袁抱存物。谈及校本《宋人说部》。沇叔谓校阅尚未结束,欲将来另为一类,不欲与其他各种并刊。余谓亦可。

拜念劬,谈及新购《群经音辨》,欲借校一过。即允之。拜叶玉甫,出乃祖所绘本国名人小像,欲印行。小像着色,但只能印单色铜版或珂罗版。其传赞用石印,照中国装,全用中国纸,估价再定。允回沪函复。

拜郑叔进。

转上海账。私款 七百七十四元六角四分四。 公司买书账九百廿九元二角〇九分。送书账九十三元六角六分。

八月十三日　星期二

收信　梦、十日。廷桂、九日片。伯训、十日。翰、十日。叔。十日。

发信　梦、附叔信。锡三、剑丞。十四日发。

公司　函致叔鲁,乞假宋拓《云麾李秀碑》,又《李思训碑》,又《道因法师碑》,又《实际寺碑》、欧阳率《更常清静经》《陕本庙堂碑》《高丽神行禅师碑》共七种,托伯恒转交。函中声明先假此七种,余俟影竣缴还再假。

君九购得《九宫大成曲谱》,乞涵芬楼所存残本让与七卷配入。已允之。

八月十四日　星期三

发信　翰、伯训、叔通。快信自寄。

公司　晨八时偕家人往游北海。先托沅叔介绍于徐邦杰,派一差弁导游。出门时,畀以京钞两元。

午后四时,陈毓坤道人来谈,并出示陈、葛复信,属代拟复信。余谓阎监院处亦可去一信。陈亦谓然。

八月十五日　星期四

收信　盐电、叔通。十二日信。

公司　往访王芸阁,商借橡皮事。芸允借,属人往看,与赵工务科长接洽。即属杨广川往。

又拜张仲仁、徐子璋、谷九峰见、马振五见、蒋梦麟见,遇李君由美新回。

谷九峰云,定州王合九素系巨富,今中落。藏书甚多,恐难保存。余问,能否介绍。谷云可。王君住定州东关外,距车站不远。

天头　付张奎交钞五元。

八月十六日　星期五

收信　剑丞。十三信。

发信　叔通快,径寄。发电。告橡皮允借机缓运。

公司　寄公司信:一、报告借橡皮事。　二、复纸厂容探询。　三、商议影印《道藏》条件。

发公司电："剑函到,橡皮允借,机缓运,函详。"

得张仲仁来信,附恽公孚信。复此事在沪未闻,必系近时所订,容转达总公司。

用人 鹤屏来信,为崔朝庆说项。7/8/17 寄梦公并复蔡,称转告梦。

天头 借分馆一百元。

八月十七日 星期六

收信 叔、十四。仙华、十四。源侄。十四。

发信 翰、叔、剑信。径寄。发电问橡皮要借几张。

公司 寄公司信,详述仲仁来信所言之事。鹤屏来信,为崔朝庆说项,亦寄梦。

用人 叔通来信,言杨介眉荐黄明道。广东人,前在美国卒业,曾在津浦路司会计之事。月薪至少二百元。惟未习过旧账。

八月十九日 星期一

收信 沪电、锡三信。十六。

发信 叔信、仙华信、源侄信。十八。

公司 鸿宝阁送来《宋史》两本,元版。 《晋书》翻宋本,二本。 抄本《筠溪集》,二本。 《口谱集》,五本。 《云川阁集》,二本。

午后三时通艺旧同学约在中央公园董事会茶叙,并照相。到者林胥生、郑叔进沅、姚俪桓大雄、黄敏仲(步军统领)、林朗溪、夏坚仲、雷缦卿、毛艾孙、戴芦舲、曾孟海叔度、陈钧侯、陈征宇、郭啸麓、王书衡、吴鞠农、范赞臣、夏虎臣。未到者孙宇晴、王希尹、冯玉潜。

印刷 得公司复电,借橡皮六张。即备函令杨广川往领。讵领回仍系一张,但长一百七十七寸,据云可开六张。

后页钉口页边 德福里三弄三八七半。 海宁路一三一〇。

八月二十日 星期二

公司 昨偕伯恒复至前门外大齐家天华锦缎庄,看端宅书。晤其经书戚君书铭,号砚臣。选定明嘉靖本《临川集》、天顺本《居士集》(卅九册欠一本)、抄本

《金陀粹编》续编廿二册、又《魏鹤山集》廿四册,索价五百五十元,让至五百元。电话南局二三〇三号。 赴雷缦卿见、汤尔和见、汪建斋、姚俪桓见、范赞臣、徐蔚如、黄敏仲、沈子封、方甘士见、林胥生、易味腴见、丁味渔处辞。

八月廿一日 星期三

公司 晨到天华锦看书,还价四百元,意似肯相就。《注疏》落至万三千元,其余各书全数统购,谓码价二万有奇,亦可酌减。余请开示一详目,以便酌估。将来尚须看书。

徐森翁来言,已访陈道人,即属照信稿誊写。至津贴一层,或说明数目,或不说明数目。上海观中有墙倒,工程无多,不过数百元,或将来代伊一修,亦可了事。请我处斟酌。至伊处酬报,亦有受意。(前与沅叔商,拟每部加二十元,各赠十元。)

午后四时,约伯恒、涤烦往访福开森,看伊所藏字画。出示沈石田梅花、九歌图、演乐图、勘书图、右军墨迹、宋名人十六家真迹,共六件。以第三件为最精。拟成承印《道藏》契,送沅叔阅看。

午后拜高子益、邓孝先、林彪、朱小汀、金筬孙未见、徐新六未见,并辞行。

八月廿二日 星期四

收信 梦。十九。

公司 赴刘子楷、伍连德、张君劢、蔡鹤庼、王少侯、金巩伯、叔初、董绶经、孙慕韩、辜鸿铭见、庄思缄、宝瑞臣见、王宠惠、林宗孟、蒋性甫见、史康侯见、冯公度处辞行。

八月廿三日 星期五

收信 叔通、二十日。梦旦。同。

发信 翰快信。径寄。

公司 早赴大学堂,留刺与陈独秀、胡适之、夏浮筼、秦景阳、沈尹默、朱逖先、马幼渔诸君辞行。均未到堂,故未见。旋至曾孟海昆仲处,遇叔度。力言注音字母之有效,并劝本馆宜早制字模出版。旋至中央医院访仲仁,告以吉林印票已订合同。该省督军批准,并有印文为凭。即将本馆去电及批词出示。仲仁告以本馆断无自行取消之理。殖边应与吉林督军说话。我处材料已备,愈速恐愈不易办。但本馆并非不顾交情,惟事势只能如此办理。如将来果有办法,敝处亦可商量。仲仁谓,手续本当如此,当为转达。又访曾霁生、王叔鲁、叶玉甫、许吕肖、袁观澜、陈伯潜见、邵仲威、裴子见、蒋竹庄见。裴子似患肺疾,属抄药方。陈伯潜谈及有正书局曾借内府书画。余言,闻张效彬言,蒙垂问,今正筹办。当属孙、张两经理晋谒。沅叔来言,借《道藏》契约须先托江宇澄。渠现在西山养病,居无定,只可少缓。余谓,上海亦有信来,言纸价又长,恐前拟之价又须增加。

八月廿四日　星期六

发信　切斋、少勋。午后寄少勋。

公司　付栈房,除前付一百六十七元外,又付二百八十五元八角五。　　楼上茶房京钞三十六元,又加给洗厕、携茶各京钞二元。

付饭厅茶房二十元现洋。

早赴仲恕见处辞行。又至慕韩处。未见。新丧女,不见客。寄与一信为南仲托事。

八月廿七日　星期二

分馆　苏州总商会商事公断处处长宋度,号友裴,吴县人,持沈联芳片来见。言彭梦九为伊学生,因近受三年徒刑,伊母妻到伊家哀求宋出为设法。宋愿将所亏千二百元担认,有沈君可以担保。福康庄朱五楼亦可担保。此时彭已上诉,冀可耽延设法。欲求本馆出为声明,自己悔过,欠款已有人担任。如法庭允为减刑,则宋即将欠款交一半,再请公司请缓执行,伊即全交云云。答以公司用人太多,实有为难之处。以礼交论,本甚为之惋惜。但固不能做主,须俟翰翁回来,亦须报告董事大家讨论。请不必在此久候,容即通讯。并问知通讯处,或寄总商会,或寄阊门内西中市钱业公会转交。其住宅在宋仙舟巷。

西书　锡三问,北京大学托我代办西书,内有三家我处有特别折扣,拟改缮发票给与普通折扣,总分馆可各沾利益。余谓不必,仍将原发票交阅,更坚大学之信,可博得后来生意。即函伯恒,告知我意。

杂记　左子铭三子,号赓生,名喜起,来见。在南京第一工业学校毕业,专习电学。允函荐京师电灯公司。

天头 廿五日自京起程,廿六晚到家。在途无事可记。

八月廿八日　星期三

发信 伯恒、翰卿。

分馆 为宋友裴来商彭梦九事,复沈联芳信。

印刷 午前十时半,捕房西探海明慧偕华探徐联芳来,问吉林印票事。余出见。渠出示会审公廨信,属将林农孙逮捕,并将已付款四万元截留。又询及详细情形。余出示本馆七月十七日去电及吉林督军批,又林农孙来电。并约叔通同谈,示以吉林督军护照。渠言四万元已探得由发记银号交到,用久和庄票。叔通往来确系无误。该探属将机器暂缓起运,已付四万元暂勿动用,候渠报告公堂后听公堂处置。余又告以公廨函中所述"除由该馆总理张菊生函饬毁约外"一语,余非经理,余在京时仅由张仲仁来商,只告以函询总馆。得复后亦复张仲仁,告以系有吉督印文。张亦谓应与吉督接洽。该探谓洋文译本,却系商请。余请留抄一份。该探谓,可由彼处抄好送来。函请陈安生详述一切。　电达吉馆,又发信。

文具 仙华言,本馆批发仪器文具,同行、分馆价均一律,于分馆营业甚为不便。此次北京大学合同内,有代办仪器文具之语。该大学消费社罗君来沪,即言京馆货比较他家为昂,愿在总馆采。仙恐其与他家订议,遂准其在总馆采去。

天头 与梦翁商定,印《百衲通鉴》四百部。

仙华介绍孙揆百(现任唐山铁路工厂事)相见。言交通部拟购日本打字机百架。孙君谓本馆可以仿造。即由仙华偕由印厂察勘。

八月廿九日　星期四

发信 少勋、沅叔。径寄。

分馆 问锡三,派方谷香至京馆缓增薪水,并未与说明。余谓,总分馆各认一半,此例亦有不便,但已通知伯恒,只可照行。即约方君来,告以调往京馆办西书事。有一董君不能胜任,尚有函授事亦须推广。并加奖励数语。又告以薪水仍照现数开支,俟办理数月之后,孙君必有相当之待遇。但由总馆另给薪水一个月,可以酌添衣服。方问此个月薪水扣回与否。余云可以不扣。并告以从速起程,将来如有成绩,总有进步。又约培初来,即告以以上情节,即出知照单,又出通告。

编译 函授奖金,每级三人,每级百元。卷虽少,仍照发。已商邝,并告周锡三。

印刷 函咸昌,催安徽金库证券、河南公债票。

纸件 海月笺缺十余件,许无法采买。谢言,穆华生知杭州有可买处。函咸昌,问谢果能办到,即派往速购。

文具 昨将京馆寄来石板交包文信阅看。今日交来比较表,可比日、美廉十分之四,拟即往购办。余令将尺寸开明,先函京馆详询一切。

八月三十日　星期五

收信 竹庄、伯恒。

发信 竹庄、伯恒。

财政 蒋竹庄来信,请拨六、七、八、九四个月津贴四百元。限期甚急。已函告京馆照拨。蒋信留交翰翁。

分馆 方谷香以余只给薪水一月,未满意。余托锡三再劝。余亦招来为之解释。方称明年是否加薪,不能一定。余云,此不能不授权经理。但以余意观之,实可去得,在外较易见长。且京馆花红较优。方言薪水既系公认,花红亦必平摊,恐所增无几。余云,花红可全归京馆。方又称渠为教徒,礼拜日如非事忙不能抽身,应准其到堂礼拜,约半日之谱。余云,此亦正当。方又言,将来恐须印洋文发票。余云可将意见及办法面商孙先生。以上各节均于本日函达伯恒。余又属锡三谆劝。锡来言,渠意要求再加一月。余云已出知照单,不便再加。余另送伊十元。

编译 亚泉代拟致王芸阁信,商化学名词事。

印刷 十时往访陈安生,询以吉督如有电来催运机,倘殖京行又有电来阻止,如何办法。陈言,只可电外交部转询财政部。余言,如此终无了结。中央不能号令外省,公当知之。可否一面准运,一面复殖京行,令自向吉督交涉。陈谓如此较为简捷可办。俟吉督电到再通知。

渔荃言简英甫、玉阶等愿将该公司印刷全数与公司商办。嗣英甫来言，意亦相同（当指北路）。并言广东东雅印刷公司成绩不佳，拟在香港专办南路印刷。

应酬 访李煜堂。

八月三十一日　星期六

发信 沅叔。

公司 礼券办法由晓舟交来。交任心白收存。俟迁移后再办。

同业 查中华本月造货。

对折书　码洋八万。二折、一万六千。

中学书　又　一万。三折、三千。

英文书　又　四千。四折、一千六百。

杂书　　又　八千。四折、四千。

共二万三千八百。

尚有新书数种未计。

印刷 得殖边总行信，云已转请财政部吉督长禁止。

纸件 鲍先生交来武昌印刷器具投标事。九月一日事。

九月二日　七月廿八日　星期一

公司 赴编译所会议。

发行 业务科报告预约。

	连史	八		七四	
《衲鉴》总馆	料半	十一	分	七一	内京一四八
	毛边	十六		五八	
《石渠》总馆	一五五		分	一九八	内京四四
《元曲选》总馆	连史	九七	分	一一四	内京六七
	赛连	六十		八九	
《集古录》总馆	二五十		分	二六九	内京九四

编译 吴君所编历史稿交还梦翁。余意上古、近古材料占十分之五，未免过多。王政、帝政占十分之五，未免太少。

印刷 殖边西人 Egra 来馆,出示该总行两信,并抄致本馆信问答。由梅生记录。

随访丁律师。其意且俟陈安生来信,再电吉林。定洋必不得已只能交公堂。合同必俟吉林原订约人方能解决。

与简玉阶等谈承印事。请将各种应印之件捡出样张,以便估价。简允礼拜四交来。将纸价印价分别估计。

西书 锡三来言,愿离西书部,仍回编译所办函授事。花红亦愿减取。余云面商,暂勿宣露。

应酬 昨访玉阶、英甫、寅初。未遇。

晨赴谭干臣处拜寿。又访孙揆百,未见。

午约玉阶昆仲卡尔登午饭,商议印刷事。

晚约孙揆百、黄明道、杨介眉、李直士,在一枝香。子益未到。

九月三日 星期二

收信 许吕肖。八月廿一。

发信 方甘士、附吕肖信。伯恒、又陵。

公司 约翰至五号客室,告以前梦、叔告以翰拟迁移后诸事会议。此是较妥之办法。惟改革必多,人才又乏,以后办事仍属甚难。迁移我既赞成在先,此时自应帮忙。但只能短时,恐难永久。惟在此短期时间内,有过失时,诸望规戒。余亦尽朋友之谊。对公亦无意直言,以前有所不合,亦望见恕。告翰西书部事。周举动不合,难与共事,只可易人。又旧书柜裁撤。

发行 告翰,发行所章已示仙华。仙华之意,一欲另计赢亏。告以室碍多,难办。二对于营业部,告以兼管,与他则不同。三欲举于为副所长。告以过骤。

用人 仲谷告,姚玉孙不甚办事,已当过省议会候补第一人。余意传补即辞,否则至年终停止。已告翰。

财政 告翰,蒋请拨津贴事。翰属俟其到沪后再与接洽。是否从六月起。余意,以后须画定办法,免致舛误。

分馆 告翰派方谷香赴京馆事。

印刷 访陈安生,出示吉林殖边股东冯兰秀来电,并云俟殖边总行电到再办。当要以电到先通知,先接洽,再发布。

纸件 告翰,在京调查造纸事。汉厂已抵押。长春机器已售。陆、曹在东省原料厂有股分,劝欲办纸厂者入股。史良才建办纸厂议。

文具 寄伯恒代定石板三百箱。原稿存任心白处。

西书 锡三来言,西书部事难办,愿回编译所办函授事,并减花红。余言,当再谈,暂勿宣布。

杂记 粟寄沧来信,言须赴粤,告帮。送银币五元。

九月四日 星期三

收信 伯恒。

公司 午后三时翰约仙华、梅生、叔通及余在第五客室商议发行所章程及关系。

印刷 殖边总行来信,即发吉林殖边,并转呈致孟、郭电。

杭州有义奖券来印刷。告巧生及瑾怀,须有官厅批准凭证方可承印,否则有后患。

西书 晚约周锡三来寓晚饭。告以陈汉明所刊副部长图记,止其勿用。锡云已告勿用。

杂记 闻汤济武在美洲被戕。

九月五日 星期四

分馆 哈馆收后,翰意仍设特约。总馆先命奉馆商订,吉馆又来争。余意,不必订,将原因说明,请翰酌。

编译 与伯俞谈注音字母。伯俞谓俟吴稚晖字典告成,由教育部承认后,先行印出,方能着手。

余又言国文教科书参用行书。伯俞谓,第一年用楷,后附表;第二年生字注行;第三年行、楷互用,生字亦互;四年用行,生字注楷。

纸件 告梦翁,仿宋三号字只做二千,余可用铅字。样本分别最要、次要,令将其余各字依次制铜模。五号字尚未照相,能预定先后尤便。亦与咸昌先说明矣。

西书 锡三来信,要求英文百科全书及大字典销路颇好,给西书部奖金。余约来谈,告以无此办法。

应酬 赴永安公司贺开幕喜。

杂记 黄任之来约充职业学校募金队长,已函辞,并交去本年特别社费二十元。

美国华盛顿图书馆代表施永高 Swingle 偕其夫人来访。约定礼拜六日午后二时赴涵芬楼。

九月六日　星期五

收信 伯恒、三日。王芸阁。二日。

发信 邵裴子、伯恒、任公。

公司 午刻,翰约叔通与余讨论发行所章程。谓支出现款多数者,仍在总账房支给。又不欲将铅字、机器从营业部画出。又谓分馆调人,须向发行所拨用。余谓,此自当然,但分馆退回之人,不能强令发行所安插。

叔通问广告之事。余言,翰翁前单中拟派沈仲芳,但恐难独挡一面。翰谓,仍归总务处。余告翰,此时我辈须将公司各事陆续推出,预备造就后来继任之人。我固不能久留,即公亦过劳,且年长于我。万一至不能再办之时,由他人贸贸然接手,于事必多隔膜。何如趁此时我辈犹可监督,早日交出,俾其习练。翰谓,余并非不肯交出。

余告翰,西书部请另派人。

编译 王芸阁来言,亚泉对于新改化学名词一节甚感。另复亚泉信,即送去。

应酬 访拔可及惺存。

杂记 伯恒来信,言宏远堂《欧阳文忠集》已送来,千二百元可售。余商梦翁,谓《四部举要》有数种罕见之本,必可格外增重。将来此书价值仍在。梦云,如不会吃亏,可行。

九月七日　星期六

用人　锡三来言,请早日派人交替。现届进货之时,余亦只可停止。伊文思有信来约,余意亦未定,云云。

印刷　在印刷所商议南洋烟草公司事。余仍请鲍照简君所云,分别印价及纸价开单,勿混一处。当将现在印刷之力及将来经过若干时间之后所加之力估计明白,由瑾怀另单记载,夹入本页筒内。

鲍君云,此时不必候南洋契约既定再行筹办。其不甚巨大者,可以先行预备,不能不冒险。余云甚是。又商定,请舒技师偕本所中人前往英美烟纸印刷处,探看各种制匣机器,以备仿造。

翰又言,美国现有纸厂代表在沪,拟将南洋需用者检齐样张交与阅看。

杂记　约施永高至涵芬楼看旧书。渠偕其夫人同来。出示各书,甚为欣快。并言,佛来亚现拟将所有中国古画悉数捐归国家,政府已给与一地,建筑储藏之馆。将来必须采买中国古书,可否为之代办。余云极愿效劳。伊又言,伊馆中亦须添买中国旧书,俟归国后将全目寄来。

施君又告余,伊馆在粤请人翻译关系中国植物之书。又请其友人在斐利滨者,每年至中国采取植物标本。并开示姓名单一纸,亦夹入本页内。

九月九日　星期一

公司　是晚傍晚,约翰、咸、梦、叔在一号客室讨论总务处发行所新章程。约仙华至,亦交与阅过。

用人　将锡三事告翰。谓我已劝其回编译所。渠出伊文思陈君信示我。我意此时仍留。但能留否,未可必。渠请速派人接替,并云未必定回编译所。翰云:一、此时实无相当之人。二、如由伊派人,于周面子不好。又接手之人如与周感情较好,于交替上大有关系。余言,余早知必有今日,故请于夏君即仙华亲戚来时派往西书部办事,而汝不允。此事当能记忆。实因无人可以接替,故遇事每每敷衍。我意实无可派之人。至谓与周面子不好看,此却无关。至与周感情较好之人,于交替上有益,此却甚是。翰谓,张叔良如何。余云,叔良却热心,但于商业、英文两项均不够。姑再与梦翁一商。余又言,余甚悔允周赴京、津、汉各处调查,于费用有增,公故有成本包括一切用费之信,致成冲突。翰谓,我信谓售价不能过廉,致损成本。余谓,我看信却未悟及。后梦旦来,与翰谈,拟请仙华先行接替。恐周与叔良亦不甚接洽,只可稍缓再行调出。约属余与仙商。又谈及留锡在编译所,询翰如何待遇。翰谓照现在情形,不与减少。

印刷 将吉林分馆来信交鲍先生阅看。鲍谓,不如将胶版机开箱自用,余仍暂留。

纸件 鲍告翰,美纸及日本纸恐此后不易进口。余谓翰翁,除新闻纸、有光纸外,多收各种洋纸。即天津亦可收。

应酬 昨约陶惺存、瑾怀、仙华、伯俞、亚泉、郑贞文、梦旦、伯训在寓午饭。翰卿、子益、叔通、剑丞未到。发贺徐菊人电。

天头 余告翰翁。欧战既了,西书必大发展。

九月十日　星期二

收信 伯恒。

用人 昨商锡三事,告仙华。仙华谓,实来不及,可否仍交桂华。余谓不宜。仙云,桂颇愿担任,谓前办数年少有阅历,且有子在外游学,亦可代为接洽。余谓不妥。仙云,只能暂时,且英文信件甚忙,须添人。余云,当转达翰翁。仙又云,最好探锡口气,如由伊推荐更妥。

编译 仲谷交来英文新书轧销表,销路甚少。本日送伯训及邝先生,并请以后编印宜斟酌。

印刷 告翰翁,简玉阶告吴渔荃,南洋烟草印刷拟自办纸。鲍咸翁谓,纸由彼购,权不我操。但余意可与订约,每月须有多少印件用纸交我。如缺纸由彼负责赔偿我损失,如误期则我赔偿彼之损失。至我代办纸,恐万一不到,必大受损失。欧战不知何时可了,外洋定货,即彼允我,后不来,我亦无法。且由我建议,我乐得减轻责任。请三思。翰词色似不谓然。不我答。

应酬 约施永高夫妇、兰迪士、仙华、锡三、昭宸在寓晚饭。

杂记 万函授来信,为不愿在伊告白上登载各分馆为代理事,有所商议。经鲍济川译出,余交陈培初、莲溪、吴度均拟办法。7/9/12 交还。7/9/13 批答,用知照单送陈、王二人,附原件四纸。

九月十一日 星期三

用人 张家修不愿在西书部,求调。告顾复生劝戒,无此办法。

到编译所,约锡三谈。告以回编译所免决裂,系我意,庶可不致离本馆。至待遇,仍照现在办法,将来西书事仍可暗中帮助。锡言,函授事少,无甚事可办。梦言,尚可想法,可以随时举办新事,即西书事亦仍可照料。锡言,现在有数处相约,不过为彼此交情,未便离馆。从前焦作矿务有事相约,翰曾留,今致如此。故为自身计,不能不求一保护。梦言,我两人总可担保。锡云,公司殊难相信,即请两君给一信与我,先交稿一看。梦允照办。又询以何人可以接手,由伊推荐。锡谓殊不易,旋举叔良。余谓,商业阅历及英文恐未够。锡谓亦不妨。梦谓彼此相熟,将来办事亦便当。但将来仍须帮忙。锡亦首肯。旋由梦与叔良谈。余告梦,钟点加长,待遇只能照现在情形。叔良谓,须取邝同意。余到公司告翰翁,翰亦允洽。傍晚复告仙华,仍请其照料。仙华亦允。与梦翁联名致锡三信,为请其在编译所至少办事一年。锡三致总务处信,辞西书部事,回编译所办英文函授。

编译 额尔德《德文读本》第三册已交到。渠尚欲编为此所用之德文字典,索资三百元。告伯训,不办。

印刷 告翰,晨访简玉阶,渠言印刷用纸拟由伊自办,可多屯数十万元,利息较轻。如由公司预备,则不能不加入印价,且亦不放心,亦不能令公司为伊积数十万之纸。余云,公司办纸年逾百万,且与厂直接,亦不至被伊看轻,不加注意等语。余问美厂恐未必直接。翰云,现交利达洋行,美厂售与用户,及利达售与我处,并无两样。我言如我处亦作贩户,则美厂当然较廉。前锡三约我等在德饭店与美人某某商议,即是此意。

粤馆介绍印彩票。余告瑾不妥,不如拒绝。翰亦赞成。

应酬 访简玉阶。

九月十二日 星期四

发信 王君九。

公司 到编译所。

发行　偕仙华至礼查访施永高,询美国图书馆委办志书,我政府又有赠送,将来如何能避去重复。施言,照伊来单购买可也。又约定俟伊由京回南之后,约一月之谱,再将清单交来,现暂停止。余又托彼介绍 Freer,本馆可代办旧书。

用人　问邝君,周锡三举叔良自代,于意云何。邝云可行。

傍晚到公司,拟致锡三、叔良信稿,因腰痛身热,先行请叔通与梦旦商定。

编译　邝言麦克老所编《生物学与教育》一书,余意不印,但麦曾先来询问,拟编此书,可否印行。渠曾问蒋或庄,记忆不真,谓可印行。但此时不印,又有为难。余谓此时营业甚坏,又纸张缺乏,非销路确有把握之书,不欲印行。可以此意婉告。邝谓,是否现在不印,将来仍可印行。余云不能说定,亦不知何时营业方有起色。余又言,原序谓名词未能一律,俟再版修改,此层亦甚为难云云。

印刷　午后约三时,因印《百衲通鉴》修版难得人,特约鲍咸昌到编译所一号客室,与谢燕堂晤商。余言,嗣后本馆不能不注意旧书,旧书不能排印,石印不能必得精印之本,故修版之事不能不早为预备。应请招集高等小学毕业生一二十人,开班教授。鲍谓,须力能搬动石版。余谓有大力之人,难于执笔做此等精细之事。恐工钱亦不能不视常人有加。鲍允照办。江伯训亦在座。

西书　锡三言,有 World Book Co. 代表来沪,欲觅代理。出本馆所翻译书单一纸,意谓不敢信任本馆。余属锡三即往访之,为之解说。

九月十三日　星期五

公司　午后到馆,翰约在第一客室商议迁移事。

是日议到发行所与印刷所,彼此账目分开结单。遇学校同行,发行所素有往来者,其账附发行所往收,否则亦委托发行所代收。会计科留发行所,不移总务处。

发行　周孝怀《虚字使用法》每部加价五分。此五分照七折归账,本馆不收佣金。7/9/17 有回信照办。交罗品洁。

用人　张叔良到西书部接手。

印刷　日本《时事新报》九月二日印刷同业组合登有广告,谓印刷物料暴腾,加价三割。已将该报交翰翁阅看。一面通知鲍先生,一面函告廷桂。

本日《申报》纸货同业亦增价一成,登有告白。

天头 谭仲修校《百子》可印。《唐人选唐诗》可印。《庄子》可印。张叔良离英文部,修改辞典事如何?人、地名词典事。徐乾学《后资治通鉴》可排印。

九月十四日 星期六

收信 伯恒。

公司 本日续商迁移事。议定分庄科汇刘款目事,有四纸交培初。提议余会计科仍迁至总务处,因发行印刷账已各开结单,且与分庄交接不少之故。未决。议定滚存簿上存款,只列总数。另立存款收付簿。出纳科另制存款结存数目表,以备支款可以酌付。

用人 翰翁谓,桂华于图章等不甚留意,(闻余所言)不免疏忽,今交伊支付银钱,恐有未妥。余谓,开支单与付款系分两人。翰谓,桂为出纳科长,另设收支处,任钟。余谓,出纳收支意无别,桂可任会计科长驻发行所,许任副科长办事。桂代表总经理签字。且际此改革之时,须明定责任,即银行支票等,亦须由翰签字,方能支付。翰意未能即决也。

文具 伯恒来信,谓石版已订定三百箱,约定七十日交。翰谓文信拟包该三厂所造之货,全归本馆承买,属余函商京馆。

杂记 万函校不允登本公司各馆为代理在伊广告内。意似图私。余令吴度均、方谷香君前往辩论。归述力胜之语仍多推却。

九月十六日 星期一

收信 昨收伯恒、沅叔、任公。

用人 叔良拟调英文校对严君至西书部。邝不允。

分馆 济馆江伯寅于收款事有弊,将伯恒摘抄乃弟信示翰翁。翰翁批:"发见时可即开除,不必顾及。一切宕款应追,如无力即可不追。"7/9/17 将此意函达伯恒,请其转告乃弟。此信请翰翁阅过。余面询翰翁,谓乾三后进,恐未有此胆力,且亦有为难之处。翰谓,最好在济馆开除。不得已由总馆调回,再行开除。余谓,中秋本节断来不及,只好年终。

编译 约翰教员 C.F.Remer 自编英文《经济学》,已成一半,问邝能否由公司出版。商梦翁,允其照办,给版税壹成。原稿交伯训,托其记注。

蔡鹤颀寄来编译会稿一种,已交郑耀华登册。

西书 伯恒来信,北京大学定购西书订约事,仍属总馆签字。

应酬 昨往访常伯琦未遇。常系教育部派来查核印明年新历事。

九月十七日 星期二

发信 伯恒、黄秀伯。东单三条太平红楼四号。

公司 印刷所建筑事。余请由编译所搭桥通至新屋,俾校对易于接洽。

用人 函伯恒,俞涤烦再留一月,俾完成杏坛图再说。7/9/18 函伯恒,俞涤烦满一月后即停止。

分馆 潮馆伯良信,宋赌输伪造存款,又去年结账有私报事。

吉馆派长春收账人,冒收账。樊春霖信。芜馆账目亦有不实。此前数日事。

印刷 往访葛虞臣、陈润夫,出示陈毓坤信,均言赞成,容商阎道士。余言,可酌加售价,助观中香火。陈言或送书数部。余言前曾商量,送书一部。至虑损失原书,余意惟恐火患,如有此事,可向京观抄补。

文具 致伯恒信,托再查石版制造事。

应酬 约陈润夫、葛虞臣、张少堂在一枝香晚餐。均辞谢。

九月十八日 星期三

收信 黄齐生。

发信 伯恒信、沅叔。

公司 查营业比较表,六个月比去年少二十余万。

仙华拟就布置发行所两种办法。余意应由王、郭两君斟酌。总务处仅陈述意见备采。又总务处办事处设在何地,应决定。余意,仙华所拟在今交通科处,亦无不可。送翰翁核定。

翰约俞志贤、鲍咸亨、许允章、汪仲谷、谢宾来、陈炳泉、张文炳、顾晓舟诸人,发表总务处、发行所新章。并请各将现在本管事务,对于新章,陈述意见。

用人 周锡三来言,拟预借花红三百元。云已借过三百元。余云,此甚为难。锡要求甚迫,并云此系充抵加薪之用。本可按月支付,现在支取,已将利息吃亏。余云,既称花红,只能按照花红办法。且去年花红,即系今年分派花红始行付给。若谓此系充抵薪水,则此中确有一部分花红在内。人皆有花红,岂公可独无花红。不过他人须有盈余,公则无盈余亦可派花红耳。始无言。临行又言,今年且勿论,明年必须另议。余云,姑待明年再说。

财政 昨日张桂华开具现办事件清单。余附意见交叔通,并告翰翁签字事,尚须斟酌,是否将过若干以上者,由董事签字。

分馆 查阅今年营业比较表,衡州月不过数百元。告翰,难支持,断难再延。许祖谦要赴京讨账,应阻。

编译 向沅叔借《唐人选唐诗》校本,并托询孝先《雪庵字要》。

印刷 陈安生抄送殖边总行来信,由剑丞拟复。

杂记 本日送波斯教残经抄本与子培,并索还《茗斋集》及敦煌残经。复信夹入本页内。

九月十九日　星期四

收信 沅叔。

分馆 告培初,许祖谦不准赴京馆。知已回。

印刷 访陈安生,面递复信。安谓,尽可推在彼处,伊必维持,必两造彼此辨明解决,方有办法。

西书 叔良交来信一件,言接收繁杂,请添人。交翰、仙同阅。

应酬 往访张少堂、李振唐,住乾记弄新昌源栈内。

天头 托鲍先生换汉钞十元,已收回。

九月二十日　星期五

发信 沅叔。

公司 赴编译所,查新在北京所买之书。

发行 代美国国立图书馆施永高君付明本《本草》价六十四元。周锡三告余,施君前已声明,我处代付款,可以酌加回佣。

编译 邝交星如郎所译《中国寓言》有两处错误:一、苛政猛于虎,吾勇误认为甥舅之舅。二、冯妇逐虎,望见冯妇,误指为虎。已告梦翁。

印刷 催包文德设法于本月廿九赶出河南公债票。包允开通夜工,一面多备补票,大约不过差一二日云。余已告瑾怀。

杂记 余报告,此次到京购买旧书约四千余元,与翰翁。是日《欧阳文忠集》寄到,计值千三百元。并声明系备《四部举要》影印之用。将原发票交翰阅看。翰交还,并复一纸,请余做主。

九月廿一日 星期六

发信 伯恒、咸昌。

公司 午后约翰翁商预备迁移事。

一、张桂华之位置,任会计科长,恐以为仅拥虚名,须稍表倚重之意。商定用总公司收付签字处签字专员。

二、营业部仍作为印刷所之分设机关。同时受总务处之节制拟加直接管辖。瑾怀充业务科印刷股股长。

三、先将发行所与总务处划开,以便发行所分拨用人。其隶属于总务处原有机关者,仍一律照旧办事,俟迁后逐暂按新制实行。

四、发行所账务处,翰拟派骆友棠。须商王莲溪。

五、邹履信留发行所,顾复行归总务处。翰意令赴编译所办事半日。

六、出纳科添派帮手,拟就四届补习生中,选能账识看洋、担保确实者拨入。

七、钱庄支票向由钟景莘开,银行支票向由张桂华开。余以为不妥。翰亦谓然。拟一律归出纳科开,桂华签字盖章。此层尚须斟酌。

分馆 厦门已裁分馆经理金少安、账房王耕山来见。余与翰翁同见,并约培初到谈。余先问爪哇欠账二千余元。翰亦追问。据金言,系民国四年之账,自五年后即未有消息。其人姓林名铁魂,实系诳骗。又问泗水特约。据云已付二千元,尚有账三千。又有保单带来。余属交培初。金云,此外尚有保单均交收账人。余云此亦不合。又云,泗水特约已托新加坡分馆接洽,未报告总馆。余属培初即函询秦君。余复述厦馆开创之意,因金君与高颖生意见不协,以为另设分馆,必有进步。今竟如此。培谓实亏八千。余谓甚为惋惜。翰已因他事离席。

余属金、王赶将经手事件交与培初,一面属培初先行轧账。

纸件 包文德来告,汉口中亚印书局郝继贞来买铅字。言图书集成公司货件损坏、遗失甚多,汉口无人投标。即发急电告鲍,请查明慎重定价。并发快信,如果无人投标,可用三名投标出廉价购之。

应酬 杨翼之丁母忧,与瑾怀合送呢幛。

九月廿三日 星期一

收信 沅叔。

发信 伯恒。

公司 午后二时半,翰约叔通及余在五号室会议迁移事。

一、支票等概由出纳科开,由桂华签字。如桂华告假时,付内支款等可由发行所长代。其钱庄支票等,仍一律由桂华盖章签字。

二、总务处办事时间改为自午前九时起至午后五时半止。

三、饭食概送五元,由各人自备。

四、出纳科不用图章。其用回单簿送银来者,不能不用图章。若交桂华盖章,而桂华必须另行点钱,否则无凭。

与仙华、叔良商定,进货科英文标 Purchasing Department。股称 Section。股长称 Assistant manager。告翰翁,亦无异言。

西书部定单由股长签字。但附一缘由,送科长核准。先与翰言,零买一二本由股长做主。后叔良言,积少成多,亦不妥。

用人 陈汉民告仙华,言公司允伊月薪百元,每月花红廿元,凑成一百廿元之数。仙以问余。余未知。告翰。翰谓似有此,容查。梅生又言,陈问彼现有事,公司如不用,彼拟即告辞。余意立辞退。翰谓先问叔良、仙华。7/9/21 晚谈。询仙华、叔良,对于汉民均以为不甚相宜。

财政 梦翁介绍,刘雅扶三、四年公债十三万元,照票面对折,押六万五千元。按月八厘半息,半年为期。翰主张不必开董事会,由后追认。

编译 袁观澜交到《百衲通鉴》前半部,计五十五本。本日送交江伯训,并函告请存入印刷所库中,需用时或五本十本一取,免意外致此书不能出版。信稿夹本页内。

纸件 前日致包文德信,劝勿售铅皮,免致后来不足于用。据云无碍。来信夹存本页之内。

应酬 昨访缪小山、恽孟乐、俞恪士、寿臣。晚约袁观澜、黎籽训、陆训沂、沈信卿、贾季英、黄任之在一枝香小酌。均未到。到者李振唐、熊沌如、周、吴、蔡。

杂记 缪小山借阅宋刻《五朝名臣言行录》八本。本日送去。7/10/9收还。

寄伯恒信,托办数事:一、王叔鲁借帖已否借到。二、图书馆借影规则已否抄到。三、《稻竿经听疏》已辑成,可借照。缩照比抄校费就昂。四、定州王氏之书有无回音。五、文友堂配到《灵棋经》,乞代索。

文翰阁罗仙舫有宋刻《通鉴目录》一部。李振唐介绍,童弼臣往商借阅。

地边 傅沅叔还二百七十一元一角二分。系大生崇明分厂戊午利息。

九月廿四日　星期二

收信 沅叔。

发信 沅叔。寄还崇明大生分厂息摺二件,交分庄事务处。

用人 梦意聘用陈邃生。余意专任编改算术书,月薪与寿孝天相等。已复梦。

财政 刘雅扶以三年公债票共十二万八千元来押银四万七千有零,合票面五折,要求合成整数。商翰翁,允准由蔡君洁平作保。由翰与立契,派张桂华、郭梅生与之点票。交梅生暂行收存。蔡名良坦,梦函所述也。

分馆 金少安来言,且备信,谓欠九百余元,内有三百余元系送书及无着之账,又六百余元系伊妻病时医药费。翰翁去年曾慰留,允有津贴之语。余告以请交翰翁,余未接洽。余问及王耕三欠账。据称原来不欠,后临走往钱庄取存款千余元。问知已用去,谓因折臂治疗费。又云公司允每年贴花红三百元云。

编译 吴研因编辑历史费,以二十二个月计,款先支四个月。余意可允。惟对于修改意见多偏执,虑后来争执,应先商明。本日函复梦旦、伯俞。后梦旦两次来信,云已与伯俞商过,伯俞允任。

科学会愿以所有版权让归于我,梦旦查版税书,约每年售一万五千元,版税一成,千五百元。寄售书每年约二千元,四五折归账,计九百元。全年两共二千四百元。如以一万元购入,五年中销数不减,可收回本息。余意可不购。

印刷 访白云观道人阎雪筠,未遇。将陈毓坤信留下。施永高言,如印《道藏》,美国约可销数部。

应酬 李振唐约在古渝轩晚饭。

九月廿五日　星期三

收信 伯恒、乾三。

公司 约张桂华、钟景莘在一号客室。翰、叔均在座。桂华于各种办法不甚明晰,辩论良久,始无异言。

约瑾怀,告以营业部现在位置,并兼办广告事。又托发行所王君随时照料。

财政 代美人施永高垫付书款事,已令叔良去信问明办法,拟加一成。商翰翁,翰翁谓可办。并发知照单与张、钟、许。

分馆 厦门分馆金少安来信,乞宽减宕款。余请翰酌办。至王某,余主用民事诉讼。翰无言。

港馆邱培枚乞假归,要请三个月。余谓已过阳历新年可改为两月。余主张由粤馆派人,翰意主派吴渔荃去。即商瑾怀,瑾怀亦可允。

编译 梦旦交来估印文选清单,初印一千部。初印售完,足敷手续及拆息。再版有四分五厘息,除净,得二分五。余谓可印。

《百衲通鉴》梦旦查示。售出:料半八二,现印一百廿。连史五五,现印一百四十。毛边七五,现印一百四十。共售出二一二,现印四百。

本日函告沅叔。

印刷 当翰卿前告巧生,哈尔滨俄人印件必须注意。如误期,以后必有纠葛,竟起诉亦未可知。翰亦切属当心。

应酬 晚访江西来沪之熊、蔡、周、吴四君。

施永高偕美国署理领事 Nelson T. Johnson 来访。

九月廿六日　星期四

发信　伯恒、沅叔。

用人　闻厦门金、王带一小学生来。事前并未通知,已留在发行所。

分馆　翰告,韦傅卿告假省亲,拟以沈子颐暂代。

印刷　包文德面告,河南公债票可交,所差者补错。已告瑾怀矣。

应酬　刘翰怡约在家晚饭。辞。

杂记　函授学校托售习外国语留声机器。陈培初谓不能分期收款。吴度均以原信译信送来阅看。批"照陈培翁所虑办理。佣金亦请陈君酌定"。

天头　到编译所。

九月廿七日　星期五

发信　伯恒、沅叔。

发行　得股东陈启芳君信,谓《中国形势一览图》外间小店有减价售卖者。交仙华阅看。后查股东名簿,并无此人。

财政　施水高来商,代垫款连保险费在内,张叔良要求给一成五。渠以问余。余谓再商。张后告叔良,叔良云伊意愿出。

分馆　翰来信,代金少安说项。谓控追可怜。余约翰至五号客室,告以余前日所言系指王耕三,非指金。金既报告与君,又有复信,准其宕欠,曾言明请君做主。惟王某情节可恨,故以民事起诉。起诉之后,有人保出,可以酌量通融。翰谓未必能了。余言此等人,到此田地,固属可怜,然平日不知谨慎,以致于此,未有不甚困苦者。如须起诉,须函告知律师,从速布置。否则必以一逃了事。翰问金如何。余告断难留用。欠款或酌减,全免亦不能。翰云再思。

编译　在来青阁,见有会文堂石印胡刻文选。系割裱,半页十三行,定价四元,同行六折。已告伯训,请梦再酌。

印刷　慈善彩票代表人朱葆三、陆伯鸿等有信来言,有重码、误码。将来如有重码,均得彩者,应由本馆担任。余告翰,印厂工程近来甚难说话。吴、秦两人均不能切实求进步,不免自满。至于朱、陆之信,应请律师代为拟复。

杂记　伯恒来信,谓天华锦三书,沅叔见之,谓殊不贵。即函告伯恒,能减固佳,否则二百八十元亦购下可也。海盐通俗图书馆来购书,教育科徐问粹意有所求,约三十余元。告仙华由余捐送。

九月廿八日　星期六

发信　伯恒。

用人　周锡三因取还自己书籍售与公司之价,计卅余元,因张桂华不允签字,大起冲突。周竟破口骂张。余慰劝张勿与此无礼之人校。俟邝归告知。

分馆　翰来告,顾仲甫自尽,公司除给殓运费三百数十元,又宕欠三百余元,拟豁免。余谓,翰翁意如此,即照办。陈培初查告。金少安宕欠一千○○三元六角八分。住嘉兴许家埭周律师宅内。

王耕三宕欠一千二百八十六元九四二。住车站对过庆祥里左近外国衣服店楼上。

编译　《回回药方》残抄本存总目卷下一册,卷十二、卅、卅四,三册。每半页十五行,行卅字,共二百四十三页。

元刊《算法》,蝶装,一册全。每半页十行廿字,共五十七页。在北京图书馆之书,可以照来印入《秘笈》。又有《高昌译语》,抄本,每半页四名词对照译音解释。一册恐不全。共一百页。

又《稗史集传》,抄甚工,每半页十行,行十八字,一册全。

纸件　杭君随鲍君赴汉,本日回。交到投标呈稿一件,即交翰翁,并声明请密存。又言内中措词有过琐处,恐被驳。

天头　明日总务处午后检点各物。

九月三十日　星期一

收信　伯恒。廿九。

发信　伯恒、沅叔。商减借影古书费。

公司　今日为总务处迁移后第一日办事。告仙华,令向收发处调用一人至总务处。

用人　罗叔文向津馆告。总馆未知。到发行所查知系仙华拟调在发行所之人。甫到数日,尚未报告其在会计科者,则仙华令许笃斋代为考核也。仙不欲以林文澜办批发装箱处。翰仍欲派往,忍至年终再除。张隽人调发行所。翰亦不愿。

印刷 慈善会彩票,翰属炳铨往商。翰因事先赴发行所,属余与叔通候炳铨归商酌。炳来言,已与该会主办人接洽,检出八张,属本馆派人往数,向经售处追究。并云,该主办人拟以洋号码为准。余索取票样一阅,乃每号十条,号码系奇偶分印,其误码则奇为一数,偶为一数。设奇数得彩,同在一张,不能谓一半中彩,一半无彩。则其他一张偶数相同者,亦必以此相争。是一张必有两彩。吴亦谓然,谓只可冒险。

余谓出入太大,以后万不可贪小失大。明日派人往查,号码须派上等有知识之人且可靠者,宁多出数元。

纸件 翰询,美纸经国家立限,凡 31×43 之纸,必须六十三磅,再薄不能。然以比日本五十磅五十三磅之纸为价尤廉,但恐有不能不用薄纸者,此中颇有关系。在日本已酌定薄纸若干,现应将美国定数决定。余言所虑极是,可否俟梦翁回来再定。翰谓难再迟。余谓此亦难于精确,核略言之,大约厚纸七成,薄纸三成。翰亦谓然。

十月一日　星期二

公司 开三所会议。请同人移至总务处,并请翰翁主议。

用人 鲍咸亨来告,周锡三在外纠合五万元,自办西书仪器等。并通信各欧美书店,谓本公司翻书云云。翰交叔通示余。余告翰,能出重金招原报告人充见证,并觅凭证起诉。一面再函告各书店,向索该件。但此信须请丁榕起稿。余并告翰,前月九日与公商定,照现在待遇不与减少之后,即与接洽。渠要求公司须正式出信。余未允,仅允与梦翁备函声明,留伊在编译所约期一年。翰云,锡三前日与桂华冲突,公司同人视为重大。余云,余意候邝先生回,问伊办法。尊意应如何办理,即请决定。

编译 童季通编上海分段地图,不合式。编地名表,又无秩序。本日会议余主张严诘。

印刷 陈安生送来京殖边总行信。礼拜日来。由叔翁拟复,并将护照及印批呈阅。由余面交。

纸件 昨日邵武人何乾立君来访。（本馆去年向伊购纸千件，今年又续定千件。）告以连史太薄，且渗墨。毛边又太厚而粗。能另造一坚韧色黄不渗墨之纸否。如能造成，则印书更便。渠云，自己有槽可以试办。又劝伊派人赴日本学制纸新法。渠有胞弟在福州法政学校，拟令其改学造纸。据言渠自有槽，邵武境内约一百余槽，光潭县内陈坊亦属。光潭约有二百槽云。

十月二日　星期三

公司 翰约至客室，叔通亦到，商总务处各科派人事。余谓须会议。翰似未知。又言，进货科须用一人，探听物价。余谓此人甚难。

又商业事务科，翰意拟仍令俞君任科长。余谓断不胜任。翰又云，可否将其余各股事删去。叔云章程所原有，不过从前未办。翰于午后言，叔良有一条陈，论办事情形应早决定。近日因锡三事，人言纷纷。余问纷纷何事。翰谓因其将组织西书公司。余问，是否叔良害怕。翰未明答。余言，应先将各种人员派定，方能将各事动手。至今数日，尚未发表，余意不可再缓。

翰又言，总务处各事，最好分任。余谓，诸事各不做主，势必无从办。但各自负责，却有不能。叔亦云，分办不能，但可注重某部，其寻常事件可自决行。认为应会议者，即行会议决定。

印刷 翰言，以后彩票一概不印。余云，营业事不能因为难不做。余意钞票事更危险，关系更大。翰不谓然。余辩论良久。余又言，钞票之事，余素不欲承印，不过多数主张，且视为重要营业，余未便独异。彩票性质大略相同。吴炳铨言，利息尚好，此时似未便拒却，只须于合同内声明，号码每张不同，难免万一之误，应由用主复查。

约丁榕来，谈慈善救济会券事。丁云，据合同未必定要赔偿。但即行顶驳，太伤感情。业已查过无碍。不妨承认，但措词须有伸缩之地。又续印于合同上补加一条。丁云，不妥。合同本未承认此事。余谓留为将来辩论地步。丁云然。商定第三次姑仍照印，但交货时去一信声明会中应复查，并将复查一事通告各机关。嗣后凡遇此有号码之件，概须于合同上载明，否则备信声明。

文具 伯恒来调查石版制造厂情形一纸。本日交文信。

应酬 往访章行严于大东旅社,未遇。午后宋木林来,未见。往送行见之。谈及海通图书馆及时巫书局账,均太老,难收。

杂记 施君永高来,交到复张叔良一封,为收垫利息及寄书事。又一封致余,为代科仑比亚大学图书馆买书事。又博古斋书账一单、来青阁一单、同文图书馆两单、忠厚书庄一单、蟫隐庐第二次所购一单,共二千四百六十五元。另有证类本草六十四元。并云佣金事,可再商。

施今晚即行,偕至古书流通处,将所购书说定,遂别去。临行时,并询在京购书能否代付。余问若干。渠云约二三千元。余允之。十月通信在北京美使馆,十一月在东京美大使馆,以后未定。约明年正月起程回国。

天头 稽核科交来分股办法。余批注意见,交翰复核。

十月三日　星期四

收信 童弼臣、二日事。傅沅叔、三十日两次。伯恒。

发信 弼臣、两次,二日。伯恒。

公司 翰约余及叔通在会议室商议派人分股事。翰拟令余兼任业务科。余云恐精力不及,惟此事甚有关系,容细思。

又约王莲溪来,商定稽核科派人事。并招新生办轧销事。派人赴孤儿院考选。

交通科由仲谷拟出分股事宜。余函请代拟分职。莲溪言,好账房太少,亟须觅人。余云,闻顾晓舟言,今年考账房取列在前者均不来。余意薪水太薄,恐不足得高材。

用人 莲溪在会议室言,新考账房有一人系伊亲戚。旧账房甚为恫吓,谓瞌睡须罚洋五角,又将极难之事逼令赶办,故畏难而退,云云。

分馆 陈祝三回,病咳久,似失音,劝其回家静养。昨日事。

文具 伯俞交来徐卓呆所上推广活动影片事。已交翰翁。

7/10/7 鲍先生交还,附复信。又交叔翁。

杂记 施永高属垫书价事,将昨日所交信及发票交叔良。又致信与伯恒,告知施在京购书,欲本馆垫洋二三千元。

天头 查滚存。通知印件凡用号码者,订合同或交货时必须声明难免号码错误,应由用主复查。 图京印营四处。

十月四日 星期五

发信 沅叔。

公司 本日会议。 告叔良请任西书股兼中、东书事。叔良谓,事可办,但须添人。

用人 金少安、王耕山均议定斥退。

邝君已回,约与谈。告知锡三前日与桂华冲突,且谩骂,出语太重。邝亦甚非之。并言聂云台拟出资令锡三开西书店。锡三拟辞此就彼。约今夕细谈。余意,托邝向张道歉。邝意以为当行。余遂约周锡三到四号客室,先责其对张之非,劝其道歉。渠不允。并问另就他事。锡言,聂约伊出办西书。伊意以为在此终难安稳,宁可不吃饭而吃粥。余谓,余亦不能阻止,此系个人之权。但余意甚为可惜。锡言,已发出许多信,甚对不住。余问汝意如何。锡答至迟十一月告辞。

印刷 赵竹君子译有《帝京春梦记》,托估印价及拟售价。本日交去,信稿送伯训。

杂记 为施永高购书事,致信与忠厚书庄、博古斋、古书流通处、同文图书馆、来青阁。

十月五日 星期六

公司 本日会议。

发行 告仙华,发行所有悬挂之广告,用经理之名义者,可以易去、毋庸客气。 又汉文文牍可即添人。

用人 告翰,锡昨言已就聂云台西书公司事。余言不能阻止,但甚可惜。锡言已发信至外洋,并言拟下月辞退。余意此系违犯戒约,应斥退。拟商律师以法律与争。并告翰,伊前来借花红三百元。(据九月十八日所记告之)余未允。此时斥退,一恐已允一年之留用、二恐九个月之花红。余意不能再给。梦翁意,谓宜从和平。翰言,此时亦未有凭据,能斥退较好。但梦言和平自较稳。余云,姑与丁榕商议再说。

余访丁告以前事。丁云,戒告仅仅通告。伊可讲未见,又未与公司损失。难起诉。花红事恐须到底给至辞退之日。又言,另营业事未有凭据,须邝、张(叔良)作证。

编译 梦言,王中丹所编《日用百科全书》尚有十六本未发,已发三十余本,约三礼拜可发完。

印刷 于瑾翁交来推广印刷条议。交叔翁。剑承拟稿复殖边总行。

文具 告文信,查三、四年、五年石版进价。又五、六、七年销数。又京、津、保、汴、晋各馆配货数。

杂记 拟具告京馆代施永高垫购书价,并代装运详细办法,并致沪各书店信。稿交分庄科寄京。

十月七日　星期一

发信 伯恒、宝田。

公司 陈培初拟程润之任配货股。余意未妥。告翰,拟以符兼。又告翰,顾晓舟应派多事。翰云,稽核业务可兼任。顾复生勿任闲散。翰云,交通庶务分庄可兼派。　又告翰,留发行各部办事,时间应酌定。

用人 函告翰,仙华拟不扣假,亦不补例假薪。翰误认将发行所假期全改。疏解良久,始知专指仙华言。谓王、郭可以优待。余谓仙华车资可由公司支付。瑾怀亦然。翰踌躇终未决。明日再商。

分馆 前梁宝田赴澳办翻版事,已解决。又同时粤寓被盗,本日去信奖慰。信送翰阅过。留稿。

编译 函梦旦,催王中丹速赶《日用百科全书》,将未发十六册削肤存液,并将目录先行登报。

杂记 寄施永高信。由鲍济川起稿,稿存鲍处。

天头 催刘裘卿《南征录》。

十月八日　星期二

收信　伯恒信。

公司　会议翰未到。潮州经理事未提。　　翰是日起病,未到馆。

昨日鲍告,仪器部早散,谓系得总务处通知。今晨查知。翰昨有信致文信,由铭勋起稿,于会议时说明。鲍谓,前经议定照印刷所规则,令改早。事殊不便,仍议斡旋,由叔翁拟稿。午后铭勋往候翰病。归言取销亦无不可。余谓,取销不可,只得斡旋。遂缮发。

交通科办英文信三件,交铭起稿,鲍改正。邝谓两件不妥,且辗转翻译甚耽延。傍晚商仙华,拟将英文信属于问价、索样,拨归发行所。仙华允之。

用人　邝言修改词典需人,有约翰旧生在美国毕业,沈姓名宝善,字素存。今在约翰教授翻译,月薪一百五十元,可延继张叔良之任。余云,可索文字来一看。7/10/18 交来译美总统威尔逊演说,竟不能句读,文笔过于拘滞,虚字亦未妥顺,不能用。

财政　赴中国图书公司阅账。现无滚存,只有收付流水。即由流水过入清册,每日将所收解至公司。又门市款,有付收条者,有不者。

分馆　叔言,培初问王耕三如何处置,叔未答。余询培初,谓王病已较痊。培亦问余。余云甚难。培谓非将欠款交清,难及他事。余含糊答之。

印刷　于瑾翁交到整理印刷意见书三纸及各证佐。

7/10/11 交铭勋,呈翰翁。

十月九日　星期三

公司　到稽核科看轧销办法。余意先将各馆轧销簿标明某馆某月,每叶加印,印好即行折订。凡叶数同号者汇订一册,其先后以月分为纲。同月者各馆先后以总销簿为序,可以将一种书之销数一气呵成,较之现在办法,可省弥多翻覆之劳。王、盛均以为然。后同孙来,言总销簿次序与轧销簿不同,彼此错杂,检查不易,且与前数年亦不符,将来检查亦不对简。综计不过三个月已做者,不如废去另制如旧式之簿,以归一律。余允之。

王家闸养鸡场何拯华来信,为买地事。信交叔翁。

发行 晤仙华,谈伯恒本月四日信,为北京大学配书事。最好由京馆经手,分庄付京馆账。另标明北京大学一户由京馆负收款责任。由仙华经商。余意该合同只有一年,无论如何吃亏,不必争执,总令京馆不起误会为是。

财政 告笃斋,每日送滚存簿至总务处。笃言存款归驻外会计科过清账。余言不便。原议驻外科只结总数,如一时不能遽致,可商令当晚结出,次早即送本处。

又告笃,存折须改照银行式另制。笃言明年起。余言亦可,但须早制。

分馆 午前函问翰翁病,并问王耕三病较好,如何处置。又送去致出纳科为开支票签字事。回信仅于信封外叙数字,谓钟信已阅过,送还。封内只有钟信,并无他字。余即致丁榕一信,请其预备一切,再由翰取决,如不办,即掣回。

编译 梦主张仿宋铅字排版宜加贵。余意只可略高,不宜过昂,恐无生意。但只印名片及书籍,不印零件。

应酬 访陈小庄、胡玉孙于孟渊旅社。

十月十一日　星期五

发信 沅叔。

公司 本日会议。

用人 童季通代金佑之要求加薪,并贴假期薪水、川资。并为拟增为寄日旅费,每月加日币十五元。信交铭勋。

告顾晓舟,账房押柜本日会议可以通融。前考各人有以押柜为难,不能来者,其人如可用,可即函招到馆试用。顾查有鲍姓一人,即通函告知。告邝君,锡三已决意自辞,任其离馆。邝又言,锡自言对于函授事决不破坏,可延律师。余与梦商,谓彼此可以见信,断无须此。邝又言,锡意举周由廑接管函授事。余告邝,汝意谓妥即允之。邝谓可行。

分馆 龙江分馆姚慰萱回,告以翰翁病,俟到公司后再来见。住上海旅馆。

纸件 前向美定纸二百吨,合美金八万八千元。电索向预付四万元,六厘息。否则预付六十日期票。迪民来言,翰谓预付二万何如。余谓,彼未必允,又多耽阁,彼固出息,不如照付。即于译电上批"照前一条办法"。

又美国金山墨公司电询,有墨灰二吨。已问翰、咸,可照购。余又问,咸昌谓可买。以上两事均余签字。

十月十二日　星期六

收信　童弼臣、伯恒。

发信　伯恒、沅叔。又电。

用人　王耕三欠款,陈培初来说,沈仲芳可担保。然沈来信太空,退回。邝来,锡拟数日内即辞,将函授事件赶紧交替。并询花红如何给付。余谓,我一人意应给至告退之日为止。但须商翰翁。

财政　到出纳科查公司现款。

存银行钱庄定期者廿五万。　存外国银行往来者,照银行息银一四九九五两、洋五五○○元。　存本国银行,照银行息银三三九○○两、洋二六三○○元。存本国银行,照钱庄息一五二八八○两。　存钱庄往来者八一一七二○两。

共有银廿八万三千五百两,又廿五万。　洋八千一百元。

分馆　封芸如自南昌回,告以仍回会计科办事。渠云告假回海宁数日。允之。

查杭州中国银行印件误寄南京事,告符、张另拟寄货知照办法。并告戒胡鹤生。

编译　朱企云函,商前承译《熟语大辞典》所约增补诸人,均陆续退回,已又病目,欲但译日本原书。其增补一事作罢。当交编译所查复。据陈、黄两君之意,可将日本原书译完先印。以后再行增补,作为续编。7/10/13 午后在发行晤见企云。渠意,仅译原书,伊固所愿,但不自行增补,此书不见特色。自己目力实有不及,不得已商请解约。余告以再商。

印刷　万国函授学校力胜来信,谓本馆估计印件答复太迟,估价亦贵。

纸件　陈赧民送来购买胶版石版墨定货单。又商业储蓄银行、广东银行各买美金二万元信。(即预付利达洋买纸之款)由余签字。

系定购新闻纸二万令,每令美金四元四角。

西书　叔良交到外洋同业通信,又定货单若干纸,均签字存底,盖鞠字印。

十月十四日　星期一

公司　因明日有总务处会议及董事会会议,临时将三所会议改于今日举行。

财政　施永高复信,允垫付书价加费一二五。已允之,属叔良复信。并知照会计科,可约培初、笃斋、叔良商定一切交接手续。

分馆　俞　　来云,闻讣回沪,现丧事粗就。因傅卿须回为母做寿,即日返汉替傅卿。俟傅卿事毕复去,再回沪开吊。

印刷　鲍咸昌兄告知,英领事又以本馆代印同济学报为不合。当告鲍,谓该校现由我政府经管,校长阮尚介系由政府委派,该报由阮君交来承印。本馆故认为可以承印之件。

纸件　福伯士定夫士纸。

26 半×33 四十四磅　二千令。

又　五十六磅　二百令。

每百磅廿四元五角美金,上海交货。

又信纸 22×34　廿六磅　四百令。

每百磅廿八元美金,纽约交货。　陈迪民交来定单,由余签字。

应酬　昨访经子渊、陈柏园、叶墨君、孔竞存、朱剑凡、狄　　、方　均未遇。

十月十五日　星期二

收信　傅沅叔。

用人　封芸如调会科,在南昌薪水卅八元,改为卅元。姚慰萱调会科,在龙江卅七元,改为廿六元。

分馆　曹耕三来,带到傅沅叔所借《唐人选唐诗》十四册。

告许、陈、顾三人,请筹画常亏及久亏各馆以后如何处置。余意,各馆之亏非必尽由人事。即由人事者,亦非必现任在职之人。

若永无盈余之望,以后恐无人愿任其事。

编译　朱企云编译《英华熟语词典》事,与慎侯商量。拟先令在馆学生据《英文大辞典》选补一二百条。如尚有用,即请企云校改,并校排样,再议酬报。

纸件　Defiance Mfg.Co.有代表来。纽约定文具绘图器等共美金六百五十三元二角。纽约交货。迪民交来，文信已签字，由余签发。7/10/17 由上海商业储蓄银行出具保证信，计美金七百元。

天头　催包文信查石版销数。　　已查滚存簿。

十月十六日　星期三

收信　伯恒。

公司　顾复生交来推广新书意见。送汪仲翁阅看。十七日再送仙华。

用人　赵竹君荐伊族侄婿费开保，三十五岁，向在钱业出身，又在银行办事，有事，身家殷实，可交押柜，人亦诚实。允其随时来馆考验。竹询薪水几何。余告大约二十至三十之谱，如派出外可稍增。已通知会计科。

分馆　万亮卿回，将彭王案各件俱带回。因与韦傅卿有意见故。

印刷　昨陈润夫来访未遇。今日午前十一钟往访，询《道藏》事。据称道人正忙忏事，尚未复。旋言白云观现正募捐重修，可否捐助若干，即为护法，更易说话。随出缘簿示。余答以原本有此意。陈云，不必与借经事并谈。余云亦可。陈云并不要求若干，可以酌量。余云当商定再复。7/10/19 来信，并附到白云观复信一件。

纸件　鲍言，拟购买两色机器两架，每架约美金九千元。到沪之价。余赞成。

十月十七日　星期四

财政　本日金价为五先令二便士。迪民来言，翰属再买二三万。已告商业储蓄银行，如美金一百廿四元即可购。余与叔、梦商，拟加购。梦意购十万或六万。明日再定。

分馆　属顾、陈详查亏馆历年自元年起营业、存货、退货、亏数、开支等列表送阅。7/10/19 交来，仍未备。属朱景张补完。

高颖生因本省公众事入京，告假过沪，次日即行。言福州恐有险，日本人如保兵险，可保否。余云可保。又言厦门特约所续取货，未付款，已函催。以上两事可由总务处函告陈敬丞。7/10/19 知照分庄科。

纸件 请正金担保纽约巴纯纸厂来纸十八件。 本日签字。

天头 催自来水、电气。

十月十八日 星期五

收信 沅叔、伯恒。

发信 沅叔、伯恒。

公司 本日会议。 鲍主营业部调两三人到印刷所。王主缩小范围,改易名称。

用人 会议时,谈及程雪门事。余谓翰翁不宜偏袒。程前在总馆舞弊,用之梧馆,已属格外周全。请鲍转告翰。

财政 金价又长,本日购美金为一百十九元,年终止。

分馆 新加坡李和卿来信,讦告秦乐钧营私任气。拟派顾赓吾往查,并商莲溪。莲云须带一账房。余云,须预备更调。莲举封芸如。余允之。

京馆要求代垫书价有装箱等事,须为津贴。复信允之。云若干,商定再复。 7/10/19 告许笃斋,拟给三分之一。许谓二厘半(即五分之一)已足。余出知照单与分庄科。

编译 沅叔函询,徐东海有诗稿二册,本馆可否印行。余允之,并告梦。

邝君送来岭南学校教员格来毕尔所编英文读本三册,问本馆愿否购买。邝谓方法甚佳,拟给千元。后余在发行所晤见,谈及告以先索取全稿,否则还价不能确当。邝允之。

应酬 晚约教育会联合会代表及本地学界在东亚酒馆晚宴。到者四十余人。余演说,略谓前我之新教育现已旧,不可误采。种因宜慎。陈筱庄答,教育家与出版家宜联结。仙华说,教育宜求应用。黄任之宜出高尚书,并劝学界提倡。朱剑帆说,改良国民思想。金湘帆说,粤省教育退步由于兵匪。沈信卿说本馆宜多出高尚书,略牺牲营业主义。余于任之说及信卿说后,均答本馆已印京大学及尚志学会出版高尚之书,仍盼各省学界有新著述,本馆可以发行。后蒋梦麟说,注重精神教育。张叔良谈,高尚之书出版不易,现贩西书以资补助。时已十句半钟,遂散。

十月十九日　星期六

发信　伯恒。

公司　约王、盛商定稽核科表式及轧销办法。并属往孤儿院考验新生。

铭勋交来支给薪水及津贴饭食、车资事宜一单。余即批注,符、顾、包三人车资停给。

财政　陈迪民来说,今日买美金,至本年底系一百廿元。令买二万。后议定,每百两一百二十元〇二角五。

分馆　金少安来信,愿缴二百元销账。余于来信上批注,再缴壹百元,准其销账。

梧州分馆账房陈君告假,调董立基往代,事毕再赴广回本任。董言月底葬父,须十月初旬方能起程。已允之。

莲溪建议,董立基可调贵阳分馆经理。另派一好账房去。余谓再商。

编译　知照谢燕堂,沅叔托印东洋皮纸十部,本馆亦托十部,用同样纸。

印刷　代印同济纠葛事,昨晤阮尚介。云已托陈安生函达英领解释。余告鲍、梦,恐愈益误会。由余函告安生,暂缓致英领函。

7/10/21 阮君来信,廿二日由剑丞作复。

文具　包文信交来美、日、京石版价比较及历年销数表。交叔翁。

应酬　本日约教育会各省代表参观本厂,在愉园照相。

十月廿一日　星期一

收信　伯恒、施永高。

发信　廷桂。

公司　仪器部有信来,未具名,缕述该部腐败之事。

分馆　秦乐钧来信,讦告李和卿。

翰告铭勋,属拨廷桂津贴(今年九百元),先给半年。因翰出门及迁移总务处偶忘,并函达廷桂道歉。补三个月,照同人活存八厘息,加贴八元八角八分。余拟信留稿。7/10/28 有回信,交任心白。宋少轩有信来,诋何伯良。

编译　与谢燕堂商定罩印日本皮纸《衲鉴》办法。渠有办法及估价单交来。原拟另落,后太费,改用罩印法,可省三百元。

印刷 昨午约仙华在寓细谈印刷所人少无组织,多错误,不得不用营业部以谋对外。并和缓主顾与印厂之感情,且可设法推广。不如此恐生意愈益减缩。以是之故,恐营业部不能不留。

纸件 陈迪民交致上海储蓄银行保款信,系美金三万元,付利达洋行。据称系7/8/18日定新闻纸一万五千令,每令美金四元整。由余签字。

应酬 昨约陈小庄、胡玉荪、梁载之、李竹忱在寓午饭。伯俞、仙华作陪。晨到振华旅馆访安徽代表赵纶士、钟梓琴。孙筱初已行。浙江经子渊、山东许德一、郭次璋、黑龙江刘薇伯。均未遇。

晚到惠中访奉天代表梁友松、石蕴斋。见。孙馁舞出门未遇。上海旅馆访河南王炎青、张致祥,未遇。又至大新旅馆,访吉林王伯康、韩进青,晤谈有顷。并晤牛君。

杂记 吉林王伯康言,磐石县境产笔铅甚富。余请其归后寄去少许。

十月廿二日　星期二

公司 稽核科交营业开销比较表。

七年八月底止营业。　总馆一一〇四八八九元。

分馆一三〇一一五七元。

六年　总馆　一〇四五四七三元。　　分馆　一五三九四八七元。总馆比去年增五万六四一六元。分馆减二三万八三二四元。总减一八一九〇八元。

七年七月底开消。总馆三八九八〇九元。　分馆二三八二四六元。　总馆比去年减三万三三八三元。

分馆减八千九八五元。

致仙华、梅生信。自发行所成立之日起,伊二人告假概不扣计。但存假补薪一层亦即免除。　又仙华出外酬应较繁,所有车夫工资、饭食概由公司支给。并由叔翁知照会计出纳科。

用人 仙华有嫂殁于九江,告假往理丧事。

分馆 告武兰谷,拟派往吉林任经理。但分馆改支店。董立基告假葬父,云十一月四日回。

印刷 闻浙江义赈票又有一面未印之票,已函令寄来。

纸件 鲍先生开单,定铜金一千磅。向吴淞路一四四七号日本商家 Y.Hanada 转 lwatsubo Bros Co., 由余签字。

应酬 吴和士约晚宴。先将来柬交沈挹清,临时忘告,致未去。7/10/23 函谢道歉。

十月廿三日 星期三

公司 王莲溪来言,栈房(杂货)陈列未甚合法。又彩图均用捆扎,损失甚多,应改夹板。 又书栈布置尚无大不妥,拟改用箱堆装。余谓不如用架。鲍咸昌谓,用箱堆装为合宜。

发行 告志贤,各种杂志分年装订。宜速查。

与梦翁商,发行《日用百科全书》售特价时,顺便考量各报之程度。即凭告白剪角来买,无此剪角者不售。梦谓每一报之告白加一暗记,并本馆杂志亦同。余意,告白中仍须声明,非剪角者不售。

财政 知照张、钟、怡大、同丰、信元、信康四庄往来宜有限制。前二家不宜过五千。

为日本某银行欲借款事,往访谭海秋,未见。托丁榕代为探询。

印刷 谢燕堂导观印对联处,只有印机一架,可印七十二寸。全班六人,每日可印二百付。加夜工六十付。每一礼拜成一千五百六十付。一个月以二十六日计,可印成六千七百六十付。

纸件 江西陈坊晏 来信,为定纸(连史)事。余以不接洽,属铭勋往商翰卿。

迪民来信,恒丰来说,只可订一百吨。原议要二百吨。与梦翁商,似纸价费用增一成,分量加三成,殊不合算。不如少定。定明日再商。

杂记 顾复生为徐州特约所陆树东失物,为之帮忙追寻,费时不少,且请宴费二元有余,请由公司支给。余批驳不准,所有离馆时刻暂免扣算。有字交书记股庶务股。

本日为杨医生往访麦费尔。

十月廿四日　星期四

财政　丁榕告知,住友资格浅,然亦可恃,息重者可至分二。又借券上必须写明出借之人。　　余告梦翁,拟不办。

分馆　韦傅卿来。　　叔通言,莲溪告杭馆账须派人往查。

纸件　恒丰洋行来言,前托定印书纸只能承造一百吨。决定定购 112 号一千令。七号改为六十三磅、一千五百令。又 266、282 号各三百令。每磅美金一角六分九厘,明年四月交货,连运费等在内,每磅约一钱五分七厘云。

杂记　万函校来信,为木馆函校学生入伊校减费事。又要求分派传单与本函校生事。余告吴度均谓,减费各认一半,我处可不收回佣。至欲我处倒贴一成,万不能允。又分派传单事,可以代送。但不能将名单抄送与彼,只能由我代寄。

天头　函分馆询问,对联寄本处裱,价目比较若何。可办否。又楹联盒,与屏条盒无别,不能用。

催吴度均添办万国函授报名处。

告仲谷,预备《日用百科全书》考量告白事。并业务科出版部有通告,用打字送。

十月廿五日　星期五

公司　本日会议。

发行　属符干臣查楹联销路。

财政　往正金晤儿玉君,告以存银过多,拟存银十万,可否特别给利。儿玉言,曾出到分六厘,但系短期。如存半年,可出一分。余问可否再加。伊言三个月可出一分二厘。并言愈多愈妙,最好有五十万或再多。余云不能得此数,十万或可加多。约定再商。遂到发行所,查存款往来约有二十万。遂告桂华,商定拟先存十万,一半作三个月,一半作六个月。再过半个月,存十万,亦一半三个月,一半六个月。并令梅生电告儿玉,要求一律分二息。伊允照办。　　通知中孚(二万两)、上海商业储蓄(三万两)三十日后取用。稿交桂华。查阴历十月初七日到期,兴业六万、益大一万。阳历十一月十八日到期,广东三万、交通两万。

编译 交《雪庵字要》与编译所照相。

应酬 到孟渊送陈筱庄、胡玉荪行。又到振华访山东许、郭二君,仅见郭。安徽孙、赵二君均遇。又访梁载之。

十月廿六日　星期六

收信 伯恒。

发行 发还推广医学书条议于业务科。属其详细调查。

用人 封芸如来,令暂在稽核科办事。

财政 晨九时半赴正金,知昨拨十万两已送到,并取存券两纸,一三个月,一六个月。到发行所交张蟾芬,并用别纸记明,由余签字,用英汉名并列。儿玉君并询,后半月是否仍有十万。余允之。又言如能多存,随时见示。　李竹忱来借洋一百廿元。告谦夫转告梅生,可允。

分馆 武兰谷赴吉林任经理,薪水照梧州程、安庆施,一律每月四十三元。武在发行所月得廿七元。

印刷 廷桂来信,言奉天印价难收。该行意必欲扣去加印号码价四千余元。廷桂意亦以退让为是。复允免除,请酌量办理。

应酬 晨到车站送梁载之。　午后赴招商局码头送缪若樵出殡。又访张熔西。又赴一品香与孟莼孙道喜。

杂记 万函校有二信来,交吴度均。

十月廿八日　星期一

公司 仪器部本日又有信来,但其隐庐二字仍述该部舞弊之事。当交王莲溪君阅看。

分馆 贵阳分馆甚难得人办理。托叔通往探蔡衡武意见。据云,中华无货供给,契约当然可废。曾一再去函不复,不为已甚,故停止交涉。如我欲委托,可以就我。

纸件 向美兴公司定胶版机一部。价美金七千二百元,九七五折。本日签字。签字送鲍先生看过。

天头 催《日用百科全书》告白。　　派人查杭馆账。函顾赓吾带夏衣。

十月廿九日　星期二

公司 本日会议。　　午后偕叔通赴发行所接收郭梅生收存各件。至六点钟,急于将各件运归总务处,余下储蓄票一包未点。

印刷 王巧生来言,广西银行招伊去,拟添印一元票一百四十万张。原价每张三分三厘,计合印价四万六千二百元。又新增五角票二百万,欲照原定一角票价,每张一分五。但一角票纵为二寸八分之五,横为四寸八分之一。前桂省曾印过五角票为三十九与五十之比。即告营业部,须商加价。该行要求,以后每洋一元,作七钱二分计,此层可允。但告营业部,先作商量语,勿遽允。查一角票用银龙纸,系石印。现有纸八十令,多存在南宁,足供一角票二百万张之用。如五角票放宽,须添购。

杂记 本日为柯医事访 Patrick。渠言八月廿四日有电致柯。又言 Sallevin 现住柯君宅,只肯出房租六十两。房东 Mose 先要加至一百两,现减至八十两。渠意柯医但贴廿两,总比退租将古董装箱保险所费为廉。现计必不久可有回信。目前亦不再去电信。

十月三十日　星期三

发信 伯恒。昨日。

公司 顾晓舟拟总计各分馆盈亏各表,交来三纸,并说明。

财政 查存款总结,定期卅五万,往来十六万余,洋一万余。

分馆 武兰谷要求加薪,后面谈又要求带一人去。全未允。告以总宜格外节省,加薪一层必须俟有成效,方易与翰翁进言。

梁宝田赴澳办翻版时,家中被盗,共损失六百余元。余意拟援杜亚泉从前失火津贴例,给与津贴。翰回信,由余酌定。拟给三百元,年终发给。

编译 《实用英文典》仅八十三页,原定付版税,后邝去信拟改送五百元。梦、伯来问。余均未接洽,价实太昂。邝视西人稿本太高。告梦翁,后来一切,均用信作凭。

印刷 四明印票,纸久未来。适有他种纸到可代用,惟尺寸不甚适宜,版须稍添改,可比原定纸省六百余元,即属同孙偕迪、瑾怀赴该行商改用纸。据称阴历十一月底必须用票。前翰允一个月可印完,此时姑稍待。

纸件 向华章定招帖纸四百令。每令四十五磅,每磅一钱六分五,共一万八千磅,价二千九百七十两正。本年十二月底出齐。本日签字。

据迪民说,前三年在瑞典定购每磅约一钱一二分。

文具 莲溪查来信所言颇有证。

西书 《英百科全书》愿撤去售书机关,将余款售与本馆甲;或托本馆代收,给佣钱乙。余告叔良用乙法,但成数须查最初往来信,免前后参差。又代收须有律,欠款由百科公司出名,律师代索。并应向美领署声明。

应酬 访陈席儒。

十月三十一日　星期四

公司 盛桐翁拟轧销表各稿。附注意见缴还。

财政 翰翁今日午后到馆。余将正金事告知。翰谓市面银根过紧,不宜抽提过多。余谓正金已与说定,应去信说明。

分馆 秦乐钧又有电来,为与账房不协事。

印刷 四明印票,约鲍、秦面商。据称十元票十八万张,八套颜色凸版,约四礼拜可完初估约二礼拜。凹版每日每架可印四百张,如每张开小张四,则得一千六百张。开小张六,可得二千四百张。宽算约六礼拜可完,并加号码。自第七礼拜起,可陆续交货。一元票四色凸版,二礼拜可完。凸版四礼拜可完。再加号码一礼拜,自第六礼拜起可陆续交货。五元票照十元例,须印数为六十万,须比例照加。

应酬 英募债事开酬会。午后三时偕鲍先生同往。

十一月一日　九月廿八日　星期五

公司 翰云午后来。故午前未开总务处会议,先开三所会议。而翰于午后到馆,因即欲早归,故仍未开总务会议。

用人 翰拟定盛同苏薪水为八十元。并拟将于瑾怀、叔良薪水事,属余与梦斟酌。约翰至会议室,梦言瑾前两月已不加,今忽随叔良而加,似不妥。不如并至年终再说。

盛同荪加二十元。余谓似嫌少,翰意不谓然。

分馆 新加坡分馆来电,(秦君)催派人。翰拟先复一电,由叔翁拟稿。昨日事。

印刷 沈仲芳介绍崔百越携来兰亭三种。叔通、剑丞谓均可印。余即交还仲芳,并告以送书三十部,略多亦可,不过一二十部。次日沈又偕崔来,并有高蕴琴同至,又携来八种,拟选四种。

纸件 付大泰商会有光纸一千六百件,计银一万六千六百四十两。

文具 誊写堂进文具一五三九元六二,由余签字。

西书 叔良言人手实在不敷,拟仍乞退,请另派人。余慰留。

杂记 金佑之来云,明日即行。余托其探听制造仿象牙及洋铁皮各种情形,并所需小机器及原料。又托问,田中让《永乐大典》中之《经世大典》,每册墨银一百四十元,均可代购。如不允托借抄。

十一月二日　星期六

发信 沅叔。抄《道藏》事与陈、葛往来信。又《皇甫持正集》《陈伯玉集》估价单。《衲鉴》棉纸样张。问《东海诗集》图书馆借书规则。告知陈与可一时难聘。《北山集》可速印。

发行 交通科查《上海商业名录》十月底共售出二〇九〇本。送出二八四本另计,不在销数内。

财政 为正金存款事,有信致翰。留稿。

滚存册上现存四万余元。余谓存得太多。笃斋谓,有京钞万余元。嗣问明来告,言已售去。现仅存三千余元。

编译 稽核科查积稿未印者甚多,应设法出版,或停止购稿。当交编译所查复。

7/11/4 复稽核科,买入时未必合用,或为联络感情,或为消除竞争,而时势一变,遂不适。已令编译者复查。复到再告。

印刷 吉林某某印书局,来购胶版、钢版机。余将信送鲍阅看。谓断不可允。鲍然之。

为《道藏》事复陈、葛信,依梦意拒绝之。

纸件 鲍告知,由禅臣买墨数千余磅。由许星冈先行买入,再卖与本馆。

十一月四日 星期一

收信 伯恒。

发信 伯恒。

用人 本日核发十月薪水。莲溪请减去顾赟吾饭资。允之。

财政 张蟾芬查明出纳科积存贴水钞票清单,计三四九三元。

分馆 新加坡分馆秦、李均有电来,即送翰请核示办法。 王耕三来还洋三百元。余令将优待股售去,将转股单交来。 7/11/5 陈培初来言不愿。余云须强之。

编译 沈仲芳介绍高蕴琴旧碑帖数种。昨日交来八种,留四种,余面交仲芳交还。7/11/5 又来兰亭三种,夏承碑一种,《麻姑仙坛记》一种。

纸件 鲍言,禅臣有旧印机两架,价甚廉,拟购入。余赞成,但属由他人出面,并不可直行运入本馆。须在外存放一二月,再令登报,始可收用。7/11/8 购进,付暂记款二千一百元,支根上记明交鲍咸昌收。

文具 大正进货,十月份文具款一八八六元五七一。铅笔、墨水。

天头 问吴炳铨送慈善券声明信。 查京馆代定石版。 钱才甫位置查薪水。 新馆内哄事如何处理。 黔、潮两馆办法。 学生估价事。
向谢宾来取玩具制造法。

十一月五日 星期二

公司 本日会议翰翁未到,因夜间失眠之故,有信来。 与仙华谈营业事。仙谓如此亦是一办法。先为未知,故有所议。余谓,如此办法有不妥处,仍请见告商改。仙谓无他意。余言,以后营业部事,诸望扶助,匪特瑾怀为难应请扶持,即其部下诸人亦请扶植。对于印刷所方面,遇事亦请周旋。仙无异言。随言午前该部人太少,应分别值部。又吴渔荃,拟调西书,但须本人同意。一面亦须商瑾翁。为瑾计,能将资格较浅之人,由伊提拔,亦易驾驭。西书部亦甚紧要。余云,培初派任西书部,记是翰翁之意。可俟其将由港返之前,先函探其意见。田耀华事,仙华允可调用。迁移事,两三日即可办。

发行 杂志销数退,拟变通售价事。仙华意再看半年。梦亦谓然。到明年四月再议办法。

用人 许笃斋来言,新考账房徐戒三告退。又言鲍志仁人颇钝。又言有人介绍一账房,但无押柜。余云可令其来馆,当派人考验。

财政 翰来信,论正金事。　7/11/6 有复信。留稿。

分馆 新加坡分馆事,与叔通商定,决定派顾赓吾同封芸如去。王莲溪言,潮馆宋某甚不放心,应速派人。举董立基。余属乘便询翰翁。

印刷 瑾怀来言,杭州奖券误印四张,仅补印三张。被吴炳铨将误印券悉毁去,只补得三张,甚为难。余属所缺一张,由本馆购进。

纸件 向福井定玉狮牌 Tamago 纸。

31×43　卅七磅半　一千令。

25×37　廿六磅半　六百令。

每磅五角,系继承从前已定后来取消之合同。本日签字。

文具 昨到仪器部,见极大铜鼓四面。询知槟榔屿兢兢书局于三四年前定做,现在退回。据该部称,系林文澜得仙华允许。余询仙,仙未知。今日来言,已查当初定十六寸,误被林文澜开四十六寸,致不合用,只可退回。余托仙再查确证。

天头 瑾有信来,为营业部办事不便,及琐事应如何核定办法者。面告不便,实无办法。但当设法减少琐事,与各部接洽,即可解决。瑾欲调田耀华,令办统计等事。余言,前三四日适告仙华,令其察看任用。不知已否派定新事。又修理柜台甚嘈杂,如何办理。

　十一月六日　星期三

公司 仙华告,瑾怀允调田耀华至营业部。但欲调吴渔荃,瑾亦允之。余告瑾,彼此不免误会,然均为公事。已告仙,竭力扶助。探其意可否改名称。瑾言可改归仙华兼管,于事较便。余力言不可。瑾谓如职权不改动,则名称亦以仍旧为宜。且为后来计,亦以不改为是。瑾言恐办不好。此事如归仙华,伊亦可办他事。余言,仙华实来不及,且印刷亦非所长。余竭力挽留,瑾始无言。

用人 仙华言,周慕贤不允留。伊有亲串某君,毕业美国,现在南京师范教授,愿入商界,但薪水月须百五十元。余答如旦以为可用,即便决定。惟可声明试办数月,彼此允洽,再确定。

分馆 告顾赉吾,请赴新馆查账,并解决秦、李争端。现偕封君前往,只云查账。且李和卿是否调回,亦未定。故继任账房一节,现时不能宣布。旋告封,亦云现在系担任查账之事,但将来如须更动,即继任账房。现时却未定。

印刷 宁馆印警察传习所,错误退回,重订仍错,又退回。据分馆信,追查确系承印处错误。告盛查究。

文具 阅进货账,誊写堂本年交易有二万余元。

天头 王耕三转股事。孙星如来青阁书。

十一月七日 星期四

公司 晚至发行所,约于瑾翁至楼下相度地方。

财政 兴业徐寄庼,告以旧历十月初七日到期银六万两,改入往来账,并备正式信去。交蟾翁复查无误。并属益大庄同日有一万两到期,乞代去一信。

分馆 培初告,钱才甫欠三百六十元。

皖馆账房告辞,请稽核科、会计科推举两人。

编译 与梦翁商,拟仍托伍昭扆增修《汉英新辞典》。梦意最好约定年期。余谓此恐不易,恐至快亦须二三年。前修改汉英后半六册,约费千元。如费五六千元成一大辞典,当不为费。后决定姑与商估。

纸件 见滚存簿购进宝成罗甸纸银三百余两。晚问许允章,云系穆华生电话令购。当令其将已定各纸开单送阅。

应酬 松社开幕,偕拔可同往致祭。

天头 皖馆账房施汉瀛进函授。 蟫隐庐付款,金少安款。 催顾赉吾速行,又武兰谷。

十一月八日 星期五

发信 沅叔、伯恒。

公司 本日会议翰因病未到。

用人 王、盛言,孤儿院生不能招充稽核科之用,拟另招,月给薪饭六元。余云,恐不敷,不妨稍加。

财政 广西银行来信,前存银七万,本月十七日到期。旧历。欲提回。

分馆 潮馆派人事,已议定。　　衡州裁撤、常德改支店,亦同时议定。

同业 教育联会致书业商会信,存搁已久,交志贤与俞仲还接洽。并言会中如有出同类不正小说者,应先邀来会与之解决。吴书记来言,仲还意,拟与本馆联名,请地方官禁止。本公司意,应开大会,由会出名。

纸件 付利达新闻纸八十一件,共一千一百卅四令,每令合三两七钱。又一百廿八件,共一七八八令,每令三两八钱三,共银一万〇七百五十一两二钱九分。由广东银行付,本日签字。

文具 约文信谈,誊写堂本年已有二万之交易,何不径往日本采办。文信言,屡托金佑之,价均贵过上海。余言。可总计全年用数与商,若仅仅试购若干,断难得廉价。属将繁销各货,先行查明开单商办。

西书 仙华言,贩卖西书,小学堂与本馆颇有冲突。

应酬 晚邀刘希陶、蔡衡武、蹇季常、黄溯初、蒋伯里、叔南、王幼山、陶兰泉、徐季孙在一枝香便酌。均未到。到者惟袁伯夔。

天头 晏文盛纸。湖南元书纸。

十一月九日　星期六

公司 瑾怀问,零星支款如何支给。余令向出纳科先支三十元,每一星期一结。张、许二君谓,零星支款现由王德峰随时开支单,似不必另备零星用。余告许,凡须向客户收取者,仍须照开支单。否则易误。至杂费应由公司支出者,可照拨给,俾自支用。

用人 曹耕山来,为其子说项。陈培初亦来说,所欠将还清,其人尚能办事,将来仍可派出外。余谓不甚放心。培云押柜充足。余云再商。

许允章调总务处纸张股。

分馆 廷桂前夕回,有信来报告。

编译　与梦商,改订《汉英辞典》,属慎候先拟凡例。

印刷　湖南银行所印百枚票,本日发信又去一百万。

纸件　临时买进夫士纸一百卅令,本日签字付款。全年约用三千令,已定四十磅一种,计二千令,约明年四五月可到。

杂记　复万函校信,以后本馆函社学生毕业,开单送与该校。以后该生无论经本馆或否,均照本馆经手之学生一律,给与酬金及花红。但所减二成本馆亦认一半。又非本馆代收之学生,由本馆代为收费者,给与本馆回佣百分之五。因来信须本馆催收,手续甚繁,恐办不好,拟从缓。又拟将奉天、南昌、香港三处继续开办。

十一月十一日　星期一

发行　业务科拟将本版《英成语辞典》减价,抵制中华、群益。未用。令设法将本馆字多纸簿之优点表明。

用人　许笃斋来言,符干臣自民国五年起在湘馆借洋二百余(时派赴湘馆调查),又在常德宕用一百余元,应拨归总馆本人欠账之内,以便扣还。余招莲溪来询之。据称前符在奉馆亦有欠款,系彼此合资营业,培亦在内,该款已清云云。

财政　偕迪民赴正金,告以前约存款十万,现月中拟先付五万,余五万再迟十日。又问将此款改购美金币,仍存伊行,是何利息。儿玉君谓可办。现款本日为一百十九元,金币存款为周年四厘息。

归属迪民估计,以息抵息,明年五月底用,约每百两得美币一一四元八角五。

分馆　董立基云粤馆一、病假不扣薪;二、宕账宽;三、同人多出外打牌;四、柜上徐少梅常出外;五、帮账李希膺同,且常有病;六、内部事多散漫。

印刷　湘馆来信,谓湖南　枚票,在风景匡内有污点,因起谣言,认为假票。交鲍阅看,并属设法防止。鲍言此系偶然墨污,难免之事。

纸件　迪民来言,道林纸到。有四十、四五、五十、六十、七十磅者二百余令。未到者尚有二百令,可以出售。鲍咸翁云,市价每磅二钱,本馆备用有余,可以酌量出售。

华章招贴纸卅四件,付三菱公司名下三〇一四两五五。本日签字。

梁鸿书来谈,玉书纸只能交出八千令,以明年阴历六月底为限。每令价前翰还一两八钱二,今至少须照伊原价一两八钱三。余未允,坚属明年正二月必须比例。梁云,今年可出纸四千令,明年正二月间水涨方可运出。

西书 英百科代理人拟将余未收之款,托本馆代收。来询意见。叔良查,最初本馆要求一分二厘五之回佣,除烂账由律师代讨,余均归我办。叔良拟要求一分二五,律师由我代请,费彼出。余恐该代表执最初办法相结,托叔良再觅较足之理由,以便依据。

应酬 昨晚约陈席儒、伍昭扆、陈石遗、崔百越、高蕴琴、曹耕三在一枝香晚饭。

十一月十二日　星期二

公司 本日会议,翰未到。

用人 仙华在会议时言,有周君(英文书记)必不久,现有某君可来,月薪需百元,但不能对外。他处部分有事可兼办否。余云,兼办亦可。梦云,但恐有名无实。余言,前有某君在南京高等师范教授,可以对外。仙华云,月薪一百五十元。余云,闻人甚漂亮,与其百元一人,不能对外,不如多费五十元,能办一切。

财政 鲍咸昌兄公司活存折已支用过款,尚有要需。告余拟陆续供支,以三千元为额,照算利息,明年股息拨还。属余函告会计出纳科。

与正金约定买美金六万元,即以续存之五万两作抵,计银五万〇四百廿两一钱七分,存三个月后陆续取用,周息四厘。

分馆 蔡衡武来访,告以贵阳分馆拟收去,前张叔通谈及群明社可接,其愿商办。衡问存货情形。答以书籍仪器约三万余,系批与同行之价。又账款约五千。余言,当派陈培初、王仙华两君过商。又问与中华契约交涉如何。衡云,可无关。

印刷 闻俄商有商标,印数四千二百万,将来商议。湘督张敬尧电催印票。即照转毕登瀛,并电复张。

纸件 邵武何正乾来云,延平、邵武一带道梗,故回上海,将取道江西。将来纸货亦由江西运来。所有由赣省至沪运费如比闽省为昂,由伊承认。乞介绍与南昌分馆,以便接洽。允为照办。7/11/14 将介绍信送去,并通闽、赣两馆。

应酬 拔可约在小有天晚饭。

十一月十三日　星期三

收信 伯恒。

公司 本月三所会议。　五彩印件改八折。业务科拟通告,《日用百科大全》售预约招告白。

用人 王莲溪拟调四届补习生中能珠算司账者数人到稽核科练习。

纸件 俄商某拟购新闻纸四百令。仙华意难却。鲍有难色。余谓价高不妨,只要照数收买。　7/11/14 问迪民,云存货敷用,不妨售去。每令价六元六角。

应酬 至新旅馆拜林子有。

十一月十四日　星期四

发行 业务科条议。

一、《上海指南》等书,在旅馆、餐馆等处悬广告牌。　照行。

二、编欧战书。不办。

马振五谈甘肃同业。　正本书社,资本不过二三千元,内容甚复杂。合兴书社,资本同上,经理为一宋姓者,现充教育科长,有家产二三千元。两处放账,至多不过四五千元。

财政 叔通告钱市甚紧,恐有摇动。告张、钟两君,将存庄各款逐渐减少。其资格浅者,尤应注意。

分馆 培初、仙华往访蔡衡武,商黔馆事。蔡允购存货万元,即付价。余作为寄存,续用续买,派一监管存货。

编译 访昭宸,谈增修《汉英辞典》事。昭谓须由我处将汉文备就,伊专任翻译,否则太费。又专门如动植物,应另觅人。

应酬 李一琴约在都益处晚饭。　访马振五,并晤其子名策、号子翔。

天头 询武兰谷。　问迪民新闻纸价,收买。

十一月十五日　星期五

公司　会议,翰、盛均未到。

用人　王莲溪来言,查栈房邮票系唐舜臣所管,临时神色慌张,向人借邮三十元放入银箱。查时仍缺七十余元。又邮票种类不分,甚为混乱。余意必须开除。后约鲍咸翁商。鲍谓系翰所派来监视李守仁之人,故李守仁不便管他。余询辞去一层,颇有难色。7/11/16 余致鲍一信,言不可不开除之故。信留稿。

7/11/18 鲍告调充校对。

财政　告出纳科,将交通、广东到期之银五万两略存少许作往来,余拨入兴业。

分馆　商定贵阳与群明社交涉办法。

编译　邝谈,红十字会有关于卫生书愿交本馆印,取版税。梦拟允之。但每种书均须看过,如不能印者仍不印。余意,并问明该会可买若干部,须备信复邝,免后来无证。

十一月十六日　星期六

发信　伯恒。

发行　仙华告假,午后赴杭州,礼拜一回。

用人　费开保来,赵竹君所荐,免考验,先试办。约阳历十二月初来,已告笃斋。

分馆　曹耕三之子前在常德亏空,耕三面求复用。培初又为说项,言欠款均清还。余问笃斋,会计科有无用处。许言才可用,将来可酌派出外。余谓难放心,姑令回馆办事。告培今转告耕三,欠款先归还,暂行留用,看其能否改过。月薪照在上海数。

杂记　景祐本《汉书》,徐溶堂经手,潘明训欲购。拟以公债票六千元购买。余不允。

天头　问武兰谷何日起程。

十一月十八日　星期一

发信　伯恒、沅叔。

用人 昨与鲍咸昌诸人谈及,印刷所事太忙,人不敷用,拟添招补习生若干人,专令习估价。由谢燕堂总教,前班补习生分教。鲍似不谓然。余问,中国图书公司当有人,曾用否。鲍言已用一人。

吴炳铨言,图书公司尚有王姓者,后赴博文印刷所,现已无事,尚能办事。鲍允即罗致。

先商定调营业部吴承藩赴印刷所,应客并估价。嗣以既用王某,可缓。

编译 《朱子论语注稿墨迹》后跋两页误印,即告编译所。查已订齐发出。

李仰之寄来《家庭教育白话讲稿》,送编译所。

印刷 陈偰宇来。约叔、剑商定,如问及回佣,拟答以现欠太多,如完全能领齐,又无他人来要,此款可以照付。

吉林顾怀仁来信,言林、王二君回佣已退回,如来查账,万万不可说明。否则有不测之虞。查本馆账簿,均写吉票。查支单,翰翁写明付林、王二人回佣,后又涂去,形迹显然。

应酬 昨约咸昌、文德、炳铨、拜言、瑾怀、巧生、伯训来寓晚饭。拔可适来,亦留饭。惟谢燕堂未到。约马振五父子、李一琴、陈偰宇、张熔西、章行严在一枝香晚饭。惟马、张二君到。

天头 催武兰谷、顾赓吾。函约叶瑾仲。　催贵阳分馆营业部改章。　代沅叔付来青阁百元。　催梁鸿书来订约。　通告取邮票不必过百元。

十一月十九日　星期二

用人 拔可退回七月至十月薪水,因病未到馆之故。曾在总务处报告,因系特别情形,将来于在议各人均有自己相同之关系,未便决定,遂提归董事会。本日开会,郑苏盫以此事为总经理、经理用人权限内之事,不必报告,可即自行定夺。余即告知账房,如数拨还。并函拔翁。

编译 《朱子论语注稿墨迹》跋语两页误倒,经余查出,实系吴待秋错误。

纸件 支加哥 R. Hoe 购订书线,正金保美金一千〇五十元。Ges. Rusdall Redd 定药品(照相用),无保信,均签字。

文具 付美兴表一三五一两二钱四分,共四百〇八只。

十一月二十日　星期三

发信　伯恒、沅叔。

财政　迪民言,前购金除正金六万元外,已用去约四万,仅存八万元。市面看长,应酌购若干。当属购定二万元。一百二十一。上海商业储蓄银行。

分馆　吴葆仁来信,常改支店,衡裁撤,遵办。

王莲溪本日起程,赴杭馆查看。

印刷　湖南银行旧协理陈僖宇来,要求印票回佣。前与叔、剑商定,答以现欠太多,如完全领到,又无他人横生枝节,可以照付。昨来访剑,剑答以前一层,而后层不提。陈请借千余元。剑意不能不允。余谓不可太易,且不能全允。

纸件　Edward Lloyel 定彩图纸 25×37,九十磅,五十令。本日签字。

杂记　李约翰在青年协会,通理化,现甚忙,本月底可有时间晤谈。

天头　本日午后到馆。

十一月二十一日　星期四

财政　晤黄朝章,询知年底金价恐长,缘华人买定金镑,有一百五十万镑,必须售出,故须长。日内恐无甚涨落。

分馆　贵阳分馆事,仙华商蔡君。蔡君要求本馆大牺牲,方可全盘收受。仙询以如何办法。未肯先言。又询折扣。答以九折,加回佣百之二十。渠云利息太薄,不能做。须先查明现售何价,若由彼接受后加价,则有为难等语。本日集梦、培、仙、叔商议,此为永久之吃亏,难以遽见足,可先自加折。惟派人甚难,迄不能决。一面告蔡,拟先自长价。

编译　朱企云交来英文稿一册。送编译所。　　中华登报,新式教科书改用毛边纸,加价六折。与梦旦、叔通、仙华商议。仙主略印。余谓,略印仍不敷分布,徒登报步人后,而又不能应人之求,恐名誉反有损。本馆不比中华,渠本无名誉,可以不顾。故主张不理,但发传单声明,华纸买收数年卒无多,故不能印。

纸件　迪民致信美兴,催胶纸机,加运费不允。并令速运来。又定该机上所用发电机锌片、胶皮等。由余签字。

梁鸿书来言纸事,须三四日后再定。

应酬 约伍昭扆在一枝香晚饭,谈修订《华英词典》事。

十一月二十二日 星期五

公司 本日会议。 阅看改订营业章程。

用人 叶瑾仲本日到馆。 与瑾怀商,改派营业部各人执掌。

分馆 顾赓吾来告,明日赴港。渠意谓,李能留最好,缘总馆本有互相钳制之意。拟先从事调解。余谓固当如此,如李不能留,或秦不允,而秦之情节不重,则将李调回以封接手。所虑秦之情节较重,则难处置。顾云,如遇此情节,当即电达。旋以交去稽查员章程,来信谓日记一层不愿承受,即行辞职。余去信谓,本指稽查员而言,与君无涉,并慰留。即得复无言。 韦傅卿本日赴汉,一切由叔通交派。

同业 中华有告白,谓新式教科书用毛边纸六折,预定百本付定一元。

编译 与梦翁商定,以后英文校对概由印刷所英文校对周泽甫及罗勃女士及颜君担任。并约邝君订明。邝亦谓然。当由梦订定办法,知照印刷所。

印刷 山东拟添印纸币,来电询印期。电复新制版,须八星期交货。

十一月二十三日 星期六

用人 约包文信与叶瑾仲相见,告以理化仪器、药品等进货,随时与叶商量。

与瑾怀商定营业部值班人员,并分配坐位。 又调吴承藩至发行所,并告鲍。

分馆 顾赓吾谓,稽查员章程伊不能承受。余谓除去日记,其余均系普通办法,可以适用。顾谓伊系总稽查员,若承受此章程,与寻常稽查员受辖于稽核科者无异。余询其意如何。顾云,作为特派。余允之。顾先言章程中不能在分馆支款,伊向来不是如此。余云,只须先期通知,或宽领若干,亦无窒碍。此系防闲分馆任意借贷,故有此限制。遂将委信改缮交去。 又告以秦君合同,于私自营业一层最为禁忌,务须严密访查。又告以广馆李希膺多病,常出外。徐少梅亦多出外,均请到广与梁一谈。又新账房赌输,请顺便一查。

王莲溪回自杭,言账席疲懒,栈房可取销。鲍不对账,常饮酒,与学界不联络。地下新地板烟火痕甚多,为火政事应防。穆纯正与张苞龄结合,借宕五百元。由湖州转去,滚存未列入,近已归还。而鲍竟未知。

应酬 吊杨杏城。

天头 因欧战解决,租界祝贺,午后休息半日。

十一月廿五日　星期一

收信 沅叔、伯恒。

用人 许笃斋言,顾复生在陕馆拨七十余元,至今未还。又符干臣欠款亦尚未清。今年均应催令清偿。余属开清单交下。

7/11/26 莲溪又来言,此事应发一通告。

财政 查存金币。　　存中孚八千。　　存商业八万五千,内有二万明年一月起至四月,每月减半元,一百三十一买进。存正金六万元,明年二月十二日可用。本日议定,一百廿元再购六万元,即以前拟存之五万两拨作购金。

纸件 叶联仁来电,属官造纸速寄,福井纸停办。查官造纸本馆旧存者稍黄,福井系代定。官造纸之洋行名,非纸之名称。该行此次代办之纸颜色较白。叶前来信,以为不符。大约误认较白之纸为福井牌,其实新造之纸。添印一百四十万,须用纸九十余令。尚有已定未去者一百四十令,内四十令可令稍黄。又一百令系别家所定,由翰翁经手,日内可到。与包文德商定,俟合同订定,再行添购。一面由包函复叶为之说明。

十一月廿六日　星期二

公司 鲍先生送来加造编译所驳楼估价信,并复信。本日交铭勋。鲍先生来言,添造照相房楼房,工价应付四千两。惟工程师无暇开单,而工头急需,先商借二千两。遂属账房开支单,交鲍君。

7/11/28 日工程师开单来领款四千,遂开支单二千两,仍由鲍先生转交。

用人 沈仲芳合同于昨日届满。晚间携至营业部,约伊至第二客室。告以照常办事,不必续订合同。即行批销。仲芳云,伊处合同亦即取出交还。又云翰前属觅保,稍迟即可办妥。

分馆 贵阳分馆事,拟商毛企农先往接手,先办加价,次办让渡。特以半年或一年为期,每月加给津贴二百元,于交卸之日为止。先去电请缓行,另发快信。程雪门请假回籍葬亲。查去年十二月十日因亲病回家,至今年三月初旬,屡催始回。现在葬亲,人子大事,应照准,至多以一个月为限。一面派董立基前往暂代。

编译 撰抵制中华用毛边纸印教科书传单,交交通科印发。

印刷 毕登瀛昨日来商添加湖南纸币事。由剑接见。

今日来交信稿两件,一致湖南行长,一致湘督。其中有不妥之处,由剑函复令改。一面又由公司去函声明一切。

文具 约包文信,告以将现缺及最缺、最畅销各种药品与瑾仲接洽。

十一月廿七日　星期三

收信 拔可。

用人 王莲溪来谈,仪器部指南针今经盘查缺去二十七只。主任赵国梁因嗜绘画,多分心,故事多阑珊。莲溪来商,拟邀叶瑾仲至稽核科帮同稽查仪器出入。已允之。　罗伯忒君荐美人 Riddle 可管理石印事,年薪约美金四千元。鲍已辞矣。罗力劝,鲍颇犹豫来商。余亦赞成,谓此亦储才之事。遂发电往约。

财政 志森纸行董益生托何心圃以毛边纸八百件栈单商押银四千两,三个月期。已婉却。

张蟾芬告知,鲍济川函借三百廿元。蟾翁又出翰翁十月十五日信云,此事有所为难。余答以与鲍二先生不同,若通融,他人援例者必多。只可却之。

纸件 利达洋行介绍,旧金山有夫士格拉费全部机器,约美金二万元,拟售去。鲍以询余,余谓现无购买之必要。

文具 莲告,查仪器部指南针缺二十七只,系赵国梁所主任。

应酬 晚约严又陵父子在寓便饭。伯训、梦旦作陪。苏盦未到。

十一月二十八日　星期四

发信 伯恒。

财政 沪西尚德学校活存五千元,本月廿日存入。是日,洋厘七二二七五。本月廿六日付还,洋厘七二五七五。每元差三厘,五千元差十五两。利付出四厘,二两零,收入八两零,余付银六两。实亏九两。

分馆 程雪门致翰、培信，言账房陈冠南不得力，请另派人。又张钧臣已回，催武兰谷速去。余告培速电张缓回。培云已启行不及归。并言程亦欠斟酌，既言人少，应留张云云。余令与会计科接洽，派账房接手。

纸件 昨日迪民言，有人以夫士纸来售。告鲍先生，请酌。鲍言有两种可购。即知照迪民照买。

应酬 赴湖南银行访毕先畴，未遇。晤陶子石。

十一月廿九日　星期五

收信 吴渔荃信。

公司 营业部郑炎佐以轮值事发表来信。言曾有特约，早十时晚六时办事，来请减。复信未允。本日与瑾商，拟辞职。瑾劝暂忍，再为设法。

7/11/30 与梦、叔、瑾商定，照日短时比之，往时在楼上，却多半点钟，如有未便，后可照改。炎佐事候拔可回再商。

财政 前在商业储蓄银行买本月底期美金二万元。一二一，计银一万六千五二八两九二。昨日已由迪民告知出纳科拨款。今日属补信通知，并由迪民拟具致该银行信，声明存在该行，年息四厘，随时支用。

分馆 廷先来，谈及京分局建筑事。余谓翰病，故未商及。前闻拔可谈及，有商接法轮之议。廷谓顾不过，云将来期满典价乞帮忙。叔托人往探，如能办，可减一竞争。其地面较宽，建筑较廉，虎坊桥之地总可售去。余言，吕祖阁印厂甚不妥。建筑一事，余亦认为至要。厂地原可设偏僻之地，将来或设事务所于琉璃厂分馆馆内。建筑分馆时，可以预为布置。廷亦谓然。

印刷 陈僖宇，前湖南副所长，来借钱，开口一千。本日约伊晚饭，拟即借五百元。并属剑丞告以公司收款极难，伊不在位，彼此均吃亏。杜其以后尚欲照收回佣之意。余并告知桂华，由剑丞面交。

纸件 梁鸿书来，谓宝庆之纸尚无回信。一万令亦不能允，只能八千令，必须三月始能交多数，仍不允先立合同。余将合同稿交去，令一得回电即决定。

应酬 请陈僖宇、章行严、谭大武、许君在古渝轩晚餐。余以腹疾未到，由剑丞代作主人。

天头 因腹疾，午前未到馆。

十一月三十日　星期六

发信 伯恒、沅叔、竹庄。

分馆 阅孙振声自杭馆查账来信。据称总馆账有漏转、有重转。该馆亦有漏转、有迟误。鲍亦有宕款三百余元。余批答，总馆会计、分庄科均不能辞咎。该馆账房成禹川应否易人，并属稽、会、分三科核复。　又令会、分二科，已往之事速整理，未来之事宜绸缪。

编译 伯俞昨来信，谓抵制中华毛边纸传单不可用。所言甚有理。本日约培干、艺志、梦及伯俞商定，决不用。伯俞拟通告各馆，如学界定印，每种五百以上亦可代印，不加价，须先付现钱。嗣梦再三推究，恐各分馆只知竞争，仍预为定印。总馆无从知其是否收过现款，恐滋纠葛，仍决议不理。但发通告指示分馆应付办法。已印传票由谢燕翁毁去。晚赴发行所，告仙华，亦赞成。

西书 《英百科全书》拟再添书，来问本馆能否代为经手，三个月内不接他家同等书之委托。叔良来谓，可允。

应酬 吊任逢年。　联保约晚饭，谢。

十二月二日　星期一

收信 拔可、弼臣。致翰。

发信 拔可、仲恕、伯恒。

公司 查同人欠分馆之款。问笃斋。

符干臣　欠湘馆　二百卅、常馆一百十。

顾复生　欠陕馆　七十、赣馆十二。

拟招第五届补习生，请伯俞酌拟。告复生，留意讲书。

致拔可信，请其察看顺治门内外有无可买之地。京华另行建筑可较廉。设事务所于分馆内。分馆地如不敷，可添买少许。信留稿。

用人 笃斋来言，邓厚生前五年由广调回总馆，月薪三十六改为廿二。后调皖馆仍给卅六元，现已加至三十八元。今调总馆拟加四元。余谓仅加四元恐未妥。笃斋谓可加廿八元。

鲍志仁系鲍哲泰荐来。笃斋谓与考进者有别，拟酌减。余谓，此却不一定，只要才具、资格、品行相当，甚或加增亦可。但鲍君才具平常，遂定为十二元。仙华商，仪器柜拟添聘主任之人。东吴西教员荐吴君，现在青年会教日夜班，月薪八十五，恐与巧生有碍。给以七十未满意。余检巧生合同，明年须增为八十元，且花红有三百余元，此必不能得，此数尚无碍。余请仙华酌决。

财政 发沈琬山第二次恤款五百元。尚欠五百元，明年此时再发。

同业 弼臣寄来中华十月十五日传单，亦限制退书。交业务科。

编译 告梦，《日用百科》样本宜用细目，不宜选内容。

印刷 南宁来信，言津贴四万五千可即付，但扣佣九千元。

纸件 南宁叶联仁来信，误认福井纸为银龙纸。包文德来请拟复电。

文具 7/11/27 弼臣来信，言学校同行无不以科学仪器馆及合价廉为言，非不得已必不向本馆采办。已将该信送业务科，请代复。并送分庄科、仪器部阅看。

天头 杭馆整顿。　　查沈琬山恤款。　　查同人在各分馆欠。　　催抵毛边通告。　　催《夷坚志》打样。　　催排《宋说部》。　　借影片《神州》。

十二月三日　星期二

公司 印刷所收款事。　　退货知照事。　　购稿事。

进货知照事。　　分馆陈列开支事。

编译 朱汲民来信，催编学生用类书。

印刷 宁分馆承印戴敏朗君名片，照相部失去，向宁馆托原人补写来又失去。宁馆第 207 号知照单催。余赴营业部，见此事，将瑾赴培初信取来。

纸件 包文德告知，本馆需用小有光，拟将大有光改造。　　已造成，即日将交完，不及改。

文具 又得一报告信。　　包文信言，本馆实不能与合记争，因其取利薄，又收入后门货多之故。

余令其造本上及根本上着想。

仪器加价，包云今春与翰商定，于八月通告。

杂记 接施永高回信。

天头 查仪器加价。

十二月四日 星期三

公司 令业务科,对于分馆营业进退应去信奖勉。三个月一次,遇有特别缩减者,仍即时函问。会同稽、分、会三科,讨论营业账务存货开支解款各项,再随地随人,参酌地方时局、该馆形势立论。拟稿送总务处核发。

伯俞交到第五届招生办法。即送鲍先生阅看。

用人 邝先生见告,编译所英文部拟加薪水。

周由廑现一百元,拟改一百两。

杜逢一, 拟辞。

黄访书现六十元,拟加十元。

江学恽现十六元,拟加四元。

胡雄才现二十元。

顾如荣现二十元。

苏夔龙现三十五元,三个月前到,拟加五元。

马翔九现五十元,求加薪。

尚拟添一人办辞典事。前有马君号润卿,曾在中华办理辞典一年,前曾自荐。

分馆 皖馆账房派出王子卿,调回陈冠南。

曹耕三拟借一百元,培翁来说,允之。

见滚存簿,俞凤冈以四百元付俞象贤为乃翁丧葬费。据培初云,明年可以摊得花红拨还。有致翰翁信。余于信上批注:"明年牢记扣还,切勿忘。"

十二月五日 星期四

公司 前日梦翁提议,新造第三部均系塞门德土,较可防火,拟将精本书移入。鲍先生允于三层上让出一间。已令工程师留一梯口。

顷思得,将来校对人均移至新屋,与排字人隔远,太不便。应于马路上搭一桥。函商鲍君。鲍云原议定。

午后约鲍、许、迪、包文信、叔良、李守仁、穆华生商进货事如何知照。鲍意不谓然,仅交李守仁以上定纸用。又言文信定西洋货亦应留稿。其东洋及本埠则原有留底也。

又言退货知照,由退货本处存根开送进货科,连出纳科,又会计科,并收款复知。

用人 莲溪来问,同人扣薪有无应免扣者。余云一律照扣。

分馆 常德毛契农来电,云贵阳可去。

财政 告张、钟,现购存金十二万元,应存金不应存银,否则到用时金价设跌,于事实不符。

印刷 曹履冰来言,护军使署参谋长托伊来商吉林殖边行印票事。现不能印,拟请于四万定款中罚去若干,再提还若干。余谓合同订明,应照全数赔偿。本馆于四万之外,尚须照合同索赔。曹问损失若干。余云不能算,机器至今尚装箱未开,纸墨均已办齐,虽可另用,但不知何日方可用去。又机器已停,即拒绝他家印刷。此种损失更难计算。曹谓合同订明,亦无法,遂去。后又打电话来索该合同赔偿一条,遂允即抄好送去。

纸件 鲍商,利达洋行售墨现改照美金结,市价可廉,约七折之谱。利达云如能订约,统归伊承办,可再打九五折。余谓利达信将来金减仍可照计,则金贵亦必须照升,意在言外。仅得一九五折,遽定合同,拟不相宜。

文具 告文信,科学仪器馆自造药品。

应酬 访简玉阶、英甫。

天头 催招考广告。　　查注音字母铜模。　　查各所投函办法。

催《夷坚志》底稿。　　大有光改小有光。　　查预备退货知照。　　催抵制中华通告。

查各种抄本书,先寄报登报,取得版权。

十二月六日　星期五

发信 伯恒、沅叔。为注音字母事。留底。

发行 包文信开报仪器历年销数:

二年　　　　　二八三七五一元。

三年　　　　　二五〇四四八元。

四年　　　　　三一二八六二元。

五年　　　　　三一二六六〇元。

六年　　　　　三六八三九八元。

七年十一月止　三二一九六五元。

用人　函伯恒,问编通俗书能执笔又熟于注音字母者,京有人否。如何待遇。乞探示。

财政　本日付出秦商会二万一千余。

分馆　潮馆需人,叔通举程润之。问培初,云烟已断,惟精神尚欠,且恐宕欠,或先借与数百元。

纸件　晏文盛遣万君来商量定连史纸之事。文盛一百五十件已运,照前。文康一百五十件,本月可由杭州运来,均照前议定之价。

以后如欲定,可商拟草约。又照杭州付价,不能预定。杭州货较优于上海。文盛、文康均各一半。

文具　包文信言,京都石版运费太贵。余属函商京馆运津,能否亦廉。问津能否减轻。

十二月七日　星期六

收信　傅沅叔。

发信　竹庄。

公司　捷运承办转运,云有信在高翰翁处。问李守仁云,当时翰翁系口头介绍。　又汇通转运,张文彬言有合同。向李守仁、符干臣等处查究,均查不出。

用人　竹庄来信,领十月、十一月、十二月津贴三百元。属铭勋开支单,由京馆拨,并去信。

财政　王莲溪言,钟景莘漏收兰溪还杭馆五百元。又杭馆一百元。又叔通付款数元。余云,现均认为无心之误,但亦须设法免避。

分馆　问培初,陈祝三病体如何。培云未痊,有信来,约初十边来沪。

编译 以三百四十元买进《金石苑》稿本三十六册。又《舍钱题名》两册。《金石苑》稿本拟招况夔笙编次,托剑约来一看况意。

已成书者,整理残缺字照补,作校补附于每本之后。未成者,分地分年编次,残缺字照补,作校补附于每本之后。

书成作序例,用伊名字,两个月编完,润资三百元。分期零付,开始之日先付五十元。以后交书,书若干付若干,书出版后送书两部。

纸件 晏文盛代表万仲篪君来,详述连史纸之等级及定约之条件。详阅拟来约稿,全是搭凑办法,断不能指定一种,恐不能适合我用。因劝伊先归杭州,以后由鲍子刚转述。万言应守秘密。鲍可密约万君出来面谈,不可去信。本馆去信亦勿直交,统由鲍君转致。遂缮一介绍信交万带杭。

十二月九日　星期一

发行 梁海山昨日来谈,言今年生意足满原保万五千之额。惟潮馆给共和书局千元生意,回佣亦每百十元。又暹罗祥生意,年约三千,汕馆给回佣廿二元。渠恐潮馆继续揽去,不得已认给。另有种种特别消耗,(培初处有详细说明)要求结账将代办各货并入计算。但代办不必给回佣。将其余各款照万元比例给回佣。又要求过保生意额如何津贴。又要求直接由上海发货,不经潮馆。余答转商同人。

用人 复生告铭勋,公司向给伊津贴每月廿五元,冬季均未领。属开单。铭勋查薪水账簿,以前九个月均曾付过。又复生现薪六十二元,合之津贴为八十七元。余以向不接洽,须俟翰翁回馆方能开支。　　邝拟调钱经至英文部。

叔通荐账房盛君,为盛竹书之子。余托代订月薪探示。

分馆 昨约仙华、伯俞、梦、叔在寓晚饭。拟令樊春霖赴潮任经理,但今晨查潮馆账房樊君与春霖为兄弟行,似有不便。若将账房调开,为春霖地,于馆政又有不便。拟改提顾怀仁、沈子顺。

编译 竹庄来信言,在河南见有中学、师范各校职教员私设石印局,翻印我馆教科书,名曰讲义。

印刷 沈韫石来言,受卢护军使之托,为吉林殖边来商废约。问本馆如何意见。余示以合同,言照数赔偿损失。有可指实者,有不能证明者。沈问此时应否再商殖边总行。余言,向未与总行交涉,可与吉行商议。但来人柴姓,未知有无凭证。但既经官厅介绍,当可作准。余问沈如何意见。沈云,商务营业不能令有吃亏。殖边方面,亦请商务通融,可否将实际损失开示。余言损失分可见不可见两种,但须先与印刷所同人商议,再复。

文具 仙华交来,各主顾论仪器货物价贵情形。

应酬 晚约简玉阶、英甫、王秋湄、毕先筹在东亚旅馆晚餐。照南、陶子石、严孟繁均未到。剑丞、瑾怀作陪。　直隶教育参观团刘竺生等十人来厂参观。

昨约鲍、庄、王仙、高、陈在寓晚饭。鲍未到。

昨早赴南市新码头吊俞凤冈、象贤昆弟之父之丧。

十二月十日　星期二

收信 伯恒。

发信 拔可、竹庄、伯恒。

公司 出纳科交到现行收条办法。

发行 汕头特约,拟在上海直接取货。余商培、仙,不如全令改归上海付货,仍作为潮州特约。由潮监督,订明售价。将来盈余酌派成数与潮。

培初言,有萧某向在汕头分馆,收歇时声言欲在对门开书店。梁甚惧,要求潮馆留用。翰令梁津贴百元,仍归潮馆用,并令出具笔证,不再在汕头开书店。

用人 邝先生言,周越然介绍吴康,号致觉,在美国哈佛大学毕业,曾在中华编纂辞典一个月。现在南京高等师范教授心理学,每月百五十元。后来每礼拜仅教五点钟一礼拜,每月七十元。今年教翻译,每月一百元。

分馆 王可卿不肯出门,以伊母老为辞。笃斋来言,照章应辞退。梧馆亟需派人,余令会同稽核科推举。函顾怀仁,令交代事毕,即行回沪。

印刷 商定(在会议)应付吉林殖边银行废约之交涉,并改定鲍先生所开损失单。

文具 叶瑾仲交到关于各项意见书。送亚泉阅看。亚翁意主张注重高小用品,其次中学用品,不宜广泛。　7/12/12 交还。

应酬 晚约直隶教育参观团在大东旅舍晚餐,均到齐。

十二月十一日　星期三

发信 沅叔。

发行 梁海山约在新半斋招饮。培初、仙华、志贤、谦夫均在座。要求于约外优待,谓明年　一、往来须放宽。　二、三年后须继续。　三、营业推广应津贴。余谓明年如可保三万,当然比原定保两万之数可以放宽。往来数目再定。至第二事,三年之后,如三年无他事足为本馆营业之障碍,特约其有利益,当然无他问题。第三事不能允。又直接在上海发货、添单不经潮州亦可。但在潮取货,须订明限数,过数即现款购买。

编译 武昌中华大学来信到发行所。王仙华阅告,英文《世界史》甚为需要。迈尔《通史》太繁,文亦太深。林诺夫一种内容较宜,但定价过昂。巴来一种文字过浅,内容亦不适用。仙查林诺夫一种年销三四千部,本馆可自编一种,必有销路。当告邝君。邝谓,前美人抗伯克曾拟依迈尔一种另编一种,当时本馆虑其酬报太昂,未与定议。此君曾编《东亚史》一部,颇有著作之名,可否给以三千元编费。余谓,须拟定页数分量,请细酌再谈。

纸件 告迪民,现在欧战已止,工厂制造情形必有更变,前定加重之纸,应往商改轻。毛太纸每篓十二刀,每刀一九五张,价六两五钱。尺寸为20×39,一开六可以全张印,比福建毛边相等,但纸薄多破难印。

天头 查沈仲芳薪水还欠。　　写曹履冰信。　　催《夷坚志》印稿。昨议案应将樊、顾二人提出记入。

十二月十二日　星期四

收信 拔可、伯恒二。

编译 孙问清之《廿四史》已届废约之期。徐仁陔来将账开去,除欠抵过余书归我,应付一万八千余元,不足还兴业。徐要求将原书一部售归于我。我意不允,只可请兴业承受。今日午后徐仁陔偕兴业副经理徐寄庼来,仁陔要求本馆将押款利息核减。寄庼亦代为说项。兴业除减让三千两外,另送五百元。余允亦照减五百,遂定议。约定明日午后二时赴兴业交割。徐仁陔出一收清代售书价及原书收条。一收清余存书价收条。一将原书转拨兴业据。本馆出一收清押款及利息收条。一交兴业存《廿四史》一部存条。因仁陔代表并无正式(孙氏合同已失),故须邀问清之子明日到兴业批注合同。

印刷 午前十时访沈韫石,告以既经诸公调停,可不照合同说法。至于开损失,亦去四万甚远。今亦不坚执,可以通融无不通融。沈问我处如何主张。我答以我处不能说,但已退让两步。一、不照合同全数索赔。二、不照损失索赔,总在四万以内商议。并告以柴君不过行中一人,并非股东会长,亦非总经理,请转告应由该行正式委任。

纸件 梁鸿书来信,合同已寄,湖南纸已到六百令,约一百数十篓。年内尚有三四百篓可到。梁下月须返湘,纸由报关行交来。余属铭勋将报关行名抄下全文。与梁订明,合同虽未订,而日头已订,以后即照此办理。

文具 同人与李约翰谈仪器事。李谓编书须用本国材料,制器亦简单。

西书 邝先生来,交阅锡三信。谓外洋出版家知吾翻印,已有数处托伊代办,将严重应付。余告叔良。叔良谓意在恫吓。

应酬 约李约翰在卡尔登晚饭。到者亚泉、文之、文信、仙华、郑贞文。邝作主人。

十二月十三日 星期五

发行 汕头特约改归上海取货,营业增加,放宽往来。属培初、仙华与商。

财政 告会计科,将存正金金圆十万、商业二万于账簿上改作存金,勿作存银。

编译 午后二时至兴业银行,批消孙问清合同。徐仁陔及问清之子均到,并亲笔签约。余收到孙氏收回预约余存《廿四史》及殿板一部收条。又收清照合同七折《廿四史》售价二万六千余元收条各一纸。当将支单交付兴业,让去问清债款三千八百余两,亦已清讫。余又交代存殿本《廿四史》存单一纸并清单与兴业银行。

纸件 鲍先生交来照相材料定货单回纸。谓从前均系零购,近以用数较多,拟向美国购备。余于鲍信上批明,须查明上海购价及美国货价,须有比较。

十二月十四日　星期六

发信　伯恒、拔可。

公司　致鲍先生信，推为代表签字。

用人　会计科查，沈仲芳至十一月分止欠一四八六元五八。每月扣五十元。

分馆　顾赓吾来信，不欲去新加坡。

编译　俞涤烦来，交到册页三本，与叔、剑选定廿一幅。梦拟续选旧书付石印。余意不如竟印《四部举要》。查存毛边，约存四千件弱，所差不过五千件耳。

印刷　毕先筹来信，言湖南银行允付款。我馆自己恐无机器可印，当商鲍、包。言既付款，必须赶办。7/12/3事。

午前访简玉阶、英甫昆仲。玉言已改有限公司，将来望我处帮助。余言极欲效劳。英言明日即行，前议印双喜牌，望速定局。余允即派人来谈。

午前到馆，问鲍双喜牌九分，可印否。鲍言，自旧历正月起，尽现存绿纸为限，可允。余即告瑾怀。

西书　叔良有告退意，盖与梦言之也。

十二月十六日　星期一

收信　昨拔可。

发信　拔可、毛契农、沅叔。

公司　简玉阶见面言，南洋烟草公司已改有限公司，添招五百万，望彼此后来帮助。余言极愿。晤乃弟英甫，催印双喜烟盒。余云必可减让，即属人诣商。

此系礼拜六事，误记于此。

用人　叔通荐盛竹书之子号安生，可来。但名位欲得稍优，月薪约四十元之谱。

分馆　拟将宁馆改作支店，归发行所节制，调章劬斋充稽查。梦翁谓恐启分馆之疑，谓将以分馆并隶发行所。

毛契农来信，要求月薪百元。先是有信致拔可，言家眷甫赴常德，又须他往，损耗甚多。复信另给津贴二百元，作为贴补。薪水照加，月津二十元仍按月支。

编译 俞涤烦来,将选定临任皐长册页廿一幅目录交阅。请其先绘,并将册页三册交还。预支八十元,全数四十幅,约阳历八月交全。全案交任心白收全。

7/12/9 涤烦自枫泾来信,声明办法。原信交心白归卷。

印刷 昨夕沈韫石、曹履冰、马懋勋约在白克路二号晚餐。吉林殖边代表柴瑞周,又沈联芳、卢筱嘉亦在座,谈废约事。另有记录,存本案内。此不记。

十二月十七日　星期二

发行 城内寄宿舍每月开支约百十余元,住六十余人,每人约摊一元九角。

补习生寄宿舍每月开支七十余元,住四十余人,每人约摊一元七角。

商仙华,拟将城内宿舍移至北河南舍[路]。在发、印两所适中之点并归一处。仙甚赞成。

分馆 决定派章讱斋赴新馆调查,顾赓吾调回上海,封芸如调粤馆账房。

陈祝三调潮馆账房。

翁健鑫代理常馆账房,俟金馨金衡州事了,即赴常。贵阳分馆账房调。

编译 美国政府驻沪通信员偕邝先生来访。劝本馆办一商业杂志,伊可兼任编辑员,便于为我推广,并招徕广告。渠意可以供给材料。余问是否译成汉文。但恐人手不多。余问应否酬报。答云不必。余言恐销路不畅,材料不能过丰。渠谓初办不妨用小本。余问定价如何。渠云美国杂志批发总在纸价以下,全在告白上取利。余谓中国恐不能多,甚望伊能相助。答云不能确定,总可鼓吹。余问是否可以任用各种材料。答云随我选择。余云本有此意,今闻言更觉踊跃,当与编译所商议,拟有办法再行奉商。

印刷 中法药房印大昌美女,签字已过两星期,尚未开印,于甚焦急。鲍云即印,过期亦不妨。黄楚九近来不比前云。

西书 中美图书公司致西书部信,问明年有无他项办法。叔良意,如伊能收歇,则我可代为尽力推广。否则仍照普通办法。余允之。

十二月十八日　星期三

收信 伯恒。

用人 张叔良买本馆股分五股,拟向公司借五百元,约明年六月就花红股息归还。出息八厘。余商梦翁,报告董事会,殊觉无谓。改由个人私借,面告一切。叔良来信,并交借据,仍纳息八厘。余复称,存在公司只四厘,不能多取。

编译 《四部举要》,梦翁拟改名《丛刻》。 除《廿四史》外,尚有十七万页,二万八千四百石,每日四十石,二年完。

白纸成本二百七十元,连《廿四史》定四百五十两,除《廿四史》三百四十。 黄纸又二百十五元,又三百六十两,又二百五十两。

千部售完,余十五万元。

六百部归成本,六百部以下,每减百部搁成本三万八千余元。

杂记 简玉阶、王秋湄来谈,为改组公司,就问本馆组织,索阅各种章程。7/12/19 由叔通检齐送去。

十二月十九日　星期四

公司 由总务处通告,以后特支(张桂华、钟景莘)款项,依去年董事会议定。余推鲍咸翁代表,拔可推高梦翁代表,以后总经协理非有二人签字,或不在时,非经代表有二人之签字,即将支单退回。

发行 本版股查《大清会典》。

三开《会典》　一七六。

又　　图　　三〇九。

又　事例　　八八。

四开《会典》　三二〇。

六开　又　　六八〇。

又　事例　　一一六。

商定四开售一元五角,批分馆对折。六开《会典》事例售四元,批对折。后改定仍照四七折批分馆。

用人 吴桐轩条陈,顾复生向学生借钱。方家谦百元、丁玉函二百元、金颐寿十元、陈庆堂廿元。陈兆昌要借五十元。

编译 《实业杂志》与梦翁商定决办。准八年一月出版,于二月发行亦可。但明年总赶足十二期,以王中丹主任,刘季英襄理。

印刷 问四明银行票何时可交。鲍、盛两君复,十二月(阴历)二十日交起,年底交完六万。有信来,原信已交瑾翁。

复沈联芳信,略谓前日所谈殊出意外。难提出于董事会。晚赴卢筱嘉、柴瑞周之招。又与沈、曹、马略谈,另记存案。

文具 照相用五金定单,向斐雪门购买,本日签字。

十二月二十日　星期五

发行 寄宿舍由吴桐轩觅定两所,三楼两厢,在华安坊内。每月租金五十元,看门二元。已告仙华。

告仙、梅,发行所饭食能否一律停止,摊入薪水。凡无出外职务者,中饭必须在馆吃饭。姑请商酌。

分馆 陈祝三来,云明日行。

宋少轩调回上海,暂缓辞退。

同业 中华今日开股东会。

编译 京馆寄来抄四库《龙川别志》一册。

印刷 交《皇甫持正集》与吴炳铨,付印。沅叔所托也。

十二月廿一日　星期六

公司 莲溪言,总公司向来亦系暗用阴历结账。若骤改,恐明年股息太少。余意,只可照旧,但至阴历新年后,可将阳历阴历两账比较,再行决定。余意,七年股息不能太多,能得分二已足。

用人 梦翁以编译所假期独多,于迁调有许多不便,拟将例假应得之数,摊入薪水,约加百分一百。余以为可行。惟旷班仍不扣。

分馆 约培、莲商,拟催分馆尽阳历结账,勿候阴历收账后移借。查有十处分馆,先已用阳历结账,此外多暗用阴历。初拟派账房赴沿江及铁道可通各馆会同结算。嗣莲溪来言,总馆亦如此结法,若亦用阳历,恐明年派息有关,不能实行,只可循例催促。

顾赓吾来信,先派封芸如赴新加坡,即发电止之。

7/12/23 得吴渔荃回电云,昨晚已行。

编译 仿宋字《道德经》十日后可出。 《离骚》须候三号字。 《日用百科全书》在电车登广告，梦允照办。《实业杂志》已有先名，拟称《实业月报》。

印刷 与鲍、包商定吉林殖边损失清单。

纸件 告包文德，本馆如已存多用少之纸，可以酌量售出若干。包以为然。当托迪民清查，并问价。

梁鸿书来信，知照玉书纸已到一百件，交来提单两张。由铭勋交报运股。

又闻晏永康连史纸亦到，告铭勋函催。

西书 颜骏人代购德国医学书，计一千马克，合银二百五十两，于 5/8/26 日转账，笃斋查本日去信，询问能否运出。

天头 催太原印书估价。 索《衲鉴》印破残样。

十二月廿三日 星期一

收信 伯恒。

发信 剑丞、沅叔、子刚。

用人 编译所加薪减价［假］事，细思有许多不便。调人究属无多，而同时人人加薪，究有烦言。又办事时间仍有参差，欲免闲话，终属不能。与梦翁商，不如作罢。梦翁送来比例加薪单，送还请缓行。

唐舜臣又来信，斤斤以邮票已经赔出，系李诬控，调校时薪少为言。送王莲溪及鲍君阅看。

财政 会计科开称：

沈戟仪股票抵押洋八三五元五七二，周鸿兴钻戒押五百元。翰卿经手，十月底到期。

董健宇欠二百元。

分馆 孙振声回言，兰溪穆君办理尚好，账款亦不错。惟应付外界，词气少欠斟酌。

又述鲍子刚意，货栈不意退去。余令告莲溪。

编译 寄《稽神录》《龙川别志》《归田录》校稿与剑丞，请其复校。

印刷 吉林殖边损失，开单连票样函送朱葆三、沈联芳。晚约柴、卢、沈、曹、马、朱、沈、王岳飚及高阆园在东亚酒楼晚饭。又谈此事,另记。

瑾云,浙省彩票委员来言,日人今村,住虹江路大华里,私雕彩票板。云系朱巧生所托。朱前在本馆做落石,现在中祥印刷所跑街,住闸北广安里后弄。

7/12/24 会议,告知鲍君。鲍云此事由落石房丁君查悉。丁与今村为前后邻,无意中看见此事,告之鲍。鲍以朱巧生为粹方甥婿,恐有不便,故属包文德往查,并无所见。朱自称无有。朱前在石印房司落石,现在本街警局对面租屋,置一石机印刷零件。

丁与彩票委员均浙江同乡,故告诸该委员。

梦、仙均以为此事不可不惩办,而鲍甚觉为难。谓渠已自称不做,该委员不能归罪。本馆午后约丁榕与谈。丁言未得实据,丁虽目见,不能作证,只可密告警局,令其出头。晚王巧生来言,已发现假票,已经法捕房扣人。余约鲍、包到会议处,商定由包报本区警局,令其侦查。

应酬 在东亚酒楼约柴、马诸君晚饭。

十二月廿四日　星期二

发信 梁宝田、沈衡山。为登云阁旧书事。

公司 编译所自明年起删去端午、中秋节假。

开投函匦,惟印刷所有三件,仪器部、总务处均无。

用人 编译所加薪水单由梦翁交来阅过。周由廑加三十,黄幼希同丁英桂加十元,余只略加。原单送还。

纸件 梁鸿书玉书纸有沾水,去信告知照退。渠亦应允。

十二月廿五日　星期三

收信 剑丞。

发信 剑丞、拔可。

用人 贾季英明年拟停止月薪。伯俞谓不宜停。

分馆 决定停止调查顾问,去多留少,有清单交仲谷。　干臣拟分馆开办廉价事,请梦阅过。本日交还。删去本版三年滞销一项,令发通告。

编译 昨与梦、仙谈,拟将《东方杂志》大减。一面抵制《青年》《进步》及其他同等之杂志,一面推广印,借以招徕广告。今日见北京大学又办有《新潮》一种。梦又言减价事,又应斟酌。

印刷 郑炎佐言,郑曼陀自印月分牌一种,共一万张。秦拜言告以本馆多印一万,郑大窘。余问鲍有此事否,是否私印,预备售诸他人。鲍云,并无此意,此次系丁乃刚误计,所以多印一千。余云,此一千如何办法,何妨实告曼陀,声明误印,一并售与。鲍云,此时已来不及,已交半月外矣。

纸件 售去新闻纸,每令四两六七钱。批分馆四两四钱,限定京局、津、汉、杭、闽、汴、奉。

道林纸亦可售去若干,每磅一两六七钱。

告迪民,先酌定可售之数,预备知照栈房。

晏允康纸号文盛纸亦到。

十二月廿六日　星期四

发信 沅叔、竹庄。

发行 梦查各杂志。六年销　一四六〇〇〇。七年　一一一〇〇〇。现在十足,回佣六九折,七六五九〇。如改九折,回佣六一折,六七七一〇。两数相较,差八八八〇。

7/12/27 梦、仙晤商,决定减折。

用人 查翰翁手册,录出同人特别待遇办法。在本册末叶。

分馆 章㓚斋来信,允赴新。

电封芸如,专查账,余事候㓚到处理。

又电渔荃,代定船。

印刷 致丁律师信,并送去浙江伪票一纸,问其能否起诉。

7/12/27 电询丁君,云现所获之人,系私售伪票,须由浙省委员起诉。本馆不能诉。

十二月廿七日　星期五

发信 廷桂。

发行 二层开市,改为赠品。

用人 仙华言,周慕贤允于午后四时后来馆办事,并在外担任推广之事,由公司津贴伊所办学堂四百元,不另送薪。如此则所延马君将来可归编译所办事。余与梦谓,周君不能不送薪,即照现薪送半月四十元。马仍先到发行所试办。

财政 与梦翁商定,明年阳正月初三到期,广东一万五千、交通二万、商业一万五千。现尚存活期十二万两,又一万余元。又一月廿六尚有正金十万到期,拟将商业一万六千拨归兴业作往来。余两处不动。

分馆 致廷桂信,告知虎坊桥造屋太昂,且难伸展。速在顺治门内外觅地四五亩。又提起银行簿记均已分散,想因伊丁忧来沪失去。稿存汇入京局购地案内。

印刷 在卡尔登晤沈联芳,谈及吉林殖边印票之事。可否即让至二万。余云吃亏太甚,实难勉遵。马懋勋前日告知一切,渠亦谅我为难,故不再相强。现云从前说到三万,此刻专为顾全众人面子,再让去一万。余云,从前之让至三万,即为诸君之面子,此外实难退让。沈亦无语。

纸件 问许允章,前定福建毛边纸。尚欠

钱德记　九十五件，　五两二钱。

双裕隆　三十件，　　五两一钱五。

泰　隆　八十五件，　五两二钱。前日开单。

昨日又来一百件。　据云,近日市六两一二钱。

应酬 午赴主张国际税法平等会之约,在卡尔登午餐。晚约梁卓如、蒋百里、张君劢、夏浮筠、刘子楷、张云搏、蒋叔南、孟纯荪、张东荪、云雷、徐寄顾、黄溯初、刘柏森、熊　　、吴　在都益处晚餐。与叔通同作主人。后袁伯夔、周尚怀加入。

杂记 北京分馆寄到施永高君所购书各发票。交叔良。

十二月廿八日　星期六

收信 剑丞。

发信 剑丞。

财政　商业定买美金。　除八月廿一日定买二万,每百两一百卅一元,原订明过今年底,明年起每月跌半元外,　九月九号,二万,一二一。尚存一万一千七百五十六元四九。十月十九号所买,尚存一万八千一九七元八七,十二半。均每月跌三元。

又中孚七月廿二号所买,尚存六千八六四元九〇。一一三。明年每月跌三元。告迪民,付与银款,改存金四厘息。

编译　夏浮筦将赴欧美调查,前来信愿投稿于《东方杂志》。余问如何酬报。夏云不须酬报,只将版权仍归于彼。余云此自可行,但酬报总不可无。浮云断乎不必。余云将来自当酬报。

印刷　瑾怀昨言,浙彩票委员以我不起诉,甚不满意。余允函托律师参加。今日函达丁君,请其代延法律师参加起诉。一切请其接洽。

报载比领事拟印战事纪念画,有归商务印书馆印刷之语。剪出交鲍先生派人兜揽。

纸件　昨鲍先生商,在日本所定绿颜色不佳。姑问南洋烟草公司能否收用,如能用即定千令。否则另定较佳者一种。

本日瑾怀交还,谓已晤李君,纸色不合,须用佳者。已交迪民,用南洋本纸,及本馆较绿者一种,寄东问价。

应酬　晨起送任公行。乘小轿至杨树浦,上横滨丸。至九时始别。又祝沈联芳母寿。

杂记　诸贞壮来,言杭州有《嘉靖实录》十余册。余云可购。又有梁章钜《楹联三话》及其子《四话》,又《巧对续录》稿本六巨册,索价三百元。余请代商,稍昂不妨。

十二月三十日　星期一

用人　往访翰翁,告知许笃斋开来一单。内有

鲍咸昌三百元。翰谓无有,必系另款。

童弼臣一百元。翰云相沿已久。

翰又言,鲍咸亨前有信来,甚有争论。后托别人告知,年终酌予贴补。大众

加薪时酌加。今须酌赠。余问几何。翰云多至百元。余允照付。

余又问，鲍庆林应定薪水。翰谓庆甲初来百元，后伊母来争，现已百廿。此可先送百元，谅鲍二先生亦谅也。

财政 付鲍咸亨一百元。又津贴梁宝田被盗三百元。系开特支。余与梦翁签字。

又支高颖生二百元、孙伯恒三百元、张廷桂四百五十元、童弼臣一百元。由许笃斋开单，朱紫翔一百元。

编译 周越然因教部不审定伊所编英文教科书，去信大骂，已登报。今日交来信，言致竹庄。余发电致竹庄："周越然信系私人意见，乞勿呈。"电致教育部署。

梁宝田来信，论澳门翻版事甚详。然于后来办法，尚未确定。

印刷 毕先筹来信，言得湘电，允再拨二万元，请速开印。由叔拟稿请拨足四万六千元，即当即速开工。湘馆亦有电来，已复，如复毕信意。

浙彩票委员来信，催本馆起诉。而丁榕先来言，谓参加之事徒属虚縻。渠意以为不必办。余未见。傍晚将浙委信送去，约明日谈。7/12/31 丁来信，言此时不适于起诉，约该委往谈。信已交瓒。

纸件 万仲篪来信，言文康纸亦已运出，下月初可到。文盛纸已于九日前交到。陈铭勋言，前日始提到。余属铭拟复信，告知实情。

十二月卅一日　星期二

发信 拔可、伯恒、竹庄。

公司 包文信开来仪器部值班单。叔言前十月十四日来信，复信声明仍照印刷所时间，后包与鲍商并未照行。余问鲍，鲍云并未允许，不知总务处如何复伊之信。余检复信示鲍，鲍言栈房亦来要求，正在为难。余云包君不能约束其下，甚属非是。即约包到印刷第三客室谈，鲍亦在座。余问现在办事时间如何。包言得信，同人不允。已商高翰翁。翰云现病中，后来再说。余云，总务处已有复信，高已病当然遵守总务处之区处。包又言，初迁时高言暂时照印刷所章程。余言在总务处办事，照总务处章。其制造及发货装箱，应照印刷所章。阁下系公司旧人,应帮鲍先生忙。包云照印刷所章,每月无告假,仅贴一日。如告假则不贴,比较总务处廿日例吃亏许。鲍云不过差八日。可以商量。余云此系发行所旧例,可以贴还,此已有之权利不能夺去。至时间则发行午前九时至午后七时,与印刷午前七时半至午后五时半并无参差,应仍照印刷所时间。包有难色。余谓,总应帮忙。包云,如必须也只有遵命。余云,明年加薪时可于薪水酌量贴补,至告假扣薪,仍照印所例,月终照扣仍扣。惟不必加,俟年终由总务处加给。鲍云,如此有由印所例者,有不照印所例者,总易舛误。余云,或一并摊入月薪,悉照印所例办。

用人　盛安生来见,约定元月二日到馆。

财政　开支单奖造铳版机工匠及技师,共三百元。交鲍先生付。又开支单付张子宏卅元、夏东曙十五元。交仙华付。

编译　朱企云来,由伯训、慎侯、幼希诸君与之接洽。周越然事已告邝。邝亦不以为然。约散课后面谈。后邝来,余适在印刷所,邝未见,约后再谈。

8/1/3 复越信,谓如此批词亦常见,总有法可以说明。已告邝,当能转达。

印刷　致沈韫石信,抄送与吉殖银往来函电摘,并拆卸机器照片五十三张。留稿。

杂记　广告股备车一部公用,令吴桐轩往定,计六十八元。

张元济日记

下

张元济 著

商务印书馆
The Commercial Press

一九一九年

元月二日　星期四

收信　伯恒。

发信　梁宝田。

公司　通告，仪器部必须照印刷所时间。另致文信一信，请其确答。又通知鲍先生，并附致文信稿。包来言，自本日起已照办。余言甚好。仍请答复我信。包又请补给廿日加薪。余云，查明再给。

稽核科去年底有详细报告。昨阅过，本日交叔通。

用人　邝荐杭州之江学校刘骚任英文字典事。送来译稿不能用。（牵动二字当作引动，又其字不通。）交邝君。

财政　七年分广告共收：

书籍项下　一一六七八元六六。

最多者	商业名簿	二〇四四.二〇。
次	东方杂志	二〇四一.一〇。
次	八年历本	一八三九.〇〇。

原表交稽核科存。

分馆　章讱斋来言，生意多一万余，账不致增加，又开销格外搏节。并言稽核科挑剔太繁，言词训责太重。余为解释，并言以后当属留意。

程雪门来。余问何日葬亲。云在二十边。余云阴历年内必须回去。

翁健鑫来，云明日赴常。告以放账收账须格外严紧，宕欠亦不能，账房应负责任。

编译　告梦续译威尔逊演说。

商定请星如赴南京图书馆查阅旧书。

邝交来英文馆学生顾如荣辑有英文尺牍，尚须订删，拟洽假一百元。　已告梦翁。

印刷　偕杨介眉、徐寄顾参观印厂。到票房内,见有女工数人,用橡皮磨刮误印红线。交通股票已告鲍、包二君。

朱、沈来信,为吉殖银行废约事。

纸件　函致鲍子刚,付晏允康代表万仲篪,文盛纸九十九件价。

元月三日　星期五

收信　廷桂。

发信　伯恒。

用人　瑾问,夏悟周已停薪不愿办,前拟视年终所收回佣,如为数不多,再加津贴,恐仍不肯,已请梦翁转商莲翁。余谓,已移归营业部,可有权自主,不必再商莲翁。尊意以为当如何办,即行可也。

分馆　午后告培初,　属程雪门赶办葬事,勿逾一月之限。

编译　商定,请星如先赴南京图书馆,选定可印之本,作《四部举要》用。

印刷　毕先筹来言,湘行允将前欠印价四分之三照付,但先问年内可出若干,并出示来电。当即录出,允明日答复。索《李文忠尺牍》一部,作赠品。随约鲍先生一谈。鲍约吴、秦、包诸人商议腾挪办法。吴炳铨来言,阴历岁底可交三百万。余请开一清单,以便据复。

广西添印一元票一百四十万。原开三分,可让至二分八。彼允二分六。新增五角票,开一分五。彼允一分二。允让一分三五。与鲍在会议室公定。瑾于晚上又问,号码三厘要扣回。问若何。余问共扣若干。瑾约计不过七百余元。余云必不得已,亦可让。

天头　催速张叔东大字。　知照分庄科,催程雪门一月假必还。催津馆寄《北山录谈》片。　查抄本《京都纪事》缺卷。　告江伯训修书人事。

一月四日　星期六

发信　沅叔、廷桂、王空谷。

公司　知照三所及仪器部、存货科、书籍纸张股,盘货账从速给出。

发行　稽核科有对于廉价部之意见。

8/1/6　交本版股照办。有批注。

用人 张叔良来言,前翰翁允给王步香饭资四个月,共廿元。又补给仪器部包文信,又其下八人,照总务处例假,年终补给二十日薪水,除去在印刷所每月终加送一日外,于本日开单补发。

财政 检出刘雅扶押在本馆之三年公债票十二万八千元,带到发行所面交蟾芬点存,后日取息。

分馆 吴葆仁来信,甚说衡馆放账之滥,不听忠告。

编译 樊仲煦有关涉医学辞典之意见。已批注交梦翁。

印刷 复毕先筹信,留稿。曹履冰又来商吉殖废约事。另有记录。

纸件 催迪民问恒丰前定印书纸可否改薄。迪民出示十二月十一日、廿一日两信,均未得复。昨日又去信,改定磅数,请其转达。

一月六日 星期一

收信 剑丞、沅叔。

用人 樊春霖赴哈馆收歇,并代理数月,共用去三百数十元,又做衣服百卅余元,开支实属太费。姑因染恙及办事尚有结束,除所做衣服外,准其报销。后莲溪来商,伊要求薪水无多,代理哈馆约计八个月,津贴若干元。给四十元。

编译 致梦翁信:

一、贾季英文字应出名。

二、《英汉辞典》拟延郁少华或朱企云担任。

三、《教育杂志》须改良,募外稿。从速行。

四、去年词典无出版物,催叔远进行。

纸件 留稿照相机,据梦翁说,比现在胶纸留底可省四分之三有奇。

杂记 刘澂如借去《光绪条约》三十四册,共四函。又《宣统条约》二册,共一函。本日交翰贻转呈。

元月七日 星期二

收信 伯恒、剑丞、契农。

公司 顾复生谓,前日通启有人午后告假不开假单,系专骂彼。余谓启内并无斥责之词,且君是日实告假未开单。顾言,他人有告假数日不开单者。余谓,君来报告甚可感。但此等举动,何必效彼。顾仍强辩哓哓不休。

用人 许笃斋来言,友人荐一账房已来考,其人似尚可用。余属明日将考卷送来一看。

叔通约梦旦与余晤谈,谓迪民家累甚重,不止一房家眷,恐难留,应预备人。余谓其人稍涉浮滑。梦谓不过照例办事。余云不得已可由叔良兼办。叔谓,铭勋亦可兼。余云,可即指派。

财政 刘雅扶押款五万两。梦翁来告,属将公债息领出,将半年息八厘五全数扣出,余送交雅扶。

分馆 梁宝田来信,主张购地自筑馆屋。

印刷 毕先筹有信来,并抄示一电,谓款四万六千已拨,年内须交六百万。当复以遵即开印,但只能三百万。

文具 为仪器部约关涉各部,余因家事未到,将有关各件如价格之调查及改革之意见,又组织之意见各件,送交叔通。

西书 仲谷交到叔良推销西书通告。交仙华复看,即照发。

天头 午前为送源侄媳入医院,未到馆。

本册末页 由翰翁手册内过录。(张元济1912年至1926年馆事日记原稿分订三十五册,此处"本册"系第十五册。——整理者。)

张廷桂 薪水每月一百五十元,京局开支。应酬费六百元。五年起加三百元,总馆开支。

陆汇泉 民国二年起,薪水花红合一千元。

三年薪水六百元,花红百四十五元,津贴二百五十五元。以后不记。

丁斐章 每年律师费八百元,内高易公费五百元,个人酬仪三百元。

汪仲谷 年终赠送一百元。

俞志贤 民国五年五月一日起续订合同五年。每年薪水一千五百元,花红贴足一千六百八十元,酬应费五十元。

六年分花红一千二百四十七元,应酬五十元。

七年分花红一千二百〇四元,应酬五十元。

顾复生　民国五年起加薪水五元,每月贴二十五元。

高颖生　每年津贴贰百元,年终付,民国四年起。

陈培初　民国三年起花红贴足八百元。

蒋竹庄　民国六年起每月贴一百元,分四季付。

庄伯俞　每年花红照股息贴足五十股之数。

夏筱芳　每年学费美金九百元,计四年,分两期付。往返川资美金六百元。民国五年下学期起。

韦傅卿　因照料寄宿舍,每年贴洋三十六元。

孙伯恒　民国五年一月起每年津贴三百元,年终付。

许含英　由中华书局资遣留日学习雕刻,后由该局转于本馆。每月日币二十元。以物价昂贵,每月加五元。又家用每月华币十元。八年十月止。

俞蔼生　管第二笔作并教授学生。六年九月起每月贴五元,一年满。

沈　君　每月二十元。

李　君　每月十二元。

陈迪民　民国七年年底送二百元。八年起薪水加至一百四五十元,花红加至四五百元。二三年内往美,酌贴旅费。　翰翁 7/8/6 记。

章启民　第二笔作主任,到馆言明每月三十元,明开二十元,年底照补。六年分已付讫。

顾赓吾　民国五年七月起按月贴洋四十元,原薪六十元。此事全已取消,改为薪水百元。

又记　丁巳除夕

顾晓舟六十元。因丙辰未加薪,日后加可不送。

朱颂盘三十元。意同上。

王德峰三十元。

沈挹清十元。
｝历年旧规。

张蟾芬一百元。

桂福二元。

文祥二元。

天头 第四届补习生学习账务者:

田耀华、单其汉、徐昌言、金颐寿、程育明、蒋瑞山、丁玉函、周兆鉴、董儒官。

元月八日 星期三

用人 樊春霖在哈嫖赌,甚为同人所劫持。叔通有所闻,来告。请函询觐、企两君查复。

拟聘朱企云到馆办理词典事,托叔良致意,月薪拟百元。后又告叔良,不妨加至百一十元。8/1/15 叔良来言,朱有回信,言辞不去师范一席,只可作罢。叔良荐杨君,现在海关,月薪五十两。

分馆 范济臣来信致培初,托探明春请假三个月,并荐俞凤冈代理。余于原信上注明,范君请假,前已允准,惟属切勿冒险起程。俞君暂代,亦已允准,去信务必声明 "暂代" 字样。

沈子颀来云,西书事均办妥,阴历年前无甚事,故告假一个月,报关某君代理。英文恐不够。

编译 拟将《英汉词典》事划归词典部。8/1/9 午饭后告邝,谓可行。又告以拟延朱企云专任词典事。

印刷 毕先筹又有信来,询年内交票确期,复信留稿。

文具 属迪民查美国百货公司,问零件进价。

应酬 兴业银行约本馆同人到一枝香晚酌。到。

元月九日 星期四

发信 剑丞、竹庄。

公司 编译所与第三印刷部屋中连一楼,余见仅两层,告鲍可改为三层。鲍外出,遂告包,包即约监工人来,谓可办。

用人 添进考入账房。 邝拟添用英文助手一人,即拟延刘骚,给月薪五十元。余开单交江伯翁,转商梦翁。

分馆 吴绍和来在粤馆管司后街栈房兼批发发货,言告假一个月,回江宁。余问广馆房屋情形,渠出一图,言店面约须拆让三分之一。又言司后街不住人,运货比店每箱多洋一角,如能将栈房并入店中,可减少运费及自来水等,人亦可酌减。余云,不妨移至惠爱大街。吴云亦可,并无妨碍,但李公祠寄宿舍必须迁移。

印刷 湘分馆来电,述湘行意,催日夜赶工,年前多运。复电:"已开工,款未交,乞催。"

纸件 利达洋行来信,言去美时翰托代购价廉合用之纸,亦未确定,并无信。伊到沪两月,亦未来说。信中称系因翰病之故,印用纸共二千数百令,价约一万余两。迪民来商,余谓已经两个月,何不来说,当商鲍君,鲍谓只有三种合用,约三分之二,拟购入,余不要。候翰归馆再定。余属迪先与口头谈判,利达纸由迪民面商。8/1/13 来言,仅购一千六百令,即一一二、一七八、七号,余均退不收。印签字。

元月十日　星期五

发信 梁宝田、沈衡山、为登云阁旧书事,留稿。拔可、剑丞、伯恒。

分馆 钱才甫来信告退,并言宕款三百五十元可否豁免。余询分庄科,云月薪支至九月底止。旋在发行所晤及,才言九月底到上海,十月初二日来总馆一次,后又来一次。谈及宕欠,余云,分馆同人甚多,难于通融。分庄科屡催,余谓阁下必来理处,故未追索,总宜早日归楚。才言一时实筹不出,只可约一期。余问在何时。才云难说定。余云总要有确实日子。才问有何可以通融之法。余云再与同人一商,但约期必须确定。才云如能借到亦可先行归还若干。

编译 函授事,有将学费径寄编译所者,均由周手收发卷。改稿、发讲义,又均由伊经手,恐有流弊。梦谓信面系私人,不能由旁人拆,若一例由他人拆,亦有不便。或发卷改一办法。余谓照现在办法总有不妥,当先向发行所调查。

印刷 湘馆来电,催湘票五十万一运。复以欲速反迟。毕先筹又来,出示张敬尧一电,又湘行一电,允款照拨。余问若干,毕云四万六千,湘行电催,即运一百万,十五日再运二百万。毕亦知办不到。由馆电复湘馆。此电并交毕阅过始发。

余告毕,水运耽误,最好到汉后改铁道运长沙。毕云先已筹议,余云将有信去,请给一回信,以便照办。毕云,即发电,候复电再决。毕去后,由馆备信送去。

纸件 本日向横滨定购纸片照相机一架,专为留稿之用。 鲍来言,美兴有胶版机,尺寸较现在所有者为大,价美金一万一千余元,问可买否。余谓可以购用。

元月十一日 星期六

发信 伯恒。托配曲谱。

公司 包文信言,本馆前附玻璃厂股分,由项松茂、陈立卿管理,至今亏本,翰不允加本。余言能否为本馆造货。包言比他家为贵,且不愿造,只造药房之货。余云本馆可以造货将价扣回。包云项、陈不允,已两年不去矣。

发行 本日楼上设柜开市。

分馆 云南有警察二区来信,控告郭丽中嫖赌,当向稽核科查存五千余元,内有童仲华存一千元,四厘息。即发电令退还存款外,余归数汇沪。

印刷 湖南银行拨到旧欠印价四万六千元。致毕信,十五日运票拟提前一日。

致曹履冰信,拒绝要求退还吉殖定洋一万以外再增之事。留稿。

文具 危险药品预防法及承置时应注意各项,共三纸,由叶瑾仲交来。用知照单送鲍、包,请包照办。

应酬 姬佛陀约晚餐。谢。

杂记 杭州有《楹联三四话》《巧对续录》稿五册,诸贞壮代为谐价,共三百元,函令购入。

天头 查洋纸销路。

元月十三日 星期一

收信 伯恒、竹庄、弼臣、廷桂、梁宝田。

发信 伯恒、廷桂、竹庄。十四日寄。

公司 告莲溪,请检查图书馆存书。

发行 昨函瑾翁,知照《日用百科》广告定单,必须注明登几万,否则必启争执。

分馆 伯恒知照,周毅人宦用千四百三十元,查押柜共有千四百五十七元,连息在内,又公债票千零四十元。已函复伯恒,一面照扣。

同业 弼臣寄来中华加折传单两纸,即交仙华阅看。

印刷 湖南银行知照,连票可交汉分行收下转运长沙。

简照南来,托估印香烟飞艇、飞马、地球牌价格。已告鲍。

应酬 晚约黄齐生、唐士行、刘刚吾、严仁珊在东亚旅馆便酌。蔡衡武、刘希陶、令狐赖松、杜叔械、谷九峰、王若飞,尚有数人均未到。

元月十四日　星期二

发信 宝田、十五寄。衡山、昭宸。为买书事.附伯恒信。

公司 笃斋来言,拟将去年滚存账结断。余言少缓。可以将收款另记,俟盘货账到齐,结出若干再定。晚到发行所约张、钟二人一谈,亦以为可结。余属将新年内已收若干再查,开单交下,以便决定。

发行 仙华拟将高小两等书批发减低半折,梦翁拟再核算一过。

分馆 派孙振声赴宁馆督收账目。

印刷 曹履冰交来《宋诗钞》前送去书价十元。当退回并附到柴瑞周一信,录出两份。8/1/15 答复一信,留稿。又致朱葆三、沈联芳信,将印出柴信及复曹信各附去一份。

杂记 万函校来信,诸多不情理话。属吴度均检齐看信,交邝君往商,告以如此交涉,不克代办。请邝先探其口气,如彼不满意,不妨废约。

元月十五日　星期三

收信 拔可。

发信 沈子颀、弼臣、沅叔。为《百衲鉴》版口事。

公司 催印刷所、仪器部盘货账。

发行 仙华来信,拟将发货移至发行所。

用人 张云雷来信,为丁乃刚要求加薪。当函商鲍君,言每月加五元。余又面谈,鲍谓原加十元,包文德意谓恐有牵动。余云,可由总公司另加津贴,鲍谓难于计算,仍由印所明加十元。余又函商鲍,可否由总公司再年终暗加百元,以安其身,使之感奋。

告陈铭勋,拟令兼进货科。

分馆 顾怀仁来,又交到收回回佣四百元并汇票　　元。共结尚欠千一百余元,内七百元系林君名下,因无力缴出,顾拟代为筹措。又四百余元,系汇水吃亏,怀仁将公司优待股分收条数纸,并云将所有该股分五股,一并代林农孙抵还该款。余查账,该优待股尚欠三百六七十元,可得者不过百三十元之谱。顾又有说项一份,要求免去宕欠。余云容并商再复。

武兰谷函询汇水太费,可否改售现大洋。查去年号信早已令改,嗣问顾,吞吐其词,不过仅售票大洋而已。

编译 沈步洲来信,谓有译成小说十万字之谱,愿售与本馆。又即速赴欧美,愿任通讯,乞示办法。余告梦旦及伯俞,恐不能不敷衍。伯俞复信,拟小说给四元。余请梦核定,径代复。8/1/16 梦将复信送来,通讯投稿拟千字五元,所译小说三元。

印刷 湖南银行百枚票本日运出一百万。包文德言,第二批可提在廿一号,第三批可提至廿五号。

香港某行定印月分牌,限旧历年内交,如交不出,即起诉。余拟将湖南票仍旧抻迟至廿八号运第三批,请瑾商包,可否将香港月分牌提早数月。后瑾来告,两均无益,仍尽赶商票。　瑾又云,美孚有印件,价约二万数千元,因期限未商定。彼要六个月,厂允七个月,又每月交货亦未确定。余云明春以后,总可商量。

西书 叔良告英百科陈列之书,已知该公司减价售去,要求减回佣。叔云,已允酌减。余云,可请径决。又《廿世纪字典》每部贴我四元。又送书两部,该公司不允,原信仅云送样本,在英文字义,并无赠送之意,只可作罢。余允之。

天头 函辞济馆某君。

元月十六日　星期四

财政 告张蟾芬、景莘,发行所将设收款处,拟由出纳、会计两科酌量调人办理,皆以事忙为辞。余谓诸事多,可拨出。似未明白,请再与仙华详细讨论,将画出事件划分清楚,再行配布。

分馆 顾怀仁昨来之节略,已经稽核科查过,无误。

又查钱才甫所欠三百六十元之外,尚有增加。章讱斋本日起程赴新。告以如账房无[舞]弊,不允再留,即来信报告。如经理实系私自营业,亦应据实报告。事毕后赴海防入滇,再查该馆。

印刷 沈韫石、曹履冰约在一枝香午餐,谈吉林殖边事。有沈联芳在座。问答另记。

元月十七日　星期五

收信 伯恒。

发信 宝田、托伯训寄去。沅叔。告知前交杨馥堂帖二本、画一卷,经仙华检出并道歉。

公司 本日会,沪决定将去年账目截止。

发行 仙华拟将初高小学书批与同业,再减半折。经梦翁细算,恐难办,遂作罢议。因中华今年加半折,改为批发四五折也。

用人 宋慧僧欲于押柜中借百元。余告笃斋,不如令其取去,告以不过失去一押柜资格。

张景星病甚,察其精神,恐不可支,而又不肯告假。因令将各事交人代理,仍给月薪,乃告假。十三日赴杭。

分馆 子顾自嘉兴来,略言家中人少母老,无人侍奉。又生母正病痢,不能即行。余告以迟至廿日必须决定来信,廿二三必须起程,迟则不便相强,应另行设法。临行问及薪水。余问现得几何。云系卅元。余云可以酌增,但花红不免吃亏。惟分馆积亏,将来亦另有办法,期于分馆可以发展。宝田致伯训信,辞津贴三百元。余复信,请勿辞。

印刷 秦拜言交来南洋烟草公司估价飞艇、飞马、地球三种印价。余备信交鲍咸翁复过再送。聂云台来印湖南善后会攻击张敬尧之文件。吴炳铨来商,恐有关碍。时正会议,因商定不印公司名字,亦无不可。瑾又言,广西又添印票若干,并坚求号码印价一成回佣。瑾谓与前无涉,只可应允。余谓必须声明,原印一批,不能援例,此即可允。

纸张 万仲篪来信,催纸价。据铭勋言,文康、文盛两号均有运,属速查。

文具 仙华告,湖州特约所与合记往来,仪器价比本馆较廉。已逐项开单比较,即送来。

天头 拔可返沪。

元月十八日　星期六

发信 诸贞壮、子刚。

用人 王觐侯复信,称樊春霖在哈,夜常不归,并闻有狎妓赎身,花去小洋千元之说。即令退职,月薪支至本月底止,宕欠勒令归清。许笃斋言,伊代经手押股票,票股约洋百元,已告知拟扣。又告晓舟,令缴还优待股欠价,否则转售。

与鲍商定,拟派顾怀仁到栈房,并请与李守仁一商。李旋来,谓不识西文,且薪太大,恐不便。余云可多派事与顾。李云,只可请复查存书及到发行所对账。余云皆系书籍股事。李云然。

同业 中华连日登报,文明书局抵与信有号,五年内由信有号管业。

编译 催《日用百科全书》、电本、旅馆广告。

印刷 函毕先筹告知廿号可运出第二批湘票一百万。

文具 开文具等清单一张送文信,请逐项开具进价。原单与合记比,系仙华送来。

杂记 函达红十字医院,开送翰翁住院费用,由公司付给。

天头 总务处设号簿。　　问谢燕堂与叶瑾仲研究墨色事。云已办。请莲溪查芜馆、皖馆事。

元月二十日　星期一

收信 伯恒。

发信 少勋、篯孙、荐顾荃孙事。子颁。

公司 许笃斋因病请假,于事甚觉不便。

用人 葛词蔚荐徐冬孙,昨日来见,知在万函校习师范科。本日已告邝君。

鲍咸昌述翰卿言,沈挹清拟送十元,向例如此。又王海峰三十元,叶润园、张蟾芬一百元,均酌送。属查账。又言陈叔通应酌送二三百元。余商梦翁,谓叔通必不肯收。或于明年花红酌加。梦又提及仙华薪水、花红应比在津增加。

8/1/28 询叶润园无账,应送几何。翰复记得是五十元,亦不确。

财政 致钱才甫信,催还江馆宕欠事。 才甫傍晚来发行所,谈宕欠增款,据称有许多理由。属令开具说帖,并令本年先缴八十元。才云为难。余云至少缴七十元,余二百元限明年分期归清,如不能照办,则未便核减。

分馆 商王莲溪,请往看皖、芜两馆,决定改革办法。莲允明日行。吴葆仁调何伯良清理衡馆事,宜告莲溪与商定,于明日先随莲到芜、皖,再赴湘。

编译 函梦翁登共和复审及实用书、复式书告白。

周辛伯来,催结印锡翁新民电报,并将版权归于本馆。允查账,须阴历明年。

修改《英汉词典》,邝云,江南师范学校有吴君,新年可来沪,可约一谈,但彼须明夏方能解约离校。

纸张 售去新闻纸,迪民以四两六太贵难售,拟减去二三钱。函商鲍君,鲍君复称,可减二三钱。告铭勋出通告。

文具 包文信复称,防险事已进行。尚有硫、盐、硝三种强水,须另筑一棚,约三四日后可竣工。

应酬 昨日午后访孙仲屿、陶惺存、熊秉三、江霄纬。

杂记 邝云已访万函授校,晤海格及力胜,并无误会,云汉口沈君遁辞太多,故对应稍严。又云,香港复信甚好,奉天复信已到,南昌无复信,当告吴度均令催。又告吴须设法进步,应主动,毋为被动。

天头 告许笃斋,樊股票应令转股。 剑丞昨日回。

元月二十一日 星期二

收信 廷桂来信。

发信 伯恒。

公司 阅看寄宿舍章程。

发行 仙华云,厦门特约所不肯存货,又不放账,于中华大利,应速设法。

用人 徐冬生英文课卷送邝先生阅看。8/1/24 已告梦翁。

财政 钟景莘来,谓钱庄廿日后及正月往来向无息,但今年可允,并属函商兴业。本日适董事会议,揆初来,即面告,允回告主者。

分馆 王莲溪偕何伯良赴皖、芜两馆查账,毕后请何君赴衡馆结束。于会议席上约何君面谈,嘉其在厦门办理收歇有成绩。昨请赴衡馆,允即行。天寒道远,同人均感。衡山收束事,一切会同吴君葆仁督饬同人进行。

廷桂来信,有地十亩在太仆寺街,索价七千余。即付董事会会议通过,电复廷桂请商购。

印刷 阅看广西续订加印票等合同。 曹履冰偕胡福三来。胡为卢永祥参谋,仍来商吉林殖边事。问答另记。

文具 演试焚土影片。

杂记 托伯恒买文德堂旧抄《说郛》,如三百五十元允售,即留下。沅叔借校,乞查明卷数册数送去。又会文堂残本曲谱,如有十二、三、四等不允零售,即四十五元亦可买,但版本须干净,备《四部举要》照相底本之用。

天头 顾怀仁位置欠款。会议决定。 派人购买誊写大正文具。 查日邮寄小包价格。已交秦。 送江南图书馆韩文。送贵州严君本馆章程。

元月廿二日　星期三

分馆 约笃斋、培初,告知许祖谦在衡种种不合,只可退职,速查明衡馆宕欠。培云,即发信赴衡询实。商沈子颀已派往常德,有何人可以接手。许云,单其汉甚好,惜不能放出。

印刷 毕先筹来,告以廿四日又可运出第三批,但款请速付,旧欠亦宜找清。

书面蓝色纸每张洋七厘,染工洋一分四厘。穆华生报告。

应酬 毕先筹为弟娶妇,送绸缎票二十元。

马懋勋祖八十寿,送诗轴。

沈树人来,荐伊子沈荫林,年三十二岁,在浙江法政学堂毕业。

元月二十三日　星期四

收信　伯恒。

发行　廉价昨日售去四百元,仙华催速备书。当告志贤,请其添派人,并督同办理。

李石曾来商,拟将浅近各书选带若干,由中华印刷公司发售,将来即与该公司交易。余云,可认阁下为代表,书不销不便退回。李云可,但书种数不必多,但本数可至二三十册,以便试验。余云,此事归发行所主政,当请王君派人趋前接洽。

用人　樊春霖来信纠缠,由叔通拟复。

财政　访正金经理人儿玉,不遇。晤山口坚吉,问明本月廿六日有五万两存款到期,拟续存。答称可续存三个月。又问息可增否,市上银根尚紧。答云一月前甚紧,此时已松,不能于分二以外再加。又问多存可收否。云可收。余云,如决存,再函告。

分馆　沈子颀本日行,先赴湘,由湘而常。

编译　李石曾来谈,问法文函授事。前本馆复信,不能担任编辑费,可任发行。问能否分担若干。余云尽义务人多,将来万一有事停止,而专任者仍是兼任,又不受本馆约束,本馆既已开办,则负此责任,将来万一中止或延误,于本馆名誉有关,若完全由本馆聘用,则于营业上实不能办。李问有无另外办法,余云再思。又谈《生物学》稿已成,但未誊清。余请最好誊清交下,但有插图六七十,请先交样,以便先刊。李云可托北京助手何尚平,请一两个月内交下。李云拟半年后归国,留沪两三月,将所有著述数种,同时在沪校对,能于两三个月完成。余云,如《生物学》各图制好,临时专排,可以排完。

又交《互助论》两册,书未完,有一部分已在巴黎登过,今有多人常常追问,可否先在《东方杂志》刊登。余云当先商该社主任。

西书　中美图书公司要在《英文杂志》《英语周刊》登告白,叔良拟令一律售我六六折,则将告白格外便宜。余告以可先与仲芳接洽,即由叔良与商,不必再会同仲芳。

应酬 黄朝章约东亚酒楼晚餐。晤金山邮船公司总理。 午前访沈树人、李石曾。

元月廿四日 星期五

发信 伯恒。

发行 闻发行所廉价部有客失洋五十元,梅生、谦夫将在栏内各客搜检。拔可适往,已动手,电话来告。彼时仙华未到,致有此举。傍晚到发行所告仙华,仙华亦甚不谓是。

催仙华与张、钟接洽划分收款事,并告以不必避嫌。

用人 仙华来信,因谢宾来在发行所帮同布置,拟酌给酬劳。余问若干,仙华言,梅生拟贰百元。余谓太多。仙云或一半。余云仍过多。仙云原拟五十。余云是否只一次,余云一次尚可。

财政 钱才甫又来信,要求豁免亏欠。

告景莘明日预备五万两存正金。

特支四千四百元。广西财政厅回佣。

分馆 培初交来程雪门信,要求派盛桐孙赴梧。余批驳不允,并限令明正初六七到沪起程,违干未便。

派张家修赴汉口替沈子颀。

编译 李石曾言,《互助论》报酬由本馆酌定。余再三问,不肯说。云己亦不收,当捐与华法教育会,补助华侨。又云此书尚有图,到法即寄。又云除《生物学》外,尚有《社会哲学》,尚有一种,已忘其名。又《生物学》编译助手系何尚平,在北京大学。

周由廑将已刊入《英语周刊》中之《英语发音学》△△一种在外修改。邝拟单行,给与一百元。余意未经公司请其在外修改,且书未必销,拟驳。已还伯训。

印刷 仙华告知慈善券有翻印,与本厂人有关系。

纸张 仙华问近来购纸有无本厂发票,鲍言从前有之,近来甚乱。

文具 仙华拟添办照相品,函美宋办。余言拟由进货科径购,不必再经仪器部。并告鲍咸翁。又决定请鲍庆甲兼进货科事。

应酬 约陆润卿中国邮船公司经理、黄任之明日赴南洋、李石曾明日赴法、涂九衢名开舆,新加坡中校长,明日赴广。在东亚旅馆晚酌。余未到。

天头 查年终各人津贴事。 送严君馆章事。查复李纯信。 复鹤顾信。

杂记 罗揆东来买机器铅字,有八千余元交易,得回佣一成,系剑臣介绍。伊送与剑丞二百元,剑交还公司。余问拔可,拔可言其来信并不明言,公司未便收回。

元月廿五日　星期六

收信 伯恒、廷桂、宝田。

发行 为发行所搜检事,致信仙华。请其转告同人,以后遇有难解决之事,可电询总务处。

财政 午前访正金,晤山口坚吉,并晤副经理桥爪源吉 Hashdzume 换五万两到期票,续存三个月。又续存五万两三个月,息一分二厘,并问桥爪,下礼拜三四拟再存五万两。渠首肯。拨存兴业五万两,半年期,息六厘。

特支南京和平公报社回佣八百〇四元,代加五百元。

分馆 分庄科交来各馆收进大洋小洋及纸币,不尽按实价计算。当交稽核科查明,指定办法,通告各馆。廷桂来信,京局旧屋主交涉,来请示。请拔翁拟复。又信,言太仆寺街太远。余意失去可惜。

张家修调汉口,给月薪廿七元。

印刷 丁榕来言,上海殖边银行控告本馆,有该行存款,欲提二千元。本月三十日须到堂。丁君言此事实无理由。余因出殖边结束批注一纸,请其阅看。丁索阅原案最初与总行交涉各件,谓不能不慎重。最后想得由交涉使备函知照了案之信。适胡福三有信来,约五点钟到一品香,余遂先往。交批注底稿一纸,并声明须请交涉使署来信一封,胡云必可办到。六点钟再往晤胡福三、柴瑞周、朱葆三。厥后沈联芳、沈韫石、曹履冰收到,问答另记。

应酬 早赴法公司码头,送李石曾、黄任之行。

梦翁旧历十二月廿七日寿,与王仙华同作主人,在别有天公宴。

天头 寄横行北京大学所印书与李石曾已寄。复毛文吟信已复。 送先施息折于该号收款。 为兰医生写介绍信已办。蔡鹤顾、孙慕韩、汤尔和、钱干臣、傅沅叔。

元月廿七日 星期一

收信 伯恒。昨。

发信 廷桂为京局房地事,拔稿。

财政 本馆所占先施公司股拟售去。询高子勋复称不欲购。又代问价。不除利可售一百三十元。

分馆 王莲溪来信,报告南京、芜湖两馆情形并宕欠数目。 秦乐钧来信,又讦告李和卿。伯恒来信,言冯公度开矿,请任顾问,已辞。恐公度再来信,属代辞。

印刷 湖南银行只拨付一万元,由毕函告。即备函声明,旧欠尚欠七千余,新票丝毫未付,不能继续印运。由剑函复,并致陶子石。陈安生来信,据转卢永祥信,胡福三来约定今夕六时交割。遂于傍晚到发行所取支票万五千元,到一品香交付,并将合同当面批消。胡福三、沈韫石、曹履冰、朱葆三、沈联芳均到。

元月廿八日 星期二

发信 伯恒、昭宸。

发行 仙华告知,拟将王丹如辞退,酌量送薪数月。

用人 王德峰因嫁女负债,因预支薪六个月,惟定章只有两月可支,其余未便破例。瑾怀谓其人甚勤,极应设法。余允以私有七年长期公债一千元借与瑾怀,由瑾转借德峰。向公司只借二百七十元,即由德峰出一凭据,交与瑾收执。

分馆 封芸如来信,并无不满于和卿之语,而于秦颇有贬词。因筹替人,拟邱培枚调新,留李和卿。李志骅本日起程,赴京馆受事。

编译 检阅《衲鉴》损破各卷,实有不能不改本馆藏本之处,但内有六卷版本相同,只须将缺损之叶抽照,不必全卷用本馆藏本影照。据丁生云,惟此六卷,此外尚有,亦已如是办矣。沅叔意欲改印四卷。余意印费归公司认,并去信声明,以赎吾愆。

文具 叶瑾仲查化学药品进价、售价及日人售价比较,将表交到。即开出名目,向仪器部,令其开出进价、售价及购自何处。该部即交还。8/1/29 又复查三种,来单交瑾仲造表。

元月廿九日　星期三

发信 伯恒、沅叔、问《北山录》印数。步洲、吴霭人。

发行 仙华拟调叔良兼西书柜,由吴守愚助之。吴现任仪器柜,两事实有联络。仙又言,张兼柜务多奔走,凡书函等事,可由马君兼办。但进货一部之事,能移至发行所,亦有便利。但余意可先请叔良兼柜务,试办数月,如有不便,再商移进货科、西书股之事。惟存货科内书籍股事又须改动。

用人 林文澜管同业发货,调发行所无位置,仙意拟辞。本日会议,先商鲍咸兄,问栈房另外有无用处。鲍复称平常,拟辞退。

顾复生借丁玉函一百元、方家谦二百元,已经叔良证实。

本日致送蟾芬一百元、王德峰三十元。以上翰翁属,又送谢宾来六十元,据仙华所请,后不为例。

王德峰嫁女负债,欲向公司借银五百元。除特借薪水二个月外,余借与七年长期公债千元,向公司押洋三百元,另有借据交余,存铁箱。

财政 沈戟仪拟售股票五股,除还借款五百元,仅还二十元,未允。令将余存四股一并售去,将押款股款一并清还。惟旧欠二百余元未还,已属笃斋令其立据。8/1/30 补办。

分馆 吴渔荃回,属仍在营业部办事。

编译 本日托剑丞还缪小山《夷坚志》,又将沅叔借我《唐人选唐诗》十二册封存,收入柜中,面托剑丞有暇再校。

印刷 吴渔荃调查广州东雅印务公司情形,已交任心白收存。

元月三十日　星期四

公司 投函共酬四人。胡美江调发行所,四元,面谈、包畯校对房,三元,已告假、张绪康华字房,一元、程金贵装订部,一元,均约至总务处面奖。

用人 林文澜辞退,系光绪三十一年进馆。查有虚股三股,尚欠二百二十余元,一律豁免,将股票交与本人,经由鲍先生手。

王丹墀辞退。仙华主张资格甚深,年老有病,并无过失,送薪一年。

本日鲍先生告知,已问过叶润元,去年系送三十元。

本日照送。云钱志青二十元,余未送。

财政 昨日特支,

梦垫周锡三花红连息七百十九元六角。

张蟾芬一百元、沈挹清十元、王德峰三十元。本日特支,叶润元三十元。津贴梁宝田三百元。

分馆 王莲溪回,谈宁馆事。章宕欠太多,事权下移。王诚章、王华亭恐不甚可靠,下关地方不宜,须移徙,城内亦难撤。 芜馆邹君不胜经理任,毫无布置,只可调去。 施君尚有作为,所放纸账太多,几无利息,不过均有交情,不能不做。可以芜湖改分馆,安庆改支店,施可兼任。又颍州一带生意甚不便,最好画归南京。

印刷 上海殖边银行欠人钱,有西人胡波向索不付,告本馆有该吉林分行存款,欲提取拨付,计二千元。本日午后偕丁榕至公廨,仅由律师出席。仲辨数,遂断结,所请不准。

纸张 告梦翁,欧美小说纸样已寄到。梦尚未见。

应酬 送冯千里抄书纸五百张。

天头 查贺年续发各信。已发。

元月三十一日 星期五

发行 致张、钟、王信,通知郑调发行所收发处主任。先行任事,俟通过再发表。

财政 又存入正金五万两,三月期,息一分二厘。

天头 戊午年除夕。

二月五日 星期三

收信 伯恒。

公司 晚到发行所晤仙华并钟景莘,言发行所收支处每日收款仍解出纳科,惟看洋钱须分两次,未免多一次手脚。不如仍径交出纳科,至各部支单改由发行所办理,至支款仍向出纳科预领,另册总报。

财政 查去年旧历年底结存现款。

存正金三月期款二十万两。

又美金十二万元。

兴业六个月期款五万两。

商业六个月期款二万两。

中孚一月前通知款一万两。

商业、中孚美金三万余元。

各银行钱庄往来十四万九千余两。

又一万余元。

刘雅扶押款五万两。

分馆 章讱斋来电,拟请港、新两经理对调。拔意拟令渔荃前往香港,不必动。又芜湖经理拟调回,改安庆为支店,以施敬康调芜馆经理,兼辖皖馆。拔意拟以叶幼显任皖馆经理。梦谓不宜。继拟邹履信,后余又思得朱暎。拔亦以为然。当商仙华,仙华亦谓可用。

编译 仙华言晤辽阳教会多格拉士,言《修身教科书》材料过多,且与历史、国文有重复之处,最好减少材料,则教会必可采用。仙华因请其将不合及可删之处,采取教会意见,详细见告。伯俞言本馆新编《修身》,亦减少材料,注重幼童可知可能之事。

印刷 元日接吉林分馆电,又裕华电,为解约事。

四日午后晤鲍咸昌,云闻吉林在利达购胶板机,并来我处挖人,问能否请部阻止。余言此办不到。又云恐是顾怀仁暗中办理。余云却可与交涉,但亦恐无效。

鲍又言,湘行百枚票前日有人私打样张,被同人看见。领袖又往伊家索取,云已扯碎。追问,云是朱巧生所托,每套给与五元。余云此不可不办。　　领袖翁跃雷,报告谭根堂。

湖南又拨到票价一万元。

太原分馆来信,问毛边纸印书事。将毛边、玉书两种纸样交瑾怀代复。

西书 元旦约仙华、叔良在一品香午餐。仙约叔良至发行所料理西书柜。叔不允任柜长之名。仙与商,拟将西书一部分事仍移至发行所,并照料西书柜,兼西书批发之事。

后仙华来言,发行所又发生有障碍之处。

应酬 元旦午在一品香请客,到者陈征宇、冯千里、夏浮筼,惟施永高未到埠。 又有王仙华、张叔良。

杂记 二日施永高来,交到志书目录一册,又托速办《图书集成》及《图绘宝鉴》,又属代办中国笔墨纸,纸为修书所用,各种俱要一二十张,并要旧纸少许。

天头 阴历新年假满,本日办事。 张家修与万函授接洽事。

二月六日　星期四

发信 沅叔。

公司 王莲溪交到考查南京、安庆、芜湖三馆报告。已交叔通。 又言总务处薪水、饭资已有两起错误重给,渠意不如并入薪水。余云,并入薪水于同人包饭略有吃亏,容再筹思。8/2/7 告拨可,将来加薪时似可并入,稍取整齐,使薪少者不致吃亏。

余告梦翁,拟捐助退款兴学团川资及运动费用。余意须捐入北京会内,即蔡鹤庼所发起者,梦旦不妨与郭洪声做人情,一面仍可通告该会。

大赉轮船公司邮船会社索本馆签字样。进货科交来共列四人:高翰卿,不在馆,次及余,次张蟾芬,次陈迪民。

用人 邝荐吴康,致觉,苏州人,卒业于哈佛学校,现在南京高等师范,暑假后已来,欲得月薪二百元。

胡雄才赴青年会习速记,由公司给费,并给本年青年会会费,说明一年。

管理补习学生事,梦云与伯俞商,不如仍由尚公兼管,现正商议。叔良言,前允可添请一人办理写信等事,适有一人,拟约来一谈。余云须看其英文。

分馆 韦傅卿来信,沈子顾已去,其所办之事,另有本地可以延聘之人,张家修可以不去。

告仙华,南京拟分支馆。

吉林账房杨瑞生宕欠一百数十元,来信邀免。余不允。 弼臣来信,将折扣回佣改佣,余不允。将业务科所拟复信模棱之处,余经改去。

编译 三月一日,北京开英文教员会议。邝来言,是甚好一机会,可与英文教员联络,且可为编辑之方针。邝又言,拟与周越然同去,余意可往,即告梦旦。

印刷 昨在鲍咸翁宅内,余提议拟分设印刷局于香港,调叶润元办理。鲍甚赞成,谓南宁机器工人均可不必回沪,即就近在彼开办。本日午后,又约咸、梦一谈。咸谓闻吴渔荃言,港地开支贵,觅屋不易,不如广州。余言如在香港,则渔荃可任分馆经理,兼印刷所副,而以润元为正。如至广东,则办理须改。渔能英语、粤语,可否以渔为正,而以叶为副,专管工程。鲍言亦无不可。

昨湖南分馆寄到伪造百枚票,当约鲍先生来商,将朱巧生等究办。

纸张 属铭勋详查现存连史纸。

美兴不允退胶版机,仍由迪复信与争。本日签字。

西书 告叔良,前与仙华谈移发行所,稍有不便,只可从缓,但对外仍请联络。

杂记 万函校要求《英文杂志》让与若干地位,专登该校新闻,于我亦有利。告梦翁,拟与半面。

二月七日　星期五

公司 告拔翁,拟将正金房地押据取赎,付总务处。会议迄未提出。

分馆 请电饬赣馆,不必减低折扣、宽加回佣。

8/2/9 约同人晚餐,又告俞、陈、符三君,查明各馆有未遵照新章者,一律电饬春销必须照新章。

西书 叔良昨交西书订购契约,当送王、郭阅看。本日电催速送还。

天头 因病未到馆。

二月八日　星期六

发信 伯恒、竹庄、宝田、沅叔。

公司 余告叔、拔,今年分馆赢余,察看恐有增加。拔云将来可酌留若干,为明年分派。叔亦云今年分利必须少于去年。嗣拔言告梦旦,梦意分馆赢余不可提留。

8/2/9 约同人午餐、晚餐,谈及公司如何扩充。有主张做押款者顾晓舟,有主张添印刷厂者陈培初,有主张设黄板纸厂余志贤。又结账之法,梦提议于阳历二月底,但恐太迟,且新账又已放出。后改为一月底,同人多以为可行。分馆历年积亏,拟将总赢余提出填补,但为数太多,是否能全数弥补,拟结出总数再说。

用人 王莲溪往访翰卿,言拟仍顾水澄。翰谓并无意见,可商总务处。余谓当余本拟留顾,嗣因翰必欲并退,今翰病未到馆,仍复进用,恐人误会,宜稍缓。

梦告,编译所收到外来二百元信一件失去,恐系胡雄才之弊,现正查究。

财政 特支千二百元,付巴德力君额外酬劳,交鲍咸昌兄手。

分馆 约吴渔荃来,告以拟分设香港印刷所,以叶润元充正,由伊帮同办理。香港分馆邱君调新加坡,现在需往筹备,仍请兼理该馆经理。如港地实不宜设印局,将来必须移至广州,则请专赞佐叶君,办理厂务。吴谓筹备总可久远,恐不能因亲老之故。余谓港沪相去甚近,往来甚便,总要借重。

编译 《实业月刊》美人加克鲁已来信,言取消机关,不能帮忙。又仲丹办事亦未能满意。余意不如停止。8/2/9 午餐,同人详加讨论,仍主张开办。

印刷 翻印湘票事无凭证,且恐牵涉,只可隐忍。仍由鲍严加防范。

文具 余告宾来,制造玩具小机器及各种必须之具可以酌购。又原料有不能自制者可往日本定造。

应酬 约同人在寓午、晚餐。

二月十日 星期一

收信 廷桂。

用人 李培恩拟赴美习商务,拟向公司预借千五百元,有信致邝。邝交来。8/2/12 复函称,同人欲出洋留学者甚多,难开例,将来毕业回国,如任馆务,当有优待之报酬。

分馆 电京局决购城内地。

廷桂来信辞职,大约为稽核科事。8/2/12 复信慰留。　电滇、兰、成、渝四馆,春销必须照新章折扣回佣。

编译　函梦,训编制送礼联对,八言,用大红描金蜡笺、洒金珊瑚两种。

印刷　收到湖南一万五千元,连前共收三万五千元。

复信称本月廿四可运出二百万。

查林泉为翻印湘票事,仍由包文德拘送警区。

天头　催预备空白联对。　　告梦向邝索吴康汉文稿。

二月十一日　星期二

用人　编译所茶房冯文标私窃汇票,自往银行支取,已拘送捕房。先是,又发觉邮局汇票两次,一次十元,一次九元,经伯训查出伊寓内藏有私制编译所字样铅字印章。到捕后,又查上身上有西人汇丰一纸,后查账知已由副票收到。8/2/13 到案,冯判监禁一年半。

编译　决定将《实业月刊》停止,又将《日用百科全书》加价。

文具　李君交到代查各件。

应酬　与拔可公请缪小山、王雪澄等于别有天晚酌。

二月十二日　星期三

发信　廷桂。

财政　钱才甫要求给三个月薪水,所欠照除,计共一百九十元左右。由拔翁接洽,本日允之,但先缴零数,余一百元限端节秋节两期交清。

分馆　约吴渔荃与谈,告以港设分厂,决议筹备,拟即请赴往相度一切,详细调查,并暂兼分馆。将来如决定开办,在港,可兼两面馆、厂,在省,则专帮叶办理。前有契约,彼时再行商议。吴称分馆近来束缚太甚,难于施展。余为之解释。又言亲老,每年须归二三次。余言交通便利,印务与公司直接事亦多,当然职务每年多往来一二次,亦或有之事。

印刷　湖南银行自长沙来信,拟印满原定合同五千八百万之数。除已交外,尚应印湖南票一千六百万、裕湘票一千二百五十万。

8/2/13 约鲍、包晤商,决先印湖南票。

钱裕生被查,林泉供出通同,本日到案。8/2/13 本区派警官王君来言,钱君不肯承认,供曾属托而未收到。王君谓不能久羁。余谓该票决非由本馆打样所做,且未完全。不能指为该二人所造,俟商定如何区处,再行陈明。嗣仔细讨论,只可请警局裁夺惩处。

应酬 宴中国、交通、兴业、浙江实业、商业储蓄各银行于一枝香。

天头 秦乐君来电,不允交卸。章讱斋亦有电来。再去电婉述,并托志贤电劝。

二月十三日　星期四

收信 伯恒。

发信 沅叔。

公司 签定购买第三印刷部所用升降机合同。

用人 钱裕生决定斥退,已知照各部。

莲溪云,账房人太不够用。

编译 与梦翁决定《日用百科全书》不加价。

印刷 宝威药行科尔偕其伙友吴君同来,为南洋制药公司仿造伊雪花,所有外匣商标均系模仿。据该公司称,全系商务印书馆代为制样,欲来证实。余约吴炳铨并偕伊往发行所问王君武,知该件系由该公司秦君交样,并打好匣格送来。科尔欲偕王君武及画图人往见伊律师证明一切,余允之。湖南银行又来电报催湘票。

应酬 在东亚公宴广帮。

二月十四日　星期五

收信 伯恒。

发信 伯恒。

公司 稽核科拟来结账办法。

发行 复阅发行所收支处章程,仍交叔通。

用人 招考账房,由顾晓舟主办。

分馆 秦乐君来电,准交卸。

编译 约梦旦、星如到总务处一谈,商定《四部举要》删去金石书画目录及类书各门,多加别集。

印刷 京馆函属估印《越缦堂日记》,本日寄去估单并纸样。原稿、纸样存案,交任心白。允京馆九五折,勿得外加,印期八个月。

西书 张叔良言,托鸿声赴美之便,与各书商接洽。

应酬 晚在一品香请商会诸君。

天头 发表渔荃暂兼港馆,并筹备港厂事。

催鲍估西人印劝禁少年人吃纸烟事。

催顾怀仁来馆并理欠款。

二月十五日　星期六

天头 查售去新闻纸数。　　催笃斋荐账房。

公司 傍晚偕叔通赴发行所,约郑峻卿、钟景莘、郭梅生讨论收支处与出纳移交涉各事。候仙华归,再行决定。

用人 莲溪约至会议室谈,谓孙振声至宁馆查账,有为隐饰之事。又言账房实不敷用,拟调太原账房俞君归申,以封芸如调任晋馆账房。余谓封芸如已调粤馆,如无他故,拟不更动。至俞君如必欲调回,容即筹定替主。又言及顾水澄,余云如必须用,可请翰批明,即可发布。　后思恐仍误会,又告莲翁缓办。

分馆 吴渔荃又言,香港难担任,只可暂代。余与拔可同答,现时筹备印厂,断难明说代理。余谓如印厂决设在港,则请兼港馆,如须移广州,则只可专助叶君。吴又言有老亲,难久离。余言馆中必须借重,如实有为难,亦不敢过于勉强,临时再说。

纸张 查新闻报纸存数,告鲍。鲍云,临时再酌定价值,拟售每令四两四钱。余傍晚至营业告瑾怀,请转属德峰。

应酬 明日请编译所同人,午、夜两次。

郑稚星约在都益处晚酌,到。康长素约晚饭,辞。

杂记 包畯寓家庆里一号珍兴洋货店。8/2/16 来寓面谈,当将酬仪三元面致。知包君知曼农。

二月十七日　星期一

收信　伯恒。

发信　张仲仁。附《四部举要》目。

财政　出纳科交到新庄送折六个。托叔通代查。浙江实业银行　可。

恒兴庄　上。　聚康庄　中。

恒隆庄　中。　谦成庄　下。

分馆　告培初,问云南在沪可以汇拨者,询划款办法。

同业　中华出英文《学生百科全书》。售预约一元。

编译　亚泉言,马君武动植物只可于广告上注意减价速售,免久搁成本。

就田言,《动物词典》拟专延一人画图,庶可从速。催编《分类英汉词典》。

文具　昨约编译所同人便饭。伯俞谓博物标本定值太昂。亚泉必须有人主任,不能仍照旧习惯办理,最好总务处有一人可以担任其事。

西书　丁榕代邝拟复美领事信,为萨门询翻印事。

杂记　诸贞壮来,有《都公谭纂》精抄、《书斋夜话》抄、《楹联补话》稿、《左传要义》抄,共六册,拟价三百元。

二月十八日　星期二

发信　沅叔。

公司　商定将北福建路房屋设法售去。

用人　笃斋来言,有吴君前在中华书局习账房,今年投考,尚可用。即令其进馆。

邝君交来吴康致觉译件,似尚可用,已交梦翁。次日梦云,决可延聘,拟照给所要月薪二百元。即告邝。邝复云,周越然称月给一百八十元,随后再加较便。8/2/20 致邝信,并将信稿致梦。

分馆　仙华昨自南京回,报告宁馆情形,言下关已另租屋。又询及积亏,分馆现定如何办,使继任者有希望。余告以颍州一带营业应由皖馆画归宁馆,请径与培初及朱皎如接洽。

纸张　鲍先生函告美兴公司,新定胶版机系三六×四八之尺寸,仍可定购。

8/2/20 签字。 又售新闻纸,可增至每令四两四五钱。小说用粗厚纸,梦交还,言厚度不及格。余即交迪民,再托办,并将书一册及纸样交还。

应酬 梦旦约在寓晚饭。

二月十九日 星期三

发信 沅叔、竹庄、伯恒、胡适之。

用人 派章旌云至发行所练习收发事宜。后莲溪云,其人身体不佳,恐难胜任。告鲍,鲍云,姑令到发行所试看。

财政 函蟾、景,并送还星期一日送来六折,令与浙江地方实业及恒兴往来,余不必往来。

分馆 告培初,再催程雪门。嗣知已到上海,未来馆。培初、莲溪来言,分馆七年分结账均将六年分存货照七年分加折后盘存,故账多赢。余意可将六年分存货七年分照旧批价折算,至八年分结账,则一律照加折盘。培云须按六年盘货账核算,方能确实。余谓可令各馆抄来。

印刷 瑾怀来言,为四明专定之纸,将样送去,亦不合用。又不知何时方可到。余云,可即退去,先与四明说明,于云先口谈说定,再要信。又四明等不及,拟先将已到纸三百令又是一种,续印十元票。

文具 交叶瑾仲问价。

天头 派收发处主任赴发行所学习。

警戒孙振声。

二月廿日 星期四

发信 沅叔。内又仙华为交杨馥堂各件来信一纸。

公司 午后三时半约笃、培、迪、仲、谷、铭勋、叔通讨论支单事。知交通科并不开支单,鲍锦文间开总务处支单。分庄科为分庄事,进货科有洋文信件事,似不能并归会计科。但鲍锦文可决令停止。

用人 问仙华云,谢宾来已告彼,本月因米汉光初接手,姑来指导,以月底为限。余云可,即以本月底为限。

张景星在杭病故。先一日吴子猷来,持伊活存折托子猷为领款办事。当属分庄科函杭馆拨五百元,交初民、子猷亲收。

财政 函告蟾、景,德康庄不必与往来。信、元、同、丰四家往来宜有限制。

分馆 宋少轩回。陈培初来,言共宕欠五百余元,并恳求留用。杭馆账房成禹川因月余滚存未结,为盛同孙所催,来电辞职,拟派邓原生往。

二月廿一日　星期五

收信 廷桂。

发信 王君九。代抄《震泽长语》,未说及抄价亦未云送。

公司 图书公司去年营业,据笃斋说,约亏万元。已将收支总数及客户总清,送鲍先生一阅。

用人 江伯训介绍杨君投考账房。

分馆 培初又来,为宋少轩说项。余拒绝。并告笃斋将伊存款扣抵欠款。

程雪门来,言有船即行。余稍加饬戒。

廷桂有信来,仍伸辞职之说,谓稽核于账目不明,可以进问,但有不信任之意,则非所宜。

印刷 晋馆来印《军人国文》三四册。查系一月十七日到,至昨日始写成。晋馆函促,复云尚须三星期。因招吴炳铨来诘责,令将图画交编译所包办,限三日完,又属速将封面彩图赶印。

纸张 购到小有光二千七百令,已售去千二百令。

西书 告鲍先生,拟托郭洪生赴欧美之便,为本馆向各书肆接洽,所费由本馆认付。

二月廿二日　星期六

收信 沅叔、伯恒。

发信 廷桂、贞壮。

公司 与梦、拔商议今年结账法,拟将本年所赢之数,将各分馆积亏之数抵过。但各该分馆以后如何结账,如何与向来不亏之馆有所区别。又拟将广告公司资本折去。

发行 仙华交来对于设立收支处之经验。其不方便者:

一、所长盖印。收条。

二、看洋、点数之重复。惟为数不多。

三、发行所代收总公司账以小代大于名义上稍有不顺。

四、主客付账分开两处,多跋涉之劳。

五、人才不能借用。

其方便者:

一、各部知照单可以正式入点清,可以随时查考。

二、收款时可查户收账,不致错误。

三、省去转账上开支单,不须复核及编号之劳。

分馆 同孙出示常德分馆有送陈培初寿分三元一项,又另有许祖谦自送一项,则三元必非私送,而为公送,似不能不驳。

章讱斋来信报告,秦君举动不妥。

编译 苏颖杰言习字本甚少,小楷、中楷为最要,须合于普通之用者,碑帖以多宝、九成宫、玄秘塔为尤宜。

印刷 津馆函告,拟印平市票四百万。鲍先生持信来商,余谓须得平市局允许方可。

应酬 与仙华公宴本地学界于大东旅馆。

二月廿四日　星期一

收信 伯恒。

公司 约梦、拔、仙、叔讨论本年结账事。

一、股息派不过一分五厘。　一、分馆历年亏耗,拟将赢余填补,定名为提补分馆预支开销。但以后每年如有亏耗,是否即于当年提补。又免去亏耗之分馆,以后如何待遇,尚未商定。　一、将赢余提存若干,惟花红不提,可另提一二万,另行酌赠同人。梦云,或提出若干作为储蓄,以作同人酬恤之资本金,亦未决定。

用人 仙华交到发行所加薪单。

吴致觉复周越然,允来馆办事,月薪一百八十元。邝君交阅周越然去信并吴君复信,属余去一正式信。

杜亚泉荐账房某君,曾进学,准免考验,先来试办,将来信交顾、许。

分馆 何伯良来信,报告许祖谦种种荒谬,并私借狎友数百元。

编译 伯恒叠次来信,属编《国语教科书》,当送伯俞。

印刷 南宁印票回佣津贴四万五千元。加印号码二万一千元。叶联仁与商不提十分之一之回佣。财政厅尚可允许,而行长不允,交涉许久。近范芝寿来沪,由巧生与商。范君光言四万一千可让收一半但不必现款,欲得公司股分二十股。约同人讨论,拟要求加印号码二万一千元亦包含在内,不另给回佣。范君谓如此则增送股分十股。本日约瑾、拔、叔同商,可以照允,但须于该合同结束之日始能照送。一面请其先行备信声明,财厅、宁行、梧行、沪行一括在内。

文具 鲍君来言,舒技师经手购入禅臣所存打字机九架,每架百元。

瑾仲来言,誊写堂难购买,大正临时亦翻议,仅买得冲鸡牌铅笔三十罗,计洋十九元九角五分。余即垫付。

应酬 晚约当地官场在一枝香宴酒。到者三人,曹履冰、林仲立、王崧生,余均未到。

二月廿五日　星期二

用人 广告回佣事决废。已告瑾怀。拟将李德恩加为五十元、沈仲芳加十元,余一概不加。如办事踊跃,另于花红上伸缩。

又告杭君之子,在营业部画图者,可劝其学习英文。鲍咸翁言,可令留心估价事。

蒋竹庄函属拨本年一、二、三月薪。

财政 黄泽生来,问先施股票价,告以拟将公司所存全数售去,戊午年息不在内,拟售港币一百二十五元。

分馆 催程雪门赴梧。告培初,劝戒勿妄想调沪,并认真在梧办事,否则于伊无益。

邱培枚来信,不愿赴新。由处去信敦劝。

编译 伯俞交来竹庄介绍,

《国语学讲义》,拟留作为版权共有;

《儿童个性之研究》,拟退。　　即复伯俞照办。

印刷　函告鲍咸昌,湖南票前定续印五百万张本月十二日通知,现因湖南政局变动,只可减少,姑再印二百万,余三百万再候信。

西书　邝先生送来美总领事回信,为翻板事。将该信交叔良留稿。

应酬　与鲍先生公宴俄糖厂主人克勤柯夫妇及伊翻译鲍门君于一品香。

二月廿六日　星期三

发信　沅叔、竹庄、伯恒。

用人　到发行所与仙华酌商同人加薪。

柯医生介绍林君哲明,四川重庆人,前在金陵汇文学校肄业第二年级,后随华工出洋充当翻译,在前敌受伤,至柯医医院受诊。柯极言其人勇实可恃。据林君自言,明日回重庆,二三个月后尚拟重入汇文学校。柯谓渠欲谋事,可先招至商务,令其一面办事,一面求学,必能得其助力。

财政　迪民来商,正金押汇美金两万余元,六十日须付,但银行须付七厘息,我处只得四厘息,不如早付。余允之。

分馆　偕鲍咸昌至律师处签委任状,为新加坡调经理之故。

西书　邝交来致美领事信,当交叔良,属其秘密。

应酬　访范芝寿未遇,晤其弟禹卿。午赴俞寿丞古渝轩、晚赴夏地山、盛潭臣大东旅馆之约。

天头　告叔通,宾来本月底不再赴发行所。

二月廿七日　星期四

公司　核定公司红账。

尚公小学、莫干山房地比往年减低。

发行、印刷、编译三所装修及发、编两所生财,将元年至五年一概减去不计。

纸张去年七七五折,今年改六五。
　　　　　　　　　　　　　　 ｝因恐停战跌价之故。
机器五金向八折,今年改七折。

该款内将疲户再去一万元。

押款内除去子记及严　　两户。

仪器再拨入滞销一万元。

鲍先生交到装置暖气管及翻砂厂建筑图样。余约鲍面谈,拟将落石房并装。

用人　约拔、叔核定同人薪水。

财政　廷桂将前押借之款还清,股票并未提及欲取去。去信再问续借二千何时取用。

分馆　章切斋、李和卿来信。和卿信颇表感激之意。俞志贤来信,言施敬康以朱皎如赴皖,先期未与接洽,且朱欲抽查存货,施亦不允,即赴芜。去信劝戒,由余具名。

约程雪门来,询知梧馆营业去年约五万八千,客账约一万五六千,桂馆营业约一万二三千,客账未详。并言支馆月计滚存均直寄总公司,不经由分馆,故未能知一切。余又询避水情形,约每年一二次不等,自四月起,分馆屋共两间,每月十两,水涨时将货搬出,有时涨至第一层楼,最高可涨至第二层,临时雇船。余令在高处觅屋。据言市面均在河干,城内较高,水不到,但无市面。余谓可在城内租栈房。据言约有二里之遥。余问现在货栈何处,云借存关监督衙门,离馆约一里。余云,可即在彼处觅屋。据云屋甚少。是日所谈,培初在座。雪门云,礼拜六日行。

纸张　鲍先生拟添购制造用机器,计刨床两架、铣机一架、磨光机一架,约估二万美金。

应酬　午约严孟繁、姚慕莲、徐冠南、林百泉、潘季儒等于兴华川便饭。晚赴柯医生之约。

杂记　购入残《全唐诗》三集至十一集,九十册,共二十元。　诸贞壮代购《都公谭纂》《书斋夜话》《楹联补话》稿、《左传要义》共六册,价三百元。

二月廿八日　星期五

发信　诸贞壮。为购书事。

用人　核定本年加薪单,交出。

分馆　童弼臣来信,索七年分津贴三百元。　8/3/2 访翰卿于医院,面询。据云,无如此之多。　8/3/4 查账上,民国五年五月至年底,给洋一百元。六年十二月又给百元,七年春间要求加给,二月又加二百元。以上五年五月至七年二月,共送四百元。与拔、叔商定,七年分仍照给三百元。

编译　邝先生来言,山东美人罗君,问伊就迈尔《通史》编成英汉人名对照表,本馆能否受取。余告以姑送来一看,但不能遽允。

印刷　本日运出湘省百枚票一百万元。

天头　本日午后赴邓尉看梅,同行者剑丞、叔通,又叔通之友周印昆、姚景光。三月二日午前回。

三月三日　星期一

收信　廷桂、章讱斋。

用人　洪声荐沈琬山之子,在高师范理化科,今夏毕业,人甚好,年廿三岁。

财政　前存正金金圆一票,取出后余四千六百七十九元六角七分,正金不允付利。8/3/4 有信去争。

分馆　告叔通知照分庄科,速催秦乐钧回国,并告封芸如勿赴滇。

编译　伯俞函告,托梦翁在京约人代编《国语》,又主张速出小学新教科书。由拔翁将原信寄梦。

纸张　本日签定托慎昌洋行代购刨床二座、铣机一座、磨光机一架,计合同两份,各四纸。先经鲍先生核定。

西书　约郭洪声在一品香谈赴欧联络书店事。到者仙华、梅生、叔良。叔良另有记录。

三月四日　星期二

收信　伯恒。

发信　岑云阶。

公司　伯俞来商补习学校支款事。余请由校自备支单送总务处,由余签字交会计科,开正式支单。如零用则预支一二十元,存校备用。

闸北水电厂厂长单允工来谈,谓本年五月可加一送水机,原有之机可送三百万,今增一机,可加二百万,当无不足。余问能否援谋得利琴行例,添装租界自来水。单云,能免总望免,必不得已,则须禀呈省长。

财政 函复张、钟,宝昶钱庄不往来。

编译 郭鸿声翻译《英汉词典》内有卷首、发音指南。已译一八九面,又略字表七页,原书计共三十九面。合同订上每面六元。上件为张士一所译。因为难译,要求每面增三元,已照允。交来译稿即面交伯训。

应酬 俄人克勤柯约至礼查晚饭。

三月五日　星期三

发信 廷桂、竹庄、伯恒。

公司 叔翁交阅支馆章程。

用人 新考账友。

庄树堂　镇海人,钱业出身。

吴恒祥　又,南货出身。

沙厚信　又,曾在浙江兴业银行。

以上正取。

余焕章　安徽黟县人,绸缎洋货业,账少错。

李震东　又,婺源人,茶叶,账多错,字匀文清顺。

江祖苾　福建莆田人,桂元业,现有事。

财政 查进货应付金币,由迪民开来,均在六月前。

福井　三万八千元日币。

正金　二千元　　日币。

慎昌　一万七千元 ┐ 以下皆美金。

正金　三千元　　├ 皆机器。

美兴　二万二千元 ┘ 机器。

　　　九千元　　铅皮等。

恒丰　五万七千元纸墨。

共日币　四万三千元。　　美币十万九千元。

本日开特支一百十元五角六。内还钦甫一百元〇九角六。又冯孟霖九元六角。

印刷 复伯恒信,印《越缦堂日记》与吴炳铨商。蔡鹤顾来信,拟交京华印书局承印。如京局承印,若照相后寄玻片或胶纸来沪,则甚不便,请预筹及。

纸张 本日签付印书纸、新闻纸共美金五万六千〇四十三元六一。

内纸价 三万八千六百九十九元七一,

水脚 一万六千四百六十三元四二,

保险 二百五十三元四四,

利息 六百二十七元〇四。

均正金来。

应酬 午赴陈小石、晚赴韦漾泉之约。

三月六日 星期四

发信 沅叔。

用人 叶瑾仲本日回馆销假。

财政 售去中英药房股票二千两,均照票面卖去,内一千售与仙华,去年官余利半归受主,半归失主。另一千售与萧智吉,去年官余利全归本馆。

分馆 章诩斋来信,辞勿赴滇。电复仍请前往,封即赴粤。 宋少轩又来求拨可留用。仍拒绝,去岁花红亦未给。

编译 李仲侯交来《儿童心理学》一本,系周介藩所著,欲售版权,并附来所著周介藩传一篇。内有洪宪改元、书商辇金、运动颁课本之语。8/3/10日去信诘问。并问《儿童心理学》存书若印过若干,有无纸版各节。留稿。

印刷 京局问胶版四百万票最速期。即商吴炳铨,谓照平市大小印五色,图章号码,以一个月为期,但制版在外。即电复。

电催湖南银行票价。

文具 查硝强水二听,向升裕公购买。招文信来告,据复查明,系小栈房误买。

西书 致郭鸿声函,托联络英美出版各家及探访仪器文具事。又送去旅费五百元。信存稿,交任心白。

应酬 晚赴劳敬修寓,应广东银行之约。

三月七日　星期五

收信 竹庄、沅叔。

公司 得匿名信,谓分息拟分半太少。据仙华探知,谓系吾同宗所为。

王莲溪告叔通,闻谣言总务处将添仙华,调孙伯恒任发行所,伊欲谋京馆,云云。叔以告余。余约莲溪至会议,询其闻自何人。莲言叔良告同孙。因事甚重大,不能不言。余言拟即约叔良来,询其闻诸何人。莲谓恐于同孙有碍,可否即请同孙根究。余云亦可。莲云,须缓缓为之。余云不可缓,恐其再向他人声说。未几,莲又来言,同孙云,追问必不肯说。余云,如叔良不认,我只可闻诸某君。同孙云,不必牵及莲溪。余云亦可。后莲溪又来言,对叔良言宜和缓。午后余约叔良至会议室,询知闻人言,尔有如是之语,是从何来。叔云前不过拟议馆中人才之语,亦曾与伯俞闲谈,并未有闻,近又与同孙谈及。余云,恐传者误会,以后请勿再说。适翰卿病中,自甚疑惧,若此言传入彼耳,甚为不便。叔唯唯。余又以叔言告莲。

财政 往兴业银行问预知存款。据称一礼拜通知四厘。二礼拜通知五厘。但二月底银根不能松云。

分馆 告朱景张,请培初电催太原、梧州红账。又杭州账尚未到,迹近荒唐,应严饬。　余志贤自芜回,言施敬康不允再赴皖。去信再劝告。

编译 竹庄来信,论承印《注音字典》,并印部编某书事。

印刷 瑾怀来问,俄人克勤可定印之件已签合同,有若干件稍缓再付定洋,问可否先制版。余云可制。

西书 复喜士公司信,由丁律师拟稿,交叔良印发,并抄稿交鸿声。

应酬 晚约郭鸿声、陶孟和、马振五、蒋梦麟在春华楼小酌。单元工、胡子靖、刘石荪均未到,李煜堂到即行。

杂记 京馆寄到《明兴诗选》一部,又《潘玘图》一册,价洋一百十元。

三月八日　星期六

收信　沅叔。

发信　梦旦。九日发,为《道藏》事。

用人　亚泉前荐冯君任账房,许笃斋谓不适宜,且乘法亦未熟。余约晤谈,询知前习刑名,兼办文牍,年已四十又八。即函亚泉,请其代辞。到馆五日,送薪五元。

财政　开特支二十四元一角七分,叶瑾仲补薪。

编译　叔通拟定承印《注音字典》合同,约伯俞来面交。伯俞谓拟加期满不能就原书翻印及将来会中购买可减为六折两条。又谈及定价,谓成本约一角二分,连送书二百部在内。余谓恐须定价三角五,并托代表商议。

印刷　告包文德,湖南票只可再印一百万,望从速,现未收款,只能以此为限。若有款到,可再增。

包言校对房谓书有讹字,系编译所之过。余言此不能任其推诿,编译所不过校对款式及帮同察看,聊相补助。后约樊仲煦来,告以此故。渠亦认为应当负责,但言薪薄,难得人才,且地方太逼,事务亦太繁。余令备函说明,当为转商鲍、包。

纸张　包文德来言,向俄国人购进德国铅字等计二千七百余元。即开支单。

应酬　柯医约午饭。徐冠南、严渔三约春江楼晚酌。到即行。到海关码头送陶孟和、郭鸿声、汪精卫行,晤薛仙舟。

杂记　汪精卫之兄号莘伯,住广州豪贤街经德堂,云有词话稿拟托本馆发行。今日余往送精卫,精卫言将来如有稿寄到,即托胡展堂交来。

三月十日　星期一

发信　梦旦、交发行所,快。陈祝三、鲍子刚。

发行　爱国女学校函商还款一百数十元,又以去年两年捐款抵过,仍立册往来。以后约旧历七月、正月清账。由伯俞来谈,函商仙华。

用人　伯俞来告,补习学生共考五十余人,最优者三人,均未到。拟去信招致,并允免考。

分馆 致杭馆信,查红账,本日始到,去函警戒。

致潮馆信,问候陈祝三。

芜湖分馆账(房)满式钧因病告假,请派人接替,拟给假一月,不扣薪。宋少轩又来纠缠,要给花红,允其照给。

印刷 俄人在此印书,叔通虑其有涉过激派者。约包文德来,告以此意。并属商鲍君,转询该俄人,当必非过激派之书,但我国政府甚为注意,我不识俄文,最好请俄领事来函证明云云。旋由印刷所将印成书送俄领署,俄领署复信云无不合,原信存总务处,打样送印刷所。

商鲍君印《道藏》,每百部每人每日可落三石,两机每日可印三十石。以十人落石,全书一万六千七百石,约一年七个月可完。如同时印《四部丛刊》,十七万页约三万石,每日以两机承印,只能再印十石。每印一千部,每日每人可落三石,以五人承办,在印《道藏》期一年七个月内,已印成五万五万(原文如此——整理者)石。印完《道藏》,即以十人移办《四部》,每日可成三十石,再有十一个月,可以印完。

致梦旦信,谓两事并举,尚无不可,所最虑者,此六万印价之不可靠耳,请妥为商酌。

应酬 晚约朱桂莘、吴达铨、方立三、刘鲤门、徐佛苏、施鹤雏、熊秉三、张仲仁、黄溯初在兴华川便饭。王叔鲁、汪子健、李硕远、江汉珊、贾果伯未到。

杂记 陈立素来言,高等师范有商业专修科,暑假时拟派学生四五人到本馆实习,欲留膳宿。余答实习可允,但寄宿舍不知有无余地可容。陈又托转商先施,并保险公司,亦拟派数人前往。

三月十一日　星期二

收信 梦旦。

发行 仙华拟添租交通路去年陈列所之屋一间。决定照办。

财政 拨存浙江兴业银行一星期通知五万两,二星期通知五万两。访陈光甫,商改前存二万两一个月前通知者,拟改二星期通知。光甫允照办,后注册改为半个月,以差一月未与争,利息未动。

分馆 莲溪查兰馆去年收账有期票五千九百元之多。应去信查,到期已否收到。

编译 周由廑送来英文函授元、二月记事表各一纸。

当送仙华复核收支是否无误。

晤伯训,请催《秘笈》速印速排。

应酬 晚应联保公司之招,在东亚旅馆宴饮。

三月十二日　星期三

收信 伯恒。

公司 告包文德三事,请转达咸昌:

一、事务所地方不敷用,夏令恐更难,拟于屋顶上添盖一层。

二、同济学校拟邀舒工程师。

三、图书公司叶、钱二人来问加薪事,拟不加。其余各人,未知已由鲍核定否。

用人 叶揆初荐钱荫岐 名毓桢,现在旅沪公学任事,须下学期方能完全脱身。现拟先试办,能写信,工小楷。

伯俞送来录取补习生名单并试卷,即请照登报。

财政 昨日售去五年公债千元一张、百元八张、十元、五元各一张。又储蓄票九百六十九条,共一千七百元。

编译 尚志学会书拟将第四种暂停,另商办法。

《秘笈》所用各书七八集,有来请无主著作权者,可不理。其本年四月届满者,即赶紧预备,一届期即发售。其明年二月届满者,可抽出与伯训面谈。

文具 仙华交到誊写堂配货单一纸,计二十六元九角二分,由余垫付。

西书 《大英百科全书》经理人来商,将来收各款托本人代收,前已定有办法,余属再商仙华。

应酬 周梦坡约至兴华川晚酌。

三月十三日　星期四

收信　廷桂、总。李伯仁。拔。

公司　瑾怀悼亡,续假七日。函请仙华暂行兼理营业部,并通告营业部。

查存书账,恐有滞销书未曾剔出。当约许、符两君会商,请符会同俞志贤复阅,将滞销各书提出。

分馆　邱培枚来信,允赴新馆,要求增加薪水。与拔商定,原薪水英洋五十元,加二十元,又津贴新洋三十元照旧,由拔翁具稿。

编译　伯俞交到承印《注音字典》合同稿,即交叔通。

李石曾来信,为《互助论》及《生物学》印行事,又编辑浅易书籍事。即送伯训。

季直来信,托译耶稣绣像赞,即交英文姑试为之。

印刷　廷桂来电,询胶版机印票八百万,印价五百,又奉天印票纸三百令可运京否。因鲍宅喜事,明日商定再复。

应酬　晚赴刘柏生大东旅馆之招,并高、鲍喜筵。

高翰卿嫁女、鲍咸昌娶媳。往贺。

天头　瑾怀数日未到,应否请王督察照料。

三月十四日　星期五

收信　子刚。

公司　昨查图书盘存簿,见有若干滞销书均列账。当属符、俞两君复阅一过,将滞销者摘出。本日据符君报告,有六十余万,内实用书三十余万,历年杂志十一万余。当约许笃斋、王莲溪及叔、拔诸君详商,拟将纸张原订六五折,升为七折,哈、厦两馆原已除去,仍复列入,共可升出约四万五千,即将滞销之书打去三十万左右。属符再分别核计。余又拟将分馆一律将滞销各书折去若干,照盘存十之一。莲溪谓分馆必将起争执。余云,可暂勿议。

发行　阅定发行所收支处章程。　　8/3/15 交还叔通。

用人　到出纳科,见新考账房甘君在彼抄账。即约蟾芬来,告以是人资格太浅,即在重要处办事,有所未妥,何以不说。张云恐系总务处之意。余云,总务处难免疏忽,如有可疑之事,应请直言,以尽规过之意。

编译 季直托译沈女士耶稣像赞由李培恩主稿,邝拟寄与伊西友看定。

印刷 鲍言廷电,八百万张印价五万元,殊不合算。运机种种虚耗,劝归沪办。先电复,并由拔拟复。

三月十五日 星期六

发信 伯恒为活动影片事。电促梦回。

公司 告铭勋,查通告用日本邮票后如何情形。

用人 本月十四日《时事新报》第三页背幅载有某君教授国文之法。其人似合国文函授之用,函告伯训,请访查。

钱荫岐来见,年廿六岁,约先办事半日。后晤揆初,商定月薪四十元,半日可照通例。

印刷 廷桂又有信来,详述印票八百万事。与鲍商,仍劝归沪代办。即电复,并属梦速归。

三月十七日 星期一

收信 伯恒。昨。

发信 电梦速回。

公司 买进编译所后面之地,计一亩三分,价洋三百八百元。(原文如此——整理者)。又中金一百九十元。

用人 托瑾怀代查新考账房俞彬园、周志澄、王爵铭性行,并将履历寄去。

费开保保证,晤赵竹君允具保。8/3/18告笃斋,即给保单。

财政 樊春霖宕欠一百廿七元有零,准将尾欠豁免,有条致许令转达。

分馆 施敬康来信,不愿复至安庆。再去信谆属仍往。夏馥生拟购买中国图书公司印刷所材料、生财、机器等。鲍来商,价请鲍定,但必须现款付清。

编译 京师图书馆将所要之书开一清册,由伯恒寄回,即送伯训。

印刷 电催湘行票价。

纸张 鲍言应购有光纸、洋表古纸,又圣书纸。本日面催迪民。

西书 翻印算学书四种,有两种销路无多,拟停印。告叔良接洽。

三月十八日　星期二

发信　伯恒。

公司　查历年派剩花。

三年　四二四〇元。　　四年　七八〇九元。

五年　七二五七元。　　六年　六七〇九元。

用人　约新试账房裘雍卿、周海容、汪浩如与谈。裘较老成,前在湖墅酱园,二百余元,不敷用。　　周年甚轻,从未出外,且欠老成。　　汪曾在公司,据称不过二月,人亦老练。

美国公布部主任加克鲁将留沪办广告。余意拟归公司延用。今日开会讨论,先由仙华与谈,察看再定。

分馆　章劝斋来信,与稽核科甚闹意见。去电解释。文曰:"三月二日函悉,弟等疏忽,乞宥函详。"

邹云笙自芜湖回。

印刷　廷桂又来信,言八百万票拟移至太原印,函中甚不满意。再商鲍,云甚为难,且恐商[伤]财政感情,仍拟作罢。

纸件　新购胶版机两架,均已装船,约两礼拜后可到。询迪民,须付价约美金万八千元。

三月十九日　星期三

发信　廷桂、余拟稿,由鲍阅定即发。伯恒。伯俞稿,请代表签承印《注音词典》约。

公司　仙华告,石路口西北角之地共四亩七二,索价四十万两。如担任往来电费,可即问产主。晚询仙华,知系杨晋卿所说,已属切实根问。

用人　约考试新账房俞彬园、甘汉卿、戴起鸣。　　俞为少璋之弟,人尚诚实。　　甘为亚泉之表侄,人似拙。　　戴身体似差。

财政　告迪民,探预结金镑价,并预买四个月期。

分馆　许祖谦自常德来。　　秦乐钧自新来信,言吴渔荃有津贴三百元,故支用七百元。

编译　陈谦夫经手《汉英商业尺牍》以三百元购入。

纸张 有新到银龙纸五十令、官造纸三十令。

三月二十日 星期四

发信 电催梦翁。

用人 钱荫岐到馆。

财政 稽核科检查出纳科银钱,彼此相抵,多洋一二五元零。通告即以盘见之数为准,以后依此续盘。复该科,以后能每月照此点查一次否。又函达出纳、会计两科,以盘见之数为准。

稽核科盘见之数内有

各省杂钞三千元。 信成票六百三十元。

同人暂记银五两三七, 洋一七一八元八六。

存户宕欠洋七二八四元五七四。

分馆 邹云笙回沪,拟派栈。李守仁后拒派发行所。仙华言月薪已三十四元,须充主任,难安插。本日约莲溪来谈,莲亦谓其人无用。告培初,拟令退职,薪水给至三月底,另送六个月薪水,扣抵宕欠。当余宕欠五百元,令伊切实筹缴若干,本馆可再豁免若干。但一时未便说定。

印刷 廷桂到沪,为承印票八百万事,知系晋省所印。鲍有小恙,未到。包文德同来,力言运机之难,如改石印,可办。廷言石印须用官造纸,易毛,前途不要。因出昨日寄去信稿与示,廷意颇不怿。

又谈《越缦堂日记》事,余谓纸尽可供给,如京华能印最好。如来不及,沪能分任亦可办,否则招外厂代办。合同已托伯恒起草,即由京定可也。

应酬 王巧生完娶往贺。

三月廿一日 星期五

发信 伯恒信。

公司 偕仙华往看石路口屋,沿南京路计十四间门面,沿石路十五间,中有一弄,西除邮政局外,均沿香粉弄,北沿香粉弄。

仙华查保险折扣事。

属鲍济翁查开历年保价折扣比较。

财政 迪民报告美金价。

广东三月分一百十一、四月至六月一百十、以后每月跌半元。

储蓄惟四月至七月一百十,余同前。

本日又存入上海储蓄银行四万两,两礼拜前通知,五厘息。

纸张 利达到纸共三万八千余美金。迪民来商可后,六十日期,但加息七厘,余属照付。

文具 莲溪报告,仪器部内文具、测量、文房、体操、药品、博物、理化、玩具,有加有减,抵过共短存三七六二元七五四。

应酬 请张仲苏、沈商者、周寄梅、沈信卿、贾果伯、陶惺存、钱荫岐在兴华川午饭。蒋梦麟未到。

三月廿二日　星期六

公司 本日第五届补习学校开学。

用人 瑾怀悼亡,托伯俞来言,拟告退,至多再办事三个月。

叔良来言,朱企云仍愿来馆办事。余云,俟梦翁归后再定。

分馆 告陈培初催顾怀仁。　明告邹云笙。

问程雪门,云到梧后尚无信来。

印刷 廷桂来商,太原印票八百万,最好仍拟一运机之价。但鲍估二万五千,为数太巨,不如不说。但如允来沪印,由彼请护照及免税照,运费由我出,包运至晋。余谓可允,但条件须严密,定洋须多付。

廷意欲先问奉天所用之纸,现只存二百令,约须几何时日可到。余约迪民来商。据称,托恒丰,恐号码不符,须寄样张。姑俟礼拜一日往商。

应酬 午约谢永年、薛敏老、蓝　　、李　　、廷桂在卡尔登便酌。晚约补习学校教员在都益处便饭。缘将开学也。

天头 查纸张。　查购美金价。　周锡三住址:江西路——四号。

三月廿四日　星期一

公司 梦翁昨晚归,商定公司去年红账。

财政 廷桂前以股票三十股抵押公司,借三千元,已还清。本日将股票三十股当面交还,并将押据取消交还。

分馆 施敬康来信,力言满式钧办事之情,并闻有舞弊之事。

8/3/25 复信令查。一面令分庄科知照满君,假满来沪。8/3/26 由拔翁告培。

毛契农来谓,售价甚不妥。

印刷 湖南银行陶子石来信,停止印运湖南票,改印裕湘。由剑翁拟电湖南,并函复陶子石。

廷桂来商,晋省印件将来沪印刷,合同条件。余拟三条:一、付足定银。二、须有护照免照。 三、如以上两项未能领到,须有正式公事。廷桂加一条,言代运非包运,危险不负责。

应酬 昨晚应章行严之招,在岑宅晚饭。

三月廿五日　星期二

收信 伯恒。

发信 伯恒。

用人 瑾怀悼亡,因告退。托伯俞来说。余拟劝赴日本游历若干时。梦亦赞成,晚即告之。据云,葬期已定五月,不能久离云云。瑾怀交到广告公司延聘夏悟周合同。

分馆 吴葆仁迭次来信,拟留衡馆。本日会议,允再办一年,如无成效,仍即停止。拔可拟稿函复。余加注数语,责成吴君督责,最好不再放账。

编译 《百衲通鉴》原书装两箱送张仲苏、沈商耆,托带京还傅沅叔。

印刷 利达来纸四票,共美金三万六千余元,本日签付。余查运费仍未减,即属迪民与争。迪先已去函,本日又查明上海一月二日西报布告,已减每吨五十元为三十元,即去函索回五百九十一元。尚有三票,系去年十二月装船,但至今未到。余属迪民函问,必已换船,不能照十二月船价。

三月廿六日　星期三

发信 又陵。

用人 试办账房俞彬园、陈慎持、朱荫甫据会计科称不合用,即辞退。后查朱荫甫甫自南来,只可少缓。

仙华告,加克鲁君已晤谈,渠意以为华人薪水太薄。又言英美烟公司已出月薪九百元,渠不愿就。

财政 告仲谷,《时报》告白费收款人来掉头,恐有流弊,以后应防。

分馆 叔通意,衡馆金馨堂宜掉开,方可望改良。

三月廿七日　星期四

公司 仙华告知保家保险行可让至七五折。

王莲溪告知,张桂华运动欲得创办人红股。余言,此非其时。

用人 朱企云前有邀入英文部之意,后渠以难辞校席为言。近又来说愿复来,要求加薪二十元,合成一百廿元。与梦翁商,即定局。当告叔良转致。顾复生荐伊子润卿入英文部,梦、伯愿留用,拟月给五六十元。

财政 姚慰萱欠款内有眷属川资及兑水两项,准其免缴。即于来信上注明,交莲溪转致。

分馆 梧州账房陈冠南到。

编译 到编译所商编辑《英文分类字典》。拟分两种,一备作文用者,依据英文现成书,程度稍高;一依据邝先生拟目。先将《地名词典》完成,接编《人名辞典》,再编此书。历史人地名方有准则,又科学以普通为限,必须用通行名词,商业名词亦须用通行者。

天头 告仲谷,拟代售《越缦堂日记》预约办法。

查馆内外宕欠,预备于股息花红扣除,告稽核、会计两科。

函询史良才,一之。

8/3/28 午后面告顾晓舟,预备股东会报告。

告梦旦,南京看书及古书注册事。

告鲍,拟致银行信正金、汇丰,招广告事。

三月廿八日　星期五

公司 往访先施保险公司,见黄谭生,允减折为八折,并言他家如何,亦可一律。　到联保晤刘石荪,言有马姓者经揽,仅交五六折,可改为七折。晚到永安,晤郭八铭,言可以照他家比例。余问可否照七折,郭言学堂保费太低,七折太亏,栈房折扣亦不低,但他家如何,伊亦可办,允商经理。以上三家,全均告以直接无回佣。

用人 华字部工人廖寿昌有信来,求荐拔。其文理颇佳,当送咸翁阅看。复称其人秉性忠厚,品行颇好,可擢升上手,将来华文部需人,或再改派校对。当约来总务处一谈,嘉勉数语,告以格外勤奋,总当升擢。复梦翁:

一、朱企云月薪百廿元已允,应备正式信。

二、鲍咸昌族人如何任用,乞酌。

三、顾复生之子润卿,月给五十元,可否见复。

编译 答梦翁:

一、尚志学会书既亏耗无多,可继续。但注意发行,请拟办法。

二、武昌《理化丛书》可先令寄稿来看,并声明欲得高等程度。如合方印。

三、英文函授正音,遵议办理,请告邝、周。

四、算学函授办汉文,恐寿君有前嫌,难应付,且抛荒他事。英文如为难,不妨作罢。

三月廿九日　星期六

收信 伯恒。

用人 告笃斋,可再派数人至发行所帮忙。

分馆 陈冠南拟派会计,会计云无坐处,改派稽核,稽核云才甚平常。余属莲溪与会计科互商通融收纳。

同业 中华新出《英文周报》,定价每册四分,比我处为廉。

三月卅一日　星期一

发信 岑西林。

公司 午前十一时过到三井洋行访保险部经理,有河野一郎出见。余约至他室密谈,渠似不愿,迟迟始允偕余登楼至会客室。又有他客,余遂在外与言,谓我处在彼保险历十余年,保数有四十余万,仅得九扣,为数太少。他家有较优者,然以彼此交易已久,故来商量。并告以彼此直接,可无用费。河野云,容查簿,出言是九扣。余言,恐经手所得者,尚有八扣七扣之多。渠有难言之色,谓经理回国,约十日后可回来。余问可让至何数。渠云大约可让至八折七五折。余云,此数未能满意。渠云,俟保险经理伊东归后再商。余云可直接通讯与我。

叔通为加股事,有意见书,送梦、仙阅过。

用人 派陈冠南至发行所账务处。在梧馆月薪卅元,改为廿六元。

编译 约李守仁、陈培初来,告以裱画不能应市,应添家数,可抄清单托杭馆探问接洽。又大联亦应制画。告谢燕堂,画屏宜速出。燕告已有两堂不久可成。

告梦翁仍拟编小丛书。

纸件 与鲍商,每月约用有光纸三千令,现不过两月之货,拟先购一万令。告迪民与华章商,照福井所开富士价,应较廉,缘不加包扎也。

应酬 到海关码头送柯医生行,并送《英译唐诗选》二元,又斋尔士《中国画史》一册七元二角。

杂记 昨日午前约十一点三刻钟,汽车经行北四川路,撞伤幼童乐芝定右足,随即唤捕送往同仁医院。余交名片与捕,先归,留源侄在彼看视。归述由医生沈丕明永年,住东百老汇路永成里八五〇号。治疗。云骨已断,已施手术,约三个月可痊,每日费用二角。 本日去信,由余处承认。该童为大亨素菜店之学徒,店主姓李名兰伯。

天头 催鲍先生纸单。 查大寿字已印若干。 问邝,请麦克乐在何日。 请恽铁樵。问鲍,柯君票千元。函周少勋印票事。 湘行印票事。

四月一日 星期二

收信 西林电。为柯师事。

发信 咏叔、沅叔。为《衲鉴》定价事。

公司 致黄泽生、郭八铭信,为保险减折事。黄有回信,允照七折。郭到发行所见访,未遇。后发电话去问,云已有回信,亦允照普通折扣。

吴桐轩报告,到江南养鸡场收租,该承租人无理情形。

发行 郭八铭为海丰中学图书馆买书,要求减价。

用人 张景星故后,其家族已议定,承继由伊亲戚族人,备一公信来馆声明一切,并派伊嗣子之胞兄海容(由张初民介绍来见)来馆,领取存款及遗物。原信存叔翁处。当初景星将存折交与吴子猷,本日海容并约到子猷来馆,当属任心翁将前眼同子猷点存各物,当面点交,其存款除在杭移用五百元,即予转账外,该折亦经子猷交与海容,并备信交初民、海容赴出纳科领取。

财政 钱才甫来信,甚无礼。王咏春来信,拟筹四五百元归还,作为清账。

余意,将应有欠款各物,开一清册,又以前存分馆者,亦开一清册,再决定办法。

分馆 毛契农致拔可,拟调常馆汪曼曾。余意可暂缓。邱培枚有信来,拟接手办法。余意可允,但明年提早假期省亲,应酌。

吉馆杨致祥来信,要求减轻欠账。余意不能允。

文具 仙华交来与合记货价比较单。

应酬 姬觉弥、王子良、章正、哈同约未刻饮宴,偕拔可、剑丞同往。

天头 午前未到馆。

四月二日　星期三

发信 宝田、贞壮。

公司 约鲍三来,告以先施联保、永安保险均允改为七折。汇丰爱尔德本日有到期者,亦去信,商改折扣,并令勿开支单,统知照会计科并开。仙华约 Eastman Rodak Co.营业部长 Sheof 来厂参观。谈甚久,颇有意与本馆联络。据言,东方生意向由勒者司达厂所做。伦敦本厂只做至印度为止,极拟推至东方。但须与勒厂商议妥当,方能着手。目下尚须赴爪哇调查日本代理侵占销路情形。

用人 许笃斋来言,新考账房派发行所者,拟扣回饭资三元。允之。王一之来见。

财政 函询正金所存廿万两可否续存,可给与利息若干。

分馆 公函孙伯恒,京馆建筑可即绘图建筑。

编译 黔馆来信,财政厅某君拟印《新五代史》。余意,傅沅叔曾有宋本愿交本馆印,援《衲鉴》例。梦意,拟仍用殿本或排印。

纸件 梁鸿书迄不亲来,交来提单一纸,属铭勋先送还。

四月三日　星期四

收信 又陵、沉叔、伯恒。

发信 伯恒。

公司 改定七年红账,交还许笃斋。

余商仙华,拟将加股事作罢。

用人 叔通荐一毕业商业学校姓　者,字尚可,月薪拟廿余元。拟聘用。又王一之拟请在外选译杂志,并投稿。

顾复生之子来编译所,给与五十元。复意未足。商梦翁,拟增给十元。

财政 严又陵来信,属于活存款内拨付三千元。已照拨。

编译 商定印刷《日用百科全书》办法。

印刷 仲谷拟就代售《越缦堂日记》预约。阅过交还。

文具 与仙华谈进货事。仙华谓其有外洋货物愿来觅售者,人才不足应付。余云,不妨重新延揽。

四月四日　星期五

发信 沉叔、与梦同列名,为《道藏》事。又陵。

公司 加股事,本日会议拟勿提出,缘提高太多,且亦难免流弊。仙华谓无可无不可。鲍、高均主缓提。

财政 本日特支浙塘工券回佣,又张裕泉抚恤廿七元,共两张。

分馆 邹云笙欠款,允筹送二百数十元。余令先缴,公司可通融,但未能确定实数。面告培初。又催速开分馆各人宕欠。

约培初、晓舟、桐荪、笃斋讨论,积亏各馆如有新盈者照给花红。惟本盈新亏而复盈经理并未更动(除有特别事故)者,又专以退书致盈者,均另定办法,其成数容再酌定。又退书,应就上年盘存之折扣增加一成,以示限制。又另开出滞销书目送各分馆,令勿盘入。又,烂账亦应严查,勿令盘入。　又谈及分馆已改支馆者,其预支开销应由所提特别公积开去其账款。培意一律售与所辖分馆。

纸件 华章定有光纸(小有光)至少每令一两九钱七分,富士制纸公司可一两九钱五分,令迪民商鲍先生,鲍令向富士定购一万令。梁鸿书来,余属铭勋往见,告以不能定期交货,只可作罢。梁意现到沪有二百六十件,要求本馆承受。

文具　据包文信称,8/4/11托金佑之定七寸石板五十箱,九寸五十箱,言明陆续交货。北京定货,在7/9/13彼时已商金佑之,据复日本人不允退去。先后七寸收过四十五箱,九寸收过卅一箱,今又来十八箱,所缺不过六箱。余告鲍君,令催速交清,以后不必再定。

四月五日　星期六

收信　宝田。

公司　鲍咸翁、包文翁以宝兴路房地抵押事来商。共收房租,岁收约三万元弱,原押十二万两,现增押三万两,续建新屋,一并抵押在内期以五年。鲍、包谓,近在咫尺,可以商议。余意,不动产太不活动,如届期不赎,转押甚难,售去亦不易,只可收租,于公司甚不利,决意退去不办。

爱尔德保险公司及徐维绘复鲍三信言,保险只能让至八折。

电催谭海秋、李煜堂速派代表查账。

用人　贾季英告叔良,拟辞龙门师范,来馆办事,月薪百五六十元。叔良来说,余意似可行。梦、博谓其人不能伏案,不能延订。

财政　鲍咸翁言,倍格尔有牯岭二一八号地契作押,并将倍信交阅。当属鲍三检查,云无有,恐在翰翁处。梅生移交叔通件内亦无。当将原信交还盛翁。

又交来汇丰支票七、八、九、十、十一月期,每张百元,共五张。当用天六回单送许笃斋。尚欠五百元,以六年分应送倍君二百、七年分三百元作抵,即开支单转账。

编译　美公使芮恩施有《美国政治纲要》一书,前由加克鲁君来问本馆可否译印,已经拒绝。继思本馆与美贸易渐进,应与联络,当告梦拟仍托邝转圜,并告邝函问加君,芮意如何办法。如必欲我处译,恐译不好,如彼不能自译,我亦可办。新地理图封面太劣,不能用,已告季臣。云现拟明油。

印刷　电催湘行印票价。

纸件　告铭勋,梁鸿书昨商退纸,如万不得已,将已到之二百六十令留下。

此外断不能要。

油纸事,亦告铭勋再函询杭馆。告以多用应照批发,并须剔破损。

文具 符干臣来言,杭州裱画价较昂,又加运费,不合算。余属作罢。8/4/7 复令在苏多觅一二家。

四月七日 星期一

发信 宝田。留稿。

公司 交红账,请稽核科复核。八日交还。

电催李煜堂、谭海秋派股东为代表查账,缘李派刘石荪代表,刘非股东也。

财政 前礼拜六日,属出纳科拨六万两存浙江兴业,又四万两存上海储蓄,均二星期通知,五厘息。

分馆 前哈馆经理王君保人来商。愿以现款三百元,又票一百元了结。

童弼臣来谈数事:一、文具价昂难销事。二、九江特约发货事。三、仪器文具装箱不合,多损破事。四、调查员陶君拟补给六年奖励金事。五、分馆回佣不敌总馆,宜求平均事。六、赣馆去年减亏,约三年后可弥补清楚,要求鼓励事。

编译 函梦翁,告知汪仲谷来信,言本馆出版《智囊补》,内有颠倒处。又《通鉴》内有应空不空及不应空而空者。应另改办法,或延有名誉之人在外担任,或请可以胜任之人来馆。

又询,《孙文学说》如何答复。 一、《商业名录》应着手调查。二、杜就田编排《动物词典》应专派人为之绘图,免迟延。三、又《分类英文词典》已否与英文部接洽举办。

梦复:一、已着手。存书无多。二、绘图已有专人。三、邝意黄君英文不敷,得暇再商。

杂记 昨偕勤儿赴 Dr.Clapp 处验眼。

天头 鹤止园已去。 问泰丰股分及储蓄票价。 查许祖谦、顾怀仁优待股。 活动影片分馆折扣。

战胜纪念画,其事务所在福州路五八二号。

函丁榕询押款事。已办。

四月八日 星期二

发信 伯恒、衡山。

公司 仪器货栈自保一万两,托仙华另觅折扣较低之保险。

发行 仙华来商,添租交通路西叁楼面一间,月租卅二两。

用人 托伯恒转托陈筱庄约胡适之,月薪三百元。与仙华商,拟调回鄂峻卿回出纳科。仙拟以华勉之继任。

财政 钟景莘来信,言邮票核少一千元,缴来公司股票千元备抵。并请假两星期,自来查账。复信慰勉,退还股票。并云拟添人帮忙,信稿交任心白。又到发行面加安慰。

告蟾、景拨交通存二星期通知款二万一单、三万一单,四厘半息。

编译 《孙文学说》,与梦商定,先去信问其意见如何。又校对旧书事,拟招人考验。

查各馆预约《百衲通鉴》,将原单交唐思济与李守仁,商定分批办法,再来报告。

印刷 寄承印《越缦堂日记》并代售预约合同稿与伯恒。稿交任心白。

文具 告培初、文信,开新式体操器具单,由分庄函托太原分馆,于十四日太原体育大会时分送传单。

又告文信,于本月廿六日约翰大会时,应往陈列。

杂记 本日又偕勤儿往克拉伯处验眼。

四月九日 星期三

收信 伯恒。

公司 仙华交到扬子保险保仪器栈房保单一纸,每万两七十五两,六五折。并言,如每万两保费十二两者,尚可减低。

汇通保险公司复信,允减九折为七折。

财政 签广告公司01173,又1175收条各一百元。收利华公司广告费。

告蟾翁,昨翰翁于活存款内付红十字会医费二百两,应由公司拨还。

分馆 顾晓舟昨日交来分馆补亏办法,又虚盈提红办法。详细批答,交还另拟。十二日又催。

邹云笙宕欠,除加还三月分薪水,又给半年薪水抵过,再豁免半数,应缴二百五十九元。培初来云,只能缴出二百四十元。当允了结,但令先将现款交到,方能作为了结。

印刷 湖南长沙青年会印刷物交货逾期,起交涉。

湘票,该行置不理,又去电催。

西书 仙华告知,秋销尚未购。

四月十日 星期四

发信 沅叔。告知《衲鉴》棉纸即运,又《北山录》旧纸尺寸太小,又《四部丛刊》目,又影片免税。

财政 周金箴赎去优待股三十三股,除扣息抵过外,尚欠洋二千二百有余。本日将款付到,即将股票提出交还。

西书 昨仙华交到《大英百科全书》移交结束合同。当送丁律师。复称代控欠款费由彼给一层,已删去。

应酬 苏盦旧历三月十二日六十寿,与拔可、梦旦、石遗、剑丞等设筵公祝。

杂记 前托文信调查公益玻璃厂内容,本日交到账略一纸,又股东名单及盈亏大概一纸。

次日又交到纸样各种并销货大概一纸。据文信言,墨水瓶每个七分,本馆现向中华定做,每个八分,但公益须交货收钱,稍久该瓶即行破裂,故不得已改就中华。又招顾晓舟来,始知商务系举为查账,翰翁派令代表,而顾卒无一言,可异之至。

十二日约莲溪,告以各情,并托往查。当约顾晓舟来,告以既由翰卿委托代任查账,应将该公司内容报告。现在如此含糊,万一股东诘问,何以对人。即属偕同莲翁前往清查。莲翁复称,查得毛君(即经理)宕欠约千元,其余亦略等,共约二千之谱,不如折蚀售去。十三日股东会,当托盛同翁代表含糊应付,如股东诘问,只可将顾之实情揭出。

四月十一日　星期五

公司　英文函授社报告

	民国五年	民国六年	民国七年
本科新生	八三九人	八〇九人	六二二人
选科新生		一〇二人	一六二人
本科新生			
学　　费	七八一〇元	八三四五元	六二七一元
选科新生			
学　　费		九八七元	一五一七元
本科学生			
续缴学费	四七四四元	五六一五元	四二二一元
售讲义费	一四〇元	二六三元	二四二元
共　　计	一二六九四元	一五二一一元	一二二五二元

元数以下不录。

财政　会计科交到同人宕欠清账。

文具　本日签付药品货价单。告迪民查运费，如过昂，可与争。

西书　美国金恩书公司代表弥勒来，与仙华、叔良、邝君谈良久，论翻印之事，渠言当易解决。

四月十二日　星期六

收信　沅叔。

公司　本日往访三井保险部，晤河野君，云伊东君已回，但尚未到行。属余候半点钟。余云，无暇，请其转告。伊又不愿。余云，可将办法详细复我，我不能再来。

吴渔荃来电，李煜堂委李达铨代表查账。当往广东银行晤黄朝章。下午又接谭君海秋复电，托王君代表。即通知仙华，订于十四日开手核查。

丁榕来谈押款事，不动产只有租界工部局之证券及若干公司之股票，但利息亦微。如不动产至多亦不过八厘五。查五年分钱庄拆息统扯常年四厘六、六年分四厘九、七年七厘七七。

用人 与拔翁商议清厘同人宕欠。

财政 陈炳泉报告,自三月十七日起至四月九日止,共寄信用去邮票三十五元一六。寄书若干,查明另复。

编译 叔良来言,马眉叔之子马幼眉来言,《马氏文通》租约尚有两年,愿将版权让给本馆,或售与他人,酌行赔偿。当查契约系民国二年所定,共十五年,为期尚远,现可不谈。当将契约打出一分,交叔良转付一阅。

纸件 催陈铭勋,查万仲篪何以无开盘价单来。嗣称已经寄到,并查明与上海市价比较,交来一表。

应酬 访谢永年于孟渊旅社。

四月十四日　星期一

收信 伯恒。

发信 伯恒。为影片递呈事。

公司 李达荃来云,谭海秋亦到,当告铭勋去信往约。告仙华以五月八日到期之三井保险机器,计二万两,每千十二两五。仙华晚见,告可以对折。

编译 卢信公交来《孙文学说》数卷,尚未完全。梦意恐有不便。余云不如婉却。当往访信公,并交还原稿。告以政府横暴,言论出版太不自由,敝处难与抗,只可从缓。

印刷 钦甫昨晨偕慎昌洋行大班 Reisse 来寓,谈及有双鸭牌,系染料商标,今查出私印,不知是经手华人多印,抑系他家仿印,托余细查。已查明共印过四十五万,属鲍三复告 Reisse。并令留稿。

应酬 在东亚旅馆请股东。

杂记 盛同孙报告,昨日到公益玻璃公司股东会与陈烈卿谈及本馆愿将股分让去。陈允七折,三年官利,由本馆收取。本日去信订明,并请酌加。

四月十五日　星期二

公司 本日,鲍济川将所存公司紧要各件移交叔通。内有数件多不全,或失去者,属令再查。其无误者,由叔通于簿内签收。有误者,均由济川于簿内注明。

用人 与钟、张谈调人事。

分馆 童弼臣来商,赣馆人多不为用,拟带伊戚周庆祥前往。余问,是否可以悉听调度,如无所不便,自无不可。童云,可以约束,无不便。余云,查明当时离馆,如无别项缘因,自当照准。

8/1/16 复信,准其带去。

纸件 迪民交到Fobes洋行布告单估价单一纸。照每镑四先令十本士算,一切在内,上海交货。小有光每令一两六八六,大有光每令二两三钱。

十六日告迪民与鲍先生,连前在日本所定万二千令在内,约备八九个月之用。

十六日与鲍商定,拟订购大有光万五千令,小有光一万令。后该行要求各增一千令,以足原估吨数。迪民来言,余谓可允。

西书 午后三时半偕叔良到博易律师处,与《英百科全书》代表安格司签订委托收账之合同,当交叔通收存。

应酬 约股东在一枝香晚饭。

四月十六日　星期三

收信 沈衡山。

公司 翰翁于六年二月十七日将自己股份借出六十股,其售价即作为存款,其利息照股息支付。本日属顾晓舟,嗣后售出股票由公司经手者,均行购入,还与高翰翁。

致徐维绘信,告以他洋行家每千两保十二两五钱者对折、保七两五钱者六五折,请转达爱尔德及保隆。两家复信,可照办,但要求增加保额。

8/1/17 去信声明,如能格外便宜,可以酌量增加,请再答。

属鲍三致信汇通。

访丁榕,拟将正金抵押房产赎回。

编译 钱仲甫交来《南楼老人册页》八幅,云欲得回二三十分。即交郁厚培。只能印珂罗版。

应酬 约股东在大东晚饭。

四月十七日 星期四

发信 沅叔、为《衲鉴》事,留稿。梁宝田、沈衡山。

公司 致陈春生信,谓明日系《通问报》广告期满,请暂停登,另定办法。

复徐琢仙,为保险事,稿存鲍济川处。有复信言,每千两七钱五者可六折,望多保。 8/4/18 又复信言,七两五者可酌量加增,其十二两五者,只能照原存保额。

分馆 叔通拟定分馆经、协理、正账住居费章程。

毛契农复电云,已电询伊眷愿往。即派汪君送往,当电达常馆。

编译 邝交万纳梅克前四年往来信件,为编辑英文字典事。当送梦翁阅看。8/5/1。

周由麈交到修改二百号后之《英语周刊》,并酌减售价。阅过送梦翁。

应酬 约股东在东亚旅馆晚饭。

四月十八日 星期五

发信 翰卿、竹庄。为莲溪郎王康生学费事。

用人 历城叶新甫来见,曾著有《美国工商发达史》售与本馆。曾在美国习电机,毕业后到哈佛习工商实用各科,如统计、如广告、如工场管理、如商店组织、如能率增进、如营业推广。在彼两年,又入公司实练约一年。曾向梦旦自荐。

分馆 吴葆仁来言,衡馆仍试办一年,于七月后改组,并属留伯良暂勿离衡,俟伊旧历五月中到衡接洽再返沪。

函梁宝田,托其访查粤垣分设印局以何地为宜。该地有无房屋可租。

西书 叔良译成代收《英百科全书》欠账合同。交叔通知照各关系部分。

天头 报界联合会来厂参观。

四月十九日 星期六

公司 约叔通、仙华商定书籍股移往发行所事。

用人 王莲溪言,闻钟景莘与其夫人不相能,有姘头,近又别有所眷,且与陈、符等共赌,甚为不妥。又言,邮票又花三百元之谱,另有详细报告。并交来信成银行票六百三十元、浙路股票二张、息单二张,共五十元(据钟云不知来自何处)。又宁绍船票五角一张(账上称二元五角内有二元高翰翁取去)。由莲溪令鲍锦文开具支单,作为公司杂费,将各物开去。并注明移存保管股。余即交叔通点收,并由叔通在支单上签字,送还莲溪。

编译 告梦翁,由邮局寄商业名录中各字号,终多一层调查。

仲谷来云,《清稗类钞》卷卅九第一○七页内上海飞口有神技一条,有伤捕房名誉,将与本馆交涉。即函告丁律师预备。丁旋来言,容即与捕房律师一谈。

应酬 访叶新甫未遇。晚王一之来。

四月廿一日　星期一

收信 伯恒、沅叔。

发信 沅叔。

用人 陶惺存本日复回编辑所办事。

财政 函张、钟,酌拨花旗、台湾两银行活期往来。又问钱庄支票能否自印,应先问明。

编译 查忠辅厚本有信来,承认本馆《敬业堂诗集补遗》著作权。拟复,交梦翁、惺翁。

廿二日午后惺翁交到呈部稿。

纸件 鲍云应备瑞典纸。

应酬 昨午约梦、叔、拔、惺、剑、仙,晚约印刷所各部首领,在寓便饭。本日晚约印刷所各部首领在寓便饭。

四月廿二日　星期二

公司 徐琢仙来信,言爱尔德愿将每千两保十二两五钱者,减实为五两九钱五。复信,所减比对折仅三钱,特开一例,如有不便可以不必。我处当酌量加增,以副盛意。并留稿。

进货科书籍股移往发行所办事。叔良向仙华要求兼管西书柜,先以告余。余谓须商仙华。晚到发行所,仙、梅约谈,以为只可从缓,只要善于应付,将来便易办理。廿三日余又约叔良,告以仙华见招,固望帮忙,但同人彼此情谊未洽,恐办事上亦有不便,先以情谊联络,自易办理。

用人 本日董事会讨论推广营业。余言须先储人才,每年应另提数万元,搜罗现有及培植后来人才。众皆以为然。苏堪并属拟具办法。

编译 代谭海秋交叶瑾仲译亚细亚烟草株式会社章程。

梦翁拟《英语周刊》二百期纪念减价办法。送交仙华酌核。

纸件 属唐君索取棉连及罗纹纸样,并问价,即送瑾怀。又属铭勋函询杭馆。

四月廿三日 星期三

公司 周谷人押拒,有公债券,前日并未交与叔通。京馆来问,会计科称存三鲍处。向查云,前系寄存故未列账。当即交出。此系昨日事。

本日据会计科查,包文信抵押各件内,有各种橡皮股票,均注明存三鲍处。向问,据云,早已取去,惟亦不能记清。当约文信来询云,均已取回售去,将所得之价归还公司矣。即面会计科,于册上注明。本日由鲍、包三面声明,该寄存各橡皮股票,均已取回售去。

财政 在上海商业储蓄银行购进阳历七月底期英金三千镑四先令十本士四之三,又美金一万元一百十四元,由余签字。其银行凭据存迪民处。

约吴炳铨、万亮卿商归欠办法。

编译 总商会来信,告知美商会函知美商因翻版事已请驻使与政府商议办法,并指为违犯法律。当由公司出名电达外、教、农部,据约驳拒。

并告仙华,请开书业商会会议事。

纸件 三所会议,因彩色屏条过四十八寸者机器即不能印,当告鲍咸翁重购一部。鲍云,已派人与洋行商议,转轮须阔七十五尺,经围四十寸者。据该洋行称,无现成货,须寄纸与厂商定即电复。

日本见本日各报电称,纸商公议减价一成。即告鲍。鲍云,已闻知沪市新闻纸已跌至三两七钱。属铭勋,函催杭馆连史开盘价。

应酬 刘翰怡约在寓晚饭。到。

杂记 本日结算代表,共九七四股。

四月廿四日 星期四

公司 接徐维绘复信,言对折之外再减三钱,并不为难云云。

用人 叔云,前荐商业中学毕业某君,已与说连膳月给廿五元。余云,声明试办,不知现有事否。叔云,却有事,但已与说过,难免彼此以为不适宜。

编译 拟代书业商会上教、外、农各部呈。约丁榕商复商会信。据云,可以不复。

邝言,昨日弥勒将此事报告到西人教育会,要求勿用翻版书。当时亦有人不以为然,并交核办。

应酬 访罗叔蕴,晤谈片刻。

四月廿五日 星期五

财政 今日有正金存款十万两到期,明日五万两到期,均转六个月,八厘息。

迪民言,恒丰有纸运到,需用美金约三万余。看金价尚须再跌,拟稍缓再结。又运费亦拟稍缓再争,俟各船查明再与交涉。

分馆 孙伯恒、周少勋昨晚到。鲍子刚、韦守仁今日到。伯恒交到京馆建筑图。本日会议,拟照地价、造费以七厘作房租,并限造价为二万六千元。伯恒意恐不敷,并要求房租依折旧比例递减。

编译 周少勋对于教科书编译有意见,请详告伯俞。

伯恒言,印《道藏》事已决定。又言教科实用挂图颜色多不合。

印刷 孙伯恒属估田都统寿文印件价。

李伯仁言,印件九五折不够,要求加增,仍照去年九折例。

文具 李伯仁言,仪器文具太贵。周少勋言,运货太迟。鲍子刚言,多为实学合记所估。

孙伯恒言,京汉路要配文具,不理会。又属派人来沪,令人办不到。

应酬 请伯恒、少勋、廷桂、伯仁、子刚、梦旦、拔可、仙华、伯俞在寓晚饭。

四月廿六日　星期六

发信　沅叔信。为美商版权事。

公司　董事选举，余拟推举本馆人多，桂华、莲溪、仙华、拔可。惟莲溪有不满意者。伯恒、廷桂亦然。余告仙华，已商定难更改。廷桂留待明年，伯恒全在分馆，恐他人援例者众，只能仍照旧议。

分馆　王企堂来言，今年全买大洋，销数相等，实际已增四分之一。

四月廿八日　星期一

公司　约廷桂、伯恒至总馆，与克理君商议京局京馆建筑图样。据云，京馆约二万四千元可足用。

财政　恒丰有纸到，因恐金价跌落，迪民来商先付二万六千两，稍缓再结。次日美金降至二百六元五，属迪民与结。

分馆　伯恒昨晚在都益处询公司公益、酬恤金。分馆对于公益捐款甚多，能否提给，总馆如何开支。答以此款专备公司之公益，如医院、学校之类，近并有拟拨充酬恤之基本之议。伯恒因言，公司应酬往往不能开账，且恐被稽核科之驳诘，故多自捐私囊。余谓实为公用者，自应开支。少勋亦言，推广费每万元五十元，实不敷用。伯仁并要求增为一百元。

揆初告知，汉馆房屋明年下半年总须收回。

鲍子刚拟调一能兼管西书、仪器者赴杭馆。告以恐不易得人。

鲍又言，拟另租屋包饭，并移存河楼上之旧租客某绸庄之生财。

余云，河楼既未租入，自应加租。但生财须与原经理人宓大昌商议，请其售去或取去。至另租屋开伙食，终觉不妥。

次晨往访，又当面告知。

印刷　曹子冰来，交阅卢子嘉所得傅沅叔信。告以均已接洽，只须借书事，请其主持。

应酬　午刻约金仍珠、罗叔蕴、叶新甫、叶揆初、孔希伯、俞寿丞诸人在一枝香便饭。晚赴拔可之约。

四月廿九日　星期二

公司　与梦旦、拔可、叔通、伯恒商议财部印局事,有无租赁办法。无论现押与日本三井,部中未必肯赎回。即肯赎回,叔言未必肯给与我甚长之租期。拔言,如用印局名义,招来印刷,将来如何分利,必有争辩。余云,只能认定租金。伯云,印局办事亦有为难,因不能向人取回佣之故,且局中人必尽力抵抗。梦意初谓可行,后亦以为无办法,只可不议。

裕昌保险公司来信云,保险折扣可照他家一律。

分馆　告伯恒,总馆拟办预算,并拟推诸分馆。将来因地制宜,逐年决定。较现在随事发生,定一统章,似稍妥洽。且稽核亦有依执,免致临事争论。伯恒云,此亦甚好,可由总馆调查各分馆历年情形,定一办法。余云,现正查核。叔云,将来尚须寄与分馆看。伯云,将来决算恐尚须追加,否则毫无活动,亦有难处。叔云,此本须年年另造。

文具　鲍咸昌向伊婿薛敏志定购球鞋二百打,昨日由银行押汇来。迪民来说,包文信云,不甚好销。余即函问鲍君,未有定单,当时不知如何订定。鲍复称,来价只一元,先施要买二元有余,故与定。余即属照付。今日仙华又与鲍言,恐难销。

西书　叔良今日移往发行所办事。

四月卅日　星期三

公司　正金银行以本馆收回押款,由律师去信,甚不愿意。有电话来,由鲍三接听。鲍旋往见该经理儿玉,归将所谈记出交来。即属鲍三拟信道歉,由丁榕改正,交鲍打出,于明日由余签字送去。午后接得回信,允即照转与高易。

用人　本日访盛竹书,告以安生将由汉返申,拟派往出纳科办事。

财政　往访黄朝章。商存二星期,出通知,存款周息五厘。黄允照办。

分馆　周少勋加薪,晚告仙华。仙华力主可不加。梁宝田拟加二十元,并给津贴二百元,但须能留始发表。请伯训函商,如不能留,则只送津贴。

范济臣拟加十元,因即假回,恐尚有要求,故不发表。俞凤冈原拟加五元,因范未定,故亦缓。

印刷　告鲍咸昌、谢燕堂,仿宋字切不可刻,须严定章程。如有添字,必须写好另做。

西书　告仙华,与金恩代表人弥勒接洽。

午前偕《大英百科全书》安格斯、张桂华到汇丰银行签字,预备后来支款,声明桂与我只要一人签字,便可支取。

天头　分馆加薪经理、协理:

孙伯恒　原百廿,　加廿。

　乾三　原五十,　加廿有约。

韦傅卿　原四十五,　加十五日用昂。

王觐侯　原八十,　加十责任加重。

企　堂　原　　,　加五同上。

李伯仁　原六十,　加廿有约。

车秉钧　原　　,　加五日用昂。

庄筱瀛　原　　,　加五不避艰险。

陈祝三　原　　,　加五原数少。

吴葆仁　原　　,　加十不避艰险。

周少勋　原八十,　加十后不加收回。

五月一日　星期四

公司　先施保险林瑞书来,允千两,十二两五钱者对折、七两五钱者六折。

编译所因同人有意外事常须预支。当知照出纳、会计、稽核各科,立暂记一户,以二百元为度。

用人　夏子渭昨夜无疾而逝。有子在沪,甚漠视。另有一子在苏、一孙在杭,均有馆。

财政　浙江地方实业银行派连君来,允两星期通知,可按月五厘。又活期往来,可订明按月六厘。8/5/2日通知出纳科,广东存五万,浙江地方存三万,翌日改浙江为二万。该复信两件,交任心白,存单由出纳科留存。

分馆　廷桂来言,乾三去年到济南,多有应酬,挽回昔年感情,不无因此负累。余云,本年薪水已加廿元,但去年亏累,公司可特别体恤,另津贴二百四十元,即算加薪由去年起。嗣晤伯恒,即告知办法。伯恒言,过于优待。余请晤时告知公司借重之意。余又言,今年拟将滞销书指定若干种,分寄各馆,一律不计。又告知公司折减,同人花红比往年见少,亦甚为难,总望随时解释,并纠正。

编译 邝交万纳梅来信。经梦翁查明,此事始于一九一四,要求每交三字母之稿,即付廿五元。本馆允以二百元为限,由版税扣除。万复于一九一五年来信云无暇,旋于一九一七年又来信,言可以进行,甚速。但至今仍未进行。邝言伊系从军至美德宣战。在一九一八年前后,交涉共六年,迄未定局,本馆之意,最好停止。否则仍照原议,每交三字母之稿,即付廿五元。订明期限,过期不能再候,以一年为度。以上各事,本日复邝君。

纸件 迪民言,有光纸价甚跌。

应酬 美哥仑比亚大学 Dr. John Dewey 偕其夫人来厂,系蒋梦麟同来。伴者尚有陶行知。 奥尔达(利达洋行主人)约在汇中晚饭。

天头 胡适之来谈,闻筱庄言,拟在京有所组织。余答以前闻大学风潮,颇有借重之意。胡又问,此系前说,后筱庄又托人往谈,似系托搜罗人材。余言亦有此意,京师为人材渊薮,如有学识优美之士,有余闲从事撰述者,甚望其能投稿或编译。

五月二日　星期五

收信 沅叔、竹庄。

公司 致三井洋行保险部河野一郎信,留稿。

协隆回信,允照他家折扣,但要求加多,可格外便宜。告鲍复信,只要一样,不必再减,保额亦不能增。

朱斐章为泰隆保险行来言,照各家一律,并要求增加。余言,各家一律,只能照旧,如有新增,再行酌派。

用人 招顾复生来谈,告以每月津贴廿五元,现不兼管补习学校,即于四月底停止。顾哓哓不已,谓给与之时,并未兼补习学校。余云,当时即暗有此意,此与薪水不同,既少办事,自当停止。顾云,如必欲如此,我即辞去。余不答。并云,此实不得已之事。顾即退出。余即批定四个月津贴一百元,归还旧欠,尚余九十五元,分四个月扣,至八月底还清。

财政 约符干臣、顾晓舟来谈,告以整理旧欠,系请作一模范之意。均商妥各另复一信。

通知浙江兴业本日事一星期五万。商业储蓄,半个月二万,拟提用。

文具 有大批棒操器械定单,文信并未签字。余约伊来问,将仙华信交与阅看。云未知,继携去阅看,云商量已久,由蔼生接洽。

应酬 请湖北派往日本参观学校各校长、教员在一枝香午饭。傍晚并偕仙华往名利大旅社送行。

五月三日 星期六

发信 沅叔、宝田、竹庄。

用人 仙华云有杨某者,自美国卒业回,系赵竹君之婿。前在中国公学受业于仙华,汉、英文均尚好,近在汉冶萍公司办事,月薪百五十元,颇不怿,欲舍去。今加五十元,未知如何。余谓,如能约来甚好。仙云,所学亦系商科,于本馆有用。

金豹庐来,现年廿九,云南昭通人。十六岁至川,居二年入京,约一年余又至上海,约二年赴美。先在迪肯生学校二年,习非洛索非,又赴芝加哥大学习二年,未卒业即回国。由滇入川,亦二年矣。有母在昭通,妻为川人,现居成都。

财政 开特支二百四十元,津贴孙乾三去年之亏累,后不为例。

致伯恒信如下:"前日面谈津贴[令]棣去年亏欠。兹呈上二百四十元,即祈答入带交为幸。本拟将薪水追加,自去年一月为始,因恐他人援例,故改用津贴,特此声明。当乞代为转致。"余亲缮,未留稿。傍晚到发行所,在第一客室面交。

编译 催寿字速裱。

又通知业务科、出版部、栈房,发联、屏等亦经出版部复核。

本馆及书业商会争外国版权事,呈文于本日寄出。

纸件 查洒金紫色对联已售若干。据云存纸尚有三千张。余属穆华生交一样纸来,拟售去。

应酬 访简玉阶,未见。

五月五日　星期一

公司 郭八铭来言,永安保险十二两五钱者,至少六五折;七两五钱者,至少七折,否则宁不受保。

用人 梦翁交来　君致郑幼波信,荐乃弟欲在馆得一事,所望不过二三十元。函中并竭力保荐,云在商业学校毕业。与拔翁商,可由湘馆先约在该馆办事。

函莲翁,托探金保罗君希望若何。以其英文信示仙华,云文法太差,比补习生大不及。六日莲翁来言,渠希望在四川。告以不能,不知云南如何。余云,渠在省城资格极浅,仅路过二次。莲云,渠希望不过四五十元。余云,中西文皆不佳。

财政 存入交通三万两,分二万、一万各一张。

分馆 贵阳分馆有未给开销约八百余元。余与培、笃两君商,拟拨还。培言红账不可改动。余谓总馆所派官余利公积若干,开杂费付还外,总馆同人及该馆同人应得该八百余元内之花红,仍由该馆收回。如此并无不可。培、笃均谓可以照办。

盛安生回。

编译 以《四部举要》及《道藏》事商鲍、包、谢三君,并将梦翁交来询问各条,交与逐项拟复。谢问,由何人主任。鲍云,必须添人。包言谢难兼任,可由伊主任。

印刷 吉林裕华银行派代表王梦楼来商废约,由永衡茂聂祉余偕来。问答另记。

报载浙江塘工券省议会反对,咨请停止。告吴炳铨,云八月份已开印。瑾怀又言,所欠不多,当无碍。

应酬 昨约胡适之、蒋梦麟在兴华川午饭。

晨赴车站送少勋、伯恒行。

五月六日　星期二

公司　鲍咸亨言,汇通亦来言,允照减五折六折。永安昨日到期五千,照六五折开给保费。

财政　将应扣宕欠清账送交钟景莘、许笃斋两处。

同业　仙华来信,中华大推广美国函授学校。

编译　包文信交到《四部》《道藏》工程预估单。

《四部》　约十二万页　　　　　　　　　　石印 共三六六七六石,每日印五十石,每月以廿六日计,印一三八〇石,约廿八个月完。
《道藏》　约十　万页

《四部》又铅皮印,约五万页,共八三四〇,每日卅石,每月印七八〇石,约十一个月完。

印机六部,照相晒稿十人。

落石落铅皮廿五人,专办三人。

纸件　鲍云,拟托莱式尔回国之便,代办印圣书用纸及书面应用之色布及皮。已告迪民。

应酬　访简玉阶,未见。

天头　约请鲍、王诸君一商发售制造活动影片事。

五月七日　星期三

公司　三井洋行保险部伊藤继君复信,允照汇通所允办法。联保来信,九两以上者六折,九两以下者七折,余不减少。

建筑水塔事,鲍意拟移在小栈房后。余亦以为然,但似可尚移西首,在疗病房直北。八日又函告鲍君。堆货棚用铁皮价须三千余两;改用瓦片,四周用竹墙,不及千两。决改瓦。

同业　群益书局及某书社登报,于九日停业一日。旋经书业商会会议通告,是日停业。遂约鲍、梦至发行所,商定明日见报声明,本公司九日停业。

编译　查忠辅厚本有信来,由悒翁拟复。

印刷　太原分馆印刷事,原系给与分馆一成,后因竞争减价,改为五厘。李伯仁来要求复旧。鲍先生不允,属由总务处酌定。余与拔翁商,改为七五,即复鲍。稿存入太原分馆往来信中。

吉林裕华代表王梦楼偕孙显庭来访,询问改用钢板,曾否估出。余答,须详估,拟尽力核减,约明日可交。王言,拟先结束前约。余告最好继续办理。

纸件　迪民交来日本皮纸样张。

杂记　约鲍咸昌及庆甲商议影片进行与外国联络,并赴各地试演摄照办法。又后日赴富春江摄照,又照蚕织各事,种种办法。并托仙华、伯俞照料。

天头　本日起发股息。

五月八日　星期四

公司　查莫干山建筑账,惟修理费约欠三百余元。翰翁以事前未曾通知,为数大,不允照给,迄未了结。余意,或与一半,或与三分之二,房屋器具则租与乙方,由彼管理,收伊租金。本馆有人前往,照数计账,或核减若干,将来互抵。租金拟俟仙华到彼与乙方面商办法。

拔可拟上齐省长呈,为接租界自来水管事。余略加改窜。

后面有地一条,约一亩三分,包文德来言,坚欲四千三百元。余与拔意均可买。

商定拟将交通科移第三部三楼上,已告仲谷。

用人　金豹庐往见仙华,由余介绍。仙华言,语亦不够用。

财政　复沈冶生信,为伊宕欠事。信留稿。

印刷　太原招徕《军人必读》等书,同业竞争太烈,只能减价。鲍先生只允给该馆九五。该馆李伯仁谓,有为难。余允给七厘五。鲍谓所加二厘五只可作为开销,未便废五厘之例。由拔可通知培初接洽。

复裕华代表王梦楼信,留稿。又将各案送丁律师,约明日往谈。金星人寿保险公司卢信公来信,并附来市田月分牌估价单,商请照价。当商吴炳铨,谓可照允,但须直接,免扣回佣。

杂记　伯利和君自京来,约至礼查饭店晚饭。云后日将偕其夫人归国,并托代购陈簠斋《金石录》及张石铭《择是居丛书》。又云《道藏》及《四部举要》均欲购一部。其住址如左：Professeur Paul Pelliot，4 Rue Brunel，Paris。又晤其友 Heury Deuille，系在安南河内管理一大印刷厂，极欲参观本厂，或可向本馆采用材料云。

五月九日　星期五

公司　是日因书业商会议决表抵抗日本及对于北京学生敬爱之意，停业一日。

印刷　晚饭后遂偕拔可访王梦楼于东亚旅馆十号房。谈判几至决裂。另有记载。

应酬　晚约王梦楼、简玉阶、黄朝章、邱心荣在东亚旅馆便酌。

五月十三日　星期二

公司　报界联合会致信仲谷，要求本馆入会。拟不答。函告出版部，查杂志如有日本广告，应停止。复称无有，只《日用百科全书》，只三家，已函瑾怀。嗣晤瑾怀，拟将正金稍缓与商，其余先往商议。

财政　鲍子刚还清优待股本年利息，计四个月，要求免去。余谓恐他人援例，有亦未便。

编译　某女士交到《津女泪》小说稿一本，送陶惺翁。

纸件　在瑞典庄迪肯生公司（无华名）定有光纸。大有光一百五十吨，计一万五千令，小有光一万一千，计八十吨，价约一两六钱弱。

天头　五月十日偕美人 Ault 昆仲及俞志卿三人赴杭州游湖，本日午后回。

五月十四日　星期三

用人　章诩斋来信辞职。复信问尚可挽留否。

财政　鲍子刚还清优待股款，尚余一百四十余元。前宕欠长沙二百数十元，翰于五年四月十五日去信，免去一半，但令其尽当年官余利一并清还。后并未来转账，今开来转账单，准其照转。惟杭馆尚欠有百余元，今一并归清。

分馆　汉馆、津馆请续加同人薪水。汉馆二人各加二元，津馆三人各加一元，均照准。

程雪门请假接眷。不准。因今年二月底始赴梧也。

秦乐钧来信,借洋三百元。决拒不允。

纸件 属迪民再向庄迪肯生询问,拟再定纸一百五十吨,能否包定,何时到申,并每月若干。复信分三批装船,以十月、十一月、十二月为期,或各停早一月。当将原信送鲍阅看。

杂记 俞涤烦交到临单片、册页二十一张,交待秋代为题字,并付裱。十五日又交到原册三本,托寄京。当交李守仁装入货箱。

天头 查德律风本年利息。

属顾晓舟函告杨晓亭,须将翰允优待仍照在馆办法之凭证。

又有沃子敬,尚欠优待股若干元,本年仍未扣除。余告沃,此甚不应该,即属函告,速来赎。

五月十五日　星期四

发行 昨日阅滚存,见有付张钧臣存款入启万教育书馆者。先是仙华曾询此人拟在万县设特约所。余谓恐不可靠,因其前在重庆曾定约,有欺骗情事。当询梅生,梅函复,系张君与本馆订立同行现款往来云云。但不知张系独开,抑系股开,是否即离馆往万县办事,抑系遥领。如已订定,只可照行。但此人心地不可靠,应严防,遥领亦不妥。十六日将以上各节告仙华。

用人 本日因抵制日货风潮甚急,先与鲍君商议,拟令暂避。后知鲍已辞去五人,尚留四人,令在外暂闲住,并给工资。

财政 五月初七日收拔翁活存八厘,五千三百〇四元,本月看滚存见之。

奚伯绶活存有八百廿四元九角一分,即属会计科详查,活期过四厘者及同人活存八厘过头者共有若干。

纸件 再向庄迪肯生定大有光纸一百五十吨,约一万五千令,分四期装船。自九月起,每月一次。十六日签字。

代京华印书局定炮牌夫士纸四百令,价约四百八十镑。本日签出定单并保信。

文具 属文信检查在东洋及英美所定各货清单。

应酬 本日约经恩公司代表密勒君夫妇在一枝香晚酌。

杂记 万函校经汉馆介绍五人,收过二百七十一元二角五分。京馆三人,收过七十五元。津馆四人,收过二百九十五元。

五月十六日 星期五

收信 伯恒。

发信 伯恒、附去俞涤烦信。蔡谷顽。

分馆 滇馆来信云,无法汇款。交培翁设法在沪划拨。

纸件 词蔚来信,言伊木行亦拟带纸,属将毛边纸样送去。本月属人往询市价,据探约比去年贵一两有零,原单交铭勋收存。另将纸样及去年进价开单送开泰木行王履常。信稿及单均交铭勋汇存。

五月十七日 星期六

发信 济臣。

公司 七年分花红比六年减百分之四。另提历年派剩花红一万一千五百卅元,系照股息增加二厘之比例,加为比六年增加百分之十五。

发行所,昨日已告仙华,约可派五千八百元之谱。但请照加一成比例摊派系误。十八日去函更正。

印刷所亦告鲍、盛,即日开单送去,请其预备,并声明不候翰翁。

编译所亦如上,告梦翁。

分馆 拟调张藩任芜馆。商仙华。仙谓可行,并举徐孟霖、周柳亭为备。余谓柳亭人太狭小,孟霖曾有黔馆之议。拔可谓其出身稍差,不甚赞成。

印刷 裕华代表王梦麟来,表示退让,陆续减至八千。余仅先缴还五千,卒未定议。问答另记。

五月十九日 星期一

发信 沅叔,昨发慰问,姜荐。

财政 与利达结账四万余两,美金以一百廿三元算。汇丰拒绝广告公司支款。蟾芬来信报告。属鲍三拟信。

分馆 范济臣昨日来谈,要求四事:一、报酬(欲得公司优待股。余答以现已满额,或另筹办法)。二、宽待龚镜清(请将存价迅拨及书价增给,又回上海勿与为难)。三、缓加价(谓翻版太盛)。四、稽核太苛细。又谓丧假后无贴薪,似乎不平。

编译　拟制注音字母方字、赶编日历。

纸件　鲍咸昌经手购进外国有光纸每令一两八钱,约四千令之谱。

应酬　午约严范孙、李芬谷、王玫柏、金伯屏在一枝香午餐。孙慕韩昆仲未到。刘翰怡、黄任之亦未到。晚应袁伯揆兴华川之约。

本日访鹤顾于蜜采里。

杂记　姜莽信,由汉口法界巴黎街四川铁路公司高伯循转交。

五月二十日　星期二

发信　伯恒。

公司　咸昌、仙华交到拟派花红清册。

天头　腹疾未到馆。

五月廿一日　星期三

发信　伯恒、憩伯。

用人　沈挹清荐其弟。

财政　托迪民向商业预买金镑五千,每两五先令二本士。蔡谓生以其兴业银行存单万元抵洋八千元,按月八厘息。

天头　腹疾仍未痊未到馆。

五月廿二日　星期四

公司　三井保险本日到期四号。以两号留给三井,一号一万转扬子,一号二千五转望赍。

任子敬优待股来信,谓翰翁允留。查四年十月五日议决,已得告,抚恤五百四十八元,告顾令将高信送呈。

杨晓亭亦云,高允告顾同上办法。

用人　竹庄来信,索四、五、六月津贴。即属照拨。

分馆　陕馆来信,要求补给学生某加薪一元。照准。

纸件　南洋、振胜渐有印件。请鲍先生核定应购纸张。

杂记 伯俞来信,劝庆甲再赴杭照蚕织影片。

天头 午前到馆午后回。

五月廿三日　星期五

公司 营业部报告《日用百科全书》告白总数。登一版者四二面又三方、二版者四面又三方、三版者一面、四版者五面一方、五版者一面、六版者三方、八版者二十三面又二方,共六十五家,共二百六十九面又二方,约价实收三八五〇元。

翰翁面告,仍拟告假一个月,赴庐山或北京。

用人 鲍济川为汇丰支款(广告公司)驳回。余令查第一次去信,再拟信稿。讵余昨日到馆,渠已先自去信,又被驳回。余属将前后各信打样交来,当商丁榕如何办。渠自代翰拟一信,由翰签字送去。余不允。争论良久,谓余不见信即告退。余谓我并无此说,系你自言。后约拔翁来谈,鲍若有发狂之状,仍不允将信交余。当即致翰一信,告以此信前已稍误,不能不设法斡旋。翰阅信来谈,余为之说明,始服余意。云即将各件交丁,由余面述一切。廿四日余往访丁君,讵知尚未见翰。余告以一切,据云可由律师声明,但翰既可签字,即由翰签字。然以后可以代表签字者,必须两人。廿六日丁君来信云,一切已告翰翁。但午后翰来,似诸事全未接洽。余又告知一切,并将各信交翰转付鲍济川。后有洋文信稿在余案上,余又交与铭勋。

财政 浙江兴业、广东两银行代理名单本日交迪民。现买美金二万元付利达纸价。又买定英金五千镑,每两五先令一本士四之三。

纸件 与鲍咸翁约迪民商定,即往英美订购印纸烟牌匣所用绿白纸。计前者五千令,后者六百令。又黄板纸,何在日本定订　　令,此不过三个月内所用之货。

文具 本日查出天然硃用日本开明墨盒,宁波有信来诘问。查四年九月赣馆有信,为爱国社印色事,亦有相类之事。并属文信将爱国社声明书检出一阅,于廿五日致信鲍咸翁,属其儆戒。

杂记 闸北乌镇唐华轩来洋五元,信及洋已面交吴炳铨。

五月廿四日

收信 伯恒。

发信 袁观澜、竹庄、词蔚、钱养侯、亮畴。

公司 本日商定花红单，以出纳科及会计科两单请桂华阅看。又将出纳科单交景莘阅看。

用人 鲍济川来信辞职，将原信退回。复信留稿。

苏州王诤有跋在《世说新语》卷末，告梦、惺，似可罗致。

财政 函交通，两星期后用银五万两。

编译 与梦、惺商定，请惺翁接管《东方杂志》，一面登征文。

文具 文信交来定石板比较表等。余复阅，仍主在京定。

西书 托仙华面商金恩公司彼此和平解决方法。弥勒君愿拟合同稿送阅。

五月廿六日　星期一

公司 编译所七年分花红，除梦翁外，约七千六百元。印刷所七年除鲍咸翁外，约二万元。

本日为陈培初、于瑾怀、许笃斋、王莲溪、汪仲谷、包文信核定各部分花红之数。稽核科并托莲溪转商同孙。

三井保险主任伊藤继来询，何以减少该行保额。答称时事如此，甚有为难。伊藤要求抵制过后，照给原数。余所甚愿，但恐不能甚速，且既易与他家，则满一年即行抽回，亦难为情。惟三井与本馆交谊甚深，余常铭记。伊藤言，木本要求月份牌印刷，伊仍给与本馆。余云甚为铭感。伊藤又言，商务所有保险，何不并做一起，省得零星计算。余云容再商酌。旋又见伊藤偕来之汇通西人那舍君，亦以此为言。余答如前。又言公司何以减少伊行保额。余云未得伊之折扣回信。且本馆主顾甚多，以印刷来本馆亦须酌量应酬。该西人云，商务望人人满意。余答不能人人满意，但愿与各人都做些交易。

分馆 吴葆仁来，告以杨端六之弟如湘馆能用最好，否则由湘馆试用，考核看其有何能力，月薪由公司开支，因与乃兄关系，须特别联络之故。又衡州只可不作支馆，用何名目。吴云，须大缩减，只能称为分销处。每年估计一万元生意，开销两千云。又要求奖励金从宽,章程中有特别事故者,可以通融等语。余云容考核。

纸件 商量添购中国纸。一、毛边纸即派人查价。旋查得有二百余件,令即买。

又湖南玉书纸,由印刷所先行试验。

西书 叔良言,麦密伦来信,因本馆去年未有报告,属将各书移交伊文思。叔良又言,因锡三来办,暑季报告伊办,冬季业已正月寄出。但该号来信尚未收到,已于前日接信后即时复信,声明缘由。

杂记 上海公学学生分会派来两人,姚志棠、方晓初,要求填写日货商标价格。余答云,馆事极忙,当属人填写。余又告以周厚坤打字机及湖北纸厂、北京印局,本馆承办不成等事。旋偕往阅看各制造厂。

五月廿七日 星期二

公司 约梦、拔、叔商定七年分花红,并示咸昌、仙华。均以过多为言,拟明日即发。

用人 仙华言,有皖人吴东初,毕业于金陵大学,曾在约翰任教员,现思出洋游学,皖省官费谋已遂矣,或恐有变,其人似有才能办事,可否与生一关系,先邀来馆办事一二月,酌给学费,令专习本馆有用学科。余谓两月恐不够,至少半年,如彼此相宜,再定供助之法。

纸件 函颖生探毛边纸价。

文具 定石板存京三百箱,美国亦定三百箱。但尺度小者京廉于美,大者美廉于京,各就廉者多定。已告文信。

应酬 答拜马拱宸,并拜杨小川,马晤,杨适去京。访吴葆仁,未遇。

五月廿八日 星期三

发信 姜莽。

公司 盛同孙、王莲溪先后辞花红,均函复请勿却。

用人 告符干臣,劝其就医。并告以拟另送花红一百元,此款专备就医。

叶焕彬言,有朱梁任名锡梁者,校勘学颇佳,可聘用。

王诤家境颇好,恐不乐出任事云。　王莲溪来辞花红,函复交还。

分馆　告吴葆仁,奖励金遇有变故例外的一层,向以既有加薪一月一事,故即以替代。且有变故,亦不止一省,亦不止一次,均系如此计算,故不便更动。又衡馆调查员祝君,葆仁主留,云实已改为收账。

仲谷问晋馆顾问、湘馆顾问应否辞退。余请先请各馆经理,如无不可,即日送全年薪水,声明二年不联。

纸件　约盛、拔、仙、梦商定,拟购外国有光纸数百件,登报发售。

迪民言,绿色纸下星期四五可提到一百五十令,尚有定货八百五十令。

米纸四月七号向利达定一千五百令,须八月底。英国货已去信探问。

文具　函京馆托订石版三百箱,由包文信备函。告以定货必有一定格式,纸不宜随意拾纸开单,又不留底。

天头　叶新甫后来不知如何。已有事。

滇馆用人。盛安生至出纳科。

五月廿九日　星期四

发信　伯恒。30寄,并附周赞尧、王述勤信。

用人　王莲溪又函辞花红,约面谈,并交还。莲言实因盛同孙太少二百、王仙华太多三千。余劝留。并言同孙再加,原无不可,但渠先已来辞此,再加送恐有误会,转致不妥。最好即请莲先与说明,允受再送。莲亦不允。又告以俞志贤曾包定花红一千六百八十元,仙华加倍稍弱,似亦然。莲极言仙华短处,谓将来如当重任,伊必即日告辞。

吴国秀辞职。施凉辞职。叔良来信拟留,自七月起加给六元,另给伊万函校学费约一百八十元。余告叔良,可告以公司甚盼伊长在公司,将来可膺重任。叔良先言,给与伊函授学费,须与约定在公司办事若干年。余云此亦过于不大方,仅表示公司信重之意可矣。

财政　告桂华,拨正金款须先转汇丰,不可径由钱庄及华人银行中拨去。

纸件　本日买进有光纸二百五十件,价一两八钱。

昨属许允彰买毛边,今日来言,已售去。市上无多货,后续到再告。

告铭勋,与梁鸿书续商玉书纸。适旬日前有信来,要求现存纸三百余件,由本馆承受。

西书 叔良言,拟定购耶稣节贺片,约英金一百镑。

五月卅日 星期五

公司 与拔翁拟定加给同人花红。开特支:

盛同孙,二百。退回不收。　　符干臣,一百。面交。

何伯良,六十。交莲溪。　　陈铭勋,四十。面交。

杨德范,三十。交莲溪,有收条。张翰清,三十。面交。

罗品洁,三十。面交。　　史久芸,三十。交莲溪,有收条。

沈挹清,三十。面交。　　陆炜士,二百。交梦。

庄伯俞,三百九十。交梦,照约凑足五十股之股息。

翰翁来信,以所派花红过多,将原单缴还。复信声明,并将原单缴去。又附清单,信留稿。

用人 张翰清要求增给,并开呈历年对出错误之账。张叔良向公司借五百元,以本公司股票作抵。告以须付董事会会议。

莲溪要求加给同孙花红二百元。

俞志贤要补欠花红。开去支单一纸,计洋一千一百八十元,于支单上注明缘由。

财政 开特支共一千一百四十元,加给同人花红。

编译 约郁厚培、吴待秋。

选定《日本美术大观》可以翻印各画。

邝先生来告,以俟吴君、朱君等来馆之后,拟令与东文部、辞典部联合办事。缘东文部现办各种辞典,能兼通东英文实甚便利也。

五月卅一日 星期六

用人 叔翁言,许缄甫将辞职。辞职必离杭。如能约来管理制造一事,极有用。余请速函邀。

财政 拔往商业银行商用数万金,照五厘息计算。慨允可借十万。通知兴业银行,六万存款两星期后要提用。

分馆 何崧生、王觐侯远自贵州回来见余。接晤后,略谈前杨小圃与蔡某订约之事。旋由拔可与谈宕欠各节。嗣培初又来,均各告假暂行回籍。

编译 告梦、惺速制日记、日历。英文尤宜早备。日本八年分新出各样可试仿。

本日中华已将毛边纸教科书告白登出。梦旦来言,毛边酌定教科书告白无从着笔,不如改印复式一种。余始以为可行,嗣符干臣来言,原意要抵制新式销路,今如此办理,恐不能抵制。彼可定书,我不能预定,缘预定则纸不足,而彼则已先招得生意。将来无纸,即以有光纸搪塞,彼一时可以售其奸计。

纸件 以欧美纸分让同业,本日登报。查明五月九日以前定购日本纸,命开单交仙华,并附各合同,送书业公所。计合同六件,信一纸。告迪民,维昌有光纸七月中可到四百件,价拟一两七钱五,可与磋商定买。

六月二日　星期一

收信 叶焕彬。

发信 姜莽。附教部信一件。

公司 约仙、拔、梦、咸谈,商议用毛边纸印教科书事。决定印复式修身、国文科授分给各馆。另酌定共和少数,不登报,专备外人诘问应付之用。仙华因莲溪说伊分得花红太多,并说伊前次福中公司邀伊往河南办矿之电报,系伊捏造,甚为忿恨。到总务处约咸昌、梦及余在会议室说明情由,必欲约莲溪前来诘问。缘莲溪在外声说,此系闻诸徐维荣,维荣为莲溪内弟,故尤能惑人。余等再三劝阻,此等浮言可以不理。仙华甚至痛哭。劝慰至再,始散。傍晚至发行所,见仙华正在写信与莲溪。余又阻之,谈次又及此事。谓似在民国四五年,彼时王搏沙来电,系由分庄科转交,并由余代复,何得谓为捏造。

用人 晤吴君东初,泾县人,寓池州府,无父母,有妻,一子二女,前在金陵大学毕业,历任沪江约翰教员,拟赴美游学习商科,愿与本馆商一彼此约束之办法。8/6/4致仙华信:一、试办若干时,如两方合意,再定支给学费之办法,或补助或全给,彼时再定。　二、试办期须稍久,仅两个月恐太促,年底为期,何如？　三、本馆办理此事未曾决定以前,不欲使他人知悉,请其于试办期内,勿表露出外游学及本馆相助之意。　四、试办期较长,应照支薪水,须彼此预先协定。

施淙因苏州教馆每月可得四十元,本馆难照办,只可听其辞职。即调方家谦前往。余面告方君,每月扣去饭食,加薪六元。并询施君是否到周锡三处去。如应周约,以朋友之义相告,似乎不宜。方云,并无其事。其家信曾见过。余云,如此则去信亦可代达余意。

纸件　买进维昌有光纸二百件,每令一两七五。

杂记　本日以二百八十元交孙星如,托代买明活字本《栾城集》。次日交到,又加十元,即交铭勋送图书馆。

六月三日　星期二

公司　莲溪闻仙华欲与争辩,谓其言实闻自徐维荣,可以对质等语告叔通。余因约莲溪来详询一切。据称系去年春初之事。余即检查日记,七年二月八日确有此事,但仙华并无电报。且仙言系维荣来谈,却有一复电去,仙自出名,由余译发。且彼时并未加薪,恐情节有误,请再加考究。未几莲溪来言,维荣来此,已问明却无电报,但并无福中公司,并无邀仙华之意。余云,余日记中仙亦仅言系维荣来说,并无福中公司来邀之语。莲约余与维荣面谈。余云有所未便。晚晤仙华,告以莲溪亦言并无来电,不妨与维荣一谈。谓近日传述谣言均系得诸彼口,请其径告莲溪,说明一切,勿再误会。

用人　昨日吴君守愚告梅生,有友能制假象牙,现在慎昌洋行办事。余云,可托代探待遇。今晚仙华告知,即前次所谈药厂之李君适来相谈。余即出晤,知其名为骏惠,浦东南汇人。前在东吴毕业,在美国四年。归国已一年有余,在江苏药厂办事,现已离职。瑾怀明日告假至九日止,为伊夫人出殡开吊事。拟请仙华代为照料。余即请其先自接洽。

纸件　德记洋行王兰如来,要求前日所买有光纸二百五十件,欲买回二十件。余不允。纠缠再三,允让与五件。四日午前告知迪民,请留意收回纸价。

文具　永盛公司寄来铅笔六打,复信请证明无日本材料,更易推销。

六月四日　星期三

收信　朱梦梅。

发信　竹庄、豹君。

公司　上海公学学生,称联合会代表王斌号伟侠,寿州人与前月廿七日来见之姚志棠,或方晓初,余记不明白,言顷得津电,言在京学生被政府拘捕,要求赞成罢事。余言,此事实不能赞成。解释良久始去。

翰翁在发行所谈造板纸事,甚殷挚。言陈春生做事热心活泼,品行尚好,惟不谙英文,于商业上阅历尚浅,且不免言过其实,是其短处,然无更满意之人,亦可用。并言,前曾筹画此事,在石灰港旁有甚宽广之地,价不过数百元一亩。允问明再告。

用人　仙华与余至会议室,适莲溪与叔通晤谈,叔通即退出,仙告莲已欲约谈,余亦退出。旋恐二人争执不得下台,仍入晤。正在辩论,莲自言误会,仙言昨晤徐维荣,维荣言事实系莲误,但为亲戚关系,不便面质。莲云董事之事,实仙举动。仙云此事系伯恒、廷桂反对。余亦声明己亦不举他人。问及亦如此云云。并云我并不稀罕董事,有人甚看重此二百元。余云此不应言。仙又云今朝因为彼此同事,否则将以野蛮手段对付。余云此话更不是,莲翁既已声明误会,尔何得再出此言。仙甚不平。余即强邀出外,并安慰莲翁数语而散。

编译　梦翁算用毛边纸印教科书

	改良毛边	祖厂毛边
每令	二元六角加损耗一成	三元六七五
印工	八角	同
订工	六角	同
每页	七毫一	八毫四六
国文每本连面子	二分二四六	二分六
门部折实四分	百分利一七八	百分利一五四
同行　三分四	一五一	一三一
分馆　二分四	一〇六	九二

修身成本一分二五二	百分利	一分四一五
门市三分	二三九	二一二
同行二分五五	二〇四	一八〇
分馆一分八	一四四	一二七

六月五日　星期四

发信　缪小山、还《存复斋集》一本。焕彬、沅叔。

公司　发行所午前十一时闭门，先留一小门，午后约三四钟全闭。工厂因工人不宁，只得停工。商议不如自停，遂出通告，午后停工。至开工一层，未曾提及。本日发薪仍照常支给。午后五钟仙华来言，中华陆伯鸿来商，伊厂拟竭力维持，万一不能，决不给薪。梦意拟包工、雇工一律给半。鲍意谓与寻常争加工资不同，亦宜酌给。余初亦拟给本日及明日，嗣亦拟照梦意，但只给三分之一。仙初亦主张不给，后从余意，决定先探问各同业，如工头来询问，先告以可以酌贴少许。但此时未能宣布一定办法，并由仙复伯鸿。

偕翰、梦及王叔贤赴龙华路看地，东至浦江，西至马路，南首有一段靠石灰港，约有三四十亩。据王云，价约每亩二千元。

用人　李骏惠已为慎昌洋行聘用，月薪二百五十元。　　昨与仙华晤谈，吴东初在约翰百廿元。余允照给。　　与梦翁商，拟联络欧美学生，以《留美学报》，并添办《留欧学报》，或收为我办，并归一种，多载姓名住址及各人情状。此外应办之事为招待往来、代收信件、介绍职务。梦谓此等事叔良办理较为相宜。

分馆　奖励金已由分庄科及稽核科拟定。余略一阅数馆，即交叔通发排。

杂记　扬州永胜街傅伯进。

天头　今日罢市。

六月六日　星期五

公司　余与拔可出外分头探听消息。知官厅无甚办法。归馆适翰翁来约鲍、高、陈、李在会议室商议。现难遽定办法。如今晚能证明学生被释，明日即拟开工。晚九时在发行叙谈，知京学生被释，仍只有路透电，官商并无正式之发表。决定明日只可暂缓。　　书业商会开会决议，下礼拜一日印刷所开工。仙华电告,明日便拟登报。余亟止之,旋约同人一谈,事颇不妥,即赴发行所告知仙华,请其阻止。

用人 约仙华至一品香晚饭,历告以莲溪任稽核科及设立稽核科之由。机关与人之分别,机关又有人连带之关系,种种为难。仙华亦无言可答。十六日又谈一次,记入本栏之内。

财政 告桂华,银行钱庄恐停,须多存现款。其有来提存款者,婉告以只限二百元,否则给予支票。

编译 告梦翁,《地名词典》先排板,有疆域因战改动者用空○。梦谓不妨先排,将来和会告成,即按新约所定疆界填入,另铸锌板。

文具 昨见大正誊写五月底尚有付款。查账见五月底尚未来货。当约文信诘责。此系 8/5/11 日事。

杂记 来青阁杨寿祺送来《明文案》八本,全书四十八本,索价四百元,内有缺卷缺叶。又《唐文粹》二本,书全数不缺,以墨色太淡,难照,姑送还。索价五十元。又支那本《法苑珠林》一部廿四本,索价廿四元,本日还价十六元。

天头 本日仍未开市。

六月七日　星期六

收信 伯恒。

发信 缪小山、陈主素。

公司 恽铁樵又有公启,逼人罢课。梦与伯俞来商,余意只可听人自由。到发行所,见所到人太少,留函告仙、梅,谓外间时有小暴动,中外人均有受伤者。又各团体劝人归店归家。为自治及保护公安起见,应令同人于办事时间以内照常到馆,整理内事,事毕亦宜早归寓,免遭意外。　余到公司后,并据此意撰通告,通告留驻发行所各机关。

用人 朱梦梅来见,谈知前在苏州高等商业学校毕业,现设一电料店营业,岁不过数千元,另有人管理。余问,可否来沪。意似可就。又谈次知其曾习化学,并制有药品,交人在沪代售。又交广告意见书一通。旋辞去,云拟访王尊农。适遇梦翁,约与一谈。

天头 本日仍罢市。

六月九日　星期一

收信 姜莽、即复。伯恒。

发信 伯恒、金佑之。

公司 约俞、叔、远偕梦旦来会议室，商议编译所到人较多，但甚勉强。印刷所亦有讥诮之人，不如对于小薪水之人略予津贴，令其散去。余谓津贴事小，但对于发行所、总务处两处必有牵动，一经散去，将来开市无法通告，故有不便。叔远言，可否由伊等授意。余谓亦不妥，遂散。　昨日在发行所商议，拔、咸、梦、叔、仙均到。察看情形，明日仍不能开市。工厂只可暂停。拟略出捐款送学生会。众意多则一千、少则五百，后决议五百，由梅生转托李登辉。又在发行所设休息，略备茶点招待学生。　今晨工部局禁止学生游行，故作罢。

财政 陆炜士退回去岁特支花红二百元，本日面还钟景莘君，无收条。8/6/10 知照会计科。

分馆 张屏翰来云，约本礼拜内起程赴芜。

文具 函告金佑之，所办各货想早停，现在抵制风潮甚烈，俟将来有可以续办之时再行通告。

天头 本日仍罢市。

六月十日　星期二

公司 仙华交来两信：一系 Wm. Gartner & Co., Chicago，系科学仪器公司；一系 Scientific Materials Company, Pittsburgh，来者。前者系复本馆三月廿六号去信，后者复本馆同日去信，颇疑本馆为一贩卖书籍之店，何以能售及此项用品。仙华以去信未能声明，致多耽阁。余查进货科，并无此种去信。又约邝君，问伊前拟改编本馆小史，如何情形。据言尚未脱稿。余请速办。

用人 叶润元荐葛月亭任收账。许笃斋来言，保人资格不合，此外又无可觅之人。

财政 聂云台来信劝捐。允照前日决定办法，送去洋五百元，交陈光甫君代收。

杂记 马衡叔平，鄞县人，住虹口源昌路。据云，来探鹤庼踪迹。余适外出未遇，约明日上午十时再来。

天头 昨日商会发传单，请本日开市。仍无效。

六月十一日　星期三

用人 翰翁来告拔可，顾水澄可以复用。

纸件 梁鸿书云，有纸三千，问本馆要购否，后来尚要续购否。属铭勋往询，能否减价。8/6/12 铭云已往见，不能再减。

西书 金恩公司代表密勒君交到合同稿一件，即送仙华，以副本送邝君，并托代复。

天头 本日仍未开市。

六月十二日　星期四

发信 伯恒、竹庄、伯玉、弼臣。

公司 发行所因邻近均未开市，延至十钟过。中英药房先开，本馆继之，中华亦即踵行。　厂中照向来时刻开工，到者约十之八。但午后有不来者，女工午后自由出厂。问鲍云，习惯如此。

用人 仙华言，李君骏惠在慎昌，尚可招徕，月薪二百五十元亦可来。并交示所拟制造意见书一分。

分馆 属朱景张函告各馆，本日开市、开厂。

编译 竹庄来信，为余劝其缓照，房小甚不愿意。复信，已经照成，应归公司，即在京洗晒，亦无不可。复信留稿。

文具 属文信、蔼生详查化药品、东洋文具玻璃器及其他东洋货价格比较表，并五、六、七年销数。

天头 本日开市，印刷所亦开工。

六月十三日　星期五

用人 陆汇泉出示朱梦梅一信，有愿就公司事之意。梦意即托汇泉转询希望若何。当即致汇泉一信，往来信均留稿。　与于瑾翁商，奚忠信办事苟且，不能振作，可以更调。

财政 公司有中国银行股票万元。托翰翁带京,交伯恒转交,析为十张。

纸件 告铭勋,续允梁鸿书第二次要求出售之玉书纸,连前约共三千令,价仍一两八钱三。

天头 翰翁今日北上。

六月十四日　星期六

公司 七年分花红分派总数,计应得六万。内应扣还发行所半数,计七千。

计派　总务处　三万五千二百九十五元。

　　　　发行所　四千七百四十八元。

　　　　印刷所　二万〇四百万[元]。

　　　　编译所　七千六百五十一元。四共六万七千九百九十四元。

应拨还发行所半红计七千七百六十五元。此系从前发行所同人加薪案内之事。

内由历年派剩花红内提出八千八百七十四元。

鲍咸翁自以应得花红内拨出八百元,移作印刷所公共花红内。

余告知此殊不妥。8/6/16 由出纳科支四百元,并请将派剩存在印刷所之四百元一并请咸翁收回。

财政 在商业储蓄银行订购英金七千镑,八月用五先令四本士半、九月用五先令四本士四之一;美金二万元,六月用一百廿六元、七月用一百廿五元、八月用一百廿四元半、九月用一百廿四元。

分馆 满式钧来,其人实下驷。问会计、稽核两科均用不着,问印刷所亦无用,鲍咸翁欲用一精明者,查核印刷所一切账目。余告许笃斋推举上级人员,其余递推最下者,以满君充补。廷桂来信,有令分庄科难堪之语。

来信力言滇馆办事不妥。

编译 梦约鲍、谢、邢及余商定《日用百科全书》出版日期定于七月十五日。自本月廿五日起,每日可出一千部,并拟定添拨印架及订书女工。

西书 叔良交来密勒所拟合同,并附条议。仙华亦经阅过。8/6/15 余在寓阅过,另拟条文,即送仙华阅定。

应酬 奥而脱夫妇约在汇中晚餐。

杂记 本日借与严又陵《王荆公诗注》一部,计八本。又本年《小说月报》五册,又最近小说七种,清单留底。此项信件交发行所收发处送去。

六月十六日 星期一

收信 王百雷、十五到。又电。云十八来沪。伯恒信、沅叔。

发信 沅叔。借与洋五百元。

公司 昨日在寓阅过减亏提红试行章程。傍晚到发行所,约仙华密谈。谓本月六日在一品香所谈云云,殊无办法。为机关计,实无相当之人。仙云,我不便提出。余言莲溪来言,欲来发行所再声明,余属不必,我当代为陈说。又问仙意可否从缓,此全为翰翁方面着想。否则办法亦无,为难。仙云,亦可缓。余劝其不必芥蒂。仙云,余此事不能释然。余云用人之道,须令反对我者亦肯为我用,方能得人而用之。仙云,我无此量。余云江海之量,何所不容。

用人 朱梦梅复汇泉信,不肯言薪水。旋询汇泉,知其前在景海任教习,每日教授半日,月薪六十元。

程润之告辞,有信致培初,欲得津贴。十七日商定,拟给四百元,于下次礼拜五日会议决定。

分馆 廷桂又有信,退还分庄科寄去加薪单。

发行 约符干臣、李守仁与梦翁商定配发各分馆《日用百科全书》办法。

编译 杨叔玖介绍谢彬所著《考查新疆政治日记》,即交编译所。

与梦翁、星如商定在南京图书馆照旧书事,馆员至多送六百元,以半年为限。另教育科汪君送二百元。又孙康侯拟送抄本《画髓玄诠》一部。

纸件 利达洋行来信,不允核减运费。十七日将信交迪民拟复。

文具 俞蔼生交到前十二日托查四项表。

六月十七日 星期二

收信 范孙。

公司 托郑稚星探问龙华厂地。由拔可函托。

用人 顾水澄允复来,要求月薪四十元外,酌加四五元。即允给饭食五元。

致朱庆梅信,允给薪六十元,留稿。

分馆 廷桂寄来京局花红单,交分庄科照复。

纸件 梁鸿书来言,如定造玉书纸,今年底约可交二万余令。本日与梦、咸、仙讨论,谓有光纸每令一两五钱,既跌价,此纸相去三钱,又全不能印他书,恐不合用,拟不定。告铭勋函复,谓价钱太昂,不能续订。 本日《时事新事新报》第二张有曹鼎君登有一信,言造纸板事颇详。

文具 梦约宴聂汤谷于兴华川。据云,仪器需用玻璃可以小试,占地不过房屋一间。即托其到东探问有无中国工人。郑幼波云,前在东京大学校中亦雇有工人一名,专备应学生临时制造之用者,月不过廿元。

应酬 高梦翁出名约聂汤谷,湖南人,久大精盐公司派往日本探访制造情形者。又太平洋主任李剑农,湖南宝庆人,住恺自迩路二五一号。又太平洋庶务张秉文,湖南浏阳人,住民厚南里九三四号。又朱   ,湖南人,住淞社。

六月十八日　星期三

公司 午前约仙华、叔良、耀西、梦旦讨论金恩公司代表草合同,逐条拟定,由叔良、仙华用洋文开具大略。本馆翻印金恩公司书九种,每年销数总在万元以外,存数码洋亦有二万余元,由业务科造表交来。晚交仙华、叔良。

《新申报》附载《小申报》内有本馆同人具一函,言日人下毒,确有其事。当即去函声明,全体同人不能承认。

用人 托仙华告李骏惠,本馆不能特别大兴制造,只能就范围以内先行制造,力求改良。先将仪器部所查药品销数表、墨水表先交与阅看。梦旦意亦同。

施瀛来信,论印画事颇有所见,复信约来谈。

分馆 王季范来信,言滇馆办理不善,并自荐。

编译 告梦翁,拟编解释日人投毒小书,名为《卫生实则》,说明种种避毒方法。

印刷 瑾怀交杭州纹工厂需用格纸,交吴炳铨仿制。

文具 交迪民函,询美国罗折西忒某公司片目目录,其名称向红十字医院蓝医生处取来。

六月十九日　星期四

财政　签特支二百元,付塘工券回佣。

分馆　分庄科开具应给战事津贴各馆清单,有长沙、常德、衡州、西安、泸州、成都、福州、桂林、洛阳等处。按只有长沙、常德、衡州三馆实有战事,应支给。其余各馆均不当给。

纸件　葛词蔚见告,在闽省购进永顺华牌毛边纸,公司需用与否,现时不能急装。答以现在时价颇贵,公司已在福州自买若干,不必亟亟。

仪器　托聂汤谷调查铅笔,谈玻璃特别详。查黄纸版、墨水,顺便查考。调查费应照送。由梦翁面告郑幼波转达,原条插入仪器筒内。

应酬　午前访葛词蔚。

六月二十日　星期五

发信　伯恒、附廷桂。星如。

公司　余告鲍君,小栈房接阔,多造数间,可以即行着手。鲍谓,必须搬动。余谓可搬至第三部三层楼上。鲍谓舍此无办法。

用人　仙华言,李骏惠有人约伊设厂制造,伊意非能即成,愿先入本馆。将来如彼方有成,彼时必有一顾全两面办法,或彼此兼办。现在殊不愿与慎昌订约办事,愿入公司。仙与言,月薪二百元,年终给与津贴,合成每月二百五十元之数。余谓可以定局。应备信订邀。

分馆　廷桂六月十一日来两信,语多无礼。本日致信伯恒,托其规劝。

纸件　本日签付恒丰夫士纸价,计一万九千七百余元,计二百四十件。

西书　午后,新六时,约金恩代表密勒到发行所商议寄售合同。我所要求额外津贴,学校、商店、个人直接购书转与本馆运费各半,各层均不能允。余等要求合同照伊改,另给酬报,本馆停翻及缴书之费,伊亦不允。

六月二十一日　星期六

公司　王百雷午后来谈,言甲、黄板纸可小做,日出二三吨,集资十万元便可办。　乙、若兼造织机纸、信片纸、名片纸等,机器约须三十万元。一切在内,约五十万两可以充足。并劝买租白沙洲厂基,约值二三十万元。否则在长江边有芦柴之地,买地若干则原料易得,取水亦便,转运亦易。当请将以上甲乙两项均请估价。

用人　前日制造厂煮松香火伤一人,本日死。昨日机器房因装皮带,一人因伤断臂。本日又有伤腿。

郑宗贤来见,知并未入学,家甚寒,人尚沉着,令再缮一英文信于礼拜一二日来。

施瀛来见,系仪征县人,与严介之同寓东台,意似欲谋事,似中流人。

叔良来信,言乃兄已代谋得铁路事。余挽留,并告以或另任招待事。渠允再商母兄。

分馆　徐孟霖来谈,南京分馆往来客户,多瘦,多系取春销之货,销后再还上年账者。

文具　仪器部有定单两种,一乒乓球、一画图纸,均无价、均未签字。交还包文信,注明价值。

西书　金恩公司合同事,约仙、梦、叔、拔讨论,决定退让。但要求将已印之书由我售尽,不再与第三家订约。合同展至十年。托邝君转达。密勒晚间晤邝,言已告密勒,渠甚赞成,但十年束缚太甚,可由纽约总公司决定,并言已印之书不必盖印。

应酬　吴东初约在一品香晚饭。

天头　(用人栏上)周梅冈、何梅初、汤效曾均会计科、潘沛三稽核科、胡美江发行所,均登报任救国十人团职务。

六月廿三日　星期一

公司　接装租界自来水事,闸北水电厂来信询问,欲即日订合[同]。拟请鲍君前往接洽,请订明不能加价,并不纳租界巡捕捐。

用人　拟调顾复生赴发行所任招待。商仙华,谓无不可。

分馆　商定答复长沙分馆兵险津贴。因去年减亏,特给两个月薪水。因吴葆仁要求奖励金第八条,有特别事故,欲列入平等。未允所请也。告仙华,南京支馆放账仍滥,应加整顿。

编译 请接编《日用百科全书》续编,或补遗。

文具 金佑之来信,允日货停进,问书报如何。由叔通告知迪民,附复照旧。

西书 金恩公司又有信来。约拔、叔、耀及叔良商定允拒各节。托邝面复。

应酬 仙华偕余约蔡　　　、李　　　　、项松茂、邹鸿宾、葛词蔚、陆汇泉在大东旅馆晚饭。

六月廿四日　星期二

发信 伯恒、廷桂、允送王云阁书。沉叔。

用人 问钟景莘,鲍君抄滚存尚可用,姑令试办。

分馆 决定乘第五届补习生服务之期,派练习员至各分馆。周鸣冈广州、汤效曾太原、蒋瑞山汉口、潘沛三奉天、何梅初福州、凌森甫天津。

印刷 季臣来告,印单积存甚多,告包君开夜工。包亦以中学书为难为重。

纸件 同业要求让售有光纸。鲍先生查复,照现存及本馆所购者却好相接,难再让。嗣与迪民考究,拟于维昌七月中到货二百件让出三十件,即告瑾怀。

西书 金恩代表密勒午后五时到发行所,与仙华、叔良、邝先生商定合同。余到时已一切商妥,惟《增广英文法》《简要英文法》二种给与版税未定。金恩给与原著作人系百分之六。余等商议,拟给与售价百分之八。密勒请益,加至百分之九。

应酬 晚约王百雷、吴东初、吴守愚及吴东初之友程锦章,湘帆,安徽人,金陵大学教员,在一枝香晚酌。李骏惠未到。

六月廿五日　星期三

公司 鲍先生往访闸北水电厂,晤单君允工。鲍言,单已将租界自来水公司合同签字。鲍询有无损碍主权。单言无虑。鲍提及本拟造水塔。单言如不装租界之水,伊愿将水送至塔上,不必由本馆费钱等语。鲍属余拟一信,由公司具名,声明一切。信留稿。

用人 仙华为王莲溪事又有信来,因得一匿名信片之故。余又规劝,此为匿名信,不宜如此重视。

分馆 接见周鸣冈。据言在中华办事数年,其人似矫矫有好事性质。又见凌森甫,据言母老,又因母媳不和,不能出门,请留沪办事。

编译 催类书速编,又《英文分类字书》。

问《植物名实图考》及《人名词典》何时可出书。

《动物词典》设法速排。

谢燕堂君来言,南京借来旧书,每日照件甚忙,只可开夜工。照相连旧铅皮每日十四石,计共八十四页,礼拜日亦可做。

印刷 英美烟公司印刷,据笃斋言,近来均由夏馥生经手,扣回佣十分之一,且有欠账,不比从前直接交易,既无回佣,收账又易。当往访鲍君,适已回寓,即托庆林转达,以后能否与该公司直接,免得付佣久欠。

六月廿六日　星期四

公司 王百雷午后来谈。约鲍、高、王同见。王交出造纸计划书一件,计分三种办法。谈次,据称在汉口设厂较为相宜。

用人 邝言,密勒自言,如此次所拟合同纽约总公司不能赞同、不能签字,渠亦只可去职,不愿再就该公司之事。昨王仙华曾告,密勒甚愿得如彼者,为公司担任西书股事。邝意,密勒果离职,公司如能用彼,必有益处。余云,可以罗致,先询其希望若何。廿八日又与邝谈及。邝言密勒君意,即该公司签字该合同,渠亦有退志。余云,可先试探希望若何,再定办法。

编译 俞涤凡来,交到备临画本三册。约待秋来选,只得九幅,连前共卅幅。廿七日午后,俞君来,当将画本三册交还,并将应临九幅开单面交。又声明尚有十幅,拟以他种相等之件托画,同时函达待秋,请其选定,交俞君临摹。

西书 金恩公司合同经密勒之律师勘定。晚间复送丁律师复阅。

六月廿七日　星期五

收信 伯恒。

分馆 伯恒来信,言廷桂坚执前谈,甚难劝解。另致叔通信,言廷将辞职。

印刷 与鲍、包谈,知彩印部被他家挖去三人。据云均系下手,可以无碍。

纸件 迪民见告,新闻纸市价每令二两八钱五分。洋行进货约二两五钱。

西书 金恩公司代表密勒来核对合同。商定伊所要求本馆曾翻印各书华名伊可继续使用,但以合同期内为限。并与现在折扣系七五及陈列样本店号,统行备信声明。并签定彼此存查草约一分,互换。又约密勒至栈房点看翻印各书,临时又查出《英文实用数学》一种。查点之下,该代表甚为满意。

应酬 王百雷约在一品香晚饭。

六月廿八日　星期六

公司 谢宾来调任进货科仪器股,兼制造事。会议后即约谢面谈,渠当即允认。旋约包文信面谈,亦以事繁应分任为言。包亦赞成。即由总务处通告,并致公信一件。六时十分,约鲍咸翁、拔翁同在会议室,并包、谢二君,告以划分之事必须逐件交替,不能性急。所有人员亦俟各项事件接洽妥贴后再行划拨。谢君亦言,诸事不能即时接手,必须包君详细指示。余又言,庶务股事恐难兼办。总务处拟另派人。鲍言印刷所事亦无多,可以临时接洽。遂散。

王百雷开来旅费公费单,照给,计一百五十九元二角。

财政 刘雅扶以银三万两赎去所押公债票,票面六万八千元。

分馆 施敬康回,告知拟调至发行所办事。晚晤仙华云,已来见,拟派在批发处办事。应否定为副主任名目。余谓似可不必。王觐侯来。

纸件 新闻纸存货太多,决定售去一万令,市价约二两八钱五分。告培初,分馆给与九五回佣。

西书 金恩正约本日签字。王仙华作证人。由叔良面交该代表密勒。

六月三十日　星期一

收信 廷桂。

发信 伯恒信、昨发。乾三、翰卿。

公司 《实业之日本》杂志内有述日支合办之事业及其经营者一篇,中列入本馆名字。昨晚席上商定,致函该社,请其更正。并将当时合同摄影寄去。另撰一告白,并将合同制成铜版寄该社刊登。均由金佑之前往交涉。另撰一呈文上农商部。

昨晚约同人在寓晚饭,谈造纸事。归结先注意访求可以担任之人。至板纸如有人愿办,可以怂恿令其开办。

用人 仙华建议,欧和已定,可托颜惠庆代雇德人数名,来任印刷或制造之事。众均赞成。

财政 前在商业储蓄银行买入美金两万元,系每百两合一百廿六元。迪民来言,拟付现款,免得月减一元,较为合算。即令照办。

分馆 程雪门来信辞职。　　　廷桂来信辞职。8/7/1 去信挽回。

同业 城内公所同业要求让纸,有几家已经停机。余告仙华,酌量通融。

访史良才,谈工部局取缔印刷事。史属转致仙华,于开会时提议。最好加入彼中团体,一致进行,力谋抗议。

印刷 叶揆初约晚饭。晤李璧臣,交《越缦堂日记》八册。

鲍咸昌言,昨因俄人某印报事,恐有不妥。先属陈承馥注意,须先向领事馆问明,再印。陈忘却,已将印成。鲍即去信告知俄领,并附报纸一张去。今日鲍告知,俄领复信,谓该报不可印。及查则已如数取去。又去俄领一信,未几警察局来言,奉卢护使命来查。鲍告以种种因由,遂去。

纸件 迪民经手售出新闻纸五千令,价每令二两九钱。

应酬 约咸昌、仙华、梦、拔、叔、剑在寓晚饭。系昨晚事。叶揆初约见,一枝香晚饭。晤李璧臣。

天头 昨日《申报》第二张,山东女校联合会不用铅笔图画练习簿(为系日货)。又图画纸亦疑系日纸,以后改用宣纸。　　　又成都国民大会通告商会,日货限期照本销售。

七月一日　星期二

收信 沅叔。

发信 伯恒、廷桂。均留稿。

公司 王百雷来谈。与鲍同见。言拟租白沙洲厂,专用龙须草造纸糊,欲本馆提倡。云伊在财部纸厂,不便出名。余与鲍答称,可请将预算寄来一看。

日本杂志事本日送交董事会,即函寄金佑之,托其代办。

用人 李骏惠来,约包、谢同见。即请包、谢偕同到部办事。

莲溪出示仙华信,言其接匿名信,要求莲为声明,限以今日午前为止。莲即欲往见,面为剖明。余阻之。莲云,期限太促,难以答复。余问莲如何办法。莲云,我可向各人声明。余允为代答,即告仙。仙气犹不平,经余申说,允展限一二日后。余约拔、叔及莲再商办法。莲云,并未说过多人,要我登报亦可,开单会我备信亦可。但仍欲面谈。余云,总以居中人代达为宜。先问仙意欲如何办法。

同业 本日书业商会同人多往筹议抵抗工部局取缔印刷之议。并知仙华被推为代表。

印刷 为俄人印报事,交涉使来信查问,索阅该报。由叔通拟复。

纸件 迪民出示绿纸,约七两余,系一令。鲍君谓可定。余属迪民先查现在所需,须与营业部接洽。

有光纸,据迪称可让出五十件。鲍云可以让出。即告仙华,请其酌量。后细查所存纸不过仅可用至八月底,如维昌亦须八月底可到,则有为难。余即告鲍,鲍云近来用纸较少,可以无碍。

西书 将邝代拟寄密勒及纽约勃林姆敦两信及密勒交来声明之件,又《修词辑要》存数单,交与叔良,请其转寄。

杂记 劳敬修来,约余为南洋烟草公司发起人。同人均属勿应,即函辞。

七月二日　星期三

收信 伯恒二。

发信 沅叔。托徐宝书带去。

用人 叔良来信,言京馆已辞,仍留馆办事。梅生另告,叔良以在西书部开支较大,意欲增薪,或花红。

次日余托梅生作为旁观口气,探其意见。

分馆 伯恒来信,以给方谷香津贴为不合,大发皮气。即令方无庸挈眷赴京,留沪办事。　　潘沛三来言,明日乘奉天船赴奉。

同业 仙华告知,抵抗工部局取缔事,中国报馆认一千、书业亦一千、美国书报亦一千。

纸件 定绿纸二千令。

应酬　徐宝书来访,云即须赴镇江。　王卓夫交顾复生赠余漆盘一器。

杂记　劳敬修午后又来,婉却勿许。余以须告董事为辞。

七月三日　星期四

收信　沅叔。

发信　伯恒、谷颂。劝鹤颁勿出。

公司　鲍咸翁来商,后面有姚姓地一亩八分有奇,每亩二千五百,愿出售。余与拔可均主购入。

午前访丁榕,询保险事。据云,保不足,只照所保数比例赔偿。

用人　仙华昨日来信,要求莲溪三事:一、声明信五十封,由伊发。二、备信道歉。三、约在若干友人及莲溪辨明一切。莲谓,第一端不知寄与何人,难滥发。只允备五封。二、三可遵办。否则宁可登报。余傍晤仙华。仙谓知者甚多。余谓可开一单,由伊备函交发。仙有难色。余谓代为乞情,勿为己甚。

方谷香留沪,商仙华,拟派发行所。仙谓在西书柜,只能作普通柜友。余云当然。

分馆　滇馆账房拟调邓厚生。商许笃斋。许谓甚瘦软,似不相宜。令其推荐,渠拟三人,一章锡琛、二臧彤笙、三华勉之。傍晚商仙华,仙谓臧难离、华亦可调。

编译　孙星如自南京回,带回《韩文公集》《杜工部集》《国策》各一部。当约仲钧来面交。

文具　以博物制造事商凌文之。渠意非不可办,但须权限清楚。

杂记　劳敬修午后又来,交到简氏昆仲信一件。

七月四日　星期五

发信　齐震岩。谢印影书事。

用人　约叶瑾仲、许允彰,告以调派事务。

仙华告,李骏惠恐不能久长,设备上须有斟酌。

财政　两星期通知存款,提广东两万、商业四万、兴业五万,备改作活期,因近来折息较涨之故。

文具 告宾来,速接手仪器部事。

杂记 致黄任之、蒋梦麟信,辞中华职业教育社议事员之职。托伯俞转交。因该社近来与闻政治。并告伯俞请为婉达。

七月五日　星期六

发信 葛词蔚、伯恒。托寄葛信。

公司 核定总务处收发处规则。并与叔通商定,借发行所熟手一人来此帮忙。

用人 莲溪来言,近为仙华事,神经几乱,拟自往面商。余劝姑忍,由余再为调停。旋为叔、梦商议,宜约鲍先生再劝仙华。即约鲍同往,并将仙华来单(须莲溪致信声明者)交与阅看。鲍亦不为然。旋即同诣发行所,再三陈说。仙华允将一三两项从缓,先致道歉一信。余云,拟由我辈约同同人,并约莲、仙,当面声明,作为了结。

财政 温子荣有存款九千余元,于八月八日到期。昨来言失去存折,已登报。本馆拟令登报后三个月来领款。但温君今日又来商。蟾芬拟到期后一个月领取。并由个人担保,无商号图章。余告蟾,商定再复。

分馆 仙华告知,谓华勉之允赴滇。

印刷 俄领干涉印刷事,杨小川告仙华。俄领要求,后俄人有印件,送杨转俄领署阅后再定。杨谓不能如此办理,只能由俄领与商务以友谊商酌。

杂记 简照南、玉阶兄弟来访,力邀担任发起人。余仍以对劳者答之。晚间劳约在家晚饭,除简照南、玉阶、英甫、孔昭外,有陈抚辰、炳谦昆季、陈青峰、张兰坪、徐冠南、许奏云、甘璧臣诸君在座。余未署名发起,声明须待下星期二报告董事会。　杨小川未到,约下礼拜二再晤。

七月七日　星期一

收信 伯恒。

用人 李培恩因有两处延聘,其一为美函校,允即给百元,年终加为二百元。邝甚急,来商办法。约梦翁会谈,决定自七年起,每月加三十元,先送与一百八十元,不发表。俟年终加薪再明布,作为一百廿元。

八月廿五日,陶惺翁来问,暑假加班要求照百廿元计算。余复信,年终再补四分之一。

莲溪因与仙华龃龉,来辞稽核科,请调他事。言明不能无事,并可减薪。又荐盛同孙自代。余与拔可同见,告以一时不能答复。

编译　与梦旦、咸昌、文德、燕堂商定印《四部丛刊》办法。目前约印每日九十页。　拟先印成三万页之后再售预约。购者可即取书。此梦翁之议。

七月八日　星期二

分馆　华勉之赴滇馆,薪水给与三十五元。现在发行所二十元,照章加给三分之一,今再给五元,以示优异。

天头　本日午后赴苏州访沅叔,寓维盈旅馆。入城至平江路混堂巷费仲深家访沅叔,不遇。又至曹家巷泰仁里访叶焕彬,亦不遇。沅叔晚饭后来寓,谈至半夜,宿旅馆中。

本日在来青阁买定初印程荣《汉魏丛书》一部,价九十元。

七月九日　星期三

收信　翰卿。

用人　莲溪致仙华道歉信交余阅过即送去。

分馆　陈祝三来信,言肺病甚剧,请派替人。叔通举何伯良、俞镜清。

天头　晨起偕沅叔入城,至护龙街各书店访旧书。

在来青阁买定《吴县志》一部,计五十四元。又见有《墨海金壶》残种三本、《守城录阵纪》《灵棋经》等文。又残本《本草》两种,各三本。据云尚有《津逮》零种数十本。

又至文津、文学山房、觉民书社,购定志书数种。

午后十二点廿三分乘车归。

七月十日　星期四

发信　翰卿、沅叔、廷桂。

用人　本晚与咸昌约仙华、莲溪、蟾芬、济川、梦旦、拔可在一枝香饮宴,为仙、莲二君排解小嫌。　梦言凌文之仍不愿任博物制造事,谢亦不甚欢迎,恐未妥当。告鲍拟暂缓发表,先疏通。　鲍拟以王伯寅任玩具制造副主任。恐资浅,亦拟从缓。

编译　星如交来向缪小山处借到《鹖冠子》明板、《孝经注》影宋抄、《亢仓子》《子华子》《慎子》等。拟先照前两种,至《慎子》只照原书,不印校勘云。

印刷　陶兰泉代董绶金交来《中兴以来绝妙词选》一册,印序目八页。当拟定用金属版,交吴炳铨。

纸件　本日付出利达纸价四万余两。

应酬　赴缪小山处祝寿。

七月十一日　星期五

收信　伯恒。

财政　刘雅扶来,赎回所余公债押款。

西书　吴东初来信,论推广西书销路,应派人赴校接洽。当交仙华,晤商叔良。吴君并函谢。次日去。

七月十二日　星期六

发信　廷桂、沅叔、伯恒。

公司　稽核科交来结账规则。阅过后交叔翁转送分庄、会计、出纳等科,再提出会议。

用人　莲溪来言,仙华前两日在一枝香席上所言"取巧之人应该屏弃",意实指彼,实难再办稽核之事等语。余与拔翁再四慰劝,谓不必如此多心,仍一切照常,并须到发行所查账。莲力请为之想法。余谓,亦与鲍谈,现有存货科科长之事,亦甚愿有人承充,地位亦同,然为公司计,总以照常为宜。莲又言,容筹思二三日。叔通出示翰信,为莲溪事。

分馆　廷桂来信,为财部印局垄断事拟三策应付。当复一信,留稿。　徐孟霖来,告以馆政宜从严,勿多分心,收买公债,公私款项,务宜分清。

编译　湘馆来信,本地各校必欲用毛边纸共和书,否则用中华书。余主拒绝,不办。

印刷　广东银行属移机印票事,告包文德。旋来言已接洽。

《越缦堂日记》估价事,由梦翁接洽。

七月十四日　星期一

收信　王百雷。自京来信。

公司　梦旦晚饭后来谈公司大局及一己去留事甚久。

昨得王百雷来信,劝承租汉口部辖纸厂。仙华适在座,言此事不免危险,如与部辖印局并租,或有可办之道。本日将信交拔翁,请其电复。

用人　昨约仙华来寓午饭,告以对待莲溪所以退让之故,并劝其以后假以辞色。又劝其制造中心点,为公司勉任其难。

托拔翁约李、叶、谢三人接洽,即请叶到仪器部办事。

天头　伤风未到馆。

七月十五日　星期二

收信　廷桂、沅叔。

公司　告鲍,拟派仙华出洋考察,并赴美国明年四月旧金山全国对外贸易大会,约以半年为期。鲍甚赞成。余请由印刷所亦选派一人随往考究印刷。

财政　图书公司欠款内有民权出版部所印《桃源梦》一书,欠二百数十元。该号谓钱子吉知其详。询钱,谓系符干臣所印。询符,则云代裴公勃。属笃斋开节略,即交鲍查询。　　稽核科亦有信报告此事。

分馆　廷桂来信,谢给前半年津贴。

编译　《日用百科全书》分目与书不符。书已抽去而目未删,计有三编。约梦约谈,只可另备复信,俟有人诘问即答,否则不自声明。

印刷　丁乃刚有条陈,拟设研究室,融洽新旧。交鲍阅看。

杂记　致劳敬修及简照南昆仲书,并附董事会信,辞南洋公司发起人。

天头　本日到公司,午后三钟归。

七月十六日　星期三

发信　沅叔。邀任《四部丛刊》发起。

公司　仙华出洋事,告梦翁。梦谓如必带人,可不必带往各地。傍晚告仙华,约谓公司任务为考察,公司组织采办纸张、机器、西书及其他可助营业之品,延聘人员、联络各大商号,时期约半年。地点先到新加坡或兼至爪哇,至马赛上岸。所必到之国以英、瑞典或瑙威、德、美为要。 仲谷来商,午前提早一点,午后减少一钟,谓有不便。由叔通函复。

财政 民权出版部欠图书公司二百余元,坚不肯还。鲍询吴、叶。谓历年交易并未得回佣,即此作抵亦可。当约笃斋来谈,据称可以减让,即行了结。余遂批减让一半。

分馆 会计科查出图书公司代民权出版部印《桃源梦》一书,系代符干臣。共印价五百余元,现尚欠二百七十余元。系六年分事。(由拔可向符交涉)又查出代恽季英印《化学辞汇》。据吴炳铨言,亦系叶君润元手内之事。寄一百部与恽,搁在天津,两年全不过问,致令收账为难。以上两事,均告鲍咸翁,谓叶君办事如此含糊,实想不到。请告诫。鲍有复信。

文具 李骏惠拟制造化[学]药品若干,并建筑制造场一所,约须千五百元。当将原函及场屋图样交鲍。鲍查拟造各物本馆亦有用、可以照办。

西书 叔良于西书目上有一通告。仙华云于营业上甚为不便,且文字亦欠妥。

七月十七日　星期四

收信 翰卿、廷桂。

发信 沅叔、伯恒。

用人 陈颂平荐管一得任图画。商梦旦、博喻,可试用,月给廿四元,试办两三月。

分馆 廷桂来信,要求四事:一、局事有全权处置;二、总务处各机关不能干涉;三、伊个人私事,与总理直接;四、公司定章,与京局有关,须得其同意。叔通拟一复信,措词甚和稳,除第三条外,一切拒之。梦意恐非笔墨所能了解,请仙华一行最好。晚与仙谈,亦愿为公司一行。

同业 接到知名不具函一件,谓《实业之日本》社所载本馆一件,某局已译成华文,每册售三角,并另印传单,分寄各省学校。

鸿宝斋阙念高又来让纸九十令有光纸,照给。

文具 鲍先生来告,仪器部出店毛学诗自首,赵俊生令毁弃物品。开单送阅,内中以石笔八箱为最确,尚存二箱并无损坏。赵自认均系断折,共弃去四箱,系当众人之面,在印刷所第二客室所谈。询施英舟,所言亦含混。遂与鲍君商定,即送警局,并店司交去。

七月十八日　星期五

收信 廷桂、伯恒。

发信 伯恒。

用人 方谷香来信告退。仙华、叔良挽留。余亦面留。据言,有人邀往,并至京开分馆,月薪卅五元。余劝其生不如熟,并告仙华酌量羁縻。

分馆 湘馆于七年得六年分减亏五百元。今年来信要求比例照给,约须一千五百元。无此办法。告以本系例外,不能作为定章比例照加。

同业 发赏格一千元广告。

印刷 樊仲煦来问,湖南善后协会来印湖南某报月刊一册,内中反对张敬尧甚烈,有无不便。告以不用本馆印刷名字。

文具 本日会议,商议盘查仪器存货事。决将王存康、施英舟二人先行调出,其余逐渐更动。余在会议席上拟将包君调任他事,彻底清查。鲍有难色。

杂记 仙华言,中国律师有王叔露(?),住城中唐家弄。又沈建侯亦住城中,其人均尚可恃。欲知其详,可问姚玉孙。

天头 发行所调张川如、董桂阳来盘查仪器。

七月十九日　星期六

发信 词蔚。

用人 仙华告知,方谷香太反复,只可听去。

财政 通知中字一万两存款两星期后用。

分馆 告鲍,拟请仙华入京,调处廷桂事。

同业 发登赏格一千元广告。

编译 约鲍、包两君并梦公商定《四部举要》发外印事。

印刷 俄商葛振古印件价约六千余元,系交汇丰押汇。因葛在海参崴无法汇兑,托鲍门来。瑾言该件扣留亦无用。余谓可以先交,但须令鲍门备信声明,葛即日自己来沪理款。本日由巧生送来一信,致汇丰,请其将提单先交。由余签字。

七月廿一日　星期一

用人　方谷香来言,决意告退。因前途已经接洽,且两三月前已经接洽,故不能留。余谓二三月前即已接洽,却非是。方欲求一退职证书。余不允给。又言欠账应归还。余云自应归还。又问存京衣物如何。余云,汝不久北上,可以在彼交付。方云,此时不定。余云,当属觅便寄回。方云,现在无衣可穿。余云,汝欲如何便如何。方无言而退。　发行所添聘方桐荪管理仪器柜事。今日来见。

同业　仙华在书报联合会遇史良才、陆伯鸿。史良才愿出调处,要求彼此停登告白。仙允停登三日。　本日午前致函中华,请其更正,并经丁君先行看过。　发登水落石出广告。

编译　昨晚约梦旦、叔通、拔可诸君在寓晚饭。拟将编译所改组。编译可以在外办事者,一律包办,宁宽勿严。其重要人,每部留一二人任审查。拟分三部,一审查、二编辑、三函授。

西书　施永高寄来更正志书单一纸,并言已汇出美金三千余元。

应酬　昨晚约沈尹默、马幼渔、马叔衡、陈主素、蒋梦麟在一枝香晚餐。此系十九日事。

七月廿二日　星期二

用人　通知编译所,管一得月薪廿四元,可来试办。告以八月一日到馆。

分馆　范济臣来言,存假已支款,此外回沪除丧假外,仍免扣薪。答以如已支存假,则告假须照章扣薪。渠亦无言。但另要求,此次回川援龚景清夫人前例,每人须支给百五十元。其夫人与俞君夫人同。　奉馆账房章锡珊回。

同业　决定与中华起诉。因其不受调停,且登有不正当之广告也。丁律师言,只能控其损失名誉,赔偿损失。面告不可停止。伊登告并出版。初意拟多延律师数人,丁不谓然,允添延来试合办。

应酬　广东银行招饮。

七月廿三日　星期三

收信　伯恒。

用人　吴守愚又有去志。仙华拟力留。余云,不妨酌加薪水,年终补送。顾复生调发行所任招待,因徐孟霖调潮州,招待乏人。又因仙华言,前陆伯鸿面告,本馆如何登报,彼早知之,无意中说出顾复生来也。顾不肯去。余云,公司用人不去,恐有不便。云有私事告假。余云可向王仙翁处请假。

分馆　告培初函催觐侯返奉,吉林依兰,均有警信。奉省亦戒严。

同业　发第三次告白,诉诸法律。

编译　选定《内经素问》《荀子》《灵枢》《论衡》四种,均《四部丛刊》用。交包文德发外印刷。

印刷　告文德,转子祥包《神洲日报》排工。

文具　汪仲翁交来北京玩具说帖两纸,有二九二知照单。

杂记　告鲍三为仙华装电话。

天头　拔可、梦旦均今日赴北戴河。

七月廿四日　星期四

收信　沅叔。三次,最后一次晚到未复。

发信　沅叔。

公司　顾水澄辞职,拟派伯良赴滇馆查核账目。

用人　吴守愚坚欲他适。仙华无术再留。余约与谈,问有可攀留之方法否,请其开示,如能办到,总当通融。允再筹复。　　顾水澄来信告辞,准其辞退。

财政　图书公司有恽季英欠《化学词汇》印价三百余元。此书版权已归本馆。前议购时云,已无存书,今查存天津分馆有一百部。季英谓此书耽阁日久,致有损失,不允归欠,只可将此百部并存图书公司七十部彼此抵消。允之。

分馆　李伯仁请勿调俞君。现任账席。复以一时可不调,但各部人才总须于平时预备,万一调动,不致影响。

同业　本日《支那问题》出版,购进四册。

印刷　晋馆函告,印注音字母一百万。余代拟复电。

西书 邝先生改订英文书寄售章程。仙华看过,云甚妥。8/7/24 交叔良,告以发廉价,不限价。遗失凭折,登报限三日或二日。

应酬 王礼培来访,寓吉升栈西楼五十号。

七月廿五日　星期五

收信 梦旦。

发信 伯恒、沅叔。

用人 吴守愚来信,辞意坚决,不允留。

财政 与迪民商定,买进英金三千镑,八月底,五先令六本士半,七月底则五先令七本士。

分馆 约伯良来,告以滇馆须往查账,请其一行,并挈账房同往。伯良允行。　查出图书公司《宪法揭要》存九百部,欠八十余元。系林森来印。已阅两年,查无下落。余告笃斋,此人现在广东。又查前存《化学词汇》,图书公司存七十部,现只存四十余册。余约叶润元来,告戒之。叶言,尚有袁二印《友林乙稿》尚欠百数十元。余属速追。

同业 中华送《支那问题》一册并有信。不复。　史良才与魏炳荣等向仙华调停。　昨南京寄到某报评论,此事叔通拟稿,请其更转宁馆。

纸件 葛荫梧来信言,开泰到有毛边纸数百件,派徐君送样来。当交许允章校看纸质,探问市价。

告迪民、铭勋,各开外国、本国已定纸张清单,备翰翁察阅。

文具 李骏惠交来制造药品表一册。前一张系用废料所制各品之估价,后四张系仪器近三年销数可造之各品。余告以拟将存货药品一部分并过去。李甚赞成,并云,只须再加两方便敷用。8/7/29 会议时又告知鲍君。

杂记 本日托南京分馆拨姜佐禹六十五元,内汪振之廿元、陈子固廿元、盛树柏十元、董延祥十元、仆役五元。沅叔寄到《读史兵略》续编七册。前已交一册。又《食谱》十二册。8/7/26 沅叔来信,《兵略》五十元、《食谱》二十五元,已开支单收入余存款甲折。

七月廿六日　星期六

收信　伯恒、沅叔。

发信　沅叔、水楚琴。

公司　定海朱福昌印件欠款四百五十余元。会计科送营业部复查。王德峰送发行所账务处，徐绥邦误收入发行账，遂开支单划入发行所。郑峻卿收账，未曾收入划字。据郑峻卿云，在阳历二月七日，即出三百七十七号收条之时，有一人来言，该款未给收条。查账上实有此款，故遂补给收条。余问，来者何人。郑云，不认识。先是许笃斋颇疑陈子和（在印刷所原经手人）催出收条，似有弊。而陈子和在旁，郑亦不能指实。余谓，郑既不识来索收条者为何人，而该款又非亲手收入，虽数目相符，而既有此两层疑点，应详加推考该款究为何人所收。一经推敲，便可查出，何可随便给与收条。此实大误。至徐君绥邦转入发行所，亦有错疏。然系初到，偶然误会，情尚可原。遂约蟾芬、景莘两君来谈。仙华亦在座。余告以一切。均言郑收账误脱"划账"字样，又误发收条与不相识，实系错误。张言，应全由郑认赔。余言，本馆范围日广，手续断难简单，如尚有未能周密之处，恐难免再有错误。请再筹划，酌定办法，订立章程。

又查苏格兰圣经会支划有款三百数十元，于本月二日交到发行所，四号已向汇丰领取。而印刷所中人未知该款收到，仍向该会索款。该会西人向银行追查，来信诘责。到发行所查收发所，系二日收到，即送收支处，支单即送营业部，有回单。王巧生检出凭据，系童君于七日始行交与田耀华。后查田君于十日始送出纳科。因童不在馆，余属巧生候童来后问明何以中搁，田何以又搁三日，再行追究。　8/7/28 余告知瑾怀。据言，二日以后交童。童何以迟七日以后交田，田何以迟查不出。童、田亦无凭据。余属以后逐日清理。

用人　仙华言，吴东初仅系半年，恐不能深知底蕴。拟请改为一年，庶有许多事可以交办，否则甫办即止。余问，薪水若何。仙云，不能再增。余云，或俟仙由外洋返国后，伊再起程。

同业　本日上海《晨报》有时评，知该报招徕告白人片子，有南洋兄弟烟草公司调查员字样。即函致简氏昆仲。　陈春生来信，谓不宜过于表示，恐堕彼计。

语甚有理。 余属告白一律停止。丁榕来言,禀稿本日送进。

编译 托蟾芬调处周石僧曲谱版权交涉事。

文具 签购美国石板数百箱。

杂记 曹俶甫汇来洋七百四十元,属交张小堂。水楚琴来信,言甘省汇到七千元,内二千为王任之、五千由彼收。属拨六百元到京,五十与伊弟水枬。查该款于昨日汇到,今日到期。余属仙华转入总公司账,即知照会计科复楚琴信。并知照京馆。

七月廿八日　星期一

收信 拔可、沅叔。

发信 伯恒、附梦翁信,昨日寄。葛词蔚、附伯恒一信,拨千元,昨寄。密勒。经恩代表。

用人 第五届补习生援四届例,拟不定薪,一律暂给十元。惟比四届多两元。四届可预借,本届可不借。

财政 本日买美金二万元,每百两一百二十三元,月底付款。

同业 津馆来信,彼局在天津遍贴广告。即电属将特别启事广告登出。其街上所贴广告。报警禁止。否则我亦将广告并贴

并通告各馆。

编译 周石僧与《日用百科全书》交涉版权事,昨托蟾芬往商。本日有回信,云此事归王中丹负责。周云可商,仍问王办法。即告惺存,以后王可不必出面,即由我处与商。但办法须使王知之。

纸件 开泰木行送来纸样一刀,开价六两五钱。属允章再函询,可让若干。

应酬 昨午约叶焕彬、王佩初、文博亭、夏剑丞、孙星如在一枝香午酌。

杂记 水季梅,即楚琴之弟,来晤,面交乃兄属拨之五十元。水言欲来参观本厂,并托转约联合会学生。

开头 翰翁回沪。

七月廿九日　星期二

收信 伯恒、廷桂。

发信 沅叔、廷桂。

公司 约谢宾来、包文信、陈迪民,当鲍咸翁面令切实查明已定未到各项日本货,开出清单送交《心报》,免受指摘。并告知详细查明,切勿遗漏,万一到货不在单内,应由诸君负责。 周由廑偕邝先生来,请将函授课卷经收发处勿编号。余未允,但可令收发每日分三起送,每十号一札,号数勿乱,须依次序。又告章旌云,以后函授社信中所附到邮票汇票一律取出送发行所。

财政 本月底有英金五千镑到期。又昨日所买美金二万元均开支单拨款。云南务本堂欠账事已就来信批定办法,交叔通转付会计科。

纸件 本日购定开泰毛边纸五百件,每件六两四钱,说明损坏要退。

杂记 张文彬言,大赍轮船公司装来书面布七箱、仪器十三箱。装船后船有损,另换他船。应按货价摊百分之三,将来可向保险公司,但须先付该船公司,并签字为证。即函达蟾芬,请其照章签字,并知照进货会计科。

地边 本日托盛同孙拟复定海朱福昌信。

七月三十日　星期三

收信 伯恒、梦旦。

发信 拔可、伯恒、武兰谷、梦旦、谷庼、鹤庼。

分馆 条致培初,催王觊侯速返奉。 致武兰谷信,告知万不得已时开地窖藏账簿及一切要件、记明尺寸。并慰问。 致伯恒信,告知方谷香入中美图书公司,恐仍来京,宜预为备。又复信言,万丰有退让,可先开谈,建筑门面仍以三层为宜。

同业 中华有学校书业公鉴广告。

编译 鹤庼、谷庼寄来《越缦堂日记》第七函十二册,当交任心白收存。并复一函,交来人王阿庄带去。

日用版权交涉事,周君要求第一条,不允。第二条,存书以六折包销,约三百元。第三条,以后再版声明转录。但蟾芬言,彼仍不允。 请鲍先生添造印对联机。鲍复称另开夜工,不愿另添。

印刷 会计科请查四明银行印票价款。即函知于瑾怀。晚赴发行所,瑾言尚须交票五万二千张便可收第三批价。　笃斋告鲍先生,好华公司及英美烟公司广告部约欠三万元。鲍即发电话与馥生,催即付两万元。

纸件　迪民来告,下月十号约有万余令有光纸可到。鲍意不妨售去若干。

杂记　致信全国学生联合会,邀其来厂参观。

七月三十一日　星期四

收信　伯恒、廷桂、拔可、梦旦。

发信　廷桂、谢剪示京报评论。伯恒、附南仲一信。葆仁。

用人　管一得来,即界函令往见陶、江两公。

财政　前月往来拆息开十一两,本月更增。

同业　与叔翁商收回据证,因制锌版甚难寄,若排印便无效,不如不登,只专登特别启事广告。　至呈部证明,由部通饬中华。亦可向各省递呈,各省万一照转,转难辨别,不如不办。

编译　拟定影印《四部丛刊》校印办法。告蟾芬,《日用百科全书》计三千三百面,抄《国声集》工尺,增不过六面。以每部三元论,每部不过五文。即以八万计,亦只四百千文。现已将未印各板赶紧补注转录字样。

印刷　好华公司本日收九千六百元。四明银行第二次款尚未收,告瑾怀赶收。至第三批须再交五万二千方可收,惟该行言交票太迟缓,以后应按合同。

纸件　包文德来言,鸿宾斋来购有光纸,已售与八百令。余言,已售者可勿计。但以后拟暂缓。因中华出有告白,本馆拟借售纸以示抵制。

文具　函谢宾来,请与李、谢两君商办制造玻璃化学试验器事。

杂记　购进明正德《欧阳圭斋集》一部,价一百元,交叶焕彬转付。《永乐大典》连木匣,书完全无配,本日还足一万二千元,书送到上海。　黄校《徐公文集》昨还二百,今加为三百元。《还乡集》昨还百六十,今加为二百五十元。由星如斡旋。

八月一日　星期五

公司　函询翰翁,何日到馆办事,并言拟谈公司营业前途。

发行　叔良交推销杂志办法。送仙华阁。

财政 告出纳科,将地方两星期存款全提。因该行本按拆息也。又提广东两万、商业两万、交通一万。

分馆 请顾晓舟帮同盛同孙改订奖励金章程。

同业 拟售纸告白。又征集改用洋装意见告白。

纸件 迪民计算教科用纸:

大有光纸,每令二两二五,合三元〇五。每张开十六,以十六分三〇五,得十九。单面印。

瑞典纸,每令四两,合五元四角。每张开三十二,以三十二分五四,得十七。双面印。

新闻纸,每令三两,合四元一角。每张开三十二,以三十二分四一。得十三。双面印。

瑞典纸与有光纸比,约廉十之一。新闻纸与有光纸比,约廉十之三。

八月二日 星期六

公司 约翰卿、咸在会议室,告知梦翁拟辞职,我辈亦不能永远如此办事,宜急觅替人。鲍言,印刷所关系较发行所尤要。王仙华与杨公亮较为相宜。余谓,所见极是。余亦认印刷为本公司根本。仙华未出洋之前,拟令先来厂考校一切,借便考察。余并言,梦翁谓不能在此办事,原因精神不继,减少时间,不能不减薪,减薪又不敷用,故只得另图。余谓,吾辈此时宜节省光阴,少用精神,公司多费几钱,实为值得。

同业 发登售纸广告,抵制彼局"全国学校书业公鉴"广告中"私用日货"之言。

编译 与伯训、星如、谢燕堂、黄荣栽商过《四部丛刊》印刷、校对一切交接手续。

余与伯训谈编译所改组方法。伯训深以为然。

印刷 瑾怀交来南洋公司印件与他家比较定价及迟缓。

纸件 与鲍、包谈售纸与同业,至多只能限十件。包意似不足。余力谓不可过多。

杂记 《王梅溪集》还一百八十六元,尚不减。博古斋潭州府、文昌县志,还十四元。一十元,一四元。

忠厚书庄《李文公集》还一百十元。

天头 本日有全国学生联合会会员五十人到厂参观。

八月四日　星期一

收信 廷桂、伯恒。

发信 岑云阶、伍秩庸。为南洋事。

用人 李骏惠告仙华,谓叶瑾仲不谙西文,办事不接洽,且依总务处时间办事。余谓,时间当改为一律。又如不趁手,年终可以辞退。一切由李指挥之。

邝言吴　　来,前言在辞典部办事,伊部却无人办理英汉翻译文校正事。余谓,吴君仍以在辞典部为宜。英汉合璧书可减少出版。俟冬令再定办法,应否添人。

分馆 九江来电,似童弼臣病甚重,且不吉。　　电有讹,因向电局追问。

同业 中华来函有李柳溪者携来。买有光纸一千令,印刷拒绝。余与仙华、瑾怀详商,先行发报,一面备函谢绝。

编译 《日用百科》版权交涉。蟾芬谓,前途坚持五百元,惟寄售可减。余初再加一二百元,继思欲壑难填,恐难了结。本日商惺翁,拟听其起诉。

印刷 有金雁卿者,安徽人,住上工业公所,以日本要求二十一条及其他相等之文件,又唐滇督军之电等来印。其意似乘中华与本馆交涉,有敲竹杠之意。余拒却之。

南洋烟草公司添印招股单及收据二万套,已告吴炳铨。

文具 宾来交来定照相器具件。托上海某行经理回国接洽。余送翰翁签字,翰仍交还。余以 Kodak 已经谈过,若与 Ansro 先行订约,后来 Kodak 不能再订代理之约,岂不可惜。仙华谓先试一年。

李骏惠言,如制强水,约一万元成本。可以着手。

八月五日　星期二

发信 廷桂。

公司 翰翁深以工人以后要求为虑。余言,须迎合时势,预为布置。

用人 亚泉回籍侍父病及办丧葬,共告假三个月,退回薪水两个月。余又当面送还。谓不能以寻常事例相待。

分馆 弼臣病逝,一时替人未能决定,拟请志贤暂代。翰翁亦谓然。与商,允明日再复。又问时期。余云多约两三个月。　　志贤又云,闻诸王丹墀,知该特约所欠款甚多。

京馆管西书友功夫浅,恐不合用。

编译 印本馆照片作赠品,已面托伯俞。

《东方杂志》事,悒翁告,亚泉只能维持现状。又云外间绝无来稿。

印刷 南洋印刷事,面告鲍君,且交欠单及定价比较单一纸,请其催复。

杂记 傅沅叔自杭州来,夜谈两小时而去。明日返扬州,即回京矣。

八月六日　星期三

收信 伯恒。

发信 词蔚。

财政 广告会七月卅一号送来一千元。查得收发处一号送收支处,同日以知照单送会计科。出纳科未接会计科知照。迟至五号,始将知照掉取支单。

又民权出版部廿五付款,廿六发出揭单后,始收到该款。

分馆 志贤托仙华来说,不肯去江西。

同业 中华为我不售纸事登告白,谓我失信。　　津馆寄到匿名传单,令交通科另拟应付告白,寄各馆通登。

印刷 南洋印刷各件有现成板子之招贴,七月三号开印单,系营业部接进者。承印处允于八月廿号左右开印。　　营业部有详表,本日交鲍君详查。

纸件 查抵制日货后售与同业纸数。8/6/14 鸿宝斋、阙念乔,共十二家,二千一百令。　8/6/25 广益书局五百十令。　8/6/27 阙念乔,共三家(内共和书局三百令),九百令。　8/7/7 广益书局五百令。8/7/16 又五百令。　8/7/19 鸿宝斋九十令。　8/7/19 又二百令。　8/7/31 民友社三十令。

以上有光纸共四千八百三十令。

8/7/2 恒丰洋行五十六令。　8/7/11 时兆月报九十八令。　8/7/17 和康洋行四九九八令。　8/7/24 恒丰洋行九十八令。

以上新闻纸共五千二百五十令。

所有分馆经手者不在内。

本月四号,鸿文书局三百令。鸿宝斋五百令。中新书局三百令。

广益书局五百令。　又六号,鸿宝斋一百五十令。广益书局五百令。

本日福建寄到购纸清单。

文具　告宾来,博物部毛君学理不足,拟邀凌君主任,于毛君任务无妨。并欲将所有管工办料之事均由毛君照旧管理。请谢对毛疏通,对凌联络。　陈庆棠来告,似有人倾轧,故造伊在外别图营业之言。余力慰之。

应酬　晨赴北车站送沅叔行。沅告余,有宋本四种:《周易要义》《春秋繁露》《梦溪笔谈》《韦苏州集》,约通力合作。

八月七日　星期四

发信　伯恒。

用人　仙华告知,叶幼显办事甚不好,各部均拒绝。今日令其来见。其意谓所办之事均不甚紧要。余切责其不应如是。

叶瑾仲来函辞职,谓李君相待太无理。余先告宾来,请其专管储藏之事。又往访揆初,托其转留。

财政　函催符干臣、潘介眉欠图书公司之账。潘已缴百四十元,尚欠百六十元。函令速缴,迟干未便。符缴百九十二元,尚欠七十余元,从宽豁免。盛安生拟来传票办法。

买进英金三千镑,每两五先令九本士。　付现款。

分馆　京馆管西书人程度不足,请其面试英文,寄来阅看。如实不合用,或另觅,或由总馆派,候示。留稿。拟请臧博纶赴赣馆,由惺、伯二公转达。允筹思两日再复。

王觐侯来商,奉馆房屋不敷,拟自行改造。改造时可不必移徙他处,即在旁边已改之一间暂作门市,亦可勉强。既改造后,栈房可以退去,否则将总栈房移设大连,又节省许多运费。明日付会议。

同业 文明来购纸百五十令。查得本年一月中旬中华书局告白,已典押与信有号。由叔翁拟信,请史良才证明,即可照售。

实业之日本社社长寄来七月卅一日所发信,道歉并更正。

编译 余前告梦翁改革办法。今日又与伯训、惺存两公面谈,均以为然。

纸件 本日售与同业锦章书局五百十五令。属许允彰函开泰木行售纸经手人来,将搀劣之纸,指须核减价值。

应酬 答拜王百雷。到上海旅馆,答拜刘、范、王、朱四君,均贵州人。

杂记 黄齐生前在太原移借二百元,今日有贵州同住四人:王若飞、范 、刘 、朱 来,由朱君缴还。即交朱景张,由分庄科给与临时收条。王若飞又代黄齐生请在洛阳兑二百元、西安三百元。允其照办。后思黄已在途,无凭信,殊不便。约培初来商,拟令交照片两张,分寄两馆。余告王若飞。允明日交来。

八月八日　星期五

收信 竹庄、寄来校改《近世美学》。廷桂。

发信 竹庄、前书收到,谢谢。梦旦、廷桂。

公司 本日会议,鲍先生提议工厂加工资。照鲍议决定。　　本日与张蟾芬谈,知会计科支单常常交与领款人送发行所补签。余谓蟾芬,此不妥。蟾亦知之,但言恐笃斋误会,故不便说。

用人 叶又显告退。余询伯训如何。伯训谓,近来常常走动,只可听之。许笃斋谓,单其汉如调新馆,最好调田耀华来替代。先是欲调周兆桓,余询瑾怀,言田现方习估价。余谓可作罢。乃询仙华,谓周可调。

财政 郑峻卿误开收条,给与定海朱福昌共四百五十余元。本日会议商定,令赔一半,分两年就月薪花红匀摊。由仙华转告。蟾、梅两君无言。

分馆 昨日邱培枚来信,拟调帮账,拟调单其汉往。许谓可派,但须觅一替人。

编译 告燕堂,《四部丛刊》将来可销售之书预备单印,须从石版上再留铅皮。并托告鲍君多买铅皮。

印刷 营业部报告,南洋烟草公司印招贴,不满意。已分与法兴印刷。

纸张 本日售与同业文明书局百五十令、燮记书庄八十令、中华图书馆一百令。

文具 金右之致信迪民,询有玻璃器数十箱,如何运寄。谢宾来来问,余谓可否退去。宾来谓,系在五月九日以前,不妨运来。余允之。

凌文之来言,高等小学博物标本可留京师,其中学鸟类必须寄还。

杂记 王若飞送来黄齐生照片两张,即送分庄科,并索取致陕、洛两馆信稿。改正发还。

八月十四日　星期四

收信 伯恒、廷桂、傅沅叔、梦旦。

公司 以实行阳历结账、阴历年终所收账款免折办法,交翰翁一阅。鲍先生拟于厂内设自动电话机,价约三千〇百两。余谓可购,但须问设有损坏,如何修理。又德律风公司所有桌上电话机,似可省去。

用人 编译所地图部各人援印刷所要求加薪。余谓,时间、待遇种种不同,不能援例。

余到莫干山,得沈信卿等电商,请允童季通兼任南京高等师范地理教员。余即函寄叔通,请商编译所。最好与之解约。今知童先有信来,意欲解约,公司已允。悝翁拟有办法,即请转商:一、原约尚有一年不任他家同等之事。应照行。童不允。二、未了之事请其在外包办,并定限期。童允开出清单。三、花红童要今年给至八月。悝已通融。惟童尚有言,以后伊所投之图,如经他人删改,非经伊查定者,即收回著作权。悝翁谓,无此办法。

分馆 桂林支馆账房沈菊来信言经理杨石林种种不妥。余告叔通,拟令董立基于秋销后赴桂林调查。　赣馆经理,余料臧博纶要求难满意。赴莫干山之日函致叔翁,谓臧如不能去,即改张雄飞。今日知臧果要求种种,已改派张。余即约伊来,告以赣馆生意不少,前甚疲滥,此次系初出场,宜格外谨慎。

编译 张叔良条议,拟办《日用杂志》。《日用百科全书》交涉事,张铁民谓能出五百元。当代商,否则作罢。余告惺翁,只可承认,即再加一百元亦无不可。

文具 有匿名函,斥真笔版原纸系日本货。交宾来查,系由上海 厂购进。

杂记 仙华昨日割痔疮。余傍晚往同仁医院访问。

天头 九日请假赴莫干山,十三晚回。

八月十五日 星期五

收信 梦旦、伯恒、马幼渔。

发行 告俞志贤,查杂志销路。

用人 惺意地图部同人近来办事太疲。现在去留甚难抉别。余意可分隶各部,由各部督责,过若干时,察其勤惰,再定去留。本日告知李维纯,可拨与就田画动物图。

地图事,昨商交陈俊生暂接。鲍先生见告,包文信对于公事甚为冷淡。

分馆 桂林支馆,商定由董立基于秋销后亲赴桂林一查。

编译 小平元送来辻武雄所著《中国剧稿》一册,拟售版权。

纸件 开泰纸,据穆华生报告,劣纸约有六百刀。许允章谓,此六百刀应打七折。余未允。

安南船进口本公司纸未到,明日再查。 黄板纸,商定先向安南定一百吨。迪民谓,某行靠不住,或向法兴,但法兴亦靠不住。余令,托梅生函询法领署。

杂记 告鲍济川,请函达德律风公司,为翰翁寓中设电话。 往访仙华,见其痛犹未已,乃属梅翁致信麦克洛基,特别诊治。由公司支付。

八月十六日 星期六

发信 马幼渔、伯恒。

用人 托叔翁函询叶瑾仲,能否回馆。

分馆 陈祝三回沪,失音较甚,即劝往广慈医院就诊。并派吴桐轩伴往。

编译 黄峙青来谈,云有李文忠公亲笔致曾文正信二十八封,愿托本馆印,或由本馆出版,或由彼自印。俟皖分馆寄到后再定。

黄峙青来访名书霖,云有李文忠致曾文正亲函稿二十八封,欲托本馆印行。

或送若干，或全由伊印。余云，俟该件由皖馆寄到，看过再复。

刘节初、骆继汉来，持孙慕韩信，为　君介绍《中国法典编纂沿革史稿》。

纸件　安南船进口本馆纸已到，但提单未来，托银行担保。　小有光纸过多，鲍君意拟即转关运津、汉两处。与翰商定，每令售与分馆一两八钱（上海售一两九钱）。属培初速发快信。

应酬　答拜黄峙青、骆继汉、孙子文。

八月十八日　星期一

发信　梦旦、词蔚。

公司　本日约翰翁在会议室，询以八月二日所谈有何意见。翰言，梦翁回馆，应特别待遇，减少时间。余云，此非根本办法。翰转问余。余答以应另设一机关，我等四人可不管日行事，但管立法，或财政之事。或仍用董事名目，能不改用公司章程最妙。但恐不能不改。翰问，是否限制从宽。余云，不能不严定资格。翰云，至多以所长为限。余云，资格总不止一项，必须包括年期、地位、成绩等等。经过何种手续。翰翁又问，此外人如何。余云，此机关尚须办事，与专诚优待不同。至为同人酬恤起见，梦翁曾拟将酬恤花红提出，作为基本金，每年取息备用。翰属余拟出办法。余云，须先定宗旨，请与咸翁一商。此固为自己设想，亦为公司设想，虽有权利，亦有义务。翰又言，此意宜推广。余谓，此恐不能，因重要人如有不测，公司亦须付大宗酬恤，如鲍咸恩君前讣万元之例。余意，可不必一定，待诸彼时，不妨于各人已著成绩之时，将此款摊长。

用人　揆初复信，叶瑾仲因病告辞。　叔通言，因兴业查账事，须告假两个月，俟拔可返后启行。约翰、咸两君在会议室，告知仪器部舞弊及腐败情形，故不能不动。现在检查，包又故示冷淡，似应另易一人主持。鲍云，包非但不引咎，且视赵某毁物为可恕。翰无言。

分馆　晋馆来信，谓有某报因支那问题纠葛，大起攻击，属即商律师起诉。

纸件　近日到有光纸，大七千令、小万一千令。预计九十月间可到大七千五百令、小五千五百令。十一月间，大三千七百令。十二月间，大三千八百令。　每月约用大小五千令，已到未到共三万八千令。除拟售去六千令，约敷半年之用。

应酬 晚约范芝寿昆仲及冀君在卡尔登晚餐。

杂记 本月到莫干山去,晤阮、陈二君,共商五事:一、油漆房屋。告以先估价候本馆承认信。 二、修理小屋墙壁,已估价一百数十元。告以候本馆承认信。 三、分派器具,器具簿已交沈学文,阮、陈请于下山时再派,为现在寓客正在使用故。 四、加派房捐。原数十二元,各认一半。新章旅馆应加十三元,否则每一宅只住二人,多一人住过两礼拜,须捐二元。余告阮、陈,我处来客甚少过二礼拜者,愿认零捐。如旅馆愿认整捐,本馆亦可照办,但只认少数。后属沈学文转告,只认四分之一。 五、添买小山一座。阮君之意云,价约二三百元。余云,须两方详商再定。 余又问阮君,本馆所分房屋器具,一半拟一律租与滴翠轩。将来订明,本馆来客如何收房饭,即以拨抵租金。阮云,回沪商。以上本日告翰翁。

八月十九日 星期二

发信 丁斐章。

发行 郭梅生告知,西客户今年少去三百余户。已属发信联络。王余堂开送缺书单。

用人 单其汉来信,辞新馆帮账之职。 告庄伯俞,拟调五届补习生曾习化学者二人,派习化学储藏室办事。

财政 王用昭条议,现在洋厘甚小,本馆可将银款兑洋存放。俟洋厘增涨之时再行收回。翰谓可行。余意须查明洋款存息若干,以便比较,方能决定。

分馆 叔通来商,赣馆应派监盘之人,问能否请志贤一行。余请翰翁转商。廿一日翰又转告云,不愿再与商。余云,近托查杂志销路,五日始交卷。此等事,平日全不预备,毫不留意职务,只算全不做事。翰又言,拟请顾晓舟,亦以病辞,拟改派孙振声或万亮卿。余云,亮卿秋销期到,恐难离。

同业 厦门石码地方洪克昌君寄来传单两纸。一推销中华《支那问题》,系文华书局代售处所发。一摘出《实业之日本》杂志所载一段,专攻本馆。

纸件 余查得华信爱国布厂所出爱国布可做书面布,即告鲍、包。终恐不甚适用,属令先寄样布一二匹来。晚告赵廉臣转达。余属树源估算,西洋书面布每方寸三厘二,爱国布每方寸三厘四。

应酬 往送蔡蔚挺。

杂记 仲钧来言,星如借书颇难应付。商定由我去一函声明,事繁,检书不能迅速,可同时勿借多种。二十日缮成一信,交惺翁转付。

天头 潘介眉、王耕山、金少安、顾怀仁及其他欠款。分馆同人旧欠转总馆,如何开支。

八月二十日 星期三

收信 伯恒。

发信 沅叔。为《学海类编》事,留稿。

用人 余约单其汉到会议室,劝其勿辞。据言,婚期系凭星命,甚难改期,母意尤坚执,勿任远出。余云,甚失望。 余告翰,叶润园人虽可靠,然办事太糊涂。一、寄恽君《化学辞典》,一搁两年,损失百数十元。又存在和记寄卖该辞典数十部,并不取回,又失去若干部。 二、符干臣、潘介眉均在和记托名印刷,欠款甚多,并不催讨。

财政 余向兴业、广东、商业三处探问洋款存息归,列表送翰翁,并说明无甚利益。翰乃交与许笃斋阅看。余问是何意见。翰云,请伊一看,渠实未尝可也。

告培初,请查顾怀仁、王耕三、金少安及其他诸人欠账,并速催。

分馆 伯恒寄来管理西书员英文信,送邝君阅看。邝复称,其文法、习语、拼法均错误。又送发行所,得梅生复信,亦云程度不合。

印刷 追问南洋烟草印件。吴炳铨谓送出不少。余请开单见示。余前闻叶润园与翰谈通商银行票价。盛今日问翰,翰云叶润园已误会伊之意见,已允将所该一千余元抵过,彼此两讫。余云,叶何能如此轻蔑。该行必得步步进步,应即去函声明。

文具 翰索阅余所调查关涉物价各件。余允明日交。廿一日交翰,计共七件:叶瑾仲化学药品比较表一纸、化学药品三种定价进价单二纸、文具进价售价单一纸,又与合记比较售价表一纸,又与某同业比较表一纸。叶瑾仲代表铅笔发票在叔通处,今日未检出。后已检出。一并交翰翁作为第七件。

应酬 伯俞、叔良、瑾怀宴江苏省教育会于一品香。由公司支付。

八月廿一日　星期四

发信　伯恒。

用人　告翰翁,拟调莲溪任存货科仪器股。又拟延用王春生。翰谓,渠亦有来意,但恐《通问报》难得脱身,教会西人亦未必肯允。然如实在必欲罗致,亦可与商。薪水现在约不足百元云。俟王仙华病愈,托伊转达。

分馆　寄还京馆管西书员原信并邝、郭复信,请另觅人。须程度较高之人,薪水从宽,由总馆认一半。信留稿。

印刷　四明票数已交足第三期收款之数,即告瑾怀。瑾报俄商葛振国印件已付者欠七千七百元。葛有信致鲍门,云九月初旬到沪清理。

纸件　狄金逊到有光纸,因提单未到,由银行担保。张文彬询,据陈迪民称,每吨约四十六镑,关员有意挑剔,谓匿报物价,因罚银二百两。

迪民来言,系伊疏忽,此罚款应由伊认缴。余谓向来并无此事,此亦非特别疏忽,即由公司支付可也。廿三日告翰。

八月廿二日　星期五

收信　拔可、鹤顾。

发信　鹤顾。

公司　董景安屡以所编六百字教科书本馆不允寄售,益示反对。叔良以其人小有势力,为营业计,不妨通融。但教会书须酌,以后所出书,临时再酌寄售,统收六折,归本馆印刷。余谓可行。但仍请开示条款交下。

工商研究会发给国货证明书。今日会议,一面酌送文具、玩具,一面托人与淮生接洽。

发行　告符干臣,《新体国语教科书》速发京、津、晋三馆。廿三日伯俞来言,属加发湘馆。

分馆　吴渔荃代理港馆。告叔翁去信,请其维持,一时竟无人可派。新馆帮账,稽、会两科推周兆鉴、周志澄。京馆乞推劳卓先。

编译　蔡鹤顾介绍谭伟烈,以所编《化学分析》稿欲送于本馆,不取酬报,但望印行。答以即送编译所,并付会议,于营业上尚须考虑。

西书 叔良告一九一九新版《韦白司德大字典》周聚康只售十一元,此必周锡三之所为。本馆原存旧字典,同物系一九一八出版,减价售九元半。余允照办。

八月廿三日 星期六

收信 鹤顾。

发信 梦旦、拔可。

用人 翰告余,借阅余前调查关涉仪器进货各件计七张,均已阅过。并云,所有调包至印刷所,以王莲溪调仪器存货科一事,俟梦、拔两君回沪后再付会议。余告翰,谓符干臣身体愈差,应属休息,公司应从宽待遇。翰谓,照给薪水之外,尚须别有帮助之处,当属人探问。

余又言,骆幼棠肺患,亦可给薪令休息。翰亦赞同。

财政 出纳科抄送兴业、四明、浙江地方三银行洋款存息数,交铭勋列表,下次再付会议。余留一纸,夹入本页之内。

分馆 京馆、新馆要账房。本日午刻约莲、笃、同三人至会议室商议。笃称劳卓先却比现任京帮账李君为优。至新馆可派刘　　,系同业出身。余云,恐有家庭关系,为伊父代销私书,似不便。

编译 函催《新体教科书》速登告白。

文具 翰将前日借阅调查关涉仪器事七纸交还。

杂记 抄本《文潞公集》四本,还廿元,开百元;初印《曹楝亭十二种》只有六种六册,开五十元,还廿四元;抄本《桂苑笔耕集》四册,开六十元,还廿四元。

八月廿五日 星期一

收信 伯恒、二。沅叔。

用人 叔良为伊堂兄健斋病危,来借三百元,为办丧事。余云,须告翰,即拟稿交翰阅照给。信中问如何认还。廿六日函复称,于明年花红拨还。　　干臣病体似不支,前日告翰,可令休息,酌加优待。翰今日来言,已告培初,询其近状。培云,略有债务萦怀,尚可支持,不容休息,或办事时略与减少。翰允以一个月为期,另送百元作疗养费。余告翰,可乘机劝勿打牌。　　骆幼棠病肺疾,翰亦给两月薪,令休息。 田慰农前礼拜六染时疫作古。

分馆 程雪门回,派分庄科办事。余告翰,薪水应酌减。翰云,伊有信,自愿减。

同业 常德发见该局对门招贴,已照相寄来。

编译 剑丞代向袁伯夔借到《皮子文薮》《越绝》各一部。 前叔通向叶揆初借到《孔丛子》。

纸件 有李庚记买去有光三十令。余告包文德,存纸无多,且已告津、汉两馆代销,恐此间售完,而该两馆来要,恐无以应。且李庚记非同业,似应限于同业,否则同业来买,亦无以应。余属瑾怀商以减廿令。后王德峰来云,已商妥,即照发十件。后瑾又云,李庚记必须再购五件。余亦允之。

应酬 谢镜虚、邝先生邀饮。函谢。

八月廿六日 星期二

发信 伯恒、梦旦。

发行 志贤交推销杂志事,尚称详尽。

用人 昨日孟莼荪、庄伯俞来。并交常州商会信,约瑾怀回常办纱厂。瑾已允,难挽留。但可稍宽时日,以备交替。当晚往晤瑾怀,示挽留之意。瑾词意已决。余约今日再谈。

分馆 京馆帮账决定派劳卓先。

同业 闻伯鸿将赴晋。函告李伯仁。

编译 由蒋梦苹处借到《元丰类稿》《淮南子》《元遗山》《许丁卯》《李义山》《江文通》六种。

天头 仙华本日出院。仙华医院西医特别诊视。应函告由公司开费。已告梅生。

《孟子》宋版应出。 探问美国纸价。 问吴稚晖寓处。 查《秘笈》八集。《金石苑》预备发印。

八月廿七日 星期三

收信 词蔚。

发信 沅叔。

公司 午后三时约包文德、包文信、谢宾来、陈迪民、许笃斋、顾筱舟在会议室,告以预备学生联合会来查收回日股及进日货情形。

发行 告培初,《韦白司德大字典》减,应通告分馆。

用人 翰意欲留瑾怀。余告以,瑾对印刷所事呼应不灵。吴君炳铨应付失宜,瑾因此灰心。此时本人心已摇动,恐难挽留。请翰与伯俞及瑾翁自谈。

财政 告翰,尚有通知存款五万两,应否提出作往来,可得拆息较多。翰以为然。告钟、盛照提。 又言改存洋款,翰意以为多存数万,并无关系。可托盛与张、钟筹办。

分馆 与翰约劳卓先来。见条理清楚,而精力似不甚强健。

晋馆来催问仪器,言已与买主订合同,科学仪器馆闻即有货到云云。当与翰、叔商定,我处只可不办,即以宁可失约、不敢欺人之意答复晋馆。

编译 本日三所会议,余谆属以后排书,总每卷另叶,以便分合。是日,为《创世学》一书太厚,拟分两册,而原排各页均不能断之故。请伯训拟定办法,借印旧书收发各项规则。

纸件 迪民来商,恒丰要买有光纸数十件,并估计预定之价及现在镑价。至新正月底货只须一两五钱,当交翰酌办。

文具 谢宾来言,李骏惠要添人帮制药品。云现有之人程度太低,不适用。余云,鲍咸已托沈君代约伊同学一人。

天头 定借书保存及察看、照相办法。伯训拟来。查仪器整理条陈。杜亚泉。

八月廿八日 星期四

收信 沅叔。

发信 伯恒、词蔚。

公司 梦旦寄叔通信,气极馁。余拟交翰一阅前信。8/8/29 日交去。

财政 现购外国币,英金每两六先令二本士。美金一百三十一元。

分馆 劳卓先派往京馆任帮账,薪水廿六元。

印刷 复伯恒信,教部既有印《道藏》意,无论如何本馆总当表示愿为承办之意。并告翰,应预为筹备。

纸件 告翰翁,有爱国布可代外国书面布。已属寄样来。

八月廿九日　星期五

收信 拔可。

公司 朱梦梅来信、与陈少荪冲突,有信致仲谷,措词甚不平。叔谓不可代交。

用人 翰将程雪门减薪事交余代拟。余将第一届补习生薪水全单取阅,并函称程系自行调请回沪,与施甫调芜湖由公司调回者情形不同。

又第一届生在总馆者除铭勋及施敬康外,薪水由卅五至二十元。仍请翰裁夺。

财政 本日午前外国币价极低,翰未来故未定。午前再购拟英金二万镑、美金五万元,而市价大涨,已来不及。

分馆 告张蟾芬,拟调孙树荪任新馆帮账,月薪卅六元。由蟾转达。其所办之事由王用昭、朱声禄等分别担任。　三十日晨访蟾芬,知孙又以亲老、丁单、身弱、过远为辞。　余告张,拟调至会计科,俾得早日练习出外。张允之。

同业 拔可函告,八月十五日日本《实业之日本》杂志内有一文诋斥中华书局之举动。

编译 函告陶、江两公,请将《动物词典》、医药、人名两词典一律限年内完成。惺翁复,人名须明年六月,医药须正月,但殊无把握。　《日用百科全书》交涉事,周君又来信催问。当由叔翁拟复,一面告惺翁催中丹接洽。

纸件 告翰,《道藏》《越缦堂日记》两书虽未定议,恐终须办理。定局后再买纸,恐来不及。　翰来言,俟确定之后再买。

八月三十日　星期六

公司 函告翰翁进货之事。自九月一日起仍由伊主持。并言进货须访出版部再版办法,凡购货造货,须先有三年销数及现存数表,再定制数购数。又进货科未有专单,除书籍股外,请饬下各主任禀承指示,拟具草案,交文牍科润色。信留稿。并知照陈迪民、谢秉来。　翰旋来与余言,仍请再办一二月。并云,销数存数表亟应照办。余始却之。翰谓体力实有未逮。余姑首肯。

发行 业务科交来八、九、十年不盘存书目三册。当告翰,无异言。即将原信并书目又七年分简销摘查(稽核科交来)书目一册并送江伯翁。

用人 南京高等师范理化卒业何锡洪,号瑞周,年廿五岁,崇明人,由周越然介绍,昨日来见,欲谋一事。余约其今日再来,由秉来偕往见李骏惠君,约留办一礼拜,彼此合宜,再定局。 徐宝深有信告退。翰昨将原信交阅。余阅过即交还。函中言,向来进货价贵。似翰已将本月廿日余交阅之件告之矣。此却未宜。

财政 函告蟾芬、景莘、安生拟存洋款,以十万为限。请其按日留意,随时伸缩,以能得有银水上利益为主。 旋在蒋梦苹处晤盛竹书云,通知息率,总可商量,现时拆息较大,可以从优,将来拆息缩低,再商。却未谈定数目。

编译 由翰怡处借到弘治本《叶水集》,明刻《刘宾客集》,明初《贝清江集》。尚有两种不能用。 湖南分馆寄到明刊《二俊集》一部,不佳。又成化刻《海经》一部,甚好,可用。想系王佩初之书。 童季通交到改约条件、说明各一纸。

印刷 晨访鹤顾于密采里,交出《越缦堂日记》六函,又李越缦照相一张。交剑丞保存,由张隽人带一学生复检,由剑拟具收条。

纸件 告翰卿,外国纸恐加价。日本已加三成,应留意。

西书 金恩公司回信。总经理云,不久即来。并云该合同尚拟详细审察,即印刷。送仙华,并属转送叔良。

应酬 欧彬约在东亚晚饭。

九月一日 星期一

收信 伯恒三。

发信 沅叔。

公司 访仙华,告以拟介绍入 ABC 俱乐部。入会费二百五十两,常年费每月十元。二日致潘澄波、劳敬修信,并交翰翁阅看。翰亦云甚好。入会及会费亦告知翰。

用人 调孙树荪至会计科练习,先已告蟾。其所任之事由王用昭及出纳科各员分别担任。 吴致觉到馆办事。 蒋竹翁来信,为袁观澜为公司津贴。

分馆 新馆帮账再请稽核、会计两科会推。推得张镜清,从前曾在杭馆帮账。

同业 伯俞报告,中华在外造谣,谓我用日纸,劝各学堂勿用。

编译 吴致觉到馆。余到编译所与江、陶商定,与慎侯、勋希两君合办汉英、英汉辞典事。先将旧有各词典补入,新出名词全数译出,按各种分量补入。告陶、江,医药、人名两词典现须赶,将稿件先阅定若干,作为定本,交出排印。非有大不妥不能再改。再与印刷所商,加人赶排。前昨由惺翁交到方叔远、谢利恒排印报告,均诿过于排印迟缓也。

文具 李骏惠告,制成药品有廿种之谱,但装潢无暇。余谓,须由储藏室担任。即告谢。谢谓俟鲍归再定。余谓,必须归储藏室。李君薪巨,不宜任此小事。

西书 伯恒来信言,华洋书及某家售价较廉。即函告郭、张查明,径复京馆。

九月二日　星期二

分馆 重庆分馆赵连城告假回沪,请派人接替。

同业 农商部批,更正《实业之日本》误载事,于昨日接到。

编译 《日用百科全书》交涉,张铁民亦不愿与闻。本日招周君午饭,周又辞,即去信约其今明订期面谈。余告叔通,拟将近来广东最易翻印之书援前托殷律师向葡政府注册例,再注册一次。本日接梁宝田寄来梁慎始信,言葡领允照案办理也。

刘翰怡借来宋本《尚书大传》一部。又揆初借来孟东野及张文潜集各一部。

纸件 利达洋行有小有光纸五千令,问我购否,年底交货。据迪民算,照美金一百二十八元计,扯每令一两四五。似可购。三日无暇与高翰翁商,翰午后未来。至四日与翰决定。该行云已经售出,只可作罢。

文具 仲谷函告,景戣伯拟在北京设立中华玩具公司,托本馆销售。复以除泥货、蜡货外,各种先开一目来,并零售趸售价。最好同时寄货样来,再定办法。

西书 叔良因伯恒来信谓本馆书贵,拟改为照进价加五厘批给。仙华谓,五厘太少,再加二厘五。余谓亦无不可,但须加一切办法(存货退货),商妥,再发通告。

九月三日　星期三

发信 伯恒。

用人 蒋竹庄来信,属拨七、八、九三个月津贴。

财政 翰决定买进英金五千镑、美金两万元。陈培初定期存款八千元,十二月到期,于八月预知存息半年。知照以后不能随便通融、随便支取。

编译 《日用百科全书》交涉事,周君来信托病,请叶藻廷代表全权解决。磋议良久,给予九百卅元,将版权买入。全书千部交与本馆,并立草约。

应酬 叶伯皋约在大东旅社、陈辅臣约在倚虹楼晚饭。

九月四日　星期四

收信 伯恒、沅叔。

用人 调孙树荪至会计科。张蟾芬谓,所任之事由他人兼任恐有不能。并言恐孙君不愿出外,将来不免因此退职。余云,如公司派往分处,一再辞职,则既不愿为公司所用,亦只可听其自便。至人手既实不敷,只可另派一人。但恐不识英文,即识亦有限。并告以三届学生有公函,自诉不平,故拟拔用一二人。

编译 沅叔借到书九种:一、《水心集》,二、《庚子山集》,三、《山海经》,四、《西京杂记》,五、《管子》,六、《韩非子》,七、《曹子建集》,八、《元次山集》,九、《中论》。均由剑丞收集。　为《四部丛刊》留铅皮版事,与鲍、包、谢诸君详细讨论。鲍欲用清样,令人描写。余谓恐将字形改换,且恐错误。后将清样取来一看,鲍亦云难办。但留铅皮版,人地均不敷,只可就借来书中之最不清楚者留存,余仍用清样复照。

纸件 包文德来说,鸿宝斋又来买纸。余拟不售。鲍来说,小有光纸现有余,不妨售出。余谓,将来恐须加价。前日电询英国,尚未得复。如以为可以出售,尽管出售。余意不过怕外洋加价耳。鲍云,俟得复电再定。电催汉口造纸厂,招贴纸先运百五十令。

文具 电催京馆石版速运。有日货五箱,宾来谓并无记号,可以发售。余谓不妥。

西书 叔良交来推分销销售西书条议八纸。郎曼格林礼拜日电催书价。于八月初旬已陆续付账。迪民已复。余属复一电。

天头 拔翁回沪。

九月五日　星期五

发信 伯恒。

公司 万函授校登本馆告白所得之效果:自七年七月起八年六月止,《英文杂志》得学生廿四人。《英语周刊》四十余人。《东方》一人。《袖珍日记》六人。无记号者二百六十人。沈仲芳。

该校合同订定登我杂志告白已满一年,可改办法。渠只拟登二报,其余不登。余意拟即解约,因去年成绩亦不佳。当访邝君,亦未见。

蟾芬又来信罗唣,谓支单未签字,交与本人向无错误。又云,大宗付款送与收款人,多不便。语多支离,毫无条理。当约笃斋来,告以出纳科派人送款既觉不便,可将发票仍交原人,于次日带到出纳见张君。所有支单当日汇送张君,俟次日收款人持发票对过无误,即付款。

用人 蒋竹庄为袁观澜说项。伊景况甚难,可由公司每月送二百元,托其调查各省学校用书。伊本有赴各省游历之意。今日会议,与同人讨论,拟送一千元,托其调查数次。即函达竹庄。8/9/16 得竹庄复信,谓已告袁,袁未允云云。与翰商,余意拟备款送去,另由余备一信仍交蒋。如袁肯收,即将余信交出,否则将该信寄还。8/9/19 寄两信,一致蒋、一致袁,托伯恒将款送去。

分馆 范济臣昨日来,有信要求川资及津贴。已由总务处复信,川资照章,余以一百元为限,实报实销,津贴不允。叔通告,渠尚要求加薪。

同业 瑾告,同业文明书局欲买有光纸五件。余属拒绝。

编译 告伯训,《中医词典》速发稿。拟停排《人名辞典》,专排中医。如校对不敷人,再添人。至人名可先整理清稿,并将成本两纸面交,托转达惺。惺午后未到也。

印刷 改订《越缦堂日记》合同稿。

纸件 陈金发来信,告发穆华生收纸不实事。用回单送鲍咸翁。咸续告,此人实作弊。

文具 谢宾来告知,橡皮鞋已定万余金,由翰翁签字。

西书 与仙华商,西书批与分馆现照四七五折,可改为照进价加七厘五。每三个月按金价伸缩一定。

应酬 访蒋季哲。

九月六日　星期六

发信 梦旦、与翰连名。伯恒、托送梦津贴。沅叔。

公司 翰属余函梦翁,劝其留京休养。缦成后约翰、拔到会议室,请翰酌定每月应送津贴。翰云三百何如。拔谓过多。余意亦同。拟改为二百,先属伯恒致送四百元,以后按月再送。

用人 翰言,前一礼拜面留于瑾翁无结果。属余再劝。仙华告,李骏惠过访,言沈君人颇聪颖,能造就者,不如能更觅一上等助手尤佳。否则愿得沈为助。仙又言,中英前议聘李制药,现恐不成,可请李长留。叔良昨又有信致梅生,不愿办西书事,拟求退。梅言,渠意欲回编译所。徐宝深告辞。余问翰,是否已准。翰云,恐留之无用,不如任其退职。有王存康亦不相宜。王莲溪来言,今日盘博物部存具,有不识者,朱文奎云,不能告知。莲意甚怒。

分馆 告培初,电添书仍悬牌抄录,以便阅览。又问梧馆水脚近日付出甚多,请留意,勿蹈陆汇泉覆辙。

同业 仙华告,叶九如来言,有同业欲向本馆买纸。业已告以,尔等买商务纸,又买东洋纸。商务如驳复,将何以答。又责其前以三十件纸售中华,亦对不住商务云云。如该同业有信来,可约举上文所言作答。

编译 澳门注册,前案无存新书。续注应仍请澳门律师殷君,但酬报、名义、权限必须逐项订明。告拔可,须请宝田格外注意,不能明告前案遗失,只能逐项钩探,再定办法。托邝先生与万函校商量废约。

纸件 转轮机复电已来,约须四万五千余美金。

九月八日　星期一

收信　梦旦、沈尹默。

发信　沅叔。

用人　叔良意欲编译所。与惺、伯商定,调回任英文辞典事。晚告梅生,与之接洽。

李骏惠言石君不及沈君之灵。但沈君现管储藏,不能分身,总须另添一人。余问有无人才。李言,有东吴毕业姓沈者,能分析,年少而有阅历,月薪在东吴教授七十元。余告鲍,可约来试办,而以石君佐沈。俟熟悉后,亦调沈制药。鲍意未决。余力劝之,均请约明先行试办。

分馆　孙道修信,言赵连城不回渝,请郑重派人。

毛契农家眷赴黔途中用去四百二十余元,请公司津贴,伊亦自认若干。与拔可商,至多只能认一半。但有一常馆友人同往,亦应酌贴若干。问明再说。

编译　昨与惺、伯商定收束编译所之法。先将《人名词典》暂停。一面理稿,将重要诸人移办别事。如节本《辞源》或增补《辞源》材料。一面将排《人名词典》之人移排医药、动物。今日又去信告秋田,请将《动物词典》稿详订,勿先将排样装版。午后又面告惺存,决意收束。

叶藻廷来言,周石僧病尚未痊。余谓,候伊病愈,再约期交割。

纸件　余与鲍咸翁言,拟购圆筒铅印机,以为平印机及转轮机中步之用。

文具　王莲溪面告,谢宾来近购东品药料二千余元,由天生堂购。又自来水毛笔原购每罗二十六元,谢属加一。又球胎六百余元,亦新购进。

应酬　昨约叔通、拔可、惺存、伯训、剑丞在寓午饭。

九月九日　星期二

发信　沈尹默、伯恒、词蔚。

公司　翰翁来信,言夜眠复欠,续假若干。傍晚偕拔翁往访。来信属推广玩具,已请鲍咸翁阅看,并约宾来与看。

用人　本日又代致翰翁意恳留瑾翁。未允。午后伯俞又来言,断难再留,请速备替人。

第三届学生又来信鸣不平。属铭勋细查。三届四年至六年全日上课者半年、朝夕上课者一年余,总计开支计六千三百有余。即除去后两年饭食二千余,亦尚有四千余。四届自七年一月至八年二月止,全日上课者三月、朝晚上课半年,计开支一千五百有余。叔良言,王仙华待遇礼貌太缺,故难留。如回编译所,要求薪水给至二百元。否则面子上下不去。余云,商惺翁,并声明编译所花红较微。

编译 昨日得童季通回信,与惺翁商复。渠索先付花红,决待至明年开派时再给。由余拟复,送惺翁阅过,打稿留存。

文具 四月内中国墨灰三箱,每箱十包,每包廿五元。俞安生经手,系先领款后交货。亦莲溪所告云。莲溪查昨日仪器部进货,有玻璃管、自来水笔及毛笔笔洗,又瓶少许。均东货,均天生西药公司王天荣经手。

新旗昌球胎五百余元,亦系日本货。查发票系 8/8/18 进草簿。

应酬 请客未去,请拔翁代表。

九月十日　星期三

收信 词蔚。

发信 词蔚。十一发。

公司 昨与鲍咸翁在会议室,拔翁亦在座,谈谢宾来进货之事。并约莲翁来,将所查情形报告。鲍意主张即查。余言,须有根本办法。莲溪辞出。余将前告翰翁调包到印刷所,以莲溪接办之说告知。并询翰翁已否谈过。鲍云业已谈过。包对于职务实有未合。但翰翁前日问及某出店控揭赵　　之事是否可靠。据包所言,完全相反。鲍谓听言须看何人云云。继又言,调包一节外间有无误会。余云必有误会,然因恐外间之误认,而将公司事置不整顿,听其腐败,殊非所宜。鲍言,调包至印刷所,无甚用处。或会管小栈房,郁君于条理上稍欠。继又云,可否令专管药品。余云,恐愈缩愈小,面子上太不好看。鲍云,俟翰翁回馆再定。

发行 志贤言,今年秋销本馆柜不甚忙迫。告梅生,将去年收数比较。

用人 化学制药处李君拟添聘其同学沈某,鲍似不愿。余又力言。叔良事已告惺存,拟令任英文辞典部部长,月薪二百元亦无不可。但陈、黄二人如何。余约拔翁来谈,东文部缩小,姑留其名,陈仍任东文部长,而兼英文辞典部员。黄调英文辞典部员。惺亦以为可。晚告叔良,劝其勿赴山西。但不允。十一日有信来,即转送惺翁。

财政 汉口中孚经理马君已来上海。笃斋来言,拟请营业部派人往索欠款。余将往来函件取出,交许还于。

编译 惺存来言,博物学会拟托本馆代出该会会报。先曾不允,而吴和士复信大怒,谓对于公益之事,何以不帮忙。余谓既然如此,听其自来转圜。惺谓,每年不过两期,所费无几,亏亦有限,免伤感情,姑与出版。但一切可查照大学月刊等合同,不能独异。余请惺主持。惺又言,拟留蔡及另一人担任修改《人名词典》。余谓,不如交胡君复,蔡办他事。节本《辞源》及增补材料均可着手。

纸件 鲍意闻中华洋装小学教科书颇受欢迎,急欲改办。余谓,中华虚虚实实,凡事如此,尚须详查。鲍意欲预定印书之新闻纸,比寻常所用者加宽一寸。余谓可以先定。据陈迪民言,各家均已涨价,有三家最高者,每磅一角〇五,其次九分九,又次××。拟还一价。余与鲍商,拟还九分。鲍意,上海宝源可先定若干。余意亦赞成,但以二三千令为度。并属迪民与各家商量,拟还几分。后迪民归言,汉口最贵,宝源贱五分,但洋行只还以八分四分之三。

文具 签续购橡皮鞋一万余元。面告宾来,必须向薛敏志君订明,伊不能再与他人贸易,须立凭据。十一日宾来交来,余交翰阅看,翰属铭译汉。

莲溪昨日将所见宾来所进各货查存若干,开单送。今日宾来又将所进货中笔洗等退去。自来水笔昨开每罗廿九元,今开廿七元半,亦莲所报。

九月十一日 星期四

收信 伯恒。

公司 翰翁手记同人特别待遇一册,本日午后就翰翁桌上交还时,杨振初正请翰翁在新股票上盖图章。南京路福建路西北角之地,梅生电告该洋行已有回信,可由上海经理人作主。继约翰翁、拔翁晤谈。翰以为事体过大,担负过重,不如在棋盘街向南向西购买一二亩,即稍费亦易办。所言亦有理。

用人 莲溪将连日所见宾来进货情形告知翰翁。余谓翰,暂勿发表。翰谓,此人前在邮局亦略有毛病,鲍先生亦知之。余谓,鲍拟令办纸厂。余彼时谓纸厂事太大,不如留办内部之事。今既如此,宜如何办理。又言,从前进货本无办法,总须订定章程。存货科如得人,可将权限加重。一面再由科长稽核,方能作准。翰谓,此事不必揭破,此人尚属可用,姑养其廉耻。一面觅一最有靠之人,探听物价,考查报底,将两头之事划出,只令伊专办中间一段,亦无妨碍。余谓用人采翰言已久,但此人必有道德、有才能、对于我等信用极深,无论何人不能摇动。缘此等职任,必为众人所不悦,必设法排挤。余意极为难得其人,不如将此事委托莲溪,就存货科上着手,亦可加许多防闲。翰谓包事固要,谢君之事更宜速定办法。余云,本将拟定章程,因存货科办法未定,故不能着手。今姑将章程拟出再看。

分馆 范济臣今晚动身。余与拔翁商,令其就近稽查重庆分馆。由公司正式委任。　约干臣与谈成都转运之事。干言贵阳亦然。余属并办。　一、由成馆将邮包封面逐寄还,考其迟速,以便与邮局说话。　二、考查由宜至万民船、轮船运费之比较。并万县陆运之运费。　三、考查邮递与轮运转陆之贵贱及迟速。　四、与成邮局商量,能否加费,以求迅速。如可办,再与第二条比较。

编译 印刷所送来小学教科书洋装成本之比较。

印刷 拟令订《学海类编》合同,并请包文德君将连史、毛边分估每部成本。

杂记 邝复告,万函校处已转达,力胜亦赞成,乞与余再谈。余请邝再达,请其代表,如有特别,再见示。余无暇与力君讨论。

九月十二日　星期五

收信 仙华。

发信 仙华。

用人 蒋裕泉自代他人排告白,做铅版,混入本馆自制用件之内。经印刷所查出。仲谷来告,即拟斥退。因查欠账共有八十余元,鲍属索清账款再行斥退。余谓恐难办,姑属会计科严索。　又查胡雄才亦欠百数十元,查均代人印零件,有数十人之多。又代广东小学印件约八十元,云须中秋节再还。余属笃斋去信追问。后笃斋来言,胡告以已收一半,但现在尚不能付云云。

分馆 杭馆秋销,第一中学及安定中学《代数》《算术》均改用中华本。去信诘问杭馆。

纸件 汉口集成公司机器允售。鲍来商,拟购数架。余谓当购,请鲍自定。

函王百雷,定新闻纸二千令。信系铭勋所拟。

西书 减轻批发事,余属叔良拟通告。

九月十三日　星期六

收信 梦旦。

发信 伯恒。附叔通致张阆声信。

用人 三届补习生推杨守仁、杨振初、汪龙超代表来见,言薪水不及四届之优。六年四月一号至年底止,共九个月,并无补习功课,作服务论,而未给薪水,只给津贴,与补习时无异。与四届定薪后,实习期内照数追给不同。又服务期太长。余谓,追给一层,可开具详细情形来。服务一层,再容详细商议,此时不能可否。至薪水薄于四届,亦缘程度不同,可推选优等数人,公司加以试验,(亦由各部挑选数人)果能胜任,公司决不屈抑。

财政 莲溪来言,迪民购买汇外洋款项为数极巨,不经总、经、协理之手,殊属未妥。(昨日有付利达美金四万余元)似应另定办法。其言甚是。

编译 向子培借到宋刊《黄山谷集》二十本,交剑翁收。《博物学杂志》,惺翁来信言吴和士要求甚奢。复函除已允准之条件外,至优只能照太平洋等优待而止。并声明本馆不任校对。

约惺、伯、拔到会议室,述胡雄才、蒋裕泉舞弊之事。因虑编译所中下级各员未必均属可用,故改组一事似不能不实行。推敲良久,拟将东文、辞典、图画写字各项一律裁撤。惺翁谓,蔡、傅等做事尚认真,恐难尽裁。

应酬 池宗默、李一琴各约在一枝香晚餐。均到。

九月十五日　星期一

收信 沅叔。二。

发信 伯恒。昨发。

公司 翰约拔翁密谈，谓备用新人，致旧人疑惧，意仍在排斥仙华袒护文信。 昨日在寓将进货规程及单式拟就。本日送交翰翁，请其改正。并送鲍先生一看。

用人 告仲谷，拟去施峻波、陈仲贤。仲于陈尚有犹疑。告伯训，拟去周振宏。伯亦以为未能指实。叔良丁母忧。

分馆 桂馆经、账来电互讦。去电责令息讼。翰谓董立基不能解决，拟派梁宝田。余亦赞成。后拔谓，广馆正在改建馆屋、筹买地产，难以久离。后又思得拟派陆汇泉。

港馆经理，与拔翁商，拟派王君武。

编译 致惺翁信，词典部拟停止地名，搜集《辞源》续编材料，备编节本。

杂记 缪小山售书千八百元，后犹有未餍之意。谓《剡源集》加入未免吃亏。星如来商，属再加六十元。允之。本日买进明刊《新序》。又野竹斋刊本《韩诗外传》。又鲍以文校改《南宋画苑录》。共二百卅元。广馆寄到《津逮秘书》一部。

九月十六日　星期二

收信 伯恒二。

公司 告拔翁，答复翰翁昨日之语。午前约翰翁、咸翁在会议室讨论仪器部事。余言，宾来既有不妥，应即撤退，令专管制造。已与鲍商，鲍亦谓然。至仪器部进货事务，可并归迪民，以铭勋助之。存货方面，文信不能不换，以莲溪接管，仍兼稽核科事。至文信待遇，仍可保全。余意，初欲调至印刷所。鲍谓无益处。余谓，鲍言无益，亦为公司起见，则留在仪器部，其为无益亦同。为公司计，亦不宜。鲍意欲令专管药品部，惟范围过狭，然亦可以现在扩充制造为词。此时盘货将毕，应即行定局。翰、咸均默然无言。余约莲溪来，令报告盘查情形。莲历存货之不整理、滞货之积压、员生程度之不足。翰多为彼方辩护，意已可见。

财政 本日购买英金五千镑，每两六先令三本士。美金三万元，每百两一百卅一元。

编译 陶惺翁送来辞典部现在办事情形数纸。

杂记 《洪北江全集》八十二本,还廿元。韦荣甫手。

九月十七日　星期三

收信 词蔚信、宝田。

发信 词蔚。十八发。

公司 三届补习生又来一信,斤斤于服务之期太长,实习期薪水之未加。拟定复信。

通告印刷所、发行所、营业部、编译所,同人印件及购书应照主顾看待,不必因为同人别定办法。　　廷兄电问,京奉路广告无包期,应否揽包。电复可包。

用人 丁斐章荐骆怀白,宁波人,曾在中法药房办事,月薪约百元。十八日告翰。翰谓亦识其人,但相知甚浅,属再与丁君接洽。

分馆 劳卓先今日来见,定明日赴京。

同业 拟印与中华交涉一册,寄交丁律师一看。渠意现已起诉,似以不印为是。

编译 与惺翁商定,胡君复决令专修《人名词典》,勿撰国文。《地名词典》决停,一面催中医、动物词典从速进行。

纸件 迪民来告,伦敦迭金孙已有复,每吨须五十六镑。

文具 茂勒洋行三年前定货浆糊、墨水、胶水等类,现在只到一半,大多损坏,货价已全付。　　莲溪言,十八日又交来详细报告,该货系 6/3/7 定,7/4/24 付六百廿五两余,麦加利押汇。8/4/0 到货十八件。

应酬 劳敬修、简照南昆仲约在敬修宅中晚饭。

杂记 邝先生交来万函校复信,允即解约,以本月底为止。即通告分庄科、营业部并编译所。　　董某经手售《图书集成》开化纸,连书箱,先已还过万二千元。今日又来商加若干,愿减为万三千元。余只允加二百元。又抄本《文潞公集》,余还过五十元。本日允加二元。

九月十八日　星期四

发信 梦旦、宝田。

公司 翰昨言正在筹划进货事宜,因去一信托其将所拟规程修正,并补订外洋到货报价一切手续。又外洋定货，久不到如何催问，如何取消。付价之后，货久不到，到后不符，如何交涉，亦应订定办法。并送去旧时单式十五张。托拔翁带去。　本馆所买外国金币拟属银行改为径用本馆名存入外国银行。本馆在外国定货可将提单径交该行，由该行将存款划付，可省利息三厘，且可增进本馆在外洋之信用。

用人　约三届补习代表生，代表杨振初、守仁来，告以三、四届各为章程，不能比拟。又告以，余意重在用新人，暂时屈抑，终不能久。又告以引用新人之艰，然余志必不改变。又告以无论如何终难平允。当交一信，并属代录一稿，交还备查。

8/9/19 去条致汪、杨三君，以后有事勿具公函。我处事冗，无暇弄笔墨。

分馆　桂馆沈仲雍又来信，一致笃斋、一致莲溪。均送翰阁。

何伯良来信，一致总务处、一致莲溪，历举郭君举动之荒谬。亦送与翰翁阅看。

编译　照相房（普通）失去张叔未对一付。据言，编译所有学生来取，又不识其人，不问姓名，并无凭据。查编译所向来授受均有回单为凭，依此应责成照相房赔偿，计价五十元。　谢燕堂言，该照相房不能无疑，已密查。

印刷　北京观象台来印历本。于瑾翁虑来不及，拟谢绝。余亦谓然。

杂记　傅沅叔代购明本《文心雕龙》，价五十元。又买入旧抄《文潞公集》一部，价五十二元。

九月十九日　星期五

收信　伯恒二次。

发信　伯恒、附致蒋竹庄及袁观澜信，晚并复。沅叔。廿日发。

公司　拔翁告知，今晨往返翰翁为余转达一切。翰言，彼此一致进行，但不过稍分缓急，并言旧人最好稍加礼貌。

用人　本日会议，仙华提及拟延张廷荣任广告。薪水不能过高，另给回佣。

余告仙华，前商准翰翁拟延陈春生，亦乞转询。　托伯恒备款千元交竹庄，转送袁观澜。信未封口，请伯恒看过再送。　周正宏嫌疑之事，据称周大成另是一人,系在民友社办事。伯训往查,并无其人。正宏又言,系民醒社,非民友社。但蒋裕泉又来信,言确系民友社,非民醒社云云。其作伪之据显然。惺翁以该生服务期内因故斥退,须赔偿。应再考究,属令提出反证,如无反证,再行斥退。

分馆 函询陈祝三病。 伯恒来信,言万丰交涉难办,索价亦不一,只可照原样办理。复信交庆林收。

编译 本年四月○○日退还《孙文学说》一书不印。本日卢信公来言,当时两商,或商务印,或伊出钱印。今安福部及大学校均印,何以商务竟不肯印,阻碍伊之学说。孙文大怒,将登告白,遍告全国,并出告白一纸见示。余谓,此告白系孙君自有之权,且本馆出书系有关教育,亦极愿闻过。至当时不肯承印,实因官吏专制太甚,商人不敢与抗,并非反对孙君云。卢属复一信解说。余允之。
廿六日复去一信,留稿。

印刷 约炳铨、燕堂,催制仿宋铜模。并告以排书如有缺字,送我处一阅,一面赶将现制铜模速行了结。

文具 叶揆初闻科学仪器馆顾○○言,风琴厂每年送文信规敬四百元。

九月二十日　星期六

收信 伯恒。

发信 云南介绍信。陈小圃、孙少元、袁树五。

用人 致丁斐章信,托询骆怀白各节。信留稿。嗣丁于傍晚来馆云,当代转商。余云,初来时月薪最好在百数以内。傍晚闻仙华告知,其人似有可疵之处。

分馆 拔可、叔通均主张调施敬康至滇馆。

印刷 炳铨交承印安徽○○彩票合同稿,属余阅看。余阅过可用。但属必须取阅公文。

纸印 印刷所主张向日本定购凡利史。迪民谓不便。余谓,先探问沪上有无西洋货。

应酬 约劳敬修、潘澄波、陈炳谦、黄朝章、甘翰臣璧生、李守一、简玉阶、王仙华在一枝香晚餐。简照南、韦漾泉、陈辅臣、欧灵生未到。

九月廿二日　星期一

发信　伯恒。昨发。

公司　廷桂寄来京奉路广告合同稿。余交翰翁。翰云，莲溪曾经手此事，请其斟酌后交来。意谓种种不可办。余谓，将来应有希望，仍请与津、汉两路各款比较长短，开出见示。

用人　周振宏，查明在《工艺杂志》上证明周大成之名即彼所化。当与惺、伯两公说定，照章办理。　丁玉函本年一月至九月廿日共告假百十七日，当约来面谈，告以办事不得如此。据云有病。令交药方来看，并到本厂医室诊验。收账人王顺根被火，与翰翁商，赠与薪水两月，计五十元。

财政　蔡渭生押款八千元本日赎回。

分馆　陈祝三病故。

编译　约伯俞面谈，询伯训昨言，闻有裁撤编译所之说，亦有所闻否。伯谓，只闻有改编译科之说。余云，毫无影响之谈，不知从何而来。或因下级人员如周振宏、胡雄才等流品太杂，拟加裁汰。又如画图写字等事亦有包办之议，致有此谣。伯俞谓，包办亦难。余谓，各有利弊。

印刷　王天柱交来周子扬《玉树调查记》，属代印。周托汪君剑萍经手，汪住北京宣武门外关中会馆。据王君云，周已交汪三百元。

九月二十三日　星期二

收信　伯恒。

公司　余在会议席上向翰翁言，公司现在存款将过百万，无所运用，存放银行、钱庄，殊为危险。大马路之地购为产业，利息稍薄，然实至稳，将来必可增价。若以四万两购入，于公司毫无妨碍。翰翁亦谓置产可以讨论云云。　廿四日拟函托仙华问价及有无包租年限、现在租金等事。翰翁不允签字。再函，云勉签。廿四日将其勉签之信交还。　制笔学生章程请翰拟。

用人　张廷荣不允来馆。　陈春生可来，拟先约来试办半月，月薪约六七十元。　函丁斐章，骆君暂从缓。因仙华有所闻，其人不甚纯洁也。

分馆　常馆电，翁健鑫因祖母病危乞假，请派代。

同业　函丁律师,中华讼事判决时,要求堂上禁止印行此等之印刷品。

纸件　向日本定凡利水。余在会议簿上声明不妥,即西洋货较贵,亦应买。

文具　金佑之来信言,三上组合欠定洋三百元,向追不还,要求再定石板三百箱,约估须五千余元。余批谓:"宁失三百元,不愿再买。"并属铭勋通告谢、陈、包,将所定日货一律清结,勿任延宕。李骏惠君来言,江苏药水厂所造酸有各银楼向买,因与交易不便。李拟由本馆贩卖,各订合同,月约销三百箱,箱赚数角。问可办否。余允之,愿两面各得利益,合同须详商。李云,先接洽,俟有绪再由馆订合同。又云,现试办,然有必不可已之物。厂竣后,待明年再买,又费时,拟先买若干种。余问需几何。李云,约三四千金。余云,能减二千否。李云,再细查,能减即减。余谓必不能缓者,酌增亦可。

九月廿四日　星期三

发信　梦旦。廿五发。

公司　《申报》送到曹亚伯诋毁本馆告白一纸,云不登。其词句与前日卢信公持来之稿大致相同。即持访丁律师。据云,可以起诉。但曹君家住法界,其亚林药厂又在华界,其人太无价值,不值与讼。如能不登最好。即访仙华,告知一切。仙往《新闻报》商阻,并派人至《时报》接洽矣。

仙华将莲溪前次道歉之信交余还与莲溪。云彼此同事,究不应留此痕迹。余谓,如此消释亦好。廿五日午后四点半在客室当面交还。

用人　胡美江不愿赴新加坡。　　发辞顾复生信。经翰翁阅过。　　告邝君,胡雄才勿派令办庶务与他人,可责令专任一二事。并防滥借书。

分馆　陈冠南来,告以梧州账目松懈,应勤奋。重庆放账向甚紧,应率循,勿移梧习到渝。

印刷　张榕西偕陈君容甫来访,言广东军政府拟印纸币,用凹凸版,印二百万张。

应酬　潘澄波约在家晚饭。辞。

九月廿五日　星期四

收信　沅叔、伯恒。

发信 徐闰全为京奉广告。

公司 曹亚伯告白事,《申报》告赵,言恐终难拒绝。《新闻》颇有要求,谓失去告白费一百数十元。仲谷来商对付。余代拟致两报公信私信各一封,仍托赵廉承送去。　　在家复阅翰翁所交还及同孙修订进货规程。仍交翰翁,并声明进货纠葛:一、货到提单不到,二、货价久付货不到,三、定货逾期,应如何处置,请翰补入章程。　　又拟定承包京奉合同,交翰阅看。翰交还,谓脑力不济,看不明了,交余照办。

用人 周大成已经在青年励志会印《工艺杂志》,且证实即周振宏。并约郁厚培来问明。云其人去年任该杂志编辑,后不甚起劲,故改他人。其人名甚多,亦称周玉成云。此系前日所谈。今日致陶、江二君信,照章斥退追赔。并请通知仲谷,陈仲贤、施峻波二人亦同时斥退。后仲谷来言同时斥退之不便。余言,同罪异罚,无以服人。仲谷再四要求。余请提出会议。后陶、江闻信均来函反对。

分馆 廷桂来信,因建筑事,往返商问,颇多不明。翰来商,拟请其来沪。余云,甚好。翰又来,建筑费在六万以外,甚有难色。余云,无法可想。

印刷 晚访张榕西,将印所估单、纸样、票样交去。榕问贴费二万元,由桂运粤,似太贵。余云,桂费四万数千元,不仅运费,一切管理布置均在内。榕问印价可否再减。余问君来不同常人,不高抬。

纸件 鲍先生回,购定印机大小六架,共一万元。

九月廿六日　星期五

发信 伯恒。廿七发。

公司 本日会议商定,《新闻报》馆前借二千两,仍旧续借。申、新两报各给特别告白一分,约一百八十元之谱。　　调郑俊卿,余因屡商无相当位置,拟送薪一二年,辞退。与翰意大不相合。余措词甚为激烈,此事根本不相容,决不能让也。　　鲍拟另建彩色石印房,以现在之彩印房改为铅印,于门内右手之地建筑。余谓可先试估。

用人 周振宏及陈仲贤、施峻波,经会议,翰与余主即辞。鲍、王、李主为仲谷面上稍通融,仍暂留帮忙。午后约惺、伯二公来谈,谓仲谷所持理由,指为可以减等议罚,殊不足。但以事实言,则又是一事。编译所方面对于周某到此地步,只可斥退。但赔偿一层将来或念其平日办事尚好,酌予宽减。

分馆 稽核科拟驳俞凤冈信。余意过激,代为修改,交与翰翁阅看。翰谓分馆于支馆与总馆之于分馆亦同,似当与经理伸缩之地。余谓所见甚允。但稽核科常作恶人,总务处若反为通融,恐以后稽核科更难办事。翰谓公司定章,最好先征取分馆意见。伯恒亦有是言。余谓,此却不妥,不过定章时,可稍留余地。

编译 张士一来访,甫自美国回,仍返南京任英文教授。余函邝君,商请代编英文教科书。

印刷 瑾怀函,言四明印票要求阴历十二月初交齐,若无确期,甚难答复。后商包君,允电调南宁凹版机两班人回。后又告知,拟加工准十二月中旬交齐。如南宁工人回,可更提早。

九月廿七日　星期六

收信 少勋。

发信 少勋。

公司 催翰翁速发还进货规程。

用人 五届补习生张锡基师竹告退就学事,代伯俞拟复。后由伯俞修改寄去。稿存伯俞处。昨日事。

交通科施、陈两人会议决定为仲谷办事起见,可暂留。一面仍觅人。当约仲谷面谈,请其斟酌。后仲谷仍决意并辞。

编译 惺翁交到编辑包办意见及伯俞意见,共六纸。又《记忆家》小说稿一种,铁樵径令付款。惺照例驳回,送总务处阅看。

伯训交到自六年起本版各书馆内馆外表。

纸件 铭勋查,《学海》用毛边一八〇件、连史一八〇件。《道藏》用连史六〇〇件。《越缦堂日记》用连史四百五十件。　　本日在 Grace China 裕兴订定有光纸二百吨,每吨五十三镑有余,上海交货。据迪民计,以每两六先三本计,每令合一两三钱有零。

文具 看定各种自来水笔样。

应酬 约张榕西、陈容甫、丁其彦石夫、顾品端子正（以上二人皆云南人）在一枝香晚餐。

杂记 购入《皮子文薮》《小木子诗》《经山楼诗》《许鲁斋集》共二十二元。又向李子东明监《五代史》《竹书纪年》《王丹楼诗集》，五十五元。

九月廿九日　星期一

收信 伯恒。

发信 伯恒。卅托叔通带。

公司 南洋烟草公司附股事，余以却去发起暨董事，只以认股为名。然私款只能拨二千，数太少。且联络南洋专为公司而起。与拔可商，拟向公司借款三千。然余向不愿借公司钱，欲令公司附股，则今春议定，将所附外股售去。拔可意，公司诸人曾有拒绝发起、酌量附股之语。今可将现有各项外股售去，移拨此款。仍暂由公司拨款，毋宁由余私人再付。即约高、鲍二人到会议室。余先向翰说明，拒绝发起董事及约定认股，现无多款、不能多认情形。继拔翁亦为伸由公司认附办法。鲍君意拟一万，缘于印刷甚有关系。余以为太多，五千尽足。拔言由余代表。余言亦不便以私人出名，作为某记，但该公司则认余为代表可也。

分馆 曾莆庭来信，言新馆李和卿揭控秦乐钧诬指，与伊有关涉，并将李信逐项驳斥。余于曾信批注，本馆未向曾理论，亦并未以此罪秦，秦实系经人挑衅。滇馆华勉之报告郭丽中劣迹。张屏翰报告芜馆袁镜心宕欠。

印刷 于瑾怀交来王君武拟改南洋烟草招帖成本计画两纸。交鲍、包、吴三君亲交。

纸件 新茂洋行来揽有光纸，价每吨五十镑有零，却比美裕尤廉。惟昨日已定三百吨，拟不购。

仪器 华脱门自来墨笔公司来信，言郭鸿生要求总代理，不肯承认。

应酬 晚约叶焕彬、左台生、李振康在一枝香晚餐。

九月三十日　星期二

收信 词蔚。

发信 词蔚。

公司　本日会议提郑峻卿调职事。余不发言。翰言请仙、拔二人商酌,或如何调动,或是不调。余问翰翁之意,是否郑君可以不调。翰言并非专言不调。余言郑恐不能不调。翰默然良久,又言,请仙、拔二君商定。余问翰翁,尊意请仙、拔二君商议,是否余应回避。翰言并非,不过因余未曾发言。余云,上次业已尽言,且已觉所言太多。翰又默然。是日仍未能议决。

用人　周振宏要求减轻赔偿。惺、伯二君来信代商。余与拔翁商,允将增习估价所有服务三年之赔偿免去。仙华荐一董姓者,前东吴毕业,现在青年会教高级英文,月薪已一百卅元,拟约来公司,每礼拜办事半日,且钟点不能多。但明年夏季须仙告以彼此相宜,或请展缓出洋之期,彼此再商办法。余因言,吴东初前约至年底,可否再展一年。将来必须帮助伊学费,但帮助若干,仍须看办事之情形及关系而定。　仙又提及,吴东初荐一江姓者,曾任教授十余年,后又充汉口监督,又任管理职,又任天津交涉署英文科员,年将四十,月薪约七八十元,可备经理之选。但其人似欠活动。余请邀来试办,以年底为期。

分馆　陆汇泉明日行。余告以桂林如可裁撤,即行裁撤。因省会已移,交通不便,人材又极缺乏也。

纸件　福建寄来纸一种,比连纸稍黄而白于毛边,每件约七两余。余意甚可用,但铭勋言,每件张数未详。余属函问,应多购。十月一日余告翰此纸甚合购。翰问有副号次号,不知如何。余谓可令寄样来看,如不合用,原信谓次号可以不买,但略增价,即可照办。余告鲍、谢,如此项别种连史可改 25×44,可改为 28×44,则四开不至过狭,六开亦可伸长。鲍、谢谓可行。

十月一日　星期三

用人　瑾怀来信辞职。翰请余与拔翁核办。余晤瑾,请其再多留一月。叔良母丧事毕,晤于发行所,约明日到发行所交割,俟毕再到编译所。

财政　本年三月有五年公债票一千八百十五元送交张蟾翁。当时由余与徐溶唐议定价值售去。前日总务处未知情节,函询张君,请检还取息。张复称并未取去。由余亲自带回云云。

分馆　函告陆汇泉,属其破除情面。

应酬　午约叶湘南、吴汉声、赵〇、郑幼波于一枝香午饭。

十月二日　星期四

公司　廷桂、少勋来信,京奉铁路广告事大致已经议定。　　南洋烟草附股必须填具姓名。前函拟用和记,交款未收。本日往访劳君敬修,告以即用余姓名。并将该公司章程及劳君前日回信示翰翁。

发行　函告仙华,派人将陶兰拟买之《廿四史》并箱,又《李文忠尺牍》。

用人　告翰,拟邀林慕娄来办广告事。已托仙华探询。邝先生来言,谢福生系粤人,年三十三岁,长于烟台,在教会学堂毕业。通英、法文,曾充威海卫港赫德翻译,现在青年会教授英文,拟令在外帮撰《英文杂志》用稿。余允之。又交来英文自荐信一封,即送仙华阅看。

编译　约惺存、伯训、拔可商议伯俞提出包办意见。决俟梦翁回来再议。

印刷　方叔远交来教会拟印注音字母贺年片样一张,并告知教会极注重此事,应否设法推广。当送交鲍咸昌先生核办。

南洋烟草公司制锌版三百余元,附回佣一成。余告鲍君,向来均无回佣,此端一开,恐后多纠葛。果能应付得法,亦无不可。但不知是否有用。鲍言由某君经手,价款确已付清。余谓,此次只能照付,但后须斟酌。鲍亦谓然。此事并告翰。

杂记　本日接到匿名信,附来墨染黑地白文文字一章,语多不可解。

十月三日　星期五

收信　沅叔。

发信　廷桂、少勋。公信。

公司　本日为仙华出洋事函致劳敬修,托其代向商会说,推任代表。

发行　谢金堂配紫色铅笔,价一百卅二元,私取佣金八元,被骆辅棠查见。告知仙华。仙亲往该洋行询实。该洋人允减去八元。今日会议,仙谓既经揭破,难以含糊。余谓,即时斥退,固无不可,惟仪器部积弊太深,根本改革为最要。将来必须改组,但只能出之以渐。谢君可竟与说明,调任他事,姑观后效。原系采用仙华两策。翰亦无异议。

用人 仙华告,已访林慕娄,约明晚细 。

谢福生英文颇好,在周锡三上,人亦热心,但有时欠节制,其人固可用云。

财政 代会计科致沈信卿、聂云台各一信,为索欠事。

分馆 何伯良来信,谓郭丽中吞蚀汇水已有确证。

编译 叔良交还修订《英华辞典》意见书。

印刷 鲍庆甲言不用玻璃照相镜,惜尺寸太小,否则各建筑技师打样留稿皆甚便。

应酬 访李振唐,托介其长子,十六岁,入赣馆。

十月四日　星期六

发信 沅叔、伯恒。

公司 何扶桑自闽来信,言接到律师来信,归沪后即付房租云。

财政 董洪裕付本馆金粉,允以印价作抵。有合同。后印件久不来,笃往催印件价。董欲索还金粉,而金粉早已用罄。笃要其减折,即将合同注销,彼此结算清讫。约减去六百余元,计收三千一百两,划抵印价,由董再找一百元作讫。合同由余批销。

分馆 拟派张家修至京馆管西书,月薪由总馆认一半,并声明其人稍有皮气。本日函询伯恒。　　李志骅由京馆回。

纸件 阅铭勋拟致何兴华信及复高颖生信,均未言新样连史纸之可购。余令照九月三十日余告翰翁之言再致高颖翁一信。

文具 王莲溪告翰翁,谢宾来买绘图器由中美商业公司进。又讲义夹圈三万枚,每枚只一分四。谢由天生堂经手,每个二分,后被文信退去。由另一人购入,仍只分四。翰约余到会议室告知。余言,须急换章程,宜速定,方便改组。又提及何心囿恐有不妥。余言,笃斋亦曾说过。余屡思言及,终无机会。翰意,何不可不速换。余意可多经一二层手续。俟改组章程出后再易人。

天头 见汪浩如。　　问张家修。　　查锌版机瓷盘。照《山谷集》。　　借《金銮集》后集。柳蓉村有之。收藏地券及 ABC 产业收条。

十月六日　星期一

收信　沅叔、二信,昨来。梦旦。

公司　余约拔、翰至会议室言,但调何心圃,或加一二重手续之无益。既知其弊,即宜速去。宜根本上想法。宾来固宜急调,文信亦当离去。以莲溪兼存货,以迪民兼仪器进货。一面先商鲍君,并须与文德周旋。翰言,迪民事太繁,其左右之人多新手。除杨守仁外,均系新进,未必能办事。余谓,可调铭勋帮助之。并于会计科另设西账股,调金颐寿担任。其所有外洋进货及西客印刷、购买印刷品,均移归西账股。翰无甚语。

用人　惺存来信,要求总务处出信,汉英辞典部离英文部独立,以叔良主任。余即致函照述一切,并请转告邝及吴致觉、慎侯、幼希诸君。　惺又来字,叔良拟调钱经宇及江学辉。余复称,钱暂缓,候梦回再说。江可调,乞径达。

财政　梦旦来信,主张以押款运用资本。余意无人主持,恐不能办。

分馆　余告翰,拟控郭丽中舞弊。拔拟先令将所吞之款交出,如不肯吐出,再起诉。余请翰决定。翰用拔说。余从之。当约莲溪、敬康来谈,告以办法,并告以此次调滇系公司信任。前由芜湖调回,系因在皖放账太宽,故调至总,略加研究。到滇后,务望留意放账,一松不可复紧。并整顿积弊,力求进步。又告以汇水逐步增涨,售价宜以上海银圆为本位。

编译　傅沅叔签定《学海类编》合同,交任心白收存。并印刷本送会计科、印刷所、交通科、出版部。

印刷　徐小霞托估《清仪阁金石款识》印价。

杂记　江南养鸡场何君自闽来信,言回沪即缴租。余属铭勋抄送丁君。

十月七日　星期二

发信　沅叔。附还大生息折两个。

公司　余将盛、孙校准进货规程清稿并一切稿件交翰阅看,请其发印,预备明日午后集各部关系人讨论。并言余后日赴常熟瞿氏借书,约五六日方回。此数日中,可由各人详细讨论。

用人　邝先生来言,吴致觉有信致彼,言已允吴为英汉辞典部主任。今任张叔良,渠不愿在英汉辞典部,拟入英文部办事。余告邝,并非以吴君为不足主任。主任云云,非学术上之关系,乃事务之关系。叔良在馆久,于辞典情形较熟,令其主任,不过便于筹划及接洽一切,并非吴君之稿均须经张君改订之意。请转达吴君,勿误会。当晚即告知叔良,令其善为应付。嗣邝来言,吴君已无异词,允照常办事。

分馆 吴葆仁寄来王佩初借到二百元收条,上无借用字样。当交任心白收存。

王觐侯来信,要求吉、黑两馆豁免呆账。又讨论奖励金等。余于信上批注,请交稽核、会计、分庄等科核办。

十月八日 星期三

收信 伯恒二。

公司 丁律师来言,养鸡场案已去信,令缴租还地,即日代延中国律师向城内审判厅起诉。

丁又言,中华案明日预审,应预备将来索赔之证。余云,应令分馆开报。

午约贵州陆军测量局地形课课长焦山(字石仙,安徽怀宁人。来办测量器械七八千元。声明不得分文回佣。其人甚诚朴。曾毕业于北京测量学校。)在一枝香便饭。

又约林慕娄谈广告公司,云可帮忙。伊云必须各路地位及广告一切办法预备齐全,先将自己广告,然后人之广告方来。

用人 邝昨言吴、张交涉事,本日告知陶、江。

邝昨来告,谢君福生来馆办事半日,月薪五十元。余问是否太少。邝言,后再加。今日亦已告陶。

财政 五洲账款约六千三百余元。笃斋来言,该号只允付六千,将三百余元抹去,其中有百数十元系代账已收来,实不过百九十元之谱。拟允让去零数,令再缴百元。并云须亲往接洽。余允之。

编译 告陶、江二君注音字母推广印件事请方君叔远担任。江伯训交阅教授该字母方法亦系教会所拟。问可否印行。余允之。

杂记　仙华告知,已得商会信,推定伊任美国国外贸易大会代表。

天头　本日有长信致翰翁。灯下写成。九日托拔翁转送。

十月十三日　星期一

收信　沅叔、伯恒、叔通二、黄崝青。

公司　翰翁复余一信,寥寥数行,辞意不过延宕。梦翁昨晚回沪。

用人　五届补习生。

应酬　刘子楷来访。

杂记　傅沅叔借余明抄分类《夷坚志》十册。又代购宋板《周易要义》五册。　王佩初来访,未遇。知寓三洋泾桥湘沪公[所]。

天头　十月九日偕孙君星如赴常熟罟里瞿氏看书,并商借印。九点十五分登车,到昆山知叶焕彬同年已到。时距开船时尚早,遂入城至城内徐公祠访黄齐生。留饭。其同学六人皆在座。黄君为其甥王若飞将赴法国,汇款未到,欲向公司借洋三百元。约二十外可还。余允之。后黄君来船,余复畀以一信,令诣公司支款。午后二钟半开船,用小轮拖到常熟。到时已在下午七点钟。星如登岸问道,适遇蒋姓者,与瞿良士有戚谊。告以良士在城,用电话互谈,约定次日午前十时在逍遥游茶楼相见。十日晨入城,晤商务书局尹君,同诣逍遥游。至则良士已在。并晤丁秉衡、宗子戴。(先偕尹君同至顾兰泽家,观其所藏旧书。)良士约在山景园午餐,晤良士长子号继昌。饭后出城启行,随良士船赴罟里,计程十二里,约行三刻钟。到已将晚,遂访良士,交拟借书单一纸。并送《宁寿鉴古》《悆斋集古录》一部。十一日晨八时半赴瞿宅看书。午刻回船吃饭。饭毕又看书。至晚良士留饭,并见其次子号旭初,三子,均彬彬有礼,能检书裹同翻阅。次日又看书,并得见所藏铁琴铜剑。又见瞿忠宣数代遗像,并属代估印价。又以所拓旧藏金石一册出示,属估印价。又各赠四纸,并交拟借影借抄书单一纸,约定明春派人往照。遂作别下船。复至常熟,偕焕彬、星如诣顾兰泽家看书。又邀至山景园晚饭,并有庞君名超,字北海,同作主人,皆焕彬之友也。晚饭后出城。十三早开船,午刻至昆山。遂乘车返上海。焕彬则回苏州。

十月十四日　星期二

发信　沅叔、叔通。

用人　方家谦来信称，因办事难，欲设法脱离，故于日本购书汇票内浮加若干，冀公司查出，可以撤退云云。查该票共三十三元有零，每元加六分，所得亦不得二元有零。如此用心，过于曲折，必系梅生察出，巧饰此说以为弥缝之计。当将该信送梅生、仙华阅看。后商定拟暂调他部，一面派人接手，俾得交替。俟年终再行斥退。

分馆　新加坡分馆拟派郭仲石。午后约来谈，据称伊父母俱存，兄在粤汉铁路任省城站长，弟在某校肄业，人尚不浮滑。云将挈眷赴新。

纸件　翰于会议席上称，存大有光纸无多，不过十日之谱。小有光纸亦已无存。余谓，此项纸初到时，余即劝包不必急售。现即不敷，只有静候来纸，万不能用东洋纸。

杂记　宋本《周易要义》，本日于会议席上声明，书价太昂，惟公司已购有《礼记要义》，甚愿公司留此。公司如不留，我亦可要。众议仍归公司。

十月十五日　星期三

发信　庞北海、住常熟南门内黄仓桥。顾兰泽。

公司　翰交还进货规程。并附一笺云，拟调去俞蔼生。拔言不从根本上着想，无此办法。余意同。午前访丁律师，告知本月廿八日中华案将复审。属备齐索偿证据。

用人　瑾怀言，陈子和办事才太短，屡屡错误。吴炳铨亦知之。商鲍派人帮助，而陈不愿，盖恐为人所占也。

编译　有正书局发售宋拓《淳化阁贴》，当知照出版部，如未印，索性从缓。

印刷　瑾怀言，兜安氏有印件，约价万六千余。但旧欠未清之印尚不少，要求速交。商文德，加一机器。文德难之。　十六日俞当面告鲍，允照办。即告瑾。晚晤瑾云，兜安续印之件已定局。

西书　仙华言，放洋日近，发行所事惟西书柜主任无人，稽核事尚未举办。余言，有未办之事不妨暂置。至西书柜主任或将吴渔荃调任。仙亦赞成。

杂记 郑炎佐带到弘治本《雁门集》一部。

十月十六日 星期四

收信 竹庄、沅叔。

发信 竹庄。

用人 午前告翰,调俞蔼生可从缓。　　竹庄来信,言观澜不可整收本馆赠款。现将赴外洋调查教育,愿由本馆每月接济家数十元。余复蒋信,仍请其转达。信留稿。

分馆 晋馆配仪屡信催问,仪器股答复不确。九月廿六日去信尤荒唐。约包来面责,并令将配货单理出,照李伯仁来信,或东或西或自制,一一注明。

编译 接齐震岩信,允任《四部丛刊》发起,但要求赠书十部,又购书款特别廉价等语。赠书允、廉价驳。京馆寄到承印及寄售预约《越缦堂日记》合同各一分。交任心白印送各部。

纸件 利达洋行罗伯乐偕同俞志德来商,历次代办之货,缺磅、短令、水渍等,应赔偿美金二五七〇元〇五六。华银一五〇二两。又银元一四五元四六。尚有浮收水脚约七千余两。现总行复信,已允拨还三千元,但未知是否专属本馆,故拟暂缓议。先将以上三项解决,愿彼此退让。余约翰翁、迪民面谈。翰与迪细商,拟作七折,约将缺磅之数免去。余亦谓然。

十月十七日 星期五

发信 沅叔、伯恒、良士。

公司 本日会议席上,余将廷桂、少勋来信商量承接京奉路广告事报告。梦谓客室客车不允张挂,甚为吃亏。翰谓,代运材料,路局不负责任,尚无妨碍。惟六个月前取消合同一层,人人皆谓不可。林君慕娄来信。余亦报告,拟暂从缓。

用人 本日会议又谈及拟约廷荣办广告公司。仙华再与申说,稍见接近,拟将办法开出大略,送与阅看。延用张君为儒事,请鲍转告李君骏惠。鲍复称,已告知,李云甚好。

分馆 晋馆办仪器事。余于会议席上说明包文信办事之糊涂,并请仙华与科学仪器馆直接,免得由太原分馆函商该馆之曲折。当约符、包两君到场说明,并将往来信件交翰阁看。　后余又电询仙华,本馆自存东货,仍旧售出,有无不便。仙谓无妨。

编译　《四部丛刊》内,《书经》有"终"字被石印工人误修为"络"字,由星如告知。即约包文德、燕堂约同石印工人婉商办法。即用×号知照单知照江伯训及星如。

《衲鉴》料半、连史两种已售完。与梦商,拟先发广告,再售预约。

仙华谈及《古今文钞》销路甚滞,亦拟登一告白。

印刷　日本新玻凹版工业会社其告白中言,凹版有新发明,可代凸版。见大正八年十月九日《时事新报》。已剪送鲍咸翁,请其查问。后鲍来说即是"夫土格拉费"。余请其再查。

文具　托鲍问李骏惠银楼购用硫酸事。鲍复,谓李云,银楼不允立合同。又问买制药器具事,鲍述李言已开单。谢宾来令先函问价值。鲍属即开单,不必再耽阁。

应酬　访陈澜生。

杂记　属星如选英文书若干种,约码洋不及三十元,计三十一册,送瞿良士之子。

十月十八日　星期六

收信　沅叔、叔通。

公司　午后三时约包、谢、陈迪民、许笃斋、张桂华、王莲溪、盛同孙、张文彬讨论进货规程。由翰翁主席。

仅至第十四条,以下俟星期一续议。

检齐与中华讼案有关系各件,分四类。甲四件、乙四件、丙七件、丁四件,开清单送丁榕。清单及信均留稿。

用人　广告推广办法送交翰翁阅过,印出送仙华转交廷荣。　沅叔来信,为袁观澜请益。谓赴欧考察教育,原拟可得四千。后部仅给二千,势成骑虎。欲公再助以一千。否则将伊所押股票代押一千。

分馆　函告各分馆,请查七八九三月营业总比较及教科书、仪器、文具销路与去年之比较。

编译 告梦翁,朱梦梅与汪仲翁交接,多所龃龉,往来多用信件,殊费周折。并将仲谷复阅通俗教育书及玩具目录交梦翁。 又谈及杂志推广事。

应酬 潘明训约在大观楼晚餐,出示宋本《鱼玄机集》《韦苏州集》《李贺歌诗编》。又《周礼》。并询及影印旧书办法。

十月二十日 星期一

收信 叔通、伯恒。

发信 张云搏、京馆转。叔通、由奉馆转。觐侯。昨发。

公司 午后三时翰约余及同人如十八日到会议室讨论进货规程。翰因他事先去,至五时毕事。请同孙、迪民将原稿修正,再行复议。

发行 施永高托购木板《植物名实图考》四部。将原信及录出施致谢恩隆信交仙华函托晋馆代购直寄,并复施信。

分馆 芜馆张屏翰来信,历述与各校联络情形。余意请拔翁拟信慰勉。袁镜心又来信要求请假给薪。援前信驳复。 桂馆来信,为银价贴水事。批候拔核复。

编译 告剑翁,催况校《金石苑》,并发《杨诚斋集》。影印宋元板书拟名曰《续古逸丛书》。函告出版部。

纸件 函鲍,预备至瞿氏照书应用干片。鲍约谢、郁来谈,拟用 12×10 寸片,可以一照两张。后想得如不能折装之书,则天地头不能累叠,仍只可每片一照。8/10/21 告鲍,定干片宜分两种。

应酬 昨往民厚南里九一二号问吴东初病。

杂记 本日购进忠厚书庄书三十 种,计洋一千四百元。

天头 梦连得子益病电两通,今晨附车北上。

十月二十一日 星期二

收信 周鸣冈、施永高。

发信 伯恒、叔通。

公司 津分馆寄到京奉广告合同草稿。8/10/22 面交翰翁,并云订正稿时,最好将车站、客车加入,后可续请。

用人 邝先生来说,平海澜拟赴吴淞某校,每礼拜教授一时,可得月薪六十元。余不允。　与仙华商,汇考第三、四届补习生英文。仙华谓,最好定一期、地,同时举行。

编译 邝先生来说,美人汪纳梅格著《实用新英文典》要求本馆允许美国书店翻印,专销南美及非利滨。余谓须防其侵销国内及新加坡、香港等处。邝君谓,本可予以条件。余请复信先送来一看。8/10/22 告惺存、伯训。惺云拟一汉文信稿,交邝译复。　周由廑交到函授学社英文科状况记。阅过,觉次序须更动,文字须修改之处颇多。8/10/22 交仙阅。

天头 午后为李拔翁嫁女作媒。未到馆。

十月二十二日　星期三

收信 沅叔。

发信 沅叔、留稿。宝田、周鸣冈。

公司 丁榕电告,中华讼事已展缓至十二月十四日。又言曾搜得传单等等。分馆应派人来沪作证。但不甚清析。已告拔可,应详问。又属函索《实业之日本》社,索示伊致中华之信稿。告拔翁,请备信。

用人 叔良与惺存信,拟于英文词典部添二人。一为冯其昌,南洋公学电机毕业生。一为胡明复,即胡敦复之弟。余意年内最好不添人,目前请在外办事。惺意拟延冯君,胡则从缓。

财政 莲溪报告,往发行所查账,又多出二百数十元。前次多出一百七十余,恐必有错误。余于傍晚面告仙华。仙云已查出。系漏收。惟前次之一百七十余元无可追究。

分馆 赣分馆交替账,略一过,交铭勋呈翰。　　余告培初,查各分馆《衲鉴》销数。何以京存甚多,津有退书?

翰致信于余与拔翁,代秦乐钧要求免追欠款。余谓,在馆日浅、并无旧勋,不能通融。此意已于信上批注,并将该信交拔翁。梧馆经理仙华拟推朱汉光。余谓,在杭时似因有不妥处方调总馆。仙谓其人尚有身家,财政上似不至出乱。

孙振声言,九江特约欠六千七百余,要求加回佣。余告培,总馆不便可否,令速自解决。一欠账不付,一扣货不发,总非办法。

编译 叔良交来修订郭洪生承译之大词典意见。余阅一过,就原稿附注意见,交还惺翁。惺意,地名词汇应由《地名词典》处抄录一分,交与叔良,以免引用参差。余谓然。则人名词汇亦须预备。但均可专取对照足矣。惺言,《东方杂志》投稿甚有佳作,而亚均不取,实太偏于旧。

纸件 迪民来信,有光纸代理人来信,因罢工只装出三千余令。余告翰翁,此事甚不可。

文具 莲云,顷往查笔作,重要人多不在作。又言,油画笔每套不过〇元,今发票价几浮开三分之一。

杂记 晨访康南海。云所著书拟在本馆寄售。余允之。

十月二十五日　星期六

收信 梦翁自蚌埠来信。

用人 拔翁告知,周振宏、张师竹信已发。杜有回信,为张师竹事,拟约来面谈。　王仙华告知,拟劝公司延西人某君,即芝家哥商会代表来馆办理进货事。拔可与余均赞成。

财政 先施借银二万两。任心白出示复信押据,并云股票已交翰翁。昨日正金到期十万两,已经取到。由翰翁分配拨存行庄。明日又到期五万两,由我签字交景莘,并指定存兴业一万、四明两万、福源一万、〇〇一万。

分馆 拔可告,梧馆经理拟陆汇泉、朱景张、朱汉光。廷桂本日到沪。

编译 仙华交还周由廑函授学社英文科状况稿。

杂记 二十三日过嘉兴,到一旧货店问旧书。晤其店主,询知姓沈。云伊友某君在肉店做管账,云有旧家有书出售,计两处,可往看。该店在菩萨桥南,高透云香店斜对门。

天头 廿三日回海盐上坟。廿五日午后返沪,四点半钟到馆。　　廿三日晨拔翁电告,子益作古。

十月二十七日　星期一

收信　伯恒二。

发信　梦旦、昨发,收据夹在本页内。沅叔。

公司　仲谷报告,《新闻报》效力甚于《时报》,拟移《时报》所登者登《新闻报》。本日复告,遵办。　京奉路合同寄到。　据廷兄言,车站、客车与该局人商量时,允看机会,并订明不能再加费。

与鲍先生商定,仙华于赴欧前来印刷所参考各事,与一坐位。

用人　张云搏来信,允令其子来馆。与鲍先生商定陈春生坐位。鲍云,在照相部。余云,业务科亦可兼设,以便与总务处接商。鲍云,拟派郁厚培赴美学习。余问英语能否运用。鲍云略可使用。鲍意当遣二人。余意似太多,恐不相宜。　仙华告知,谢福生半日五十元恐不敷,劝其全日来馆,并属问邝。

财政　本日又借与王佩初一百元。　叶焕彬拟借二百元,为返湘之用。

分馆　京华书局杨广川作古。廷兄面告杨有一子,不甚可靠,有女十六岁,在宁波尚未适人。又有如夫人,在京所娶,年未三十,生一女八岁、一子五岁,一无积蓄,望公司优加抚恤。余问伊如夫人能否抚孤。廷云甚难言。临行时广川病已危。问其如何办理,亦不肯言。

编译　惺存函商《东方杂志》办法。自己非不可兼,但不能兼做论说。先拟两法:一招徕投稿,二改为一月两期。余意,一月两期既费期,又太束缚,以不改为是。

慎侯所办之事决定停止。《地名辞典》亦决定停止。《人名》赶紧办完,仍用先修草稿,再行发排之办法。

应酬　约廷桂、仙华、梅生在一枝香晚饭。余自作主人。

杂记　午后叶焕彬来,偕往看书。

十月廿八日　星期二

发信　伯恒。

用人　拟延西人任进货科事。余在会议席上提及。翰不答。　翰拟定廷荣办广告事,月支三百五十元,另包定回佣六百元。广告费三万元以上,提百分之十。余意每万加一厘。后细算为数已不少,故未加,仍从翰议。　　商定陈春生半日办事,月薪六十元。

编译　与惺翁、伯训商定数事:请亚泉专管理化部事,《东方》由惺存担任。《地名词典》决停。　《人名词典》速修订,再发排。　慎侯所编字典先看样,并印样张,征众人意见。　亚泉事由余与谈。《地名词典》事由总务处函达。

纸件　余见纸价报告,市上有西洋小有光,应速买。翰似未觉。余面告,宜速勿迟。

应酬　本日宴焕彬、佩初及罗伯沧诸人于一枝香。余未去。由拔、剑招待。

十月廿九日　星期三

发信　沅叔。为小山事,未发。

公司　晚阅伯俞寄回教育会联合会议案。

用人　约翰、拔、仙在会议室,商定广告公司用人法。廷荣月给薪水三百元,津贴五十元。广告收入,无论新旧、无论杂志书籍及路站、无论何人所招,一律计入,满三万元后方提回佣十分之一。廷荣得半成,其余半成给与同人。廷荣如分不到六百元,由公司补足。沈仲芳得其他半成之多数,但数目未定。各同人不派花红,即以回佣为花红。如第一年无回佣,由公司酌给,过此不给。　　杂志书籍广告折扣应由公司主持。以上各节即请仙翁转告廷荣。

分馆　黔馆毛君来信,言废约事仍须与蔡衡武接洽。信中推归本馆。培初处批交何松生,经拔可查出。余提出合同阅看,有可以废约之办法。拔可又指出彼方并不照约,可以责成毛君办理。莲溪来言,张雄飞举动有不合。细问知就酬应上谈,不甚与外界联络。又言焦景庵月薪廿四元,每月划三十元,甚可疑。余属莲代拟信去诘问焦君,警戒雄。并属查焦自称购买《大英百科全书》,是否实有其事。

编译　函惺翁,决定停止《地名词典》,无庸多商。

印刷　鲍先生来云,英美烟公司下月有新机六架到,恐印刷减少,必须另行想法。余言,吴炳铨辈对于他种印刷太不注意,对营业部诸事太硬。瑾怀甚属为难,至不敢与我说。防我与君说,更伤感情。此次大局,总望由君主持,勿任他人各顾偏面。 晚晤瑾怀,托向南洋烟草招徕。瑾怀言马玉山有印件一种,共打样三次。

纸件 告翰翁购纸。迪民来问,可否酌加若干。市价恐须一两七钱。迪云,恐须加些方能购入。余云,加五分或一钱,均要买。

十月三十日 星期四

公司 午前在寓复阅进货规程。 午后访曹履冰,商改厂后路线事。

发行 到发行所,核定售与华盛顿大学各志书价。告梅生开单,不折扣,书套外加。并言有修理费亦不计。又言近来志书价加昂。

用人 谢福生事拟给与二百元,由仙华先与接洽。

财政 昨日正金到期五万金。与拔翁商,姑拨兴业三万、商业二万。

分馆 莲溪交到拟致张雄飞函。查焦景安划款事。又交来何伯良、华勉之共三信。言华因失去钞票百数十元,拟辞职。

编译 惺存来信,辞庶务部,担任《东方杂志》事。 约惺、训商议改编教科书事:一、共和春《初小国文》生字加注音字母。 二、将该《国文》略修,译成白话。 三、新体《国语》速出完。 四、以次择他种再译。另拟编国语词典及文法。 星如接丁秉衡信,言瞿宅仍要酬报。

纸件 告翰,宜多备有光纸,即美国纸贵亦可买。抵制事近日又颇盛,宜注意。

十月三十一日 星期五

发信 伯恒、叔通。

公司 郭洪生送到在欧美与各书店及其他有关系各厂店信件、目件等一包。又信一件,详述在外办事情形。并言所收津贴金作为抵销。

用人 告邝先生拟约谢福生,月薪二百元。余于会议席上并告翰。

财政 翰言,与银行友人商,公司可以现款买先令,即卖与他人,可赢一二两,仍可存入银行,得息四厘,到期(约三个月)可收现款。似利息较厚。

分馆 廷桂为杨广川要求增给恤款。余谓,公司人众,甚有为难。廷桂昨日言,翰谓京馆克利并未知已将塞门德图一切预备。改建砖房,不用塞门德,当再与余商。余谓,此议本发自翰。余早赞成,不知何以不告工程师。今日廷桂在总务处,余问翰何以不告克利。翰亦不能言其所然。余谓,前此早已决定,现在总问塞门德与砖房比较,如相较值得,改砖房,即贴改画图费亦值得。廷桂在旁,想闻知也。

编译 与伯训谈,谓兼理庶务无不可,但不必居其名。现方筹改组办法。

纸件 余于会议席上告翰翁,有光既不敷只可用湖南毛边。前见梁君来兜揽此纸。余曾告铭勋请君购用。翰谓未购。余云机不可失。当属铭勋速约梁君来谈。

应酬 晚至一枝香,约黄溯初、黄默园、杨　　　、郭洪生、叶揆初诸人便酌。

十一月一日　星期六

编译 惺翁交来方叔远拟办国音字母各书。本日、三日午后约惺翁来谈,望其从缓,目前不必动手。　惺翁又送到伯训所拟改组办法。

杂记 访袁观澜、黄任之,均未遇到。开泰晤葛词蔚,谈甚久。词蔚借洋千五百元,先已还过一千,除代购书外,计一百九十元八角,余款于本月二日还清。

天头 本日腹泻,到馆已迟,三钟后即归。

十一月三日　星期一

收信 伯恒。

公司 访丁榕,询地产押款事。据言可以过户,但费太巨。亦可在原权柄单上声明批注,如不付息,可召卖、可收租。仍须经官。至到期不赎,亦只得拍卖。余问,能否收地。丁云不能,必须控告。即欲收地,亦须经公堂核准,应照市价估算。

分馆 梧馆杨、陆来电言,账房亏空,又私携款逃匿。后沈又来电,由拔公主办。

同业 本日往访丁榕,言同行(本日又交可作证之同行信四件)作证,亦须到堂。又分馆最好派人来证明,或损失营业,或受人嘲讥,均应证明。即告拔翁。

编译 傍晚约陶、江两公及拔翁商议编译改组办法。余意辞典部除《人名辞典》酌留数人外,其余一律停止。写字画图一律包办。陈慎侯现著之书即停止。

东文部可裁撤。余云,姑献此议,当于到京后与梦翁一商。

十一月四日　星期二

发信　叔通。

公司　本日会议,谈及宝兴里押款之事。余以丁榕昨日所言告之高、鲍。本日董事会议决将此事搁缓。后翰翁谓,不如直截回复。恐数目既不能如所望,而时多又多耽搁也。

用人　本日会议席上京华书局派人帮办。拔翁提出郑炎佐,谓渠告奋勇。余言,对内对外须同时有人,因提出丁乃刚。谓丁系日本留学生,京中学生在各方面人极多。丁君前往,可以联络。拔言,惟炎佐略有脾气,恐与廷桂难相容。翰谓,其余均好,只欠此一着。对于丁无所可否。本日未决议。

财政　王佩初又来借洋百元。允给。

分馆　翁健鑫原系暂代常馆账房,现因请假省视祖母病回杭,不过七日即来沪上,公司并未声明,自回稽核科办事。昨王莲溪来问薪水。余因言此事应会议。本日余在席上声明,应先问明吴葆仁,原议常馆正账童君是否可以任事。翁君是否可以全回总馆。翁君薪水暂照在常数目支给。

广馆来电,拨汇海军中人苏、饶、徐三人洋二万余元。培初来问,数巨如何办法。余代拟复问电,并属派人先赴,各先行探询。

编译　查《越缦堂日记》合同,请剑翁知照交通科撰预券[约]章程条件。选出书样十页,交印刷所打样。

纸件　翰翁问玉书纸有二千令,可否购买。余云,为应急计,只可买。　迪民昨交来印书纸样及价格比较表。恒丰最贵,利达次之,某家最廉,但仅小洋行恐难倚任。当时纸样送鲍阅看,本日交还,谓利达可定。迪民来商定数,照单约三百余吨。(已留出二百吨之数在瑞典定。)余与讨论,如多定,恐瑞典应允,价虽稍昂、然纸质较好。未免美纸见差,定数多,不值得。如少定,恐瑞典即允而不克送行。万一短缺,或后来长价,反为吃亏。如照定,恐船期太近,一时用不着,不免搁息。后决议照定,船期分四次,约八个月。仍先查明存数,再核准。

杂记　昨今两日在家撰祭子益文一篇。本日在会议席上声明,余拟七日入京亲赴祭奠。并唁梦翁。

十一月五日　星期三

发信　伯恒。

公司　将京奉包办合同一切办妥。约廷兄来总务处盖印。　　请仙华询查南京路地事。

分馆　余告翰，郑、丁派至京华可以决定。翰言，并非十分满意，但此外亦无别人。

编译　访惺、伯二公，谈《东方》仍用每月一期。惺意似不悦。又谈以国音注共和生字。又翻译春季《初小国文》。请转告辞典部，所编国音书一律停止。

纸件　签定昨日所谈购纸，约共万二千令，六个月装船分三次。

十一月六日　星期四

收信　伯恒。

公司　今晨偕仙华往访康福德，商购南京路地事。康君出电相示，至少出十五万镑，或五十万两。余已将此事原委详告翰、拔，并主张购买，并致函请开特别董事会。

用人　翰告，今秋回馆后即告培初，问迪民如欲出洋，现有仙华之便，可同往、可酌贴费。后无回信。近闻迪民与各洋行有所接洽，拟即出洋。续问培初，云有其事。前因公司不能全给费用，且欲学习年把，故另谋。翰颇急，欲与订约，由公司伙助，将来为公司办事。余谓，此必须全给，即学习亦可给与费用，但须定年期。当初如见告，余必相阻，可告以第二班必派出。现只可如此说，地位须抬高。余前请去谢畀陈，即此意。薪水亦须增。翰似谓可行。余约拔翁来面谈。

分馆　翰言，派郑、丁至京华，廷必不愿，只可略与一谈。余在京见之，由余详告。余谓不可，因今夏余与廷兄有过迹，恐有误会。余本主决裂，但究嫌轻举，故委曲求全。今仍是此意，余非不欲言，但恐言之无益而有损耳。君可先言，必须切实与说。函告余，余再进言。余邀拔可来，面行告知。后定由拔先与郑氏父子接洽。

十一月十七日　星期一

公司　曹履冰来电话,谓改路线事终为通融。但一、路线过于迂曲,略须改直。　二、须业主来一公函。三、再面商。余即告鲍先生。鲍言,顷该局有人来勘路线,谓可办。

用人　余告廷桂,谓伊弟尚未十分决定,公司极为相需,请其设法。廷言,洋伞公司事不无牵,但开办总可脱身。发起共有三人,虽可分任,然负责独重。余谓,此时不过定机购地建筑等事。廷谓,尚须调查原料。又开办之先,多系义务,请人又不便开支。余谓,令弟只须主持大纲,其余调查等事,可另请一人办理,并代表一切。此数月中,此人薪水由公司代送。廷谓,此可不必。余谓公司盼令弟早来此,并无妨。廷谓,洋伞公司事尚易商,惟报馆事急切难脱。余谓,务请代商,总盼早来。此言于本月廿日午后告翰。

分馆　新加坡分馆账房郭君尚未到广东分馆。拔翁谓,如此行径,此人恐不可用。余云,姑先电阻,明日再提。

编译　复瞿良士信,由剑翁起稿。星如谓,不必提及前致丁秉衡函中商及各事。余遂删去。　访惺存,并晤伯俞。略述在京与梦谈定关于编译所事。惺翁交钱经宇《东方杂志》改编意见。阅过交伯训转还。

天头　七日赴京吊子益,并慰唁梦旦。昨晚返沪。前后共计十日。

十一月十八日　星期二

公司　今日会议席上,余将在京中所闻、学界对于本馆编辑、营业、印刷及组织不满意之点并希望改良之意详述一过。

本日董事会议,为购地事。仙华请再推董事一二人会同接。郑苏翁推鲍咸昌君及余。余谓以咸翁为宜。余并申言多费一二万两不算事。

用人　聘定魏少棠帮办笔墨。系陈仲恕所荐,月薪八十元。昨已告翰、拔。

财政　余昨告翰翁,现存英金三万镑拟售去,改银存款,息可较多。翰不甚明了。本日由迪民详细算出。翰谓,舆论金价尚须跌下,可以售去。

编译　伯俞来信,胪举对于现在编辑办法。

文具　翰翁交陈春生活动写真说明一册。

十一月十九日 星期三

发信 伯恒、梦翁信。收回不发,因得电知即归也。

公司 陈春生来信,言购南京路地种种不妥。

用人 昨晤欧阳石芝,谈及谢福生事。余告以甚望能全日办事。薪水将来可酌加。

分馆 何伯良来信,言郭丽中弥缝甚巧,难起诉。卢箴夫私用大理特约所款二百元。余意主惩办。 陆汇泉来信,言特约所欲与总馆直接。余谓,应由梧馆与订,申、桂殷实商铺共保五千。余谓,桂不如梧。

同业 郑炎佐报告,无意中看见中华与百代公司订定用留声机教国语合同。

纸件 迪民交第腾洋行定纸合同三分:一、印书一万令,每令英金八本士四之三。 二、又二千令,伊未允。三、又瑞典纸三千令,尺寸为三十四×四十六,每令五十三磅。

十一月廿日 星期四

收信 孙伯恒。

发信 周少勋、严又陵、寄出电灯收条、中国银行收条。张季直。

公司 营业部事。余与翰翁谈,须有一人主任。 本日午前往访曹履冰,言厂后路线可以通融。要求三事:一、路线尚略须改直。二、业主备公信。余声明有洋商在内,不能管。三、希望公司津贴闸北营盘用费数千。

用人 朱希祖代刘半农谋在外编译。开来条件六款:一、月约万字,费五十元。二、署名依原稿。三、材料为文学、言语学及调查。四、稿件由作者负责。五、期限如留学期。六、稿不限按月寄,但求总数不离左右。 原片本日交陶惺翁。 8/12/6复朱逖先:"刘君如能将留欧中见闻所得随时见示,甚为欢迎。似不必拘定时期字数。俟寄到时,如可代为发表,当随时酌定酬额。如此办法,似较为活动,云云。信稿已送交陶惺翁。元济。"

与翰翁商,吴渔荃拟留办西书柜事。翰言,王君武于营业部招徕印刷,甚为得力。拟仍调回。香港似可调程雪门往,在分庄科无甚事。余云,君武本系代理,调程亦无甚么。

财政 黄齐生代冉蕴明借三百元。约定半月后由群明社缴还。余偕刘方岳及冉君同往群明社,晤蔡衡武之子之夏。请其于券上加注明白,即由余先行垫付。

应酬 晚约高曙青、廖炳星、黄劭松仲明之父、施伯安在一枝香晚膳。陈光甫、穆藕初、张纬如均未到。又刘崧生、刘相生均未到。

十一月廿一日　星期五

收信 梦旦。

用人 吴渔荃有信,愿留总馆,尤愿办营业部。本日会议。余谓,仙华欲令办西书柜,似较营业为尤要。后翰言,已告吴,吴亦无异言。　傍晚至发行所,约沈仲芳谈。告以广告公司拟延张廷荣主任,所有利益,廷荣为首,君为次,一切务望竭力进行。

财政 本日英金价现售每两为八先令。

纸件 昨日查存长沙毛边纸有一千三百。又,已购未到约二千令。本日通知出版部。

文具 昨学生联合会来言,查本馆到有日本货。由王仙华对付,答以查明。本日会议席上,余约谢、包两君来,告以将本馆清单寄金佑之者,何项已退、何项未退、何项必须,寄来。并原寄信及金信一一检出。并切告二君,另备一信,证明此外如续有查出,由彼等负责。

应酬 午后赴湖南会馆送瞿子玖师出殡。

杂记 杨寿祺(来青阁主人)来报,本馆有人将窃物出售。一次为百衲本《史记》,二、《韩文》,三、《愙斋集古录》,四、同上,五、《淳化阁帖》及《益智图》。并抄来清单。余已交仙华,请其密查。并告翰。　廿七日,经仙华查获,系存书课冯纪五所为。即送巡捕房究办。杨君来商,言已捉赃,要求给还书价。

十一月廿二日　星期六

公司 本日约仙华、翰卿、咸昌到会议室。由仙华述与康福德所谈情形。知南京路地本馆还价已被拒绝。余因申说,本馆浮存现款甚多,极为不妥,其危险不仅在银市风潮。最先之意,拟还存款。同人存款居多数,不应伤感情。其次拟办纸厂,(即化学药厂亦在其内)因无人材而止。又次拟做押款,亦因无人。至第四策,始定购产南京路之地,决不至亏本,就令亏本,亦属有限。并言董事会议决之日,先令之价贵于今日。以当日价论,此时自可增加。余意仍以购进为宜。翰谓,实业亦宜兴办,如纸厂之类。余谓,兴办实业以营利为目的。现在人材太缺乏,只能以现在范围为限。余并拟此地如购不成,颇拟承办财部印刷局。现在日金甚廉,闻抵押不过二百万。由本馆借以巨款,订明承办年期。翰谓,此事极为赞成。仙华亦谓,此事办到甚为有益,不妨移款办理。余谓,尽管先行购地,将来或押或售,亦有伸缩。至于承办印局事,太无边际,只可作为第二步。但余先声明,此事不能委托廷桂。须有重要人主持,因责任过大之故。翰亦如此,亦赞成。余复申言,请鲍、王二君酌量应付,如可增加、以能得到为策。

文具 拟复学生联合会来信,交拔翁、宾来阅看誊正后,再送仙翁阅看。并属留稿。

应酬 午前赴寿圣吊金巩伯太夫人之丧。

天头 本日午后二点五十五分赴杭州,送瞿子玖师安葬。

十一月廿四日　星期一

公司 发出十二月保险单。

用人 复洛赫德信。由鲍济川起稿,已两易,仍不能竟其词。交翰翁阅看,告以此君如何能起稿。

分馆 昨在杭州见贵阳分馆毛君信,托杭馆拨某君百元云。该款即由中国银行汇奉。余询知向来无此办法。告知子刚,须中国银行款到,方能拨交。今日告知培初、翰卿。

文具 收到包文信来信,证明东货已尽见清单,如有遗漏,应负其责。

天头 本日午后三时为许季莆证婚。

十一月廿五日　星期二

公司 午后,张廷桂偕伊弟廷荣来访。在会议室晤谈。余先述倚重之意,并言广告公司历年亏蚀。前者播种,现当收获。从前无人办理,不免消极。现得阁下经理,必须积极进行。问何时可到馆。荣兄云,下月一号。余云甚好。各路合同及关涉各件当备齐送去。余问翰翁,言及拟另租办事处。荣云电话不易得号,只可稍缓。目前仍在发行所办事。但须稍静,及便于外人来访之处。余云,可与仙华兄商办。荣又言,沪宁未包,似不便。余云,津浦、京汉能续定。沪宁亦可包。荣云,车站外空地亦可租。余云可办。余言,车内广告应设法,如印一路线地图,下列广告,人必乐观。荣问沈仲芳如何职任。余云,君主持一切,所有利益,君为首、沈次之,前日已告沈。荣问及花红。余云,前日廷桂兄言,不必提回佣,照各分馆章程除过分提赢。廷桂云,如此更划一。又问分馆先派红利,此当如何。余谓,应当照派。缘此公司历来亏本,应当填补。又分馆分局营业利益之增进,与资本利益之增进有比例。此则资本几乎呆定,营业利益增不过多一重开销。而开销亦属无多,故照分馆分局计赢。余如营业大有进步,实比分馆分局为优。余转问二君以为何如。均言如此可以一律。余云,广告公司既系独立,将来尚须定一办事章程。荣云,将来须注重天津,拟设一办事处。用人拟提回佣、不给薪。廷桂云,如此办法恐将来所费不小。余云,办理必不惜费,但亦不必同时并举、过于急进。

用人 仙华谈及,有俞显恩,曾留学外洋,在青年会办事,不甚满意,于公司似有用。余谓,可即约来试办。

分馆 廷桂谈及,翰翁言拟派郑炎佐到京局。余言,高翰翁曾谈过,我亦以为然。京局建筑后,公司希望推广,必须有人帮助。廷谓,京局事务忙,恐学生之事,亦须兼做。余谓,此却不能。郑君可以与上级主顾接洽一切。廷问,何时可去。余云,未定。又问及丁乃刚。余言,丁只能管理工程。廷云,广川逝后,本拟请公司添派一人,可以管理一切者。余云,郑对外、丁对内,当可相助为配。

印刷 警厅派汪　　来,并出示政务科黄　　名片。言部颁管理印刷事章程即须施行,先来接洽。并言意主宽大。余约拔翁同见,略告以其为繁碎,如无妥善办法,不免为渊鱼丛雀之驱。容与同人商议,如有所见自当贡献。

杂记 南洋烟草公司推余为公正人,核定旧公司产业。余今日于会议席上将原信呈阅,并问有无窒碍。余同时声明,该公司将来应公布。

十一月廿六日　　星期三

发信　孙伯恒、词蔚。

公司　拔翁告知,翰翁问营业改隶发行所,似嫌太速,又吴渔荃任主任,有无磋商之余地。余谓,照章可以再行提议。廿七日翰又函致拔翁,谓他人如无意见,可勿见提议。

发行　开封留美预备学校仇君来信英文信,言某日到发行所已过九时无人接待。又梅生复查伍连德前购显微镜无人接待一信,亦无切实办法。余将两信交仙华。并告以可否另设稽查员,楼上下各一班,每班二人轮值,应早到迟散。仙华谓,楼下恐须每班两人方能招呼。余谓,薪水须重、地位须尊,方有效。

用人　欧阳石芝来信,言已晤谢福生,甚愿圆满。余意,但问是否急须全日办事,抑或可缓至半年以后。邝先生亦来谈及,属余径复一信。余拟稿交仙华阅看,并留稿。略谓能早来最妙,编译所每月有例假四日,不告假,照比例补送。此指全日办事者。言如到总务处,或发行所,钟点应与大众一律。但四日例假补薪仍照送。得力可酌加薪水。但非每年必加。花红于次年四五月始派。

分馆　翁健鑫由拔翁传见。伊自称愿赴新加坡。

编译　告邝先生,将英文对译各书近于会话者,应汇齐,分别缓急改译白话。并属送余一阅。

印刷　翰翁问,闻廷桂言,财部拟添印平市票。尺寸比从前最小者几减半,前价七厘有零,现拟减为五厘或四厘五。余谓,果减半,四厘大可做,即再少亦可。

应酬　午前拜段士珍,广西银行协理也。

十一月廿七日　　星期四

发信　伯恒。托致木斋、孝先两信。

用人　与拔翁商定,瑾怀离馆薪水送至十二月止。花红届期照送。并去信声谢。　仙华言,伊内侄夏某在唐山肄业,将毕业矣。后任华工翻译出洋,近将回国。其兄曾在本馆办事,不妥。余谓,只须其人可用,不能以兄例弟。仙又谓,因有戚谊,故不便介绍。余谓,不必避嫌,尽管酌量任用。

应酬 晚约白岩、龙平、须贺、虎松、郑幼波、黄幼希、孙星如、夏剑丞、叶焕彬在寓便酌。商借岩崎所购皕宋楼书事。 白岩住址：东京，赤阪区，青山南町，六丁目，六十七番地。电话号六六一七。

十一月廿八日 星期五

收信 周少勋。

公司 本日约瑾怀在卡尔登午膳。与翰、拔、咸、仙同作主人。并约张廷荣作陪。席中谈及广告接洽各事。即约定廷荣午后四时到营业部，以便交代。瑾意，甚虑与渔荃冲突，主张不设主任，由副所长兼。又拟将汉洋分任。讨论之下，仍照会议所定办。由渔荃代理，巧生则加薪，与渔荃一律。花红亦照合同原拟之数，由翰卿与巧生接洽。

发行 伯训来信，言寄售人不满意，谓本馆不注意。将原信送仙华阅看。仙谓，拟另设一处，派三数人专管发售之事。

用人 谢福生信，交邝君转交。傍晚谢来言，各条件甚为满意。但望日后办事如有隔阂之处，仍与余直接。又希望在此愿作十年，但终年志愿终在报馆。惟上海英文报因廷荣离馆，邀伊往代，至多以一月为期。目前作为告假。青年会事曾经口头约明两月前通知，尚可辞退，总可办到。余再复问一遍，均答如上。余允明日复信。

印刷 见有无数印坏对联。余至印刷所，已散工。仅有咸昌、文德、炳筌、择言、燕堂诸人在座。余谓，余有意见。本馆现在营业宜处处从求进步着想。不可在小处计算，致贪小反致失大。必须办到价廉物美，能为他人之所不能为。即如对联墨色太淡，亦系图省墨价起见。现有多数作废，反有损失。又牡丹挂屏损坏千幅，实本须三百元，亦因严介之请改用裱过之纸，专于便于裱工起见。以后均不应如此。

纸件 谢燕堂言，对联洒金笺向来颇好，近日脱金。余谓，此必有故，请鲍君查究。

十一月廿九日 星期六

用人 致谢福生信，留稿。并托邝问，能否订约。

财政 晚约翰、梦、拔在会议室商钱庄银行浮存过多。翰言,汇丰亦出重息收存款。梦谓不如先商美银行。

天头 叔通回馆。

十二月一日 星期一

收信 鹤庼、二。伯恒。

发信 鹤庼。

公司 将去、今两年营业减退表二张又说明四纸送丁榕请其预为研究。

用人 盛同孙函,查胡君祖同在杭任公立法校教授,二十小时,月修一百六十元。又任商校教授四小时,月修三十元。曾为本馆撰经济概要。

密告翰翁,鲍氏庆甲、庆林均染习气。尝在外叫局,且有浮滑之友。

吴炳铨人不可靠。恐此外亦尚。鲍咸翁前日不甚乐闻拔翁之言,然不能不详告,请预防。于个人、鲍氏及公司均有关系。

财政 元年八厘公债二千五百元,计廿五元。本日面交景莘取息。

分馆 叔通告知,今年结账须选数处派人往查。

编译 告编译所,速出《德华大字典》及德文书。

应酬 徐森翁来,住东亚旅馆一一八号。即晚答拜。

十二月二日 星期二

收信 伯恒。

用人 邝来告,谢福生愿订三年之约。

编译 意驻广州总领事佛弼轨示来商印《但脱诗歌》并图画。请邝君接见。

印刷 南洋公学学生蒋以铎,字达微,土木科二年级,来印英文关涉闽事传单。陈子和来问。余以警厅须报告布示之。告以恐有耽阁,不如不印。后陈子和带至楼上。余只得见之。其人十分横肆,无理可说。余告以请唐蔚芝来一信。又不肯。后见其无可下台,允为先印,请唐君补一信来,交陈君为之照印。但请其在此校对。

应酬 请徐鸿宝、许季黻、陈时坤、吴觉民、江莲仙在大东晚饭。

天头 是日上午因勤儿割喉间赘肉,未到馆。

十二月三日　星期三

收信 伯恒。

发信 伯恒。四日托剑丞。

公司 张廷荣来商广告事:一、公司名义。余留下,商定再复。 二、拟包沪宁。余令姑先探询价格,再议办法。 三、拟添用俞显恩。余答以须与王仙翁商。 四、交阅进行次序一张。余请留阅。廷云,钞出送来。

丁律师来,商与中华在堂辩论各事。

用人 仙华谈,吴东初与董君办事均不见精神。但董英文似优于吴,惟渠明年六月必须出洋。余告以或留董办事二三年,将来由公司补助一部之学费。吴君或即解约。

分馆 何伯良自滇回。知郭丽中无意来沪,卢箴夫已回至香港。余告叔翁,郭须明告辞退、欠款追保。卢候到沪再追欠。

纸件 告翰翁,多购毛边纸。只要建产,不要江西货。又催长沙玉书纸。

十二月四日　星期四

公司 午前访曹履冰,将改路线图交还。并告以直路尚请略形弯曲。又告以拟捐二千元。渠谓此不能作为交换条件。但甚盼帮忙,希望可得五千元。请与公司再为斟酌。

用人 剑丞今日告假赴京。

文具 仙华偕宾来、文信同往学生联合会,申明近到各货系五月以前所定。该会甚满意。

印刷 交承印《道藏》约稿与徐森翁。告以与部立约似涉不便,可否由秘书厅出名。徐言可由总务厅出名。徐又言,约稿中可否改为先交二万。 8/12/5日寄还云,即赴闽侯,归后再商。

纸件 翰翁交存纸账,可印教科者。福建毛边一千余,约合有光纸三千令。

改良赛连二百余件,约合有光九百令。

改良毛边三百件,约合有光二千令。

杂记 徐森翁来看书,言宋本《本草衍义》大库内可配。又有《郭青山集》宋本、《李长吉》宋本,均有玻璃片。又《刘宾客集》小字宋本已印过五十部,亦有玻璃片可借印。

十二月五日　星期五

公司 李拔翁电询沪宁路局包办广告事。　沈叔玉答称自办不包。仍由拔翁备函介绍廷荣往见。　广告公司拟设棋盘街。撤去附设印刷所,即以该局充办事处。

分馆 潮分馆徐孟霖来信。一、言汀州广益书局在发行买进日货被人攻讦事。　二、汕头特约所跌价争售,如何遏止事。即函达仙华。

印刷 湖南银行来商解除印票合同。午后陶子石来,翰翁未到,余接见。告以去年年终赶印,订明交票交价,后竟不践约,现又几搁一年,本馆损失甚巨。所有纸墨均须留待,并特添印机两部,此亦间接之损失。又钞票必须部准方能印。此外无可用。又原订印数五千八百余万。今仅印三千三百九十万,不过百分之五十七。即每张印价亦须增加。陶谓,损失应赔,但印价相差无几。余谓,仅仅过半,不能不加。陶又谓,请公平估计,畀一复信。余谓,自当复信。可否给我若干。陶云,尚欲收回若干。余云,相差太远,恐难办。

十二月六日　星期六

收信 叶焕彬。

发信 焕彬、长沙馆转、直寄快信。朱逖先。快直寄。

公司 访丁榕,商定广告公司信笺式,仍作为本馆之支店。并于发票并信笺一律声明。主顾付款均加线,付与商务印书馆收字样。晚间即交与廷荣,并告知一切。

养鸡场事,丁言缺席判决,到期声明障碍。现又托人来说还让,但乞免租。丁未允云。

曹履冰来,拔翁见。已告以本馆可捐出四千元。渠亦甚满意。

用人 函告翰翁,有胡祖同君,在美国商科(伯明罕大学)毕业,有硕士学位,现在杭州教授,月薪得百九十元。拟延办进货科事,为迪民之替人。　八日翰翁来言,正有一美国毕业生与商未定。余云,不妨多延一人试办,其人正需谋事也。余云可约来试办。至胡君亦可延请。翰犹迟疑,允一二日再复。

财政　昨请桂华赴花旗银行,商定拟存十万两,六个月期。今日复到,三个月八厘,二个月只能七厘。准定存六个月。函复桂华并景莘,于礼拜日拨付。

编译　复朱逖先信,《古诗纪》如能预约二百部,毛边六开,每部七元,先收四元。价款到后开印,约四个月可出书。如竟定三百部,每部六元,仍先收四元。四百部,每部五元,先收三元。

印刷　仙华告知,闻香亚公司月份牌十万张由财政部印刷局招揽而去。本日午前在印刷所适见有德士古火油公司月份牌。系王巧生经手,正与承印处接洽。余问共印若干。王云原拟印十万,因印刷所只允年前交五万,该公司电询外洋,改为五万。

8/12/11 又问王巧生,据云包文德先生亦知此事。

十二月八日　星期一

发信　沅叔、伯恒、张阆声、朱逖先。《诗纪》样。

公司　《时事新报》登广告事,商仲谷,允与通融。一面再告寄顾、云雷,彼此应互助。傍晚又访徐寄顾,托其转达。并将报馆与仲谷往来各信交阅。钱新之、李馥孙约拔可、仙华(梦旦未去)及余在银行公会晚饭。并晤管趾卿及科发药房薛鲁敦德人、罕思勒美人。均科发药房中人。言将添设化药药品厂及玻璃厂,愿与本馆联络云云。

编译　昨晚所商各事:一、《初等小国文》参用行书及西文原名,并注译音。　二、《高小国文》用行书兼宋体,史地等用横行。　三、中学师范文科另编。各举所知最时髦者,可以编书之人,再与接洽。如要求版税,亦可允许(先查中学销数)。　四、旧有各书,就次级人与商改订。　五、寄售杂志另拟一章程。　六、编法文初学读本。　七、以《英华字典》加入法文,意取速成。八、就古人各篇及近人文字汇集白话之虚字,编一字典。　九、注音字大宗书不能出。　十、《辞源》补编,约得原书一半,速行截止出版。另摘选《学生辞典》一种。　十一、请时下名人代选最新之书若干种。不宜过巨者,即请其托人代译。又将来外间如有佳稿,即送请审定。 十二、武昌高师编书事先试办十种。由伯俞接洽。

印刷 徐寄顾电询月份牌何时可送样。当查因陆懋功乞假,未能明析。8/12/9 复到,因系雕刻铜板,故不能准下星期六送样。 8/12/10 复徐寄顾。

纸件 余告迪民应预备纸料。 地图纸。 铜版纸。月份牌纸。 招贴纸。迪云拟定二千令。余云可定二三千令。 有光纸,余云可再定。新闻纸亦可定。

应酬 昨晚约伯俞、伯训、梦旦、叔远、拔可、惺存、仙华在寓便饭。叔通、亚泉未到。 陈光甫、李福孙、钱新之约余及拔可、仙华在银行公会晚饭。有管趾卿及美国人 B. A. Hensler、德国人薛鲁敦 H. Schloten,皆科发药房中人也。

十二月九日 星期二

发信 邓孝先。

公司 本日会议席上所谈各事:一、翰、咸均主造黄板纸。余反对。 二、余主再问南京路地,可加至十六万镑。翰默然。 三、仙华荐杨惠卿,在美使馆,云已得博士学位,并补缺,月薪在美约可得三百元。余闻其人喜做官,恐难久于事。翰谓,英文如何。仙谓英文甚可用。翰云,可位置在英文部。余云亦可,俟果能安心,再移他部。否则蒋、郭为前车之鉴。 四、余谓印刷所可特添夜班,可收机器房屋两倍之用。鲍谓为难。余云,初办必有为难,然可将建屋添机之用。

用人 魏绍棠本日到馆。 王仙华荐杨惠卿,见前格。傍晚翰告,前云有教会中人包 ,近晤见,可约来馆令办进货事。人甚靠得住。余云甚好。

文具 扬州静社来信,责问本馆钢笔板内有钢板系日本堀井商标,措词甚严。同时又另有一信,其不满意于本馆答复索阅杂志未能应允之事。

十二月十日 星期三

收信 伯恒、剑丞、少勋、琴南、沅叔。

公司 本日见《时事新报》登有太平洋学社广告"学界注意"一则。当约同人讨论,明日先行答复太平洋学社。先告徐寄顾,告以办法,能暂停固佳,否则不必。

财政 本日购进美金一万元,每百两合墨银一百六十元。仍由商业储蓄经存。

文具 查从前订有自来水毛笔笔杆一百罗,在大正洋行。属谢勿出。 从前在德国定造各货,有铅笔,有画图器,均用本馆名义。近有橡皮笔揩,系英国造,亦用本馆名。

应酬 本日曹履冰约在兴华川晚饭。同座者有陶星如、宝山知事。章觐、蒋箎先、名宝涛,闸北水电厂长。沈韫石、萨桐孙。

十二月十一日 星期四

收信 周印昆、朱逖先。

发信 伯恒、少勋。

公司 本日商定复太平洋学社信,并通知徐寄庼、张云雷。又拟复扬州静社信。梦意拟允杂志减半价。仙华来言南京路地事。康福德又接英电催问回信。余谓可再加万镑。后仙华面告,已允加万镑。又令改为七千五百镑。

用人 盛同孙见告,科学仪器馆顾逸农私邀何伯良赴天津设分店事尚未定。现可不往云。

财政 告知张、钟,钱庄存过二万者,兆丰、福源、某三家。过万五千者二家。均可移拨若干与银行。

编译 顾鹤逸名麟士,住苏州铁瓶巷。允借照《龙川二志》。系朱古微介绍。本日朱来访,未遇。留示顾信,言其书凡八十叶,板心高六寸、阔不足五寸,约明年正月二十日后派人往照云云。原信于十二日送还古微。请星如拟《四部丛刊》第一批题解。其第二批已决者亦可撰。未定者仅列书名。 又选定二批应出之书。 又请撰宋板《孟子》告白,并预告第二种拟用宋写《太宗实录》、第三种拟用南北宋合刻《庄子》。

纸件 余意拟将白毛边纸25×44,终不能全张印,必须对裁方能合式,拟改23×48,则每张作为六开,书可稍长,四开书可稍阔。 8/12/12又告梦翁请再细算。

天头 午前腹泻未到馆。

十二月十二日 星期五

发信 沅叔。

公司 午后偕仙华同赴丁律师处详加讨论。进货科规程,余在会议席上提及。翰言亦曾催过,属余整理。余谓此规程实行,必须定用人之事。否则恐难实行。

用人 郑炎佐事。商定明年(阴历)再令赴京。京华电翰翁,与之接洽,丁乃刚君稍迟再往。

分馆 伯恒夫人病故,发公电慰唁。 催发滞销书目录,俾分馆盘货照办。

纸件 迪民告,美、瑞纸价皆大涨。余开一单,将常用之纸请其详查,速行添购。余意尚须增价也。

十二月十三日 星期六

收信 国桢、王巘缕、宏远堂、子刚。

发信 伯恒、琴南、逖先、子刚、周心泉。海门旅馆。

公司 请同孙往丁律师处接洽一切。归后谓年期尚浅,最好由莲溪去。余告莲,莲与同孙讨论多时,自谓不如同孙,仍以同为宜。同亦允。

用人 翰告拔,昨议添设收账科,调笃斋担任,意有不愿。余告翰,应劝再往。翰谓盛最相宜。余谓许于收账较熟,且肯负责任,不必以盛继许。翰意终属盛。余谓仙华即行,拔可代理。许与仙虽有芥蒂,可以毋虑。仍当劝其再往。余询,胡祖同招来办进货文牍事如何。翰谓,为储材计,事可行。请余决定。余谓,进货事归公主政,故须由公决定。翰谓可请。

分馆 梁宝田来。

编译 邝来言,霍金丝英文地理,前请某西人担任修改,说定六百元,以百五十元买本馆书。现因修改太多,几于重编,要求四千五百元。余谓,此甚难允。且将俟译汉文。一面查霍书销数。 已由梦复邝君矣。伯训送来信稿,仍交还。8/12/16。 梁宝田交来十一月十五日出版《英语周刊》,内记广东学生暴动事。甚结怨于学生,应速更正。即函送邝君。梦翁甚为注重。属英文部速改。 8/12/16 余告梦翁,应由本公司、梁宝田各致一信与广东学生会道歉。

十二月十五日 星期一

发信 廷桂。托代送伯恒夫人奠敬十元。

公司 本日复阅进货规程,再请同孙复看。

用人 延聘胡君祖同事,托拔翁与同孙接洽。

分馆 刘兰甫昨晚到。

同业 中华书局昨日开股东会。

纸件 各报又有诋书业以东纸冒西纸印书。已请翰阅看。

十二月十六日 星期二

发信 朱阁政、王歗缑。

公司 本月午前九时半本馆与中华诉讼第一次开庭。问官为俞君及英副领卓君。本馆律师为来脱 Right、丁榕两君。余为原告代表,并作证人。同时证人到者有刘兰甫、陈敬承、梁宝田、张叔良、照相店郭君、王仙华。本公司旁听者郭梅生、陈培初、刘廷枚。被告代表者为陆费伯鸿。律师为罗杰。彼局旁听者唐孜权、沈问梅。证人戴懋哉。先由原告律师陈述原案及控诉大概。先由余原告,受律师之诘问,至午后十二时二十分尚未完毕。即退庭。

编译 告梦翁,新法教科书余意只能作为总题。如用新法○○教科书。似欠妥协。

十二月十七日 星期三

发信 葛词蔚、昭宬。

公司 本日会议翰于吴麟书借银五万两。余谓吴君亦难免沪商之习,贪多务得,终有危险。且到期必续展期,甚为为难。印先生前事可鉴。余意不以为然。后卒决议借与。余意股票过户,到期不能再展,须定合同。

用人 吴东初原约年终届满。仙华来商,渠意亦可留,但要求加薪二三十元,并望能早日允助出洋。仙意不过半年,加薪有所未便。至出洋一层可允为预支,归国后于薪水上按月拨还。觅人担保。余谓,加薪有所不便,可以拒绝。将来花红以一年论,亦可二百元之谱。至出洋必须待君归国后再行定局。预支一层亦是一办法。仙华晚间见告,已告以办事半年即行加薪,有所未便。姑俟今年暑假再说。渠亦可行。

财政 翰借与圣书会柯君千二百元。前日翰告,伊有庐山房租数百两可抵,并道契一纸。翰又言,不便报告董事会。今日余再问翰言。翰言房租作抵,前途又不能行。改用汇丰空支单一千二百元。余告翰翁,董事会即不报告,亦须函达郑苏翁说明原由。

印刷 翰告,通商银行傅筱岩约翰,示以有本馆所印该行票一纸,已打样子作废字样,又未印号码,由跑马总会收进,要求本馆赔偿。系十元票一张。翰已允,但拟去信声明后不为例。余谓,此实不能照赔。但已允给则亦无法。余将此事告拔。请拔再将信稿修改。翰又言,前代该印十元票十七万余张,均不能用,后扣留千七百余元。现查尚存纸可印八万余张,已告以铜版尚存。余谓,前已说明磨板,此层甚有不妥。傅人甚狡,须留意。

十二月十八日 星期四

发信 傅沅叔。

公司 仙华函,托进货科代查本馆往来各行厂并纸张情形,开示清表,以便预备到外国时可以接洽。 午后与同荪核对进货规程。 通和屡询新厂打样。余告咸昌,请即送去,否则余前托郑炎佐即为失信。咸来言,图说近甫备齐,即日可送。

用人 翰意欲派盛同荪至发行所担任客账科事务。余意仍用笃斋。翰意甚坚。谓莲溪岂不能办事。又谓文字之事何必注意。又谓旧人总有用处。彼此甚见冲突。仙华、拔可均在座。 邝君函告,谢福生可即来。但全日办事须待阳历二月青年会散课后。已告仙华。

财政 代翰拟致郑苏盦信,通知圣书会柯君借款之事。

印刷 山西分馆承印白话教科书。余意应事前声明我处不能专印某册,应请各商均可印行。如有短缺,我处不能负责。梦意,初欲令晋馆认盈亏,使渠自己留意。其后又恐营业大发达,他分馆有所不愿,故仍由总馆代印,但不能退书。

应酬 朱兆莘介绍美国远东影画公司 J. O. Upham 住旧金山 510 Market St. 来见。当招庆甲来陪,导参观。

十二月十九日 星期五

收信 焕彬。

发信 伯恒。问伊母疾。

公司 改定广告公司各种章程。　　复阅进货规程,交还同荪。请其单式稍加修饰,即发印。

用人 与莲溪谈,盛调客账科事。莲意始亦以为可行。后余与言,盛留继笃后,笃办客账种种有益。渠亦赞成。

纸件 本日阅滚存,见有买进青铅五千两。适开会议,余问鲍君,何为买如是之多。鲍言,翰应王一亭子之请,因现进铅价平,故多买。渠急需款五千,故以所买青铅五百五十担售于我。约有五百五十条,先交二百条,其余限两个月交清。每担照市价便宜一钱。

十二月二十日　星期六

发信 朱阁政、朱逖先。

公司 与翰、拔商定,广告公司将现有财产作洋二万元,售与广告公司,照分馆五厘起息,每年折减,折减若干未商定。

丁律师言,何扶桑租地案已判决。令其迁地,尚未执行,或须上诉。仰代请律师须钱用,故请先付八十二元有已。有凭单交来。

应酬 晨赴徐季隆家,祝其母太夫人七十有九寿。

十二月廿二日　星期一

收信 伯恒、廷桂。

公司 太平洋学社又有来信。　　廿三日拔属魏拟复稿,余复加修改。

分馆 得梧馆账房蒋瑞山信,历举以前账法之混弊。

应酬 昨约王一之、梁宝田、陈敬丞、刘兰甫、伯训、梦旦、拔可、仙华、培初、干臣在寓午饭。

十二月廿三日　星期二

公司 本日会议,余将同人薪薄者普遍加薪事提议。原拟五十元至卅一元加二成,或一成半。三十元以下加三成,或二成。决议改三十元至廿一元加三成,二十元以下加二成。先是余未知印刷所除职工外亦已普加。(按印刷所于八月九日布告,二十元以下加二成,四十元以下加成半,七十元以下加一成。)今除印刷所职员外。

总馆二十元以下者,四五六七元。加三成,应得一三七二元。三十元以下者,一九八九元。加二成,应得三九七元。又茶房等八三七元,加二成,应得一六七元。 共一九三七。

分馆二十元以下者,二八七九元。加三成,应得八六三元。 三十元以下者,一一二八元。加二成,应得二二五元。 又茶房等二三八元,加二成,应得四七元。 共一一三六。 总三〇七三。

用人 是日会议,复提及客账科事。翰必以同苏担任。余不赞成。不决而散。

应酬 晚约汪子实、章觐瀛、黄溯初、徐寄顾、曹履冰、王一之、钱新之、李馥孙在一枝香便酌。沈韫石、陈光甫、徐荣光、张云雷未到。

十二月廿四日 星期三

收信 沅叔。

发信 伯恒、昭宸。

公司 仙华告知,康福德电告,已得回电。言已有人还十六万五千镑,尚欲增加云。未几,通和洋行殷君来访仙华。仙华约余同见。余未允。仙旋告知殷君,已知道一切,且劝本馆加为十七万二千镑,即可购入。余意此系彼辈手法,我处可暂搁,且看情形。 余归寓后,康福德有电话来,言顷有人已还十七万五千。余谓价太高,我处不欲购矣。

用人 闻胡祖同不日可过沪。

应酬 晚访叔通,畅谈。

杂记 本日收京馆寄来邓孝先所借《苏平仲集》六册、《齐民要术》二册。连前寄首尾,书已全。

十二月廿五日 星期四

收信 少勋、剑丞、敏安。

发信 沅叔、鹤顾。

公司 广告公司各件,余批请翰主持。即交铭勋。晨电告仙华,谓康福德昨有电来,如此云云。余意,既有人还价高过于我,何不向彼处要求而来我处说项。就令真有还过该价之人,亦必系陪客。且压一时再看情形。

午后到馆,晤仙华。言殷君已来过,果言还十六万五千者长利洋行系伊处经手,为一王姓。现其意不欲购买,最好撇开康福德及长利洋行,另行与梯士德接洽等语。余告仙华,此时已有端倪,不妨暂搁。过两三日彼辈必来商,再看情形。定办法亦尚须看三日后之兑换价。

分馆 支馆结账方法,由盛同翁拟定。余批请翰主持。

应酬 法人刘道夫来。系拔翁介绍。

杂记 连日收到长沙分馆寄来叶焕彬所借书。计有《仪礼郑注》《古列女传》《新语》《石门文字禅》正平本《论语》,计五种。本日又到《越绝书》《吴越春秋》《杨仲宏集》三种。

天头 午前未到馆。校《夷坚志》。

十二月廿六日　星期五

发信 伯恒、少勋、鹤赓、伯勤、剑丞、敏安。

公司 本日将加薪原案及复算清单及总分馆薪水清册两本交翰翁。并去函请大才主持。又退货章程。

用人 胡祖同,号孟嘉,过沪。同孙已与接洽,尚未能决定。俟到杭后再通信。余未见其人也。

分馆 广告公司收入张鸿翔《汉英大辞典》告白,事前并未告知廷荣不收,有碍本版营业,故致误收。晚间告知廷荣。廷荣又言,张君并托代收信件。余言此甚不妥,必须婉辞。

廿七日又去信,请其谢绝代收信件。并告知以后勿收同业广告。并留稿入卷。

天头 午前未到馆。

十二月廿七日　星期六

用人 邝先生来说,周越然荐杭州蕙兰学校教员王君入英文部办事,月薪拟送八十元。当函达梦翁。

纸件 万仲簏来信,为购纸交涉事。交翰翁核办。

天头 午前未到馆。校《夷坚志》。

十二月廿九日　星期一

收信　伯恒、琴南。

发信　周印昆。

公司　本日晨赴丁律师处，接洽明日复讯中华讼案。昨日午后四时后张蟾芬来电话，谓有乐振葆、陈文鉴、赵晋卿诸人要来余处，谈南京路地事。未几张即与三人同来。张言乐君已得有该地全权。赵君言，由彼辈托郭洪生赴英之便询问地主议租议购。乐、陈两君亦函电往来不知几次，今始有确音。系与原租主金姓接洽，得有优先权。乐言，现约定于明日九时为限，即付定洋。张言已打好庄票四万元，已经看见。余谓，本公司本有人不主张，今闻价甚昂，本馆恐不欲购。请诸君自己进行。张言何妨展限一二日，待本公司一商。余谓万一本馆不要，岂非有误诸君之事。诸君谓无妨。乐言只要得有理由之利益，即可让与本馆购买。因定洋尚未付过。余问何价。云十七万六千镑。余言本馆亦曾托人直问地主，顷言之价是否地主所定。乐云连用金包括在内。余又问有理由之利益若干。赵属乐、陈酌定。乐言加四千镑。余又言，本馆恐不买分数多，勿因候我信，致误诸君之事。　晚间晤仙华，告以以上情形。仙华于今晨往访律师梯士德。并不在沪。见其同伙葛福莱，言各处接洽均云为商务代购。仙告以实情。伊约不与诸人再接洽。但长利洋行难以撇去。约定今日俟梯士德回沪再商。　余到馆后约翰卿、拔可，告以以上情由。余意谓参与之人愈多，事愈难定。乐、陈、赵三人应请蟾芬谢绝，谓公司不欲买。翰亦谓然。未几鲍君来言，得赵晋卿电，言至少要十七万镑。鲍复以过十六万镑不购云云。

编译　刘半农交来《中国文法通论》并鹤顾信，要售版权。即送编译所。

西书　程育明有论西书事，共三条，颇中肯。已送王、郭、吴三君阅看。

十二月三十日　星期二

发信　伯恒、阁政。

公司　本日午前九时半本馆与中华讼案第二次开庭。因陆费君有病未到，由律师申明，不必由余续述。先问各分馆来证人。首梁宝田、次陈敬丞、次刘兰甫、次杨叔庚。梁君所述略有漏报，仅言彼登两次、我登一次。又未能指明彼系先登、未曾指明何日登出。陈敬丞言闽馆春夏营业与去年相等。自九月起减少二千九百元。刘、杨两君无甚破绽。至十二时退庭。

分馆 陈敬丞来辞行,即晚乘新济返闽。兰甫拟俟免票到后即行。宝田拟候绥阳船先赴宁波一行。杨叔庚告假两礼拜,回余姚。

邱培枚来信,请假回沪面商馆政。即电阻勿回,一切函商。李和卿续约一年,已承认。

应酬 晚访丁榕。询南京路地事。余详告之。又到客利访弥勒君。据言勃林姆登有消息,于一月一号自温哥华起程东来。六钟半到南洋烟草公司商公正人,复估旧公司账目事。并在彼晚饭。

十二月三十一日　星期三

发信 沅叔。两封。

公司 昨晚仙华告知,谓通和洋行殷君来告,长利得电,南京路地十六万五千镑可售,一切在内。鲍咸昌亦在,拟即定购约。明日往商。次日鲍、王见告,因镑价增贵,只有每两七先令九本士之谱,故拟缩减一万镑之谱。长利因梯司德将电报压起约一礼拜多,致失机会。又在争辩,无从定议,只可从缓。　至一月二日,仙华问余,可否改作银价。余谓,为我计甚是。但地主决不能允。后仙华言,拟按十六万五千镑,每两八先令六本士之价同时并计,作为标准。余谓,此说甚妥。时梦翁在座,亦以为然。

编译 郭鸿声来谈,言南京高等师范现有书多种拟托本馆印行。欲索北京大学出版契约一阅,援照办理。余允之。9/1/2 寄去。

郭又问陈列招待事是否独办,抑与教育共进社合办。余言,曾经讨论,两种办均各有利弊,未能决定。郭又问小本百科丛书。余言,近未筹及。郭谓科学社或教育共进社均可承办。郭又谈收稿审定事。余言,审定事,一、恐审定人易受人攻讦。二、恐审定人事忙,不能速办。

一九二〇年

元月二日　星期五

发信　沅叔、阁政。

公司　梦言,昨日翰到伊处,沥言与余意见太深,请其调处。　　本日会议。余与鲍君谈开夜班之事。鲍谓交班往往不接洽。余谓有管理人,可不至是。鲍谓校对、机匠、浇板、铅版均须有人接洽。余谓,须另为组织。鲍谓夜班工人昼间未必肯睡,至后半夜仍多昏睡。宜给与睡地。梦谓,日工可迟一二点钟,则交割亦易,可不必给与睡地。翰谓,如能举办,则第四工场可以缓造。鲍谓与包文德商,铁工部建筑后,可将机器移至后进。余谓,可即将此作为开办夜班之所。昼夜必须划开地段。

编译　刘半农来,住新苏台旅馆。其所著《普通文法》,告以本馆可购。问印成书有若干。渠言学生已领去六百部,所余不过五六百部。系大学出资所印,现由大学出版部发售。余谓,大学决无可虑,但恐或有他人私印,将来无可稽考,便生枝节。可否全交本馆代售。刘言拟去信一查,将来或由本馆贴用印花。余言,此两策均容与同人商议。刘又言,尚有《语言学》,正修改。将来亦拟送来阅看。又拟编《世界新文学丛书》,已成三四种,改日一并送来。丛书系分三类:甲、名人著作,选其精短者译三四篇为一册。乙、选其评论新文学家之著述。丙、选辑其他科学有关系者,如美术音乐之类,均系小本。

纸件　葛词蔚言,伊行到有德记毛边六百件,拟售与本馆。余即告知铭勋。

仪器文具　制造影片事。余函知陈春生,可与美国某公司接洽。系郭生所介绍。

杂记　本日向葛词蔚处借到旧书十种。　　剑翁来携去精本《能改斋漫录》两种,一部八本、一部三本。又李紫东处一部计八册尚未购定。剑亦带去。

一月三日　星期六

发信　沅叔、为宋板《素问》事。鸿声。寄京大学合同稿。

用人 亚泉为戒约事来函辞职。与梦翁商,将其所争之惩罚字样易去,仍旧挽留。由梦翁先行往访。9/1/4 梦言已见之矣,且将前事说妥。渠意身体不佳,拟减事减薪。 仙华来信,探知赴邮政局考试者,本馆共有二十八人。彼所定薪水为月四十两也。

编译 本日得金恩公司代表弥勒君来信,言四川成都有教士名克恩者,向伊总公司询问,拟修订温德华士及斯密士算学两书,译成华文,能否自印。该公司答以,现正与本馆商量,未便允许。弥勒君将其总公司复函抄送到馆,并属与克恩君接洽。 9/1/5 送交出版部。 9/1/10 出版部复非必须翻译之书。当托邝君,函托金恩代表弥勒君。

印刷 葛词蔚托估《楹联大观》,交吴炳铨办。印四百部,每部在四元外。查问罗品洁君,前该书在本馆寄售,实收四元二角云。当托咸翁再行复估。 后由吴君交还印二百部,仍八百几十元。即寄与词蔚。 9/1/9 词蔚告知,已向西泠印社估印。据称三百部约六百余元。词蔚托再估。 9/1/10 告鲍君。

杂记 本日还袁伯夔《溹水集》一部。还沈子培宋板《黄豫章集》一部。

天头 午前未到馆。

一月五日 星期一

公司 翰信,言脑力不继,且侄病危,加薪水事,请余与拔翁决定。张廷荣将广告公司事驳回。 仙华告知,康福德又来访询南京路地事。仙答以七先令十本士以上,前还十五万八千镑,仍可购。

用人 张云搏有信致叔通,言其子去留由伊自决。余又致信与伟如,询其能否允准。

编译 昨与梦谈,拟仍编小丛书。梦意,每册约三四万字,酬资约二百元。拟先约胡明复一谈。 本日余又告梦,字数较多,恐题目有限。余意仍以小种为宜。梦谓小本另是一事。大本者可分哲学、教育科学,选西人名著,仿《文明协会丛书》之例,即托胡适之等人代为主持。余意只以新思潮一类之书选十种八种,至小丛书可仍托胡明复担任试办。

印刷 张叔良来告,外间托印《汉英大辞典》,校对骆姑娘及周泽甫均代为修订,似不妥。余见鲍君,请其防止。 陶子石先送湖南银行清理处来信,继又亲来。余于下午后始到馆接见。后将所谈记录一纸存查。

纸件 纽约电,见东报已提议案,禁限制纸张出口。余告翰,并以东报示之。

杂记 本日还葛词蔚《文中子》《干禄字书》两种,留八种,并交去收条。陈叔翁经手借蒋抑卮《古文苑》两部、《毛诗》一部。留《古文苑》一部,余两种均于本日还去。 又借到叶揆初抄本《河南穆公集》。还一部,留述古抄藏本一部。

一月六日 星期二

收信 伯恒。

发信 朱冠侯、朱昭侯、暗信。伯恒。

公司 仙华见告,本日访康福德,适遇长利洋行荷末尔亦来。知彼两家可以联办,将来分得回佣。康福德谓,须另行还价,由伊两家合托梯士德电达地主。仙华谓,金价又长,如照十六万五千镑计算,不过四十万两之谱。余谓,地主原电限一月二日,已过期。不如另还价,可省些。仙华、康福德要求再写一信,并将办法列入。甚不易写,拟允可即付金价交与银行。余谓,恐有语病。仙华后谓,道契交到,可以全数付清。

编译 致刘半农信,留稿。往新苏台旅馆答拜,未遇。将信留下。

印刷 本日会议,谈及小学教科改用新闻纸洋装。一面由翰定纸,一面预备版子。最好将十六、廿四、卅二分寄,零之页减少。

杂记 包曼农,即包畯,寓家庆里一街口廿号楼上。有条陈,本日交鲍咸翁。

天头 午前到馆会议。午后三时半即行。

一月七日 星期三

收信 伯恒。

公司 张廷荣来言,即日派人赴汉口,支款不便。余即属铭勋开一暂记支单六十元。 又问,前议定租车站外地及城市要处设广告二千元。可否将此项作为基本,另立一户,随时收入,即将此款另行添租。余谓可行。属备函说明。

印刷 鲍咸翁函告,令夜班即日开工。余约咸至总务处面谈。告以二年、三年仓猝举办,均不满意,遂谓难办。今若不预备完全,草草开办,必致蹈覆辙。以后恐此事遂成绝望。余问管理如何。鲍答已有三人。又问修铅版如何。答多备铅版、预备抽换。又问修理如何。答多备空机两部,预备机损即将版移他机。问夜餐如何。答已预与包饭作订定。

一月八日 星期四

发信 鹤顾。

公司 午后,翰约张廷荣来总务处,至会议室商订广告公司。余亦在座,梦、叔两公均到。

西书 仙华交来程育明西书推销意见。

天头 午前未到馆。

一月九日 星期五

收信 朱阁政。

分馆 翁健鑫查粤馆账,有信来言梁宝田私宕八百元。又同人外借共三千余元。

编译 王建祖寄来《银行学》稿一卷。连信送与江伯训。

印刷 伯恒来信,叶玉虎托估《四库全书》,约比《道藏》增加十倍。《道藏》为十万页,此即为一百万页。石印六开连史、毛边各一百五十部,订一万本。本日交鲍咸昌估价。 恒丰纱厂卢天牧代该厂印技师手册,冒印本馆发票,私增印价(原为八百余元)约千元。今日由许笃斋查出,并由恒丰纱厂派人送到伪发票。当由翰翁接见,声明本馆必须追究。

西书 与梦翁、仙翁讨论西书办法。余意以美金一元合墨银一元为本位。每金币汇兑增减百分之五,或百分之十,即增减折扣若干。

杂记 买进胡文焕《诗法统宗》二十册,计二十二元。

一月十日 星期六

发信 伯恒、阁政、伍昭扆、沉叔。

公司 仙华来商发行所付捐事。翰约余至会议室一谈。仙华云,已有数家不付,已作为刑事传人,本馆应如何对付。谓照付恐有不便。余问翰如何主张。翰云甚难。余约拔可到场。讨论之下,余谓断无即付之理。一面必须请律师、一面看被传数家如何情景,再定办法。拔谓不付之害显而易见,付之害隐而无穷,只能不付。翰谓可先到各处探听消息。遂偕仙华赴商会及丁榕处。归后告予,商会正在会议。丁榕谓可以代表。

发行　沅叔来信,询《学海类编》整购十部以上可否九折。余商之仙华,谓可办。并谓五部可九五折。余即复沅叔,并告干臣通告,并抄出往来信存案。

用人　晚间葛词蔚约在东亚晚饭。晤薛君镜人,谈及伊之同学李君,系财政学堂别科毕业,蕲春人,年卅五六,人极可靠。现无事,约六七十元可来。

编译　梦翁交到方叔远拟编大字典意见书。

印刷　昨托鲍估《四库全书》交到估单,约七十万余元,为期须十九年。余即约鲍、包一谈。谓如此长期,说不出去。余谓此时殊无印否之确信,但十九年系用几架印机。包称三架。余谓改为十二架,五年可完。如果成议,应特别建屋添机。问能否赚出。鲍谓可以赚出。余谓估单不必寄去,但告以约数,惟声明纸张须临行另议。

杂记　沅叔来信,谓宋本《黄帝素问》已以千五百元购入。　晚访李子东,告以《倪云林集》六十四元,《雪窦》三十元,《钓矶文集》五十元,《陆士衡集》四十元,《黄氏日抄》一本二十五元,《神仙通鉴》二本二十五元,元本《孟子》一本四十元,元本《黄先生集》一本二十五元,共二百九十九元,合成三百元。　9/1/15又加入普通书若干,有《陶政记》《鲒埼亭诗集》《尹河南集》等,约三十五元。另加十五元,合成三百五十元。于当日成交。

一月十二日　星期一

收信　伯恒。二封。

发信　伯恒、阁政、买志书事。鹤顾、寄《越缦堂日记》样张,均交发行所发。昭宸。托访残书事。

用人　胡孟嘉来见,约旧历十二月初旬来。翰、拔均见。

分馆　廷桂来信,为郑炎佐薪水事。

编译 刘半农昨有信来。本日复信,允购《中国文法通论》版权,价二百元。

西书 本日《时事新报》载有人论伊文思书价比丸善贵。梦翁主张改价,而不改折。 9/1/13告王、郭二君,请其筹酌。王谓亦有好处,但总以人才为要。

一月十三日　星期二

收信 鹤庼、昭扆、徐总统信。谢送《孟子》,又送书。

发信 伯恒、昭扆。

公司 本日午前九时半本馆与中华诉讼第三次开庭。余到堂作见证。仍由代表律师一一诘问。问官不以余所举分馆受人之责备为然,属仅举亲身所受者。遂述及损失之数。后律师又问及陆费为本馆股东,收回日股开特别会,通知股东,有无凭证。余遂交出通告一纸,并回单簿一本,有中华书局收信戳在上。继又交出二年分红账并回单簿,均呈堂未收回。继又被告律师诘问,最要之语为本馆去信及回信可以作为更正,本馆既不满意,何以不再去信。又问书尚未出,何以知有损失。由余逐一答辩。又问收回日股,如何付款。余云不知,即呈出契约及收条两款。均呈堂(后收回)。问官属再将账簿呈阅。彼律师又问,何日函请日本更正。何日得回信。余答不能记忆,下次可将各信带来。被告律师问至。

时已过十二钟,问官属停止。定于下礼拜二日午前再审。遂散。

编译 蔡鹤庼寄《中国语法》一稿。送交江伯训。

印刷 鲍咸昌来言,昨日开夜工甚顺手。但早起散工总觉太冷。余谓可预备早粥一顿,并赁一房,令其宿睡。

元月十四日　星期三

收信 沅叔、伯恒。

发信 梦翁。寄《廿世纪丛书》办法。

公司 约仙华来寓便饭。告以翰翁近来办事颇有意见,致将原定规划恐有障碍。将来办事必须展缓或迂道而行。又请其多注意印刷事务,预备后来可以干涉。纸墨等最好能办到直购,勿经他人手。仙问,鲍先生出洋用费如何。余。

用人 伯俞来谈,拟聘薛公侠任国文部事。余谓新者尽添,旧者不去,为公司计似非宜。最好就现有之才可以办事者移缓就急。又言,吴和士就江苏临时视学,专任理科,全年约告假三个月,要求酌给津贴。伯俞意谓,整月告假给与四十元,何如。余谓,恐人援例,容筹商再复。　　翰翁告知,薪水单均已看过,甚妥。略有一二改动。余云,尚有另单中数人,请翰酌拟。

编译　沈子培劝将《西儒耳目》资印入《秘笈》。本日查得页数,共四百五十七纸。

周由廑报告函授比较成绩。

年分	入学人数	收入总额
四年七月起	四〇四	五三四五
五年	八三九	一二六九四
六年	九一一	一五二一一
七年	七八三	一二二五二
八年	一四二六	一九四四〇

伯训函复新地图阴历年内出版。晨起灯下看大字典商榷书及例言。并叔远致梦翁书。

天头　梦翁北行。余赴车站相送。

一月十五日　星期四

发信　沅叔、徐森玉。

编译　阅英文函授状况。改稿仍不能用。请伯训托同人修改。

杂记　本日买进周星诒校宋本《史通》十二册,价四十八元。

天头　午前未到馆。

一月十六日　星期五

公司　晚在发行所遇翰翁。告知华章纸厂有出售意。余谓,此固是一机会,但须有先决问题四:一管理何人,二技师,三原料,四成货及日本原料。

分馆　仙华出示廷桂信,反对派郑炎佐赴京局,措词多失体。

天头　午后未到馆。

一月十七日　星期六

发信　梦翁。

印刷　查复南京省长公署第三科汪伯轩信，为印刷教育统计表事。余甚不以陈纯馥办事草率为然。鲍先生颇有袒护之意。

一月十九日　星期一

公司　午前翰约咸、拔、仙三君及余在会议室商议浦东纸厂事。余言，外人借端纠葛及原料均有关系，不能不详细研究。资本亦甚巨，不能不格外谨慎。而尤以有人管理为第一著。如不能得人，则此外问题虽决亦无益。翰、咸举金伯平。余谓不能独当一面。仙、拔亦不赞成。后定翰、仙午后同赴该厂一看。

用人　邝先生交来屠坤华自荐信。愿来化学练习室办事。经鲍退回。余今日告鲍。鲍云，信未细看，以为寻常谋事之人。余云，请再考查，即将信再送去。9/1/19 鲍云薪水太大，恐事权不统一。翰翁将薪水单交还拔翁。

财政　丁榕代人做押款，向本馆借银七万五千两。余谓，购地及纸厂事未妥，不能允。

分馆　王君武自香港回。

编译　余函伯训、伯俞，教部令行改国文为国语，本馆又出《新法国文》，有无不便。《新体国语》应宽备。

天头　《法苑珠林》分卅六册。

元月二十日　旧历十一月卅日　星期二

公司　本日中华讼案第四次开庭。被告律师继续质问毕后又由盛同孙到案证明损失。未几退庭。午后续由同孙陈述一切。被告律师质问毕，同孙退。被告即质陆费伯鸿，至五点半钟毕，退庭。定下礼拜二全日再问。

一月廿一日　旧历十二月初一日　星期三

公司　本日午后补开董事会。余历陈纸厂种种关系要点，而归重于管理之人。与昨日致翰信相同。因有他事先退席。

用人　鲍庆林致总务处经理一信辞职。余约鲍先生至客室交还。鲍谓余不知，惟今日午饭时谈，因近来余约束较紧，渠觉不自由之故。余谓余固不能收此信,即总务处亦不能收此信也。

编译 与伯训、伯俞商《新法国文》应否改为《国语》,缘有许多字句距语体尚远。伯俞不主张,谓国文具稿时不预备部令遽改国语,然此书出版决不致亏本。 伯俞主张高小编国语、国文两种,理科用语体。余谓历史、地理只要翻译,既出版后再改恐人又有嫌话。伯俞允商作者。又算术余谓可用语体,伯俞亦以为然。

天头 午前未到馆。

一月廿二日 旧历十二月初二日 星期四

收信 沅叔。

发信 沅叔。

公司 余函告翰翁,胡祖同不必令其到馆。转荐他不成,再声明缘由,由余致送数月薪水。函留稿。

印刷 卢天牧因私造本馆发票添收账款,已由恒丰纱厂起诉。本馆亦附带起诉。今晨伊妻来余居要求,哭诉不休。余电达鲍先生,请告丁君将诉状缓送。

一月廿三日 旧历十二月初三日 星期五

收信 梦旦。

发信 沅叔。

公司 翰于同人薪水颇有改动。何伯良原拟二十,减为十元。盛安生加五元,谓其事简资浅,不加。余将全案交还,告知未与各部接洽,请其主持。讨论纸厂事,余出示梦旦信,由叔通读一过。拔可谓断不能办。翰、咸均推仙华。余反对,谓公司为根本。仙华出洋,甚望于公司可以改良进步,移办他事,实非计。拔推翰自任。翰循例作谦词。余劝翰,言请勿误会,如公能自任,我自赞成。但此事必须全副精神,专心致志方能办理。公之年纪能否担任,请自斟酌。拔既言此,余若不声明,恐疑我为不赞成。后亦咨嗟不决而散。 先是鲍先生谓多数主张仙华。余谓余确不能赞成,既以多数为言,即请仙翁自酌。傍晚又约仙华在会议室,谓我实不愿公办纸厂,如公自愿办,我亦未便相阻。但为公司计,决非所宜耳。

编译 与伯俞谈,现部令一二年级改习国语,则三四年级当习国文。伯俞谓部意不如是,系从一二年级改起,以后均改。余谓照余初意,一二年用各册应改编国语,今如是,则国文全不能用矣。《新法国文》恐部难审定,余意又蹈简明及实用之覆辙,岂不可惜。伯俞谓教国文仍是多,部不敢不审定。余谓既如此可即印。

一月廿四日 旧历十二月初四日 星期六

收信 剑丞、封芸如。

发信 梦旦。

公司 翰翁复余及叔通一信,仍申说胡祖同事。

用人 揆初来电,要商议胡君祖同。盖已接叔通信也。即复一电,余即致胡君一信。 函告翰翁,谓拔翁见告,公意拟派伯良任账务科事。伯良近数年来办事极勤慎,但办理此事非所宜,余不能赞成。

分馆 访梁宝田并送行。其意专谓公司查账而发,并申明宕欠纯系为应酬而起。临行并荐高子约自代。

编译 张隽人有条议,论推广国语事。 送还《新法修身》一二两册。

西书 西书减价全案送交翰翁。

杂记 本日收到津馆寄到宋板《内经》。

应酬 晚到太和园,贺李守仁娶妇之喜。

一月廿六日 旧历十二月初六日 星期一

收信 梦旦。

公司 午刻访丁律[师]。翰、仙、同均在座。 午后余访简玉阶,索取撤销注册印文。检查不得,以后籍两件畀余。傍晚到发行所,交沈君用回单簿送还。

入城访沈韫石,商用呈文请其录示,并给印批。即回馆办就送去。仙华受余托,告丁,请其注意,当厚酬。渠希望胜诉得五千金,赔偿到五万以上得一成半。包费和赠者款加为五百元。

傍晚翰约仙华及余至会议[室]商纸厂可否事。问应否电催梦翁回。余谓无甚关系,只要有人管理,便可商量。仙华余不能赞成,公愿自任,余自赞成,但有嫌疑,未便怂恿。翰言负担过重。仙华亦以利轻责重为虑。

元月廿七日　旧历十二月初七日　星期二

收信　梦旦。由伯训复。

发信　伯恒、阁政、昭宸、退还《书集传》。王光第。

公司　本日全日为本馆与中华讼案第六次开庭。(午后第七次)。先由本馆律师诘问陆伯鸿。次由被告律师诘问证人,一福州经理、一总公司管理发书人。午刻退庭。午后由被告律师诘问翰卿数语,旋由两造律师辩论。五时过退庭。此案辩论终结,只须听候判决矣。

编译　交还第三册《修身教科书》。

杂记　本日由葛词蔚处借到抄本《茗斋全集》壹拾贰本。又将余所有四册送交铭勋,请其一并收存。

一月廿八日　旧历十二月初八日　星期三

用人　翰来言中国银行冯仲卿荐某君,谓其人曾任钱庄总司账,年纪五十外。拟给薪水二十余元,令其介绍账房,考究各钱庄情形,并察看会计、出纳、稽核等科。余谓此为君所应办之事,非新进所能分任,且声价未足,亦难畀以此等重任,且含有顾问性质。余意应出重薪,延聘银行钱庄中最有声望、有资格阅历之人。否则新学家有学问之人方为有用。照所言办法,余恐未妥。翰问如何用法。余谓只可令任普通账房。即介绍他人一层,亦不能说明,新来人可靠与否,一时不能知也。

一月廿九日　旧历十二月初九日　星期四

收信　沅叔、梦旦。

发信　沅叔。托推销《学海类编》。

公司　翰来言,薪水单已与各部长商过,略有增减。余泛答之。翰来信谓纸厂事已作罢论。

编译　告包、谢,《四部丛刊》事看得太轻,两君兼办恐来不及,请鲍先生添人。又订作装订不及,头批书明年三月阴历出版断不能行。

杂记　抄本《元和郡县志》十六册,还六十元。

一月卅日　旧历十二月初十日　星期五

收信　鹤顾。

发信　沅叔。

公司　翰于会议席上言,曾托青年会介绍部推荐能办新式簿计之人,现介绍某君来,如何位置。余谓公司范围日广,簿计必须更改新式,但事前必有预备,人才必须预储。最难一层旧人必不惯此,将改未改之时,必有无数阻力。如拟办此事,必须通盘筹画,非仅佣雇一二人便可着手也。鲍先生言必须出重修觅用有能力之人。

午后赴丁律师处,交与《最新司法判词》一册,又《法曹判词》一册。

分馆　毛希农有信致拔翁,辞黔馆经理。余谓去年为伊送眷前往,费甚巨,此时应慰留。

编译　鲍于会议席上出示《四部》所用面纸,归咎于编译所之不早定局。其纸样上一标八月、一标十月,实不为迟。余谓既往不咎,以后总须另行派人专管。

鹤顾回信,《越缦堂日记缘起》可照改。即交陈少荪。

杂记　傅沅叔寄来元刊《大观本草》及《本草衍义》。退还不购。

一月三十一日　旧历十二月十一日　星期六

收信　梦旦。

发信　昭扆、代柯医生汇规银三百两。伯恒。

分馆　赣馆有焦姓一友出外调查,在往来同业私开数十元,雄飞含糊了事。叔通去信傲饬,旋得一匿名信,揭举雄飞种种不合。余交翰阅,翰亦交该馆账房焦君致培初一信,亦讦雄飞者。余谓既然如此,应即更换。下礼拜二会议可决定办法。余语培初,今年加薪凡在二三十元以下者,均略有增加,应告知各分馆,酌其另拟一单,免致不均。令询翰。

杂记　复刘翰堂信,还旧书价。

二月二日　旧历十二月十三日　星期一

发信　鹤顾。声明《越缦堂日记》四月截止。昨发。

公司 仙华来信,询问出洋考察事件、最次并关涉费用事项。余拟复,存稿。

分馆 韦傅卿拟于年内旧历告假回籍。翰来商,余谓未妥。

杂记 《百川学海》还一百二十元。 本日购进抄本《毛诗名物解》《诗说》《诗疑》《毛诗指说》《诗本义》不全两本。又《燕京杂诗》一本。共洋八元。《平湖王志》九册·《乍浦备志》八册。共十二元。

二月三日 旧历十二月十四日 星期二

收信 昭扆。

发信 词蔚。

公司 午前总务处会议。余询翰进货规程是否已经施行。翰答云现已实行。余问施行细则及进货会议如何。翰云会议与原拟不符。翰云有总经协理字样。余谓原拟另定云：本属甚略,拟时照出版会议成例。余谓望礼拜五提出会议。翰云再商。余云我所拟章程不能任人淹没。时拔可、仙华均在座。 午后董事会议,公阅今年营业总表,有五百十余万。余云现在各省自编教科书,又新思潮激进,已有《新妇女》《新学生》《新教育》出版。本馆不能一切迎合,故今年书籍不免减退。应当注重印刷,力求进步。现在成绩不宜视为止境,即再进为八百万、千万均非难事,但人材实在缺乏,极宜留意。苏盦先与翰言,纸厂既已作罢,应仍预备人材。余谓本公司范围以内之事,人材已极缺乏。苏云可特提十万,以备储养之用。试办三个月,如不适用,即行辞去。余谓此策甚为紧要,但初办不必过宽,至欲办理此事,应有人担任。前本提议,余当拟一办法,再送董事会决定。

财政 余往广东银行晤黄朝章,询两星期通知周息若干,以银五万两为度。黄云七厘。

文具 郭梅生告我,加鲁那打字机已来接洽,愿归我作独家代理。

杂记 昭扆来信,9/1/31,云梁节庵遗书拟出售,某估赴河南收得宋元一二种。

二月四日　旧历十二月十五日　星期三

收信　伯恒。

发信　昭宬。寄《天字书目》一册。

公司　仙华来信,询出洋应办事件先后及用款事。余拟复信,由总务处答复,送翰阅看。翰谓另复。余即用总务处名义缮发。

李骏惠交来化学品目录一册。余请将自己已制及预备自制者分别记出。李告,文信言彼处亦排有一册。遂招文信至伊处,沿旧例已交交通科排印。余谓发行所近送来各种理化目录与尔所交交通科复印者有无重复。应自向发行所询明,再与理化部接洽,俾期统一,免歧出。

编译　告伯训,《新法国文》《新体国语》后四册余意必须加入俗体及行书。

王君武函告,香港拟编高小国文,愿本馆承办。已查明以前初小销路,已将王信及销数清单送伯训。

文具　告宾来,速与接洽卡鲁那打字机事,并偕仙华往访。

二月五日　旧历十二月十六日　星期四

收信　伯恒。

发信　复张季直。为南通风景画片事。

用人　与叔通谈,拟将分派各馆练习各账房辞退,择其可用者留之。章式之熟悉版本。前仲仁、沉叔均来介绍,后王君九来又力言之。叔通亦深悉其人,云无脾气,能坐定看星。如病势如何再定办法。

编译　孙星如云有脑疾,不能用心,年内恐不克到馆。第二批《四部丛刊》目本日发出。另开一单,将南京照来各书列入第二批者,令谢燕堂即印。

印刷　王君武调查港埠各印刷厂情形,已送鲍先生阅看。

西书　午后三时翰约同人商量西书改价及轧销采购事。

二月六日　旧历十二月十七日　星期五

收信　昭宬。

发信　伯恒、沉叔、廷桂、孔希白。

发行　毛边复式,符干臣条议,再照去减价一年或半年。

印刷　印本馆照片,备仙华带美送人,竟印坏不能用。吴炳铨携来先施公司月份牌,云有百数十张印坏。鲍先生已去信,意欲余函商该公司。余谓余不便出面,只有再派人或去函再商,信亦可不必看。　函托沅叔代揽《四库全书》,拟以五厘为酬,信留稿。

应酬　往访孙星如疾,未见。

二月七日　旧历十二月十八日　星期六

编译　告方叔远,收集白话材料,单字可广收,但必须注出处。复语先收旧书,流质不能用。叔远出示所收片稿,其复语多系文言,似未全也。

西书　谢福生来谈,谓仙华拟令吴东初调他部。渠意恐有痕迹,不如令出外调查各校用西书情形。又内部组织尚欠完密,应改良。甲、求其人地相宜。乙、整顿柜上。丙、研究书目。又询及签字及通告事,余答以当然如此。

二月九日　旧历十二月二十日　星期一

收信　鹤顾、焕彬、少勋。

用人　仲谷来信,要求陈少苏酌加月薪。余将原信送翰阅看。翰批请余裁复。余即批答,谓不敢参末议,送还翰翁。

编译　编译《廿世纪丛书》,梦翁在京与蔡、蒋、胡拟有办法。余意可以订定,惟专史不宜译,又人地名概用原文,本科专门译名应附对照表。

二月十日　旧历十二月廿一日　星期二

发信　叶焕彬、少勋。

公司　中华讼案本日判决,赔偿本馆损失一万元。丁榕告知,告知可照登广告三日,但不得有所增减。

本日余在会议席上。

发行　发行所烟囱久未通,本日冒火。工部局来救火车数辆,其实仅焚去一纸而已。

财政　汪汉溪、董芸生来请与华商实业银行往来。晚询钟景莘,据称折子已送来,并托安生查考该行内容。

印刷　湖南银行陶子石送来湘行电,拟续印裕湘。余与叔通商复稿,令先付旧欠,再续印裕湘票。每次只印若干,合两万元,交后即付款,付后再印。翰意不索旧欠,令先兑裕湘印价,并询需印若干。余谓先付印价违背合同,先询印数亦可不必,恐其令将总数全印,我再与争每次付价,反有不便也。

二月十一日　旧历十二月二十二日　星期三

公司　中华讼案判词仲华主张登报,叔通不谓然。电询丁榕,谓不登亦无不可,可随本馆之便,于复审并无妨碍也。决定不登。

用人　翰翁函告王觐远、曹韵章、张兆熊、张季卿、方学文、吴克昌,经科长报告,拟辞退。余复称已示拔翁,均遵办。以下未写。(余又云,但恐应除者不止此数人。资格稍老即可坐食不办事,此等风气甚为公司前途危也。)

编译　复郭洪生信,商订代印发行书籍合同。

应酬　陶兰泉来访,陪观涵芬楼精本。

二月十二日　旧历十二月廿三日　星期四

发信　王聘三。东有恒路合安里。

编译　张廷桂寄来《过激主义》译稿。送编译所。

杂记　托分庄科寄浙路证券十一张至杭馆,托代领取。

二月十三日　旧历十二月廿四日　星期五

收信　沅叔。

发信　魏经顺、文友堂主人。伍昭扆。

编译　邝先生偕王佐臣名宠佑来访。谓已编有《中国地质及矿物学》一书,约有四百面,问本馆能否印行。余谓销路恐不多,可否请将稿本寄来一看,余意甚愿印行,但此时不能遽定。王君又问,附有地图可否仅画略图。余谓只要颜色符号清楚,便可绘刻。王君问此图可否单印。余谓可行。允回鄂定稿后即将该图先行寄来,并言此书系参酌英、法、德、日四国之书编辑云。余亦告以版税办法大致以定价十分之一为率云。

文具　告宾来,卡鲁那打字机速与接洽。宾与王仙华云未能定。余谓此事不与王君相干,应速即商议。旋开来办法一纸,余即交翰。翰于此事略有接洽,似不甚仔细。余促其督宾等进行。

杂记 本日由李紫东处购进万玉堂《太玄经》《洪文敏集》、仿宋《圣宋文选》残本、《周益公集》抄本,计洋一百九十元。

二月十四日 旧历十二月廿五日 星期六

发信 陶兰泉、沅叔。留稿。

公司 本日《时事新报》有评论本馆一段,谓待工人甚苛云。

丁榕来告,中华已要求复审。

发行 本月查《学海类编》各分馆售去 连史五十六部、毛边四十六部。

编译 伯训复信,馆外图画设色有一种凭单,以凭收发及付款。近又定有规则数条,尤易稽核。 馆外译件仅凭部长开单。

杂记 本日购进元画一轴、手卷四个,计七百元。告翰翁,请其阅看。谓可不必,只要有发票。余云无发票也。

二月十六日 旧历十二月廿七日 星期一

收信 张葆堂。

发信 伯恒、韦傅卿、沅叔。昨发一。

分馆 高子约来,订明日到馆视事。晚间翰约在一品香便饭。

杂记 昨复沅叔信,残宋本《韩文》至多三百元,如无考异可酌加。请决定。又郭刻《白乐天诗集》六十元,亦允购。

二月十七日 旧历十二月廿八日 星期二

分馆 李伯仁复拔可信,力留俞镜清,并言镜清自亦不愿。

编译 与梦翁谈编白话词典,取材以不能列入文言之文章者为界。如《儒林外史》《水浒》《红楼梦》等皆可注入,各志书方言亦要采。

印刷 徐森玉来。晚到东亚旅馆答拜,交去承印《道藏》约稿一分。森翁告,《北山录》照印,用蓝纸作底面,内用衬页两张。留毛叶五十部。

纸张 项激云送来墨样,经包文德试用评定,遂即送翰。 住北京顺治门内翠花街。

杂记 徐森翁云,宋板《舆地广记》在李赞侯处。又云北宋本《李长吉集》、书棚本《弘秀集》、宋本《青山集》、毛抄本《才调集》均已照好。前又言有《刘宾客集》,已印过。

二月十八日　旧历十二月廿九日　星期三

发信　徐森玉、沅叔。托查《元丰类稿》《年谱》及《秋涧》缺页。

二月廿四日　旧历正月初五日　星期二

收信　沅叔、伯恒、宝田。

发信　伯恒、琴南、昨日发。伯恒。

用人　张又赓因父病笃,来商借洋二百元。余请翰决定。

分馆　翰翁约廷荣来谈广告公司事,由余主任,余允之。廷荣来告,京奉路联登广告者已得有二千元之谱。另英美一千元未定,现议加价。又精盐公司一千五百元已定。又前门外租地可不必,已在墙内置高牌。　　又模范牌工本重,得利甚微。又旧时木牌包工料太坏。又天津约周少庭任招揽事,月薪二十元。又天津广告公司任西人方面代理。

编译　王鲲西交来《过激主义》稿已送编译所。

杂记　沅叔寄来《清容居士集》,言已与陈立炎议定七百十四元,因给价不应手,退还。问余处能否购入。查原书共五十卷,内廿七、廿八、四十五、五十及附录系旧钞,廿九、三十七、三十八、三十九、四十七、四十八系新钞。取郁泰峰刊此书札记对校一过,似此本印在前。　　去年旧历除夕向古书流通处购书一千元,内有元本《刘静修集》价最贵,计四百元。

应酬　俞寿丞旧历初三日五十岁生日。余与剑丞、拔可公谯之。约徐积余、苏兖、谭大武、李一琴、叶揆初、袁伯揆作陪。　　9/3/2 还拔可分资五元,在总务处面交。

二月廿五日　旧历正月初六日　星期三

发信　沅叔。催《学海类编》,告知《清容集》已代拨。

编译　伯恒来两信,一论撤销审定事,一论孔德学校白话教科书事。交梦旦核办。

应酬　翰翁与仙华饯行,约余作陪。辞未到。

二月廿六日　旧历正月初七日　星期四

发信　梁宝田。

用人　王景曾梅先来见。据言年已廿三,民国元年离本馆后即进学校,已在苏州师范毕业。毕业后任高小理化数,任教科一年半,月薪三十四元。现在生计艰难,欲别谋,愿进馆。余告拔翁,拔翁拟令在发行所办事。

仙华问鲍庆林、庆甲各加薪五十元,系翰所加,甚为梅生不平。致信总务处诘责。翰函告余,谓只加蟾芬、迪民各卅元,并未提及二鲍,现已发表只可不动云云。

分馆　余交还分馆薪水单与翰翁,谓今年薪水事由君裁定,余拟不问,以便贯彻。至香港分馆问程雪门,余意不妥,应问吴渔荃、王君武两人合同决定,较为适当。

印刷　谢燕堂交来《越缦堂日记》《道藏》《学海》《四部丛刊》印刷办法。

应酬　送子约行,未遇。

二月廿七日　旧历正月初八日　星期五

公司　全国学生联合会派代表李峻华来交涉赏格千元之事,谓已成契约,该会可以继承权利。余谓中华登此告白,本馆认为滑稽,因彼系受罚之人,不能自作自发,故未曾有所考虑。后已成讼,到堂供明中华此事为不正当之行为。又英文判决亦引明此语。现在尚须复审。因法律问题关系,对于此点不能有所可否。余问,中华登此告白已久,何以从前不来问及。李谓各省分会纷纷函询是否收到,故不能不来问。又重申前说。余谓贵会系受中华之赠与,应与中华接洽。李仍执前。余谓现在案未结,本馆在法律地位对此点颇有关系,今日所谈不能作为正式交涉。应请阁下来一正式信,说明意见,再行答复。晚间接到该会来信。

用人　谢福生昨日来信,谓青年会要求伊继续将商业实验一班每日午前十一点至十二点教授完毕,以暑假为止,恐难拒却。余请拔可与梅生商议。梅谓可以通融。余约谢谈,告以最好辞却,万不得已,只以暑假为止,以后不能再有所商。

编译　复王昆西信,留稿。

杂记 郭鸿生来访,交到教育建设社章程一分。

应酬 金恩公司代表弥勒君来访,言勃林姆登言,约十日后方能到沪。余送与《营造法式》一部。

二月廿八日 旧历正月初九日 星期六

发信 廷桂、孔希白。《过激主义》稿事。

公司 商定学生联会来信答复。翰、梦、仙、叔均在座。决不承认中华告白指赠千元,同时另送该会办义务学校千二百元。但信稿仍请丁律师看过再发。翰言,学生辈咬文嚼字,恐未必承认,即照赏格给与。在座者均不以为然。

仙华约翰、梦及余在会议室讨论出洋应办事件。余有笔记两页。三月一日李峻华复来,余告以中华广告余万不能承认。但贵会办理公众有益之事,甚愿帮助,拟捐助义务学务经费千二百元。渠略护前说,即云能帮助本会,甚感。余请备一收据,晚间到发行所领取。渠请公司给与一信,余允之。并将代表证书及廿八日来信交还,谓此信亦不答复,即行缴还,免着痕迹。渠即收下。三月一日晚李君到发行所交出全权签字证书一纸,又该会收据一纸。余请补注义务学务经费字样,即将款交付,并由李君在收据上签字盖章。余并以中华反诉索回该赏格千元之诉词抄稿交与一看,渠亦无言,遂别去。余并请勿登报,以免他人援例。以上两纸交任心白归案。

用人 星如请假回无锡养病。余语梦翁,若不能即愈,只得另行请人。梦意且俟其假满回沪再说。

编译 郑幼波介绍《国民杂志》,愿归本馆印行。余告梦翁,与《新潮》杂志各为派别,恐启争端。且梦意文字不佳,余谓不如婉却。

杂记 京馆寄到正德本郭刻《白乐天诗》十二册,内缺一卷,补配三卷。傅沅叔所代购也。

三月一日 旧历正月十一日 星期一

收信 伯恒。昨收。

发信 王梅先、昨发。伯恒。

公司 昨日约仙华晚饭,勖以办事勿过急、勿露、勿不容人,勿恶听逆耳之言。又言,请君出洋,原定规画恐有挫折,余必尽力。但恐万一在途或回国后有不如意事,或不能达所期望,勿遽望,即所谓不必过急也。谈至九点半钟散。

莲溪昨与余言,闻余与翰有意见,有人言由伊挑拨,甚奇。伊与翰共事,知其性情太缓,不能决断,与余性质不同,然彼此皆为公事。伊亦知翰性情不易共事。说至此,盛同孙来,遂中止。

应酬 昨午约丁斐章、陈春生、王莲溪、李拔可、盛同孙便酌。仙华、郁厚培、郭洪生、翰卿、咸昌、梦旦、梅生未到。

三月二日 旧历正月十二日 星期二

收信 剑丞、星如。

公司 鲍先生昨日回。本日将《时事新报》所载论本馆工资一文交与阅看,请其查明外间工价,做一比较。

三月三日 旧历正月十三日 星期三

发信 剑丞、星如、朱冠侯。

公司 仙华来商,梯士德律师劝伊先往伦敦,与南京路地主接洽。余谓抛荒本题,以不往为是。

用人 翰翁交来分馆经理加薪表。内伯恒、廷桂两人未定,属余裁酌。余送还,请与拔可一商。又送来稽核科薪水比较表。仅有八九两年之比较。余交还翰翁,谓无用。

编译 承印外间所出杂志,梦翁来信谓《国民杂志》难于拒绝。余谓既然如此,即请酌定。又问办此事应取宽严之度。余谓现在出版甚多,不能不严。一、著作人之资格,二、杂志之内容,三、销路及信用。须考订明白,方能决定可否。

三月四日 旧历正月十四日 星期四

编译 日本某君来信,言觅得日本寺内内阁谋我国及借款之较计一书,并附来目录。与梦翁商,虽不免招当局之忌,然不能顾,可先问价。属寄十分之一之稿来。

商梦翁,《新法国文》教科拟停出,免令出后改为白话,又招苟且之讥。缘近时必不能审定也。

与梦谈拟设第二编译所。

西书 拔翁前日函告,有雪佛白,有西书一箱两年未开箱。要书者告以断档,出版家责我不能出力、有意延阁。余属迪民查明,系前年四月间事。

杂记 沅叔昨日到沪,今晨往访。言文友堂买得元刊本《资治通鉴》数十本,可让。又言同好堂购得宋本《后汉书》,约六十余卷,共三十余册。已还五百元。沅叔云东京岩崎氏静嘉堂新印有书目,可索取。

应酬 陈独秀住霞飞路二二一申江医院。

三月五日　旧历正月十五日　星期五

发信 伯恒。

公司 晚总务处约仙华在一品香便酌,为之饯行。商定请画图、落石、制造洋铁罐及洋铁玩具各一人。又仙华提议,拟聘一制造绘图器人。余问机器、仪器制造应否聘人。鲍君未能决。　　仙华交到康福德接伦敦电报一纸,为南京路地事。　　仙华又言,梯士德律师云,康福德离沪后,如该地定局,其回佣仍给与康。又言如有他人还价时,可将所还之价告知我处,该律师谓似可行。

编译 傅沅叔寄来《学海类编》一百十二册。交郭梅生代提。

印刷 寄伯恒信,托转达叶玉虎,四开、六开不能通用。并寄去附去样纸两张,各依尺寸画明界线。又估价条项一件。托伯恒问明玉虎,逐条注明寄还。

杂记 王君九寄来八百元,托汇京馆,转交乃弟琴希。

应酬 梁卓如由法国归。余至码头迎接,邀宿余家。

三月六日　旧历正月十六日　星期六

收信 鹤顿来信。

发信 文友堂。询元版《资治通鉴》。

用人 王梅生来见。畀数行介绍至发行所,见李、郭二君。

发行 鹤顿来信,言江西许季黼拟购《越缦堂日记》二十部。即复。知照交通部,转告定书柜发券二十张,寄南昌分馆代交领款。

应酬 午刻徐积余约在兴华川便饭。同座者姚文敷、蒋梦蘋、关寄尘、李拔可、沈谋艺。尚有一人忘之矣。

三月八日　旧历正月十八日　星期一

收信　伯恒、俞恒农。

发信　沅叔。快,寄杭。

公司　与梦翁谈拟设工人公共浴场、公共商店、暑雨休息室并改良厂内盥室便所。并将今年所增花红作为强迫储蓄,至少给息一分,非离公司及有特别意外事不能支取。　今日梦约翰卿、笃斋及余至会议室,商同人花红有为数甚小者,储蓄之法难行。商定自增加之数满五十元至五百元,或更多者,必须存入。过此或不及者,均不在列。利息从优,按月一分。

用人　约郑炎佐在发行所第一客室谈派赴京局意在求改良进步。廷骄蹇,诸事宜忍耐,勿急进,宜善为敷衍。

编译　余与梦翁谈,拟设第二编译所,专办新事。以重薪聘胡适之,请其在京主持。每年约费三万元。试办一年。　梦翁送来方叔远信,言大字典必须续编。余注数语于旁,谓成本甚重,又与时势不相应,于营业生[意]甚非所宜。

梦又交到增订《辞源》稿一册。梦意拟将《辞源》重排。余意似费太重。《欧洲战役史论》约五万字,定价七角,版税二成。五年一月出版至八年终止,共销八八九三部,付版税一二四五〇二。

应酬　昨约梦旦、拔可、叔通、黄溯初、袁伯夔、叶揆初、周孝怀陪梁任公、徐振飞在寓午饭。

三月九日　旧历正月十九日　星期二

发信　伯恒、俞恒农。

公司　昨晚拟定工人子女免全、免半免学额分配法。余将昨日所记优待工人之事在会议席上提出。郭洪生来商三事。余问郭出版契约,据云前索原稿尚未收到。一、问教育共进社如何意见。余答本馆现不拟举办,将来即举办,范围亦不能如此之大。郭又问能否酌定该社经费。余云公司现拟为本公司办公益事数起,不能分及于外。二、采集植物,以川省为主、滇次之。由植物教员胡步曾担任其事,并分科定名。商务如能合办,并可多得若干分,亦可出售。三、拟设英文书研究会,索本版英文教科书。余请备一信,可以照送。

财政 知照划拨行庄一、二、三月份津贴。

编译 本日会议席上将拟约胡适之事告知翰卿。

本日查《学海类编》预约数。 总馆五十四部。连史、毛边。 分馆一百卅六部。连史、毛边。 连史 共九十一部。 毛边 九十九部。

西书 本日告知仙华,到英美后托询第二手书,每种一册,价格若何,如何购办。专备图书馆之用。

三月十日 旧历正月二十日 星期三

发信 竹庄、王晓崧、剑丞、伯恒。为审查《新法国文》事。

财政 翰翁告知,如金价日长,须酌购英美币。

编译 陈迦陵缺《俪体集》卷三第十页。王秋涧集阙叶,卷六 15、卷廿九 11、卷四十一 7、8、卷四十四 18、卷五十九 4、卷七十四 8。商定将《新法国文》改为《国语》。并高等小学亦编《国语》一套。梦意高小不必编《国文》。百俞谓《国文》终难废,如不编,则共和太旧,将来将让中华新式独步。余意亦以另编《国文》为是。

梦又约百俞、叔远来商编《白话辞典》事。决定先收辑白话材料,拟编一语体文虚字使用法。又将《学生字典》改用白话解释,并将白话要字补入。

应酬 徐辅洲、沈韫石约在一家春晚酌。到。

天头 翰翁本晚送其女赴庐山就医,去约十日可回。

三月十一日 旧历正月二十一日 星期四

发信 沅叔、瞿良士、白岩、金佑之、叶焕彬、伯恒。为访陈、王两集缺页。

纸张 签慎昌定车床一单。又正金保单、船行保单各二。

杂记 法人伯利和介绍其友 来观旧书。

应酬 徐仲可约在陶乐春午饭、袁伯夔约在家晚饭。均到。均廿五日事。

天头 仙华、厚培今日午后四时动身。到码头送行。误记于此,系昨日事。

任公今日午后由通州回,仍宿余家。

三月十二日　旧历正月二十二日　星期五

收信　伯恒。寄来教部通告。

发信　陶兰泉、伯恒、昭扆、补佛拉加介绍信。朱逖先。告《古诗纪》办法暂停。

公司　与鲍先生商议汽车保险事。鲍以为应保，梦亦赞成。鲍谓拔翁所用一并代保。

西书　九日会议录阅过，交还。令速议完，决定办法。

文具　签定第　号准单。铅笔。　　　北京工业专门学校夏剑五来信，谓蜡纸有日本牌子事。　　　老晋隆为腊密敦打字机来信，批"查明核办"。

三月十三日　旧历正月廿三日　星期六

编译　任公言，拟集同志编辑新书及中学教科书。约梦旦、叔通细谈，拟拨二万元预垫版税，先行试办一年。胡适之一面，亦如此数。属任公不必约彼。

午后四钟任公到总务处。余与梦、叔在会议室晤谈。告以对彼自己著作，拟请编著小本新智识丛书，题目范围宜窄。如过激主义、消费组合等。要读者易于了解、完毕。任意欲分两种，一为此类、一为历史类。每册约十万言。余又言，对伊自著，拟预致版税五千部。版税亦拟增加。但现在办法较为扩充，应如何办法。任谓，拟成一团体公司，对彼虽从优，伊可分与同人。其意欲本馆购稿。余言最好仍用版税，彼此利益平均。但无基本金着手不易。本馆试行一年，可垫版税二万元，请其预为计划。任问若干字数，梦云亦请其计划分配。梦又云，将来对伊著作版税似应区别。任云，此可由公司定，伊仍匀配同人。余问是否到津即可商定。任言途中与百里、振飞亦可晤商，即可拟定。将来由伊代表订立契约，交稿约在三个月之后。

伯恒复信，附来鹤颀信，谓孔德教科书可交本馆，但须每年二千元与该校。版税照大学丛书例，一成五。三年修改一次。余等细商，不如出价购买。

文具　美国福克司来信，谓该公司打字机上海已有代理，系南京路廿二号鲍赓洋行。不允与本馆订约。

余抄寄仙华，并与科鲁那代理订约。9/1/15批"候翰翁回速定"。

三月十五日　旧历正月廿五日　星期一

收信　王晓崧。

用人　鲍咸昌告知,中英药房经理陈某作古,蟾芬有接办意,拟令莲溪接蟾手。余谓恐离不开。　鲍言,舒昌谕事已复。聂云台谓,拟由公司派伊出洋云云。似前日在会议席上所商,并未听明白。鲍又言,闻人言,聂并未邀他,不过舒自求之。余问曾否询舒。鲍言略谈。余谓应再问舒,公司可派伊出洋,但彼意所希望者如何,请其开告,以便酌定。如可行,则办,否则仍令从聂去。余所虑者现不与舒商定,将来派彼出洋时,不能如彼之要求,舒必谓前聂许我如何如何,彼时必无办法。鲍君允即转询。

编译　催伯训、伯俞与陈骏生商,速改订舆图。又告知,登去年九月三日部批审定《新体国语》教科书批。

西书　告迪民,前商议西书事未议完,应速议。无庸待翰卿回。

文具　签定捷利合同(准单十七号、十四号)两纸,又太平洋公司合同(准单十二及十三号)一纸。　本日阅流存簿,见有付科鲁拿印字机十二架,五百余元,并无进货付款报告。进货科谓向来用过,会计科亦不按照章程办理。

应酬　先施公司招饮东亚酒楼。到。　访勃林姆登,晤其夫人及子,约同至李文卿处看古董。同在者尚有和佛拉加。

三月十六日　旧历正月廿六日　星期二

收信　伯恒。

发信　王晓崧、伯恒。

分馆　伯恒来信,辞加薪。复属勿却。

发行　复沈联芳,昨夜在东亚酒楼席上,商请减湖州旅沪公学旧欠,余允减半一事。函稿交笃斋留存。

编译　约江伯训来谈改订地图事。

孙星如来。余略露此时事正吃紧,勿勉强,姑先订全目及第一批目再看。星谓余兼顾过劳。余谓亦有不能不兼顾之势。

西书　金恩公司代表弥勒交还合同两纸,系改订者。约邝、张、吴、谢商议,并属译出条议再定。

伯恒来信论西书有四条。交迪民约同人讨论。

杂记 美术柜又送来抄本《元和郡县志》十六册。余去年曾还六十元,现索一百廿元。

应酬 劳敬修约在寓晚饭。到。

三月十七日　旧历正月廿七日　星期三

财政 吴麟书还前买金镑万镑之价及押款三万两。归还计银六万〇八百六十九两七钱。即交笃斋。傍晚将股票三百八十股及金镑存单转账单交还吴麟书。在发行所,杨儒卿亦在座,并将押据批销。

西书 弥勒交来金恩新合同已译出,改动太多。即备函送还,请据原合同讨论。

应酬 金恩经理勃林姆登君偕其夫人及其子来厂参观。

三月十八日　旧历正月廿八日　星期四

编译 约伯训商修订地图。余意新撰从缓,订旧为要。其应修者如下:《世界简要新地图》,又《形势一览图》《万国舆图》《外国地图》。又庄伯俞单开来者:《东西两半球》余意修旧、《欧洲最新地图》,余意应配他洲。《世界分国地图》,廿四面,用3343地图纸一张半印,余意不做。《教科适用世界新地图》。与《中华新地图》配成一套,应查销路再定。

西书 弥勒君又交来改订合同,仍主半年后不寄卖。邝君、叔良、福生、东初讨论良久,邀余商定。先主仍用寄售办法,如不能允,再商展长付款,及退书之期。

应酬 晚七时半约勃林姆登夫妇及其子、弥勒夫妇、乐拔式夫妇又订书人德来克在一品香晚餐。陪客为邝君夫妇、吴东初、谢福生、张叔良、郭梅生。余与鲍先生作主人。

天头 午前未到馆。

三月十九日　旧历正月廿九日　星期五

收信 伯恒。

发信 梦旦。

分馆 与张廷荣谈，又斤斤于杂志折扣及广告公司之底价二万元。

编译 复伯训，《世界分国图》仍可制。但须估成本、限时期。否则一件未完，一件又起，件件积压，损失甚大。

西书 午后偕谢福生往访弥勒、勃林姆登谈订约事。可允寄售，以二万元生意为标准。先试一年，存货一半，以后再看。折扣七五，代办事务应酬劳。又托本馆代报某校用彼书。余意甚难，只能据所知者略报。

三月二十日　旧历二月初一日　星期六

分馆 复广告公司信，杂志告白照折实收四折，公司作价二万，不能再减。

编译 催伯训，注意某君所译日本人著论中国财政书。

西书 谢福生、吴东初来约邝先生商订金恩公司寄售合同。

纸张 告迪民，就沪市购黄板纸。缘现存不过两月之货，以后未续订。　知照仪器文具股，凡在未有准单以前，所进各货一律查明补开准单。　　又另拟账务股办事章程。

杂记 王莼农经由卞艺侯、瞿兑之手介绍何秋辇之书。计明板三千七百卅二本。抄本计五百五十四本，内有数种计九十二本未计入。殿板一千零九十九本。普通书三四八九八本。　总共四〇三七五本。

应酬 公司在东亚旅馆宴客，发帖二百余分，到不及一半。

三月廿二日　旧历二月初三日　星期一

收信 鹤顾、周子扬、梦旦、瞿良士、竹庄。

发信 伯恒、昭扆、又陵、昨发。梦旦、良士。

分馆 函告培初，速函杭、宁分馆，接待勃林姆登君。

编译 告鲍先生，应亟组织订旧书作。闻已派任克昌前往监视。余谓其人不可靠，仍请另觅人。且修旧书亦太忙，令仍还做工。

王鲲西为《过激主义》一书又来信索增价，除五百元，送书券三百元。复信不允。

西书 谢福生拟定之金恩寄售合同携至总务处，谓已请丁律师看过。当约邝先生、叔良、东初及翰卿在会议室逐项讨论,略有更改。即由谢打成正稿,送交勃林姆登阅看。据称可用,即属印成正式合同,于礼拜五日候伊归至[自]杭州即行签字。

纸张 余告翰卿,谓黄板纸已有预定之货,沪市可以出售,应多备,已告迪民。又新闻纸恐大长,应多预备,并收买。 开泰木行有毛边三百件,已告允彰,令送样来。

杂记 派吴东初陪勃林姆登到苏、杭。余在出纳科支洋五十元,交东初备用,归来出账。

天头 翰翁回馆。

三月廿三日 旧历二月初四日 星期二

收信 仙华信。三月十五日自横滨发。

发信 周颂巽。

公司 康福德电招余往谈,告余卑昔忒洋行接得伦敦来电,南京路地地主已以全权付与该行。限价十六万五千镑。如要买,即付定银十分之一,其余款交付,可先交道契,并担,俟寄到委状凭据即过户。约两月可到。在两星期内应定局。 今日汇兑市价每两七先令六本士。十六万五千镑,合银四十四万两。

编译 与伯俞商定即派范云六赴京充讲习国语练习生,约两个月毕业。

三月廿四日 旧历二月初五日 星期三

发信 伯恒、竹庄。

公司 约鲍、李、高翰卿在会议室,报告昨日康福德南京路地产事。翰又说出许多反对话。余又与冲突,另有记载。

分馆 梁宝田来,交到粤馆拟购地产略图一纸。

编译 致伯恒信,催《四库全书》及《棠湖遗稿》。

三月廿五日 旧历二月初六日 星期四

收信 梦旦。

发信 伯恒、觐侯、辅卿、少勋。通知勃、弥两君前往游历。

公司 康福德交到南京路房屋略图并租价单。

用人 伯训谓,王莼农举动多不合规则。

分馆 廷荣来问,奉分馆要做广告。 又茂生经售铅笔登告白,要求减价,于告白上附登一行"商务经售"要贴回若干。此贴回之数应由总公司出。余声明,此可一次,下不为例。

编译 以沇叔借来钞本《消夏闲记》摘钞一本,交伯训派人一阅,有增出者可录出。

杂记 沇叔代购《岭海焚余》一册,计洋七元。 残本元印《资治通鉴》托伯恒还价,每册二元。

三月廿六日 旧历二月初七日 星期五

收信 梦旦。附来《世界丛书》翻译条例。

公司 本日总务处会议毕,余复提及南京路购地事。翰翁所言无理之至另有记载。后与鲍先生议定,开特别董事会会议。到者郑苏盦、郭洪生、张葆初、叶揆初、金伯平、高翰卿、李拔可、鲍咸昌及余,凡九人。余坚请取消余前此主张购地之议,即投票取决。计董事六人,赞成买地者用"可"字、不赞成者"否"字。余写"否"字。计共五"否"字、一"可"字。投票毕余言,余自民国五年与翰翁共事,意见即不相同,遇事迁就,竭力忍耐。翰翁虽声明不存意见,但余深知翰翁性情。余在公司,鲍君之次即为余。余甚爱公司,为今之计,惟有辞职,似于公司较为有益。

编译 函告伯训,《张右史集》内有一二卷抄笔不符,似宜仿写,以泯参差。嗣后请照办。

西书 傍晚六点钟约谢福生到汇中与勃林姆登君签约。 勃君问,第 条代办推广事,费用是否由彼公司定。余称是。又言第 条"算学之钥"向来均不交出,极为郑重。余允将来特别注意,必须经由发行所所长之手。又第 条存货万元以外,加存临时补空若干。勃君允四分之一。后由谢君填写日期及数目字。勃君先签字,余后签字,并盖公司印章。后由伊夫人及谢福生签字,作为见议。

应酬 晚间七时约沇叔、雪岑、积余、古微、聘三、孟屏、翰怡在兴华川小叙。子培、石铭、筱石未到。

三月廿七日　旧历二月初八日　星期六

公司　余仍到公司,将应办事件交与翰翁。并告知昨日与金恩公司签字之事,属其按约将毁版各事继续办理。并将公司英文橡皮木戳用回单簿交还翰翁。　鲍先生约余晤谈,谓总以公司为重,请照常办事。余婉却之。

杂记　是日约沅叔、孟屏、积余到涵芬楼观书。

三月廿九日　旧历二月初十日　星期一

收信　伯恒。

公司　午前余到总务处略理案头积件。将书籍股送到金恩公司签字合同正副各一纸并奖励金修正各稿,此外尚有数种,送交翰翁。用回单簿。　昨日郭洪生、金伯平来访,并致词挽留。余力拒。　昨闻翰已告知江伯训、陶惺存、庄伯俞诸君。今晨余先约伯、惺一谈,告以详情。继到编译所,又约伯俞一谈。傍晚接梅生一信。

杂记　是日仍约沅叔到涵芬楼看书。

三月三十日　旧历二月十一日　星期二

公司　梦翁昨日归自京师。今日在消闲别墅同作主人,饯林宗孟行。散后与叔通留坐,谈馆事。余谓既经出言,决不能还。　晚约文德、梅生、伯训、培初、同孙、笃斋、景莘在寓便饭,述余辞职事。蟾芬未到,莲溪出门,仲谷重听,故均未约云。

同业　中华案复审判决仍照原判。

三月三十一日　旧历二月十二日　星期三

收信　伯恒。

公司　本日余致翰翁一信,托梦翁转交。留稿。傍晚丁榕来谈。述翰卿属其来,为转圜。余历举近日购地及从前种种意见相左之事,并云翰不能进用新人才(举丁前荐甲克森为证),无久远之计划,恐以后公司将隳落。但比较仍以余去为害轻,云云。丁言洪生愿入公司,且王正廷亦有意。余谓郭则余闻之,王则未之前闻,此却甚奇。傍晚到发行所,约蟾芬,告以辞职之故。

应酬　刘翰怡约晚饭。到。　王揖唐约晚饭。余未知,及在翰怡处晤一山始知之。归后检公司送来各件内始见请帖。

四月一日　旧历二月十三日　星期四

收信　伯恒。

公司　接总务处明日开特别董事会知照。晚约沅叔在一枝香便饭,告以辞退之故。因沪上股东知者渐多,不能不言。北方股东如有询及者,请摘要答之。

是日午前到总务处将机要科所存铁柜钥匙一具及投函匦钥匙六具送交翰翁。有回单簿。

印刷　本日将京馆寄来宋本《棠湖诗稿》一册及钱、邓、傅三跋交翰翁,请发印。并告翰翁,吴炳铨来面谈。

杂记　今日支用活存甲折七十元,买《剪灯新话、余话》。

应酬　答拜王揖唐,并谢昨日未赴约之咎。未晤,留一函。并拜曹纕衡。林宗孟挈其女赴英国。与梦、拔同赴舟次送之。

四月二日　旧历二月十四日　星期五

收信　莲溪。

发信　孙伯恒。

公司　致伯恒信,留稿。告知辞职。本日开特别董事会,余仍到。洎翰卿声明留余,余起述所以辞退之由为两害取轻之计。如再复职,是为无耻。后即离席。伯平、梦旦又代表全体来留,并述暂时取消,可办理股东会事。余允以董事资格办理红账,但经理万难复职。继又接得苏盒一信,余阅过即赴会议室。苏盒、伯平、洪生均已散。余对翰卿言,董事会如允余辞退,吾辈私交丝毫无伤。　赵竹君访余两次,均未遇。傍晚余往答之,谈及余辞职之事。余详述理由,并告以余忍五年,以后难再敷衍。

应酬　哈同、姬觉弥约中饭。晤王揖唐及何丰林、钮传善。

四月三日　旧历二月十五日　星期六

发信　伯恒。唁丧母。

公司　覆苏盒信,留。　复王莲溪信。昨日得渠信,劝余勿辞职。访金伯屏,告知决不能再回。　致翰翁信,请属许笃斋、盛同孙两人携带红账底册及关涉各件来余寓复核。声明余以董事资格办理。

四月五日　旧历二月十七日　星期一

公司　王莲溪来劝余再思。余言含忍五年，此次实万不获已，比较上或稍有益。但仍望翰翁能采用余言。并请莲遇有机会仍须整顿存货进货之事。　昨许笃斋及同孙携带八年红账底册来寓，复核一过，计再折去廿二万余。拟派官、余利三分五、公积一分五、提出特别公积八万、筹备工友公益事务五万。另有底稿。

杂记　买进《广韵》（宋本）二部，计二册。一百二十元。

应酬　昨晚徐积余、章一山仍在刘翰怡处晚餐，遇王揖唐及一阚姓、王姓者，又曹缧衡。

四月六日　旧历二月十八日　星期二

收信　傅沅叔。

发信　高子约。

公司　午后鲍先生偕梦旦、拔可来言，翰卿拟用苏盦之议，设董事长。余谓苏盦之意欲以此职处余。余若就，是明欲居翰卿之上，变为争权，断乎不能。鲍又言另设最高机关，立于监督地位，不任职务。余谓余前曾告翰翁两次，即如此办法。但翰卿于第二次谈论后，绝未提及此事。余可赞成，彼此不理日行公事，可免去冲突，余仍愿处翰之下。但此须由翰自决，非余所敢拟。

杂记　今日支用活存甲折二百元，家用。

应酬　费屺怀夫人开吊。余往吊。

四月七日　旧历二月十九日　星期三

发信　傅沅叔。

公司　梦旦来言，翰意所拟议案用"监督"二字太重，且资格规定亦有未妥。又重要之事由董事委托，亦似侵董事权限。且并约梦入监督机关。后经讨论，将资格及担任重要事两项删去。余问继任何人。与梦商议，拟推鲍先生继翰卿后。梦不肯出任经理，即推拔可。并加约金伯平、郭洪生两人任协理。由梦转达翰翁。

四月八日　旧历二月二十日　星期四

收信　伯恒。

发信　叶焕彬。附去李、吴收条二百元二张。

公司　梦旦有电话来，告知昨谈各节翰意均赞同。但金、郭二人任协理，恐非所愿。不如同时任仙华为经理、金、郭二人亦同任经理，将来即添三人。

傍晚遇叔通于发行所。叔通言去年底本有帮忙之说，今余既辞经理，此事为一段落，伊亦拟辞退，免将来去时转有误会。余谓万万不可，现当改革之时，一年之约必须展期。叔翁谓意已决定。余谓总须顾念同人情谊，再帮忙若干时。

四月九日　旧历二月廿一日　星期五

发信　伯恒。送奠敬十六元。

公司　梦翁早来，述昨商翰翁。如昨日所述。余谓原拟郭、金两君任协理之意，本为培养资格。经理责任甚重，不欲躐进。今翰意既定，亦无不可。但骤经理三人，于股东会有无障碍。又经理人数过多，将来办事必须划分权限，以免冲突。

印刷　李伯行托估黄峙长所印《李文忠手札》，又《文忠全集》。已函知吴炳铨。

制造　告鲍先生，王阁臣劝购铅笔厂，告以事多，照料不及，且无经验。恐王欲访鲍，故转告。

杂记　买进汲古阁抄本《唐宋诸贤绝好词选》一本。又明抄《论词曲书》一本。计价一百元。聂松涛经手。

四月十日　旧历二月廿二日　星期六

收信　施咏高信。

发信　任公信。为编译事。

公司　午后到公司，先约翰至会议室，余为之道歉。董事会特别会议，苏盦陈述余与翰翁均辞职，拟设监理。以翰及余担任，立于监督地位。翰先述病后精力本不及，又言曾受余之建议，亦久欲施行，因事忙未果。今能如此，以后并多招有新学问之人，于公司甚有裨益，云云。余继言，退志早，屡因事阻，不能如愿。

此次辞职,实由于此。翰既采用余议,余自赞成,且多招新学问之人,尤为余所主张。监理不办日行事务。必有若干冲突。在公司如此之久,断无超然不顾之理。翰可担任,余必担随。但为身体年纪关系,恐亦不能久长,只可先行试办,但仍望翰翁及继任之人采纳余之意见。苏盦谓众无异议。即提议继任事。余再声明,余任监理,待遇必须亚于翰翁。并言余应向翰翁道歉。

同业 中华赔偿损失万元,本日由丁榕交到。又堂费三十元。

是案酬高易三千五百两。先是又私酬丁君二千两,已于前数日交去。

杂记 聂松涛本日又送来《朝野新声太平乐府》三册元刻本、鲍抄《八家词》计一百卅余页。前者还一百五十元,后者还四十元。又明袁氏佳趣堂刻本《世说新语》三册,还五十元。

应酬 沈子培约晚饭。到。未终席即赴俞寿丞兴华川之约。

四月十二日　旧历二月廿四日　星期一

发信 仙华、一号,昨寄。一金恩公司事、二中华复审事、三公司红账事、四大马路地事、五余辞职及改定办法。此信挂号。沅叔。

公司 昨晨起后余往访翰,先向道歉,劝勿枉驾。所谈之事一为公司改章之盈余分配事,一为添约郭、金二君。翰谓郭君重在名义,而待遇为次。并已告以为友戚情谊,只可略为牺牲。又言拟将二人待遇先行商定再往。金君一为发行所,目前代理事。余先言拔翁必须回总务处,可移交梅生。翰谓如果定局,恐须斟酌。余谓本系代理,其所长一席仍系仙华。一为添属经理,彼此宜分任,庶免重叠而专责成。余又告知叔有去意,余必力留。但叔属为转陈,余不能不言。未几鲍先生来,余亦以叔意告之。鲍言叔翁无股分,有何办法。翰云送股必不肯收。鲍云或以特别之价请其购买。余云容再商,此时余必力留。　　午后翰翁来说许多客气话。所谈之事一为舒技师事,一为分馆同人往来宜优加招待事,一为筹办工人公益事。翰意可向青年会借人办理,并可仿其备饭办法。

应酬 樊少泉嫡生母昨日在净土庵开吊。余往叩奠。

四月十三日　旧历二月廿五日　星期二

发信 葛词蔚。

四月十四日　旧历二月廿六日　星期三

收信　白岩、金佑之、昨日信。廷桂。

发信　金佑之。

公司　午后翰约梦、拔、叔及余在会议室讨论交替办法及监理职权。

商定拔翁仍兼发行所其他分任之事务。　伯平担任会计稽核之事,暂兼管进货。　仙华担任进货经售之事。　鸿生担任机要科洋文股及广告公司之事。　拔可担任分庄科及机要科汉文之事。　另设秘书室。　出纳科事归会议。

四月十五日　旧历二月廿七日　星期四

发信　白岩、叶焕彬、伯恒、乾三、廷桂。留稿。

编译　复白岩及金佑之信,送梦翁阅过。

杂记　《朝野新声太平乐府》还二百五十元。

应酬　曹锡赓约在一家春晚餐。亲往辞谢。　黄朝章约在大东旅社晚餐。到。

四月十六日　旧历二月廿八日　星期五

发信　词蔚。寄志书。

公司　午后约梦、翰在会议室谈。余交出关于增设经理之问二纸、监理之职权二纸、升任及新聘之待遇方法二纸。翰颇有难色。

制造　拔可电告,邮局拟买打字机一百部,欲减价。余告翰,因商定拟属舒君赴美之便,将机上所用精细之件在美定造。

应酬　张兰坪约在倚虹楼晚饭。到。

四月十七日　旧历二月廿九日　星期六

公司　午后约高、鲍及梦翁在会议[室]商定应付近日外间学生罢课之事。又约庄伯俞、叶联生谈。

分馆　翰交到廷桂来信,争红价折扣及代定货物扣二厘事。语甚不妥。

杂记　为美国华盛顿图书馆买进《安徽通志》一部,价三十五元。李子东处。

四月十九日　旧历三月初一日　星期一

发信　朱阁政、董授经。借毛抄《稼轩词》三本。

公司 昨日余约拔翁谈,告知发行所与分庄办法。

财政 告翰翁银拆暂涨,定期通知存款须言办法。

分馆 赵廉臣来,余劝其仍赴梧州。渠意似可商。昨访张廷荣未遇。今日午后来,告以杂志广告旧账应归总公司。此与分馆分局有牵动,实难通融。廷荣谓,如此办事,恐以后更有困难,只可告退。余谓无此办法,可不必说。廷荣又谓公司不信任、与办事人不一致,实难着手。余谓公司极信任。此事之外,无事不尽力相助。廷荣又言告退。余谓请告翰翁。余又当廷荣面将上文所言告翰。

制造 告鲍先生,拟将打字机精细各件托舒君亲带美国托该国工厂制造,运沪装配。鲍意已令舒震雷分配工人制造,可以求速。余言之至再。鲍允告舒工程师。后余又问,鲍云已商舒工师,谓可不必。

四月二十日 旧历三月初二日 星期二

用人 邝君得文华学校来信,荐一暑假短期办事人来馆代为料理英文藏书事,并续荐常期人。与梦旦商,长期者须问薪水,短期者可允其来。 邝又以李培恩秋季赴美游学,须觅一人为代。有倪君无锡人为南洋公学毕业生,在海关七年,今不愿留职,来函自荐。邝拟邀来。与梦商,告以先试办数月,不合彼此可退。

邝又言,五月第三礼拜六北京开英文教授会。渠欲应召,借与各教员联络,以后有同此之事,亦拟抽身前往。梦亦允之。

编译 勃林姆登君来信,拟托余日章编《我国》一书。在京已告余日章,余甚赞成,并愿担任。由谢福生将来信译成汉文,与梦公商,谓可以合办。

四月廿一日 旧历三月初三日

发信 严又陵、附柯君信。叶焕彬。留稿。

公司 阅定《四部丛刊》预约稿件。

编译 告邝先生往访余日章,托询勃林姆登君托编英汉文《我国》一书能否践约,并探酬报若干,及成书时期。

应酬 章切斋为久大精盐公司上海经理。本日开幕,余往道贺。拜王揖唐。陈焕之招晚宴,在东有恒路廿五号。到。

四月廿二日　旧历三月初四日　星期四

发信　葛词蔚。

公司　翰翁对于余十六日提议各件复来三纸。　　　　顾晓舟交到股东年会报告稿。

分馆　廷桂自京回沪。　　傍晚访廷荣,未遇。

四月廿三日　旧历三月初五日　星期五

收信　梁任公、沅叔。

分馆　廷荣前日来信辞,因争杂志广告,去年旧账不允。翰属余与言,此旧账必不能议,宁可于年中无赢,另行酌贴。会议时拟定如此办法。翰又言,昨唔梅生,梅言廷荣所争者为合同中某条,其条文似可解为旧账归彼。余等甚异。记得当时并无合同。乃由叔翁检出,即系广告公司办事章程第十一条。该条谓,从前订定广告之价不满五折者,全数归总馆,另给以百分之二十。意谓去年订定之广告跨至今年者,其在八年十二月以前归总馆,其在九年一月以后者归广告公司。但恐原售之价过低,该公司过于吃亏,故贴与百分之廿,云云。并无以八年分之旧账划与该公司之意。嗣廷荣来,余即与言,申明公司并无不信任之意。遂言,知尊意为办事章程第十一条本处有不照办之处,余可再为申说。遂如上文所言,逐句与之解说。渠谓如此便无争执,所望不过如此。渠言,笃斋告以去年所订杂志广告跨至今年者,一律归总馆,如此便与此条不符。余谓余等之意以为尊处所争者为八年分内所应收之账,故未便应允。廷云,如此要求实为不合,并无此意,全系第三人从中致误。前日冲撞,甚为抱歉。余亦与道歉,相与一笑而罢。

编译　任公来信,论及编辑新书事。又寄来函,约柏格森演讲事。信译稿即交梦翁阅看。

杂记　王揖唐、曹缥夔、徐积余、李振唐来看涵芬楼所藏书。积余借去《众香词》一部,计六册。

四月廿四日　旧历三月初六日　星期六

发信　沅叔、江雪门、买旧书。王书衡、伯恒。

公司 复翰翁信,系关于经理分任、监理职权、新人待遇各事。留稿。

分馆 复张廷荣信,与翰翁联名。留稿。

编译 张东荪交来任公属交之共学社规则及第一次会议报告。于 9/4/25 送交梦翁。

杂记 核定代美国华盛顿所购志书事。

应酬 访邓孝先、宗子岱于振华旅馆。遇赵君洪。

天头 九点三十七分半、四十七分又摇。

四月廿六日　旧历三月初八日　星期一

收信 伯恒、高子约。

发信 子约、任公。留稿。

印刷 钱聪甫交来伊祖手校《汉书》一本,属印样张。当于本晚面交吴渔荃,并备函属王君武前往接洽。

四月廿七日　旧历三月初九日　星期二

收信 孙星如。

用人 鲍、高在会议席上言,鸿生不能脱离南京学校,不能来馆。余言当亲往奉恳。会议散后,余托鲍君回寓之便,鸿生是否在夏宅。鲍电告后,余即往访。既晤之后,余申前说。鸿以清华相招,南京师范尚不能允,又拟办东南大学。又现正罢课,难言去。余言不妨先决,俟暑假后到馆。鸿又言已有数经理来,应无甚关系。又言实业极所注意,如能办事固所愿,但恐不能办甚事。余言人才愈多愈妙,办事一层,初到总有为难。鸿谓再征求校中意见。余谓不可,只能自决,并望早定。

后又约翰到会议室,告知与鸿面谈情形。翰谓彼初甚有意,现伊夫人病殊不减,颇消极。又梅生似不甚主张。余谓请公再商量,并托鲍君与谈,较为密切。

编译 赴瞿宅照书事,星如已商准。良士可以接电,鲍又嫌费事。余与梦旦力言始允。后又闻有变动。

进货 京师通文社油墨到已一个半月,无人过问。近项君有信来追。余问鲍、包两君,隔数日始查出复来。余将最后往来信件交翰致复。

四月廿八日　旧历三月初十日　星期三

发信　严又陵、还电灯款十八元。阁政。

公司　本日午刻约股东数人在一枝香便饭。告知去年营业及分配赢余情形。又更改公司章程。刘襄孙、周美权、龚怀希于"经理四人"一条颇有讨论。

四月廿九日　旧历三月十一日　星期四

公司　鲍告，往通和洋行谈南京路地事，闻四十万两，允购否。鲍云难定。

编译　瞿氏照书事又商鲍先生往装发电机。声说再四，鲍始允。

四月三十日　旧历三月十二日　星期五

收信　周颂英。

杂记　徐积余借去涵芬楼普通书七种。清单存查。

应酬　约股东杨卿山、缙卿、陈小舟、张树屏、朱斐章、史悠凤、余鲁卿、俞绸甫等在一枝春晚饭。不到者数人。

五月一日　旧历三月十三日　星期六

杂记　昨日借徐积余影宋钞《挥麈录》八本。今日先还六本，留下前录一册、三录一册。

应酬　约拔可、梦旦、伯俞、伯训、星如、耀西、叔通来寓看花并晚饭。不到者惺存、亚泉、仲可。苏盦一来即去。

五月三日　旧历三月十五日　星期一

收信　焕彬、书衡。

发信　任公、书衡、焕彬。

分馆　告张廷荣，广告可与商务所有账目，请一律检查明白，同时解决。免得日后再有他项，又有争论。

应酬　约教会各股东在一枝香晚饭。翰、咸均未到。余与拔翁同作主人。

五月四日　旧历三月十六日　星期二

收信　韦傅卿。

五月五日　旧历三月十七日　星期三

发信　韦傅卿。

纸张 美国某纸行来电,云与仙华接洽,新闻纸每磅美金一角四。余告翰卿,上海可收。翰云约三两七,尚可收数千令。

杂记 函告钟、盛,四月份薪水如仍开三百五十元,退还一百五十元,仅收二百元。

应酬 请厂中工头在家看牡丹、晚酌。

五月六日　旧历三月十八日　星期四

收信 金佑之信。二件。

分馆 伯恒午后来。

纸张 美国纸行来电翰已复。余属迪民再拟电致仙华,告以上海市价、运费。先与翰商定矣。

杂记 伯恒带来明本《通鉴》四本,傅沅叔属还来青阁,即备函送去。又北宋本《唐六典》一本,即交铭勋收存。

应酬 约陈伯岩、伯恒、剑丞、叔通、梦旦在陶乐春晚酌。与拔可同作主人。约九元有零,又小账一元。

五月七日　旧历三月十九日　星期五

公司 本日会议席上余询及监理办事章程,只可俟新董事会成立再行提出。

分馆 周少勋、王觐侯均来。

纸张 致仙华电,余属迪民拟稿,并属将各项纸张列入,属其探。翰意亦同。

应酬 约厂中工头在寓晚饭。

五月八日　旧历三月廿日　星期六

发信 仙华。二号。一、改设经理一人。二、寄提议案及结彩册。三、董监退改人名。四、纸价。五、丛刊。六、《世界丛书》。再启,告第四印刷部、南京路地,又三个月营业比较。

天头 本日开股东会。

五月十日　旧历三月廿二日　星期一

发信 沅叔。昨寄。

分馆 周少勋面告,臧子彬办事纡缓,喜出外活动。请调小分馆经理,另派能办事者继其后。

应酬 昨约王觐侯、孙伯恒、周少勋、吴葆石、蒋竹庄、伯俞、伯平、梦旦、拔可在寓晚饭。廷桂未到。

天头 昨日星期,适值五九纪念,故于今日补停业一日。

五月十一日 旧历三月廿三日 星期二

编译 任公有信来商共学社事。蒋百里面交,叔通接见。百里并开杂志办法。原信已交梦公。

王昆西又有信来,问前《过激主义》一书。亦交梦公核办。

杂记 与伯恒在会议室闲谈。告以与翰翁冲突之故,并言用人之难。

应酬 马玉山邀晚饭。到。

五月十二日 旧历三月廿四日 星期三

发信 金佑之。

公司 午前往访廷桂,告以前此辞职之由。

五月十三日 旧历三月廿五日 星期四

发信 罗家伦。留稿。

公司 本日董事会议。翰公对于推举仙华任经理抗议甚久。其后众人皆主张应即推定,惟张葆初谓可以缓。卒以多数决定。监理办事规程,翰问是否不能各自行动。余谓第四条有全体字样,则其余各样自系各自。翰问不直接执行,是否可以请客。余谓此等小事,无甚考究。翰谓请客有侵涉总经理、经理之权。众人皆谓无虑。

五月十四日 旧历三月廿六日 星期五

发信 沅叔。

分馆 伯恒还京,与叔远同行。余至车站送行。

编译 告谢燕堂,《四部丛刊》书面纸太劣,应改良。

五月十五日 旧历三月廿七日 星期六

发信 仙华。三号。一、股东会纪录。二、前日董事会事。三、伯平任协理。四、梅生加薪、发行所拔可仍到二三时。五、监理办事规程。再启,说郭洪生事。问用款足否。

杂记 访伍昭扆,遇白逾恒,言本日午刻在本馆买书,失去皮箧一只,约损失八千元之谱。托昭扆转托本馆,函托捕房代为追究。余允照办。9/5/17 即函托梅生转函捕房。已得复信,允照办。即访昭扆面复。

五月十七日 旧历三月廿九日 星期一

编译 查金恩公司契约、未印送出版部,即补去英汉各一分。并属将附约所订两书,今已印第十三版,速送样书,并备函声明印数、寄美国该总公司。

杂记 周颂䜣夫人蒋女士来,年仅二十余岁,上海亦未来过。所携川资亦不敷,向余借二十元。余允之交黄镜寰。并函托梅生派人代为照料,导观学校,并制夏服。前存出纳科五十盾,已代兑得十九元,并托梅生向取面交。

天头 伯平本日到公司。

五月十八日 旧历四月初一日 星期二

发信 沅叔,托邝带。有硃磦一包。

编译 董润田偕聂其焕来,云有《美国共和政治》译稿,欲售版权,已否收到。当即查明已经寄还,即复信与董。信存稿,并原案交心白送还任有士。

五月十九日 旧历四月初三日 星期三

收信 又陵。

发信 复又陵、鹤庼。

公司 约鲍、高、高、李商定分配花红事。照去年加一成半,重要者酌增。另提五千或一万为工人办理公益,余作花红公积,由公司起息。

文具 查京师定购石板事。现有三百箱,只来过十五箱。余属函催。

五月二十日 旧历四月初三日 星期四

公司 是日偕吴待秋赴扬州何氏观旧书并看字画。同行者有葛词蔚亲家。傍晚到,寓广陵旅馆。 何骈熹来。汤伯和、邱绍周来访。

五月廿一日 旧历四月初四日 星期五

公司 到何氏看书,即在何宅午饭。 晚至天兴馆吃饭。 晨起邱绍周约至迎春园吃面。

五月廿二日　旧历四月初五日　星期六

公司　午前至何氏看书,仍在何宅便饭。午后何骈熹约往平山堂。出北门乘小船,先过绿杨村茶店,经五亭桥至平山堂。归至小金山及徐园一游。后至广储门外史道邻墓上一游。登梅花岭。岭实小阜耳。晚仍至天兴馆便饭。

五月廿三日　旧历四月初六日　星期日

公司　晨起到汤伯和处买得明板《白玉蟾集》一部、东洋板《黄山谷集注》一部、抄本《兴观集》一本,计价二百十元。　邱绍周送来《顾氏谀闻斋书目》一册,索价六元,即如数给之。　午后启程,一点半钟渡江,四点到镇江。宿万全楼,吃饭,乘轿游竹林寺。

五月廿四日　旧历四月初七日　星期一

公司　晨起早餐后即雇轿赴北固山一游。归寓午饭,即行。一点二十二分乘快车返沪,七点半钟到。

杂记　到扬州共带去二百元,又借词蔚一百元、又十元。车价吴待秋及余往来十二元八角。　渡江轮约四元有零。　赏何宅家人四元。　天兴馆晚饭二元三角。　赏广陵茶房一元八角,万全楼茶房十角。广陵旅馆十元。万全楼十三元四角。　杂用约九元。

五月廿五日　旧历四月初八日　星期二

公司　本届花红余赴扬前商定照去年加给一成五。顷知并未发给,同人颇有闲话,培初、笃斋诸人均在内。午后余与翰、鲍约培初、笃斋、济川、莲溪在会议室,告知所以核减之由。傍晚又到发行所约蟾芬、晓舟、景莘,告以同前所述。

编译　催星如编定《四部丛刊》每次应出之书宜配搭停匀,不能随便付印。

五月廿六日　旧历四月初九日　星期三

收信　沅叔信。

发信　伯恒信。

分馆　韦傅卿、朱阁政来谈。散后均往答拜。　傅卿言,汉馆购地,后城马路尚相宜,或有可觅之地。　廷荣来言,王先业拟加月薪四元,学生杨某留用,加十元,原八元。又言林慕娄愿得回佣,招徕广告。先按月二百五十元之数借给,陆续扣回。余属拟合同送阅。又要求印刷给回佣。

五月廿七日　旧历四月初十日　星期四

收信　沅叔。

发信　沅叔。寄《小说月报》一册。

用人　刘人龙愿复来馆。余查前案，其人前觅得出洋华工翻译，系不别而行，且有欠款。今为求才计，亦未始不可宽其既往。

余告翰，叶联仁前有舞弊，今给花红千元，未免奖恶。翰谓前本令其自行告退，后因事冗忘记。遂约鲍来，告以办法。决定照给花红，即行斥退。

应酬　瞿良士来，约在一枝香晚饭。廿八日事，误记于此。

五月廿八日　旧历四月十一日　星期五

发信　又陵、金佑之、王晓崧。廿九日事。

分馆　廷桂来，约拔可、伯平，告知提回公积，改用奖励金办法。除分馆章程不适用，其余均适用分馆章程。（原文如此——整理者。）

编译　与梦翁商定，《说文解字》决照大板。虽费四千一百余元亦只得办理。

五月廿九日　旧历四月十二日　星期六

发信　沅叔。青阳县署收交，又《小说月报》一。

公司　翰翁交来花红总册，余留阅。　　拔翁交来发行所花红总册。梅生自开一笺，说明要求照七年分比例增给。卅日事。

用人　刘人龙来见，告以前此离馆种种不合，既往不咎。问希望如何。渠言不计较。

分馆　复广告公司，招徕印刷等件不能给与广告公司回佣。如有欲得者，可介绍与印刷所及营业部经商。

五月卅一日　旧历四月十四日　星期一

发信　伯恒。查刘翰怡寄赠张阆声书籍事。

公司　接不具名信，要求发给女工花红。余即告鲍君照办。

分馆　葛词蔚来信，言得汇泉信，知已易人。余示翰翁，谓并未发表，何以漏出消息。翰谓曾告培初。余谓此等事应同守秘密,并出示复词蔚信与阅。

同业 接泰东图书馆赵南公来信,谓查获收买书赃内有四家之书,本馆亦在内。送捕房不照办,云云。面交梅生,派人查明。

六月一日 旧历四月十五日 星期二

公司 余于会议席上提议,筹备为工人建筑及其他优待事。

用人 商郭梅生,刘人龙欲仍进本馆办事,西书柜可用。查同班秦铨月薪卅一元、郑嗣甫三十元。拟给予二十八元。

财政 告拔翁,属汇金佑之日金二千元。备照宋本《说文》。

同业 丁榕昨日来告,中华自言国语书籍优于本馆,法律上不能办理。

纸张 余于会议席上提议节用纸张事。

六月二日 旧历四月十六日 星期三

收信 伯恒。为《棠湖诗稿》勿修、速装事。即交心白知照。

公司 复查花红事。

应酬 陈介卿娶媳,往道喜。 颜骏人、孙仲瑜约午饭。到。

天头 拔翁晚赴京。

六月三日 旧历四月十七日 星期四

公司 午前约翰、咸、梦复核花红。余提出科长于比例之外加给七百五十元。 郭梅生有字要求照比例三千一百余元,比例未免过率。 如科长照加,在下各员不无缺望。然科长对于梅生仍不免有不满之意。翰决定科长二千、加七百五十元。梅生给三千元。午后约各科复商时,鲍先生拟加梦翁一千元。翰减心白为二百五十元,余减三百。挹清为二百元,余减二百五十元。

印刷 李伯行在劳敬修宅相见,托查石印书最久能耐几时。

杂记 朱璧臣志侯次子,住白克路六二号。送来原板《图书集成》样本一册,计缺一百五十四卷。

应酬 晚应劳泽生与郭用宏之约。又李文卿之约。均到。

六月四日 旧历四月十八日 星期五

公司 本日会议,议推储才主任。余推伯平。梦谓事恐渐忙。余续推翰。

翰自逊,谢谓可请外人。余谓不妥,章程均系对内、且人才之遇无定期,外如何能办。遂置不议。后鲍又谓洪生将赴京,可否与商,请其担任。余问是否到馆任事。鲍称是。余谓未免太闲,且名义不称。梦谓亦未尝不可兼办他事,但薪水如何。梦又言薪水因系在客位,不妨从优。前云三百元,可以照允。余谓三百再稍加亦无不可。梦问花红,如或不给花红,即加月薪至五百元亦可。翰谓甚好。鲍即请翰告郭。余谓五百之数是否妥协。伯平言,此事必须斟酌。现在公司中资格最深、地位最高者均无此数,未免骇人听闻,必须从长计议。梦谓改为月薪三百元,花红包定二千元。余谓如此办法对邝君恐有不便。伯平亦竭力言其不可。翰遂云再行斟酌。遂散会。梦、鲍既去,伯平对翰与余言,洪生果爱公司,宜稍自牺牲。月薪三百元前已说过,自难忽减。但渠亦应体谅,不能再要花红。既有所见,不能不直言,云云。

应酬 午刻约为李煜堂、劳敬修饯行,在一枝香。到者仅煜堂、欧灵生、刘石荪。余则敬修叔侄,一到即行。余均未到。

天头 本日午后到馆甚迟。翰将发行所花红交还,余未着笔。

六月五日 旧历四月十九日 星期六

收信 仙华。三号信,附致梦翁信。

发信 仙华信。为延聘画石技师事。公司发。

公司 午前后与翰商复发行所花红。余于陈椿荣比例得二百八十余元,以为不能照给,核减至一百元,告翰,谓已逾格。午后由翰持商梅生。余复将陈椿荣花红核减一事面告梅生。 陈椿荣,翰翁必欲增至百五十元。余亦不再争。9/6/9。

应酬 马玉山、杨小川、劳敬修约在马玉山公司晚餐,到。 联保亦约晚餐。函辞。

六月七日 旧历四月廿一日 星期一

收信 沅叔。三日发,青阳来。

杂记 本日约聂松涛来,托访探李长吉及《韦苏州集》。

天头 偕昭宸至涵芬楼观书。

六月八日　旧历四月廿二日　星期二

发信　瞿良士、剑丞。

公司　本日会议席上鲍先生提及订本装书事已属各作添设女工。余谓必须自办方能操纵在我,若仅恃订作,将来秋季必致误事。订作谓须半年,若自办两三月后即可收效。余又言,余不能不先说,请鲍先生仔细筹思。

分馆　约廷荣来总务处谈印件事。鲍、金二君均在座。廷谓有包办广告,连印刷在内。所谓包办者指此。

六月九日　旧历四月廿三日　星期三

公司　将发行所花红复勘一过,交翰翁。　　五届补习生全由翰翁定,余未过问。

六月十日　旧历四月廿四日　星期四

发信　张季直、梁任公、叶焕彬。

公司　翰、鲍来信,交到花红单一纸,另加三千元。余看滚存。复见前月薪水又支三百五十元,即吊阅薪水簿。见翰亲笔改动,伊与鲍均照旧支,余名下原定三百六,改为三百五十元。余约鲍谈,谓吾辈在此决非专为钱计,去年已将我三人改为一律,今岁自不应再加,请将所加三千元即行勾去。鲍申说一过,谓翰意须余收此加红,方能将薪水照办。余谓加红必须划去,鲍允照办。余谓薪水系董事会所定,未便更改,应由总务处去函更正,并请转告翰。余拟一更正稿致出纳科,请叔通交翰阅发。翰扣留。

用人　邝先生来谈,谓有一美国留学生龚君,现在某西报馆译中国报,愿来馆。前约倪君现在只能办杂事,尚须添人,拟约龚君。余允转告梦。　　周由庫要求加薪月四五十元。允年终核办,并未允所要求之数,并允转商梦。　　邝又荐一美国女子。已荐与谢福生,请福生转商。　　邝言张家修程度不够,不能推广学业。

印刷　告出纳部,瞿氏印留真谱事应知照印刷所。

六月十一日　旧历四月廿五日　星期五

公司　本日会议,余对于俞志贤恤款甚有争论。鲍拟三千、高拟二千至二千五。余历述当初订约之原因及对于公司不能尽职之证。翰默然不言。余谓至多只能二千。遂以此定议。午后鲍来言,翰告以相去太远。余问几何。鲍云翰亦不言。余谓再商。

用人 盛安生告退。余于来信上注明:"人可用、拟留。"翰交还,并附数字,谓请余酌定。余约同孙询以何因。同孙甚不满意其人,谓不如听辞。余与叔商,亦谓可不留。余到发行所约面谈,告以出纳甚关重要,必有信用方可膺此席,并非闲散。安谓无甚事可做。余谓当另想法。

财政 李培恩有欠款,不允于花红扣还。笃斋来说,并持李信交阅。余约李君与之声明,谓通例均如此,勿误会。余意即催取速交也。 仲谷亦来信商,勿扣伊子欠款。余将信送翰,翰交笃斋,将仲谷历年信送阅,谓翰请余裁定。余留交会议。

六月十二日 旧历四月廿六日 星期六

公司 梦公商定张叔良由总务处加送二百五十元、庄伯俞照五分息补足。告鲍照发。

六月十四日 旧历四月廿八日 星期一

发信 伯恒、拔可、玉泉旅馆、吴葆仁。昨发。

六月十五日 旧历四月廿九日 星期二

收信 任公。

发信 朱璧臣。送还《图书集成》。

公司 本日会议,余与翰卿为志贤抚恤事又生冲突。

杂记 聂松涛送来唐人写《金刚经》一卷,所缺无多。索价百元,还六十元。

六月十六日 旧历五月初一日 星期三

收信 仙华第四次信。

杂记 致函朱璧臣,还《图书集成》一本,并询实价。又辞先施公司参事。均由总务处留稿。

应酬 利远洋行约晚饭。辞。

六月十七日 旧历五月初二日 星期四

发行 复汪龙超事,为要求离馆后花红并免欠账事。由发行所起稿,会计科代缮。

分馆 陆汇泉来电,派往查账之刘仲魁在桂馆亏空千元。

杂记 属陈铭勋拟通告,各馆停购美国华盛顿图书馆属购买之志书。又为葛词蔚致赣馆,照伊所开志书单采购,勿复出。

六月十八日　旧历五月初三日　星期五

发信 沅叔。寄杭州。

杂记 宋石林售出五股,又新股一股。渔荃因遭火,无力自购,归余。余为公司购入,计价七百元。

六月十九日　旧历五月初四日　星期六

发信 伯恒。

杂记 拔可带回徐森玉借来毛抄《才调集》五本,续又寄到一本。即交铭勋。

天头 拔可昨晚回沪。

六月廿一日　旧历五月初六日　星期一

收信 焕彬。

发信 焕彬。

杂记 送蒋孟蘋新印《周易》《尚书》《资治通鉴考异》又目录,《黄山谷集》《张于湖集》《鲍明远集》《滏水集》白纸各一部。因孟蘋前言所借印不必送十部,欲易其他善本,故选此为赠。

六月廿二日　旧历五月初七日　星期二

发信 葆仁。

杂记 沅叔昨由杭州来,言有宋本《陆宣公奏议补抄》二本,索价一千元。又《六书统溯源》,元本元印,索六百。余云千五百元可购。但细思太贵,能减为千四百元较宜。廿四日去信声明。

六月廿三日　旧历五月初八日　星期三

发信 任公。问法人演讲事有无回信。

七月三日　旧历五月十八日　星期六

公司　得匿名信一封,为俞志贤吐气。

天头　六月廿五日回海盐,又赴杭州。　　七月二日归。

七月五日　旧历五月二十日　星期一

发信　孟莼荪、焕彬、三日。陈小庄、三。族人。公函、留稿。

公司　昨日发行三楼失火,在午后一时半。详细考察,系电线损坏之故。

七月六日　旧历五月廿一日　星期二

发信　卞燕侯。

印刷　毕仁庵来访,为影印《李文忠全集》事。已交吴炳铨核办。金星公司胡守廉持卢信恭信来,为印月分牌事。亦介绍与吴炳铨接洽。

杂记　傅沅叔归自雁宕,借洋三百元。　　复卞燕侯信。

七月七日　旧历五月廿二日　星期三

收信　焕彬。

发信　赵学南、仲友、叶焕彬八日再启。

印刷　张仲昭来,属估印乃父以言子稿本。谈及伊处有宋板书可以借影,询及如何办法。余言酬书。问多少,余言彼此可商。

七月八日　旧历五月廿三日　星期四

发信　吴葆仁、王晓崧。

杂记　傅沅叔有信,代张孟嘉借去洋六百元。

天头　陶惺翁病殁于广慈医院。

七月九日　旧历五月廿四日　星期五

发信　傅沅叔。

用人　翰问,新延朱君办英文或进货科事,月薪一百五十元,花红酌给。余云君以为可,即办可也。

七月十日　旧历五月廿五日　星期六

收信　陈澜生。

杂记　送南洋中学教员陈乃乾《涉园丛刻》一部。

天头 闻昆山车已不通。

七月十二日 旧历五月廿七日 星期一

收信 焕彬。

发信 陈澜生。

用人 复金佑之,调回沪,即携所照说文玻片回。

印刷 毕仁庵来订定代售《李文忠全集》预约事,允先付定洋四千元。

杂记 昨日往访张仲炤,谈及借印所藏旧书事,云稍暇当趋前观览。 水楚琴来访。

天头 陶惺翁灵柩回籍,余往送殡。

七月十三日 旧历五月廿八日 星期二

用人 告邝先生,请转告谢福生,伊薪水甚巨,当时曾告以须辞去他项职。伊现在自用一书记,专办私事,甚不妥。请告以万不得已,只可在夜间自办,然最好不办。

七月十四日 旧历五月廿九日 星期三

公司 午后约翰翁言,拟将机要科交卸。但进货科较难,可望伯平兼任,逐事指点。翰遂提及仙华、洪生。言洪生甚愿来,但南京仍不能脱身,至少约半年方可脱卸。且言愿得较容易之事。余言洪来极好,但盼其能完全办事,如来一半无事可做,只可办在外能做之事。且试办甚易脱身,万一半年之后又复弃去,则于公司以后用人甚有碍。人必谓洪生如此关切,且不能容,则公司之忌才可想。此大不妥。翰又云伊最后言每礼拜可来四五日,但仍有为难,云云。又言不久当来沪,属余与谈。余云,余甚愿见之。

翰又言,进货事仙华亦相宜,最好决定办法,免得将来再有更动。余云仙华亦相宜,可与高、鲍一谈。余又言叔通甚难挽留,曾荐吴君雷川。因略述吴之为人。翰问能否久长。余云不能说。余云,拟入京往面之。翰又问叔通能否另商办法,仅留办事半日何如。余谓亦曾言之,亦不久。 余又言存货科无人,叔通曾谈过莲溪兼任。翰谓稽核亦甚要,桐荪只半日,恐无人照管。余谓稽核事已上轨,只要督察已足。莲能任怨,又实事求是。存货科得伊整顿当有效。至稽核科事,或将在下之人加重责任。翰问伯良如何。余云伯良资格较好。翰云即以稽核事付托如何。余谓恐尚未能,非特伯良不能,即同苏资格亦未必够。翰言稽核科章程不必兼办他事。余云我却不记忆。翰云章程亦可更动,但须有他人再稽核之。余云是则尔我二人之事矣。

七月十五日　旧历五月三十日　星期四

进货　告铭勋,凡仙华在美所购各物,由相熟人家代运者,应于收到后去信致谢。有付款未明者,应即致仙华信问明情形。

杂记　傅沅叔告知有元板《资治通鉴》,甚初印,叠次配补,尚缺二十卷。即印刷稍次者,亦在伊所藏全书之上,索价千二百元。如八百元,甚不贵。余云可买。又云有宋板十行本《穀梁传》,无补板,索价五百元。余问三百元能买否。沅云恐不能,姑看。

七月十六日　旧历六月初一日　星期五

收信　卞燕侯。

用人　邝先生已问过谢福生,据云所用西女士实系为公司办事。但渠不欲向公司要索频频添人,故以私款给之。

天头　午前未到公司。

七月十七日　旧历六月初二日　星期六

收信　王晓崧。

公司　本日查利达洋行信封机器事,鲍谓退无不可,但防自制,与我竞争。翰谓从无美金三万元之言,最初只闻二万元。讨论良久,梦谓仙华所买与利达所让均未知其详,不如兼收。如果同样之货,则利达亦必有以自处。余谓如此甚好。鲍谓今日如此查究,若非彼此相知甚深,必疑我为从中渔利。余谓仙电不必宣布。翰谓已告利达。旋约庆霖来询问。庆霖言最初利达却言约三万,约一个月来言现已跌价,约二万元。今日往访利达,出示图样大小,共有七架机器,不出二万元。并可示我发票云云。回来已备一信声明一切,请其答复。余问仙电云云已否告知。庆云未说。　　翰又言,第四印刷所现在克利所绘最廉。从前即绘有草图,不过十二万两,多费时间,反为吃亏。余谓从前余提议添做夜工,可将一机变为两机,免得另建新屋。当时翰亦赞成。至物价涨落,本难预料。即如金价跌涨,差至三分之一强,亦无人能知也。

财政 湖北高等商业学校校长葛宗楚来借钱。余始终未晤。后经黄警顽承认,证明确系本人,由拔翁借与百五十元。

进货 柯达克照相事,余告翰,去年伦敦该行有人来沪,亦查出日记。此时可勿电询仙华,缘此事仙本最接洽也。

应酬 阮介繁来访。

七月二十日　旧历六月初五日　星期二

收信 王仙华。

发信 伯恒、高颍生。谢惠荔枝。

编译 告谢燕堂,瞿氏书尚有三分之二未照,电灯能否从速补配,缘太久恐惹人厌。燕云或令照相人多添一镜头加工人。

印刷 约谢燕堂、翟孟举、季臣。告知《越缦堂日记》无庸修润,惟与原书不符者稍加修饰。

七月二十一日　旧历六月初六日　星期三

发信 傅沅叔、伯恒。

用人 谢福生来言,拟用一葡国女子,任速写及打字之役,让陆君可以出外招徕。并拟撰一英文出版界。又拟一英文《四部丛刊》。余谓公司办事为难,骤用两外国女子,不见惯者觉得甚为诧异。且葡女子薪水由君私出,尤非所宜。我意陆君不必出外,专任内部事务。谢言葡女甫来一月,又令伊去,殊难为情。余谓当时应早与余一商,现在究做何事。每日请将两西女所办之事交与郭梅翁一阅。至内部之事不必同时并举,先将最要者赶办,办完再及其次者、又次者。须使人知为办事有成绩,方易措手。最要将存货理清,即栈房事亦可会同查明。不能专以发行所存书为限。至外来信件,宜从速答复,君尤宜亲身督责。至黄君步香,伊先人品不甚好,宜留意。谢言拟加两人薪水。余谓骤加非宜,恐启其骄心。谢谓现在职务与前不同,他人不能援例。余允与拔翁再商。晚到发行所,将所记告知拔、梅。并请梅常往巡察,每日索阅两西女士所办事件。

七月廿二日　旧历六月初七日　星期四

公司　约莲溪,告以稽核印刷所留存派剩花红三百数十元。鲍不允交出。莲请其交还出纳科,与鲍稍有争执。此事甚为难。约余将乘机与鲍进言,并奖其能负责守法。又请其稽核机要科保管股要件。

进货　改定公司致仙华信,为 Kodak 照相器事。

杂记　嘉靖本《白氏长庆集》还价一百元。

应酬　约阮介藩、马寅初、胡孟嘉、胡庆生、陈焕之、欧彬等诸人在一枝香晚饭。

七月廿三日　旧历六月初八日　星期五

发信　乾三。

西书　阮介藩云有德国商务代表,拟推销德国书籍、仪器,愿为介绍。志在恢复营业,不主谋利。余请作函介绍。本日会议席上即将此事报告。

七月廿四日　旧历六月初九日　星期六

公司　鲍先生昨得律梯司得来信,谓南京路地原主极欲出售,问能否出价四十二万两。本日集议。余谓照现在财政情形,转有为难,故此事极须考虑。年内进货约须付出一百万两,约计分馆可来七十余万元,总公司发行、印刷两面每月除开销约可得十万两,年前百万两约可收进,以抵进货当适合。现存约卅五万两,尚须付京华造价及第四印刷所造价约十万两,尽数相抵,约尚缺二十万。翰主做押款,谓可做廿五万。梦谓补招五十万元股本,以押款作为建筑费。翰不谓然。定礼拜一日再讨论。

印刷　毕仁庵来,将承印《李文忠全集》及代售预约合同仅改动预售期,推迟两个月,余均不动。属即缮正,并交来定洋四千元。即交会计科收入,给与收条。由余面交毕君手收。约下礼拜三日来此签字。　　两合同稿由拔翁送交印刷所,阅过交缮。

七月廿六日　旧历六月十一日　星期一

收信　周颂韡信。还伊夫人所借二十元,寄来荷币五千盾兑得。

发信　高子约、叶焕彬、劳敬修、送泰和转。鲍子刚。

公司　午后集议购南京路地事。查工部局新估地价每亩为六万二千两,现时租价可收每月三千元有零。伯平议拟另作一公司,与外人合股。翰谓或分售或拼股,此时总须先买进。梦谓西南角邮政局之地如能购入,则地势更优。翰亦谓然。遂定议还四十万两,另给二厘回佣,各得一半。先问明现在租用各家有无契约,次问如何交割,次问能否代做押款。由鲍先生明日亲往面谈,再备信。本日请稽核科查保管股各件。

杂记　李子东送来宋本《三国志》残页十三页,系《魏志》第廿八卷邓艾、钟会传,先后均不全。十行、十九字,宋讳避至"构"字。索价五十元。留阅一宵,退还不购。

七月廿七日　旧历六月十二日　星期二

发信　金佑之。令暂缓回国。

用人　马坎姆女士要求本馆决定可否留用,否则渠有杭州某校之聘,将与定夺。

谢为要求试用半年,两月前通知。约邝商,邝亦谓可行,但不必两月前通知,仍以一月为期,能早即早。已告拔翁。

印刷　致简照南、玉阶函,派吴渔荃前往招徕印刷。渔荃云,李叔孝与同人甚亲密,且闻有得回佣之说,甚难启齿。余云可先告以如有大宗生意,价格可以通融,看其如何答复。

七月廿八日　旧历六月十三日　星期三

杂记　李紫东送来元刊明印《郭乐府》、活字本《太平广记》、明本《野菜博录》《金陵琐事》四种。议定五百四十元。

苏州西花桥巷王宅转懒残行者,借来明本《陈伯玉集》一部,订明日后题名须用秀水王氏二十八宿砚斋藏本。

天头　午前未到馆。

七月廿九日　旧历六月十四日　星期四

公司　本日午后以保管股铁柜钥匙正一、又预备用者六具,交伯平。

编译　朱绍廉号茂溪,石门人。现在日本使馆任书记,近丁忧回国。前日过访,今日往晤。谈及国内对于俄国共产主义竟无一书。和文书均经警厅检阅,其紧要处全已删去。必须从俄文译出。余问日人解俄文者多,如有译成之书彼国不能出版者,可否寄来一看。如果有办法,本馆亦可用。但此时须说得活动。朱君言,彼国译此类之人志不在名利,但望其书之能印出耳。

制造 李骏东来见,甚言化学部停办之不幸。并谓于伊名誉有损,欲乞公司一信,说明所以停办之由。并交下致鲍君一信。

应酬 往拜范芝寿、王揖唐、曹缵衡。

七月三十日 旧历六月十五日 星期五

发信 冯仲贤、孙慕韩、蔡鹤顷。

发行 水楚琴来言,甘肃有同志数人拟于该省合兴、正本两家以外再立一公司,与本馆往来。当晚约梅生、刘廷枚,告以两家欠账既不少,再加一家似不相宜。营业未见加价,而欠账不免增多。但两家现正议续订合同,可以此聊为抵制。梦翁亦在座。当属刘君另订合同,改订条款。

用人 余改定致李骏东信,信末言明结束后请其将本馆现在制造之有关涉者谋改良。

杂记 陈德芸言,东京南葵文库藏中国古书甚多。

应酬 傍晚在一枝香约江亢虎、朱茂溪、陈德芸、徐诵先、严裕棠、钱谷鳌晚饭。张仲炤、毕仁庵、卞燕侯、向德一未到。

七月三十一日 旧历六月十六日 星期六

收信 伯恒。

发信 王仙华。四号,9/8/2寄。

公司 寄仙华四号信。 一、复米利机事。 二、购纸事。 三、建筑工厂事。 四、照相直落石机事。 五、英美各书店接洽事。 六、延雇德人事。七、到瑞、挪两国查纸事。 八、托访购印小说纸事。二三百令。九、销售《四部丛刊》事。 十、报告今年营业总额事。 十一、柯达克照相机事。 十二、经售杂货择探要品事。 十三、推定兼管进货科事。 十四、南京路地事。十五、缺款电示即汇。 十六、赴他国留住址与英使馆,托转信。

用人 族弟季安来谋事,令往见梦公为谋一席。

八月二日 旧历六月十八日 星期一

收信 伯恒。

发信 傅沅叔、昨寄。叶焕彬。

分馆 昨日周鸣冈来见,历举粤馆同人舞弊之盛。并交下节略两通,即送交拔翁一看。今日又交翰、梦、叔、伯同人阅过。余并拟一办法,别记一纸,先托子约密查,一面觅人。公司信任甚深,头、二柜如有相当之人,尽可自聘。即彼辈同盟罢工亦所不惜。望子约勿以暴人之短为嫌。信由梦翁家信中附去。

杂记 傅沅叔来信,云宋本《鹤斋随笔、续笔》一千三百元,全归公司。宋本《陆宣公集》、元本《六书统溯源》一千一百五十元,宋本十行本《穀梁注疏》四百元,均已购定。内有八百五十元系拨还。余款已收回,由拔翁开支单。又沅叔在京馆取二千元,已转账。

八月四日 旧历六月廿日 星期三

分馆 廷荣来,翰翁未见。余往与谈,告以津浦忽缩短期限,试验期未毕,即须决定,颇有为难。问渠如何主张。廷谓极有可办。所言均记入别纸,交伯平汇存。后又言总务处之意彼已知悉,如决定不办,可早日告知。公司费如许钱,甚不幸。伊自费如许工夫,亦甚觉不快,总算失败。余谓并非失败,实因难于获利。余又问前信有人可让。伊言中外人均有,但告以本馆必自办。余告以翰言,夏福生曾来问过,所言亦甚实。

八月五日 旧历六月廿一日 星期四

发信 伯恒。

八月六日 旧历六月廿二日 星期五

发信 曹缥衡、昭扆。

编译 复江伯翁,《陈伯玉集》可提归第二批。 《潜研堂集》印本不佳,拟从缓,改他种。告丁君。

天头 本日有美国议员团来参观。

八月七日　旧历六月廿三日　星期六

用人　翰翁问,洪生在沪,欲与晤谈否。余因告翰,明晚约在卡尔登晚饭。并约梦、拔、伯、咸作陪。后梦、拔云已有他约。即告翰,仍约明晚。翰云托咸代达。八日晨余电询咸,咸云洪已有约,不能来。

编译　胡适之来。

八月九日　旧历六月廿五日　星期一

收信　鹤庼、子约、沅叔。

发信　谈麟祥、查佐卿、沅叔。

用人　鹤庼来信,为罗家伦谋在外编译。当送梦翁阅看、拟定办法。

杂记　买进惠定宇藏旧抄《太平寰宇记》四十本,七十元。聂芳之弟经手。

八月十一日　旧历六月廿七日　星期三

发信　鹤庼、伯恒、方四太太。附廿四元。

用人　复鹤庼信,并附去罗家伦在外编译条件。

八月十三日　旧历六月廿九日　星期五

编译　午后梦旦、伯训、叔良约同周泽甫、邢芝香、张鸿俊来会议室,商定修改及排印《韦氏字典》一切办法。

八月十四日　旧历七月初一日　星期六

发信　沅叔。

进货　张品题来,交到天津　实业公司所出书面布两段,即交包文德试用。据言,宽可织至三码,长则四十、三十、二十码均可。但布价每尺不过三分余,研光、染色不在内。

八月十八日　旧历七月初五日　星期三

天头　病痢,未到馆。

八月十九日　旧历七月初六日　星期四

收信　伯恒、少勋。

天头　病痢,未到馆。

八月二十日　旧历七月初七日　星期五

发信　伯恒、少勖、沅叔。附还杨寿祺收到策林信一纸。

八月廿一日　旧历七月初八日　星期六

发信　卞燕侯、高子约。

八月廿三日　旧历七月初十日　星期一

收信　沅叔。

发信　沅叔、剑丞。

公司　昨约叔通来谈，告以仙华有电来，言已赴德，此时只有托颜隽人代发华文电可以详述，并拟电稿交叔。今日叔将电稿加详寄还，余又酌改数字。

杂记　昨日卞燕侯来言，何氏旧书月丹不愿过问，但可延律师为证。又售价仍欲得二万两。本日复去一信，言同人讨论，难再加。

八月廿八日　旧历七月十五日　星期六

天头　本日午后到馆。

八月三十日　旧历七月十七日　星期一

发信　沅叔、附。伯恒、昨日发。又陵、昭宸。

八月三十一日　旧历七月十八日　星期二

发信　伯恒、少勖。为推销《四部丛刊》事。

天头　午前到馆。

九月一日　旧历七月十九日　星期三

天头　午后到馆。

九月三日　旧历七月廿一日　星期五

发信　沅叔。

发行　查《学海类编》销数。总馆连史三十五、毛边五十一。　分馆连史九十三、毛边八十四。　合共连史一百二十八、毛边一百三十五。　告业务科，准本月十五日登报出书，各分馆即发寄。

九月六日　旧历七月廿四日　星期一

收信　陶兰泉。

发信 周少勋、附赵仲宣。夏剑丞、王荫嘉、陶兰泉。

九月七日 旧历七月廿五日 星期二

收信 沉叔。

发信 沉叔、剑丞、邓孝先。

杂记 葛词蔚交第六届补习生名条一纸,姓徐,名名骥。已交伯俞。

九月八日 旧历七月廿六日 星期三

发信 孙伯恒。

天头 邓孝先书可买者,就《群碧楼书目》中选出:宋本《说苑》。九行十八字。咸淳乙丑九月。 又《韦苏州集》。十行十八字。 又《唐文粹》。十五行廿五字。

以下元本:

《乐书》十三行廿一字、《史记》中统本、《纂图互注荀子》十一行,大字廿一,小字廿五、 又《扬子法言》《残证类大观本草》十二行,大字廿一,小字廿五,十八卷《吕氏春秋》十行二十字、《风俗通义》十行十六字、《梦溪笔谈》十二行十八字,有古盐张氏印,《冲虚至德真经》十一行廿一字、《伊川击壤集》十行廿一字、《黄山谷大全诗注》十一行二十字、《道园学士录》十三行廿三字、《乐府诗集》十一行廿字、《国朝文类》西湖书院本,十三行廿四字。

以下明本:

《稽古录》弘治本、《两晋南北奇谈》六卷,彭芸楣跋、《盐铁论》涂桢刻、《卢升之集》汪应皋刻、《张曲江集》万历刻、《文山先生别集》六卷、附录三卷景泰刻、《吴渊颖集》十二卷、附录一卷洪武刻、《苏平仲集》正统刻、《荆川集》十七卷万历刻、《玉台新咏》五虞溪馆活字本、《中州集》十卷,无乐府,弘治本、《明文衡》九十八卷,正德刻、《汉纪》三十卷、《后汉纪》卅卷,嘉靖黄姬水刻、《元氏长庆集》嘉靖董氏刻、《嘉靖集》嘉靖太原府刻、《东坡文集》嘉靖十三年重刊本、《西山文集》五十五卷嘉靖元年刻、《阳明先生文集》五卷、外集九卷、《传习录》三卷、又续二卷、遗言二卷、稽家语一卷、别集十四卷嘉靖刻、《唐百家诗》不分卷、附唐诗品,徐献忠编。明朱警编《诗品》嘉靖唐子刻、《草唐诗余》前后集各二卷嘉靖杨金刻。

抄本:

《墨缘汇观》安岐撰、《塵史》扫叶山房抄、《曲洧旧闻》《老学庵笔记》《佩韦斋辑闻》《毗陵集》校本、《司空表圣文集》十卷,知不足斋校、《盘洲集》丹铅精舍抄本,又,汉唐斋印、《范德机诗集》七卷、《清江贝先生集》十卷。

九月十一日　旧历七月廿九日　星期六

制造　问舒震雷画图器械制造情形。据云月出五六百副,尚不敷销。又机器不精,故制造不能精速。

杂记　交黄仲明寄傅沅叔重出元本《通鉴》卷廿四 33 页、廿五 30 页,合一本。

交任心白寄还王晓松《西厢记》一本。

应酬　黄朝章出殡。

九月十三日　旧历八月初二日　星期一

收信　王仙华。七月廿五日在 S. S. Kaicerin Auguste Victoria 舟中所书。

发信　沅叔、九日写,今日发,附李宝泉信。伯恒、子约。

九月十四日　旧历八月初三日　星期二

发信　沅叔。

九月十五日　旧历八月初四日　星期三

进货　告鲍先生,制造画图器械之机械可托仙华探价。缘前日曾闻舒君震雷云销路颇佳,但器不利耳。

九月十六日　旧历八月初五日　星期四

杂记　京馆代向蒋惺父借到《春秋经传集解》,系宋本四册。本日由蒋鹤企带到。交心白收存。

应酬　胡晴初与汲侯、植甫共宴。干臣招待作陪。

九月十七日　旧历八月初六日　星期五

发信　伯恒、梦旦。

九月二十日　旧历八月初九日　星期一

收信　梦旦。

发信　梦旦、伯恒。

公司　本日定购南京路地先付定银一万两。全价四万镑,经手费合共二千镑。

分馆　函复伯恒,所访得办理西书员佟君英文太差。交邝君阅看,错误太多,就原笺逐句批驳寄还。并告伯恒,应觅程度优美之人,月薪必须从丰,否则断难得人,且恐有名无实。

应酬　访罗子希,家伦,知为绍兴人。

九月廿七日　旧历八月十六日　星期一

天头　九月二十一日赴海盐,廿五日返沪。廿六日星期。

九月廿八日　旧历八月十七日　星期二

印刷　约高、鲍、谢、陈、李、金讨论印《四库全书》事。

九月廿九日　旧历八月十八日　星期三

发信　梦旦。

九月三十日　旧历八月十九日　星期四

发信　王仙华。五号。

公司　一、劝与金恩公司经理联络。　二、《四部丛刊》英文通启难著笔。三、梅生担任发行所之斟酌。　四、利达垄断,由于前此失策。　五、银行备信用款。　六、定货购机不与闻,但从旁建议。　七、南京路因财政罢议。以上复,以下奉达。　八、另购一地,附略图。　九、聘德技师,翰甚主张。　十、日后购纸机,宜直接。他货同。　十一、西书事甚重要,京馆太外行,且无办。十二、告将入京商印《四库》事,并我之主张。　十三、赈饥捐款。

十月一日　旧历八月二十日　星期五

印刷　与谢燕堂详算《四库全书》印刷成本。

十月二日　旧历八月廿一日　星期六

发行　马懋勋介绍石小川来,为卢永祥买《四部丛刊》,要援股东例。已允照办。

印刷　约高、鲍、金、李、陈讨论承印《四库全书》之事。余提出消极进行之策。不如请政府预垫若干,一面售预约券。购得若干再行开印。翰稍有难色。

后亦谓可行。鲍则云可相机行事。

应酬 约王搏沙、张伯苓、许儁人、石小川在一枝香晚饭。许孜、姚可敷、沈冕士、韫存、赵燧山均未到。

十月四日　旧历八月廿三日　星期一

印刷 询翰翁,连史岁购六千件可办否。翰谓尚可设法。

十月五日　旧历八月廿四日　星期二

发信 在南京发信。

公司 致拔可、叔通,请检寄旧门簿及查《四部丛刊》黄白纸销路事。

杂记 上下行李、轮渡茶资共三角。

天头 晨七钟半登车,七点五十五分开。拔可、叔通、星如、心白、廉均到站相送。在车遇王搏沙同行。

十月六日　旧历八月廿五日　星期三

发信 到济南,寄任心白。

公司 致任心白信,请检残本书三小册寄来。

杂记 付津浦车饭三元,又茶房四元,连搏沙在内。缘搏沙代余付昨晚饭钱及两次茶钱也。　　到车取行李、乘车到客店,共四角。

天头 午后三钟半到天津,即转车。四点半开,晚八钟到京。　　投宿北京饭店。店员谓老屋无闲房,只可宿新屋。即指定三层楼三百〇一号。

十月七日　旧历八月廿六日　星期四

发信 拔可、叔通,又家信。

分馆 告伯恒,京馆建筑太昂,只可另筹。因负担较重,当筹妥法。又说赈灾之事。伯恒意甚不平,谓临时应付,候商不及。余谓整数之捐,因各省有关系,不能不预为斟酌。公司已预备拨款归各分馆支用。伯恒云今日华洋义赈会尚须到会。余谓零星杂捐不能免,最好先捐一整数,此外即可拒绝。余问其应捐若干。伯云五十亦可,但恐比较。余谓即捐百元亦可。余谓即酌增若干,预备零星应酬亦无不可。晚晤炎佐,又谈及各团体因筹赈印件,几于均要豁免。余谓平日主顾只可酌看往来情形或与京馆合捐一整数。如有人再来要求,即可对付。请告廷桂。

西书 伯恒谈及西书事,总以定价高,不能退货为言。

杂记 与饭店经理商定,过十日照九折计算,每日十元。本日车六角,取行李两角。 本日以《东汉会要》一册面还沇叔。

应酬 访傅沇叔、王叔鲁、蒋竹庄、王搏沙。

十月八日 旧历八月廿七日 星期五

发信 叔通、星如。

公司 一、《四库》事。 二、《道藏》事。 三、《四部丛刊》白纸书多销,将登广告。 四、京馆局赈灾捐款事。 五、拨照相新镜头事。 六、陈筱庄信,请译两书事。 七、商孟蘋介绍元本《文选》事。

杂记 付车资一元。 洗汗衫一件、小衣一件。

应酬 访胡适之、蒋百里、沈子封、张阆声、严又陵、夏穗卿、冯公度、史康侯、蒋悝甫、林琴南、陈小庄。此系九日事。

天头 沇叔言,午门楼上有新发见宋本孙吴两子,稍短缺,可印。

十月九日 旧历八月廿八日 星期六

收信 伯平、心白、拔可。

发信 叔通、早发。家信、晚缮。仲友。均十日早发。

用人 剑丞荐凌荣宝,浙江师范毕业,续往龙门师范,今年毕业,善白话文。此事久已忘记,昨日检出,附入叔通信,请交伯俞。

印刷 玉虎谈《四库》事。有财部印刷局,又董授经等,又范静生似将为中华说项,然甚愿与商务商,能否联合各家组织一承印机关,以免烦言。又言政府已筹定周转用款约三十余万。又问纸能否一律。余云终难免参差,但不甚相远。问期。余云用三开至快约五六年。问价,余云一百部,约一百五十万元。加一百,在二百万外。但系约略之数。余问预约如何定价。云不能太贵,恐于销路有关。余问销路如何估计。云每省一部、每督军一部、学校五部、哈同五部、个人有力者十五部、有力之机关六部、政府廿五部,此为一百部。日本三十部、欧美七十部。余云销路恐不能得如此之多。但购买者既有此志,却不甚争价。余意定价可昂。余言此事责任甚大，我处为利益计，不愿任。但彼此交好，为不誊计，可以效劳。有两办法：甲为公家作主，但我处代办料、代印。领得若干款，即印若干。乙为我处承办、政府包。筹得之费作为垫款，一面售预约，售得之价陆续归还。但须订明售出若干部方能开印，不及作罢。过若干部，我处得应得之手续费，余尽归公。玉谓甲册不妥，恐将来无结果。乙册售价恐不能过昂。能否联合各家承印。余谓联合难办，只可各定合同，由朱桂莘总其成。玉云恐不能办。余云由我联合，亦无人能总其成。他家或肯如此，我处则不愿。且敢预言必无结果。玉云不知桂莘意如何。拟约伊来京再谈。　　又谈书面纸可分四色，套子可用布。　　此系八日之事，误记于此。

应酬　访廷桂、书衡、玉虎、颜儁人、伯唐、鹤庼、仲恕。竹庄来，未见。此系八日事。　　陈仲恕来。遇。

杂记　附车资一元。

十月十日　旧历八月廿九日　星期日

收信　孙星如。

发信　寄昭宸。附家信内。

公司　镜古堂有《古唐类苑》，还每本四元，计二百廿八元。《伪齐录》，还三十元。　　聚珍堂有《曹文贞集》，钞本一册索价七元。康熙刻本《异域录》，四册索价十元。未还价。　　有初印《樊榭集》。

陶兰泉云近购得明本《华阳国志》《张曲江集》。

纸张　前日寄回厕所手纸数张。纸质甚好，可印书。令估价。

杂记　蒋竹翁、梦翁来。　　蒋百里、徐振飞约十四日晚饭。函辞。给旧仆崔氏二元、高氏四元。交方甘士手。

应酬　陶兰泉、王少侯来见。史康侯、蒋惺甫、冯公度、徐振飞、蒋百里、王书衡、张廷桂、廷荣均未见。　　访徐振飞、王少侯、俞阶青、孙慕韩、方甘士。

十月十一日　旧历八月三十日　星期一

收信　拔可、叔通、七月九日信。源侄。

发信　拔可、叔通、星如，又源侄、赵仲宣。

公司 刘金堂,号碧轩,住杨梅竹斜街福星店。送来翟文泉手写《隶样》、王渔洋手批《徐昌谷集》、元版《北史》一本。富友堂书庄,南局二三七四转富晋堂社。韩滋源云,王文敏家有宋本《王状元注苏诗》可购。又云廉惠卿手持宋本《六臣注文选》,云系端匋斋家中之物。

寄带经堂信,还志书价每本二角、《熊勿轩集》一元。寄沈子封信并附去《丛刊》所缺各书。谓如有可以见让者,乞示价。如影印用,纸色印工均须研究,并须先借一阅。

杂记 洗衣裤各一。　　伯恒约十五日在普和祥楼上美益番菜馆晚饭。函辞。

应酬 陈援庵、戴螺舲、韩滋源、陈筱庄、王搏沙、胡石青、李道衡来访。均见。本日未出门也。

十月十二日　旧历九月初一日　星期二

公司 本日到文德堂看宋残本《后汉书》,印刷极精。仅存四十九卷。存本纪五至十卷,缺四卷。存列传一至廿五卷,中缺十四卷。又存四十至四十一卷,中缺三卷。又存四十五至六十卷,后缺廿卷。志全缺。

印刷 陶兰泉约晚饭后八点钟派车来接,至任振彩家晤朱桂莘。据言决不自行设局,须与一有经验、有信用之公司订约承办,务求保障确实。问余有何办法。余先问明用何格式。朱云决定三开,须带有美术性质。余历举工程之巨及办理之难,断无一家可以专办之理。又告以工料继长增高,在长时间内无从预估。朱言可代筹一办法。如无办法,渠亦不办。如有办法,可以办到,即当进行。后兰泉言,最好由政府筹款,购买民国九年公债,每年抽签之后即以该款充用。现时一面仍售预约。余言由商家代办,盈亏均归公家。朱意不以为然。遂约定十四晚再行续商。

应酬 访李道衡、陶兰泉、任振彩。　　刘子楷来。

十月十三日　旧历九月初二日　星期三

分馆 约梦翁、伯恒、廷桂至寓晤谈,讨论京局提回公积、改奖励金及结账事、京馆建筑事、贩售西书事,又两处贴补新屋房租事。另有记载,凡八纸。

应酬 金还珠来,未见。叶揆初、陈援庵来。晚饭后王子琦、徐端甫来。徐寓大甜水井。

十月十四日　旧历九月初三日　星期四

收信　拔可、十二发。家信。

发信　拔可。十五早发,附家信。

公司　子封言,闻有辽本《龙龛手鉴》,可代余踪迹。宏远堂顾千里校宋《新序》,原给百廿元,本日增二十元,已允售。

分馆　昨日与廷桂、伯恒所谈各节,录成八纸。本日送交廷桂阅看,并无异言。余请代录一份,并转送伯恒一阅,即留京中,预备后来接洽。　　伯恒密告,去年京局分派花红留出同人名下四百余元,今年又留下一千余元作为备用。而廷桂自己所得三分之一却并未留出。同人颇为不平。又言闻人言,京局建筑,其中有得回扣之说。系王君九邻居、亦曾投标者所言,并说明人名。当时只能为伊辩白,惟伊有亲戚在此监工,究属不便。通信有所不便,见面不敢不言。余言后一节亮[谅]不至此,亦无可说。前一节只可请君相机规劝,如由同人发难,则更难下台。君与公司休戚相关,为公、为私,均可忠告,望相机为之。

编译　午后四时蔡鹤顷约至孔德学校,继续商办发行该校国语教科书。已拟有条件,由梦翁收存。告以照前所拟办法,并无别须改动。但须回沪与同人商定,方能确定。

印刷　午后二时应桂莘、静生之招,至北京图书馆看《四库全书》。遇王叔均、叶玉虎、徐端甫、陶兰泉诸人。《四库全书》即用三开,内匡已甚不宽舒、天地亦不甚宽展。原书系绢面仿蝶装,将书脊包裹。经部茶青、史部红、子部蓝、集部灰。另橱式四册,尺寸甚大,每石只能印一张。

杂记　付车资一元。

应酬　访范静生。午后又访沈子封、陈仲恕。

十月十五日　旧历九月初四日　星期五

印刷　王亮畴来谈,拟编一英文中国法律书,交商务印。须讲究,或皮面,或半皮,属先估价。

晚赴静生之招,在任振彩处谈《四库全书》事。余言三开净本,制版连印墨约一百六十万。书每部纸装套约七千元,加手续损耗,壹百部至少三百万元。四开制版九十余万,纸装套五十余万,加手续损耗五十万,一百部约二百万元。至印刷有分印、选印两种办法。分印仅依次分批。选印系择其未曾刊行或久已失板者。定价极昂,即二三成之书,亦可定价七八成。其余常见之书即不印亦无妨碍。如能售出即以所溢得之价续印亦可。但总以不售预约为宜。至招商承印亦有两法,一为先订短期合同,至多一年一为,完全代办。有多少款办多少事。玉虎均不谓然。桂莘则谓必须觅一可靠之公司承办。余谓即经费完全有着,余亦不敢应允。缘组织过大,毫无把握。工料两项尤难预估。最后决定托余代拟计划书。余请先向各印刷公司估价,免至受人责备。桂莘谓毫无标准,可以不必。余谓不能过速,须回沪后再行商议。

杂记 本日雇汽车拜客。到张庚楼、方甘士、林宰平、曾刚甫、刘崧生见、杨赤玉见、董授经见,遇吴印臣、沈羹梅、王亮畴、张云鹏、徐森玉、王叔均未觅到,张仲仁、刘仲鲁、梁燕孙、张公权、陈弢老见、陈玉苍见、曾述棨见、曾叔度、陈维生、陈援庵、邵伯䌹、戴螺舲、董慰堂、汪子健、颜韵伯、马彝初、蒋梦麟、陶孟和、朱逖先、马幼渔、叔平、陈百年、张彦云、陆子欣、徐端甫、宝瑞臣、孙慕韩、刘子楷、颜俦人、郭肖麓。

应酬 许溯伊、张庚楼、李兰舟来。未遇。晚陶兰泉偕朱桂莘来。

十月十六日 旧历八月初五日 星期六

收信 叔通。

发信 拔可、叔通。

公司 聚珍堂有旧抄本索八十元,还十六元。 文奎堂有《昌平州志》,还一元五角。不允。 到带经堂见有宋刻《六臣注文选》两套,有抄配五本。云系全书,共分六套,索价五千元。王君估一千元,余还千五百元,令为接洽。又言有北宋《孟东野集》三卷,只二十七页,有黄荛圃跋。索七百元,未还价。又言有宋本《说苑》,有元抄《金台集》,书尚未见。

发行 巩伯属商中国画学研究会欲买本馆所出彩印旧画,拟请廉价。售与神洲国光四折、有正五折、中华六折。允归发行所。

编译 金巩伯又言,编历史应于历代年号标明孔子降生若干年后,或民国纪元若干年前。又宜制凹凸地图,以便读史。

纸张 巩伯又言,宜仿造棉料纸。

杂记 陈弢老约在福全馆午饭。到。同座者为林贻书、郑稚星、严伯玉、梦旦。　　洗衣二件。　　孙慕韩来售浙江水灾音乐会票一张。　　付车资一元。陆子兴送《谒陵日记》《膜外风光》二册。函谢。

应酬 访庄思敦、许溯伊、张效彬、朱小汀、邓孝先、金巩伯、金筱孙、王子琦。庄住菜厂胡同。金筱孙、董懋堂、傅沅叔、俞阶青、徐振飞、陆子兴来,均未遇。孙慕韩、张公权来,均见。公权约晚饭。谢。

天头 陈玉苍处有梁同书九十二岁所书喜字。　　金巩伯处有沈归愚七言对。

十月十七日　旧历九月初六日　星期日

收信 家信。十五早发来。

发信 叔通。又十八早发,附家信。

公司 昨日在带经堂看见宋本《六臣注文选》两套,极精。内有五本抄配,全书总共六套,索价五千元。该店主王君问余可出价几何。余云可一千五百元。渠允为设法。晚饭后来电话,云已让至千八百元,不能再让。余谓可再加一百,再多不要。今晨该店伙来,谓已看见五套,尚有书甚多,有《金台集》,有宋本《说苑》。云已办妥。约十二点交价取货。即电嘱京馆拨款千七百元。未几伯恒亲携款来。至十一点钟前往,该店即派友往催,云尚未起。候至一钟仍未来。回寓吃饭,饭后赴公园,至书画展览会看古书。与沅叔晤谈片刻,遂出。复乘车至该店,则售书人已来。谓有一套检查不得,先交五套,将余价扣出,俟交到再交。余只允给一千,姑令送书来,看过再说。不久书到,逐卷点过,再四磋磨,先交千二百元。其一套系卷五十一至六十,究竟如何不得而知。姑看该店有无下文。带经堂有宋本《碎锦》,内有元明数页。计廿三页,索四十元。余还廿元。谓已有人还廿五元。余谓即照此数亦可。该店要求卅元,余未允。云可商,遂取归。此为叔通代买也。看定府、县志书数十种,要求四角一本。余未允,谓至多三角。该店让至三角五分。因有托访古书事,遂允之。谓此不能作准,只可一次,下不为例也。

财政 本日向京馆取洋一千七百元,余出有收条。

分馆 余与伯恒又谈售西书事,请其酌拟一津贴办法。谓总馆不甚知,此间恐有隔膜。又与言,西书必须用一高等之人,似可令充协理,兼推销本版各书。最好由公自觅,较易调度。总馆如有相宜之人,亦可派。伯恒谓此间自聘,易进难退,不如总馆派来为佳。余谓各有便利。但朱君前须与说明,专对外、专推销西书及本版。但酬报不能不优,免其误会。伯恒谓甚愿得人相助,但须先行试验。余云当然如此。

文具 柳溪言,制造印色为大利,可招福建专业此之人,令其试办。

杂记 吴印臣,为冀州人,刻书匠。刘恒茂募捐,赈冀州旱灾。余畀以五元。又托售书助赈,代函商京馆。谓沪馆已捐万元,不能再办。

应酬 昨日张彦云来,未见。柳溪、瑞臣来,均见。朱小汀、方甘士来,未见。

天头 收北京分馆一千七百元。　本日在看《顺天时报》。　收《文选》五十册,先付一千二百元。

十月十八日　旧历九月初七日　星期一

收信 拔可。十六发来。

发信 拔可。十九早发。

公司 晤王幼山,属代买《越缦堂日记》预约券五张。到小市访从古堂伙友,有宋本《汉书》、元本《五代史》各一页。云各有一本。　属送一阅。　又连新堂赵估出示蝶装《汉书》两册,系元本,索每页五元。余还两本三十元。

杂记 董授经约晚饭。辞。　付车资一元。　买有色土偶一板,六元尊古斋买。偕伯恒购陶俑十一枚。一骑马者,又牛车一、盂一、盎一、花砖一,又小者一,计洋四十元。又到一家买大砖一、扁盂一、画瓦盂一、碗架一、花瓶一。还价二十元。未允。

应酬 颜惠庆、陈玉苍、庄思缄、曾霁生。均未见。

晚遇颜德庆于本旅店。　拜王幼山见,庄思缄、徐森玉、吴印臣、张仲仁见。午后拜沈羹梅、住兵马司中街。杨千里。住南城麻线胡同内小麻线胡同五号。

十月十九日　旧历九月初八日　星期二

收信　词蔚。

发信　拔可电。"颜问一之愿任奥三等秘书否,电复,济。"电费二元九角。

公司　午后得带经堂信,言《文选》末套已交到,属往取。由运群社散出,即往访店。将书点过无误,付价四百元。店主王君谓,经手人尚有要求赏号,渠不能代请,只可达到。余谓将来尚有他书,仍望继续取出,不妨酌给酒钱。遂加付廿元。　　闻该店友言,有《说苑》及《黄山谷集》《会稽三赋》等书。

发行　王幼山交到一百元,并定《越缦堂日记》预约定单一纸。

印刷　前三日鹤顷来,将《越缦堂日记》交付,约今日午后往运群社与发起人晤商。到者鹤顷、(慕韩未到,已回浙矣)王幼山、书衡、童峙青(张岱彬之代表)商定以王幼山新购五部,又岱彬售出四百部应续收之千六百元抵过外,约尚欠四千余。拟函达慕韩,并由同人设法归清。余声明前售出三百四十七部及岱彬售出之四百部,找款不知何时可交。如将到期仍不取书,届时另商办法。此外又商定售价五十元,净收三十五元。又书稿交与浙江图书馆,由浙江公会函达省长。另有纪载,兹不详记。

杂记　付车资一元。洗衣两件。电费二元九角。

应酬　张仲仁来,未见。

访李木斋、曹润田、陆润生、颜骏人、俞阶青、许汲侯(遇许赤衡、季履、李伯芝)、王少侯、徐振飞、陈仲恕、周赞尧。　　王希尹来。金筱孙、王幼山、邵伯纲、莫九奎不知何人、朱逖先、王叔钧、林子有。　　刘仲鲁来,见。森玉来,未见。

朱逖先寓德胜门内草厂大坑二十一号,电话西二○九八号。

王希尹住乃兹府关东店七号,东局一一二七。

天头　收《文选》十册,又付四百廿元。收王幼山定《越缦堂日记》一百元。　　王佐臣名宠佑,住汉口法界新巴黎街。言识一古董商,最可靠。曾由宜昌购得宋板书数种,未知已售去否。又闻柯逢时逊庵、家之书将散出,曾经售过少许。　　又托余代搜中国矿学书及分县地图。余言《大清会典》有此图,但不知有残本单印者否,容归查。　　佐臣托访十七年户部有刘君,著一论中国历代矿政书。廿日曾刚父来,问之。据云未知何人,但彼时同官户部,能著作者只有刘岳云。但亦未见此书。当代探问。

十月二十日　旧历九月初八日　星期三

收信　仲友、季臣信、树源信。

发信　拔、叔、昨晚缮,今早发。词蔚。

公司　文英阁厂西门苏博宣来,有诗痩阁本《鸡肋集》,还五十元。肄雅堂王君亦送书来,有残宋元本数种:一、《太上感应篇》,一、《五代史》,一、《朱子大全》,一、《晋书》,一、《禅乘类聚》。又有大德本《南史》数页。　交缺书目一本,属代配。午前至隆福寺聚珍堂看书,多方柳桥法梧门旧藏。然书多习见。

杂记　卓芝南招饮。辞。　许溯伊赠张文襄谢折。函谢。

应酬　曾刚甫、马幼渔、范静生来,见。陆润生、马夷初、胡子靖来,未遇。午后访陶兰泉,未见。

十月二十一日　旧历九月初十日　星期四

收信　叔通、十九快。拔可复电。

发信　仲友、树源。发拔可电,催复电,并索《涉园丛刻》。

公司　韩滋园之友携旧抄《职官分纪》两册来。云有四卷抄配,全书五十卷,系明抄。余言送全书来。　又《永乐大典》岩字韵一册,索百五十元。余还百元。又言宋本《王诗》《苏诗》计二十四册,可以商买,开价千四百元。余请问有无抄配残缺。　带经堂王君送来元本《脉经》四册。印尚可,有抄配数叶,还一百五十元。又《凤池吟稿》两本,索三十元,已留下。　肄雅堂宋元残本《太上感应篇》一百十四页,明本《禅林类聚》一本,两卷全,又大德本《五代史》,又元板《晋书》各一,均不全,又元板《北史》九页,还七十元。

发行　卓如言尚未定《四部丛刊》。余言可为代定一部,即令先行发书,用黄纸。

编译　访卓如,言著有《有清文学变迁史》一册,原为蒋百里所著《欧洲文艺复兴史》作序,不料愈作愈长,与蒋书相等,只可分行。现已誊清,即日交本馆付印。得此两书,可将共学社名誉抬起。　又言有论本朝诗学一稿,亦即可交稿,不作为共学社之书。问余应如何印刷,余谓应用华式。

印刷 蔡鹤顷来信,并附来王幼山、童峙青两信,言张岱彬欲再得预约券八十八张,以清垫款。余允照办。王、童信寄与书衡,蔡信寄总务处。

杂记 发拔翁电,文曰:"前电盼复。告仲钧,飞寄《涉园丛刻》一部。"未几得拔翁电,曰:"电悉,王愿调,即函达骏人,请其玉成。"又函玉虎,约订时地再见。

应酬 访卓如,晤伊弟仲策、林宰平、江翌云。又访孔希白,未见。访卓芝南东四十二条内王驸马胡同。见。午后访汤尔和。李石曾来寓。

天头 寄玉虎信,请约时地相见。 收《凤池吟稿》二册,价三十元。廿二日晚面赴。

十月二十二日 旧历九月十一日 星期五

收信 拔可电、拔、叔信。

发信 梦旦、拔可、叔通、星如。昨晚缮,今早发。

公司 今日在带经堂见有影宋抄《韩非子》,有茏圃、千里诸跋,极为推重。余还价六百元。昨携来元本《脉经》一部,稍有抄配,还一百五十元。今日增至二百元。 蒋梦麟谈及选书事。云须组织一班人,方能审阅。又须费买书之钱。大学校亦可往索样本。如商务能寄样本,更便。余谓请先拟一办法,余再与同人商定,再行接洽。蒋谓可选定若干种门类。余言日本出书甚滥,不知美国如何。蒋云美国亦然。 在镜古堂配得《词谱》两册,又鲍抄《伪齐录》一册,五十五元。

发行 伯唐有家刻《六十家词》,属代售,价八元,实收七元。余谓恐售价须略增。属托人带津,交津馆,觅便寄沪。

分馆 午前访廷桂,告以得总务处信,奖励规则可暂勿发表,俟梦翁到后再与同人讨论前日所谈各节。

应酬 汪伯唐见、夏穗卿、林宰平见、孔希白、马叔平、邓孝先、汤尔和来访。午前往拜冯公度、史康侯见、张岱彬、许季湘、赤诚、张庾楼。 午后访大学校各学校,见蒋梦麟、朱逖先二人。又拜徐端甫、宝瑞臣、王希尹。

天头 收《韩非子》四册。价六百二十元,当先付一百五十元。

十月二十三日　旧历九月十二日　星期六

收信　拔、叔。

发信　词蔚、寄志书单两张。拔、叔。廿四日早寄。

公司　文昌馆内会文斋有曹石仓《历代诗选》,内两种《古诗选》十三卷、《唐诗选》一百卷、后拾遗十卷,共做九十六本。

晨起到分馆,请拨款千三百元。本日收到六百七十元。　赴沅叔处看书,借到《嵇中散集》《颜氏家训》《道园学古录》《王摩诘集》(活字本),《画上人集》《李文镜集》《意林》《浣花集》。尚有《中州集》《白莲集》,有人借去未取到。又见有沈隐侯《谢宣城集》《博物志》《拾遗记》均可印。又有《文潞公集》,明嘉靖前本,可用。又允借元残本《元文类》,可以选用。

用人　陈仲恕来信,云已函致叔通。即作函致谢。

编译　昨日有郑振铎、耿匡号济之两人来访,不知为何许人。适外出未遇。今晨郑君又来,见之。知为福建长乐人,住西石槽六号,在铁路管理学校肄业。询知耿君在外交部学习,为上海人。言前日由蒋百里介绍,愿出文学杂志,集合同人,供给材料。拟援《北京大学月刊》艺学杂志例,要求本馆发行,条件总可商量。余以梦旦附入《小说月报》之意告之。谓百里已提过,彼辈不赞成。或两月一册亦可。余允候归沪商议。

印刷　颜韵伯印书画事。沅叔嘱。由伯恒经商。

杂记　致陶兰泉信,为许宅询明利公司纠葛事。

应酬　拜钱念劬、林斐成见、王叔鲁。　许季湘、赤诚来访,未见。卓芝南未见。　傅沅叔来看书,即在此晚饭。　张廷荣来见。

天头　收京馆支票,即找付《韩非子》价四百七十元。又现款二百元。沅叔云子培处有明抄《鬼谷子》可借影。　又云伊处有残宋本《苏文定》若干卷,可与子培处、孝先处及北京图书馆所有者合在一起,所差不多矣。　又言北京图书馆有北宋残本《文选李善注》,极精。

十月二十四日　旧历九月十三日　星期日

收信　叔通。

公司 前日在带经堂看见元刊《五服图解》一册,还六十元。今日加廿元。黄校《太平乐府》,还百元。今加四十元。又旧钞一部,还八十元。今加廿元。均有黄跋。又《脉经》前还至二百元,今加四十元。

宝萃斋韩君送来《百川学海》十四册,余约沅叔来看,决为宋本。书系黄纸所印,与昔年所购孔氏之宋本《资治通鉴》甚相似。半页十二行,行廿字。"慎"、"遘"、"贞"、"勗"、"敦"、"惇"等字均避讳。据云有二十九本,约八十三种。所见十四本,已有四十一种。有玉琴堂竹坞季沧苇印记。索价六千元。与伯恒商,拟还八百元。魏子敏送来《通鉴总类》,丝棉纸印。据沅叔说,疑是元板。计四十八本,索三千元。未还价。

在文英阁丁和诚,有宝颜堂《续秘笈》五十种六十四本。云至少六十元。又有《诸史夷语》四本,还十六元。《李文饶》十四本,嘉靖刊,有毛病,索二百元。未还价。又宋本《佛祖统纪》一册,云系李思浩之物,现为他人所得。令询价。

厂西门路北第一家或第二家,有明黑口本《宛陵集》四十一至五十。九经堂有元《通鉴资治》第八十五至八十八四卷,索三十余元。

天头 收京馆二百卅元。 今日沅叔送来宋本《东坡集》十九册,余出有收据。 又借沅叔自有之书凡八种:《意林》《颜氏家训》《浣花集》《嵇中散集》《皎然集》《王摩诘集》《道园学古录》《李文饶集》。余出有收据一纸,均面交沅叔。

十月二十五日　旧历九月十四日　星期一

发信 梦、叔快。

公司 沅叔需款,拟售书,要求公司购买。余选一千元,计廿六种。单交伯恒。

宝萃斋韩君经手《百川学海》,余还一千元。韩君又言其余十五本共得五十种,实欠九种云。

文德堂书,购定《地理指掌》《今古舆图》、残元本《北史》、残宋本《文选》、抄本《王岁庵集》《东观外集》《安南志略》,明本《唐荆川集》,原本《樊榭山房集》,共三百四十元。内《文选》为叔通代购。又《花草粹编》增至八十元、《文天祥集》增至五十元、《后汉书》增至千二百元。后此三种又共增三十元,仍不允,遂作罢。

带经堂来电,元本《脉经》、抄本《太平乐府》两种恳再加廿元,合五百元。余允照购。《五服图解》仍不允。约今晚或可取得他种。 今午又见有穴研斋抄本《战国策高诱注》,有毛子晋印记,计十册。抄甚精,余未还价。

发行 与叶玉虎谈亲民电报事。由局代译,每局送一部,由部颁发。并请由电局通告,招人用此本发电。玉虎允通饬。

印刷 叶玉虎托估印清咸丰前学者小像,像用铜版,可缩小,但字已小,不能再缩。余主张用中国纸印,估五百部,用绸面硬板装订。玉虎允先交副本数页来,先试制,用各种纸试印,再行选定。

余告玉虎,《四库》事必与同人力筹省时、省工办法,借酬盛意。但一家总难担任,必须分与他家。

杂记 午后至午门楼上看书。见有《黄学士集》,十二行廿二字。《黄义献集》,十四行廿五字,纸甚黄。北宋本《说文》,十行十八字,小字廿七。元本《易林》,八行十五字。卷十一不全,尚有残页。宋本《皇朝文鉴》,十行十九字,卅一卷亦不全。又见有《柳文》,九行十七字。《六韬》《黄石公三略》《孙子》,但缺角,十行二十字。北宋本《论衡》,十行二十字。《韦集》十行十八字,仅九页。

应酬 午前访叶玉虎见,又访沈子封见、张阆声。今日钱念劬、林斐成均未遇。

十月二十五日 旧历九月十四日 星期一
原件二十五日书两页——整理者。

收信 叔通。

发信 任公。天津义租界二马路二十五号。

公司 晚得带经堂电话,云有书,即往看。见有宋刊《会稽三赋》,"廓""慎"均避讳,纸色极黄,仅四十九页。余还百元。又钱叔宝抄《游志续编》,标陶九成编。有黄荛圃跋,共两册,百余叶。还一百元。 抄本《贝清江集》,系带经堂物,开价百元。余欲其多觅善本,即如数允。廿六日付价。如已刻过,即退还。

应酬 晚饭后竹庄来谈。

天头 取到《太平乐府》二种、元刊《脉经》一部、抄本《贝清江集》一部。计共六百元,付四百元。

十月二十六日 旧历九月十五日 星期二

收信 家信。

发信 梦、叔、拔、廿七寄。附家信、词蔚。附志书单。

公司 在邓孝先处见有《通鉴纪事本末撮要》两册。有周良金、黄荛圃、汪阆源、郁泰峰印记,尚是士礼居木匣,与连日所见各书同出一家。孝先云尚有宋本《说苑》《白文五经》。云已令再取书来看,开价二千元。《通鉴撮要》估价不过百元。余谓多数十元亦可买。文友堂送来穴研斋抄本《战国策》六册,第二册甚破损。余还价六十元。

应酬 午前访颜骏人见、刘子楷见、许季履见、邓孝先见、陈仲恕见、陶孟和、胡适之见、李木斋。午后访林礼垣。

梁宝田、陈百年、张傲彬来。又遇张庚楼、彦明允于分馆。

天头 收京馆四百元。 付带经堂二百元讫。

十月二十七日 旧历九月十六日 星期三

收信 拔、叔。廿五。

发信 拔、叔。廿八早发。

公司 午后在带经堂见有元板刘须溪选《东坡诗注》,四册。萧尺木《离骚》,系清板,余未还价。又毛抄《金台集》一本,计六十六叶,还每叶二元。

孝先来言,宋本《纪事本末撮要》减至二百元。又《五服图解》索价四百元。

函托沅叔,如《百川学海》未见之十五册印本相同,所阙无甚紧要,拟再加二百元,合一千二百元。请其留意。

发行 在俞阶青处遇道清铁路监督局局长程世济号千臣,属代定连史《四部丛刊》一部,连《廿四史》。该局在焦作。

陶兰泉交来代定《四部丛刊》清单一纸,计白纸廿一部、黄纸两部、《廿四史》十部,均印书根。明日先汇出五千元。云又托招商局运寄各书收据上仍应开运费,但不缴公司。

分馆 梦翁来信,言同人不赞成京局另拨资本一节,出示伯恒。伯恒因言及政府将征所得税,须先问资本。如言京馆无资本,恐不答应。事前须研究。又谓京局亦须先行声明。余即函达总馆。廷荣来言,大昌烟公司及尚有△△公司均有英美分出者,拟完全包与本馆办理。余谓广告公司虽存,铁路业已结束,恐有不便。廷谓天津沿路游行广告业已应允,不过数日即可。此外即方、沈诸人亦可担任。余谓如订合同,须到沪商量。

印刷 廷桂自天津来,言印《四库全书》事。即寄总馆。

杂记 陶兰泉约晚饭。谢。

应酬 何见石来见,偕其子名叙济、号仲宏来。住西四牌楼大茶叶胡同十四号。邓孝先、陈仲恕见、陶兰泉见、张阆声来。 午后访王少侯、俞阶青见、梁宝田、沈东录、徐端甫。

天头 收京馆一百元。

十月二十八日　旧历九月十七日　星期四

收信 叔通。

公司 邓孝先来,言《通鉴纪事本末撮要》必须二百元。余云可留。又示元本《五服图解》,已见过,还八十元多,拟不要。并允代为搜罗,有书即与伯恒接洽。 函沅叔,《百川学海》允加至千二百元。廿九日见面,谈及《金台集》,谓百五十元亦可留。

发行 陶兰泉送来代售《丛刊》清单。

杂记 本日午后偕伯恒购买陶器。李竹庵处八十元,计九件。广文十四元,计八件,内　原押　元。又某家廿四元,计　件。

应酬 访陶兰泉未遇。

天头 交还顾校《说苑》四本、明本《湖海新闻》五本、东洋抄《韩非子》一本。又沅叔借来《李卫公集》十本、《颜氏家训》两本、马注《意林》四本。又邓孝先送文集一本。又杂件。

十月二十九日　旧历九月十八日　星期五

收信 叔通。

发信 骏人。

公司 邓孝先交到宋本《通鉴纪事本末撮要》二本,价二百元。函属京馆照拨。

与伯恒谈建筑事。现已托人照估,将来可参用克利之图另画楼梯,用水泥地窖。厨房必须用水泥。至账房,为谨慎计,上面亦应如此。先限三万,多至四万元。又谈西书事。伯恒言分馆本须自行推广,即设备亦不小,应由分馆担。余问贴补如何计算,或按营业、或仅按年分。伯恒谓先试一年,不求利益,但求不移他部之所得补西书之所失。

早访廷桂,未回。午后往访,告以拨资本事有为难。其余如贴补房金、结账及今年提盈余一万备补明年生财耗失,均可照办。廷谓须与同人商量。余谓公司事只能与重要人讨论,不能转询大众再行订定。如张、曹、郑诸君可以约来,余将代为陈述。廷允于晚间召集。余于九钟到。彼、恩葆、炎佐、赓三均在座。余声明公积既分与股东,不能不提,故以奖励金章程行诸分局,以期划同人方面亦可免有损失。随问奖励金章程及比较已否看过。惟炎佐看过,余均未了了。曹并未见。余逐一说明,谓公司统筹全局,添拨资本,此有难行。总望见谅。至公益、酬恤、公积提归总馆,将来公益少数,只可作为开支,大家仍由总馆酌贴,如此次赈灾之事。至于同人酬恤,现正拟议章程,将来亦归总馆支给。同人均谓现在新建厂屋,负担增重。余谓京局并未要求,总馆已认贴补房。除旧租抵过外,总馆第一年任十之四、二年任十之三、第三年任十之二、四年任十之一。郑炎佐争之较力。余谓建筑之事延阁数年,余本不主张建屋,实因京局专靠印票,不能常有,故以不建造为是。后多数以营业增长、无法承接,故遂决定建造。建造既成,必可增多营业。营业既增,盈余亦必可增。并提前在董事会陈明。现在生意来已不能接,建造后实有希望。廷谓总馆以建造之后包定进步,实在担任不起。余谓公司本无包办之说,但当时因生意源源而来,故觉不敷用。今建筑既成,岂有退步之理。凡事均望进步,不能遽作悲观。炎佐又谓不能增进许多。两三年内必甚苦痛,恐无奖励金之望。且今年开支必增,提去一万元,盈余必又减少。余谓总馆贴补房租,亦是虑京局骤加负担。至于预提万元,此本京局之意,尽可自定行止。至奖励金,虽不能必增多,然即此七八年减半,亦尚比花红为优。又要求将比较七八年奖励金多于花红之数补给同人。余谓法律不能追溯既往,且奖励金行于民国四年,分馆亦可进给元、二、三年。郑又谓或另行贴补。余谓京局赚钱尚要另外贴补,不赚钱之分馆如何。恩谓进货一经发出,即须起息,此间收到有余,总在一个月后。炎谓京局定货数巨,故贴息较多,不能与分馆比。余谓定货一事为将来计,不能不做一榜样,故拟概归总馆。炎谓此事甚为烦碎,能归总馆自好。余谓总馆代定货物不能取利益。至南北时价不同,自应舍贵就贱,但须先向总馆查明。至定货,大宗亦可不必同时运出付京局账。京局可夃票,候再行提取。但须定一时期及数目。至于寻常通用之货总馆自有者,本可随用随取,总价照时价付账。余归后当商拟办法,再行函达。余意总馆先赚分局之钱,致分局成本加重,难与他人竞争。余以为此实不可。至货物起运即须起息,此层不能更动。因有分馆关系。余又请将七、八两年京局特别繁用之料详细开单,将磅数、尺寸亦须列入,寄至总馆。又将历年总馆货价贵于津地者亦开一清单,必须注明年月日、货名等项,以便查考。时已十一点半钟,余总述大概一过,谓此实有为难,望诸君见谅。将来总馆当有正式公信,至拨给资本一层,现在旧人思想不够,惮于改动。将来或因时势之迁移,即有更改,且或甚速亦未可知。此次种因,结果当在将来耳。

应酬 午前访傅沅叔见、何见石见、吴印臣。 午后访陆润生见、邓孝先。

王叔均见、何仲宏、许季履来。吴公棠名家齐,西方庵高等小学校长,托廷桂带片来候。

天头 交《王摩诘集》五册、《虞道园集》二十本与分馆。请装箱运沪。

十月三十日 旧历九月十九日 星期六

杂记 付饭厅八元。又早饭厅三元、卧室八元、升降梯一元、门上四元、送客一元。

天头 早起南下。 到站送行者廷桂、伯恒、阁政。于车站遇丁仲因、戴螺舫、朱旭人。又遇冒鹤亭,同车至镇江而别。车中又遇徐建侯、孙仲英、佘桂生。

十一月一日　旧历九月廿一日　星期一

公司　将所购各书交出,并开报开支。　在京馆共支用三千一百元。买宋板《文选》一千六百廿元、买元板《脉经》,影宋抄《韩非子》,校钞本《太平乐府》,又钞本《太平乐府》《贝清江集》,明本《凤池吟稿》,一千二百五十元。付北京饭店。

天头　本日到公司。

十一月二日　旧历九月廿二日　星期二

天头　中美图书董事　Mr. Bryan 住霞飞路 558 号。

十一月三日　旧历九月廿三日　星期三

发信　少勋、兰甫、伯恒、阁政、词蔚、廷桂。

公司　本日与许笃斋结算在京馆支用之账。

杂记　中美图书公司董事 Mr. Bryan 偕其友 Hale 来公司参观,并与商经理在美发售《四部丛刊》之事。

应酬　访孙仲英、佘桂生于振华旅馆。未遇。

十一月四日　旧历九月廿四日　星期四

发行　告谢福生,将罗素书速运北京分馆出售,并拟告白寄去。告拔可函催石小川、程干臣、甘翰臣购买《丛刊》。

编译　与钱征宇商定《四部丛刊》西文分类之事。

杂记　津分馆寄到陶器二件。与培初商,给洋三元与轮船账房。

十一月五日　旧历九月廿五日　星期五

发信　陶约庵。

天头　本日回海盐。

十一月六日　旧历九月廿六日　星期六

发信　颜骏人、李拔可、伯恒、仙华、作为六号。剑丞。

十一月八日　旧历九月廿八日　星期一

收信　叔通。附来伯恒信,七日到。

发信　叔通、伯恒、七夕缮。陶约庵。

公司 伯恒来信,询文德堂《后汉书》,千二百元可以出售。函复准购。

十一月九日　旧历九月廿九日　星期二

收信 拔可、梦旦、剑丞。

发信 冒鹤亭、任公、梦、拔、钟景莘、盛安生、伯恒。

杂记 交荣庆带致钟、盛二君信,支洋二百元。　致伯恒,托为词蔚撤去《宣化县志》一种,加入善成堂《曲阳县志》一种。又问《百川学海》有无消息。

十一月十日　旧历十月初一日　星期三

收信 叔通。

十一月十一日　旧历十月初二日　星期四

发信 叔通、赵仲宣。

十一月十三日　旧历十月初四日　星期六

收信 梦、叔。

发信 梦翁。附叔。

十一月十五日　旧历十月初六日　星期一

收信 叔通、心白。

发信 梦、叔、交复生带,昨日。家信。附入。

发行 本日查《丛刊》售出之数。

连史　　　总馆　七十二　分馆　六十八　共百四十。

毛边　　　总馆　八十七　分馆　七十六　共百六十一。

《廿四史》　总馆　五十九　分馆　四十一　共百。

陶兰泉经手者不在内。　据梦翁来信云。

十一月十六日　旧历十月初七日　星期二

发信 叔通、伯恒、王寿山。

公司 《江月松风集》还百廿元。《花草粹编》还百元。

十一月十七日　旧历十月初八日　星期三

收信 叔通、伯恒、星如、少勋、子刚。

发信 伯恒、星如。

十一月十八日　旧历十月初九日　星期四

收信　梦旦。

发信　梦旦、附还四部英文传单。季臣。

天头　十九日即十月初十日。

二十日即十月十一日。复海盐教育会信。

廿一日即十月十二日。寄叔通信。

廿二日即十月十三日。

廿三日即十月十四日。早启程返沪。

十一月廿四日　旧历十月十五日　星期三

应酬　昨晚约鹤顑、汤尔和等在一枝香晚饭。今晨十钟至法公司码头送行。

天头　午前到馆。

十一月廿五日　旧历十月十六日　星期四

发信　严伯玉、伯恒、陶约庵。附伯恒信中。

用人　陈禹门来见，持封芸如信来，为谋事。其人年二十四，曾习法政，未毕业，在广东多年，能粤语。已介见翰卿、伯平。

杂记　代严又陵买英文《世界地理》五本，寄北京。又绘图器一具，寄唐山严季娣。

十一月廿六日　旧历十月十七日　星期五

发信　严又陵、冯氏妹、深伯、仲良、富庆。育甫、祯甫。

发行　《丛刊》　总馆　　　　分馆

白纸　　　七十九　　　七十八

黄纸　　　一百一十八　　九十三

十一月廿七日　旧历十月十八日　星期六

发信　沅叔、孝先、兰泉、伯恒。

用人　告翰速约洪生，但待遇宜说明。翰谓须看伊现在地位，又本馆比例。余谓须勿使王、李、金见绌。

杂记 致伯恒信。《五服图解》八十元、《游志续编》一百元、《会稽三赋》一百五十元、《金台集》一百二十元、刘须溪选《东坡诗注》、抄本《战国策》各五六十元。

十一月廿九日 旧历十月二十日 星期一

发信 词蔚。寄代买志书清单,又送《说苑》十部。

十一月三十日 旧历十月廿一日 星期二

收信 兰泉、剑丞。

发信 兰泉、沈子封、张阆声。

发行 陶兰泉汇到《丛刊》书价三千元。

用人 谢福生告退,余仍挽留,渠去志甚坚,允将来信转示同人。托邝先生告李骏惠,拟请在英文部帮邝先生理本部事务,仍兼化学顾问,月薪仍二百元,不给津贴,但已借支至明年,支亦不必交还。

制造 以《时事报》及《教育杂志》论玩具两文用朱笔指出,交鲍咸翁阅看。

十二月一日 旧历十月廿二日 星期三

发信 冒鹤亭、冯宅、仲友、兰泉。

用人 谢福生辞职。拔可见告,翰主坚留。已商妥明年酌加薪,但不定合同。先是邝来言,谢恐不稳,要求订约四年,薪水加到二百五十元也。 李骏惠事昨日托邝转达,留英文部帮邝,兼化学顾问,月薪二百元,不给津贴,已借至明年年底者亦不必交还。

文具 查西式信纸信封定价太昂,查进货科,谢君语多闪避。

十二月二日 旧历十月廿三日 星期四

发信 伯恒。附沈子封。

用人 叔通来信,允留一年,减薪减时。 9/12/3 示翰、咸。翰定于星期日往访。

十二月三日 旧历十月廿四日 星期五

收信 叶焕彬。

文具 告翰信封纸定价不合,初次照样货定价,日后照普通折扣,必赔钱。

今日又突加六成,亦嫌太忙乱。在外并未调查,殊不合,又各类有一分递加者,亦太琐碎。

十二月四日　旧历十月廿五日　星期六

发信　伯恒。

十二月六日　旧历十月廿七日　星期一

收信　陶兰泉、剑丞。

十二月七日　旧历十月廿八日　星期二

收信　兰泉、沅叔。

杂记　《王常宗集》《妫帷子》四本,开百元,还八十元。《蔡中郎集》还二百五十元。

十二月八日　旧历十月二十九日　星期三

发信　伯恒、快。陶约厂、沅叔、焕彬、兰泉、附预约券六张。深伯、仲良、富庆、仲友。

十二月九日　旧历十月三十日　星期四

发信　伯恒、兰泉。

十二月十日　旧历十一月初一日　星期五

收信　张阆声、严伯玉、王佐臣。

发信　张屏翰、王佐臣、宠佑。伍昭宸、严伯玉。

公司　汪蟾清约在复兴园晚饭。鲍咸昌兄谈及会计科忘记将圣书会应收印价洋四千八百元向收(应于旧历四月往收者),近由该会西倍克尔来催问,始往收。　　又京华印书局托某洋行买铁门两扇,系价八百数十元,许笃斋误开作两。伯平亦未看出,后由鲍庆林看出,交还许。许赴出纳科请张蟾芬另开。鲍咸翁亦以为不应绕路。

杂记　张阆声来信,复本馆明抄《说郛》卷三、卷四、卷二十二伊馆中均有,可补抄。　　又我处所缺卷九之《闻见录》《西溪丛语》、卷十五之《洞冥记》《广知》、卷十六之《宣和石谱》、卷二十之《南唐近事》《纪要录》、卷六七之《平泉山居记》《国史异纂》《骠策乐顾》《诗论》、卷七四《竹谱》我处在卷六六、卷八十《樵谈》、卷七五《青琐后集》、卷六九《官箴》。卷廿四《湘山野录》张本多出者、卷卅一《侯鲭录》我处在三十九,卷三十六《苕溪诗话》、卷卅九《摛青杂记》、卷四四《开河记》、卷五一《侍讲日记》、卷五七《雪舟脞语》、卷六十《藏一话腴》在卷五。

应酬 汪蟾清约在复兴园晚酌,到。

十二月十一日　旧历十一月初二日　星期六

发信 仙华。七号。

公司 一、大马路已购定。　二、《四部丛刊》销售情形。　三、金价涨,今年定货宽,无从预闻。公司已无存钱,年内尚须付五六十万。向银行钱庄通融,如市无大变,可免危险。须兄归后商定进货方针。否则货进愈多,搁本愈重,国乱未已,可忧。从前金贱,公司存款多,故拟兼售杂货。现在情形大变,须改变方针。　四、请注意西书事。又中美图书董事白兰君愿相见,请到纽约往访。已托专售《丛刊》。　五、陈叔翁辞职。现商留,允留一年。

杂记 四开连史书直十寸二分、横五寸六分。三开直十一寸四分、横七寸一分。

十二月十三日　旧历十一月初四日　星期一

进货 今年七月起至十二月十日止共用去　美金三十一万三千三百十一元三二。　英镑四万七千七百八十四枚七先令。日金七十九万七千六十元一二。

十二月十四日　旧历十一月初五　星期二

发信 伯恒、阆声、王寿山、韩滋园。

公司 《花草粹编》还一百五六十元。　9/12/23 寄伯恒信,云稍增亦可。

杂记 天录山房刘信臣有黄纸士礼居,还二百五十元。

十二月十七日　旧历十一月初八日　星期五

收信 陶兰泉。

发信 伯恒、陶约盦。

杂记 晚至蒋孟蘋处看书。

十二月十八日　旧历十一月初九日　星期六

发信 沅叔、昭宸、伯玉、冯仲贤、为咏叔叔祖说项。兰泉。

杂记 严伯玉寄到《龙川志略》两本,交任心白收存。致沅叔信,索还元本《通鉴》一册。

十二月二十日　旧历十一月十一日　星期一

杂记 查翻宋本《晋书》,存志第十七至二十、列传三至十一。张叔良介绍邵蒂棠,宁波人,年二十四岁。一、三、五,二点半可到;二、四,四点半后可来,礼拜六下半日无事。

十二月廿一日　旧历十一月十二日　星期二

收信 伯恒。

应酬 晚约张仲仁、徐佛苏、张榕西、章行严到一枝香便酌。

十二月廿二日　旧历十一月十三日　星期三

发信 伯恒。

用人 访郭洪生于夏宅,未遇。

杂记 送蒋孟蘋残本复宋本《晋书》四册。

十二月廿三日　旧历十一月十四日　星期四

收信 伯恒、陶约盦。

用人 午前又访洪生,未遇。傍晚偕梦翁往访,晤谈约两刻。大致谓筹备东南大学期内恐不能骤行脱身,希望先帮忙,在沪之时常常赐教,筹办事毕,仍望能完全来公司办事。

十二月廿四日　旧历十一月十五日　星期五

发信 伯恒、陶约盦、张屏翰。

十二月廿五日　旧历十一月十六日　星期六

发信 伯恒。

杂记 曹忆萱介绍宋本《纂图互注礼记》,元本《尔雅》《玉篇》,又明本《尔雅》,共四种,让归蒋孟蘋购买。孟出价二千四百元。曹再三要求增加。余未商孟蘋,又加二百元,因本馆需借印《礼记》,故价款先行垫付,俟照完再将书交与孟蘋。

十二月廿七日　旧历十一月十八日　星期一

收信　徐行可信。

公司　本日许笃斋因稽核科函令更正误账，彼此冲突。余约翰邀笃斋、莲溪、同荪到会议室，为之疏解。

印刷　刘彦，号式南，湖南醴陵人。由钦甫介绍来访，拟以所著《中国近世外交史》，有纸版新增少许，交本馆印行。又续编一部，名《欧战期间日本侵害中国史》，亦并归本馆，拟抽版税。　刘君住长浜路同孚路西路南八二九弄，二千〇四号。

杂记　伯恒电询黄陆两集两千加一成，可买否。复价太昂勿购。

应酬　访皮海环长沙、李仲揆黄冈人、王雪艇　人。　　马玉山招饮，遇吴蕙池君，系玉山公司董事。

十二月廿八日　旧历十一月十九日　星期二

收信　陶约盦。

发信　陶兰泉、伯恒、陶约盦。

公司　约翰卿、咸昌、叔通、梦旦在一枝香晚饭，商定各事如下：一、分任事务。稍重之事可与同人商量，再则商监理，再重则会议。　出纳科李、会计科金、稽核科鲍、业务科鲍、交通科鲍、进货科王、存货科鲍、机要科金、分庄科李、报运股鲍。

分庄科翰指出归李。翰又言业务可独立，梦不允。翰言只可归鲍。稽核科余言亦只可归鲍，翰谓必不能归王。继论进货科，翰谓鲍。意欲仙华担任印刷、郁厚培为副。余谓仙华帮管印刷，余亦久有此意，厚培为副，颇为相宜，但仙华以经理兼印刷所长，目前似不宜正名。梦亦同此主张。翰复进货事宜归鲍。余谓仙华任进货事已经发表，此时难于更改。翰谓仙华不宜签字，余谓经理亦可签字。叔通又言，桂华亦可代表。继后争论甚烈。余谓凡公司对外签字之事可以归诸鲍君，但宜一律办理。梦谓桂华不能代签。余谓亦可送至宝山路，亦何不可，总宜一律办理。继论会计科事。余谓可归王，叔通谓不如金，翰言均可。叔谓前拟调许办催账事，许不愿在仙华一起，故未成事，故言以归金为宜。遂报运股。余谓与存货、进货有关，应归鲍。　二、余言拔可令其终日在总务处办事，用违其长,且恐必不能久,不可不设法以安其心,俾得安于其位。又发行所须有一可以代表全公司之人。拔翁于政学界均能接洽,且应酬之事,尤所优为,故宜令拔可兼任发行所事,仍抽出时间到总务处。翰谓总务处人太少。余谓有金可坐镇,鲍、王可各分一半。翰言余无甚意见,不知拔兼发行所,不过劳否。余谓拔翁性质相近,似未必嫌劳。余谓如此则出纳科亦归于李。　三、鲍言鸿生现定薪水二百元,如万一仍不能来,恐于李、王诸君有碍。梦谓李、王诸君亦应酌加薪水。翰谓如增五十元,则其余均可不动。梦谓宜各加一百,可即此坐定,以后可延长。数经理地位与常人不同,不宜频频增薪,于事不便。遂定各增一百元,以一月为始。

十二月廿九日　旧历十一月二十日　星期三

杂记　查涵芬楼不全《南齐书》仅缺志卷四至十一、列传卷二十六至三十五。

十二月三十日　旧历十一月廿一日　星期四

十二月三十一日　旧历十一月廿二日　星期五

公司　伯平送来仙华所聘德人合同四分,又仙华来信一封,余携归寓中一阅。

一九二一年

一月三日　旧历十一月廿五日　星期一

收信　伯恒。

公司　约梦旦、培初、仲谷、笃斋、同孙至会议室,告知各科分任事。余与翰、咸、拔、平同列名。人到齐后,翰不发一言。请余发言,余允之。莲溪未到。

用人　翰言已商洪生愿任何事。洪言愿为公司筹画功效率之事,拟先阅各章程,再至各部研究,再抒所见,以备采择。翰当即告以万一不能采用,岂不失望。洪云此亦不妨。余言美国大公司常有专请一人办理此事者,但恐一时不能熟悉,恐在数月以后矣。翰云如何回复,请共同斟酌。

杂记　前日炎佐自京回,带到新购《说苑》《虞道园学古录》,计两部,共五匣。

一月五日　旧历十一月廿七日　星期三

发信　伯恒、沅叔。

一月七日　旧历十一月廿九日　星期五

发信　朱冠侯。借银三百,婉却。

一月八日　旧历十一月三十日　星期六

用人　余告咸昌,以厚培充副所长事,即发表,但目前自宜兼管,日后必须有替代之人,应早为储备。鲍谓有王君望崖,到公司办事比厚培略迟,人尚可靠,可以继任云云。

一月十日　旧历十二月初二日　星期一

发信　严伯玉十一。

用人　郭洪生今日到馆视事。

昨日王莲溪来寓,言伊子康生今夏可在哥伦比亚得第三级学位,愿归国入公司办事。余谓公司极愿得新人才,但望其先在外间办事,迨有经验,有资格,再入公司,彼此均有益。否则直入公司,恐薪大则人疑徇私,特抑则不均平。且因有

.

父兄在公司,同事非阿谀即客气,于本人亦无益。

编译 拟送岩崎《四部丛刊》一部、不送《廿四史》,为后来借书地步。

一月十一日 旧历十二月初三 星期二

发信 伯恒。寄还启辛君书目,初四发。

一月十二日 旧历十二月初四日 星期三

收信 沅叔、伯恒。

一月十三日 旧历十二月初五日 星期四

发信 朱桂莘、沅叔、剑丞。

印刷 天津孙子文来信,为昌黎新中公司事。印刷商标耽阁太久,来信催问。余托鲍咸昌兄调查,谓原未订明期限。余吊阅全案,虽未订期,然第一次信即有火速印成之语。因告秦拜言、吴渔荃诸人拟一办法,如实有为难,不如拒绝若干,免伤感情。

杂记 张石铭托葛词蔚来商,愿得本馆所藏宋本《容斋随笔》《续笔》。与同人商议,如彼允借书于我,无限制,即以原价让与亦无不可。随即函达词蔚。留稿。

一月十四日 旧历十二月初六 星期五

发信 叶玉虎、范静生。

杂记 晨访词蔚,告以本馆欲石铭借书事,请其转达,即以让《容斋随笔》《续笔》为交换条件。词蔚允即转商。嗣得电话,又来信,并附到石铭复信,完全允许。信交任心白存入《丛刊》借书案内。十五日余致石铭一信,即证明此事,亦留稿。

一月十五日 旧历十二月初七 星期六

一月廿四日 旧历十二月十六日 星期一

天头 十七日回海盐,一星期返沪。

一月廿六日 旧历十二月十八日 星期三

用人 鲍先生偕洪生来,谈西书一部分事欠主脑,如欲用人,拟介绍,近因筹办东南大学,略有所遇。月薪约一百五十元至二百元。又南京高等师范商学教员杨杏佛曾来厂参观,愿介绍来馆,为我讲习有关公司改良之事。余极表赞同,拟礼拜五会议决定。

一月廿七日 旧历十二月十九日 星期四

编译 拟定《丛刊》制版办法数条,送伯训、燕堂诸君阅定。

杂记 忠厚书庄有书八种:《击壤集》六十、《敬业堂》五十、《新五代》一百二十、《夷门广牍》一百四十、三朝本《陈书》四十、《北齐书》四十、《隋书》一百、《南史》一百。

一月卅一日 十二月廿三日 星期一

发信 叶玉虎信。附名贤小像铜板样四张又估单。

杂记 交周可因花卉四幅与九华堂李姓,约旧历二月初可有。面交洋八元与柯医生。柯托余买书三种论画二十元零数。柯为余买鱼肝油十二元有零、黄金台十六元。故余找伊八元两讫。

二月一日 十二月廿四日 星期二

发信 葛词蔚。

二月二日 十二月廿五日 星期三

发信 伯恒、沅叔、二日缮。许博明、鲍子刚。

用人 约翰至会议室,谈张廷桂事。略谓尔我如对此事无办法,继任之人更无从对付。

杂记 寄伯恒《南齐书》(三朝本)一本。

二月四日 十二月廿七日 星期五

发信 周少勋信。托探李木斋书。

用人 散后余至楼下约咸翁谈,谓廷荣之事易了,廷桂之事必须解决。余与翰翁不将此事解决,以后此人谁人可以驾驭?留难事与后人做,实非所宜。

二月五日 十二月廿八日 星期六

发信 徐森玉信。

用人 钱君安涛事托咸翁再请介绍,甚愿一见。

午后金伯翁约同人在会议室报告进货应付情形,谈及廷荣一事。余谓廷荣事易了,廷桂若此时不动,将来更无办法。余意必须解决。鲍咸翁谓,现姑再开诚劝戒,俟其来沪,再与剀切一谈。以后如能就范最好,如再不改,只可办理。余谓如此亦甚好,即照行可也。

财政 预计至阳历四月底可到之货再按八折,应付一百三十万元。又欠款十万元,至五月底,约付股息花红等以一分半算,除转入存款者,约付出三十万元。每月收进以三十万元算,约得一百二十万,尚缺五十万元。银行约可用三十万元,尚缺二十万元,现存十万元可抵,尚缺十万元。

二月七日 十二月卅日 星期一

发信 剑丞、姚寅生。挂号,陆官巷廿六号。

二月十一日 辛酉年正月四日 星期五

发信 剑丞。附先施收一百七元货账收条。

用人 告鲍,谓进货事无限制太危险。拟提出各条办法。又拟以莲溪兼存货科科长。鲍谓可行。 午后又约莲溪一谈。莲谓亦可担任,但拟以史久芸升副科长,渠谓可不必超迁太骤,恐本人亦难办事。

天头 新聘德国技师三人本日到厂办事。

二月十二日 正月五日 星期六

收信 周少勋信。

发信 鲍子刚信、叶焕彬信。

用人 告翰翁拟顿整进货存货,以莲溪兼存货科科长。翰翁谓莲如肯担任,可以照行。

二月十四日 正月初七日 星期一

发信 葛词蔚。

二月十五日 正月初八日 星期二

发信 伯恒、少勋、剑丞。

二月十六日 正月初九日 星期三

发信 陶兰泉。

公司 本日查出陈幼钧股分早已知照不准转股,乃股务股仍照常付出。会计科于八年已经知照有经手欠款，而股务股于九年仍旧照给。当约翰、咸同集，并招许笃斋、杨振初来说明一切。

余于十七日发知照单与股务股，又由总务处发通告，以后扣股分备抵应由会计科开单知照股务股、出纳科扣留，同负其责。

二月十八日　正月十一日　星期五

发信　罗叔蕴。谢京旗拯济会列名事。

用人　本日会议席上商定，黄秉修于旧历十二月卅日在发行所略谈，伊现得月薪二百五十元，又可得招收之生意二厘五回佣约千元。公议如此重薪，多所牵动，只可婉谢。如彼意可以俯就，则告以可送月薪一百五十元，花红约五六百元。

二月十九日　正月十二日　星期六

发信　傅沅叔。

二月二十三日　正月十六日　星期三

发信　傅沅叔。京馆转、孙伯恒。

二月二十四日　正月十七日　星期四

发信　伯俞信。唁丧子。

二月二十五日　正月十八日　星期五

公司　午前约翰翁至会议室，与之剀切一谈。

二月二十六日　正月十九日　星期六

应酬　访吉人叔祖于三泰栈。遇干甫、焕若两叔，并沈子祥及领姊。皆同寓三泰栈也。

天头　午前未到馆。

三月一日　正月廿二　星期二

收信　叶焕彬。

三月二日　正月廿三　星期三

发信　冒鹤亭、韦傅卿、孙伯恒。

三月三日　正月廿四　星期四

发信　罗志希、叶焕彬。

三月五日　正月廿六　星期六

公司　交通转运公司聂润卿来信已向发行所发货处查明。约李守仁至鲍先生处,告知约来谈,令觅妥保试办。发货处赵云,可比中华捷运公司廉四分之一。

杂记　《嘉禾志》还四十元。

三月十一日　二月初二日　星期五

发信　孙伯恒、任公电。

三月十二日　二月初三　星期六

收信　罗志希。

发信　伯恒。

编译　罗志希来信送编译所。由高、江二君拟定答复各条交来。

三月十八日　二月初九日　星期五

收信　伯恒。

发信　伯恒。

三月十九日　二月初十日　星期六

收信　伯恒。

发信　伯恒、罗志希。

编译　复罗志希信,交编译所留稿。

三月二十二日　二月十三日　星期二

发信　林少泉。

三月二十三日　二月十四日　星期三

发信　伯恒。

杂记　托伯恒查京中熟悉书店所有丛书,系施永高函托。又寄去施寄来丛书目一本。

三月二十四日　二月十五日　星期四

公司　约翰翁商定修改房屋,预备我两人座位。

杂记　买缪氏书事已告梦、拔办法。

三月二十五日　二月十六日　星期五

天头　告假赴杭州。

三月二十九日　二月二十日　星期二

天头　本日乘夜车返沪。

三月三十日　二月廿一日　星期三

天头　到公司。

三月三十一日　二月廿二日　星期四

发信　伯恒信。

四月一日　二月廿三日　星期五

发信　汪彝青、秋亭。

四月二日　二月廿四日　星期六

天头　本日回海盐。三日寄王蔼南信、徐允中信。

四月十六日　旧历三月初九日　星期六

收信　胡馨吾。

西书　约汪康翁,告以欧洲和会议约书到申,广告定名欠妥。

天头　本日由海盐扫墓回,到馆。

四月十八日　旧历三月十一日　星期一

印刷　余将访简照南,函询鲍君能否供给该公司之印件。鲍复信谓只能要求其宽限,余甚感焉。

四月十九日　旧历三月十二日　星期二

印刷　本日会议席上余提议昨日得鲍君信,甚为不解。此等大宗印刷总望设法招徕。鲍言,该公司经理此事之人须有沾润。余谓应给渔荃全权。鲍言已允之矣。高言此等印刷公司极应注意,前亦曾向邬挺生商量,如有委印之件,总可设法。余谓此次托劳君说项,余拟再往访,拟告以可指定地段机器,请其选定,是否可行。众谓可行。

四月廿二日　旧历三月十五日　星期五

发信　叶焕彬。

四月廿三日　旧历三月十六日　星期六

天头　仙华明日可到。

四月廿五日　旧历三月十八日　星期一

天头　仙华昨日午后六点钟到。

四月廿六日　旧历三月十九日　星期二

杂记　约仙华来寓晚餐。同席者翰卿、咸昌、文德、拔可、伯平、叔通诸君。梅生、厚培未到。

四月廿八日　旧历三月廿一日　星期四

收信　伯恒。

四月廿九日　旧历三月廿二日　星期五

收信　长尾。

发信　复吴蔚若。

四月三十日　旧历三月廿三日　星期六

杂记　陈震球介绍苏州胥门内朱家园十六号路姓书。今日查毕。计：抄本二○六册、旧本七一九册、局本五七三五册、通常本九二一六册。

九月十五日　旧历八月十四日　星期四

杂记　刘翰怡借来《唐书》，高七寸六、阔五寸一分半。十行、十七行，建板字体。

鲍先生九月七日信，全书一万余石，约于明年四月底印完《四部丛刊》，接印此书。至十二年六月亦可印齐云云。

应酬　叶焕彬住广宁伯街半截胡同一号蔡宅。

九月十六日　旧历八月十五日　星期五

发信　夏剑丞、吴炯斋、仲良叔祖。

进货　将寿孝天介绍姚氏书及古书流通处拟买之书提出会议。

九月十七日　旧历八月十六日　星期六

公司　晨九点钟三十分起程,与邝耀西同行。翰卿、拔可、梦旦、仙华到站相送。

天头　本日起程赴京。

九月十八日　旧历八月十七日　星期日

发信　晨起写第一号信,交茶房到兖州付邮。

公司　午后六点钟到天津。在东栈停车最久,到京已十点半钟。朱国偕馆友一人来接。到北京饭店,无闲房,遂移往长安饭店,宿第五号,与邝君同一室。每日五元,不连饭食。

九月十九日　旧历八月十八日　星期一

发信　总馆电。文曰:"京局止端,和电未知总馆用意,仍促速来,菊。"

公司　晤郭洪生谈孟罗事。洪生共拟五策:第一、俟伊四个月调查毕,继续留华。　第二、如不能或俟归后请其再来。　第三、如伊归后亦不能来,则请其在美担任。　第四、孟归后尚须派专门教育家严密调查。加纳基已允捐美金一万三千元,或即请其介绍此人,以后每年均有一人来。美国大学教员每在职六年,可出外游历一年,本校可得半薪,中国只须筹送半薪。　第五、教会所设调查会中有教育专家活索,其人年壮力强能任事。洪生昔时之同学也。或请其人担问馆事。　后洪生又言,孟罗来时,东南大学本拟留伊二三月,伊未能允。此时由大学与本馆合词挽留,使彼较易措词。但大学不过演讲,不必多费时日,可以多办分馆之事。余问孟来此如何报酬,洪言每月美金千元,照伊在美所得之数。余云能否即照此数。洪云本馆系营业之事,不知伊意如何。余云所增如不多,将来所增之数,由公司担任,其余按时间分摊。余言第四五两策且暂缓议。傍晚洪生来,言已晤孟,约略与说来意。渠云或明夏再来,并约定午后(明日)二时晤谈。

杂记　访伯恒、廷桂、道修,并到京华书局。水塔西北角地下陷,窗框均已脱开,塔尚无倾斜之势,但裂缝有一横带,水痕甚露,且底层亦有渗漏,已成钟乳。午后看书。晚饭后到带经堂看书,一无所有。

九月二十日　旧历八月十九日　星期二

发信　第二号。

公司　与郭洪生谈,孟既非无意,最好请其继续,否则明夏再来亦不迟,但主体只能由东南大学与公司两团体,不愿再有第三人凑入。不知东南大学如孟能来一年,需几何时间演讲?郭云由一个月至三个月。余云此外如有他处邀请,如何办法。余问孟此来月薪一千元,膳宿如何。郭云此次专重巡视,故旅费由公家供给,将来商务无须游历,自当不同。余云,报酬一层,我处未便拟定,拟请偕邝君与之另商。所虑者,开数较巨,公司又未还价。洪云,渠即自说,必有理由。余云,各处招请一层,所有旅费,当然由邀请者支出,但本人酬报如何计算,或预先拟定一年有几个月出外,万一邀请罗多,即可据此拒绝。洪云或每月只有若干日。余云,此层不过预为讨论,一时尚谈不到。

杂记　买邮票一元。蓖麻油六角。

应酬　遇张伯苓于本店。　　孙道修来见。伊见思、徐振飞来,均未见。

九月二十一日　旧历八月二十日　星期三

收信　梦旦。

发信　第三号。

公司　午后二句钟偕邝、郭二君往北京饭店访孟罗,待至三点钟始返。余先述钦仰之意,并谓二十年改革教育之制,余亦与闻。二十年迄无成效,今世界大势变更,我国教育本未上轨,不能不急图改良。本馆教科书约有七成供全国学生之用,自觉责任甚重,愈觉兢兢。公司董事特属我与邝君特来求教。渠问有何事欲与讨论,对于何项教科。邝略举英文科目。余继言小学尤为紧要,即汉文各书,亦欲求教。渠问有若干科目。余举以对。渠言欧美教科书方针不同。欧洲多于书内预备教师逐项指点。美国不同,仅教大概,由学生自己研求,再由教师纠正,不知本馆向取何制。邝答以向系取法日本,大抵与欧洲相同。渠谓是否为教师编有备用之本。邝答,各教科书均有教授书。渠问国文中是否包含历史、地理等科。余云,是与外国读本大致相同,但高等小学另有专书。渠问杂书为教育所用者若干。余云甚多。问如小说约若干可收回成本。余云,成本亦有轻重,大约须二千部。问教科书如何，余云，教科销路总不止二千部，小学销路甚多。问如何定价，如何发售。余云，定价门市七折，批发约五折，成本约二五。渠言美国成本亦相同。问版税如何。余云照定价一成，渠云美国亦然，但近来多至一成五。余云，有版税之书本馆大抵八折。渠云，须视四个月调查事毕，可将意见陈述，略为赞助。余问四个月后可否挽留数月，俾得承教。渠云，此恐甚难。缘在本国担任职务甚多。郭云，昨日所谈，明夏或可再来，未知如何。渠云，或有希望。余云，如明夏能来亦甚好。渠问郭，美国往来需几时。郭云，约须六礼拜。渠云，如来可留六礼拜。余云，六礼拜期太促。郭云，至少三个月。渠云，恐不能离国许久，余在美亦可相助。虽亦担任他书坊顾问之职，但不至抵触。余答甚感。渠云，可以随时通信，并言美国书店编成书稿亦送伊阅看，由伊再请专家复阅，再行酬报。邝问余，如此如何。余云，英文书稿如此亦甚好。邝即转告。渠言本馆所欲商于彼者为何事，请先开出，渠于下月廿一日到沪，届时彼此再谈。余又申述公司诚意。渠云，彼此各再思量，伊甚愿贡献所知以为公司之助。余复申谢，遂辞出。

印刷　沉叔来说《道藏》事。谓只能在京影照，必须本馆代办。余谓从前合同本系代为经理，本可代为寄书。现在情形不同，《丛刊》一出，占满地方，故代为经理有所为难。如由本馆出名，则负责较重，应收手续费，当然设法预备地方，多分几期发寄。沉叔谓此均可办，恐不能不用本馆出名，或声明公府或伊刊印。

杂记　将宋本《山谷琴趣》《醉翁琴趣》各一册面交兰泉。

应酬　在本店遇魏冲叔。金筱孙来，午后蒋竹庄、胡适之来。晚间陶兰泉、傅沉叔来。

天头　是日腹泻。

九月二十二日　旧历八月廿一日　星期四

发信　第四号。

公司　查沉叔前寄来印《道藏》公启，内有每半叶五行，大率五半叶为一版，凡十二万二千五百八十九版之语。今改书式每叶二十行，是四版可印五叶。依彼计算，应得十五万三千三百三十七叶。原估十万叶，增出一半有余，应加工料价三万一千之谱。即退一步计,每版平均二十行,一版抵一叶,亦应加工料价一万三千之谱。拟请沅叔派人详细检查,函属本馆将前次检查清账从速寄下。

杂记　在修绠堂见有明本《礼记》首册,有松下藏书、大白先生读书处、鸥舫主人三印。索价三百元,属取全书来看。

应酬　顾子言、俞少璋、周冶春来,均未见。　　谭志贤来见。　　访徐振飞、陈仲恕、陈征宇。到图书馆晤史子年、金任甫、袁少修、谭志贤。惟刘潚辰、孙北海未见。

天头　访沈子封之子,并补吊奠。其次号师韩,并询知伊兄号慕楼,弟号景韦。

九月二十三日　旧历八月廿二日　星期五

收信　叔通。十九日、廿日。

发信　第五号。

公司　朱阁政言,内务部注册处某君来言(即吕日东,号孟瀛,江西人),谓共学社及世界丛书不能总共注册一次,须分种注册。已函总馆。

编译　晤梁卓如,云现在南开大学演讲中国历史,分四段,但每段之中须分若干小册印售与听讲学生,并发售。余谓发售必须略有起讫,不能过于零碎,只能一段一本。渠问版税二成,此外有无别项办法,余谓恐相差不远。渠谓即可不必,但近来生计艰难。余谓或将版税预付若干。又威尔士《历史大纲》,彼称清华学生已经译出,由伊修改,属为停译。余要求由本馆出版。

九月廿四日　旧历八月廿三日　星期六

收信　总馆电。

发信　第六号。

公司　访沅叔,告以《道藏》须复查页数。　　沅叔出示宋板《唐鉴》一部,共四部,索价六百元,系宝应刘氏书。告以我可留用。晤王书衡,属查《越缦堂日记》存书及欠账,拟结束。已函告总务处。

编译　在胡适之处见其友刘君辑成《淮南子集注佚文》稿本,将各家注本汇辑成编,甚便读者。适之云,将列入《大学丛书》。询知名文典,安徽合肥人,自言尚拟辑《史通》《文心雕龙》二书。致卓如信,询威尔士通史译稿酬报及成书期。留稿。

杂记 陈小庄来、朱秀丞来。 往访汪伯唐、李柳溪、颜惠庆、王少缜、俞阶青、胡适之、陶孟和、马幼渔、颜任光、朱逷先。王少缜云,徐星叔处有西爽阁《三国志》。晤朱逷先于有益堂,称有友有衢州本明补《三国志》。余托商借印。又有人有明板《单集解》,稍缺数卷,索千元。

应酬 访梁卓如,晤伊弟。罗揆东、罗文干、傅沅叔、蒋竹庄、王搏沙、胡石青、徐森玉、张阆声、范静生、马振吾、蔡鹤庼、王书衡、林琴南、朱旭人。金任甫、朱小汀、陈征宇、罗文干来,均未见。此系昨日事,误记于此。

天头 本日在京馆取洋壹百元有收条。此均系昨日事,误记于此。翰文斋有《何大复集》白棉纸,八本,索百六十元、《李空同集》白棉纸,十六本,索八十元、元板《世医得效方》二十本,衬印,索四百五十元、《有学集》印尚好、《昭明太子集》未见。有益堂有《有学集》索四十元。宏远堂有《战国策》一本,注有正有补。残本《古文苑》缺首册,存五册,索三十元。

九月廿五日 旧历八月廿四日 星期日

发信 第七号。

分馆 接张廷翁信,谓总馆不允伊请拨还李佩记保固银,李佩记停工,伊不管。余即电询,已出门,当再电约。炎佐来寓,属往访廷桂,令其挽留李佩记。余并缮复一函,托炎佐交廷桂,并留底,连廷桂来信寄上海,附入第八号信中。

编译 王峄山来言,《东洋史讲义》交本馆印行,伊愿得版税一五,不妨定价稍高,彼此均有益。又高师欲请索回,由该校集资赶印。伊复以须商本馆。又言最好能赶印。伊尚有未交之《近世史》,到东后一二月内即寄来。如已排印,可寄数页样张与高师及其他各校,以慰其望。又言寄《东方调查》稿,如有用,伊可续寄,惟望印出后将原稿寄回,因未留底故。又访卓如,谈威尔士通史事。渠谓伊子与同学三人译,现有功课,半年内未必能成,大约不甚相远。余谓或最后一部分由本馆译出,请伊修润。卓问卖稿如何办法。余谓此等译稿大约千字四元,五十万言,不过二千元,修润费自然在外。卓言拟归入共学社,但望字稍大,每字中嵌士丕士。余谓此亦可办,但占地较多,费亦较巨耳。又遇蒋百里在座。余先告卓如,此次有《手臂与人》一书,名目先不通,内容更不妥,梦旦正在交涉。卓遂约百里来,百里含糊其词,又言下月拟赴沪,商议将排版之法。其仅应时势之作不能久销者,拟不用士丕士,以期迅速,并轻成本。又询已出各书何种为畅,渠欲得一标准以定取舍。余谓资格尚浅,尚看不出,惟只有以书之身分及译笔之高下为从违云。

杂记　接金篯孙信,即复一函。付长安饭店七十五元七角。

应酬　访梁卓如、夏穗卿、冯公度、史康侯、方甘士、张庚楼。　　马振五、徐森玉、王稚圃来,均未见。　朱逖先、王峰山来、张恩葆来,均见。

天头　长安饭店管事陈朝熔,号雨生,宁波,云即移往大中旅馆办事。颇善招徕。

同好堂有说宋实元《前汉书》本纪六、七、十、十一、十二共五卷,分两本,索一百二十元,云尚有他种。

九月二十六日　旧历八月廿五日　星期一

发信　第八号。昨晚写。

杂记　本日又腹泻,臀上小疖复发,竟不能坐,入夜痛甚。

天头　晨起偕邝先生乘汽车赴西直门。车先赴聚贤堂,挈树源以行。到沙河已九点三刻,汤山饭店有人在车站接待,遂乘该店汽车到汤山,路上约行四十五分钟。

九月二十七日　旧历八月廿六日　星期二

发信　第九号。托邝先生带沪。

杂记　本日仍腹泻。疖痛如故。

九月廿八日　旧历八月廿七日　星期三

用人　郑炎佐谈丁品青事。

分馆　郑炎佐谈通和洋人与茂生洋行讨论,查出地盘缩小系杨君经手,缩小之图已被杨君毁去。

杂记　自沙河至西直门,买车票二元三角,又树源八角,均邝君代付。给汤山浴室卧室仆酒钱二元,又送行者半元、车夫二元。

应酬　傅沅叔、徐森玉、蒋竹庄、孙伯恒、郑炎佐来。

天头　本日自汤山启程,邝君返沪,余与树源回京,即赴中央医院。遇周君,嘉定人,曾在日本肄业者。为余诊治后,看定一二一号房,每日三元五角。

九月三十日　旧历八月廿九日　星期五

发信　第十号。

公司　《大日本续藏经》著作者九百五十余人。一千七百五十余部。七千一百四十余卷。十五万一千余页。别为十门,六十三类,分七百五十本。另附总目五卷。

杂记　给源侄二十元。

应酬　蒋竹庄偕徐蔚如来。

天头　《日本续藏》比此日记长三分、狭一分半。

十月一日　旧历九月初一日　星期六

杂记　给源侄二十元。

天头　本日由源侄代向京馆取洋一百元。

十月二日　旧历九月初二日　星期日

杂记　付中央医院费十四元,又赏二元。　付克利医费十五元,又车资一元。

天头　是日出中央医院,进德国医院。

十月四日　旧历九月初四日　星期二

杂记　给源侄二十块。

应酬　金任甫来。　王书衡与渠次子来。

十月五日　旧历九月初五日　星期三

应酬　戴雨农、李柳溪来。

十月六日　旧历九月初六日　星期四

发信　第十一号。

公司　聚珍堂有宋残本《通鉴》,与本馆买自孔氏者一样,系一二九、一三〇、一三一、二八二共四本。

应酬 叶揆初来。

十月七日 旧历九月初七日 星期五

发信 第十二号。

应酬 许博明来。

十月八日 旧历九月初八日 星期六

应酬 李石曾来,住东城干面胡同。胡适之来、叶焕彬来。

十月九日 旧历九月初九日 星期日

应酬 金任甫、王稚圃来。

十月十一日 旧历九月十一日 星期二

发信 第十三号。

应酬 李柳溪、王书衡来。 莫某与韩某(公司照相员)来。

十月十二日 旧历九月十二日 星期三

杂记 收售出车票五十二元。

应酬 夏浮筼来。住东城羊肉胡同念五号。

十月十三日 旧历九月十三日 星期四

应酬 蔡鹤卿来(住背阴胡同)。

十月十四日 旧历九月十四日 星期五

应酬 傅沅叔来。

十月十五日 旧历九月十五日 星期六

杂记 《感应篇》残宋本四卷,一百五十元。

应酬 陈春生、蒋竹庄、许博明来。

十月十六日 旧历九月十六日 星期日

发信 十四号。附家信。

应酬 朱逖先来。鹤颀今日病足,亦入院诊治。

十月十七日 旧历九月十七日 星期一

发信 周少勋。寄第十五号。

应酬 金筱孙、夏穗卿、林琴南、李柳溪、王书衡夫人来。

十月十八日　旧历九月十八日　星期二

发信 寄海盐宗祠。

公司 李莼客推重明诗远过于宋。谓：

空同、大复、大樽、松圆程嘉燧皆宋人所未有。青田、西涯、子业《苏门集》八卷、君采、昌谷《迪功集》、子安《皇甫少元集》、子循《皇甫司勋集》、沧溟《沧溟集》、弇州《弇州山人四部稿》、梦山《存家诗稿》、茂秦《四溟集》、子相《宗子相集》、石仓、牧斋，皆卓然成家。

又谓：孟载之《眉庵集》风华高于昆体。中郎《袁中郎集》四十卷之隽趣尚承于江湖。

见《孟学斋日记》甲集下第六十页。

前七子 王廷相《王氏家藏集》，一曰《浚川集》，六十八卷、朱应登字升之《凌溪集》十八卷、王九思《渼陂集》，十六卷，续三卷，字敬夫、李梦阳《空同集》六十六卷、何景明《大复集》卅八卷、徐祯卿《迪功集》六卷，附谈艺录一卷、边贡《华泉集》十四卷、康海《对山集》十卷。

后七子 徐中行字子与，《天目山堂集》廿卷，附录一卷、吴国伦《甔甀洞稿》五十四卷，续二十七卷、张佳胤字肖甫，《居来山房集》六十五卷、王世贞《弇州四部稿》、李攀龙《白雪楼诗集》十卷、《沧溟集》卅卷，附录一卷。　谢榛《四溟集》十卷、宗臣《宗子相》十五卷、梁有誉。

嘉靖前五子 李攀龙、徐中行、吴国伦、梁有誉、宗臣。

嘉靖后五子 魏裳《云山堂集》六卷，字顺甫、汪道昆字伯玉，《太函集》一百二十卷、张佳胤字肖甫，《居来山房集》六十五卷、张九一字助甫，《绿波楼诗集》十四卷、余曰德字德甫，《余德甫集》十四卷。

末五子 李维桢《大泌山房集》一百三十四卷、屠隆、魏允中、赵用贤、胡应麟《少室山房类稿》一百二十卷。

续五子 王道行、石星、朱多煃、赵用贤、黎民表字维敬，《瑶石山人稿》十六卷。

广五子嘉靖李先芳号北山,《江右诗稿》二卷、吴维岳字峻伯,《天目山斋岁编》廿四卷、俞允文、卢柟《蠛蠓集》六卷、欧大任。

嘉定四先生　娄坚子柔、唐时升、程嘉燧、李流芳长蘅。

应酬　陈伯潜、陈仲恕来。

十月十九日　旧历九月十九日　星期三

发信　寄第十六号仲友。

分馆　午前伯恒来,与谈西书事。

应酬　陈征宇、伊见思来。

十月二十日　旧历九月二十日　星期四

发信　朱逖先、方甘士、二十一日附去二十元。胡适之。

杂记　致胡适之、陶兰泉信,为源侄说事。

十月廿一日　旧历九月廿一日　星期五

发信　王成章、家信。

公司　朱阁政交来洋二百八十元,又送方甘士二十元收条,实三百元。　郑炎佐为陈君京华工人,在德国医院养病者。募帮。余送洋二十元。　买皮垫三元。

穆斋鬻书处马俊祥,号杰卿,送来《许鲁斋遗书》一本、《罗一峰集》两本。面交朱阁政带去送还,索收条。

杂记　付药房领袖李号昆山六元,又各人四元,合十元。吴、史、王三人。王看护号廉甫六元、郭看护十元延贺。　听差两人,各二元。医院二百元零四角。

十月廿二日　旧历九月廿二日　星期六

杂记　付买票九十四元二角。　付赏医院管门一元。付补春生由充至浦口加票九元一角。

天头　本日起程南下,与陈春生同行。

十月廿三日　旧历九月廿三日　星期日

杂记　付车上饭食九元七角五,又赏侍役五角五分。付赏车上茶房二元。付南京至沪补票二元四角。

天头　本日晚十点廿分到沪。

十月廿五日　旧历九月廿五日　星期二

发信　伯恒、廷桂、炎佐。

十月廿六日　旧历九月廿六日　星期三

发信　剑丞、汲侯。

十月廿八日　旧历九月廿八日　星期五

发信　蔚如。

十月三十日　旧历九月三十日　星期日

应酬　叔通、星如、仲钧、赤萌、伯训、云五、王莲溪来见。汪仲谷、黄仲明，未见。

十月三十一日　旧历十月一日　星期一

发信　钱铭伯、仲良、梦翁、黄仰旃《续词综》八册。

十一月一日　旧历十月初二日　星期二

发信　郭肖麓、陶兰泉、谈麟祥、陈振霞、吴绚斋、朱词丞。

十一月二日　旧历十月初三日　星期三

收信　伯恒。

发信　王蓉畇、词蔚、周少勋。

十一月三日　旧历十日初四日　星期四

发信　王书衡、吴采之糖。

十一月四日　旧历十月初五日　星期五

收信　拔可信。

发信　伯恒信。

天头　今日午前赴总务处，片刻即回。

十一月五日　旧历十月初六日　星期六

公司　庄伯俞来访，谈吴研因改组尚公小学计划事。问岁加二三千元，有办法否。余云此想不难。　　又谈梦翁辞编译所长，荐王云五事。似太骤，可先任副所长，梦公仍兼所长。如兼管业务科事，则编译所事尽可交与王，而已居其名，俟半年后再动较妥。

十一月六日　旧历十月初七日　星期日

发信　孙伯恒。

十一月七日　旧历十月初八日　星期一

发信　葛词蔚、曹履冰。附季辅叔信内。

天头　是日动身去海盐。

十一月十四日　旧历十月十五日　星期一

天头　十四日返沪。

十一月廿一日　旧历十月廿二日　星期一

公司　是日谈梦翁辞退编译所长、举王云五自代事。

用人　昨日高、鲍、梦、拔、仙、伯、叔来寓晚饭。谈及整顿编译所事。翰言前有裁汰人员之议,今可趁此施行。余谓须就全公司办理,不能专办一部分。余今日撰成关于进退职员意见书,送翰翁。

十一月廿三日　旧历十月廿四日　星期三

发信　伯恒、钱铭伯、吕肖岩。

杂记　贺森甫之子来信借钱,复信却。信寄海宁桥镇正和堂药号转扇面桥震元禾木行贺镛棠。

十一月廿四日　旧历十月廿五日　星期四

公司　午后四时过,约高、鲍二君在客室谈廷桂事。又提议设广东分馆。已有议案,交明日会议,并当面解说。

十一月廿八日　旧历十月二十九日　星期一

发信　昨寄伯恒、附源侄。邹响泉、附季辅叔。陈乃乾。

公司　致高、鲍二君信,续陈廿四日所谈之事,留稿。

杂记　开报赴京用款,计五百八十三元一角四分。收七百五十二元,找还一百六十八元八角六分。即开菊记活存支单一纸找讫。

应酬　昭宸约午饭,在大观楼遇但焘,号植之,湖北人,在广东政府办事。

天头　正午去湖州长兴。十二月四日返沪。

十二月八日　旧历十一月初十日　星期四

天头　昨晚发寒热。

十二月十二日　旧历十一月十四日　星期一

公司　致公司两信，一为伯俞来信，说黄任之事，一为张廷桂辞职事。

十二月十三日　旧历十一月十五日　星期二

发信　王书衡、寄糖公司收据。吴绠斋、杜霭荪、同上。陈振霞。

十二月十四日　旧历十一月十六日　星期三

应酬　徐季升、张劭仪、张榕西、陈迪民、高翰卿、鲍咸昌、克利、钱鸣伯来访。

十二月十五日　旧历十一月十七日　星期四

发信　刘叔雅。名文典，辑《淮南子集解》者。

十二月十六日　旧历十一月十八日　星期五

发信　俞□农、汤顺甫。

一九二二年

三月十二日　旧历二月十四日　星期日

发信　葛词蔚、十三。宗祠公信、十号。冯庆荣、王一之。高颖生。

公司　公司拟在广州设印刷分厂,广东学界亦同时要求。余拟亲赴彼地察看,并与当地诸君接洽。本拟旧历新年启行,因海员罢工,遂延缓。今罢工事毕,遂购定 Pine Tree States 一等船票,乘之而往,并约王巧生同往考查。巧生约缓两三日就道。　广州分馆来电云,精卫在省相候。访仙华与谈馆事。

杂记　带银币一百元预备零用。

三月十三日　旧历二月十五日　星期一

发信　朱逖先、伍昭扆。

公司　清晨七点半钟登舟,内子挈儿辈送至船上。讵知改期,明日午前十点钟解维,即在船周览一过而返。　午前到公司,午饭前出,到柯医生处午餐。

编译　与梦翁谈推广函授,并慎重杂志中材料关涉俄政。

三月十四日　旧历二月十六日　星期二

收信　拔翁交来阿而脱一信。

发信　夏剑丞、许汲侯。

公司　九点钟上船,十一点三刻开船。在船遇钟紫垣、陈少霞。又遇郑君璜琼山人,号文波。郑君住香港皇后路广荣泰,电话六七八号。又华商交易所。云普庆街有瑞华总会,常到。　遇黄君艾伯,黄介寿之侄,湖州人。　房小,容两人殊不便。因与 Parsioe 相商,易一空房,不允。乃另加三十四元移至上层一百二十九号,较为安适矣。

杂记　给十五号侍役一元。

三月十五日　旧历二月十七日　星期三

公司　写致叔通信、拔可信。第一号,十六到香港后发。

昨日至今日正午行三百八十英里。

三月十六日　旧历二月十八日　星期四

公司　昨午至今日正午行四百〇九英里,距香港仅五十九英里矣。三点钟入口,至三点三刻始下锚。海中英巡捕登船察验外国人护照,而华人独不验。迨巡捕验毕下船,接客诸人始得登舟。程雪门偕账房石君率一馆仆来,即携行李登公司小轮驳至岸,遂偕雪门步行至分馆。即属馆仆购佛山船票,头等舱共两榻,兼购两票,免他人入室,计银七元。又因香港现银出口,遂将所有现交赵君尽易纸币。

杂记　赏饭室侍役二元五角、房役二元、杂役二元。付上行李挑力四角、赏馆役五角。

应酬　程雪门及石君同至小蓬莱晚饭。饭毕仍返分馆小坐,遂登舟。

三月十七日　旧历二月十九日　星期五

发信　寄拔可。二号快,附家信。

公司　昨晚登佛山轮船。所谓头等舱者,实不堪之至,胡乱睡一夜,甚不安。五点钟起,六点半钟到岸。东亚酒店有接客者至,遂令携行李同至该店,投宿十二号房。每日六元,饭食在外。

至馆晤高子约、封芸如、徐少眉。又见同事李希膺。福建人,帮账、沈子青江苏人,柜上。又卢灼泉、何弘、王竞群。均本地人。柜上王君专管西书及写西文信。又何甫新。亦本地人,账房抄写。

进货　买《清远县志》六本,一元。大洋,自付。

杂记　给佛山轮船茶役四角,付行李车及坐车共四角,至馆及回寓车资三角。

应酬　访汪精卫。住司后街小东营,未遇。午后四点钟汪来谈约一点钟。

三月十八日　旧历二月二十日　星期六

公司　午后七时,精卫约在太平沙大巷太平馆晚餐。晤金湘帆,并邓铿仲元,惠阳人,现充第一师师长兼参谋长,住长堤第一司令部、古应芬相勤,番禺人,现任政务厅长,住仓边街四十八号、许崇清志澄,番禺人,现充教育委员会,住大北直街西华二巷五十号、陈伯华海丰人,现充教育委员会,住东山恤孤院后街八号。至九点钟散。廖仲恺、钟惺可均未到。

进货 买《佛山志》一部,计十八角馆付。又《德庆州志》一部,二十角。

杂记 买《将乐县志》一部,计洋十五角自付。车钱六角、茶点一角。

应酬 午前往莲塘街访伍叔葆,遍寻不得。　　马祖金、高启和约今日晚饭,辞改明日。

三月十九日　旧历二月廿一日　星期日

发信 程雪门、公司三号快信。

公司 拟成消费社规则二十条,抄寄公司,附三号信去。　　午前十时往访精卫,所谈大略如下。

据称东雅印刷注重彩色,且有常主顾,不愿招徕外间生意,铅印尤不能办。政界、学界对于各种印刷需要甚急,即如去年教育会欲印调查表,竟无一家可以承办。目前情形可谓供不给求。原来政府有自办之意。后来细细研究,此等关涉技能之事,决非常人能办,故决意招商。将来政府必尽力帮忙。

又云,前闻子约言,需用房屋目前实无可拨。至于官地,子约谓最好须与水道相通,则花埭有地一区可以拨用。但政府是否可以确定,殊难预言。商业之事必须不受政潮影响,可将其地作为售与商务馆,即将其款作为官股,即有变动,亦不至摇动根本。现又有南洋侨民集款数十万,愿来粤开办印局。伊已告以现正与某大印刷局商议,劝其稍缓。将来定议之日亦可劝其附股。余答称最好能拨官房,可以即行开办。本公司已将一切预备,如拨空地,则建筑需时。且初办即行建筑,亦觉太骤,于资本上颇有关系。本公司之意,此间分设,仍系隶属总馆,不作为独立。如有官股,则不能不另计盈亏。另计盈亏,则将来于人员之调迁、材料之供给以及管理之法均大不相同。且现在亦无可以完全独立之人才。必不得已,可将官产作定价目,作为额外股分,订定岁息若干,不论盈亏。汪云,如此亦可。余谓现时派人来此调查,将来港省两方面尚须详细比较,以港系无税口岸,原料种种便利,如在省城,则出入口均须厘税,于成本上大有关系。将来工价房地价均须互相比较,或粤港并设,一正一副,或略分先后,均未能定。

余又云,港地价更昂,租屋尤不易。汪云,可在九龙。余云,九龙究不如港地之便。以余之意见预测，省城如有相当之屋，先行开办，较为相宜。汪云，番禺县署不久即将标卖，可以拨归本馆。但地价甚昂，将来作价，亦不能低，殊不合算。余云，固可不必如许冲繁之地，但如有便宜而合用者，亦无不可。汪又问，究竟以水路能通之外，抑仅通马路者为便。余谓，一时尚难确答。余又云，官股固有不便，惟本公司或有加股之时，容与股东商议，提出若干，由此间公共团体或个人附入，当可商量。此则为公司全体之股东，非广东印局一部份之股东。汪问此为广东团体设想，抑为公司设想。余云，两面均有，团体公款每年能有确定之收入，固可以指定兴办事，公司能得此间相助，亦有裨益。

汪又问，省西荔枝左右地价较廉，或有连带房屋者。余问是何地价。汪入内询问，出谓不过每亩二千余元。余谓南洋华侨既经积资，本馆又不收外股，将来如何办法。汪云，伊初意闻公司常常招股，故介绍之意。今公司既不招股，若彼此各办，将来竞争两伤。且彼等华侨亦非素有经验者，当劝其另作经营，不必再办印刷。

濒行时汪又云，如公司资力充足，无须此间政府以财力相助，则仅以精神相助，一切由公司自为经营，尤为便利，可与政治完全脱离。余云，公司极盼政府各种援助，且稍迟数日，俟公司调查员到后，与之商议，再行续谈。

进货 买雷府、南澳、石城、新宁、文昌、澄迈、平远、鹤山志八种，计十三元五角，自付定洋十二角。

杂记 吃点心八角、车资五角。

应酬 访汪精卫、伍叔葆。住芒果树街三巷巩庐。探知潘莘伯住士甫大巷、何翔高住十五甫正街二十三号，又在香港湘父学堂教授、伍大光韬若，添濠马路兴隆东七号。

三月廿日 旧历二月廿二日 星期一
公司 午前八点金湘帆来访。十点汪精卫来访。精卫邀出游。汽车已在门相候，遂同车循长堤东行，直至黄花岗。访七十二烈士坟，坟旁有碑，系精卫所书。已有七十一人姓名，中有十余人系去年访得者。其中以福建之连江、广东之花县人为多。尚有数人未列省分，或有省分而无县分者。精卫言，拟陆续购地，经营一黄花公园云。游眺既毕，遂循马路还至分馆。精卫别去。

余至光塔街二十二号访张小堂舅。值伊赴香港。应门之仆云,下午可归。余问俪笙舅寓,知在大北直街济公巷五号,遂往访之。既见,意极殷勤,邀余移寓伊处。余称谢,并见其堂弟号俊人者,云大舅公之子,在司法界甚久,人颇精干。既又见其三女,并见舅母,留余用点心,坐一点钟辞出。余欲往大北直街西华二巷五十号,俪舅派仆人伴往。既至,扣门不得入,旋有一女仆自外至,询知为佣于许氏者,遂留一刺而归。俪笙舅氏云,静慧街旧屋或可出租。

访伍秩老,乞粤汉铁路总理许公武介绍书。余欲乘粤汉铁路赴韶关一游,乞其函托该处站长也。

分馆 闻《四部丛刊》第四期尚未到。 又见分馆覆主顾买显微镜信。子约云,前斯宾塞派祁天锡到广东招徕,云可在本馆定购,曾给本馆特价。去年 月 日仪器文具股第 号知照单有特别启事,谓可给本馆特别折扣。

杂记 在分馆借洋二十元。给张氏仆带路二角、车资六角。付旅店大洋十四元六角,改为小洋报账。因发票系小洋也。

应酬 到仓边街东岳庙对门四十八号访古相勤,豪贤街口经德堂访汪莘伯,东门外福兴街九号三楼访汪季隆, 东山恤孤院后街八号二楼访陈伯华,又可园西访廖仲恺。均不遇。

天头 伍叔葆来访,询知梁小山住下九甫。 黎季裴常住香港。又有友人姓钟者,南洋华侨,甚富于资,欲兴办实业,思往见张季直,喜购书,欲为介绍。将作一书,托余带往香港云。

三月廿一日　旧历二月廿三日　星期二

收信 梦旦、词蔚、家信、附来冯庆荣信。源侄信。

发信 公司四号。快信。

公司 晨诣高等师范学校,晤金湘帆,并介绍见教务主任李应南号次熏。参观植物园、理化实验室、图书馆。午后渡江至岭南学校访钟惺可,值赴香港。访陈德芸,至其家小坐,偕往观小学课堂、宿舍及图书馆而出。校地甚宽广,云有二千余亩,学生共八百余人云。

王巧生到,寓同店四十二号。

张小堂招饮福来居。同席者为陆国垣南海人,号次云,前审判、欧华清惠阳人,教育委员会、张介明番禺人,镜光影相店、陈师陆。名同赟,简始次子,现执业于香港工商银行。

应酬 徐季龙、许志澄、陈伯华、张小堂、陈师陆简始次子来访。均不遇。 小堂约福来居晚饭,到。 俪笙约廿五日午饭。函谢。

三月廿二日 旧历二月廿四日 星期三

收信 赵连城、程雪门。

发信 赵连城。

天头 除发电房外, 均有楼。

公司 午后二点半约同子约、巧生,偕马祖金乘汽船至大沙头之东看皮革公司。其房屋绘图如上。有发电机。据称,有一百六十匹马力。楼板不甚坚固,不能载重,光线甚好。另东首尚有浸皮厂十余座,亦有烟囱,房屋亦不小,且已足用,未及往看(已告子约改日约巧生由陆路再往一看)。当托马祖金探问该公司(福兴公司)现在如何办法。马云,原有租赁均可,并可分合之意,现在不知如何,容探明来告。

进货 在开智书局买《南海县志》一部,伍元。 轿钱至西关二元八角。赏先施电船酒钱二元。 车资一角。

杂记 往下九甫拜梁小山,见。至十一甫观音大巷拜潘莘伯。适其长子名诗志,号孟言,于今日完娶。并晤其弟晓征。莘伯病足在床,遂入见,谈良久。知其夫人已故,有两妾,共生七子,次诗愚、次诗庆、次诗恺、次诗宪、次诗应、次诗锶。晓征有两子,长诗森,次诗焱,幼弟耀如子一,诗材。晤谈良久而出。至十五甫多宝坊七号拜李芳谷,又十八号拜李孔曼,均不遇。至粤汉路局拜许公武,不遇。晤会计处处长本地人陈昭彦,云前在湖北高等商业学校见过。适梁慎始在局,遂约谈订明日同往三水。

应酬　徐季龙约明日晚饭,函谢。续来,又去函。伍大奎住永庆街二巷来,谈及其弟大鹏、大猷均作古。　俪笙舅来。午后陆耀廷来,现充粤汉路局车务长。

偕子约往图书馆访徐信符。已闭门,不得入。

天头　俪笙舅氏介绍路局刘宗贤,投刺未见。　午后许公武送信来,并赠韶州来回免票一纸。　陆耀廷来,约定本礼拜六七点半钟同往韶州。

地脚　托分馆送潘莘伯贺分十元。

三月廿三日　旧历二月廿五日　星期四

发信　公司五号、附家信。精卫。

公司　晨八点钟梁慎始来,遂偕往广三铁路轮渡局。慎始为余买票,头等一元一角。乘轮渡河至石围塘登车,约行一点三刻,至三水。先步行至河口厘局,登楼阅看西北两江合流之处。旋步行入城,至翔云里慎始宅中。见其一子一女,不过五六岁。庭中花木极盛,有桄榔、白兰、荔枝、龙眼、频婆、黄皮果及棕榈类甚多。午饭后同至伊弟军实中将家中一坐。主人赴京未归。旋乘轿赴站,乘车至佛山,步行至光华电灯厂。又乘舟渡河至北胜街电灯公司,晤慎始之友卢继陶,亦三水人。卢君殷殷留宿,余等坚辞。又导至一火柴厂参观。据厂中人云,每日可出货五十余箱,不愁无售处,只愁无货。女工五百余人,男工九十余人。全省共有三十四家,此为最大云。离厂到车站,又晤慎始之友全路巡官练定民。坐谈片刻,车到,遂登车。车中又晤慎始堂弟号天禄者。至六点钟半抵省,与慎始昆仲握手而别。余返寓已将七时矣。

杂记　赏轿夫四角。　昨闻邓铿被刺,今日逝世。

应酬　张秀夫名翘之子小名章自重名文庄来谈,云选在邮局税关办事,曾在本馆函授英文科第四级毕业,持小堂介绍信来欲谋事。现在农林试验场任事月薪四十元,不久将迁往罗浮,故欲他就云。其人甚漂亮。余允代为留意。

三月廿四日　旧历二月廿六日　星期五

发信　程雪门、精卫。

公司 利达洋行驻粤经理林安得来,据云东雅去岁盈余十余万。有印机四架,盈余三万者。有印机二架,盈余二万余者。旧有及新设彩印局共十家,铅印凡八十余家。香港永发原资六十。

张顺发来言,来此已三月,为广州及香港某印刷厂装印机,可谓二十余年前之旧物。此间机件配制甚迟,且价昂。余言,公司将来分设此间,甚盼帮忙。张言本系旧东,极喜回本馆办事。

偕子约至玉醪楼午点,看广府前西向市房六间,云系粤军归后将前次政界要人所置之产充公。又财政厅前亦有四间,同一性质。余谓此恐不妥。又往看府学东街空地一区,临马路者只有一间,后有临小巷两进四间,索价每井三百八十元。子约谓如不合用,售出较难。余谓暂缓议。又偕至图书馆访徐信甫,不值。晤史季和,并导观印书处。见所用南扣纸,云出在南雄,每刀一百九十张,价一元五角,约可开如会典三开式者六张。又本槽纸,云来自福建,纸色不甚白,而比连史较厚,每百张价约一元四角五不甚确。

出约东小馆带领看房中人吴君,同往看清水濠西约盛氏之屋六进。最阔一进有十一开间,最窄处仅六间。三进有楼,约二百井弱,索价七万五千元。

又看东邻何氏之屋,即何小宋之故居。九开间,七进,亦有楼,似是三进,房屋均甚坚固,地约二百余井,索价十二万元。子约云,实开价十万元。女主人导观,云如还价,可通电话。后墙外为官地一区,不过两三间门面,深不过五六丈,如能买得,则北临马路,可以打通,较为合用,即与教育局图书馆对门。访马祖金,告以福兴公司东首浸皮厂尤为相宜。

杂记 买象牙圈四个,九角,洋刀一把,一元七角五。 车资二角五。点心八角五分。 在先施公司西衣部定置雨衣一件,计卅二元五角,预付五元,约定三月初一日早做成,袁子云经手。清水濠盛宅有书数十箱,云可售,即属其送书目来。

应酬 梁小山来,不遇。本店经理马祥来。致汪精卫信,啗邓仲元。 至小北直街访徐信甫,不遇。 丹桂里访朱介如,不遇。至牛乳基五号访李佐才,小坐片时。云已向愈,然病容未退也。

三月廿五日　旧历二月廿七日　星期六

公司　晨起乘轿赴粤汉车站。陆耀庭迎于门。巡警检视行李毕，遂登车。同车者为黄显宗号达三，顺德人，海军中人，在海琛船、庞子扬南海人，高要人，与耀庭同事。耀庭备一花车，甚为适意。英德以下，田土甚辟，以上则否。英德上有九道湾，略如吾浙之富春江之七里泷。途中有郭锡彬号文轩，任段长来乘车，同至韶州。抵韶州，即登小艇，旋渡浮桥入城。欲购县志不可得。至经理处在武城街一转，晤潘允源，并托其代访乳源、英德、始兴县志。询知为长宁人。又托其兼访。返舟夜饭，有站长潘君并郭君文轩同来舟中，谈至十一点钟而散。夜卧不宁。

编译　广州分馆同行，所有县分及大城市：佛山，四；香山，三小榄一，斗门一；东莞，三石龙一；虎门，一；增城，二；三水，西南一；从化，一；顺德，大良一，龙江一；新会，六；江门四；元山，六新昌一、荻海一、百合墟一、西宁一；澳门，二；鹤山平湖一；开平，一赤坎二；高要，三；广宁，一；惠州府城，一淡水墟一；博罗，一；河源，二；龙川，一；和平，一；高州府城，一；化县，二；罗定，一；防城，一东兴镇一；合浦，一；廉州府城，一北海一；灵山，一；曲江，一；翁源，一；琼州海口四；琼山一；南雄，四；连州，四；阳江，二。

杂记　付轿夫酒资三角。

应酬　李方谷来。不遇。　徐信符、朱介如来。均不遇。

三月廿六日　旧历二月廿八日　星期日

公司　晨起登车南下，午后四点钟到省。大雨，乘轿还寓。

进货　在登云阁买《元文类》一部明板，又《历代帝王画像考》一部，共洋五十元。

杂记　给韶艇二元、花车四元不归公司、轿一元、车二角五。向广州分馆支洋二百元广州纸币，上车时又退还六十五元。

应酬　访伍秩庸父子。坐谈片刻，言及分厂拟在九龙觅地事。梯云介绍往访香港德辅道昭隆泰区权初君。　俪笙舅约在香海楼晚饭。

地脚　朱介如至分庄买书。晤谈片刻。

三月廿七日　旧历二月廿九日　星期一

收信　家信、词蔚。

发信 公司六号、附家信。程雪门。

公司 访汪精卫,告以分设印厂势在必办。但已看房地数处,不知能否租买,尚须赴九龙、香港详为调查。将来尚须请帮忙。

子约交报关节略两纸。又言西书事。本地有径往外洋定购者。本馆由总馆订购,售与分馆,终难竞争。可否作为代办,将来酌分余利若干与总馆。

杂记 付先施公司制雨衣二十七元五角,又付制雨帽三元二角。付房饭杂用四十一元八角八分。付轿三元又三角。赠严锦荣五十元,托陆耀庭转交。点心三角、车一角。买香云纱一匹,每尺一元七角五分,拷云纱一匹、拷绸四匹、约二百三十元。言明由均记报税,径寄上海。俟收到后再函告分馆付价。

应酬 访潘莘伯。坐谈一时许,并令其新妇出见,又赠余玉钏一事。 偕巧生访精卫。大雨。赴伍叔葆、俪笙、小堂两舅处辞行。均见。又拜张骏人秀夫,即升舅,自重。均未见。至十五甫正街二十三号访何翔高未遇。 又赴粤汉铁路公司拜陆耀庭,又留一刺与陈昭彦。答拜林安得、张顺发。 钟惺可来,约至本店酒楼晚饭。

天头 叔葆介绍钟仲芍,南溟,新会人,北美侨商也。住香港般舍道二十四号,信由永乐街东升和庄转交。

三月廿八日 旧历三月初一日 星期二

公司 晨起检齐行李。将离店,伍叔葆挈其书记全君来送行。谓已备汽车送余至车站。遂偕巧生同行。至则俪笙舅氏、高子约已在站相候。由巧生买票,计头等二纸,每五元三角半。余还子约广州纸港六十五元。送客诸人先后别去。十二点一刻后到九龙。程、石两君及孙振声已迎于站。遂同登小轮渡海,投宿英皇酒店 King Edward Hotel 一百〇八号。同至德辅道昭隆泰访区权初,约定三时渡海看地。出至陶陶仙馆午餐。毕,余至先施公司访陈少霞,不遇。晤马应彪、陈席儒、林护、郑干生、欧亮、林添祥诸人。尚有数人由应彪一一介绍,姓名不复记忆矣。托电达郑文波,询陈子砺住所。文波言伊在交易所办事,即在昭隆泰二楼。余即往晤。至则已将子砺住所查明,并约晚餐。余致谢辞出。访区权初君,程、王踵至,遂渡海乘区君所备汽车行十二分钟至海滨看地。有三区:一仅一万七千余方尺、每尺一元五角；一为花园，四围皆路，约二万九千方尺，价同上；一滨海，前段每尺三元、后段每尺一元七五，其全幅纵三百二十尺，横约四百尺，可任割多少。看毕，约定王巧生至伊处取地图。登车同行，至九龙城，有一小巡捕房，循旧街道入，迤逦至子砺处，门有榜曰瓜庐。晤谈片刻辞出。乘人力车行两刻，皆大道，至车站渡海还寓。

杂记 给东亚茶房六元、送客者一元，又挑行李四角。陶陶仙馆午饭二元〇七分。向港馆借港币五十元，还二十元。

应酬 钟仲芍偕其五弟天游号南溟、四弟汝琦并其友林藻英番禺人。钟氏现组织银行，林为经理、欧阳诒瀚系驻港中华航业公司总理。其航路为檀香山、巴拿马、秘鲁、智利。通信处在香港中国银行四楼。仲芍邀往访何翙高。在湘父学塾教课。后同至金陵酒家晚饭。饭罢，仲芍昆仲送余回寓。郑文波招。隐，未去，翌日备函道歉并谢。

三月廿九日　旧历三月初二日　星期三

收信 黄仲明、三月廿三日。英儿信、三月廿二日。李伯仁、王诚章信。号肖夔。

发信 高子约。附马祖金、高启和。

公司 晨起后，诸事毕，早餐。陈少霞来。托介绍律师，据称有Hooper，系先施常雇律师。即写一刺介余往见，并允先为电达，遂辞去。余往广东银行，即在旅馆对门，访陆蓬山、李自重。均未到。少顷，李自重来答拜。至九点三刻，程雪门来，言已代买定箱根丸一等舱位，计港币六十六元，仅一卧椅，并无床位。定于明日午前十一点钟启行。十点钟前十分偕王巧生、程雪门访Hooper，询以版权事。据称，如本馆在香港、九龙境内出版之书，可照英国本国法律保护。询以前数年在上海出版之书将来在此出版，无论新旧，均可保护。问以如有人在澳门翻印，香港政府能否交涉。答称，不知葡律如何。余谓此应援用万国版权条例。答称，此问题甚为繁复，一时不能确答，伊尚须函询华民政务司。余谓容开列条目，备函送来，请查明答复。渠云甚善。余问将来容一并酬谢。渠云，不必亟亟。遂辞出。问答皆巧生传译，雪门似不能言也。归寓与巧、雪二君商定，向律师询问条目计五款。

陈少霞以汽车来,同往铜锣湾看一地。前临电车路,后临马路尚未开,右临马路,较后面所规定者稍窄。计深一百四十七尺、阔一百八十余尺,总共约二万六千尺。索价四元二角五。有人还三元七角五,伊不愿售。大约每方尺四元可买。看毕同乘车登山,环绕山后一周,复至山前,计三十二英里,车行一点半钟,偕至 Wiseman 饭馆午餐。谈次知该地至高可造六层,填地即可向后面之山取土石。建筑费香港比上海略廉。饭罢别去,余回寓。三点钟后出门访区权初,索九龙启德公司地产分段图一张,询以价值能否核减。据称四十四段系自己所有,可以酌减。第三段系农人公共之产,须转商。出至南洋烟草公司访简玉阶、英甫。均不在港,仅见琴石。谈片刻,殷殷约饭,谢之。余欲访钟仲芍。琴石命以自用人力车送余至永乐街公升和。知钟氏昆仲均在两信银号,该店派人导往该银号。至昆斯路,至则钟仲芍、汝琦以字行、南溟均在。并晤欧阳诒瀚。又有林福成,号泽丰者。仲芍介绍,谓其人甚富,热心孔教,已斥去数十万金。其名刺称商办粤汉铁路公司创办人、广东省教育会名誉会长、广州商务总会会董。系新会人,在上海开四民报,自言与子培亦相识云。仲芍坚邀今夕便饭。余却之,请导往伊家观书。伊适有事,因令伊四、五两弟同往,林君亦同行。见其所藏书无甚精本,有明正德《朱子大全》,半叶十二行,印刷颇早。询知有昆仲七人,长已故、三在法国、六在古巴、七在家乡理家务。并云,兄弟未尝析产。谈约一小时,遂辞出。南溟复送余还寓。

傍晚王巧生来,商定致律师函稿。

杂记　给简琴石车夫二角。　　程雪门代购箱根丸一等船票,系一一九号卧室,仅一坐榻而已。

应酬　广东银行送来橙一篓、洋皂四盒。备函道谢。

三月三十日　旧历三月初三日　星期四

公司　钟仲芍、南溟及欧阳诒瀚来,并送至码头,珍重而别。程雪门、王巧生、孙振声、石序东则均送余至船上,叙谈片刻,仍乘所雇小轮返港。是日十一点钟二十分开船。　　余住房已有两西人。一英人 S. M. Gabbag,在上海为掎客者。一荷人 W. Stork,在南洋营商者。　　同食桌者有德人夫妇,往日本大阪大学任医学教授者。又一系到上海任同济学校医学教授。

杂记 付客寓十六元,每日八元。 钟氏昆仲仲芴、南溟来送,欧阳诒瀚继至,留早餐,计洋三元七角五。又给饭厅仆一元、卧室仆一元、电梯仆二角、小轿船上船用四元。港馆代购船票六十六元,又借用三十元,共九十六元,写一据交石司账。

三月三十一日 旧历三月初四日 星期五

发信 写介绍片交程雪门,共三处:郑文波;简玉阶、琴石;陆蓬山、李自重。

公司 舟行至今日正午,行三百〇八迈,午后沉阴,入夜有浪,船稍震荡。

四月一日 旧历三月初五日 星期六

公司 是日正午船三百〇三英里,距上海尚有一百九十七迈。

今日天气晴明,然颇冷。

四月二日 旧历三月初六日 星期日

发信 伍叔葆、张小堂、俪笙、钟仲芴、汝琦、南溟、陆蓬山、李自重合、郑文波。

公司 本日清晨六点半到杨树浦泊船。八点钟早餐后下船,十一点到新关码头,家中遣人来接,遂还寓。

杂记 给餐堂侍役二元、卧室侍役二元、浴室侍仆六角、验关二角、下小轮二角、又关上杂役四角。

四月三日 旧历三月初七日 星期一

发信 词蔚。

公司 到公司报告到港粤调查大概情形。余主张粤省印刷分厂在省垣先行租屋开办。至永久计划,则以九龙、香港为宜,而港不如九。启德公司有地一区,余意可以商购。众意先行函询。

余又提议广州分馆地太逼窄而营业盛旺,必须另觅较大之房屋。而租屋甚难,必须买地自建。众无异言。

余又言,所有杂货,如玩具、信纸、信封、皮鞋、照相器等,可不必再寄广港两分馆。缘地方逼窄,无处陈列也。其他分馆亦然。

广馆报运事件,子约以为普源公取费过昂,欲另行易人或自报。已将所交节略交分庄科查明径覆。 寄广馆快信非常迟滞,告培初须查明外国邮船分别交外国邮局,寄香港转交。广、港两馆售西书事均有意见,均拟径购,一面报知总馆。而子约更言照原价批给,再由分馆分派余利与总馆。

京局账房臧子彬亏空四千元,已电属炎佐交警。余言向来追赔均甚不易,子彬恐亦未必能缴。乃弟前为改良新式账目事积劳成疾,可否将子彬从宽处理以慰乃弟之心。一面亦可借以奖善子彬,并令担任不经手银钱之事,将所得陆续归还欠款,因其人实有可用。余意专为人才,并乃弟忠于公司,特别奖励。众不谓然。

天头 是日午后三点钟回海盐省墓,挈眷同行。赴海宁谒文忠公墓。沈衡山介往访孙华甫,寓城内北寺巷,往看孙氏宋板书,适其信被王欣甫家转至海盐,故相左。

四月十七日 旧历三月廿一日 星期一

天头 四月十五日午后七点钟自海盐返沪。

四月十八日 旧历三月廿二日 星期二

收信 沅叔。

公司 本日会议余重提九龙分厂事,主张利用无税之便,可以印教科书。众意甚为踌躇。

印刷 梦翁来商,《丛刊》将竣,应另筹续印之件。拟印《粤雅堂丛书》。余意可印,梦主九开,余不谓然。梦又主张印《日本续藏》,余亦赞同。

四月十九日 旧历三月廿三日 星期三

发信 高子约、附汪精卫骆君。剑承。

应酬 访沈培老,晤谈片刻。访章仲和,不得其寓,询伯平,乃知寓新闸路一三六号。

四月二十日 旧历三月廿四日 星期四

公司 托报运股取到英、法、美、日船期表共八张,交陈培翁。

杂记 开报赴港用账,计沪币五十二元、小洋三十二角、港币九十四元二角二分、粤币八十元〇一角八分,沪付。港船价公司付。省至港车价王巧生代付。在港借九十六元,合沪币九十七元九角二分。在广借一百六十五元,合又一百四十三元四角八分。本日开支单,在活存款内拨还。

四月廿一日　旧历三月廿五日　星期五

公司　分庄科既未照余拟办法将寄广馆快信交港转,余代取到船期表交令选出直赴香港之船另造一表,以便确知某船某日开港,可以按表分别寄递。乃景张派人所制之表,又将由沪转斐利滨再赴港之船夹入,是此事条理全然未明。培初亦漫不加意。余又切责景张。又招培初来,告以景张办事如此怠昧,倘不胜任、不能为助,尽可说明,当为降斥。不必以其年久有所回护。培默然。

四月廿五日　旧历三月廿九日　星期二

发信　伍秩庸、梯云。未发。

四月廿六日　旧历三月三十日　星期三

公司　往访同孙,告以拟请任机要科副科长事。并言伯平去志甚坚,此时不能不留,故请为之副。

应酬　严伯玉、葛词蔚来。

四月廿七日　旧历四月初一日　星期四

发信　昭扆。

公司　约翰卿至会议室与谈同孙事。谓已告以请任机要副科长。翰意伯平如不能留,是否即以擢任,意尚踌躇。余言尚有数月,可以详为察看。

应酬　约股东在一枝香晚餐,与谈本届结账及升股办法。仙华陈述一过。前两日亦有此举,余未到。

四月廿八日　旧历四月初二日　星期五

收信　任公、逖先。

发信　鹤庼、逖先、伯恒。

分馆　广馆来信,有地连屋,计二百七十余井,在素波巷,投标召买,底价每井二百五十元,又上盖五千五百元。议定可投,合墨银八万元。

印刷　送《西陂类稿》制新字模。

四月廿九日　旧历四月初三日　星期六

发信　任公。催《西史大纲》。

五月一日　旧历四月初五日　星期一

收信　傅沅叔。

发信　沅叔、附源侄。香港谢信。

天头　昨日开股东会。

五月二日　旧历四月初六日　星期二

发信　广东友人谢信。王欣甫、唐蔚芝、梁任公。附张君劢一千元收条,附入编译所信内交分庄科长。

五月五日　旧历四月初九日　星期五

发信　伯恒信。附树源。

五月八日　旧历四月十二日　星期一

发信　伯恒。邝跃门。

五月十一日　旧历四月十五日　星期四

发信　陈弢老、借《两汉》。高子约、程雪门。

五月十二日　旧历四月十六日　星期五

发信　吴弱男、孙伯恒、李道衡、丁品青。

五月十六日　旧历四月廿日　星期二

杂记　李木斋信,民厚东里第七弄六一四号。

五月十八日　旧历四月廿二日　星期四

收信　子约。

五月十九日　旧历四月廿三日　星期五

发信　伯恒、子约。

五月廿二日　旧历四月廿六日　星期一

发信　善甫弟。

杂记　善甫住址临平转新市德源典。

五月廿三日　旧历四月廿七日　星期二

发信　孙伯恒、伍昭宸。

公司　童季通要求看会议纪事录。在董事会会席上余当面告知,当然可看,但请到总务处阅看。后童君即到总务处取阅,余复告以此中关系用人处甚多,请守秘密。童君诺之。

五月廿五日　旧历四月廿九日　星期四

发信　孙伯恒、词蔚、树源、附分馆。

五月廿六日　旧历四月三十日　星期五

发信　词蔚、寄志目一册。沅叔《扬子法言》。

公司　仙华欲以东初调至进货科,仍兼管西书股事。调林振彬任西书股而移迪民于他部。屡次谈及,翰翁并不坚拒,而鲍反有难色。本日午后,余约鲍细谈。鲍意应用仙华之意见,但最好仍留迪于进货科,令其自觉自辞,较为不著痕迹。遂约仙、拔至会议室,余说明鲍极愿赞成仙议,决不欲留迪,但手段稍有不同,而目的则同。意即谓仍留迪在进货科使其自觉自辞。仙尚有难色。余谓鲍亦有苦心,不欲伤故人之感情。余谓东初仍调至进货科,则迪亦必能自觉。仙华谓办事上仍有障碍。余谓此事尔优为之,仙亦无异言。此系昨日事。

先是同孙薪水,余与拔约伊任发行所副所长时已表示月薪加至二百元。昨拔将此意发表。仙谓莲溪极热心公事,今同孙离馆数月,返馆骤加五十元,似于莲溪面上不好看,颇觉为难。至是余告仙华所虑极是,但已发表在前,此时难遽反汗,只可照送。至莲溪至明年春,应加为二百元。此意便中即可向伊透露。

杂记　送蟫隐庐宋本《史记详节》,取有收条,存沅叔往来信内。

五月廿七日　旧历五月初一日　星期六

收信　伯恒。

公司　晨到馆访鲍,告以前日会议,翰翁亦不以留迪在进货科为然,似不必过于勉强。鲍问如何处置。余谓仙与拔、梅商,拟令推销事。翰则谓渔、巧均将外出,营业部亦可适用。鲍云,营业部不适宜,其人惯于写意。即照仙意办理,余并无不可。余即转告拔翁及仙华。

五月廿九日　旧历五月初三日　星期一

收信　朱介如。广州。

发信　伯恒。

五月三十日　旧历五月初四日　星期二

收信　伯恒。

发信　伯恒。

五月三十一日　旧历五月初五日　星期三

发信　词蔚、蓟昀、夏承繁。寄还家信。

杂记　前于民国五年余将自己名下本公司让出一百股与公司有关系之人。当时由高翰翁出有凭证、盖章签字,声明日后添股,须归还与我。现已由董事会决定,并通告出纳科,余今让出四股与丁斐章、五股与包传贤皆不能由公司拨给。又仙华欲添购不得,余亦让与廿五股,本日函达出纳科。

六月一日　旧历五月初六日　星期四

收信　伯恒、沅叔。

发信　沅叔。附孙星如百元收条,又蟫隐庐《史记详节》收条。徐孟霖、孙乾三。

杂记　李木斋偕其幼子家潽、字犊斋来看书,借去《述古堂书目稿本》一册。

六月二日　旧历五月初七日　星期五

收信　子约。

发信　伯恒、三号发。剑丞、金台馆十二号。伯玉。附剑信中。

杂记　本日代剑丞将新购地山之地道契一张交与高易律师、经理地产之诸昌龄,并付与办法一纸。除去东首半滨北面出入之路,半水沟,计地四分四厘八毫,再将北面出入之路让足六尺,平分两方,夏得北面一方,许得南面一方,用许骞若名字。

六月三日　旧历五月初八日　星期六

收信　雪门。

发信　少勋、雄飞、皎如、屏翰。均为志书事。

公司　本日午前翰翁约舒震东在会议室晤谈,与谈在公司担任职务办法,约余同见。余记有所谈各节共七纸,交翰翁。

六月五日　旧历五月初十日　星期一

发信　伯恒。附树源信,六日发。

六月八日　旧历五月十三日　星期四

发信　何翔高、原信及复信印本均送岫庐。孙乾三、苏逸云。

六月九日　旧历五月十四日　星期五

发信　伯恒、沅叔。

六月十日　旧历五月十五日　星期六

发信　少勋、传贤、仲良叔祖、范味青、陈石遗。

六月十三日　旧历五月十八日　星期二

收信　乾三、伯恒。

发信　梁任公、以下十四发。伯恒、乾三、沅叔。

六月十九日　旧历五月廿四日　星期一

收信　伯恒、伯仁、少勋、乾三。

六月二十日　旧历五月廿五日　星期二

发信　少勋、伯仁、伯恒、廿一发。乾三。

六月二十一日　旧历五月廿六日　星期三

发信　剑丞。

天头　南市大码头交通公司范承谟。

七月二日　旧历闰月初八日　星期日

发信　总务处第一号,又家信。信寄家中。

公司　晨三时到济南,乾三偕陈君、赵君到站迎接。俟天明后,下车到石泰岩旅馆。馆人谓无空房,回至中和饭店,有第十四号房,尚可用,遂约伯俞同寓。张仲仁、方叔远、刘海粟均寓此。早餐时遇旧友萧君友梅,又介绍其友易君韦斋,号季复,亦来与会者。早餐后,赴招待所报到,晤陈主素、陶行知、张伯苓。缴到会费一元,取得赴会证。陶君问愿加入何组,余选得成人教育。

晚偕萧友梅、易韦斋至公园一游。

七月三日　旧历闰月初九日　星期一

发信　伯恒、总务处。二号同孙。

公司　今日开幕。到省议会参与,到者极多。十一时即退出,午刻约伯俞、研因、叔远至悦宾楼午餐,共一元一角五分,另加小账二角。午后在馆小憩,四时过至石泰岩旅馆访胡适之、汤爱理、蒋竹庄、胡敦复、陶孟和、秦景阳、丁文江。

访任公于中国银行,未遇。晤该行行长汪楞伯名振声,吴兴人。午后六时至商埠商会列席于教育经费委员会,晚八点钟后到同乐会。

七月四日　旧历闰月初十日　星期二

发信　总务处。三号,寄还沪宁免票。

七月五日　旧历闰五月十一日　星期三

公司　昨晚夜半左腰忽患气痛,移至左腹脐侧,又绕至肾囊及阳道。与十七年前所患大略相同。欲下解不得通,汗出不止。服白药,饮开水及伯俞所携十滴药水,旋即呕出。天明后方叔远来,托电约乾三来馆,索叔远所存果盐。服之下行一次,然仍未畅。乾三来后,偕往齐鲁大学附设之共合医院,伯俞亦同往,入居特别室。痛略减。余告以病史,医生 Mousse 来诊,属助手检查粪溺,始终未服药,终日不食,惟傍晚略饮薏苡汤,入夜渐平,能睡。乾三午后来。

七月六日　旧历闰五月十二日　星期四

收信　拔可。

发信　董授经电。

公司　昨夜睡颇宁,晨痛渐止。惟溺管内有片刻许觉甚不适,过此痛亦全退。腰部微觉软弱,饮食渐复。医生来,亦不能言其所以然。谓恐是食物不合之故。据其助手杨君言,昨晚取去血液,已验得白轮比常人增一倍,溺含碱性。

午后乾三、伯俞来。

汤爱理、邓芝园、陈筱庄来,投刺慰问。

七月七日　旧历闰五月十三日　星期五

公司　是日病势全退,惟人稍软弱。　　午后乾三、竹庄、鹤顾、叔远均来慰问。

约穆医生来,请其复诊,并问应否用葛克司光线影视。据云主任他出,此时不能办。是日晨始服药水,云系通利大便,如畅后可减服。余告以明日出院,渠首肯。

七月八日 旧历闰五月十四日 星期六

收信 拔可、伯平、同孙。

发信 第四、五次信、均咸启。家信。

杂记 戴书铭号仲钦,江西余干人。云廿年前因白霞秋相识,向在山西候补,现改至山东。先是遣其子来致意,约午后过访,住济南铜元局后。

七月九日 旧历闰五月十五日 星期日

公司 晨九时二十八分自济南登车来津。戴仲钦至车站相送,并赠王右军墨迹影片一帙,甚可感也。乾三并介绍熊观民在站中一谈。

车中甚热,遇阮介藩。六点过到天津,投宿裕中饭店。

七月十日 旧历闰五月十六日 星期一

发信 梦旦信、第六号。拔可、第七号,附星如信。富敏安、马夷初。

七月十一日 旧历闰五月十七日 星期二

发信 伯恒。

公司 访罗叔蕴,言古芬阁有常估者稍有旧书。午后送来,均不合用。书皆李思浩、张咏霓之物。云尚有交来者。属其随时通知商务馆。常名贵恒,住天津法租界吉庆里路北古芬阁古玩店。

严范老约在本店午饭,陪座者为王少泉、刘竺生、张伯苓、周少勋。吴彭秋来访,住奥国地大马路,与徐世昌居隔三家,罗叔蕴知之甚悉。

天头 罗住天津法租界三十一号路嘉乐里。

七月十二日 旧历闰五月十八日 星期三

公司 晨起朝饭后启行,付房饭每日八元,计三日。又杂用等共廿六元一角。房仆、门口、饭厅、侍役各一元,共三元,又房间打杂四角、送车站二角。

严范老到站送行。少勋、兰甫均先后来送。到京过十二点钟,人觉晕眩。伯恒及馆友魏君在站相接,偕至六国饭店。涂中行甚不稳,不知何故。到寓即睡,未吃午饭。伯恒来谈,至五点余钟去,晕眩渐退。

杂记 洗汗衫两件、夏布背心一件。

七月十三日 旧历闰五月十九日 星期四

发信 乾三、亦霖。

杂记 洗黔绸长衫一件、官纱裤一条、夏布短衫一件。

七月十四日 旧历闰五月二十日 星期五

发信 第八号、高、李开。附家信。九号信、梦翁、庄伯俞。又家信、葛词蔚、黄荣□。送十元。

公司 晨七点半钟访董授经。不遇。

七月十五日 旧历闰五月二十一日 星期六

收信 盛同孙、词蔚。

发信 十号信。

公司 晨起赴伯玉处祭奠可[又]老。 晤伍昭翁。

杂记 王亮畴寓齐化门大街、南小街东首,路南三四四号。

洗背心、汗衫、袜子,共三件。

七月十六日 旧历闰五月廿二日 星期日

发信 乾三、亦霖。

杂记 洗汗衫一件、纺绸长衫、裤子各一件。

应酬 访沅叔,又访张乾若、徐森玉、蒋竹庄。均未见。蒋竹庄、梁载之来。

七月十七日 旧历闰五月廿三日 星期一

发信 第十一号。拔可,附家信。

杂记 镜古堂有《九宫大成》五十本,二百六十元。《王注苏诗》十本,六十元。《横云山人集》八本,四十五元。让至九折,还六折。隆福寺保萃堂有《龙云集》一部,明印本,甚佳,缺九、十、十一卷,开价一百元。

聚珍堂有《宁都州志》,已买定。 修绠堂有《西昆酬唱集》,开二十元。

应酬 访伯唐、仲恕,见。朱小汀、李柳溪、颜骏人、王少侯,均未值。 张乾若、王歔缑来,未遇。

天头 洗汗衫一件。

七月十九日 旧历闰五月廿五日 星期三

杂记 洗夏布短衫、汗衫各一件。

七月二十日 旧历闰五月廿六日 星期四

发信 陈亦霖、周少勋。

公司 赴图书馆看书。

杂记 洗夏布背心、汗衫、袜子,共三件。

应酬 陈仲恕、小庄来。访孙慕韩,未遇。访胡适之、朱幼平、朱逖先,均见。

七月廿一日 旧历闰五月廿七日 星期五

发信 第十二号。咸拆,附仲谷、季臣,家信。

杂记 洗官纱裤子一条。

在青云阁某书店内,其书栈在福星后,店主王姓,有《墨海金壶》八本,索价二十元。为《守城录》《练兵实记》。尚有两种,一医、一兵家言。

傅沅叔、朱幼平约在沅叔寓中晚饭。同席者为张孟嘉庾楼、彦明允、沈羹梅、徐森玉、徐星孺。

天头 徐星孺有刘公戬藏本宋刻《陆宣公奏议》十二卷,缺卷十。一、二系补抄。云以千二百元得之,今欲出售,须有利益数百元云。

七月廿二日 旧历闰五月廿八日 星期六

收信 同孙、十九、廿日。拔可。十八、廿日信。

七月廿三日 旧历闰五月廿九日 星期日

收信 同孙廿一信。

公司 午后赴分馆与伯恒谈伊见思及朱国桢事。

发行 王桐冈面告,中华在日本发新书传单甚多,本馆应仿行。各校有每年新印简章、课程及教师名表,可各乞一份。凡东洋文学、哲学、东洋历史,各教师、各图书馆、各大学有注重汉学者尤要。均可寄。

编译 易季复告,唱歌书最好暑假满、开学时出版。伊于八月中偕萧友梅到太原讲演。蒙、小唱歌须十五元一首。高等独唱须三十元一首。

天头 傅沅叔要白纸《学海类编》两部。一还京馆、一另售,均照预约。

七月廿四日 旧历六月初一日 星期一

杂记 文德堂馆友姚培元送来《朱文公集》五十五、六、七,三卷,十行十八字。

七月廿五日 旧历六月初二日 星期二

发信 王诚璋。

杂记 代蒋竹庄买票,五十三元四角五分。

七月廿六日 旧历六月初三日 星期三

天头 本日晨附津浦通车南下。

八月三日 旧历六月十一日 星期四

发信 任公、王诚璋。

八月四日 旧历六月十二日 星期五

发信 伯恒。

八月五日 旧历六月十三日 星期六

发信 剑丞、竹庄。

八月十一日 旧历六月十九日 星期五

发信 葛词蔚。

八月十二日 旧历六月二十日 星期六

发信 孙伯恒。

八月十六日 旧历六月廿四日 星期三

杂记 朱二贞在麦根路卅二号 A,昌华铁矿公司,电话西一三九七,午后一至五点均在。此人介绍李氏之书。

八月十七日 旧历六月廿五日 星期四

收信 傅沅叔。

八月十八日 旧历六月廿六日 星期五

发信 胡适之、廿一发。梁任公。

八月十九日　旧历六月廿七日　星期六

发信　金任父、谭新嘉、葛词蔚、沅叔。

八月廿二日　旧历六月三十日　星期二

发信　伯恒。发京津通候信十　封。

八月廿三日　旧历七月初一日　星期三

发信　葛词蔚、汪彝青、附书衡糖公司股据。书衡。

编译　晚八点钟过,丁在君来访,谈修改地图事。旧底全不能用,必须另绘。最好由本馆定一用费,以便酌配。伊任监督指导之责,不取报酬。余言本馆系营业性质,不能不报酬。丁言此系地质调查所之事,所有材料均系公家所费,即欲报酬,亦归该所,或捐助若干费用,亦无不可。余问原有分省地图较详,如能先行修改,则较小之图即可依此修正。丁谓分省地图较费,不如用一九一三年国际地学会所定款式,每张六经度、四纬度、一百万分大小之尺寸,不必分省,合之可联成一大幅。但如此详细之图,现在材料不敷,只有直、鲁、晋、苏、滇等省可称充足,其他各省若制整册之小图,则将外国人零碎小图设法配合,尚可勉强成功。故办理因此亦不免多费时日。如求速,则专定一人制稿、一人绘图,月薪约三百元,费用未免过大。如不嫌迟延,最好托人兼办,费用较省。余谓专办约须几时、费几何。丁谓速则年半,至多两年,需费约八千元。兼办总可减省。

丁君又言,分省地图印刷甚费,悬挂又占地位。如用六经四纬式,则地质调查所现已绘成三四省之地质图,如商务愿印,将来可以归与商务,同时商务可以分印一地形图,两者均归商务发行。余谓此至便利,可以承办,只须彼此定一办法。丁谓由所呈部批准,即可办理。余言一切容与同人商定再达。丁君又言,此次在南通晤马湘伯,谈及数十年中有关中国掌故之事,如洪杨之乱、随李文忠办高丽之事、创立江南制造局之事,足备史料。马自言年已衰老,不能自记,甚愿得一人可以秉笔者为之记述。丁君因问本馆愿否办理此事。余言此人甚为难得,果能有人,自可办理。

杂记　丁君言地质调查所去年在渑池县掘得在中国史前陶器若干,又尸质数具,但现在一无经费,甚愿有志古学者集会,筹出若干,约三千元。拟确查殷墟所在,将来即从事开掘,倘有所获,共议保存。曾商之朱桂莘,愿捐若干元,不知沪上能否凑集若干。余谓须与好古者言之,沪上恐无多人。余可担任五百元,并允备函介绍往见罗叔蕴。丁君欣然。

八月廿五日　旧历七月初三日　星期五

发信　陶兰泉、张雄飞、何季良。

八月廿六日　旧历七月初四日　星期六

发信　吴渔荃、孙乾三、陈亦霖。

八月廿八日　旧历七月初六日　星期一

收信　伯恒。廿四来信昨到。

发信　伯恒、昨发。傅沅叔。

八月廿九日　旧历七月初七日　星期二

发信　谭志贤、金任父、交孙如宾。汪彝青。

九月一日　旧历七月初十日　星期五

公司　约翰翁在客室谈,郑炎佐在京不敷开支,苏鋆尝有津贴甚累之言,张恩葆亦代为陈说。余意恐不能不酌加津贴,拟于年终每月补给五十元。翰无异议。

分馆　约翰、拔、仙谈贵阳分馆事。余意趁毛契农未行,可以收束。翰翁意颇犹豫。

九月二日　旧历七月十一日　星期六

发信　伯恒。附孙北海、金任父、谭志贤、文友堂。

天头　寄张萍青、周少勋,附罗叔蕴。

九月五日　旧历七月十四日　星期二

公司　包文德于前礼拜六晚得中风,病甚剧。今晨到馆,偕拔可至伊家访问。登楼视之,竟不能言矣。

天头　星期一日乘车返海盐襄助中元祭事。至嘉兴后知轮路不通,折回。

九月八日　旧历七月十七日　星期五

公司　包君文德于本日午后四时半故。

九月九日　旧历七月十八日　星期六

发信　寄沅叔、伯恒。

九月十一日　旧历七月二十日　星期一

公司　昨王莲溪来谈,仍欲其子来公司。余仍以所主张为之陈说,似未悟也。

余致鲍咸翁一信,允令其子回印刷所,但意中说明非副所长。另留稿,并送翰翁先行阅过。本日送交咸翁。

九月十二日　旧历七月廿一日　星期二

公司　王莲溪来信,仍为其子说项。

九月十三日　旧历七月廿二日　星期三

公司　覆王莲溪,留底。

十月三日　旧历八月十三日　星期二

发信　张屏青、汪恒卿、孙立仙。王成璋。

公司　本日会议,为寄售陈独秀著述事。仙华不以为然。翰翁又翻前议。梦旦愤甚,与仙华冲突,拂袖而出。

十月四日　旧历八月十四日　星期三

发信　伯恒。

十月七日　旧历八月十七日　星期六

收信　伯恒。

十月九日　旧历八月十九日　星期一

公司　约郑炎佐在会议室谈印奉票事。余言由京运机,雇人至奉,太著痕迹,可否扬言在奉开设印刷分局。鲍君似以为然。鲍去后,余又申说,翰云,索性不说如何。郑云,作为售卖机器。余云将来炎佐尚须常常往来,此无妨。余亦不再说。

一九二三年

十月三十日　旧历九月廿一日　星期二

公司　去年春为分设南方工厂曾赴香港及广州一行。兹以必须开办而租屋购地不能不亲往相度。本约翰翁,嗣翰翁因事须展缓数日,余即先行。购定澳洲皇后轮船一等舱位,计洋八十元。原订廿七日启行,一再改期,至今日午后五时始在新关码头上小汽船,转至吴淞口上船。送行者叔通、拔可、赵廉臣、张文炳。六点半到吴淞口外上船,余居第一二一号房,同舟熟人有李煜堂及其侄星衢,及冯自由,并三君眷属。晚十一时解缆。

丁律师介绍香港律师 Mesers Deacon Harston & Shenton,在德辅道一号。高易律师西文名字为 Hansons Duncon Mckeile,又其中一人为 Wright。

杂记　小轮老大派人运行李上大船,给洋一元。带洋一百元备用。

十月三十一日　旧历九月廿二日　星期三

公司　日午舟行一九五里。

十一月一日　旧历九月廿三日　星期四

发信　总务处、一号。家信。

公司　日正午舟行三三三里,离香港尚有三百〇二里。

杂记　捐海员慈善会两元。　买本船邮片五张,五角。

十一月二日　旧历九月廿四日　星期五

公司　九点钟舟抵香港,投宿英皇酒店四十三号。　港馆经理程君、账房楼君登舟相迎,同至客馆,谈一钟辞去。

托程君买洋文香港详图一份。

杂记　给饭厅仆人二元、卧室两元、浴室一元。

应酬　钟南溟、欧阳诒瀚来访。

十一月三日　旧历九月廿五日　星期六

公司　晨起乘轿访至坚尼地道五十一号,访李煜堂。允为介绍房产经纪,于礼拜一日来接洽。据云大宗交易佣钱不过千分之五,如较少,仅数万者,则取千分之一。可与说明,如在价内增加者,则须扣佣。 午后到先施公司访陈少霞、马永灿。不遇。遇郑干生。又至先施公司(人寿)访林瑞书,晤谈片刻,并托介绍地产。

杂记 买绸伞一把,七元八八。又橡皮鞋一双,二元四三。 街车二角、轿一元。 今日晚间与本店经理 J. Witchell 商订,余卧室每日原定八元,改为七元,并未说定多少日数。

十一月四日 旧历九月廿六日 星期日

发信 子约。

公司 午前雪门来,偕至分馆,雇轿至殷含道廿四号访钟仲芍、汝琦、南溟。均不遇。

午后李星衢来,同赴九龙,至旺角看伊产地,约二万五千尺。前临海、后临马路,成三角形,有屋两层,临街四间、右六间、左十一间。现租制肥皂厂,尚有年余租期,月租千八百元。云有人已还廿五万元,未售,拟售廿七万元,在阿加鲁街。

仲芍云,明年三月有地产数千万必须交割,彼时价必跌,此时置地似不相宜。

杂记 付轿资一元,寄子约信四分。

应酬 林瑞书来谈,约一点钟去。 李星衢来,钟仲芍、南溟来。

十一月五日 旧历九月廿七日 星期一

收信 子约。

公司 上午诣东方商业银行访钟仲芍,并晤汝琦、南溟、欧阳治瀚。谈次知郑君文波在港声名平常。仲芍并约明日午后二点钟到学海书楼访何翔高,并到伊家看书。

午后偕程雪门到九龙访陈子砺,值患痔敷药,未见。晤其友方君拱垣名启华,云与子砺为己卯同年。留一笺,告以将在九龙买地,托介绍,约四五万方尺。

偕程雪门乘街车至深水埗,似其地势颇相宜,比油麻地较为开展,且空地亦甚多。

杂记 到九龙城车资往回八角、深水埗往还四角、乘舟回港二角、买报一角。

应酬 陈宜禧约在颐和酒楼晚饭。辞谢。 李星衢来，未遇。 刘汝霖、筱云来，未见。 六日晤星衢，始知曾为秩庸之秘书。

天头 陈子砺住宅在九龙鹤老村一百十二号。

十一月六日　旧历九月廿八日　星期二

收信 子约。

发信 总务处、二号信。又仲明。

公司 午前访陈少霞，并晤马永灿、黄焕南。少霞谈九龙有牛皮厂，在水泥厂过去，有十二万尺地，并有厂屋，只一层楼，有余地，每尺五元，连机器在内。前日程雪门言，机器必须并售，且不能分析。今日少霞均可商办。据云建筑不过两年，约礼拜六日同往察看。又至联保公司。招牌为上海公司，在德辅道二六九号。访李煜堂，未遇。晤其友高君。司理为陈君符祥，瞬息即至，言有地两方。一、约四万七千尺，在九龙深水埗相近，业主购入系每方尺二元七，现由陈君代做押款，月息分一，且造屋限期已近，或可贱售，但是否愿售，尚未问过。一、三万余尺，亦在九龙（在宋王台之左），地号为一四三三、一四三四、一四三五。每尺三元五角，系其友所介绍。

出至永乐街一百〇一号康年人寿保险公司访李星衢，知昨日陈君宜禧招饮，即渠所介绍，并招陈君来谈。陈君自言今年七十有九，甚康健，操新宁土语，余不能解，由星衢转译。其见解甚旧，且迷信甚深，幼年赴美为工，无怪其然也。

午后楼亮基来，言铜锣湾永兴街兴华面粉厂有告白招租，亦可出售。余属先往问明尺寸。傍晚又来，云已量过，地系三角形，约有一万方尺之谱，有楼一层，月租八百元，预缴押租三个月。楼君并画有草图。程雪门偕经纪人胡韵琴同来，云有房屋三处。 一在砵典乍街德辅道、皇后道之间，共门面两间，二六、二八号，有楼两层。每间阔十六尺、深约六十尺，现租利荣电器及印字馆。索价七万四千元，不能交屋。据云左首一间亦可商。已往看，其街道稍窄。 一在德辅道中，门牌一五六、一五八，在先施公司对门，现租。深约五十尺，阔与前相等，索价十三万八千。一在德辅道中,门牌二○六、二○八,在永安公司对面,现租。有一间临横马路,共有五间,亦可分割两间,索价十六万元。

胡君又介绍一地,在筲箕湾西湾河左近。有地两区,中为电车路。在路南者七千一百二十五尺,在路南者为四万五千尺,开价每方尺三元,其路南一区,须乙丑年正月十四日方能满租。

杂记 付洗衣二毫四分,共四件。 上山车六角。电车一角、买邮票五角、报一角、赴钟宅轿赏一角、赴乐陶陶一角。七日账。报一角。

应酬 梁燕孙住罗辨臣道十一号,午后来访。不遇。在途中相值,约明日午后一时到伊寓面谈。

十一月七日 旧历九月廿九日 星期三

收信 子约,吴绍和携来。

公司 陈少霞面告,牛皮厂地可将机器除外,连屋每方尺四元五角,共十一万方尺。余言地太广。少霞言将前段之屋划出亦可。翰翁于傍晚到港,当将子约来信所商文光翻版认赔消案一事与之讨论。余意时局不定,此等民事诉讼必多延阁,致有变更,难免消灭。调处又系警局,似可允行。但五千为数太少,且要在杜绝后来。翰翁意亦相同,谓可要赔一万。至具结永不再犯,亦须办到。但恐终不能实行,只可示以惩儆,使知戒惧。且报信须得三成,如将赔款提给,以后人思得钱,或亦易于发觉。翰翁急欲明日偕绍和晋省视汇泉病,即由翰翁到省与子约面谈。

广馆之地,余告翰翁,闻人言卢君故后,其家产暂归香港政府代管,已托人与乃弟接洽。至苏姓另领公巷一条,余意可先买进。至卢姓交割,因草约订明须将公巷移归南面一层方能交价,不在期限之内,此层应有正式函件为凭。翰翁意亦相同。遂将子约抄来该项草约并两次登报稿交翰翁阅看,带省备用。

杂记 买报一角。

应酬 仲芍来访,偕往访何翔高。翔高寓坚道廿七号,室仅容膝,贫病交侵,殊可怜也。先施王国璇招饮,在乐陶陶酒楼,同席多先施中人。

十一月八日　旧历十月初一日　星期四

收信　仲明、勤儿信。

发信　第三号、仲明、陈亦璘、俞镜清、九日寄。潘孟言唁信并祭文一通,托吴绍和带去。

公司　翰翁今晨赴省。

十时半陈少霞来,偕渡海到土瓜湾看制革厂。在尖沙嘴乘街行汽车,约十五分钟即到。其地前临马路,有一半尚未平治,右为马路,预备砌沟,沟筒已堆置道路,后距码头甚近,墙外亦系马路。有住房一所,临街面西,左侧约占三分之二,为一层之楼房,共十二间,每约阔十二尺,深六十尺,楼板系铁筋水泥。转而东为洗皮房,似三大间。又进为涑皮房。长约与十二间楼相等,上为矮阁,铺厚木板。于吾不适用,须升高,工不巨。又有发电引擎室两间,又栈房一间。又东北角又有房四间,房脊瓦多被风掀去。北面围墙亦多倒坍。地为十一万方尺有奇,已建筑者约三分之一。看管人为彭姓,约定随时可往再看,并托少霞索阅原建筑图。

十二点钟过,雪门偕胡韵琴来,云深水埗再过去之地已看过,现正在开辟,价开每方三元。余意太远,不适用。又谈分馆地点宜在皇后道与洋行相近之地,价比先施、永安附近为廉。胡君谓均系大幅。余谓三四千尺亦可。雪门谓永乐街、文武庙街、文盛东街,与学校同行相近,较为相宜。余托胡君代为留意。

子砺同年次子,号琢之,来言,有一平地,在九龙城外,街车终站附近,约九万尺,每尺约三四元之谱,当代探确而导观。通信处在油麻地大观楼转交。

燕孙言,其弟季典于香港情形较熟,可令其代为觅地。在皇后道广东银行楼上,第五层九广分局内有一公事房。

陈少霞言,港例,建筑店屋,其高度可比本街阔度增百分之七十五。譬如街阔八十尺,最高可造至一百四十尺。

杂记　洗衣三件、袜一双。十日收回,洗价即付讫。访梁燕孙,轿来往八角。赴澄天饭局,车三角、报一角。

借分馆《史记》末一册、《十三经白文》一册,十日还。

应酬 李煜堂约下午五时澄天梅花厅晚饭。晤其子自重。又李君盈芝,业南北行,亦联保董事。又仰光联保代理张君。又一业医林姓者,亦寓仰光。

午后访燕孙于罗辨臣十一号,其电话为二〇五七号。

十一月九日　旧历十月初二日　星期五

收信 钟惺可。

发信 附寄王太夫人寿序,在三号信内。家。

公司 午后李星衢偕刘筱云来谈。知星衢有新购之地,在宋王台左近,现尚未填平,每方三元,系填平之价,有十余万尺,亦可售。程雪门午后偕黄楚翘来访,云在扬州街之地,现街尚未开辟,每方三元五角。据云在最近医局街之地有屋三所,均三层。靠边一所月租八十五元,余两所各七十五元。每间造费约四千、地价五千。计九百尺,每尺六五元有零云。并询知巡捕捐名曰差饷,按月租百分之十三零五。

永安对面之地系黄君同乡之产,每间售八万元,确有其事。现右邻产主欲并购之,已还七万五千。据云必须五间并售。又先施对面之地,产主现正在从军,恐难售出。亦黄君所言。

永安对面之地,新主拟建屋,有楼四层。其租价,平地月三百元、第一层楼一百五十、二层一百廿、三层一百、四层八十,每间月共七百五十元。黄君云。

杂记 黄楚翘言,幼达长子号伯权,曾任汕头中国银行行长,现在京。
买邮票一角、乘电车三角、报一角。　　借分馆《宋诗钞》一部。送钟仲芍、南溟、瞿氏书影一部。

应酬 李星衢偕刘汝霖来访。询知刘君住礼顿山道三十号三楼。

黄鸿翰,号楚翘,嘉应州人,系公度族侄,住黄泥涌道四十三号楼下。

十一月十日　旧历十月初三日　星期六

收信 翰卿、八日、九日。子约。

发信 翰卿、二封。子约、词蔚、季臣。十一寄。

公司 陈少霞来电话,约往谈。至则交出制革地形略图,又厂屋图。询知该地十五年须再定地税。其地四面皆靠路,惟煤气灯未曾通管。

先施经理郑干生云,闻本馆有买铺面之意。永乐街口有屋三间,前临德辅道、后临永乐街,惟不甚深。现为先施保险之产,议定售十五万元,现租与宝华、普光、冠益三号。遂同往一看,确甚浅。后面只宝华临永乐街,余两间又缩进一段,斜对一公厕,殊为缺点。

梁季典谈,九龙地亩偏远而交通尚便者,每方约一元,或可购。又谈及分馆地点甚非宜。余云如能在皇后道、华洋交界之处最相宜,并托其留意。

杂记 付洗衣三角、乘车至先施五分、买纪念罂粟花一元。　买皮袋二元五角、报一角。

应酬 到广东银行访陆蓬山、李自重。蓬山未遇。又访梁季典,亦未遇。季典于十二时来,名士讦,燕孙之胞弟也。宣统二年曾于新加坡见之。　到中华航业公司访欧阳诒瀚。未遇。

十一月十一日　旧历十月初四日　星期日

发信 四号,附房图两张。交分馆。

公司 午前约程、楼两君来,拟同往看制革厂地。程君云,有人约定往看小香港大成纸厂公司之地,每方尺不足两元。余言相隔过远,可勿往看。但程君已与约定,仍令返馆接洽。余偕楼君渡海详细相度,归后又偕铜锣湾看兴华面厂,暂租先办,亦未始非宜。午后楼君将兴华厂屋绘成略图。余属再绘一张寄沪。

本日绘成制革厂房地图两张,以一张寄沪。

函钟仲芍昆仲,问九龙宋王台附近地价,并九龙建筑工料价。

又函梁季典,询皇后大道、皇后大戏院附近两间需价几何。又托介绍往访卢舜云。

杂记 偕楼君过海看制革房屋,又到铜锣湾看兴华制面房屋。往来车船一元八角。　洗衣三件、袜一双。又昨洗来小褂一件有汗点,交重洗。二角。

应酬 何翔高来,未遇。

十一月十二日　旧历十月初五日　星期一

收信 勤儿来信。

发信 又附四号二张、家信。

公司 梁季典来谈,宋王台左近之地实价二元半之谱。 伊知有一区,约四十万方尺,尚未填。每方尺一元五角,填工天约四角至五角。

又云皇后大道、皇后大戏院左近之地每间约七万元。该戏院东首现正新盖者,租两间约一千七百元。即偕往一看。阔约廿二尺、深约七八十尺,下连地室,现尚有未租出者,如须用,可即决定。迟则恐被人租去。

又广东分馆之地亦已面托。允转达卢舜云。

翰翁三钟后由省反港。 李煜堂招往面谈,谓长沙湾有四万余尺之地,改日属陈符祥同往踏看。

黄秉修来。云乘林肯船来,在一等舱,上层六十一号。

赖际熙焕文来谈,知《赤溪厅志》即伊主修。共四册,已脱稿,尚未付刊。即托代抄一份。 又言区大典,号徽五,曾与人合股,拟设一印刷公司,已购机买地,现已解散。余言本馆自有机器,或可稍添,但重在厂地。现如未有办法,或可商议。赖允转询。

杂记 付乘车一角、报一角。 黄秉修介绍其友黄华林君,住油麻地乾涌白街九号四楼。云于九龙情形甚熟。电话九龙八百七十号。

应酬 钟南溟来。张魏斋名荫槐,住上海孟德兰路九号,憩伯之堂弟也。来访未遇。赖际熙号焕文,己丑同年。来谈。

十一月十三日 旧历十月初六日 星期二

收信 子约、总务处。

发信 子约。交雪门寄。

公司 上午九时过偕翰翁、雪门到九龙,至林肯船上访秉修。晤黄华林夫妇,即偕至宋王台看地两处。

一、在宋王台之后,沿大路约三万数千尺,每尺二元八角。云尚有他处,或可根连。

二、在加冕大道之北,系黄君旧产,售与洪兆麟,改称洪园。现又欲售出,索价八万元,约可减五千。计共十六余万,约英亩有四"葛克尔"。内有建筑地及种植地。有旧屋若干间错落其中,计所占约五分之二。当是建筑地。后与山紧连,外有围墙。以上两处,黄君允今日午后二点至三点钟送地图至寓。

又偕翰翁看香港皮革厂,十二点半渡海还寓。　午饭时翰翁谈及秉修此次赴南洋一带所费不赀,须以能推拓后来之生意为要。凡未有代理之处须觅定可以代理之人,免致过后又淡焉相忘。余因拟定五条,将其誊正,抄与翰翁,具名,共三纸。留底三纸,当晚面交翰翁。饭后复偕翰翁至林肯船访秉修,将办法五条逐一解释,并交与秉修,请其注意。翰翁谓新觅代理可以优待。余云,但不必给以 Defination。雪门亦来,并偕胡韵琴同至。又偕翰翁同赴深水埗看地。

三、在深水埗扬州街,系黄楚翘所介绍。地已填,约四万七千尺,每尺开价三元五角,共有两方,大小相同,惜不能合并,中隔一路也。

四、胡韵琴介绍,在深水埗码头,直落靠大街,有四万尺,每尺开价四元二角,现正填筑。

五、亦胡君介绍,在山边门前,约隔地数尺,方临马路。地本小坡,现已铲平,约有数台,有九万尺之谱,每尺亦四元二角。

翰翁偕雪门于晚饭前赴皇后大道新屋详细量度,计阔二十尺、深八十尺。归后商定,决租一间,余即致函梁季典,请其代留。约明日午前十二点钟以前往谈。皮革厂之地,与翰翁商定决不购,致函陈少霞,请其不必展限。

何翔高来信,言有李景康、李石泉筹集资号称六十万。在港设立印刷公司,现已解散,将机器招人承买。余即复函,请其探询,约明日午前九十点钟往谈。翔高并附到《岭南诗存》告白一纸。

杂记　付早晚看地车船共三元八角、报一角。　付洗衣二角,前余六分并入,尚余二分,不计矣。

十一月十四日　旧历十月初七日　星期三

公司　午前九点钟访翔高,谈至十点半,辞出。访梁季典,候约半点钟始来。据言皇后道之屋深八十尺者作两间算,月租千七百金。余云须再商。归待翰翁返寓,告知,亦甚爽然。拟改租三十余尺深者一间。余又往访季典,据称均在横街,月租亦须一千一百余元,计六百方尺,每尺租金二元云。归告翰翁,觉分馆难以负担,踌躇不决。余谓皇后道该处附近之地每间亦不过七万元,以九百方尺计,两间得一千八百方尺,计地价十四万元,造价六万元。仅平地一层,月收一千七百元,已敷一分以上,各层分租与人,则均系额外利息。故鄙意不如买地自建,租金实较为相廉。

翰翁主张买砵典乍之屋,谓将来该路必能改为重要店铺。余谓此意余亦以为然,但总在数年以后,至目前亦不能得甚利益,但可先买,最好将西首一间一并买入。翰翁亦以为然。余属雪门索取地图,并查明注册号数。翰翁往看兴华面厂之地,谓太小,不能合用。

梁季典见告,广馆地事已问过卢舜云。据云并不经管。伊兄遗产现由罗文锦律师为之料理。梁君随访罗君,罗君谓照遗属声明,由政府经理。但向无此例,政府受否未定。广馆地事可备函声明,将来清理时自有依据。罗君亦允答复本馆。余即乞梁君一片,拟备就信稿,即往访谈。傍晚拟定致罗君函稿。

在钟氏席上晤李淡如。新会人,现充新会城内西南中学暨四处高小学校及贫民义学校又平山学校校长。住南北行街兆丰行。民国六年曾到沪,与翰翁、梦旦、方叔远均相识。

李芷盈。住新会城仁寿坊观察第。

罗竹斋。住南北行街六十二号元茂行。

陈敦甫。增城人,癸卯进士。现住香港威灵顿街九十八号电安电气行二楼。

杂记 访翔高轿银三角。赴仲芍昆弟招饮,车一角。洗衣三件、袜一双。

应酬 钟仲芍、汝琦、南溟招饮于颐和酒楼。

十一月十五日　旧历十月初八日　星期四

收信 子约。

发信 第五号、伯恒。十七日托任之带沪。

公司 发上海电如下:"上海芳:有厂屋上下合共六千余方。楼地系水泥筑成,拟先租开办。请巧兄速来筹度,以便决定。高、张。"

黄华林君介绍卑利船厂附近有新建之屋一批,均未租出,约往看。

又约往皇后道看一小绸缎庄。晤林祥君。可以出租,月七百元。连左手一间,亦可租,两间合并,共二千八百七十五元。左角。

简英甫来访,云九龙启德公司对面有中华玻璃厂,已久停,可租。又旺角东方烟厂有出售意。遂偕翰翁、雪门往看。中华玻璃厂太远,不能用。

东方烟厂在拿顿大街,地点极佳。屋西向,约阔六十三步,北首空地约阔一百三十步,屋约深在南面一百卅七步。后空地约深一百廿五步,北面全深约二百步。厂屋共四层。陈琢之约明日十二点钟来,同往看地。在九龙。

林瑞书来,云九龙番衣局对面有地三段,一四二一、一四二二、一五一九,共五万尺,每尺四元五角。

杂记 买洋报一角。赴梁宅晚饭,往来轿九角。永发工人何安镛镏版,号振声、何逸梅鸥客,画图,月薪一百七十元、汤祥春月薪一百四十元,胶版、梁少卿永年,绘图落石,薪水比三人均小来访。前日翰翁到永发曾见之。

应酬 燕孙、季典约今日午后六点钟在本宅晚饭。同席者有陆吟秋、关伯衡、潘佩如、何翔高、黎焕文。余为陈、叶诸人。

十一月十六日 旧历十月初九日 星期五

收信 同孙、又九龙地图、任心白、黄仲明、鲍咸昌、梦旦、子约。

公司 赖焕文介绍黄佩瑶来。颇有志于印刷事,即集资而中止者。往访简英甫。出示地账数,只有在东方烟厂附近一处,约五万尺,可用。英甫约多集若干,再往踏勘。座上晤叶兰泉,云系肇庆人,现寓佛山,在港四十余年,现充华商总会司理。谈及东方烟厂,英甫托其转问有无出售之意。叶君云,该厂买办系一熟识之友,可以转询。又谈及租厂开办之事。叶君云,西营盘有栈房两间,各约深二百、阔约五十尺,亦可代问云。余致谢,英甫亦为切托。

复陈琢之信,云候至二点半未来,准明日上午九点前在寓。午后访罗文锦律师,云不甚识汉文。并言卢焯云遗嘱系委托政府,但政府不能承受。现正商议改归律师。如政府允准,大约有百分之九九可归伊办。但万一不允,则该家属或另延律师亦未定。此信可留下归案,但不能答复,因卢宅之事,一律均未动手也。

晚九时雪门偕黄楚翘来,云砵典午街二六、二八两号地实价七万元可售。已得可打,但以三日为限,至下礼拜一十二点钟为止。往访各省教育代表 袁观澜、黄任之,在广泰来;李绹卿尚仁、李玉堂贵德。山西人,在粤华;

王训庭、名遵先,宁夏人。张豹呈名文蔚,合水人,均甘肃,在世界旅馆;(鄂)彭石苏、(皖)史蕴璞、(豫)文敬五、(吉)王奠安、(鲁)范予遂、(湘)谢晓钟、(直)王桐冈,在西南旅馆。

答拜王国璇,云陈少霞有屋,在九龙相近山上,约十万尺,前索价约六万元可售。余托其转询。

杂记 赖焕文介绍黄兆莹号佩瑶来见,南海人,住德辅道中二七七号怡益银砵店,电话四四四号。张紫封来访,住弥敦道东景台第四号平地。

洗衣裤三件,十七收回付讫。 买邮票一元。

应酬 林斋恩电话约于此日午后午饭。访简英甫。遇叶兰泉,系华商总会司理,住干诺道六四、六五号。 黄任之及段育华来谈。 李煜堂、陆蓬山约在上海公司晚饭。

十一月十七日 旧历十月初十日 星期六

收信 子约、总馆电。

发信 子约、仲明、心白。附第六号信。

公司 子约来信,言汇泉十六日子刻作古。得总馆电,知巧生乘麦荆利来,十九可到。

九点钟过,到先施人寿保险公司访林瑞堂,请其偕访狄勤律师。晤 Mathingly 君,与谈砵典乍街店屋。渠即查明号数,属其书记一葡人偕往田土厅。有片目任人检查,先取总册,次取地图,又取押据,极为简便。计查得该屋:

廿六号,阔十四尺十一、深五十一尺三,共七四八方尺,地税十三元七角。廿八号,阔十四尺十一、深五十一尺六,共七五二方尺,地税十三元七七。

马毓才本年十月买入,由朱炳华卖出。朱氏手押出洋四万九千元。按华月七厘息,每月二十日付银。主为梁英,一九二四年三月廿三日到期。检查费一元,由律师代付。

仍偕瑞堂至律师处,告以礼拜一交割。律师云,不能草率,至早须一日方能办妥。

又问转租皇后道店面事。伊云经律师订约较为稳妥。

又问本馆拟在九龙向政府领用公地建厂,如何办理。伊云可介绍至工务处,阅定地段,向政府报明,由政府开投,此为一定手续。遂缮一介绍信与 L. C. P. Ress。

陈琢之约明晨九点钟来。 梁季典约明日午后两点半来。

杂记 付前两次洗衣共六件,袜一双,四角五分,余三分,内有小衫一件,袖污令重洗,又洗汗衫一件,收回。 乘车三角、渡海二角、给贫一角、买报一角、买呢帽八元五角。

应酬 伍叔葆来、陈敦甫来、叶兰泉来,均未遇。 陈琢之来。晨往东方银行送钟氏昆仲行,未见。十一点又登坎后船送别,均见,并送任之、观澜及关伯衡,均未遇。留名片三,托仲芍转交。

天头 伍叔葆现寓广州九眼井街三巷二号登庐。

十一月十八日 旧历十月十一日 星期日

发信 梦旦、伍叔葆。附子约信去。发总馆电。告知教育代表及翰翁船名。

公司 午前陈琢之偕其季弟良耜来。偕琢之渡海至启德公司前面之地。对面均已盖屋,每亩索三元五角。午后梁季典偕其友林少礼、陈镇南来,同过海。翰翁亦同往。专雇汽车一辆,看地数处:一、红磡山边约三万余尺。 二、红磡临海现做酱园之地约十二万尺。 三、宋王台右海滩,每尺一元六角,加填工五角,有四十万尺。政府限定七年内须加四十万元工程在该地上。连填地建屋在内。

四、宋王台左海滩,进本每二元六角,另加填工。现已填土。 五、小梅村,系陈赓如别墅。其进门两旁之地均可售,并可转成建筑地,每尺约一元之谱。能否建筑工厂,可与说明。有山泉甚清。在右边约有五万尺之谱。上有一屋,系马玉山之产,亦可让。在左边其幅员稍小。 六、在荔枝角,现系制冰工厂,厂屋甚坚,而高低不甚合宜。连附属之屋在内,并有未填之海,共有十二万尺之谱。价未详,如合用再商。

何翔高荐其侄越频谋事,向操银业。

杂记 洗汗衫一件、袜一双。 看地午前一元二角。午后附汽车一元,余十一元翰翁付。又渡海三角。

应酬 简孔昭、英甫约六点钟在南北行街明泰银号晚饭。钟荣光来、苏侣文张紫封介绍。均未遇。访黄华林，未遇。

天头 林少礼。在皇后道四十八号隆盛,电一八八九。陈镇南。在德辅道中增光电器公司。

十一月十九日　旧历十月十二日　星期一

收信 勤儿、即复。盛同孙、孙乾三、子约。

发信 家信、托翰翁带。总馆电。

公司 叶兰泉来访,言坚尼地城新海傍 FG 两号货仓,兴宝泰、宝兴泰、福泰祥比邻。每间约阔二十余尺、深二百余尺,一楼一底,中有一路。月租二千六百元,售价二十九万两。约明早点午前十点往看。又云东方烟草一年后即须停业,全厂连机器出售。厂地共三十万七千〇九十五尺,正面三九九.三,右九七一.六,左五六五.二,后五七〇。厂在左侧,右侧有二百五十尺空地未建筑,开价二百五十万元。

上午到中国银行,晤贝淞孙,出示兴业及上海银行两信。商定先提三万兴业账,做为往来,月息二厘半,开一往来户。并取支票廿五张,由余签西文名为证,同时兼出收条。

午前到律师处定购砵典乍街之屋,共两间。业主为马、吴两姓,中人为黄、戴两姓,约定明日午前十一点半交易。嗣余询律师,此为本馆产业,签名用何手续。渠问曾否在香港注册。雪门云已办。律师约午后再商。余于三点半钟再往。律师语余,本馆注册时所交章程并未载明可在香港购地,与港律不合,不能允许。救济方法有三:一、将公司章程加入一条,重送北京注册,再向香港注册。　二、另组织小公司,作为与上海联号,或私人或股分均可,亦须在港注册,总共费用约洋一千五百元。　三、用个人名义(此余与翰翁所商)。律师云此亦可办,但遗产税甚重,设有不测,公司受亏。余约定明日上午十点半钟。嗣与翰翁商,第二办法究太周折,且日后种种纠葛。第一种为根本办法,但需时甚久,不如先用余个人名义买进,日后再转与公司。余谓须研究之点有:一、遗产税甚重,不能不虑,须问明律师可否由余委托代表。　二、未转与公司之前,公司未便将此产列入清册,恐被港政府查出。　三、不如速开股东会,增加章程。

嗣翰翁与余决定,由余个人出名先买。

苏侣文来,为张紫封所介绍,寓住云含街大馆对面七十三号伊耕学塾楼上。电话一九七九,十一点半钟以前可用。临时所用电话为皇后道华安影相馆,电话号数三二四。又每日一至两点在小蓬莱茶室,威灵顿街。电话亦可用。约明日下午三点半钟来,同往看地:一、宋王台附近宰猪房相近,十六万尺,每尺二元三角。二、爆竹厂附近,约( )尺,每尺三元。三、皇后大道 61、61E 店屋两间,振发纸料。阔十六至十八,深五十余尺,开十六万五千。

发总馆电:"港银贱,兴业款请结定三万。"

杂记 付代翰翁定船票十元。12/11/20 收回。买报一角。赴黄汉梁宴会往来车四角。洗衣三件,二十日收回。

应酬 黄汉梁粹方第二婚。招饮于颐和酒楼。晤郑蓬仙、香山人,中国银行副行长。吴增禄、漳州海澄人,开吴源兴行,和丰银行董事。戚扬、号子彬,亦厦门人。钟惺可偕其弟宝璇岭南农科教员,在美国毕业。来访。

天头 巧生晚七点钟到,寓九十三号。

地边 陈敦甫招饮于陶园,辞谢。叶兰泉来。

十一月二十日 旧历十月十三日 星期二

发信 第六号、伯恒。志书事,托翰翁带。

公司 午前往律师处告以砵典乍街之尾改用余个人名字。业主亦来。律师谓今日已来不及,约定明日上午十一点半。

九点钟偕翰翁,巧生赴西营盘看叶兰泉所介绍之货仓,忘带叶信,以致遍寻不著,怅然而返。嗣翰翁又偕雪门往觅,归言该栈 EF 两号可合用。最好为 A 号,三面临街,光线较好,阔约三十尺,深约二百余尺,甚为合用。但租期愈长愈贵,第一年每月一千三百,以后须如租两间可减为二千五百元。翰翁约定三日内给与回信。午后偕巧生、翰翁过海,雇汽车看地,同行者有经纪苏侣文及罗君。计所看之地:一、卑利船厂后面酱园地,三元二角,亦李葆葵之产。 二、宰猪厂对面临海地,亦太低。即苏侣文所介绍,约十二万尺。 三、皮革厂。 四、小梅村。 五、启德公司之地,即陈琢之所介绍者。同人又有简英甫介绍之陈泽如。梁葆廷来言,有一地由梁君偕往。 六、深水埗南洲街马路边。四围皆路,共四万九千五百尺,地段系三百六十六号,每尺三元六角。

杂记 买报一角。早赴西营盘,车去三角。渡海看地舟资七角,又付汽车三元,尚有五元,翰翁付。付洗衣二角。

应酬 陈镇南来。陈泽如偕梁宝廷来,简英甫介绍。苏侣文偕罗 来,张子封介绍。贝淞孙招饮于香港客店。

十一月廿一日 旧历十月十四日 星期三

收信 盛同孙、十七发。季臣、十五发。黄仲明、十七发。仲良、十二发。勤儿。十八发。

发信 第七号、子约。挂号,附志书单。

公司 早起七点钟过,送翰翁登舟,还寓早餐。遂偕巧生、雪门并带一茶房至坚尼地城看厂屋。屋甚坚固,光线亦好。巧生以为极合用。遂至宝兴泰行访李葆葵。适在座,遂与谈,并要求三年租期。渠始不允,后云后两年租金必须增加,请无不允。询以所加几何,李云每月加二百元。并言此靠横街,光线好,又通风,本须加租,因叶兰泉介绍,且彼此均有关系(自言为广东银行董事及联保公司主席)。余因言以此故更请通融。仍不允,乃告以归与同事相商。即至上海公司访李煜堂,不遇。托陈符祥转达,请商减租。午后再去,得晤李君,谓后两年仅允月减五十元,改为一千四百五十元。午前十一点半至狄勤律师处。律师出示定单两纸,余与巧生阅过。又查询保险事。律师谓业主应出示定单,而黄君谓在银主之手,往返太费事,稍有龃龉。余遂告业主先行签定,随后将保险单号数、日期、保数见示,亦无不可。遂定议。当付定银七千元。余交律师,由律师转付马君育才。即散后,余问律师以何时交割,律师谓须问业主,预先两日通告,即可办妥。余访马、黄两君于永生公司,告以拟即付价。两君甚喜,约定明日上午十点半同访律师。

律师复余一信,详述公司不能在港购地租屋,必须经种种手续。又言本馆如有更改章程或更举董事,均须即时报告,并每年应送红账等情。余与巧生详问一切,律师逐一解释。又问有无印刷条例。对甚繁,如扰乱治安、毁谤他人名誉等印件,均系刑事。又问办工厂如何管理。答称亦有种种方法,须为工人谋安全。巧生问中国各省来印钞票何如,答称当无不可,但须详明方能答复。

午后苏侣文来言,皇后大道旧屈臣氏及其右手之屋共门面六间可售,开价廿九万。

雪门来言,店屋事已晤林君,林君告以律师禁止转租。因房东现全出屋。林君谓本馆须直接与房东商量。雪门已问明房东何人,明日往访。

杂记 收中国银行一百元。开支票取。付巧生十元。开支票。看厂屋车资及开门人。内四角。茶资一元二角。又拜客车资二角。洋报一角。洗汗衫一件、袜一双廿三日收回。 付买砵典乍街二六、二八两屋定洋七千元。

应酬 访李煜堂、陈镇南、叶兰泉、马祖容。黄华林来。

十一月廿二日 旧历十月十五日 星期四

发信 家信。附第七号,廿三日寄。

公司 午前访律师,告以砵典乍街可即交割,请即做合同。

又与商租李葆葵之货仓。伊指出若干条,又经巧生举出若干条,讨论一过。属先与业主商妥,再行定稿。

律师又告巧生,印钞票事为中国各省用者,此无问题,但如因此或致扰及中国和平,则不无关系,然所虑似觉尚远。

下午三点半钟李葆葵君来访,交出货仓旧约一纸。拟照订,并说明三年期内如经售出,新业主可以六个月之通知迁让。余谓工厂与栈房不同,甚有为难。当将约稿留阅。顷已属同事诣商一切。李云最好约明日午前十一点钟。

陈镇南君来言,荔枝角地即造冰厂不过每尺两元之谱。交来一图。并言如冰厂不合用,可以划出。原有十余万尺之地,除划出外,尚有五六万尺。上盖另行估价,但必不贵云云。

又言皇后道屈臣氏旧屋及兴昌两屋可售,即昨日苏君带看者。余云总共不过二千五百尺,昨闻开价廿九万,未免太贵。李云断不致如此,当代探明实价及尺数。

杂记 洗小裇裤二件、汗衫一件。廿三日收回。买报一角。

应酬 陈镇南来。李葆葵来。访黄汉梁及高　　、贝淞孙、郑　　、俞裹澄。未遇。

十一月廿三日　旧历十月十六日　星期五

收信 子约。

发信 复李淡如、何季良信。径寄,未挂号。

公司 午后三时李煜堂、陈符祥来。偕余及巧生渡海,乘林护君之汽车到长沙湾看地。　一、在王新和对面,山地已平,约四万九千尺。系陈符祥所介绍。买时二元二角,现料不能过三元。其地面南。　二、在深水埗,即在十三日与翰翁往看,黄楚翘介绍。廿日偕梁葆廷往看之地毗连,亦四万九千五百尺,每尺三元五角。系林护所介绍。

林君护言政府新辟之地均大小相等,必须四面通街,即自己四面买到,其街道亦不能作为私有。

又偕往看造冰厂之地。归后将地图细量,计阔一百四十尺,深三百六十尺,冰厂及建新厂均画出。巧生颇喜其地,但右为煤油窖,左为开平煤栈,一恐危险、一恐污秽,尚须考虑。

傍晚,黄佩瑶偕其堂弟尚周来,同巧生、雪门渡海往看油麻地。有普通屋十三间,每间深不过四十五尺、阔不过十六尺,共三层,价一万二千元。现租五十元。此为普通屋,不合工厂之用。

又尚周介绍一处亦普通之屋,现正建筑。在巡捕房之后,尚未完工,亦不合工厂之用。

又佩瑶之友黎君福棠介绍广东街临海一栈房,只有一间,阔约二十尺、深约六十尺,楼地系木板,月租三百六十元。太小,亦不合用。

杂记 付洗衣三角,看地渡海舟资九角。

应酬 李煜堂、陈符祥来。　梁镇廷、严直方来。

十一月廿四日　旧历十月十七日　星期六

发信 子约、俞镜清。

公司 午前访李煜堂,告以李葆葵提出一条件,谓如将该栈房售出,可以六个月通知迁让。工厂不比店铺,其有为难。王、程两君面商,仅允待至一年以后,实际只得一年有半,实觉难办。已电达总馆。得复电,董事会属再转托商恳,改为两年后六个月。李君当即前往,顷刻即归,云只允改为一年半后六个月通知。余称谢而出。

黎福松偕欧君来访,言旺角货栈两间可租,但另一间须迟,再后一间又须稍迟。惟只能订期一年,缘恐政府收用,每间月租三百元云云。答以俟商议后再复。林瑞书来言,西营盘有地一区,离电车终点不远,亦近海,共有九万尺,每尺价约六七角。约明日与经手人订明再往看。廿五日午后来电话云,系在香港仔,约礼拜一日再订期往看。

杂记 洗汗衫一件、袜一双。12/11/27 收回。买报一角,访赖焕文轿资八角。

应酬 李星衢约七点钟在金陵酒家菊厅。晤谭焕堂、朱峄桐、黄广田启德公司经理、汤信花旗轮船公司经理。访严直方、梁镇廷不遇。访赖焕文,亦不晤。

十一月廿五日　旧历十月十八日　星期日

发信 孙乾三。

公司 复黄佩瑶,告知旺角栈房租期一年,不能合用,请作罢。

午后二点钟至九龙东景台访张紫封,未遇。即觅佐顿道,行数里不见,转乘回车。询车上人乃有知者。佐顿道第二条街口吴淞路转角。至则英甫在家相候,据言南洋烟草公司向政府领地,系有特别条件。因地较大、工人较多、纳税较重之故。且必须先与抬价为业之人接洽妥帖,送与饮茶金若干,然后不至搅局。现正与政府商酌,约二三礼拜后可定。余言有一私意,本馆觅地甚难,且多小幅、能否请多领若干,约须十万尺,将来照价补还,作为转售。英甫言,现领之地恐有不能,因欲得五十万尺,只有三十六万尺。但将来政府尚允给一四十万尺之地,以备建工人房屋。彼时当可附商。该地不收地价,四十年为期,期满归官,另议租价。如缴价,则七十五年期,期满另议。并约订期同访周寿臣。

用人 函询赖焕文,黄君希望若何,月进若干可以俯就。本公司进用职员薪水菲薄,不敢启齿,乞代询示。

何翔高来信,又谆属录用其侄,云有一千之保证金可缴。

杂记 渡海二角。车二角。英甫派汽车,送洋一元。晚赴宴车资四角。

应酬 李煜堂约今晚六点在澄天梅花厅晚餐。访陈敦甫,不遇。在简英甫处晤冯渭访,在沙面三井洋行办事。访张紫封。

十一月廿六日　旧历十月十九日　星期一

收信 俞镜清。

公司 偕巧生往访陈少霞,请其介绍建筑师。当即缮给一函 Mr. Anderson,其公司名 Palmer & Turner,在德铺[辅]道　号三楼上。即偕巧生往访。午后获遇,约定明日上午往看货仓。

巧生晨往律师处,交与租约草稿,允即预备。惟据称砵典乍街之契纸因银主谓欠押款利息数月,不允交出。属即与卖主接洽。当即电雪门,约黄楚樵来寓,属往理楚。旋黄君之友来电话,谓系上手尚欠利息,卖主即往理楚,决不迟误云云。

午后巧生往访律师,据谓马君买契已见,惟保险单尚未来,当即查明五事:一、地税卖主应付六分之五。　二、差饷同。以上均须交出收条。　三、保险单亦须交出。　四、押款利息付至何时为止,亦须交出收条。　五、房租收至何时,是否先期付给。

当偕巧生往访马君,适已散出,即属伊用人电达马君,约伊明晨八点半钟至寓中接洽。

杂记 洗衣三件、袜一双。还分馆代买磁盆一只,七角。分馆抄来代发电报两件,七元〇八分。买香港图两分,三元二角二分。赴谭焕堂招饮车资两角。梁季典代买九龙详图一幅,十元。即付来人带去。

应酬 往访谭焕堂、不遇。　谭焕堂约在澄天酒楼晚饭,晤黄耀东、兴宁人。梁弼予。顺德人。

十一月廿七日　旧历十月廿日　星期二

收信 盛同孙、廿一。总务处、廿二。子约。

发信 俞镜清。附还张兆谦信,交分馆寄。

公司　本日午前九点半在狄近律师处签定砵典乍街廿六、廿八号店屋契约，找付买价。误记于廿八日页内。午后二时半偕雪门至永生公司访马、黄二君。马君交出彼此划付各款清账一纸，又差饷冬季收条一纸、押款十月分息金收条一纸。余属雪门复算，据称无误。余请马、黄二君派一收租人偕同雪门赴各租户面对，允对明无误，即将应找之款送去。余又请黄君电达梁连，询其保险是否欲在外国公司抑中国公司。据复中国公司可用。余辞出后即赴上海公司晤陈符祥，托其保险，并付以旧保险单，一切照旧。计共保费四十五元五角。律师告知保险单应交伊处转送与押款人之律师代存。

午前十一时偕安迪生测绘师往宝兴泰货仓察看修改办法。由巧生开具办法数条交伊斟酌，逐一解释。允先绘草图，并托其向政府询明可以做印刷工厂之用，允明晨面谈。

林瑞书令其友李礼天交来地图一纸，云在教会坟场相近，距香港仔尚远，每尺约六角有余。

杂记　付上海联保保险公司保费四十五元五角。

保险单第六九五九号，保建筑六千八百元，租金一千二百。12/11/28日交律师转送银主梁连。住干诺道西八十九号泰兴隆号。　　付保费四十五元五角现款。

付第二次砵典乍街店屋买价一万四千元支票。

付契税七百元，注册费三十元，律师费一百廿七元五角支票。

应酬　刘小云招饮于陶陶仙馆。午后六时。晤陈楚卿。宝安县人。在威海卫办船只伙食。又马聚朝。亦新宁人。

十一月廿八日　旧历十月廿一日　星期三

收信　黄秉修、薛敏老。

发信　第八号、又电、子约。

公司　午前九时半偕巧生至律师处，至则马祖容、育才。黄凤石已在。遂与说明地税、差饷、保险、押息、租金各事。据言保险业已过期。交出旧保险单一纸，确于本月二号到期。其余允即于交价后午后二时半到永生公司结算。遂由马君在卖契签字,余亦签字。马君又签如推收过户一纸。律师言该卖契须送政府纳税注册,不必偕余同往,约一礼拜后可以办妥,再行寄还。余属交巧生查收。遂即付地价一万四千元。又律师费及契税注册费共八百五十七元五角。此系昨日事,误记于此。

发总馆英文电:"现不需款,用时再电,速开股东会。"午前访简英甫。告知周寿臣因病不能见客。并言伊公司领地事不久即须进行,周君阴历正月八日赴伦敦,最好乘此时间与伊一商。并劝余多留数日。随即电达周君,约定午后往谈,先为余达意,明晨给我回音。

午后约至西营盘外牛奶房相近看地,有九万余尺,系在山脚,须自填。每尺开价六角八分,加填工约二角有余,平均九角一尺,但山势趋下,将来填筑,亦仍须分为数层,四周居人极少,且现在来去分途,颇有不便。午后五时访李葆葵,未遇。约六时再去。巧生与雪门偕往,余未去,示以租约稿,李君约明日午后十二时半往晤。

陈镇南来谈,言长沙环梅旅馆后面有地,约十余万尺,系种植地,每尺二角。将来转为建筑地,约领回二成之地,约三万尺之谱,其余与政府再商,约与尺五毫,可以收回云云。

杂记　洗小褂一件、汗衫一件。电车、街车四角。洗衣二角。付黄楚翘中费三百五十元。支票。偕林瑞书往看地,汽车四元四角、街车一角。

应酬　访潘达微,住威灵顿街口宝光影相馆,巧生来时与之同舟。黄汉梁来。

十一月廿九日　旧历十月廿二日　星期四

收信　总馆电、总务处寄到日记两册。

公司　午得简英甫信,知领地之事,周寿翁谓有难办。但有九龙启德公司之地,每尺在二元以内,可以介绍云云。当即复一函,谓可否今日往拜。旋得电复,谓周君须明日方能见客。午后偕巧生往访英甫,不遇。余决定明日乘麦荆来返沪,遂留致英甫一函,并致周寿臣一函,托巧生转致。

巧生往访李葆葵,携还租约稿,年半后六个月通知一层坚不肯允。又要求李煜堂担保,又邻借堆货只能以除去咸鱼、牛皮为限。傍晚访律师,告以拟将转移分租一条加入,律师谓租约内并无说明不准转租分租,可以任便。惟有恶臭之物不止咸鱼、牛皮两种,渠意不宜列举。当由巧生持回再与李君相商。李君谓须与其同伙李君商再复。余至广东银行访李煜堂,问其能否担保租赁工厂。李君谓可担保。

又至中国银行访贝、郑两君,告以前存之款改由王巧生君签字提用。贝君代备一函,由余签字声明,并由巧生签字为证。

余至麦丁来律师处辞行。告以租约由巧生签字,以后费用即由巧生支付,并交与砵典乍街保险单一纸,请交银主梁连。律师又交下为余预备转售该产代表签字证书一纸。

本日开支票　找付马毓才租金等四十六元〇七分。零用二百元。托分馆支付旅馆,给与支票二百元。

辞行各处

贝淞孙、郑蓬仙、黄汉梁、高良和、和丰银行。陆蓬仙、李自重、梁季典、钟汝琦、欧阳治瀚、王国璇、李煜堂、陈符、简英甫、谭焕堂、陈少霞、马永灿、林齐恩、郑干生、叶兰泉。

函辞者

梁燕孙、何翔高、赖焕文。

片辞者

简孔昭、黄华林、陈镇南、黄佩瑶。

张紫封、夏从周、林瑞书、陈敦甫。

晚在李星衢处晚饭,并面辞。又与刘小云作别。

杂记　中国银行共存三万元。共支用二万二千七百六十三元五角七分,移交巧生兄收用共银七千二百卅六元四角三分。又付巧生现款九十元。给上海公司送礼力两元。车轿五角,又二角。买报一角。还分馆代付昨日电报费二元五角二分。买麦荆来船票九十三元。

应酬　李星衢又招饮于其家,今夕五时。已谢。后来邀,仍去。张顺发、张文炳来,文炳在香港印字馆。在李星衢处晤黄强、马育航、金章、翁君、陈君。皆陈炯明部下。

十一月三十日　旧历十月廿三日　星期五

公司　晨赴李葆葵处辞行。又至启德公司访黄广田,未遇。黄汉梁来送行。九点半登舟,巧生、雪门、亮基均登舟送别。

杂记　付饭厅陆元,又本桌侍仆二元、卧房十元、打杂两元、电梯两元。分馆仆人两元。　电车、人力车、渡海船三角。

十二月一日　旧历十月廿四日　星期六

公司　风浪甚大,午前竟不能起。

傍晚发无线电,告知船行迟缓,到埠延期,并托转告陈光甫转知梁定冀,缘燕孙夫妇同舟,其次子定蜀、三子定闽侍行,欲达其兄不得也。

十二月二日　旧历十月廿五日　星期日

公司　傍晚进口,七点钟过抵虹口中栈码头。张文炳、赵廉臣在码头相接。

杂记　给饭厅侍仆两元、茶室一元、卧室二元。无线电费五元〇五分。

一九二六年辞监理后日记

天头 十五年辞监理后各事附记于此。

四月廿六日

致董事会信,并翰翁信。

四月廿七日

登《申报》《新闻报》广告。共登三日。

翰翁来。 早赴拔可处,面告一切,并约梦旦同来一谈。王岫庐来。丁斐章来。

四月廿八日

王莲溪来信,当日复。

四月廿九日

高翰翁、鲍咸翁交到董事会信。

印刷所同人代表叶润园、邢志香、郭宝生、周泽甫、樊仲煦来,并交到公信。次日复。

发行所同人代表万亮卿、曹冰严、陆品琴来。未见。留下同人公信一件。次日复。

王莲溪又来信。即复。

编译所亦有公信来。次日复。

赵志清来信。即复。

吴麟书、叶揆初、陈叔通来。未遇。

四月三十日

吴、叶、陈三君又来。 赵竹君来。王莲溪、张叔良代表总务处同人来,交到公信一件,翌日复。

夏小芳来。

五月一日

夏粹方夫人来信。六日复。

五月六日

王康生来信。即复。

京局来电。次日复。

富敏安等来信。次日复。

五月七日

吴麟书来。丁品青来电。

五月八日

张雄飞来。即复。孙伯恒来电。

五月九日

周少勋来信。即复。

五月十日

函总务处,请结清活存账。

五月十二日

函总务处,告车夫工资五月起由我处发。

五月十八日

午后到总务处。翰翁约谈,邀余回馆办事,且言拟设办事董事。余答以董事部不可因人改动,否则将来必人人争为董事,于公司甚为不利。余又言尔当能记忆包文德故后之事,此时只有希望庆麟,但其心欠细,气欠醇,应加意培养。翰言庆麟极盼得一名义,须以一人临其上。余言此时尚有何人,满清之亡,亡于亲贵,公司之衰,亦必由于亲贵。余与公司关系,故辞职书中不能不剀切一言。翰言此时总须想一办法。余言无办法,只有听天由命。余又言前荐丁文江数次,尔不置可否,此时当可知其人。余甚愧,不能得同人之信用。丁君不能招致,即到公司,亦决不能重用。此时临渴掘井,尚有何办法。翰言何至于此。余言尔我看法不同,故我悲观,尔或乐观,我既悲观,故打不起精神,尔不至如我之悲观,故此事只可偏劳。翰言众人多望汝复职,我之见识声望,如何能及汝。譬如此次我辞职,决无如许多信来留。余云此无关系，外人不知我公司内容，如何能随之转移。

复孙伯恒信。

五月二十日

复金筱孙信、李雨浓信、王君九信。

五月三十日

致总务处信，请特别储蓄发现款。留稿。

六月五日

致董事信，请速准辞职。留稿。又致总务处信，请特别储蓄改拨现款。留稿。

六月九日

翰翁来谈，拟全退。余答以此系我原来主张。

翰言仙华甚难。余云仙华近不甚宜，我早劝我尔二人合力办理。

余又言应先商鲍。翰又言不难于退，而继任之人实不放心。先举莲溪、端六、小芳。余云本不必急。翰属余代筹缓急孰便。

六月十六日

余至图书馆，约翰翁来谈。前谈同退之说，余甚不敢主张。因己已先退，而又叫人同退，恐发生误会。

六月十九日

翰又属同孙来商同退之说。余告同孙，高、鲍一退，必纷纷挽留，更生枝节，断然不宜。

六月二十一日

闻同孙因卅年纪念事辞职。

六月二十二日

约傅沅叔、吴麟书、陈叔通、叶揆初、高梦旦来寓晚饭。沅叔代表京股东劝余复职。余力言万无复回之理。

同日翰翁来信，劝余复回。午后又属同孙来商同退办法。余仍言高、鲍若退，人心更为摇动，殊非所宜。

六月二十三日

午后翰卿偕梦翁来寓。

六月二十五日

上午丁榕君来寓,谈良久。告以鲍退恐生枝节,匪宜。

六月二十八日

上午丁榕来谈。中有将来拟设若干委员会,预备考查、讨论改良之事,欲余入会。余言照其他董事例,可以入会,不能丝毫有所增加。

七月十日

高翰卿上午来谈鲍退。余切言弊多利少。又言不可用之人当去。翰因言王。余力言应去。翰属余转达。余言余未辞职前可以言,此时不能。但余已告以去年约同退,今系践言。翰询或酌送钱,余云须问在外董事。

七月十一日

周辛伯、夏小芳来,余亦告以鲍不可退之故。周言退所长,不退总经理,余亦反对。

七月十二日

余赴公司,劝鲍不可退。尽管赴莫干山休息,或在家静养,公司事可不管,但名义不可动。

余又告翰翁,翁约余劝仙华。午后有丁榕、周辛柏、揆初、叔在座。翰翁先言商量去仙之事。余历举仙之不宜,当去。叔通追问如何了后。余因荐同孙,翰意似不愿。

七月十九日

翰翁来告,仙华纠缠,要求有人陪退并酬报。余告以我以陪之。至酬报如何,余即以本身退俸金照普通例告之作一据。

七月廿日

翰约余至公司,并有梦、拔在座。并报告仙华纠缠情形,并未有所讨论。余言如交董会解决,总有不愿,能避免总须避免。惟至万不可避免之时,则亦无法。翰又言纪念事。

七月廿一日

有信致董事会。

七月廿五日

午前王莲溪来,有股息能否减少之说。

七月廿六日

昨晚约仙华晚餐,来辞谢,订今日来访。九点钟来。余先陈歉意,无论如何责备我均愿。此为公司计、为朋友个人计,比较上均如此为宜。故余有此主张。仙历言办事成绩。余言人所共知。公司之有今日,全系同人尽心竭力而来,惟不易分析耳。仙又言预造空气,于伊名誉有关,莲溪对发行所人言,三日内有大变化,叔良亦先闻之。余云前日大家讨论,约明均守秘密。仙又言梦、拔均有退意,此时单独离馆,似甚难看。余言去年第二次罢工,次日汝先向余言,拟即告退。余云余亦必退,此时余已实行,不得谓之单独。仙又言决无恋栈之意。余言深信此言。仙属余代筹将来尚须在社会办事,有何可以免人误会之处。余云自当代筹。余可代为证明,彼此有约,将来或由董事会接到辞职之信,由董事会用文字表明平日办事如何成绩、此时无可挽留等语,可于报上发表。余告以桂华、童季通均问过翰卿,廷桂且有信来,不知何以均能知悉。仙又言须等空气再定,或一礼拜二三礼拜或一两月再能提出。余云此自汝个人行动,余未便干涉,但余以私交言之,董事会此时准余辞职,却是一好机会,请再筹思。仙又言何以必欲余速去。余云亦是既经发动,难免传播于外,此仍为尔之名誉起见。仙又属我代筹妥策一切手续,先为商妥。又言闻余对于退俸金另有一种高超主义,但渠不能比拟,一则处于被佣地位,一则景状不同。又言即滚筒机一事,已为公司省去数万元。余先说明所以辞退俸增加之理,乃鉴同人要求花红改变法而起。将来必有见退俸之不平,必有要求,与其待彼要求,不如发动自我。至为公司节省支出,固是成绩,然此尚有数目之可言。至为公司筹画某事或制品者,其为利更属无穷。余劝尔不必提及,将来董事当必有相当之待遇。先是又言同孙将任经理,待伊去后,即回馆接任,此事亦令人难堪。余云同孙事不在题内,不必谈。总之,余本对尔有无穷之希望,今出此途,实不得已。我先辞出公司,故敢奉劝,今日尔之所言,余当代为筹思,至董事已准我辞职,亦为尔一机会,亦请细思。

七月廿八日

告知翰翁与仙华晤谈情形。翰言薪水、花红均送至年底。余提出延充顾问之意,翰谓可行,属拟出大概,再商定。

七月卅一日

将待遇仙华各条送交翰翁,并请拟定顾问年份、薪数,其余各节均见别纸。翰谓顾问一年,薪照现在数一半。

八月四日

翰翁来信,仍谈仙翁之事。

八月六日

往访翰翁。因天热太甚,报纸及各工厂要求减工。余因约梦、拔、仙诸人商议。翰不甚赞成,但后亦允许说项。翰言及工厂之事我有办法,不过无权。余云公为此言,公司之幸,我甚赞成,当求见诸事实。我之辞职,即欲使公司政策能归一贯,以后最好令出惟行,有不顺从者,即行辞退。仙华在座,梦出外返坐。

余又申言,翰复推却。

此系八月一二日之事。

翰属余将待遇仙华条件往商董、监,翰自认与吴、秦、黄接洽,属余与陈、叶周谈。余即访三人,均赞成。周莘伯并言以后甚望仙能自爱。

方余将与陈、叶、周三人接洽情形告知翰翁。翰翁属余与仙面谈。

八月十二日

往访仙华,告以公司待遇各节。仙云一年之顾问何必说,并断断于同孙、梦旦。余告以玻璃杯已有裂纹,愈久愈裂,不如早决。余临行请其考虑,给与回音。

八月十三日

将与仙华交涉情形函告丁斐章。

八月十九日

致仙华信,先送翰翁阅过,请其转送。傍晚同孙来,言仙见翰翁,翰属其告予,仙属翰劝余少说话,少写信云云。

八月廿日

余又寄斐章一信。是晚黄仲明送来傅沅叔致董事会信,并附京津股东通告。

八月廿一日

寄伯恒信,言临时股东会之不可行。

八月廿二日

又为临时股东会事致沅叔信。

八月廿三日

致翰卿信,附寄沅叔信,请其阅过封送。又将七月十三日及本月廿一日致伯恒信稿请其一阅,告以此不过空言,公司须实有革故鼎新之事,方足以安戢人心。又谈仙华之事,谓一日不解决,其他事牵率不能办。前日信送去后,仙究作何打算,望□示。末言不能任其延宕。又将致丁斐章两信稿附去。

一九三七年日记残本

一月一日　星期五　元旦

提要　小英至晨十时始由行回寓。

季安、家亨先来,余下楼见之。季臣、震生、粹和、贞侄及其子锦铭,尚有二人,当是家昌,余未见。

午后人便,粪如常,略粘脓血。

一月二日　星期六

寄三妹信,交兰珠带去。

一月三日　星期日

震侄来。陈叔通来。

午后陈兰生来。朱凤蔚来送请题主帖,偕来者颜文凯,仲香孙,徐怡堂甥也。

朱舟卿来。

得源侄信。

得三妹信,寄来照相四张。即复。寄还照相一张。

寄朱逖先信。

一月四日　星期一

寄邵力子,附宁馆。

王巧生寄赠寿字一轴,今日函谢寄璧。

熊式一来,住国际饭店。

大便不通。服泻盐不动,服蓖麻油两匙,晚始泻。有粪,色甚正。

一月五日　星期二

得逖先信片,索还公呈稿。即复,托分庄科。呈稿寄还。

得三妹信。

晨起又泻,仍微有血脓。逄方来,约今夕邀胡女士来灌肠,并服蒜精三次,每次二丸。

一月六日　星期三

得源侄信,云有病,招其妇还郑。商定即日起程,庆留沪。此系昨日事。今晨八钟半乘火车动身,高妈同行。先电复:"侄媳鱼晨行,闻陇海挤,庆留沪。菊。"

复源侄信,又致何公华信,托婉劝源。

勤儿今晨七时生一女,大小均安。余午后往医院视之。

胡女士来为我涤肠。

一月七日　星期四

提要　胡女士仍来为我涤肠。先后共三次。

电告宗桓我有信致炳炎,劝其勉就三等舱回国。又致葛领事转劝如上,如阳历三月不能起程,即将所存美金汇回,属即函告炳炎,勿再耽延。同时将致葛领信副稿寄宗桓。

电告和生,应将所有诉讼文件全数带盐,因其妇来言,明日将返盐,托余约同族为之和解家事也。

常州人刘逸甫、逸樵昆弟以其先人《屏山集》弘治本寄来首尾二册。托为题跋,又送我家刻本一部。今日先复一信,抄稿。

李钜庭来信,欲先取阅贺君预约《衲史》。《百衲史记》。复以跋未撰成,未装订。

得朱逖先信。

一月八日　星期五

逮方介绍外科　　君为我检验有无痔疾。据探验后觉有小瘘,如豆大,似系内痔。

明日须赴海盐。雇车不成,向公司借车。拨可允所乘者相假。即送去汽油价金十元。

一月九日　星期六

提要　张县长韶舞来。同来者有严君,为严有章之子,忘其名字。张君历陈筑路拆屋情形,并无由东门至新桥一路,系建设厅原有计画。余即斥其荒唐。张君又言,此路自得朱逖先诸君信后已停止。

晨七钟车来,即赴青海路刘宅,约程学川同行。行不过十余里,沿途渐深入金山境后,道泞滑,车行甚险。属车夫开慢车。到海盐已十钟二十分。余先至少汀家,吊其夫人之丧。晤谈麟祥、朱云丞。旋辞出,至三妹处,以车送学川至东方旅社。

谒季甫、新甫、幹甫诸叔,请调解文辉弟妇与文耀争讼事。午后新甫叔遣人来言,文耀母不到。未久尤君来文耀之婿,云无不到之说,只要指定。余遂往见新甫叔,约定明日一钟在祠堂开会。

余出访学川、富敏安、黄仲旂,与仲旂约明日晴同赴孝辕墓上察视。

先访卢悌君。赴朱凤蔚处,已移灵至观音堂。遂转至该寺,行礼辞归,并谢今晚、明午招饮。黄仲旂带胡寿山来,自称年已六十余。人甚愚朴。悌君来。郑明章来。

午后余又访徐梅孙,询款产委员会购入胡氏墓田始末。允抄示原案。

一月十日 星期日

提要 午后二点十分,余邀仲良叔祖乘余车返沪。沿途干燥,车行甚稳,并送仲良叔良[祖]至打浦桥打浦坊。余至广慈医院看视勤儿,遂返寓。时仅五点过钟。

晨起答拜张县长。云已出门。返冯宅。季甫叔来。富敏安来。吾少汀来。

九点钟到观音堂为朱凤蔚、绳仙昆弟尊人题主。襄题者卢悌君同年、程学生[川]。十点钟礼毕。是日晤朱调生、何颂孙、陈小云。

偕仲旂雇车出南门,至停驾桥。先经过余祖父之坟在路东。越数十武即至胡墓在路西。墓已露砖,上做成平台。旁砖磴四级,前有碑,题"明兵部员外郎孝辕胡公墓,光绪九年后学徐用福题。裔孙维坤立。"寿山亦在场。另有详细记载。给寿山银币二元。寿山言其兄名士官有子名明官,明官遗腹子今五岁,住网舍。归至东方旅社,托学川代购吴侃叔《群经字考》,云索价三十元。

午后一时到宗祠。仲良叔祖、季甫、子祥、新甫叔、育甫四值年又郑明章、少山婶、文耀之妻、文辉均到,陈说及辩论,商定所有存折三千元除倒闭六百之外,文耀妻销案,即在所存二千四百元内贴还文辉六百元。劝导再四,文耀妻允许。余当诸尊长,令文辉向其母及嫂叩头认错,又令文耀妻向文辉认错。文耀妻亦叩头。遂认为和好如初。

一月十一日　星期一

寄三妹信。托照胡孝辕先生墓。附致宗祠值年信。又朱调生信,托查新桥被毁屋无力修复者。

复崔云潜信。

傍晚访崔颀,晤其子无忌。知病已大痊,惟医者属仍勿见客。无忌云,闻江浦有温泉,为龚氏私产,拟侍其父往彼疗养,正在探听。余云与龚氏可代问。

出访叔通。谈片刻,乘车归。

一月十二日　星期二

致胡适之信,附入寄孙伯恒信中。

致温钦甫信,通知与陈宅换契费共一百卅七元九角四分。

午后徐仲可夫人及夏姨妹闻余病痢,来探问。余出见。谈约半小时,先后辞去。

得黄执斋同年信、宝桂信。

得三妹信。十三事。

上午季臣弟来。

一月十三日　星期三

复黄执斋信。寄千里信。均附分庄信。

寄黄肇成信,告知伊子年廿岁,不合商务学生年格,故此次招考未通知。

复三妹信。附致吾少汀信,内附史久芸通知招考未到事。

傍晚在戈登路二百十号访龚怀希,告知崔颀欲借居温泉疗养。云系乃兄景张之产,景张殁,为其子旭人所有,近有开设旅馆之意。三四日内必可晤其侄,商定后当复我。余辞出,以鹿肉一方见贻。

又访丁斐章。不遇。

得金松龄、韦兰生回信,并附到叶寄侯复[信],为查《宋史》事。

一月十四日 星期四

复诸桥君,并寄还诗稿评语。留底、挂号。

致孙乾三信,附谢管旭斋赠其先世据梧诗柒信。

致赵子谦信,房租封寄我收,即索收据,勿交门仆,本月为始。

致张君劢信,送大本《史记》样张。

泽村幸夫寄来《日本之今日及明日》一本,即函谢。

得诸桥信,谢送伦敦出品图册,即送王、李二君过目。

一月十五日 星期五

致俞寿丞信,索《读书杂录》。

得三妹信。致昭宸信,约明后日听昆曲,附去戏券二纸。

复源侄信。快寄。

汪精卫昨抵沪。今日去信请电告何时可晤谈。住拉斐德路一一九五号亚尔培路中法药学专校隔壁。

温钦甫来,交还转换土地证费一百三十七.九四元,即交小英拨还陈宅应得之数。午前陈子清持潘博山介绍信来见。

午后到公司,旋赴江苏文献展览会茶会。叶玉虎作主人。涉晤刘成禺,云可代访丁少兰之子丁云衲,借《旧五代史》。又晤吴湖帆、周由廑、越然昆弟。与拔可同车回寓。

一月十六日 星期六

冯氏二甥媳来。云昨晚到,寄宿于亨昌里朱宅。

得马幼渔信。又李佩秋信,附来《书林清话校补》,索《词林纪事》。

午后赴恩派亚戏院听昆曲。先约伍昭宸同往,至则已先到。旁晚乘车归。

一月十七日 星期日

王岫庐来。潘明训来。

午后赴徐卓荣处,拔右上齿半个。

出赴恩派亚戏院听昆曲,仍约昭宸在座。

遣去阿龙。

一月十八日　星期一

得三妹信。附来照片胡孝辕先生墓。三张。又送我笔袋一个。和妹送鸡一只。

一月十九日　星期二

蔡无忌来。畀信介访龚怀希。无忌住愚园路检德坊十二号。怀希来信,送来温泉旅舍图。即函达无忌。

周辛伯昨日作古,今日来讣,明日殓。寓成都路西首倚云里十四号。

岫庐来。商定将丛书商定还元单行办法。二十晨去信详述一切手续。

源侄妇来快信。

冯锦瑛之表弟谭君在交通大学四年级,著有《全国铁路五年近状》大意如此,属为介绍至公司。即畀与一信,令见岫庐。

一月二十日　星期三

朱凤蔚、绳先昆季来。凤蔚述张县长言,海盐城心南北路亦可不筑,但屋已拆,难中止。又云东门一路地方人士既不谓然,可作罢。又言黄绍雄来盐,其所携武弁云闻有厕所臭味,黄言于张,张遂有整饬市容之举。

午后,韩世昌、号君青。白云生来。

贞侄来,为澄侄妇募帮五元。余允之,即面给,属不必言我所出。

接吾少汀、朱调生信。

一月二十一日　星期四

午前到恩派亚戏园购星期六日戏券,一元二角,小账加一。司事丁君允为留星期日戏,坐位同。

留刺答访韩、白二君。已出门,未遇。随访昭宸,赠戏券。一并告知星期一日已定座。

复三妹信,并致富敏安信。告知胡孝辕墓事公呈措词稍激,恐不便,拟请不列名。

拔翁来。

源侄媳又有信来。

一月二十二日　星期五

致孙伯恒信,附银币二元,托付博物馆协会会费。

俞镜清来。

任心白交到李明灏仲坚名片,中央陆军军官学校成都分校主任。去年到成都曾约参观彼校,并午膳。云乘飞机来沪,即来公司相访,即刻赴奉化。

一月二十三日　星期六

电借岫庐车,到公司谈分印丛书事。

出,答访俞镜清。即还寓。

午后乘街车赴恩派亚听昆曲:《草诏》《大名府》《牡丹亭》。

送昭宸明日戏券一。

一月二十四日　星期日

提要　天雨终日,闷甚。

天雨齿痛,以所购昆戏座券一纸送伍世兄。

高易来号致尧。海盐同乡。同乡会见过。现在曹家渡。

一月二十五日　星期一

提要　王亮畴住马斯南路八十九号。

旧历十二月十三日。

晨起五点钟少奶奶产生一子,啼声甚宏,重九磅半。

李照亭以字行,河南上蔡人,国立北平图书馆驻沪办事处,亚尔培[路]五三三号。来,交到袁守和属交善本一册,备印《国藏善本丛编》之用。云明反北平,约旧历元宵后回沪。余属其回沪后即以电话相告。

寄三妹信,托分红蛋。

一月二十六日　星期二

致陈仲骞信,询《清史稿》。南京汉府街钟岚里十四号。

上午李拔可来。午后陈叔通、夏剑丞来。叔通借去《逸经》十六册。

一月二十七日　星期三

寄谢金垣表兄信,附祭仪二元。来信仅云其母于某日出殡,设奠祭灵云云。并无讣语。

得徐世瑜律师信,为文辉事。

一月二十八日　星期四

徐仲可夫人、夏姨妹来道喜。

潘若海之子名其璇,号叔玑,康长素之婿也,来见。昨日事。

季臣偕其长孙来,拟投考中央银行管理无线电事,属予介绍。遂依申请书填注交还。以上皆昨日事。

访崔顽,晤其次子。登楼坐片刻,并晤其夫人。

又访叔通。得三妹信。孙伯恒回信。

子麟侄妇来。知子麟现寓新闸路福康里对面有余里一九七号。其长子名云龙,习机器;次子名云飞,十六岁,高小毕业,欲入商务习业。

得陈叔谅信。阮乐娗及沈君送来。

一月二十九日　星期五

文辉来。其戚高致尧同来。余劝其回海盐到案,否则刑事诉讼不能撤消,难调解了结。而刑事讼案尚在,终有不便。文辉终咎其母及嫂。又言费钱甚多,又云不能请假回盐。余云余先覆律师及值年,云原议销案,今留刑事,与原议不符。

新孙生五日矣。命其名曰"传",取"七十曰老而传"之义。余将以七十年来所得之知识尽传之于彼。

一月三十日　星期六

午后赴恩派亚观昆剧,应昭宬之招也。

归访瞿凤起,未遇。

千里来。

一月三十一日　星期日

冒雨出门,访岫庐。谈一点余钟。岫庐以车送我回。访朱凤蔚。遍觅不得。

至陈小丈处谢步。又访王亮畴于马斯南路八十九号。询之非是。后司阍者言系九十号,已出门。遂留刺,托转交。出赴勤儿处,畀与二百元,为次甥孙弥月之用。太热,不能久坐,遂。

昭宬约观剧。以雨甚辞。言校件积压,不克抽身。

二月一日 星期一

寄三妹信,送和妹六元,又源侄寄大嫂三十元。

寄朱凤蔚信,并修胡墓呈稿。

源侄来电贺得孙。

瞿凤起来。

得王重民自巴黎来信。一月十日发。

二月二日 星期二

唁朱玉坡之子,锡祺、锡墀。并题遗像题头,附送奠敬二元。住桐乡县西街十一号。挂号寄。

寄朱逖先信,附呈修胡墓呈稿及《刍荛之言》毛样。

文耀之婿尤士钧来,并交到徐世瑜二月一日信。余所与言均叙入复徐世瑜信中。

到公司。适值旧工人在馆骚扰。

二月三日 星期三

尤士钧又来。

复徐世瑜信。午后约文辉来看过。渠不能看。余逐句为解释。云甚合意。留稿。附入育甫信中。

又复育甫弟信,亦留稿。平快寄。

得三妹来信,知本年垫款除收外,尚欠一百〇二元有零。交小英汇还。

接朱凤蔚信,允列名呈文修复胡墓。

二月四日 星期四

复朱凤蔚信。致程学川信,附修复胡墓呈稿。已回硖石,退回。

得三妹信。

复陈叔谅,附《省立图书馆善本书目序》稿。交分庄科。

二月五日 星期五

提要 属杨福生代买《生活晚报》,每星期一结,自本日起。

寄程学川信,附修胡墓呈稿。硖石恒康典转。挂号。

寄还三妹去年垫款一百〇二元有奇,小英有信。

得傅孟真信,即复。

以所拟同族为文辉讼事公呈寄仲良叔祖。晚得复。

四川嘉定乌尤寺传度和尚寄来诗碑,皆刻赵尧生诗也。

二月六日 星期六

寄三妹信。内附寄富敏安及育甫弟信。挂号。

包志拯(号子诚,住大夏新村六十号)偕王长信夫人来。(东门街祁家桥一号。住南京。现寄宿美丽园四十三号梁宅。)为售旧书事。余允于二礼拜后可至苏州阅看。

仲良叔祖来。

贞侄来。

陈筱丈送《洵美堂集》六册。七日复谢。

罗志希寄来千元,由金城银行交到收条。即寄还。七日复信。

二月七日 星期日

上午偕拔可访精卫于亚尔培路四〇八号褚宅。未遇。

出至马斯南寓访王亮畴,坐谈约一小时。归访岫庐,商校史处同人进退事。精卫旋来信致谢。

午饭冯宅二甥媳来。留饭。

饭后王长信夫人偕其友容太太(容梁宝惠,其夫名鹏),容纯甫之孙媳也。寓福煦路模范村三号,电话七四五五〇。谈昨日所言苏州某氏售书事。约十日后送首本来,由容太太偕来。

嘉定乌尤寺和尚传度上人寄我诗碑,今日复。托分庄科。

二月八日　星期一

陈叔通叔［来］。还《逸经》十六册。

贞侄挈其锦铭来。适季臣在此。面数其子庇妇逆母之过。余责戒锦铭不应如此。然观其词色,毫无悔悟意也。

得富敏安信。

赴黄金大戏院看《赛金花》,讵并未开场。

二月九日　星期二

两甥媳云,即日乘汽车回里。

寄贞侄,言在家郁闷,邀来我处盘桓一时。

得朱绳先信。

潘叔玑来。作介绍信,令往见王亮畴。

高玉柱女士暨其书记喻杰才招饮。复函谢之。

二月十日　星期三

原稿空白——整理者。

二月十一日　星期四

借岫翁车,到陈小丈、王巘缑、瑜少奶奶、夏小山、徐新六、许绥臣夫人处拜年。

二月十二日　星期五

复朱绳先信。南京三条巷仁寿里四号。附入致朱逊先信。分庄转宁馆。

复胡适之信。谢纪念文。十五日附分庄去。

寄俞镜清信。汇百元付宝骏学费。分庄科。

致章甫、祥甫信,托查寓杭海盐同乡。附俞信中。

得千里信。即复。并附交宝骏到杭馆俞镜清处领百元信。分庄科转。

二月十三日　星期六

提要　付杨福生前礼拜二月五日至十一日止《生活晚报》费。

发平快致王诚章。

二月十四日　星期日

提要　本日徐凤石母在静安寺开吊。午前往吊。晤凤石,致慰。

朱斐章,住福煦路福民村六十九号。

伍昭扆、王岫庐先后来。

张铸贤来名炽昌。

答访许鹤年。

宝骏来。

二月十五日　星期一

寄海盐旅沪同乡会信,托分送《刍荛之言》十分。

又寄朱逖先信,托同上六十分,并索《赤城山人集》。附分庄去。

午后赴大新公司听昆曲。

晚得朱逖先十四日信。

二月十六日　星期二

复朱逖先信。致刘禺生信。

致陈子清信。

容太太约至叶玉虎家看书。又有王太太在座,即最初之介绍人。所看之书均甚平平。为许博明所藏。晤玉虎,谈片刻。

得朱绳先信。

二月十七日　星期三

寄苏州图书馆陈子清信。

二月十八日　星期四

得朱逖先信。

大门信箱内有匿名信两封,为本公司失业工人所为。即送岫庐阅看。并据仆人告知,旧历除夕彼辈在门口泼粪,又贴条子,本日又送来纸锭一包。

午后岫庐来。告知除夕之事久芸、英桂二君均于深夜到门前照料。十九日余函史、丁二君致谢。

到大中华听昆曲。

二月十九日　星期五

公司先将我收匿名信送捕房。捕房派巡捕二人在门外招呼,自昨日起。今日又派来馆中所用看门巡捕一人,名刘从惠。即属小英到捕房告知门捕可以撤回,只须属巡街捕随意留意,不必专在门口站立。

午后赴大中华听昆曲。

得袁守和信。

育甫弟来。知箴甫尚羁押在吴江县,为永德轮船沉没案也。徐世瑜律师撤消民诉呈稿,余为加入"事出误会"字样,削去"情面难却"字,交育甫带回。

二月二十日　星期六

吴馥卿来,出示李谋孙信,欲借《刍荛之言》铜版。云当向商馆取回。

午后三点钟赴公司,偕岫庐、颂久二君同到银行公会开会,为梦翁纪念金事。

得麟官来信。

我七十岁纪念文集作者共二十一人,均备信致谢,并各送《中庸说》《孟子传》各一部。除张君劢先已送过外,其中蔡孑庼、胡适之、吴子馨、黄任之均自作信,又岫庐共五件,亦先后发出。

得滕若渠名固信,乞余写字。

二月二十一日　星期日

提要　本日《新闻报》转载《在海盐两日之所见所闻》。

复滕若渠信,附《刍荛之言》。又复袁守和信。

潘明训来,欲于帮同撰拟书目者有所酬。手持一函交余。余谓校史处诸君并不相关,坚拒不受。欲转给仆人。余云俟令书完后再说。

二月二十二日　星期一

李拔翁来。陈叔通来。

得章甫回信,并附到海盐旅杭同乡名单。

二月二十三日　星期二

提要　本日传孙弥月。

源侄来沪。余恳切劝其立定主意,勿再游移。告以道德有亏,经济受损,身体、职业均有影响。

二月二十四日　星期三

旁注: 正月十四日

提要　高吹万在爱多亚路福煦路浦东同乡[会]嫁女。男宅刘氏。

源侄云今晚返沪。余询其作何主意。渠云最好听其自去。余云总须汝先与断绝。余问将来愿出多少金钱,渠云约数百元。余云恐怕不足。余亦告律师愈少愈好。

余又苦劝此等人可共安乐,不可共患难,急须与侄妇恢复感情。

二月二十五日　星期四

午后赴中华旅社听昆曲。新编《双印记》俚俗不堪。

访朱凤蔚。携修复胡墓公呈,请其盖章。未遇。留下呈文并一信。晚即得复。

访岫庐。

二月二十六日　星期五

寄朱逖先信。附修复胡墓呈文。挂号。

复张铸贤信。

接黄伯樵信。谢七十纪念文,廿七日复。

到大新听昆曲。晤徐凌云、葛景伊、朱笑山、许舜民。

发续式甫交际电,贺任陕财厅。

二月二十七日　星期六

接唐擘黄信,谢送文忠公著书二种。

得许麟孙信,为其子以宜谋事。

张仍平来。徐梅轩来。

二月二十八日　星期日

杨端六来。

邵力子夫妇同来。

出门答候季臣弟,未遇。晤贞侄,知复兴侄妇产后病亡,殁于中德医院。即至武定路紫阳里六十九号慰之。

访朱斐章。不遇。

答访邵力子夫妇。力子出外,其夫人房中有客,即留刺而归。

三月一日　星期一

约拔翁来。将北京大学旧书三种交还。同至公司借车。

至新雅旅馆答访杨端六。不遇。

出,买小帽,价一元一角三。

访王君九,已赴苏州。

至日本研究所访新城博士。适出外。遇王君梅堂,即为新城来致意者。遂托转致。又访沈君璿。号贻范,闻其名而已。谈约半小时。偕余入欧文图书室及中日图书室一观。遂辞出。

到勤儿处。

得朱骝仙信,知海盐县长已撤。

夏地山来。袁守和来。李紫东来,云有辽字《大典》二册。余还六百元。索价千元。

三月二日　星期二

致三妹信。附入致育甫弟信,询文耀妻撤回诉讼事。

又致黄仰旃信,托探胡孝辕先生后裔住东门外五岁之童家况若何。送之入学如不能免费,我愿担任。又代拟名曰绳祖。

复许麟孙信。又复朱家骅信。

又寄《刍荛之言》三册与麟官,一送谈麟祥,二留备送人,但勿滥送。

得赵斐云信。又得育甫弟信。

丁英桂、季安弟来。同往科学社访李照亭,看国藏善本。拟选印各书凡四十余种。看完出,访王亮畴。未遇。

三月三日　星期三

复赵斐云信。又寄还王静安《蒋氏书录稿》七册,托心白封寄。

致朱逖先信。复张贡九信,南洋同学会演说辞,或可到会。

复育甫弟,又上诸值年尊长信。

致富敏安信,托育甫转。

致李照亭信,开去拟添阅各书,共分甲、乙、丙三类。

致王亮畴信,代夏爽夫托留秘书。

晚饭时亮畴来电话云,即晚赴南京,属问潘君能否到宁。余问月薪几何。云至少可得百元。余允转商,并问早上去信。云已接洽。当即电告地山。

严直方来。住兆丰花园对面新村十号。交画一幅,属题。

三月四日　星期四

提要　海盐同乡会本月七日中午十二时在四马路中央饭店近虞洽卿路。聚餐。

得吴子馨信。

拔翁来。

约潘叔玑来谈。旁晚过访,告以亮畴之意。允赴宁。

三月五日　星期五

陈鸣伯来。

致王亮畴信,代潘君答复,并重申夏循恺之请。

文辉夫妇先后云,又接海盐县传票。余告文辉,育甫来信。其嫂要求出具不反诉凭证。余严抗,并函值年。如原告不听从调解,即撤回诉讼,祠堂即登报取消调解。问渠意如何。渠云甚好。

三月六日　星期六

潘明训来,出示新购《钜鹿东观集》,二册。云得价二千五百元。

李子东来,出示辽字《永乐大典》二册。余以前还价六百元,今日又增一百元。

傅沅叔来,住古柏新村李宅。

三月七日　星期日

得金笾孙信、罗志希信、孟莼生信。

午赴海盐旅沪同乡会中央饭店聚餐会。

夜赴湖社听昆曲。培余所招,小英同往。午夜十二时归。

三月八日　星期一

复金筱孙信。

下午,高易君来,属余谋事。余坚辞之。

夜饭后培余以车来,约往湖社观昆剧。其弟智泉同往。至午夜十二时归。给刘车夫二元。

接源侄信。

季臣来。稍顷,其孙景钱来辞行,即日赴南昌。余为致一函与熊泰禧,介往见。

宝桂来。

三月九日　星期二

北平图书馆驻沪办事[处]约今日午后看书。

看书后到公司。

三月十日　星期三

严直方来。未见。留片云今晚赴港。

沈松舟夫妇来。明日反宁。

午后宝榕来。

接孙伯恒回信。

寄潘光迥信,为源侄说项。又寄千里信。

傍晚访陈叔通、蔡雀屏。到严直方处送行。

三月十一日　星期四

提要　门捕借银五元。又枪带遗失,给银二角重购。

接孙伯恒信。

三月十二日　星期五

提要　患伤风,进行甚速。

复朱皎如信。

李拔可来。

午后访陈鸣伯、伍昭扆。偕小英到新世界看大鱼。

得苏州图书馆信。又海盐顾吉哉世谦信,托商务事。十五日附冯宅信中。

三月十三日　星期六

提要　本日午后周辛伯兄成主,招余为之题主。朱斐章兄以车来接。事毕即回。

复陈子清信。又顾吉哉信。

得傅孟真信。即复。托分庄科转。

朱赤萌来。

张葆灵介其子又新来见。因伤风未见。欲索介见张伯苓信。允明日备就属其来取。

三月十四日　星期日

夏老太太作古。余闻信即往。知已移至中国殡仪馆。

早餐后挈小英到殡仪唁剑翁夫妇。

陈润生来。

李拔可来。

接育甫弟信片。

三月十五日　星期一

致三妹信。附育甫信、顾吉哉信。

卢悌君来。

复沈飏民信。

三月十六日　星期二

夏老太太今日入木。余因伤风未去。

冯宅来长途电话问奶妈。

傍晚岫庐来,谈公司结账并改章事。

信成销假,携来三妹信,并鲳鱼一尾,又代付各款折。此系十七日事。

三月十七日　星期三

得三妹信。

吴江周公才六十寿,徵诗。

三月十八日　星期四

致沅叔信。

复周公才信,谢不能诗。

吕贺钜堂两次来信,借六百元。严词拒绝。本日复信。

傅沅叔来。面交《程尚书禹贡论》毛样二册,又还去年寄存之《国语)及《唐诗○○○》各一部。装入所乘之车带去。

致王丹揆信,介绍剑丞之婿万秉端到崇明办税局差。得长泽信,述送《史记》事,又照相收条。《周益公集》《梦华录》《北碉诗集》《济生拔粹方》。

三月十九日　星期五

刘公鲁送来书若干,愿借印。托拔翁于廿一日带去。复信仅元印《玉海》可用。如通体一律,将来拟借。又撰《国语》短跋一通。

三月二十日　星期六

寄回赵斐云《蒋氏书录》稿本。王静安撰。本日邮局寄还。收到回执,存入朋友往来信袋内。

黄肇臣之子宝瑜来。

董景安来信劝公司升股。已送岫庐。

三月二十一日　星期日

寄陈叔谅信,借《大易粹言》。附入俞镜清信中,并告知劳圣授会计较长,可否调用。

高君珊女士来,托探问胡适之写撰梦翁墓碑事。

丁斐章来。知英友骆君仁庭三礼拜前逝世。

拔可来。

冯之盛来。

三月二十二日　星期一

致江问渔信。问《国讯》一百五十八期所载《胡石冰自述》,其人通信住址。

致沈信卿信,索还代借葛氏之《春秋地名考略》。

唁龚怀希断弦。去信。因伤风,故函达。

严季将来。未见。俞寿丞来。未见。

三月二十三日　星期二

得沈信卿回信,还来《春秋地名考略》四本。又送《葛氏家集》二本。连同前交阅之《北游录》六本谭孺木,备信送还葛咏裳。

朱绳先来。住新惠中旅馆。云逊先亦同日回海盐。明日。午后命小英代余往答。未能访得。

午后到公司,为勘正《宋史》后跋讹字。

接福州黄执斋信,又寄《宋遗民类集》序例、总目一册。

三月二十四日　星期三

得江问渔回信,告知胡石冰住南昌警局街二十九号。

海盐新县长曲万森来。余告民愚且惰,宜注意。又蚕桑渐退,宜谋新业以代。又宜垦荒,先画小区试行。严禁烟赌,停茶捐,惩偷羊贼。又言党部为法定机关,任其把持,无法改革。渠亦深知其弊。

梧生来,给传孙礼物。再三辞谢,不肯携去。

三月二十五日　星期四

提要　昨夜大雪。晨起见积雪寸许。树枝皆满。

福开森偕汪伯奇来。午后三钟往美国俱乐部答拜。未值,留刺而出。

到总馆商徐琢如用渝版代夹贡印《续古逸丛书》。

访傅沅[叔]于古柏公寓。遇陈灏一。

三月二十六日　星期五

致三妹信,附致朱绳先信、民报社信、育甫弟信。

致文辉信,璧还雪茄烟一匣。

午后七时在家约傅沅叔、刘晦之、刘禺生、沈昆三、李拔可、葛咏裳、瞿凤起、冯幼伟晚饭。林贻书及沉叔之子未到。

拔可交阅晦之所藏《宋史》四册,当面交还。告知仍为成化本。

三月二十七日　星期六

岫庐来谈。

午刻李拔可约在家午饭。同席者傅沉叔、陶兰泉、叶玉虎、姚虞琴、刘禺生。

三月二十八日　星期日

本日午刻为传孙满月,设汤饼筵。

陈光垚来访。余辞以疾,未见。留片称住蒲柏路四九三号,电话八五七一〇。

午刻王皞侯、姜佐禹、蔡正华、许良臣、朱理惺、沈汝兼、陈锦、季臣、季安、复兴、粹和、逵婿皆到。

女客来者有徐年嫂、许良臣夫人、适沈氏侄女。

金息侯寄示六十自述诗,并寄近著四册。索和。余步韵成七律一首。又报以《衲史》跋文一册。复信寄津馆转送。

得源侄信。

姚虞琴赠所得螺浮公亲书扇面一幅。

三月二十九日　星期一

致姚虞琴信,谢惠螺浮公手书扇面,并附送《中庸说》《孟子传》各一部,连楠木匣。姚君住新闸桥五二弄三十五号。

三月三十日　星期二

得三妹信。又成都中国银行徐学易信,即送岫翁。

午后赴科学社看北平图书馆书《国臣诸臣奏议》及《丁鹤年集》二种。前者印迟纸暗,不能照;后者抄不旧,亦非鲍氏亲笔。沉叔云有金本《本草》。取阅却佳,图精,印亦清朗。惜缺十卷,并见秦藩本允中道人序,云取苏州本覆刻之。

先访沉叔。云明日离沪。

又访刘禺生于蒲柏路大益公寓。遇吴茂节。休宁人,两湖学生,学陆军者。禺生告知西棋盘街有徐德兴菜馆,系汕头馆,菜极佳。

三月三十一日　星期三

提要　徐廷宏,静安别墅七十五号,电话三六七八〇号,黑牌汽车。

日本人井手武人来,代大谷光瑞伯寓乍浦路西本愿寺。致意。住虹口吴淞路大兴四二九弄三十八号,电话四〇八一四。

川如电告,幼田昨夜猝中即逝。其婿告帮赙。以廿元交季甫。

午后赴公司,同赴银行公会开董事会。

得朱绳先信。

四月一日　星期四

提示　周由廑次子午后四时在一品香结婚。余往道喜,晤越然。在喜堂中晤汪轶群,荐青同年之子也。又晤余谷民,又号大雄,在晶报馆,总经理也。

寄《衲史》跋文与金息侯。

马叔平来。住恒利路永利坊三十二号,电话七一五七七。

大谷光瑞君偕其秘书广濑了乘京都伏见桃山三夜庄,电伏一五七番来。井手君同来,为通译。云拟购商务出版大部书籍。

午后赴一品香,为周由廑道喜。出乘公共汽车访叔通,于车上遇丁桂樵。访夏地山,未直。访高谨轩,晤其母夫人。

访崔瓱,谈半小时。天雨,雇车归。

致葛咏莪信,送《元明善本丛书》全部予约取书券。致吴铁城信,贺转任,并送行。

四月二日　星期五

答拜大谷光瑞,赠与《中庸说》《孟子传》各一部。云住京都桃山。

四月三日　星期六

季臣来。托询育甫三月十五日信、黄仰旃三月二日信。

胥心一太原、鲍天禄受百、厦门、高子约汉口、武云如安庆、张屏翰成都、单柯亭金华、朱皎如南昌、张鸿钧汕头、蒋瑞山前开封、杨越屏、金松龄长沙、杨国范奉天、杨笃因开封,营业、杨□屏保定各馆经理及营业主任来沪会议,过访。

武云如来。王诚璋来。

四月四日　星期日

访徐寄顾。未遇。旋去一信,代岫庐道歉。

吾漱生来。云甫自蜀归,出示少汀一月廿七日信。

晚在青年会宴各分馆经理。共菜资三十六元有奇。

四月五日　星期一

寄三妹信,内附致黄仰旟信,补胡绳祖命名笺,又吾少汀信。

发后得三妹来信。知定旧历廿八日来沪。

午饭前又得长途电话,为奶妈事。

梧生来。云律师云,存款凭证须张庄氏亲到方可交。余云律师怕你受骗,我等正式调解,又联名递公呈,决无欺骗行为,律师不能拒绝。又云律师云应在上海审理。我云原告不来,且上海法院亦无法传,原告刑事不能撤消,汝能回盐到案审讯,自可了结,汝自斟酌。

接金息侯谢信、袁守和信。

徐寄顾来,言今年董事不愿应选。余力劝不可。

四月六日　星期二

复守和信。

吴馥卿来。

四月七日　星期三

午前访问林诒书,晤谈半小时。沈昆三未遇。

又访冯幼伟,谈亦半小时。

严季将来。未值。赵齐良来,为《衲史》书橱图式。

四月八日　星期四

俞镜清来。云明日返杭。

何公华来。孙贵定来。

得三妹信。

得胡石冰信。

四月九日　星期五

严季将来。

得黄仲旃信。知孝辕先生裔孙已取名曰祖荣。

致汪精卫信,送与《衲史》一部。

三妹傍晚挈二媳及孙男女来。

励德人来信,北平故宫博物院。询《唐音癸签》刊版时代。

四月十日　星期六

寄杨端六信,附《国讯》一百五十八期另邮,均平信。

午前十时半访瞿良士。不遇。乘公共汽车访潘明训于工部局财务处,交《宋本提要》十四篇。

四月十一日　星期日

小英赴苏游览。晚归。

季臣来。贞侄偕其次子来。

潘叔玑来。不见。

复励德人信。

四月十二日　星期一

谢利恒来信,约本月十八日公祭陈容民表甥。即复。附去祭赀二元。

致瞿凤起信,还元刊彭寅翁《史记》一本、明覆《春秋经传集解》一二本。

潘明训来。当面交还宋版书十五种。

得天台袁川信,来借钱。复称无力。托拔翁派人探明趁何船回台。送之登舟。送普通船票一张。又交来公牍四件十三日复。

得南京行政院文书处图书馆毛仲量信。

四月十三日　星期二

复毛仲量信。得精卫谢送《衲史》信。

王君九来。谈及张伯雨先生为张岱杉之族祖。据云亦系旁支。因岱杉前得伯雨先生为人所书册页,倩其题跋,叙述甚明,故犹能记忆。并告岱杉现住大连文化台九十五番。

张惠衣来。现在赫德路法宝馆任事。

育甫来,在此午饭。约同往小沙渡一〇二号访梧生。未遇。其管门人云未来。留片,托转达。育甫交存海盐县批一通,插梧生事函内。

夜十点钟冒雨登车。

四月十四日　星期三

晨六点三刻到南京下关。王诚章在站招呼。同乘车到交通旅馆,住四十九号房。发家信。到吴宫饭店吃面。雇汽车到分馆稍憩。同到故宫博物院房,晤朱虞卿,幼平之子也。未几,马叔平来。遂至书库看书。招待者有梁君,又庄君、翟君。分馆送来面包、包子,即在院厅同食。食毕仍看。五点钟后回寓。

致精卫、亮畴信。均复。均约于明日午后六时晤谈。

四月十五日　星期四

提要　蒋慰堂来。拔翁来。均未遇。

罗志希扶病来访。洪有丰亦来。号范五,绩溪人。

昨夜雨,晨渐止。

九点出门,先访许宝骅于金城银行。即至故宫博物馆,遇齐君于彼在济南齐鲁大学看书。至午刻出,至皇后饭店午餐。出到中央大学。罗志[希]病足在寓。晤王君蔼云杭州人。到图书馆访馆主任洪有丰,不遇。晤顾天枢斗南,安徽歙县人。索阅《皇朝经世文编》。据英桂检对,增出一序。顾君旋以书目二册相赠。遂辞出。

到中央研究院晤傅孟真、董作宾寒堂,河南南阳人、张　　山东荣城人。检阅各书毕,得周览图书馆一过。有明末薛氏《钟鼎彝器款识》初印本,甚清朗。至有二部。辞出,到分馆。访王亮畴于外交官舍,谈潘淑滋、王一之事,约二十分钟。出访汪精卫于江西路颐和路卅四号,谈及海盐事。余力说地方党部之无益,不肖者并有害于地方。又说伍蠡甫谋官费事。允即电郭复初、孔庸之,先劝其勿遽离英,再谋官费。又谈及宴会迎送之损失。出访邵力子夫妇于同街二号,适同赴奉化。留刺而归。

四月十六日　星期五

提要　逵方次兄恭度来访。亲家太太先偕逵方来旅馆，未遇。千里来送行。九钟半启身，先赴铁道部，访潘光迥。又至集成里三号访沈松舟。均已赴沪，未遇。十点过到，登车，未久逵方亦到。

昨夜雨。晨起雨甚。

八点钟过出门拜客：朱绳仙，未遇；陈仲骞，见，问《宛委别藏》能否送一部与庐山图书馆，又云《清史》再过三个月希望完成，吴蔼林现去粤；朱逖先，见，出示《唐音丙签》一册，刻本与《戊签》同，又示新得沈延铭《静斋集句》均唐人诗卷四全卷，有螺浮公评注。因急欲登厕，赶回旅馆，未及访熊纯如。事毕复出，又唐擘黄、王雪艇、段锡朋，均未遇。又访罗志希，见，与谈胡石冰事。志谓最好赶完高中再来投考，有"公费""免费"免费二项，"免费"仍须自付一切费用，惟"公费"则大学岁有一百五十元，江西省政府又津贴一百元，足以自给。惟投考实验中学颇不容易，且不能越级。余请给去岁试题寄与胡君阅看。又寄我千元，坚不允收回。余再三声明以此次为止，余方可收。志希亦认允。出谒孙亲家太太。适逵方昨日午后来此。坐谈半刻。出访柳翼谋，未见，回至分馆。饭后到故宫博物院，遇余绍宋，谈《南北史合注》缺四卷，许季艻有此书可补。看书后回寓。到金城看千里，同车至伊家。见姨太太及桂、容二侄。同车到展览会。出又至中山门，绕明陵及中山墓前后。进城回旅馆。

四月十七日　星期六

黄齐生昨日来。不知住何处。

致丁毓礽号云甫信，附刘禺生介绍片。探知已回宁，即发电致禺生。

在车上晤马寅初。

致刘禺生电："丁君已回京，乞告如再来沪，即电约，当走访。济。"

梧生弟来，当电告育甫，约定星期一午前十点钟到北京路恒久绸庄松柏里。偕梧生同往伊处，同访张鼎律师。

四月十八日　星期日

提要　夏老太太本日开吊。龚怀希夫人同日在戈登路本宅开吊。陈容民表舅在辛家花园清凉寺开吊。均亲到。

致罗志希信,问病,索试题。

在陈宅晤陈研因,系三舅之子,谢利恒之内弟。寓新大沽路三八〇号。又晤容源大舅之子,名协文,号小龙,在徐州任统税局分所所长。寓上海辣斐德路祥云里十二号。又晤左子林同音。云二十年为其祖坟事,在新新旅馆见面。

金筏孙来。未遇。

四月十九日　星期一

提要　晨起偕小英赴中国殡仪馆,送夏老太太出殡。

寄王诚章信,附入丁云甫信,又罗志希信。交分庄科。

复毛仲量信,寄还《友林乙稿》抄本二种。交任心翁挂号寄。

致汪精卫信。

得杨端六信,并寄来武汉大学一览,又寄还《国讯》一五八号。

梧生来,云存折等在法院,明日伊到律师处取回,可不必同往。

午后四时访育甫于衡久绸庄。晤幼仪叔及香池。

到公司。与岫庐同返。

闻千里在京杭路上遇盗被绑,即寄宝骏信探。晚得宝骏快信。当夜复一快信,寄蝶来饭店。

四月二十日　星期二

得杨端六信、朱皎如信。

潘明训来,交到宋元本二十一种。

访伍昭扆,又访岫庐。

复兴来。

大嫂有信。复其媳。拆阅,云已渐愈。

四月二十一日、二十二日

佚。——整理者。

四月二十三日　星期五

寄沅叔信。托分庄科。

子麟侄妇挈其次子来。住新闸路西九一七号门牌。

致宝桂、宝骏信。交宝容带去。

四月二十四日 星期六

得谈麟祥信。

四月二十五日 星期日

访徐寄颿。不遇。

岫庐来。黄仲明、杨守仁来。

朱宗桓来,交还葛领事及夏炳炎信。

得潘光迥信、源侄信。

得丁毓礽云甫复信。

夏承遂来。

四月二十六日 星期一

复潘光迥信。直寄。

复葛燕孙总领信祖爌,附复夏文镰信。

谢承裕号耀光来,现充临海县海门区巡官。

午后拔翁来。同到公司看书橱。

得长尾、桥川二君来信。介绍渡边君来观善本。

四月二十七日 星期二

提要 陈叔通来。未见。

致王亮畴信,为王一之说项。未寄,改三十日发。

得育甫弟信。知文忠公墓被指为民众操场,牌坊亦将拆毁,属设法。即拟具电稿往访崔颙,托其致朱骝先主席。崔亲署名。携回,于午后译发。傍晚发挂号致诸值年,并附蔡电稿,请即推定数人同族应多去数人前往调查墓地在何图保,何圩,若干亩分,由何人完粮,坟丁姓名,并访当地乡长、镇长,托其保护。

乘拔翁车答拜渡边幸三君。晤梅田洁,略通华语在自然科学研究所,并晤西村捨也该所图书员。由王君传译。偕往金城银行看书。将四点出。用拔翁车送渡边、梅田、西村三人回所。

到公司看书橱式样。五点钟与岫翁同车回寓。

四月二十八日　星期三

复粹和信,附复谈麟祥信。

致香池信,约念椿弟来谈。

丁英桂来。

四月二十九日　星期四

寄傅沅叔信,索《梅宛陵集》。

四月三十日　星期五

提要　李乐知,住西安中正门内陇海路西段工程局。

得汪精卫信,介陈萝生来访。住广州惠吉西路第六号,电话一二二四五。简琴石同来。

致李乐知信,并寄《五曹算经》《数术记遗》《算学源流》清样一份。

答访陈萝生于新亚客店。不遇。

至公司,与徐百齐谈万通酱园事。

五月一日　星期六

蔡蔚挺来。寓蒲石路劳尔东路顺德坊五十一号李靖澜宅中。

温钦甫来,言大病甫愈。

朱绳先夫妇来,云午后即返南京。

孙伯恒、乾三、少修、施仲康来。

得傅沅叔信。

五月二日　星期日

提要　竟日雨。此是一日事。

午后赴中国银行俱乐部为小英同事李现林证婚。晤其父李定阑。河南商丘人。又赴刘吉生、秦景阳。此是一日事。

丁斐章来。

张道灵挈其子又新。在交通大学任经济研究。道灵寓华德路华盛路爱文坊五号。托租庐山避暑寓。

育甫来,述已往海宁始祖坟调查,粮差催缴欠粮。

访伯恒昆仲及施敬康。又乘车访陈叔通。

五月三日　星期一

致蔡子民信快。致葛咏莪信,借海宁州志。

得傅孟真信。

赴公司开董事会。

答拜蔡蔚挺。未遇。

五月四日　星期二

陆耀廷来。三十余年与陈澜生、王亮畴诸君同赴美留学者之一人。

念椿弟来。利用五金厂。胡家木桥嘉德里八号。

得励德人回信。

五月五日　星期三

致潘光迥信。

得王伯勋信,即复。附家谱签,又附致葛咏莪信,问稚川学校事。

五月六日　星期四

晨乘特别快车赴杭州,十二点半到。翁、劳诸君迎于站。即乘车到城头巷吴宅,访千里。见其嫡母、生母及其两弟、宾客。千里已出门,在朱骝先处,饭毕偕宝桂回。千里神气尚好,较瘦,手足均擦破溃烂,与余谈绑匪相待尚好及乡民之苦况。

五月七日　星期五

晨起雨未止。写白文话[话文]一篇,论绑票事。

付新新旅馆房饭资七元五角。翁健鑫来。劳圣寿来。

访曲万森于馆,邻朱宅,并为朱骝先留一刺问候。

雇洋车至灵隐。陈姑丈为其夫人在寺礼佛,八旬冥寿也。晤陈子康,并许季履,并三章叔及象孙。

吃面后即行到分馆,托送致宝桂女士信,附白话文稿。

一点五十分乘车回上海。遇俞寿臣于车站,并晤其夫人、子女。六点廿二分到西站。岫翁遣车来迎。回寓即到银行公会请寓沪各股东。

五月八日　星期六

晨起访黄荫普、黄访书二君于沧州饭店。又晤孙伯恒昆仲并施敬康,同时遇谈廉逊君。

中午邀伯恒、乾三、敬康、荫溥、访书、武兰谷、周家凤、杨　　在家午餐。拔翁、英桂作陪。岫庐、筱芳未到。

饭罢葛宗超邀在徐园听昆曲。遇王君九、许舜民及徐凌云。五钟后归。

五月九日　星期日

提要　朱斐章住福煦路福明村六十九号。

蔡蔚挺来,送我七十生日纪念文字大钱拓本一幅。

到海盐旅沪同乡会聚餐会。曲县长亦在座。入席后曲君演说良久。余因本馆开股东会,先离席。

三时过开股东会。六时毕,散会。

得李俨信。

五月十日　星期一

致丁简菴信,并寄《百衲史》样本,并跋人[文]。

到劳尔东路送蔡蔚挺,讵知已赴车站。

又到新亚访曲县长。未起。即出,赴总馆。晤岫庐,谈片刻即归。

潘明训来。

曲县长、朱佩卿来。

潘叔玑来,未见。

得谈麟祥信。

五月十一日　星期二

提要　寄《谷水集》十二册、《读书杂录》《石窗诗稿》各一册与励德人。托孙伯恒带北平转交。

致夏炳炎信。又致朱宗桓信,属其寄美。

复黄伯樵信、励德人信。

黄齐生来。寓巨籁达路民生坊三楼五号。

朱凤蔚、周融孙、朱培卿、舟卿公宴曲县长于晋隆饭店。余被招陪。晤吴麟坤、汪竹孙、陈庶庚、陈铭勋及其昆弟辈朱斐章、徐冬生。

蒋复聪来访。因睡未见。

镶面前门牙。脱落装还。

五月十二日　星期三

复傅沅叔信、谈麟祥信。致蔡蔚挺信。致胡石冰信。致朱皎如信。蔡、胡二信附入。

朱斐章托撰溆浦医院落成记,邀加发起之列。记撰成写寄,并捐助四十元。

复罗志希信。附寄宁馆。

五月十三日　星期四

致吴蕴斋信,附宝骏来信。

复许宝骏信,附入致翁健鑫信中,问俞镜清母病。

致徐冬生信,附去《徐忠烈公文集》四册。

午后答访周家凤、杨实夫,并晤武兰谷。

到公司。

得蔡崔颠信。

五月十四日　星期五

复蔡崔颠信,附入傅信中托转交。

复傅孟真信。

黄齐生偕其同乡后进孙铭勋来。住卡德路永平坊 67 号,前在陶行知处习幼稚教育。

得傅沅叔信。示岫庐。偕至总管理处商定即覆。

五月十五日　星期六

提要　阅报知有天才儿童邓平生,年不足五岁,已读过书六百四十一册,又能背高小六年级国语,并能辨国语四声。其父名西园,住马斯南路二十八号。

复谈麟祥信。又致安叔信,托倪先生带。

得沈禹钟信。

梁众异馈虎跑泉,分装二瓶。送丁斐章。

陈凤荒来,谈甚久。寓惠中旅社。

艺文印刷月刊社寄赠卷一第五期,并索余履历、影片。履历开去,只记戊戌政变革职及复官未赴事。影片未送。又送去《衲史描润记》及《宋书》原底、清样各一页。

五月十六日　星期日

得胡石冰信。

得谈麟祥信。

送虎跑泉二瓶与伍昭扆。

五月十七日　星期一

复胡石冰信,仍托朱皎如转交。有信致皎如。

复谈麟祥信。

陈鸣伯来。寓蒲石路怡安坊二十五号。

成都菁华书局蒋叔平君来访。住爱多亚路亚洲饭[店]三楼。以竹丝扇二柄、藤镯一双见贻。

午后到新惠中访陈凤荒。到公司看老橱《衲史》用。

偕拔翁访蒋叔平、梁众异。均未遇。

晚饭后偕岫庐到兰心听国乐。散已近十一点半钟。

五月十八日——二十五日

原稿空白——整理者。

五月二十六日　星期三

病目辍笔,至是日止。

五月二十七日　星期四

寄钱荣庭信,附入倪深舟信中。挂号。

又同时附寄育甫信,内附入梧笙六百元收条。

五月二十八日　星期五

午后赴公司商《国藏善本》事。

五月二十九日　星期六

复丁简菴,附颂陈春侯重游泮水七古一首。

常熟杨同升。号吉南,年七十八。挈其孙上敬来,商印书画事。余请携带原物来沪,方同估计。云其父名泗孙。

五月三十日　星期日

提要　是日在路上相遇者有陈氏昆仲及赵君文祥,现在南市自来水厂办事。澉浦公安局长。叶作屏投剌相访,斐章兄代为致谢。昌化人。

晨七点一刻借拔翁车赴海盐,十点过到澉浦。入北门,到澉浦医院,由院中派人导往吴麟坤君家。余此行本为吴君所邀也。晤吴君及斐章兄。访卢悌君于其家。复反吴宅开会。晤吴颖甫之子,名侠虎,及周君。仰松。余约其午后四时到钱宅讨论拆屋事。余有演说,痛言西医医理、药物、器械之精,断[非]中医所及。应接受西方文明,图去病而强种。演说毕,遂同赴医院剪彩启幕。旋照相毕,返吴宅午餐。与吴君谈冯宅酱园事,即辞出。悌君送余至车站。悌君西行至六里堰。余东行赴海盐。到后四城,在新桥下车。在桥南北察看应拆让之房屋。遇沈子祥于途,余竟不相识矣。到冯宅,钱荣庭、王海麟、徐仲箎皆在座。余声说请述对于拆屋之意。大约相同,均主张速完路工,停工拆让。未几,周仰松亦到,所见亦同,并云根本不主张此路线。同时,沈子祥亦来。尚有被害者吴姓二人亦至。余请钱、王、周、徐诸君多邀本地人士,呈请县政府停止。但被害者须自行呈诉。富敏安、谈麟祥亦来。谒季甫叔及大嫂。葛欣甫来。

五月三十一日　星期一

晨起富敏安、谈麟祥来,为追赋事欲余说项。余谢之。季辅叔来。大嫂来。余随季甫叔访育甫,不遇。二婶追至门外,余慰藉其丧孙。送季甫叔回家。访吾少汀、新、干甫叔未遇、黄仰旂、富敏安。

新甫叔来。饭后启行。至县署,知曲县长归,遂至朱氏园访之。谈拆屋事、胡孝辕墓事及族人为文辉声明事,并晤第三科阮有壬公安、四科科长何大坼教育,

均绍兴人、五科科长余绍忠。龙游人,字叔谋。至三句钟余辞出。曲逐余科长偕余至
新桥南北厅勘应拆让之屋。余送余科长回县署。出东门时,已三点一刻,至五点
半回寓。

六月一日　星期二

黄齐生来。余告以拟送《中国文化史》与《横浦集》与所创图书馆。午后四
点钟乘车至八仙桥青年会,赴上海文献展览会茶话会。晤叶玉虎、贾季英、沈信
卿、周越然、金诵清、吴湖帆、金巨山。

六月二日　星期三

复富敏安信。合致周仰松、王幼仙、钱荣庭三君信。

均附入倪深舟信中。均留稿。挂号。

陈蝶仙来,出纸样数种。

徐冬生来,为徐树百之子莹如送余家集数种,又以其父所著《史记论语说》
《六书形借说》属为作序。

王岫庐来。

赵启明来。未见。

六月三日　星期四

到公司,偕杨守仁往爱麦虞限路十二号访陈蝶仙。(电话七一五四二)其杭
州寓所为杭州西湖南山路学士桥蝶墅。

傍晚到陆润之处看病眼。检验颇仔细。途方介绍。开方药水、药膏各一种,又
洗眼药水一种。

得蔡崔顾信,附来朱骝先信。

复许谷人浩基信,谢谭志贤送《嘉禾谭氏遗书》。

六月四日——八月三十日

佚。——整理者

八月三十一日　星期二

致潘明训信,附去第三救济医院捐款一百五十元收据二纸。

午刻赴浦东同乡会。应褚慧僧之招。新增王志莘、诸青来二人。余如前。

黄任之仍在南京,胡政之未到。

严季将世兄来谈。

得孙伯恒十六日信、俞镜清廿七日信。

接峨眉山报国寺果玲上人信。

复刘逸甫信,告知邮政不收寄书籍。平信。

九月一日　星期三

复孙伯恒信。复俞镜清信。附《告青年文》。

致朱骝先信,附《告青年文》。托俞转送。均送分庄科转。

九月二日　星期四

瞿凤起送还代校《北碉文集》毛样四本。

九月三日　星期五

复瞿凤起信,谢代校《北碉文集》。

午刻赴浦东同乡[会]午餐。到者黄任之、陈澜生、叶玉虎、王造时、赵叔雍、李肇甫、主人陈陶遗、温钦甫、张镕西、诸青来、胡政之、许克诚、颜骏人。

陈陶遗寓西摩路七七一弄十二号。

午前潘明训偕其如夫[人]送来宋本书七种:《武经龟鉴》一本、《名贤文粹》三本、《舆地广记》一本、《古三坟》一本、《荀子句解》二本、《湘山野录》四本、《伤寒明理论》二本。当给与收据一纸。

九月四日　星期六

接三妹一日信,又倪孙舟同日信。同复。即复平信。

接源侄　日来信。

九月五日　星期日

晨访拔翁,遇黄秉修。云住海格路红十字会左近。

访蔡崔顾,并晤其夫人。

得徐行可信。

得王亮畴信、千里信。

九月六日　星期一

颜骏人来。是日午刻浦东同乡会午餐托致谢。

复王亮畴信。

得傅沅叔信,并附《芦沟桥考》一篇,属送《大公报》。

九月七日　星期二

复千里信,又附去《告青年文》两份。托分庄科转宁。

九月八日　星期三

昨日孙亲家太太送菜二样、饼干二匣。受菜璧饼。

李拔可来。

九月九日　星期四

午刻乘车到浦东同乡会午餐。胡政之作主人。到者颜骏人、张榕西、王志莘、赵叔雍、陈澜生、许克诚、诸青来、陈陶怡。饭后黄任之来,云明日赴宁。

九月十日　星期五

复兴侄来,云将回盐。

九月十一日　星期六

谈天白来。适睡未见。

王瑗仲来借钱。却之。

《大公报》属撰星期论文。余写得《我国现在和将来教育的职责》一篇,送与岫庐、拔可阅过,转送胡政之。

得源侄信。

九月十二日　星期日

借岫庐车,往访伍昭扆、杨端六。

访潘明训,拟交藏书题跋七篇,未遇。仍携回,明日再送去。归来访岫庐,谈片刻还家。

季安来。

贞侄来。

孙亲家太太来。遂方来。

九月十三日　星期一

致潘明训信,送第六次提要七篇。

寄三妹平信。

得三妹九月九日信,内附二甥媳信。

得瞿凤起信。

午赴浦东同乡会陈澜生之约。到者颜骏人、叶玉虎、沈[许]克诚、李肇甫、胡政之、赵叔雍、王志莘、诸青来、褚慧僧、张榕西。

饭罢澜生送余至明德里下车,访季臣。谈片刻还家。

许克诚募捐赴宁车资,以一月计,总数一千元。余认捐百元。

九月十四日　星期二

发三妹信,昨灯下写,平快。

昨源侄妇来信,附源侄信。今日即复源快信,先送源侄妇阅过再发,另附一笺,均留稿。

接中央银行陈行来信,为介绍川如之子入行事。即复一信,送川如,属代留稿。

谈天白来信,属谋事。即复拒,劝速回里。附告无力助川赀。

九月十五日　星期三

复傅沅叔信。托分庄科。

致黄任之信,代遂方为伤兵募衣。

九月十六日　星期四

得地方协会复信,即送遂方。

午刻借拔可车赴浦东同乡会,应王志莘之招,到者颜骏人、陈澜生、叶玉虎、李伯申、褚慧僧、张榕西、胡政之。定下礼拜二日再叙。

李拔可来。丁英桂来。

到青年会访杨端六,为之送行。未遇。留刺而返。

得张筱堂信。来问候。

九月十七日　星期五

得倪孙舟信。

沈昆三来,云英美烟公司将照原价票面收回股票。即日有印件凭证送来。

复张筱堂信,托分庄科转港馆。

九月十八日　星期六

徐寄庼来。

寄王介人信挂号,乞商兔种。又致蔡无忌信。

得朱骝先信,答寄《告青年文》。

葛咏莪来。询知金筱孙住福开森路一八八六号。

九月十九日　星期日

王岫庐来,谈甚久。

潘世璩来。交来宋元书共七种。当给收据。同时交来[还]上存宋刊书七种。

得谈麟祥信,即复。廿一日附倪孙舟信中。

午后偕小英访杨树勋。出访夏地山,知已迁宝建路十一号。即踪得之。谈约半小时。访金筱孙于霞飞路福开森路口,无一八八六号。废然而返。至震旦大学伤兵医院访遽方,以二百元交勤儿。伊只要一百五十元,退回五十元。二十日交小英收回。

九月二十日　星期一

闻陈伯岩作古。在北平,西四姚家胡同三号。即发唁电,文曰:“闻尊翁噩耗。戊戌党人尽矣! 怆痛可极。敬唁。”其第六子寅恪在平。后以交际电停收,未发。

致妇女慰劳分会缝纫股委员会信,问制士兵用棉背心事。又辣斐德路四五八号中华妇女职业学校。

得麟官十七日快信。

午后访葛咏莪,又访金筱孙。

九月二十一日　星期二

寄三妹信,附复倪孙舟信。挂号。

午刻借拔翁车到浦东同乡会午餐。到者黄任之、陈澜生、王造时、温钦甫、叶玉虎、李伯申、胡政之、张榕西、褚慧僧，主人颜骏人。

送王造时回家。先到中国殡仪馆探陶恂如病。下届我轮作主人。

九月二十二日　星期三

寄三妹信，附入倪孙舟信。附去邮汇五十元。挂号。

致赵叔雍信，约星期五日聚餐。

复邓青山信，为时疫医院募捐事。

得启驹信，附来卖田契一纸。想系痴病发作，不复。

到公司借阅本日《时事新报》，内有棉背心制定款式。

九月二十三日　星期四

致陈子康(旁注：一五七号——整理者。)信，问钱三姑太太住址。得复云住张家花园华元里二十八号，可先至张园七十二弄二十五号问张午岑便知其详。

温钦甫来。抄示许克诚住宅电话七四五二四，赵叔雍住宅三〇三一三，陶星如殡仪馆二〇七六六。

贞侄来云预备即日回海盐，借去三十元。

九月二十四日　星期五

冒雨赴浦东同乡会午餐，作主人。到者陈澜生、叶玉虎、颜骏人、李申甫、黄任之、许克诚、温钦甫、陶星如、王造时。餐资及酒资共九元五角弱。

到公司。

九月二十五日　星期六

午饭得震生电，告知粹和逝世。可伤之至。

得源侄信。

得三妹信。

谢利恒来。梅福里二十号。

挽粹和侄孙，七绝四首：

铃声一震等惊雷，失箸俄然胆欲摧，

太息无多佳子弟，阶前玉树又长埋。

童孤羸弱最堪怜,却喜成人转健全,

不似轻柔蒲柳质,如何零落望秋先。

遘疾传闻未及旬,忽成危疾究何因,

不应药石全无效,定是庸医误汝身。

汝若早来何至死,舟车道阻恨无穷,

此身谁杀仇应报,敌忾还期作鬼雄。

九月二十六日　星期日

瞿旭初、凤起同来,交来抄本《国史经籍志补》一册,属还孙世兄贵定,又送与书四册。

中国妇女慰劳自卫抗战将士会上海分会派胡子婴女士来,答复余前日去信询问兵士需棉背心尺寸之信。谈次知为章乃器之夫人。会址在辣斐德路萨坡赛路口中华妇女职业教育社。

去,岫庐来谈。偕同出门到北海路五六号访潘明训,面交第七次提要稿七种。又晤甘翰臣于其家。

九月二十七日　星期一

复三妹信,寄沈荡油车桥肖家村七号。平。

以菜二色、点二道送钱三姑太太。其子承忻号静斋以片答谢。

得冯二少奶奶信。

午后访季臣。

九月二十八日　星期二

复三妹妹信,答昨日二少奶奶来问民立中学事。

致谈麟祥信,内附邮局退还投送不到谈天白信一件。又复启驹信,并寄还前此寄来卖田契。又与吴介眉一书,属伊先呈值年尊长,并交还启驹。均交复兴带去,同时索取吴介眉收条。

写挽粹和诗四首,亦交复兴带去。

午刻到浦东同乡［会］聚餐。王造时作主人。到者颜、陈澜、温、陈陶、李、叶、赵。

接孙伯恒信。

九月二十九日　星期三

得傅沅叔信。三十日。复附伯恒信中。

复三妹信，答廿七日二少奶奶之信。

得杨端六信。三十日复，平信。

九月三十日　星期四

复孙伯恒信，交分庄科。

致瞿凤起信，交还孙蔚深还来凤兄所出前借《补国史经籍志》收条。

复张丽生信，交分庄科。

午刻到浦东同乡会聚餐。赵叔雍作主人。到者颜骏人、陈澜生、李伯申、温钦甫、叶玉虎、许克诚、黄任之、胡政之、褚慧僧、王造时。有临时许克诚约来之客三人：陈铭枢、蒋光鼐，后至者杨德昭。

得三妹廿八日来信，又倪孙舟廿七日信。

十月一日　星期五

午前赴兴业银行取英美烟公司股票。至公司借车访沈昆三于英美烟公司，托为取款，并晤林朗溪。知寓民厚南里三十二号。

郭沫若来，云后日将移居高恩路三五一号孔德学院或图书馆。

晚得拔可电话。昆三属明日再到伊处，款须面领。

午刻与拔可同车访冒鹤亭。

十月二日　星期六

金箓孙来，云复旦将迁庐山，拟借其子同往，问租屋情形。余允函儿妇代谋。

拔可来，同至公司，再转访昆三。昆三派人由陈君转拓夏君酸菁君本地人同往北京路二号会计师处哈德曼君处领到汇丰支票五千元，交英儿用祥、庆二人名各二千五百元存入新华银行。

十月三日　星期日

提要　章乃器与其夫人胡子婴同来,欲余加入浙江同乡发起回乡运动事。余索文字及发起人名单,阅过再定。又欲余劝公司同人为□并组织事。余允转商王岫庐。章住拉都路三一七号,电话七〇八三〇。

致夏地山信、金筱孙信,附送《教育职责》一文。

访王云五,见其太夫人。借车往高恩路三五一号答访郭沫若。

到勤儿处。其夫妇均已出门。

访徐振飞,未遇。晤其母夫人。

潘明训来。当将第七次已撰提要七种当面点交。又收到宋本书十一种,计四十一册。即在来单上签收,交与明翁。

复源侄信,送少奶奶阅过即发。我有存底,小英亦看过。挂号。

王瑷仲属向蒋竹庄说项。即复,并附蒋一信。汶林路汶林村二弄七号。

得麟官一日来信,崔龙信。又朱璧臣信,已复,婉却。

十月四日　星期一

复郭步陶信、新闻报信。复朱璧臣信。

复三妹信,答麟官一日信也。平。

得先大夫坟管坟人王唐寅信,云墓木尽被军队砍伐作防务用云云。

尤怀皋来延平路二六〇号,出示《非常时期的教育问题》一文。同来者有徐百益山东路二五五号联合广告公司。

得王介人信,为兔种事。

十月五日　星期二

复王介人信。平。其来信插入"海盐胡羊皮事"筒内。

致吴介眉信,又上值年信、卢悌君信,附入致倪孙舟信中,托阅过摘要告三妹。挂号。

岫庐来。

午刻赴浦东同乡会午餐。温钦甫作主人。到者颜骏人、张榕西、李申甫、胡政之、赵叔雍、褚慧僧、诸青来、陈澜生、薛笃弼。

徐百益来信,附赠《快乐家庭》一册。六日复谢。

得金筱孙信。

十月六日　星期三

丁英桂来,交与宋本《册府元龟》二册。

复兴侄来自海盐,交到吴介眉复信,存入宗祠卷内。云启驹田契已收到。

得谈麟祥九月一日信。

致潘明训信,代筱孙商租伊牯岭别墅事。

十月七日　星期四

提要 棣孙叔来借钱。应酬五元。

复章乃器信。所属已商公司经理,据云甚佩热忱。惟以所有职权在内,推动有所未宜云云。

昨由公司交到救济委员会潘公展九月廿八日、本月二日二信,又俞市长聘充该会监察委员会函一件。当覆潘信,以年逾七旬,精力衰迈,朽废之素,已无已用,只得告退,缴还聘函云云。

致三妹信。挂号。

得潘明训信,允租牯岭别墅。

吴馥卿来。

十月八日　星期五

复潘明训信。又以明训信寄筱孙。

得蒋竹庄信、汪仲谷信。

午后赴浦东同乡会聚餐。张榕西作主人。到者颜、叶、褚、诸、李、胡、陈澜。又新来之客有萨鼎铭、史家麟、许显时。号成谋,一军人也。又有薛子良。

十月九日　星期六

寄陈叔通信。莫干山武陵路五五二号。

寄邹韬奋信。邮政信箱一五〇八号。送《海盐通讯》一纸。

颜文凯(住海格路一五九弄大胜胡同九号,银色汽车行对过),徐彦如之子肇和延平路新村一号持彦如信来,云其女与文凯之弟文硕缔婚,属为冰人,不必亲往送帖,但两迭用名登报而已。询知轶如住静安寺路一一二二弄七号。

得三妹十月七日信。

得吴元猷信。杭州刀茅巷十四号。十一日送任心白,十二日复。

得金筱孙信。十一日复。潘氏庐山之屋不愿泛泛出租。

十月十日　星期日

复三妹信。平信。

徐、颜约余作伐,送帖来,并席券二十元。留帖璧券。再送来,受之。

午后借岫车往两家道喜,晤颜复初。

访萨鼎铭于沧州旅馆,并晤史家麟。

岫庐来。丁斐章来。

又访陈叔通。

史家麟来,并代□萨鼎铭片。尚未归,未见。

十月十一日

得张筱堂信。十二复。

十月十二日

提要　陈铭枢住杨德昭家,西爱咸斯路六十三号。

薛笃弼住马斯南路九十五号。

复张筱堂信、吴元猷信。

岫庐来,偕往访丁斐章。

午刻到浦东同乡会聚餐。叶玉虎作主人。客为陈铭枢、薛子良、温钦甫、陈澜生、褚慧僧、李肇甫、张榕西、诸青来、胡政之、赵叔雍、杨德昭。

散后到公司,又往朵云轩买纸。

得傅沅叔信。

十月十三日　星期三

复沅叔信。交分庄。

孙蔚深来。蒋竹庄来。申倬与其妇同来。

石成章汉臣来。海盐人。未见。

十月十四日　星期四

午前到江西路访潘明训,交第八次善本提要十一种,连前共六十八种。出到公司,坐片时,与岫、拔、筱谈设法保存西厂事。筱意恐打草惊蛇,意亦甚是。遂作罢。

得龙孙信。

得宝骏信。

十月十五日　星期五

给龙孙信。复宝骏信。平。千里自南京来,告余将嫁妹。

昨夜闻空战甚烈,不能成寐。和郭沫若《归国书怀》七律一首,并步原韵:

报国男儿肯后时,手挥慧剑斩情丝,

孤怀猛击中流楫,远志徐搴旭日旗;

甘冒网罗宁结舌,遍规袍泽更陈诗,

惭余亦学深霄舞,起视星河泪满衣。(十六送)

写挽伯岩诗与其子寅恪。北平西四姚家胡同三号。挂号。

浦东同乡会聚餐褚慧僧作主人。到者颜、叶、张、赵、诸、王、陈澜生、胡政之、许克诚、李伯申、薛子良。

致胡政之信。

十月十六日　星期六

致邹韬奋信。

寄三妹信,附入倪孙舟信中,托送晟卿叔侄孙家端(即家昌之弟)完姻分。平。

得杨端六信。

得胡政之信。

得郭沫若二次信。先来者要余为《救亡日报》撰文。

致丁斐章信。先是拔可来,赠余惠泉二瓶,即以转赠。

十月十七日

访沈衡山,未遇。晤其子汝兼。出访陈叔通,遇拔可。同往岫庐,谈一时许。仍同车出,至瞿凤起,下车。凤起昆仲均不在,遂归。

张天泽来。

致朱家骅信,附剪《大公报》。

接三妹信及季甫叔信,通知查明先人墓木被伐事。

得傅沅叔信。

十月十八日　星期一

提要　昨夜空战甚烈。

致俞镜清信,托送朱家骅信。

致颜骏人信,介绍张天泽往见。

复季甫叔信,谢查先茔树木事,附入倪孙舟信,挂号。

致曲万森信(十七日写),亦托倪君转送。

十月十九日　星期二

难民救济会分会来信挽留。来信用等因奉此等语,即根据来式,用公馆出名辞却,并缴聘函。

复傅沅叔信。附分庄。

复三妹信。平。

到浦东同乡会午餐。诸青来为主人。到者李公朴、叶玉虎、温钦甫、陈澜生、胡政之、赵叔雍、张榕西、李肇甫、褚慧僧、沈衡山。最后到者为薛子良。散后余乘九路车至公司,遇李肇甫于车上,赠车票于我。到公司与李伯嘉谈战时读物,出示《战时常识丛书》清目。偕拔翁乘车回寓。

得沈禹钟信。

十月二十日　星期三

补充岫庐临行时留函,并述我对公司将来之意见。与拔、筱、伯、庆诸君公函,并留稿。

吴馥卿来,历陈朱君五漠视园事,托余函达三妹。即寄快信一件。

金通尹来。

昨得章乃器、张道灵二君信,邀余列名发[起]旅沪同乡回乡服务团。复允,但勿列名在前。

汪仲谷赠《新申报》三份、《救国周报》一份。作函致谢。

十月二十一日

复沈禹钟信。平。

致金通尹信，托带衣包一个至牯岭。

沈衡山、汝兼同来。

午后李公朴来。住拉都路二七四号，电话七七五二一号。

得谈天白信，为其子士墣说项。廿三日答复。

十月二十二日　　星期五

颜复初挈其次子来。

午刻赴浦东同乡会。李伯申作主人。到者陈蒲生、陈陶遗、陈澜生、叶玉虎、褚慧僧、诸青来、赵叔雍、王志莘、温钦甫、胡政之、颜惠庆、许克诚、黄任之、张榕西。

散出至公司，约李、李、夏、鲍谈岫庐留函所示各节。

徐彦如及其子肇和来。

十月二十三日　　星期六

午后出门，访褚慧僧，爱文义路联珠里全浙公会；薛子良，未遇，马斯南路九十五号；杨德昭、陈铭枢，未遇，西爱咸斯路六十三号；章乃器，门者云已迁移他处，拉都路三一七号；李公朴，拉都路二七四号，未遇；金篯孙，霞飞路一八八六号，并晤其子通尹，正要动身，坐谈片刻。出至勤儿处，同至大西路看前夕在七层楼上放示灯号寓所门牌，知为租界号一〇三，华界号九一四，在忆定盘路西南首。

五句钟，应张榕西之约，到客为胡政之、李伯申、黄任之、许克诚、褚慧僧、陈陶遗，并留晚饭，用功德林素席。席散知沈衡山已返，未久即至。又聆听其所说前线情状，即先辞回。

十月二十四日　　星期日

提要　邹韬奋住巴黎新村三号。

眼又患蒙燥者数月。今日始，复用陆医药，有鱼肝油臭者。

致章乃器信，寄其夫人胡女士转交。

午刻赴李肇甫之约。到者黄任之、张榕西、胡政之、赵叔雍、邹韬奋、陈澜生。此外均从未见过者。一傅(或胡),在申报馆,绍兴人;一潘大迻,四川人;一吕姓;余一人已忘其姓(似潘);又一人系来自平津者,中央政治学校教授,亦未悉其姓名云。

散后访伍昭扆。

得杭州里西湖十三号段益山信。

十月二十五日　星期一

得三妹二十三日晚信。

十月二十六日　星期二

提要　是日闻大场失守。

得三妹廿四日信。即复。平。

徐寄庼来。拔可来。

午刻到浦东同乡会。胡政之作主人。到者叶、温、陈(陶、澜)、李、赵、薛、王、沈、张、黄、许、褚、诸。

出,到公司,与伯嘉、拔可晤谈。

十月二十七日　星期三

得倪孙舟信。

丁斐章来。

十月二十八日　星期四

访叔通。住兆丰新村三十六号,电话二一八一七。

出,至公司,将所写编纂材料交二李阅过,旋约徐应昶、沈百英二君一谈。见所绘挂图全不合用。

到浦东同乡会。薛子良为主人。到者颜骏人、沈衡山、褚慧僧、诸青来、胡政之、李肇甫、陈澜生、温钦甫、陈陶遗、叶玉虎、赵叔雍、张榕西、王志莘。约定下礼拜二在青年会,余作主人。

得葛祖炉信慈孙,知已由华侨银行汇还美金一百五十元。

得三妹廿五日来信。

得张小堂信。

十月二十九日　星期五

上下午均到兆丰别墅为揆初选书。

访蔡隺顾，知已移居海格路一七五号。

葛祖圹汇还美金一百五十元，今日由华侨银行交到。

计美丰银行旅行支票三张，各五十元。交小英支领。

接张小堂信、崔龙信，附唐蔚芝信。

十月三十日　星期六

复葛祖圹信。

复三妹信。

得孙伯恒信。

午后访潘明训。交我《乾象新书》一册，又《片玉集》三册。

到公司，往霞飞路开董事会。散出，访瞿凤起兄弟。未见。

得魏友棐信、谈麟祥信。

千里傍晚来。

十月三十一日　星期日

提要　本日为余生日。

沈汝兼来寄家具。

十一月一日　星期一

提要　叔通住康脑脱路七二一号，胶州路东。

陈陶遗住赫德路康脑脱路择邻处十二号。

瞿旭初来，借与我宋刻补抄《古文四声韵》。

十一月二日　星期二

校史处本日迁出，将一切物件、书籍运回公司。公司送来贴补油漆费，退还不收。又二十元给仆役，留下。

以八月廿七日宝成银楼第九一一号物品收据（银器六十二两）托任心白向徐永祚会计师换取正式收据。此三日事。

午刻到青年会自作主人。到者颜骏人、叶玉虎、赵叔雍、许克诚、薛子良、李伯申、诸青来、褚慧僧、陈陶怡、胡政之、张榕西、温钦甫十二人。共十三客,每八角,一汤二菜一点,甚丰。另给茶房一元。

魏友棐来。

十一月三日　星期三

勤儿夫妇移寓我家。

十一月四日　星期四

得黄访书信。又得贞侄信。

拔可来。

以《横浦文集》一部赠魏友棐。

十一月五日　星期五

复黄访书信。复贞侄信。

致三妹信,由倪孙舟转,又附复谈麟祥信。

致王岫庐信。

午前十一时半后,王长星(申报馆新闻排字部)、沈安洲(海盐人,住劳勃生路)、赵碧祥(住八仙桥恒茂五十四号)持商馆馆外同人救亡协会信来见。除面交复信拒绝外,并延见,坚决否认。未久即辞去。余以致曲县长信稿畀沈君。

到浦东同乡会。陈陶遗作主人。到者颜、叶、张、李、诸、黄、沈、褚、胡、赵、陈澜、温,宾主十四人。

散后即访蔡崔顾,并晤其夫人。又晤周子竞于座上。

得宝桂信、谢刚主信。

十一月六日　星期六

寄三妹快信,附倪孙舟信中。

复宝桂信。平。

得源侄信。七日复,挂号。

得王泽民自嘉定来信。

十一月七日　星期日

复源侄信。

复谢刚主信,唁其丧母。致傅沅叔信,附入唁刚主信,问宋讳"旋"字,又问姚崇传阙文。

复王泽民信,托蒋仲莃转送伊沪寓。

十一月八日　星期一

提要　伤风。

访潘明训,交善本提要十种。

到公司。借拔翁车到浦东同乡会。原定任之作主人。因于昨日先行,许克诚代。到者叶玉虎、褚慧僧、胡政之、张榕西、陈陶遗、李伯申、诸青来,最后至者赵叔雍。

叶柏皋来信,转到张豫泉同年阴九月廿八日。附汪憬吾同年阴九月十二日。信。豫泉通信处为爱多亚路大晚报张荣光。

憬吾寓澳门南湾小楼。

十一月九日　星期二

原稿空白——整理者。

十一月十日　星期三

提要　吴馥卿电话云,日新盛得海盐电,云安。

复叶柏皋信。致冒鹤亭信。

得孙伯恒信。

十一月十一日——十二月三十日

佚——整理者。

十二月三十一日　星期五

原稿空白——整理者。

一九四九年赴会日记

九月三日 *

定计应政府之召,赴北平参加新政治协商会议。小英电询乐文照,拟往检验身体。云本日不应诊。

九月四日

梅达君来,谆谆劝行。答以延医检验,须明后日方能决定行止。渠云六日有送客专车,渠亦偕往,深盼同车。晨电约乐文照医师在寓稍候,即挈英儿同往。乐医先诊脉,次看心肺,云心脏稍形扩大,血管稍硬,须照 X 司光方能断定。继验血压,云仅有一百四十度。检验费六千元,即付讫。

九月五日

访剑丞,告以将有北平之行。

陈凤之来,馈余饼干一盒,乐可福两瓶。到沈成武诊疗室照曷 X 司光。先透视,云无恙。候其洗片。据云甚轻微,可以无虑。出赴商务印书馆,约职工会常务委员叙谈。略言余将北行,际此艰难,甚盼努力合作。当此合作伊始,彼此都不能相互满意,但望持之以恒,总能达到目的。若辈斤斤于总务改组,新订章程及人选均不满意。余言人选我亦大不满意,但当局诸君斟酌再四,确有为难。此次用人较多,即予备数月之后去留地步。继又约凤之、久芸、仁冰、傅卿、雄飞、英桂、家凤诸君,告以有北平之行,并略述顷与职工会所谈大意。既出,往访伯嘉,告以此行。傍晚凤之又来,同往拔可处一谈,乞为我代表商务董事职务,即将所备信面呈。又与公司一信,亦同时交与凤之。

陈沧舟馈乐口福四瓶,即往谢。

九月六日

上午访徐凤石,未遇。访徐寄顾,告以将北行。归后知宝骏来,未遇,即与通电话,旋即来寓,馈余蛋糕一方,饼干一盒。徐南屏来,未见。陈沧舟又来送行,因亦未见。徐凤石来,交与陈叔通一信,属带来。晨访王志莘,谢允英儿请假。

遇陈鸣一于座，先是曾至余寓，余已出门矣。午后电告丁斐章、夏地山，即刻启程，不及趋辞。徐赉起来送行，馈水果两筐。

午后四钟半挈英儿出门，至百老汇大楼集合。晤黄延芳、盛丕华、冯少山、胡子婴，又晤梅达君、王浩川，进茶点后登车，开北站。遇吴有训、胡刚复，遂邀同车。至站口为逻者所阻，绕至站后，步行展转，始觅得所乘之车。先入所指定四人之室，旋遇一管姓者，云陈叔通面托为预定一两人之室，俾余父子同居。候之良久，来言已觅得第廿七号。遂将行李移入。胡刚复系来送行。属毛德修送回上方花园王宅。　　六时三刻发轫。晚饭后不久即睡。车行震荡，不能成寐。午夜一时抵南京，曳车渡江，凡二小时始毕，即由浦口开行。

九月七日

早餐过临淮关，九时过蚌埠，约停一刻。复前进，渡淮河桥。铁桥南段无段，北段有桥墩被毁，铁路亦断坠水中。据同车茅工程师以昇云，尚不难修复。经固镇、宿县，沿途车站多焚烧，想见当日战事之惨。下午四点一刻到徐州。入山东境后，夜间甚凉，与昨夕大不相同。

九月八日

晨起知已过德州。午餐时过沧州。十一点半到天津，先西站，而东站，而北站。均暂停。午后抵北平。先经丰台，旋入城。抵站时，陈叔通、黄任之、俞寰澄、盛丕华、包达三、杨卫玉、韦捧丹、孙乾三、伊见思、宣信予均来迎。招待者言，指定六国饭店为余宿舍。余欲移到北京饭店，因熟人较多之故。叔通与招待员熟商，并允回去与北京饭店商议，属先至六国饭店稍候。余挈英儿同往，有军队一人同车。至则犹是三十九［年］前之旧状。宣统三年夏，开全国教育会议，余曾寓此数日也。坐候良久。遇李伯龙上海源生牧场经理、袁雪芬越剧艺人于坐。久之，招待员来言，北京饭店无闲房，责暂居于此。余允之。遂入居一三〇号房。光线甚好，空气亦佳。托商务印书［馆］发沪寓电，告安抵平。

到北京饭店访陈叔通。遇简玉阶，知其英甫已作古人。叔通介余往见司徒美堂。扶杖而行，询知长余六月。

遇郑振铎、冯少山。

归寓,祥保已候于门首。六点钟晚餐,属茶房送至房内。一汤两菜,米饭、面食均备。

祥保去后即睡,夜甚酣。

九月九日

晨起早餐才了,陈叔通、郑振铎、沈雁冰、邵力子及其夫人来。雁冰语余甚愿南下,重回本馆,但此间有关涉文艺职,甚难脱身。余再三致意,渠终辞。余答以亦不敢过强。

秉农山寓本馆一二六号。往访,遇李明扬字石志。又访梅兰芳于一二三号,遇许姬传,海宁人,梅君之书记也。李寓福履理路三五五弄二号。

访陈叔通于楼下。晤郭沫若。

叔通言有夏康农君可任编审,与当局亦通声气。

英儿往新华银行、商务印书馆及京华印书局。

新华副经理张超一约在欧美同学会晚餐。

祥保偕其婿王岷源来见。余畀以影印《横浦文集》一部。

九月十日

寄陈凤之信,内附与李拔可、夏剑丞又石、詹二君信。又与陈沧舟信、徐赓起信,附入英儿家信内。

竺可桢、茅以昇、谢家荣、蔡邦华来寓华文学校。梅兰芳、许姬传来。梁思成夫妇、叶叔衡来。沈衡山、胡愈之、陶孟和来。余先访之于一三七号,两次均未愈[遇],十一日事。钱端升、徐永祚、马叙伦来,均未遇。

午后率英儿往访王书衡夫人,甚清健。移寓喜鹊胡同福开森之故居也。由后门出入。并见其媳,德人也。又见其两孙女。

访许汲侯夫人于东总捕胡同立通观三号。有老态矣。其子均未遇。

又到南小街老君堂七九号访俞阶青。步履稍艰矣。见六妹甚清健,又见其子平伯。

九月十一日

天头 宴商务旧友。

早陶孟和来。马寅初来。胡慕曾、陈叔通来。

午刻宴郭沫若、沈雁冰、胡愈之、沈衡山、叶圣陶、宋云彬、马寅初、黄任之、郑振铎、陈叔通于欧美同学会，周建人、马夷初、伊见思、宣节［信］予均在座。英儿同往。

午后王重民来。王岷源、祥保亦至。胡慕曾来。往访陶孟和。晚饭来《大公报》记者高女士来谒，未见。傍晚，周恩来来，谈半小时而去。精神奕奕。临行来属英儿伴余到会，伊当招呼。祥保、岷源来。

九月十二日

晨起谢刚主来。马夷初来。

到北京饭店访叔通、邵力子夫妇。遇张治中及李明扬于座。答拜沈雁冰、郑振铎，均未遇。访郭沫若，亦未直。访简玉阶，则无人知其寓于何号，仅留刺于问讯处，托转交。闻陈毅亦寓北京饭店，询之则云已移居中南海矣。

午后至旃檀寺西大街北炭厂甲七号访朱小汀。卧床上不能起坐，神识清明，属遇沈衡山时为其子祖英说项。祖英在上海交大毕业。见其续弦翁夫人，叔平师之曾孙女也。出至石老娘胡同访傅沅叔。卧不能兴，舌本艰涩，语不成，偶有一二语尚能达意。见余若喜若悲。就床头取所作游记已刊成红本示余，云共有五册。又捡叶玉虎朱笔诗扇一柄相示。又属其如君开橱取《衲本史记》示余。卷首有沈寐叟题词。沅叔欲取其所题书签，令其仆检觅，不可得，甚为不怡。余与握手，属其珍重而出。至温家街二号访邵伯䌹。路甚难觅。并晤其次子。

出宣武门，拟到教场五条二十号拜钱干臣夫人，又小九条三十号拜孙伯恒夫人，暨其弟乾三、值修。路被阑，不得进，遂入城，循绒线胡同，出新华门，到琉璃厂。先到商务印书馆。同事皆来谒见，均旧人也。与伊见思谈片刻。辞出，至京华印书局。孙、宣二君均未在，王泊如赴天津，亦未返。有杜　　者，自言与方甘士有旧，当日由余介绍入局任事至今。询方氏现住何所。云有一人在东城某店为伙。余乞其代访踪迹。归寓已将五时矣。

秘书处送来代表手册。

祥保来，借余棉被一条，围巾数事。

曹少章来。新华银行北平经理稷山内兄之内侄也。探知丁佩瑜寓米市胡同四十八号,许赤城寓校场五条钱宅,许季芗寓西皇城根陈璧故居。

九月十三日

晨赵斐云来,约往北平图书馆观善本,并言马叔平致意招余往看博物馆,兼观在长春所得书。

《大公报》记者高汾张季鸾之内侄女女士来,昨日亦来,未见。谈约二小时而去。临行谆嘱所谈勿发表。高言当写成,候余许可。寓灯市口《进步日报》办事处。

许篆卿之子小篆来,由英儿接见。言近状艰难,欲余代为谋事。俞平伯来,在问讯处投一刺,未请见。

陶孟和邀往谈,有高震武、张伯秋年五十一,沂水人,现在河南省政府。在座,均代表也。高原籍河北,曾从事游击战,与日人相抗。张君亦然。现移居平原省新乡县。谈半小时,辞出。高与陶同房,张住一三四号。

得朱皎如信。筹备会约明日参观苏联建国图片展览会,在中山公园中山堂。

高等教育委员会约十五日参观故宫博物院及历史博物馆。

严景耀偕其夫人雷洁琼来。

六时半周恩来、林伯渠约在御河桥军管会故日本使馆晚餐,并邀树年届时同往。与吴贻芳女士偕行。及门,遇任叔永及侯德榜。晤主人林君,须发皆白,容貌俊伟。周君后至,一一握手入座。凡六席,余居首座。同席者陈明仁将军湖南人、侯德榜、茅以昇其次座未通姓名、陈巳生、黄延芳、陈仲公贵州人,与黄齐生相识。树年在第六席。酒菜甚丰。过八时散。

回寓得陈凤之十日信。知职工会指责改组案,异常蛮横。凤之提出原则二项,尚正当。然同人无能相助者。夜寐不宁。

九月十四日

晨起即赴北京饭店访叔通,示以凤之十日信。甚为不平。言允职工会要求开紧急会议尤不合。余拟具复凤之电。叔通修改数处。叔通不愿列名。即返寓。约伊见思来寓,将电报译写,末缀"寒"字,托招待处邓子平代发。

邵力子、张文白治中来。见余所作《中华民族的人格》，各索一册去。

午刻与英儿冒雨赴东兴楼。祥保夫妇作主人。

赵斐云来电话，言昨日未答电，因已归，故即告以定十六日到北平图书馆看书。适邵力子来。力子先言，如往观书，愿同往。故（以下似漏字——整理者。）

天头 余初次到勤政殿，讨论《共同纲领》。

午后一时三刻乘车赴中南海，到勤政殿第一会议室。（并非戊戌年德宗召见之处。）英儿偕往，留坐外室。响导人引至一殿签名。到者口十余人。入所谓第一会议室者，见章伯钧、李烛尘，又晤吴奇伟。代表陆续至，见陈鹤琴、何燮侯、张志让、王芸生。刘少奇、陈亦通亦至。又遇陈毅。二时半开会，讨论修正稿。《共同纲领》文字甚欠整洁，前后亦欠贯串。发言人多斤斤于词句之末。至四时，余递一笺与章伯钧，云拟先请假，但第十七条有意见，可否准先陈说。章说明后遂属余陈述。余言第十七条"禁止肉刑"云云，自汉文帝废止后，似南北朝时曾经恢复，至何时又被废止，不复记忆。似唐宋以来均已无之。近惟黥刑尚未废，但非正刑。肉刑早已禁绝。际此文明进化时代，如以此列入，于我国面子甚不好看。我料此所谓肉刑者，当指鞭笞而言。其实民国以来，鞭笞亦已禁止。至于私刑，则比此更甚，亦禁无从禁。鄙见事实上早已无有，何必再缀此文。特为提出，请公同讨论。众议亦以为所指定是鞭笞，俗称体刑。章主席起言："俟讨论后，再通知结果。"遂准予退席，遂辞出。陈毅来招呼，备车相送。余云有车。有女代表殷勤送出。余急辞之。英儿候于门外，云此当是宋庆龄。时间已止，即乘车回寓。

晚饭后，李步青来寓。号字廉方。云民国初年在上海曾听余演说。

徐玉书来。

答拜高震武、张伯秋。沂水县人，在河南任司法厅。云梁启超任司法部时，曾定有易笞条例以处短期徒刑者。

得夙之十一日信。职工会要求各节均已接受。只可成事不说矣。

九月十五日

英儿赴天津，乘六时半车行。

复陈凤之信。笺末请传观,并与职工会石、詹二君阅看。附与拔翁信,请坚持拒开董事会。又附与珑孙信。附叔通与仁冰信。

俞大绂及其妹大缜来,祥保偕至。

与阎宝航信,为英儿领赴会出入证并来宾旁听券。

赠高汾女士《中华民族的人格》一本。

答访李步青,一三一号,荆山人,属陆安府。未遇。又访秉农山、李明扬。午后三时半,叔通来,言改组案将来仍须提董事,与余所见同。属速将《南洋教科书》修好即寄平。

天头 修《南洋教科书》。

阎宝航来。海城人,在东北两年有半。余代树年乞到会出入证,并旁听券。伊云可随至会场,毋须再用旁听券。余云彼系外人,不宜混入会场。

孙乾三、宣信予来,未遇。祥保来,七时去。得源侄妇信。

九月十六日

早与章伯钧信,对《共同纲领》第三—六条拟请补入"航业"。

送还许姬传属书佩瑜女士手册。

访陈明仁将军。一三九号,湖南醴陵人,年四十六岁。现任湘主席。黄浦军官学校第一期毕业。

周叔弢来。俞寰澄来。住北京饭店五楼。

《文汇报》唐海宁波人、《新闻日报》陆诒南汇人、熊知行新闻摄影记者,青浦人,女子、《大公报》高汾江阴人同来。

马叔平来。住小雅宝胡同四十六号,博物院电话五二八六七。约往观院藏书物,允再通电约期。

得史久芸十一日信。

午后一时半乘车到北京饭店访邵力子夫妇,不值。遂至北京图书馆,晤赵斐云。出示得自海源阁杨氏之宋元本、钞校本,凡数十种。以所著称之"四史"为最佳。"四经"则抚州本,《诗经》为最,其他不称。邵力子夫妇旋至。徐鸿宝亦来。又晤李枫,宿白。东北人,在北大图书馆任事。未几王重民亦来,导观抗日及斥美展览文件，继观善本书库。见所收伦哲如禁书颇多，及文津阁《四库全书》。稍憩，祥保踵至。即辞。王、赵二君以馆车送余及力子夫妇回寓。

得谢仁冰信。

晚饭后，高镇武来。河南人，现新置平原省，该省第一师范副校长。乡音甚难懂。自言年七十矣。教书数十年，略有储蓄，置有房宅两所。日本军至，为被侵略者；入八路军，国民党来，又为反动派；解放后又目为剥削者。房屋先后均为他人所有，仅留七八间房，供其栖止。全家九口，原有田四十亩，今分回十亩，子媳女均在学校教课。有妻在室，不能力作。以前在供给制时，甚艰苦。近改薪给，较宽裕，生计各无忧，但必须力作耳。

陈荫南来。一二二房，安徽泗县人，淮北高等法院院长。张伯秋偕至。张，山东司法院院长也，山东沂水县人。

陈毅偕梅达君来。陈询余北京故友存有几人。余言前日访傅沅叔，其同乡也。病瘫痪，口不能言，且贫甚，其所居正房均为人所占。伊问为某军队所占，昔为国民党军，今则不详。渠云当查明，为之设法。余又告以金筱孙近在沪寓被盗，年已八十二，被缚二小时，请其饬下警局严缉。梅在旁即记下姓名、住址。陈又述及唐蔚芝与余前江亢虎请假出狱就医，因同案人多，有牵涉，甚为难，故未复，兼道欠。余答称此本为私交所请托，非分要求，可勿介意。

英儿十时始归自天津。

九月十七日

晨何燮侯偕其同乡李士豪来。赠以《新治家格言》各一。十一时出门，访沈衡山、胡愈之，均未直。访张治中，晤谈约一刻，遂辞出。英儿同往。去中老胡同，看祥保暨岷源，又视其新生之儿。给与见面钱一万元。

赴欧美同学会，应新华银行曹浤、张毓鸾、陈关铎之招。同席者有俞寰澄、江翊云、梅兰芳、许姬传、严景耀夫妇、盛丕华父子。叔通未来，托盛丕华交谢仁冰来信与余。饭后辞出。

许宝驹来，江翊云来，均留刺未遇。

天头 还招待处代发电报半费。

十四日托招待处代发寒电与商务印书馆。屡问电费几何,主任邓君均不肯言。晨托伊见思问电局,计一百三十四字,价共二万八千一百四十元,照招待优待,私电半价,应付还一万四千○七十元。伊君如数送来,即出收据,交来人带去。访邓子平招待主任,当面交还。再三推却,云电局账已付出,不便收回。余恳切告以公款不可滥使,照章应缴半价,如收账过于琐屑,即收作招待处公用。余言之再三,始留下。

天头 方冕甫之后人情状。

方焯敏来见。自称方甘士之孙,住宣武门外大井胡同七号。其父名信楸,在天津建华实业公司任职。焯敏为其长子,今年十九岁,高中甫毕业,投考北大未取,拟下期再投考。其二弟熊敏有残疾,三弟煜敏现肄业市中学,无姊妹。其母张氏,母舅曰张泽民,在华北钢铁厂任职。信楸有兄,已故,名号不详。有二子:忻敏、煊敏;有弟名信枢,在天津久安银行任副经理,有一子。小霞有曾孙数人,名号、景况均不详。以上各人均住天津。又言其父有胞妹,嫁于言容甫,现去台湾。余询以与许氏戚谊,言不知,但闻其父昔年扶伊曾祖灵柩返杭州,曾在上海获见许氏大表伯云。余属以函告伊父及叔,询问吴氏坟墓即余妇之外祖父母在何处只知在西便门外,余拟往祭扫。

今日向商务印书馆取《中华民族的人格》六册,连前取四册,共得十册。

高汾以所记问答稿送来阅看。余略加点审送还。

政治协商会议送来今日晚会入场券两纸,戏目为《野猪林》《红拂传》。余未往。又送来车票一纸,车号七十五,车场○二,与高震五、吴贻芳相同。

九月十八日

天头 与秉农三谈编农学书。

晨约秉农山来谈《农学浅说》。书注重改良种子、农具,采用新肥料,防止虫灾等项。文字浅显,用小本子,使农人易懂,且便于实施。意见完全相同。余请其在此遇有友朋及门下弟子有可以代为编辑者,即请其着手编辑。每一题目不妨分为若干节,以一节为一册,使其分量相等。一面请函知仁冰、夙之,免致复沓。农山允即极勤进行。

李明灏来。前日在小组会议见过,醴陵人。住北京饭店一〇九号。自言阎宝航担任与代表联络,恐招呼不到,特约四人,分为四组,每组派定与二十人联络。特送出八十人特别招待。李君担认一组,并询问有无不便,衣被有无缺乏,随时可向政府取给。因现正行供给制,如有所需,随时告知伊处。又言开会时如觉时间过久,可以先退,发言可先具条向主席声明,主席可特为指出,不致被人搅夺。如欲先退,可具书面发意见。又言徽章现可不用,以代表证为凭。余出所收代表证,席次与李君差四席。渠云更易照料。余又问车票是否三人同乘一车。答云然,并云指定车号及停车场,不再更改。余告以昨送来树年零用费,不能领受。又发私电,照章缴半价,已送招待处,邓君初不允收,已请留下。李云此系规定供给,不必过谦。余云公家何等艰难,余父子二人来此,食宿已极受优待,何敢再耗公款,务祈转致,即再送来或发还,余亦断不能从命。言之再四,允为转达,兴辞而去。适树年外出,云尚须走访,面谈一切。

天头 招待处送来零用费,恰树年出,退回未收。

韦捧丹来。寓本店三〇八号。

方煜敏来,属谋事。欲入商务书馆。余正告现在事少人多,断难添人。

宣信予来,言总处来信,通知如需添人,可由上海调派来平。此恐难办,因此间薪水低于沪厂三分之一,彼此相比,必起纠纷。又言现缺修理机匠,正请总处派人来此。余云既然薪给既有高下,此亦不宜,当即去信阻止。余又询《拍案惊奇》,云已排成,尚未校毕。又言有《四库总录》共数千面,亦已排成不少。余言有许多书已排成者现在均不能印售,属即将该书卷号、清样送余一看。

天头 《拍案惊奇》《四库总录》。

华北人民政府等二十团体约今晚六时公宴,余辞谢不往。

令小英往见钱三姑太太及赤诚内弟。

祥保偕曾弥白女士来,在此午餐。祥保添西菜一汤一炸鱼,费八百元。

晡时雷雨,片刻而晴。

叔通送来张志让信,申言乞余追述戊戌政变时事,作有统系的老[考]量,先定讲述之轮廓、计划,按次讲述,登达于《新建设》杂志,并欲在开会期前举行。

以谢仁冰信及徐凤石所著《施行化学肥料》及《提倡化学》小册各二册送叔通。

九月十九日

天头 李立三言,工会要求不宜滥允。

叔通来言,筹备会李立三演讲,工会有团结,商业同业无组织,不团结。遇工会过分要求,只图苟安,目前随意应允,且与签约,事后翻悔。此与工会为难者一。又资方怕事,工会要求不敢与之争辩,一切推归工会,工会即欲扶助,资亦无从措词。此与工会为难者二。渠甚盼资方与劳方尽管斗争,斗争不已,工会出为仲裁,反可持平。并盼资方不可怕事。怕事反要生事等语。叔通并属函告凤之。今日已去信告凤之。

又交来北平药业劳资集体合同一份。午后伊见思来,交与阅看,并属交与宣信予,看后径寄公司。

早餐后到北京饭店答访李明灏。小英同往。谈次知程潜(颂云)即寓邻室。投刺请见。渠尚忆及二十年在上海岑西林招饮席上同席。渠又言余为蒋伯起题主亦在座,并有李燮侯。略谈,辞出。在过道中见有来客十余人,均着军服。小英言有毛泽东在内,余未之见也。出访何燮侯于旧楼,又答访李士豪未值。又访沈雁冰,亦未遇。

与幼仪叔信、复源侄妇信,均附入与陈凤之信中,凡五端:一、与农山论编《农学浅说》事;二、编南洋华侨用教科书事;三、叔通告知李立三演讲,资方勿尽怕事,怕事反多事,并言劳资互争,工会仲裁,反可持平;四、撤消余前达平厂需人,沪厂可疏散来平,宣信予言平厂薪给低于沪三分之一,如此易起纠纷之故,又请勿派修理机器匠来平;五、买红布备制国旗,尺寸、形式定后电达。又附入小英家信一封。

天头 与勤儿信。

与勤儿信,附入李孤帆信中。与陈云卿信,托探询今年新编南洋教科书,当地教育机关有无评论,需修改之处。以上三信均托伊见思寄。

天头 与毛泽东游天坛。

　　午后小英往游天坛。二时半陈毅来,述毛泽东君意邀余至天坛一游,并约李明扬君同行。余已约伊见思来寓,即留一笺,托问讯处于伊君来时转交,乞其五时再来。即与陈、李二君同车出门。陈言毛主席在天坛相候,至则毛候于祈年门外,相与握手,寒暄数语。陈为余介绍数人,道姓名,余均不能记。仅刘伯承,则震其名已久。程潜、李明灏、陈明仁诸君皆在。先至东厢,见所陈皆祭器。有铜制者,色泽皆古。有以瓷仿制者,皆新品也。出,与小英相遇。余导见毛。毛与陈并一一介绍诸人。遂同登祈年殿,历阶而升,凡三层,层各九级。同览一过,历阶而下。至东厢,陈有据称宋哲元所刊石碑数十方,石质致[至]佳。而所刊文字有郑孝胥、黄秋岳文字,毫无价值,实为此中之玷。大都为古乐器,有已损者。柷失去木杆,敲则虎背无脊矣。有鼓二形,甚巨。有舞时所执之旄节。寥寥数事,恐亦不全。有一铜制偶像,导观者谓系冷谦。似在西厢,不知从何而来。尚有一像,言者不详。壁上悬有旧时南斋翰林所作书画,亦不称。南行出成贞门至圜丘,陟阶而上,亦层层为九级。坛形正圆。既下,至皇穹宇侧树荫下,列坐啜茗。毛语余,此次革命实为人民革命,非共产[党]所得为私。即如重庆舰来归,舰上凡七百余人,并无一共产党人,此可为证。坐谈约半小时,相将入皇穹宇一览。凡一呼,声同响应,盖建筑为圆形,能聚声之故。巡览既毕,出外各握手道别。余并向毛致谢感意。

　　陈毅以车送余及李明扬回寓。

　　是日在天坛有六七人持摄影具,随处摄照,凡数十次。

　　毛与余与谈戊戌政变情节,又询余德宗召见仪式,又问余昔年在官情况,又问在官受禄几何。又言商务出书有益于民众,伊曾读《科学大全》,得新知识不少。

　　傅晋生来,许赤诚来,均未遇。

　　林遵、邓兆祥来,谈片刻而去。

　　伊见思来,交与北平药业劳资集体合同,令与宣信予阅过即寄总馆。

　　祥保、岷源同来,亦未遇。

九月二十日

晨,英儿往游故宫。

访林遵,一三四号,与张伯秋同室。未遇,留刺而出。访江翊云,知周孝怀于昨日到此,寓一三九号。遂偕翊云同往。晤其如君及其三郎。知行时上海极热,过苏州即雨,次日顿凉。

答访韦捧丹,遇竺可桢、任叔永于座。任寓永利公司。

访吴贻芳女士于一〇一号。

梅达君来,云英儿于开会可以陪同出席。余云出席非宜,但祈给一出入凭证。

阎宝航来,告余明日下午开会。三时开会。英儿出入证准今晚送来。

天头 津馆事。《王云五小字典》。

朱皎如来,住三义客栈。施家胡同二十九号,电话三〇四六四、三三〇二七。馈余肉松一合。云副经理张君对人事上不能多协助,又言医药、工业书颇缺乏,又言《王云五字典》销路甚好,当局亦言不以人废言。

得拔可信、陈沧舟信。拔可有与叔通信,即转送。

家信云仲良叔祖逝世,为之悲怆。

程硕云来,李明灏偕至。

九月二十一日

得筹备会通知,定于本日下午七时在怀仁堂开会,并附到签到片一叠。凡十二张,余席次在一七〇。席次表附图一册。

邓兆祥来,代李明灏约于本日九时在本店一三三号开会。

邓兆祥代传李明灏约,于上午九时在一三三号室黄琪翔梅县处会议。到者张难先一三〇,湖北、胡子昂二四六,四川巴县、李书城字晓圆,湖北,一二九、宁武字孟言,一三二,东北海城、张酃村一二〇,广东。以上五人均初见。李明扬、周孝怀及余,凡九人。李君明灏历举开会程序及应知事项。发言人推定张难先,并由伊起草。孝怀言与余向不参加任何党派,亦不问外事,此次系特别情形,应于发言时为之说明。张、胡、李、宁、张酃村自称昔年曾入同盟会。黄似未声明。李明灏则言本为老国民党,近决脱离云。

访李步青第二次,初访未遇,一三一号,并晤其子女。

访陈荫南,一二二,安徽泗县人。谆谆问及朱介人家事。

访邓兆祥,一三八,广东人,重庆舰长,归于中共者。遇林遵于座。

下午六点钟赴中南海怀仁堂开会,与邵式平、吴贻芳同车而往。余被推为主席团之一,登台排列照相后归原席第一百七十席。英儿随往。因未领得出入证,被阻于门外。后经人介至秘书处,取得联络秘书,开会中休息时便可入至会场。十时半散会,先是大雷雨,此时已止。人多车挤,候于门外者约半小时,抵寓已十一点半钟矣。

九月二十二日

朝餐后访张难先、胡子昂、宁武、张酻村、李书城未遇。于本店。叔通来。周孝怀、江翊云、赵尧生同年之子。来。张难先来。周士观来。松孙同年之弟,二三九。

宁武,字孟言,言离家十八年,现被举为东北政治委员会委员,会事毕后,拟即返东北。谆谆问及沈阳分馆事。意甚关切。云遇事极愿帮助。宁君寓上海华龙路有年。

午后二时半赴怀仁堂开会。是日周恩来演说甚久。七时半散会。抵寓将八时矣。

得周苣彦信。昨日事。自言曾由徐振飞介绍,入商务印书馆任校对。后离馆,今失业,思复来。寄有所撰《编书刍言》一册来。

九月二十三日

天头 余反对用西历。

晨九时赴勤政殿开会,偕李明灏同车往。召集人为沈雁冰。讨论国旗、余主用"后"字第四号。国都均主北京,众无异词。至纪年一节,余以采用公历,合于世界大同之义,但目前尚难达到此境。至以现在为划时代,则民国犹是民国、民主犹是民主,不妨仍继续称民国纪元,今年为三十八年,且采用公历今年为一九四九,一则我国历史已有四千三百余年,多数不知历史者不免误认我国立国只有一千九百余年,似失立国性;二则公历以耶稣降生为始,于我国回族、藏族不免有影响宗教之戟刺。经众人讨论,辩论再四。叔通亦力主公历。后有人提出以原议及余之主张提交总会斟酌。后孝怀主张改元,议论甚为透彻,亦提交总会讨论。

午后三时开大会,余请假。

张志让乞余追述戊戌政变事,拟登入《新建设》杂志,偕北大学生三人:宓汝成浙江宁波、陈昌杭四川成都、吴家麟福建福州来为余记录,并代借到梁卓如所著《戊戌政变记》三册,送来备考。又携示《新建设》所载吴泽《记戊戌政变》一文,畀余阅看。所记颇多错误。余就记忆所及,为三君讲述。殊觉凌乱。至三时而毕。辞去。余告知如有须与我讨论者,请再来。

得陈夙之二十日信、拔可十九日信。

九月二十四日

访李书城,晤金绍先、云渠,湖北兴国州人,今改称汤新。饶凤璜、聘卿,湖北恩施人。及李步青。又访邵式平。现任江西省主席,谈次知为万里长征之一人。瑞金、延安均为旧游之地。计其足迹,不止半中国矣。又访黄琪翔。与公度、幼达昆仲同为一族,军人出身。

《光明日报》记者谢公望来访。询余身世及对新政府之感想。赠与《刍荛之言》及《新治家格言》《奇女吟》各一件,并告以如以余答语登报,请先以稿本见示。

祥保来,还以软玻璃汽垫一具,并以叉烧肉来。

午后二时半到怀仁堂开会。主席宣布休息时,余即与英儿乘车先回寓。

九月二十五日

与陈毅信,索游天坛影片,乞询价见示,照缴。

九时半出门访陈云于朝阳门大街一一七号。旧称九爷府,后被收为励志社,今为财政管理处。据招待者云,不在。留一函而出。

到祥保处。小英入巷,邀岷源、祥保出,余候于车内。同入后门,先游御花园,古木丰蔚,致有清趣。内有授宣统英文之庄士敦书室在斋。出经坤宁宫、交泰殿、乾清宫、保和殿、中和殿、太和殿、太和门,出午门登车,复至祥保处午饭,饭毕二时半赴怀仁堂开会。有代表诸人演说,至十人而止。宣布休息,余即率英儿乘七五号车回寓。

陈友松与祥保同寓，乘便往答。谈片刻而出。

得珑孙信，廿一日复，附来金筬孙同年信。

以代表名册托邓子平代查代表寓本店者所居室号。本日乘英儿借自新华银行之汽车。车号为五〇六。夜间招待处带裁缝来量身材，欲为余制棉衣一袭。却之再三，坚不允，因许之。

九月二十六日

陈叔通、马寅初、沈子楷、包达三、张纲伯、邱文奎约在米市胡同十九号谭宅午餐。同座有张澜、陈嘉庚。九时，本店七号室有女士电话，通知周恩来约今日上午十一时半午餐，并云有事面商。其语音不甚清晰，余遂往访。询知为紫非女士，在此担任工作者。余问何姓，答云向不著姓，实姓张。余告以本日已有陈叔通诸人邀于十二时午餐，已允许在先，只可辞谢。女士言周君事太繁，不能预先早约。今有宁武、张难先、李步青、周善培均在本店，在他处有张澜。余示以陈叔通诸人请柬，渠指叔通、马寅初均在被邀之列。周君即约在本店设席。余告陈君之约不能推辞，当早散，于二时赶回，如未散，准当参与。

邵式平来，谈及长征时经大渡河、金沙江间有从未开化之民族，自称只管以汉族为奴隶，称为白骨。

韦捧丹来，询余在此有无觉得不适不便之处，并对会议有无意见。答以余等在此招待周到，可感。又告以对《共同纲领》曾提出撤消"禁止肉刑"字及"推广海运"已采列。又提出"爱科学"一项与上下文不甚相称，未被采用。余无他意见。

阎宝航来述周恩来意，邀余明日在会场发言。余云时间太短，亦不能畅所欲言，请作罢。俟异日有机会再陈管蠡之见。

叔通来电话，拟应周恩来之约，将原约展缓，在本日午后四时。

商务印书馆交到上海寄来衣履四件。

天头 讨论简称"中华民国"四字。

陈叔通来，偕往应周恩来、林伯渠之招，座谈于本店客厅。到者凡数十人，知者有张澜、符定一、何香凝、陈嘉庚、吴玉章、梁希、徐特立，介绍者告余，徐为毛泽东之师。李锡九、沈钧儒、黄炎培、马寅初、马叙伦、彭泽民、沙彦楷、周孝怀、简玉阶、沈雁冰、司徒美堂、庄明理、高镇之、李步青、张难先、何燮侯、宁武、邵力子诸人。周恩来起言,前提出三案,屡经小组讨论,归束大致无甚异同。独中华人民共和国名称下加括弧简称中华民国,每次会议均有人言似属赘旒。当草案叙入之时,系为顾及一部分人之意见,谓宜勿忘创始革命之绩。究应如何定名方为妥协。今日承毛主席之命,特约诸长老至此讨论。有人言应删去此四字。余即继言,赞成删去。何香凝起而抗议,邵力子和黄炎培则折衷其说,谓可暂留。余如陈叔通、陈嘉庚、马寅初、高镇五、李锡九、徐特立、周孝怀、简玉阶、宁武诸人均主删。沈衡山则言去此四字并无忽视辛亥革命之意。于是周恩来取其说作为结论。旋即入席。余居首座,何香凝居余左,沙彦楷居余右。何燮侯、陈叔通、马寅初、夷初同席。周居主位。二时过即散。

陈通衡来。邓子平介绍称系统一战线部员,特来慰问。询知为衡山人。谈至五时而去。

叔范侄来,云沈汝兼已抵京,约余及英儿至其宅。余云连日开会,无暇,容会罢再约。留电话而去。北大出纳组五,一九二一。

吴家麟来,持所记追忆戊戌政变问答稿交余复阅。属其明日来取。渠在午后七时。

偕叔通至米市胡同十九号谭宅,晤主人张绚伯言论甚时髦。沈子槎、邱文奎。未几,包达三亦至。客为陈嘉庚及其通译庄明理。陈只作厦门语,故需通译也。后至者张春芳、罗隆基。散席已七时半矣。

送叔通回北京饭店,余即归寓。

得源侄妇廿二日信,云祥保托曾太太汇款十七万元已领到,又接到陇海路局汇来七万四千元。

九月二十七日

江翊云来。昨日交来裱成梁启超书札手卷,属余题记。

访周士观,未值,秉农山,亦未值。与李明扬一谈而出。询其字曰师广。

托邓子平探问新疆三代表及蒙、回、彝、苗族代表住址。旋来告内蒙古代表住大佛寺西大街三十四号,少数民族住大取灯胡同三号。

昨晚归自谭宅,觉饮啖过多,微觉不适。晨起如厕,粪溏薄,早餐后遂泄泻。即服药饼,初隔三时一次,后改四时,凡四次。

与秘书处信,本日不克赴会,请假一日。

七时,吴家麟来,以修正戊戌政变的回忆稿交付,并还与《戊戌政变记》三册。吴君交来胡思壮所撰《戊戌履霜录》二册,留阅。

至晚泄泻渐止,夜起服药二次。

九月二十八日

起后腹疾就痊,早餐后周孝怀来,告知今日休会。

同寓共组宁武、张难先、李书城、周善培、李明扬、张酂村、胡子昂、黄琪翔约往王府井大街同生照相店摄影。李明灏、何燮侯亦至。团体照一张、单身一张。黄琪翔以伊年龄最幼、余最长,又约共照一张。遇赵朴初、巨赞法[师],又遇回族马坚。云南蒙自,现在北大教阿拉伯史。到北京饭店访陈其尤一号及沈雁冰、陈叔通。

张难先召集在黄琪翔房内开讨论选举名单。余列入全国政治委员会名单内,请难先代辞。

得陈凤之电。复文曰:"定三十二号,尺寸大小不规定,但横直为三与二之比。"约伊见思来,交与译文,代发。

九月二十九日

早餐后访江翊云。渠昨日来,适祥保在室内,渠告以拟约七十岁以上代表聚集一次。知邀余与孝怀三人发起,在王府井大街萃华轩,称作聚餐摄影,知单已托秘书处代发,订在十月三日正午。

资耀华来,传述周恩来托转达《共同纲领》未采用"爱科学"三字之理由。

十时,张难先召集本组同人在黄琪翔室内开会,述昨又讨论选举名单,有人反对章○○,属同人谅解勿于会场提异议。又讨论宣言稿。黄琪翔认为全文不能合用,应重拟。李书城指宣言包括毛主席,不能用如"毛○○所说"字样。胡子昂言应对联合国不承认蒋之代表,对国内不能说反对共产党,如反对,是反对自己人民。黄琪翔又言陈其瑗、张文、冷遹三人不应搀入特邀单位内,应另列。全体赞同。由难先代表转达。

许赤诚、丁佩瑜来访,坚约便饭。余云容再订期。

以《中华民族的人格》一册、《新格言》一份赠张难先。前日以扇面一页属书,补记于此。

李步青字仲英,其女也。以幅纸来属书。

午后二时半赴怀仁堂,五时半散。

晚八时在勤政殿开主席团会议,托叔通代请假。

夜发陈叔之电。文曰:"顷见规定国旗正式尺寸五种,甲、乙、丙、丁、戊,如原文数字。均以公分计。济。"

伊见思代购《林文忠公政书》一部,拟赠毛泽东。

九月三十日

以《中华民族的人格》一册赠吴玉章。先是吴以所撰《中国历史教程绪论》见贻,报之也。

九时,张难先在一三三号开会。本组同人惟李明灏未到。难先报告已另起草,陈、张、冷三人已另列。并选代表方法:中央政治委员用无记名投票,同意者于本人姓上加〇,否则加×,随举一人补充,任何人均可等语。少缓由其女公子交到名单一纸。

午后二时过,赴中南海开会。通过全国政治委员会名单,又中央政治委员亦有候选名单分发。主席声明同意者加〇,否则加×。余以为素不相知者,无同意不同意之可言,拟质诸主席。邻坐诸人阻勿言,谆劝以加〇为妥。余勉之。主席宣布讨论通过宣言。

天头 余发言,拟于宣言稿加"保全我国领土"字样。

余报名发言,谓近读《参考消息》,有人觊觎我西藏,又云南、两广边界外,亦对我有啧言。鄙意拟于五节"解放全国领土"句"解放全国"加逗点,下加"保全我国的"五字。此有两层意见:前一层即毛主席开幕词中不许任何帝国者再来侵略我们的土地;后一层即《共同纲领》第十条、第五十四条保卫中国领土主权完整。鄙见拟请于宣言中郑重声明,是否可采,请裁度。我言下之意不许别人侵略我,我亦只保全我之领土,并无侵略他人领土之意。有二四一号许德珩君继起发言,主张维持原案。周恩来君在台上提议巩固国防之下,保全我们的领土字样。主席征问余是否同意。当[即]答以同意。

当检点选举中央政治委员票时,宣布在天安门间建立纪念烈士碑,邀全体代表前往行奠基礼。余随往。约一时礼毕,复回至怀仁堂。主席宣布投票结果,掌声不绝,不久即闭幕。

归寓已八时过,厨房已熄火矣。余以饼干充饥。英儿出外就食。

得夙之信,并附来黄荫普信。

十月一日

晨微雨,午饭后渐晴霁。

是日通知下午三时在天安门楼上行政府成立礼,升旗、阅兵、游行。余挈英儿同往。拾阶而上,见游行队列坐广场,蜂屯蚁聚。届时赞礼宣布开会,作乐鸣炮,宣读公告。继朱德阅兵,先步兵,后机关枪,次炮兵,次海军,继骑兵,继坦克车而飞机则遨翔上空,寥寥无几。行伍行毕,游行方始。余即率英儿下楼与胡子昂同车归寓,时方六时。

八时半即睡。闻外间游行欢呼声至夜半方止。

与毛泽东信,赠与《林文忠政书》一部。

十月二日

与叔通通电话,知明午七旬老人多反对周孝怀、章行严,均托故辞谢。当即告知翊云,翊云云即通知改期。

陈云来谈,约一小时去。

吴家麟暨其同学宓、陈二君来,续关涉戊戌政变绪余。未写讫,适沈衡山偕汝兼来,吴君三人遂辞去。

衡山谈次申述明日午局辞谢之由。

富介寿眉生来谈故乡近事。

复陈夙之信。

得香池弟及棣生叔信。属:斟酌赴告。即复一信附入夙之信中。

黄琪翔交到与余同照像片一叶。

十月三日

云仍阴。八时英儿往游颐和园。

与马叔平信，约明日午后三时往看善［本］书，并请派人来寓引导，免致迷途。

又与宓、陈、吴三君信，言戊戌政变所可追忆者大约已尽于前文，此外无甚可述。昨日所谈尤为琐碎，不足录，不如中止，乞转达张志让先生。

天头 拟售馆藏善本充用。

乘车至北京饭店访叔通，亦以凤之九月廿六日来信。余意拟售去善本，仅《永乐大典》有三十余册。全份有五千余册，多宋元精本。最好能请政府收受。叔通谓恐无暇及此，只可散售，但不知北京图书馆等有无此项财力。叔通介绍宦乡，可胜在京收集、审阅稿件。除科学外，均可胜任。且能胜撰辑。如办一杂志，可归其担任。比前所举夏康农君为强。余意最好约在伊处相见，先电知即往，并偕秉农翁同去，然后再约餐叙。宦为贵州人，蹇季裳之故交，与未风亦相识云。

访李立三、朱学范、王景云于总工会，不遇。

得刘翰怡、培余联名信，有所商托。内附与孝怀信一件，翌日交去。

黄警顽来，未遇。留笺，言明日在校，并告电话为五〇四〇八。

马叔平来电话，云四五两日均无暇，改于六日下午二时以车来，往故宫博物院御花园绛雪轩看书。

叔通电话约四日午后二时到伊处与宦乡君晤谈，偕秉农山同往。

十月四日

秉农山来，告以叔通拟荐宦乡君，贵州遵义人，字衾毅。为公司驻京担任收集稿件之事。农山称，屡闻人言，意似不满其为人，应再审察。当即电告叔通，不得达。即走访，又不遇，留字而返。午后偕农山往晤叔通。余先以农山之言语之。叔通力言与宦君相识已久，知之甚深，并言其人能文且能办事，将受外交部欧非司司长之职，极为当道所重。又历举其所办数事为证。农山疑遂解。余言我辈可以信叔通者信之。未久，宦君来，自言其先世在元代，本不姓宦，而姓忧，系出蒙古,由开封而江苏而湖北,以至于贵州,遂改姓宦。谈及商务事,将来可注重于文化的工业,如地图、地球仪、玩具等等。又言人情喜新厌故,有商务与新书店同译一书而人多就新店购读,此必须费一番转移工夫,方可恢复旧日地位。言极有理。余约言将来出版方针。宦君又言旧时出版之书须大加整理,举其不合用者尽废之。农山亦甚称是。约谈两小时始别。约再订期晤谈。宦君言八日可有暇。

访张轸、陈望道于本店,均不遇。晤卢于道,鄞人,在复旦任教授。陈荫南。

秘书处通知怀仁堂有晚会,在午后七时。余为英儿乞一入场券。届时因同人均先往,且车少人挤,遂未去。

陈毅送到天坛影片十份,每份二十四张。

十月五日

天头 招宦乡、农山、雁冰饮于萃华楼。订于八日。

晨访陈叔通,订于八日邀宦乡君午饭,并约沈雁冰、秉农山、叔通、伊见思。嗣得叔通电话,已与宦君约定。即托见思定座,并具束。

在北京饭店访陈嘉庚闽人,在新加坡。一一六号;庄明理闽人,在浜榔屿,一一五;黄长水闽人,在菲港,二三五;刘思慕广东人,在港,二三三;李铁民闽人,在新加坡,二三五;赵令德山东人,在北韩。均未遇。晤二二一号戴子良广海丰,在马来亚;二三一号晤费振东吴江人,毕业于交大,在苏门答腊;晤二二四号蚁美厚汕头,在暹罗,米业;周铮广东人,在暹罗,木业。

至北京图书馆访赵万里,未直。到祥保家午饭。遇李宗恩之弟妇,周治春之女也。饭后访曾昭伦与祥保同一院,未遇。到北大,拟访叔范侄,遇于途。遂同到校。问汤用彤,未来,托交一刺。晤沈昆山保镖于校室,又交名刺八与叔范,托分送与许德珩、张志让、钱端升、樊弘、马坚、罗常培、袁翰青、薛愚,皆北大教授也。至议事厅,见悬有蔡鹤顷画像,徘徊久之。岷源为余及叔范、英儿、祥保摄影于校场。

出至北海公园游眺,沿途小憩。又在湖畔啜茶。空气澄洁,良久乃行。绕琼岛一匝而出,归寓已五时半。伊见思候于寓中。遂托定座,明日宴华侨代表于欧美同学会。

冒舒湮来访，未直。留笺言在中国人民银行，电话三五一七八。

得毛泽东回信，谢送书。

韦捧丹来。

十月六日

晨填旅行登记表，通知行期未能预定，须候全国委员会开会之故。然希望于十五日前后可以成行。又订定代定两人之车房。因膀胱有疾，夜间小溲频数故。访叔通，同往访陈嘉庚、庄明理，仍未遇。访李范一于北京饭店二二三号，又访张纲伯、包达三于五〇八号，郑振铎于四一四号，邱文奎于二一五号，均未遇。访沈子槎于五三七号，不值，而遇吴有训、黄延芳于其室。至一〇九号晤李明灏，询全国委员会开会。云未知。又至二〇七，晤马寅初，约明日公宴华侨。云可到。

又至叔通处，未见。留言而出。

午前张难先来。吴贻芳来，语英儿共产党上级多能虚心采纳众论，惟下级未能配合。觉上级与初政有异，颇有异词。属余与当局见面时相机进言。

天头 《四库总录》。

午后宣信予偕王泊如及柴君海盐人来。宣出示《四部总录》清样四册，并已排、未排、已制版或未制清单一纸。余属缓排，俟归沪与出版科讨论再告。

王泊如交嘉兴同乡朱小汀、吴赉忱石门、庄振声嘉兴、震生、沈睿洪平湖、范思、夏廷献嘉兴、定轩、张鹤平湖、口霏、王泊如公宴柬帖。余再三坚辞，并缴帖。夏、张、王三君均寓郡馆。

宣君言申请印行《共同纲领》出版，〇〇属去函声请，呈上级考虑。已备函送往，尚未得复。

二时半，马叔平以车来，偕往御花园看书。先至北京饭店邀郑振铎同去。中途遇雨，至绛雪轩小坐。晤张庚楼，已不相识矣。又遇王述勤之子，亦馆中职员。观所藏宋、元本，约二十种。以《经典释文》及唐写《切韵》。龙鳞装，告未曾见。为最佳。又元刻《王荆公诗注》与余影印本不同，注与正文分列，但已有刘须汉评点矣。又出示壬辰黄榜全幅,光绪十八年四月廿六日策试,五月初一发榜。略有刓缺。据馆员云,后有满文,亦载全名,以损蚀过甚,弃去。

天头 见壬辰黄榜,允以余殿试卷头相赠。

雨后日出,叔平仍以车送余归寓。

汤用彤(号锡予)偕金克木来,未直,留刺而去。

张东荪自燕京大学送来龙榆生信。

徐悲鸿约明日上午十时往赴唐、宋、元、明、清、现代画展。

晚饭时大雷雨,旋雨霁月出。

十月七日

晴,天气转凉。

与中宣部陆定一、徐特立信。又与李立三、朱学范信,约期晤谈。

与陈毅信,谢送照片。

与沈衡山信,为遽方说项。

陈嘉庚、庄明理来。陈其尤来。

叔通来,谈政府需要   。

天头 宴华侨代表。

午刻,到欧美同学会,与陈叔通、马寅初公宴华侨代表。到者戴子良、广东,在马来亚。蚁美厚、汕头,在暹罗。周铮、黄长水、闽人,在菲港。李铁民、闽人,在马来亚。赵令德、山东人,在北韩。费振东。辞者陈嘉庚、庄明理、刘师慕。余演说。先述两主人未能到陪,代为道歉;继述海外同胞借新政协会议得以相聚一,至为欣幸,杯酒奉约,蒙光临,尤增荣宠;继述华侨子弟亟需教育,商务印书馆素来注重,曾编专为华侨学生用书,苦于闭门造车,甚望界以指南。又言政府所出之书恐不能销售,我辈商家出版,可以暗中灌输,但此事甚不易为,故敢求教。李铁民答称去时本任教员,后改他业,故于华侨教育事略有所知。商务所编书不能适合当地情形,尚须改良,至于现在政府出版书籍恐无法输进。此后国民党在国内不能立足,恐尚须到南洋与帝国主义相勾结,掀风作浪,华侨命运一时尚难安定。费振东言,各埠华侨教员甚是努力,棉兰各校教员曾集合讨论,将现有各家所出教科书修改,期于适用,但无力印刷,只用油印,将所改者贴在上面。余请费君畀余阅看。费君允之。黄长虹言,近闻菲律宾亦禁止进步书报进口。旋即兴辞,握手而散。

到祥保处小坐,即同赴北大图书馆。晤向达君。云民国十三至十八曾在商务任职。赵斐云、徐森玉、张庾楼均在座。阅书凡数十种,以配合宋本《史记》,刘同起、黄善夫《两汉》为最佳。余则走马看花,不甚记忆矣。宿白君亦在场招呼。

李明灏来,交红笺一幅,属为其母左太夫人八十寿书祝词,又白纸一幅,为己索书。云即日南返,可交北京饭店二二四号李世璋转交。

闻高震五明日行,往访。云尚难即行。孟和亦在室。谈片刻而返。丁佩瑜、许赤诚明日招饮同和居,以开会辞。

十月八日

晨郭沫若偕其夫人来,称见余《新建设》《戊戌政变的追忆》一文中有于晦若名,为其夫人兼祧祖父,故偕来,并以手册属题数字。

刘道衡来,湖南衡山人,在统一战线工作部任职。知伊部长为李维汉别名罗迈,副为徐冰。

陈毅前送来照片十份,来人陶君未明说明。实则以二份见贻,以一份赠李明扬,余次携回。余央以拟留四份,以一份代交李明扬,交还五份。

昨日《新建设》社以万四千元来,云系赠《戊戌政变的追忆》稿费。及问,则来人已去。因作书托伊见思派人送还。

张住东华门南头道六十二号。

天头 宴宦乡、郑振铎、雁冰、农山、陈叔通于萃华楼。

午刻约宦乡、郑振铎、秉农山、沈雁冰、陈叔通在萃华楼小酌。均到。谈及联合出版社明春恐派纸更各口援例,公司无以为继。同人均主直陈为难情形,当可变通。

天头 李立三、朱学范来。告以职工会拒绝公司擢用。

四时,李立三、朱学范来访。余以本馆职工会筹备会常务不肯加入改组职务,似欠合作,告之二君。李君询何理由。余答以诸人以恐被疑为资方买收,故而胆怯。李君言职工不应违抗公司用人之权。谈一小时而别。询王景云,云年七十一,颇衰,刻赴北戴河休养,人皆呼为王老云。

浙江兴业银行王百先、沈范思明日正午招饮于丰泽园。余辞,英儿去。

傍晚偕英儿在东交民巷东部散步,约三小时归。道经旧时德国医院,略堪仿佛。

中宣部陆定一、徐特立遣张君敦潮汕人询余何日南返,约行期定即电告,订期相见,并以车来迎。该部在西四大院胡同五号,电话二三三五二。

陈荫南、皖,淮北高等法院院长,在合肥。张伯秋、鲁,山东司法厅,在济南。来辞行,明后日南下。陈君属三年后余重宴琼林必告之,有以相贺。余逊谢。

张难先女公子交来本组影片一叶。

访秉农山,以信孚机器公司所制打稻打谷机照片两张交之,又托交李明扬君天坛照片一份。

十月九日

天头 马坚谈,所谈回教著作,又白寿彝亦有所著书。

晨马坚字子实来言,有所著书四种。《回教哲学》《回教哲学史》等在商务出版,回教中人甚需要,到售尽,盼能夕发。又言天津有回民十余万人,亦嗜读此书文字。白寿彝著有《咸同滇变见闻录》后三字疑,在重庆商务分馆出版。被禁。寄到昆明仅列一日,即收藏不售。问余能否继续出版。余赠与《中华民族的人格》一册。

天头 出版须分工合作。联合出版事系试办性质。

郑振铎、胡愈之同来,谈以后出版趋向。胡言将来大约注重分工合作。出版、印刷、发行固须分工,即出版亦须分别部门各专一类,将来恐须召集出版会议。余又言联合出版社,闻春季须大加扩充,若如今年秋季例,由各家比例出纸,再加以华东、华南、华西、华中,匪特商务一家为难,恐各家亦无此能力。胡言,此本系试办性质,如有窒碍,自当变通。胡又言中宣部陆定一、徐特立属为致意,拟十一日午时来访,并邀午饭。余云当往访。胡言已订定。余言然则不如改为十一时,稍谈片刻即同往午餐,借可多谈。

许小篆来,属英儿下楼延见。去后知为嘉郡同乡必欲约余一谈,遂允明日应召。英儿赴浙江兴业银行午饭之约。即转告王泊如。

祥保来午饭。

富介寿来,拟至华北大学入研究班,已由叔通、衡山作函介绍与该校校长范文澜、吴玉章、成仿吾。要余列名并钤章交还。

二时半赴勤政殿开全国政治委员会。余坐次为三百〇六号。先是李书城以预拟主席、副主席、常务委员名单草案交阅。余略阅即还与书城。开会时由林伯渠主席,周恩来报告协商经过。旋即选举正副主席、常务,通过无异辞。遂散会。出门时毛主席送于门内。

与江庸、陈明仁同车。先送之回寓,乘原车赴太庙一游。殿门外古木蓊郁,不下数百株,有大至三四围者。至前后殿周览一过,遇职员钱君为余留门片刻,遂得入内详视。

饭后访孝怀。孝怀示余徐子静先生遗稿两通。录后。(徐文题为《祭谭壮飞文,戊戌狱中作》、《补正气歌,戊戌狱中作》,不录入本书。——编者)

十月十日

晨张伯秋返鲁,往送行。

天头 拓展钢铁生产。

朱德来。我语以此后不复有内战,即外人侵略,亦将绝迹。伊意我军备未充,尚恐难免。宜并力于钢铁,广储军备,可免窥伺。余言东北产量不少。伊云明年约可出四十万吨。余问大冶如何。伊云已移至重庆矣。伊籍隶四川仪陇。周孝怀掌蜀军校,为伊之童子师。云须往谒,即辞出。

天头 拟分印新华所出新书。

宦乡来。余语以陆、徐二君明日来访,将谈出版事。宦言,政府意在分工合作。可请其以新华所不能尽做,分若干与商务,如毛选集等,以图挽回馆誉,以后对自然科学书、技术书可以担任,又教育、工业亦应注重。先询以意,有何属。再述我馆之希望,乞其相助。

为李明灏、郭沫若、李步青之女仲英作书。

赴煤市街致美斋。嘉郡同乡夏定轩、庄震生、张挹霏、沈范思、吴苶忱、王泊如、朱小汀之孙皆在。未几，沈衡山亦至，入席。张挹霏最健谈。二时过即散。先率英儿至新华银行，与曹、张、陈三君致谢。出至马聚源买小帽两顶，价六千元。又至琉璃厂，见思不在，托馆员转请查联合出版社出版教科书与本馆书，制一定价表见示。

天头 联合出版社书与本馆比较价格。

至米市胡同四十八号回拜丁佩瑜，丞相胡同大井胡同七号拜方煜敏，未见。至教场五条拜许赤诚。钱三姑太太有病，未见。见其第三子，云有弟幼宜在上海，儿赏延亦在上海。至教场小六场三十号访孙伯恒夫人，赤诚偕往，并令其门仆为导，展转寻得，并见其长女及三女。云其子在校。探乾三住址，云外出，即留刺，托转致。归寓已五时矣。并答拜王稚圃。

梁令娴来。住东单牌楼象鼻子坨三号。

陆定一、徐特立以柬来约，明日午刻十二时半在锡拉胡同玉华台南饭馆。

在李步青房遇邰爽秋、王文新号佑民，研究文字，东台人。旋过访。

章锡琛来，遇，留刺。寓石驸马大街西口，后王公厂八号。

十月十一日

天头 出版事应分工合作。马列主义书亦可出，须先给中宣部审阅。

胡愈之偕陆定一、徐特立来，谈出版事。大意在分工合作。新华与各商营出版应互相扶助，国营并非专利，即马列之书亦可出版，但须送中宣部先看一过。至于印刷发行，亦须分工合作。属余到上海后邀同业讨论如何分工合作，定一计画。将来出版总署即召开出版会议，将计画提出总会，互相讨论。以上皆陆君所言。徐君则言政府可不必编定教科书，只须拟定纲要，予教师、学生以自由，不能越出范围，但却不宜株守。此为法国办法。陆君对此无甚议论。胡君所言与陆君互相发明。遂偕往玉华台午饭。到者多商务旧同事：周建人、叶圣陶、胡愈之、沈雁冰、郑振铎、祝志澄、原名根福，曾从长征者。胡　　、黄洛峰、徐伯昕、陈叔通及主人陆、徐二君。二时散。

天头 与毛主席所谈各事。

正晚饭时,陈毅来述毛主席意邀余与孝怀到彼处一谈,并在彼晚饭。即同车偕往,英儿随行。孝怀亦挈其孙同去。并无他客,有粟裕将篿坐,其人短小精悍,不多言,询知为湘西人。余所言者:一为应令下情可以上达,当局措施容有未当,报纸不敢昌言,宜酌登来稿。报馆应负职,必须有确实地址、姓名,方予录登,以广言路。毛云,可专辟一栏,可先做一样子。二为建设必须进行,最要为交通,其次农业,其次为工业。工业先轻工业,次重工业。国抗战八年,内战三年,民穷财尽,若百端并举,民力实有不逮,不能不权衡缓急。毛言现在铁路需要铁轨,鞍山矿产不能停顿,纺织亦有数十万亦亟于进行。余言现有者无中辍之理,需新创者宜斟酌。三为征粮之事,民间苦于负担甚重。此由有田者有匿报之户,于是实报者意有不平。同匿报者反而减轻,此必须由地方公正绅士出面相助。陈毅将军言,河北、山东负担较江浙为重。江浙并未征夫。又无锡有某姓有田七万亩,征数甚微,且不肯缴,不能不与以惩儆。毛言现有大军数十万移向江西、福建,分别南下。以下可以减少若干。四、毛言章行严欲营商业,将来北京,并为杜月笙说项,意欲招其回沪。孝怀即起而反对,余亦言此君声名不佳,且其门徒甚多,有所倚赖,于地方上不免受扰。陈毅亦叙其甚详,如令其回沪,宜慎重处置。五、孝怀谈至读经,余言此难施诸大众,将来大学不妨别立一科,听人研究。余又乘势言现在有人主张用罗马字母改革汉文,余觉此事甚为不妥。我国疆域如此寥阔,种族如此复杂,所以能至今团结成一大国者,全恃文字统一。若改用罗马字母改切汉文,则各省以字母,以自有之方言切成自有之文字,东西南北必不相同。语言既不相同,文字又复殊别,将来必致渐渐分离,甚为可虑。欧洲至今分为若干国,不能融合者,即由语言文字之区别。我国幸有统一之文字,万万不宜自毁。其他所言甚多,无甚统系,不能尽纪。晚饭肴馔甚简,前后不过十味,烹调并不精,且盆碗亦甚小。各人均自盛饭,此亦一特点也。时至十时三刻,遂辞归。

十月十二日

昨郑振铎介绍俄前代办齐赫文,因读余《戊戌政变追忆》,特来访,谈康有为事。订于九时半来,久候不至。张难先来,约同时与周孝怀会谈,因此亦未果。

以梁任公信札一卷还江翊云,约至上海再题。

至北京饭店访郭沫若,还其亢俪属书之件。

访徐伯昕,亦未遇。

约叔通至王府井大街敦厚里刘家菜馆午饭。凡四肴:一、炒鳝丝,一、蟹粉白菜,一、糟烩鸭肝,一、香菌豆菜,共四千元。

访张庾楼、叶叔衡。

至大取灯胡同访□□,见。访赛福鼎、阿里木江,不遇。又谈及少数民族代表亦同寓,遂留刺与刘格平、张冲、奎壁、米□□、吴鸿宾、杨静仁、王国兴、白寿彝、天宝而出。归途经东安市场,入内一览即出。

得陈夙之七日信。

黄任之、许德珩先后来。

傅晋生来。

十月十三日

复陈夙之信,又与李立三、朱学范信,为石衾辉托照料。与朱德信,言不克趋辞。又与陈毅信,详述沅叔近况。与阎宝航,托定《参考消息》一年,径寄林森中路一二八五弄廿四号,价乞示照缴,并乞回沪通行证,或先通知沪军管送。言已定十九或二十号。

得宋家修笔名麦园九月廿七日自湖南醴陵清安铺私立兰谊初级中学来信。函中以政协开会,我任主席团相祝,并言投身教育,领导学生思想云。函致建人、捧丹、谷城、思奇、柳湜、星□诸人。捧丹已行,当将原函送交周建人转致。

午后二时,至祥保处,偕其夫妇同车至燕京大学,顺路至辅仁大学访陈援庵一谈。出城至燕京,严景耀候于途。即同至伊寓,晤其夫人雷洁琼女士。旋即驱车,景耀为导,英儿、祥保夫妇偕往,访陆志韦、张东荪、翦伯赞、赵紫宸。将及五时,仍返严宅。岷源、祥保即乘原车入城。

校长陆君约在司徒雷登故居临湖轩,同席有翁独健、齐思和、聂崇歧号筱山及严氏夫妇、余父子二人。席上互谈处置香港方法。散后即归。

十月十四日

晨早餐后聂崇歧来访,偕往图书馆,晤馆长陈鸿舜。聂以教课即辞去。陈君导观全馆,有道、咸间朝贵与兰坡书札数十册。据考系旗人,名瑛棨,任河南巡抚。余检阅翁同书、袁保恒、牛鉴颜宗仪数册,尚有他人,不复记忆。所收为日人著述甚多,书中图画印刷尤精,此为该馆独有之长,他处不能及也。

天头 陈鸿舜托代补《东方杂志》。

陈君言《东方杂志》缺第三十五卷第一号起一九三七年,至第四十一卷第廿四号一九四五年。属代访补。

伊见思之子葆□过访,并馈苹果六枚。

赵紫宸来,并出示二十余年在东吴大学同受博士学位所摄影片。张仲仁已作古。存者为马寅初、赵君及余三人,同为此次政协会议代表。先是余初晤赵君时即已忆及,语英儿后询景耀,知其曾在京教课。至此更可证明。赵君留严处午餐,即辞去。同席尚有曾君昭森,广东岭南大学教授,亦代表也。

午后稍睡,四时偕英儿出外游眺,至未名湖畔石磴闲坐良久,归寓已五时半。

翁独健偕其女公子在坐谈,其上灯后去。其女公子年方十龄,娇小明慧,甚可爱。

孙瑞璜夫人王国秀女士、瑞璜弟瑞琴亦燕京教授也,率其夫人同来。陈意、梁思庄两女士先后至,并携嘉肴两笾及面食相饷。晚饭后围坐,王女士尤健谈。至九时散。

十月十五日

天头 孙楷第属题家藏《积善堂记》。

晨孙楷第来河北沧州人,来访,以所藏明永乐时其二十世祖《积善堂记》,有三杨金克致姚广孝诸人手迹,属题数字。以未携笔墨辞。孙君谈其故乡土地改革多有未当,言下慨然。

客去后偕英儿出外散步,绕未名湖一周而归。有本校法学院长赵承信偕其夫人林女士来。未几,梁思成亦至,同席午饭。未几,城内汽车来严夫人附车入城,遂驰至清华。思成先归,即至其寓。其夫人卧病未见,见其子。谈未久,辞出。乘车绕校一周,留名片九,托思成分别转致:汤佩松、冯友兰、费孝通、张奚若、吴晗、钱三强、曹靖华、叶企孙、潘光旦。

入城访何香凝女士于护国寺麻花胡同二号中央电台,并晤其子廖承志。殷勤相待,以糖果相饷。辞出访傅沅叔,以沪上友人近况相询。仅闻其言及刘翰怡,余又告夏剑丞、冒鹤亭诸人。唏嘘作别,恐此为最后一面矣。

访陆定一、徐特立于中央宣传部。徐未在。谈片刻而出。至灵清宫,率英儿至井儿胡同访外舅许恭慎公故居。询门者,云寓有数家,允余等入门至前院流览片时。门墙多有移动,非复旧时景象矣。逡巡而出,不胜感慨。

驱车至西皇城根访陈璧故居。无知者。许季茀寓焉。不及其门,怅然而返。

晚饭后阎宝航来,言已得余信,《参考消息》固可定,但上海亦同时出版,内容相同,可快先睹。询潘汉年可以代定。又车票事及通行证均已托邓子平办理。时子平亦在座。

询知江翊云、周孝怀均已南返。

黄警顽来,云在国立艺术学校,谈良久而去。

十月十六日

天头 宴黄谷香、徐伯昕于玉华台。

午刻,宴黄谷香、徐伯昕、章锡琛、叶圣陶、胡愈之、陈叔通于玉华台。伊见思、宣信予并到。谈出版事。余云盼伯昕即返晤。云恐须迟一时,可与夏衍君接洽。

傅晋生来。以其子所镌石章两方见贻,又以竹扇骨一柄上雕乃父题字,并旧写扇面一叶赠英儿。又出佩玉一件相赠。余再三辞之,始允收回。

邓子平送来回沪通行证一纸。

夜饭后,余解衣将卧,祥保伉俪来。余仍登床。未几,陶孟和来,谈至九时一刻散。

本日闻广州已下。

十月十七日

与沈衡山信,为遂方事。

与周建人信,并附去醴陵宋家修信。

与许小篆信,并赠以五千元,劝应沈衡山之约。

以伊见思所赠同治墨一箱十六枚交英儿送还。

潘光旦来访。彳亍扶杖而行。谈收罗谱牒事。未几辞去。余送出门外,视其登车。

午后十二时半,岷源、祥保约陶孟和在东来顺午餐。余与英儿同往。坐上有曾太太及其婿庄孝傃,李宗津伉俪及其稚女。饱吃羊肉。二时半散。

与周恩来信。留稿。

十月十八日

晨起,为张难先义痴写扇面,李书城悦园写小屏。傍晚交去。又送黄琪翔屏幅一纸。

黄警顽来信,以康长素《戊戌奏稿》属题。即书数行,于今日送还。又介绍杭州湖上国立艺术专科学校教授江苏李宝泉来见。出示在长沙所得钱南园手抄《续纲鉴》一册,密行细字,到底不懈。属题,因笔墨不适,仅书观款即交还。

陈叔通来,告知宦乡沪寓在北四川路横浜桥赫林里三十五号沈宅转。

邵力子来。梁思成夫妇来。

林遵、邓兆祥来。

张难先来。

午刻约岷源、祥保饭于敦厚里刘家。

午后二时,偕叔通访沈雁冰。余复申前请。沈坚辞。嗣请代拟一进行计画,先用浅文小册,以自然科学、技术、文艺为主。沈谓当与振铎共同商酌。余言叔通未行,并乞会商。叔通言俄华字典甚需要。

招待处送零用费一万六千元。于原单上注明"不敢领受"。

曾宝森以《新儿童》四册见贻。

十月十九日

天未明即起,先就浴。

早餐后同寓李书城、陶孟和、宁武、李步青、林遵、邓兆祥、黄琪翔陆续来送行。

陈叔通、郑振铎、张奚若、郭沫若夫妇又先后来。张天泽亦来。刘萝庵来,交到纸幅属书毛泽东词,又托带致伊夫食,并馈我五香牛肉一包。

先将衣箱一件托招待处送交车站代运。

九时过将随身行李上车,即赴车站。祥保夫妇随车同往。

到站见伊见思、孙乾三、宣信予、王泊如均已先到。新华银行曹少璋、张超一、陈关铎、沈范思亦在。富介寿亦在车站相遇。

登车方知并无卧房只有卧榻,且于夜间方能卸下,日间只可危坐,等于统舱。然事已至此,亦无可如何。严景耀夫妇来。先来六国饭店后又送至车站,胡愈之亦至,均登车相送,至开车始别。祥保并追车同行,依依不舍。余挥令使归。又有李孤帆之子亦登车握别。

邓子平亦送至车站,并登车招呼。先未离旅馆时,伊以钞票一大叠来云车上无人伴送,以此备杂用。余坚却之,言之再四,始肯收回。

梅兰芳托带戏具箱四号,其书记许姬传与英儿接洽。邓子平以提单一纸交英儿手收,携至上海送交梅宅自提。

余父子二人车票均由招待处代备,亦由子平交英儿。每人约十二万元弱。

十月二十日

在车晤王昌林,同年王纬辰之子也。由香港绕天津去上海。

与邻座吴本中交谈,知为复旦大学法学院教授,曾留学法国,寓贝当路三三一号内之二十四,电话七六二四六。

二十日黎明车抵昆山,旋知上海连日遭空袭,有电来属停车,候至午三时再行。

下车至月台就自来水盥洗。

入一茶室小坐。茶水不洁,且秽杂。即退出。

英儿至城内通长途电话至家。

有两俄人同车,见其情甚惶惑。英儿告知停车之故。其一略通英语,欲以长途电话通知伊领事馆。后由英儿伴至城内,至电局。事毕而回。

午后三时半开车,五时到站。家昌偕招待处　君在站迎接。余等行李已将出站矣。

出站晤陈凤之、徐文蔚、川如侄、葛昌权。遂乘公司汽车回寓,时已掌灯。

＊原件仅九月三日、十月一日记有月份,其余各日仅有日期。为方便读者查阅,由编者加署月份。——编者

图书在版编目（CIP）数据

张元济日记／张元济著. —北京：商务印书馆，
2017

（商务印书馆同仁日记丛书）
ISBN 978-7-100-14497-1

Ⅰ.①张… Ⅱ.①张… Ⅲ.①日记—作品集—中国—
现代 Ⅳ.①I266.5

中国版本图书馆 CIP 数据核字（2017）第 173110 号

责任编辑：谷　雨

装帧设计：胡　枫

张元济日记

张元济　著

商 务 印 书 馆 出 版
（北京王府井大街36号　邮政编码100710）
商 务 印 书 馆 发 行
苏州市越洋印刷有限公司印刷
ISBN 978-7-100-14497-1

2018 年 1 月第 1 版　　　开本 710×1000　1/16
2018 年 1 月第 1 次印刷　　印张 59.5
定价 280.00 元（全二册）